蘇州文獻叢書第五輯
王衛平　主編

匏翁家藏集

上

（明）吳寬　撰
王海男　點校

天津出版傳媒集團
天津古籍出版社

圖書在版編目（CIP）數據

匏翁家藏集／（明）吳寬撰；王海男點校.－－天津：天津古籍出版社，2023.5
（蘇州文獻叢書／王衛平主編.第五輯）
ISBN 978-7-5528-1170-4

Ⅰ.①匏… Ⅱ.①吳…②王… Ⅲ.①古典詩歌－詩集－中國－明代②古典散文－散文集－中國－明代 Ⅳ.①I214.82

中國版本圖書館CIP數據核字(2021)第196630號

匏翁家藏集
PAOWENG JIACANG JI

(明) 吳　寬／撰　王海男／點校

出　　版	天津古籍出版社
出 版 人	張　瑋
地　　址	天津市和平區西康路35號康岳大廈
郵政編碼	300051
郵購電話	(022)23517902
責任編輯	王海燕
封面編輯	鞠佳美
印　　刷	北京虎彩文化傳播有限公司
經　　銷	全國新華書店
開　　本	880毫米×1230毫米　1/32
印　　張	36.5
字　　數	946千字
版次印次	2023年5月第1版　2023年5月第1次印刷
定　　價	168.00元（全三册）

版權所有　侵權必究
圖書如出現印裝質量問題，請致電聯系調換（022-23517902）

總　序

王衛平　羅時進

　　吳之地域，自遠古形成，至今已有數千乃至萬年歷史。這一歷史的浩瀚川流，混茫遠接，涵演淵深，太湖文化於茲含孕；這片天賜的豐沃皋壤，盡望無際，滿目森茂，江南文化緣此成長；而憑陵高峻，俯瞰川原之古往今來，所映現的又不止是吳地之文化與文明，而是中華民族的發展史、人類社會的進步史。

　　初民遠逝，先賢杳渺。我們無法真正站在歷史的源頭，透過世代的時序去説明什麽，也無法站在其中任一驛站，撫摩當時的現場去顯示什麽。但憑借前人留給我們的豐富遺產，吳地的歷史的事件、過程、走向、結果都可以做某種程度的考證，做力所能及的還原，而視今探古，唯物以求，也能進行一定意義上的總結。吳文化，正是人們對吳地古往今來一切物質和精神現象的概括、提煉、呈現。她是吳地在漫長的歷史過程中的"人文化成"，即"文"作爲一種存在意識和方式"化"入生産、生活、生命而形成物質和精神的發展。

　　考察吳地"人文化成"的過程，當着眼於地、人、文三者的互動共生的關係。"仰以觀於天文，俯以察於地理"，這在吳文化研究中是非常必要的。自然地理環境在吳地的歷史發展中具有極爲重要的意義，是人才與文學產生的土壤。正如陳去病所云："端委化俗文明開,延陵觀樂中原回。四科言氏尚文學,宗風肇起挚胚胎。加以太湖三萬六千頃,澄泓淳蓄何雄恢。朝鍾夕毓孕靈秀,天然降兹追屈攀宋之奇才。"①穆彰阿亦謂:"蓋聞文章之事關乎其人之學之養,而其所由極盛而不已者,則非盡其人之學之養爲之,而山川風氣爲之也。江南乃古名勝之區,其分野則上映乎斗牛,其疆域則旁接乎閩越,而又襟長江而帶大河,挺奇峰而出秀巘,故其靈異之氣往往鍾於人而發於文章。"②正是清明靈秀的地理環境作用於人,方促進了"詩書之澤""文獻之邦"的形成,使得唐宋以來,尤其是明清時期,吳地出現了海内千百年從未産生,其他地域環境中也難以復現的人文盛景。這里不妨看一看嘉靖年間陸師道在《袁永之集序》中對明代吳中文苑巨匠騰躍景況的描述:

  吳自季札、言游而降,代多文士。其在前古,南镠東箭,地不絶産,家不乏珍,宗工鉅人,蓋更僕不能悉數也。至於我明,受命郡重,扶馮王化所先,英奇瑰傑之才,應運而出,尤特盛於天下。洪武初,高、楊四雋,領袖藝苑。永宣間,王、陳諸公,矩矱詞林。至於英孝之際,徐武功、吳文定、王文恪三公者出,任當鈞冶,主握文柄,天下操觚之士,向風景服,靡然而從之。時則有李太僕貞伯、沈處士啓南、祝通判希哲、楊儀制君謙、都少卿元敬、文待詔徵仲、唐解元伯虎、徐博士昌國、蔡孔目九逵先後繼起,聲景比附,名實彰流,金玉相宣,黼黻并麗,吳下文獻於斯爲盛,彬彬乎不可尚已。正德、嘉靖以來,諸公稍稍凋謝,而后來之秀,則有黃貢士勉之、王太學履吉、陸給事浚明、皇甫

---

① 陳去病:《陳去病詩文集》卷一《浩歌堂詩鈔》,社會科學文獻出版社,2009年。
② 潘世恩:《潘氏科名草》,光緒三年(1877)吳縣潘氏燕翼堂刻本。

歛事子安,皆刻意述作,力追先哲,而袁君永之,寔頡頏其間。①

　　這是一份"文壇點將錄",然而才開到明嘉靖中期,已是繁不勝舉了,后來之英哲宗師復有多少?綜觀歷代,豈能盡數!這是值得吴中,即今天蘇州驕傲的成就。對於吴中這一人文盛況,我們應當從吴文化的層面上加以研究。

　　這一研究具有十分重要的意義。吴文化具有歷史的屬性,也有現實的價值。廣袤的吴地,現代的發展與成就,與其過往悠悠的步履迹脉相連。今日萬物生命之根系,存在於歷史的土壤中;當下事物運動之動能,亦由歷史而累積。因此回望吴文化,不但可以建立一種文化自信,也能從傳統中為人們今天所從事的事業,尋求到借鑒與經驗。除此之外尚應看到,吴文化是地域文化,具有鮮明的地方性特點。這種地方性特點,正包含了豐富的地方經驗,它不但是方言音聲、風俗習慣、社會公序等形成的條件,也是在文化層面上與其它地域進行比較、映照的根據。從這一意義上説,研究吴文化,就不僅僅具有某種地方性意義了。它是對吴文化寶庫的建構,也是對民族文化寶庫的豐富。

　　吴文化研究,可以從不同路徑進行,而最基礎性的工作,當推文獻整理。1918年冬,吴江一批有識之士認識到地方文獻保護的重要性,由柳亞子和薛鳳昌發起,成立了"吴江文獻保存會"(又稱"松陵文獻保存會"),其《吴江文獻保存會書目序》曰:

　　　　吾吴江地鍾具區之秀,大雅之才,前后相望,振藻揚芬,已

---

① 袁袠:《衡藩重刻胥臺先生集》,明萬曆十二年(1584)刻本卷首。

非一日。下逮明清,人文尤富,周、袁、沈、葉、朱、徐、吳、潘,風雅相繼,著書滿家,紛紛乎蓋極一時之盛。且也一大家之出,同時必有多數知名之士追隨其間,相與賞奇析疑,更唱迭和;而隔世之后,其風流余韵,又足使后來之彥聞風興起,沾其膏馥,而雅道於以弗替。用是詞人才子,名溢於縹囊,飛文染翰,卷盈乎緗帙,斯故我鄉里之光也。①

松陵一地之文獻尚且如此,蘇州一府文獻之富就更爲洋洋可觀了。"文獻無徵,後生之責。夫責固有之,情更應爾。"因此,我們有必要對吳中文獻做有計劃的整理和研究,在現代學術理念指導下,建構與蘇州文化、經濟、社會發展相適應的文獻庫,作爲儲存吳文獻、發展吳文化的平臺。

兩年前,經江蘇省哲學社會科學領導小組批準,我們蘇州大學建立了江蘇省吳文化研究基地。這是一個面向環太湖地區,面向江南,全面研究吳文化的科研機構。我們擬將吳文化之文獻作爲研究重點之一,而蘇州是吳文化的核心地區,自然希望利用在地研究的條件,首先從蘇州文獻整理入手。蘇州市委、市政府高度重視地方文化建設,對地方文獻整理具有自覺的文化意識,非常支持這項工作,特別設立了專門項目,於是便有了這套蘇州文獻整理研究的系列叢書。

文獻,是一個廣義的概念,古人以經史子集劃分四部,而每一部又有眾多類別。這些類別的著作在蘇州文獻中無不具備,由於各方面條件的限制,我們難以窺其全豹、畢功一役,故叢書擬擇其

---

① 張明觀、黃振業編:《柳亞子集外詩文輯存》,上海人民出版社,2011年,第289頁。

精華而選，逐步整理面世，而在選擇中尤其注意有代表性，且到目前爲止尚未見整理的著作。古籍整理是一項學術性很强的工作，我們希望盡可能遵循學術規範，精益求精，但一定會不同程度地存在問題，尚望各方面人士給予批評指正，使我們的整理工作不斷走向完善。

（作者王衛平爲江蘇省吴文化研究基地主任，羅時進爲江蘇省吴文化研究基地首席專家）

李東陽序

　　《匏翁家藏集》七十卷,吴文定公所著,而手自編輯者也。爲詩三十卷,不分體制,以年月先後爲序;文四十卷,則分體彙載,而先後亦隱然寓乎其間。蓋惟輯其所可識,而散佚於世者弗與也。公之没,其子中書舍人奭刻梓於家。既免喪,上京師,以屬其諸從兄,數月報詩卷成,又數月報文卷成。奭持以告予,請序首簡。予覽之悢然歎曰:言之成章者爲文,文之成聲者則爲詩。詩與文同謂之言,亦各有體,而不相亂。若典謨訓誥誓命爻象之爲文,風雅頌賦比興之爲詩,變於後世,則凡序記書疏箴銘論贊之屬皆文也,辭賦歌行吟謡之屬皆詩也。是其去古雖遠,而爲體固存。彼才之弗逮者,粗淺踢滯,欲進而不能强。其或過之,不失之奇巧,則失之詰屈;不失之詭誕,則汗漫錯亂而無所歸。於是作者雖多,而文之體益微矣。然言發於心而爲行之表,必其中有所養而後能言。蓋文之有體,猶行之有節也。若徒爲文字之美,而行不掩焉,則其言不過偶合而幸中。文以古名者,固若是乎哉?公以經學爲程試,既而徧讀《左傳》,遷《史》,韓、柳、歐、蘇諸家之文,欲盡棄其舊業。及爲部使所迫,取甲科,官史局,文名滿天下,老居臺閣,弗究厥施,而終始於所謂文者,故其爲詩,深厚醲鬱,脱去凡近,而古意獨存。其爲文典而不俗,邕而不泛,約之理義,以成一家之言。由是觀之,則其識見之真正,行履之端恪,情趣之沖泊無累者,不待挹其容儀、聆其議論而後可知也。其文之傳世,固不可少哉!昔人謂一代數人、一人數篇,其漸盡泯滅者弗論,今求之成帙之間,非世所選者,亦難乎其爲觀矣。知言君子,執體裁而求之,公之文其有取之無窮、而讀之不厭者乎!然則其散佚者,尚博而求之,以盡白於天下,無徒曰家藏雲爾。

　　正德三年冬十月朔,光禄大夫、柱國、少師兼太子太師、吏部尚書、華蓋殿大學士、知制誥、同知經筵事、國史總裁長沙李東陽序。

王鏊序

　　文章不難於奇麗,難於醇,難於典則。雖然,醇與則可能也,醇而不俚、則而能暢,殆有非力所至而至者焉。其必由所養乎!是難能也。故禮部尚書兼翰林院學士文定吴公官禁近前後三十餘年,文章傳布中外,海内宗之。公既卒,其子中書舍人奭刻其所謂家藏集者,授予請序。余不自揆,竊嘗評公之文矣。擺脱尖新,力追古作。豐之千言,不見其有餘;約之數語,不見其不足。其爲詩寄興閒遠,不爲浮艷之語;用事精切,不見斧鑿之痕。自謂得公之深也,茲復何言乎?獨念公生頗好歐蘇,學其於長公,每若數數然者。及其自著,乃獨異焉。紆餘有歐之態,老成有韓之格,信其學力之至自得者,深乎其所養可知已。明興,作者代起,獨楊文貞公爲之最,爲其醇且則也。公之文視文貞,吾未知所先後,位亦顯矣。使獲當路於時,其功業豈少哉!議者至今惜焉。而公之所以自托於不朽者,固自有在,又何待於外者與!余獲從公久,每以道義相劘切,其於序,有不得辭然。公此集自當信今傳後,云家藏者,公之謙也。詩諸體凡三十卷,序記碑銘雜著四十卷,總之爲七十卷。

　　正德己巳冬十月之望,光禄大夫、柱國、少傅兼太子太傅、户部尚書、武英殿大學士、知制誥、經筵官、國史總裁王鏊序。

目 录

上 册

卷第一　詩四十二首

秋日閒居………………………………………… 1
觀溪童捕魚……………………………………… 1
過南園俞氏書隱次劉祭酒先生韻二首………… 1
五月十三日移竹………………………………… 2
方方壺崇山峻嶺圖……………………………… 2
次韻沈啓南僧齋夜坐…………………………… 2
除　夜…………………………………………… 2
宿丹陽聞笛……………………………………… 2
登南京鷄鳴山…………………………………… 3
分題鄱湖聽雁送黎憲還臨川…………………… 3
懷陳起東北上…………………………………… 3
題倪雲林詩後二首……………………………… 3
次韻周原己懷石湖舊游………………………… 4
送俞振宗南游…………………………………… 4
雪夜憶友人宿伏龍山中………………………… 4
雨後獨游園中…………………………………… 4
爲史明古題沈啓南畫…………………………… 5
次韻啓南淫雨…………………………………… 5

贈蕭漢文 ………………………………………… 6
哀顧進士文之 ……………………………………… 6
陳僖敏公挽章 ……………………………………… 7
正旦雪 ……………………………………………… 7
洛神圖 ……………………………………………… 7
雨　雹 ……………………………………………… 8
題何刻工卷 ………………………………………… 8
病　項 ……………………………………………… 9
題朱澤民小景并詩後 ……………………………… 9
書句容丁溪僧舍壁 ………………………………… 10
爲僧題畫 …………………………………………… 10
題趙行恕參議所寄沈徵士墨梅 …………………… 10
過陳玉汝溪館 ……………………………………… 10
次韻啓南訪玉汝不遇 ……………………………… 10
悼董孟珍 …………………………………………… 11
悼沈癯樵畫史 ……………………………………… 11
曉發揚州遇雨 ……………………………………… 11
濟寧夜泊 …………………………………………… 11
宿河西務遇雪 ……………………………………… 12
客樓望宮闕 ………………………………………… 12
南還瓜洲渡江 ……………………………………… 12
過大姚陳玉汝宅飲散宿大覺寺追和趙與哲韻 …… 12

卷第二　詩四十七首
己丑九月十三日初寓南京真珠橋外舍諸友携酒相過 …… 13
與徐仲山顧崇善登城西臺晚眺 …………………… 13
秋夜二首 …………………………………………… 13

聞原輝弟東莊種樹結屋二首	14
雪　夜	14
讀廖司訓詩	14
吴節婦	15
喜沈仲律主客北回	15
題楊鐵崖墓銘後	15
張叔厚畫李太白像	16
答奚元啓	16
初度日三首	16
除夜三首	16
題院畫二首	17
思母辭爲廬州方君作	17
周烈婦行	17
題金陵陸氏藏刻絲花鳥	18
贈趙典籍	18
賦趙氏雙節	18
送鄭世静還浦江四首	18
讀友人所寄詩	19
贈宜興李童子	19
竹禽圖爲胡君賦	19
九月十日赴周仲瞻飲菊猶未開	20
得　子	20
鍾馗元夜出游圖	20
送林克容歸台州	21
送胡彦超	21
喜　雨	21

次韻馬廷簡雨後園中看種蔬之作 …… 22
訪沈主客仲律不遇因題竹上 …… 22
次韻沈主客種竹四首 …… 22
筆翁陸志學年六十五得子 …… 23
禽　言 …… 23

卷第三　詩三十六首

贈金朝璔 …… 24
寄題陽山澄照寺 …… 24
送林一中福建僉憲 …… 25
題鄭郎中所藏張師夔畫 …… 25
贈別丁鳳儀刑部 …… 26
送盛訓術還吳江 …… 26
挽張征西 …… 26
送同年黃敦實知玉山 …… 27
送王合州 …… 27
送劉寺正約之江西審刑 …… 27
爲安福尹仁器紀善追和祭酒李文忠公所遺之作 …… 27
中秋夜飲陸廉伯西齋 …… 28
送同年簡齊道歸省 …… 28
題青州先賢祠 …… 28
林良鷺鷥圖 …… 28
岳蒙泉畫葡萄 …… 29
贈地理家二首 …… 29
壽席道士 …… 29
題　畫 …… 29
松江鄧節婦二首 …… 30

送金德潤主事改選南京便養	30
送李侍郎致仕歸博羅	30
追送張尚質户部兼懷沈仲律主客	30
翰林齋宿	31
又次費廷言韻	31
慶成宴二首	31
上元夜戴中書宅賞燈	31
脩竹仕女圖	32
白雲仙女圖	32
爲周評事題沈石田畫二首	32
送張都水	33
初夏雨霽	33

卷第四　詩三十二首

賦黃樓送李貞伯	34
少詹事柯公挽章	34
送姜用貞赴南京刑部因懷項文祥	35
與諸友東郭草亭看牡丹二首	35
次韻李賓之病暑	35
昌黎清節廟	36
苦　雨	36
送蔣蒲州	37
送蕭漢文分司清江浦	37
送吳憲之知龍泉	37
送文宗儒知永嘉	37
送項崇仁知建陽	38
贈釋子芳草堂	38

凌季行家賞蓮 ································· 39
和沈廷美次前韻 ································· 39
陸文量職方新居讌集分來字韻 ············ 39
飲錢世恒樓上 ··································· 39
漁翁圖 ·· 40
送沈仲威 ··· 40
送董尚矩歸省 ··································· 40
次韻顧天錫九日病起 ·························· 40
邊文進畫山鷓鴣爲遼陽邵令題 ············ 41
同年吳克明知嘉定爲題馬圖 ··············· 41
贈張君歸吉水兼問訊劉教授先生 ········ 41
送戴校官琰赴漳州 ···························· 41
楊學士新居讌集分采字韻 ·················· 42
挽畫士范葦齋 ··································· 42
廷試掌卷二首 ··································· 42
愛茶歌 ·· 43
閩南王翁重修里社 ···························· 43

卷第五　詩五十六首

馬遠古松高士圖 ······························· 44
高克明溪山雪意圖 ···························· 44
辛夷牡鷄圖爲筆翁張士行題 ··············· 45
次韻天全翁書遺光福徐用莊雪湖賞梅十二絶 ··· 45
陳起東赴官閩中爲題松圖 ·················· 46
李遵道竹樹圖 ··································· 46
墨　　竹 ··· 46
墨牡丹 ·· 47

夏太卿墨竹 …………………………………… 47
謝孔昭畫 ……………………………………… 47
史明古過宿 …………………………………… 47
題治平寺琬上人所藏巨然山寺圖追次虞道園先生韻 … 48
留題治平寺次前韻 …………………………… 48
宿東禪寺瀞公房 ……………………………… 48
畫　虎 ………………………………………… 48
陰　雨 ………………………………………… 49
過相城爲沈陶菴和天全翁賞菊之作 ………… 49
過沈啓南有竹別業 …………………………… 49
與啓南游虞山三首 …………………………… 49
題啓南所藏林和靖手簡追次蘇文忠公韻 …… 50
題啓南寫贈袁德純同年萬壑春雲圖 ………… 50
贈袁德純別 …………………………………… 51
出閶門與陳味芝諸公送德純舟經山塘登壽聖寺閣時雨初霽西山益佳還飲舟中爲陳允德題啓南所寫春壑晴雲圖是日文宗儒談龍事甚異故及之 …………………………………… 51
　秋林高士圖 ………………………………… 51
　贈張汝弼知南安 …………………………… 52
　楊太真剖瓜圖 ……………………………… 52
　題萱草圖爲從母張孺人六十之壽 ………… 52
　題劉僉憲廷美寫遺啓南畫 ………………… 52
　山行十五首 ………………………………… 53

卷第六　詩四十二首
　與參政祝公游正覺寺 ……………………… 58
　吳仲圭鈎勒竹 ……………………………… 58

喜雨四首 …………………………………………… 58
與賀美之過陳湖訪陳氏昆仲再宿東明院時玉汝居京師而主僧頓公没矣因遺其徒良琛 …………… 59
過磧沙寺 …………………………………… 59
韓文公度藍關圖 …………………………… 59
遠　游 ……………………………………… 60
酬海虞陸生寫賜服像 ……………………… 60
李龍眠劉阮遇仙圖 ………………………… 60
趙松雪長江疊嶂圖 ………………………… 60
題張外史伯雨贈曲阜孔君詩後 …………… 61
王叔明山水圖 ……………………………… 61
倪雲林墨竹 ………………………………… 61
沈恒吉小景 ………………………………… 61
畫　鷹 ……………………………………… 62
畫　鷄 ……………………………………… 62
過吴江瑞雲觀 ……………………………… 62
舟經荻蔦阻風留宿王抑夫田舍 …………… 62
題王叔明遺沈蘭坡畫 ……………………… 63
己亥上元夜有感 …………………………… 63
胡瓌番騎圖 ………………………………… 63
韓節婦 ……………………………………… 63
爲姚文裕題畫 ……………………………… 64
與李貞伯游東洞庭六首 …………………… 64
游金山 ……………………………………… 65
瓜洲阻雨留曹氏舘 ………………………… 65
宿邵文敬清江官舍爲題高房山畫卷 ……… 66

過呂梁洪 …… 66
徐州阻風 …… 66
與徐仲山東行五首 …… 67

卷第七　詩二十八首

再至都下葺故廬 …… 69
答潘時用和前韻有卜鄰之意 …… 69
送表弟吳子高南邁 …… 69
寄洞庭施翁二首 …… 69
送蔣元用知樂亭 …… 70
憎　蠅 …… 70
送顧郎中天錫調永州同知 …… 70
苦雨歎 …… 70
爲陸病逸題畫 …… 71
送馬庭簡赴福寧州判 …… 71
次韻題元新昌呂孝子德升詩墨後 …… 71
壽徐耕學 …… 72
壽義門鄭仕信母八十 …… 72
次李賓之用陶韻止詩 …… 72
臘八日賜宴 …… 72
與陳起東食臘飯 …… 73
寄光福徐雪屋 …… 73
庚子立春朝賀 …… 73
讀陳玉汝紀夢之作 …… 73
辛丑元日次韻羅明仲洗馬朝賀 …… 74
郊祀畢承天門迎駕 …… 74
慶成宴歸招陳起東賞燈 …… 74

元宵獨坐 …………………………………………… 75
翰林宴集閣老以宣召去 …………………………… 75
送孔憲副赴廣西 …………………………………… 75
懷脩竹書隱 ………………………………………… 76
題倪雲林畫 ………………………………………… 76

卷第八　詩四十四首

分題武城送奚郎中歸省 …………………………… 77
分說字韻送起東赴江山教諭 ……………………… 77
分服字韻送姜恒頫御史赴南京便養 ……………… 78
謝孫希說送蒲團 …………………………………… 78
爲費廷言題沈士俌畫枇杷雙鼠 …………………… 78
張子俊畫松 ………………………………………… 78
過玉汝半舫齋觀童子種植 ………………………… 79
歲寒三友圖 ………………………………………… 79
陸參政挽章 ………………………………………… 79
端陽日 ……………………………………………… 80
寄顏澄之工部 ……………………………………… 80
郭忠恕雪霽江行圖 ………………………………… 80
送伊德載赴南京刑部 ……………………………… 81
題畫送陳明遠赴丹稜令 …………………………… 81
賦鐵甕城送費廷言歸省 …………………………… 81
與僚友出城餞廷言後入月河寺 …………………… 82
爲李瑞卿寺丞題王叔明義興山水圖 ……………… 82
與蔣宗誼城東觀泉因憶舊談越中五洩之勝 ……… 82
次韻張汝弼見寄 …………………………………… 82
任月山九馬圖 ……………………………………… 83

悼彭侍講先生 …………………………………… 83
秋夜彈琴作醉翁操 …………………………… 83
與原己過玉汝半舫齋看月時八月十四夜 ……… 83
重九日與蕭漢文出游城南 …………………… 84
再游城南 ……………………………………… 84
送僧道莅游五臺 ……………………………… 84
謝孔昭臨黃大癡畫 …………………………… 84
陶靖節歸去來圖 ……………………………… 85
悼張亨父 ……………………………………… 85
詠邵文敬所藏轉刀 …………………………… 85
詠湯嫗 ………………………………………… 86
次韻答賓之作書戲效拙體 …………………… 86
再　答 ………………………………………… 86
三　答 ………………………………………… 86
四　答 ………………………………………… 87
五　答 ………………………………………… 87
次韻答謝于喬送石首魚腊二首 ……………… 87
答于喬次韻謝送冬笋 ………………………… 87
又答賓之次韻 ………………………………… 88
謝馮佩之次韻送鹽笋 ………………………… 88
答于喬再次韻送魚鮓 ………………………… 88
次韻謝凌季行送新釀六尊 …………………… 88
飲于喬家以端硯聯句畢復拾餘韻 …………… 89

卷第九　詩五十首
辛丑仲山自寧陽回過宿同朝正旦 …………… 90
次韻李世賢齋居見懷時予病目不出 ………… 90

夜坐懷齋居諸公次前韻 ………………………… 90
次韻鼎儀世賢問予病目 ………………………… 91
賓之鼎儀以前韻倡和句有及予者答之 ………… 91
喜蘇御史還朝 …………………………………… 91
寄壽陳楳軒五丈八十 …………………………… 91
送周希正教諭赴嘉祥 …………………………… 92
題雜畫四首 ……………………………………… 92
送劉時雍職方使寧府 …………………………… 92
憂　旱 …………………………………………… 92
王叔明村舍圖 …………………………………… 93
送顧希遂劉以規赴遂昌縉雲二縣令 …………… 93
希遂持柏子庭古木圖求題爲其尊翁壽 ………… 93
久旱偶讀王半山暮歸一首感而次韻 …………… 94
送陳堅遠 ………………………………………… 94
送沈良臣 ………………………………………… 94
種　竹 …………………………………………… 95
寄李貞伯 ………………………………………… 96
送吳德徵 ………………………………………… 96
史館偶作 ………………………………………… 96
與李世賢游月河寺 ……………………………… 96
送許塤還東陽 …………………………………… 97
次韻寄潘太守琴 ………………………………… 97
送秦廷韶改守建昌 ……………………………… 97
送潘栗夫僉憲提學四川 ………………………… 98
彭文憲公挽章 …………………………………… 98
王成憲席上賦火肉 ……………………………… 98

分題習家池送侯僉憲 …………………………… 98
送祁至和參政還湖廣 …………………………… 99
送蕭漢文貴州僉憲 ……………………………… 99
爲邵日昭題荆南春曉圖 ………………………… 99
東駕問陸鼎儀之疾次韻羅洗馬傅校書 ………… 99
野步圖 …………………………………………… 100
送李若虛 ………………………………………… 100
送陳師禹提學雲南 ……………………………… 100
送蔡太守赴南寧 ………………………………… 100
爲徐仲山題虎丘觀泉圖 ………………………… 101
題汀州忠愛祠 …………………………………… 101
送張兼素 ………………………………………… 101
答兼素次韻留別 ………………………………… 102
次韻傅曰川病中 ………………………………… 102
游朝天宫 ………………………………………… 102
原己邀賞雪 ……………………………………… 102
追和葉文莊公喜雪 ……………………………… 103
觀　弈 …………………………………………… 103
次韻邵文敬對雪 ………………………………… 103
哀蕭漢文 ………………………………………… 103

卷第十　詩五十五首

壬寅正旦侍班 …………………………………… 105
和傅曰川以病止酒次陶韻 ……………………… 105
再　和 …………………………………………… 105
分題百步洪送顧工部 …………………………… 106
送汝行敏 ………………………………………… 106

園居初成次韻李賓之見過……………………………………… 106
觀製雨篛………………………………………………………… 107
題浦氏兄弟中秋賞月圖………………………………………… 107
和胡彥超過園居………………………………………………… 107
次韻陸鼎儀過園居……………………………………………… 107
和王允達病中雜述……………………………………………… 108
分韻得蕭字送林朝信…………………………………………… 108
爲王希曾題啓南長蕩圖………………………………………… 108
次韻答同年邵汝學約過園居…………………………………… 109
二答李士英……………………………………………………… 109
三答劉道亨……………………………………………………… 109
四答胡彥超……………………………………………………… 109
五答李賓之……………………………………………………… 110
六答楊應寧……………………………………………………… 110
對萱花…………………………………………………………… 110
送仲山後坐通法寺西軒………………………………………… 110
送郭翔鵬進士知福寧州兼寄州倅馬庭簡……………………… 110
園中晚步戲作…………………………………………………… 111
題顧定之墨竹追次虞邵菴韻…………………………………… 111
畫　鳳…………………………………………………………… 111
送沈晉州林美…………………………………………………… 112
秋日曝書偶閱韋蘇州集………………………………………… 112
送僧永岡歸吳住白馬寺………………………………………… 112
送丁鳳儀………………………………………………………… 112
送林克沖給事使暹羅…………………………………………… 113
赴李世賢賞月…………………………………………………… 113

雨中與李貞伯沈尚倫諸友過隆福寺……………113
僧舍對竹………………………………………113
張來儀楚江清曉圖……………………………114
諸友賀予新堂有聯句數首楊惟立以疾不赴他日徧和其韻因取末首和而酬之……………………………………114
謝李貞伯送瓦茶爐……………………………114
送傅曰會中書告病南還新喻…………………115
與李士英過王鴻臚鄧村別墅看菊午憩洪恩寺二首……115
原己宅賞菊……………………………………115
送邵文敬知思南………………………………115
九日諸友過園居小飲…………………………116
次韻酬蕭文明…………………………………116
次韻李賓之觀懷素自叙帖真蹟………………116
次韻李士英劉道亨過園居看菊二首…………117
次韻顏澄之留別………………………………117
題台人鍾希哲寫文宗儒小像…………………117
次韻陳粹之鴛湖寓居…………………………117
雪中李世賢招觀東坡清虛堂詩真蹟…………118
是日往觀果刻本蓋世賢招飲恐客不至故紿爾乃復次韻……118
明日世賢持啓南雪嶺圖索題復次韻…………118
爲歸貢士題其先曾大父素節翁遺訓後………119
懷寧二孝子……………………………………119
偶見元李希籛提舉遺墨乞歸賓之蓋希籛其先世也因賓之作海月菴記爲謝以此酬之……………………120

卷第十一　詩五十九首

　　送吴令濟赴邵武推官……121
　　爲李貞伯題朱寅仲小畫……121
　　和陳粹之元宵五詠……121
　　送袁德純知宜興……122
　　送王允達……123
　　送允達後飲通法寺西軒……123
　　陸職方宅宴集分得鶯字韻……123
　　清明日林亨大邀游興隆寺飯聰老房聰出永樂初姚榮公與梁用行輩亦以是日游城南倡和四絕句見示爲次韻……124
　　原己玉汝栗夫過園居分韻得晝字……124
　　予初登進士第時武靖侯趙公實奉詔待宴禮部公既老病家居念舊爲四絕句見寄次韻答之……124
　　和趙武靖病中招飲二首……125
　　貞伯玉汝原己攜酒同過園居二首……125
　　王孟端墨竹爲貞伯題二首……125
　　送錢世恒御史出巡……126
　　題趙子固畫蘭……126
　　分韻得江南二字送貞伯二首……126
　　送貞伯再分韻得舍字……126
　　題海虞錢氏所藏王均章虞山圖……127
　　送周仁廣通判福州……127
　　得賀美之書言吴民被災……128
　　題　畫……128
　　送沈仲律湖廣僉憲……128
　　曉過工部分司池上觀荷……128

題厓山大忠祠四首 129
次韻陸鼎儀讀文信公指南集 129
得原輝書云東庄兩桂樹甚茂 129
與諸友出城東散步水際 130
答雪屋上人 130
長至日飲張兼素後府新齋 130
濟之作共月菴有幸分海月菴中月之句因足成答之 130
再 答 131
三 答 131
送劉職方時雍赴福建參政 131
祈雪齋宿 131
次韻倪學士祈雪齋宿 132
哀李士英二首 132
觀盛舜臣所藏竹爐蓋倣惠山元僧之制其伯父侍郎公銘其傍 132
題畫四首 133

卷第十二　詩四十六首

送馮佩之副使江西提學 134
送賀澤民赴河南僉事 134
謝孫希說送長鳴雞 134
送賀其厚迎其弟解元其榮喪南歸 135
次韻施煥伯下第 135
觀園翁種菜 135
玉延亭成次韻玉汝 135
又次韻李賓之 136
次韻諸友玉延亭聯句 136

飲玉延亭喜雨……………………………………………136
寄壽陳起東五十…………………………………………136
賦園亭四物………………………………………………137
送沈尚寶賀千秋節還南京………………………………137
次韻沈時暘雨後過飲園亭兼懷李貞伯二首……………138
再次韻答時暘飲後見貽…………………………………138
喜原輝弟至京……………………………………………139
大雨坐海月菴……………………………………………139
玉汝以予辭不赴次韻再約來日復和辭之………………139
玉汝復次韻來速乃許赴再和答之………………………139
赴飲後夜坐對月復次韻…………………………………140
次韻朱天昭戒飲…………………………………………140
次韻濟之謝送決明………………………………………140
次韻時暘對雨喜晴二首…………………………………140
送原己赴南京院判………………………………………141
題啓南寫游虎丘圖………………………………………141
送張宗茂道紀南還………………………………………142
賦酒櫨慶周菊處七十……………………………………142
送張兼素出知施宗州……………………………………142
分題豐樂亭送文宗儒太僕………………………………142
送原輝南還………………………………………………143
原輝行後晚坐有懷………………………………………143
冬至謁陵八首……………………………………………143
爲白郎中題荷花鵝圖……………………………………145

卷第十三　詩四十九首

乙丑元旦星變下詔求言二首……………………………146

次韻施焕伯自製菜燈見送 …… 146
次韻啓南寫贈施焕伯范莊梓樹圖 …… 146
分題蔣山送屠寺丞 …… 147
題墨竹贈邵楚雄行 …… 147
二月晦日濟之邀看桃花四首 …… 147
追和啓南癸卯元夕後過施焕伯飲 …… 148
送仰給事進卿赴四川僉事 …… 148
分題圯橋送張公實參議 …… 148
賓之學士以母病寬以弟喪俱在告敬蒙東宮賜問賓之有詩紀事謹次韻 …… 149
閲亡友陳起東詩墨 …… 149
挽鍾同御史 …… 149
爲楊應寧題夏太卿墨竹 …… 149
送應寧雲南訪族 …… 150
秋享致齋呈同館諸公 …… 150
又懷翰林諸公 …… 150
答諸公見和 …… 150
次韻程克勤抱病齋宿 …… 151
又次韻夜坐 …… 151
送儲考功靜夫 …… 151
次韻胡彦超致仕留別 …… 151
送沈良臣知歸德州 …… 152
秋日園居對雨 …… 152
晚　　晴 …… 152
爲寧縣令蕭光甫題墨梅 …… 153
送巫克莊知孟縣 …… 153

送袁道官還南京朝天宫⋯⋯⋯⋯⋯⋯⋯⋯⋯⋯⋯⋯ 153
送道士羅永澄還住福濟觀⋯⋯⋯⋯⋯⋯⋯⋯⋯⋯ 153
送鄭仕信知大猶縣兼問訊王允達⋯⋯⋯⋯⋯⋯⋯ 154
次韻侍郎王公還南京留別二首⋯⋯⋯⋯⋯⋯⋯⋯ 154
送王抑夫赴官陳留⋯⋯⋯⋯⋯⋯⋯⋯⋯⋯⋯⋯⋯ 154
送林朝信還廣西分韻得歲字⋯⋯⋯⋯⋯⋯⋯⋯⋯ 155
題啓南畫⋯⋯⋯⋯⋯⋯⋯⋯⋯⋯⋯⋯⋯⋯⋯⋯⋯ 155
題元顧仲瑛玉山佳處卷後⋯⋯⋯⋯⋯⋯⋯⋯⋯⋯ 155
玉汝席上咏物⋯⋯⋯⋯⋯⋯⋯⋯⋯⋯⋯⋯⋯⋯⋯ 155
濟之席上詠物⋯⋯⋯⋯⋯⋯⋯⋯⋯⋯⋯⋯⋯⋯⋯ 156
贈顧正科鏞還中都⋯⋯⋯⋯⋯⋯⋯⋯⋯⋯⋯⋯⋯ 156
悼李御史士常⋯⋯⋯⋯⋯⋯⋯⋯⋯⋯⋯⋯⋯⋯⋯ 157
謝濟之送銀杏⋯⋯⋯⋯⋯⋯⋯⋯⋯⋯⋯⋯⋯⋯⋯ 157
寒夜熟寐右臂偶加湯具成瘡痛甚不能舉移因讀邵康節臂痛吟戲次其韻聊以遣悶耳⋯⋯⋯⋯⋯⋯⋯⋯⋯⋯⋯⋯⋯ 157

卷第十四　詩四十七首

丙午郊祀齋居夜雨獨坐⋯⋯⋯⋯⋯⋯⋯⋯⋯⋯⋯ 158
次韻詹事楊公齋居兼憶其弟惟立二首⋯⋯⋯⋯⋯ 158
上元日劉道亨家作同年會⋯⋯⋯⋯⋯⋯⋯⋯⋯⋯ 158
同年會散夜赴濟之⋯⋯⋯⋯⋯⋯⋯⋯⋯⋯⋯⋯⋯ 159
爲王惟顒題米友仁苕溪春曉圖⋯⋯⋯⋯⋯⋯⋯⋯ 159
二月十二日濟之復邀看桃花和舊韻四首⋯⋯⋯⋯ 159
送顧生伯謙應舉⋯⋯⋯⋯⋯⋯⋯⋯⋯⋯⋯⋯⋯⋯ 160
觀内閣芍藥⋯⋯⋯⋯⋯⋯⋯⋯⋯⋯⋯⋯⋯⋯⋯⋯ 160
追和元危太樸學士游石湖寶積寺⋯⋯⋯⋯⋯⋯⋯ 160
送黃和仲入南雍⋯⋯⋯⋯⋯⋯⋯⋯⋯⋯⋯⋯⋯⋯ 160

酬吴元璧自黄州寄石子百枚 …… 161
玉河橋夜坐候朝二首 …… 161
鄉僧來京師者多乞一詩而歸蓋皆舊識於山水間者共十二首 …… 162
爲文宗儒題鈎勒竹 …… 164
爲王古直題畫寄其鄉郭筠心 …… 164
送宗儒 …… 164
補送呂秉之太僕 …… 164
次韻詹事楊公過玉延亭留題三首 …… 165
送林同知仲璧赴官惠州 …… 165
送楊君謙 …… 165
爲都元敬題春山讀易圖 …… 166
謁陵宿昌平學舍 …… 166
還宿學舍 …… 166
次韻答陳粹之憲副病中見寄 …… 166
秋夜餞李貞伯取唐人詩各拈三字爲韻三首 …… 167
嚴布政挽章 …… 167
郭僉事挽章 …… 167

卷第十五　詩三十一首
丁未春試畢送吳中四進士歸省 …… 168
次韻任太常過園居四首 …… 169
送趙栗夫歸省 …… 169
次韻任太常雨中見寄 …… 170
對　雨 …… 170
送侯主事歸省 …… 171
哀張兼素 …… 171

哀袁德純 …………………………………………… 171
送彭教諭道赴長洲學 ……………………………… 171
雨後答邵文敬 ……………………………………… 172
送琴士楊雲翰還吳 ………………………………… 172
送夏司封崇文 ……………………………………… 172
謁狄梁公廟 ………………………………………… 172
謁耶律丞相墓 ……………………………………… 173
奉送孝穆慈慧皇后梓宮遷葬茂陵 ………………… 173
奉送憲宗純皇帝梓宮出德勝門 …………………… 173
次韻任太常致仕留別五首 ………………………… 173
送趙武靖西征 ……………………………………… 174
題赤壁圖 …………………………………………… 174
分韻得老字壽楊詹事六十 ………………………… 175
劉文安公挽章 ……………………………………… 175

卷第十六　詩三十一首

戊申燕九日 ………………………………………… 177
次韻徐仲山上元夜過飲 …………………………… 177
次韻文宗儒上元夜飲歸 …………………………… 177
送董尚矩使朝鮮 …………………………………… 178
送王漢英給事充副使 ……………………………… 178
送劉景元使安南 …………………………………… 178
送呂丕文給事充副使 ……………………………… 178
彭祖觀井圖 ………………………………………… 179
次韻顏澄之與文宗儒同游香山 …………………… 179
清明謁陵值雨留昌平學舍 ………………………… 179
次韻楊侍郎吏部後園看花二首 …………………… 180

觀耕籍田	180
初開經筵	180
答濟之約游西山不赴	180
再　答	181
三　答	181
與葉翁游小南城	181
送潘栗夫憲副陝西提學	181
送徐季止	182
送賀御史出守蘇州	182
送西指揮分守汀漳	182
爲周郎中公瑞題觀蓮圖	183
送原己還南京分依字韻	183
中秋夜登仲山新樓賞月	183
爲陳明之題墨梅	184
爲顧崇善題松溪高士圖	184
爲李賓之題趙大年雪景	185
爲陸全卿題劉松年香山九老圖	185
初謁茂陵	185
史館歲暮書與齋姪和之	186

卷第十七　詩六十七首

李賓之以問白髭并代髭答二首見示予髭偶如故而鬚已多白因次其韻亦爲問答 …… 187
清明日園中見杏花初開 …… 188
懷林亨大謝鳴治謁陵遇風 …… 188
謝安游東山圖 …… 188
喜儲靜夫考功自南京至 …… 189

哀原己…………………………………………………… 189
哀鼎儀…………………………………………………… 189
午朝次韻鳴治…………………………………………… 189
過葉翁看牡丹…………………………………………… 190
和陸廉伯晝寢次老杜韻………………………………… 190
早起次前韻寄廉伯……………………………………… 190
和廉伯復次前韻斷夜坐………………………………… 190
懷王允達不至…………………………………………… 191
次韻陳一虁冒雨見過二首……………………………… 191
待李世賢同游西山未至………………………………… 191
晚至湖上………………………………………………… 191
宿功德寺航公房………………………………………… 192
飲玉泉二首……………………………………………… 192
登華嚴洞………………………………………………… 192
還至湖上………………………………………………… 192
答廉伯以游西山負約…………………………………… 193
聞友人食河豚病發而卒………………………………… 193
送沈元中知餘干………………………………………… 193
贈僧瘦岡住吳城寶幢寺………………………………… 193
芙蓉紫菊圖……………………………………………… 194
爲陳副使寓題畫………………………………………… 194
園居六詠………………………………………………… 194
爲吳吉士克溫題東坡墨竹……………………………… 195
送文宗儒還滁…………………………………………… 196
賀秦脩敬八十…………………………………………… 196
送白侍郎還南京分闕字韻……………………………… 196

次韻答費昭霽二首 …………………………… 196
題石田古松圖謝周月窗治陳宜人病 …………… 197
重九無菊 ………………………………………… 197
次韻賓之重九值雨獨坐 ………………………… 197
次韻鳴治對菊 …………………………………… 198
謝王主簿送菊 …………………………………… 198
爲斎姪題謝廷循畫二首 ………………………… 198
題石田畫 ………………………………………… 198
過西苑 …………………………………………… 199
游海印寺次韻鳴治 ……………………………… 199
哭王允達二首 …………………………………… 199
早　起 …………………………………………… 200
聞王古直至柬鳴治 ……………………………… 200
作鶴房 …………………………………………… 200
次韻沈啓南自治生壙見寄二首 ………………… 200
喜李貞伯生子 …………………………………… 201
遣　悶 …………………………………………… 201
賦竹慶郭汝文五十 ……………………………… 201
謝濟之送橘二首 ………………………………… 201
西域賈胡以獅子入貢有詔却之次韻鳴治 ……… 202
次韻陳粹之謁先墓 ……………………………… 202

卷第十八　詩五十五首

送汝行敏守南安 ………………………………… 203
周莊懿公挽章 …………………………………… 203
徐州重修黄樓 …………………………………… 204
陳堅遠新建黔陽寳山書院 ……………………… 204

王忠肅公挽章……………………………………………… 204
送王存敬知興化分韻得但字……………………………… 204
送劉世熙赴四川僉事管水利……………………………… 205
謝仲山送鶴圖……………………………………………… 205
有以廬山千年松遺予者種盆石上蒼翠可愛……………… 205
送鳴治擢南京祭酒………………………………………… 205
送毛貞甫給事赴南京……………………………………… 206
喜　　雨…………………………………………………… 206
雨　　後…………………………………………………… 206
葉翁以叢竹分種因題墨竹謝之…………………………… 206
立秋日過蔡士弘太守新軒………………………………… 207
對　　月…………………………………………………… 207
楊文懿公挽章二首………………………………………… 207
送何醫養病還松江………………………………………… 207
冬至謁陵與黃子敬編修石邦彥檢討宿昌平學舍………… 208
還至沙河…………………………………………………… 208
爲屠大理題石田畫………………………………………… 208
爲張英公賦瑞芝…………………………………………… 208
次韻玉汝哭兄……………………………………………… 209
歲暮憶亡妻………………………………………………… 209
辛亥上元夜仲山過飲……………………………………… 209
對雨二首…………………………………………………… 210
次韻仲山詠兵部芍藥……………………………………… 210
題王叔明野艇觀書圖……………………………………… 210
爲楊應寧僉憲題畫二首…………………………………… 210
送陳何兩郎中分行南北慮囚……………………………… 211

夏太常挽章 …… 211
續和任太常寫懷二首 …… 211
送貞伯致仕 …… 212
送仲山使封鄭府 …… 212
次韻濟之招仲山酌別 …… 212
答濟之謝送鶴 …… 213
食蜀秫米飯簡濟之 …… 213
濟之和章有菜根滋味好之句復次韻 …… 213
夜讀白樂天詩集二首 …… 214
讀樂天詩有五十八歸來之句予明年正及其期遂次韻 …… 214
王孟端山居圖 …… 214
招濟之觀吳穆寫竹 …… 214
晚　寢 …… 215
次韻李賓之聞謝鳴治自南京歸得遺腹孫 …… 215
服山藥湯 …… 215
製雪浪石研 …… 216
送楊君謙致仕 …… 216
章侍郎綸挽章 …… 216
送李世賢擢南京祭酒 …… 217
送張廷祥擢南京翰林 …… 217

卷第十九　詩六十三首
　壬子春享詹事府齋宿 …… 218
　郊壇陪祀次仲山韻 …… 218
　又次濟之韻 …… 218
　慶成宴次仲山韻 …… 219
　上元夜無燈 …… 219

邀潘侍郎爲同鄉會……………………………………… 219
送嚴户部出守西安……………………………………… 219
送顔仲和擢南京翰林檢討掌國子助教事………………… 220
謁文信公祠……………………………………………… 220
過仰山寺觀姚少師僧服小像……………………………… 220
傷鶴折翼………………………………………………… 220
盆梅紅白二色二月盡始開………………………………… 221
慰濟之謁陵遇風………………………………………… 221
三月八日册立東宫志喜…………………………………… 221
濟之招看梨花復次往年賞桃花韻四絶…………………… 221
題竹送沈尚倫刑部使安南………………………………… 222
送陳堅遠通判長沙……………………………………… 222
次韻無錫李舜明見寄二首………………………………… 222
爲陸文質題夏以平太常山水……………………………… 223
病臂諸友過慰…………………………………………… 223
病中簡濟之……………………………………………… 223
閱原己書札……………………………………………… 223
題朱竹慶玉汝母宜人九十………………………………… 224
紀賜枇杷………………………………………………… 224
送王警之還洞庭………………………………………… 224
懷濟之…………………………………………………… 225
題陳一夔憲副小象……………………………………… 225
爲陳一夔乞兔…………………………………………… 225
次韻秦廷韶布政閒居感興四首…………………………… 226
記園中草木二十首……………………………………… 226
八月十六日夜對月簡仲山………………………………… 230

送蕭文明致仕東歸 …………………………… 231
送秦廷贄副使 …………………………… 231
送陳一夔調瑞州同知 …………………………… 231
次韻朱天昭御史自嶺南見寄 …………………………… 231
送周侍郎伯常使封秦府 …………………………… 232
題周仲瞻藏綵繡花鳥 …………………………… 232

卷第二十　詩四十八首

與周公載運使會飲追和往歲所寄述懷韻 …………… 233
楊補之竹枝 …………………………… 233
讀濟之南都紀行詩 …………………………… 233
謁元世祖廟 …………………………… 234
送林世調赴湖廣參政 …………………………… 234
元夕雪 …………………………… 234
十六夜邀仲山濟之禹疇飲 …………………………… 234
送陸全卿巡按福建 …………………………… 235
錢舜舉仇書圖 …………………………… 235
送姜恒頻改守寧波便養 …………………………… 235
廷試東閣閱卷 …………………………… 235
赤壁圖 …………………………… 236
趙松雪蘭竹圖 …………………………… 236
送吳禹疇赴廣東兵備副使 …………………………… 236
送施克寬太僕守思州府 …………………………… 236
文湖州叢竹圖 …………………………… 237
送仲山赴廣東參政 …………………………… 237
癸丑閏五月十四五日久旱大熱十七日得雨始解偶閱王荊公集首卷見二詩頗合乃次韻以寄濟之 …………… 238

連雨再次前韻寄濟之……………………………………… 238

倪雲林秋林野興圖……………………………………… 238

次韻爲王應爵進士題天平山石湖二圖………………… 239

送張叔亨出巡雲南……………………………………… 239

送朱堯民………………………………………………… 239

送陳宗理知永定………………………………………… 239

早　　朝………………………………………………… 240

送戴師文參政…………………………………………… 240

郭熙雪浦待渡圖………………………………………… 240

范寬雪山圖……………………………………………… 241

趙大年春江圖…………………………………………… 241

楊補之雪梅圖…………………………………………… 241

王澹游歲寒圖…………………………………………… 241

錢舜舉水仙花…………………………………………… 242

次韻題畫………………………………………………… 242

謝吳承翰送悟道泉……………………………………… 242

姪奕勻泉烹茶風味甚勝………………………………… 242

東坡樂水圖……………………………………………… 243

元人陳惟寅有蘇杭懷古詩各六首予以杭未至而蘇事甚多總和六首……………………………………………………… 243

沈石田追倣黃大癡長卷爲林御史舜舉題……………… 244

次韻韓彥哲州倅促予作生墓誌………………………… 244

爲奎姪題石田雪景……………………………………… 244

次韻石田七十自壽……………………………………… 244

煬帝龍舟圖……………………………………………… 245

卷第二十一　詩四十九首

　　西齋前作步廊三楹奕姪種紫竹數竿於前因名紫筠亭…… 246
　　補送艾郎中使朝鮮次韻二首………………………… 246
　　題崑山朱氏所復王朋梅小畫………………………… 246
　　題許道寧秋山暮靄圖………………………………… 247
　　過先塋登南橫山絶頂時表弟吴子高姪奎奕兒子奭奐侍行 … 247
　　文宗儒蓄匏研借觀數日宗儒以其制與拙號合遂以贈予研額刻元豐二年及晉齋學士四字印文曰李泂……………… 247
　　聞啓南有匏研更古次前韻…………………………… 248
　　題啓南寫緋桃圖卷首題石翁樂事四字桃作六出有議其誤者予因解之………………………………………… 248
　　題元人任本立墨竹追次虞邵菴韻…………………… 248
　　西溪舟行二首………………………………………… 248
　　久旱得雨……………………………………………… 249
　　五月十三俗云竹醉日種竹叢桂堂前時舊竹俱亡醫俗亭亦撤去擬別搆數椽名之曰復竹……………………… 249
　　晚　晴………………………………………………… 249
　　夜　坐………………………………………………… 250
　　西山雜興七首………………………………………… 250
　　叢桂堂前看月有感…………………………………… 251
　　後夜無月……………………………………………… 251
　　爲盛舜臣題山水長卷………………………………… 251
　　次韻石田戲朱野航短視……………………………… 251
　　叢桂堂前五詠………………………………………… 252
　　謝石田送匏硯復次前韻……………………………… 253

中秋後二夜獨坐……253
題湯溪胡氏藏朱澤民山水大幅……253
顧天錫參政以公事畢過吳中省墓復還南陽送別……253
題王浚之茗醉廬……254
歎雨中桂樹……254
重陽前連雨續潘邠老詩四首……254
雨止後復續邠老句二首……255
趙松雪秋江待渡臨本……255
南唐王齊翰剔耳圖……256
文宗儒以重九獨飲用東坡古來四事巧相違之句續成一詩見示偶夜過宗儒北莊乘月而歸因次韻以復……256
爲史太守題畫……256
謝王惟顯贈雕漆柱杖……256

卷第二十二　詩四十六首

題華東湖作族姪女冬娘死節傳後……258
題王孟端贈趙定軒墨竹二首……258
題柯敬仲博士墨竹……258
趙松雪溪山秋霽圖臨本爲奎姪題……259
挑鼻圖……259
春溪聚禽圖……259
題陳季昭畫……259
題范文正公書伯夷頌後……259
題西閶吳子潤製刻絲壽圖……260
陸天游畫……260
黃大癡畫……260
杜東原畫……261

任月山七馬飲飼圖…………………………………… 261
登故友史西村小雅堂………………………………… 261
訪啓南舟中望虞山憶與啓南同游今二十矣………… 261
夜宿啓南宅風雨大作………………………………… 262
題啓南過吴江舊圖…………………………………… 262
過荻扁留題王葦菴宅………………………………… 262
賦葦菴新栽四栝……………………………………… 262
謁外家墓……………………………………………… 263
送僧無礙歸太原……………………………………… 263
爲奎姪題吴隱之刺史遺象…………………………… 263
答光福張君送楊梅樹………………………………… 263
題陳憲副賣書圖後…………………………………… 264
紀游靈巖……………………………………………… 264
紀游天池……………………………………………… 264
予以服除赴京啓南謂年老難別挐舟遠送感念故情以詩叙謝
………………………………………………………… 265
題無錫李舜明家藏宋王梅溪謝先世侍郎琳爲主司啓并題御賜
詩遺墨後……………………………………………… 265
宿昌城………………………………………………… 265
自邵伯至寶應風雨中連日過湖……………………… 265
入清河………………………………………………… 266
下邳道中見山………………………………………… 266
望桓山………………………………………………… 266
過沛縣懷縣令顏伯偉與其子同死兵難……………… 266
泊濟寧………………………………………………… 267
東昌道中偶閲畫册各賦短句………………………… 267

渡口驛遇風…………………………………………… 268

卷第二十三　詩三十一首

謝周尚書伯常送魚次太保屠公韻…………………… 269
和屠公次前韻記賜鱘魚……………………………… 269
吏部右厢前種竹……………………………………… 269
謝僚友侶公摘送左厢前杏子………………………… 269
和周伯常謝侶公送杏杏爲伯常植者二首…………… 270
謝屠公送西域眼鏡…………………………………… 270
舊蓄一鶴部中後三年復來而鶴尚存感而有作……… 270
次韻屠公謝侶公送玉黃子二首……………………… 271
歎右厢前枯梨樹……………………………………… 271
秋享齋宿……………………………………………… 271
偶與屠侶二公論世俗以老態從上爲壽徵戲成二絶… 271
謁陵與韓貫道户部大勝寺前晚坐…………………… 272
小憩昌平城外崔老家………………………………… 272
詠肩輿………………………………………………… 272
謝屠公送新榛………………………………………… 272
送吴箋與屠公………………………………………… 273
答屠公見和…………………………………………… 273
屠公和章有一歲百箋之句則百歲合用萬箋次韻答之… 273
題元朱本初道士貞一藁後…………………………… 273
枯梨結實分送屠侶二公……………………………… 274
答屠公謝送家園棗有仙種之稱……………………… 274
秋壇陪祀……………………………………………… 274
謝屠公送猫…………………………………………… 274
夜閲陸放翁劍南集因懷北鄰故陸詹事廉伯蓋集爲陸君借予抄

者惜未完耳……………………………………… 275
　哀陳一夔……………………………………… 275
　答劉時雍宣府見寄…………………………… 276
　生日次韻答玉汝見賀………………………… 276
　答濟之次前韻………………………………… 276

卷第二十四　詩六十六首
　戊午正月十一日郊壇分獻東鎮……………… 277
　上元日邀鄉友小會…………………………… 277
　會飲屠公以不預會次韻見戲因和答之……… 277
　朱天昭巡按福建還止宿城西佛寺以不預會次韻復和答之 …
　……………………………………………… 278
　送王惟安赴思南推官………………………… 278
　次韻玉汝志得曾孫之喜……………………… 278
　梨樹今歲復有一枝枯者感歎再詠…………… 278
　讀石崇王明君詞……………………………… 279
　詠吏部後園草木與屠公倡和………………… 279
　孟夏太廟候祭偶登東園涵春亭次韻………… 281
　送徐侍郎公肅致仕…………………………… 281
　對萱花有感…………………………………… 282
　校白集雜書六首……………………………… 282
　次韻啓南游金焦二山見寄二首……………… 283
　又次韻吊郭璞墓……………………………… 283
　飲陽羨茶……………………………………… 283
　久旱始雨適校白集至喜雨篇因次韻………… 283
　晝　寢………………………………………… 284
　選事畢左闕下臨水東望……………………… 284

又聞鶯……284

小園初名一鶴後鶴失去乃改憶鶴亦以聲之近耳……284

和濟之次玉汝過飲園居韻……285

久雨遣悶……285

公署阻雨晚坐……285

夜宿公署不寐……285

謝文宗儒以茶櫖寄贈……286

月　蝕……286

小池種蓮未發而葉頗盛晚坐賞之……286

聞故園山茶爲人所折……286

謝陳原會寄方舃……287

聞西墳新栽松樹甚茂……287

種蓮公署有一花二房之異……287

朱郲公挽章……287

補壽徐閣學七十……288

恭題宣廟畫所翁畫龍圖……288

題友雲吳尚書忠節錄後……288

予既以憶鶴名園復有致一玄鶴者蓄之月餘一旦飛去……288

送少師徐公致仕歸宜興……289

送吳克溫奉旨護送舅氏少師公南還……289

詠水紅花……289

讀濟之撰貢士顧伯謙墓銘……289

次韻玉汝新拜南京僉都御史之作……290

予偶衣褐傅曰川舉孟子語見戲蓋以予名字相屬也予以褐爲賤者之服服之固宜亦仍孟子語更號褐夫因作詩發曰川一笑……290

次韻劉時雍歸休留別……290

觀土魯番遣使入貢…………………………………………… 290
永定寺在予家西唐韋刺史集有詠閒齋北池等詩至元高季迪輩又有經永定廢寺詩後搆造復完而堂揭海印舊榜乃元泰不華所書雄偉可觀今年秋寺忽毀於火予少嘗讀書於此因爲詩惜之……… 291
 詠甘菊…………………………………………………… 291
 題郭錦衣新宅假山……………………………………… 291
 閱黃山谷集見八音詩戲作一首………………………… 292
 題王浚之畫茅山圖……………………………………… 292
 送同年周公載運使擢按察使致仕……………………… 292

中　册

卷第二十五　詩六十三首
 己未正月十四夜與奭園中看月………………………… 293
 送梁洗馬使封安南……………………………………… 293
 夜宿公署二首…………………………………………… 293
 失貓偶讀古人十二辰詩戲作一首招之………………… 294
 詠南内新柳五首………………………………………… 294
 梨樹盡枯下復發數花更識感歎………………………… 294
 獨游部中後園看梨花簡舊寮侣公……………………… 295
 次韻玉汝報恩寺訪舊蓋嘗同寓文僧房今三十二年矣…… 295
 酴醾花下偶成…………………………………………… 295
 祈雨齋宿………………………………………………… 295
 二月十五日殿試東閣閱卷抵夜始出…………………… 296
 十七日東閣喜雨………………………………………… 296
 憶前年是日雨中與李世賢同游吴中西山……………… 296
 東鄰葉翁送白牡丹……………………………………… 296

初聞鶯……297

秦公邀賞左厢前芍藥……297

病　目……297

太廟候祭復游東園……297

次韻周伯常尚書秩滿……298

又次韻紀謝賜物……298

題朱澤民集古玉圖後……298

李時雍户部久居南土端午再蒙扇縷之賜相與感歎有作……299

讀劉靜修先生集……299

竹園壽集……299

次前韻自壽……299

次韻周公自壽……300

玉汝年亦六十以擢僉南臺不預壽集因次前韻以寄……300

端陽邀鄉友小飲……300

秦公崇化爲江西布政使時嘗泊九江忽見數舟遭風被覆使人救之獲生有爲詩美之予亦爲作一首……300

玉延亭西植夜合花二首……301

董北苑溪山風雨圖……301

次韻李時雍病起二首……301

哀文宗儒……302

中秋夜偶過濟之忽鄉友數輩至遂成良會濟之有詩次韻……302

次韻周伯常落齒……303

題三忠廟廟在城東祀諸葛武侯岳武穆王文信公都人周珍買地以建者……303

送濟之歸省	303
送馬秀才	304
再入翰林次韻周伯常見寄	304
内閣閲秘書喜得石湖集	304
冬日内閣閒書二首	304
自述	305
早入直房	305
挽陳堅遠通判	305
喜杜子開將有興復先世延緑亭之意	305
病肺	306
病中讀白集擬作二首	306
范石湖集有卧帽詩病中畏寒略效其制	307
觀烏絲競渡圖	307
美曹太守毁淫祠	307
壽都憲関公七十	308
雪中朝回題陸全卿所藏趙千里卧雪圖	308
煨橘	308
刻李貞伯篆書海月菴扁	309

卷第二十六　詩五十三首

元日早朝次林亨大韻	310
郊祀翰林朝房齋宿承傅曰川見過	310
夜坐復次韻	310
宿神樂觀	311
過沈道士舊館	311
元夕邀鄉友會飲	311
次韻屠公過賞繚絲燈	311

過鄉人賞燈……………………………………… 312

同年會飲……………………………………… 312

送同年陳瑞卿憲副還臨清………………… 312

次韻沈石田題奕姪影翠軒………………… 312

園中作石臺其旁多棗樹以木末相結如屋形……… 313

吏部右厢前有朱藤一株予手種也今歲始聞花開甚盛 313

六月十三日園居喜雨……………………… 313

園居雨後六言四首………………………… 313

觀天鵝池中對浴…………………………… 314

玉延亭傍新開小徑二首…………………… 314

新正無事偶閱鄉先哲范文穆公石湖詩集見其多道吳中事因摘取其句有涉於春者輒賦一絕得十二首蓋予入官適三十年處世幾七十歲公私所繫不即歸田賦成令兒子輩誦之恍如身在吳中亦可以自慰也昔人有和陶之作予僭名爲賡范其不免文穆公之笑乎…… 314

爲倪尚書題王孟端舍人墨竹……………… 317

爲陸全卿題米南宮雪景…………………… 317

爲楊起同題沈石田擬謝雪村山水………… 318

爲錢世恒題石田雪景……………………… 318

爲毛貞甫題孫君澤山水…………………… 318

又爲題高房山山水………………………… 319

爲杭人題畫………………………………… 319

和楊應寧次陶韻止酒……………………… 319

夏日園中小適二首………………………… 319

次韻鳴治病中二首………………………… 320

雪園雜賦四首……………………………… 320

寄壽陳朝用布政…………………………… 320

爲奎姪題延香室	321
寄壽蕭文明七十	321
寄壽吳子高六十	321

卷第二十七　詩六十六首

春山圖	322
送戴員外出守桂林	322
送張光祿時達還南京	322
賀成國夫人胡氏七十	323
盆中桃花一本而緋碧二色	323
送王汝英南歸	323
送邵國賢	323
送白太傅致仕	324
送冢宰屠公致仕	324
園中行讀白集	324
新月	324
園中夜步	325
同年會予以病不赴簡席間諸公	325
送工部徐尚書以病乞歸加太子太保致仕	325
送禮部徐尚書加太子太保致仕	325
送倫修撰文序父南還	326
爲毛憲清題花竹圖	326
送李世賢赴南京禮部侍郎	326
題沈良德送行圖	326
翰林送李世賢	327
九日風雨二首	327
早寢	327

謝葉惟立送菊	327
送陳德修擢南京右都御史	328
送何道士授都紀還鎮江次沈石田韻	328
藤梢	328
雪後入朝	328
次韻韓貫道送濟之以冬至謁陵	329
謝濟之送橘次舊韻二首	329
又次韻謝送銀杏	329
楊應寧携畫册過園居相示已而雪作	329
聖駕郊壇看牲次玉汝韻	330
生日	330
談命	330
正月十三夜與鄉友會飲	331
十五夜赴西涯飲	331
次韻李諭德生子志喜	331
爲錢副郎世恩題桂兔圖	331
傅水部索題石田玉洞桃花圖寄壽乃兄宗伯	332
盆中紅梅二首	332
送汪太守致仕	332
送楊太卿應寧赴南京	333
齒痛	333
挽毛伏羌	333
送史引之知隨州	334
送馬學士良佐還南京	334
送宋郎中出守廣信	334
園居二首	334

追和朱樂圃先生蘇學十題 … 335
爲崔太卿題史都憲墨竹 … 337
爲錢僉憲題二士圖 … 337
題石田畫卷寄沈時暘 … 338

卷第二十八　詩八十七首

題謝鳴治歸來園 … 339
次前韻懷故園 … 339
鳴治新修國學朝房雨夜宿此有作次韻 … 339
久借內閣朝房次前韻 … 340
寄壽太宰尹公八十 … 340
盆荷初開適值風雨對之感歎 … 340
代荷花答 … 340
園中即景二首 … 341
雨後移竹 … 341
園北新搆板屋制甚樸陋濟之有作次韻答之 … 341
濟之再和復次韻 … 342
濟之三和復次韻 … 342
偶閱白集有東園玩菊之作今歲小園菊開頗盛輒復次韻 …… … 342
有感效白體 … 343
雪中對竹 … 343
板屋二適 … 343
送陸全卿赴浙江副使 … 344
送羅編修擢南監司業 … 344
答鳴治乞花二首 … 345
再答鳴治乞花不得二首 … 345

待鳴治過園居……………………………………… 345
鳴治至次前韻……………………………………… 345
送吳克温赴南京翰林……………………………… 346
聞家園樹爲去歲風雪凍死………………………… 346
得仲山德州所發書云去京師陸行只三程恨不能一見是夜園居對月悵然成詠……………………………………………………… 346
園居續詠…………………………………………… 347
晝聞鬼車…………………………………………… 348
送李郎中擢應天府丞……………………………… 348
自六月初七夜乘涼看月後每夜有月輒賦一首…… 348
初八夜……………………………………………… 348
初九夜……………………………………………… 349
初十夜……………………………………………… 349
十一夜……………………………………………… 349
十二夜……………………………………………… 349
十四夜……………………………………………… 349
十五夜……………………………………………… 350
三姊壽七十以八月十三日生因題月兔圖奉賀…… 350
爲陳玉汝題啓南山水大幅………………………… 350
鳴治種荷無花見予所種亦同有作次韻三首……… 350
老病二首…………………………………………… 351
奕姪搆二亭於東莊一在振衣岡名看雲一在曲池旁名臨渚以書來報待余歸休與諸老同游喜而寄此………………………………………… 351
病臥玉延亭………………………………………… 351
謝朱懋恭同年寄龍井茶…………………………… 351
題墨竹贈李尚書時雍赴南京二首………………… 352

玉延亭晚坐 352
惜月效白體 352
有　感 353
送張濟民擢知思南 353
新製方竹杖 353
夜坐聞砧 353
中秋風雨 354
和石田題王潛之畫扇二首 354
病中讀周益公集以術家謂其身坐磨蝎宮宜退不宜進寬命與公偶同所愧名賢德望不及遠甚其退尤宜因詩紀之二首 354
詠荆墩 355
詠胡牀 355
煮栗粥 355
讀韓文公瀧吏詩 355
招曹良金飯 355
題墨竹贈良金還東昌 356
九月十八日大雪又十日雪益大作秋雪歎 356
次韻濟之齋居苦雨 356
韓貫道示所和復次韻答之 357
送楊溫甫郎中出守杭州 357
竹田東莊諸景中之一也長姪奎取以爲號使來請一言予喜其不忘舊業也賦近體一章遺之 357
杜東原畫爲奎姪題 357
又爲題沈石田畫 358
夏太常墨竹卷爲楊郎中題 358
紀　賜 358

楊惟立以南京吏部考績至京留修會典書成睹卷首與予聯名有詩志喜次韻答之…… 358

又次韻惟立奉天殿進會典…… 359

又次韻進會典明日賜宴禮部…… 359

次韻鳴治歲暮有感…… 359

卷第二十九　詩三十六首

癸亥正月九日以張廷式工部自易州分司來初作同年會於李時器宅時器出松竹梅於盎云歲寒三友人各以一物自儗復相倡和………………………………………………………… 360

十四日再會予家…… 360

二十日三會廷式公館館即楊文敏公朝房所謂聚奎堂也…… 360

儗　松…… 361

和廷式儗竹…… 361

和時器儗梅…… 361

絕　飲…… 361

聞　雞…… 362

新歲與玉汝世賢禹疇濟之爲五同會玉汝以詩邀飲因次韻時玉汝初治楚獄還…… 362

書室曉坐…… 362

二月四日上出視朝志喜…… 362

次韻鳴治見懷…… 363

郊祀與楊惟立寓宿神樂觀馬道士房…… 363

次韻屠元勳陪祀…… 363

送玉汝擢副都御史仍赴南京…… 364

園中一鶴長鳴群烏時噪其旁若相語然因觀白集有烏鶴贈答之

作輒效其製爲四絶或者能道其意非特所謂自取笑也………… 364
 謝馮副郎送惠山泉……………………………………… 365
 題西戎獻馬圖贈楊應寧都憲督理陝西馬政…………… 365
 應寧示贈行諸作題其後………………………………… 366
 題米南宫詩墨…………………………………………… 366
 爲潘時用博士寄壽其叔父鶴溪太守八十……………… 366
讀蘇集有除夜詩首四句云行年三十九勞生已强半歲暮日斜時還爲昔人歎蓋述白太傅語也後蘇公年止六十五而白公七十六予今年六十九適介其間因自賦以寄鄙懷…………………… 367
 次韻友人海昌對月見懷………………………………… 367
 寄壽趙完璞八十時得人治盲目復明手書示報………… 367
 新麨歎…………………………………………………… 367
 登廣福寺佛閣望西山…………………………………… 368
 次韻謝鳴治初入館修史纂之作………………………… 368
 中秋夜與葉翁飲………………………………………… 368
 感范魏公食粥事………………………………………… 369
 翰林新修工畢適奉命教庶吉士坐久偶成……………… 369
 題米南宫水墨圖………………………………………… 369
 寄壽施焕伯七十………………………………………… 369
 斫　蟹…………………………………………………… 369

卷第三十　詩五十一首

 詠春雪…………………………………………………… 371
 寒夜懷楊應寧…………………………………………… 371
 簡鳴治…………………………………………………… 371
 齋居謝屠元勳送解家香………………………………… 372
 與廷式飲時器宅爲會…………………………………… 372

再會予家次廷式韻……372
三會廷式公館次時器韻……372
齋居答廷式……373
又喜廷式夜訪……373
正月九日再答廷式……373
送胡副使擢廣東……373
次韻屠元勳李若虛齋居聯句見寄……374
送王編修九思歸省……374
讀陸參政文量歸田稿……374
偶讀司馬溫公詩集有和邵堯夫年老逢春三首各以本題四字起句有感於中輒傚而和之……374
牡丹初開奭奐張幕以護作詩示之……375
送劉仁仲歸省……375
送劉司直展墓……375
夏夜起坐……375
爲馬彥中道士題夏太卿雨竹……376
次韻答鳴治病中寫懷……376
次韻屠元勳以二世誥詞刻石樹先塋之作二首……376
送文侍御宗嚴奉使河南……376
爲奎姪題畫……377
聞趙栗夫擢廣東按察使……377
乞歸不遂……377
五月十五日蒙賜鰣魚二尾……377
盆池養魚……378
病中……378
爲顧良弼題墨梅……378

次韻李世賢遣祀天壽山禱雨有應二首……378
次韻世賢和供字韻之作約顧良弼携酒來慰……379
病後獨游園中……379
爲屠元勳題畫二首……379
世賢以予拒客次前韻復和答之……379
謝顧良弼李世賢携酒過訪……380
世賢謝送鶴雛次韻答之……380
再答世賢過訪之作……380
謝顧良弼送甘州枸杞……380
爲世賢題唐子華釣舟圖……381
韓貫道爲陳太僕題滁州環山樓末聯有游人莫作尋常看季子文章在上頭之句以予嘗作樓記也因貫道寄示次韻亦賦一首……381
題趙仲穆馬圖……381
贈謝鳴鑾還台州次李若虛韻二首……381
五同會……382
西涯示東兗紀游諸作有謁顏廟一首予昔謁廟未有詩因次韻補之……382

詩餘三十四首

詠墨菊　醜奴兒……382
詠木芙蓉　滿江紅……383
詠桂花　浪淘沙……383
秋夜對月　大江東去……383
　翰林齋宿對雪　滿庭芳……384
又和李石城　南鄉子……384
賀張東海太守致仕　定風波……384
答傅體齋約游西山　青玉案……385

玉延亭午坐　如夢令……………………………………385

壽費蒻軒　臨江仙………………………………………385

和答李世賢慶五十　風入松……………………………385

又答王濟之　水龍吟……………………………………386

又答陳玉汝　滿庭芳……………………………………386

又答周原己　沁園春……………………………………386

又答孫希説　千秋歲……………………………………387

又答朱天昭　賀新郎……………………………………387

又答趙栗夫　醉蓬萊……………………………………387

又答賀其厚　喜遷鶯……………………………………388

又答楊君謙二首　大江東去……………………………388

苦　雨　浣溪沙…………………………………………389

喜　晴　同前……………………………………………389

追和元張伯淳學士贈長蘆彈琵琶者　木蘭花慢………389

游虎丘　江神子…………………………………………389

謝吳中親友　清平樂……………………………………390

舟中詠沙燕　憶王孫……………………………………390

臨清晚泊　柳梢青………………………………………390

晚行御河　西江月………………………………………390

公署冬晚　蝶戀花………………………………………391

題修竹士女圖　阮郎歸…………………………………391

題倦繡士女圖　同前……………………………………391

題宮人二景二首　重疊金………………………………391

癸亥歲除自壽　踏莎行…………………………………392

卷第三十一　記一十三首

　鮑菴記……………………………………………………393

醫俗亭記 …………………………………… 393

佩韋記 ……………………………………… 394

陋清閣記 …………………………………… 395

恥菴記 ……………………………………… 396

甘節堂記 …………………………………… 397

静逸齋記 …………………………………… 398

重建延緑亭記 ……………………………… 399

重建覺山寺記 ……………………………… 400

湯陰縣儒學修建記 ………………………… 401

太康縣修學記 ……………………………… 402

湯溪縣儒學記 ……………………………… 404

武岡州重修儒學記 ………………………… 405

卷第三十二　記一十二首

西溪草堂記 ………………………………… 407

義烏陳氏祠堂記 …………………………… 408

長洲縣學田記 ……………………………… 409

義烏縣重修永慕廟記 ……………………… 411

義烏王氏新建忠文公廟記 ………………… 412

吳縣儒學進士題名記 ……………………… 413

嘉興縣儒學科第題名記 …………………… 414

望洋書堂記 ………………………………… 415

榕江記 ……………………………………… 416

虛菴記 ……………………………………… 417

冷菴記 ……………………………………… 418

蔗菴記 ……………………………………… 419

卷第三十三　記一十二首

蕭山縣建龕山牖記……………………………………421

南野記…………………………………………………422

寶訓堂記………………………………………………423

玉澗記…………………………………………………424

周孝子廟記……………………………………………424

歸菴記…………………………………………………426

光福山游記……………………………………………426

慧林房記………………………………………………427

興福寺記………………………………………………428

崔巡撫辯誣記…………………………………………429

東湖記…………………………………………………430

蘇州府重建文廟記……………………………………431

卷第三十四　記十一首

胡忠簡公祠記…………………………………………433

休寧縣兗山二塢記……………………………………434

觀泉亭記………………………………………………435

博平縣遷學記…………………………………………437

武學設廟像記…………………………………………438

聽烏軒記………………………………………………439

金鄉縣學修建記………………………………………440

無錫錢氏改建祠堂記…………………………………441

三辰堂記………………………………………………442

承天寺重建大雄殿記…………………………………443

得月亭記………………………………………………444

卷第三十五　　記十一首

　　塗嶺南窩記……………………………… 446
　　承慶堂記………………………………… 447
　　榮感堂記………………………………… 448
　　魯兩先生祠記…………………………… 449
　　華氏粹墨軒記…………………………… 450
　　東村記…………………………………… 451
　　礪菴記…………………………………… 452
　　華守方義事記…………………………… 452
　　貴溪縣重建儒學記……………………… 453
　　許州儒學修建記………………………… 455
　　主一齋記………………………………… 456

卷第三十六　　記十一首

　　陽山白龍神廟重修記…………………… 458
　　葉文莊公祠記…………………………… 459
　　慈幼堂記………………………………… 460
　　長垣縣重修學堂岡孔子廟記…………… 461
　　敬義堂記………………………………… 462
　　春和堂記………………………………… 463
　　錫榮堂記………………………………… 464
　　都御史盛公所受敕書碑陰記…………… 465
　　心耕記…………………………………… 466
　　古田縣重建文廟記……………………… 467
　　宜興縣重建先賢祠記…………………… 468

卷第三十七　　記十首

　　朝城縣重修儒學記……………………… 470

嘉興府儒學明倫堂重建記……471
廉石記……472
潏墅重造普思橋記……473
常州府新修譙樓記……474
鎮江府重修儒學記……475
南禪集雲寺重建大雄殿記……476
吳縣修學記……477
瑞賢亭記……478
韓氏立後記……479
瞻竹堂記……480

卷第三十八　記一十六首

敕祀鶴山先生魏文靖公記……481
朱孝子旌門記……482
綠野書院記……483
陽山大石巖雲泉菴記……484
冬日賞菊圖記……485
鳳陽府重修儒學記……486
青州府重修儒學記……487
沙湖隄記……488
蘇州府新立義塚記……490
膠州重建儒學大成殿記……491
正覺寺記……493
溫州府新建鹿城書院記……494
新安縣學文廟重修記……495
新安縣重建靜修書院記……496
兩山樓記……498

順慶府修建廟學記……………………………………… 498

卷第三十九　序一十四首
　　送陳翰林先生序………………………………………… 501
　　送琬上人序……………………………………………… 502
　　贈盛用美序……………………………………………… 503
　　游陽山詩序……………………………………………… 504
　　贈周元基序……………………………………………… 504
　　送秦府教授湯君詩序…………………………………… 505
　　送周仲瞻應舉詩序……………………………………… 506
　　蘭舟詩序………………………………………………… 507
　　送章廷佐還金華序……………………………………… 508
　　送陳起東教諭寧德詩序………………………………… 509
　　送陳寺副序……………………………………………… 510
　　周紳字叔謹序…………………………………………… 511
　　郁處士挽詩序…………………………………………… 512
　　錢伯啓挽詩序…………………………………………… 513

卷第四十　序一十三首
　　送陳編修師召南歸展墓序……………………………… 514
　　送同年知州縣序………………………………………… 515
　　贈王惟用序……………………………………………… 516
　　贈行人楊君擢監察御史序……………………………… 517
　　樊山集序………………………………………………… 518
　　銀爵聯句序……………………………………………… 519
　　愚樂菴詩後序…………………………………………… 520
　　尚古會詩序……………………………………………… 520
　　贈周原己院判詩序……………………………………… 521

贈施煥伯同知許州詩序…………………………………522

　　中園四興詩集序……………………………………………523

　　永感詩後序…………………………………………………524

　　賢科世繼圖序………………………………………………524

卷第四十一　　序一十二首

　　丁未會試錄後序……………………………………………526

　　贈工部員外郎胡公致仕序…………………………………527

　　崑山葉氏族譜序……………………………………………528

　　南安傅氏族譜序……………………………………………529

　　贈都憲孔公詩序……………………………………………530

　　潛齋詩集序…………………………………………………531

　　舊文稿序……………………………………………………531

　　恩榮圖詩序…………………………………………………532

　　贈孟御史序…………………………………………………533

　　西涯遠意錄序………………………………………………534

　　後同聲集序…………………………………………………534

　　贈王刑部歸省詩序…………………………………………535

卷第四十二　　序一十二首

　　賀監察御史徐君序…………………………………………536

　　雨菴宗譜序…………………………………………………537

　　伊氏重修族譜序……………………………………………538

　　賀監察御史陳君考最序……………………………………539

　　新安吳氏累世遺象序………………………………………540

　　周氏立後序…………………………………………………541

　　容溪詩集序…………………………………………………542

　　抱璞南歸詩序………………………………………………543

贈進士秦君序 …… 544
吴冢遺文序 …… 545
樵樂存藁序 …… 545
公餘韻語序 …… 546

卷第四十三　序一十二首

送少師徐公致仕還鄉序 …… 548
盛氏重修族譜序 …… 549
容菴集序 …… 550
經筵侍班倡和詩序 …… 550
越溪盧氏族譜序 …… 551
送南京吏部尚書秦公詩序 …… 552
啓事餘情序 …… 553
石田藁序 …… 554
使東贈別詩序 …… 555
尚書嚴公流芳錄序 …… 555
壬戌會試錄序 …… 557
慈溪姚氏家乘序 …… 558

卷第四十四　序一十四首

劉文恭公集序 …… 560
同年三友會詩序 …… 561
五同會序 …… 562
送太子太保戶部尚書周公致仕詩序 …… 563
送南京兵部尚書韓公詩序 …… 564
衢州府志序 …… 565
山東泉志序 …… 565
贈衍聖孔公襲封還闕里詩序 …… 566

送陳都憲玉汝赴南京詩序……………………567

　重慶劉氏族譜序……………………………568

　名賢確論序…………………………………569

　完菴詩集序…………………………………569

　西潭詩稿序…………………………………570

　弘治壬戌進士同年會錄序…………………571

卷第四十五　序一十三首

　趙隱君叔敏五十壽序………………………573

　偕壽堂詩序…………………………………574

　壽賀感樓先生序……………………………575

　壽陳未菴序…………………………………576

　慶都憲盛公七十壽詩序……………………576

　少傅徐公壽詩序……………………………577

　竹園壽集序…………………………………578

　太子少保左都御史閔公七十壽詩序………580

　山西參政祝公夫人錢氏慶壽圖序…………581

　壽王孺人序…………………………………582

　丘母太安人壽詩序…………………………583

　靳母太孺人范氏壽詩序……………………584

　皇甫母壽序…………………………………585

卷第四十六　引七首

　述祖德詩引…………………………………586

　送劉武陵詩引………………………………586

　贈邵汝學守楚雄詩引………………………587

　送劉世熙僉事詩引…………………………587

　柯詹事游西湖詩引…………………………588

乾乾齋稿引 …………………………………… 588

游吴中西山詩引 ………………………………… 589

説五首

徐氏兄弟字説 …………………………………… 589

黄氏二子字説 …………………………………… 590

陳鎡字説 ………………………………………… 590

張進士兄弟字説 ………………………………… 591

鐵柯説 …………………………………………… 592

表六首

禮部試擬宋以范仲淹爲樞密副使謝表 ……… 593

賜進士及第後率諸同年謝恩表 ……………… 593

擬頒賜重刊貞觀政要謝表 …………………… 594

文武百官請太皇太后立皇太子第二表 ……… 595

第三表 …………………………………………… 595

擬功臣子孫襲封謝恩表 ……………………… 596

頌二首

豐年頌 …………………………………………… 596

平胡頌 …………………………………………… 597

致語七首

上元節皇太后宴致語 ………………………… 598

上元節皇上宴致語 …………………………… 599

聖節皇上宴致語 ……………………………… 599

端午節皇上宴致語 …………………………… 600

中秋節皇太后宴致語 ………………………… 600

重陽節皇上宴致語 …………………………… 601

元宵節皇上宴致語 …………………………… 602

卷第四十七　箴二首

- 謹疾箴 …………………………………… 603
- 成齋箴 …………………………………… 603

銘二十三首

- 逢恩堂銘 ………………………………… 604
- 衍慶堂銘 ………………………………… 604
- 家藏研銘 ………………………………… 605
- 英石銘 …………………………………… 605
- 思貽堂銘 ………………………………… 605
- 滋德堂銘 ………………………………… 606
- 婁菴銘 …………………………………… 606
- 海月菴銘 ………………………………… 606
- 節菴銘 …………………………………… 607
- 鼎硯銘 …………………………………… 607
- 晁無咎硯銘 ……………………………… 607
- 鐘硯銘 …………………………………… 607
- 邃菴銘 …………………………………… 608
- 益菴銘 …………………………………… 608
- 方竹杖銘 ………………………………… 608
- 桃竹壓尺銘 ……………………………… 609
- 書廚銘 …………………………………… 609
- 畫廚銘 …………………………………… 609
- 匏研銘 …………………………………… 609
- 古匏研銘 ………………………………… 610
- 文宗儒得宋匏研借觀累日輒爲之銘 …… 610
- 桂巖書院銘 ……………………………… 610

靳充道大研銘 …………………………………… 611
贊二十五首
元朱澤民先生遺像贊 …………………………… 611
王訥齋像贊 ……………………………………… 611
耕學徐翁像贊 …………………………………… 611
張汝弼象贊 ……………………………………… 612
新野王教授陳以道畫象贊 ……………………… 612
武略將軍李君象贊 ……………………………… 612
李指揮象贊 ……………………………………… 613
故蔣樂亭象贊 …………………………………… 613
王舍人允達象贊 ………………………………… 613
江西布政使朱公象贊 …………………………… 613
丁易洞象贊 ……………………………………… 614
錢院判象贊 ……………………………………… 614
太卿劉公修史象贊 ……………………………… 614
費司業野服象贊 ………………………………… 614
王光菴先生遺象贊 ……………………………… 615
閩學徐公象贊 …………………………………… 615
姚栗菴象贊 ……………………………………… 615
處士呂愚隱象贊 ………………………………… 616
孝子呂德升象贊 ………………………………… 616
孫欽齋先生象贊 ………………………………… 616
陳憲副象贊 ……………………………………… 617
韓克敬象贊 ……………………………………… 617
施修撰遺象贊 …………………………………… 617
沈啓南象贊 ……………………………………… 617

劉户部時雍象贊..................................618

卷第四十八　題跋二十九首

跋所録方先生書後..................................619
題吴貞母傳後......................................619
跋謝山人詩藁......................................620
恭題楊文貞公所書宣宗御製詩後....................620
書今人畫册後......................................620
題勿齋藁後..621
書壬辰科進士題名後................................621
跋王允達藏宋仲珩草書..............................622
跋項文祥刑部愛日齋藁..............................622
跋世儒堂記..622
題杜東原絶筆......................................622
題蕭鳳儀生朝詩....................................623
題賀大理與張用齋手帖..............................623
跋黄山谷草書李白贈懷素長歌........................624
跋李龍眠女孝經圖..................................624
跋宋中興名臣手帖..................................624
跋所録楊參謀誄後..................................625
跋啓南所藏黄山谷墨蹟..............................625
題王右軍東方朔贊大令洛神賦石本後..................626
書續編懷古録後....................................626
跋米海岳臨顔魯公坐位帖............................627
跋山谷書後漢人陰長生三詩..........................627
跋元諸家墨蹟......................................627
跋宋虞忠肅公手帖..................................628

書舊題王駙馬草書千文後……628
書胡訓導小錄後……629
題陳清全先生小象……630
書隱者邢用理遺文後……630
題懷素自叙真蹟……631

卷第四十九　題跋三十一首

跋宋理宗御書賜鄭丞相詩後……632
跋解學士筆舫銘……633
題宋大慧禪師手帖……633
跋虞氏遺墨……634
題沈雲鴻藏其父所寫古木慈烏圖……634
題伊尹耕莘圖……635
跋鮮于困學草書後赤壁賦……635
跋陳秘書遺墨……635
跋趙吳興臨王右軍十七帖……636
跋米南宮龍井記石本……636
題袁靜春寄鮮于太常詩後……637
跋元諸名公所書靜春堂詩集序等作後……637
題袁養福所書郭有道碑文……638
題東坡遺張平陽詩真蹟……638
題重刻缶鳴集後……638
跋褚遂良書唐文皇哀册文……640
跋天全翁賞燈聯句……640
題王清獻公遺墨……640
跋和靖處士小簡……641
題唐趙模摹集晉人千文……641

題宋四家書 ……………………………………… 641
跋山谷書發願文 …………………………………… 641
題樓節婦詩卷 ……………………………………… 642
題樓氏全清堂詩卷 ………………………………… 642
題楊鐵崖遺墨 ……………………………………… 642
題王右軍此事帖真蹟 ……………………………… 642
題張汝弼南行詩後 ………………………………… 643
跋陳廷璧模嘯堂集古錄後 ………………………… 643
跋天全翁詞翰後 …………………………………… 643
題趙松雪水村圖 …………………………………… 644
跋東坡與蜀僧二帖 ………………………………… 644

卷第五十　題跋三十九首

跋文信公過小青口詩遺墨 ………………………… 645
跋宋孝宗賜虞雍公手詔 …………………………… 645
題宋吳中三大老詩石刻 …………………………… 646
題歐陽文忠公遺象 ………………………………… 646
跋朱氏所復睢陽五老圖 …………………………… 647
跋李龍眠所畫前代君臣事實 ……………………… 647
跋米南宮書宋宗室崇國公恬墓誌銘 ……………… 647
跋李西臺墨蹟 ……………………………………… 647
跋子昂臨羲之十七帖 ……………………………… 648
跋王氏文集 ………………………………………… 648
跋黃氏祖德錄 ……………………………………… 648
跋孔氏所藏先代文移 ……………………………… 649
題僧朋雲墨梅 ……………………………………… 649
再題所摹懷素自叙帖 ……………………………… 649

跋沈氏寫山樓詩文後	650
題虹橋別業詩卷	650
跋東坡楚頌帖	650
題李營丘畫後	651
題高房山畫後	651
跋王允達廷試策	651
跋蘇東坡書醉翁操	651
題陳起東詩稿後	652
題謝氏貞則堂記後	652
題李賓之侍講北上錄後	653
跋宋王盧溪先生遺墨	653
跋宋仲溫墨蹟	653
跋夏太常墨竹卷	654
題歐陽文忠公遺墨	654
跋范文正公書伯夷頌石刻	654
跋錢謙齋與林逢吉書	654
跋秦二世泰山石刻	655
跋後漢尉氏故吏處士人名	655
跋後漢廬江太守范府君碑額	656
書岑嘉州詩集後	656
跋四烈圖	656
跋所摹東坡楚頌帖	657
題九歌圖後	657
跋庹尚碑	657
題陳僉憲傳後	658

卷第五十一　題跋三十二首

跋夏憲副所藏褚河南書兒寬贊墨蹟 ………… 659
跋東坡墨蹟 ………………………………… 659
書邵通判決防詩後 ………………………… 659
跋沈啓南畫卷 ……………………………… 660
題朱文公請祠治姦二劄 …………………… 660
跋張即之墨蹟 ……………………………… 661
跋朱存復錄范文穆公田園雜興詩後 ……… 661
跋元人顧玉山小像 ………………………… 662
跋桃源雅集記 ……………………………… 662
跋元人與朱澤民提學手簡 ………………… 663
跋屈可菴墨竹卷 …………………………… 663
題韓都憲手札 ……………………………… 663
題岳蒙泉與其子婿李士常御史手帖 ……… 664
跋宋王伯虎受官敕四道 …………………… 664
跋宋高宗獎諭著作郎王蘋敕 ……………… 665
跋王氏紹興敕牒 …………………………… 665
跋真西山與王周卿手帖 …………………… 666
跋王德文公據 ……………………………… 666
跋王光菴遺墨 ……………………………… 666
跋劉參政與楊君謙手簡 …………………… 667
題李職方藏山谷草書 ……………………… 667
跋文信公研銘 ……………………………… 667
跋方寸鐵志後 ……………………………… 667
讀顏孝子傳 ………………………………… 668
跋楊文貞公題贈泰和吳令墨梅詩後 ……… 668

題江處士傳後	669
跋息菴書訓	669
跋黃樓賦	669
題元人墨蹟	670
跋林居魯所藏鄧文肅公二帖	670
跋祝生文稿	670
跋韓文公廟碑	671

卷第五十二　題跋三十一首

題臨川兩先生小象後	672
題虞邵菴趙子昂鄧文原諸家書後	672
跋東坡三刻	672
跋三楊遺墨	673
跋林尚書葉侍郎尹尚書楊尚寶聯句	673
題全沖堂記并詩後	673
跋趙文敏公手帖	673
跋八一軒詩後	674
跋方正學壽樸堂文	674
跋所臨東坡二帖後	675
跋李提舉遺墨	675
題山行雜錄後	675
題總山雜詠後	676
跋魏元裕遺墨	676
跋金氏所藏詩畫	676
跋趙松雪書納扇賦	677
跋碧落碑	677
跋何翠谷藥案	677

跋東坡和人夢游桂林西峰詩刻 …………………… 678
跋彌明詩刻 ………………………………………… 678
跋漢晉逸士圖 ……………………………………… 678
書陳氏復義莊記後 ………………………………… 679
題東行紀勝圖後 …………………………………… 679
跋馬氏遺文卷 ……………………………………… 679
跋山谷草書 ………………………………………… 680
恭題進士王奎所藏制策題 ………………………… 680
跋文信公墨蹟 ……………………………………… 681
恭題糧長敕諭 ……………………………………… 681
跋沈石田畫册 ……………………………………… 682
書嘉魚縣湖西義學記後 …………………………… 682
題陸鼎儀訓子帖後 ………………………………… 683

卷第五十三　題跋三十九首

跋清明上河圖 ……………………………………… 684
跋蘇子美草書老杜絶句 …………………………… 684
題倪雲林畫 ………………………………………… 684
跋周寅之八哀詩後 ………………………………… 685
跋楊文貞公并楊晞顔尚書遺墨後 ………………… 685
跋唐賢夜宴圖 ……………………………………… 686
跋徐仲山紀行詩 …………………………………… 686
跋張氏尺牘 ………………………………………… 686
書拙脩菴記後 ……………………………………… 687
題王荆公詩後 ……………………………………… 687
題米原暉邐釣圖 …………………………………… 687
跋米原暉寓大姚村所書三詩 ……………………… 688

跋原暉雲山圖 688
題朱陸二先生遺墨後 688
跋陳閎人馬圖 689
跋韓幹馬圖 689
跋石勒問道圖 689
題馬遠柳塘聚禽圖 689
題劉松年三生圖 690
跋顏魯公祭文稿 690
跋孫過庭書譜 690
跋高閑草書千文 690
跋蔡忠惠公謝賜御書詩真蹟 691
跋黃山谷書南山懶殘和尚歌 691
跋趙松雪補唐人臨王右軍三帖 691
跋趙松雪書王右軍四事 691
書分韻送文太僕詩首簡 691
題史氏宜樂堂詩序後 692
跋顏魯公干祿字石刻 692
跋秦氏科第錄 693
書大雅堂卷後 693
跋鉅鹿耿氏公牘後 694
跋趙彝齋畫蕙 694
跋豳風圖 695
跋下蜀江山圖 695
題白雲親墓圖 695
跋林酒仙詩 696
跋宋仲温草書 696

70　匏翁家藏集

跋原己松軒賦……………………………………696

下　册

卷第五十四　題跋三十四首

跋趙魏公臨智永真草千文………………………697
跋楊眉菴春懷八詠………………………………697
題鍾繇真蹟………………………………………697
跋大石聯句後……………………………………698
跋滕用衡貞符頌…………………………………698
題鄭氏所藏文移…………………………………699
跋司馬氏家藏宋誥………………………………699
跋陸翁所藏石田畫後……………………………699
跋陳憲副所藏文移………………………………700
跋華樓碧手帖……………………………………700
跋尤牧菴遺墨……………………………………700
跋楊文貞公與尤參議詩札………………………701
跋宋人哀徐徽言詩後……………………………701
跋倪雲林詩………………………………………701
跋溧陽史氏家藏公劄……………………………702
題陳僖敏公印象…………………………………702
跋趙集賢書鄒將仕墓誌銘………………………702
跋錢氏所藏群公手簡……………………………703
跋范文正公道服贊………………………………703
跋范文正公與尹師魯手帖………………………703
跋范忠宣公誥……………………………………704
跋范氏所藏唐誥…………………………………704

書俞烈婦事 …………………………………………………… 704
題雪洲卷後 …………………………………………………… 705
跋甲秀堂帖 …………………………………………………… 705
跋張朱二先生手帖 …………………………………………… 706
跋水東日記抄本後 …………………………………………… 706
跋李氏宋敕 …………………………………………………… 706
題夵兒所藏王守溪詩墨後 …………………………………… 707
書重刻寶光寺碑後 …………………………………………… 707
跋葉文莊公手簡 ……………………………………………… 708
恭題院使王玉被賜藥方後 …………………………………… 708
恭題醫士陳寵被賜藥方後 …………………………………… 709
恭題尚書屠公被賜朝覲官敕文後 …………………………… 709

卷第五十五　題跋三十六首

跋南園俞氏文册 ……………………………………………… 711
題解學士墨蹟 ………………………………………………… 711
跋舊所書白樂天詩 …………………………………………… 712
恭題累朝恩命錄後 …………………………………………… 712
題紹興瑞應圖後 ……………………………………………… 713
恭題尚書秦公所受制策題後 ………………………………… 713
跋沈石田游張公洞詩後 ……………………………………… 713
題周氏崇本堂記後 …………………………………………… 714
跋宋賢四帖 …………………………………………………… 714
跋宋賢五帖 …………………………………………………… 714
跋宋賢三帖 …………………………………………………… 715
跋王氏所藏宋敕二通 ………………………………………… 715
跋戶部尚書周公加官移文 …………………………………… 715

跋吏部舉薦祭酒謝公咨文…… 716
跋王右軍真蹟…… 716
跋王獻之真蹟…… 716
跋李貞伯手帖…… 717
題東莊記石刻後…… 717
跋鮮于困學詩墨…… 717
跋盧彥昭遺墨…… 718
題石勒問道圖…… 718
跋館閣諸老與沈民則學士小簡…… 718
跋趙松雪乞藥手帖…… 719
跋張東海雜書…… 719
跋芸窗父師集…… 719
跋宋潛溪書所著鄭濂名解…… 720
跋宋方二公墨蹟…… 720
跋趙仲穆馬圖…… 720
跋江貫道江山長圖…… 721
書韋齋先生集後…… 721
跋朱文公三帖…… 721
跋明皇講易圖…… 722
跋顏氏家廟碑…… 722
跋元人墨蹟…… 722
跋劉寵一錢圖…… 722
跋張樗寮墨蹟…… 723

卷第五十六　祭文二十六首
祭陳祭酒先生文…… 724
祭葉侍郎文…… 725

祭褚御史文 726
祭蔣元用文 726
祭賀其榮文 727
祭李士英文 727
祭亡弟原輝文 728
祭周原己文 728
祭邵文敬文 729
翰林祭楊文懿公文 729
祭吳參議文 730
祭徐文靖公文 730
翰林祭徐文靖公文 731
祭文溫州文 732
祭李時泰憲使文 732
祭少詹事王公文 733
祭侍郎徐公文 733
祭陳大玉文 734
祭外母朱孺人文 735
祭亡妻陳宜人文 735
祭韓夫人文 735
焚黃告先考妣文 736
東莊奉安先考畫象祝文 736
上京告祠堂文 737
告二代贈官祝文 737
受誥祭告二代文 737

卷第五十七　雜文二十四首
　　吳越吊古賦 739

咎鬚文 … 740

湯媼傳 … 741

端友傳 … 742

鶴朦解 … 744

己亥上京錄 … 745

爲孟浩啓殯歛金疏 … 746

爲何令歛金疏 … 747

張氏建樓上梁文 … 747

哀流民辭 … 748

擬漢高帝求賢詔 … 749

擬宋仁宗令天下州縣建學詔 … 749

丁未歲作同年會請帖 … 750

記常熟曾氏 … 750

記　夢 … 750

先世事略 … 751

與潘典籍時用簡 … 752

與謝祭酒鳴治簡 … 752

論西北備邊事宜狀 … 753

奏請東宮講學疏 … 754

問安疏 … 755

乞恩致仕疏 … 756

第二疏 … 756

第三疏 … 757

卷第五十八　行狀述四首

四川等處提刑按察司僉事陳君行狀 … 759

天全先生徐公行狀 … 761

賀復菴行述 ································· 765
亡兄原本行述 ································· 766

傳七首

牧野子傳 ································· 767
周義士傳 ································· 768
莫處士傳 ································· 769
徐南溪傳 ································· 771
許孝子傳 ································· 773
僅齋居士傳 ································· 773
蕭節婦傳 ································· 775

卷第五十九　傳四首

侍郎黃公傳 ································· 776
布政使陳公傳 ································· 778
倪文毅公家傳 ································· 781
白康敏公家傳 ································· 784

卷第六十　墓誌銘八首、生壙誌一首

閭丘賓用墓誌銘 ································· 788
南京福建道監察御史張君墓誌銘 ·················· 789
陳府君墓誌銘 ································· 790
山陰田處士墓誌銘 ································· 791
正義處士墓誌 ································· 792
解元賀君墓誌銘 ································· 793
湖廣荊門州知州徐君墓誌銘 ·················· 794
宿田翁生壙誌 ································· 796
進士卞君墓誌銘 ································· 797

卷第六十一　墓誌銘一十首、壽藏銘一首

前朝列大夫國子祭酒陳公墓誌銘……799
先考封儒林郎翰林院修撰府君墓誌……801
奉議大夫宗人府經歷龐君墓誌銘……802
甌寧童府君墓誌銘……803
鴻臚寺主簿何君墓誌銘……804
韓府儀賓曹公墓銘……805
亡弟原輝墓誌銘……806
明故昭信校尉泰州守禦千戶所百戶胡君墓誌銘……807
裕菴湯府君墓誌銘……808
醫師錢橘隱壽藏銘……809
新淦縣丞顏君墓誌銘……810

卷第六十二　墓誌銘一十一首

吳府君墓誌銘……812
陸宗博墓誌銘……813
鄉貢進士徐君墓誌銘……814
李君信墓誌銘……815
陳汝中墓誌銘……816
周以節墓誌……817
周原凱墓誌銘……818
周叔能甫墓誌銘……819
宋助教先生墓誌銘……820
鄉貢進士陳君墓誌銘……821
大理寺右寺正彭君墓誌銘……822

卷第六十三　墓誌銘一十二首、壽藏銘一首

鄉貢進士徐君墓誌銘……824

山西道監察御史陸君墓誌銘……………825
　　賀感樓先生墓誌銘…………………………826
　　明故奉訓大夫工部營繕清吏司員外郎吳君墓誌銘………828
　　鄉貢進士陳君墓誌銘………………………829
　　廣西等處承宣布政使司右參議贈右參政馬君墓誌銘……830
　　明故中順大夫江西南安府知府汝君墓誌銘……………832
　　江西提刑按察司僉事楊君墓誌銘……………833
　　山東德州同知韓君墓誌銘…………………835
　　明故福州府知府張君墓誌銘………………836
　　亡兄處士墓誌………………………………837
　　陸秉誠墓誌銘………………………………838
　　逸晚翁壽藏記………………………………839

卷第六十四　墓誌銘一十首、埋銘一首
　　明故承務郎湖廣桂陽州同知楊君墓誌銘……………841
　　明故山西等處承宣布政使司右參政前兵部左侍郎致仕張公墓誌銘………………………………………842
　　承事郎鄒府君墓誌銘………………………845
　　姪孫健埋銘…………………………………846
　　黃和仲墓誌銘………………………………847
　　兵部武選清吏司郎中陳君墓誌銘……………848
　　劉美存墓誌銘………………………………849
　　沈府君墓誌銘………………………………850
　　封詹事府少詹事兼翰林院侍讀學士前光化縣知縣王公墓誌銘
　　…………………………………………………851
　　蘇州府儒學教授劉先生墓誌銘……………853
　　明故通議大夫資治尹太常寺卿任公墓誌銘……854

卷第六十五　墓誌銘九首、壽藏銘一首

陳處士墓誌銘……857
封文林郎河南道監察御史陳公壽藏銘……858
封奉直大夫户部員外郎林公墓誌銘……860
明故承德郎刑部主事趙公墓誌銘……861
莫君善慶墓誌銘……862
明故封監察御史李公墓誌銘……863
封文林郎江西道監察御史王公墓誌銘……864
封奉議大夫户部郎中史公墓誌銘……866
封文林郎翰林院編修吳府君墓誌銘……867
封承德郎户部主事秦公墓誌銘……869

卷第六十六　墓誌銘九首、墓記一首

故劉弘遠妻徐氏墓誌銘……871
賢婦賀氏墓誌銘……872
故張廷端妻楊氏墓誌銘……873
周氏墓誌銘……874
顧恭人鄒氏墓記……875
陳母王安人墓誌銘……876
故國子生諸景通妻張氏墓誌銘……877
曠孺人墓誌銘……878
華守方妻顧孺人墓銘……879
黄母太宜人張氏墓誌銘……880

卷第六十七　墓誌銘一十首

亡姊吳氏墓誌銘……882
周母蔣氏墓誌銘……883
胡母劉孺人墓誌銘……884

太宜人陳氏墓誌銘……………………………… 885
沈煮妻蔣氏墓誌銘……………………………… 886
故雲南左布政使袁公妻盛安人墓誌銘………… 887
青澗縣主墓誌銘………………………………… 888
毛母何氏墓誌銘………………………………… 889
林孺人墓誌銘…………………………………… 889
朱孺人墓誌銘…………………………………… 891

卷第六十八　墓誌銘一十三首、壙誌二首
太宜人董氏墓誌銘……………………………… 892
彭母劉氏墓誌銘………………………………… 893
崔母墓誌銘……………………………………… 894
顧惟誠妻吳孺人墓誌銘………………………… 895
顧孺人墓誌銘…………………………………… 896
李宜人徐氏墓誌銘……………………………… 897
姪婦朱氏壙誌…………………………………… 898
亡妻陳宜人壙誌………………………………… 898
先姒太宜人王氏墓誌…………………………… 899
虞母鄒宜人墓誌銘……………………………… 899
故四川僉事陳君妻周孺人墓誌銘……………… 900
張安人王氏墓誌銘……………………………… 901
張景春妻胡氏墓誌銘…………………………… 902
戴母莊氏墓誌銘………………………………… 903
郭母徐氏墓誌銘………………………………… 904

卷第六十九　墓誌銘一十一首
錢夫人莊氏墓誌銘……………………………… 906
史母太淑人鄧氏墓誌銘………………………… 907

故封孺人高氏墓誌銘……908

徐母朱孺人墓誌銘……909

韓夫人墓誌銘……910

王母陳孺人墓誌銘……911

太孺人貞節俞氏墓誌銘……912

吳敘州妻安人夏氏墓誌銘……913

劉母太宜人蘇氏墓誌銘……915

徐宜人朱氏墓誌銘……916

太恭人石母趙氏墓誌銘……917

卷第七十　墓表八首

翰林院編修李君墓表……919

清遠史府君墓表……920

朱隱士墓表……921

河南陽武縣儒學訓導陳先生墓表……923

陳僉憲墓表……924

林先生墓表……927

許處士墓表……928

隆池阡表……929

卷第七十一　墓表十首

嘉議大夫陝西等處提刑按察司按察使王公墓表……931

醫師王矉齋墓表……932

止菴吳府君墓表……933

文林郎融縣知縣周君墓表……935

沈教授先生墓表……937

樂亭知縣蔣君墓表……938

姜正衝墓表……940

衛稽勳墓表………………………………………………… 941

封承德郎户部江西司主事前濱州儒學訓導陳公墓表…… 942

樵隱翁墓表………………………………………………… 943

卷第七十二　墓表一十首

杜東原先生墓表…………………………………………… 945

太醫院御醫劉公墓表……………………………………… 946

南京太醫院判周君墓表…………………………………… 947

素菴錢府君墓表…………………………………………… 949

耕隱翁墓表………………………………………………… 950

江西安仁縣知縣致仕謝君墓表…………………………… 951

隱士徐靜菴墓表…………………………………………… 953

明故奉議大夫順天府治中顧公墓表……………………… 954

明故江西廣信府儒學訓導贈奉直大夫南京兵部車駕清吏司員外郎孫公墓表………………………………………………… 955

明故蘭州同知封儒林郎翰林院修撰錢君墓表…………… 956

卷第七十三　墓表一十三首

劉氏新塋表………………………………………………… 958

怡隱處士墓表……………………………………………… 959

盛雪溪墓表………………………………………………… 960

梅友處士墓表……………………………………………… 961

明故中書舍人王君墓表…………………………………… 963

明故江西上猶縣知縣鄭君墓表…………………………… 964

永定知縣陳君墓表………………………………………… 965

明故工部營繕清吏司員外郎致仕胡君墓表……………… 966

明故奉訓大夫定州知州劉君墓表………………………… 967

故樂會知縣周君墓表……………………………………… 969

思耘處士墓表…… 970

蔗菴翁墓表…… 971

恥齋魏府君墓表…… 972

卷第七十四　墓表一十六首

明故中議大夫廣西南寧府知府蔡君墓表…… 974

太醫院醫士盛君墓表…… 976

隱士史明古墓表…… 977

明故四川等處承宣布政使司右參議周公墓表…… 978

蜀府教授管先生墓表…… 979

山西提刑按察司副使致仕朱公墓表…… 980

周月窗墓表…… 982

明故中順大夫陝西漢中府知府李公墓表…… 983

明故太醫院判陳君公尚墓表…… 985

王葦菴處士墓表…… 986

處菴徐府君墓表…… 987

明故迪功郎海鹽縣丞鄺府君墓表…… 988

承事郎錢伯寬甫墓表…… 989

承事郎王應祥墓表…… 990

承事郎蘇君墓表…… 991

吳醫沈宗常甫墓表…… 992

卷第七十五　墓表一十三首

封承德郎工部都水清吏司主事徐公墓表…… 995

贈承德郎刑部江西清吏司主事陳公墓表…… 996

文林郎大庾縣知縣夏府君墓表…… 997

封文林郎廣東道監察御史林公墓表…… 998

施孝先墓表…… 1000

明故封南京太醫院判周公墓表 …………………… 1001
　　仰府君墓表 …………………………………………… 1001
　　贈徵仕郎戶科給事中楊公墓表 ……………………… 1002
　　太安人張氏墓表 ……………………………………… 1004
　　王節婦墓表 …………………………………………… 1005
　　張淑人墓表 …………………………………………… 1006
　　林母葉宜人墓表 ……………………………………… 1007
　　何母太淑人吕氏墓表 ………………………………… 1008

卷第七十六　墓碑銘九首、墓碣銘三首
　　贈昭勇將軍都指揮僉事江公墓碑銘 ………………… 1010
　　明故中順大夫南京太僕寺少卿致仕李公墓碑銘 …… 1011
　　明故太中大夫浙江等處承宣布政使司右參政陸公墓碑銘 …
　　　……………………………………………………… 1013
　　明故江西贛州府知府致仕進階中憲大夫顧公墓碑銘 … 1015
　　明故朝列大夫湖廣承宣布政使司左參議徐君墓碑銘 … 1017
　　明故嘉議大夫應天府尹高君墓碑銘 ………………… 1018
　　明故中順大夫浙江溫州府知府文君墓碑銘 ………… 1019
　　明故奉政大夫南京兵部武庫清吏司郎中金府君墓碑銘 ……
　　　……………………………………………………… 1023
　　明故朝議大夫南京國子監祭酒劉公墓碑銘 ………… 1025
　　明故奉政大夫貴州等處提刑按察司僉事蕭公墓碣銘 … 1026
　　朝請大夫贊治少尹河東陝西都轉運鹽使司同知侯君墓碣銘
　　　……………………………………………………… 1027
　　明故兵部武庫清吏司郎中吴君墓碣銘 ……………… 1029

卷第七十七　神道碑銘七首
　　通議大夫刑部右侍郎林公神道碑銘 ………………… 1031

明故資善大夫南京工部尚書蕭公神道碑銘 …………… 1033
明故太中大夫資治少尹山西等處承宣布政使司右參政致仕祝公神道碑銘 ………………………………………………………… 1035
明故亞中大夫太僕寺卿吳公神道碑銘 ………… 1039
明故資德大夫都察院右都御史李公神道碑銘 ………… 1040
明故通議大夫都察院右副都御史陳公神道碑銘 ……… 1043
明故資德大夫都察院左都御史贈太子少保諡襄敏鄧公神道碑銘 ………………………………………………………… 1045

補 遺

重修會通河記 ……………………………………… 1048
重修京都城壕記 …………………………………… 1049
曲阜重修夫子廟碑 ………………………………… 1050
重修都城隍廟之碑 ………………………………… 1052
南京朝天宮重修碑 ………………………………… 1053
南京兵部尚書前廣平府知府秦公去思碑文 ……… 1055

徐源後序 …………………………………………… 1057

卷第一
詩四十二首

秋日閒居

委巷寡人蹟,杳無塵俗侵。虛窗對高樹,日午落疎陰。玄蟬響方斷,好鳥復一唸。俯首閱陳編,直窺古人心。抱沖世味薄,處寂佳境深。涼風滿衣袖,自起彈吾琴。琴聲和以暢,永日有餘音。

觀溪童捕魚

江南五月黃梅雨,一夜新添三尺水。蓮葉東西蘆葦間,斜陽映水魚生子。溪童褰裳脫雙履,一見水深心獨喜。不須撒網與扳罾,捕得魚來多赤鯉。鯉魚最短亦盈咫,猶有老魚不知止。君不見,魦鱮魴鱷棄長河,去入龍門求大鮪。

過南園俞氏書隱次劉祭酒先生韻二首

鷗渚茅堂古樹秋,校書人去幾人游。山林白日無車馬,一老窗間著孔丘。

芳草橋頭小路斜,書聲隱隱識君家。醉玄方丈坐終日,黃菊秋深未著花。

五月十三日移竹

今朝竹醉教移竹,荷鍤穿雲去路賒。却笑此君多潦倒,醒來已在別人家。

方方壺崇山峻嶺圖

上清樓閣萬山中,百折丹梯鳥道通。我欲置身巖壑裏,白雲深處覓仙翁。

次韻沈啓南僧齋夜坐

躡雲何處宿?古寺郭東偏。露下鶴初警,月低人未眠。安心元有法,不語即爲禪。寂寂空堂夜,焚香繡佛前。

除　夜

風雪孤燈下,坐深寒漏遲。百年能幾夜?一歲不多時。索室初驅疫,持肴欲祭詩。推窗看梅樹,已發向南枝。

宿丹陽聞笛

煙泠江空孤月明,夜深人静浪初平。故園纔隔二百里,短笛不禁三四聲。樹遠丹陽臨古驛,山圍鐵甕望高城。相逢盡是離家客,只向蓬窗説旅情。

登南京鷄鳴山

秋盡荒山鳥蹟稀，拂衣獨上扣禪扉。屋頭鹿下緣青磵，樹杪僧行入翠微。千里風煙搔短鬢，六朝文物付斜暉。悠悠身世渾如此，目斷天邊一雁飛。

分題鄱湖聽雁送黎憲還臨川

碧天雲冷雁聲悲，楚客驚秋不盡思。彭蠡湖頭愁起處，衡陽峰下夢回時。波漂菰米風生渚，月映蘆花雪滿陂。此去臨川無百里，帛書休恨到家遲。

懷陳起東北上

江城寥落歲闌珊，遙憶離人北上難。雨雪載途雙宦轍，雲霄萬里一儒冠。馬頭木落淮山莫，塞上風來易水寒。欲折梅花遠相贈，幾時驛使到長安？

題倪雲林詩後二首

高人自號雲林子，獨住雲林歲月深。足底千峰幾兩屐，人間六印一鈎金。華佗無術醫清癖，蘇晉長齋養素心。寂寞小蓬壺上路，百年陳蹟莫追尋。

阮籍疎狂甘自放，清風高卧酒杯深。池塘夢去忽生草，丘壑移來不換金。脫帽竹間朝沐髮，焚香花底夜清心。祇陀舊宅風煙古，一片五湖何處尋？

次韻周原己懷石湖舊游

上方高處共捫蘿，落木空山雨滿簑。野寺推門黃葉亂，湖亭倚棹白雲多。向來行樂成陳夢，別後離愁繞綠波。滿紙新詩更清省，令人相對憶陰何。

送俞振宗南游

手扶藜杖出南園，不向妻孥告一言。白髮被肩過浙水，青山回首隔吳門。平蕪客路何時盡，喬木人家幾處存？此去越中憐歲莫，綈袍應見故人恩。

雪夜憶友人宿伏龍山中

孤城鐘漏促寒鷄，風雪殘燈夢欲迷。静夜獨眠高榻上，故人遥在數峰西。空林松子時時落，絶磵梅花樹樹低。知是山中有佳興，柴門清曉候封題。

雨後獨游園中

荒園歇秋雨，疎竹透朝陽。落葉茆簷下，惟聞鳥語涼。孤踪久塵土，超然欲坐忘。

爲史明古題沈啓南畫

崒嵂終南山，黃河抱其趾。舊聞塞天地，延袤幾千里。陽烏浴虞淵，落霞散如綺。層巒藹佳氣，蒼翠不可擬。史君松陵彥，家世昔居此。夜夢或見之，既覺心亦喜。老南慰茲圖，歷歷宛相似。不知經營勞，但見丘壑美。赤松真吾師，白雲是知己。爲報山中人，明年泝江水。

次韻啓南淫雨

陽氣渙不收，淫雨夜復晝。倒傾怪盆翻，併集疑輻湊。鳩婦頻見離，蛇醫頗遭詬。日月何道行，雷霆半空鬭。顧無大藥資，已彼太虛疛。下堂褰裳齊，出户縮頸脰。相忘魚圉洋，竝坐鳥棲宿。不辨過河牛，時看挂樹蚪。乞漿歲在酉，祭社日維戊。民謡適厚誣，神賜誠大繆。攸除荆室完，既瀦白渠溜。叵將瓿甄盛，強把桔槔救。具桴防陸沉，移書緣屋漏。因之憫大田，豈暇念靈囿？荷蕢徒水畔，痔鏄休火耨。溪毛繞宅生，田稱幾家茂？竈沉或浮釜，墻覆乃失霤。湯湯咸其咨，蕩蕩孰能詶？斯倉不成千，厥賦難至萬。空聞田畯喜，亦笑楮郞恟。積惡等貫盈，飲酒比多又。極備固有由，太甚不可復。往日害未消，今歲勢仍驟。槁項八口饑，疾首兩眉皺。神禹合胼胝，蒙莊念昏瞀。地志費推尋，水經慵句讀。出門一壺隨，俯井尺繘收。花姬首夜膏，石丈齒朝漱。彼蒼有聞知，下土敢陳奏？朝廷闢四門，刑罰謹三就。聽政厭衡石，祈年飾籩豆。誰召淮吳災，復致川廣寇。居人廢鋤犂，行者耀甲冑。赤子困泥塗，蒼生脱衣袖。米價市上騰，錢神橐中走。寫帖顔腹空，題詩沈腰瘦。況茲雨再零，絕類人多疢。否塞求疏通，崎嶇戒顛蹢。幸有客露冕，豈乏人衣繡。發廩在斯今，爲府合仍舊。首從芻蕘詢，急向膏肓灸。莫厚庶以寧，不備遂全覆。滂沱免月離，霢霂應春候。因地脩厥利，自天獲多祐。漸墾千畝連，卒致萬家富。吳沼尚無虞，蜀天底須怛。頓如元豐間，不落貞觀後。永圖幸勿忘，膚見奚足狃。一挽康年回，吾邦即非陋。

贈蕭漢文

蓬蒿偃箘籗，瓦礫混璠璵。君子負俗累，騁步忙疾徐。辛勤感騄驥，獨抱夏侯書。我道蓋如此，俗流訾迂疎。終然不可屈，驚悔動鄉閭。游心千載上，抗志萬里餘。君德日已崇，榮名常炳如。

哀顧進士文之

死生亦常事，脩短有定理。命也奚足哀？所哀諒非此。文之少秀發，鄉邑數佳士。二十取科名，束帶遂從仕。社稷不足安，一世但平視。志高固超越，氣盛非委靡。壁立屹岱宗，塵絕奔騄駬。抵掌好高談，人物善臧否。歷歷無終窮，牙頰注流水。把筆或纘言，隨物寫形似。於其氣盡時，新意尤崛起。累累相示余，俯首不敢擬。利器徒自懷，遠道遍即止。百年半未過，二豎蚤見俟。力疾陳疏封，在告逾一紀。癯然體如削，飲食半藥餌。纊息一以定，竟作重汪踦。豈無立言人？墓道表潛美。骸骨久當朽，名姓元不死。團辭寓所哀，竊儗仲宣誄。

陳僖敏公挽章

勾吳山水秀,人物見英姿。特出斯人類,端爲後輩師。萬間當柱石,四海仰綱維。執法星辰應,行威草木知。常令三尺謹,不使百工隳。鐵面嚴風采,脩髯足表儀。若金須汝作,予采每疇咨。雅量蠡難測,清心涅不淄。忘家安社稷,鎮俗坐邊陲。破膽驚西賊,知名誦小兒。方平留畫像,仁傑立生祠。春雨渾無跡,秋霜詎有私?希文應接武,堯叟是連枝。德業昭書傳,功名付鼎彝。一身思進退,萬室繫安危。已覺知幾蚤,誰云見事遲。懸車心尚赤,解組鬢如絲。赤子誰依恃?蒼天不憖遺。朝廷終北極,江漢自東馳。鄉里嗟生晚,臨文淚滿頤。

正旦雪

天上頒新曆,華夷正朔同。推窗瞻北斗,開户納東風。已覺天時變,何憂吾道窮。雪花休亂落,吳地兩年豐。

洛神圖

仙妃不可即,洛水遥相望。手持青芙蓉,游戲水中央。金翠耀容飾,木難綴明璫。飄飖白雲裾,蕩漾青霓裳。人神本殊道,倏忽登北堂。嫣然啓玉齒,氣若幽蘭香。馮夷與海若,左右更擧觴。洛水詎可測,人壽安能量。雲軿期再來,少隔三千霜。

雨雹

江城六月暑氣薄，夜半有聲敲屋角。静聽仿佛是何聲，淅瀝丁當更瀺灂。初如有客來扣門，入夜不應聲剥喙。須臾萬騎争奔馳，矢石交揮攢亂槊。披衣驚起推半扉，入手磊磈心方覺。奇形三出花半開，幻作牛羊并六駮。買綃客泣海市珠，獻玉人棄荆山璞。吁嗟天工一何巧，豈有郢人爲礱斲。百年老人渾未識，此物嘗聞雨幽朔。何爲江南亦有之，欲問天工愁緬邈。雖云盛陰脇陽氣，人事所召言尤確。邇來已過到黄梅，半月猶聞雨聲濁。三吴大水眼復見，高田可航井可濯。園林和煨木再華，疆界浸淫禾未穫。京師今春乃缺雨，弘羊就烹罷賈榷。詔書遠下甦民力，天子減膳仍徹樂。百官黜陟勞大臣，一飯豈止髮三握？極無極備皆云凶，況復於今天雨雹。皇仁洋溢恐未周，天欲斯民被殊渥。

題何刻工卷

女媧補天天不漏，卷石猶穿太山溜。郢工運斤風欲生，斲出難供孫楚漱。雲根可斷亦可轉，磨礱幾日方成就。梁州之貢天下無，忽然躍出東山袖。頌功載德絶妙辭，兩手不停煩刻鏤。丞相中郎字奇古，右軍率更筆深秀。東山雖老眼猶明，一一猶能論結構。空堂考擊聲丁丁，絲連縷綴如絺繡。小或蠅頭大或丈，深必因肥淺必瘦。東山擇業何其賢，古人石刻今流傳。周宣中興文石鼓，李唐九成銘醴泉。延陵墓上止十字，薦福寺裏須千錢。行人淚墮峴山下，過客手摹江水邊。其餘諸刻難盡述，東山直視如無前。百年獨守三寸鐵，姓名與石同貞堅。回看巧技未旋踵，肆中野草浮荒煙。昌黎河東如可作，梓人圬者堪同編。只今東山既頹矣，子孫守之上慎旃。閉門一日白石爛，黨人之碑慎勿鐫。嗚呼，黨人之碑慎勿鐫！千載之美，無使安民專。

病項

人生自召百一病，傷彼六欲兼七情。我今有病出偶爾，開口欲說難爲名。幸非寒戰與潮熱，一痛却使心怦怦。籧篨戚施古人疾，二者一旦來相嬰。執書未暇矻矻坐，伏枕頓作呻呻聲。千鈞重負未容釋，更覺肩背遭笞搒。董宣不屈漢公主，徐積已見胡先生。昨朝向人忽作別，即欲回顧仍前行。昂頭莫肯少輕諾，側目欲就多歡迎。我生由來汎倔強，只今見者尤加驚。獨鶴引吭頻飲啄，大鷄盛氣相詆爭。嗟吁元首本無恙，股肱何不思扶傾。端愁蔓延入骨髓，此病始知爲匪輕。軒岐醫經動盈卷，不識何藥堪煎烹。莫如閉戶學導引，動盪血脉方和平。未能痛定得思痛，把筆遣悶詩先成。

題朱澤民小景并詩後

睢陽畫癖不可醫，睢陽作畫真畫師。豈維長絹善揮灑，只此短紙誰能爲？野曠天寒氣蕭爽，人坐茆亭絶塵想。階前舊雨客不來，天末晴雲心獨往。青山滴滴青於苔，平地忽見芙蓉開。秋聲似向耳邊起，石上喬松若箇栽。意長要在無多筆，餘墨淋漓綴唐律。詩中有畫畫中詩，百年再見王摩詰。

書句容丁溪僧舍壁

丁公溪上古招提，策馬來尋路欲迷。遠道黃埃臨水隔，當門綠樹與雲齊。山中地僻無人到，窗下僧閒鳥自啼。瀹茗焚香坐終日，不知林外夕陽低。

爲僧題畫

秋風一騎秣陵還，未得浮生半日閒。畫裏南朝何處寺？閉門黃葉滿青山。

題趙行恕參議所寄沈徵士墨梅

不見王孫知幾年？更堪東老入重泉。江南風景渾如舊，春草梅花共悵然。

過陳玉汝溪館

落木城東路，荒溪接板橋。行來渾覺近，坐定始知遥。鶴羽休頻掃，龍團且慢澆。乘閒即到此，折簡不須招。

次韻啓南訪玉汝不遇

結屋青林下，移家綠水傍。古苔留晚照，殘菊帶秋光。過客空敲戶，題詩復上堂。主人非隱逸，莫怪馬蹄忙。

悼董孟珍

獨持古道作今人，白首峨冠稱隱淪。垂老不堪三月病，移家空是一生貧。篋中書帙悲遺墨，窗底棋枰積素塵。深巷東風花自落，扣門無復過西鄰。

悼沈癯樵畫史

秣陵春色厭驅馳，投老吳門白髮垂。燈下解衣盤礴處，山中持斧嘯歌時。一貧比憲元非病，三絕如虔不數癡。落日高堂開障子，雪峰煙樹使人悲。

曉發揚州遇雨

雞鳴揚子灣，人發廣陵驛。草深路不分，潮長舟難逆。故國去非遙，懷歸心日劇。陰雨忽復來，前村又投蹟。

濟寧夜泊

嗚嗚畫角語城頭，暝色蒼茫倚舵樓。古戍煙生人已散，長河月落水空流。異邦信美非吾土，他日重來是舊游。千里鄉心孤枕上，可能今夜夢刀州。

宿河西務遇雪

客懷牢落鬢毛斑，水宿淹旬去路艱。一夜雪花如席大，始知身已到燕山。

客樓望宮闕

天畔登高閣，非關望故園。再瞻雙鳳闕，如在百花原。民俗今成化，朝家又改元。五陵佳氣在，長護紫微垣。

南還瓜洲渡江

柔櫓鳴咿啞，曈曨天欲曙。殘星帶河漢，積水渺煙霧。依微京口山，迢遞維揚樹。中流忽已過，始入江南路。

過大姚陳玉汝宅飲散宿大覺寺追和趙與哲韻

月出平湖積水空，上方仙梵隱花宮。似聞蒼蔔林間雨，總是芙蓉浦外風。有客題詩先我到，向僧分榻幾人同？敲門自怪來何莫，投轄傳杯惱孟公。

卷第二
詩四十七首

己丑九月十三日初寓南京真珠橋外舍諸友携酒相過

相逢共酌金陵酒，月白尊前笑語長。醉後真珠橋上立，只應今夜不思鄉。

與徐仲山顧崇善登城西臺晚眺

荒臺寂寞不知名，臺上經霜宿草平。萬井白煙高郭繞，千峰落日大江橫。居民不省前朝事，過客空為此日情。東望鄉園懷抱惡，一杯須與故人傾。

秋夜二首

秋深無過雁，書問曠庭闈。新月復將滿，故山猶未歸。孤燈明夜榻，雙杵搗寒衣。寂寞難成寐，更長覺漏稀。

明河垂碧落，灝氣滿彤闈。上國將身住，中宵有夢歸。月高頻看劍，秋盡未成衣。贏得頭顱上，年來髮漸稀。

聞原輝弟東莊種樹結屋二首

折桂橋邊舊隱居，近聞種樹繞茆廬。如今預喜休官日，樹底清風好看書。

舊業城東水四圍，同游蹤蹟近來稀。結廬不必如城市，只學田家白板扉。

雪　夜

蕭條學舍石城陰，夜雪當階一尺深。二水空洲迷白鷺，半山高寺失青林。閉門只合書灰坐，覓句還思擁被吟。却憶故園亭子畔，紅梅花發照瑤琴。

讀廖司訓詩

先生撫州彥，來爲婺州師。清晨坐高堂，講席擁皋比。弟子百數人，出入矩與規。先生以身教，未嘗費言辭。共云今人中，得此胡翼之。我友王允達，託交兩無疑。恨我不識面，示我所寄詩。詩長三過讀，讀之竟忘疲。其辭如劍鋒，凛然白差差。上憂吏治陋，下憂士習卑。孰爲障頹波，孰爲張四維？三復先生言，苦心良可悲。欲將今世人，化爲唐虞時。士皆元與凱，吏皆皋與夔。王道恒蕩蕩，齊民總熙熙。憂懷庶可慰，聊用一解頤。竊觀先生心，卓爾出等夷。但恐言太高，反爲當路嗤。方今法宮中，聖人貴無爲。一相久自擇，謂能繫安危。守檳既有人，自毀玉與龜。諒非有言責，勿起出位思。幸卷三寸舌，橫經固其宜。撫州古名郡，山川有諸奇。草廬與道園，近世尚可追。著書寓微意，足爲千載垂。再拜向先生，吾言止於斯。

吳節婦

十八來澀灘，雙魚水中居。七年一彈指，水中有枯魚。妾身既無夫，妾心惟有死。婉婉錦裯中，奈此兩女子。白月照空閨，啞啞烏夜啼。天明不飛去，肯向西林棲。九泉望不極，莫化江邊石。化石石雖堅，可轉亦可泐。年年過臘月，是妾紡織時。只將兩行淚，抽作千丈絲。生爲吳氏婦，死爲吳氏鬼。子不如我信，有如澀灘水。

喜沈仲律主客北回

客路天寒歎久違，獨騎瘦馬雪中歸。緣知到處皆題句，還憶去時初授衣。畫省爐煙官事了，青山杯酒世情非。舊聞朝市多高隱，不待滄江作釣磯。

題楊鐵崖墓銘後

泰定年間名進士，會稽山下老徵君。金陵不看三秋月，玄圃長噓五色雲。對客呼兒將鐵笛，從人笑我醉紅裙。風流盡付吳淞水，還繞劉伶四尺墳。

張叔厚畫李太白像

廬山瀑布三千尺,只抵仙才一半長。何用畫師張叔厚,夜來落月滿空梁。

答奚元啓

客居空有故人思,正值江東薄暮時。日遠自驚衣帶緩,天長偏恨帛書遲。冰消壁水魚猶伏,春到瓊林鳥獨知。好在紫宸朝散後,莫因官況廢題詩。

初度日三首

忽忽行年三十六,回頭事事總知非。人生七十已過半,何況人生七十稀。

我生之辰月宿斗,薄命偶與昌黎同。聰明不及如何好,最是無文可送窮。

東野數日失三子,誰信如今也到吾。清淚下時禁不得,此生已愧東門吴。

除夜三首

獨眠孤館夢難成,靜裏時聞爆竹聲。爲惜一年惟此夜,起來燒燭到天明。

月暗城頭擊柝遲,鷄鳴山下客愁時。萬家閉户逢今夜,只有離人獨不宜。

夜深燈火四無鄰,强醉金陵麴米春。却憶去年何處宿,三叉河口更愁人。

題院畫二首

翩翩白馬紫絲韁,馳過彎堤十里長。千樹桃花萬株柳,前頭宫殿是昭陽。

璚樓金屋映丹霞,只把仙家比内家。落日美人秋水上,紅粧一面亂荷花。

思母辭爲廬州方君作

手線縫衣裳,一斷難再續。去去慈母顔,不知幾時復。線斷猶可縫,母死不可逢。乃知堂背萱,不及墓上松。萱草花易發,松樹色不改。玄宅一以閉,人世忽千載。無母何所恃?孝子積恨深。惟應無母者,方識孝子心。

周烈婦行并序

烈婦,高州人,隨其夫赴瓊山訓導。舟次江西,遇寇,其夫潛匿他處,烈婦以爲死於水矣,遂抱其幼子亦赴水死。人多作詩哀之,其鄉太學生吴耕爲余道其事,賦此。

西江水深浪如屋,一婦船頭仰天哭。哭聲繞江江水平,玉顔一擲鴻毛輕。想當汪汪雙眼底,只見良人不見水。抱兒語兒兒勿啼,妾身不是河伯妻。倉皇魚腹期同葬,不道良人固無恙。良人無恙去作官,妾身雖死心則安。願身莫化爲精衛,願夫善射如後羿。願身化作金僕姑,一時射殺崔苻徒。

題金陵陸氏藏刻絲花鳥

天孫織成纔尺許,清曉誤落銀河東。雲頭雪掌光凌亂,人間只合歸良工。金刀刻鏤十日功,嵌紅補碧誇玲瓏。西川海棠誰移得,鳥歌蝶舞游絲中。紫鳳天吳顛復倒,杜家短褐難爲好。香風吹動水精簾,白月穿空雕玉縷。古來畫筆争揮掃,黃筌趙昌真草草。回首雲間陸士龍,壁上丹青使人惱。摩挲此巧絶代無,采桑枉却秦羅敷。天寒日暮衣裳短,乞與嫠人遮粟膚。

贈趙典籍

老將白髮戴烏紗,四庫書中即是家。三月春風猶不到,曲欄梅樹已開花。

賦趙氏雙節

粵王臺下清風孤,趙家兩婦同哭夫,青春白日聲嗚嗚。眼中一掬明月珠,無夫不惜千金軀,有淚只添一曲湖。湖波徹底如冰壺,寫出趙家雙節圖,誰其賦者吳門吳。

送鄭世靜還浦江四首

三百餘年孝義門,一朝握手見諸孫。君家自有麟溪集,底用臨岐索贈言。

同心堂上樂陶陶，又見青櫄發嫩條。手把記文曾三復，非關作者是陳樵。

溪頭傑閣號臨清，萬卷灰飛歲屢更。他日重生書帶草，君應不忝鄭康成。

元末忠臣世所誇，登堂揮翰見枯槎。百年遺墨須珍重，長作江南第一家。

讀友人所寄詩

殘暑猶未退，曉起坐書軒。隔水見青林，悵然思故園。清風偶披拂，衫袖何翩翩。屬茲乞假暇，開牖滌囂煩。口誦故人詩，如與故人言。藹藹春雲飛，翩翩孤鳳騫。藻句和未得，中心徒弗諼。何日陳湖濱，相與弄潺湲。

贈宜興李童子

彼美青衿子，從人解索詩。詩成如可誦，莫羨謝楊兒。

竹禽圖爲胡君賦

江南煙雨竹枝低，一箇子規枝上啼。日暮不須啼更急，行人初到秣陵西。

九月十日赴周仲瞻飲菊猶未開

莫恨黃花開獨遲,清香已覺到金卮。重傾昨日王弘酒,強和今朝鄭谷詩。根在久從南國種,節高應耐北風吹。相逢人世長堪笑,不羨齊山杜牧之。

得　子

予生因嗣續,往往被人憐。重聽呱呱泣,還驚六六年。桑蓬行射禮,朱密檢醫編。今日爲兒祝,惟應壽最先。

鍾馗元夜出游圖

終南老馗狀酕醄,虎韐烏弁鴨色袍。青天白日不肯出,上元之夜始出爲游遨。鬼門關頭月輪高,烏犍背穩如駛䫷。鬼娘塗兩頰,鬼子垂一髦,徒御雜沓聲嗷嘈。導以靈姑旗,翼以大食刀。荼壘左執鞭,質矯右屬櫜。方明前持漆燈,張若後擁犛旄。離末罔兩不可一二數,肩擔背負手且操。奇形獰色使人怕,一似狐駮梟獍兼猿猱。戰傷人血化燐火,各出照地點點如焚膏。陰風颯颯吹荒皋,百怪屛氣不敢號。汝輩遠遁莫我遭,我欲飲汝血,甘如飲醇醪;我欲啗汝肉,美如啗羊羔。肯容汝輩在世長貪饕?吁嗟乎老馗,真爲百鬼中一豪。所以唐皇想其像,詔令道子寫以五色毫。吾嘗疑其事,展圖不覺再把短髮臨風搔。憶當天寶年,左右皆鬼曹。太真宮中逞狐媚,祿山殿上作虎嘷。當時設有老馗者,安得縱彼二鬼逃。便須縛以蒼水使者所捫之赤緌,獻於天閽,尸諸獸牢。寢其皮,拔其毛。效爾一日驅馳勞,坐令温泉生汗泥,驪山長蓬蒿。上除唐家百年害,下受唐史千年襃。却來上元夜,任爾燒燈并伐罄。

送林克容歸台州 _{侍郎一鸚之兄}

彭城風雨人空眠,看雲夢草皆徒然。爭如天台林少穎,一舸竟泛秋風前。天台路接秦淮水,季也秋臺耀金紫。官高章服自不同,兄弟之情只如此。東華清曉芳塵香,却怪馬蹄來往忙。夜來忽作天台夢,夢去不知岐路長。征車在門待明發,還向三吳歸百越。到家高卧赤城霞,回頭却望金陵月。

送胡彦超

年過四十不作官,還將短髮籠儒冠。平生一經已爛熟,胡爲挾入橋門觀?前年鄉書名始刊,曲江又避春風寒。重來橋門住三載,打頭矮屋聊盤桓。朝虀暮鹽不滿盤,何須故人勸加飡。日高對案笑捫腹,自有五色之琅玕。側身西北望長安,眼中一朵紅雲團。天門欲往澀如棘,若比蜀道尤云難。嗟哉出處誰得似,頗似吳下吳生寬。吳生作詩忽盈紙,送君還到春闈裏。春闈多士多如蟻,勿將老少分憂喜。君不見韓昌黎、張童子,同是陸公門下士。昌黎文章如曝日,童子聲名逐流水。人生傳世有如此,區區科第何難耳。

喜 雨

孟夏困隆暑,宛若三伏時。大雨宜時行,颯然平旦□。客居苦煩促,攝衣起看之。垂絲映芳樹,圓紋散清池。逍遥亦何事,高詠陶韋詩。濕竈煙火絶，僮僕飯我遲。中腸既云適，我亦忘我飢。如何北山陲，草木咸熙熙。

次韻馬廷簡雨後園中看種蔬之作

幽人薄滋味，鼎俎却脂膏。寧將口腹中，貯此土之毛。荒園微雨過，惡草亦以薅。赤根列嘉菜，黃蔓雜新薹。入手未盈把，何足充大庖。諒無食肉相，此種任貪饕。匪樂故侯隱，頗譜文人勞。端知中林鹿，所食在芹蒿。因懷柴桑翁，不爲五斗撓。亦知束帶時，何如荷鉏高。斯人久寂寞，流俗仍滔滔。載誦藝蔬篇，陶翁幸重遭。

訪沈主客仲律不遇因題竹上

不見竹間人，空題竹間句。清風牽我衣，依依不能去。

次韻沈主客種竹四首

我愛此君子，林間每獨來。便成終日坐，應是隔年栽。凍雪長梢在，春風舊葉摧。佳人空谷裏，翠袖拂蒼苔。

醫俗亭前物，如何到此來？清風當我笑，醉日被人栽。蟠土龍頭縮，垂簷鳳羽摧。平生持苦節，一任伴荒苔。

坐深郎署下，碧色上衣來。試問誰家有？還輸此地栽。主人腰共瘦，凡卉節空摧。却愛涼陰底，長封一丈苔。

書窗時起揖，錯認故人來。下管彤庭用，孤根粉署栽。多因春雨長，不爲晚風摧。欲借林間地，高眠讀古苔。

筆翁陸志學年六十五得子

　　金陵老陸鬢如絲，喜氣朝來忽上眉。甲子細推應較晚，卯君新到莫嫌遲。作詩不用誇三鳳，典樂曾聞止一夔。收拾牙籤并玉軸，他年親手付麟兒。

禽　言

　　摘桑看火，新婦摘桑門反鎖。春蠶食飽易得眠，雪繭結成非蠃蜾。官司要和買，織造急於火。去年賣絲數倍利，兩月養蠶十月坐。殷勤向火祝，焚蠶寧焚我。

卷第三
詩三十六首

贈金朝瑢

向晚暑氣清，有客扣我户。褰裳起迓之，聆語若平素。似諳姓與名，欲問或恐誤。客言君豈忘，坐請爲君訴。未及三兩言，拊掌頓驚悟。憶當景泰初，寬也年尚孺。鼓篋郡庠間，已解親外傅。君時從舅氏，來向官下住。同登訒菴門，講業日相聚。歲久君乃歸，浙水舟獨泝。屈指別來年，已過二十數。兩地無尺書，居常但瞻慕。相見不識君，顏色已非故。不知今何爲，乃有此奇遇。君言自別來，雲路殊蹇步。五試於有司，曾未合尺度。及兹邑大夫，而以我充賦。老母今在堂，白日迫遲暮。禄仕求養親，學職今乃作。邵武亦名邦，有任於此赴。天假便道還，一拜先人墓。其餘衷曲情，請俟更僕布。我聞君言已，流涕發暗啞。動如參與商，古語今始寤。感君昔善交，蒙子今枉顧。我欲贈子行，金玉不足富。内廷達外邑，坦坦皆仕路。與子游其間，願各勤保護。倘爲同門羞，適取舉世惡。修德崇令名，他年有良晤。

寄題陽山澄照寺

令威稟仙骨，化鶴去遼東。傳聞有遺井，乃在青山中。山深草木盛，苔徑誰能窮。爰有釋氏子，於此構蓮宮。殿閣頗雄傑，林杪見青紅。高厓石色古，小洞雲氣通。神龍室其地，上下雨兼風。歲時郡長吏，祈禱屢年豐。我昔過東麓，落日明丹楓。所恨足力弱，徒然望龍嵸。何時躡其巔，歷覽無怱怱。回頭發長歎，深愧南飛鴻。

送林一中福建僉憲

蹇劣無外慕，中歲偶成名。束帶趨闕下，獲侍君子行。弱水限瀛洲，明星垂貫城。蹟異雖懸隔，心同常合并。拙性素寡諧，有蓋非徒傾。乃叔寔嚴師，令兄況名卿。而我師事餘，久矣熟芳聲。方深追倍樂，俄動睽違情。朝廷得一相，賢者宜同升。端如孤鳳起，鶴鵠相和鳴。八閩連百粵，城郭三山橫。此中持憲節，海波會澄清。同朝再有日，超遷當政成。

題鄭郎中所藏張師夔畫

師夔畫好不可誣，筆法頗似崑山朱。未論人品高與下，胸次自是吞江湖。平林絕澗雲模糊，深處自有哀猿呼。青苔細路絕人蹟，遇着即是漁樵徒。忽然空翠落衣袖，崇山峻嶺相縈紆。丹梯百尺通玄都，仙家茫茫還有無。弱質本是山澤癯，見此不覺掀長須。臥游三日猶不足，王維輞川無此圖。題詩却問鄭大夫，此圖應着千金沽。

贈別丁鳳儀刑部

我昔白下逢丁儀,黑漆點睛玉琢頤。相看不用道名姓,開口一笑先談詩。君詩不作宋元語,開元大曆相追隨。雖云專師李與杜,亦或下友參兼維。其餘佺期之問輩,蔑視何異群小兒。於時場屋文最盛,君獨事此將安爲?譬資章甫適於越,越人斷髮無用之。我方一倡已自誤,君復累和爲人嗤。涼秋八月桂花發,多士競赴鄉闈時。臨風再作老婦舞,鹿鳴接席元無期。鳳皇翩翩起千仞,先後瓊林樓一枝。玉堂載筆我甚愧,烏府閱獄君無疑。燕南二月草芽綠,君忽捧檄東南馳。張家灣頭買大舫,官河三日冰流澌。南都作官殊可樂,故宅況在秦淮湄。清晨出門了公事,薄暮還家及我私。北堂阿母年七十,蕭然兩鬢縈游絲。入房喚婦出共具,禄米作飯甘如飴。人生作官有如此,清如伯夷安肯辭?更憶南都北城外,此地乃爲少昊司。太平堤長二里許,馬蹄緩緩鞭垂垂。鍾山削翠幾千仞,影向玄武湖中窺。水光山色雨奇絶,飽看未覺詩膓飢。尋常馬上得佳句,封題寄我當休遲。

送盛訓術還吳江

一舸東南去,望望故里門。夕陽煙市影,秋水雪灘痕。製藥當書案,彈琴罷酒尊。相過官舍裏,應是史西村。

挽張征西

漢室論諸將,行邊許衛青。征西憑豹略,逐北至龍庭。閉户功名遂,環營涕淚零。千秋元不死,麟閣儼儀形。

送同年黃敦實知玉山

懷玉山中路,煩君此一行。官因科第重,人比縣名清。黃霸終京兆,言游暫武城。亦知離別易,杯酒不須傾。

送王合州

南出都門去,逢人問合州。一官爲別駕,萬里付扁舟。巫峽流泉曉,峨嵋片月秋。緣知蜀道易,隨處有詩留。

送劉寺正約之江西審刑

天子齋居罷舞雩,使臣承命出皇都。朝端法吏誰爲最?江右冤民自此無。雨脚隨車應不斷,麥苗蔽野未全枯。漢庭治獄多超擢,拭目看君立要塗。

爲安福尹仁器紀善追和祭酒李文忠公所遺之作

先生去作泉臺客,瀘水悠悠歲月多。太學舊規三舍在,中朝清節幾人過?斯人有感空臨楮,後輩無能也掇科。欲寫和章頻不就,玉堂疎雨墨重磨。

中秋夜飲陸廉伯西齋

到手金杯且慢斟,小齋一醉夜沉沉。關山未覺分南北,人月何須論古今。水落蒹葭應自老,秋來蟋蟀爲誰吟？不知霜露沾衣處,偏是詩家感慨深。

送同年簡齊道歸省

春半相逢在禮闈,題詩忽復送君歸。盧前名姓慚楊炯,洛下文章見陸機。曉日攀龍恩似海,秋風躍馬去如飛。新年草色知人意,應向階前映綵衣。

題青州先賢祠

汴宋人才無古先,東方作郡總名賢。朝廷擇相多從此,州縣勞人豈信然。隱隱故疆分海岱,堂堂遺象照山川。只今新廟煩虛位,莫道前脩美獨專。

林良鷺鷥圖_{上有白頭翁鳥}

風吹碧蘆灣,蘆葉何飄蕭。幽禽止其下,愛此波迢迢。意態殊容與,羽翮仍逍遙。飲啄既得所,有食誰能招？附人慚鷹隼,巢林笑鸒鵲。何彼白頭鳥,向我聲嘵嘵。陋哉里巷語,此意奚足描。功名及成遂,祿位期侈驕。白日不回駕,冥行到中宵。馮車一引首,始知路非遙。鄙夫復眷戀,顧乃歎無聊。誰爲去此鳥,勿使污輕綃。

岳蒙泉畫葡萄

曾是文淵閣下才,才高只合有人猜。白頭騎馬涼州過,却使葡萄入畫來。

贈地理家二首

平生兩屐共扁舟,南過荆門北冀州。著得文章填破篋,翻嫌司馬是空游。

萬里江山一覽中,已堪藉手謁諸公。儒先縱有山陵議,恐與君家意不同。

壽席道士

白頭一羽客,何處曾相逢？月下老翁井,雲間玉女峰。蹁躚還似鶴,變化真猶龍。試問渠年紀,山中有古松。

題　畫

誰持畫障索我歌,見畫如向江南過。扁舟坐我順流去,兩岸不斷山嵯峨。山中老樹青婆娑,雲深難辨枝與柯。渺然一片漾微白,千頃平湖生遠波。想當若人作此畫,墨汁如雨流滂沱。夕陽落盡板橋上,何彼行客偏么麼。我生固有山水癖,猶道圖畫傳來譌。昨朝騎馬出城去,看山直到燕山阿。千巖萬壑青不了,較之江南山更多。長溪淺渚舟如梭,亦着漁翁披綠蓑。青鞵布韈不曾辦,馬背未必愁坡陀。若非塵鞅縛人住，山水佳處須行窩。題詩自笑徒吟哦，佳哉此圖如我何？煙江疊嶂寫長句，我亦年來嫌老坡。

松江鄧節婦二首

夫亡未是苦能禁，一水纔知節婦心。不信臨邛新寡者，向人偏賦白頭吟。

節婦名高誰與齊？眼中覺得九峰低。直須二字平生盡，貞烈宜從卷首題。

送金德潤主事改選南京便養

清曉辭朝去，離顏帶笑歡。但知因養母，不道是之官。路指桃花渡，衣衝麥秀寒。鍾山如有待，江上作龍蟠。

送李侍郎致仕歸博羅

白雲渾不礙羅浮，望盡家山南海頭。暮景迫人陳短疏，春風吹髮上扁舟。臣於社稷當爲悅，身在江湖亦有憂。此日都門稱歎者，品題先入二疏儔。

追送張尚質戶部兼懷沈仲律主客

秋風騎馬向南行，送別深慚句不成。顧我只如前日懶，思君應比後湖清。朝回曉月當瓊島，夢逐春潮到石城。遙想齋居無俗客，相過多見沈雲卿。

翰林齋宿

迢迢清夜宿詞林，不是西園只賞心。天上星辰華蓋近，海中煙霧玉堂深。話長絳蠟頻銷燭，夢短青綾獨擁衾。明日慶成何以獻？願同張耒賦當今。

又次費廷言韻

月滿蓬瀛樹影涵，並游仙館不勝慚。歐陽白戰多詩禁，周澤清齋厭酒酣。兵衛森嚴環闕下，神光隱約起郊南。玉墀春宴明朝事，載望君恩四海覃。

慶成宴二首

玉陛東頭第一筵，坐分春色愧群仙。詩題共和篇三百，酒價無論斗十千。曲舞羽衣齊作隊，花簪金字巧成聯。卷阿鳴鳳今重睹，定協周家舊卜年。

閶門傳詔下瓊筵，許傍文樓坐列仙。鳳曆紀元初滿十，玉杯稱壽定過千。頌鍾應律歌工起，階楯成行衛士聯。既醉小臣思寸補，擬書無逸獻新年。

上元夜戴中書宅賞燈

南客相逢惜此宵，燈詞酒令破寥寥。莫教隱几生春夢，就可聯鑣去早朝。月色漸臨青瑣闥，風光多在玉河橋。休文不赴斯文約，應是嗔人折簡招。時沈廷美不至。

脩竹仕女圖

曾讀杜甫佳人篇，佳人今向畫圖傳。練裙縞袂春風裏，不減花神并水仙。牽蘿補屋居空谷，日莫依然倚脩竹。只隔西鄰短短墻，楊花榆莢紛相逐。

白雲仙女圖

霞裙霧帶空中起，何物嫣然一仙子。下方塵土不沾衣，來往踏雲如踏水。瑤池西去扶桑東，萬里聊乘半日風。却笑洛神波底住，一生空卧水晶宫。

爲周評事題沈石田畫二首

芙 蓉

憶涉秋江水，曾采芙蓉花。花邊蕩槳白日暮，美人不見令人嗟。秀色天然净如洗，依舊幽花照江水。高堂四壁起秋風，不是丹青那得此？周卿愛此如愛蓮，胸中風月元無邊。慚余未擬《愛蓮說》，爲君且賦芙蓉篇。

芭 蕉

老卉呈嬌紅，破葉留故緑。正當零落時，對此殊不俗。我思石田生，秋色填滿腹。腹中抑鬱無奈何，信手寫之忽盈幅。滾滾白露初爲霜,苔花冷蝕山骨蒼。眼昏錯道逢仙子,綠絲步障紅綃裳。

送張都水

　　幽燕建都邑,九鼎從而遷。八政一曰食,仰此東南偏。歲漕四百萬,舳艫相後先。雲帆罷轉海,江淮達且沿。迤邐經齊魯,有渠昔人穿。噫此尋丈耳,譬若溝澮然。置牐以啓閉,相時爲節宣。巖巖魯山下,平地多流泉。泉流入漕渠,其始纔涓涓。齋淪惟自足,安知可浮船？疏導非人力,濟世嗟何緣。張君官水部,治水思昔年。往來相度之,滌源同九川。功成既歸朝,大臣慕其賢。封章始朝薦,行李仍夕旋。維此百泉眼,利博人爭傳。入渠有餘瀝,可溉萬頃田。只今東方民,老幼咸顛連。槁項與黃馘,嗷嗷口流涎。澻洩倘有策,旱潦何須憐？漕粟國用足,種粟民生全。他年司馬氏,載入河渠篇。

初夏雨霽

　　好雨夜來過,朝陽散新晴。朝回一解帶,偃仰向南榮。焚香遣塵慮,讀書悅道情。屋角槐初綠,時聞好鳥鳴。誰知城市裏,心境有餘清。

卷第四
詩三十二首

賦黃樓送李貞伯

維河有源星宿同，導河積石思神功。濁流汗漫失故道，積石却與澶淵通。平郊脫轡萬馬逸，一夜徑度徐州洪。徐州太守蘇長公，夜呼禁卒登城墉。一身未足捍大患，豈無木柵兼竹籠？戲馬臺旁二十里，有隄橫亙長如虹。高城不浸三版耳，挽回魚鱉仍耆童。防河錄成天有工，黃樓高起城之東。五行有土可制水，底用四壁塗青紅。太守登樓賓客從，舉杯酹水臨長風。河伯稽首受約束，不敢更與城爭雄。水流滔滔向東去，紆徐演漾殊從容。負薪投璧竟何用？漢家浪築宣防宮。自公去後五百載，水流有盡恩無窮。我生慕公公不逢，安得置我茲樓中。潁濱淮海獨何幸，留得兩賦摩蒼穹。鳳池舍人今李邕，南行別我何匆匆。登高眺遠必能賦，封題須附冥飛鴻。

少詹事柯公挽章

莆陽山水邑，文獻代相仍。詹也唐時有，襄於宋室稱。惟公從後起，餘子讓先登。科甲真能冠，詞鋒莫敢膺。進言希祖禹，紀事到吳兢。已向經筵入，元從史館升。肺肝求主識，氣力待誰憑？慎密中無罅，方嚴外有稜。副君資講讀，冑子要師承。繾服終難奪，綸書遠自徵。遞中翻報訃，都下盡喧騰。夏屋梁驚折，長河岸善崩。幾年儲宅俊，他日曠疑丞。當宁徒前席，斯文失右肱。人言猶悄悄，天視故儚儚。卹典恩光下，哀歌韻語興。嘅予生既晚，爲彼役無能。久候儀庭鳳，焦思出壑冰。竹根巖月落，荔子海雲蒸。公起當何日，高呼恨不膺<small>竹巖公號</small>。

送姜用貞赴南京刑部因懷項文祥

南去分司畫省郎，行行因得奉高堂。已如毛義爲人子，早向宗元識吏商。春草訟庭稀獄案，碧山官舍有書牀。項斯別後年華改，爲謝無詩遠寄將。

與諸友東郭草亭看牡丹二首

曾是平章宅裏花，賞時還在故侯家。帝鄉況有此亭古，人世但知今日嘉。吟興待生滄海月，醉顏驚見赤城霞。風流前輩凋零盡，欲覓遺蹤事已賒。

背郭林亭風物幽，綠陰時節更須游。獨憐芳草容人臥，多謝名花爲客留。錦水築堂從杜老，漆園成器想樊侯。暮春未許山陰占，今日燕南禊事修。

次韻李賓之病暑<small>時閏六月</small>

夏暑亦常事，江南未宜歇。維此曰朔方，氣候無差別。洞庭碧汪洋,太行青巘巀。遥思蛟室空,豈畏羊腸折。對食乇或喪,解衣帶翻結。頗聞上古時,處野復居穴。宫室始湫隘,文字非漫滅。雖云蔽風雨,重我此炎熱。連朝常廡焚,未夜忽庭爇。《豳風》詠鑿冰,《月令》紀乘鐵。彼日故遲來,斯言自高揭。四序功成退,三王世興迭。祝神司夏令,一月真濫設。將行衣未裝,既醉醑還醱。發狂果大叫,排悶得深悦。貧者衣裳單,所慮窮冬節。露脛與蹁躚,赤脚寧蹉跌。暑氣任蒸人,吾生況江浙。

昌黎清節廟

君臣有大義,誰獨能廢之?雖云行天罰,有責安可辭?南巢到牧野,此事已再爲。彼動固以時,我義亦自持。所以周家粟,不及首陽薇。飄然脱屣去,鴻鵠青冥飛。維昔能讓國,去周固其宜。馬遷執史筆,歌我安適歸。我歸既無所,無乃非怨詞。藉有潁濱叟,删潤庶已知。二子百世師,邦人詎能私?要之天壤間,郡當置一祠。請觀昌黎頌,奚假吾聲詩。

苦　雨

入夏憂不雨,雨甚亦可憂。幸此米價減,宿麥且有收。人情稍覺舒,天意復見尤。一雨過三日,其勢殊未休。九市成九河,可車翻可舟。比屋垣墻倒,汎汎宅載浮。婦女出大叫,兒童誇善泅。又聞城西偏,水患更不侔。一家三壓死,傷者恐不瘳。事急欲走避,有足誰家投?聞之是叵忍,援之猝無謀。我欲作天問,問此來何由?但恨此來時,在天少遲留。往夜東門火,平明失其樓。雨來火不作,火滅雨乃流。漢儒傳五行,箕子叙初疇。人邇天亦邇,此理或可求。賦詩遣孤悶，廢卷發長謳。因之望遠海，安得登高丘。

送蔣蒲州

郎吏紛紛填仕途，初試幾人爲大夫？如君本是青雲器，有身豈合居江湖？山右大州稱古蒲，手中新分太守符。昨聞州人告荒歉，衆口待子歎且餔。進士中人不流俗，設施肯作科名辱。黍稌豐登雞犬寧，聊以茲行遂民欲。宣武街頭車已裝，乘此十日秋風涼。青天眉宇太行秀，平野襟帶黃河長。州中父老出郊迓，來日太守登公堂。

送蕭漢文分司清江浦

誰云何遜在揚州，只到淮南便艤舟。東閣官梅千古事，小山叢桂一時秋。《考工》有記煩開卷，都水成功屬運籌。浦口相過曾訂約，錦袍須共月中游。

送吳憲之知龍泉

爭愛江東孤鳳凰，南飛浙水見文章。從來民事偏爲重，此去科名定有光。燕寢焚香稀案牘，春郊騎馬偏耕桑。長安極北誰云遠？要聽成人頌蟹匡。

送文宗儒知永嘉 用唐人方干送王永嘉韻

同年出宰聯翩去，大邑爭誇浙水東。選士初行常法外，期君當在古人中。竹房夜照江心月,柳浪朝翻海面風。此地從來詩景勝,還聞拔擢論民功。

送項崇仁知建陽

高步賢科衆所推,筆端文字豈無施?已看作令如龐統,不待逢人說項斯。千載宋儒真可學,一時秦吏謾爲師。公餘爲我尋遺蹟,應踏扁舟入武夷。

贈釋子芳草堂

出吳閶門走山塘,山塘北去七里長。平郊崛起虎丘寺,雲樹一簇攢青蒼。我昔家居絕塵事,兩足只有登山忙。扁舟搖搖掠岸去,尋奇探勝時徜徉。舍舟登岸縱所適,四尺古墩當道傍。道傍父老說遺蹟,劉公佐邑殊循良。邑人此地曾拜送,相與聚土示不忘。我欲題詩紀其事,碑亭淡淡餘殘陽。翛然欲去更回首,忽見側畔依僧坊。青松夾道蔭寺額,大書金字何煌煌。竹陰蕭然槿花舍,中有丈室并迴廊。一從京師住三載,東南引領徒相望。旦朝忽有僧來謁,自言來自胥臺鄉。吾師出家修苦行,吳下知名芳草堂。今年新領祠部檄,劉公墩邊開道場。敢持絹素乞一語,南還留作山門光。嗟哉後世重異教,三吳尤云熾而昌。穹樓傑殿塗金碧,直以壯麗充緇黃。其間號稱彼善者,屈指一二無留藏。白雲寺建爲范老,表忠觀改因岳王。只今此寺雖儉樸,寺名却爲劉公彰。此墩可夷碑可仆,有僧世守庸何傷?投簪還鄉會有日,便擬入寺尋支郎。舊時詩句如可補,坐我草堂焚妙香。

凌季行家賞蓮

盆池當坐長新荷，眼底西湖渺綠波。便可乘舟如太乙，依然臨水散東坡。碧筩涼露先秋下，華屋香風向晚過。酒客不勝金谷數，對花聊賦醉時歌。

和沈廷美次前韻

重把清尊對碧荷，醉來激水作圓波。誰移東海紅雲島，絕勝西山玉雪坡。花底佳篇慚我和，門前俗客任渠過。晚涼身在江湖上，唱出漁郎欸乃歌。

陸文量職方新居讌集分來字韻

士龍宅裏小筵開，坐對春風拂檻回。未許持杯稱酒德，故教分韻見詩才。紫垣近接煙花繞，翠幕高張燕雀來。更愛西偏青不了，主人須築看山臺。

飲錢世恒樓上

何處風來六月寒，只疑高閣近江湍。酒杯鯨跋當筵舉，劍器龍蟠拂袖看。白雨不禁前日大，青天偏到晚晴寬。西山翠落仙洲外，倚遍君家十二闌。

漁翁圖

數株古樹荒溪濱,一竿占斷如無人。溪深水聚魚亦聚,誰遣兩翁當要津。葦間大艑何爲者,亦有長竿手中把。兩翁得魚慎勿爭,只學收門取多寡。

送沈仲威

一江秋水隔娟娟,南去美人初放船。爲客相逢多異縣,如君況説是同年。三吳人物何曾乏,二沈聲名共所傳。我忝交游昆仲裏,贈言那惜滿華箋。

送董尚矩歸省

楚尾迢迢不計程,却因慈母重行行。久爲朝士多鄉夢,始信江神也世情。錦敕有光天日爛,布帆無恙水波平。江都父老如知得,莫向津頭候董生。

次韻顧天錫九日病起

重來不是舊劉郎,籬菊都從病裏黃。小院入愁雙杵外,故鄉歸夢一燈傍。詩家供給山當户,客鬢侵陵樹着霜。明日也須扶杖出,呼童已製錦爲囊。

邊文進畫山鷓鴣爲遼陽邵令題

黃筌趙昌絶代無，邊卿好手皆可模。鷥坡日轉供奉暇，餘墨寫成山鷓鴣。鷓鴣只識山中路，畫史強之入毫素。遼陽有客自高飛，不信韓翁感爲賦。

同年吳克明知嘉定爲題馬圖

吳卿別我吳門去，手把橫圖索題句。開圖見馬如見人，逸氣稜稜八尺身。圉人騎度燕河水，萬里長風生兩耳。歸來飽喫玉山禾，吳門草青奈爾何。

贈張君歸吉水兼問訊劉教授先生兼素兄

東風不入客衣寒，二月扁舟忽下灘。到日緇塵詩裏詠，還家春草夢中看。諸公臺省堪分席，何處山林獨考槃。苦憶傳經老劉向，更煩相見勸加飡。

送戴校官琰赴漳州

渾河花發照青春，舟載儒官下遠津。族甲浮梁惟有戴，地分漳水總爲閩。檳榔且進盤中食，夏楚應生帳下塵。學舍五經多掃地，願期安定出純仁。

楊學士新居讌集分采字韻

子雲一區宅，氣勢如爽塏。結構藉良工，經營信多載。虛簷小雨過，高棟浮雲藹。勝地惜天時，華筵散香靄。傾倒尊與罍，烹炰鼎兼鼐。園蔬竹有萌，土物鯉爲醢。衆客放情懷，諸郎耀文采。酒面卧西山，歌喉翻小海。河朔事空傳，江南景仍在。詩篇雜戲謔，飲量無欺詒。不知白石移，未許清風改。雅集當再期，盆荷笑相待。

挽畫士范葦齋

藝苑閒評到葦齋，一時邊氏是朋儕。賦詩難使游魂返，看畫空將病眼揩。酒肆藏名餘瓦缶，金門徒步只麻鞵。拙工巧宦紛如許，今世何人最寡諧？

廷試掌卷二首

畫戟連階虎豹屯，九重端拱一人尊。王言載見如綸出，寒士還同挾纊温。地上圖書環壁宿，宮中絃管奏雲門。朝來識得天心喜，硯沼均沾雨露恩。

華蓋依然逼翰林，大廷對策感重臨。雨晴東閣天逾近，雲起西山日未沉。殷序化行無曲學，舜衣垂處最虛心。三年食禄成何事？第一臚傳愧玉音。

愛茶歌

湯翁愛茶如愛酒,不數三升并五斗。先春堂開無長物,只將茶竈連茶臼。堂中無事長煮茶,終日茶杯不離口。當筵侍立惟茶童,入門來謁惟茶友。謝茶有詩學盧仝,煎茶有賦擬黃九。茶經續編不借人,茶譜補遺將脫手。平生種茶不辦租,山下茶園知幾畝?世人可向茶鄉游,此中亦有無何有。

閩南王翁重修里社

南閩有龍峰,下維里居民。里名曰興教,民風樸而淳。有社昔所建,歲久埋荊榛。王翁社中彥,動以禮法遵。謂此如不葺,日就圮與堙。學校聚生徒,朝廷聚縉紳。市廛聚賈客,田野聚農人。凡人各有聚,不聚事終泯。我力雖云薄,此社當我新。維木固無脛,山林可選掄。維瓦亦無足,河濱可陶鈞。工匠並手作,落成纔幾旬。法律於此讀,俎豆於此陳。信義於此講,孝弟於此申。於此勸農事,於此賽田神。作朝而息暮,報秋復祈春。爰有諸父老,偉然古衣巾。會飲日將夕,言笑皆恂恂。少壯從杖者,長幼自有倫。相與稱王翁,重我里居仁。後人庶勿壞,千載傳南閩。

卷第五
詩五十六首

馬遠古松高士圖

寄傲天地間，不爲俗士知。九衢紛車馬，有足難並馳。偶來長松下，時復一解頤。手持白鶴羽，萬事付一麈。吾心在太古，身即太古時。所以陶淵明，羲皇不吾欺。須臾白雲起，青山變容姿。即此見世故，長歌返茅茨。

高克明溪山雪意圖

此圖劉僉憲得之任太僕，今歸沈啓南，後有徐天全跋。克明，宋仁宗時人，題曰：臣克明上進。

赤腳真人龍鳳姿，俯視藝苑時游嬉。良工待詔金門裏，高生前身應畫師。含毫吮墨立良久，自言臣是唐王維。平生胸中無一物，獨有山水能容之。郭熙成名乃新進_{高宗有詩云：克明已死道寧逝，郭熙後有新成名，}范寬得意纔並馳。丹青競巧稱院體，後來不比宣和時。密竹千岡松萬壑，蒼翠峰巒白湖瀠。岸傍桂楫何處移，磵曲茅堂是誰縛？行人暮歸天漠漠，遙望前村愁雪落。船頭一老獨閑暇，詩思分明入寥廓。劉侯朝回過燕市，亦復愛畫入骨髓。偶從太僕得此圖，每一開之心輒喜。天全仙翁惜題字，評品數行而已矣。翁今已逝侯亦亡，兩洞庭荒渺湖水。翁嘗自稱大洞庭主人，而僉憲家有小洞庭，故云。石田多才從後起，況有佳兒好文事。只今此物欣有託，賦詩獨愧前人耳。宋社久已屋，宋畫如有神。劉侯地下勿長歎，楚弓得失皆吾人。

辛夷牡鷄圖爲筆翁張士行題

辛夷花發照晴川，獨立春風亦竦然。莫惜錦毛加束縛，涪翁囊底恰三錢。

次韻天全翁書遺光福徐用莊雪湖賞梅十二絕

永和人物數諸王，曲水難勝一野航。得似太湖三萬頃，梅花灣裏作家鄉。

不游雁蕩即鱸鄉，又被五湖勾引忙。舉棹落梅春雪亂，開尊臨水玉泉香。吳城西有雁蕩村，吳江號鱸鄉。

我愛涪翁與放翁，此翁應在二之中。登山臨水當年事，北郭移舟舊約僱。

快雪初晴冰滿灣，長溪未許放舟還。坐移月裏千株樹，臥看湖邊萬玉山。

新築吳西白玉城，城中長作看梅行。錦袍更向船頭坐，便有神仙世外情。

不向山人道姓名，詞中裴度晚年情。江南風月無人管，天府新除老上卿。

天落平湖見鬢絲，傍人休笑放舟遲。杜陵野老愁泥滓，只許青鞵布韈知。

雪後船窗向晚開，孤山杖屨勝徘徊。戛然何處玄裳影，想見坡仙化鶴來。

湖口無人踏斷槎，石梁新築仆銀沙。如今要識經營意，信步前山好看花。

太湖莫作鏡湖看，聚塢銅坑地更寬。日暮最高峰上立，青天尺五即長安。

連宵朗月在青空，始誤身居大雪中。莫唱《霓裳羽衣曲》，人間自有廣寒宮。

爲報春風萬樹梅，年年爲汝費深杯。徐卿況復能相引，不盡青山不擬回。

陳起東赴官閩中爲題松圖

松有歲寒操，北地固所宜。何年移孤根？種之炎海湄。土人反吾疑，豈畏霜雪欺？不知長養地，枝葉恒如斯。屈曲賦形質，蒼古帶容姿。惜哉仰受蔭，山上苗離離。酸甘適衆口，采摘皆及時。豈不見閩産？橄欖并荔枝。

李遵道竹樹圖

薊丘常共此君游，又向人間見小丘。滿目疎篁連古木，偶然臨楮忽驚秋。

墨 竹

深林不減篔簹谷，亂影都歸丈八溝。最愛長竿如綠玉，何年去上釣魚舟?

墨牡丹

素衣依舊染緇塵,京洛相逢已暮春。偶憶沉香亭北事,惱人偏是畫中真。

夏太卿墨竹

今代風流夏太常,并刀時復剪蒼筤。墨君已老湖州逝,却喜人家肯築堂。

謝孔昭畫

盧鴻草堂今有無,吳中時見謝翁圖。松風澗水書聲合,林下高人不可呼。

史明古過宿

故人過我室,遠自黃家溪。歲暮委巷中,舊路渾不迷。感此十年內,望望各東西。斗酒相款曲,自起謀吾妻。縱談遂忘暮,日隱柴門低。相逢既不易,欲別還悽悽。挽衣願少留,方牀幸同棲。況有坐間客玉汝,行將躡雲梯。呼童更洗盞,春韭亦滿畦。是時月初出,光輝奪青藜。夜久庭宇空,鶴蹟滿雪泥。起步脩竹園,攖攖驚烏啼。净掃竹下壁,爲我須留題。頹然相枕藉,鄰家起寒雞。天明返舟楫,吳江正流澌。

題治平寺琬上人所藏巨然山寺圖追次虞道園先生韻

疎林逗晚照,際水扃柴關。中有方丈室,翠納千重山。山路多白雲,潝然隔塵寰。倚筇望嶭崒,展席聽潺湲。願邀巨然老,置我水石間。忘歸飽清暉,從此終日閒。層巒結暝色,不逐樵夫還。

留題治平寺次前韻

野岸艤舟楫,登登扣禪關。木杪望飛閣,半依茶磨山。翻嫌棟宇高,隔林見人寰。石湖分一曲,殿脚臨潺湲。老僧閱梵語,跌坐寒雲間。不知城中人,暫到非長閒。棹歌答空谷,沿流月中還。

宿東禪寺潚公房 戊戌正月十日

來爲東莊游,還作東林宿。林下扣禪扉,幽徑行自熟。齋厨夜寂然,倦睡雜僧僕。方牀習跌坐,飲我一茶足。坐久湯室溫,洗沐解塵服。衲翁故延款,展畫更燒燭。迤迤水上城,突兀月中屋。夜静風轉號,曠野有高木。疎雨忽復來,春夢不可續。端如紫極宮,百感入詩腹。便當游汗漫,安復事拘束。晚歲返舊廬,爲鄰豈須卜?

畫 虎 時吳中有虎患

是誰捉筆圖猛虎,出山耽耽氣尤怒。便欲當前一掊之,自笑書生不能武。亂山西繞洞庭波,山下爭傳虎蹟多。千年故事劉琨得,何日偶然還渡河。

陰　雨 元旦甲子,俗云甲子豐年

春來不獨東風顛,以陰以雨仍連連。豈惟元日到人日,又復上弦交下弦。甲子歲朝傳好語,東南民力待豐年。天時人事有如此,回首朔雲增慨然。

過相城爲沈陶菴和天全翁賞菊之作

菊花開日是重陽,坡翁妙語不可當。我云但得花之趣,何必秋來菊有黃。神仙中人壽且康,老年見客纔下堂。幅巾飄飄映華髮,導我直過東籬傍。菴居春風定先到,已見菊苗三寸長。浩歌淵明飲酒章,悠然依舊虞山蒼。素琴無絃舊有例,當春賞菊嗟何妨。封題一笑報蘇子,爲我轉致陶柴桑。

過沈啓南有竹別業 是日閱李成畫,又觀商乙父尊,下有銘

繫舟高柳下,又是十年餘。遥踏無媒徑,重尋有竹居。筆精知宋畫,器古鑒商書。前輩題名在,風流邈不如。

與啓南游虞山三首

夜宿相川口,清朝喚舟人。舟人請所之,指彼虞山垠。山如知我來,笑迓野水濱。藹藹春雨餘,翠洗雲中身。我亦重兹山,竦然正冠巾。虞仲骨已朽,高名宛如新。悠悠松間路,弔古在兹晨。放

舟轉山塘,行行自知津。春服亦既成,庶以適此春。

我本不飲人,愛山如愛酒。春游亦易事,出戶即掣肘。決策爲此行,所幸得良友。譬彼足病弱,扶掖乃能走。虞山遙在望,豈意落吾手。側足亂石間,縱目平湖口。賞心雖云樂,吊古悵然久。丹井事有無,刻銘覆華構。如何梁昭明,書臺蔽林藪。<small>山下有葛洪丹井,宋學士景濂爲銘。又有昭明太子讀書臺。</small>

斜日下嶺西,落霞滿川上。晚色催人還,輕舟復搖漾。佳山難爲別,持酒忽惆悵。悠然一回首,舟尾疊青浪。故人知我懷,捉筆寫其狀。懷土心未除,移山力何壯。便如王維詩,終南亦堪望。流觀入中夜,鼓枻起高唱。

題啓南所藏林和靖手簡追次蘇文忠公韻

西湖處士林君復,結廬近傍湖波淥。百年何物獨傷廉,墻下梅花總寒玉。滿城煙火十萬家,未信誰人能脫俗。壺酒嬉春拾翠鈿,歌鍾入夜燒紅燭。獨教老鶴閒應門,走傍湖陰濯雙足。高平范公遣使來,寄以新詩勝餽肉。風節文章厚與淳,兩句平生成實錄。才多墨妙更入神,只許唐翁和高曲。果然遺墨似其人,如倚清風捫瘦竹。惜哉甫里天隨生,不趁斯人書杞菊。

題啓南寫贈袁德純同年萬壑春雲圖

袁卿高爽不可攀,平生眼底無吴山。肩輿偶度支硎嶺,俯視龍池纔破顏。前山後山作屏几,千步橫岡鋪翠被。向曉濃雲觸石生,當春好雨從龍起。吾鄉沈子今王維,筆端萬壑能移之。圖成欲贈袁卿去,却請我輩仍題詩。天台雁蕩東南有,卿昔好游曾遍走。縣齋晝静對新圖，從此不須開户牖。

贈袁德純別

太平肇爲縣，乃自黄巖分。阻山且薄海，土俗殊狺狺。持牒好爭訟，於古已有聞。雖云士風美，甘露難救焚。幸哉百里宰，一朝得袁君。君來坐堂上，顔色無戚欣。謂民如絲然，治之豈宜棼。清節我自持，濟以慎與勤。踰年能化服，相顧歸耕耘。公庭晝寂寂，凭几西日曛。猶恐耳目隘，適野訪憂瘝。肩輿之所至，如渴皆醺醺。君本廊廟器，壯年躡青雲。胸中十二策，獻納同河汾。小試出等流，信矣光斯文。今兹報政還，道經吳淞濆。自慶忝同薦，詩以揚其芬。

出閶門與陳味芝諸公送德純舟經山塘登壽聖寺閣時雨初霽西山益佳還飲舟中爲陳允德題啓南所寫春壑晴雲圖是日文宗儒談龍事甚異故及之

偶聞客談萬山中，靈湫一勺能藏龍。春來佳氣滿空谷，想見龍起雲爭從。誰驅雪浪盪我胸？驀然吹散渾無蹤。半塘雨過登高閣，引手欲摘青芙蓉。

秋林高士圖

風回木落多，霜降水流慢。高士謝俗塵，溪頭獨來慣。班荆成坐久，天日喜清晏。野曠山盡出，隔岸殊可辨。度嶺識樵夫，遥知有雲棧。王丞在北垞，柳子游南澗。山水樂亦同，君應免譏訕。

贈張汝弼知南安

闕下五色雲，爛爛非煙霧。吳會天東南，却因風吹度。夙稟澤物心，終爲濟時具。迢迢大庾嶺，人出南中路。既滋九齡松，亦復溉梅樹。觸石此其時，終焉遍天下。攬之願少留，飄然不予顧。

楊太真剖瓜圖

深宮六月涼風至，紈扇團圓奪秋氣。却恨君王賜浴遲，華清水熱通宵沸。金刀手弄雲鬟低，楊柳樓頭日已西。莫誇碧椀紅瓤美，玉齒病來憎瓠犀。

題萱草圖爲從母張孺人六十之壽

北堂慈母坐薰風，萱草當階見一叢。莫向洛陽看舊譜，此花真是壽安紅。

題劉僉憲廷美寫遺啓南畫

寂寂茅亭下，悠悠野樹邊。扣門無俗客，題句有詩仙。虎蹟黃泥坂，鵝群白石泉。相城回棹後，畫裏故依然。

山行十五首

過橫塘

夏半橫塘風日多，畫船載酒壓晴波。高田得雨皆秔稻，長蕩翻雲足芰荷。未必他年成故事，也須隨處結行窩。悠悠十里城西路，此是登山第一歌。

謁韓蘄王墓

家國何多難？推尋爲蔡童。嬴秦方逐北，周室竟遷東。江左朝廷在，淮南驛騎通。天終憐宋土，時則有韓公。一劍橫天外，諸酋在目中。南雲當箭鏃，黃蓋走艨艟。伐越期成霸，於潛恥會戎。蕭墻狼跋盡，野穴鼠群空。聚米籌三鎮，開門待兩宮。齊王真濟美，鄂國與爭雄。有詔從中制，惟詩詠內訌。閒游嗟我獨，和議約誰同？殉葬長弓勁，題銘片石穹。龜趺呈細刻，龍額表孤忠。草樹樵蘇斷，粢盛享祀豐。神靈懸皎日，生氣亙長虹。異代今全盛，當論保障功。

望穹窿山

我昔聞吳諺，陽山高抵穹窿半。壯哉拔地五千仞，始信吳中有奇觀。銅坑鄧尉作屏扆，天平靈巖當几案。其間法華與雅宜，水邊橫亙如長岸。何人著山經，宜作吳山冠。但嫌地勢高，山家每憂旱。舟行半日青已了，却被濃雲忽遮斷。水回路轉二三里，依舊諸峰青歷亂。人云山頂百畝平，合結茅廬傍霄漢。龍門勝蹟未遑添，坐向船頭先飽看。

經玉遮山

見山不識山,借問山中人。玉遮亦深秀,翠色聳嶙岣。肩輿繞其趾,面面松杉新。峰巒稍回伏,穹窿復呈身。細草被長岸,盛夏無埃塵。乘閒即行樂,願作兹山賓。

入蒸山謁徐天全墓

平生晁賈共襟期,欲使才名百世垂。衆口是非何日定,老臣功罪有天知。湖山仿佛精神在,杖屨從容歲月移。逝矣姚崇嗟不返,憑誰爲刻墓前碑?

觀眠松

盤盤蒸山麓,側徑頻折旋。山人引我去,云有長松眠。石磴被蔓草,攝衣步相連。果然見奇樹,如神龍蜿蜒。鱗甲生滿身,仍怪鬐鬣全。恍若出巨壑,疑將赴深淵。未學擾龍術,却立不敢前。天風谷口起,繞視惟茫然。枝幹既屈曲,不中棟與椽。兹山非櫟社,亦復全天年。旁有短石垣,制作良且堅。四垜矻不動,密累皆古甎。斷裂蒼蘚間,有碑昔人鐫。銘文已磨滅,篆書冠其顛。曰宋故主簿陸公墓銘。荒山少居民,始知陸公阡。摩挲發長歎,助我松聲圓。草棘莫剪除,應乏雲仍賢。旭日照松下,因之吊重泉。

入銅坑

銅坑山下摘楊梅,曲徑人從樹杪來。共愛石橋涼氣逼,湖梢未放酒船回。

泛下崦

新春已負雪湖梅，却爲楊家果特來。落日酒船山色裏，水南人道畫中回。

泊虎山橋

南人相見詫杭州，自料西湖讓一籌。天爲漁家開下崦，晚宜畫舫駐中流。新詩已判縱橫寫，佳境從教次第游。孺子歌聲何處起？落霞孤鶩水悠悠。

飲七寶泉

誰將七寶地，貯此一泓秋。片月從空墮，清冰出壑流。冷涵山骨瘦，細咽竹根幽。半勺能消暑，名宜水記收。

入玄墓寺

高登鄧尉山，遙入玄墓寺。老僧具衣履，出門迓予至。落落長松間，一徑獨深邃。鞺鞳鐘磬聲，鳥雀少驚異。仰面睇山腰，殿宇危若墜。長廊掃清風，脩竹自爲簪。結夏四五人，趺坐更無事。樹密山果懸，草深井泉秘。盤旋登小樓，洞庭正相值。洋洋太湖波，兀兀林屋翠。始知衆山中，此寺真畫笥。聞昔萬峰老，卓錫據茲地。道行既孤絕，遺言有高致。化去動吳人，金帛爭布施。歲久骨當朽，遺容未全敝。禪堂晝寂寥，雲水乏供饋。惟餘佳山水，不改太古意。磨厓紀勝游，吾當一題字。

憩奉慈菴 菴中有白山茶

野寺堪逃暑，登登去扣關。林深長礙樹，路轉又逢山。石鉢分中飯,雲房借半間。玉茶花落盡,坐撫不知還。

登光福鳳岡

昔年曾學登山法,縱步不憂山石滑。舍輿徑上鳳岡頭,趁此涼風當晚發。遠山朝臣抱牙笏,近山美人盤鬢髮。我身如在巨海中,青浪低昂出復沒。山下人家成市廛,家家炊煙起曲突。梅林屋宇遥隱見,一似野烏巢木末。寺僧見山如等閒,翻怪群山競排闥。偶凭高閣發長笑,笑我胡爲躡石鉢。夕陽滿目波洋洋,西望平湖更空闊。山靈爲我報水仙,預設清泠供酒渴。吳人非不好登山,一宿山中便愁殺。扁舟連夜泊湖口,舟子長篙未須刺。懶游已笑斯人駭,狂游不學前人達。若邪雲門在於越,何必青鞵并布韈?

飲海雲院百丈泉

白雲翻海濤,行人渺無蹤。蘭若因以名,秀倚青芙蓉。玆山非百丈,泉名與山重。問泉所發源,寺僧偶相逢。涓涓出亂石,潎潎循長松。山中不鑿井,飲足忘深冬。始知白雲多,護此蜿蜒龍。品評藉道園,遺墨無塵容。所恨生也晚,操杖何由從?步來當長夏,坐挹清心胸。紀事強追和,豈圖碧紗籠。謫仙詠瀑布,莫訪香爐峰。

觀海雲院連理山茶

奉慈山茶好標格,花開如杯呈玉色。海雲山茶更絕奇,奇處不論紅與白。兩株竝植東軒前,密葉如屏遮几席。枝柯一一相交加,爲是同根忍分拆?初疑一人獨叉手,忽作兩人仍促膝。少焉掉臂纔跬步,又復控卷當肘腋。碧玉磨沙成玦環,青絲絢索分徽纏。我來庭際稍摩挲,引子春虯憂毒螫。試量旁幹得三圍,每掃落花凡一石。風霜飽歷三百年，未識何人手中植。尋常繞樹多詩客，堦下莓苔留古跡。河中曾辱昌黎文，西蜀休誇孔明柏。世間大樹儘有之，似此山茶何處得？

卷第六
詩四十二首

與參政祝公游正覺寺

寺爲元陸志寧別業,舊多梧樹,相傳志寧每洗之。更有竹數種,因名竹堂。後廢,有僧洪創爲寺。

陸公已逝逐浮塵,洪老重來刈野榛。百畝園林成故事,一天風雨醒游人。碧梧净洗今何在?脩竹叢生舊有因。白髮耆英留醉墨,晚涼傳玩席間珍。

吴仲圭鈎勒竹

仲圭,嘉興人,號梅花道人,葬處題曰梅花和尚之塔。

畫家不見吴道子,石塔尚記梅沙彌。百年筆法兼衆妙,又向人間看竹枝。秦川織錦文瑣碎,嶰谷截玉形參差。苦心却怪揚雄語,雕蟲篆刻嗟何爲?

喜雨四首

雨挾風潮勢未休,何人對此獨忘憂。桔橰挂壁農夫坐,起舞茅簷忽打頭。

農家勤劻自新春,怪見平疇有斷紋。孺子何曾知稼穡,過庭沾濕亦欣欣。

不飲何曾說半酣,飯餘捫腹已堪慚。疎慵又感天公惠,午後當階雨最甘。

荒園頻溉趣奴星,曉起常聞汲井聲。菜飯始知留客易,花闌更覺照人明。

與賀美之過陳湖訪陳氏昆仲再宿東明院時玉汝居京師而主僧頓公沒矣因遺其徒良琛

東明院裏重投宿,偶見前題一喟然。欹枕亂蚤如昨夜,入門高樹却多年。季方不與元方在,小朗還同大朗賢。何處玉笙吹未歇,山扉新月照人眠。

過磧沙寺

寺西有蛟龍浦,中有藏經坊,僧云鳥雀不入坊中。元詩僧至天隱自江右來居此,號筠溪,有詩集。

日斜湖上過,野寺倦登臨。老樹風聲合,頹垣雨蹟深。蛟龍潛近浦,鳥雀避叢林。不見筠溪叟,詩禪久絕音。

韓文公度藍關圖 光福徐太守家藏

韓公上書諫佛骨,自分投荒生不還。忍寒作詩示姪輩,千古增重藍田關。關門雪深阻去馬,直氣早已開衡山。唐皇殂矣骨亦朽,瘴江無墓空潺湲。嗚呼！瘴江無墓空潺湲,潮州廟碑不可刪。

遠游

嗟彼城市人,而有江湖想。如何屋下身,忽在扁舟上。遠游無定蹤,日日憑五兩。南風舟尾發,千里落吾掌。如觀山海圖,瞬息歷九壤。扣舷歌《離騷》,八極願長往。旁人發大笑,此語意何廣。屈子百世師,未許後人仿。

酬海虞陸生寫賜服像

臚傳春殿偶前行,賜服深慚出上方。豈爲形神勞繪事,故憑粉墨著恩光。詩中曹氏今爲庶,壁上吴生遠擅場。歸到山林還有託,幅巾偏稱鬢毛蒼。

李龍眠劉阮遇仙圖

誰與龍眠作畫評,高唐雲雨筆端生。欲知劉阮天台事,試讀韓子桃源行。

趙松雪長江疊嶂圖 李貞伯藏

長江滔滔向東瀉,憶昔扁舟順流下。慈悲閣前浪花白,兩岸青山似奔馬。兼葭楊柳風颼颼,江行六月疑深秋。歸來已是十年事,看畫偶然思舊游。江流樹色非邪是,仍見山腰隱高寺。赤岸滄洲杳靄間,只尺悠然起愁思。苕溪影落鷗波亭,王孫弄筆何時停？北來戎馬暗江潃，千古遺恨歸東溟。

題張外史伯雨贈曲阜孔君詩後

結廬句曲號貞居，石鼎千年句法如。所有白雲難贈客，豈無清露可爲書。湖陰小閣題金菌，月下高冠製玉薤。白首交游洙水上，歸儒深恨早回車。

王叔明山水圖 _{叔明號黃鶴山樵}

黃鶴高樓已搥碎，空有江南黃鶴山。山深有客持樵斧，終日置身林木間。臨風高歌白石爛，隔水或看秋雲還。老夫亦有幽居興，對此徑欲移柴關。

倪雲林墨竹

古來畫法即書法，時從用墨窺良工。雲林胸次本高潔，墨氣自與爲人同。扁舟日暮過甫里，竹梢落紙含清風。想應停筆悵然久，詩思遙逐天隨翁。

沈恒吉小景

扁舟同泛十年前，夜宿西山一塢煙。逝矣斯人猶在目，古村黃葉帶清泉。

畫鷹

林塘秋晚木葉稀,瞥然如褰原憲衣。野鷹木末俯首睨,豈欲供爾清晨飢。嚴霜塗塗百草腓,平郊且莫張虞機。天空海濶羽翩健,終當一擊奮我威。區區鶉鳥何足數,草間任爾東西飛。

畫雞

杜翁昔賦《縛雞行》,韓子曾聯鬥雞句。朱冠鐵距本同形,勇怯在人分感遇。雞耶被縛良可嗟,鬥雞雖勇何足誇?爭如此雞只獨立,昂然不屬詩人家。

過吳江瑞雲觀_{陸道判建,黃文獻公有記}

笠澤磯頭訪瑞雲,洞門高掩寂無聞。重湖急雨過龍陣,小塢亂石眠羊群。有懷廬山陸脩靜,敢比會稽王右軍。與客松陰論往事,摩挲殘碣慨遺文。

舟經荻薍阻風留宿王抑夫田舍_{時水荒後}

歲暮江村落日懸,誰家漁網設平田?岸頭行客訟風伯,堂上主人疑水仙。斗酒急呼聊慰藉,扁舟欲去重留連。荒溪白屋炊煙少,縣吏那堪橫索錢?

題王叔明遺沈蘭坡畫

黃鶴山人樵古松,踏月夜訪蘭坡翁。浴鵝溪邊放杯酒,尺素頓發青芙蓉。百年坐臥松雪中,似舅宛有王孫風。誰教彥遠作畫記,姓名也合收王蒙。清霜不管坡蘭叢,蘭芽仍茁吳門東。山人倒騎黃鶴去,黃鶴一去青山空。

己亥上元夜有感

夜堂春酒十年前,白髮朱顏笑語傳。孤露餘哀雙袖濕,淒涼無寐一燈懸。長街未盡人猶走,急雪初晴月正圓。身在故鄉悲感集,他時今夕況幽燕。

胡瓌番騎圖

漢家詔下五將軍,虜騎衝寒度塞雲。終信奇功收幕府,如今不是奉春君。

韓節婦

閶門煙火萬家稠,獨掩深閨賦《柏舟》。曾識市中無二價,肯將從一負韓休?

爲姚文裕題畫

憶醉園池之上，悠悠二十餘年。城裏人家似此，畫中風景依然。

與李貞伯游東洞庭六首

過木瀆

舟行三十里，初向瀆川過。客路偏逢雨，人家盡枕河。橋橫光福嶺，水接洞庭波。倏爾嗟春及，田間見荷蓑。

舟行出胥口

孤蓬遙踔太湖心，着雨高山水墨深。積氣上蒸炊正熟，弱流西注壓將沉。不因迢遞辭清賞，轉覺空濛助醉吟。詩裏白公誇月夜，未知奇觀屬春陰。

游太湖翠峰寺

步轉危峰路豁然，梅花叢裏見青天。春泥不污登山屐，又過長松啜冷泉。

興福寺小憩

九塢寒泉一磵流，遙從木末望山頭。春風未掃禪林雪，更爲梅花半日留。

湖上望西洞庭山

百家棧上望西山，縱目遥過銷夏灣。未遂真游勞指點，聊憑高興去躋攀。石壇相距纔十里，林屋都來有萬間。報與山靈須少待，會將親手扣仙關。

飯法海寺

行盡松杉嶺漸平，日高深谷喜新晴。山樓飯罷渾無事，獨倚危闌聽水聲。

游惠山入聽松菴觀竹茶爐

菴有皮日休醒酒石，時斎姪隨侍赴京，命和二詩。

與客來嘗第二泉，山僧休怪急相煎。結菴正在松風裏，裹茗還從穀雨前。玉碗酒香揮且去，石牀苔厚醒猶眠。百年重試筠罏火，古朽爭憐更瓦全。

游金山

大舶西來趁晚潮，留雲亭上興飄蕭。水從瀲灔流偏急，春到崐崙雪盡消。萬里京華瞻北極，一時人物慨南朝。中泠入口平生足，坡老詩篇已命騷。

瓜洲阻雨留曹氏館

水長瓜洲上鱃魚，高樓三日雨疎疎。主人能慰江南客，晨起呼童作笋葅。

宿邵文敬清江官舍爲題高房山畫卷

淮南春夜風兼雨,空堂蕭蕭雜人語。户曹好客無與娛,故展長圖慰羈旅。大山矗矗如覆釜,小山歷歷還聚黍。人家隔岸見衡茅,艇子隨潮歸浦漵。眼昏莫辨雲中樹,據案呼童執高炬。千里悠悠亦遠游,却喜意行無險阻。閶閶城中爲我家,俗事到門多峻拒。平生惟有山水緣,招我登臨無不許。憶昨離家始浹旬,此物依然入東楚。乃知高侯畫有神,未讓道寧與僧巨。願君從兹慎藏弄,對棋寧賭淮南墅。

過吕梁洪

力盡千艘勢若傾,隱然門限入彭城。漢封岱岳分來脉,禹鑿梁山擬舊名。高岸茅茨民舍穩,繞灘風雨客心驚。平生亦愛王陽語,壯歲難辭險處行。

徐州阻風

蘇家故事留詩句,仍見夜中風雨來。水激萬艘難捩柂,鼓行千陣不啣枚。怒號應撼藏蛟窟,奇觀須登戲馬臺。河上去程誰算得？擬尋石室吊桓魋。

與徐仲山東行五首

望嶧山

魯郊空且曠,目力安能窮?倏見千仞青,橫截乎其東。群山相後先,蹲踞猶兒童。尼丘亦遠避,何曾數龜蒙?嘗讀《禹貢》書,其陽產孤桐。剪伐成何用?茅茨舜爲宮。諒惟製琴瑟,搏拊歸良工。因之懷古人,仰睇雲霄中。

觀泗河

四源合一水,古河因以名。望之渺千頃,永口汪然清。蕩搖鄒嶧山,映帶兗州城。餘波入漕渠,資國功匪輕。疎瀹藉水部,來往勞經營。欲渡免舟楫,石堰築且平。臨流一縱步,魚鱉不我驚。即欲窮其源,何惜此數程。念昔洙泗間,講業皆諸生。河廣豈水然?聖澤惟盈盈。茲游幸沾溉,自慶非徒行。浴沂效前哲,春服亦既成。

入孔林

兩楹既夢奠,黯矣斯文光。巍巍魯城北,冠屨於焉藏。墓木不可辨,合抱十萬章。知爲門弟子,移植來四方。惟昔治任日,相向哭且傷。孰知千載下,儒者猶心喪。愚生復何幸,瞻拜俄其旁。去我有周末,藹然覯温良。如陪游與夏,執贄同升堂。惓惓東引領,夙願今始償。嶧山千仞高,泗水百里長。何必四尺封?天壤俱存亡。

觀手植檜

魯宮久已壞,孔宅仍如新。悠悠二千載,手澤嗟尤存。所存匪他物,奇樹當高門。矯矯歷霜雪,青青出埃塵。親承時雨化,生意常欣欣。相傳藉文字,烈火經嬴秦。而此特萌蘖,挺然異其群。群木繞庭際,合抱高入雲。尋常豈得似,隱起成旋文。端如人索綯,徽纏依然分。米芾好奇士,於道未必聞。玩物有述作,意與石丈均。我來重謁拜,欲去步幾巡。維魯多松柏,斷庋見詩人。徂徠與新甫,遙瞻失巏崌。

謁宣聖廟

林立穹碑蝕古苔,廣庭端拜殿門開。玉封高竝東山峙,聖澤長盈泗水洄。已冷坑灰科斗出,未行綿蕞太牢來。只今老樹成連抱,天遣森然愧宋魋。

卷第七
詩二十八首

再至都下葺故廬

城東地僻稱吾曹,匠石功成屋脚牢。九市塵埃真可避,一天風雨漫相撓。不嫌巷隘妨肥馬,却愛墻低過濁醪。終老吳門敝廬在,叔孫必葺笑徒勞。

答潘時用和前韻有卜鄰之意

詞林無事本清曹,頗勝山虞掌獸牢。半畝住來鄰可卜,一朝謀定客休撓。過從須免投空刺,稱賀先判出宿醪。總道詩人家具少,載書仍有借車勞。

送表弟吳子高南還

冒暑挐舟來,衝寒上車去。非關好遠游,骨肉情深處。

寄洞庭施翁二首 故修撰槃之從父

流泉匝屋老梅村,憶接春風笑語溫。曾識醉翁山水意,爲收尊俎只開門。

先朝翰撰是諸孫,白髮清門古道存。送客過溪成久立,不扶藜杖到黃昏。

送蔣元用知樂亭

雨後泥途僕馬勞,東馳急欲試牛刀。早從鄉里知民事,不爲科名重吏曹。海岸循行秋水盛,淞江瞻望白雲高。漢書每愛桐鄉説,史筆無能亦强操。

憎　蠅

依然秋後轉多蠅,信矣歐公作賦憎。讒説欲行曾止棘,寓言猶在却疑冰。絞蠅取象緣交足,揮塵妨眠罷曲肱。一夕北窗寒氣至,營營知爾亦無能。

送顧郎中天錫調永州同知

西南山水富清幽,子厚文章記永州。此地一行殊不惡,何人三黜獨無憂。全家下瀨馮孤棹,空橐迎寒典敝裘。便道吳西親展墓,却非前度望松楸。

苦雨歎

朝雨風從西,暮雨風從東。東風西風朝復暮,繞簷雨脚惟隨風。長街泥深困牛馬,廣庭水漫歡兒童。今年春熟已無望,秋禾復偃溝塍中。禾頭生耳應俗語，哀哉歲計嗟成空。朝班侍立日復日，日聞銀臺陳疏封。四方水災什六七，祈免二稅須年豐。聖君無為抱淵沖，一語悉屬司徒公。司徒經制在國用，爵賞所費財當充。江南被災已十載，田疇今與江湖通。都城此雨有深意，天欲示人如發蒙。詔書寬大行當下，作詩欲賀耕田翁。

為陸病逸題畫

一臥茅廬三月深，出門秋水散蹄涔。亦知病裏多新語，不肯從人換橐金。

送馬庭簡赴福寧州判

胸中貯書十萬篇，清詩妙墨皆堪傳。平生知己有我在，當世幾人如子賢？向來六館同周旋，石城風月仍年年。青袍徒步赴銓選，白日旅舍窮殘編。年餘五十得州佐，差勝抱關并乘田。眉間乃有毛義喜，便道得過庭闈前。上堂捧酒拜家慶，紆朱曳玉何須憐？秋盡黃花開未全，小春想見江南天。臨平山中樂三月，雪晴好泛閩江船。

次韻題元新昌呂孝子德升詩墨後

百年純孝出儒門，天意能令片紙存。手蹟封題聯從子，人家收拾仗諸孫。蛛絲煤尾呈奇物，春雨秋霜感厚恩。南望沃洲山下路，草堂風月冷琴尊。

壽徐耕學

鄧尉山中一布衣，築堂住近釣魚磯。扁舟綠水纔三尺，小圃黃花滿四圍。公府招延開幕久，里人爭訟入城稀。祝翁強健長如此，老作田鄰願莫違。

壽義門鄭仕信母八十

白麟溪上舊旌門，舉案何曾有婦言？獨向一身完至行，能令三子荷慈恩。長繩欲繫西飛日，春酒來如初發源。前去耄期纔兩武，含飴還待哺玄孫。

次李賓之用陶韻止詩

昔觀止詩詩，意謂詩已止。嗒然吾喪吾，翻在辯說裏。淵明寧止酒，文術乃責子。苦思得孟郊，新聲有侯喜。紛紛諸詩人，一言予可起。何況數百言，和答各有理。茲事已三年，屈指丁及己。穰穰京邑間，散落亦富矣。秋水盛呂梁，安能辨涯涘？寥寥十二篇，眼中邈商祀。

臘八日賜宴

詔遣長筵列鳳池，人間節序九重知。食傳內饔真成例，坐接同官易得詩。雪裏高寒瞻玉宇，風前微動識朱旗。十年左掖頻分席，深愧黃封酒滿巵。

與陳起東食臘飯

歲暮相過恨少歡，小筵臘飯擬春盤。休開碧碗抄雲子，旋把金刀鏤雪團。故里幾人同雅集，吾生今日本閒官。天寒更爲呼尊酒，醉後猶能賦《伐檀》。

寄光福徐雪屋

吳下隱君徐雪屋，久緣山水伴漁樵。孝廉有士還堪薦，貧賤於人真可驕。書卷夜當巖月展，布袍寒傍渚風飄。銅坑深處楊梅熟，尚憶題詩坐石橋。

庚子立春朝賀

金闕遙開動樂聲，殿前袍笏侍春卿。歲星忽傍東方起，曉日初辭北陸行。擬學宋臣題帖子，待看唐室進儺名。禮成再望天門拜，列坐均霑錫燕榮。

讀陳玉汝紀夢之作

憶年三十憂無兒，紙上仙翁誰贈之？沈卿自云手親寫，儼然挾彈張鬚眉。悠悠十五流年內，兒子三得仍三遺。門懸弧矢雖暫喜，架挂襁褓翻深悲。只今沈卿亦逝矣，厚意虛辱令人疑。翰林吉士東吳產，長身廣顙兼豐頤。視予屈指五年少，三兒玉立肩參差。尚憂娶婦孫未抱，天生兩臂將安施？沈卿有子尤善畫，良夜夢感仙圖披。起來捉筆忙志喜，一段奇事成新詩。陳君陳君真好奇，向人説夢何其癡！惟君有子昔無夢，如我有畫今無兒。蘇家軾轍亦偶爾，此例豈可攀而爲。從來仁者説有復，敢以天道冤無知。君心不足隴還蜀，我欲易滿堯之夔。明年相與發一笑，我當弄璋君含飴。

辛丑元日次韻羅明仲洗馬朝賀

紫垣兵衛法句陳，立仗天階滿瑞麟。律應宮縣分氣候，光生庭燎散星辰。周詩所願無如壽，堯德難名總是仁。玉殿三回叨侍從，衣冠深沐御牀春。

郊祀畢承天門迎駕

禮成郊祀屬新年，盛事休誇古賦傳。萬馬盡驅驚海瀉，六龍徐度識天旋。日高袞服依黃鉞，風細韶音隔綵旃。只尺堯眉真可睹，華夷拭目共爭先。

慶成宴歸招陳起東賞燈 正月十四夜

公署齋居長曼曼，三日盡將葷酒斷。故人契濶令我思，欲往從之足如絆。翻然騎馬何處歸？御宴日高初飲散。腹囊例許携其餘，猶有郊壇牲一段。午窗坐睡晚始醒，婦輩堪呼僕能辦。盤飱已具酒有無，拍拍欲浮欣滿罐。竹爐火暖酒漸溫，瓦鼎湯鳴肉先爛。作詩聊代折簡招，及此孟春今始半。客中無物相與娛，一盞華燈光燦燦。煩君爲我搜詩腸，佳節豈宜空對案。酬和惟應陳與周 玉汝、原己，要見纍纍珠一貫。忽忽步屧不可遲，他日來觀成禘祼。

元宵獨坐

屋底燒燈俗強同，蓮花照眼瓣能紅。月光轉向中天好，人意何如昨夜濃。十四夜，與起東、玉汝、原己觴詠，至三鼓始散。故里關心惟弟姪，誰家拍手有兒童。春風又報城門柝，起步空庭見斷鴻。

翰林宴集閣老以宣召去

白玉堂開酒未闌，忽傳中使下金鑾。漢家事事歸臺閣，猶幸三公坐不安。

送孔憲副赴廣西

十年大夫官亦榮，蕭然被服仍儒生。胸中自有萬人敵，何勞擐甲兼操兵？嶺南群蠻昔猖獗，干戈滿眼尸縱橫。連民竄伏遍荒野，高州殘破餘空城。是時君來作民牧，仰天誓欲安黎氓。身騎羸馬從屬卒，瘴嶺惡谿循數程。群蠻望見遙相驚，我來惟伏信與誠。片言開諭纔脫口，馬前羅拜咸輸情。腰縣木牌悉聽命，手斷藥矢誰違盟？弱男寡婦免係累，山谷日昏猶哭聲。惟連惟高我守令，汝獞汝猺吾父兄。軍中主帥驕心萌，謂此已降皆可刑。獨將一身保萬口，訖今軍旅休南征。君於異類且有德，斯民眷眷能相傾。祝良張喬世重見，人物信是吳中英。外臺遷擢終借寇，上國追隨爭識荆。同鄉數聆情話好，偏怪不肯誇功成。邇來用兵貴神速時有威寧海之襲，下僚旋踵登公卿。以君累歲出死力，有司豈合先知名。迢迢桂管古所置，領檄再作西南行。投荒歷險自無怨，公道藉藉歸時評。奇功聊爾録一二,碑文敢擬淮西平。

懷脩竹書隱

春寒漠漠雨溟溟,假寐書牀午夢醒。十載客居便巷陌,一時鄉思繞園亭。繁花照檻知堪賞,亂石鈎衣憶所經。恰有古苔三畝绿,都來脩竹萬竿青。當窗好鳥通人語,挂樹危藤學字形。日射韭畦朝可剪,香凝樱室晝常扃。鹿場舊築猶存號,鶴冢新封未刻銘。架上殘編歸擬讀,移文不待北山靈。

題倪雲林畫

雲林晚歲斥賣田宅,念其友張伯雨道士貧而且老,持其金,悉畀之。後黨禍起,富室多死徙,雲林獨無事。人始賞其有見。王光菴爲墓誌,特載其事。

黃金散與列仙儒,江上扁舟逐釣徒。爲語紛紛評畫者,要知迂叟不爲迂。

卷第八
詩四十四首

分題武城送奚郎中歸省

舟行漕渠上，日暮臨孤城。泊舟試借問，因得茲城名。逶迤無百雉，人煙少交橫。蕞爾齊魯間，獨感郎官情。吳門至洙水，豈乏三十程？偃也能北學，學道功乃成。一朝辭孔席，去作邑宰行。爲治以禮樂，用武忘甲兵。宣尼昔枉駕，轍蹟猶分明。壯哉孰非縣？不貯絃歌聲。遺風被千載，易使還黎氓。問俗野煙起，懷賢春草生。因尋言游室，更酹澹臺塋。

分說字韻送起東赴江山教諭

門前短狐裘，下馬立深雪。憶君遠來初，寒氣方凜冽。俯仰曾幾何，時候已向熱。三日春風顚，黃塵沒車轍。城南大道傍，正怪柳可折。悠悠二十年，會合嗟久缺。旅館相過從，情話始親切。新檄復自持，向我忽言別。別路何所之，遙遙指東浙。邑以江山名，信美不待説。獨言抱高才，進取一何拙！長鬚漸斑斑，仕版仍下列。幸惟師道崇，君子意所屑。置酒臨長濠，適值修禊節。觴詠爭騁懷，我獨如哽噎。挽衣不能留，越柁行且捩。惟君處鄉間，早歲得詩訣。運思無凝滯，往往筆爲舌。客居屢相投，佩誦總清絕。只今屏障間,一一懸珮玦。離憂聊藉兹,庶幾自怡悦。

分服字韻送姜恒頫御史赴南京便養

落花芳草連平陸,驄馬行行入南服。豈無斗酒可留君？頭白高堂懷就禄。婁水雲低異太行,秣陵天近如韋曲。過庭莫道諫書稀,手中自削三千牘。

謝孫希説送蒲團

新編蒲葉未全乾,倦坐藜牀每弄丸。馨矣相隨無長物,塊然宜付此閒官。禪心似彼何時動,病肘從今有處安。聊就坡翁偷謔語,一詩換得兩尖團。東坡謝送蜌蛸之句。

爲費廷言題沈士俑畫枇杷雙鼠

古詩三千兼刺美,孔筆不曾删《相鼠》。《齊諧》《志怪》到張華,《博物》應疑鼠有牙。蟲魚註成非磊落,韓子作詩譏郭璞。後來《埤雅》亦何爲,中有《鼠譜》煩農師。鼫鼬鼱鼩本同族,散在人家稱小畜。畫圖此種栗鼠否？竹鼬野處同其儔。紛紛恣食高廩米,晝伏穴中那有體？一前一却誇委蛇,李斯爲汝誤已多。暖風吹林金顆顆,獨在江南飽珍果。永州事敗無子遺,甘與鶺鴒守一枝。

張子俊畫松 周尚文太僕藏

案頭佳楮不盈尺,上有千丈之長松。非關月落影如許,連蜷欲起雙蛟龍。我方隱几當清晝,仿佛徂徠見深秀。空堂颯颯風聲寒,滿把稜稜霜骨瘦。昔聞張卿人品高,王芾與之稱二豪。鳳池揮灑出天趣,往往筆底翻波濤。杜陵詩翁去我遠,愧此畢弘與韋偃。故園舊種陰已成,獨客燕山歲華晚。

過玉汝半舫齋觀童子種植

豆籬瓜圃旋看成,坐覺齋居意思清。待到翠陰堪覆坐,老夫須挈酒壺行。

歲寒三友圖

檜生巖壑裏,凜然歲寒姿。衆卉豈不好?貞心少相知。南望庾山麓,北瞻淇水湄。氣味雖吻合,猶恨道遠而。生綃纔盈丈,一旦聚於斯。匪藉縮地術,良工親手移。能事出腕指,託物由心思。邪人多黨與,蔓草難芟夷。正士每特立,嘉樹不附麗。時或倒置之,山苗反離離。惟此一堂上,霜雪同襟期。聊因草木類,竊比唐虞時。後稷既在位,繼以契與夔。紛紛共鯀輩,末路將何爲?

陸參政挽章

一世惓惓義舉心,宦途豪俊每披襟。秋臺吏牘陽春暖,炎海戈船島嶼深。客滿鄭莊曾置驛,人如陸賈却無金。錦雲溪水聲嗚咽,執紼何勞更託音。

端陽日是日夏至

夏至端陽一日來，人間節序併相催。飯包青箬爲時食，甕拆黃泥有宿醅。幸少俗塵棲陋室，喜多甘雨潤枯荄。此時又作家園想，笋籜藤花滿石臺。

寄顏澄之工部

京口相逢又一年，別來書札賴人傳。午窗睡起頻揮汗，最憶金山共飲泉。

郭忠恕雪霽江行圖沈啓南藏

路出三峽風颼颼，江天雪霽宜行舟。水枯灘涌高突兀，木葉落盡俱東流。艨艟相聯蔽江下，半空結構如危樓。兩舷之間可走馬，主人恐是王益州。獨嫌百物具蓬底，如何不設戈與矛？後繫一舟亦千斛，什器滿載餘瓿甌。青簾翠幕互掩映，綵繩錦纜紛綢繆。玉爐頻爇沉香火，寒氣不到珊瑚鈎。篙工柁師噤無語，指落層冰誰爲收？安得挽以百牯牛，代汝僕夫力且休。人生得意在富貴，鄉里小兒驚宦游。望中隱隱連遠洲，深樹落照哀猿愁。日將暮矣泊何處？萬里幾轉青山陬。狂仙畫筆窮冥搜，圖外意思令人求。陶翁願弃五斗米，未肯折腰從督郵。飄然輕颺孤舟去，惟有葛巾猶在頭。高哉斯人誰與儔？嗚呼！高哉斯人誰與儔！

送伊德載赴南京刑部

闕下爭看進士袍，南行又喜入刑曹。青雲濶步空塵土，丹鳳孤飛好羽毛。茂苑百年門巷舊先世吳人，甲科兩世姓名高族叔侃，丙辰進士。不須分禄遥爲養，甘旨公餘手自操。

題畫送陳明遠赴丹稜令

洞庭木葉起秋思，正是扁舟入蜀時。十里山城知卧治，卷簾清晝見峨嵋。

賦鐵甕城送費廷言歸省

鐵甕城，何崔嵬！孫吳昔此作京邑，萬夫築土施金椎。上有千雉環列，下有四門洞開。隱然屹立絶飛鳥，獨許北固山相陪。吾嘗登其上，縱目重徘徊。西瞻秣陵樹，南望姑蘇臺。北瞰長江作衣帶，東觀巨海如酒杯。城中多居民，市肆浮紅埃。時平目不識兵革，城闉積雨生青苔。萬室相掩映，水曲并山隈。兹城真畫筒，收拾能兼該。芙蓉樓頭朝日出，鳳凰池上春風來。官寮登高或乘暇，能賦豈乏王與枚？郡人暫從天上回，都門車騎聲喧豗。當筵何物可贈別？一闋鐵甕歌新裁。北固有時崩，鐵甕無時隤。詩家比興義竊取，堅爲君操高爲才，秋江水滿君行哉。

與僚友出城餞廷言後入月河寺

月河秋水瀉城陰，十里沙隄馬蹟深。自笑竝游如宿約，祇緣清坐費新吟。危亭近逼孤雲角，小徑潛通萬石林。不是巳公留客住，晚天涼思正盈襟。

爲李瑞卿寺丞題王叔明義興山水圖

陽羨山深懶杖藜，卧游三日路仍迷。雲中望見乘舟者，始識遙通罨畫溪。

與蔣宗誼城東觀泉因憶舊談越中五洩之勝

秋旱俄驚急雪流，夜來高岸雨初收。同行賴有三山客，試問何如五洩游？歇馬旋成燕市飲，扣舷遙想越人謳。玉泉山路涼風爽，還約尋源向上頭。

次韻張汝弼見寄

其詩有"詩法將隨陸放翁"，又"立命獨嫌磨蝎宮"之語。

盡去淫祠如狄相，大興鄉學類文翁。郡中有守今難得，嶺下斯民久不逢。詩法雕蟲成小技，術家磨蝎忝同宮。遠期君子來朝日，橫浦風高起雪鴻。

任月山九馬圖

前元畫馬任月山，九馬意態皆天閒。開圖似具方臯眼，不在驪黃牝牡間。日午歸來千里道，渴者飲泉飢齕草。風前汗血流未乾，仍見雙蹄騰櫪皁。曹韓已遠圖有無？猶賴杜老詩如圖。慨予何以慰馬癖，空對騄駬并駒騟。唐家自得王毛仲，一時下乘千金重。此圖卷却勿浪開，旅癸日日宜矇誦。

悼彭侍講先生

江右才名束髮知，商家三俊用何遲。鄉賢忠節心相契，古作雄深力獨追。壁宿雲昏愁永夜，瀟瀧石潤瑞多時。潸然一掬臨風淚，誰說東坡只哭私。

秋夜彈琴作醉翁操

偶彈《醉翁操》，載誦醉翁吟。齋居當月夕，風露正盈襟。誰云在城市，而獨非山林。似聞松風起，吹落古澗陰。澗水相和答，琅然有餘音。神游幽谷底，步入瑯琊深。翁貌殊秀偉，幸哉見於今。挂壁有長圖，山林氣蕭森。高人多古意，亦復彈吾琴。紛紛流俗外，誰識此同心？時陳玉汝以所藏朱澤民《松溪琴士圖》索題，遂及之。

與原已過玉汝半舫齋看月時八月十四夜

錦袍寒重未成眠，飛蓋西園又一年。桂魄強論千里徑，人心猶待十分圓。天低韋杜看逾近，夜久奎婁坐稍偏。更拂冰絃彈古調，醉翁餘興付琅然。

重九日與蕭漢文出游城南

詩家長不負清秋，匹馬城南又出游。霜落茱萸經古泲，煙橫苜蓿度高丘。莫論來歲知誰健，還怪前人管蝶愁。向晚悠然何所見？青山依舊滿墻頭。

再游城南

登高始經旬，野景宛非昨。園空秋葉深，山凈寒雲薄。清尊喜共持，破帽拚重落。日暮淡忘歸，黃花瞖孤壑。

送僧道苴游五臺

頭白吳中一老僧，慣將雙足付崚嶒。如今又向五臺去，此是諸山最上乘。

謝孔昭臨黃大癡畫

大癡道人避世士，移家舊隱虞山裏。早年能畫老入神，落筆虞山宛相似。深林依稀村塢重，水口近與昆湖通。高岡磈硊勢欲墮，此老前身黃石公。百年以後誰其亞？昔者吳門稱老謝。案頭臨畫似臨書，咄咄逼人真可詫。風流前輩杳難攀，譾語空傳謝疊山。窗中遠岫依然在，天際春雲仍自還。孔昭善寫山，自稱謝疊山。

陶靖節歸去來圖

搖搖輕舟，曖曖故里。陶翁歸來，僮僕咸喜。柔櫓將停，長纜斯理。迎候者誰？曰維五子。舒宣前拜，繼以阿端。雍佟傍門，翟氏整冠。家人相見，孰云寡歡。督郵何人，縣令何官？治我三徑，謝彼五斗。束帶則難，荷鉏何有。力耕雖勞，賴有濁酒。一杯對持，田父我友。歲荒乞食，翁則不貧。蓽門柴車，素琴葛巾。孤松可撫，高柳可薪。佳菊可采，幽蘭可紉。使翁乏此，中亦自樂。樂夫天命，而無愧怍。白雲遙遙，懷古有作。班廬既返，斯語自昨。兩晉文章，惟歸來篇。畫史運筆，丹青乃傳。王室終熸，相門獨全。荊軻之詠，又孰傳焉？

悼張亨父

詞林何事失斯人，不見風流迥出塵。昨日退朝鞭共舉，他家聯句墨猶新。棺停舊舍魂歸遠，車過長街腹痛頻。無力能為孤寡計，題詩聊復報關津。

詠邵文敬所藏轉刀

鑠金巧思出工倕，獨抱機心展轉危。報主久知深自許，授人難辨倒相持。筆端字悟藏鋒妙，囊底錐嫌脫穎遲。詩社埋頭羞銳進，吳箋一割尚差差。

詠湯媼

笑汝皤然似一公，窮冬相伴勝房空。三緘口不思援上，九轉腸應爲熱中。《詩》詠懷春同少女，《禮》云當夕稱衰翁。平生知足渾無辱，不恨孫弘布被蒙。

次韻答賓之作書戲效拙體

書家新樣出眉山，若擬丰姿定玉環。硯沼百坡空對影，管城一孔但窺斑。臨摸惡札勞唐楮，結構奇材得魯般。此意亦知聊戲我，試看攙奪語尤頑。來詩小序有"勿怪攙奪蘇家行市"之語。

再　答

西臺退筆塚如山，魏晉書家盡轍環。長愛弱毫能瘦硬，戲將濃墨故斕斑。物知久假非真有，師出無成定早般。"般"與"班"同。《趙充國傳》："般師罷兵。"來詩後題曰"行且還"，故步矣。歲暮百篇期和答，莫辭呵凍手偏頑。

三　答

蘇墨穰穰滿屋山，宿緣疑是手探環。馬形始悟當書尾，羊鞭無勞強索斑。屢屈漢庭陪絳灌，遠輸齊粟荷姚般。社中一笑同游戲，三絕君仍有絕頑。

四　答

春風初起到燕山，書客朝來喜賜環。詩陣且教旗正正，朝衣空浣墨斑斑。廉頗謝罪宜先繭，趙軼行軍已殿般。只尺西臺還故步，雪當獨立愧疎頑。

五　答

都下才名李義山，詩筒相送幾循環。寒蛩入户聲初咽，拙鳥成巢羽獨斑。聊復據鞍如馬援，不因奪邑慍劉般。壯年已受書壇戒，幸少童心莫比頑。

次韻答謝于喬送石首魚腊二首

腴腹無勞重剖開，依然尺素喜偕來。野人頓頓宜常食，甲第紛紛自滿堆。雪裏作羹誇道韞，病中和粥慰僧鬼。佛經云：比丘有疾，可以食之。相逢舊是煙波客，興繞江湖句易裁。

筯籠擎送手親開，片玉遙從海藏來。自取刳腸膠獨餌《周禮》：魚餌，若教駢首石成堆。名傳詩客如通印，力盡漁工學背鬼。楚俗未知鮮食美，莫臨陶鼎索新裁。答賓之之戲。

答于喬次韻謝送冬笋

西郭清風棋墅開，門前俗物敢持來。聊供香飯抄雲子，爲想長鑱劚雪堆。空腹冷含金瑣碎，壯心未怯玉崔嵬。知君能畫非饞守，乞與鵝溪絹剪裁。

又答賓之次韻

吳船遥泝雪江開,曾繞篔簹谷口來。鹿角幾時林下解,蒲芽何物市中堆？小盤朝送情偏雅,巨室山裝勢亦嵬。人說孟宗多孝感,北堂供饌手親裁。時賓之母夫人初病愈。

謝馮佩之次韻送鹽笋

桃竹初疑一束開,齒牙還辨越船來。囊盛藤子新題帖,飯煮芹菹漫作堆。興逐先春風味勝,功收斥鹵雪花嵬。任渠老硬相評品,未許伶倫當管裁。"鹽笋老硬",爲賓之所評。

答于喬再次韻送魚鮓

晴窗裹鮓帖初開,碧碗紅鮮入饌來。禮尚右腴空古制,食宜方丈向前堆。舌端漸覺香膏美,齒上頻驚脆玉嵬。東海任公今謝傳,六鰲須爲一時裁。

次韻謝凌季行送新釀六尊

寒掩蓬門午不開,東鄰新釀叩門來。黃封内法何從授,紅印他家自滿堆。飲量笑添清澮澗,吟肩醉聳玉山嵬。青州舊例今重舉,從事多能未減裁。

飲于喬家以端硯聯句畢復拾餘韻

披雲離北巗,度嶺入中夏。飲水從溪漁,過都傾市賈。氣陵松滋矦,姻締雪濤姐。重藉剪楚茅,方函斲川椵。津津剖馬肝,濊濊摸羊䑋。刖足恨蹣跚,仰脣驚䑛問。守黑面豈黫,含貞口終啞。静維有壽焉,玷尚可磨也。魯史紀獲麟,晉帖題裹鮓。供給到唐文,護持等商罕。眉形空愛纎,風字仍嫌哆。却立敢摩肩,僂行當出胯。載觀七八評,重補六一寫。取友必於玆,舍渠總其亞。器隨詩銘傳,人當碑刻打。巗韻拾子遺,微才任聊且。

卷第九
詩五十首

辛丑仲山自寧陽回過宿同朝正旦

齊魯分司地,三年不負知。過門多舊話,下榻又新詩。曉日瞻鶯鷟,春風集鳳池。聯班同拜舞,鴒鵠喜肩隨。

次韻李世賢齋居見懷時予病目不出

飯罷齋居撤紙屏,定知踏月步空庭。上林此夜歸鴻落,後圃何年睡鹿醒。劉保齋爲院長時,嘗於後圃瘞鹿。綵筆淋漓分曉露,玉堂突兀帶春星。高情只尺勞相望,思繞西山萬疊青。

夜坐懷齋居諸公次前韻

布衾寒擁對牀屏,鵲繞南枝月過庭。瞑目誰除童子障,齋心自比太常醒。花時漸好仍籠霧,燈節相催屢問星。俗傳:元夕晴,初八夜看參星。便有玉堂天上意,銅鑪當案冷烟青。

次韻鼎儀世賢問予病目

藥裹長隨老杜居，全憑坐客誦方書。巖前激電空聞爛，屋上繁星頓覺疎。遥望未能知匹馬，不祥幸免見淵魚。詩家善謔坡應爾，旅館清齋澤也如。似説北門春色近，試分東壁夜光餘。煩君漫舉盧仝事，此事非予却是渠。時玉汝得子，誤以見戲。

賓之鼎儀以前韻倡和句有及予者答之

十日寒窗歎索居，案頭空積故人書。屢親藥物青囊近，乍免朝儀玉珮疎。春到能言慚慧鳥，日高猶瞑羨鰥魚。陰鏗句法何人得，陸贄才名後代如。獨恨無譏非鄶下，尚留遺韻豈周餘。心齋不比身齋者，誰識清宵夢石渠。

喜蘇御史還朝

昔報分司御史歸，曾聞父老共歔欷。江南列郡同三輔，天上群星有太微。白筆手題封事滿，赭衣人立訟庭稀。周家擬用蘇司寇，只尺威顏定不違。

寄壽陳楳軒五丈八十

天南永夜壽星孤，盛事新傳自古吴。長巷鐵瓶依甲第，廣庭絲障擬蓬壺。山花似錦争來獻，春酒如澠不待沽。玉敕早封周柱史，蒲輪遥載漢經儒。雲霞蕩影連華屋，鶯鵠分行峙碧梧。離席旅酬期客醉，當階答拜却人扶。康寧無恙應仙骨，儇敏同胞亦美須。帶索總誇三樂在，將車猶憶二難俱。巋然鄉里靈光殿，久矣丹青范蠡圖。杖屨未能隨父執，衣冠獨幸接師模。廣成千歲從今致，晏坐楳軒看織烏。

送周希正教諭赴嘉祥

心繫慈闈裏，名題乙榜前。治裝初北上，奉檄又南旋。得祿家無累，橫經席可專。此行應暫屈，拔擢在他年。

題雜畫四首

策杖何所適？高歌度林丘。青山餘興在，三步更回頭。
昔觀水村圖，長愛趙松雪。只尺真宛然，人家倚丘垤。
雪湖清可游，欲往乏艇子。誰築臨湖亭？寒波動窗几。
水雲同渺然，細嶺空翠色。憶在太湖東，弁山恨相隔。

送劉時雍職方使寧府

面承天詔下蓬萊，路指江西巨艦開。持節總行藩國禮，按圖兼試職方才。錦袍明月神仙去，畫棟飛雲帝子來。河漢莫勞瞻望久，星槎秋近却須回。

憂　旱

雲漢詩人詠，刪餘見聖經。民情方貿貿，天道豈冥冥。赤地連秦昬,清流涸汭涇。端愁禾種斷,久待麥苗青。竟日瞻雌霓,中宵問畢星。近郊仍太甚,當宁不遑寧。丙枕勤圖治,秋臺緩用刑。省躬曾下詔,逆耳遂俱聽。好雨當驅魃,狂風預殺螟。小臣期入賀,志喜更名亭。

王叔明村舍圖

田間雨過騎秧馬,箔底煙生餒火竈。偶看王翁村舍景,儵然午枕到江南。

送顧希遂劉以規赴遂昌縉雲二縣令

路指天南處士星,聯車清曉發都亭。漢家循吏應同傳,預熟堂前戒石銘。吏部曾摘《戒石銘》二語為題試選人。

希遂持柏子庭古木圖求題為其尊翁壽

老僧作畫真游戲,不向繩牀立文字。禪餘捉筆掃生綃,王宰胡為獨能事。槎牙古樹形甚奇,疑是蛟龍傅雙翅。雲蒸霧湧不可羈,倏爾卷之藏畫笥。亦知社木非不材,全此天年皆自致。石礧盤根意却甘,棫棘任渠生滿地。海虞顧翁隱者流,有子教成為縣侯。翁今年紀過八十,頭白人間無所求。日長抱孫坐堂上,右手尚能持酒甌。試題古樹為翁祝,遙與莊子論春秋。

久旱偶讀王半山暮歸一首感而次韻

八月不雨天冥冥，宿麥半死黃兼青。雨師出游風伯阻，半道執轡車還停。天門萬里欲往扣，閽人辭謝言誰聽。盆池養魚真戲爾，勺水亦復揚清泠。洛川迢迢不救旱，川神微步誇娉婷。安能斛之灑九土，一唱吳歌搖越舲。

送陳堅遠

杏園事落莫，已過燕都春。有司愧淺陋，使子志不伸。銓曹重縣令，謂此民所親。終然被簡拔，去慰黔陽民。黔陽在西南，地與川蜀隣。茫茫沅湘間，曷置子一身。朝廷不忘遠，一視同其仁。遠人德乃服，勞子以撫循。子昨來都下，本作觀國賓。買屋柴市南，地偏避車塵。十年艱旅食，家人總訢訢。我數往扣戶，子輒起正中。清談盡款曲，書畫復前陳。客中易交結，何人最情真？如子兄弟賢，氣力安能振？庶幾年尚壯，美玉終難湮。洞庭木葉下，水落當知津。扁舟逐去雁，悵望遠行人。

送沈良臣_{家有宋高宗書良惠堂扁}

杏苑春風後，車塵帶落花。儒衣初出郭，御扁舊傳家。易許丁寬講，詩從沈約誇。扁舟明日路，江上暮雲遮。

種　竹

人間此日六月六，獨卧北窗逃暑溽。起來手校百家書，種樹新編存舊錄。今朝種竹云最宜，況是淙淙雨初足。城西佛寺許見分，亟往乞之休待促。泥塗十里何遥遥，健步携筐馳兩僕。叢林夏半放葉稀，新笋纖纖簪琢玉。雨餘荒砌更旁尋，土潤長鑱還易劚。入門便作摩戛聲，眼中遂有筼簹谷。連年生意殊寥寥，凈掃虛庭無寸粟。此君與我多宿緣，不鄙閒官故臨辱。長身嫋嫋凡六輩，瘦骨稜稜纔一束。淺深稀密種如法，更記南枝水頻沃。清風屢爲拂緇塵，何異振衣新出浴。翛然搖動久參差，牆下疎陰散朝旭。詞人墨客會登堂，預傍詩壇建牙纛。素餐語陋歌伐檀，多識名慚收采蘀。青春高宴桃李園，尤怪謫仙銷夜燭。好來此地倒壺觴，安用他家置茶局。日高相對欲忘味，一任連毛并脱粟。長慶詩中紀似賢，白傅名言斯實錄。敢作尋常草木看，造次下堂猶整嘖。平生求友益者交，勁節虛心盡忠告。豈學尋常稽阮徒，散髮昏昏困醽醁。因懷舊隱闢小園，一箇茆亭四圍綠。坡仙爲我製詩箋，楣上分明揭醫俗。扁鵲徒聞藥最神，平居肯費黃金贖。醉眠欹枕石牀危，放步曳笻苔徑曲。中林慣去復慣來，鳥獸相忘免驚觸。場開町疃伏麇麚，巢接枅楣哺鸜鵒。燕都再住又三年，俗病誰醫日憂篤。北地高寒木易凋，難同吳越兼閩蜀。不圖致此到吾廬，信是此君多眷屬。春來雷動籜龍行，尚憐地窄身踢踧。鄰家隙地半畝餘，久矣棄爲牛馬牿。邇來見售教掃除，欻見疎槐蔭繁蓐。古井西偏糞壤平，移種終當操畚挶。溝澮循行防旱乾，雪天障護從皴瘯。猗猗如簀且如包，放出千竿愜吾欲。邵家舊例倘可攀，小結行亭工自督。交游倘識鮑翁情，昔者詩篇煩再續。

寄李貞伯

金母橋頭置隱居，近來清思復何如？遙知舶趠風吹盡，燕子催人好束書。

送吳德徵

溽暑宜多雨，南行又見君。開尊臨積水，挂席帶疎雲。片玉崑山出，清風建業分。鄉邦爲別意，投贈愧無文。

史館偶作

天闕何巍巍，脩廊接高閣。冠珮相追隨，何曾歎離索。值此夏日長，深居净炎歊。仰慚昔人言，兼有天人樂。泛觀百氏書，得意時一噱。新水漲玉河，流雲度朱箔。農家望甘雨，緣知夜來落。階草回枯荄，盆荷承嫩萼。欣欣耳目間，群物俱有託。安知宿麥空，孰與求民瘼。悠然發孤詠，薰風動簽鐸。

與李世賢游月河寺

春闈濫校文，喜與子爲伴。匆匆三試餘，文卷總堆案。夕覽不成眠，朝披遂忘盥。當其忙迫時，往往至達旦。倦甚復醒然，長鳴老鵝亂。地與門鑰分，人從壁鍾喚。空庭豈不廣？欲步足如絆。謂當撤棘圍，償勞藉游玩。人事各紛紛，詩社盟屢叛。荏苒入夏來，仰天復憂旱。及兹得甘雨，行潦且瀰漫。天氣今特佳，陰晴料能斷。駕言出東郊，尚趁季夏半。緩行乏肩輿，低載維款段。僕夫請所之，聊循月河岸。野寺雖荒涼，當門有奇觀。雨後流泉長，絕勝冰始泮。危亭合清陰，絺綌也須袒。兼爲河朔飲，酒到請勿算。馬上談新詩，先此發一粲。

送許塤還東陽王允達塤

浙河昔枉棹，千里來吳中。茅堂乏延款，脩竹維清風。愛子脫流俗，宛然如婦翁。信哉得許劭，因之想王通。當時既別去，傳聞學彌工。固應領鄉薦，名姓登南宮。我重爲子喜，仕路今方崇。却緣感霜露，一卧春闈空。有司幸藉口，弗駕車虛攻。被褐出太學，伏暑憐未終。過我復告別，仍還浙河東。都門雨新霽，晚天見長虹。津頭水勢盛，趂岸宜孤篷。遥遥八華山，翠色高嶐嵷。讀書有舊隱，續學期成功。三年蘀上鷃，一日雲間鴻。

次韻寄潘太守琴

閩南闕政賴君修，吏治評來漢代優。民有田疇歌召杜，士能經學比程仇。乞身豈爲浮言動，去郡惟將故事留。未老一筇端可却，自臨溪足與山頭。

送秦廷韶改守建昌

京塵漠漠愛樓居，卧看天街雨脚疎。詩儗前人知可到，史修循吏許誰書。倘開東閣應先入，暫守西江亦美除。試向新民談舊政，三年化及武昌魚。

送潘栗夫僉憲提學四川

豸服初成詠五紽,西行兼得里門過。漢家暫託文翁事,蜀道休聽太白歌。諸老詞章惟故郡,頻年交誼共賢科。雪消三峽江流急,定擬將詩度旋渦。

彭文憲公挽章

館閣先登寵渥全,名齊東里繼鄉賢。史家房杜功難錄,文苑歐曾法獨傳。四海日長依化國,九京天遠隔重泉。後生三載相從地,坐對薇花欲泫然。

王成憲席上賦火肉

竹煙冉冉暗中浮,佳味誰將製法求。熊掌不勞重宴客,羊頭何用亦封侯。黑臀仿佛逢公子,白蹢分明出婺州。飽後廚人還細聶,一盤紅玉薦新篘。

分題習家池送侯僉憲

遭時爲漢官,佐憲游楚地。偶過習家池,還詢山公事。遺音有歌童,倒載亡歸騎。後世愧高情,徒然效沉醉。

送祁至和參政還湖廣

赤墀憶共接班行,當日君猶作正郎。久向江西參政事,又來闕下沐恩光。三年考績因虞典,千里提封過楚疆。秋滿都城臨別意,只將詩句納行囊。

送蕭漢文貴州僉憲

連宵不省是離筵,空喜當軒朗月懸。男子出游須萬里,大夫能賦已千篇。吏曹薦士知無忝,王事勞人信獨賢。坐待高秋天氣爽,好懷還託雁書傳。

爲邵日昭題荆南春曉圖

尚書高公成絕藝,二百年來許誰繼？愛此荆南春曉圖,霧雨濛濛濕青鬐。邵君讀書當萬山,誅茆結屋纔三間。深林卓午日光漏,猛虎猶能窺一斑。

東駕問陸鼎儀之疾次韻羅洗馬傅校書

廿年翰苑舊儒臣,簡命東朝進講頻。病體卧來聊假日,睿思傳到旋生春。尋常賜食當前席,只尺登瀛迓要津。想見幽懷多感激,秋宵無寐望儀宸。

野步圖

山風不斷鬢毛涼,誰掃迢迢赤岸霜。莫怪回頭三步裏,石林端可坐焚香。

送李若虛

浙中妙山水,造化夙所置。美哉聚於斯,千里一畫笥。行觀與坐閱,舉筆皆可記。其間多詩人,良亦山水致。李侯豫章產,詩骨稟尤異。決獄最屢書,豈不稱法吏。苦吟顧無儔,自謂性偏嗜。騎馬長安街,推敲見詩意。終然胸中奇,抑鬱未能肆。擢官副外臺,偶在兩浙地。階庭列儒生,案牘積文字。多暇仍出游,茲惟愜吾志。撲硯饒清暉,新題翻目試。寄與藍田丞,吾仍有公事。

送陳師禹提學雲南

萬里行行馬獨前,外臺仍喜得同年。<small>初擬蕭漢文,不果。</small>路開六詔連車轍,業講諸生對簡編。鐵豸冠高還自整,碧雞祠古漫相傳。兩張條約曾親見,願向遐方繼昔賢。<small>崑山張節之、華亭張時敏近歲皆以副使在師禹省中爲提學,稱首。</small>

送蔡太守赴南寧

五馬齊驅雪蹟深,除書新領荷綸音。地偏正倚西南事,天遠須懷只尺心。陸績清名惟載石,蔡邕高調豈彈琴。春風驛使應多便,擬報諸蠻總獻琛。

爲徐仲山題虎丘觀泉圖

徐子昔年官水部，匹馬蕭蕭歷齊魯。運河水滿萬艘通，汶泗交流無壅土。歸來泉志手親編，好與河渠書竝傳。不識當時陸鴻漸，齒牙空味虎丘泉。

題汀州忠愛祠

閩南初置千夫長，鄧賊乘機潛聚黨。一朝變起沙尤間，山谷群蠻應如響。竹鎗紙甲銳且堅，白晝橫行争擾攘。盡驅壯者入寨中，忍見寡妻啼道上。列城有警朝出兵，府庫大開懸厚賞，賊徒失計漸誅夷，流血成川歸洗蕩。守帥何曾論脅從，刻日搜山當不爽。軍門有令誰敢違，汀州推官獨稱枉。推官在州十八年，獄空有頌人曾傳。寧將一身與賊死，身安要與民俱全。紛紛總作邀功計，道路所獲皆牽連。下車解縛焚簿籍，似此活人知幾千？卧龍山下陳牲醴，民欲祀生翻祀死。千年何以表赤心，忠愛煌煌有題字。獨憐仕路終府僚，報德茫茫嗟此止。豈不聞玉堂謝學士，閩人説是推官子。

送張兼素

北河冰合滯方舟，來作京華兩月留。公議在人書上考，壯懷於世抱先憂。旋歸幸慰斯民望，撫字勞從異日酬。握手不誇春榜舊，南雍風月久同游。

答兼素次韻留別

南去難同郭泰舟，客樓密雪故延留。來朝初考虞廷績，出守眞分漢室憂。已似往年重悃望，可能終日遂賡酬。春風遠召還堪慰，聯珮相期鳳沼游。

次韻傅曰川病中

歲暮偏驚客過門，方書時與國醫論。筇拖凍雪當松院，屋背方塘類水村。日糶五升知貴賤，月收一束問寒暄。杜陵詩句依然在，想見微吟對淺尊。

游朝天宮

撲衣塵霧入門消，脩竹奇松步屧遙。紫府新開延日月，碧臺高築倚雲霄。城頭瑞鶴招還下，海上枯槎坐欲漂。爲憶仙家爛柯事，手摩石刻是前朝。

原己邀賞雪

乘興誰移雪夜舟，清晨書札喜相投。極知今日三宜賞原己語，亦愛前人四即休。臘粥餽餘猶宿飽時爲臘月九日，春醪傾滿更新蒭。回瞻玉宇高寒處，快馬何人自軟裘。

追和葉文莊公喜雪

都人舉手荷堯天，不用書雲更卜年。晛未日消應待伴，霰維先集似爭權。作勞願附三農後，志喜誰誇千載前。獨坐南窗紅日滿，敢辭磨墨製新篇。

觀弈

高樓殘雪照棋枰，坐覺窗間黑白明。袖手自甘終日飽，苦心誰惜兩雄爭。豪膚欲擊形還匿，怒蟻初交陣已成。却笑面前歧路滿，蘇張何事學縱橫。

次韻邵文敬對雪

酒力難勝夜氣嚴，研池水涸咽銅蟾。客居燕趙驚初見，歲在壬寅信可占。棋士手皸猶對局，詩人齒冷欲停籤。北風作陣斜窗白，吹滅銀燈坐未厭。

哀蕭漢文

吾鄉二年間，人厄何屢見！生者若晨星，死者如激電。張卿當壯年，疾行已云先。凌老俄繼之，身後誰主奠？褚子遠召來，喪舟邅南旋。安知吾漢文，策馬奔復殿。異哉難重陳，此事真大變。漢文少也孤，惟日親筆硯。既壯登甲科，世故嘗歷練。工官亦甚勞，精勤素無倦。仕優兼好文，提學首膺薦。終然剛直姿，此輩方悁悁。遂成貝錦詩,側席阻深眷。幸爾賴聖明,不失外臺選。一時重賢名,遠去人反羨。朋儕置別筵,我數獲陪宴。席間雜珍肴,獨怪强下嚥。被病蓋已深,憔悴見顏面。杪秋城東隅,聯騎爭往餞。舉鞭大道間,欲別仍戀戀。孰期驅征車,税駕反飾輤。訃從南使來,交游走相唁。客居地苦寒,啓牅放朝睍。念舊涕淚零,雪後還集霰。嗟惟茲四人,在朝並吴彥。其一吾同官,其三自同縣。漢文死差强,故宅歸偶便。獨憐鐘鼎才,墮地成破甑。歲晚魂茫茫,有手恨莫援。呵筆一寫哀,聊爲故人傳。

卷第十
詩五十五首

壬寅正旦侍班

爐煙如霧靄彤墀,半啓金門複道危。只尺星辰華蓋轉,中間日月袞衣垂。普天鳳曆開寅歲,平旦鷄人報卯時。御座不勝袍笏近,侍臣偏識漢朝儀。

和傅曰川以病止酒次陶韻

古來曠達人,有酒誰肯止？忘憂惟藉茲,況在疢疾裏。此事陶翁然,豈意至吾子？不知翁作詩,聊以詩自喜。使當呻吟時,得酒蹶然起。所以謂濁醪,其中有妙理。匪獨藐二豪,既醉且忘己。美酒與惡石,去病殆均矣。但嫌過飲人,拍浮渺無涘。會將二鹵陳,稽首致禋祀。

再 和

閒居發深思,欲止無所止。幸哉此頑軀,不落詩酒裏。止詩昔李侯,止酒今傅子。而我處其間,漠然無慍喜。所止誰尼之,旋踵興復起。不如不止人,二事能料理。古人尚少真,俯仰孰知己。緘書報陶翁，我止乃真矣。春服不待成，駕言玉河涘。未下孟郊拜，豈曰杜康祀。

分題百步洪送顧工部

長河勢屈曲，學海遙之東。瞬息瀉千里，滔滔若無窮。忽然經彭城，怒發何其雄。千艘相上下，往往驚篙工。昔聞入蜀險，殆與三峽同。行人舉足計，聊號百步洪。此地山繞路，微禹安能通。鑿石尚磊磊，急流為磨礲。噴射聲愈振，石腹疑中空。嘗登戲馬臺，憶羽能戰攻。自誇重瞳子，不數隆準公。長驅八千人，氣撼沛與豐。餘威付此水，叱咤猶生風。美哉河渠使，來往殊匆匆。水利歸上國，期成疏瀹功。月夜披羽衣，清嘯黃樓中。下視瓠子河，枉築宣防宮。

送汝行敏

共挹清風坐竹林，吳門相見到於今。久聞池上揮毫手，未怯天邊倚劍心。考績最高楷士論，分司多暇註官箴。馬頭送別還長嘯，不減孫登鸞鳳音。

園居初成次韻李賓之見過

扣門遙過我，夏日更勞公。小屋聊方就，清尊幸不空。畦長連古井，樹老映疎櫳。歸騎休催整，追涼騰晚風。

觀製雨篁

作軒未料宛丘長，簷下增修匠石良。坐倚前楹天忽遠，步當平砌午偏涼。白雲就宿看逾穩，急雨來催信不妨。敢與蘇家論擇勝，半間難遣十夫將。

題浦氏兄弟中秋賞月圖

月臨嘉樹不成眠，夜半中庭忽短筵。率爾杯盤聊草草，閴然簫鼓却闐闐。荀陳星象空相應，王謝風流亦可傳。玉季丹青兼有引，盡將秋興落華箋。

和胡彥超過園居

三畝幽棲地，新詩枉孟郊。高題無鳳字，拙構有鳩巢。委巷重勞問，衡門也用敲。一尊聊奉款，親手破霜匏。

次韻陸鼎儀過園居

開門小圃思悠然，敢與陶翁較地偏。此日便教懸木榻，誰家却去坐瓊筵。藜羹韭餅真能具，菊本瓜苗早已擷。徒步相過應莫厭，只愁東郭履先穿。

和王允達病中雜述

日午畏新暑,步就疎槐陰。清風颯然至,當此一披襟。閒居任寥落,而獨懷同心。入夏阻良覿,荒園變鳴禽。懷哉久在告,幸無官事侵。口吐陶韋句,時將代呻吟。向晚有奇事,忽此金石音。平生在學道,富貴安能淫?青巖舊隱居,興入煙嵐深。微詞寫雅趣,展玩良足欽。崚嶒聳詩骨,悵望西山岑。

分韻得肅字送林朝信

十年戴法冠,能使百寮肅。共瞻風裁高,鵷班聳孤鵠。平生獻替心,奏草惟自讀。聖皇記老成,昨喜批薦牘。議從吏曹公,初豈假夢卜。輟君副臬司,萬里騁遐躅。章服增煌煌,金銙映朱襮。雅志在澄清,姦邪首仍觸。昔聞走豺狼,今見蟄蛇蝮。團團八桂林,得此一枝足。薰風吹雙旌,欲渡江水綠。餞別雜交親,天氣適炎燠。酒闌棋槊喧,醉墨已盈軸。羨君有茲行,晝錦非所欲。實惟家慶全,樂哉難具錄。

爲王希曾題啓南長蕩圖

吳綾八尺餘,遠勝好東絹。坐移長蕩來,歘向眼中見。按圖想舊游,巒嶺非生面。陽山踞獨尊,虎阜奔而殿。柔櫓一搖搖,船頭翠痕轉。春水澹若空,白雲故多變。佳哉吳中景,獨許沈郎擅。典客方壯年,孰云宦途倦。吾志每圖南,欲趁秋風便。幽深付一筇,此樂人勿羨。

次韻答同年邵汝學約過園居

觸熱相過敢憚煩,會呼童子掃蓬門。俗流未許通車馬,年契長期到子孫。已儗置棋刋木局,旋教開酒擊泥尊。荒園半畝清風足,他日應消楚客魂。

二答李士英

堂成圬者更相煩,只尺牆東別置門。長願清風分故舊,獨尋芳草憶王孫。士英出唐宗室後。楚人預約空詩帖,吳客難言乏酒尊。荒徑寂寥春去遠,倚闌還用吊花魂。

三答劉道亨

坐待劉乂洗熱煩,雪車冰柱早臨門。自憐學圃空稱老,誰似登堂累抱孫。杜子刈葵蔬入饌,陶翁收秫酒盈尊。弈塲莫謾誇能事,高着還當惱醉魂。

四答胡彥超

園丁頻遣愧勞煩,菜壟清陰已滿門。車過陳平多長者,官如胡質有諸孫。小堂定擬虛中席,內府初停給上尊。翰林每歲五月至九月,例不給酒。不怪連朝風雨惡,暑天真爲洗詩魂。

五答李賓之

菴居聯詠舊曾煩，詩令嚴來豈棘門。欲繫苦匏同賤子_{李有詩云：菴居如可借，吾亦繫吾匏}，每誇仙李得賢孫。過街莫放追風驃_{李曾墜馬}，對影須開問月尊。不是葛洪川畔路，李源休覓舊精魂。

六答楊應寧

池上揮毫思不煩，忽傳詩句到柴門。官聯賈至稱中舍，字許楊脩識外孫。西郭向人空折簡，東堂延客已開尊。杏園舊例推年少，風雨孤村莫斷魂。

對萱花

萱花映叢竹，顏色殊覺佳。新雨濕還重，薰風吹復斜。不嫌開易落，一日仍一花。歲晚竹當茂，無令人獨嗟。

送仲山後坐通法寺西軒_{是日，名其圃曰雷泉}

歇馬東城下，緣堤踏淺沙。長因送客日，數得到僧家。灌木陰三畝，奔泉響萬車。晚來簷溜斷，天際散紅霞。

送郭翔鵬進士知福寧州兼寄州倅馬庭簡

閩海遙遙獨置州，忽看秋水動扁舟。暫爲魏闕三年別，定向吳門十日留。其兄爲蘇學教授。甲榜尚稱新進士，雙旌已作古諸侯。公餘獨恨詩筒少，爲謝同官馬少游。

園中晚步戲作

晚涼散步清陰下，一樹古槐當廣廈。畦間雨過井水渾，牆上煙凝日光赭。病來一月不朝參，名姓在朝身在野。要知未許吾獨閒，舍有閒僮廄閒馬。城中塵霧漲天高，披襟誰是同游者？果然此日是匏翁，昨種苦瓜今可把。

題顧定之墨竹追次虞邵菴韻 蔣洪勳藏

林間春雨過，亭午葉初乾。如與幽人對，翛然貌獨寒。傳神者爲誰？顧老從後起。不及湖州文，猶勝薊丘李。

畫 鳳

鳳鳥久不至，曾致宣尼悲。獲麟尚被殺，不至亦其宜。去周二千載，見者今爲誰？徒從書傳中，強爾分雄雌。畫工五色筆，點染毛羽奇。不須舞簫韶，展圖即來儀。高岡豈岐山，獨立迎朝曦。喈喈更喈喈，又即《卷阿》詩。遂令後世人，如生舜文時。我欲走四方，按圖往求之。膠東與北海，恐有漢鷯遺。不如求之人，徐庶或在茲。百年方承平，鳳德宜未衰。寄語楚狂輩，高歌獨何爲！

送沈晉州林美

賢名曾是故鄉聞,壯歲高科靜不群。坐上誰爲黃叔度,榜中吾愛沈休文。鞭蒲此去猶無用,符竹從來豈易分。吏散午衙公事簡,定將書史對爐熏。

秋日曝書偶閲韋蘇州集

白日落未盡,竹陰滿前除。翛然暑氣退,高簷當雨餘。新松無悴色,萱花亦已舒。偶觀草木性,中懷一欣如。脱帽被粗葛,庭際方收書。愛此韋郎句,把誦意踟躕。焚香更掃地,適喜中堂虚。累月猶在告,深慚此閒居。

送僧永岡歸吳住白馬寺

石縫梅泉一縷清,早年依此學無生。紫藤垂塢人迂步,白馬馱經寺得名。法席坐揮麈拂短,官河去上木杯輕。山中試茗何時好,擬借禪房折脚鐺。

送丁鳳儀

解裝適新秋,浹旬指堪數。俗事各匆匆,雅客未重睹。愛君産南都,樹立弃衆取。高情薄雲霄,清氣填肺腑。嘗聞策蹇驢,徑詣大江滸。天寒無一事,獨看雪花舞。維此一段奇,晉人可爲伍。信爾趣尚高,佳句隨口吐。作官不出鄉,且幸居北部。往來湖山間,吟興不曾忓。舊臺悲鳳凰，遠州擬鸚鵡。所至必留題，錦囊有詩譜。此來非好游，聊復較官簿。客居大不堪，昧目滿塵土。掉頭倏言旋，頗類孔巢父。水路涼思多，船窗静揮麈。何處落孤帆，夕陽帶疎雨。

送林克沖給事使暹羅

鳳詔初從閣下裁，仙郎遥向極南開。林回早棄千金璧，陸賈方施萬里才。滄海雲帆知幾轉，島夷卉服定偕來。已判天闕三年別，還待星槎八月回。

赴李世賢賞月

岸幘披襟素影中，施牀列坐短牆東。月宮桂樹依然在，人面桃花已不同。去歲，此會有蕭漢文。巷陌曲當塵坌遠，酒杯涼沁露華濃。夜深忽作掀髯笑，猶喜論文興未窮。

雨中與李貞伯沈尚倫諸友過隆福寺

步來禪榻畔，涼氣逼團蒲。竹雨簷前亂，茶煙林下孤。乘閒携畫卷，習静對香爐。到此忽終日，浮生一事無。

僧舍對竹

老禪趺坐處，疎竹翠泠泠。秀色分鄰舍，清陰覆佛經。蕭蕭日暮雨，曳履繞方庭。

張來儀楚江清曉圖

江州失守遺空宅，避難來爲吳地客。當年北郭擅才名，若比唐人是張籍。社中四傑知爲誰？楊炯徐陵暨高適。感時撫事相倡和，歲久家家有詩冊。吳地非無禄可干，直氣填胸羞枉尺。筆端獎借意何深，試與七姬題墓石。幸逢世道輯干戈，山谷遺民總徵辟。自信容臺不負丞，初行重典難逃責。炎荒不及江流清，《懷沙》賦就髯如戟。傷哉社友誰復存，雪上孤墳少松柏。莆陽朱君游宦來，得此橫圖殊愛惜。登堂示我實失驚，展卷茫然爲離席。此老能詩夙所知，丹青豈料居高格？米狂餘事已盡傳，王宰何人敢相迫。墨痕流動淡且濃，紙上斑斑皆手蹟。日光雲氣蕩欲開，最愛層層楚山碧。竹窗疎雨助新涼，坐我扁舟沿七澤。更將八詠當棹歌，直下龍江酹仙魄。畫中每段有詩，凡八首。

諸友賀予新堂有聯句數首楊惟立以疾不赴他日徧和其韻因取末首和而酬之

任渠府謁更臺參，曉起微吟帶宿酣。尚憶小堂虛左席，忽傳新墨滿方函。連篇且爲從頭數，隔巷真如對面談。後夜只留滄海月，待將餘興付東菴。

謝李貞伯送瓦茶爐

搏埴功成上短筵，茶香酒煖盡相便。送來陶鼎風斯下，移近寒屏火始然。巧匠刻銘依古制，才人聯詠費新篇。却憐吳地官窑徧，深幸遺材出萬甎。

送傅曰會中書告病南還新喻

錫宴瓊林識醉顏,盛年文采映朝班。竝游鳳沼鷺坡上,總在金昆玉季間。楚產向來非北學,漢官初許暫南還。詩囊藥裹行裝滿,秋興先歸閣皂山。

與李士英過王鴻臚鄧村別墅看菊午憩洪恩寺二首

步入南園亂菊叢,霜餘籬落淡秋容。朝衣欲解寒香細,醉眼頻楷秀色重。李愿他年須共隱,王弘此地正相逢。誰誇九日龍山會,千古風流接舊蹤。

城南韋曲路非遙,游客逢秋不待招。已過菜畦還柳市,不勞月夕更花朝。鄰僧乍許分禪榻,田父那嫌借酒瓢。萬木號風平野濶,晚來欹枕聽江潮。

原己宅賞菊

休從雲外望天香,誰似蕭然林下粧。嫩蕊漸成黃面老,低枝猶比白衣長。曾隨枸杞添風味,却笑芙蓉住水鄉。詩社清忙今又動,看花直擬過重陽。

送邵文敬知思南

萬里南行秋氣深,却因留別費清吟。書家已擅臨蘇手,仕路俱懷易播心。折桂石城曾作伴_{文敬與予同鄉舉}，種椒淮浦定成林_{文敬分司淮南時，嘗種椒百株}。召南家世應無忝，詩裏甘棠舊有陰。

九日諸友過園居小飲

久拚秋盡有清忙，籬下依然萬點黃。休說滿城風送雨，端愁今夜露爲霜。飯隨鄉俗駝蹄短，硏入詩筵鳳味長。願得他年身共健，故山歸去醉重陽。

次韻酬蕭文明

尺書遙向天南寄，秋曉臨窗病眼昏。把袂尚懷前日別，開緘如對故人言。風高白雁聯群過，霜後青松壯節存。莫便遐方爲久計，賜環終許荷殊恩。

次韻李賓之觀懷素自叙帖眞蹟

法書莫辨贗與眞，眞者一見餘風神。吾生苦不解鑒賞，猶道此卷超凡塵。少時曾觀聖母帖，片石錯比荊山珍。風神已乏祇骨骼，邈然陸地望天津。囊無黃金可懸購，自笑微生常乞鄰。此卷五年凡兩閱，手撫禿翁心轉親。向來作書總孟浪，盡棄舊學從新春。棗函藏弆人莫識，李侯知得嗟何因。昨來借觀坐展玩，始識半面俄全身。長廊豁氣或狂怒，細墨垂絲兼笑顰。禿翁早受佛氏戒，不貪尚帶癡仍嗔。觀書得詩吾獲利，室有雙璧非全貧。臨摸咄咄付能者，舊例乞鄰緣與人。

次韻李士英劉道亨過園居看菊二首

詩人渾不厭貧家，閒就荒園看菊花。傾倒臘醅瓶未罄，品題秋色句爭嘉。殘英抱節真霜傑，《本草》言功有日華。醉後却勞歸騎晚，西風烏帽數枝斜。

天寒牆下見枯桑，叢菊朝來未減黃。小巷幸違東市遠，疎籬能受北風涼。肯因過客開門懶，賴有呼童洗盞忙。日暮掇英衣袖滿，紙屏低擁慢焚香。

次韻顏澄之留別

朔風吹面到燕南，喜報天街駐兩驂。江水長懷曾共飲，京塵初拂便交談。作官地偶分南北，考績名宜壓二三。歲暮旌門人獨倚，過家須着綵衣參。

題台人鍾希哲寫文宗儒小像

羸馬空囊貌不寒，吏曹重署博平官。他年若赴天書召，此幅須留父老看。

次韻陳粹之鴛湖寓居

北來湖上借幽居，坐占鴛梁作懶漁。未許扣門傳隱訣，暫忘燒燭治官書。一廛故里爲謀易，百畝他年不願餘。花柳滿村初病起，門生誰惜送籃輿。

雪中李世賢招觀東坡清虛堂詩真蹟

茫茫巨海流銀沙,光分民舍并官衙。詩人説詩等説法,四坐繽紛天雨花。寥寥小巷絶人蹟,誰肯拄杖過吾家。曲中合沓失朱鷺,谷口聯翩多白鴉。青葱搖落上林苑,一夜亂綴瓊瑤葩。故人相送定石炭,惡客好飲惟江茶。清晨忽報有蘇墨,折簡邀看門頻撾。形疑蝦蟆似曾壓,技癢蟣虱誰為爬？料知刻本來廣右,醉筆漫滅猶堪嗟。坐當大雪發長笑,新酒正熟浮紅霞。

是日往觀果刻本蓋世賢招飲恐客不至故紿爾乃復次韻

出門騎馬踏雪沙,玉堂吏散成空衙。何人手剪吳江水,而我目眩梁園花。客居長至歎寂寞,賴有東鄰仙李家。試開泥尊香潑蟻,却笑石本光翻鴉。清虛堂中事已往,妙墨零落隨風葩。空腸唊盡元脩菜,渴吻煎徹庭堅茶。詩成一紙來萬里,峒石至今椎密撾。濃書鐵把純綿裏,深刻蟹上潮泥爬。似人可喜非浪語,與客爭觀還共嗟。莫言此幅字漫滅,夜久屋壁飛晴霞。

明日世賢持啓南雪嶺圖索題復次韻

小徑升堂新築沙,退朝無事還私衙。誰移雪嶺入我屋,老眼白日疑昏花。坐游未覺足力倦,倏過野店仍山家。淺溪舟膠集凍鴨,空谷屨響翔飢鴉。狂風入林一攪動,零落玉蕊兼珠葩。此時誰掃林下白,急欲往煮僧房茶。忽然仰面見高寺,扣戶還須持馬撾。長安十年走薄宦,對此似將塵土爬。西湖尋僧天欲雪,蘇子故事令人嗟。清虛舊韻更可借,捧硯獨無王子霞。

爲歸貢士題其先曾大父素節翁遺訓後

歸君入我户,手中何所持?自云曾大父,晚歲有訓詞。讀之心凜凜,宛與生同時。時當洪武初,立法張綱維。翁也長鄉賦,死者皆等夷。避禍行萬里,躋險兼履危。一身孰爲伴?妻妾負兩兒。或犯盜賊狠,或當狼虎飢。道中屢脱死,若有神所司。艱苦歷三閩,恩宥溥見施。終然穩渡江,龜卜不我欺。本無處世意,乃有還鄉期。痛定如熄艾,甘回忽含飴。享年數近百,孫曾弄而嬉。扶杖登春臺,世道仍熙熙。始知百年内,苦樂真相資。細書示後人,微意當知之。吾聞崑人語,此翁德惟滋。所以少坎軻,福履綏期頤。餘澤久不竭,仕宦方自兹。爲善必獲報,翁也安能私。今人處平世,逸居可無爲?

懷寧二孝子

珍禽或同穴,佳木或連理。蕞爾懷寧城,乃有二孝子。一邑一人孝已多,一家二人當如何!母存共作堂上戲,母死誰敢臨喪歌。有母斯有子,事死如事生。兄孝難爲弟,弟孝難爲兄。有司不須問鄰里,試看墓上湧出泉一泓,又有紫芝煒煒廿一莖。山川發祥非狥俗,朝廷旌表始稱情。欲知孝子姓與名?吳氏本源與本清。

偶見元李希籧提舉遺墨乞歸賓之蓋希籧其先世也因賓之作海月菴記爲謝以此酬之

遺墨持歸走僮僕,想見開緘重薰沐。百年珠玉慨沉埋,袖拂蛛絲光奪目。遂令短紙一尺餘,價壓書巢三萬軸。乞鄰與人真自慚,藝苑酬功百言足。夜歸解帶不成眠,海月亭亭當矮屋。琅然烏鵲忽驚飛,月下新篇已堪讀。湖湘文種傳一家,前有希籧後懷麓。吳人再結文章緣,几上分明留此幅。錦囊收貯莫教遲,俗子無知將手觸。後世諸孫更好文,還向吳人獲珠玉。

卷第十一
詩五十九首

送吳令濟赴邵武推官元師道之後，蘭谿人

闕下相逢歎久疎，交游已是十年餘。科場獨使名終抑，啟事誰將例復拘。上郡官寮持仕牒，故家孫子抱遺書。越舲搖動春風急，此樂何如過里閭。

爲李貞伯題朱寅仲小畫

春半扁舟過太湖，洞庭着雨翠模糊。惟應舊日同游者，愛此朱郎水墨圖。

和陳粹之元宵五詠

鬬鷄燈

坐上初看吐綬紅，夜深童子忽開籠。羽毛爭訝分明處，烽火都歸踴躍中。句到孟韓猶覺晦，力如劉項漫爭雄。獨持一炬當鐏俎，輸與朱翁善折衝。

走馬燈

鐵騎交馳映落暉，長戈應藉魯陽揮。真成烽火連三月，早築金城已四圍。矢石聲沉堅莫破，旌旗影轉疾如飛。伯仁一炬非相戲，信落兵家第二機。

火花

細蕊紛紛頃刻開，坐觀火候亦奇哉。春回玉琯微微動，風定金沙颯颯來。桂子忽從天上落，蓮花誰向水中栽。夜庭一霎聊供笑，坐客休將見跋猜。

粉丸

净淘細碾玉霏霏，萬顆完成索手稀。鬢上輕圓真易拂，腹中磊塊便堪圍。不勞劉裕呼方旋，若使陳平食更肥。既飽有人頻咳唾，席間往往落珠璣。

油䭔

膩滑津津色未乾，聊因佳節助杯盤。畫圖莫使依寒具，書信何勞送月團。曾見范公登雜記，獨逢吳客勸加飡。當筵一嚼誇甘美，老大無成憶膽丸。

送袁德純知宜興

此日公車擬薦賢，更教遺愛與人傳。郵程却算三千里，科甲還驚十二年。吳邑煙花曾有約，荊溪山水亦前緣。丈夫事業今方始，莫學蘇公便買田。

送王允達

群居恒紛紛,取友惟犖犖。彼無志操徒,處世甘齷齪。富貴謂可求,奔趨冀超擢。孰能脫卑汙,特立等山岳。王子有高趣,小節乃儉樸。當初入官時,世事已先覺。求閒計已違,欲去意中確。上章乞養疴,堅卧從勘駁。得請即挽車,不顧雪泥濁。故山啓巖扉,絕澗聆水樂。閉戶還著書,吾事在家學。蹇予忝末契,久矣藉磨琢。相過雖不疎,相別亦已數。累日獨惘然,念此歲月邈。隨行誰我留,所愧聖恩渥。終當躡遐蹤,別手不重握。

送允達後飲通法寺西軒

杯酒頻將別恨澆,日斜酒盡却無聊。獨嫌去客忙騎馬,更欲尋僧懶度橋。小圃杏花春尚淺,長溝流水意俱遙。年華似與人相約,牆外鞦韆映柳條。

陸職方宅宴集分得鶯字韻

良會未云已,不計杯酒行。杯酒非所重,重此鄉里情。退朝入公所,職務各有縈。歲首幸休暇,於焉盡平生。諧談接群彥,參坐從名卿。衣冠既相合,壺矢亦無爭。今日更樂甚,獻酬滿前楹。東皇況解事,助以積雪清。向夕却燈燭,尊罍晃然明。主人出新語,四座意俱傾。失群慨歸鴻,求友懷遷鶯。未畢終日興,更申來歲盟。

清明日林亨大邀游興隆寺飯聰老房聰出永樂初姚榮公與梁用行輩亦以是日游城南倡和四絕句見示爲次韻

柳下行來過佛樓，旋攜越酒薦閩羞。香車盡日如流水，總向長安陌上游。

傍井循墻踏細塵，椿芽蘭葉一時新。杜陵亦是尋詩者，隔水空憐見麗人。

詩卷曾留白下城，北來燕地又清明。憑誰更和襄陽曲，七十餘年共此情。

圍棋擁矢各分朋，繡佛垂堂晚獨登。社裏廬山隨處有，遠公今日是詩僧。

原已玉汝栗夫過園居分韻得晝字

散吏如野人，園居幸粗就。旋乞桃李栽，疎籬幾枝透。莫嫌花蕊稀，倚樹已堪嗅。入夏倘成陰，還來坐清晝。

予初登進士第時武靖侯趙公實奉詔待宴禮部公既老病家居念舊爲四絕句見寄次韻答之

甲榜題名愧起家，賜來法酒勝官茶。元戎傳詔懷當日，許戴瓊林第一花。

散吏蕭然自一家，渴心長愛玉川茶。曲江院裏重回首，翠幕春風隔杏花。

連雲甲第列侯家，坐上曾分舊賜茶。充國老來諸子壯，戰袍重見織團花。

莫府功高早卧家,囊收薏苡不思茶。華箋詩到行行整,誰説臨文老眼花。

和趙武靖病中招飲二首

瓊林錫宴已多時,想見褒公虎豹姿。今日春風過甲第,馬頭飛絮逐游絲。

老將閒居不計年,舊藏腰帶賜通天。頻婆樹底多詩興,瘦句誰誇賈浪仙。

貞伯玉汝原己攜酒同過園居二首

門設荒園盡日開,探春時枉故人來。盤中自愧無鮭菜,墻下惟誇有鵲槐。願得常年供紙墨,尚留隙地築亭臺。習家池上山公醉,馬背須看倒載回。

石庭延客坐斜暉,此際殘花亦緩飛。新作園官非強授,故衝詩陣忽重圍。晚晴霞彩浮高屋,春冷風威入袷衣。後日相過應上巳,野泉猶可祓除歸。

王孟端墨竹爲貞伯題二首

九龍山下竹千竿,盡屬高人王孟端。何處看來渾似此,山堂疎影落漪瀾。

百年風致宛如新,滿地清陰庇後人。金母橋頭重問舍,墨君堂上舊傳神。

送錢世恒御史出巡

峨冠誇憲史，秉笏侍明廷。奉使初乘傳，寧親復過庭。五雲違北闕，六月息南溟。出郭人爭餞，臨岐馬不停。朱函藏手敕，繡服映腰輕。風送花填路，沙隨水接汀。才華張美錦，意氣逼青冥。萬里前旌動，光搖執法星。

題趙子固畫蘭

王孫弄筆成墨藪，九畹依然連百畝。開圖墨瀋將誤拾，撲袖香風不勞嗅。破縑零落三百年，非藉好事安能傳？寸根無土強生活，鄭老後來真可憐。

分韻得江南二字送貞伯二首

忽對春風南陌，還思夜雨西窗。高丘恨不千尺，望見離人渡江。

渺渺綠波芳草，此時送別何堪。潮到潯陽向上，人歸鍾阜之南。

送貞伯再分韻得舍字

宛然李公垂，精悍真可詫。譬彼千里駒，骨相有定價。維昔掌絲綸，朝回屢清暇。考古如不及，萬卷壓高架。危言動明主，雅意資聖化。去之十年餘，尚復令人怕。平生所交游，往往至卿亞。形蹟久遺忘，氣力豈憑藉。名列楊王前，身處季孟下。久次仍兵曹，分司得車駕。金陵佳麗地，古句非假借。秦淮匯灛滻，鍾阜鬱嵩華。況此亦故鄉，無勞買官舍。所惜者吾徒，臨別當首夏。家家競餞飲，長日對尊斝。安能叙中情，坐語此短夜。離懷逐江流，千里向南瀉。

題海虞錢氏所藏王均章虞山圖

均章名珪，號中陽老人。生元盛時，年未四十，棄官歸隱虞山之下。慕丹術，尤邃於醫，所著有《泰定養生主論》等書。年餘九十而卒，見吳思菴跋。

扁舟昆湖去，憶向虞山還。當時迫日暮，未得窮躋攀。至今三短章，寂寥不重刪。安知六載後，依然見茲山。諒無愚公愚，賴有頑仙頑。頑仙隱居處，深林置柴關。丹竈火常伏，藥闌苗載芟。高情付縑素，丹青色斑斑。茲山臥平野，隱然不成環。逶迤亦甚遠，攢簇何其慳。只尺見百里，群峰互垂鬟。飛鳥歸易沒，浮雲出偏閒。拂水最奇麗，空巖故漩澴。天風或稍定，石壁仍潺潺。仙宮對佛寺，妙境非人寰。獨憐仲雍墓，誰爲剪榛菅。短棹載書卷，浩歌水雲間。仿佛歸菴翁，往來寶嚴灣。竊祿本無補，乞身亦多艱。臥游畢舊願，坐嘯開塵顏。

送周仁廣通判福州

青衫烏帽去翩翩，劇郡勞人信獨賢。地下文襄宜有後，江南凋敝不如前。濟民長策存家傳，游宦初程接祖筵。公道從來能自薦，三山風月謾相延。

得賀美之書言吳民被災

書來吳下少浮沉,入手猶疑得好音。泉客美珠俄化血,田家新穀已剜心。附毛却恨皮何在,竭澤安知水不深。肉食詞林無寸補,短吟聊復代官箴。

題　畫

水長鵝肫蕩口,花飛鶯脰湖邊。吳歌唱徹歸去,日暮青山滿船。

送沈仲律湖廣僉憲

江左才名自一家,流傳詩法到京華。乍來一月俄成帙,更別三年定滿車。赤壁巢危留夜鵲,洞庭波遠帶秋霞。遙知使節登臨處,訟牒稀時早散衙。

曉過工部分司池上觀荷

匹馬城西趁早涼,偶來池上見紅粧。魚牀近接浮雲影,樹屋高撐漏日光。翠柄依然搖白羽,碧筒真可當清觴。莫乘輕筏過南渚,鸂鶒鵁鶄正滿塘。

題厓山大忠祠四首

休指厓山吊戰場，忠魂久已過錢塘。三仁可少文丞相，一死如前李侍郎。毒霧漲天橫沴氣，落星浮海散寒芒。孤墳最是無抔土，新廟依然有瓣香。

颶母誰懷國事憂，回看夜壑已無舟。山河滿地皆胡馬，潮汐常時自海鰌。空使讖書符四廣，不教宗社復東周。屠兵到此誰非死，名姓紛紛惜未收。

獨上高丘望大洋，晚風吹淚濕衣裳。何人忍恥修降表，當日臨危進講章。島國全身惟叛相，潭州無事却勤王。史家未識留燕意，便把祥興繫宋亡。

厲階千古恨遼金，戮力終成國步侵。鼎足一時撐海角，斗頭中夜到天心。間關豺虎魂空返，寂寞魚龍骨共沉。臣節屢書猶不盡，欲將遺事託碑陰。

次韻陸鼎儀讀文信公指南集

柴市遺祠凜若生，艱危當日仗忠誠。衣裁左衽慚相尚，纓結南冠死却榮。正氣自勝牢獄困，颶風偏使乘輿驚。從容取義真難事，淚落陳編此日情。

得原輝書云東庄兩桂樹甚茂

兩桂當年汝自栽，石庭一別手書開。經行已訝枝相礙，愛護應勞土重培。密處枅欄休剪去，常時鸜鵒每巢來。香傳隔巷繁花發，欲趁秋風買棹回。

與諸友出城東散步水際

岸花汀草駐殘春，步逐漁郎更問津。側足岡巒渾不畏，會心魚鳥自相親。一灣已似江南意，半日都忘洛下身。西出郭門勞僕馬，青山真是誤游人。

答雪屋上人

艤舟山足扣禪機，記得雲林啓半扉。静夜香爐渾不冷，深秋書札未應稀。雪中老屋懷蒼蔔，湖上長鑱負蕨薇。須信大顛詩律細，世人休更笑留衣。

長至日飲張兼素後府新齋

齋居清絶坐忘還，明月從渠照醉顏。自署何妨棋品下，相過不在酒杯間。葭灰微動臺官識，羽檄稀來幕府閒。誰似當時張仲蔚，蒿萊滿地戶常關。

濟之作共月菴有幸分海月菴中月之句因足成答之

幸分海月菴中月，此事流傳亦甚奇。隔屋絶勝千里共，可庭寧受一方虧。翛然步屨歸深巷，聊復詩筒過短籬。報我澄波三萬頃，他年應宿太湖湄。

再答

他年應宿太湖湄,獨許風流白傅知。林屋千間真可住,畫船十隻也須移。藏來左券言非戲,分過東牆事若癡。後夜不如同醉賞,羽觴飛處兩無疑。

三答

羽觴飛處兩無疑,月過槐梢人去時。齊相已忘求楚貢,晉人終肯救秦饑。清輝全借渾非少,舊好重修幸不遲。願得浮雲長散盡,家家簾幕與秋宜。

送劉職方時雍赴福建參政

早振詞林五色翰,廿年郎署忽彈冠。校書劉向成新序,判事姚崇起夏官。楚客不驚湖海濶,閩山能隔雪霜寒。他時召伯甘棠樹,只是南風荔子丹。

祈雪齋宿

坐久窗間耿玉繩,齋廬人靜黯殘燈。常年樂事心偏向,深夜憂懷力未勝。月色滿庭疑是雪,河流沿岸想無冰。校書劉向今如在,更欲相從論庶徵。

次韻倪學士祈雪齋宿

玉河西畔路如迷，雲霧濛濛萬木低。三日偶成祈雪會，一篇將擬聚星題。香凝斗帳清無寐，地接公堂近可躋。夜半攬衣人欲起，長廊月白誤寒雞。

哀李士英二首

逝矣平生恨獨賢，同官今幾是同年。詞林有一誰言少，科甲惟三我愧前。弱息命名悲反席士英没前一日，予往視之，以其子託予命名，衆人談夢悟乘船士英初病，夢入一舟中，無限隔，亦無通明處。既没，衆始知其爲棺也。安能便作南遷客，死別吞聲重黯然。

歲暮西街日景收，馬頭殘淚憶交游。朝班立立常連肘，仕路争趨每掉頭。經解暫緣持藥廢士英熟於經學，常力疾爲諸生講解，孝思猶作治棺謀衆議治棺，士英聞之，曰：吾先人客死於此，因貧，斂葬皆不如禮，慎無於吾獨厚。蕭條舊舍難重過，春到惟應卉木愁。

觀盛舜臣所藏竹爐蓋倣惠山元僧之制其伯父侍郎公銘其傍

聽松菴裏試名泉，舊物曾將活火煎。載讀銘文何更古，偶觀規制宛如前。細筠信爾呈工巧，暗浪從渠攪醉眠。絕勝田家盛酒器，百年常共子孫全。

題畫四首

雲閣青山出，松厓翠瀑流。悠悠三步外，爲爾一回頭。
漁舟凍不移，況有樵斧響。占斷楳花灣，甘爲五湖長。
深塢閟清暉，誰知有佳寺。惜哉挂帆人，只愛江風利。
清湍帶平岡，誰使入毫素。老樹四五株，結茅恨遲暮。

卷第十二
詩四十六首

送馮佩之副使江西提學

天上朝辭玉陛行,杏花開處動雙旌。秋臺高薦皆公議,春榜重懸滿後生。江右儒風當復盛,越中文士莫相輕。長安門外期重見,爲報三年學政成。

送賀澤民赴河南僉事

御史才名闕下知,外臺欲赴類分司。豸衣未敝何須改,螭墨當坳尚不移。南浦吟成芳草色,曲江過盡杏花時。諍臣自古關休戚,漢使行將召望之。

謝孫希說送長鳴雞

何物襮襬白錦毛,庭前解縛便長號。徒聞野鶩令人愛,未許蒼蠅代爾勞。拔距群來如赴敵,峨冠獨立自分曹。夜深風雨偏安枕,餔餟從今謝子敖。

送賀其厚迎其弟解元其榮喪南歸

臨別匆匆把客裳，愛君誰比四明狂。只從門外看扶柩，肯信詩中詠閱牆。諸子讀書應不廢，故人沿路定相將。明朝我更成寥落，西館塵生六尺牀。

次韻施煥伯下第

禮闈難遣獨離群，老手春來最惜君。暫向長途聊弛擔，倘逢知己更論文。客樓高卧三竿日，禁闥遙瞻五色雲。爲語施讎宜少待，韋編終不負精勤。

觀園翁種菜

園居無所營，筋力徒自強。惜哉一畝地，愧爾三年荒。清晨老圃至，鋤治循東牆。札札瓦礫除，奕顧宿草傷。壅土成數畦，遂分界與疆。土爰布美種，能風要深藏。因感昔人語，種植信有方。園翁云："深種則耐風。"此漢趙過語也。日夕度壠行，依然自褰裳。流泉俯可挹，長溝設隄防。所恨天久旱，井泥渾且黃。安能足灌溉，頓使菜甲長。人力已云至，天時亦相妨。緣知田野外，黃沙正茫茫。何如但肉食，此勞不須嘗。

玉延亭成次韻玉汝

偶栽山藥得佳名，牆下幽亭一日成。車馬勒回無俗士，壺觴傾倒盡平生。升階脱屨長頭近，倚檻觀書老眼明。此後來游誰復障，繞籬須爲惜殘英。

又次韻李賓之

靈苗種後亭初築，匠石園丁共玉成。聊復棲遲稱小隱，不應服食學長生。盤中便可少苜蓿，階下休誇有決明。欲向楣間乞題字，墨雲飛動看英英。

次韻諸友玉延亭聯句

樓高未許卧陳登，聊結荒亭揖客升。坐定園花紅雨斷，望迷宮樹緑雲層。牆低漸覺簫聲近，杯淺休嫌酒面澄。願得留詩成故事，西菴入夜更挑燈。

飲玉延亭喜雨

園門新設不曾關，天意能供半日閒。凍雨一番驚屋漏，晴虹千丈比橋彎。墨翻荷葉詩人句，紅綻榴花醉客顔。賴有冷泉娛晚酌，籬根流出更潺潺。

寄壽陳起東五十

束髮同游不出鄉，廿年兩別費相望。江山繞郭供詩筆，歲月留人坐講堂。紅頰也應誇獨好，白鬚休更較誰長。要知久客京華者，壽域躋來已雁行。

賦園亭四物

凳

楹間設席坐來安，橫木旁施當曲闌。面面不妨閒徙倚，曉涼疎雨最宜看。

篛

槐花暗落雨聲中，葦篛高撐兩翼同。憶泛扁舟過木瀆，青山緣岸正推蓬。

屏

小紅疎翠不遮亭，炎日西行藉紙屏。陰雨暫時誰許撤，更多游客要題名。

橋

移得詩中丈八溝，雨餘新碧水初浮。晚來客醉高眠處，莫訝孫郎不枕流。

送沈尚寶賀千秋節還南京

琅函遙捧望儀宸，六月樓船度海津。旱歲喜逢三日雨，好官閒避十年塵。桃花滿種玄都觀，柳色重迎瑣闥人。莫歎世情今尚在，南歸須爲問江神。

次韻沈時暘雨後過飲園亭兼懷李貞伯二首

農家苦久旱，嗷嗷三伏中。異哉暑氣酷，宛與炎方同。夜眠聞好雨，早起乘涼風。吾亭適粗就，歡聲助園翁。簿書懷杜老，笠屐來蘇公。願從康衢民，擊壤歌時雍。故人五年別，舉杯賀奇逢。俯井挹澹泉，登臺眺危峰。天高孤雲落，晚晴度冥鴻。

四海人亦多，吾生交獨寡。有時忽仰歎，浩氣振屋瓦。窮巷謝逢迎，荒園任疎野。欲從獨樂翁，往赴耆英社。長日無所營，新秋更清暇。鷄黍不滿盤，醴酒仍在斝。却枉知友來，冒雨獨騎馬。因懷西臺李，去吊長沙賈。封書白門邊，弭節蒼梧下。貞伯官南京，以公事出，嘗有書來云："直至蒼梧而返。"

再次韻答時暘飲後見貽

散吏幸無事，合置荒園中。著書忘其詞，安復論異同。墻下棗垂實，颯然起秋風。感時忽搔首，五十真衰翁。投牒愧一出，束帶隨三公。晨趨揖東閣，夜夢游南雍。鄉使來吳下，入門偶相逢。中懷不能語，倚壁如頹峰。南飛孰可繫，仰見青天鴻。

淙淙簷溜垂，此事久亦寡。移書防漏濕，矮屋初墮瓦。久旱雨固好，墊溺念郊野。況復南樓人，百步隔詩社。清池下幽禽，坐對共閒暇。妙墨尚在函，濁醪復盈斝。持此欲就之，泥深沒羸馬。疎慵幸免朝，早謝鳳池賈。風低碧篠叢，悵望西窗下。

喜原輝弟至京_{時五月二日}

遠道親携藥裹來，當門下馬拂黃埃。不驚舊日形容改，猶記前宵夢寐回。出巷親朋宜漸訪，上牀兒子欲相陪。平生四海尤憐汝，得向窗間笑口開。

大雨坐海月菴

即看池面水平橋，旋覺孤亭勢欲漂。老父得魚過別市，誰家移竹趁明朝。四陵下馬應難避_{時世賢陪祀山陵}，北巷將書莫見招_{玉汝招飲}。吾弟遠來能慰我，彭城今夜憶逍遥。

玉汝以予辭不赴次韻再約來日復和辭之

道上蹄涔接板橋，詩筒將去却愁漂。縱橫燕市雲爲雨，仿佛巫山暮復朝。半舫若浮宜自繫，尺書仍至故相招。泥深我僕難忘蹶，莫使前瞻馬尾遥。

玉汝復次韻來速乃許赴再和答之

佳時已過鵲成橋，菰米榆錢忽亂漂。明月避人應此夜，烈風欺客更崇朝。須知木屐平生着，敢負皮冠舊日招。終勝李侯蹲馬背，披蓑兀兀路遥遥。

赴飲後夜坐對月復次韻

誰從天上作飛橋，萬里端愁月浪漂。一雨步來非卜夜，五更起坐不論朝。水浮北巷深宜揭，人隔西河近可招。後會共期秋半勝，三旬屈指尚嫌遙。

次韻朱天昭戒飲

早覺平生一事非，枯喉涓滴到應微。舊傳丙吉車茵污，今見陳遵井轄稀。三爵不妨從監史，百壺真念隔庭幃。却愁孤館當寒夜，禦冷憑誰製寢衣。

次韻濟之謝送決明

畦間香霧正氤氳，童子清晨荷鎺勤。不惜離披垂翠羽，端愁搖動落黃雲。藥名早得宣公註，書帶休從鄭老分。病目向來俱有賴，涼風吹汝莫紛紛。

次韻時暘對雨喜晴二首

颯颯復霏霏，清晨坐掩扉。短籬垂豆角，破壁上苔衣。潤覺琴聲緩，涼驚酒力微。客樓詩句滿，未許沈郎肥。

斷虹連返照，向晚喜新晴。遠市浮埃盡，長溝積水清。歌謠童子事，刈穫野人情。身在幽燕地，無勞賦北征。

送原己赴南京院判

晨趨入禁闈，夜夢游鄉關。屢見高堂人，宛然兩眉彎。憂來心如割，歸計何其難！終感聖恩渥，不爲臣情慳。南都許便養，簡任非投閒。十年積憂懷，一朝變歡顏。而我復助喜，安能復留攀。初冬入吳境，遠見陽華山。舟中坐念之，豈亦夢寐間。里巷争歡息，樂哉此南還。

題啓南寫游虎丘圖

啓南初游靈巖，遇雨。明日既霽，乃與海虞周景新游虎丘，因寫此圖，并有詩記其事。李貞伯云："是日亦在陽山，遇雨而歸。"陳永之謂："雨霽日獨以事在陽抱山，恨不能與啓南同樂也。"皆有詩題其上。景新寄予和之。

雲巖不減靈巖好_{虎丘又名雲巖}，昨者胡爲涉行潦。千人石上兩青鞁，日出深林歌杲杲。一時取樂能償勞，水西山北争探討。澗泉漱齒心亦清，石壁題名手親掃。西去陽山十里遥，冒雨有人歸不早。明朝見話入雲巖，扼掔捋須空懊惱。好山不趁晴時游，此事已差何足道。安知猶有獨游人，隔水相望在陽抱。何處移來此畫圖，我方起觀俄絶倒。詩情畫意各有在，歲月依然仍可考。蟲雞得失不須争，泡影死生難自保_{永之已殁}。再到京華住六年，鮑翁頭顱欲全皓。江南歸計有時成，次第山行非草草。卧游且把畫圖開，鶴澗松菴亦天造。翻嫌二客不能從，回望周郎與東老。

送張宗茂道紀南還

身隱吳門五十年，玉京來往只翛然。東華塵土霞裳外，北斗光芒寶劍前。猶喜山林通雨露，亦知官府足神仙。飈車又逐天風轉，俯視千艘滯海壖。

賦酒榼慶周菊處七十

無稜非觚，有蓋如甕。重或可以挈，空不可以送。是名曰榼，人所常用。維榼之腹，容酒百斛；維榼之口，出酒千斗。酒旨且多，洋洋如河。汝不化烏有，我肯游無何。飲之既醉拍手歌，酒數行，歌未已。笑鴟夷，老無齒，一生只呷三江水。不如吾常隱吳市，閒與主人較年紀。賀客上堂，連坐滿榻。凭彼藥囊，賦此酒榼。

送張兼素出知施宗州

歲暮移家赴遠州，南行誰復爲身謀。一章之死無他悔，六詔平生亦勝游。科甲翻令吾輩重，史編應向古人求。都門持此聊相贈，不惜寒風透敝裘。

分題豐樂亭送文宗儒太僕

何處亭成樂歲豐，瑯琊山在亂雲中。西南林壑誇尤美，六一文詞信獨工。幽谷泉鳴琴操古，石屏路轉酒船通。幸當歸馬滁陽日，此地來游興不空。

送原輝南還九月二日

清秋欲盡向南旋，別淚何堪重泫然。吾已行年當五十，汝今歸路又三千。亦知禁酒勝良藥，好爲修書附便船。舊業東城勞葺理，相期歲晚在園田。

原輝行後晚坐有懷

東望秋雲壓柁樓，晚來水宿定通州。却愁細雨行裝濕，還恨深溝送騎留。臨別題詩偏覺懶，坐來呼酒不忘憂。惟應後夜生新月，兩地悠悠照白頭。

冬至謁陵八首

出土城

馬上衝寒出北門，豁然平曠識乾坤。地連周囿民猶小，天作燕山勢獨尊。看月未忘黃土寺往歲嘗宿寺中，披煙仍見白浮村。百官令節長來此，籩豆如流總駿奔。

度沙河

橋下流澌玉一灣，六年重此照衰顏。疎林小店行廚到，落日平原獵騎還。韋杜南連多白草，居庸北距盡蒼山。天寒喜報王師轉，驛路無塵羽檄閒。

望昌平

脱轡能凌千丈岡，解裘還耐北風涼。迢迢古轍餘秋水，漠漠平疇又早霜。日隱峰巒天易暝，樹連城郭路何長。孤雲飛處梁公廟，猶似當時望太行。

入昌平學舍

繞簷蒼翠數峰齊，倦坐空堂意已躋。高處川原渾歷歷，晴時風日稍凄凄。行來假館先思睡，詩就還家各有齎。苜蓿滿盤供飯足，坡翁休愛搗香虀。

題劉諫議祠

凜然毛髮萬言危，歎息名賢遠莫追。甘露翻成他日變，清流寧受北司嗤。古人為鑑無如子，後輩登科又屬誰？深夜高眠頻夢見，孤峰殘月照新祠。

門傍高槐向晚開，忠魂長繞故鄉來。諸生入學供蘋藻，使者停車治草萊。展卷不平新史贊，贈官空繫後人哀。千年遺恨應難盡，誰念唐家有禍胎。

入西陵

句裏青山笑復來，畫屏真愛四圍開。南循古路凡千折，西上高陵第一回_{前此陪祀俱東陵}。賦雪不勞重授簡，書雲還擬更登臺。天潢亂躡支機石，謾說昆明有劫灰。

出昌平

晴旭熏人屬仲冬，茆簷誰識煖如烘。冰花細結重溪石，天籟遙傳萬壑松。此日清酣除酒禁,諸公太瘦帶詩容。來春裏茗應非晚,最愛池泉噴九龍。

爲白郎中題荷花鵝圖

前朝畫學人如市,不獨丹青競山水。點朱塗粉擅寫生,花鳥紛紛總良史。趙昌名與黃筌齊,後來更稱崔子西。御府收藏三百軸,未數溪鷗兼野雞。丈縑如冰筆如刷,似向崔家傳妙訣。晴窗信手恣臨模,水面鵝成亦精絕。群魚出游意不閒,一躍欲過疎柳灣。翠荇蕩搖金掌底,雪毛灑落清波間。晚涼莫把荷花摘,回首驚猜還斂蹟。紅衣翠蓋錦雲稠,此物爲爾增顏色。戶曹何從購得來,公退閉門時展開。城南矮屋撐欲破,家人一笑皆云咍。世間妙筆真難致,持去莫教成故事。試看書罷便籠回,只換羲之五千字。想公聞此當撚鬚,秋風高興非蓴鱸。養鵝老向江南住,須是結茅臨渼湖。

卷第十三
詩四十九首

乙丑元旦星變下詔求言二首

午門黃繖忽高張，御墨開來秪數行。從此諫官閒不得，案頭多製上書囊。

詔旨分明近可聽，千官拜舞出彤庭。定從新歲多新政，却認妖星是瑞星。

次韻施煥伯自製菜燈見送

蘢葰翠玉巧相連，疑送春盤入夜筵。園子看來猶恍若，市人攜過已喧然。肯將根柢埋泥土，未許光華照木天。賸有儒家風味在，買油聊費幾青錢。

次韻啓南寫贈施煥伯范莊梓樹圖

行人牆下摩挲處，重是范公親手培。此日載將嘉樹賦，清風長傍義莊來。空尋蟻穴難成夢，免製犧尊豈不材。須信畫家原有意，展圖如對北山萊。

分題蔣山送屠寺丞

方山在其南,破山在其北。中維鬱然高,失却兩山色。昔人云龍蟠,信矣甚奇特。神靈樂幽棲,後世姓初易。其陽築壇場,高帝始建國。是時昭瑞應,香霧俄四塞。終然作陵園,萬古奠南極。至今五色雲,變化在頃刻。迢迢太平堤,高出如脊脊。行人睇層峰,勢壓厚地側。陟官喜南行,拭目此親覿。棘寺挂笏時,公餘幸閒隙。丞其不負予,終朝翠千尺。

題墨竹贈邵楚雄行

柳州刺史詩猶在,種柳何如種竹清?便向滇南長孫子,郡人須繫使君名。

二月晦日濟之邀看桃花四首

風將花信報來真,不見花開只見塵。却愛君家紅兩樹,小園只合號藏春。

花氣噴人暖欲醺,不須庭下舞紅裙。諸公好盡杯中物,春色三分已二分。

夕陽持酒酹花魂,新柳疎疎總映門。漸有狂風吹綠暗,已無明月上黃昏。

兩株濃淡喜齊開,句引詩人共看來。縱使堦前都落盡,幸無流水只青苔。

追和啟南癸卯元夕後過施煥伯飲

天上星河隔一簾，夜寒詩骨避重簷。大牀坐久頭相觸，短紙題多手自粘。佳節已過燈火在，當年合向畫圖添。魚行橋下平生路，未老同游不待占。

送仰給事進卿赴四川僉事

石城風月共襟期，不負高名舊所推。給舍官啣新改日，朝廷言路大開時。西郊屢望雲行密，東郡爭傳水漲遲。秋到扁舟三峽穩，想應甘雨逐分司。

分題圯橋送張公實參議

行經下邳城，試訪留侯事。遺蹟今何存？臨流漫相指。侯也本韓人，天其畀劉氏。能擊沙中椎，顧取圯下履。何必魁梧人，中心始知恥。舉足直受之，匍匐更前跪。欲為帝者師，寧被老人使。嗟當嬴秦時，虐燄到經史。兵書尤所禁，搜索徧焚毀。一編出袖中，依然先秦字。乃知老人愚，遠勝始皇智。黃石聊託名，老人亦人耳。避世能全身，同時類黃綺。維古多斯人，過客勿疑此。去之千年餘，為侯究終始。始見滄海君，終從赤松子。

賓之學士以母病寬以弟喪俱在告敬蒙
東宮賜問賓之有詩紀事謹次韻

　　仙蹤每恨失同堂寬初與賓之同班侍講，後陞官，始分，賜問深慚及右坊。班近前星仍遞直，語溫他日尚無忘。薰風又喜萱花茂，苦雨偏傷棣萼芳。孤抱幽憂增感激，晚來詩句爲攜將。

閱亡友陳起東詩墨

　　寥落江山寄一官，惡懷中歲反多端。猶瞻壽域遙持酒，豈料書帷已蓋棺。坐上威儀真簡率，句中風韻少酸寒。晴窗遺墨斑斑在，淚灑瑤箋不忍看。

挽鍾同御史同景泰間以諫復東宮而死，後贈大理丞

　　屹立丹墀犯逆鱗，臺端風采一時新。豸冠不倩旁人正，螭墨能將大計陳。試使剖心應爲國，亦知緘口定全身。周君已死宗元逝，墓碣終當表直臣。

爲楊應寧題夏太卿墨竹

　　舍人好畫誰與儔？子美詩裏之劉侯。鳳池退食多清暇，每抱縑楮從人求。昨者開筵宴賓客，四壁仿佛橫滄州。酒酣指點到脩竹，數竿倒拂湘江秋。清風翛翛刷翠羽，孤鳳欲下中堂游。乃知夏卿妙筆墨，奇態縱橫纔頃刻。欻然令我走避之，仰面分明墮崖石。

紛紛真贋不可知，我意是竹皆堪詩。試看北地苦難得，此種數尺青垂垂。舍人好畫兼好奇，明日南行過九疑。扁舟夜静月初出，想對楚人歌竹枝。

送應寧雲南訪族

曲水當年翠幕新，看君曾探杏花春。愧無文贈張童子，喜有詩傳賈舍人。洛下未通黄犬信，滇南不祀碧雞神。卜居京口謀如定，晚歲扁舟尚可親。

秋享致齋呈同館諸公

紫禁門深早散朝，步歸齋閣坐寥寥。日高宿霧渾如撲，秋至涼風不待招。河上圉人來浴馬，樹邊童子去承蜩。詩仙只在爐烟底，繙盡晴窗白雪謠。

又懷翰林諸公

古樗當户翠陰浮，畏暑時時候蓐收。人遠端如隔千里，日長何止度三秋。焚香合送清泉餅，酌酒休誇白玉舟。賴有大牀便午睡，只將幽夢繞瀛洲。

答諸公見和

詩簡相送少沉浮，入手雲箋次第收。苑鳥亂歸初對晚，井梧將落又驚秋。廟垣馳過天閒馬，齋閣橫如野渡舟。憂抱無緣從祀事，高丘南望是長洲。

次韻程克勤抱病齋宿

懶着朝衣侍禁門，非關好睡只昏昏。吏歸別院雞聲起，客去當階馬蹟存。展卷書魚常自拂，倚牀壁虱未堪捫。知君痛定還思痛，便腹空留百壯痕。

又次韻夜坐

此夜金莖浥露涼，誰家玉琯弄清商。河流屈曲東溟近，星彩闌干北斗長。法駕出宮千騎整，廟庭陳俎萬松香。詩人抱病渾無寐，欲獻豳風《七月》章。

送儲考功靜夫

獨赴南都第一曹，癯然風骨舊儒袍。海鄉人物前朝盛，春榜聲名此日高。粉署品評多有暇，紫宸趨謁未勝勞。平生爲忝斯文契，雲路難留自羽毛。

次韻胡彥超致仕留別

昔人早已歎賢勞，十載何堪第六曹。忽報兩涯秋水盛，回看千里白雲高。遠途重負歸方釋，巧宦爭馳戰敢鏖。爲想東陽名酒熟，和陶詩就合風騷。

送沈良臣知歸德州

吳下傳經久得師，名高黃榜副深期。進身自惜凡三揖，出守於今又一麾。親老定儲迎養祿，官廉須立去思碑。連科佳話鄉人紀，三沈賢名欲共馳。戊戌科沈元知深州、辛丑科沈林知晉州、甲辰科良臣俱長洲人，同姓。

秋日園居對雨

但聞人悲秋，未聞人悲夏。所以涼風生，不如暑雨瀉。何況風雨交，蕭蕭自深夜。朝來御袷衣，寒粟凜生骻。淒然園林間，物色已可訝。兩榆本朽材，牽牛故憑藉。引蔓何其長，見汝易凋謝。決明顏色鮮，獨立出其下。籬落幸無求，疎枝正相亞。

晚　晴

閱書短窗下，陡覺雙眼明。不知荒園中，晚來雨初晴。西牆閣夕照，晴光射東生。海天一何高，崛起虹蜺橫。須臾斂去之，天巧聊戲呈。憶昨延二子玉汝、原己，劇談見鄉情。憂懷爲少散，非藉宿酒清。却愁雨既甚，飄風復相傾。安能更致之，共此林下行。籬落滿秋意，菊枝已含英。我自比陶潛，人誰作王弘？聊申再三約，預訂重九盟。

爲寧縣令蕭光甫題墨梅

老幹彎碕新幹直，總是昆吾鐟鐵色。枝頭忽被北風吹，迸出疎花成戲劇。薄如蟬翼細蝶鬚，敢與臘雪偏相敵。雪也無香復易消，阻山背水俱無策。花神冷笑不言功，月下翛翛倚蒼壁。狂游不到綺陌間，小隱時當野橋側。平生高韻有誰知，此種奇姿何處得？補之已逝叔雅亡，人間久矣無清蹟。詩人未補白華詩，畫家重倒金壺墨。悠悠此意我所譜，欲向蕭侯聊比德。試看寧縣九年官，篋裏只餘花的的。士林傳玩等甘棠，黃鶴樓中莫吹笛。

送巫克莊知孟縣

霜落都門重此行，長材聊復慰飢氓。定期赤地連村熟，試看黃河繞郭清。春院種花前令事，秋闈攀桂昔年情。中州不與長安隔，騰有人來達政聲。

送袁道官還南京朝天宮

九曲門深古洞天，冶城山色尚依然。重開紫府如三島，一着黃冠也十年。聊逐斯人游世路，更從何處領真仙？數間祠屋偏鄰近，好拂丹青護晉賢。

送道士羅永澄還住福濟觀

獨鶴翩翩下玉京，霜空無際趁秋晴。久爲玄學慚方士，親向仙班謁上卿。水岸曲通三島僻，夜壇頻禮七星明。榴皮繞壁題詩滿，歸與回仙又慶生。

送鄭仕信知大猶縣兼問訊王允達

州縣勞人歎獨賢，秋風挼舵又南旋。浦江喬木渾無恙，庾嶺梅花却有緣。豈待新遷隨例得，更將遺愛與人傳。青巖山下經過地，爲謝閒居鳳沼仙。

次韻侍郎王公還南京留別二首

留務經心白髮新，從來學海更知津。入朝未曳尚書履，直閣曾垂學士紳。天上誥詞瞻湛露，郢中詩句和陽春。後生共有攀留意，不獨詞林滿故人。

秋水浮來畫舫新，南歸仍喜渡天津。未從江左誇王導，如向朝端見李紳。黃菊又逢燕地晚，青山偏愛秣陵春。陛辭却枉重瞳顧，應識青宮舊學人。

送王抑夫赴官陳留

南都聽罷《鹿鳴》歌，坐覺悠悠歲月過。久矣長才淹上國，壯哉名縣隔南河。鄭莊此去須行水，趙過從來善種禾。能使流移皆復業，看君聲譽數車多。

送林朝信還廣西分韻得歲字

玉河凍不流，曉結冰花細。客館傍東堤，三旬喜留滯。捧表被光華，開筵接親契。抵任尚遲遲，吳門度新歲。

題啟南畫

閉戶蕭然亂雪中，已無賓客晚堂空。槁梧獨據忘爲我，老筆能揮愛此公。却構石闌臨絕澗，似聞茆屋卷秋風。十年別却西莊路，歲暮相思白髮同。

題元顧仲瑛玉山佳處卷後
_{卷亡已久，仲瑛之孫御醫始得之。上有陳基記文}

神龍飛度石頭城，一日吳門失顧榮。池上已亡金粟影_{仲瑛臨池軒名}，邑中不改玉山名。故人斷簡重相授，内史高文孰與評？_{基仕僞吳，爲内史。}栩栩百年真夢境，濠梁還見舊題銘。_{仲瑛後遷中都，家於莊子觀魚臺，傍題其屋曰夢蝶。}

玉汝席上咏物

橘

來從馬上郎，猶帶洞庭霜。香霧騰金彈，清冰貯赤囊。曾聞書後寫，宜向醉中嘗。愛此非陳紫，能留客滿堂。

新米飯

繞厨香飯噴初成，吴下長腰舊有名。何事今年荒旱甚，貢餘猶自飽新粳。

玉箸魚

天寒鑿破水晶宫，貯向銀盤望若空。對案莫教容易食，層冰指落念漁翁。

濟之席上詠物

風菱

長腰如磬折，入手訝中空。歲晚懷佳味，吾曾白傅同。

銀杏

洞庭霜落後，不數橘能黃。把玩還長笑，因懷阮籍狂。

冬笋

錦褓秋後脱，玉趾雪中過。大嚼何須肉？平生愛老坡。

贈顧正科鏞還中都 仲瑛五世孫

清晨持刺扣門投，有客來從淮水頭。吴下故家依二曲，沛中遺調習三侯。閱人詩畫才情麗，傳世衣冠仕路優。欲盡尊前鄉土話，雪晴歸騎恨難留。

悼李御史士常

紛紛餓莩蔽河津,不卹微軀欲徧巡。驛騎書來俄即世,輀車棺在已周身。道塗涕淚從諸弟,文字交游失此人。知是平生無別好,只將詩句哭元賓。

謝濟之送銀杏

錯落朱提數百枚,洞庭秋色滿盤堆。霜餘亂摘連柑子,雪裏同煨有芋魁。不用盛囊書復寫,料非鑽核意無猜。却愁佳惠終難繼,乞與山中幾樹栽。

寒夜熟寐右臂偶加湯具成瘡痛甚不能舉移因讀邵康節臂痛吟戲次其韻聊以遣悶耳

春滿寒衾擁瘦軀,無端一痛折肱如。爲文曾效前修撰<small>少時曾作《湯媼傳》</small>,作字俄遷左秘書。禮謝擎拳情可恕,醫因掣肘病難除。坐來歲暮多憂色,此苦誰非自取乎。

卷第十四
詩四十七首

丙午郊祀齋居夜雨獨坐時予以服，不陪祀

春城閉重門，夜館耿孤燭。嘿坐方悄如，柝聲遞相續。擁衾未成眠，伴我只僮僕。微雨恣飄揚，寒花結群玉。員丘歲有事，大駕朝出宿。明當還法宮，天意亦可卜。清道少浮塵，龍車為膏轂。郊南只尺地，宿麥芽已綠。願言同發榮，皇恩被陰谷。

次韻詹事楊公齋居兼憶其弟惟立二首

何處清齋三日，東衙仰見重檐。未忘解帶題字，為愛焚香下簾。俗子休云寂寞，宿儒合處深嚴。月明望斷西野，刺眼青山最尖。

莫信瀛洲路遠，相望只隔西東。長溝碧瀉千丈，密樹青含萬重。杜老看雲未足，謝家夢草應同。早朝還跨高馬，金闕將鳴曉鐘。

上元日劉道亨家作同年會

共愛城西此會稀，退朝爭步出彤闈。好風入座初行酒，瑞雪當

階故點衣。盛世官銜慚未稱,諸公名節願相依。從今便作同年錄,每遇新春幸莫違。

同年會散夜赴濟之

九衢飛雪暗樓臺,匹馬城西此夜回。只尺過門猶不入,尋常勸酒定相推。燈光四壁懸明月,鼓響千家殷洊雷。宛有眉山風致在,清虛堂裏似重來。

爲王惟顒題米友仁苕溪春曉圖

古今畫法凡幾變,顧陸以來皆有傳。紛紛衆史後何多,丹青點染徒相絢。澹然水墨誰所爲?直以霜毫付星硯。謝家林下有清風,虢國馬前還素面。閒情逸韻覺翛翛,豈似長安水邊見。只今破紙蟬翼如,一匹猶勝好東絹。楚山清曉別有圖,當時曾入宣和殿。惜哉畫譜棄斯人,正坐涪翁黨遭譴。吁嗟此事亦區區,姓名得失何須辯。吳中故物存幾何?近歲人家豪奪徧。王郎乃獨保藏茲,寄我數回看不倦。水遠真從天目山,煙深莫辨烏程縣。恍然載我江南游,案頭喜有春雲便。

二月十二日濟之復邀看桃花和舊韻四首

去歲看來記得真,依然樹底踏香塵。東園舊羨花開早,屈指猶先廿日春。

紅粧半醉倚斜曛,細草同裁八幅裙。蜂蝶紛紛休共鬧,兩株香粉要平分。

花朝何事黯詩魂，下馬徘徊懶入門。陌上徒歌歸緩緩，罇前難得醉昏昏。

春風次第要花開，試看園丁更種來。不用詩招熊少府，明年隨意坐蒼苔。

送顧生伯謙應舉

南國重臨大比時，袖携書卷過門辭。洛京已受丁寬易，吳郡休云顧愷癡。賢父設施真是政，老夫投贈不成詩。少年雲路呈高手，未論秋風折桂枝。

觀內閣芍藥

絲綸閣下幾枝紅，長許行看數步中。獨荷發生應近日，未容零落便隨風。品高已作詞林話，根老還收藥劑功。若向人家園裏種，倚闌安得致三公。

追和元危太樸學士游石湖寶積寺

禪堂擁翠總雲岑，誤認天平萬石林。學士放歌來水曲，道人偏袒坐松陰。飲泉別澗多溪鹿，啄木空山或野禽。亦欲他年閒倚棹，繞湖風雨聽龍吟。

送黃和仲入南雍

范公園裏重回頭，二十年前憶共游。壯歲始看登仕路，春風相見在皇州。橋門德業争先進，貢院文章豈但收。獨恨南還留未得，却憑飛絮繞行舟。

酬吳元璧自黃州寄石子百枚

岷江東流幾千里，江頭纍纍多石子。黃州幸遇蘇長公，怪石得名從此始。浴江小兒信手探，戲與易之惟餅餌。自云智出兒之上，不知兒得從泥滓。兒争唊餅飽而嬉，笑殺先生癡絶矣。亦知中有不癡在，作供分明立文字。當時若將餅餌供，餅餌有盡僧不喜。盆中五色粲如星，客來只費三升水。黃州通守古同宗，三十年來況知己。公退閉門無所爲，偶然興落江之涘。遣人拾取僅百枚，寄我封題仍一紙。開緘未畢便傾倒，數顆猶藏布囊底。我家舊蓄漢銅槃，用以盛之稱二美。遂令菜圃汲寒泉，頓覺雪堂移矮几。日長玩弄暑氣消，信哉一段真奇事。但嗟圓滑匪他山，漱處安能礪吾齒。老狂自效坡仙徒，置我胡爲衲僧裹。作詩一笑賴誰知，石也點頭云有理。他時須更報瓊瑶，莫怪匏翁不知止。便成後後怪石供，傳世還將文字紀。

玉河橋夜坐候朝二首

禁垣迢遞接仙橋，歇馬長來候早朝。薄霧不遮蓬島月，急湍如湧浙江潮。天門燈燭晨光起，陰洞衣裳暑氣消。身在翠微宮裏住，倚闌誰弄玉人簫。

白玉闌邊水氣通，涼生高樹總含風。河循碣石疑無底，天轉牽牛望正中。朝報不聞空羽檄，宫僚稀見秖詩筒。亦知夙夜成何補，丹宸勞多念聖躬。<small>時禁朝報，而遼東有警。</small>

鄉僧來京師者多乞一詩而歸
蓋皆舊識於山水間者共十二首

智懃還洞庭興福寺

杖錫過京華，西山即是家。有時論日月，隨處卧煙霞。懷土情終惡，還鄉路亦賒。春深俞隝裏，應爲問梅花。

文懷住吳江法雲寺

見說湖心寺，人須一葦杭。水浮林屋近，地限雪灘長。挂衲投禪杖，繙經坐講堂。邑人多好施，應愛道風香。

古梅住半塘永福寺

靈鷲山中一樹梅，千年古意自西來。暗香浮動今何處？應向劉公墩下開。

員政住杭州虎跑寺

百花菴裏久棲禪，竹樹蕭然野水邊。欲洗北來塵土足，扁舟直到虎跑泉。

定佩住城東定慧寺

久從玄墓山中隱，又向湖州市裏行。浮世此身皆可託，應同圓澤話三生。

某住石湖寶積寺

碧山影落石湖心,詩句從來最易尋。爲語山僧須管領,他年吾欲載登臨。

某還石湖治平寺

湖上何年開寶坊,峭峰爲壁樹爲堂。地高已與諸天近,何處人間是上方。

宗全還七寶泉

細飲山根七寶泉,北來還上五湖船。大方游徧渾無滯,佛法胸中已了然。

永明還法華寺

吳西山水尤佳處,舊有蓮宮號法華。歸去緣知添嫩竹,到來猶記裹新茶。

真慎還玄墓寺

諸徒祝髮總嘻嘻,正是山門復盛時。預約舊游須再到,好磨蒼壁待題詩。

文鄂住文殊寺

文殊蘭若今何在?説在陽山箭闕傍。入定不知風雨過,白龍應向鉢中藏。

戒香歸洞庭福源寺

扁舟何處發？遠自北都還。若住人間世，無如湖上山。孤雲仍兩角，此地少三斑。橘柚能供稅，秋深便掩關。

爲文宗儒題鈎勒竹

碧玉參差望若空，高枝疑在月明中。百年寫法今如許，爲憶君家石室翁。

爲王古直題畫寄其鄉郭筠心

赤城霞氣映柴關，筠石翛然屋數間。堆案有書誰共較？過門惟許謝方山。

送宗儒

南望瑯琊尚鬱然，山林重結半生緣。未論幽谷能量馬，更話清池有釀泉。上邑多年懷異政，古官今日荷新遷。秋來海月菴中意，莫忘持杯坐短筵。

補送呂秉之太僕

典客南行荷美除，皆山忽憶記環滁。政成有地真堪牧，詩就臨溪尚可漁。壽母頻供堂上饌，故家長保篋中書。相逢盡是青雲客，科第誰從世祿餘。

次韻詹事楊公過玉延亭留題三首

退直從容下木天，楊雄多病喜新痊。楣間舊墨分明在，秋雨頻經洗更妍。

高軒重過晚涼天，詩癖秋來獨未痊。試爲續題誰得似？屋梁明月共清妍。

槐亭缺處見青天，仰誦新詩百病痊。秋色解人留款意，小紅疎翠故妖妍。

送林同知仲璧赴官惠州

燕都纔識面，浙郡久知名。合與方州去，仍爲半刺行。涼風雙斾遠，積水一舟輕。欲訪東坡事，緣知待政成。

送楊君謙

子有好學名，得之直從幼。矻矻忘其疲，每以夜爲晝。誰令不自愛，坐與簡編鬬。旋致心腹間，有病見脉候。鄉人嘗謂子，文筆真似舅_{欽謨}。舅也昔養疴，亦在掇科後。七日儀部官，在告月且又。服藥未見功，具疏遂入奏。昨朝獲俞音，顏面喜欲皺。西風作新寒，南去不可逗。相過一何疎，相別一何驟。子去固欣然，孰與箴老繆。惟子有書癖，舍書莫能救。譬如病酒人，戒飲貌愈瘦。何如稍飲之，病去漸復舊。子病偶類玆，簡編實醇酎。茹多仍吐之，紙上發奇秀。三年當復來，觀子所成就。

爲都元敬題春山讀易圖

山中春雨過,嘉樹如新沐。鳥語時復聞,惟聞碉聲續。對此一欣然,孤懷浩無欲。便携童冠人,詠歸效沂浴。歸來亦何事,妙意溢春服。寤寐羲文間,手持一編讀。惓惓濟時心,願言均發育。

謁陵宿昌平學舍

閉門無事謝諸生,西舍支牀睡未成。樹老不禁風勢急,山高空負月華明。連槽疲馬時相齧,隔屋群雞忽亂鳴。安得故人來此宿,壁間持燭共題名。

還宿學舍

夜深踏月到孤城,塵土衣裳一振輕。諫議祠空凡再宿,廣文官冷又前迎。思家不覺心旌動,紀事誰將腹藁呈。肯信身逢長至節,三年南望是神京。

次韻答陳粹之憲副病中見寄 時粹之分巡貴州都勻,有黑苗之警

游宦西南久挈家,故居回望隔京華。下牀倚杖憑醫藥,把筆題詩散墨花。捷報擬聞收犵狫,窮搜還見放蚺蛇。祝良定有單車在,歸路應循舊轍斜。

秋夜餞李貞伯取唐人詩各拈三字爲韻三首

光動疎林月似沉，小園留客坐牆陰。尊中賸有江南酒，拚唱離歌到夜深。

灣頭一月繫方舟，闕下三年續舊游。昨日林亭看寫照，凜然詩骨映清秋。

常見揮毫滿鳳池，未應白首在留司。贈公還用詩人語，天子於今念所毗。

嚴布政挽章

繡衣玉敕重分司，憶昔公來提學時。淺薄空慚當日獎，高明未許後生知。省中幾處揚風采，闕下頻年候羽儀。萬里蒲陽南望拜，墓門春盡草離離。

郭僉事挽章

自古皆有死，何人能免之？病來仍服藥，尚冀延少時。病甚不能起，猶遺生者悲。何況不以病，悲亦從可知。郭公官外臺，精勤多設施。風采振列郡，聲名出分司。往來江湖上，官事有程期。豈是馮河者？輕身忘險危。傷哉俄頃間，遂與此世辭。楚水向東去，千古從湘纍。湘纍乃自沉，試誦《懷沙》詞。惟昔識公面，尚記來京師。骨氣頗亦寒，或云數宜奇。斯言遂偶中，相術能無疑。不吊乃於彼，託音聊在茲。

卷第十五
詩三十一首

丁未春試畢送吳中四進士歸省

毛珵貞甫

春榜名高第幾行，自誇毛義出吾鄉。班聯玉陛通朝籍，政試銀臺挾奏章。新製衣冠歸故里，近將舟楫倚迴塘。君恩浩蕩應難忘，仰見門前進士坊。

陸完全卿

鄉書高薦赴南宮，又見名題甲榜中。王弼《易》編真有得，陸機《文賦》早偏工。身辭霄漢天門近，宅傍江湖水路通。却藉君恩爲母壽，綵衣頻着舞春風。

楊錦尚絅

禮闈曾忝校文章，筆勢如流欲擅場。已向天門看放榜，忽傳恩詔許還鄉。畫船得意春風順，綵服承顏白日長。爲語時人莫相羨，晏嬰心不在揚揚。

吳鏊汝礪

遠承恩詔許寧親，誰似高堂具慶人。遠去不勞東道主，暫留真作北都賓。賢科始覺文章貴，仕版高題姓字新。總道故鄉風物好，壯年爲國在經綸。

次韻任太常過園居四首

暑氣鬱蒸知懶出，肩輿只許到寒家。元脩席上能供菜，康節車前慣看花。尊酒長空非北海，册書相對是南華。醉鄉不識茫茫路，始信吾生亦有涯。

出土尚嫌瓜蔓短，灌畦方愛井泉深。門前有客馬常繫，牆外誰家屋俯臨。未必市朝生俗狀，只應魚鳥識閒心。好山移得聊相款，階石纍纍總碧岑。

卓午風來特地清，槐花落處入簷輕。高荷久待蓮生子，香草不甘梅是兄。倒屣出迎翻失禮，解衣留坐更忘情。玉延自是吾家物，欲學盧公也爛烹。

休笑吳儂故態狂，小園日涉步能量。閒憑却愛琴徽冷，連飲惟誇茗碗香。何日歸田成老懶，終年學圃覺清忙。乘涼莫惜重相過，只待籬邊雨一場。

送趙栗夫歸省

生當全盛時，仍遇至樂事。豈因掇高科，不在登貴仕。故園寄吳江，游釣舊爲戲。別來餘七年，往往入夢寐。家有大父母，八袠行且至。手題數行書，昨者附鄉使。書云吾衰矣，久望汝歸侍。汝父母猶壯，歸日尚可遲。老人風中燭，此語真善譬。此意豈不知？此願獨不遂。明主勤萬幾，曠職儆有位。故緩歸省期，俾盡匪懈義。而況宵旰間，切切在法吏。私情苦難伸，如縶千里驥。遙望天之南，安得插雙翅。終焉舜文心，天下以孝治。一朝恩詔頒，跪聽殊足慰。又如驥欲奔，始脫啣與轡。匆匆治行裝，舊館視若棄。載感明主恩，仍給道里費。長河引輕舟，連日風更利。鱸鄉適新秋，水芳散荷芰。日出垂虹橋，駢肩看乘駟。登堂問起居，稱壽先舉觶。此髫者吾兒，彼冠者汝季。各令向前拜，起立亦以次。鄰里爭入門，感歎共驚異。斑白映錦衣，三世一堂備。此樂難具陳，盡出上所賜。努力在他年，圖報端可冀。

次韻任太常雨中見寄

矮屋哦詩發長噫，前債未償仍後債。園中雨急水暴增，滿地江湖失疆界。敗牆欲壓走避之，早受鄒軻知命戒。只今一雨八月餘，小犬隔籬應吠怪。簷角俄驚瀑布流，槐梢不見蟲絲絓。恍然置我吳淞間，拍岸風濤殊澎湃。此時此意屬何人，只許玉延亭主解。天公聊作小兒嬉，來獨何遲去何快。晚涼芳草徧池塘，一躍青蛙亦嫌隘。褰裳行水過菜畦，短杖臨流自疏殺。狂風拔樹隔東隣，却笑呼童氣全懑。

對　雨

清池水長欲平橋，雨勢渾如上晚潮。泛泛漸於亭礎近，淙淙真是筧泉遙。即看竝浴鵝群戲，却恐新生魚子漂。東望菱濠歸去好，吳儂家有木蘭橈。

送侯主事歸省

聖皇崇至德，文母上徽稱。有詔恩斯洽，先朝例可徵。下臣如挾纊，中抱切臨冰。覆奏俞音得，傳聞孝道興。嚴闈辭舊任，散秩荷新陞。起舞衣裁錦，頒來誥織綾。飯香收早稻，水落薦鮮菱。住占江湖景，吟成月露形。刑疑應久待，路轉孰先登。六月南溟息，風回看大鵬。

哀張兼素

當年南去共傷神，雪騎冰梁萬里人。折檻已回明主意，賜環能愛小臣身。忠賢慷慨常相契，情事蹉跎獨未伸。廿載心知從此絶，豈緣同榜失相親。

哀袁德純

對客方談治邑才，出門俄送訃音來。久知憲節從家過，肯信喪車竝海回。直氣未舒空奏牘，高懷無間便啣杯。傷哉失却青雲器，孤寡纍然更可哀。

送彭教諭道赴長洲學_{先任吳縣學}

遠爲鄉邦賀得師，扁舟南去莫遲遲。還從蘇郡更新學，重見胡公舉舊規。難弟追思如昨日，諸生相候已多時。清門久忝斯文契，贈別安能惜賦詩。

雨後答邵文敬

急雨過荒園,似向城西去。豐草覆清池,涼風起高樹。中懷適欣欣,入手得佳句。累日苦炎蒸,翛然在何處?

送琴士楊雲翰還吳

落木蕭蕭墜客衣,青天獨雁向南飛。登高徧覽皇都壯,話舊常將旅食違。卷滿雲煙停綵筆,堂虛風露冷金徽。鬱林石近婁江水,應爲臨流作釣磯。

送夏司封崇文

蕭然客舍洛陽城,曉拂塵埃識賈生。夜半未承宣室召,秋深重作秭陵行。留司今日渾無事,言路何人獨有名。知是篋中藏舊笏,諸孫應不愧玄成。

謁狄梁公廟 在昌平縣西

遠從唐室見賢豪,殿上香煙映赭袍。入夜不憂虣虎噬,向晨休報牝雞號。庭空樹瘦憑誰剖,沙滿溪毛欲自薅。讀罷碑文出門去,史家餘論范公高。

謁耶律丞相墓在瓮山下，前有石象，鬚分三縷，其長過膝，真異人也

角端人語大兵還，帷幄功高掩伯顏。身託中原只抔土，神歸朔漠自重關。僧伽香火青松盛，翁仲風霜白石頑。遺象儼然驚歎久，一間空屋倚西山。

奉送孝穆慈慧皇后梓宮遷葬茂陵十二月七日

列騎隨龍輀，分官送梓宮。戒塗惟吉日，繞駕總悲風。鈎弋名殊久，軒轅象極崇。橋山遷葬地，隧道定相通。

奉送憲宗純皇帝梓宮出德勝門十二日

風急揚沙礫，皇皇出北門。吞聲猶未哭，眯目已先昏。耕鑿伊誰力，登庸本聖恩。晚來龍馭遠，雲去鼎湖存。

次韻任太常致仕留別五首

歸去如公未當貧，清溪碧嶂自爲隣。地偏易覺柴門晚，室煖先知布被春。書爲長觀成故紙，衣從新浴少浮塵。集雲山下吾廬在，得向今朝置此身。

此身真喜置吾廬，尚有牀頭一束書。海口潮生知進退，天心月到識盈虛。已辭朝士誰通訊，欲就漁翁更卜居。百里好山俱在眼，只教童子導籃輿。

籃輿朝出看山初，懶學陶潛去荷鋤。新法不行誰執拗，舊書無

用是潛虛。俗人自詫才名盛，老態終嫌禮法疎。三月柴門無客到，日高閒把白頭梳。

濯足梳頭舊有緣，更教午睡學坡仙。一身自足三間屋，百歲誰增半畝田。遇壑便回憂險地，看雲高坐愛晴天。朝雞官馬俱無用，贏得工夫是晏眠。

晏眠不覺過殘冬，枕上哦詩倣鮑溶。猶喜形骸從小隱，肯將名姓入斜封。日中塵滿爭爲市，樹底陰多獨課農。應笑丁公偏差異，夜深腹上夢生松。

送趙武靖西征

火雲六月燒長空，曠野旌旗相間紅。王師未度盧溝水，先聲已撼燕然峰。大將臂彎明月弓，錦袍銀甲豪且雄。前年一箭定兩廣，去年匹馬平遼東。四夷瞠若在眼底，不知何物爲西戎。西戎跳舞真狂童，此輩置之譚笑中。飛芻挽粟走千里，到日且欲蘇疲癃。利兵堅甲何足說，自有十萬藏吾胸。黃河東偏結巢穴，鼫鼠五技依然窮。沙場半夜無馬蹟，捷書曉入明光宮。此行本爲報天子，豈意子孫皆上公。史臣載筆鷟坡下，願紀周宣薄伐功。

題赤壁圖

江流東繞千尺堤，山鶻上結危巢棲。游人夜半放舟過，舉酒試說曹征西。征西當年下江濋，八十萬軍盡貔虎。眼中見慣劉琮徒，吳蜀區區何足數！舳艫相啣千里連，氣吞劉備兼孫權。豈知策士已旁笑，笑彼遠來非萬全。長江之險人能共，不獨阿瞞兵可弄。東吳會獵尺書馳，權也難將首親送。帳底拔刀軍令行，如此奸雄安足驚。周瑜早已借前箸，黃蓋何曾論五兵。五兵爭如一炬火，北軍敗走南軍坐。紛紛燥荻與枯柴，乘取便風纔十舸。波濤起立半天紅，強虜灰飛一夕空。平生親手註《孫子》，未信水軍能火攻。誰云此行纔足恥，更聞裹瘡歸洧水。玄武池頭計已疎，銅爵高臺聊自起。當今四海如一家，三國爭雄真可嗟。尚想綸巾巡壘堞，猶將折戟洗泥沙。武昌夏口東西路，畫史分明入毫素。空餘赤壁付游人，贏得坡仙兩篇賦。

分韻得老字壽楊詹事六十

當代文章伯，致身何太早！長趍白玉墀，獨立紅雲島。逍遙館閣間，屢見書上考。試問今行年，六十不稱老。孰云進獨難，鬢髮全未皓。賓詹略舉步，前路到師保。平生胸腹中，所有希世寶。光怪時吐之，把玩驚浩浩。藉之千金篆，當彼五色繰。持以示世人，片語莫能造。常恨群經殘，矻矻肆探討。紛然註疏家，舊說欲一掃。其間孔壁文，尤謂顛且倒。旁牽與後綴，務使句完好。遂令伏生徒，口授初具稾。我願天扶公，精力免枯槁。長留人間世，立論自義皥。書此以壽公，餘事無足道。

劉文安公挽章

裕陵初策士，高步入詞林。科第前無幾，聲華直至今。唐人當陸贄，漢代失劉歆。碧海瀛洲遠，青藜夜閣深。羲經千古學，宋論一生心。制虜無三表，匡君有六箴。紫垣初秉筆，白髮未盈簪。自負心如水，曾期汝作霖。瘁躬方几几，盛世已駸駸。俄作前搯夢，難將惡石鍼。禮官公謐議，士類雜哀吟。墓有新題石，家餘舊賜金。斯文成落莫,吾道付浮沉。後輩夫何恃,先民最所欽。玉堂嘉話在,談者欲沾襟。

卷第十六
詩三十一首

戊申燕九日_{正月十九爲元長春丘真人生辰,京師人爲會,甚盛}

京師勝日稱燕九,少年盡向城西走。白雲觀前作大會,射箭擊毬人馬吼。古祠北與學宮依,簫鼓不來牲醴稀。如何義士文履善,不及道人丘處機。

次韻徐仲山上元夜過飲

坐閱年華復看燈,故人今夜喜新增。頻呵凍筆冰花少,緩酌深杯酒面澄。身在社中應我老,名揚海內更誰朋。每逢令節成清會,只恐豪門總不曾。

次韻文宗儒上元夜飲歸

佳節相邀入醉鄉,夜深誰肯宿茅堂。高懸應恨油燈暗,細嚼聊供粉餌香。即席從容移筆研,出門顛倒執衣裳。何時更慰清寒苦,一舉仍須累十觴。

送董尚矩使朝鮮

聖主新登寶位高,儒臣寧肯歎賢勞。天朝雨露隨黃紙,海國雲霞映錦袍。周室受封箕子遠,漢廷陳策董生豪。史編有待歸無緩,憑仗春風送節旄。

送王漢英給事充副使

高步黃扉見俊人,使輶恩詔動青春。關門緩度風霜少,島嶼遙瞻日月新。歲久禮儀存制作,路長民俗待咨詢。百年候吏前驅慣,鴨綠江頭不問津。

送劉景元使安南

元年新建總熙熙,詔下恩光及遠夷。劉向暫辭天祿閣,王褒空拜碧雞祠。離筵有酒杯重覆,歸路無金橐可垂。應向交人談聖德,越裳白雉謾云奇。

送呂丕文給事充副使

賜衣新着歎光華,畫舫春風散鼓笳。天上詔書頒絕域,浙東科第出名家。朝廷正闢求言路,給事初乘奉使槎。不是相如還蜀日,前驅誰向里人誇?

彭祖觀井圖

賈客適江海,洪濤渺無津。忽焉颶風作,舟楫竟漂淪。蜑叟川上浴,何殊白鷗馴。寧知有飢鱷,俟汝水之濱。履危信多險,處坦終無屯。所以下堂戒,名言推子春。鬱然大樹下,誰寫彭祖真。飄蕭白鬚髮,千年貌如新。草間者堉井,蛙股諒可伸!保身乃至此,壽合希莊椿。古人不可作,故事從誰論?此老飲水活,應仗汲井人。且彼欲往觀,人當置車輪。中心宜怵惕,豈徒保吾身?聊成一轉語,圖畫固有因。茲事有與無,不須吾重陳。紛紛奉遺體,足以驚凡民。

次韻顏澄之與文宗儒同游香山

香山西望亂雲橫,冒冷能騎瘦馬行。只許兩人同一笑,如從九老話三生。泉多細品煎茶味,林密微聞伐木聲。應訝金閨通籍者,朝衣清早入皇城。

清明謁陵值雨留昌平學舍

朝來好雨徧春城,匹馬誰憂阻去程。陵墓百年神屢降,籍田三日禮初成。崇桃積李詩家景,綠野青山畫障情。學舍高眠無一事,又題祠壁記清明。

次韻楊侍郎吏部後園看花二首

兩脚前朝信似麻，馮闌物色徧京華。要知吏部庭中樹，不放平章宅裏花。

大手年來罷草麻，揮毫重喜近文華。公門桃李今如許，總被春風盡着花。

觀耕籍田

春郊風動綵旗新，快睹黃衣是聖人。盛禮肇行非自漢，古詩猶在宛如豳。朝臣共助三推止，野樂全勝九奏頻。稼穡先知端可賀，粢盛不獨備明禋。

初開經筵

蓬萊晴旭照璇題，衛士成行陛楯齊。朱户洞開通上下，緋衣列侍隔東西。報經訓志臣恭盡，負扆虛心聖敬躋。淺薄不堪叨盛事，愧將周賚手親携。

答濟之約游西山不赴

西山佳處約同登，舊學登山法頗能。莫笑曉來風雨阻，卧游詩句也堪膡。

再　答

蘇門長嘯説孫登，小技平生亦慣能。此後山行難再約，史書堆案要抄謄。

三　答

詩家山路説登登，風雨蕭蕭便不能。若説累年詩券起，字多須用倩人謄。

與葉翁游小南城

長街塵土日隨人，不見青青草色新。北闕嵯峨聊暇日，南城迢遞故尋春。寺僧供茗當爲忝，野老擔花勝賣薪。欲訪遼金舊時事，百年何處有遺民？

送潘栗夫憲副陝西提學

嗟我同年友，多分臬事清。衣如内臺製，簪向法冠橫。乘傳非無例，書銓孰有名？紛紛來蜀道，往往説潘卿。萬里驅馳地，三年報稱情。心勞隨使節，蹟遠涉羌城。子產游鄉校，文翁載史評。土風從此盛，公議自然明。啓事山濤具，詞頭賈至行。趨朝逢異數，遷秩荷殊榮。新政頒應滿，高官畀不輕。人才工造就，仕路厭將迎。有待文班接，重看學政成。憑誰到西陝，先爲賀諸生。

送徐季止

邐從吳門至,起蹟南宮坊。儒冠滿塵土,京國初觀光。早年富文學,下視舉子場。蹉跎乃至此,宿志猶未償。遠來亦堪喜,有兄官職方。一見季氏面,歡然態如狂。秉燭屢相對,頗怪夢寐長。紛紛同來客,寢食各有妨。獨於下馬日,曾不殊家常。有姪已進飯,有僕爭施牀。試言仲氏意,遲子茸高房。青山映金闕,西戶正相當。引子數共登,把酒還自嘗。嗟我忝交契,累在尊俎傍。感此友于樂,鬱悶隱中腸。已畢內廷試,復治南雍裝。天風滿寥廓,仰望孤鴻翔。上林多嘉樹,回翅期成行。

送賀御史出守蘇州

吳民方切九重憂,祖道休將五馬留。朝著久稱才御史,封疆還屬古諸侯。香凝燕寢韋郎詠,舟過花橋白傅游。我忝郡人無以頌,擬叨循吏傳重修。

送西指揮分守汀漳

坐却東夷二十年,平生文事欲兼全。兵曹屢薦聲名久,海道遙分號令專。玉帳風清開筆陣,水犀波靜艤戈船。班超自有封侯相,寵詔重期萬里傳。

爲周郎中公瑞題觀蓮圖

玉井蓮開花十丈，此事詩家徒自誑。何處池頭有此花，分明蜀錦裁成障。清波渺渺波洋洋，水樹人疑坐天上。白羽風輕頻自搖，紅粧日出閒相向。畫工作此待誰題？意匠欲追崔子西。平生比德是君子，耶溪不擬定濂溪。濂溪舊有《愛蓮說》，意見豈與《埤雅》齊？溪流一派接雙井，雲孫早躡青雲梯。公瑞，雙井人。

送原己還南京分依字韻

潦暑猶未退，頗覺槐陰稀。棲燕久相識，鳴蜩靜還飛。昨者冒江雨，遠來自京畿。重念交親意，時時款我扉。晚涼理舊話，海月流清輝。西堂設臥榻，夜永風寨幃。惟子官醫院，續美誰能譏？入朝復陛見，只尺瞻天威。銓曹已書最，旅舍仍言歸。諒亦戀老拙，所重定省違。幸哉被封典，恩光照庭闈。白頭自足樂，無勞製斑衣。行旌向晚動，酒盡情依依。

中秋夜登仲山新樓賞月

天街東來喜橫亙，夜靜無塵斷車乘。青天故遣月娛人，特爲中秋光轉瑩。昔人徒訝一分虧，此物始知千里徑。團團餅餌家家如，矮屋仰觀殊不稱。望裏撐空木最高，上施平板還加釘。已好樓居仍好客，主人引我凌飛磴。解衣襥帶重延留，案上珍胾已先飣。須臾衆客報齊來，一笑頓忘腰折罄。庾公故事擬重修，亦復平生無淺興。少焉月轉簷楹間，起傍朱闌時一凭。俯觀南苑白茫茫，素練平鋪目難瞑。中山地近兔毫分，巨海波浮蚌胎孕。犀瓢便可酌河潢，着屐那能絕泥濘。椽筆誰將華榜題，玆樓只合名超勝。置身如在太湖心，萬斛龍驤初下矴。端愁波浪欲掀翻，爲語諸公宜坐定。群童獻技舞且歌，鳳腹空空四絃緪。我方沾醉陶陶然，新調疑從夢中聽。夜深風露忽淒涼，高處不勝寒起脛。主人勸飲意何濃，美酒如泉瓶未罄。底須隔屋問西鄰，走送茶瓜勞僕媵。明年未省在誰家，鄉社佳期當預訂。言方脫口客已聞，吐酒闋然爭出應。我家海月舊傳名，菴外清光長有賸。王猷隔巷每共之，今者安知非我贈？戲言若大却非誇，薄意頗誠真不佞。小園雖說乏樓居，早向幽亭設長凳。杜老還教徑掃花，范家莫道塵生甑。諸公倘許過高軒，就煩執此詩爲證。

爲陳明之題墨梅

溪藤百尺餘，慘慘顏色變。遂令塵埃中，難識冰雪面。秋陽射疎窗，晨起偶開卷。妙手非補之，歷歷花可辨。橫柯彎且枯，老幹直不顫。天寒北風高，滿眼集玄霰。

爲顧崇善題松溪高士圖

廚裏丹青能變化，昔者愷之真善畫。依然靈物屬雲孫，仍見生綃堂上挂。煙霧溟濛曉不開，長松臨磵何年栽？急流噴薄厓石動，白晝欻爾生風雷。望中秀色參天起，漱滌孤根從磵水。何物離離徑寸莖，自信山苗難在此。高人獨立意如何？想見清暉入腹多。支硎山下寒泉側，爲憶深林柱杖過。

爲李賓之題趙大年雪景

故縑斷裂如刻鏤，上有雪圖世稀有。墨痕隱隱題名存，熟視始知元祐手。疊嶂崇巒失翠微，高原淡淡留斜暉。歲云暮矣北風急，樵舍漁莊俱掩扉。疎林寂歷寒鴉返，意中不覺西涯遠。海子橋西柳巷深，歇馬何時步魚堰。

爲陸全卿題劉松年香山九老圖

高松大竹生翠寒，密林隱隱攢峰巒。杳然流水出深谷，新鑿山中八節灘。江州司馬不愛官，笑領諸客來盤桓。棋枰詩卷各有適，適意豈在陳杯盤？酒酣耳熱忽起舞，戲折名花斜插冠。趨朝疲薾足非病，在野輕健心偏安。權門赫赫誇牛李，門下黨人分彼此。直氣騰騰逼石樓，甘作香山老居士。劉侯此圖超俗塵，能與九老俱傳神。衣冠雖作山林樣，狀貌終爲臺閣人。孰爲胡杲與吉旼，孰爲鄭據并劉眞？二盧張狄總預集，居士樂易皆相親。獨憐舊友今何處，禹錫微之嗟失身。

初謁茂陵

玉冊金根闃澗阿，高陵初謁淚滂沱。九天載睹星辰近，萬木長哀風雨多。豈有衣冠游道路，何曾寢殿貯嬪娥。鼎湖瞻望嗟無及，空抱烏號夜渡河。

史館歲暮書與瀹姪和之

　　高館冰生硯沼堅，盈箱公案總陳年。法家有事多成獄，史學無能強入編。戶外龍文雲氣滿，殿頭鴟吻日華鮮。殘冬坐此嗟何補？寂寞全勝著《太玄》。

卷第十七
詩六十七首

李賓之以問白髭并代髭答二首見示予髭偶如故而鬚已多白因次其韻亦爲問答

問白鬚

早年曾咎汝，頗憶爲文時。忽焉白滿把，次第行及髭。衰老固宜爾，此理奚待思。但恐緣我咎，報復未可知！嗟汝今且白，白盡何能爲？及髭更連髯，延蔓還至誰？有言試述答，靜聽當支頤。

代白鬚答

頷下濺濺如，美哉映眉髮。倩盼未足誇，於我或有缺。此閣偶蒙幸，彼婦徒稱哲。久喜得子依，過眼豈云瞥？子今自衰老，感愴何忽忽！白也我既宜，豈好爲容悅？置之勿復言，處世口須呐。

再問

與汝少相處，到今幾何時？汝白胡獨早，不及徑寸髭。山苗映澗松，物類偶有思。草薙誠不忍，念汝惟故知。買藥强塗染，此事吾肯爲？獨憐相處日，後去當訊誰？真能成我老，愛護均雙頤。

再代答

先人有所遺，身體及膚髮。而我處其間，微細亦罔缺。人生有脩短，何曾判愚哲。惟道或有虧，千歲等一瞥。子尚忘久要，於道能不忽。彼髭既如故，撚弄自堪悦。吾舌雖已亡，臆對猶不呐。

清明日園中見杏花初開

疎花寂歷似殘紅，病眼摩挲望欲空。已恨浥開無細雨，却愁吹落有狂風。物華又報清明節，人世真成白髮翁。爲語天工須索性，剩將春色慰人濃。

懷林亨大謝鳴治謁陵遇風

天外狂風盡日吹，朝陵有客正驅馳。冥冥花樹春難見，颯颯塵沙晚更隨。官馬不愁迷古轍，奚奴應恨挈新詩。歸來尚可誇僚友，沾濕猶勝冒雨時。

謝安游東山圖

東山高臥如龍蟠，天下蒼生望謝安。徵書再下翻然起，五十不妨初作官。征西將軍姓桓者，致我胡爲居幕下？新亭狎視猶小兒，流汗何人面如赭？北兵百萬次淮淝，別墅與客方圍棋。捷書已至未終局，江上阿玄班我師。高懷磊落多長技，誰識向來游戲事？後世風流強慕之，登山也復携歌妓。

喜儲靜夫考功自南京至

與子三年別,長存耿耿思。偶來今日雨,又屬暮春時。風度看逾好,功名喜未遲。吏曹能自署,應不數光羲。

哀原己

濃霜夜隕菊田荒,不及根同蔓草長。顧影共悲遺二老,歛形偏恨比三殤。術留醫案真餘事,名列詩家已大方。親友凋零懷抱惡,臨風惟有淚成行。

哀鼎儀

海濱歸臥歲華新,靜裏焚香獨養神。病勢已除知更健,訃音俄到冀非真。不將文字名當世,豈為鄉邦惜此人。路接婁江嗟後死,他年誰與共垂綸?

午朝次韻鳴治

衛士成行總面東,朱門傳蹕靜如空。高飛海燕紅雲近,煖入宮花白日中。華蓋逼時瞻北極,袗衣垂處詠南風。銀臺奏罷諸司事,旰食多勞念聖躬。

過葉翁看牡丹

吳下移根已甚難,七年纔得兩枝看。開時況被薰風急,種法還教宿土乾。却愛陶盆當石砌,未誇華屋薦金盤。主人笑對成佳兆,記取花名是壽安。

和陸廉伯晝寢次老杜韻

杜老當時句宛然,況逢四月稱高眠。綠池芳草紛紛積,白日游絲冉冉牽。史館何人仍儤直,睡鄉無事莫開邊。爐熏已冷茶煙起,自笑閒官可質錢。

早起次前韻寄廉伯

月黑頻將蠟炬然,翻因夜短不成眠。趁朝何補君恩渥,出舍聊從吏役牽。馬秣未看騰櫪上,雞棲誰聽語塒邊。江南一枕無殘夢,欲向司農謝俸錢。

和廉伯復次前韻斷夜坐

衰年視物更茫然,日落尋常索枕眠。久坐誰言纔斷絕,細吟翻喜忽聯牽。薰風作暑如初伏,海月生明又半邊。却恨連墻稀譙集,挑燈那送酒家錢。

懷王允達不至

翛然風雨作深秋,何處江行定泊舟。詔下數行曾遠召,書來前月已親收。官河淺澀知難進,仕路清閒好竝游。猶有舊時高榻在,掃塵還擬重延留。

次韻陳一夔冒雨見過二首

黃酴醿花已狼藉,春去荒園空復游。芳草池塘猶可詠,石庭風雨故相留。呼童繫馬當門扇,對面開尊罷酒籌。因話閒時真未得,一時須爲散新愁。

獨衝風雨東街口,日暮相過意亦奇。橋上醉眠成故事,席間高詠得新詩。曲闌循徑行須徧,矮屋橫舟坐不危。滿目濕雲生暝色,請君休信是晡時。

待李世賢同游西山未至

隱隱雲初散,匆匆日又斜。門前方繫馬,廚下預烹茶。已幸能成約,胡爲復戀家?莫將行樂事,終付別人誇。

晚至湖上

到湖疑路盡,忽復轉林塘。雨後添泉脉,雲中漏日光。新蒲仍自綠,怪柳不成行。欲唱吳歌去,憑誰覓野航?

宿功德寺航公房

山下禪堂向晚登,扶筇一笑有盧能。飯餘蔬笋收齋鉢,供雜香花映佛燈。漢闕乍違同野吏,吳音無改盡鄉僧。蒲團睡穩回清夢,風雨蕭蕭撼古藤。

飲玉泉二首

龍脣噴薄净無腥,純浸西南萬疊青。地底洞名疑小有,江南泉品類中泠。御廚絡繹馳銀甕,僧寺分明枕玉屏。曾是宣皇臨幸處,游人誰復上高亭?

垂虹名在壯神都,玄酒爲池不用沽。終日無雲成霧雨,下流隨地作江湖。坐臨且脱登山屐,汲飲重修調水符。渴吻正須清冷好,寺僧空自置茶爐。

登華嚴洞

緣厓繚繞近青天,十步回頭一竦然。但覺群峰俱在下,忽臨空洞更無前。三年桓櫟堅誰鑿?半夜莊舟重莫牽。便借石牀逃酷暑,白雲爲幕稱高眠。

還至湖上

湖上尋歸路,行行背落暉。青山嫌客去,白鳥背人飛。不覺過泉脯,空勞帶雨衣。江南如夢醒,仍見水田肥。

答廉伯以游西山負約

晚騎羸馬傍湖陰,影落澄波數尺深。衆樂固知勝獨樂,豪吟長恐壓微吟。清高已向金門隱,老大其如白髮侵。莫道鄰居難見面,閒忙須信不同心。

聞友人食河豚病發而卒

惟子禀素弱,有病常纏身。遂能通醫方,數與藥裹親。衆醫每謝却,自謂識病真。體中苦多熱,食尤忌諸辛。至如所飲酒,惟愛淡與淳。以吳投藥麵,未肯一沾唇。往爲風所中,治療累踰旬。恐終誤朝謁,歸卧婁江濱。一朝有信至,奄忽形離神。固知病再作,不知作何因。嗟哉河豚魚,未足充八珍。古人譬莫邪,信矣能殺人。烹調雖云善,發病莫與倫。奈何甘此毒,既死目須瞋。脯作子美禍,冰爲聖俞屯。二物尚可食,所惡魚無鱗。重價爭買致,聚食當初春。匪直悼吾友,亦惟戒吳民。

送沈元中知餘干 父嘗任刑部

南去意何如?雲霄舉足初。文名從甲榜,宦業有刑書。北闕須通籍,西江且下車。當令遺愛滿,不止白公渠。

贈僧瘦岡住吳城寶幢寺

古院清如許,高岡瘦若何?不須居十刹,初喜附雙峨。窗滿霜餘柿,庭深雨後莎。法筵揮麈處,先為敵詩魔。

芙蓉紫菊圖

芙蓉數枝嬌且新,宛然麗人逢水濱。靚粧緩步不動塵,曉起清露沾朱唇。菊花意態淡可親,老圃秋來初卜鄰。其間顏色或不真,却立恐遭石丈嗔。江州刺史送酒頻,餘瀝豈緣能醉人。眼中紅紫紛前陳,洛陽何須詫青春。室空未覺詩家貧,咄哉二妙誰傳神?

爲陳副使寓題畫

深林有隙地,似與高人謀。屋宇四五間,豁然對溪流。群山傾如赴,白雲出誰收?屋中亦何有?琴書足銷憂。玩之以終老,隱志於焉求。憲史富清譽,中懷慕前脩。山林有宿好,橫圖挈同游。不惜持示我,我意殊相投。涼風報秋信,高興歸滄州。

園居六詠

海月菴

雲浪推來白玉盤,坐深良夜不勝寒。茅檐已盡平生興,何處蓬萊閣上看。

玉延亭

薯蕷年來初種成,楣間有客便題名。憑誰爲報坡翁道,我亦能烹玉糝羹。

春草池

自笑溝如丈八強,兒童莫漫種魚秧。謝家詩句空成夢,此夜依然春草長。

醉眠橋

陶翁逐客向樽前,醉後高眠任自然。嗟我作橋容客醉,不妨醒眼看高眠。

冷澹泉

似嚼清冰未下鹽,天然滋味此能兼。隱之日飲分餘瀝,世上貪夫能使廉。

養鶴闌

吳下枯笙一束來,綢繆牖户却常開。雲霄伴侶休相訝,不是虞人畜鳥媒。

爲吳吉士克溫題東坡墨竹

坡仙寫竹如作書,筆底溢出書之餘。書形譬石壓蟾蜍,俗人不識稱墨豬。古來書畫同一法,使彼見此當軒渠。密葉濺濺何所如?宛如卧蠶首不舒。濃霜塗幹外筠厚,香粉涒節中心虛。平生妙句真可誦,可使一日無此居?西窗坐對發長噓,不知有感感何事,豈以文翁方逝歟?雨晴把玩敞吾廬,清風習習搖瓊琚。

送文宗儒還滁

官非京尹免臺參，寺版題名也自堪。公事共知心獨盡，直言曾上面無慚。續書騋牝才名出，家寄琅琊秀色含。觸熱却憐分手去，園亭何日重高談？

賀秦脩敬八十

扁舟憶泊錫山東，十載丰神夢寐中。巢父釣竿隨海霧，陶仙笙樂坐松風。朝廷錫誥還因子，鄉社評詩合讓公。第二泉甘真可釀，百杯春酒莫教空。

送白侍郎還南京分闕字韻

都城作淫雨，連屬從暑月。墊溺及四郊，高丘抵深窟。大臣抱憂思，時事切於骨。廨宇雖少安，中夜心兀兀。惟昔官訥言，袞職職常補闕。至今存奏疏，忠讜莫湮没。此來實稱賀，沾濕屢謝謁。明主勤萬幾，宵旰常矻矻。已聞發倉廩，豈但謹刑罰。有詔戒群工，名實期綜核。兵曹爲卿亞，留務不可忽。衆賢方滿朝，獻納職免越。陛辭沐嘉眷，朱服映象笏。平生盡瘁心，官簿積功閥。涼氣生新秋，方舟待明發。召還當不遲，臣節益以竭。

次韻答費昭霽二首

進講軻書到七篇，每瞻紅日海東邊。恩承漢代慚何補，學擬商賢恐未然。天遠冥鴻空慕弋，路長疲馬只垂鞭。卜鄰定向東城下，對面須將隱訣傳。

杜陵休自託狂夫，肥遯中園不改圖。應笑蒼蠅隨驥尾，誰將腐鼠飼鵷鶵。晴雲出岫無心計，流水當門隔步趨。猶有詩編題四興，平生功業豈全無？

題石田古松圖謝周月窗治陳宜人病

籠中采掇皆良藥，用之不當翻爲虐。京國名醫不乏人，一日城南逢扁鵲。人言用藥如用兵，須憑指下難喻度。急攻緩補隨所施，信是胸中有方略。沉疴脫去不言功，但使危憂變安樂。月窗妙術真通靈，妙處自得非醫經。金門不肯受官職，野服只愛居林坰。惠山山下高松樹，願比此樹長青青。漱泉湌雪仍產藥，上有兔絲下茯苓。世人抱病爭取給，熙然黃髮同千齡。

重九無菊

佳節喜載臨，藉有杯中綠。如何籬落間，獨少數枝菊。遥遥小南城，異品應滿目。野人不好事，移送何不速？無酒人但醒，無菊人尤俗。我與陶淵明，事事相反覆。俗病惟自知，客醉解留宿。淵明祇欲眠，往往客遭逐。黃花有時衰，一賞已自足。歲晏色青青，墻陰自修竹。

次韻賓之重九値雨獨坐

懷麓堂前樹，蕭蕭感暮秋。閉門逢節序，落帽想風流。空負此時酒,閒登何處樓？不須論雨譏,四野少禾頭。是日甲子。

次韻鳴治對菊

曉園移送帶煙霏,看處詩成韻屢依。來使相逢休更問,娛人真覺淡忘歸。霜餘未落憐高節,月下無言對冷菲。誰識城東幽寂者,空庭疎雨獨沾衣。

謝王主簿送菊

看菊曾爲別墅游,鄧村風露六年秋。幽姿入眼猶黃面,晚節驚心易白頭。已歎無錢空復對,何妨有酒自相酬。陡然籬落增顏色,更把重陽故事修。

爲䕫姪題謝廷循畫二首

雲中疊嶂翠糢糊,深樹茅堂隱若無。莫向昔人論畫品,開窗聊對謝公圖。右春山圖。

江湖極目渺無涯,蚌蛤隨潮上淺沙。開口自甘濡沫老,聒人偏恨是鳴蛙。右蚌蛤圖。

題石田畫

粗毫濃墨信手寫,長卷初開是誰者？溪泉山石斷復連,亦着茅亭在林下。石翁足蹟只吳中,意到自忘工不工。平生所見亦不少,但覺一幅無相同。僞作紛紛到京國,欲以亂真翻費力。我方含笑人獨疑,真蹟於今惟水墨。我觀此畫雖率然,老氣勃勃生清妍。江湖欲尋具眼識,須上米家書畫船。

過西苑

松偃瓊臺不受塵,虹橋綽楔記通津。瀛洲水滿分裨海,靈囿垣長接禁宸。虎圈久關空獸簿,龍舟稀泛靜魚緡。賞花未許陪游幸,誰羨賡歌作宋臣。

游海印寺次韻鳴治

北風初急避高垣,竹屋清寒且負暄。客喜抱琴仍送酒,僧忙掃地更開門。投閒易度人間世,擇勝真游海上村。飲後題詩多老氣,頹然翻覺醉翁尊。

哭王允達二首

孤舟遙寄一身危,病骨秋深瘦莫支。二豎豈勞催死別,九原安忍問歸期。夜闌燭盡多新夢,歲暮書回少故知。爲憶相從今廿載,誨言重領是何時。

短札馳來病已危,牀頭筆力強撐支。兼程到此猶難見,萬事從今敢預期?徐穉力耕人自薦,王裒行孝世皆知。百年家學諸孤繼,看取遺編手校時。

早起

喔喔雞三唱,城居類遠村。髮隨秋葉落,目與曉燈昏。對案仍呼飯,披衣又出門。自憐衰朽物,終歲謁天閽。

聞王古直至東鳴治

長安風雪值殘年,又報王猷過闕前。塵土不沾京洛袂,冰澌能送浙江船。平生蹤蹟知忙甚,此老鬚眉想皓然。賴有故人相慰藉,對牀呼酒夜燈懸。

作鶴房

枯篁密葦作房櫳,故遣仙禽宿此中。曾見江南多鴨舍,亦知吳下有牛宮。綢繆牖戶朝南日,倚傍垣墉避北風。莫笑乘軒如衛懿,苦寒須念雪園空。

次韻沈啓南自治生壙見寄二首

射瀆西行水路斜,細論形勢見隆窪。宋儒尚作山陵議,郭氏真稱地理家。親手銘文鐫白石,鄰僧香火傍丹霞。久知詩骨偏強健,曳杖何妨閱歲華。

倚壙高歌對斷厓,鄙人安得此襟懷。門深拱木栽培徧,山近浮雲坐臥偕。曾子啓予言不妄,莊生息我意終乖。司空自有藏身地,不學劉伶說便埋。

喜李貞伯生子

秣陵疎雨作秋涼，賀客緣知總上堂。奕葉相傳宜李氏，通家有喜是吳郎。臺高又復看招鳳，書好何曾寫弄麞。萬卷舊藏應會讀，任渠嬉戲滿攤牀。

遣悶

歲杪匆匆只五旬，惡懷偏屬長年人。幼兒嬉戲兩頑物，老婦呻吟一病身。風急獨瞻烏止屋，月明閒與鶴爲鄰。鄉書近報吳田熟，此夕愁眉稍覺伸。

賦竹慶郭汝文五十

竹似賢，昔日聞之白樂天。樂天好竹好其德，此語雖佳意未全。古來賢者必有壽，吾於竹也蓋亦知其然。所以風雨穿其口，雪霜壓其肩。空園寄傲不肯屈，節操挺挺老愈堅。吳門開壽域，隱者躋獨先。堂上不合生此竹，何人移入圖中懸。畫家竊取詩人意，以竹比德仍比年。淞江之濱地宜此，從今種滿數畝田。削笏必帶節，斫幹當及筱。笻可作冠幹可杖，杖須入手冠須顛。逍遙長醉竹葉酒，掀髯一笑清風前。

謝濟之送橘二首

得月亭邊碧樹攢，及時摘實仗園官。報君嘉惠如相稱，須是閩中荔子丹?

　　黃紅錯落滿雕盤,如見珊瑚間木難。莫把糖囊名更改,齒牙真不帶清酸。

西域賈胡以獅子入貢有詔却之次韻鳴治

　　萬里流沙奇獸去,數行新詔滿朝歡。須知此物真無益,始信爲君亦不難。盛世糞田曾却馬,他人野鳥自稱鸞。即看重譯皆歸化,敵國何方是契丹?

次韻陳粹之謁先墓

　　歲暮寒風透布袍,東門血淚灑平皋。心穿泉壤三重固,手插松楸數尺高。北闕已承恩典重,南山不動孝思牢。顯親却在揚名裏,身退能招士論褒。

卷第十八
詩五十五首

送汝行敏守南安

南過虔州山勢回，朱旛遙見繞城來。郡中未詫劉昆政，池上猶稱賈至才。楓落吳江還倚棹，梅開庾嶺獨登臺。千年漢吏多遺愛，此去賢名定許陪。

周莊懿公挽章

鎬京遙在望，人物久難湮。壽俊文還富，詩歌甫及申。策名懷得士，聽訟信如神。淹繫圜扉少，超遷薦牘新。周官卿有亞，舜世弼爲鄰。畿內逢凶歲，朝端遣重臣。饑民忙救援，荒政細條陳。國史方傳信，臺丞又即真。京儲須乃積，留務要同寅。定辟資宏父，司平得準人。帝心常在簡，物議始能伸。急召將馳使，閒居已乞身。夢歸陽曲路，坐閱秣陵春。報主身猶許，憂時俗更詢。怨遺嗟一老，溘逝恨茲晨。岬典終臨穴，良工載琢珉。龍章殊赫赫，麟子總振振。不忍緣思棐，爭誇克荷薪。尋常蒙見與，宿昔幸相親。試誄平生蹟，團詞淚滿巾。

徐州重修黃樓

樓中不見羽衣人,黃埕依然四面新。坐使河流循故道,俯臨山石倚長津。名邦信美皆吾土,勝日登高與衆賓。從此欲傳州守事,只須題壁掃清塵。

陳堅遠新建黔陽寶山書院

黔陽縣裏推賢令,赤寶山前復古祠。高棟數間仍舊榜,斷圭三尺有殘碑。沅湘杳杳多人物,唐宋悠悠幾歲時。日吉登堂陳桂酒,迎神須賦楚人辭。

王忠肅公挽章

垂紳絕席見孤標,正色昌言歷五朝。除吏已如崔祐甫,得君寧論李文饒。典刑尚有嗟何及,壽考無遺幸後凋。百世悠悠存美諡,鹽山南望白雲遙。

送王存敬知興化分韻得但字

退朝赴西曹,勤事流筆汗。獄訟方紛爭,直以片言斷。老胥抱文書,卷舌詎能贊?呂侯惟簡孚,漢吏或精悍。似君實兼之,古人亦何但!從來白雲司,往往重文翰。當君治獄餘,詩句又其冠。秀雅超凡塵,落紙莫改竄。朝士相與游,敬服不敢玩。如彼千仞岡,鳳翥爭仰看。吾蘇昔缺守,政劇孰可幹?衆論咸擬君,豈爲閩郡箑。一朝見御批，光動姓名煥。五馬俄在門，腰帶仍已換。十年幸相知，良會每連案。如何朱夏初，置我離筵畔。所欣仕途開，難顧文社散。作詩賀閩人，私懷未須亂。

送劉世熙赴四川僉事管水利

行行萬里去分司，直到西川欲盡時。肯使江流歸灔澦，還看山月照峨嵋。外臺總自刑曹出，上馬親將御敕持。千古李冰功不廢，離堆刊木建生祠。

謝仲山送鶴圖

東園白鶴似人長，花徑孤棲每自傷。粉墨如新初點染，羽毛依舊欲徊翔。只疑明月還留影，却恨空林不入行。對此忽爲蘇子歎，誰能呼取下高堂？

有以廬山千年松遺予者種盆石上蒼翠可愛

眼底依然五老峰，離奇數寸亦長松。盆中貯水成兒戲，几上看山稱老慵。全節始知君子德，小材寧却大夫封。茯苓歲久還如斗，拳石空嗟自不容。

送鳴治擢南京祭酒

十載台南有臥龍，重來史局又相從。高名早已揚延閣，宿望尤宜置辟雍。六館舊傳唐學制，五經今作漢儒宗。鎬京自昔人才盛，試看南金總在鎔。

送毛貞甫給事赴南京

寂寞園居吏隱兼，喜聞新擢一掀髯。官當要地斯通顯，名在賢科却久淹。脫穎已非人自薦，抗章應與職無嫌。頻年爲感過從意，秋到惟將別恨添。

喜雨

北方苦春旱，入夏雨亦微。俄然見簷溜，及午正霏霏。散步荒園中，不覺沾我衣。草木總欣悅，膏沐滋容輝。昨者宿齋戒，徧走神祠祈。禮官朝入奏，獨與皇心違。謂此在朕躬，朕當斡玄機。宸衷之所至，端能動天威。今年定有望，吾民應免饑。

雨後

池上積雨餘，惟聞芳草氣。我亦愛韋郎，賦詩工五字。新蟬爲誰鳴，老鶴作人跪。吏隱真自兼，翛然亦高致。

葉翁以叢竹分種因題墨竹謝之

東巷青青早見分，歲寒別種共欣欣。世間益者成三友，林下賢人詠五君。雨過不須論醉日，風回時復見晴雲。傳神妙手今難得，聊入筠窗翠鳳群。

立秋日過蔡士弘太守新軒

高軒早與素秋通，庭下脩篁共幾叢。已鑿西垣延爽氣，更開北牖納清風。主人解作投閒計，有子真成肯構功。委巷塵埃渾不到，留詩何用碧紗籠。

對 月

秋月幾回賞？獨有今年閒。月閒不自知，徑度雲霄間。清光賴掩閉，孰把槐梢攀？欲邀二三友，豈為杯酒慳。幽抱未能釋，安能得歡顏。空庭步百匝，悄悄中宵還。

楊文懿公挽章二首

詞苑年來失老成，越鄉魂去鏡川平。史編未就多遺恨，恩典初行已易名。海內雄深傳制作，尊前蕭散見神情。玉延亭上留題處，手墨如新泣後生。

病深趺坐縉朝紳，手削封章避位頻。吏省却緣儒術重，宮寮偏荷聖恩新。群經自得私抄意，小圃能容後樂身。已矣不誇門地盛，白頭誰復見楊椿。

送何醫養病還松江

旅舍天潢側，醫名衆所聞。口嘗池上水，目望九峰雲。慈母應無恙，諸郎定好文。莫言扶病去，珍劑正煩分。

冬至謁陵與黃子敬編修石邦彥檢討宿昌平學舍

樓頭鍾鼓咽寒風，樹杪星河轉碧空。百里人家多野外，五陵兵衛滿城中。游歇此地諸生在，信宿連宵有客同。孤榻擁衾清不寐，夜長惟有賦詩功。

還至沙河

高陵回望白雲中，匹馬南歸從兩童。朔旦正臨長至日，昨朝猶起不周風。谷深落葉填能滿，橋斷層冰結自通。便買村醪成一醉，喜聞鄉老話年豐。

爲屠大理題石田畫

生綃丈許畫者誰？石田老人今畫師。年來都下家家有，此幅吾知出親手。筆意縱橫信所之，夾岸翛然已疎柳。溪陰欲度無舟楫，萬杙成橋遠相接。何處詩人誇瘦驢，破帽欹風粘落葉。兩山對峙開高關，谽谺梵宇容千間。半空丹艧勢突兀，雪竇天台真等閒。老人昔共游虞山，此景仿佛曾躋攀。昆湖蕩漾臨几席，水繞漁莊凡幾灣。京華十年走塵土，看畫分明能破顏。山林在望鳥飛倦，春到江南吾欲還。

爲張英公賦瑞芝

偉哉定興王，卜葬燕山麓。墳上穹碑太史文，大書平定交南錄。惟王昔統百萬師，天子使珍西南夷。富良江上旌旗度，生縛渠魁黎季犛。伏波將軍立銅柱，何如伐石作穹碑。獨憐滅胡心，不逐胡雲移。平生遺恨無所洩，墳上倏化爲靈芝。不然天意惜忠義，故遣瑞物以表之。我觀世間芝草亦常有，誰似煌煌大如斗！將門有子復登壇，摘處仍歸曹偉手。此芝便合作如意，帳下偏裨看指授。豈不見雲中飛報入京師，醜虜聞風連夜走。

次韻玉汝哭兄

吳東富山水，亦復含清暉。扁舟昔所造，宅舍煙雲微。陳翁喜客至，勸飲爵頻揮。入夜猶未散，水月交流輝。久憶此事在，孰知斯人非。書來當歲晏，仲也慘無依。平生友愛念，恨不身南飛。惟翁本善士，保身已全歸。但憐母氏老，孤抱真難爲。厚祿幸可致，諸郎侍庭闈。足爲膝前慰，少洩胸中悲。

歲暮憶亡妻

素帷風動不勝寒，魂氣茫茫久蓋棺。時到暮年偏感物，身留空舍強從官。呻吟尚有遺言在，慘側無如死別難。松竹近窗燈火暗，夜堂孤坐涕汍瀾。

辛亥上元夜仲山過飲

角燈懸處久生塵，携酒相過賴故人。率爾杯盤誰主客，喧然簫鼓自比鄰。花枝欲動風爲信，雲氣偏遮月滿輪。却歎吾生有涯者，京華又住十三春。

對雨二首

西齋閒看雨,失與故人期。旱地徐應入,浮雲濕不移。藤梢初上架,蘆笋故穿籬。案上書籤亂,賡歌有杜詩。

晚來猶密雨,小徑踏成泥。亂雀依簷近,疎花照檻低。荒園須日涉,稚子不時携。漸與鄰家隔,高林綠已齊。

次韻仲山詠兵部芍藥

赤雲司裏隔紅塵,手種名花過雨新。舊譜未誇金帶品,清詞合製玉樓春。閩中陳紫空佳味,洛下姚黃豈侍臣。老眼摩挲須此物,買栽甘作灌園人。

題王叔明野艇觀書圖

泊舟野水際,不作水嬉謀。舟中載書卷,隱志於焉求。坐處書在手,卧時書枕頭。何須有酒飲,始足銷吾憂。日暮漁翁返,臨溪勸少留。還乘明月出,同向太湖游。

爲楊應寧僉憲題畫二首

勝地着孤亭,翼然臨絕岸。杖屨復溪頭,斯人來獨慣。青松栽已高,白石煮應爛。詩思逐浮雲,峰回忽中斷。

久移京口居,雅愛江南意。步過清風橋,歸來甘露寺。壯歲難好閒,宦轍驅人至。餘習畫圖間,山林遠能致。

送陳何兩郎中分行南北慮囚

邇來治獄誰最精？陳何二君俱有名。手持朱墨發浩歎，仍爲死者求其生。豈云藉此以要譽？刑罰所貴惟公平。平生讀書真自得，呂刑兩字爲明清。邇來旱災及千里，宸衷惻惻憂吾氓。謂茲感召必有自，璽書早諭秋官卿。死囚已釋十五六，尚恐枉抑連神京。遙遙甸服隔南北，一朝妙選令分行。行哉星象動貫城，此事付託殊不輕。亦知仰副九重意，軒車所至無冤聲。他時獄案總馳奏，覆視何用煩廷評。

夏太常挽章

鳳池宣召荷文皇，書藝當年獨擅場。蕺嶺遠師王逸少，鑑湖終賜賀知章。垣西筆翰傳中舍，海上樓船載太常。幽室築成方晝寢，誰將前輩儗清狂。太常平生少暇即弄筆札，未嘗晝寢。見葉文莊公挽詩序。

續和任太常寫懷二首

夢裏生松腹笑皤，三公其奈此公何。旁人作鏡冠常正，遠使將書字不譌。子美清晨開畫障，樂天終夜却詩魔。自聞說到山中景，轉覺便宜得最多。

便宜多處總無心，城裏移居景更深。歲月有終還有始，形骸何古亦何今。文峰雲起依危壑，秀峴風回動遠林。我獨似知山下路，抱琴時向夢中尋。

送貞伯致仕

引去誰謀及故人，買田陽羨遂成真。張公洞口終期我，金母橋邊早置身。郡志續修知舊事，鄉筵初會得嘉賓。百年風節人爭仰，笑對秋波白髮新。

送仲山使封鄭府

鍾鳴長樂宮，丹陛列仙仗。盛典欣復行，鴻臚曉傳唱。國門洞開處，使節親手持。千里罩懷地，遥遥車載馳。於茲建王國，地亦稱四塞。濟水流其南，太行峙其北。周家爲夾輔，歲久惟親藩。天潢派不遠，玉樹支仍蕃。將命重分封，宜先司馬屬。登高舊能賦，美譽揚仕錄。臨別遥相贈，清風歌穆如。翛然堪比德，真不讓璠璵。去矣尚無遲，歸哉尤勿緩。兵曹有公事，子復才不短。季札嘗適鄭，行裝猶紵衣。要知如今人，垂橐只空歸。

次韻濟之招仲山酌別

偶值三旬隙，堪償十載忙。有官原是夏，此月豈無陽。重過煙花市，長驅翰墨場。不緣持玉節，安得解銅章。未去須常會，將來孰可量。試看王子宅，或比鄭公鄉。飲處誰招得，行期已坐忘。園蔬從懶摘，山果更高裝。弄月當花檻，臨風泛羽觴。細筇如客瘦，獨鶴擬人長。使者新恩渥，儒生故態狂。陽關莫先唱，西出路微茫。

答濟之謝送鶴

野人朝扣門,抱鶴來特贈。謂我有一鶴,作配實相稱。長揖謝野人,爾言真可聽。惜哉荒園名,往歲已先定。群鳥百不多,我鶴一不少。所以爲仙禽,何曾比凡鳥。迎風或長鳴,獨立殊矯矯。其子不須和,況乃是中表。王子所居處,旁有半畝園。有園却無鶴,雖美何足言。呼童轉贈之,入門即翩翻。主人亦珍重,視若鳳與鷯。菴居數延致,畜之勝乘軒。客或告主人,贈鶴意如何?西鄰與吾子,平日必不和。豈不聞諺語,不和勸養鵝。養鵝人尚可,鶴也食更多。主人意不諾,謂爾何善謔。我生與西鄰,自信不相惡。千歲食已儲,作詩謝送鶴。

食藖秋米飯簡濟之

碗面盈盈紅玉漿,不妨礧磈塞空腸。飢時信矣易爲食,珍品徒然何足當。朝士有誰飡糯飯,市人猶自號粗糧。傳聞吳地今爲沼,一飽甘隨雁鶩行。

濟之和章有菜根滋味好之句復次韻

君家菜甕碧流漿,飯熟應兼此下腸。須是芥根新切稱,未容槐葉冷淘當。蘇松欲種無閒地,陳蔡相從勝絕糧。詩到却如青李帖,朝來能博兩三行。

夜讀白樂天詩集二首

何物燈前消夜長，一編入手坐焚香。俚言却許朱絃和，真味似將玄酒嘗。前輩任他爲李杜，近時知己得王楊。_{楊君謙携此集來，濟之錄畢，予從借觀。}從今謝絕閒賓客，晤語惟容白侍郎。

目眩天教放夜光，詩題涉獵過千章。屢逢禹錫兼元稹，不到姑蘇即古杭。老恣登臨年有譜，病消歌舞藥無方。看渠二事惓惓説，生死猶疑未盡忘。

讀樂天詩有五十八歸來之句予明年正及其期遂次韻

五十八歸來，歸來未爲速。嗟我從去年，已過六回六。秋盡園亭前，衆葉錯黃綠。豈不爲渠笑，此地乃種木。舊業寄吳中，有木兼有竹。幸哉同樂天，我願無不足。

王孟端山居圖

花落家僮掃獨遲，山居幽興屬王維。茅堂借宿如爲黍，不用主人烹伏雌。

招濟之觀吳穆寫竹

人家於此君，一日何可無？君家有此語，千載不可誣。我生所交好，不在五大夫。培植力已盡，往往折且枯。吳郎玉峰産，過我製新圖。寫真能逼真，墨汁信手塗。折者忽焉長，枯者忽焉腴。此君人欲見，頃刻遂可呼。聞君有高致，子猷未曾徂。游藝能屈己，常願爲其徒。就觀必有得，背後勝臨摹。當令墨竹派，乃近在中吳。請君即上馬，更勿煩僮奴。

晚寢

土牀便偃息，溫暖足能伸。半晚連長夜，三朝隔小春。江南初到夢，都下未歸身。猶賴閒松竹，臨窗伴主人。

次韻李賓之聞謝鳴治自南京歸得遺腹孫

乞身上章疏，揮手返故園。依依赤城路，望見非里門。恐負無後罪，行謀及諸昆。鄧攸亦偶爾，天道初無言。呱呱者誰泣？無子乃有孫。父兮今何人？敢任顧復恩。幸哉北山梓，延綿此孤根。遂令台南族，宗祀宛猶存。故人聞遠信，喜劇向予論。感歎至終夕，未覺詞語煩。

服山藥湯

吾家玉延亭，人比鐵爐步。玉延久不栽，亭名只如故。客從懷慶來，老守轉相附。土產細搗成，楮橐緘且固。嚴冬早朝時，沸湯滿甌注。舉匙旋調飲，何物是寒具。空腹覺溫然，卯酒真可吐。或復好飲茶，損耗疾終痼。惟此能補中，醫家言不誤。豈緣重服食，衰質合調護。輕身與延年，神仙非所慕。此藥初得名，宋諱不敢呼。更名仍加號，《本草》爲箋註。後來陳簡齋，乃有玉延賦。登亭須滿飲，名實始相副。蘇公服胡麻，說夢幾時寤。

製雪浪石研

矗磯千丈接蓬萊,割取鰲簪帶海苔。巧匠旁觀須利器,書家常用豈粗材。輕磨玉髓難隨墨,净洗金星不染埃。豈是蘇公齋裏物,只供清玩勢崔嵬。

送楊君謙致仕

公署席未暖,求去何嗷嗷。濟河先焚舟,預賣冠與袍。我不更勸子,知子意殊牢。昨者見章疏,陳情欲長號。謂臣心腹間,有疾刺如刀。自宜鍼石惡,不任簿書勞。蒙恩錫封典,父母喜俱叨。雨露不知感,臣豈如蓬蒿?壯年可驅策,正合從時髦。臣實自知愧,奈緣病相遭。當道獎恬退,幸爾遇山濤。九重遂俯從,孰謂天居高。郎官信美秩,視之等秋毫。未論子所能,此足稱賢豪。紛紛投牒者,群然赴儀曹。其間或衰邁,虛名尚貪饕。如子真難得,識者爭嘉褒。而我復增愧,頭顱已霜毛。歸心覺愈急,如索更加絢。子歸免羈絆,檻獸初奔逃。印首不回顧,跳舞向林皋。歲暮多冰雪,長河阻輕舠。河神不世情,助子水滔滔。舊宅傍吳市,門前是南濠。性不耐居處,志惟嗜游遨。南指天目山,誓將友猿猱。歸來必自得,有樂斯陶陶。發洩胸中奇,文場戰當鏖。多事反今古,筆墨肯停操。已忘虞卿愁,且著屈子騷。

章侍郎綸挽章

前星力挽不辭艱,往事猶傳景泰間。奏疏爭光須日月,官曹增重抵丘山。鎬京天賜餘生樂,浙水身從未死還。千古姓名存國史,特書誰許後人刪。

送李世賢擢南京祭酒

鄉里交游歲月移,赤墀黃閣每追隨。史家有事垂成日,師席無人獨去時。太學賢關惟古制,鎬京王業是初基。廿年不踏江南路,天遣登堂奉壽卮。

送張廷祥擢南京翰林

北闕重來從史事,西江仍許慰慈容。玉堂地迥神情逸,金匱書成寵渥濃。星斗氣衝豐獄劍,霜天聲遞景陽鍾。瀛州獨步悠然處,喜見龍蟠第一峰。

卷第十九
詩六十三首

壬子春享詹事府齋宿

公署沉沉息此身,齋居常感歲華新。青松植立雙童子,烏鳥喧呼萬市人。金屋漸浮周苑日,玉河能隔洛街塵。曉來袍笏趍蹌地,擬候鐘聲出紫宸。

郊壇陪祀次仲山韻

萬隊旌旗繞竹宮,百官環珮步來同。碧臺爛若中霄月,紫殿泠然半夜風。庭燎晶熒光倏起,洞門幽迥路潛通。乘雲陟降神如在,共識天心鑒聖衷。

又次濟之韻

庭燎光中序立齊,夜寒月到竹宮西。星辰近與天堵接,煙霧都將海市迷。韶樂九成來鳳鳥,仙橋千丈卧虹蜺。駿奔不省今何處,但覺人寰景象低。

慶成宴次仲山韻

日高黃繖倚雲張,久立真憐陛楯郎。池上賡歌誇制作,殿中列坐忝班行。周儀未數三千說,舜服親瞻十二章。誰道曲終無以獻,舞筵馴獸正蹌蹌。

上元夜無燈

城中結綵共焚膏,況說燈山駕六鰲。形影相依聊復問,鬢毛如許不勝搔。林梢每歲春星正,屋上誰家海月高。五十八年真老矣,安能游戲逐兒曹。

邀潘侍郎爲同鄉會 潘先世爲長洲人,後徙歸德

束帶門前早肅賓,甕醪畦韭及新春。偶成洛社耆英會,得見吳都里巷人。座上素懷叨末契,朝端清德重純臣。浩歌激烈聲争和,醉後相忘意更真。

送嚴户部出守西安

出守何曾爲一麾,山公高薦久相知。漢家輔郡先京兆,唐世才臣重度支。極北朝廷通奏疏,終南堂紀入歌詩。他年廳壁題名姓,誰獨令人有去思。

送顔仲和擢南京翰林檢討掌國子助教事

先生自此升何處,胄監於今在鎬京。老學共推師道重,新銜仍繫史官清。唐家高館猶三舍,漢代諸徒豈兩生。不用朝天時早起,青山隔屋自鷄鳴。

謁文信公祠

當時正氣亘乾坤,忠義誰將宋史論?《宋史》公與陳宜中同傳,不預忠義之列。柴市宜爲南向象,崖山應有北歸魂。已酬鄉里睎賢志,能報朝廷養士恩。一讀《六歌》人便哭,天教遺墨燼無存。海虞錢氏藏公《六歌》墨蹟,近燼於火。

過仰山寺觀姚少師僧服小像

城裏僧廬揭仰山,姚公於此昔投閒。顧瞻圖畫長廊外,拂拭塵埃破壁間。困虎封侯頭可相袁廷玉相公爲困虎形,真龍識主手親攀。朱衣玉帶宮師貴,最愛跏趺静掩關。

傷鶴折翼

名繫東園最所憐,竹闌葦室更教編。多緣湫隘清風少,却使襳褷白羽偏。屢舞安能重按節,一飛無復獨沖天。不妨翹足長看院,有食仍須致汝前。

盆梅紅白二色二月盡始開

燕山何處識天寒？細蕊初開春欲闌。之子莫將桃葉詠，有人真作杏花看。素姿似是留晴雪，冷艷分明綴渥丹。縮取江南地來此，暗香浮室勝芝蘭。

慰濟之謁陵遇風

中元每多雨，長至或多雪。雨雪兩不多，獨有清明節。一年最好是清明，欲將公幹作私行。黃沙眯目開不得，却恨前年不出城。風來力如射，狐裘向誰借？寂寞沙河旁，杏花定先謝。大風作題思往時，馬上掩口猶聯詩。請君試拾錦囊底，傳向詞林亦一奇。

三月八日册立東宮志喜

仗內司晨始報辰凡行大禮，司晨例報卯時。今册立時用辰，因以辰報，連班袍笏侍群臣。青宮載啓依黃道，金册初頒出紫宸。率土盡知顒望滿，前星逾覺瑞光新。御橋微雨歡聲動，恩詔傳宣聽未真。

濟之招看梨花復次往年賞桃花韻四絕

強把花容比太真，樂天詩句亦凡塵。誰嫌小適園偏小，賸貯人間一段春。濟之近名其園曰小適。

張谷遙遙忽返魂，徒聞桃李在公門。三年不到園中去，猶喜看花眼未昏。

菴居清曉爲誰開？有客城西躍馬來。莫怪狂風偏拂檻,也知晴雪不粘苔。

倚闌揮翰帶微醺,錯認羊欣白練裙。記取一株全放處,從前廿日是春分。

題竹送沈尚倫刑部使安南

隱侯標格如圖畫,使者清風動節旄。萬里交南何處去？清風一道過湘皋。

送陳堅遠通判長沙

黔陽爲令久,德政邑人傳。復佐長沙郡,誰求建業田？慈祥民可近,文雅弟難賢。舊路行應熟,湖風自引船。

次韻無錫李舜明見寄二首

樸學無能漸白頭,荒田稊稗尚無秋。久懷晦蹟真成隱,深愧虛名強見收。幽夢有時過惠麓,故園終歲寄長洲。涼風欲送扁舟去,還許寒氈坐客否？

惠麓雲深有臥麟,幽棲能避洛京塵。詩名早擅如唐室,禮法全疎豈晉人？泉落空階消溽暑,鳥鳴深谷度青春。舊聞人說山中樂,廊廟誰論秉國鈞。

爲陸文質題夏以平太常山水

崑山夏公官太常,手寫墨君能擅場。豈知華亭別有夏公者,山水落紙深而長。鳳池退食多佳興,閉户松陰還滿徑。小筆能將淺絳施,雲裏峰巒隱危磴。深林少行客,中有瀑布清。仰面見高寺,澗底似聽晨鐘鳴。國醫陸君素善有聲畫,自拂京塵當寓一。臥游三泖九峰間,溽暑連朝喜清暇。

病臂諸友過慰

長夏翛然一病身,案頭藥裹自相親。幽居却似偷閒者,高卧翻成避暑人。能笑口難教獨閉,無名指復倩誰伸?園亭坐久無延欵,詩卷棋枰取次陳。

病中簡濟之

病瘍憶前時,幸枉一胥晤。喜來下堦迎,彳亍非故步。今者得末疾,其狀已似痼。只尺不相聞,何況數里路。雨過籬落間,延蔓豆兼瓠。溽暑行將徂,節序忽驚悟。旭日上短牆,昏昏睡方寤。起坐强一編,落袖驚宿蠹。有客過我門,投刺首不顧。諒非心知人,衷曲向誰訴?

閱原己書札

斑斑遺墨宛如新,安得交親更此人。信矣行間渾茂密,翛然物外最清真。世家傳菊根初斷，公署聽鶯語自頻_{南京太醫院，原已作聽鶯軒}。扶病玉延亭上坐，槿花殘照獨傷神。

題朱竹慶玉汝母宜人九十

姚城一水連席墟，中有陳氏之宅居。壽母行年問何如。始生之辰是國初。誰云頭上白髮疎。翟冠高戴猶勝梳。大帛一匹裁衣裾，恐是手中自織歟！仲也已荷大理除，不勞在家扶板輿。丹山紫鳳唧天書，低徊下舞兩翼舒。翩然湖上鷟游魚，羽毛變化心獨虛。壽筵風回響珩琚，以葉作酒笋作菹。仙家丹藥勿復儲，食此壽可千歲餘。

紀賜枇杷

吳船入貢沴江濤，分賜儒臣幸此遭。臥病謾思新橘柚，退朝休賦舊櫻桃。珍奇未惜初加惠，淺薄無能莫效勞。筯籠曉來傾瀉處，金丸錯落駭兒曹。

送王警之還洞庭_{濟之兄號安隱}

洞庭山脚倚高樓，歸夢分明繞十洲。春草池塘懷故事，夜堂風露感新秋。深林結屋能安隱，遠水挐舟豈好游！士行百年兼孝友，入門還慰老親憂。

懷濟之 時赴南闈主試

東街良會正愁稀，況復秋來重久違。已向昨朝辭北闕，預知多士候南闈。祖筵莫聽驪駒唱，驛棹遙瞻畫鷁飛。試擬還朝何日是？都門應見雪霏霏。

題陳一夔憲副小象 時初擢湖廣副使

獄事能平合受褒，詩家人物在刑曹。平生志量淞江小，此去聲名石廩高。

為陳一夔乞兔

古《詩》三百篇，於兔言何煩！其名因以識，一編舊曾繙。此物性特狡，穴處異於狟。君家能畜養，孰謂其爰爰！豈亦遇犬獲，躍躍蹶其蹯。不然向君投，縶之忘救援。缺口今強食，肯樂籠與樊。齧突求逸去，有如稟鼠喧。其勢久必死，枉殺應啣冤。東城幽僻地，早已闢兔園。登登版築勞，亦復有周垣。冊子不遺下，挂角非烏犍。此物縱其內，長樂草木蕃。跳舞適野性，何殊在郊原。園中有一鶴，愛之不乘軒。飲啄得伴侶，上下共奔騫。及此月將滿，吐生子當繁。君昨過我飲，許贈偶有言。便須速抱送，不至休如膰。幸勿苦疑我，意在炮與燔。

次韻秦廷韶布政閒居感興四首

有灾或無妄，有譽或不虞。仕路分南北，泣下非楊朱。人心自能保，九夷亦安居。錫山翠如削，此地真吾廬。

漢臣獻忠謀，朝衣蒙首領。惜哉晁氏危，我負非孝景。物望歸謝安，世務識王猛。出處非其時，中心亦當省。

侏儒僅三尺，強傍高墻窺。不見室家好，妄論非所宜。宣尼若歸魯，其行肯遲遲。西江水清澈，照影無忸怩。

逝矣柴桑翁，千載不可作。載歌歸去來，上下仍丘壑。人情信寡諧，天命真足樂。望望梅里煙，人家滿村落。

記園中草木二十首

槐

東園憶初購，糞壤頻掃除。墻下古槐樹，憔悴色不舒。況遭衆攀折，高枝且無餘。愛護至今日，濃陰接吾廬。數步已仰視，偉哉鉅人如。非藉此蔭庇，誰結幽亭居？立為衆木長，奴僕檉與榆。

榆

始我種三榆，近在亭之左。西日待隱蔽，陰成客能坐。七年長漸高，密葉已交鎖。生錢聞可食，貧者當果蓏。其一忽憔悴，嚙腹緣蟻蜾。持斧欲伐之，材未中船舵榆性堅，可為舵。藤蔓方附麗，不伐亦自可。古人無棄物，守圃嘗用跛。

檉

讀《詩》識其名，誰謂材無用？西戎每度河，此木能載重。所以人字之一名西河柳，豈在作梁棟？兩株倚東籬，計亦七年種。相對垂青絲，驀地來二仲。

棗

荒園乏佳果，棗樹八九株。纂纂爭結實，大率如琲珠。此種味甘脆，南方之所無。日炙色漸赤，兒童已窺覦。剝擊盈數斗，鄰舍或求須。早知實可食，何須種檉榆？此木頗耐旱，地宜土不濡。所以齊魯間，斬伐充薪芻。近復得異種，攣拳類人痀。曲木未可惡，惟天付形軀。良材却矯揉，不見笏與弧。

檜　柏

檜柏性相似，安論不同形！城南久移植，用以護幽亭。檜也漸生粉，柏兮復垂鈴。幸非兩石間，自足全餘齡。古槐雖老大，秋到即凋零。園空霜雪冷，見此獨青青。

槿

南方編短籬，木槿每當路。北地少爲貴，翻編短籬護。要知一物耳，貴賤以地故。夏末蕊纍纍，生意含曉露。花開亦可觀，別種更相妬。獨憐一夕間，顏色已非素。蕊多固應爾，此理真自悟。不見萱草花，開落只朝暮。

榴

團團復亭亭，園子巧相競。都下朝千盆，花市此爲盛。我獨解其縛,高枝遂其性。參差花更繁,緋緑錯相映。安石名已蒙,休從謝公姓。

竹

翛然數君子,落落俱長身。東家每借看,步去不嫌頻。移栽幸許我,已自前年春。自我得此輩,園居豈爲貧?但憂積雨霽,日暴少精神。終然勤灌溉,枝葉還如新。因兹悟爲學,黽勉在斯晨。

丁香

花開不結實,徒冒丁香名。枝頭綴紫粟,旖旎香非輕。乃知博物者,名以香而成。或者樹相類,惜未南中行。初栽只一幹,肥壤柎争萌。分移故園内,不知枯與榮。終當問來使,亦欲如淵明。

馬檳榔

有樹吾不識,人云馬檳榔。檳榔産南海,結實因瘴鄉。平生冒其名,豈亦如丁香?白花細而密,實甘翻可嘗。其葉與麻同,沃若澤且光。麻馬音或譌,欲問郭駝亡。

酴醿

酴醿發長條,叢生類蓍草。每記衆花開,此種開獨早。南方色多紅,黄色見者少。但嫌易零落,蜂蝶食不飽。曲闌强遮護,童子日必掃。花落當復開,豈似主人老?昔枉詩客來,覓句步頻繞。載誦成感傷,誰來慰幽抱?

刺醿

酴醿有數種,同名而異字。花開欲折難,銛鈎如棘刺。白者幹獨長,紅者香更膩。種之小徑旁,所恨冐衣袂。插竹加編縳,步障差可類。石家金谷園,恐乏此佳致。

葵

託身北墻隅,幸免人所踐。苗長已過墙,入土根不淺。葉間蕊何多,溦溦滿圓壥。此種覺尤佳,觀者盡云鮮。傾心識忠臣,衛足存古典。作羹諒非菜,名同亦須辯。

決 明

黄花隱緑葉,雨過仍離披。不爲杜老歎,未是涼風時。服食治目眚,吾將采掇之。不須更買藥,園丁是醫師。

黄 連

花細山桂然,階下不堪嗅。野人斸其根,根長節應九。苦節不可貞,服食可資壽。其功利於病,有客嫌苦口。戒予勿種玆,味苦和難受。豈不見甘草,百藥無不有。

紫 芥

惟芥本菜類,秋深掇而藏。此種乃野生,已向春初長。紫花布滿地,葉嫩亦堪嘗。氣味既不辛,却與芥同行。北人無不食,木枾與草芒。入盤以油和,齒頰流肥香。

馬蘭草

蘱蘱葉如許,豐草名可當。花開類蘭蕙,嗅之却無香。不爲人所貴,獨取其根長。爲箒或爲拂,用之材亦良。根長既入土,多種河岸傍。岸崩始不善,蘭蕙亦尋常。

朱藤

嫋嫋數尺藤,往歲手親插。西菴敞短簷,藉爾兩相夾。歲久終蔓延,枝葉已交接。有花散紅纓,有子垂皂莢。赤日隔繁陰,偃息可移榻。但憂風雨甚,高架一朝壓。霜雪却不妨,忍冬亦藤名共經臘。

牽牛

《本草》載藥品,草部見牽牛。薰風籬落間,蔓生甚綢繆。誰琢紫玉簪,葉密花仍稠。日高即摯歛,豈是朝菌儔？陰氣得獨盛,下劑斯見收。便須作花菴,誰與迂叟謀？司馬溫公獨樂園有花菴。公自註:以牽牛瓜豆爲之。

蘆

江湖渺無際,彌望皆高蘆。蘆本水濱物,久疑平陸無。移根偶種植,溝淺土不污。縱橫忽徧地,葉卷多葭莩。白花可爲絮,長幹須人扶。每當風雨夕,蕭蕭亦江湖。宛如扁舟過,榜人共歌呼。浩然發歸興,豈爲思蓴鱸？

八月十六日夜對月簡仲山 仲山以十四夜携酒過飲,值天陰

秋色平分昨夜過,纔看月好淡星河。海東游氣消俱盡,天上清光減未多。有酒却嗟無客共,新詩其奈故人何。欲知賸得人間景,超勝樓頭對素娥。

送蕭文明致仕東歸

瑣闥忠言奏疏間，炎方三轉到閩山。北來未慰諸公望，東去空驚匹馬還。獨振衣裳臨潞水，好修書札過榆關。海濱自昔曾垂釣，須信任公久好閒。

送秦廷贊副使

萬里遙瞻貴竹行，九重垂念遠人情。崑山片玉渾無價，畫省清風最有聲。杯送夜筵歌宛轉，棹移秋水擊空明。臬司不是投閒地，莫過長沙問賈生。

送陳一夔調瑞州同知

古筠南去興飄然，僕子詩囊早在肩。莫以瑕疵論白璧，不妨顏面照清泉。秋江直入吳中路，春樹遙瞻渭北天。壯志未衰功業始，蓴鱸誰愛味新鮮？

次韻朱天昭御史自嶺南見寄

強比蚊山力不堪，刑書軍政喜能諳。鄉心莫繞三江上，風裁爭瞻五嶺南。都下乘驄傳故事，臺端著豸憶新銜。秋園嘉話來年續，海月依然在小菴。

送周侍郎伯常使封秦府

使節遥持路幾重,大藩西去又分封。二南風化猶周召,四塞山河豈邠鄜。專對不勞看數馬,舊游多喜憶乘龍。伯常少婚於陝西。雲間仙掌應招客,須爲題名太華峰。

題周仲瞻藏綵繡花鳥

越女染絲成五色,隔窗未學秦川織。鮫人水底夜不眠,乞與冰綃纔數尺。洛陽名花舊譜傳,品第已無天下敵。妙手能收後素功,畫苑群工空歎息。珍禽入貢從嶺南,長羽净掃花間石。金刀莫遣斷其尾,高格豈是雄鷄匹?顧影峨峨見冠幘,日午畏寒交錦翼。姚黄魏紫雜輕紅,頓覺春風價增百。古來觀象聞虞皇,絺繡分明有六章。女紅相習來亦久,一日燦爛懸高堂。周卿得此朱雀航,施朱傅粉皆尋常。寸心欲效仲山甫,獻入明光補衮裳。

卷第二十
詩四十八首

與周公載運使會飲追和往歲所寄述懷韻

京邸當年客馬周,如公相見未輸籌。登名早爲唐科喜,流涕長懷漢室憂。煮海功多成國計,肆筵情重雜時羞。只今公道知猶在,幸値明時豈陟幽?

楊補之竹枝

補之舊擅梅花手,忽向人間見竹枝。數葉翛然書法在,此中惟許晉人知。

讀濟之南都紀行詩

長卷親書截剡藤,調高欲和却難能。燈檠夜靜頻生灺,硯沼冬深始結冰。舟入龍潭輕一葉,屐回鼇嶺歷千層。句中了了江南意,爲憶登臨我亦曾。

謁元世祖廟

百年中國乘衰運,萬馬臨河度斡難。魯史會戎猶甚謹,燕都稱帝亦偏安。冠裳已斂塵埃積,俎豆雖陳棟宇殘。零落御容茅屋底,居民只作羯胡看。

送林世調赴湖廣參政

已愛超遷惬所推,不知清議尚嫌遲。省中公事方多日,席上同年漸少時。西控早成持檄夢_{世調先夢持檄,有"西控巴蜀"之語},南行兼慰倚門思。春來舍館渾如舊,荀氏於今更有慈。_{弟世南,祠祭員外郎。}

元夕雪

已愁冬燠欲聞雷,雪落燕山幸此回。陰滿同雲連紫禁,色欺明月映瑤臺。六花總向早春放,一尺不須平地堆。況值元宵好風景,萬家歡賞共傳杯。

十六夜邀仲山濟之禹疇飲

雪月交輝歎未曾,寒生硯沼見春冰。年將六十應推我,地比西南已得朋。坐久市燈無一盞,飲殘官酒只三升。山陰回棹真堪笑,此夜分明興可乘。

送陸全卿巡按福建

豸角冠高近赤墀,身依霄漢立多時。天威瞻仰承新命,王事咨詢詠《載馳》。人好不憂風裁少,地偏難使德音違。行行却與吳門便,繡服登堂奉壽卮。

錢舜舉仇書圖

斑衣繡袴紅錦縧,眼中嬉戲皆兒曹。三兒仆地地着尻,紾臂扼吭力與鏖。風旗破偃失所操,篋笥所有藏不牢。一兒傍睨髡兩髦,獨抱書卷不忍抛,就中此子差獨高。霅川老錢真畫史,意匠經營妙如此。嗟哉幼而不孫弟,鬩墻之事從兹起,請師教兒讀《曲禮》。

送姜恒頫改守寧波便養

《漢書》舊說河南守,未許吳公美獨專。奏疏屢陳容便養,官階無改勝喬遷。地連越嶠仍持檄,家在婁江好放船。從此升堂了公事,夜筵春酒樂高年。

廷試東閣閱卷

紫雲垂户結春陰,坐接群公奉工音。薄識未勝甄別事,長才俱罄對揚心。大官供給珍羞滿,常侍奔趨禁闈深。漢代賢良遺制在,披沙應喜得兼金。

赤壁圖

西飛孤鶴記何祥？有客吹簫楊世昌。當日賦成誰與註？數行石刻舊曾藏。世昌，綿竹道士，與東坡同游赤壁。《賦》所謂"客有吹洞簫者"，其人也。

趙松雪蘭竹圖

鷗波亭上春風筆，秀色翛然共一丘。頭白江南真想見，幽蘭叢竹帶桑洲。

送吳禹疇赴廣東兵備副使

辭朝初下大明宮，臬事都歸玉敕中。繡服遠巡兵衛繞，戈船閒泊島夷通。天常作雨連重嶺，海不揚波少颶風。却羨宦游親友在，公餘應喜一尊同。時仲山初擢廣省。

送施克寬太僕守思州府

十載周家有僕臣，喜承新命駕朱輪。豈無輔郡勞賢者？須信宸衷念遠人。山下行春緣草樹，天中入夜望星辰。煩君莫改巴陵政，遺愛今猶在楚民。

文湖州叢竹圖

湖州去世六百年，尚留細竹翠娟娟。縱橫散亂如蓬賤，豈是坡仙詠漢川。兩崖脩影何處見？石礧百折流清泉。泉鳴竹響合虛籟，我欲拄杖聽泠然。

送仲山赴廣東參政

久從夏官卿，分署專典選。幕府累上功，鑒別殊不倦。吏胥服精疆，寮寀推老練。以茲續屢書，有最却無殿。屬當黜幽時，諸省多獲譴。山公重人才，啓事遂登薦。御批由論定，豈藉氣力援？參政三品官，後世號方面。坐鎮惟大藩，宣化及州縣。孰云嶺海遙，炎蒸少霜霰。民物誇繁雄，此地今甚善。米粟出要荒，賦入同禹甸。公田況早收，積蓄總饒羨。已不煩催科，況乃免鞭讞。中年始入廣，身已脫俗諺。鯨波就再涉，浮海亦乘傳。章服耀金緋，真不忝恩眷。公餘適清暇，發篋得詩研。山川有諸奇，題詠語頃徧。此行信堪喜，更喜過家便。十載別吳門，親友幸相見。衣錦當晝行，璽書因爭眩。行哉不可緩，我獨重戀戀。平生託心知，故舊莫予先。都下常合并，秋社異鴻燕。時枉過園居，辨折啓文卷。海月故延留，盤蔬雜藜莧。往往入夜還，行歌共群彥。孤懷今何如，誰復容鄙狷。久旱得微雨，南風特狂煽。城東大道傍，樹暗時節變。嚶嚶求友聲，黃鳥聽百囀。臨別心惘然，舉酒未能餞。

癸丑閏五月十四五日久旱大熱十七日得雨始解偶閱王荆公集首卷見二詩頗合乃次韻以寄濟之

氣候殊非常,地不限南北。不知人間世,何地獨清寂？炎風晚逼人,背坐時屏息。遙思凌陰居,須用冷淘食。清晨頭未梳,終夜汗猶拭。歐公賦病暑,偏誦句難摘。

好風從東來,長夏適吾適。故人不相逢,豈謂一墻隔？向來旱太甚,土燥憂地坼。暑氣何可當？對案曾廢食。一雨洗燔煩,人情俱有獲。夕陽寫脩篁,庭際開畫壁。披襟納涼思,虛館聊憩息。積水溢清池,疎髭照能白。

連雨再次前韻寄濟之

脩篁在池南,朱藤在池北。置我于其間,翛然轉幽寂。雨絲密復疎,其勢當未息。農家寧米賤,安坐得飽食。再和《礜硪》篇,端溪已新拭。泚筆何處書？圓荷手親摘。

青林鬱然深,東望懷小適濟之園名。冒雨定不來,共月却相隔。危亭昔再成,池涸岸如坼。何況舊井泥,莫汲寒泉食。安知庚伏天,乃有此厚獲。水流聲滿池,屋漏痕在壁。朝回無一事,僮僕猶偃息。牖間瑩然明,老鶴羽偏白。

倪雲林秋林野興圖

經鉏堂前木犀黃,何人晏坐問天香。迂翁胸中有清癖,欲摘繁花歸枕囊。秋林野興圖親寫,百年零落燕都下。市門不遇杜長垣,殘墨誰將手重把？

次韻爲王應爵進士題天平山石湖二圖

萬石如林貌得真，縱橫碧潤共蒼峋。城中拄笏須聞客，林下峨冠有正人。支老鄰居馳駿馬，范家先墓倚危麟。峴山未必高如許，遺愛當思繼晉臣。時應爵初除上高令。

古亭石刻手曾模，宋墨當年記石湖。絶潤百盤橫略彴，晴波九級蕩浮圖。開園種樹山爲界，放水灌田天賜租。重擬四時編雜興，范家莫認是堯夫。

送張叔亨出巡雲南

曉承天語五雲低，真覺香煙滿袖携。南詔遠人勞按治，北畿多士憶提撕。久看桓典乘驄馬，未信王襃祀碧雞。應過滇池詩興滿，不妨揮筆製新題。

送朱堯民

連雨起涼颶，新秋迎溽暑。匆匆即言旋，晚共園亭語。泥淖一尺深，驢車在郊墅。路人勿相疑，不是從選舉。

送陳宗理知永定

爲愛君家世，先朝有直臣。急除官未晚，小試縣猶新。地遠能馳譽，才長却稱身。熙然山谷底，騎馬徧行春。

早　朝

晨雞初唱攬衣裳，城闕遥分見曙光。耿耿長庚帶殘月，迢迢行潦接汙潢。橋頭雨過添新水，蘋末風來送早涼。自笑江南未歸客，廿年騎馬入朝忙。

送戴師文參政

雄藩瞰南海，富庶冠諸州。稽古建方伯，參佐須名流。戴君本台産，早爲賢科收。兵曹善裁決，可與姚崇儔。況乃飫文墨，士林名不浮。冢宰始高薦，夏官難固留。惜哉重末務，無能爲國謀。邊徼偶多事，方勞九重憂。玉關度羽檄，未解小邦仇。又聞古靈武，邊馬滿山頭。兵技彼或短，將材此誰優？山川有險易，地利更當求。坐見萬里外，須煩人運籌。幸君年尚富，仕路廣且脩。朝廷愛人才，巖穴猶當搜。有才如君者，豈置南海陬？暫去勿復顧，蠻方候回輈。

郭熙雪浦待渡圖

宋人能畫非等閒，郭熙絶藝如荆關。御府收藏三十軸，玉堂猶自遺春山。橫圖若此纔數尺，春山相逢應厚顏。北風怒號振平野，巖石吹墮林柯彎。望中慘慘皆雪意，飛鳥未倦争飛還。何人剪水作六出？山上陡失千青鬟。渺然上下同一白，但見空林楓葉殷。流泉不流凍作滴，豈似雨過聽潺湲？群猿入洞失連臂，文豹藏窟無一斑。須臾坑谷盡填滿，萬頃蕩漾仍澄灣。野航載客遥在望，舉手招呼急欲扳。冰花粘棹行尤澀,雲低落日懸孤環。往來浦口屢涉險,未識舟人心孔艱。擁裘馬上莫相笑,山南捷徑非人寰。

范寬雪山圖

華原范生性落魄,太岳終南雙草屩。酒酣握筆發天真,無奈胸中飽丘壑。開門仰望青嵯峨,誰遣紛紛雪花落。前峰後嶺失峻嶒,何處移來千玉璞。良工袖手琢不能,此語分明非善謔。長溪一夜冰梁成,山足潺潺垂短瀑。風回木落岡巒空,遥向林端見高閣。興來便欲扶筇行,去倚危闌招獨鶴。人間此景却輸吾,寒士多年甘寂寞。

趙大年春江圖

密林蔽日青蒙茸,兩岸都歸煙霧中。分明罨畫溪頭景,只欠垂綸一釣翁。釣翁莫放扁舟去,沙上鴛鴦方好睡。落盡桃花人不知,夜來細雨春流膩。

楊補之雪梅圖

竹外斜枝凍雪乾,楊翁風度亦酸寒。扁舟穩繫吳山麓,須向石湖深處看。

王澹游歲寒圖 後有王叔明跋

脩竹風回玉珮清,松聲相和紫鸞笙。北人不識梅兄面,莫怪王蒙説手生。

錢舜舉水仙花

種盡芳根花不發，霅翁筆底忽生妍。人云須向水邊種，始悟花名是水仙。

次韻題畫

木葉下迴溪，依然見山影。高人爲尋詩，不畏溪頭冷。日落雲初還，鳥鳴林更静。占此一壑居，人生非不幸。

謝吳承翰送悟道泉 有序

成化己亥春，予偕李太僕貞伯游東洞庭山，宿吳鳴翰宅。明日，偕過翠峰寺。寺有悟道泉，飲之甘美，相與題詩而去。今二十年矣。一日，鳴翰弟承翰使人舁巨甕以泉見餉。予嘉其意，以詩謝之。於是太僕公與鳴翰皆物故矣。

試茶憶在廿年前，碧甕舁來味宛然。踏雪故穿東澗屐，迎風遥附太湖船。題詩寥落憐諸友，悟道分明見老禪。自愧無能爲水記，徧將名品與人傳。

姪奕勺泉烹茶風味甚勝

碧甕泉清初入夜，銅爐火煖自生春。具區舟楫來何遠？陽羨旗槍淪更新。妙理勿傳醒酒客，佳名誰與坐禪人。洛陽城裏多車馬,却笑盧仝半飲塵。

東坡樂水圖

　　右手按膝左手戟,長帽不着豪氣溢。此公豈是尋常人?眉山秀出文章伯。擘開青峽噴玉泉,石罅百折猶轟然。山中自當一部樂,何用嘈嘈鳴管絃。惠州飯飽渾無事,羅浮之西山崛起。白水留題屬此公,萬里來游天所使。黃衣翛然戴小冠,水樂同爲杜牧看。圖中不是程正輔,方外當爲鄧守安。

元人陳惟寅有蘇杭懷古詩各六首
予以杭未至而蘇事甚多總和六首

　　自古繁雄地,駕言游且行。載瞻至德廟,容象宛如生。回塘入古詠,一水仍前橫。
　　胥山高百尺,勢抵越王臺。越今在何許?溪名猶越來。當時豰與種,齒骨亦浮埃。
　　《五噫歌》不作,葬近要離墓。耕夫戒揮鉏,忍使墓磚露。更念皇伯通,徘徊不成步。
　　壯哉重瞳子,叱咤人如無。子弟八千人,渡江惟一呼。英姿不復返,吳門空夕蕪。
　　南昌有一尉,官卑同抱關。獻書論時事,能動天子顏。市門卒何賤,高風杳難攀。
　　王珣開別墅,林石冠吳都。安知歌舞地,梵唄託浮屠。居民祠短簿,攫肉多神烏。

沈石田追倣黃大癡長卷爲林御史舜舉題

大癡道人顧長康，平生癡絕仍畫絕。長卷當年我亦觀，大略猶能爲人説。山川歷歷百里開，仿佛扁舟適吳越。平林曲岸客共游，複嶂重湖天所設。漁工樵子互出没，定有高人在巖穴。墨瀋淋漓拾未能，信得畫家山水訣。爲人説此亦徒然，把筆安能指下傳！對本臨模未爲苦，運思想象誰能專？晴窗設色手自改，輸與吾鄉沈石田。

次韻韓彦哲州倅促予作生墓誌

面辭天闕向南歸，落落晨星故友稀。人比荆州今即是，年過蘧瑗尚知非。舊施美政争傳播，預恐蕪詞少發揮。表聖達生真不忝，壽塋石表定生輝。

爲奎姪題石田雪景

瑶林依石斷雲攢，雪後西山更好看。憶向越來溪上過，梅灣玉削數峰寒。

次韻石田七十自壽

壽數長期百歲零，試看把卷眼明星。未誇共仰人如斗，尚憶初生歲在丁。宅近江湖雲際白，天寒松柏雪中青。北堂自獻長生酒，不愛嫦娥藥最靈。

煬帝龍舟圖

　　畫棟重重半空裏,殿腳誰云在平地?洛宮遥載到蕪城,試看龍舟浮緑水。錦帆高挂起春風,恍若江神備驅使。萬歲千秋樂未央,左右何須奏封事。當時殷鑒有陳家,親聞《玉樹後庭花》。流連豈在宴安日?荒惑昔者先萌芽。渡江伐罪豈不見?悔殺井中張麗華。邗溝迢迢幾百里,暮雨蕭蕭楊柳斜。惟餘尺許龍舟樣,留與人間説隋煬。

卷第二十一
詩四十九首

西齋前作步廊三楹奕姪種紫竹數竿於前因名紫筠亭

詩人自昔詠長亭，匠氏何勞檢木經。白板也須存古制，紫筠聊復製新銘。苔痕漸上階還甃，月色無邊戶不扃。携向江湖風若利，吳歌唱動便揚舲。

補送艾郎中使朝鮮次韻二首

天高廣樂奏清都，日近金門動玉樞。當代使規應在橐，古人王會已成圖。誦詩專對須郎署，秉禮相傳自海隅。東去莫論窮八站，喜無烽火照長途。

前星光動詔頒時，賜服煌煌稱漢儀。久愛姚崇裁滯事，又看陸賈製新詞。歸循山海旄垂節，步上星辰履餙綦。鴨綠江頭誰擊鼓？曉來相送有馮夷。

題崑山朱氏所復王朋梅小畫

存復齋中此一毫，楚弓亡去更誰櫜。摩挲故物仍三歎，不爲朋梅意匠高。

題許道寧秋山暮靄圖

遠山近山翠浪傾，愛此萬疊秋初晴。已多浮雲巖下宿，只有暮靄空中生。草樹紛紛縱復橫，風回落葉填磵坑。哀猿啼處日將暝，谷口不見樵夫行。重洲複渚望不極，漁舟獨出沙鷗驚。三山二水昔人句，仿佛當時登石城。何如攢蹙尋丈裏，一目千里當前呈。畫家意匠勞經營，墨氣濃淡皆有情。平生見此真有幾，不負長安許道寧。殘山豈合推馬遠？寒林亦宜矜李成。世間神品吾所遇，沈老舊藏高克明。二圖作配實相稱，品格豈待《宣和》評！嗚呼！人言名畫真是名，一笑頓覺千金輕。

過先塋登南橫山絕頂時表弟
吳子高姪奎奕兒子奭奐侍行

南山翠色與雲齊，萬級登登石作梯。水入太湖縈白練，樹依重嶺簇青藜。雛鳴麥壠聞田雉，角解松林遇野麛。日暮載瞻塋域近，恩光新沐首頻低。

文宗儒蓄匏研借觀數日宗儒以其製
與拙號合遂以贈予研額刻元豐二年
及晉齋學士四字印文曰李泂

身垂苦葉入秋肥，紫玉分明滿一圍。遺物未亡殘墨少，舊銘猶在昔人非。固辭莫怪還終受，久假安知遂不歸。應念老夫同氣味，百年文苑幸相依。

聞啓南有匏研更古次前韻

平生端爲飲泉肥，几格惟憂筆陣圍。忽見銘文真偶合，向來形制却全非。空囊得爾復何望，文苑微斯誰與歸？莫道我心猶可轉，石田有石樣還依。

題啓南寫緋桃圖卷首題石翁樂事四字桃作六出有議其誤者予因解之

石翁樂事嗟何事？終日春風繞筆吹。寄語看花人仔細，緋桃千葉半開時。

題元人任本立墨竹追次虞邵菴韻

籫籫猗猗竦而立，豈讀《衛風》名始識？倐將長身記水墨，放曠似嫌依六逸。臨風首肯對以膽，謂我此言人莫敵。歲寒雅操從少習，玉版禪機尤秘密。毛髮蕭蕭垂紺碧，湘江新沐如膏濕。鵁鶄日暮啼且集，任公東海登釣石。高竿未斫礙雲日，運思正慰王猷憶。深林溟溟煙雨滴，風動仍聽無孔笛。湖州已遠休物色，薊丘無復齋名息。百年筆法尚能傳，篋中喜爲鄒陽得。

西溪舟行二首

溪上扁舟隔月來，農家風景稻齊栽。石湖正接鮎魚口，芳草又生麋鹿臺。越國深謀當日得，吳宮遺曲後人哀。每當懷古傷幽抱，日落靈巖首更回。

　　清曉農家始荷蓑，一篙初試水痕多。亂山遮斷疑無路，長岸迴旋自有河。休縛草龍依古法，徒聞秧馬作長歌。船窗欹枕初成夢，却報荷花蕩已過。

久旱得雨五月九日

　　夜深涼思入衾裯，一雨俄爲五月秋。庭下盡將瓴甋覆，岸頭初見桔槔收。謾添城市兒童喜，深慰山鄉父老憂。擬效石湖編雜興，閒居豈獨爲身謀？

五月十三俗云竹醉日種竹叢桂堂前時舊竹俱亡醫俗亭亦撤去擬別搆數椽名之曰復竹

　　東園不見綠紛紛，二十餘年別此君。健僕荷鋤乘醉日，老夫携枕欲眠雲。遠支散處憐無恙，舊記猶存愧不文。擬向牆陰結低屋，楣間題字是云云。

晚　晴

　　浮雲自解散，空中無所依。草樹總欣悦，沃若生光輝。螻蛄似相語，鵓鳩忽低飛。虛庭亦何有？新綠生苔衣。倦來聊自釋，柔翰初停揮。細詠柳州句，千載人已非。慨慕至終夕，世豈惟陶韋？

夜　坐

伐礜一何促,擊柝一何遲！夜景坐來寂,流螢自參差。片月不常照,浮雲相蔽虧。葛襟滿涼氣,伏暑無炎曦。坐來欲斂席,微雨猶絲絲。良夜豈不愛？耿耿如有思。出處有道在,行止非人爲。惟應乞身後,終年守茅茨。

西山雜興七首 效范文穆公

岸頭偶遇種瓜翁,爲説瓜田可免窮。瓜到熟時錢易得,只愁螢火作蝗虫。

橫山西麓見山農,爲説山田最害儂。一畝猶輸糧七斗,何曾囷裏蓄冬春？

小户無田糧最慳,從來户内只荒山。一升舊額加三四,割盡茅柴難補還。

老農頭白種山田,不識山中有蕨拳。苗可作葅根作粉,何爲忍餓度荒年！

手持長鑱背携筐,日出深山厮藥忙。不爲延年資服食,賣錢買米納官糧。

海上風來偃緑楊,城中人喜夜乘涼。不知農父芸苗處,只愛田間水似湯。

雨勢如傾水滿塘,旱田能救是高鄉。明朝還用晴乾好,恐使低鄉告水荒。

叢桂堂前看月有感 七月十四夜

廣庭新甃石纍纍，偏與秋來看月宜。涼氣故延今夜坐，清光不負古人詞。小山叢桂含香待，流水清蘋逐步移。來歲未知誰在此，西家長笛莫教吹。

後夜無月

月向圓時正好看，浮雲入暮故漫漫。陰晴明日真難料，用舍平生只自安。天上無人凌倒景，海東何處溢清寒？虛簷不礙長松樹，獨坐胡牀到夜闌。

爲盛舜臣題山水長卷

城西蕩雙槳，遙背伍胥門。人家枕河住，漸喜歷鄉村。豁然見平田，農夫荷鉏去。好風低嫩苗，微雨灑高樹。葦間多放艇，柳下或扳罾。錦布芰荷蕩，沙明鷗鷺汀。魚梁接牛宮，沽酒新郭市。迤邐到橫塘，虹橋垂四趾。亂山似遮路，旋轉自長溪。水入太湖北，雲生光福西。扣舷唱吳歌，有客中流過。千載懷古心，悠然欲相和。香徑既云没，琴臺亦成空。山頭明月上，仍照館娃宮。登高信徒勞，望遠發深喟。閒展圖畫看，舊游一何類。

次韻石田戲朱野航短視

石翁目如炬，下見淵魚沉。么麼蠅頭字，夜讀成書淫。作詩調朱子，譬如火爍金。又如白日中，光燭孤雲陰。其詩信善謔，當於古人尋。嗟彼盲者病，遇人惟聽音。其病最所苦，畫地不及瘖。雖然苦若此，樂師能鼓琴。朱子却差勝，瞳子職自任。使見素服者，何曾謂青衿。惟恐醉生花，酒至戒滿斟。矻矻手所抄，書卷徧詞林。平生臨池興，墨氣識淺深。時復瞑焉坐，雅思發孤吟。要知視短者，反視惟求心。

叢桂堂前五詠

梅

冰雪難爲石，多緣虫所傷。園丁莫醫治，試檢郭駝方。敗葉頻飄砌，彎柯强出牆。誰嫌花寂歷，還解吐寒香。

柏

細數先人植，依稀六十年。狂風莫能拔，撐壁尚危然。日午影猶側，霜多皮更堅。平生藉依倚，巨石幸相連。

棕

櫟社異玆種，如何身類之。奇形豈天賦？割剥諒非時。磥瑰還同瘦，扶疎不是痿。猶能爲拂子，敢負少陵詩。

藤

牆傾何須附，尺地幸相容。但惜渠何罪？髡爲城旦舂。纏根維石固，食葉有虫攻。卬首疑飛躍，乘雲欲化龍。

竹

委巷名脩竹,胡爲不稱名！空庭秋月落,短影愧詩評。嫋娜因風舞,蹣跚着地行。仰看松百尺,能結歲寒盟。

謝石田送匏硯復次前韻

園官驚見瓠壺肥,肯信良工自範圍。物在要論真與假,譜亡空較是耶非。出門合轍何從合,逃墨歸儒始是歸。不是癡翁多玩好,平生有號更誰依？

中秋後二夜獨坐

不須把酒問青天,秋色平分恨稍偏。已覺初昏星漸密,難教既望月長圓。詩中蟋蟀依牀下,江上芙蓉到檻前。更有桂花香可挹,垂堂獨坐未成眠。

題湯溪胡氏藏朱澤民山水大幅

晴雲亂落長澗,疊嶂秀依密林。水樂鏗然自作,茅堂可徹鳴琴。

顧天錫參政以公事畢過吳中省墓復還南陽送別

北來一月逐賓鴻,秋水方舟有便風。獨戀松楸忘道遠,徧觀禾黍樂年豐。身強肯惜驅馳力,地重當論保障功。山藪逋民知在念,相逢吳下恨匆匆。

題王浚之茗醉廬

昔聞爾祖王無功，曾向醉鄉終日醉。醉鄉茫茫不可尋，後世惟傳《醉鄉記》。君今復作醉鄉游，醉處雖同游處異。此間亦自有無何，依舊幕天而席地。聊將七椀解宿醒，飲中別得真三昧。茅廬睡起紅日高，書信先回孟諫議。陸羽廬仝接躅來，仍請又新論水味。不從衞武歌抑詩，初筵客散多威儀。無功先生安得知，醉鄉從來分兩岐。

歎雨中桂樹

幽香發叢桂，秋半以爲期。今年節序早，怪爾獨開遲。開遲不須較，終然亦遲萎。及此正開際，金粟仍纍纍。倚樹日頻嗅，折枝戒童兒。夜來風雨作，每旦無晴曦。繁花總狼藉，衆葉共紛披。此猶坎坷人，發達值年衰。一朝不自意，憂患復干之。植物尚如此，人生安足悲！

重陽前連雨續潘邠老詩四首

滿城風雨近重陽，景物蕭然懶下堂。門外催租教且去，籬邊送酒喚誰嘗。人期稔歲禾俱偃，俗愛佳名菊未黃。無限悲秋莫能記，強將詩句續潘郎。

滿城風雨近重陽，桂樹叢深閟小堂。掃地焚香聊復爾，升階拜石亦何嘗。壁間着色新苔綠，庭下無聲敗葉黃。莫把茱萸還徧插，老年衰鬢似馮郎。

　　滿城風雨近重陽,録事年來築草堂。宴坐謾將茶餅閲,清齋惟許菜羮嘗。浮空到處雲頭黑,射地何時日脚黄。溪上得魚驚水長,扁舟蓑笠見漁郎。

　　滿城風雨近重陽,秋水浮渠緑繞堂。書爲貪看偏易忘,藥緣常飲不須嘗。樓高正愛遥岑碧,牆短先驚古樹黄。坐念昔人真自愧,楊雄三世尚爲郎。

雨止後復續邠老句二首

　　滿城風雨近重陽,何處歡聲忽閧堂。酒擊宿醅猶强飲,飯炊新米定争嘗。步臨積水驚垂白,坐傍明窗寫硬黄。老倦不能親句讀,教兒安得作賢郎？

　　滿城風雨近重陽,倏見斜曛晚入堂。病有客來難答拜,食無君賜孰先嘗？籠收鴨脚纍纍白,盤飣駝蹄濺濺黄。一任西鄰還撲棗,杜詩不用贈吴郎。

趙松雪秋江待渡臨本

　　蘋末風生江水響,野航載客時來往。白雲故映丹楓明,秋色滿前誰獨賞。江頭待渡心不忙,日落高人猶偃仰。負薪只恐到家遲,隔岸樵夫豈吾黨？妙句窮搜入杳冥,詩成似作推敲狀。此圖舊出松雪翁,百年模寫將無同。紛紛真贗何足論,堂上依然攢數峰。

南唐王齊翰剔耳圖 後有東坡跋語，載王晉卿耳聾事

絲毫細染王良史，玉手親收黃保儀。剔耳不妨閒釋卷，撚髭全勝苦尋詩。危言自足驚都尉，善戲何須及帝姬。寫入志林傳後代，眉山此段事尤奇。

文宗儒以重九獨飲用東坡古來四事巧相違之句續成一詩見示偶夜過宗儒北莊乘月而歸因次韻以復

古來四事巧相違，近擬田家置短扉。學圃敢誇今日是，開尊未覺老年非。岸頭軋軋挑禾去，樹裏熒熒乞火歸。明月滿窗仍列岫，主人堪比謝玄暉。

爲史太守題畫

青山岩嶢環洛下，洛人盡是看山者。史侯早作甲科人，只踏京塵跨驄馬。昨分符竹到蘇州，夙夜常懷民社憂。吳山西望亦不俗，日坐黃堂無暇游。是誰寫入丈縑裏，白雲移來露其趾。喬林深處著茅廬，黃髮高人多壽祉。惟昔鄉人白樂天，當時游賞亦稱賢。請侯暫輟一日事，却按畫圖還泛船。

謝王惟顒贈雕漆柱杖

良工雕刻幾時成，入手鏗然忽有聲。海鶴蛻來蒼骨露，蟄蛇蟄

起紫皮明。江心桃竹空勞詠，階下藜科浪得名。雅意扶衰真不薄，欲將文木作函盛。

卷第二十二
詩四十六首

題華東湖作族姪女冬娘死節傳後

江淮兵變到中吳,死節多從女丈夫。獨有冬娘名姓著,一篇家傳賴東湖。

題王孟端贈趙定軒墨竹二首

鳳凰池上掌絲綸,餘興依然見墨痕。戲寫一枝何處贈,吳門相見趙王孫。

秋風欲動覺蕭蕭,萬木空憐葉自凋。見說舍人高致好,一枝惟許換吹簫。

題柯敬仲博士墨竹_{上有虞道園詩}

奎章閣下鑒書時,書法翛然見竹枝。碧玉漸高應解籜,倩誰深刻道園詩?

趙松雪溪山秋霽圖臨本爲奎姪題

碧山爭秀掃蛾眉，故着丹楓點染之。松雪齋中人不見，後人猶解學王維。

挑鼻圖

昨見剔耳人，今見挑鼻者。莫言人道我，有嚏我自打。

春溪聚禽圖

春溪遠發春山中，一夜好雨溪流通。綠波泛漲渺無際，但見桃花千樹紅。鴛鴦鸂鶒何容與，散亂中流錦爲羽。倉庚獨似避游人，去踏花枝落紅雨。草深哺子芳洲晴，葉暗仍聞求友聲。展圖便有會心處，放棹欲作春溪行。玄裳縞衣彼何者，爲戀高松倚平野。莫論鴻鵠志安知，名字俱標在《埤雅》。

題陳季昭畫

金昌亭側舊樓居，索畫人來坐不虛。誰信高年筆猶健，案頭臨畫似臨書。

題范文正公書伯夷頌後

鄉先正范魏公楷書韓子《伯夷頌》，宋元以來，題詠甚多。然奸檜亦廁其間，有"韓范不時有，此心誰與論"之句，是可笑也。寬舊觀此卷，今再從公裔孫從規借觀，焚香再拜，謹題其後。

西望天平萬石林，凜然生氣到於今。名文有託幽光顯，餘事能傳楷法深。義士若微真接躅，名臣雖有莫論心。歲寒堂裏千年物，敢作尋常翰墨臨？

題西閶吳子潤製刻絲壽圖

機中織錦慚秦娥，唐宮刺繡如拙何。綵絲日暖臨窗搓，新藝試看投金梭。剜雲割霧補銀河，旁人不識以手摩。非紵非縠非綺羅，但見空明搖玉波。上有雙桐交碧柯，下有靈草連綠莎。奇石矻立仍嵯峨，仙人曳杖顏微酡。幅巾翛然步平坡，高躋壽域髮未皤。丹青朱粉費調和，畫家自來無此科。裁成萊衣舞婆娑，羔皮豈少緎與紽？吳中妙手不可磨，樹間有字知爲他。五色文纙一尺玻，清曉持向高門過。海鄉樂事新年多，試呼家童歌此歌。

陸天游畫

翛然掩陋室，幸此絕塵鞅。偶開水墨圖，頗慰山林想。危岑瞰深碧，湖水平於掌。喬木四五株，秋氣始蕭爽。不逢弄舟人，似聽伐木響。二老足高致，多暇自來往。落照變巖姿，臨流更欣賞。

黃大癡畫

疊嶂帶微雲，清溪落高樹。茅屋是誰營，緣知最佳處。城中無一廛，門外有雙屨。不盡此圖情，癡翁更題句。

杜東原畫

曾過杜老宅,不見舊林亭。此日看圖畫,多年失典刑。古藤垂地紫,弱柳映門青。仿佛當時意,吾衰鬢已星。

任月山七馬飲飼圖

一馬初飲泉,三馬共嚙草。二馬欲飲一未嚙,七馬縶維俱櫪皁。圉人飲飼亦良苦,蒭草汲泉須美好。驅馳正用千里力,不使爾渴使爾飽。爾如無用却徒然,天閑肥馬雲錦連。

登故友史西村小雅堂

路繞黃家溪水長,春風灑淚復登堂。草荒求仲常來徑,塵滿元龍舊卧牀。分手死生嗟契闊,傷心聚散覺淒涼。高丘數尺棲神地,碧樹争凋不待霜。

訪啓南舟中望虞山憶與啓南同游今二十矣

蜿蜒平野卧青山,相見令人獨厚顏。徒有詩篇曾記詠,已無筋力再躋攀。船頭旋轉憑黃帽,水面低回擬翠鬟。舊日同游誰在者?欲從東老學清閒。

夜宿啓南宅風雨大作

賓筵燈燭對清光，更許扁舟繫岸傍。衆竅盡號風在野，舊痕猶記水侵牆。草堂突兀春星暗，柳市回環海浪長。天意莫言能殢客，老年難自別西莊。

題啓南過吳江舊圖

吳松江腹太湖頭，雌霓連蜷臥碧流。我昨經行覺尤勝，滿船明月下滄洲。

過荻扁留題王葦菴宅

三十年前此地來，高門重見向陽開。席間香氣梅花供，庭下清陰梧子臺。春及西疇農事動，晚來東浦釣船回。主人爲滌胸中垢，臨別還教進茗杯。

賦葦菴新栽四栝

嘉樹初從何處移，竝持高節已虬枝。良材舊作荊州貢，別種休評杜老詩_{杜有四松之詠}。春雨總沾親手植，歲寒能長及肩隨。他年五老成賓主，秀色參天映壽巵。

謁外家墓

高塋昔所築,遠在西山陬。始鑿處士穴,萬石臨上頭。忽逾二十載,旁峙復二丘左汝中,右汝善。荒涼樹盡伐,蔓草自綢繆。周垣既傾缺,中路廢誰修？處士有厚德,賢配信其儔。如何使至此,天道亦可尤。二子伯最美,獨抱子女憂。上冢無哭聲,陳設空肴羞。我獨重感歎,淚下不可收。有姪弱不振,生計且無謀。琢石爲表識,次第植松楸。吾當任其事,庶以慰諸幽。

送僧無礙歸太原

出門有礙是何言,萬里南游自太原。總道水流還赴壑,亦知葉落要歸根。

爲奎姪題吳隱之刺史遺象

南行曾是飲貪泉,百世清名尚卓然。遺象未知還似否,賦詩惟與後人傳。

答光福張君送楊梅樹

曾乞楊家果樹栽,銅坑山裏忽移來。薦新每恨無佳味,欲向先塋手自培。

題陳憲副賣書圖後

過門作別意何如？爲說嘉禾去賣書。倏過驛程輕是舫，久知家具少於車。古人糟粕猶酣甚，舊日筌蹄豈棄餘。莫把賣書圖也賣，要看清節正須渠。

紀游靈巖 有序

靈巖爲故吳宮，自唐以來，詩人題詠甚多，而吳人歲必往游，故范文穆公詩有"不到靈巖即虎丘"之句。予少時猶見山下有石碑，曰：第一宮。後，寺既壞，而山復遭石工之厄，游者益少。弘治丁巳三月，予將北上，與文宗儒輩匆匆一行。時主僧方戒鑿石，種松滿山。予喜茲山之復興也，賦詩紀之。

千載吳宮瞰濬川，重尋蹊徑意茫然。青山亦有興衰日，白髮空懷少壯年。巨石鑿殘憐匠斧，平湖浮動愛漁船。主僧手種松杉徧，擬待成林更坐禪。

紀游天池 有序

予與李世賢、文宗儒諸公徧游西山，晚至天池，有老僧三人，皆垂白髮數寸，見客相視睁眙。其一人明日持卷造予家索詩，自言不入城者二十餘年矣。憐其意懇，既爲題二絕句，復賦此紀之。

怪石巉然鐵削成，寺前仍有一泓清。山深游客來應懶，林密居僧見若驚。瘦骨能支猿鶴老，長顱不剃雪霜明。將詩何用真堪惜，二十餘年復入城。

予以服除赴京啓南謂年老難別拏舟遠送感念故情以詩叙謝

行經錫谷又毘陵，豈是山陰興可乘。千里綠波隨客去，中宵白髮向人增。老年敢祝惟多愛，厚祿深慚自不勝。杖屨相從須有日，臨岐詩券最堪憑。

題無錫李舜明家藏宋王梅溪謝先世侍郎琳爲主司啓并題御賜詩遺墨後

宋家南渡有文豪，賜葬猶瞻墓柏高。留得舊時遺墨在，持衡真喜錄英髦。

宿呂城

連朝離抱不能平，又記南來宿呂城。酒散長亭驚雨至_{時同年蔣德夫載酒遠送，因雨始散}，棹依高岸識潮生。麥秋未到猶三月，瓜步將臨只一程。賴有故人同夜坐，白頭相對燭花明。

自邵伯至寶應風雨中連日過湖

滿船風雨過重湖，湖上帆開百幅蒲。遠岸菱蘆紛自舞，中流鵝鸛亂相呼。行期莫把前程算，身計先爲晚歲圖。積水混茫三萬頃，只將震澤抵中吳。

入清河

扁舟離東楚,始入清河行。欲向水濱問,如何負清名？清河自南下,黃河自東傾。昔者本異派,下合猶分明。一從河爲患,散漫殊縱橫。究豫失故道,迂行過彭城。迤邐數百里,洶湧勢不平。遂令清河濁,敢望黃河清？孰爲究其故,厥咎從何生。清濁各歸宿,巨海終合并。河伯須率職,勿俾識者驚。

下邳道中見山

我行過京口,青山似追餞。十日浮濁流,無復見山面。今朝入下邳,有物臥平衍。風回亂帆開,山色如復見。茫茫曠野間,翠几誰所獻？舟中踡蹐身,自覺忽輕健。歐公記瑯琊,蘇子詠陽羨。勿以此竝論,聊慰平昔願。

望桓山

郭外岡巒如大環蘇子《放鶴亭記》語,西偏人說是桓山。舟中引領猶堪望,石上題名孰與刪。予未嘗游此,聞有好事者題予名於石。堂制若封黃壤燥,斧痕仍帶紫苔斑。孔林樹古無人伐,地下知君亦厚顏。

過沛縣懷縣令顏伯偉與其子同死兵難

誅錯兵來漢室輕,區區一令肯前迎？何人獨以家爲計,有子還憐史失名。主辱固當全大節,身亡旋復共孤城。夜深河上扁舟過,嗚咽猶聞流水聲。

泊濟寧

路入任城懷舊事，誰家有酒當金龜。南湖積水將分處，孤月隨人正滿時。翠柳行深烏市亂，黃沙岸古燕巢危。薰風送暑趁京國，心與河流欲竝馳。

東昌道中偶閱畫册各賦短句

菜

翠玉曉蘢葱，畦間足春雨。咬根莫棄葉，還可作羹煮。

瓜

瓜類一何多！吾欲問老圃。更乞東陵侯，來救渴者苦。

茄

種茄糞壤中，地力亦易竭。厥狀雖不同，難將味分別。

蘿蔔葱

玉杵削未舂，金絲束成縷。和以翡翠莖，併作春盤料。

荸薺

纍纍滿筐盛，上帶葑門土。咀嚼味還佳，地栗何足數。

楊梅

五月果初熟,枝頭鶴頂丹。欲知甘冷好,千顆薦冰盤。

笋

已抱錦㧟兒,仍參玉版師。吳門啖已足,正屬燕來時。

木筆

半含成木筆,本號是辛夷。一樹石庭下,故園增我思。

梔子

此種爲薝蔔,名曾載佛書。瓣香凡六出,却與雪花如。

渡口驛遇風

黃沙障天天半昏,砲頭風急萬馬奔。何人去塞土囊口,天與河流一色渾。曠野麥苗纔尺許,只見風來不見雨。雨師風伯不相能,彼蒼高高奈何汝。

卷第二十三
詩三十一首

謝周尚書伯常送魚次太保屠公韻自此至京作

南行涉大江,喚買隔船窗。占夢雖非羆,携來却得雙。尺書烹有字,長鋏怨無腔。酒熟真堪薦,呼童倒玉缸。

和屠公次前韻記賜鱘魚

貢道泝長江,頒來出瑣窗。百筐皆滿尺,八座合成雙。尚書例賜二尾。腥氣銀爲鬣,肥膏玉作腔。知公食有剩,須用置冰缸。

吏部右厢前種竹

老翁自把百年量,種木何如種竹强。乞得已從鄰舍近,移來恰比主人長。成林便擬逃空谷,賜笋無勞出上方。是日賜笋。喜有雙松爲伴侶,歲寒高節共剛腸。

謝僚友倪公摘送左厢前杏子

一樹臨窗初試花,又看結實壓枝斜。薰風吹熟甜如蜜,投我何須用木瓜。

和周伯常謝侶公送杏杏爲伯常植者二首

親手移來別苑花，隔窗窺見數枝斜。盍知結實甘如許，何用青門去種瓜。

數顆纍纍映雜花，方庭紅日影斜斜。夜來風雨還堪惜，已似黃臺四摘瓜。

謝屠公送西域眼鏡

家藏古銅鏡，滿面塵始拂。不但人妍媸，更可照百物。雖然明若此，其背暗如漆。妍媸既莫辨，百物亦盡匿。此鏡從何來，異哉不可詰。圓與莢錢同，净與雲母匹。又若台星然，兩比半天出。持之近眼眶，偏宜對書帙。蠅頭瑣細字，明瑩類椽筆。予生抱書淫，視短苦目疾。及兹佐吏曹，文案夕未畢。太宰定知我，投贈不待乞。一朝忽得此，舊疾覺頓失。謝却撥雲膏，生白訝虛室。扁鵲見五臟，未必有奇術。隨身或持此，遂使目光溢。世傳離婁明，雙睛不能没。千年黃壤間，化此直百鎰。聞之西域產，其名殊不一。博物有張華，吾當從彼質。

舊蓄一鶴部中後三年復來而鶴尚存感而有作

置爾寬閒處，憶在三年前。三年我復至，見爾忽悽然。爾尚識我否？不識有由然。面皺鬚盡白，豈似前三年？惟爾善飲啄，頂朱翅仍玄。誰能養爾翅，更使羽毛全。上飛入白雲，下集歸青田。饑啄江南禾,渴飲山中泉。寬閒處在此,鴻鵠相周旋。終歲被拘摯,吾當還省愆。

次韻屠公謝侶公送玉黃子二首

碧盌盛來黃玉團,良工雖巧未能鑽。臨風更帶清冰嚼,併作人間六月寒。

牛心空是赤團團,黃玉懸枝宛若鑽。須共楊梅三百顆,冰盤錯落照人寒。

歎右廂前枯梨樹

庭院陰疎日又西,翛然相對有枯梨。霜前少葉遭蟲蝕,月下無枝借鳥棲。不及蒹葭猶倚玉,爭如桃李自成蹊。吾生老態還同此,禿鬢臨風句強題。

秋享齋宿

齋閣相通畫舫同,置身書卷筆牀中。沾衣尚帶丹墀雨,揮塵難招玉宇風。高柳鳴蟬驚旅客,枯梨行蟻對衰翁。到來兩月慚無補,又是人間伏暑終。

偶與屠侶二公論世俗以老態從上爲壽徵戲成二絕

六十餘年作宦游,未知前路幾春秋。人言老態須從上,白盡髭鬚正不愁。

白盡髭鬢正不愁,吟詩撚斷更風流。從今越把詩吟苦,索性還教白到頭。

謁陵與韓貫道戶部大勝寺前晚坐

高樹叢生積水清,亂蟬齊噪夕陽明。青苔滿地留人蹟,黃土何年繫寺名？便與詩家謀共隱,不從衲子話無生。胡牀坐久涼陰下,縛木爲橋喜更平。

小憩昌平城外崔老家

深巷陰陰古轍斜,青山不向小堂遮。禾苗蔽野多遺穗,槐樹參天自落花。百歲遷移燕地事,五陵豪傑漢人家。主翁頭白無徭役,閒涉田園看摘瓜。

詠肩輿

翼然軒蓋忽臨頭,下澤渾非馬少游。穩坐終嫌人代畜,平行聊當水乘舟。步依綠樹還相礙,臥看青山得自由。風雨出陵騎馬倦,一時無價可相酬。

謝屠公送新榛

七月遼陽已降霜,簪頭落地野榛香。三年不到燕山下,又喜頻將玉顆嘗。

送吳箋與屠公

入手新詩已百篇，奉償日費有吳箋。故知供得高才足，歲取於今擬十千。

答屠公見和

一歲詩成知幾篇，洛陽高價起華箋。況公更有鵝群好，未滿《黃庭》字五千。

屠公和章有一歲百箋之句則百歲合用萬箋次韻答之

興到揮毫乏短篇，故應相送只長箋。請公莫問長箋價，百歲都來少九千。

題元朱本初道士貞一藁後

本初，臨川人。從吳全節宗師居大都，數祀名山。所至考求地里，作《輿地圖考》。其詩文藁名"貞一"，序之者六人，如虞邵菴、范德機及柳道傳諸公，皆加稱許而親書其文。吾友陳留令王抑夫藏其藁，示予，請題。

龍虎山中託鍊丹，身操儒行隱黃冠。解衣弄月當泉壑，滴露研朱倚石壇。輿地著書還有考，竹宮將命却無官。遺編不用重評品，虞范親題在卷端。

枯梨結實分送屠侶二公

誰道枯梨生意遲，秋來結實尚離離。斑多或被蚊蠅呃，味美還招鳥雀窺。律在不妨猶擅食，詩成相送敢違期。玉丸流液能消渴，日啖何須說荔枝？

答屠公謝送家園棗有仙種之稱

詩贈吳郎有杜公，西鄰撲棗事還同。若將仙種來相比，小圃安能抵閬風？

秋壇陪祀

殿外泠風似颯然，即看庭燎列星躔。牲肥豈秩無文祀？穀熟當書大有年。舜樂九成神欲陟，魯宮三望事猶傳。小臣十載從龍處，憶侍鑾輿向籍田。

謝屠公送貓

東巷所居第，破屋纔數間。何物爭穿牖，穴地深且跧。入夜呼隊出，蹤蹟殊奸頑。衣囊屢嚼嚙，書架能緣攀。厥類雖甚夥，厥狀亦甚孱。即欲撲滅之，寸矢弓莫彎。誰家有小畜，非獾復非豻。眈眈視而步，如虎出深山。善捕卻容易，徧乞何其艱。公幸恤我患，使人忽分頒。奇形合相法，尾短睛懸鐶。黑白錯爲章，宛同野狸斑。駿足尚可市，此價金千鍰。今我幸得此，夜臥不鰥鰥。拊牀少叱咤，高枕當閉關。利爪最善獲，頭頸血流殷。穴中知有警，遠遁猶窮蠻。蘇子休賦黠，張湯免誅姦。但恐戀舊主，逸去須遣還。持此爲公謝，簡略無多刪。

夜閱陸放翁劍南集因懷北鄰故陸詹事廉伯蓋集爲陸君借予抄者惜未完耳

北鄰人去已三年，睹物思人爲悵然。不信形骸難玩世，豈如糟粕自遺編。隔牆無客敲棋局，對案誰家椁酒船。九十放翁詩萬首，可憐無復象翁賢。

哀陳一夔

謫官已半刺，出守仍一麾。遠州久未到，豈是行遲遲。此地少文物，蠻夷竊相窺。無由勞撫字，劫掠以爲嬉。置君於其地，常恨非所宜。一朝下恩旨，稍幸得量移。齊安佳山水，足以爲詩資。如何始聞命，已與人世辭。哀哉生何蹇，天道令人疑。懷沙自求死，澤畔非湘纍。君容不憔悴，君性尤坦夷。平生無所好，所好止於詩。每當尊俎間，賓朋爭笑嬉。耳獨若不聞，凝然方有思。積成西潭稿，千首尚多遺。往歲過吾家，首簡乞題詞。雅意久未復，見面遂無期。遙遙度嶺嶠，孤櫬誰扶持？想應只僮僕，返舍當何時？妻子相向哭，悔不惜相隨。薄暮寒窗下，思君交涕洟。詩人例多窮，身窮名不衰。聊將此自慰，亦以示所知。

答劉時雍宣府見寄

懶不修書愧故知，忽傳驛使遠投詩。忍寒上谷分司地，冒暑西街作別時。助盡軍興真不忝，了來官事却非癡。新年有詔行當召，北望遄歸慰我私。

生日次韻答玉汝見賀

入手投來絕妙詞，忽驚生我日當斯。衰疲强竭驅馳力，老大惟懷鞠育時。上國醵人非麴米，故鄉招客有蓴絲。癡兒繞膝爭爲壽，不覺燈前一解頤。

答濟之次前韻

春酒頻行莫致詞，雪園何意客來斯。歲除愧我仍初度，年壯看君獨後時。六尺瘦軀支槁木，數莖衰鬢冒游絲。故鄉只合先歸去，況話湖山便朵頤。

卷第二十四
詩六十六首

戊午正月十一日郊壇分獻東鎮

半夜雲煙護石梯，燔柴初舉樂聲齊。旌幢繚繞天門近，臺殿依稀海市低。恍若神祇相上下，秩然海岳隔東西。願言聖主精誠意，降福穰穰及遠黎。

上元日邀鄉友小會

佳辰邀客徧東西，誰惜長裾涴雪泥。駟馬僅容嫌巷隘，濁醪能過愛牆低。聊因官假休衙早，暫叙鄉情入座齊。莫念老夫筋力倦，燒燈直欲聽朝雞。

會飲屠公以不預會次韻見戲因和答之

雪後群山映郭西，肯勞玉趾履塗泥。市燈入夜光猶短，鄉酒逢春味更低。寡和已慚歌似郢，衆咻却恐語難齊。小堂若設三公席，四坐人皆作木雞。

朱天昭巡按福建還止宿城西佛寺以不預會次韻復和答之

憲節遙停禁籞西，南來驄馬不沾泥。太微執法星躔近，滕六潛蹤雪陣低。吳下異材原不乏，睢陽高會故當齊。三年濶別多情話，小約何妨黍與雞。

送王惟安赴思南推官

年壯曾題太學名，蒙恩初喜授官行。舟乘驛傳從新例，囊帶刑書恤遠氓。仕路誰為賢郡佐，儒門不失舊家聲。春風得意過鄉國，一夜桃花水自生。

次韻玉汝志得曾孫之喜

男女早婚多一代，只今人亦有恒言。却慚小子為前輩，更喜名家得外孫。玉汝之孫娶於陸。陸，吳之著姓也。吳苑新居真福地，于公故事有高門。客來偶叙家庭禮，陡覺今年輩行尊。

梨樹今歲復有一枝枯者感歎再詠

閒看梨樹發長吁，已斫枯枝旋復枯。老態最堪為我伴，朽材終不要人扶。回瞻桃李顏無厚，徧歷風霜勢自孤。試待秋深仍結實，收功還見在桑榆。

讀石崇王明君詞

晉代何人石季倫,古詞始倡王明君。明君顏色不可見,後世只因顏色論。自茲詞人不一一,其間言語何紛紛。吾思明君顏色未必美,畫工被殺非信史。漢元嫁後漢成世,邊塞年年通漢使。君王本是好色人,昭陽宮中潴禍水。豈不學曹瞞念蔡姬,黃金不惜贖蛾眉。又恨明君不製十八拍,思怨誰將心事知。嗚呼!江都王女已先嫁,良家之子奚足悲!婦人出處亦有命,漢室禦戎何失正。請君譜作琵琶詞,莫怨匈奴怨劉敬。

詠吏部後園草木與屠公倡和

桃

城南春色曉移來,粧點園林錦作堆。嫩綠不須將葉認,淡紅已是帶花開。玄都自發劉郎詠,幽谷還教謝判栽。此日公門深似許,晝長高鎖正掄材。

梨

名果先從張谷來,紛紛碎雪欲成堆。淡粧自把蛾眉掃,巧笑誰將瓠齒開。園子豈求他種接,主人能使及時栽。夭桃灼灼驚凡目,縞素應甘自不材。

棗

蕭森何處為昇來,曾帶荒園宿土堆。燥壤豈勞長甕灌,低枝不礙短籬開。敢將艷色誇桃樹，勝要清陰乞柳栽。賴有當時仙種語，爲薪莫漫比樗材。

竹

種處能招鳳鳥來，月明清影拂書堆。笋鞭遇石猶斜出，花米逢春莫亂開。此物似賢今合薦，吾家醫俗舊曾栽。若從後圃論高節，梨白桃紅孰取材。

杏

花信風寒已早來，隔牆俄見赤雲堆。竝頭兩樹長相倚，屈指三春始得開。曲水少年誰復探，公門今日要兼栽。莫言結實供人啖，破核還堪作藥材。

馬蘭草

難呼童子上堦來，頭髮鬇鬆亂作堆。豐草舞風真錯認，繁花浥雨欲爭開。長鑱荷處休教斸，高岸崩時合用栽。誰擬椶櫚爲拂子，杜陵詩裏獨憐材。

紫芥

滿目爛斑布地來，春風驚見錦灰堆。菜根作苦終嫌咬，茗葉浮香爲撥開。何處兔葵嗟競掇，昨朝馬藺悔多栽。傳聞此種番邦致，用向中華亦楚材。

酴醾玉簪

春色秋光遞往來，憑闌數尺土高堆。翠搖釵股風吹墮，玉削簪頭露濯開。山谷詩中那忍摘，唐昌觀裏合求栽。花容清麗人爭愛，誰向《周書》問梓材。

牡　丹

嫣然國色眼中來，紅玉分明簇一堆。最愛倚闌如欲語，緣知與酒特先開。洛中舊譜頭須接，吳下新居手自栽。若向花間求匹配，揚州瓊樹是仙材。

芍　藥

品高真自廣陵來，舊譜空憐壁角堆。千葉連雲如竝擁，兩枝迎日忽齊開。詩中相謔何須贈，擔上能賒也用栽。記取今年纔看起，醉吟多藉麴生材。

孟夏太廟候祭偶登東園涵春亭次韻

松陰覆處一亭幽，涵盡春光送兩眸。宮漏稀聞知地僻，胡牀列坐覺人稠。桔槔倚樹禽相語，略勺橫溪水自流。不是廟庭來候祭，晝長安得此清游。

送徐侍郎公肅致仕

尺疏陳情再籲天，病來翻幸得歸田。高懷豈爲虛名累，直道能將晚節全。鄉社侍行多後輩，都門追送半同年。只今晏子身仍在，南去相從願執鞭。

對萱花有感

節序交夏至,繁花俱已摧。幸有堦下萱,爛熳猶爭開。久旱土更燥,繞砌無青苔。上焉炙烈日,下焉撲浮埃。如何色仍秀,豈是深根荄。朝將清水沃,恐爾晚易萎。萎者既先落,秀者猶相催。安得麥與禾,似此一回栽。年年摘其穗,坐食惟加培。天時有水旱,漠不能爲災。此花號忘憂,憂懷翻自來。平原空若甑,長河淺於杯。若人及行客,愁歎聲如雷。感召當分責,食祿慙非材。

校白集雜書六首

公事初閒就枕眠,睡魔偏向静時纏。就中還有醒然處,爲校蘇州刺史編。

蘇州刺史十編成,句近人情得俗名。垂老讀來尤有味,文人從此莫相輕。

廬山秀甲草堂低,杭郡湖開六井西。所幸平生最佳處,坐游時按集閒題。

白蓮青石未爲奇,官滿舟中只自隨。二物千年還在否?清風誰報洛人知。

齊雲樓子化煙埃,往日園池安在哉?故府荒蕪經世變,前賢遺蹟重堪哀。

山路新開到武丘,仍栽花柳近河頭。吳人只愛行游便,還憶當時刺史否?

次韻啓南游金焦二山見寄二首

西岷一股翠嶙岣,漂墮東南扼海神。弱水混茫能負物,假山礔礈却勞人。波光静耀魚龍夜,地道潜通草木春。更上妙高臺上去,世間何處避黄塵?

獨游勝地拈詩筆,豈是坡翁有後身? 天地何妨容一老,江山相對作三人。茶新正趁中泠水,花在能儲四月春。愧我經行猶別去,死生契濶不須論。有懷亡友史西村不得同游。

又次韻吊郭璞墓

瘞鶴銘題陶隱居,當時同瘞骨應如。詩篇入選非唐製,藝術流傳有晉書。山石稜稜孤塚塚在,江波滚滚一身餘。葬師尋穴嗟如許,氣聚風藏事已虚。

飲陽羨茶

今年陽羨山中品,此日傾來始滿甌。穀雨向前知苦雨,麥秋以後欲迎秋。莫誇酒醴清還濁,試看旗槍沉載浮。自得山人傳妙訣,一時風味壓南州。吳大本嘗論煎茶法。

久旱始雨適校白集至喜雨篇因次韻

麥秋麥已無,況種黍與菽。向晚聲蕭蕭,忽聽在枯竹。豈惟驚我耳,遂爾拭吾目。起視方庭間,沾衣走僕僕。渠決會須成,簷溜忽相續。憔悴兩青松，葉垂若新沐。萱花回故紅，藤蔓長新綠。詩人歌太甚，及此和霡霂。時已慮獄囚，詔方停土木。私舍未擬還，坐久索燈燭。

晝寢

深院三朝雨，微涼六月天。紗廚垂綠水，竹簟蹙蒼煙。不用垂頭坐，初傳閣足眠屠公睡時，以物閣足，自云樂甚。孔門嫌晝寢，犯訓幾時悛。

選事畢左闕下臨水東望

柳塘千頃綠雲鋪，此景人間未必無。金屋朱垣看倒影，只除海上是蓬壺。

又聞鶯

上林綠暗始聞鶯，只許啼來三兩聲。莫道詩人聽不慣，曾歌《伐木》愛嚶嚶。

小園初名一鶴後鶴失去乃改憶鶴亦以聲之近耳

白羽翩然長似人，慣聞呼伴向東鄰。清魂招下天還暝，瘦骨埋來草又春。少保畫圖傳粉墨，長公詞賦說車輪。荒園不惜名重改，過客無疑事始真。

和濟之次玉汝過飲園居韻

扣門不厭往來頻，乘暇相過總故人。顧我已爲黃面老，與君不是白頭新。小園樹朽更三主，委巷牆低少四鄰。日暮持杯難作別，吳音滿坐語偏真。

久雨遣悶

濕雲壓簷低，不省猶是晝。倚檻閱書編，簷頭自懸溜。銅盆置庭中，點滴若刻漏。須臾雨來多，聲響一何驟！虹背何曾彎，雨腳不停走。溽暑類江南，濕氣屋未透。小戶困沮洳，俯出從狗竇。頗聞石炭貴，妻子自相詬。幸此得安居，無術爲援救。硯沼映朮煙，寫懷不能就。

公署阻雨晚坐

公堂吏散下孤幃，畏向長途冒雨歸。壓架漸看藤蔓長，墜階初覺豆花稀。蛛藏簷隙難施巧，鼠齧書堆定苦飢。最是農家憂水溢，坐慚支祿更垂緋。

夜宿公署不寐

郎吏巡風夜未眠，老夫愁雨亦醒然。暑回河朔三秋景，潤比江南五月天。似着寢衣齋榻上，即聽朝鼓禁門前。爭如蓑笠歸胥口，蘆葦叢中泊釣船。

謝文宗儒以茶檟寄贈

疇昔山崖與水濱，行時茶具每隨身。俗緣未盡還分郡，清物猶存合贈人。陸羽已嘗泉最美，遲任休說器惟新。只今紙裹真堪笑，携去尤驚范景仁。

月　蝕

怪哉如有物來侵，奔走臺司奏鼓音。魯國不書非史闕，盧家多詠亦詩淫。蒼蒼正色天殊近，隱隱幽光夜向深。正是生明人共仰，浮雲來蔽又成陰。

小池種蓮未發而葉頗盛晚坐賞之

秀色亭亭插淺波，翠盤擎處只高荷。江湖入眼誰嫌小，風露驚心已覺多。白羽似搖詩莫詠，碧筒堪飲客須過。晚來閒聽蕭蕭雨，獨欠扁舟着短蓑。

聞故園山茶爲人所折

山花昔年植，正在竹亭西。雨露頻長養，豈同蒿與藜！廿年始還家，見此枝猶低。隔歲綴芳蕊，花開剪成緹。亭今已撤去，亂石甃爲隄。復此與花別，夢寐不能迷。頗聞此樹下，春來踏成蹊。衡門不常關，頑童皆有携。如何忍攀折，狼籍滿春泥。遂令鳥雀至，月夜無枝棲。淵明問來使，草木入詩題。安得人愛惜，高與南簷齊。

謝陳原會寄方舄

佳製新成一尺方,退朝便作野人裝。他年吳下登山好,着屐應憐去齒忙。

聞西墳新栽松樹甚茂

東墳長松樹,風雨屢拔之。落落餘數箇,古藤相附麗。西墳近所築,數畝平如坻。嫩檜既環植,新松亦復移。移來自西嶺,其短纔牛氂。草棘每為厄,腰鐮要鉏治。常恐山叟懶,不見暢茂時。家信忽遠至,幸藉春雨滋。青青自拔起,芃芃異茅茨。千尺由寸莖,長松總如斯。百年藏吾骨,清陰抵高帷。寄語子姪輩,愛護當從茲。

種蓮公署有一花二房之異

盡說人家有瑞蓮,何人曾見綠房駢？冰蠶分臥頭還竝,翠鳥同棲翼自聯。莫信楚江萍似斗,空聞泰華藕如船。戶曹得此真為異,定兆年年大有年。

朱郴公挽章

虎城西踞壯神州,身屬安危四十秋。小大皆蒙賢將福,東南不繫聖君憂。九京地隔旌麾偃,百世人膺爵邑疇。能保榮名須令德,古來休比富平侯。

補壽徐閣學七十

黃閣身居近五雲，四朝弼亮古嘗聞。曾因舊學稱良傅，常有嘉謀告聖君。故族遥傳徐孺子，義田重置范希文。萬方錫福須勞助，壽域高躋更策勳。

恭題宣廟畫所翁畫龍圖

黑雲作雨初收脚，似有飛龍露頭角。恍然拈筆欲寫之，目眩金鱗仍走却。所翁好龍非好真，真龍自爲龍傳神。小臣稽首不敢視，龍去鼎湖經幾春？

題友雲吳尚書忠節錄後

南望滇池新廟開，忠賢遺象許誰陪？早知斯世爲臣義，不負中朝出使才。辮髮肯因胡俗變，戴頭真向虜庭來。百年宇内終當死，大節堂堂未可哀。

予既以憶鶴名園復有致一玄鶴者蓄之月餘一旦飛去

短垣局促損精神，憶鶴名園又有因。野性未便煙火食，高情誰會水雲身。縞衣化盡京塵滿，碧落招來海月新。東去青田如不返，須防矰繳遇虞人。

送少師徐公致仕歸宜興

丹陛班東第一人，聖恩初許作閒身。麟袍玉帶辭黃閣，龍敕朱函下紫宸。盛事敢誇今最少，賢名當使久如新。平生杖履相從志，罨畫溪頭擬問津。

送吳克溫奉旨護送舅氏少師公南還

千年詩裏渭陽情，往送誰辭此一行。御筆批來真有旨，驛舟馳去豈無名？相君久仰爲前輩，舅氏相親是外甥。却到荊溪兼定省，白頭堂上喜還驚。

詠水紅花

繞庭秋色爲誰奢，舊譜無名亦自嘉。垂穗豈殊香稻粒，映叢惟少白蘋花。事忙豈有閒情種？人老如將醉面誇。留向窗前娛晚景，涼風起處莫吹斜。

讀濟之撰貢士顧伯謙墓銘

墨痕濕處石初鐫，入手銘文忽悵然。好學如斯真可許，成名自昔豈無傳？嚴親拭袂當靈几，幼子攤牀亂舊編。落日起亭呼不起，鄉邦爭惜後生賢_{伯謙號起亭}。

次韻玉汝新拜南京僉都御史之作

東街車騎少相過,況聽南行又作歌。冬日匆匆何甚短,晨星落落更無多。豸冠旋製峨晴晝,鷁舫遙馳壓碧波。却訪舊游經虎觀,也勞清夢繞鸞坡。

予偶衣褐傅曰川舉孟子語見戲葢以予名字相屬也予以褐爲賤者之服服之固宜亦仍孟子語更號褐夫因作詩發曰川一笑

僕本吳中一賤儒,久慚朝服強紆朱。肯忘往昔稱鮑老,只合從今號褐夫。養勇怕逢宮黝輩,受廛願作許行徒。欲知名字原相屬,試檢軻書定不誣。

次韻劉時雍歸休留別

並綴朝班愧長年,曾談雲夢有腴田。天臨闕下頻投疏,水落灣頭早問船。冀馬歸山無一蹶,吳蠶登箔過三眠。岳陽樓上江湖近,范老高文定宛然。

觀土魯番遣使入貢

西行萬里度流沙,職貢重修遠慕華。詔下已將金印復,師還不用玉門遮。毳衣伏地皆專使,皮幣充庭有數車。介子自甘爲盜劫,奇功莫向聖朝誇。

永定寺在予家西唐韋刺史集有詠閒齋
北池等詩至元高季迪輩又有經永定廢寺詩後搆造
復完而堂揭海印舊榜乃元泰不華所書雄偉可觀
今年秋寺忽毀於火予少嘗讀書於此因爲詩惜之

廢寺經行處，前人句裏來。一朝不戒火，百歲幾掄材。齋閣空春樹，池塘滿劫灰。舊游真不忘，誰掃讀書臺？

詠甘菊

秋來有佳植，種類繁且奢。灼灼滿庭院，其名爲菊花。世人重顏色，稱號何其嘉！一種花甚小，叢生只山家。不假人修飾，婆娑任欹斜。味甘而不苦，色正而不邪。采之可以食，苗葉嚼無查。與杞氣味合，天隨賦中誇。吾老逾六十，不圖數年加。扶衰正藉此，何須紫河車。有客分遺我，細根帶泥沙。霜餘已枯槁，實落手可爬。明年當早食，春風又萌芽。

題郭錦衣新宅假山

坐對前山起夕嵐，只疑身到大江南。危當樹杪雲峰倚，清逼窗間雪嶺含。夾道似分青玉峽，入門全類紫陽菴。主人愛石因移宅，袍笏還如米老參。

閱黃山谷集見八音詩戲作一首

金鐘奏初響,石磬聲難和。色絲語終晦,竹簡字偏磨。置向匏翁前,自擊土鼓歌。詩家有因革,豫章如木何?

題王浚之畫茅山圖

句容古縣頻來往,萬轉荒溪出亂松。畫裏茅山依舊在,白雲開處見三峰。

送同年周公載運使擢按察使致仕

天馬行空莫敢驅,十年争歎服鹽車。碣來闕下增新秩,竟向閩南問故居。名姓愧聯春榜舊,聲華喜出户曹餘。平生高致公應得,竊禄銓曹獨笑予。

蘇州文獻叢書第五輯
王衛平　主編

匏翁家藏集

中

（明）吴寬　撰
王海男　點校

天津出版傳媒集團
天津古籍出版社

卷第二十五
詩六十三首

己未正月十四夜與奭園中看月

短垣先見月東升,踏月行歌傍古藤。此物要知終勝火_{莊子語},吾家方恨正無燈。聊從杖屨憐兒子,不設杯盤愧友朋。白髮慚多良夜少,仰天亦欲繫長繩。

送梁洗馬使封安南

五鳳樓高賦早成,交人先已識才名。誦《詩》三百能專對,問路西南却易行。封冊遠頒金字細,賜袍新製赤文明。平生不是相如輩,鄉里何勞負弩迎。

夜宿公署二首

翛然齋閣炷香清,省吏循牆已報更。案牘頓疎詩易得,牀幃初下夢難成。數莖細草繁霜少,一樹枯梨片月明。春半故園花盡發,主人何處逐浮名?

倚牀長聽夜鷄鳴,顧影頻呌三兩聲。思潁徒爲前輩事,游燕不是少年情。已藏舊曆開新曆,莫置長檠棄短檠。惟有註書心未老,窮愁何必比虞卿。

失猫偶讀古人十二辰詩戲作一首招之

鼠輩公然晝出游，廚中恣食肥如牛。虎斑非鞹憶此物，兔口無闕嗟爲儔。徒聞豢龍術曾學，安論捕蛇功可收。塞翁失馬終非福，牧子亡羊政爾憂。獼猴若馴我豈愛，雞犬或放人須求。歸來買猪肉餒汝，置汝十二生肖頭。

詠南内新柳五首

宫柳條長緑漸深，苑牆一帶欲成陰。鑾輿春半稀游幸，不用相如賦《上林》。

向來千樹總枯楊，又見青青覆苑牆。獨有老人堪歎息，春風不到鬢絲傍。

節近清明柳色新，玉河橋畔少車塵。都門送别應無數，誰敢臨岐折贈人。

緑嫩遥看更碧柔，非煙非霧曉難收。牆高不使花飛過，却化浮萍出御溝。

狂風吹得數枝斜，翔鳳樓高未許遮。忽聽啞啞無處覓，不知葉密已藏鴉。

梨樹盡枯下復發數花更識感歎

數花明處夕陽遲，屋角春風不滿吹。短梯未多行蟻下，孤根亦有蟄龍知。詩家只愛歌桃葉，老婦如看舞柘枝。歲復歲來人共老，星星白髮總如斯。

獨游部中後園看梨花簡舊寮侶公

紛紛香雪覆南牆,去歲看花共下堂。春滿名園非洛下,人如前度少劉郎。官途易散浮雲薄,公事初稀白日長。更過數朝應落盡,重來一醉亦何妨。

次韻玉汝報恩寺訪舊蓋嘗同寓文僧房今三十二年矣

步屧重臨塔影邊,禪房深處裊香煙。金陵王氣惟當代,蘭若清氛似往年。花石映門幽徑側,竹林圍屋古臺前。舊游零落多詩思,莫怪摩挲爲悵然。

酴醾花下偶成

手插芳根傍右厢,春來競發似新粧。驚看白髮三千丈,笑對金釵十二行。爲想得名因以色,若教結實定無香。花開閱盡人間客,百歲都能醉幾場?

祈雨齋宿

青天一片月初肥,貪看從來惜素輝。春盡酴醾緣架發,夜深蝙蝠繞簷飛。安居獨守垂堂戒,飽飯難逃素食譏。坐久載歌雲漢句,不知天意與誰違。

二月十五日殿試東閣閱卷抵夜始出

五鳳樓前滿素輝，黃昏踏月過彤闈。遙聞銀鑰將收起，莫認金蓮獨送歸。三百登科無曲學，九重側席定宵衣。不緣儻直初來此，宮樹驚烏欲亂飛。

十七日東閣喜雨

三日齋居念聖躬，麥秋將至重農功。下方和氣能為雨，盡日濃陰不作風。灑徧北門簷溜急，挹多東閣硯池空。緋袍不惜皆沾濕，抱卷初來翠殿中。

憶前年是日雨中與李世賢同游吳中西山

肩輿冒雨過田塍，又歎人生二歲增。鄉里喜逢青瑣客，山林驚見白頭僧。龍門巉嶼雲千疊龍門在天平山，松徑逶迤嶺十層自支硎至天平凡歷十嶺。此日緋袍殿中跪，金籠牛首信陶弘。

東鄰葉翁送白牡丹

故園兩歲夢鞓紅，鳳尾花新百種空。家有牡丹一株，花後有二瓣稍張，人名鳳尾。錦幄未能如富室，瓦盆亦足慰衰翁。一枝爭買金錢滿，三朵齊開玉盞同。獨恨春深無暇賞，暮歸吹落又狂風。

初聞鶯

屋上鵓鳩無數鳴，春來何處有流鶯？年華荏苒終三月，音調間關第一聲。幽谷出來如有意，上林投去又無情。吳城東畔茅亭下，憶在垂楊夕照明。

秦公邀賞左厢前芍藥

妙手何人簇絳紗？平臺驚見數枝斜。梁家園裏無遺種_{往時小南城梁氏芍藥最盛，號梁家園，人多携酒賞之。後，其家廢，遂無一本在者}，吏部庭前得好花。量淺莫將深盞酌，眼昏猶用密簾遮。詩中近侍非公論，誰説唐人是作家_{唐人詠牡丹有"芍藥與君爲近侍"之句}。

病目

吾生短視物如遮，老眼重增滿黑花。及席終當憑相者，檢方須用問醫家。欲看花已過三月，未讀書應尚五車。昨日臨池猶作字，數行春蚓總欹斜。

太廟候祭復游東園

百畝園依清廟開，去年首夏憶曾來。繁花盡落留紅藥，新笋叢生帶綠苔。北闕倚雲通劍珮，南宮隔水見亭臺。令人又作山林想，況有蕭蕭白髮催。

次韻周伯常尚書秩滿

海內頻逢大有年，續書三載不徒然。太倉未發陳陳粟，東省須開秩秩筵。近荷寵褒卿有理近有内臣陳乞一事，公執奏不已，竟蒙旨云：卿等所言有理，久違清誨我多愆。青宮舊學當年事，執卷猶思傍細氈。予與公舊爲寮友。

又次韻紀謝賜物

紅日初高啓九閽，詔傳馬上小黃門。物頒八座雖常例，身事三朝有舊恩。早戒吏人書象笏，暮開家廟勺犧尊。仰瞻喉舌公須應，囊括休占六四坤。

題朱澤民集古玉圖後

五瑞示信存《虞書》，玄圭錫禹成功初。後來列國分寶玉，魯璜楚璧皆其餘。闐河方折不愛寶，昆吾刀銛雪同皓。辟邪人馬若天成，瓏環璵璠猶文藻。卧蠶盤螭看更好，細數三十種非少。今世誰爲張茂先，試言此物何人造。雞冠蒸粟及豬肪，土花半蝕痕蒼蒼。其間直出三代上，遺形尚發乎尹光。龍眠居士不可作，洗玉池中水應涸。何如征東舊提學，過眼寫之無執着。丈楮流傳二百年，妙矣宛如新出璞。

李時雍户部久居南土端午再蒙扇縷之賜相與感歎有作

身到彤庭續舊游，御橋俄與百官留。趨朝步澀雖難進，賜物恩濃好共酬。字扇有銘休障面，綵絲成縷欲纏頭。端陽節近題詩慣，謾説江南競渡舟。

讀劉静修先生集

木落西山見一峰，容城何處問遺蹤。德輝欲覽空翔鳳，王業如興有卧龍。隱蹟微茫隨世代，悲歌激烈發心胸。静修齋裏高風遠，晚學摳衣恨莫從。

竹園壽集別有序

七客同期賀誕辰，古詩三壽句如新。合爲一百八十歲倣樂天語，總是東西南北人。露下高松如細雨，風回脩竹滿清塵。杏園雅集今重見，良史當筵亦寫真。

次前韻自壽

予惟乙卯是生辰，老大無聞白髮新。韓子立朝猶此秩，温公入會獨何人？温公預真率會時亦年六十五。瞥然一世如驚電，瞠若三賢豈後塵。更待他年爲此集，香山容我作劉真。

次韻周公自壽

莫較生年卯與申，忝登科甲亦爲辰。三公齊壽今難並，兩署同官舊有因翰林、吏部。節傲歲寒依竹祖，陰連夜合對花神。吾皇錫福眞能助，願築春臺徧九垠。

玉汝年亦六十以擢僉南臺不預壽集因次前韻以寄

誕節曾聞歲在申，善忘無復是生辰玉汝生日，予每忘賀。北都遠眺惟南國，三壽同躋少一人。臺署升堂分柱史，戈船鼓櫂動江神兼管操江。直看更得玄孫喜，祝頌無如此意眞玉汝年未六十，已得曾孫二人。

端陽邀鄉友小飲

此日端陽兼夏至，佳時又喜有詩材。城中強取園池樂，海上正當風雨來。鄉郡繁雄休復論，賓筵狼藉更須陪。人生會合非容易，馬上何妨看月回。

秦公崇化爲江西布政使時嘗泊九江忽見數舟遭風被覆使人救之獲生有爲詩美之予亦爲作一首

九江柘磯風力惡，白頭浪起舟難泊。魚龍跳舞賈客愁，檣傾楫摧凡幾舟。浪裏漂流命如擲，岸上何人獨相惜，須臾挽之登袵席。仁哉賴有秦方伯，此事傳聞爭歎息。嗟嗟！江西之民有萬億，溺者豈惟爲賈客？不知陸地上方伯舉手長援溺。

玉延亭西植夜合花二首

夜合花開滿樹紅，吳人賤汝號烏茸。家僮斫去爲薪用，却向亭西植兩叢。東莊有夜合二株，甚鉅。家僮惡其覆水，斫去之。

兩叢如杖植亭西，暑月能遮赤日低。待得成陰吾已去，後人須記白公題。白樂天詩：夜合花開日正西。

董北苑溪山風雨圖

黑雲擁高山，頃刻風雨至。豁然海潮聲，草木爭偃地。曠野少人行，山僧獨歸寺。衲衣盡沾濕，敲戶何急事？倉皇村居民，乘屋亦何亟？一婢已抱甕，一婦更持器。重茅惜被卷，破屋家所寄。戴笠者漁郎，理網屈雙臂。老翁若望家，擔物終不棄。陸走尚甚危，水行可無畏？前溪波浪惡，篙折水流駛。行者當早歸，居者不預備。良工爲此圖，三歎有深意。想見晚來晴，雲净山潑翠。始信晷時間，天工特相戲。

次韻李時雍病起二首

病骨稜稜帶白鬚，誰知詩腹却長腴。黃扉出納聲名久，紫禁追隨意氣孚。終喜和鳴同瑞鳥，難教馳步學生駒。西風欲起猶持扇，應怪元規塵易污。

南國遥遥望眼舒，承恩相好自傳臚。强煩官秩居金部，幸接班行在玉除。旱比往年何太甚，暑從今日是多餘是日立秋。入朝又喜披公服，侍史須將日曆書。

哀文宗儒

吾鄉沈衢州，遠致尺書在。發書報文侯，有疽發於背。我憂體肥人，此疾恐爲害。猶冀有良醫，或倚以致瘥。憂懷適浹旬，浙疏馳獨快。乃六月七日，死期特兼載。哀哉此良牧，天奪真可怪。念昔爲永嘉，勤政略不懈。豪民户先鉏，淫鬼祠必壞。撫下自有術，百里免凋瘵。及此領郡符，先聲過疆界。窮谷爭出迎，耄倪總羅拜。君初聞再起，仕路厭行邁。因察民情歡，下車始無悔。爬梳積弊源，一旦決欲潰。坐堂日孜孜，訪問及細碎。孰爲狼所貪，孰爲蚊所嘬？犴獄滿冤囚，親手爲破械。去歲東海涯，光氣作妖怪。横飛類鬼車，數丈無首戴。具疏即自劾，遂及弊事概。謂此如許除，吾寧自引退。有司格不行，當道有窒礙。公退長太息，空負民所愛。吾惟盡職業，庶償爲守債。使民自按堵，守法勿就逮。百家立爲約，禮義相告戒。民曰賢侯言，敢不各敬佩！君終抱憂思，弊事卒吾敗。大者如鹽鐵，骨髓竭稱貸。彼力固已窮，吾體亦真憊。遥遥走一使，求去乃至再。知己總愛才，不使投匭内。孰知今日事，俄有此變態。凡君求歸休，民輒欷無賴。群情達銓曹，以及寮與寀。今也魂茫茫，棺歸只空廨。豈惟民無依，失侶嗟我輩。久爲晚年期，几杖作鄉會。對酒乏清言，臨事無善誨。城西多舊游，山色愁晚對。有穴未及臨，淚盡繼以嘅。

中秋夜偶過濟之忽鄉友數輩至遂成良會濟之有詩次韻

晚涼東巷偶相過，小適園中奈近何。秋到共傳平半好，客來不速過三多。金尊注酒微微飲，綵筆題詩緩緩歌。白髮滿頭重看月，素娥應笑已非他。

次韻周伯常落齒

人具脆耎軀，老至必衰矣。向來少艾時，金石自比儗。孰知銷與泐，成壞乃常理。何必驗他人，亦嘗察諸己。憶昔爲兒童，當門齒先毀。家人不驚異，嬉戲翻噴水。忽忽六十餘，僅保此頑體。齒勢終欲落，幸未與公比。公年視吾少，却以落齒恥。且云半百初，齒即已落只。今歲落到牙，而年順及耳。動搖每朝叩，藥物更服餌。作羹怯駝蹄，下飯愛牛乳。存者費剔肉，尤苦於目眯。又如潤中石，漱處帶泥滓。有齒且自落，有命當自俟。勿爲引身謀，區區緣數齒。

題三忠廟廟在城東祀諸葛武侯岳武穆王文信公都人周珍買地以建者

都城東面起車塵，廟貌巍然見鼎新。漢業強從三國號，宋家難贖兩賢身。朝班可勸爲忠事，野史能歆好義人。上下千年同室坐，有周端合配三仁。

送濟之歸省

冰花欲結潞河灣，驛櫂南行未許閒。恩賜已知千鎰重，壽容應見兩眉彎。天高鴻燕難相值予再入翰林，而濟之適去，春到江湖及早還。安得從行仍作伴，勝游當共了西山。范石湖游洞庭山詩云："西山繞了又東山。"予往年已游東山,獨欠西山之游耳。

送馬秀才

　　成化戊子冬,予上京會試,除夜宿清河口汪旻家,時旻初生子。去歲旻來視予,偶以病卒,爲棺斂返葬。頃其子淳來謝,因以詩送之。

　　昔過清河古縣前,三义田舍憶曾眠。停車暫寓當除夜,懸矢初生已壯年。丹旐可憐依旅殯,素冠深愧附官船。天寒水澀驅馳遠,行孝應將姓字傳。

再入翰林次韻周伯常見寄

　　天曹昔忝挹清塵,仕學兼資意更真。三嗅已沾松下露,一噓如沐珀中春。唐朝學士聊兼職,周禮司徒重教民。闕下方期從步履,衰年病肺恨多屯。

內閣閱秘書喜得石湖集

　　衰年何意到文淵,萬卷書中又木天。賴有好書心未老,開廚先得石湖編。

冬日內閣閒書二首

　　午夢葺葺在舊曹,隔窗人語怪嘈嘈。日光不到疎櫺上,始覺宮牆數仞高。

簷際濃雲故意黃,初看微雪點宮牆。外邊寒氣知尤甚,更爇烏薪取酒嘗。

自述

行年六十五,多病力尤微。館閣無才稱,山林與願違。白頭休傍鏡,瘦骨不勝衣。強作趨朝步,低頭過瑣闈。

早入直房

鳳樓西北望,乘月步來深。舊館聯詹事,新啣復翰林。背燈聊養目,面壁豈明心?石砌重登處,何人識足音。

挽陳堅遠通判

黔陽出宰向南馳,通守長沙又幾時?每愛清修長向慕,久無佳報已生疑。故家譜在多遺事,合郡人應有去思。難弟相逢能慰我,爲談接武得麟兒。

喜杜子開將有興復先世延綠亭之意

隱儒雅號託東原,因對旌門有小園。瓦礫未除庭館廢,衣冠不乏子孫繁。便栽美竹開脩徑,更種垂楊築短垣。誰作杜陵興復計,平泉有記不須言。

病　肺

肺病從何生？茫然使我疑。安得上池水，飲以洞見之。其初動則喘，百步足莫移。有如登山然，氣息促嘻嘻。胸鬲痛若刺，坐定須少時。寒風屢擊搏，咳嗽理所宜。聲出難自制，痰生與聲馳。長夜兀兀坐，披衣踞如箕。倚牀嘔出心，攓攓連涕洟。服藥罔奏功，古方豈予欺？中心竊自忖，吾當詢上醫。醫云肺受病，火邪鬱於斯。乾枯口欲飲，洪大肺不遲。其證見於外，不待言而知。大腸爲肺表，又爲脾土司。其法當治本，此病其已而。我聞上醫言，直以病源推。孰知年老人，自與病爲期。血氣已先耗，精力從而衰。百病乃橫出，豈但肺與脾？譬之庭前木，初發甚榮滋。及其歷歲久，自爾枯而萎。根非不附土，壅溉亦徒爲。人病實坐老，藥力將安施？惟當蚤休退，旦暮恒熙熙。內以養寸心，外以息四支。庶幾全天年，瞑目與世辭。坐客勿多訝，吾言是醫師。

病中讀白集擬作二首

爐中添炭火長紅，屋底翛然一老翁。褥厚枕高眠未穩，飯香羹美食難空。豈因避俗居深巷，即欲趨朝怯冷風。纔得安閒便生病，官高休更説三公。

紙窗糊密一燈明，古木號寒欲二更。棲鳥竚枝知雪候，蟄虫坏户避風聲。蠧編亂向書廚積，蛛網難從藥裏生。何事衰年成肺病，旁人莫訝酒爲名。

范石湖集有臥帽詩病中畏寒略效其制

牀幃夜下入寒颷，臥具新成頗自宜。落帽孟嘉無復爾，結纓季路亦何爲？老來髮禿兼能護，近得頭風不用醫。欲向石湖傳舊樣，兜鍪相似只存詩。

觀烏絲競渡圖

五色彰施成畫片，刺繡刻絲吾屢見。何來一段蹟尤奇，烏綵細入鵝溪絹。首印尾掉紛龍舟，天潢競渡過中流。虹橋千丈彎如臥，雲閣半空高欲浮。輕舠蕩漾呈百戲，吹笛擊鼙爭意氣。冠裳立候總朝臣，御駕來應鉅□是。偶觀妙手絕代無，老眼頻疑畫史摹。女工挑綾亦常有，誰聚氁毛爲此圖。印文特識元文代，上有奎章天曆在。么麼十五字題名，至大仍書庚戌載。後有字二行，曰：至大庚戌，王振鵬爲翰林承旨曹公作。御府畫圖皆等閒，後皇對此獨開顏。苑中刻木能依樣，贏得都人號魯班。順帝性巧，自製龍舟，人稱魯班天子。

美曹太守毀淫祠

神耶妖耶吾不知，相版五色錯雜施。牆隅小廟瓦數片，吳下人家家有之。家人有病問卦師，師云汝病神所爲。殺猪烹羊陳祭品，歌謳贊歎上酒巵。侑以吹竹仍彈絲，號以茶筵真酒席。宛如生人宴會時，有祭自豐病自危。吳人豈皆白鬚眉，如何至死猶不悟。惡俗信鬼不信醫，豈惟生死於神聽。商賈出入聽指撝，賢哉黃堂曹太守。諭民此事何不思？聰明正直者爲神，焉肯嗜汝酒與犧？祭者得生不祭死，神道所好何偏私！且彼爲神既尊貴，身居小廟嗟何卑。汝民愚昧誠可憫，憫汝徒費空家貲。太守升堂朝出令，民心敬信猶蓍龜。争持神象出門毀，烈火三日焚無遺。端如人醉今始醒，風化頓覺隨時移。唐有狄公任巡使，美政先聞毀淫祠。後來入朝作賢相，邪鬼安敢侮與欺！我願吳人常奉令，自此崇正無復疑。祖先當祭祭勿薄，五祀當祭祭勿遲。遂成美俗載郡志，當與賢守名同垂。

壽都憲閔公七十

宮保官高壽古稀，臺端德重自生威。浙西山水鍾清遠，斗北星辰傍紫微。執法獨蒙公論許，引年難負聖恩歸。眼前相稱緋袍好，增秩須將玉帶圍。

雪中朝回題陸全卿所藏趙千里臥雪圖

水閣傍寒塘，雪深没茅把。曉見白皚皚，松竹枝盡亞。天闕集朝韡，冷風透雙踝。須知臥雪人，猶勝踏雪者。

煨橘

洞庭霜後顆，燕市雪中團。冷比冰冷柱，堅於金彈丸。齒牢誰嚼得？指瘃欲投難。舊作糖囊詠，今將火齊看。炮來非入藥，鍊出似成丹。香噴皮初剥，圜收核謾鑽。人情惟軟熟，風度少寒酸。莫向吳人説，家家正滿盤。

刻李貞伯篆書海月菴扁

　篆法久欲絕,李公得真傳。近時鄉先輩,仿佛如滕權。昔爲我題扁,握筆指腕懸。顧盼張髯鬚,起立竦背肩。俯仰爲陳蹟,屈指十五年。破屋垂雨溜,庫牆上蝸涎。三字被侵蝕,黑臘猶高縣。海月夜照之,墨光却新鮮。正如公性氣,精悍老猶然。見物不見人,吳山隔重泉。惜哉不可作,手蹟忍弃捐。壽以西川木,良工善雕鐫。庶幾如坐對,仰面在屋椽。

卷第二十六
詩五十三首

元日早朝次林亨大韻

聖主朝元再遇申戊申改元,今復庚申,萬年行夏盡從寅。雞人高唱時爲卯,鳳曆初開日屬辰是日丙辰。傳出制詞均大慶,獻來方物見咸賓。登臺定有占年者,平旦條風是好春。

郊祀翰林朝房齋宿承傅曰川見過

璧宿東行近紫宸,光芒昨夜動初春。久傳天上騎箕事,能念河西斫桂人。空谷聞音真可喜,小童見跋却堪嗔。清茶一啜忽忽去,千步長廊月色新。

夜坐復次韻

静坐焚香拱玉宸,喬柯隔屋已含春。流年不覺重加我,勝日方知正屬人是日初七。座有詩家還索詠,駕回俗士定生嗔。郊南豈是嬉游地,拭目應瞻萬物新。

宿神樂觀

神宮游處擬華胥，臺殿分明切太虛。衰病豈能供祀事，幽閒纔得遇齋居。高林聲撼春風厲，小閣光浮白日舒。向晚困來先索枕，且從莊叟夢蘧蘧。

過沈道士舊館

神宮有地在西偏，舊館重尋又幾年？座上獨詢仙伯壽沈年已八十二，集中如詠古人篇沈休文有《游沈道士館詩》。當門老樹根株盡，隔屋新居棟宇連。誰説桃源能避世，雞鳴深巷滿人煙。

元夕邀鄉友會飲

絳蠟初燃上小廳，繁花忽地滿圍屏。前年客籍休重檢，合座鄉音自可聽。鼛鼓風傳通夜市，草堂月出隱春星。諸公勳業他時事，此夕杯行且莫停。

次韻屠公過賞繚絲燈

聊乘佳節枉群公，特設屏燈照醉容。雲母擘開成五色，鮫人織出費千功。似觀池上閻生畫上作十八學士象，相稱筵前李賀鐘。銀燭再燒光正好，只疑身在玉樓東。

過鄉人賞燈

新春車騎集東街，共愛華燈盡好懷。屈曲屏將雲錦簇，方空斜是玉絲排。鬼工瑣細終傷巧，蠻舞粗疎亦類俳。坐久鐵簫聲未斷，更燒銀燭過書齋。

同年會飲

當日城西約已違，同年作會恨何稀。老身忽歎將專席，舊物空憐是賜衣。僅有八人連皁府，都來九度過春闈。安能盡赴天書召，坐滿長筵齒更依。時陳瑞卿以山東副使來考滿。

送同年陳瑞卿憲副還臨清

坐臨雄鎮近齊東，六載褒詞出考功。皁府晝開兵衛肅，郵程水長檄書通。賢勞當在超遷上，契誼頻從雅會中。最是灣頭催解纜，畫船南引恨春風。

次韻沈石田題奕姪影翠軒

天街眯目滿緇塵，竹樹誰家自作鄰。吳下正憂連歲旱，燕南如見故園春。臨窗弄筆圖偏妙，對景題詩語最真。他日軒中須晏坐，翠陰應覆白頭新。

園中作石臺其旁多棗樹以木末相結如屋形

石臺清樾净埃塵,枝幹相樛結搆新。司馬花菴工最省,申屠樹屋事成真。野航恰受無多客,大廈將顛自近鄰。却笑平生鳩比拙,作巢聊爾獨棲身。

吏部右厢前有朱藤一株予手種也今歲始聞花開甚盛

手種朱藤已七年,長條緣架每相纏。只看葉密清陰覆,忽報花多紫粉懸。風下掉頭嫌一老,雨餘舒眼盼三賢。從今堆字詩還和,寫入當時草木編。

六月十三日園居喜雨

溽暑三朝北土無,翻盆一雨已連晡。只從碧落傾銀漢,不用清冰貯玉壺。風偃小園紛草木,水深平地欲江湖。忽然志喜緣何事?弧矢漂流走羯胡。

園居雨後六言四首

鑿渠暗疏積水,開徑賸引清風。初喜一場雨過,夕陽正射牆東。

水接方池綠滿,花填小徑紅疎。日落槐蟲自起,雨多菊虎能除。

高荷種出幾柄,矮竹移來數叢。豆莢新生自綠,葵花老去猶紅。

清唳每憐白鶴,長號頗厭玄蟬。晚來更有忙事,窗下自收簡編。

觀天鵝池中對浴

白羽雪同明,游戲綠波裏。爲我增顏色,小池亦清泚。新蒲生正繁,高荷净如洗。衆碧相掩映,倏爾欲藏尾。萍藻浴且浮,恣食更從爾。爾本雲衢物,何時落塵滓？猶勝樊籠中,容與莫驚起。

玉延亭傍新開小徑二首

路轉朱藤近水涯,過橋常恐墮青鞿。如今足力真能省,五步移來即上堦。

牆隅隙地結茅菴,只尺孤亭手可探。獨自步來從捷徑,却無人道是終南。

新正無事偶閱鄉先哲范文穆公石湖詩集見其多道吳中事因摘取其句有涉於春者輒賦一絕得十二首蓋予入官適三十年處世幾七十歲公私所繫不即歸田賦成令兒子輩誦之恍如身在吳中亦可以自慰也昔人有和陶之作予僭名爲賡范其不免文穆公之笑乎

雪寒探梅　詩云"吳下得春元自晚"

新年京國競繁華,東巷深居自一家。春到不如吳下晚,石湖詩裏探梅花。

賞海棠　詩云"聊爲海棠修故事"

探梅直過萬山隈,手內何曾折得回。故事重修春不斷,石湖詩裏海棠開。

新正書懷　詩云"先渡南村學灌畦"
注:新圃,在湖南,名范村。

年來雙足弱難行,却遣郊南再看牲。夜半范村將夢渡,石湖詩裏一舟輕。

春朝早起　詩云"寒惟病骨知"

新正有假放朝官,夜宿齋房睡未安。却怪山林猶早起,石湖詩裏怯春寒。

元日立春　詩云"交運丑支辛"

吳中士女愛迎春,争看千行百戲陳。近歲,吳中迎春以物貨各置綵亭中,而諸行買從其後,視昔爲盛。兀坐窗間論歲序,石湖詩裏丑支辛。

詠吳中二燈　詩云"雨絲風外縐",又云"弱骨千絲結"

吳中元夕舊相承,街上家家搭竹棚。夜静風沙吹滿屋,石湖詩裏看絲燈。

丙午新年六十一歲俗謂之元命
詩云"歲後當生次，星臨本命辰"

強將華髮戴朝簪，元命□來七歲深。我比前人尤覺老，石湖詩裏記星臨。

春日田園雜興
詩云"一年一度游山寺，不上靈巖即虎丘"

靈巖上了虎丘還，春到吳人更不閒。兩地一年仍一度，石湖詩裏去游山。

春困　詩云"諾惺菴裏呼春困"
注：吳俗，立春日兒童以春困相呼

菜盤椒酒憶江南，春困相呼我獨堪。世外尚無人解此，石湖詩裏諾惺菴。

乾道辛卯三月望夜與周子充內翰
泛舟石湖距九年復以是夕泛湖有懷昔游
詩云"石湖花月浮春空，憶共仙人同短蓬"

紫薇村北暮煙收，花月浮空記昔游。我後益公還識面，石湖詩裏泛仙舟。

自橫塘過黃山
詩云"東風已綠南溪水，更染溪南萬柳條"

溪南萬柳綠成灣，先壠頻年抵暮還。遙望松楸常灑淚，石湖詩裏過黃山。

民病春疫　詩云"連年薄熟甑生塵",
又云"疲氓憊矣可更痛"

吳田連熟事非真,半在官倉半在人。疲憊滿村春病疫,石湖詩裏歎吾民。

爲倪尚書題王孟端舍人墨竹 上有胡祭酒詩

翛然見此林下姿,清省頗類陰何詩。舍人自得揮毫趣,湖州已逝前無師。平生見話足高致,俗子來乞以手麾。不知此幅爲誰作,增價況有頤菴詞。青溪太宰童子時,自言故人持贈之。立朝卓卓重風節,此君契合能相資。南來行李特攜此,不忍棄去緣心知。自公退食持示我,似竹可喜何須疑！爲公臨楮賦《淇澳》,清風拂葉猶猗猗。

爲陸全卿題米南宮雪景

北固山前江水清,長供此老濯冠纓。焚香寶晉齋中坐,江山寫入毫端輕。此老胸中有奇氣,不與衆史閒爭名。翛然一種自機軸,驚倒范寬并李成。昔者吾嘗閱畫史,真蹟人間嗟見此。卧游佳境不逢人,但覺寒光浮棐几。古樹枝摧瞰急湍,雪嶺更從人面起。全卿藏此凡兩幅,持一贈我分片玉。曾是平生好潔人,挂處休將手頻觸。

爲楊起同題沈石田擬謝雪村山水

雪村已逝知幾年？妙畫曾向吳中傳。少時看畫老能憶，此事還輸沈石田。昨者西閭楊給事，乘興放舟過相川。坐間偶及雪村畫，爲言楊謝世有連。石田呼童急展絹，冉冉水石兼雲煙。兩山秀色相對峙，長松落磵聲隨泉。禿翁觀泉不歸去，豈是磵底尋詩篇？石田作畫不賣錢，給事得之真有緣。墨痕斷爛稱古蹟，莫上米家書畫船。

爲錢世恒題石田雪景

都下類江南，暑氣一何酷！錢卿適開筵，羽扇不停撲。忽然坐凌陰，挂壁有長幅。高峰樹玉幢，空洞倚堊屋。皚皚不可辨，豈復分澗谷？故家虞山陽，昆湖真在目。水榭何年成？分明傍湖曲。隔船人試問，艤棹何所欲？客云不干人，聊借松下宿。松樹數十株，忍寒仍故綠。對之恣披襟，寒氣迫詩腹。日暮暑未消，持杯故相觸。寄語石田翁，此圖金莫贖。

爲毛貞甫題孫君澤山水

十日一水五日石，古人畫筆殫精力。後來簡澹亦天成，披圖試看孫君澤。山腰飛瀑千尺長，懸厓老樹爲山梁。人間溽暑不可耐，欲從二老乘新涼。

又爲題高房山山水

燕南蘙翠惟房山，高公昔者生其間。戲拈畫筆少明豁，玉女峰亞垂煙鬟。積雨初收隔春樹，望見人家隝邊住。亦知中有王維詩，行到水窮無覓處。

爲杭人題畫

山水佳且近，古杭猶未游。開圖見所似，畫手擅風流。松林敞茅屋，高士亦何求？袒裼坐終日，富貴如雲浮。北嶺可杖策，西湖宜泛舟。他時挂冠去，終與杭人謀。

和楊應寧次陶韻止酒

孔門好學人，謂未見其止。竊嘗聞斯言，乃在《魯論》裏。未止以止學，善學顏氏子。惟彼旨哉味，入口顧不喜。嗟孰爲厲階，爰自杜康起。紛紛嵇阮徒，以醉自有理。異世特相契，兩醒屈與己。柴桑雖任真，空言亦邈矣。茫茫涉大川，此止未有涘。詩史紀厥始，惟十有三祀。

夏日園中小適二首

藤蔓紅稀棗葉青，欲逃新暑只登亭。夕陽西去清陰滿，閒向籬根拾鶴翎。

荷錢初放亂浮萍，却有新條結翠屏。幾日小園無雨到，莫斟池水入花瓶。

次韻鳴治病中二首

北望成均對兩廂，喜聞勿藥下危牀。問奇客至如揚子，求益人多異互鄉。半月不因陪祭懶，十年惟有著書忙。時人欲識高賢意，道體於今用亦藏。

不見高賢歲又重，佳篇欲和愧難工。過從未許仍隨衆，予告緣知亦在公。故里方山猶自好，新年尊酒定誰同。春風座上橫經處，須信先生道未窮。

雪園雜賦四首

因從塵市過，始覺雪園清。鶴蹟皆成字，烏啼似語名。石低叢竹倚，架重古藤橫。委巷無來客，空餘酒滿罌。

雪園何所有？一望白皚皚。已沒新開徑，還堆舊築臺。藥將槐角碾，香以柏鈴煨。偶憶前人事，詩從鳳沼來。

雪園何所得？投我是瓊瑤。把滑還循檻，衝寒亦過橋。空中真有絮，畫裏豈無蕉。掃去人何俗，誰家擁樹腰。

雪園何所樂？筇杖日頻拖。池涸無魚笱，林空只鳥窠。形慚珠玉穢，家愛米鹽多。禁體爭誇巧，當時禁若何。

寄壽陳朝用布政

款門憶昨駐肩輿，別去深慚音信□。壽域遙瞻三載後，詩篇急補七旬餘。閩南遺愛傳應徧，洛下耆英會不疎。娛老莫將他事説，麟兒把筆已能書。

爲奎姪題延香室

脩竹東連齋閣深,篆煙長裊散輕陰。客來如入芝蘭室,佛語徒聞菖蒲林。王氏佩囊猶俗態,韋郎掃地只清心。如何消受安閒福,不是觀書定鼓琴。

寄壽蕭文明七十家有晚榆堂

故人高隱在關東,閩海歸時從兩僮。甘蔗味佳初入境,晚榆陰重已收功。詩篇欲和多仍妙,書法爭評老更工。欲寄一尊爲遠壽,近來酒量與誰同？

寄壽吳子高六十

吳門別後意常懸,使到頻將手札傳。汝老已當三壽始,吾衰又在六年前。步來委巷諸徒滿,望取高科有子賢。春酒一尊須共飲,欲從明主乞歸田。

卷第二十七
詩六十六首

春山圖

平野春雨過,危峰殊秀發。玉女洗頭罷,端如盤鬢髮。高人携筇行,似畏溪橋滑。結伴是何時？松林閒採蕨。

送戴員外出守桂林

子有長才早致身,仕途隨處是通津。六千里外桂林郡,十五年前杏苑人。出守要知從古重,作官何幸與民親。昌黎亦羨登仙去,詩裏驂鸞句尚新。

送張光禄時達還南京

早入工曹績用成,徊翔又作北都行。長才未展猶閒地,留務能分已列卿。言論高來通世故,須眉蒼盡好風情。傍人莫怪南歸速,春色遙追到石城。

賀成國夫人胡氏七十

畫戟門深翠幕重，北堂春酒色初濃。江南秀出名臣裔，天上榮加大國封。仙籙載頒人跨鶴，海圖親獻客乘龍。百年將種能供養，高廩長盈禄萬鍾。

盆中桃花一本而緋碧二色

小圃喜多春色，繁花一併斑斑。紅霞映水將落，白雪當牆可攀。坐亂老人鬢髮，行驚醉客容顏。二喬臺上連臂，不數唐家玉環。

送王汝英南歸

尺疏陳情入舜宮，御批真喜徹重瞳。銀臺異寵曾加秩，金匱奇才屢奏功。家食固知千指衆，友懷皆説一心同。銅官山色渾如舊，晝錦煌煌在目中。

送邵國賢

簿書錢穀歎徒勞，提學俄聞出户曹。都下文名如子少，江西學政是誰高？璽書耀日懸霄漢，驛舫乘風壓雪濤。自古賓興先只行，不將小技望賢豪。

送白太傅致仕

玉敕新承墨未乾,都門行色萬人看。法曹屢奏三年績,恩旨重加一品官。勝地扁舟行樂健,故人尊酒過從歡。不須更入香山去,自有西園八節灘。

送冢宰屠公致仕

皇朝出入著勤勞,未老頭顱有二毛。遷秩兼聞離憲府,收功仍喜在銓曹。天章笑捧新頒敕,晝錦榮披舊賜袍。更向人間誇至樂,登堂日日獻春醪。

園中行讀白集

北齋坐後又西軒,挾冊休將比兔園。每託心情常託物,已忘官職未忘言。吳中故郡荒烟積,洛下幽居宿草蕃。老至一編空在手,燕山留滯愧高騫。

新　月

新月如少女,靜娟凝晚粧。亭亭朱樓上,隱隱銀漢旁。桂樹未全長,玉兔在何方？自然多思致,何必滿容光。黃昏延我坐,簷下施胡牀。遂爾成良會,清風復吹裳。願言常不負,莫學參與商。

園中夜步

曳履孤亭側，披襟小徑前。藤垂風獨細，樹隱月難圓。散秩朝非懶，閒居病易痊。老年無著作，只擬錄歸田。

同年會予以病不赴簡席間諸公

新秋良會禁城西，獨坐公堂未得隮。三客預期非不速，十人堪歡亦難齊。情親只託詩筒送，體弱誰將藥裹齎。向晚涼生還坐想，不知若箇醉如泥。

送工部徐尚書以病乞歸加太子太保致仕

中外勤勞四十年，平生晚節更能全。身登八座官殊重，名列三公位獨專。敕捧龍章天日近，衣裁麟角海雲鮮。肩輿日日何妨出，故里看山有宿緣。

送禮部徐尚書加太子太保致仕

玉帶橫腰喜氣新，賜歸爭看越精神。史官早授爲前輩，聖主疇咨念老臣。賜谷卜居真有地，南宮增秩更何人？亦知恩重難忘報，夜夜山中禮北辰。

送倫修撰文序父南還

萬里南來繫一舟，綵衣春酒動離愁。魁山黎水雖堪住，赤縣神州也合游。晚市緇塵仍觸暑，月林清影忽驚秋。朝家恩典三年事，闕下親承願少留。

爲毛憲清題花竹圖 憲清有祖百歲，生於二月

繁花匝地凝春色，脩竹凌空傲歲寒。共向生辰呈秀麗，偏於晚節報平安。中朝有待賢孫至，東海須將大老看。白髮烏紗添入畫，漢家恩詔定加官。

送李世賢赴南京禮部侍郎

史局文場滯此身，高才初喜試經綸。東朝侍從踰三載，南省追陪只二人。雲起望家虞阜曉，花開退食秣陵春。都門醉別遙揮袂，且脫京華眯目塵。

題沈良德送行圖

不用高歌《陟岵》篇，賜歸真慰母心懸。翟冠自送雙笄總，綵服重裁兩袖翩。九世醫名多積德，一門科第總稱賢。吳中秋到慈闈啓，盡說宜將盛事傳。

翰林送李世賢

都門無計可留公，況是秋來有便風。尚憶陸機游洛下，莫疑張翰向江東。詞林前輩晨星少，鄉社無人海月空。定有天書還召入，暫將留務託南宮。

九日風雨二首

滿城風雨重陽日，何處重登戲馬臺。丹闕入朝衣盡濕，玉堂置酒席難陪。_{是日翰林設宴。}牆邊赤棗憐俱落，籬下黃花恨未開。安得吳門蓑笠叟，芙蓉江上送魚來。

滿城風雨重陽日，平地江湖大漲時。木偶自漂應去遠，麴生不召故來遲。人間紀事兼詩話，座上傳神滿鬢絲。何物報晴真可喜，喳喳鳴鵲在槐枝。

早　寢

老去貪眠負月華，不知夜景到秋嘉。疎篁倚石還搖影，叢桂遮堂定著花。吟就挑燈當別館，夢回擣練是鄰家。如何七十年將近，猶踏朝門聽鼓撾。

謝葉惟立送菊

園門歲晚只常關，忽送幽花滿目斑。天意故教秋色好，世情不使物華閒。臨風酹酒憐人老，傍徑編籬恨地慳。賴有疎篁爲伴侶，平生高節總難攀。

送陳德修擢南京右都御史

百年京鎬設南臺，門對鍾山紫翠堆。留務遠分承寵命，舊章重整見高才。豸冠戴向風前正，鷁舫行從水際開。便道過家誰不羨？鄉人爭看錦衣回。

送何道士授都紀還鎮江次沈石田韻

鶴馭雲中來北固，霞裾塵外別東華。名題金闕分仙袂，蹟寄丹山離俗家。鴻寶記長當吏牘，玄都觀古即公衙。天寒歸路清如許，滕六前驅撒玉砂。

藤梢

藤梢繞籬落，黃葉照清池。屬當秋氣盡，欲落已先萎。寒風既披拂，微雪復點之。坐見憔悴色，不復如前時。感之重歎息，人老良可悲。

雪後入朝

天門晴雪映朝冠，步澀頻扶白玉闌。爲語後人須把滑，正憂高處不勝寒。飢烏隔苑應餐盡，馴象當庭又踏殘。莫向都人誇瑞兆，近郊或恐有袁安。

次韻韓貫道送濟之以冬至謁陵

公事驅人更莫辭,亦知不是翰林時。同行尚憶匆匆去,暫別猶勞耿耿思。百里向前瞻漢廟,五陵依舊入唐詩。年來喜識荆南面,相送惟應少酒巵。

謝濟之送橘次舊韻二首

味甘不用兩眉攢,種得成林合棄官。食後不將皮核棄,扶衰□□□仙丹。

嘉惠恭承又滿盤,牛車雪滑到應難。糖囊莫道名非稱,入齒冰漿信不酸。

又次韻謝送銀杏

綠葉叢叢鴨脚攢,霜前摘取屬園官。無花結實猶堪食,羞殺花王是牡丹。

玉子纍纍走大盤,老人手種食應難。閩南橄欖形雖似,待得回甘已受酸。

楊應寧携畫册過園居相示已而雪作

園居寂寞掩柴扉,詩客從容出禁闈。遥聽鶴聲初出迓,頻瞻馬首莫言歸。臨窗看畫忘呼酒,據地圍爐試解衣。寒氣逼人將日暮,不知林下雪花飛。

聖駕郊壇看牲次玉汝韻

天寒迎駕作郊行，道院呼僮洗玉觥。石鼎不逢狂道士，銅爐還餉老門生。投來濡肉羓無彘，雜以枯魚鮝似鯖。須是石湖風雪夜，篷窗吹火叙同盟。

生　日

人皆遇除夕，我復臨生朝。舉頭望七十，前去三載遙。信哉百年內，行步爲下橋。早衰視茫茫，面髮且蕭蕭。安能如松柏，歲寒還後凋。衰頹固老態，加以病相撓。但勝陌上花，易逐風沙飄。所職業曠，難免素餐嘲。清秩徒兼授，黃金自橫腰。盤南開別業，舊約負漁樵。更念丘壠隔，悲愴尤無聊。孤燈對卧榻，轉展至中宵。

談　命

有客能談命，言予運正通。運通亦何事？爵位當日崇。客言與吾意，所見頗不同。凡今登仕者，命服華其躬。人徒見其美，□□□□□。入朝恒惴惴，臨事惟忡忡。官秩久益進，職業愈難供。王法或幸免，清議安能容？一朝奉身退，憂患頓若空。趨朝謝車馬，睡足日頭紅。田園日以涉，山水任所窮。出門無禁制，開口無災凶。樂哉難具述，林下始收功。吾生果有命，歸去在吳中。

正月十三夜與鄉友會飲

繞簷星月帶明河,佳節相逢肯易過。合郡幾人常減少,流年如我獨加多。畫屏重展銷銀蠟,春酒爭持蕩碧波。正是金吾初弛禁,下堂休問夜如何。

十五夜赴西涯飲

浙燈光起透藤絲,偏與西堂雪月宜。故事上元初放假,新年三日預爲期。老人正爾思吳俗,童子何堪唱楚詞。醉後再傾紅票酒,情深渾忘出門遲。

次韻李諭德生子志喜

紫禁朝回步雪中,傳聞吉語信非空。懸弧在戶彎如月,挂綵當筵爛若虹。上日邀賓須歲滿,中年爲父豈途窮? 李年五十四。如何識此真堪喜,我憶平生事頗同。

爲錢副郎世恩題桂兔圖

懸崖碧樹爭倒垂,金釵亂插還參差。古香能受秋風吹,亦復有藤縷絡之。洞門一似逢仙姬,身纏寶瓔墜朱綾。其下何物趺坐危,赤睛玉毫光陸離。長耳聳起分兩岐,視而孕焉䨇是兒。惟上有物揚清暉,團團冰鏡一尺圍。人名爲月非此誰?月中桂滿兔且肥。信哉有影乃在斯,歷觀畫記從新施。收藏莫盛宣和時,高格雅淡今何稀？黃筌趙昌曷不師，素面朝天誇虢姨，市娼塗抹衆所嗤。驀然展觀亦甚奇，翩翩五色斑斕衣。

傅水部索題石田玉洞桃花圖寄壽乃兄宗伯

傳說騎箕上天去，傅巖於今在何處？翠倚西江千仞高，玉笥山前子孫住。一溪流水漱雲根，萬樹桃花遮洞門。胡麻飯逐落紅亂，宛然此地武陵村。主人自是青雲器，去作玉皇香案吏。不須手拍洪崖肩，水部郎官是難弟。勞書寄語山中人，少遲歸來三百春。妙手誰能移壽域，分明只在人間世。

盆中紅梅二首

盆裏孤根強屈蟠，低枝老硬欲凌寒。不隨桃杏供人目，顏色生來自渥丹。

坐見荒園二月過，莫瞻春色在喬柯。分明一段江南景，日暮頻將老眼摩。

送汪太守致仕

吳學猶傳舊教條，南來別駕路何遙。上章忽入新□報，增秩仍爲大府僚。老去烏紗常在首，閒來金帶已橫腰。人生止足誰知得，鄉里高名豈自邀？

送楊太卿應寧赴南京

太卿樓船向何處？直到石頭城下住。江上人迎訪故廬，堂前我憶瞻嘉樹。南人只愛江南行，江南樂多無宦情。何如去家只百里，黃金橫帶爲清卿。老我平生忝知己，不得相從附船尾。客居初沾燕子泥，官河忽漲桃花水。金陵本是帝王州，高臺依舊鳳凰游。知君到日好詩興，佳句從今無李侯。

齒痛

日者齒病作，病起吾莫知。知之亦甚易，年老理固宜。憶當七八歲，正值毀齒時。齒落乃復生，如草薙即滋。今勢且欲落，既落生無期。又如枯樹然，安能發新枝？落亦不自愛，獨何以痛爲？使彼無所痛，盡落奚足悲？夫豈若韓子，計歲以數之。何況舌自存，而復食無虧。吟聲雖函胡，尚可和吹篪。食物雖齟齬，尚不廢含飴。但使痛除去，此外不求醫。

挽毛伏羌

早持一劍策奇勳，忠勇平生亦罕聞。象應星辰通上將，氣驅貙虎冠三軍。捐軀報國懷方略，進爵酬勞着誥文。當宁只今勞北顧，誰令頗牧起丘墳。

送史引之知隨州

儒者之餘事，纘言以爲文。古人嘗有言，文章能潤身。君昔在閭里，誦習殊精勤。浮俗志莫奪，翩然曳儒紳。稍長取鄉貢，謙抑愈恂恂。蹉跎二十年，賢名只如新。昨欲就常選，懶看曲江春。同輩爭勸留，顏色自欣欣。入仕非一路，期以澤吾民。我志乃在此，科甲真淺論。銓試出緒餘，冀馬竟空群。楚邦非險遠，民風更清淳。宋賢讀書處，遺蹟想應存。此地初爲守，平生志方伸。三年成美政，吾老猶當聞。

送馬學士良佐還南京

院事清閒不下堂，手披竹簡置銅章。虞廷初考爲三載，馬氏重聞有五常。官到鎬京諳典故，地通岷水接家鄉。南風又引扁舟去，一振塵衣上鳳岡。

送宋郎中出守廣信

水部才名滿數車，向來相識自京華。雲間接壤爲鄰郡，江右分符得過家。旌旆微沾秋野雪，桅檣高入晚汀霞。親民長策今須展，故里誰將晝錦誇？

園居二首

朝回當暑葛衣輕，影過清池浴鳥驚。種得玉延纔出土，客來何物可爲羹？

　　静處誰兼吏隱名，名兼況有老儒生。却憐一畝幽棲地，百里吴山不會行。

追和朱樂圃先生蘇學十題_{有引}

泮　池

　　半形循學舍，一水轉松林。盛矣來多士，依然廣德心。跨橋方覺闊，垂釣不知深。此地名龍腦，揚波願作霖。

玲瓏石

　　奇特非常品，來從建學前。久爲錢氏物，中有洞庭天。輕比濱浮磬，温須玉出煙。菱溪何足記，想見狀頑然。

百幹黄楊

　　嚴凝霜雪後，蕃衍弟兄同。帖莫題青李，刀難斷寸葱。厄多逢歲閏，材短謝良工。桃李紛如許，終看立下風。

公堂槐

　　密葉連街上，孤根寄學中。名揚蘇子記，陰覆魯侯宫。既久今何在？惟喬自不同。曾沾時雨化，多幸遇朱公。

辛　夷

　　莊周稱散木，形狀獨離奇。名在誰多識？花開每及時。鳥窺無可食，蟲蝕也須醫。作筆應全誤，紛紛落研池。一名木筆。

石楠

泮水根常溉,臨池路不遙。顧瞻依曲檻,愛護障輕綃。別種爲交讓香楠爲交讓木,終年亦後凋。有材非蘿用,斤斧免山樵。

多幹柏

新甫傳遺種,吳門見後昆。碧霄多直幹,黃壤本同根。霜雪持高節,莓苔接古痕。三年非橙木,十畝自陰繁。

竝秀檜

講堂前竝立,霜雪傲玄冥。此樹今猶在,常年不改青。雨來添秀色,風動散微馨。科第能相繼,題名下有亭。

新杉

生爲松柏類,不逐歲寒凋。弱質蒙春雨,高情薄紫霄。諸生沾膏馥,巧匠待長條。此日材當大,初栽自宋朝。

泮山

少小游歌地,升堂步未窮。移山元費力,覆簣竟成功。狹徑埋芳草,孤亭納暑風。登高誇壯麗,興學念文翁。

蘇自宋有學。景祐初,范文正公來典鄉郡,延安定胡先生爲師,繼之者爲樂圃朱先生。公既名臣,二先生又良師,皆一時人才,造就遂盛於天下。學,故吳越錢氏南園也。規制宏壯,遠去市井,山水之勝,嘉樹奇石,錯植其間,宛然林壑也。舊有十題,曰:泮池、玲瓏石、百幹黃楊、公堂槐、辛夷、石楠、龍頭檜、蘸水檜、鼎足松、雙桐。至樂圃掌教時,已亡其四。先生乃益以多幹柏、竝秀檜、新杉、泮山，而十題復完。今去當時已數百年，獨泮池、泮山尚在，而講堂前二檜疑即竝秀。若奇石，固有，不知其孰爲玲瓏也。寬爲童子入學，固不知十題之名，獨見國朝士大夫詠學中諸景詩石刻，然皆非十題之舊矣。比寬自在都再入翰林，專掌誥敕，暇日得閲祕書，而《樂圃集》在焉，見十題之作，而先生自叙其前尤詳，乃悉次其韻一過。夫今之學遭賢郡守屢加興修，規制益勝，然所謂諸景又亡其三四矣，況數百年以前者乎！故既和其詩，復序其事，庶其物雖亡，而其名猶存，後世亦有考焉爾。辛酉五月既望序。

爲崔太卿題史都憲墨竹

容臺有地堪種竹，北土高寒數根足。未許長竿可釣魚，況云美笋能燗肉。太卿好竹如好仙，夜夢時時游渭川。醉來忽見竹滿壁，墨痕濕處何蒼然！仿佛庭前秋月白，影落旁枝猶百尺。化龍只恐起清波，棲鳳却疑依巨石。人間酷暑何時徂，對此翛然暑氣無。伊誰能事寫此圖，人云中臺史大夫。

爲錢僉憲題二士圖

二翁吾不知爲誰，晚來共坐崖石危。一翁攘臂方談詩，一翁抱膝如有思。平湖萬頃渺風漪，隔岸蒼山脚下垂。巖姿樹色望忽斷，正是白雲初起時。吳中山水正如此，震澤洞庭天下奇。更教此地看明月，萬鍾千駟將何爲？我欲徒步往從之，只恐二翁嫌我是俗客，塵衣不使汙崖石。

題石田畫卷寄沈時陽

松林晝靜人獨行，隔林似聽吾伊聲。春山滿眼發蒼潤，知是曉來初雨晴。南望荊溪溪上路，路繞長松千萬樹。太湖蕩漾映高門，此是荊溪長往處。何人能棄冠裳歸，只向松陰覓詩句。便欲從之未有期，清夢時時此中去。石田高士臥東林，故寫長圖慰我心。封題却附湖船上，只恐雲深無處尋。

卷第二十八
詩八十七首

題謝鳴治歸來園

三畝新開山下園,古村纔得數家存。經心勞止多閒事,遺腹巋然有長孫。栗里一尊常自滿_{陶淵明作《歸去來》},晁家千首更須溫_{晁以道號歸來子,有《濟北集》}。主人莫作終焉計,召命臨門敢負恩。

次前韻懷故園

老夫亦自有東園,因賦歸來若目存。久負木鑛歌杜子,何妨布被笑公孫。別來漸覺清風遠,坐處常思白石溫。便逐秋波放舟去,時人莫漫笑忘恩。

鳴治新修國學朝房雨夜宿此有作次韻

笑揮公帑百金餘,輪奐驚看勝舊居。一日茸來猶故事,兩山占斷豈吾廬?_{鳴治家有兩山書院}。夜中風雨題詩滿,天上星河待漏初。廣廈仍思庇寒士,先生才調未全疎。

久借内閣朝房次前韻

　　詞林再入歲周餘，自笑東房久借居。漢代雖多閒祿秩，吳門幸有舊田廬。高眠齋榻春回後，慣着朝衣日出初。天念老人仍借景，隔牆嘉樹綠扶疎。

寄壽太宰尹公八十有序

　　恭惟太宰尹公天下達尊，濟南遺老。寬辱愛頗久，奉問獨疎。徒因微末之嫌，恐致率易之誚。幸三朝之耆舊，功業既成；屬八裹之高年，體履益勝。聊陳韻語，因寄下懷。敬祝期頤，以慰衆望。
　　廊廟久違思舊德，山林何幸著名卿。臨湖對月將杯舉，出郭看花却杖行。楊綰在朝風俗美，山濤典選品流清。濟南耆俊從來有，坐見高年過伏生。

盆荷初開適值風雨對之感歎

　　一面紅粧擁翠盤，風風雨雨不勝寒。園門半掩無人到，我獨憐渠只自看。

代荷花答

　　淡紅數瓣出天然，根託盆池强自連。風雨滿園香更遠，無人來看不須憐。

園中即景二首

竹陰日暮意翛然，山石依依共晚年。白槿數枝相映好，似將顏色弄清妍。

萍藻多從雨後生，綠波常共小池平。朱藤覆滿休輕剪，待看繁花映水明。

雨後移竹

人言種竹須雨過，何況移來雨仍大。此君此日館吾家，携酒客來爭作賀。早年憶與竹相親，到此頻栽凡百箇。晨澆暮灌常不活，猶怪園丁何懶惰。其密如簀今兩叢，東鄰分得肩難荷。長鑱依然白木柄，手種任爲泥所涴。虛亭掩映翠色新，使我對之終日坐。簷前有地繞丈餘，覆以清陰誰敢唾？尋常豈乏涼颸生，日午風清俄遠播。歐公曾云涼竹簟，酷暑可逃當此臥。頗似吳中顧辟疆，獨許獻之登上座。望塵不作金谷趨，高節應甘首陽餓。平生何故取於斯，正爲冰霜莫能挫。京都百物皆有之，自笑當居此奇貨。敲門只恐人借看，林下蒼苔輕踏破。從今草木俱等閒，當以竹題爲日課。試將竹榜揭園居，客到先將此篇和。

園北新搆板屋制甚樸陋濟之有作次韻答之

古詩載板屋，遺制千載下。嗟我同心人，在其是誰者？江南想所無，都下知更寡。匠巧免刻楶，童頑難毀瓦。中虛亦生白，外美聊飾赭。夜宿惟仙禽，朝奔無野馬。葦席平可眠，荊墩矮宜坐。緣木構□巢,避風停艑舸。囷囷疑乃倉,渠渠愧非夏。雨漏痕在壁,月窺光落罜。仍勞詩家詠,不待畫工寫。其如功省何？從此價增也。

濟之再和復次韻

退食初自公,我常在其下。凡此連牆居,孰是無椽者？價直既甚廉,規模亦殊寡。成風勞運斤,禦雨謝陶瓦。農家費索綯,甲第自塗赭。似巢宜借鳩,非廄休畜馬。打頭忽欠伸,結趺從起坐。車停難傾蓋,柂捩莫旋舸。向陽緣度冬,當暑却忘夏。負暄兼看書,臨水還洗罜。倘有王維來,當爲魏野寫。景勝實纇之,言大非誇也。

濟之三和復次韻

古人爲宮室,棟上而宇下。異哉方舟如,吾豈作俑者？萬間與一廛,勿復論多寡。暖日忽上階,烈風免飄瓦。維此湘山材,曾遭始皇赭。公來價十倍,伯樂同相馬。舉杯更相屬,試說再延坐。敝巷舊得名,居民業拆舸。近市物預儲,爰自去年夏。辛勤始有此,豈易陳一罜。病體強棲遲,中抱聊自寫。樸陋何足誇？前言真戲也。

偶閱白集有東園玩菊之作今歲小園菊開頗盛輒復次韻

今歲置秋閏,又見秋將闌。客居貯秋色,幸復有東園。凡今百種花,孰不畏天寒？胡此斕斑者,節去猶未殘？瓦盆圍板屋,每坐於其間。玉毬既高墜，金錢更相連。東籬偶采菊，不爲花所牽。豈如陶翁高，見山獨悠然。我欲學此翁，無菊非所難。翁如欲學我，無酒却鮮歡。園有松與竹，秀色同新鮮。呼之作三友，庶以怡衰顏。

有感效白體

吾秩殊不卑，已作三品官。吾壽亦不少，已望七十年。官卑何足計？壽少真可憐。不見一達者，軀幹如丘山。昨朝猶啖肉，今夕俄奄然。官高亦何用？有壽差直錢。從此心所願，仰面惟籲天。官乞常落後，壽乞常向前。更乞早還鄉，不待步履艱。放舟日臨水，策杖日登山。筋力幸強健，何必駕高輈。此願如我遂，俸祿皆等閒。

雪中對竹

平生此君子，夙好似相敦。昨乘暑雨過，移種向東園。衆木經秋落，黃葉亦無存。獨此瘦骨爾，日午陰猶繁。天公故歷試，夜來雪翻翻。雪落洗其葉，雪消溉其根。顏色愈覺好，青青映園門。高節默自持，難與俗人言。

板屋二適

負暄

朝坐見日升，夕坐見日落。午坐日更多，煖氣如火灼。陋居顡田家，不省在城郭。高樹凡數株，黃葉被霜搏。何曾遮陽烏，更復聚寒雀。旁不啓窗扉，前不垂帳幕。炙背真可獻，此語非善謔。昌黎却避景，遷坐身屢作。我幸無此勞，竟日不展脚。自我有此居，綿裘不重着。自我有此居，火爐但高閣。冬日何可愛，可愛更可樂！

對雪

大方本無隅，虛室自生白。吾屋初落成，老莊言不易。白也從何生？有物皚皚積。空園何所見？怪石惟露脊。誰寫偃竹圖，須帶鶴在側。平鋪得奇觀，寒氣亦漸逼。展席坐稍深，蒲團閣雙腋。旁無一木支，上止片板隔。端愁厚將壓，却喜輕似擲。階踏鳳沼詩，案堆兎園策。鄙性自不飲，泥甕久不坼。净掃但烹茶，此樂更甚邁。

送陸全卿赴浙江副使

豸角冠高映赤墀，衆中才操許誰知？人登臺省誇何易，子去江湖恨不遲。親舍相望通色養，臬司爭喜睹風儀。春來獨覺門牆冷，老大空搔兩鬢絲。

送羅編修擢南監司業

舟引薰風好算程，江頭立候總諸生。一章再補賢關缺，六館先期士類成。路入石城瞻虎踞，山臨璧水聽鷄鳴。曾聞南國游歌慣，不厭長街振鐸聲。

答鳴治乞花二首

北牖新開忽好奇，庭中草木最相宜。誰知小圃春風後，只有酴醿三兩枝。

池上朱藤總着花，飛蟲繞屋類蜂衙。何如枉却公來賞，況有新醅不用賒。

再答鳴治乞花不得二首

新暑蒸人屬夏初，恨無花送強分疏。朝來北牖多生意，想見庭前草不除。

城北相望見面遲，只將新句乞花枝。花枝乞得成何用？自是堯夫要作詩。

待鳴治過園居

西街何處踏黃沙？未午空驚樹影斜。掃地頻教除短徑，臨風獨坐數飛花。行來雙闕應相近，望入群山幸不遮。自笑貧居無款曲，只呼童子預烹茶。

鳴治至次前韻

空庭雨後少塵沙，委巷迢迢轍蹟斜。休沐有期能致客，借看何處更移花。綠陰覆地禽相語，清水盈池樹半遮。四月江南無使到，宿醅聊可當新茶。

送吴克温赴南京翰林

綸閣花香日影浮,薦章争喜得名流。虞書初進東宫講,唐典猶從北館修。家慶及時開壽域,官清盡日在瀛洲。安能便趁仙舟去,南望金陵是舊游。

聞家園樹爲去歲風雪凍死

我家冬青樹百株,先子手種東莊上。年深鬱鬱丈餘高,能與東莊作屏障。我家木犀樹兩株,亦復團團高丈餘。少時我種東園裏,猶憶此地稱山居。嘉樹我生好怡悦,家僮寄書來報説。園林遭厄家家同,去歲何期大風雪。冬青根遠猶且瘁,木犀葉落仍不發。其餘橘柚與篁竹,畏冷固宜難盡活。吴中三月春已殘,生意蕭條如十月。嗟哉氣候何如斯,老人自言未見之。樹埋厚土裹以皮,凍死尚作枯柴枝。東南民力盡徭役,無衣無褐死可知。安得粗布數萬匹,盡爲此輩遮羸肌。傷心偶賦凍樹詩,詩成敢告良有司。

得仲山德州所發書云去京師陸行只三程恨不能一見是夜園居對月悵然成詠

使車停處發郵筒,消息年來喜易通。匹馬三程岐路近,兩人千里月明同。園名屢易常爲主,酒量難添已作翁。信是無由能縮地,歸歟須約故山中。

園居續詠

藤障

步當斜徑綠成圍,賴有長藤葉不稀。不恨刺蘗枯朽盡,向來行處慣鈎衣。

花門

新開小徑傍西垣,手種酴醾花已繁。不似陶翁園日涉,門雖設處却開門。

榆籬

不勞細竹倩人編,亂插榆秧犬莫穿。坐待兒童争采食,高枝春盡欲生錢。

草徑

翠繁綠縟不知名,石甃中分一徑行。行處莫言人蹟少,青苔踏破不曾生。

蘑屏

長條抽綠綴紅雲,園子新從雨後分。板屋向南將樹塞,莫譏管氏儗邦君。

樹屋

蘙蘙光浮葉蔽空,舉頭惟有碧雲蒙。夜來雨漏牽蘿補,圬者安能復食功。

晝聞鬼車五月廿七日陰雨中

古燕氣候異,陰雨近何多？惡鳥啾啾鳴,高飛形么麼。夜鳴已可怪,晝出當如何？爾亦豈虛出,出必事無他。鶺鴒載《常棣》,鳳凰見《卷阿》。歐公詠鬼車,可作安可歌。弋人亦慕此,將謂是駕鵝。獲之可以獻,野外欲張羅。

送李郎中擢應天府丞名堂。嘗辭傳奉之命,故有此擢

清班綴立色無慚,工署徜翔意自堪。名屬山公終啓事,身從韓子不臺參。舊開輔郡依江左,遥望神京傍斗南。壯歲要知功業盛,看君黑髮正勝簪。

自六月初七夜乘涼看月後每夜有月輒賦一首

此夜看新月,亭亭正向西。光因藤蔓少,影與竹梢低。千里誰同賞？三更我再題。明年相見處,約在越來溪。

初八夜

此夜仍看月,清光稍覺多。兔毫纔閃爍,桂樹漸婆娑。還傍西樓隱,應從北闕過。坐來貪看久,更問夜如何？

初九夜

此夜仍看月，人云是上弦。彤弓三尺直，青鏡一規圓。光借無全日，疆分豈半天？幽都近遼海，始覺地形偏。

初十夜

此夜仍看月，陰雲未撥開。還教童子侍，如待故人來。多病須靈藥，常醒只恥罍。清光不相負，依舊滿書臺。

十一夜

此夜仍看月，黃昏始正中。樹多增目睫，天濶蕩心胸。暗室明於晝，銀河淡若空。爽然消暑氣，身到廣寒宮。

十二夜

此夜仍看月，胡牀坐稍偏。清風還共至，良夜未須眠。庭際懷丹桂，池中見白蓮。平生無所好，對此輒欣然。

十四夜

此夜仍看月，看時却向東。影懸真載魄，光暈類重瞳。偶值青林缺，還當玉宇空。何須論詩讖，范老句偏工。

十五夜

此夜仍看月，真從海上生。金盤承露濕，玉鑑掃塵清。詩句憑誰和，菴居爲此名。人心當自識，天道豈常盈？

三姊壽七十以八月十三日生因題月兔圖奉賀

橋頭水滿月流輝，設悅高堂映綵衣。節賀中秋今已近，壽期百歲古尤稀。門闌舊傍金獅壯宅在金獅巷北，圖畫新成玉兔肥。小弟相看俱老矣，願爲煮粥正懷歸。

爲陳玉汝題啓南山水大幅

馬家作畫纔一角，剩水殘山氣蕭索。畫苑馳名直至今，輸與毫端不浮弱。此幅壯哉誰寫真，吳西山水見全身。行春橋上曾遥望，待樂亭中好細論。

鳴治種荷無花見予所種亦同有作次韻三首

幸免花開重賞花，近來多病早休衙。高荷亦自知人意，盆底移花過別家。

翠蓋亭亭已早枯，紅衣點點定西湖。試看一勺盆池水，此日無花也合無。

野花次第隔籬開，不待園丁着意栽。莫向濂溪論氣韻，還輸康節識根荄。

老病二首

七十嗟無幾,難教病不生。已孤君相意,莫慰友朋情。晝寢安逃罪,朝吟又絕聲。吾衰忽如此,更苦入朝行。

數日冠裳解,依然一老生。看花無目力,養鶴少心情。夜月勞延坐,秋風感作聲。近來添老景,腰痛況難行。

奕姪搆二亭於東莊一在振衣岡名看雲一在曲池旁名臨渚以書來報待余歸休與諸老同游喜而寄此

爾父西菴扁拙修,當年種樹帶平疇。近聞肯搆爲吾計,有待歸休與客游。山上看雲依鶴峒,園中臨渚對桑洲。只憂步履非輕健,更欲池邊置小舟。

病臥玉延亭

高臥真如隱士閒,病來受用未爲慳。平池積水從消長,盡日清風自往還。短杖好扶宜野步,小冠初着稱衰顏。直須歸到吳城下,新搆幽亭況兩間。

謝朱戀恭同年寄龍井茶

諫議書來印不斜,忽驚入手是春芽。惜無一斛虎丘水,煮盡二斤龍井茶。顧渚品高知已退,建溪名重恐難加。飲餘爲比公清苦,風味依然在齒牙。

題墨竹贈李尚書時雍赴南京二首

司空德望重同袍,直自黃門到戶曹。總道南都優老地,更看晚節傲霜高。

三十餘年契義心,白頭相與戴朝簪。南行翻喜清風近,來歲吳門候好音。

玉延亭晚坐

殘暑酷憐何處同?只將河朔比江東。半規新月未全白,一穗幽花仍澹紅。鶴步臨池應愛水,蜩鳴抱木似呼風。客來只勸秋涼出,無病無官豈邵翁。

惜月效白體

入夜見何物?既圓且復平。空懸無所繫,忽從東海生。以彼比金盆,金盆無此明。以彼比寶鏡,寶鏡無此清。所恨容易缺,每憂不常盈。況復當盈時,或不值天晴。又爲日薄蝕,仍被雲縱橫。陰晦時每多,清明能幾更。所以尤愛惜,對此難忘情。我欲告上天,高高鑒微誠。天有日與月,譬如兩目睛。使夜或無此,天目一已盲。盡掃諸浮翳,一旦驅天兵。不論晦朔夜,常從天上行。當令仰見者,無不騰歡聲。

有　感

唧唧蛩鳴夜，喔喔雞鳴旦。惕然發深省，二物如相喚。茫茫開闢來，一元過強半。人身與浮沉，世道分治亂。吾生處其間，一息真可歎。寸心冀無怍，此外奚足算！

送張濟民擢知思南

豫章已作甘棠詠，潞渚初從貴竹行。萬里思南稱上郡，寸心拱北望神京。緋袍金帶娛慈母，皂蓋朱旛候遠氓。他日漢家循吏傳，虛名應不比王成。

新製方竹杖

紫玉新裁恰過肩，斑斑四面帶湘煙。病軀藉爾能扶直，巧手煩渠莫削圓。世事固知方則止，時人應道曲能全。此生得免模稜誚，晚節相依尚挺然。

夜坐聞砧

何處疎砧隔短牆，東鄰有婦搗衣裳。風林落葉秋聲動，露草鳴蛩夜氣涼。久別官寮忘館閣，每從兒子話家鄉。强扶筇竹歸深院，半壁殘燈獨上牀。

中秋風雨

都人期賞月，此夜合家歡。市上人爭送，豆瓜堆滿盤。那知風雨至，失却此團團。天公亦戲人，人情苦多端。陰晴詎可定？感此發長歎。

和石田題王濬之畫扇二首

尺圖宛見狄溪春，我昔經行記得真。欲作畫評重閣筆，只今還屬當行人。

紫藤花落石臺春，隱者幽居寫最真。畫品平生應自定，何須延譽待他人？

病中讀周益公集以術家謂其身坐磨蝎宮宜退不宜進寬命與公偶同所愧名賢德望不及遠甚其退尤宜因詩紀之二首

術家早已論身宮，淺薄安能比益公？止豈人爲當有命，退如時序況無功。過從却愧高車滿，請乞惟憂短疏空。忽報南方風雨甚，病懷猶自望年豐。

益公論命居磨蝎，歐子作詩思潁州。合志不須分後學，乞身將復顧先憂。買田負郭甘供稅，種樹臨溪擬泊舟。更欲范村從一老，月中常作石湖游。

詠荊墩

錯節盤根地底埋,野人發地作枯柴。製來礧砢俄登席,送到蹣跚忽上階。曲几異形休用斬,胡牀同類亦教排。識荊已遂平生願,隅坐相依稱小齋。

詠胡牀

座上斜撐三尺牀,病軀隨意與低昂。睡來有枕還成夢,不用烏皮作隱囊。

煮栗粥

腰痛人言食栗强,齒牙誰信栗尤妨。慢熬細切和新米,即是前人栗粥方。

讀韓文公瀧吏詩

自古東吳游宦鄉,愁聽瀧吏比潮陽。蘇公亦是南遷者,長作嶺南人不妨。

招曹良金飯

曹君履憂患,顏色何欣如?學道想有得,委命心常舒。屬以公事至,翛然寄僧居。行裝止詩卷,一僕身與俱。西城隔風雨,遙念夜堂虛。自剔長明燈,開函看佛書。蹇予負老病,秋至歎歸歟。坐上無清言,何人能慰予？明須就我飯,已摘園中蔬。

題墨竹贈良金還東昌

此日此君何所往？聊城聊避洛京塵。清風到處難移節,好雨來時更潤身。

九月十八日大雪又十日雪益大作秋雪歎

吾生本江南,不慣見秋雪。見之自北都,都人亦不説。初偕雨兼零,忽逐風急刮。漸看瓦溝平,仍畏石城滑。陡然作寒威,貧家埶難活。米炭幾時儲,薑鹽何處斡？以至裹曲身,況也無衣褐。病體強自支,憂世亦頗切。茲事已兩見,浹旬未遼濶。月令不深考,政事何所缺？惟天量有容,陽氣終奮發。赤日中天行,窮簷徧昭晰。涼颭只淒然,勿遽變凛冽。霏霏嘉瑞成,却待嘉平節。

次韻濟之齋居苦雨

病卧三月餘,幽憂滿懷積。索居當杪秋,更爲雨聲迫。淙淙瀉空階,豈但作點滴？緬懷同心人,恨不坐連席。齋居掩公署,紀異稽史籍。向來明月共,數步東巷隔。及此遥相望,南箕與東壁。寄示苦雨篇,此意吾已識。黃葉濕還飛,穿窗破愁寂。

韓貫道示所和復次韻答之

宿禽噤無語，落葉紛欲積。入夜雨不休，愁思爲促迫。作詩寫幽懷，累幅空研滴。嗟公久鰥居，所恨誰暖席？夜長如僧齋，名但挂朝籍。坐念西署清，遥如千里隔。闌風仍送雨，夢覺聲撼壁。垂頭坐牀下，童子何知識！八荒同一雲，杜老感幽寂。

送楊温甫郎中出守杭州

刑曹已脱簿書忙，劇郡新除又古杭。雪後遠郊驅五馬，川中名族數諸楊。白公石在官初滿，蘇子堤成姓共長。莫信一麾俄出守，前賢遺愛自黄堂。

竹田東莊諸景中之一也長姪奎取以爲號
使來請一言予喜其不忘舊業也賦近體一章遺之

斷橋流水接村墟，中有脩篁一畝餘。附郭久爲先世業，築場宜共此君居。飋萌不斷留嘉種，結實能收助宿儲。幸免輸租同歲晚，子孫常願把犁鉏。

杜東原畫爲斎姪題

溪上悠悠西日沉，炊煙生處萬山陰。試看畫筆隨人老，此幅吴中何處尋？東原有私印，曰筆隨人老。

又爲題沈石田畫

高峰玉立勢亭亭，石罅長松數寸青。儒雅堂中還講業，案頭終日對遺經。

夏太常墨竹卷爲楊郎中題

友石山人去不還，派傳墨竹在崑山。長身迥出雲煙外，疎影平分水石間。管列笙竽陳雅樂，聲回環珮入清班。此君此日常相見，種處從今手可芟。

紀　賜

十一月八日，東宮輟講，內出衣帶徧賜宮寮，皆加一等。寬得雲鶴衣三，犀帶一。愧感之餘，以詩記之。

中官高捧出彤闈，詔賜宮寮帶與衣。雲鶴豈勝彎背着，花犀仍向病腰圍。受來臣職將何補？持出君恩不可違。章服在躬元不稱，平生加等復何祈？

楊惟立以南京吏部考績至京留修會典書成睹卷首與予聯名有詩志喜次韻答之

令甲紛然合百司，校讎何幸得同時。北門再作冠裳會，東觀常將筆研隨。漢祖三章垂約法，唐人六典費精思。煌煌一代新編上，名在盧前愧莫辭。

又次韻惟立奉天殿進會典時十二月十一日

緗帙裝成進御初,綵輿仙樂下東除。史家未許依唐典,册府空聞紀宋書。陛楯夾陳雲氣繞,殿簾高捲日華舒。子雲筆底多清興,欲和新篇恨不如。

又次韻進會典明日賜宴禮部

喜動龍顏睹巨編,禮曹開宴特傳宣。祖宗政令侔三代,文武公卿合一筵。遷史僅終天漢事,周詩宜有《鹿鳴》篇。玉堂歲莫多嘉話,烏帽官花席更聯。

次韻鳴治歲暮有感

石湖住近萬株梅,買得湖田苦未回。都市每驚風俗改,老人偏覺歲時催。客居顧我聊兼隱,仕路憐渠更用媒。頭白相看知己在,方山屹立勢難頹。

卷第二十九
詩三十六首

癸亥正月九日以張廷式工部自易州分司來初作同年會於李時器宅時器出松竹梅於盆云歲寒三友人各以一物自儗復相倡和

京國重臨十日春，同年寥落是壬辰。合成松竹梅三友，歷盡冰霜雪一身。談劇欲更庭下僕，飲餘不醉座中人。白頭却歎吾偏老，坐對杯盤意轉親。三人皆不飲。

十四日再會予家

雅會新年喜再成，過門冠蓋見交情。深穿委巷春風暖，高出疎林海月清。唐國太康原有戒，齊人同好不重盟。歲寒高節真堪取，三友相看肯負名。

二十日三會廷式公館館即楊文敏公朝房所謂聚奎堂也

積雪全消春載陽，上元已過日初長。城中燈假何妨滿，社裏詩盟不可忘。三友自成聞喜宴，五星猶仰聚奎堂。明朝易水遥相望，强向筵前更舉觴。

儗松

朽株千尺傍林皋，縱受寒風不怒號。老去竹梅長作伴，春來桃李獨分曹。材充清廟難爲棟，賦就中山且作醪。今日會中邀入會，百年高節願同高。

和廷式儗竹

翠幹青枝玉削成，翛然誰識此君情？根盤濺濺鄱山遠，影帶蕭蕭易水清。雨潤何妨還改色，歲寒能保不渝盟。枯松幸託同心久，相會無勞問姓名。

和時器儗梅

冰雪生香畫未成，相看綽約更多情。竹君比玉姿偕美，松老如柴骨不清。詩詠逋仙甘獨隱，譜修范叟愛同盟。從來能作和羹用，早向商書已識名。

絕飲

平生不能飲，常愛能飲人。三杯已至醉，陶然見天真。淺飲分數酌，夕宴可自晨。流連至終席，尚可陪嘉賓。近者患齒痛，痛處蓋有因。酒入咽喉間，其氣烈且辛。遂令痛作時，難合上下齦。酒乃天美祿，分定於人身。天欲絕吾飲，何必言諄諄。惟令痛及齒，不使沾其脣。空庭滿冰雪，寒氣加新春。對酒不能飲，天意豈不仁？不爲酒所困，庶免書諸紳。

聞雞

繁星滿春空，雞鳴鳴不已。試問鳴何爲？意在喚人起。攬衣不能眠，人各勤所事。士人争入朝，商人争入市。惟有怠惰人，翻嫌聲聒耳。殺其善鳴者，入庖執刀匕。雄雞職司晨，不與牝雞似。牝雞鳴聲低，豈識司晨理？不知家之索，顧以聲可喜。枕上偶聞雞，感歎爲流涕。

新歲與玉汝世賢禹疇濟之爲五同會玉汝以詩邀飲因次韻時玉汝初治楚獄還

朝班常喜接駕行，束髮同游自故鄉。獄事不冤如定國，歸途無險勝王陽。三江已隔非吾土，五老安知共此堂。更待城東春色好，小園還約看紅芳。

書室曉坐

南窗兀坐日光浮，殘雪猶看在瓦溝。畏冷又過冬一難，覺衰真合古三休。便人強以家書附，多事聞將日曆修。喜報聖躬膺萬福，南郊擬從六龍游。

二月四日上出視朝志喜

鳳樓高隱五雲端，鍾鼓聲傳列奉鑾。世道已登三代盛，聖躬常繫萬方安。殿前旭日天仍近,仗外春風樹不寒。仰見赭袍陞黼座,千官擁笏盡騰歡。是日,百官皆具公服朝見。

次韻鳴治見懷

層軒孤榻在,此地豈吾廬？星彩三更滿,風威二月初。河冰清瀧瀧,宮柳翠疎疎。詩自昌黎後,惟公更押於。

郊祀與楊惟立寓宿神樂觀馬道士房_{翰林前輩多於此齋宿}

仙房地迥步頻移,影澹西窗落照遲。舊日諸公無在者,新年老友更同誰？坐深蠟炬當筵剪,聽徹鸞笙隔屋吹。便欲聯名題壁上,郊齋須記仲春時。

日煖齋宮賜食頻,曲廊連步得楊津。卜郊此日非三望,陪祀誰家有四人。楊氏有惟立及大理卿守隨、兵部郎中守偶、刑部郎中茂仁四人陪祀。展卷鑒書誇茂密惟立攜宋仲珩書見示,開函投句愛清新是日李世賢、屠元勳皆有詩見投。憶從史局曾相別,却向仙房得更親。

次韻屠元勳陪祀

南郊春半喜新晴,盛禮初從改卜行。刑獄仍令司寇禁,祝詞先許奉常更。改時維仲春陽氣發育。酒傾玉瓚分三獻,樂奏簫韶合九成。衰病不堪陪祀列,仰瞻袍笏羨光榮。

送玉汝擢副都御史仍赴南京

南都人識舊清風,新命仍歸玉敕中。執法星高依斗北,留臺地重隔江東。睢陽會散誰偏老？洛下吟成我未工。欲忘離情須是醉,當筵休放酒杯空。

園中一鶴長鳴群烏時噪其旁若相語然因觀白集有烏鶴贈答之作輒效其製爲四絕或者能道其意非特所謂自取笑也

烏問鶴

爾脛雖高不上天,爾軀雖大却枵然。小園半畝門常掩,獨舞孤鳴待幾年？

鶴答烏

結巢長比鳳如鷃,阿閣雖高性不貪。試待明年毛羽長,一飛直到大江南。

鶴問烏

緇裳玄氅不分明,聒耳爭嫌攫攫聲。爾自上林能攫食,如何來此欲通名？

烏答鶴

飽食橫飛不顧餘,彈來能避翼能舒。終年只向空園住,不會謀身不似渠。

謝馮副郎送惠山泉

何處泉滿腹？惠山橫翠屏。山遠不能移，誰移此泓渟？客從山下來，遺我泉兩瓶。磊磊石子在，中涵數峰青。宛如清曉汲，尚帶魚龍腥。煎茶水有記，陸羽著《茶經》。舌端辨清濁，豈但如渭涇。兹泉列第二，不甘讓中泠。幸蒙蘇子詠，將詩作泉銘。至今山游者，争仰漪瀾亭。遠餉踰千里，瓴甑載吳舲。後人不好事，此事久已停。大甕封泥頭，所重惟醽醁。一朝俄得此，高屋驚建瓴。陽羨茶適至，新品攢寸莛。雖非龍鳳團，勝出蔡與丁。二物偶相值，活火仍熒熒。蟹眼泡漸起，羊腸車可聽。煎烹既如法，傾瀉散蘭馨。連飲渴頓解，更使塵目醒。缾底有餘瀝，照見髮星星。嗟此一段奇，何意當衰齡。不須茶始飲，飲水心常惺。未足酬雅意，聊用報山靈。

題西戎獻馬圖贈楊應寧都憲督理陝西馬政

烏駹曉度黃河來，蹴踏萬里風沙開。四蹄垂鐵不可鑿，拳毛繞腹非凡材。戎人牽過蕭關下，毳衣氊帽胡為者？不辭馳獻到關西，聞道楊公來主馬。平涼極望水草新，監苑重開列圉人。此匹真為渥洼種，隱起龍文猶滿身。馬復令行如詔旨，蕃恩應看錦雲比。唐家莫說惟毛仲，秦世徒傳有非子。內地養馬連長槽，斛水茝草民何勞？楊公一來壯兵氣，萬騎逐北天山高。羯胡夜撤穹廬道，馬政既成公入覲。還將此匹獻天閑，不是按圖空索駿。

應寧示贈行諸作題其後

溽暑不可耐,三伏且未闌。琳館遙相望,出門一何難!況也值連雨,道上不曾乾。雨多亦自喜,客去幸盤桓。試看何所得?詩卷滿牀攤。西行良足慰,躍馬過長安。仰瞻太華峰,俯挹黃河湍。駞牝散郊野,監牧紛奚官。嚴霜被百草,邊城驚早寒。懷人當不寐,明月中宵看。

題米南宮詩墨<small>靳充道藏</small>

向晚得奇觀,案有翰墨陳。展卷即可辨,迥然出風塵。尋常勢欹側,此幅殊不倫。字止五十六,端人似垂紳。復如旗正正,又若車轔轔。書家有定論,俗士妄生嗔。不見蘇公語,超妙仍入神。公昔家京口,海岳近為鄰。墨蹟多散落,至寶終難堙。譬彼荊山玉,旁達見孚尹。驚看忽入手,幸矣歸鄉人。百世恐朽敝,摹勒須堅珉。銘文配瘞鶴,終古焦山垠。

為潘時用博士寄壽其叔父鶴溪太守八十

閩南歸老二十年,鶴溪先生健如前。却杖放步登山巔,上下與鶴同蹁躚。眼明不著養生編,試問先生何以然。口碑曾聽閩人傳,有守以來公最賢。窮簷小民蒙見憐,舉手加額每祝天。願公居家年百千,翰林從子今儒仙。竹林南望歸無緣,我為封詩到壽筵。和我妙句篇須全,勿令邠老美獨專。

讀蘇集有除夜詩首四句云行年三十九勞生已強半歲莫日斜時還爲昔人歎蓋述白太傅語也後蘇公年止六十五而白公七十六予今年六十九適介其間因自賦以寄鄙懷

歲暮日斜三十九,更加三十又何如?勞生強半蘇終少,視古猶稀白有餘。學士仍兼慚老學,書生未敢望尚書。平生却恨張師德,能保虛名不是渠。

次韻友人海昌對月見懷

懷仙不信有瀛洲,汗漫真爲此夜游。浮世縱觀俱是海,高人獨立最宜秋。髮晞清露如新沐,手挽銀河欲倒流。却向君家誇故事,羽衣明月倚黃樓。

寄壽趙完璞八十時得人治盲目復明手書示報

憂世非私百畝田,上書當道憶當年。高歌行野仍三樂,妙術傳家是十全。玉璞獨完雙足在,金鎞輕刮兩瞳懸。年開九袠休言老,手蹟封題尚宛然。

新麪歎

憶昨城西路,歸來背夕曛。芃芃麥未割,極目盡黃雲。黃雲方滿郊,都無一日別。如何盤盂中,忽復堆白雪。乃知昨所見,總是豪家莊。匆匆謀一飽，豈似野人忙。年老重食新，感歎繼以泣。何不遲數朝，垂芒滿珠粒。

登廣福寺佛閣望西山

城中過坊口，時見山一面。車塵半空起，忽復不可見。今日出城西，初喜見山便。恨當長夏時，草木更葱蒨。遮胸如執圭，隱首或側弁。行行七里餘，勝地得僧院。仰瞻何突兀，傑閣俯高殿。百級躡層梯，身向西闌轉。橫絕曠野中，蒼翠爭自衒。已將目力窮，却任脛骨顫。群山不知名，起伏端可辨。勢從西南來，遙向西北旋。萬馬如馳逐，陣列如鏖戰。白雲與碧靄，巖姿陡然變。誰倩丹青人，爲我展畫卷。老至客京華，宦游真已倦。若使入山行，所歷豈能徧？一覽青可了，無如此中善。

次韻謝鳴治初入館修史纂之作

儒官職業敢終辭，猶幸相從得故知。聖學仰承慚薄識，史編旁考惑多岐。極知古事能爲鑑，甘比□工但築基。四庫大開還自喜，老來纔免借書癡。

中秋夜與葉翁飲

天净真如海不波，依稀倒影見山河。却嫌群木交加甚，只恐浮雲點綴多。此夜浙江潮洶湧，去年燕地雨滂沱。一樽更與鄰翁飲，老至佳辰肯放過？

感范魏公食粥事

長白山中虀粥冷,丹陽道上麥舟空。故人他日能施惠,君子當時已固窮。

翰林新修工畢適奉命教庶吉士坐久偶成

仰見沉沉畫棟連,坐當華屋是何緣?朝廷正用儲賢士,山澤安能置列仙?水激長隄聲若瀉,日臨高樹影初圓。自憐老眼渾無見,亦愛新涼對簡編。

題米南宮水墨圖閔尚書藏

雲山煙樹總模糊,此是南宮鶻突圖。自笑頂門無慧眼,臨窗墨蹟澹如無。米自跋云:"非具頂門上慧眼者,不足以識。"

寄壽施煥伯七十

初從鄉校託交游,束髮相看到白頭。我愧濟南非伏勝,人言吳下有施讎。高懷已見開三徑,遺愛猶聞在兩州。少待登堂成一笑,手持春酒獻還酬。

斫蟹

斫鱠曾有人,斫蟹始自予。蟹也我所欲,所欲寧舍魚!南人無不食，水族到蟛蜞。風味覺斯下，至美當輸渠。今歲美且賤，不待霜降初。鼎烹本何罪？連收同族誅。我老齒將落，兩螯奈偏腴。手持但垂涎，頗亦晉人如。薑醢既登案，聊間以嘉蔬。一斫即可斷，大嚼已無餘。所恨性不飲，右手猶自虛。晉人定相笑，醒然一何愚！口腹爲小體，養之愧軻書。惟應知味者，或取斯言歟？

卷第三十
詩五十一首

詠春雪

燕山春已半,寒氣逼窗紗。亂撒紛無際,平鋪净少瑕。繞簷惟作片,綴袖不成花。紅綻妨桃蕊,青抽厄草芽。水中仍滅没,空裏恣交加。向日痕初薄,因風勢復斜。危牆應便壓,平地總無窪。

寒夜懷楊應寧

西望關西更向西,度關人去定聞鷄。即看萬馬如雲錦,浪比孤鴻踏雪泥。群牧循行頻檢括,連章馳奏自封題。山城夜坐銷官燭,想見霜寒咽鼓鼙。

簡鳴治

北望高城樹半遮,遥憐孤榻卧官衙。新年不見詩循例,長夜惟知夢到家。世道豐亨争自喜,宦途疲憊獨堪嗟。乞身須約同歸去,七十於今我亦加。

齋居謝屠元勳送解家香

坐來齋閣欲清心,忽對名香到夜深。已似古人頻掃地,更無俗客共鳴琴。燄煙盤曲絲縈碧,細屑圓成著削金。始信解家真得法,清泉餅莫送詞林。

與廷式飲時器宅爲會十二月十一日

東街晴雪映朝裾,早赴公□席不虛。有約祇教三友共,重來未及一年餘。清談盡日卮言出,列坐中堂鼎足如。準擬百篇成別錄,新春良會不勝書。時廷式新刻同年三友會錄。

再會予家次廷式韻十七日

休將修禊比山陰,一笑荒園欲墮簪。量淺不爲河朔飲,曲高難和郢中吟。疎林夾戶鵲巢小,殘雪當階鶴蹟深。入夜不須教繼燭,吾家海月正浮金。

三會廷式公館次時器韻二十三日

易水東行踏雪埃,依然公館向陽開。人歌孝友侯誰在,堂比清虛我復來。飲酒不勞三爵戒,賦詩真見百篇才。天門半掩歸途晚,疑是詞林儤直回。

齋居答廷式 甲子正月五日

手拆詩函翰墨香，持來知自聚奎堂。詩壇未覺三人少，燈假重期十日長。微雪點階添曉色，條風入户動春光。齋居更喜移居近，古樹南邊隔一牆。

又喜廷式夜訪

齋居滿座散茶香，忽枉肩輿到小堂。公事强留三日久，清談能爲一宵長。烏金屢爇銷寒氣，紅蠟頻燒避月光。却愛兩郎常侍教，書聲隱隱過南牆。

正月九日再答廷式

齋居解帶坐焚香，又見題詩寄草堂。只尺地連人獨遠，尋常春近日初長。詔嚴北闕聞天語，禮盛南郊振夜光。誰念□□重復命，老來猶自走循牆。

送胡副使擢廣東

衣繡煌煌映赤墀，身依霄漢立多時。出巡每愛咨民疾，遷擢仍看荷寵私。闕下三年須奏績，嶺南一道重分司。遙遙祖德仍相繼，此日清名亦畏知。

次韻屠元勳李若虛齋居聯句見寄

西署遙瞻每繫心，託交常想歲華深。安能乘興還移棹，豈爲知音是鼓琴。老去文場慚曳白，春來詩檟喜分金。漢家大祀看成禮，更擬高才賦《上林》。

送王編修九思歸省 _{九思，字敬夫，陝右鄠縣人。父母具慶，祖母亦存}

□陂種樹久成村，況話終南正對門。附郭有山兼有水，上堂爲子更爲孫。詞林秀發膚清秩，春日舒長獻壽尊。兩母白頭誰不戀？遄來須用答君恩。

讀陸參政文量歸田稿

陳塘宿草徧新塋，別集年來又刻成。鳳鳥自憐毛羽好，孤棲終有不平鳴。

偶讀司馬溫公詩集有和邵堯夫年老逢春三首各以本題四字起句有感於中輒倣而和之

年老逢春人共咍，小園日涉去仍回。牆邊槐樹是誰種？籬外桃花特地開。冰到泮時終在沼，石依陰處自生苔。折腰最苦無筋力，欲和淵明《歸去來》。

年老逢春人更狂，不登高阜即平岡。忘懷每怪言非淺，好睡還驚夢不長。過市塵多如觸霧，臨窗花少勝焚香。長將短髮清晨理，又聽鍾聲謁未央。

年老逢春人自驚，春寒不飲負良朋。江南報到猶深雪，都下聽來無早鶯。司馬慣將筇杖策，堯夫來挽小車行。詩成却怪昌黎語，凡物鳴因不得平。_{溫公游園常策筇杖。}

牡丹初開夷奐張幕以護作詩示之

春深喜見一枝紅，翠幕高張日正中。爲語兩郎須記取，愛身當與愛花同。

送劉仁仲歸省

每愛西川玉一雙，獨承恩旨到鄉邦。長途未畏連雲棧，勝地終誇濯錦江。舊喜文場先入觳，近看史筆已如扛。郫筒春酒秋初熟，隔座生香透碧窗。

送劉司直展墓

石城挟册看翱翔，好學如君尚未忘。譜上劉歆應別派，詩中阮□是同鄉。還乘驛傳從恩召，每見經幃進講章。識慕亦知崇似許，莫瞻河水歎洋洋。

夏夜起坐

病首稜稜臥未便，坐臨風露小堂前。娟娟缺月初離海，隱隱明河欲亙天。憂旱有詩歌倬彼，還家無計歎茫然。夜深童子垂頭處，獨聽城樓刻漏傳。

爲馬彥中道士題夏太卿雨竹

太卿已逝墨君存，筆法依然帶雨痕。不識南陽鍊師面，百年遺物屬諸孫。

次韻答鳴治病中寫懷

扶杖屢然望北宸，暑風終日自揚塵。地連黃閣翻憂遠，疏入銀臺自覺頻。身計欲□還似□，王言不斷莫如綸。白頭相對應相笑，滋味真同苦與辛。

次韻屠元勳以二世誥詞刻石樹先塋之作二首 有引

伐石南山壓厚坤，誥詞考德爲求源。秦川舊姓真堪數，浙水清門久自存。城裏白雲凝遠望，林間春雨沐重恩。百年積德終當發，試看秋臺有孝孫。右祖塋。

合德無勞衆口評，兩篇天語最分明。秋臺此日生無憾，巖壑多年死亦榮。湖水流清環隧道，鄂山分翠繞羅城。穿碑屹立高如許，長表人間罔極情。

送文侍御宗嚴奉使河南

盡說文家好弟兄，更誇仲氏繡衣明。憲臺此日官爲重，軍政多年例已成。花下莫辭清酒薄，津頭遙望畫舡輕。從來練達民間事，不負朝廷是此行。

爲奎姪題畫

林下茆亭坐此翁，旋移詩景入胸中。江湖日暮多風浪，應笑張帆使順風。

聞趙栗夫擢廣東按察使

嗟我頹衰正乞歸，喜君新命出彤闈。吳江一水能移棹，越地千山好振衣。學政已成心亦倦，獄詞重判手如飛。却思二十年前事，轉覺詩朋座上稀。

乞歸不遂 時第三疏以旱災避位爲詞，蒙御批"勉起供職"等語

銀臺投疏列三回，批答頻驚御筆來。過料殘生蒙帝力，誤居高位召天災。老身況復加多病，明主何曾棄不才？恩旨下臨當勉起，就令供職已衰頹。

五月十五日蒙賜鰣魚二尾

病臥書窗越幾旬，朝來猶自食時新。江東到此如論價，須抵盤中二尺銀。

盆池養魚

雨來水面似跳珠，幸免□魚得共濡。只尺洋洋猶自樂，不知盆外有江湖。

病　中

勉起難將職再供，菴居長夏稱疎慵。聊從消遣千行帖，全仗扶持八尺筇。天上雨來蘇病骨，溪頭水長滯行蹤。夜涼忽作江南夢，聚塢靈巖紫翠重。

爲顧良弼題墨梅

芳名曾向譜中傳，似見臨溪影倒懸。爲語游人休亂折，低枝正與雪霜便。

次韻李世賢遣祀天壽山禱雨有應二首

禱祠初命禮曹臣，百里將誠易感神。周雅累章歌太甚，漢雩成隊舞何頻？四郊有地無乾土，三日爲霖絕點塵。見説陰晴纔倏忽，下山猶自月華新。

北瞻高嶺覆青盆，雲起橋山勢獨尊。岱岳乾封非漢事，桑林重禱有湯孫。鮒浮洞徹行千里，馬去蹄涔散萬村。清曉朝衣沾濕處，喜承天寵出金門。

次韻世賢和供字韻之作約顧良弼携酒來慰

久擬盤餐爲客供，病中百事歎俱慵。髮稀自落如枯葉，病骨難支抵瘦筇。老者安居猶費力，諸公健步敢追蹤。黃花酒熟須邀飲，佳節遥期九日重。

病後獨游園中

八尺筇枝在手中，小園游處擬溫公。離奇不合翻多壽，傴僂安能更直躬？足弱敢臨堦石亂，眼昏渾覺□花空。緑陰滿地聞啼鳥，此樂何如與衆同。

爲屠元勳題畫二首

百頃平湖望若空，游人如在水晶宮。日長對此消炎暑，高閣安能着病翁？右《湖亭高士圖》。

白頭三鳥共稱翁，竝立高枝總下風。何物世間爲□□，俗人猶自羡三公。右《一雀三公圖》。

世賢以予拒客次前韻復和答之

自憐杯酒不能供，老病多緣見客慵。開户出迎難倒屣，上堂酬拜定携筇。預期空挹雲間影，逕造須留竹下蹤。莫信黄花時節好，小園須稱緑陰重。

謝顧良弼李世賢携酒過訪 五月晦

初伏將臨日正長，肩輿同約到茅堂。遠林忽辱來公子 老杜《夏日李公見訪》詩：遠林暑氣薄，公子過我游，小圃翻能致辟疆 吳中有顧辟疆園，王獻之徑造。花下扶筇臨亂石，藤陰移席避斜陽。幽居無物相延款，緑樹成行晚更涼。

世賢謝送鶴雛次韻答之

短脛宛延類鶩形，忍看抱送出前庭。詩筒相謝須千首，園扁曾題只兩翎。月下長鳴聲未亮，樹間低舞足猶傆。南宮見説多仙侶，莫遣群飛入杳冥。

再答世賢過訪之作

病卧空園兩月長，何曾延客一升堂。忽看棗實真成果，亂插榆秧已作疆。自喜清陰消伏暑，誰期佳節到重陽。酒酣碧碗深如許，不厭冰漿沁齒涼。

謝顧良弼送甘州枸杞

畦間此種看來無，緑葉尖長也自殊。似取珊瑚沉鐵網，空將薏苡作明珠。菊苗同摘憑誰賦，藥品兼收正爾須。曾是老人宜服食，只今衰病莫如吾。

爲世賢題唐子華釣舟圖

日落長堤古樹陰，漁舟爭放碧溪潯。看渠共理絲綸手，真有前人竭澤心。

韓貫道爲陳太僕題滁州環山樓末聯有游人莫作尋常看季子文章在上頭之句以予嘗作樓記也因貫道寄示次韻亦賦一首

山過淮西此地優，元龍豪氣正登樓。松濤繞壑聲如瀉，石寶生雲勢欲浮。庶子泉清仍吊古，判官花好不知秋。憑欄遠瞰孤亭小，更有文章在下頭。

題趙仲穆馬圖_{李世賢藏}

王孫畫馬兼畫人，□□神全色不均。一人汲水來飲馬，一馬欲飲將騰身。二馬俯首嚙蒭藁，一人按榭睨櫪皁。天閒不待秋高肥，一馬不渴二馬飽。朔方用兵萬騎馳，三馬立立如不知。

贈謝鳴鸞還台州次李若虛韻二首_{鳴治之弟}

海上三年別故山，客中骨肉眼前看。行裝自解書千卷，臥榻聊分屋半間。晉代詩才推謝朓，嚴陵風節見方干。翛然不爲冠裳累，悔不從君舊學閒。

京國看□作宦游,從來試□未曾投。家庭行義存三代,隱逸聲名出九流。舊節懸車應不改,上庠分袂豈無由。幸逢堯舜□□□,巢父依然去飲牛。

五同會

日高連步出金閨,鄉里衣冠比聚奎。已幸容予爲五一,不勞邀客向東西。古人事例□真率,流俗杯盤□整齊。白髮蕭然叨坐首,敢辭揮筆製新題。

西涯示東兗紀游諸作有謁顏廟一首予昔謁廟未有詩因次韻補之

魯人有東家,顏氏非西鄰。陋巷帶甃井,千載猶荒村。古屋自曾光,累代加褒甄。繼昔心不違,至今里稱仁。賢哉克復語,後生庶前聞。豈知簞瓢樂,樂道非樂貧。我昔過其里,指途藉居人。是時屬炎暑,蕭索如初春。老樹盡摧折,周垣半頹堙。入祠重瞻拜,瓣香贄明神。終退見□者,疑爲原憲孫。泗水清㴌漾,尼山翠嶙峋。落日無以薦,悠然歌《采蘋》。

詩餘三十四首

詠墨菊　醜奴兒

風枝露葉涼思起,占斷東籬。愛殺開時,只恨王弘送酒遲。綠衣黃裏詩人句,不是相知。顏色堪疑,新浴羲之洗硏池。

詠木芙蓉　滿江紅

桃李無言,恨久與,青春相別。誰料到,秋深依舊,紅芳未歇。亂蕊偏承白露滋,柔枝肯被涼風折。望耶溪,有種二名同,真比竊。

桂枝香,菊花節。月中仙,霜下傑。試移來向老圃,爲同列。寶髻偏非墜馬粧,綠裙低爲凌波揭。歎知心,惟有一高蟾,詩題絶。

詠桂花　浪淘沙

節候屬金行,花信堪憑。鳳釵亂插綴黃英。驀地涼風吹落地,猶作金聲。

洛下未知名,合喚花卿。天香不與衆芳爭。何事芙蓉遙避去,野水盈盈。

秋夜對月　大江東去

危樓百尺,隱秋蟾,微露半規簷角。吹滅銀燈,聊坐待,自捲西堂簾幕。積雨初收,纖雲不起,訝星河俱落。屋梁光滿,赴人如有盟約。

何事李白題詩？强分今古,有酒宜高酌。慢撫枯桐,三二引,寫我一時之樂。古樹風回,荒階蛩語未？覺秋聲惡,芙蓉花上,今夜露華堪濯。

翰林齋宿對雪　滿庭芳

官燭全銷，朝衣未着，簌簌誰打西窗？春威猶弱，滕六尚難降。信是春前少見，燕市上，也復嘩尤。庭槐白，一時點綴，冰柱倩誰扛？

齋居，當此夜，香凝紙帳，酒涸銀缸。馬蹄散空留，玉斗成雙。郢曲無人傳得，詞苑客，宜製新腔。爭如唱，柳州佳句，蓑笠釣寒江。

又和李石城　南鄉子

深院上衣飄，誰把風前玉樹搖，起望街頭人獨去。迢迢，足蹟分明過石橋。

近午恨還銷，平滿階除待此宵，惡客猶嫌無酒飲。寥寥，明日東家折簡招。

賀張東海太守致仕　定風波

庾嶺寒梅千樹開，南安太守賦歸來。向晚春風狂捲地，只有梅花一笑不吾猜。

拂袖高臺亦快哉，風月相隨直到九峰隈。遥計到時春已暮，白髮蒼顏，醉也不曾頹。酒洌魚肥，料得要人陪。

答傅體齋約游西山　青玉案

西山於我如無分,要游時,春常盡。住向京華凡六閏,出城偏近,山僧笑我,此事無人信。

故人書札勞相問,可惜情懷還不順,冒暑同游游也悶。湖堤須待,杏花疎雨,吹濕雙吟鬢。

玉延亭午坐　如夢令

午枕莫教重睡,亭上老槐垂翠。暑氣此間消,一陣好風隨至。多事,多事,又過菜畦行水。

壽費葯軒　臨江仙
廷言兄正月四日生辰

此日葯翁開七袠,人來併賀新年。逢恩堂裏鼓填然,改元聞好語,紀事作長編。

江上扁舟初到也,憑將玉季書傳。買田抽取俸中錢,他年如得請,一笑兩華顛。

和答李世賢慶五十　風入松

一從身作翰林官,氣味便酸寒。圖書堆裏匆匆過,功名晚,青鏡羞看。無事不修年譜,有時還上詩壇。

卯君逢卯歲將殘,五指屈來完。往年難比今年好,圍爐處,妻子團欒。新歲行人欲發,家書光報平安。

又答王濟之　水龍吟

短籬重過詩筒,生朝引起東隣興。厭歌舊調,恭承新約,年年來慶。酌則鄉人,不似軥書,斯須之敬。愧雲路先驅,老婦當時,學舞柘,枝腰硬。

如今細數行年,若流水,吾心不競。多謝纍纍,珠玉客邸,將何回贈?賴菴居,一物堪分,月兒端正。期生子,攀月裏最高枝,吾言非佞。

又答陳玉汝　滿庭芳

三十年前,以文爲戲,把筆曾咎長鬚。有繩難繫,西日漸桑榆。堪歎鬚都白了,兼撚斷,憔悴非吾。今猶健,他年見客,回拜要人扶。

朝來無限恨,白雲零落,春草荒蕪。傷情處錦褓,當日呱呱。富貴非吾願也,松菊畔,能保遺軀。吳門去,扁舟蕩漾,時復過陳湖。

又答周原己　沁園春

蠟炬銷銀,夜誦新詞,美成再來。覺癡年漸長,後生可畏,秋藤垂雨,春笋驚雷。傳菊堂中,夢梅室裏,兩處尋常幾往回?願他日,泣舟射瀆,接履胥臺。

命宮浪把韓蘇,比磨蠍於人安取哉!想共瞻山斗,何其重望。

如開武庫,是甚高才？雪擁藍關,風清赤壁,落得平生衆手推。但持酒,信人生萬事,有命安排。

又答孫希說　千秋歲

　　殘年奇事,試看門如市。怪壽旦,人能記。藏鈎今夜樂,飲酒全家醉。春又至,銀幡插髻隨兒戲。
　　有問吾年紀,逢五初辭四。杜老句,坡仙字。雕虫空自苦,畫虎難相類。始知得,蘧公往事真堪愧。

又答朱天昭　賀新郎

　　分袂嗟何久！天一方,望美人兮,吳趨坊口。今日喜重逢燕地,不見雪花如手。正殘冬,晴明時候。賤子行年剛半百,征車來帶得閶門酒。歌一闋,酌三斗。
　　況君本出睢陽後。便如五老來吾壽,更把筵中詞客數,又合着香山九。眼底事,大都非偶。春半報君惟兩語,喚小僮急向西樓走。金榜首,題朱某。

又答趙栗夫　醉蓬萊

　　歎平生事業,禿筆成堆,殘書盈架。九載心勞,儗陽城書下。氣力無多,頭顱如許,向老來誰怕！瞻望西山,徑營東圃,頻年無暇。
　　匹馬何來？白雲司裏,語妙非詩,意濃如畫。世俗相過,笑稱觴持杷。豈待楓落,吳江一句,爲鄉閭增價。兔管停豪,鳳箋留尾,試題除夜。

又答賀其厚　喜遷鶯

蓬門朝啓。笑委巷荒涼,誰施朱榮?京國繁華,貧居幽僻,村塢依然堪抵。却有三間破屋,能作故人客邸。稱壽處,吾見其兄,若逢其弟。

好禮。爲我再解金龜當,槽坊新醩。狂客如君,謫仙非我,何事將罇俎洗。且復呵開凍硯,親手探詞源底。歲既暮,肯謝盧家茶,乞顏公米。

又答楊君謙二首　大江東去

早年疎懶,豈知得,到中歲童心猶在。五十無聞我預向,《論語》篇中高載。破研冰堅,空罍塵滿,此是家常態。寒窗孤坐,悠然徒有深嘅。

何事車馬喧闐,入門來,總是親朋寮寀。執雉持魚薦宿醅,況有堆盤生菜。舉盞相酬,適臘盡春回,羲和交代。老夫衰矣,惟君宜自加愛。

曲高難和,問誰倡此白雪陽春新調。須是宗人纔識得,曹氏碑文之妙。蒲柳姿零,牛羊齒長,得此真堪笑。才如甕㒷,一時繰出成繚。

老手親付新郎,作長綸,便向六鰲垂釣。波及鯨魚驚昨宵,地下譻揚尾掉。是夜地震,故及之。病眼摩挲,看春榜題名,靈龜休燋。嘗聞人語,科場最怕年少。

苦雨　浣溪沙

幾陣南風挾雨飄,霎時窗外過春潮。端愁西郭衆山漂。
翠繞玉河牽荇菜,綠搖金水舞蘭苕。田中宿麥恐無苗。

喜晴　同前

晚來疏雨過柴關,還我斜陽屋滿間。東方蠕蝀一何彎。
把筆欲題山宛轉,枕書高臥鳥綿蠻。意隨天上白雲閒。

追和元張伯淳學士贈長蘆彈琵琶者　木蘭花慢

自潯陽客散,千古事,少風情。忽丹穴將雛,空山啄木,上下和鳴。誰云,不如竹也,却千愁萬恨託絲聲。好把金龜當酒,莫將銀甲彈箏。

玉堂,風靜落花,輕學士,舊曾聽。想淚濕青衫,情纏綵筆,沉醉初醒。長蘆,往時年少,悵悠然對坐到天明。空使後人懷古,夜窗快雪時晴。

游虎丘　江神子

千人石上可中亭,僧說法,鬼來聽。此事休談,但愛石崚嶒。二十餘年身再到,頭已白,樹猶青。

劍池一道更清泠,第三名,載泉經。斜陽啼鳥酒初醒,小閣半間重徙倚。蘇子語,是詩銘。

謝吳中親友　清平樂

金昌亭下,舟泊當春夜。水底星光光許大,風利帆開似馬。

曉來送客忙追,不知人在天涯。莫誚褰裳宵遁,怕當人面分離。

舟中詠沙燕　憶王孫

身輕不受柳風吹,小穴藏身託土隄。隄若崩時穴更移,免啣泥,誰說華堂便好樓。

臨清晚泊　柳梢青

畫鷁高飛,長河作帶,細柳成帷。晚睡初醒,棹歌聲起,錯認南歸。

清源城郭旁圍,望道上,行人未稀。油壁香車,紅泥細酒,故土全非。

晚行御河　西江月

隱隱高原碧柳,茫茫古岸黃沙。小舟不見賣魚蝦,有酒何曾論價?

水學客腸九曲,路迷人蹟三叉。灘頭茅屋兩三家,此景畫師休畫。

公署冬晚　蝶戀花

落葉滿階吹不去,上苑啞啞,只有鳥爭樹。吏散堂空人靜處,風景嗟如許。

時事驚心那忍賦,白髮垂垂,總是愁千縷。日隱西山當薄暮,扁舟好問江湖路。

題修竹士女圖　阮郎歸

嫣然何物步苔茵,霞裾誰染塵?淡粧一面認來真,水邊非麗人。

如抱恨,更含顰,隔園脩竹接。東鄰風前忙轉身。

題倦繡士女圖　同前

日高碧樹午陰圓,繡牀人未眠。回文錦字綵絲纏,停鍼還悵然。

飛絮底,落花邊,青春將暮天。遼陽人去幾時還?真將詩意傳。

題宮人二景二首　重疊金

太湖石畔苔痕滑,玉階扶上看明月。若比廣寒宮,宮中人又空。

夜寒風力重,別館簾鈎動。爲問夜如何?松陰月正多。

離宮複道遥相望,步來不設青絲障。琪樹列千行,更聞金粟香。

　　玉奴傳信至,上有飛瓊字。明日會蓬萊,還同仙姥來。

癸亥歲除自壽　踏莎行

　　一歲之終,吾生之始,年稱七字從今起。俗說添年是減年,不添不減那能此。

　　天念疎慵,人憐委靡,詞林老大成何事？若教歸去更安閒,不知活到多年紀。

卷第三十一
記一十三首

匏菴記

匏，無用之物也。孔子所謂"繫而不食"者是也。夫物受形於天地，而繫且不能食，其爲物可謂至愚而微，雖謂之無用，不過也。然人知其無用，而不知其無用之用。若晉叔向有云："苦匏不材於人，共濟而已。"又《書》曰："八音克諧，神人以和。"而匏居八音之一，"笙十三簧，竽三十六簧，皆列管匏內"。則是匏不徒能濟難，而且適宗廟朝廷之用，其功不小而大，即謂之有用，亦豈過哉！嘗因是以相天下之人，能動作而食人之食者多矣！求其能濟難而適宗廟朝廷用者幾人耶？則人曾一匏之不若，又況匏固未嘗食人之食，而人反藉之以濟難，用之於宗廟朝廷，則無用者未必不爲有用，而有用者乃歸於無用，其相去亦遠矣！余於棲息之所題曰匏菴，因復爲之記。蓋匏之無用足以自況，而其所以有用，則非余之可及。遂因以自勵焉。

醫俗亭記

余少嬰俗病，湯熨鍼石，咸罔奏功。而年日益久，病日益深，殆由腠理肌膚以達於骨髓，而爲廢人矣。客有過余，誦蘇長公竹詩，至"士俗不可醫"之句,瞿然驚曰:"余病其痼也耶?何長公之詩云爾也?"既自解曰:"士俗坐無竹耳,使有竹,安知其俗之不可醫哉?"則求竹以居之。而家之東偏,隙地僅半畝,墻角蕭然有竹數十箇。於是日使僮奴壅且沃之,以須其盛。越明年,挺然百餘,其密如簀,而竹盛矣。復自喜曰:"余病其起也耶?"因構小亭其中。食飲於是,坐臥於是,嘯歌於是,起而行於是,倚而息於是,傾耳注目,舉手投足,無不在於是。其藉此以醫吾之俗,何如耶?吾量之隘,俗也,竹之虛心有容足以醫之;吾行之曲,俗也,竹之直立不撓足以醫之;吾宅心流而無制,竹之通而節足以醫之;吾待物混而無別,竹之理而析足以醫之。竹之干雲霄而直上,足以醫吾志之卑;竹之歷冰雪而愈茂,足以醫吾節之變。其瀟灑而可愛也,足以醫吾之凝滯;其爲箭、爲簡、爲箭、爲笙簫、爲簠簋也,足以醫吾陋劣而無用。蓋踰年,而吾之病十已去二三矣。久之,安知其體不飄然而輕舉,其意不釋然而無累,其心不充然而有得哉?古之俞跗、秦越人輩,竹奚以讓焉?然而,是竹也,不苦口,不膕眩,不湔浣腸胃,不漱滌五臟。長公不余秘而授之,余用之既有功緒矣,使人人皆用之,天下庶幾無俗病與?明年,余將北去京師。京師地不宜竹,余恐去竹日遠而病復作也。既以名其亭,復書此爲記。遲他日歸亭中,願俾病根悉去之,不識是竹尚納我否?

佩韋記

以物治物者有矣,未聞以物治人者也;以人治人者有矣,未聞以人治於物者也。《詩》曰"他山之石,可以攻玉",所謂以物治物者也。《書》曰"民心罔中,惟爾之中",所謂以人治於人者也。獨西門豹有取於韋,至佩之以自警,其殆以物治人而人治於物者與?

蓋君子觀天下之物，苟有益於己者，雖賤且微不之弃。若韋之爲物，非若象犀、珠玉、珊瑚、木難之足貴重也。其材不過履而已，韍韡而已，決拾而已，但其性緩，有似乎人性之不及。豹所以取之，與夫道以中爲貴，過與不及，不足以云道。豹之性卞急，過乎中者也。故有取於韋，是以其不及而濟吾之過也。箕子衍三德之疇，有曰：“高明柔克。”高明，剛而過中者也。克之以柔，所以濟乎剛而適其中也。豹其能自克者與，其巧於取物而善於治己者與？豹之後，有唐柳子厚，嘗賦佩韋，蓋亦有見於此矣。今周京元基則又以佩韋自號，元基其慕豹與，其慕子厚與？豹固良吏，史遷獨以其一事出於俳，遂置於滑稽之列，固非也。然稱其治鄴，民不敢欺，則亦剛果强察，其性未克變也。子厚急於仕進，黨於叔文，以汙其身，卒被譴謫，則亦未知所謂緩者也。斯二人者，果足慕乎？求足慕者，在孔門得一人，曰仲由氏。其爲人勇於爲善，雖父兄有所不顧，則性之卞急者孰有出於仲由者乎？故夫子嘗退之，能使令名無窮。元基尚慕斯人乎？急於義而緩於利，急於實而緩於名，急於責己而緩於責人。庶幾得緩急之宜以適厥中，不亦善慕古人者乎！其或不務出此，則所謂突梯滑稽，如脂如韋以潔楹者，吾何取於佩韋哉！

陋清閣記

京師民數歲滋地一畝，率居什伯家，往往牀案相依，庖厠相接。其室宇湫隘，至不能伸首出氣。王侯第宅，則又窮極壯麗，朱門洞開，畫戟森列。所藏者，唯狗馬玉帛而已。二者人胥以爲病。海虞凌君季行官於京師，家城之東南委巷中。余嘗造焉，引余入一閣，崇廣僅丈許，織筠爲門，連楮爲幕，中設一榻，自琴册棋硯之外無他物。余方僑居民家，坐而樂之，欲遂忘去。季行曰：“吾治茲閣有年矣,子將何以名之?"余曰:"噫!先生之居,若公子之苟完,然非小人之近市;若叔孫之必葺,然無大人之高堂。陋矣,清哉,其兹閣也!夫蓋木不加雕,土不加飾,不已陋乎!俗不能容,塵不能入,不已清乎!合而名之,曰陋清,不已宜乎!"季行曰:"善。"已丑三月晦日記。

恥菴記

胡君彥超,佳士也。余得其爲人已久,南宮之試,始見而獲交焉。君間以其所號恥菴者乞爲之記,余未暇以爲。及來南都,同在太學,又以恥菴記爲請。余始欲爲之,然而不得其所以名菴之意何也。恥之於人,不一也。古之人不若人則恥之,聲聞過情則恥之,二者君嘗有之乎?吾以所見者言:去年秋,當大比,就試京闈者幾三千人,而君以第六人薦,人之不若君者則多矣,君何爲而恥?及今年太學私試,君復在第一,時與試者亦數百人,人之不若君者亦多矣,君何爲而恥?豈真以聲聞之過情耶?則君之爲人,吾嘗知之。其問學充矣,而自視若虛;其文詞妙矣,而自處若拙。未嘗以矜能衒名也。然凡試士,其儕輒相謂曰:"彥超,吾所知。今之試,名氏前列者,非彥超而誰?"已而皆驗,則聲聞之不過情也,亦審矣。君又何爲而恥?竊惑之。他日以告彥超。彥超曰:"豈謂是哉?雖然,亦是之謂也。夫自科舉之學興而詞章之學廢,自詞章之學盛而後聖賢之學微,其弊非一日矣。吾不暇遠引他郡,婺,吾土也,請以婺言:何如前乎此者?若王子充,若宋景濂,若胡仲申,若柳道傳,若黃晉卿,若吳立夫,諸君子其言卓然爲一世之所宗,吾尚能若其人矣乎?然此固以詞章之學言也。等而上之,若許白雲,若金仁山,若王魯齋,若何北山,若呂東萊,諸君子其道卓然爲百世之所宗，吾尚能若其人矣乎？固不若也。則吾爲鄉人者，何爲而不恥乎？夫聖賢之學，本也，學者之所先也。詞章之學，末也，學者學之而不汲汲焉者也。士而不爲聖賢之學已足恥，又況科舉之學，又詞章之末者乎！其學愈若人，則其恥愈甚。其聲聞之遠近，其恥之大小以之，吾獨何爲而不恥乎？"余聞其言而愧之，歎曰：君可謂知恥者矣。然吾聞恥不若人者終若人，若人則無恥矣。余固不知恥者，因君之言而恥焉。則君之教我者不既多乎！請以君之言爲記。

甘節堂記

婦人之於夫，曰柔而已矣，曰順而已矣。若曰貞、曰烈者，非其德之常也。婦人而有貞烈之行者，是固婦人之不幸也，亦其夫之幸也，其家之幸也。蓋一家之中，有父母焉。吾夫爲子而養之於上，吾唯承之於下焉耳。有男女焉。吾夫爲父而教之於前，吾惟佐之於後焉耳。能養者孝，能教者慈。孝與慈，美德也。吾夫之所得專也，吾能分其美而已。吾之所得專者，固所謂柔與順也。柔與順，二者無所用之，而獨專夫孝與慈之德，以獲乎貞烈之名。是固婦人之不幸也，亦其夫之幸也，其家之幸也。義興李君恪之卒，其配蔣氏方盛年。一時，誓欲從君於地下。既自歎曰："死，吾志也，亦吾職也。顧有所不可死者，夫不吾託家，不吾係，雖死，可也。夫吾託家，吾係而死之，吾之志則行矣，職則盡矣。如夫何？如家何？且吾爲今日李氏一擔夫也，以所負荷者重而一息肩，則兩物從而委之地矣。故吾質雖薄，足雖弱，亦惟盡吾力而已耳。"於是養其舅遁菴翁以孝聞，教其子震。業成，領京闈，薦第二。鄉人以蔣氏之善處生也，取《易》之語題其堂曰甘節。震與余同業胄監，相好甚，間語及其母之事，至於嗚咽流涕而不能已。他日，因請記其所謂甘節堂者。余復之曰:《詩》有之。"汎汎柏舟,在彼中流",婦人之所自誓也。"蓼蓼者莪,匪莪伊蒿",孝子之所自傷也。子之母氏之賢,無俟余言。人其以柏舟之人與之矣,而子固可謂善受教者。《蓼莪》之篇,具在簡編,則願子終身誦之,以無忘母氏之賢。

静逸齋記

會稽徐先生之丞國學也,作齋廬於其私第之左,題曰靜逸,命寬宜有記。寬既謝不敏,且有惑焉。蓋天子建官於國學,曰祭酒,曰司業,曰丞,皆尊官也。祭酒、司業坐堂上,臨諸生,傳道而授業,以教不以政。然教或不可以一衆也,丞始以政輔之。是故鼓鐘以嚴其節惟丞,夏楚以收其威惟丞,月書而季考惟丞,德行藝儀之勸相惟丞。丞之職亦重矣,煩矣,是將紛紛焉,擾擾焉。惟政之施不暇,求先生之所謂靜逸者,無有也。然以寬之游於門下者餘二年矣,見先生之所施如一日;諸生之游於門下者不啻數百人矣,見先生之所御如一人。其從容閒暇,若無所事事,則又有所謂靜逸者,滋惑焉,以是無以應命。蓋既久,乃有省曰:先生之靜逸,其在内而不在外,以本而不以末乎?何謂内與本?心是已。何謂外與末?身是已。心之靜逸,寬不能言也。而先儒周子嘗言之,其曰:聖人定之以仁義中正而主静。至論學之要,曰:無欲也。無欲則静虚,静則有似乎拙,故其著《拙賦》有曰:拙者逸。論静逸者,盡於此矣。而以身言,則是老氏之無爲也,無勞也。夫以無爲爲静,譬若木之槁焉,其不暢茂,若逸矣,然則朽腐而不可用也;以無欲爲静,譬若水之止焉,其不流動,固逸矣,然則清洌可以鑑也。故心可以言静,而身不可以言静;心可以言逸,而身不可以言逸。況乎心者,身之主也;静者,動之體也;逸者,勞之本也。心苟静,則以静制動,其動也若静；心苟逸，則以逸待動，其動也若逸。此先生之居乎其職，所以從容閒暇若無所事事者也。噫！若先生者，其得周子之言者乎？其善學聖人者乎？以是爲記，寬亦庶幾知先生者乎。

重建延綠亭記

成化八年七月，吳郡大風雨，鹿冠老人杜先生延綠亭壞焉。明日雨霽，先生曳杖游於園中，茅茨既摧，梁木亦折，垣墉且陁，竹樹盡偃。顧而歎曰：噫嘻！亭壞矣，殆天意耶？雖然，獨不有人力乎？二子啓、咨知其意，遂相與召匠氏築之。既成，邀先生坐於亭上，則摧者完，折者固，陁者立，偃者起，蓋不日而舊觀還矣。先生喜曰：天意殆欲新吾亭耶？他日，乃以書來京師，謂寬宜有記。寬聞大道之世，烈風不崇朝，驟雨不終日，而昔者之風雨也，胡爲乎來哉？果天耶？亦由人耶？吾何從而問耶？問之人，則人非天也，惡乎知？問之天，則天非人也，惡乎答？既足以惑，亦可以憂。蓋余之居於是而去吳下也遠，雖未嘗目擊其變，顧其事理，有可得而推者。故嘗以先生之一亭觀之，則四野之外，弱夫貧婦，其繩樞甕牖，豈無有不勝其震淩而相對以怨咨者乎？又以先生之一亭前後推之，垣墉陁矣，則疆畎之欲修也勞乎力；竹樹偃矣，則禾稼之不登也乏乎食。而弱夫貧婦，又豈無不勝其沮洳而相對以怨咨者乎？當此之時，亦有如先生之二子築而新之者乎？是固可憂也。夫先生隱者，知一亭而已，不暇此憂。而余亦不敢以此告，然而未可知也。杜少陵《茅屋爲秋風所破歌》有安得廣厦、大庇寒士之語。先生，少陵後人也，而老於詩。爲其後，學其學，則遇其變，獨不憂其憂乎？因書以諗於先生，不識以爲何如？

重建覺山寺記

　　由京師東走七百里，有關屹然當其衝。關之北，大抵山也。入山而行，石路危峻，林薄蒙密，凡四十餘里，始得覺山。山之麓，有禪寺在焉。寺之建，相傳自唐，既興而復廢，皆莫能考其歲月。入國朝，其廢如故。虎狼得以穴其上，狐豸得以室其傍，而人之蹟於斯絕矣。顧荒茅野榛中，獨其遺址依然猶存，有高僧曰悟定者，杖錫來關中，知其處曰：「甘澹泊而安岑寂者，吾儕之分也。是山於吾獨宜。」遂入居之，結草以爲菴，纍石以爲牀，遺外身世，若獨有所得者。未幾，旁近之民皆翕然高其道，化其德，而持金帛以施之者家至。視其金帛，既無所於用，遂謀復舊規，爰市美材、召大匠，擇日興功。功未及半，而定化去矣。其弟子本清謂其師之志不可以不繼也，乃益爲復舊之舉。清爲人淳樸而無僞，顓靜以有爲，而人之助其費者如其師。凡其門廬諸殿，各有位置，總若干楹。寺成，群峰後抱，遠岫前峙，勢若屛几。而寺之宅其間，又若人之負而憑之也。寺之東北，有泉出於石罅，色白而味甘，汲之不竭，凡僧之日飲，於此取給焉。山爲寺而秀，泉爲寺而清，而人之蹟爲寺而多，蓋遂爲一大叢林矣。寺未有記，於是清徒步來京師，介余同年友蕭君文明求爲之，曰：「茲寺之廢而興，其歲月無，亦使後人之莫能考也。」余不之拒。夫佛法起於西域而入於中國，熾於都邑而延於邊徼，行之者非一日，學之者非一人，其勢必不能反之於彼而絕之於此矣。然就彼佛言之，其始亦唯澹泊之甘、岑寂之安，以成其道也。而都邑者，固朝市祖社之所在，臣民人神之所止，佛既不欲居，學佛者且不可居，而其徒乃欲高其宮、廣其庭，以與吾人爭尋常之地於此，豈非妄哉？有能遠引而去，像設其佛於深山大谷之間，枕石飲泉以求其所謂道者而居之,則彼之居既得其所,而吾黨之士亦詎肯窮追而深過之哉?此悟定師徒覺山寺之建所以可取,而余於其寺之記所爲以不拒也。寺之重建,始於正統十年之十月,畢於成化六年之十一月。記之日爲八年之九月戊申云。

湯陰縣儒學修建記

古之民有四,曰士、曰農、曰工、曰商而已。四民各有其業,所聚亦各有其處:農聚於野,工聚於肆,商聚於市,而士則聚於學。故求菽粟者適乎野,而得以農之所聚也;求什器者適乎肆,而得以工之所聚也;求貨財者適乎市,而得以商之所聚也。至於學則道德之所從出,觀法道德者適乎學,而得非以士之所聚也乎!夫簡一郡一邑之俊秀而教之,一堂之上,所習者堯、舜、禹、湯、文、武、周公、孔子之法,所講者父子、君臣、夫婦、長幼、朋友之理,所誦者《易》《詩》《書》《春秋》《禮》《樂》之文,非若農、工、商賈之爲業比也。是故學校興然後道德明,道德明然後風俗成,風俗成然後禮樂可作,而天下治矣。皇明有天下餘百年,文教大行,士類益盛,自國都以達於郡邑,莫不有學。湯陰,彰德之屬邑也。邑令尚侯令邑之五年,政既益善,民安物豐。邑有學,建自國初,規制甚陋,久且傾圮,凡師生之講習於是者弗便。會憲副臨海陳公奉敕提督學政河南,侯以其事白之。公曰:"是令之職也,其亟圖之。"爰出公錢若干萬,撤而重建之,若大成殿,若戟門,若明倫堂,若東西齋,若庖廚之類,次第以成,餘則仍舊而加新之。工始於成化某年月日,畢於某年月日。太學生尚宣,故學之諸生也,於是走京師,致教諭某君之言,而因余同年李君鐩請記其事。其言曰:"邑自有學以來,士之游於斯者日衆,而領鄉薦、登科甲者僅僅可數。今幸侯之此舉,工甫畢,是年領鄉薦者得三人,明年春,甲科得一人,皆侯之功也。願書之。"余聞其言曰:諾哉!夫學校,道德之所從出而爲人所觀法者也。國有學,爲一國之所觀法;郡有學,爲一郡之所觀法;邑有學,爲一邑之所觀法。今侯之爲此舉也,邑之人猶有爭訟者乎,猶有越人於貨者乎,猶有出誶語反脣以相稽者乎？無之。是侯之功也!且學校者,古有之,今亦有之。古之學校養士以明道德,後世學校養士以取科第,是果同乎？雖然,游於斯者,不曰所習者堯、舜、禹、湯、文、武、周公、孔子之法乎,所講者父子、君臣、夫婦、長幼、朋友之理乎,所誦者《易》《詩》《書》《春秋》《禮》《樂》之文乎？夫然,則後世之學校明道德者,其心也;取科第者,其蹟也。夫以道德爲科第,庶幾無忝爲學校,而足爲人之觀法。此則凡爲士而游於斯者之所當知也。

太康縣修學記

國之所以立者,天子與公卿、大夫、百執事之人共治之也。而所謂公卿、大夫、百執事之人,非夫人可以冒而爲之,皆賢才論定而官之者也。夫賢才之生,有用之之時,必有取之之法。有取之之法,必有養之之地。自今日觀之,徵聘不出於上,薦舉不行於下。上之欲用其人者,皆取之於場屋。下之欲爲人所用者,亦由於是而已矣。上之欲取其人者,皆養之於學校。下之欲爲人所取者,亦由於是而已矣。則學校者,固場屋之地也。嘗考之古人設爲此者,或以之養老而寓其禮於俎豆之陳;或以之習射而寓其禮於弓矢之發;或以之受成獻馘而寓其禮於軍旅之講。所謂窮理、正心、修己、治人之術,一皆寓於此。當是時,取人之法雖以納言,而承庸之必射侯以明其心術;雖以六藝,而賓興之必德行以考其根本。人才之出所以彬彬乎其盛者,由其取之養之者有道也。世道之有古今,若四時之序。其溫燠涼寒不能不爲之變者,顧其遺制,如受成獻誠,雖不復舉,而養老有酒,習射有圃,猶未至於盡亡。特所以取士者,勢不能與古一轍耳。今天子即位之初,慨然欲興學校,變風俗如堯舜三代之時。詔復憲臣提學,仍賜之璽書,以重其行。乃於八年之春,臨軒策士,惓惓焉猶以學校雖興,而風俗浮靡爲慮。憲臣之欽若於下者,固不遑寧處。天下之士,亦有感激而興起者矣。按察副使臨海陳公嘗以監察御史提學南方,一時風教爲天下最。及是超擢,仍畀以學政,往蒞河南,公移昔嘗教人者教之所,至入學宮,臨諸生,示之以躬,俾自畏慕。間取朱子小學書及冠祭之禮之大者,令誦習之,他條約不瑣瑣也。若夫舍宇之不葺,器數之不備者,曰:"此有司之失職也。"則頗督責之。開封之屬縣有太康,太康有學在縣治之北隅,其興創歲月,縣有志可考。宣德以來,爲河水所圮,且其制卑陋弗稱。縣令崔壽嘗修宣聖殿及兩廡,他未暇以爲。成化六年,古曹王珣以進士來知縣事,首以修復爲己任,曰:"此固吾之職也。"乃集士民,諭以相助,衆歡然從之。乃計材用,拓基址,凡門堂齋廬悉易其舊,殿廡之故修者,則更設聖賢像及祭器其中。以其餘材建敷教堂囷館,爲憲臣考業之所。繚以周垣,樹以綽楔,煥然爲一方偉觀。工始於八年之六月,畢於明年之三月。會王侯更治他縣去,而易水田畯來代,臨視惟謹,於是學之師生不忘侯之功,使來請文以爲記。夫學校,養士之地也。設爲之者非虛器,而修飾之者非美觀。誠欲士之來游於斯者,進修於斯,講習於斯,以爲上之人所取所用之資也。故士譬若穀粟,然有穀粟而無倉廩儲之,固腐爛而不可食。然倉廩既完,而所儲者或稊稗、糠粃,亦何用哉!此今日木石瓦甓之費,斧斤版築之勞,憲臣之所督責,縣令之所犇趨者,不在乎所養之地而在乎所養之人也。而今而後,凡游於斯者，仰焉而視，俯焉而思。升其堂則思游心於高明正大之域，立其庭則思置身於平直真實之地。以倡風俗，以成賢才，以爲國家之用，以答天子之意，其必自此始也。

湯溪縣儒學記

成化庚寅歲，知金華府李侯嗣以其地曰湯溪者，民居成聚而阻山帶水，服役於上者弗便。乞割龍游、蘭谿、金華、遂昌四傍近縣之裔別爲縣，以便其民。白之藩臬，奏請於朝，復乞畀之令以治，既得請，仍以湯溪名縣。越明年，胙城宋君約來知縣事，君至，無所出政，爲創廨宇以居。未幾，即有事於學校，曰："此有司之首務也，其可以後？"乃相地於縣治北之二里，曰官山。歲壬辰之秋，功始興，凡爲明倫堂，爲東西齋，爲庖廚，爲射圃亭，爲師生之舍若干楹。又以學必有廟，爲大成殿，爲兩廡，爲宰牲房若干楹。門牆深嚴，堵庭高廣，凡所創建，舉皆如法。又明年，甲午之春，而功告完。遂選民之俊秀者充其中，而置書籍、繕器用，以爲其誦習之資。侯既嘉令之有爲，又謂學成矣不可無師儒以教，復奏請之。命且下，則具書與圖託進士胡君超謁予文以爲記。胡君，湯溪之人，而余之同年友也。其言曰："始，宋君承李侯之指而建此學，以縣之設凡以便民而已，使所以興作而斂其財、用其力，則是便之者未及而困之者已至，甚非所以爲民父母之意。顧縣多大山長林，凡木石之費，既取給於是，至於輦載版築之勞，不免役及乎民，而所役亦必措置以酬其直。故財不告乏，力不告窮，而卒成其事，皆賢守令之善意也。幸書之以告後人。"余曰：然哉。雖然，賢守令之意尤有善於此者，試一言之：蓋民之生莫不有欲，欲不能皆足也，於是有爭奪之心；莫不有性，性不能皆純也，於是有棄暴之心。此有天下國家者，必施之治與教以處其民。治所以定其欲，使不至於相凌；教所以復其性，使不至於相失。二者不能偏廢者也。然古之居其位者，未嘗不以一人之身而兼二者之責。後世始分而二之，雖曰分而二之，而教之者未嘗不賴於治之者作興而成全之也。自世之爲郡縣者，多俗吏，不務出此，率留意於簿書筐篋之間，徵求趨走之際，視學校之已設者尚不之省，而況慨然創建，思所以作興而成全者乎！此賢守令之善意所可書者也。今夫湯溪之有學，爲之守令者意既出此，而其人民亦皆有所遭遇矣。則爲之師儒者，獨不思所以教之？然欲教之，尤宜謹之。何也？湯溪，縣之新者也；湯溪之民，民之新者也。爲新民者，譬若幼子，然始而訓告之以正言，指示之以正事，則其聽受之餘，自然一言一行皆趨於正，久之將習與性成，而終爲賢人君子之歸。以之用於天下國家，無弗可者矣。夫有人民而不能教之，不義；未教而遽責其人，不仁。故吾之記是學，於守令既與之矣，尤不能無望於爲師儒者。

武岡州重修儒學記

士之有志於學者，諷誦乎《詩》《書》，討論乎禮樂，考求乎典章，察識乎人品。微而爲性命，精而爲道德，大而爲彝倫，廣而爲事物。必學之無所不知、無所不能，斯其爲士也。唯士之職如此，故人亦以是責望之。有所不知不能，則相與嗤笑，以爲非士。而士亦曰：“吾不知不能，吾之過也。”然爲學之道，未易以言，譬之於築，築者必有楨幹，舍楨幹而欲其牆之立，無是理者。於是有文以學，有藝以游，而文藝之制立矣。士而求此，不啻已足。抑其說之浩博茫然，探索不知要領。故又譬之瞽，及於階席，有弗之知，過在相者之不告耳！於是有師以導，有友以輔，而師友之道立矣。文藝既具,師友既得,使無所處之地,是又賈人之不於市,工人之不於肆,未見其物之售而業之精者,此學校之設,非所以爲處學者之地乎？夫士有志於學,求其道之在我者而已。在我者且不暇爲力,烏暇計其身之所處耶？曾子曰："君子所貴乎道者三:動容貌,斯遠暴慢矣;正顏色,斯近信矣;出詞氣,斯遠鄙倍矣。籩豆之事,則有司存。"蓋學校之設,豈特籩豆之事之小者哉？其興其廢,士何庸心？亦有司者任之耳。武岡,爲湖南一大州。州有學,舊在城南興賢門外。宋崇寧、紹興,凡兩遷築,遭元季兵火,竟燬。國朝洪武庚戌,仍即舊址築之,其功視前爲備。景泰間,益加修建,顧其地嘗爲豪强所侵,終其規模,弗稱州學。僉按察司事邵君分巡湖南,既爲復所侵地,併用官帑白金市傍近隙地以廣其址。於是僉都御史吳公方、巡撫湖襄憲副嚴君亦以提學至,遂以興修之役委知州事李侯復初、同知州事戴侯某。乃計財用,召工役,期成厥功。功成,殿廡深嚴,堂皇高敞,廚庫齋廬之類,皆爲一新。崇垣外繚,廣庭中甃,以及祭器文籍,亦無不備。居者曰安,觀者曰美。經始於成化壬辰秋某月,落成於明年冬十月。他日,州守倅與其學之師生謀,謂是舉不可以不記,使來請文於余。嗟夫,有司之職盡矣！游於斯而學焉者,獨不思所以免過乎？

卷第三十二
記一十二首

西溪草堂記

　　由華亭東行二十里而近得芥涇焉。涇本水名，吳人以溪爲涇，故曰芥涇。緣溪居民百餘家，有田可耕，有圃可種，有磯可釣，有市可賈，有舟楫可通，有橋梁可度，有仙宮佛廬可游賞而憩息。介其間，喬木蓊鬱，遠若雲屯，下見周垣高宇，隱隱焉，渠渠焉者，戴氏之所居也。戴，故宦家。至彥文府君與其子聲伯，國初坐法，謫遷淮西。居四年，始釋而回，自號復樂。聲伯生二子，曰廷奉、廷禮，皆以文學稱於鄉。廷奉生一子，曰南京考功郎中景元。廷禮生二子，曰陳州守景昇、中書舍人景暉。其後裔事儒業，舉進士，復相繼繼有之，故邑人皆推戴氏不特爲一鄉一里之望也。一日，中書君告余曰："始，吾前人之罹患而歸也，如勞而息，如病而差，此復樂所由號者。今吾藉前人之德，蒙大君之恩，際世亨嘉，列官禁近，初未嘗有憂也，何有於復樂？亦如未嘗勞且病也，何有於息，何有於差哉？吾之幸既多，顧於老氏止足之戒，竊嘗聞之。往歲命兒子佑築草堂於故居之偏隙地之上，以爲逸老之計。堂成，而溪水環其西，因名曰西溪草堂，願爲我記之。"余與景暉生隣郡，仕同朝，而賢其人久矣。既不復辭，則爲述其居止之美，家世之盛，歸於其所以築堂之意。乃復爲之說曰：《書》云峻宇，《詩》詠夏屋。若草堂者，不豐不侈，不華不美，雖田夫野老，皆能辦之，何貴於天下乎？蓋堂不足貴也，而貴其人。昔之築是堂而稱於世者，杜子美之於浣花，白樂天之於廬山，僅僅一二而已。二公之人品，固皆足爲斯堂增重。然子美生當亂離漂泊之際，不免有秋風所破之歎，況其困於無貲，盻盻然望王錄事成之。廬山之奇秀雖甲於天下，然樂天以左遷而來，亦築於羈窮流落之日，且切切然弟妹婚嫁未畢，司馬歲秩未滿，以爲出處行止不得自遂，未必獲終老於斯，是皆不能無憾者也。若景暉之忠信文雅，其爲人已自足貴，而亨嘉禁近，又有如其所自幸者，則西溪之景物，視浣花廬山，雖不知其何如，而其堂中主人之憂樂，有可得而知矣。夫綠野堂，他人不宜取爲己有，在子孫宜世守之，可也。是堂也，爲戴氏子孫者塗之、茨之、汛之、掃之，日必葺之。百世之後有過之者指曰：此景暉所嘗歸休者也。所以使人消貪饕之心，免殆辱之累者，不在玆堂乎？堂凡三楹，崇若干尺，廣若干尺，溪水由松江而來匯於此，南流爲黃浦，東南入於海。

義烏陳氏祠堂記

義烏陳氏之長曰惟蔭者，既總家政，將作祠堂於所居婺溪之上，以奉其先世也。謀於族人曰："堂不難於作。難者，神主之位次，欲其當乎義而不失乎禮也，若之何？"於是其從子樵進曰："禮之欲議，尚矣。與其議於家，孰若倣諸人？惟麟溪鄭氏，世號義門，天下之觀禮者皆自遠而來，況吾與之隣壤者哉。盍一往觀之？"既觀而歸，則告諸叔父曰："樵已得鄭氏之禮之意矣。蓋鄭氏生同族而居，不同堂而食，故死同祠而入不同櫝。而祭，固事亡如事存之道也。吾家生不同居，然而歲時有會，男女異席，宜爲寢室以安神主，夫婦共櫝。祭則遷主於堂，男女類序，其文共書一版，但各見其所繼之宗世，滿則祧之，是亦事亡如事存之道也，是亦鄭氏之意也。"惟蔭曰："然。"諸姪若文槤等乃各量田，出其粟五之一以相厥事。凡爲寢室五楹，間中祀其六世祖，賢八府君爲不祧之主，自其考庸一府君而下，左昭右穆，位次秩然。堂爲間如寢之數，又軒其前，間如堂之數，以爲子孫奉祀之位。其兩傍又爲廡二十二楹，間上以祀各宗庶母。左次扁曰神儲積粟，以供祀事；右次扁曰義儲積粟，以備修葺。宰牲有庖，藏器有庫，繚以周垣，固以高門。工起於成化六年九月二十一日，越十二月九日告成。會其邑鄉貢進士王君允達之上京師，具書始末，託以請記。夫禮之制何本？本於人情而制也。惟其本於人情而制，故議禮之家可以遷徙而無一定之説，若祭之爲禮，禮之尤重者也。古之祭者有尊卑貴賤之分，故所祭有親疏多寡之數。《祭法》曰：王七廟，諸侯五廟，大夫二廟，官師一廟，士庶無廟。無廟則傷乎人情，而孝子孝孫無所致其報本追遠之心，於是世之大儒君子立爲世數以祭之，或以三世，或以四世，或及其始祖。至考亭朱子輯爲《家禮》一書，然後其説始定。而鄭氏累世同居，本支益盛，神主位次猶病《家禮》之不可行也。遂少變之，然豈求異於儒先哉？蓋人情之不得已也。若夫陳氏生既不同族而居，至於事亡之際，其禮因復少變之，又豈求異於他人哉？蓋亦人情之不得已也。故儒先之祭，莫不以宗子爲重。鄭氏、陳氏變之者，因合祭而特變其位次耳，於家法則自若也。然皆惜其不及就正朱子，立爲常法，以通行天下耳。余嘉惟蔭之好禮，而重允達之請也，特爲記之，以俟後世之君子云。

長洲縣學田記

古之聖人制器以利天下之用，播穀以充天下之食，其於生民之慮,至矣。若夫建人極,惇天倫,使君君、臣臣、父父、子子、兄兄、弟弟、夫夫、婦婦各安其位,而不相乖争,得以用其用、食其食於廬居族處之間者,雖堯、舜、禹、湯、文、武皆與有功。然而數聖人當君師之責,君億兆之上,其道固然也。孔子窮而在下,無其責也,而功則過之。有若所謂"自生民以來,未有盛於孔子者"也。夫功之大者其報同,是故一器之制,工人不敢忘其巧;一穀之播,農夫不敢忘其勤。是皆有祀焉以報之,而況功之在乎日用彝倫之内者?宋周元公所謂"宜乎萬世無窮,王祀夫子"者也。今天下皆有學,學皆有廟以祀夫子,至其門人與漢唐宋元以來諸賢,凡有功斯道者,皆得從祀。然其粢盛牲幣,一惟臨事取具於民,未有置田以特共其事者。長洲,蘇之首邑也。近歲,有司陋其學,既併其廟,新而大之,顧統於郡中。歲時祀事,縣大夫與師生不得專意薦享,馨香弗聞,肥腯弗陳,殿廡寥寥,位特虛設。邑人華嵒氏,既遣其子河入學爲弟子員,且曰:"長洲與吴學並列郡城,彼有田以充朔望釋菜之費,繄此獨無,非甚闕典?"乃告於教諭四明陳君,願割長稔私田二十畝籍於學,歲可得米四十斛以充之。君曰:"善。"爲白於邑令陽曲趙君,君亦曰:"善。"於是陳君恐其久而或廢也,書來,屬余記其事。嗟夫!夫子之道如天,其日月之照臨,雨露之霑濡,風霆之鼓動於萬物者,隨處而是。一田之入,不足以盛其祀事;一祀之修,不足以彰其大功。蓋雖欲報之,有不可得而報者。而嵒復爲此舉,豈有助於尊崇之意哉?夫亦盡其心而已!則其爲人,與世之好施予止於資浮屠、老子以妄希利益者,賢愚可知矣。長洲,余父母邦也。去之數年,廟學改建,固欲拭目以觀,況有若嵒之好德若此,可辭無記?嵒,字維瞻。本常之無錫人,爲南齊孝子寶之後。今占籍長洲,世總鄉賦,鄉人以爲賢云。

義烏縣重修永慕廟記

　　世道升於唐虞三代之時，逮春秋戰國而降，至於秦，極矣。其澆風薄俗，見於賈生之告漢文帝者可考。顏孝子生其時，顧獨以孝稱，至以名其縣，其爲人豈所謂特立之士與？或曰：秦都西北，而孝子生東南，其惡政不足以被之。殆不然，夫東南之人亦多矣，獨稱孝子，其必有過人者。故唐虞三代之時，有驩兜飛廉之屬，猶秦之世有孝子，皆不隨世升降者也。是故於孝子一人可以見天性，可以識人心，其事異，其行難，其功大，宜其自秦至今縣人廟祀之而不忘也。初，孝子未有廟。宋端平三年，丞相喬行簡始爲奏請，而賜名永慕。既而兵部郎康植稍創之。又二十餘年，縣令李補乃大興厥功，廟制始備，且自爲之記。元末，廟廢。入國朝，若縣令李玉、丞劉傑皆嘗修葺，久而復廢，廢而重修。加於舊制，則今縣令東筦方君俊之功爲多。君將爲是舉，既斥俸金，倡其縣人，一時好義者知之，爭以財力來助。後四月，爲成化十年冬季，董役者亟以完告。鄉貢進士王君允達，將樂令吳君吉甫，皆縣人也，喜君知所爲政，相與求文記其事。於是廟之役訖矣，方君亦以母憂去矣。後之爲縣者，遽無所施其功矣。然予聞孝子事，以葬親故，群烏啣土助之傷吻，遂聞於世。今廟左有墳，巍然相去數十武，宋魏文靖公了翁固嘗大書六字表之。余恐里之無知者，不有反畚其土以充版築陶埏者乎，不有操斧斤以伐其木，縱牛羊以踐其地者乎？畚之、伐之、踐之，則傷孝子之心矣。若然，雖則棟宇完美，將舍之而不居。犧牲肥而黍稷馨，將吐之而不食矣。其亦封其墳，崇其垣，固其門，而謹視之。然後孝子之心安，安則有廟必居，有祭必享，而方君之功始爲不負矣。用書此以告後之爲縣者。

義烏王氏新建忠文公廟記

唐昌黎韓氏以文章妙天下，歷千百年鮮有及之者，豈其下筆刊落陳言，卓然成家，足以聳動乎人哉？其氣充，其理直，其言達而暢也固宜。方鎮州之亂，王庭湊圍牛元翼於深州。穆宗詔愈宣慰其軍，且戒愈度事可否，無必入。愈奮曰："安有受君命而滯留自顧者？"遂疾驅入之。當是時，庭湊操刃逆愈，甲士林立，愈以寡弱之質，直嬰其鋒。顧乃厲聲開說，將士聞之，震掉失措，氣沮而語塞。卒之，不勞一旅，不失一鏃，服庭湊而出元翼，愈之功也。故嘗竊論韓氏之文之妙，由其所養者充，所守者直，而其名至於今稱之者，非徒以其文，而以其人也。皇明初興，以文章用於時者多夔產，若學士宋公景濂、待制王公子充，尤稱傑然者。二公之在館閣，日惟以文章爲事，人以文士目之久矣。一旦王公奉使西南夷而伏節以死，然後知公之學有用也。蓋高皇帝以神武取天下，號爲無敵，獨雲南恃其嶮遠未下。乃洪武五年，以公使其地，僉謂公文士，不宜蹈不測之夷虜。公受詔不顧。既至，見其主梁王、其臣達理麻，諭之再三，初皆有降意。已而猶豫，留公不遣。公持節，必俟降之乃返。會元之遺蘗有使雲南，聞納我使，讓梁王。王出公，俾自當之。公引天命國勢爲詞，其言甚壯。且曰："我遠使來，誓爲國死！不能爲若屈。"元使怒，梁王恐，遂死公。後八年，大兵竟平其地而郡縣之。又後，爲正統六年，朝廷始贈公學士，諡忠文，以報其死節云。嗚呼！公之爲文學乎韓者也，其爲使亦同乎韓者也。而其事之成否，身之存亡，則有幸不幸之分焉。然公不可謂不幸者，故姑即並時宋公較之，當二公以文章見用，其名寔相伯仲。宋公之位差顯，然身見其子若孫皆死於法，既老不能免川蜀之行。而其故居在金華者，莽焉荆棘，過者憐之。若公則没於王事，其氣節偉然，且官有贈，行有諡。而其子孫皆賢而有文，能守其田廬。又有爲廟於家，以祀公。如其曾孫今進士汶者，此所以爲公幸也。王氏初居義烏邑中，後南遷十里，曰青巖山，則自公始。公之子國子博士紳嘗與其兄綬謀作家廟，不果，僅即堂之夾室以展祀事。博士之子處士稌仍其舊，室既卑隘，歲久將壓。汶始克爲之，乃擇正寢之東爲屋三間，中奉公爲百世不遷之祖，子孫列祔，右男左女，秩如也。垣門堦庭，高固整廣，不陋不侈，於禮爲宜。工始於成化十一年八月十三日，明年十一月二十八日訖功。汶復割田，倡其族人以供粢盛之費。乃以書告其友吳寬曰："家廟之制未稱吾尊祖之意，若庖湢齋戒燕飲之所，皆所宜爲而未爲者，吾一人之力不足也。雖然，吾志有在，終當爲之，幸子爲文刻之廟中，以識吾志。"寬感君之好禮，不復辭讓，輒爲書之。是廟也，凡以奉王氏先世而獨詳於忠文公者，蓋公王氏百世不遷之祖也。爲百世不遷之祖，則享百世不遷之祀。夫世至於百，遠矣。後人能如汶之賢則可，不然，有能知其故而思所以尊祖者乎？固宜詳書以告，是亦汶之志也。

吳縣儒學進士題名記

後世所謂進士者，其實倣乎漢，其名取乎周，其原則出乎唐虞而已。唐虞之敷言著乎《舜典》，周之論秀見乎《王制》，漢之對策載乎班史，其說粲然，皆可考見。自漢而隋，而唐，而宋，而元，益以文章、經術取士。士繇此選者，高言乎天道，卑言乎人事，近言乎圻甸，遠言乎夷狄。若性命道德之奧，教化風俗之機，綱維之張弛，禮文之因革，人才之進退，吏治之得失，以及兵戎、田賦、刑名、水利之類。凡國家之大體，當世之急務，上所當聞、下所當爲者，一日之間，立乎殿陛之下，操筆伸紙，隨問而對。其言直與諛也存乎士，而士之志於是乎見；其言用與舍也存乎君，而君之德亦於是乎見，士之志，君之德，皆於是乎見，則世道之升降亦於是乎見矣。國初右武事，上民功，士之出爲世用者不限以科第。至於永樂紀元，民庶且富，文教大興，龍飛初科，取士倍蓰於前。一時續學館閣、試政方州者多其人，至今言進士科者首稱之。蓋文皇帝所以鼓舞一世，摩礪天下，而爲此盛舉耳。延及宣德、正統間，士益嚮風，爭相磨濯，攘袂以起，以至於今日。如星列雲族，煥然以相輝，藹然以相映，人文宣昭而天下化成矣。吳爲蘇古縣，縣有學，舊在胥門內。宣德末，北徙一里而近，後四年，當廷試，其進士第一人適出吳學，邑之人雜然譁曰：「是地之利也。」四方傳言以爲奇事，其識者則疑之。蓋王者，必世而後仁。豈惟仁哉？斯文之興亦然。周之文歷二代而後盛，明之文歷累朝而後盛。其時之久，近世之疏，數不同，其理同也。故使其學徙於百年之前，欲科第之盛不可得；使徙於百年之後，欲科第之不盛亦不可得。此世道氣運所在，未可以淺近窺者也。進士例題名學官，於是教諭汪洋、訓導潘邃、陶福相率言於令，若守皆曰：「宜如故事。」乃集洪武庚辰科以來得若干人，次第刻之石而虛其一，則有俟乎將來者。

嘉興縣儒學科第題名記

今之應進士貢者，皆郡邑之秀，學校之良。始而憲臣校其文，貢於省試之，謂之鄉試。其法嚴甚，皆視其地人才之多寡而定之，解額已，乃貢於禮部試之，謂之會試。其法如前，有司得其人，略具名數，請於上裁已，乃貢於廷試之。選舉至此，則不復去留，而皆得預進士之賜，然又爲之差等焉。其精審如此，凡前二試，既書其名榜中，猶以不能廣於四方也，復刻木傳之。至廷試而制益詳，猶以不能垂於久也，復立石太學傳之，其慎重又如此。然彼士之題名於石者，固本郡邑而升學校而出者也。於是守令有倣其制而爲之者，以鄉邦之盛事，而他日文獻之可徵者在此也。今天下布政司十有三，而浙江其首曰嘉興，爲屬郡，郡有屬邑，亦曰嘉興。邑令太原陳君璧嘗委其學之師生，取國初以來凡貢士於省、於部、於廷者，悉刻之石，使來請余爲記。蓋題名之舉，其初亦惟欲不沒其人而已。孰知人有賢否？則視其名者，必有美刺。既有美刺，則反於身者，可無勸沮？所係有甚大者。嘉興，浙西之大邑也。自李唐時有大賢君子生於其鄉，遂啓後代斯文之盛。然往者吾不可知，今之仕者莫不出於科第，見其事之慎重，不反而爲吾身之慎重乎？且古之仕者，必考其德行而賓興之。後世此法已廢，然君子將因其廢而遂廢其所以修身乎？出者吾不可知，今之游學者，將皆由科第而出，見其事之慎重，不反而爲吾身之慎重乎？若然，則斯石也，豈徒不沒其人而已？信乎所係有甚大者。陳君以名進士來爲茲邑，剛明廉敏，克舉其職，可謂能慎重其身，有光於科第矣。其又爲此舉，豈將視此以自勸沮，而益資其宦學也乎？

望洋書堂記

出葑門而行，有浦、有涇、有江、有湖，望之渺然，皆水也。人之相往來，非舟楫不通，非橋梁不渡，故吳自古稱澤國。而《禹貢》紀揚州之域之水，而吳居其二焉。徐君季止，鄉校士之良者。家夾浦之南，瓜涇之上，而松江、陳湖皆在其目睫間。蓋嘗聚書數千卷，築室而藏之，因題曰望洋書堂。夫望洋者，《莊子》之寓言也。季止何取於斯？蓋水之爲物，孔孟每舉以示人，曰"逝者如斯夫"，曰

"原泉混混,不舍晝夜",此類是已。若此,雖出於《莊子》,吾固取其言,宜季止之取之也。大凡物不可以相形,形之則有小大;學不可以相較,較之則有淺深。知其小自以爲足,而不窮其大,觀物者之鄙也;得其淺自以爲至,而不造其深,學道者之陋也。以觀物之妙而爲學道之助,此河伯之歎。非歎水也,歎道也。故其言曰:"聞道自以爲莫己若者,我之謂也。"吾固取其言,宜季止之取之也。然而季止之所望者,於江、於湖而止,其亦不免見笑於大方之家也乎?嘗試與子東行百里,登丘而望,則海固在,而水之大者於是爲至,子將驚焉,惜無辯如海若者語子以道爾。雖然,若則辯矣,於道未聞也。其亦反吾舟,升吾堂,日取孔孟之書讀之,當自有得,則海之爲助也多。所謂大方之家,且歸於子矣。子之兄仲山方以水部主事分司海上,固當有得於水,試以余言質之。

榕江記

木之產於地者,曰松、曰柏、曰栝、曰檜、曰豫章、曰桐梓,皆良材也。其用於世,大者爲棟、爲梁,小者爲桷、爲梲,各隨其材以爲用。夫以材之良不用於什器而於宮室,亦不枉其材矣。然而數木也,其生徧於天下,而亦足天下之用。惟五嶺之南,有木曰榕,臃腫離奇,偃蹇蓊鬱,橫柯曲幹,間有絲焉垂地,輒復爲根,歲久叢坐成林。其高且大過松、柏、栝、檜、豫章,其不黃落而凋,桐梓所不及也。榕既偏生一隅,中原之人初不之識。故《詩三百》多草木之名,而篇皆不載。後世如郭璞、陸佃之博物,著書復遺之,僅一見於柳子厚之詩而已。余嘗讀子厚之詩而識其名,詢之土人而知其狀,曰:"此可取以譬乎人矣。蓋榕之材雖不若松、柏之類之堅,可用之於宮室。而其高大不黃落而凋,足以蔭庇乎人。嶺南春夏之交,日氣酷烈，行旅負載之徒跋履勞苦，爭息其下。或風雨暴至，就而避之，亦何異夏屋之軿幪也？故雖不爲宫室之用，而其功與宫室等。豈不猶鄉里巨人厭爵禄、謝民社而浮沉乎閭井之間，一旦里之人有急焉，投之無不周卹者。豈惟僅全其身以自足而已？"潮陽隱士陳孔誠甫淳樸恭謹，兼通陰陽、樹藝之説。家邑之華里村，宅前有榕數十株，數邀賓友，携子弟往游其間，彈琴賦詩，意甚樂也。有水自西山來，折而東環其宅，又東注於海，而榕適際水，水日夜漱其根，濯其條，更茂密可愛。孔誠或坐盤石投竿而釣，悠然有會於心，因自號榕江。或謂之曰："子其終老於是而忘斯世耶？"則對曰："吾已有子出而仕矣。"於是使其子吳江教諭顥來乞余記。所謂榕江者，蓋孔誠託此以自譬者。意實有在，豈惟追涼風，弄明月，以爲供賓友子弟之樂之計耶？且江之廣，不足以爲負舟，然抱甕者即之，亦可以灌畦，孰謂孔誠無意於此？江，本出岷山，《禹貢》所謂"岷山導江"是也。此亦曰江，南人指水之急流者，多借以名之爾。

虚菴記

蓋嘗觀於理矣，大而極於天地，遠而貫乎古今，廣而散乎萬物。而人之一心，至小也，至大者寓焉；至近也，至遠者統焉；至狹也，至廣者具焉。此無他，其爲體有限，其爲量無窮也。心之量何如？虚而已矣。自私者，或閉其出入之門；自昧者，或塞其神明之舍。於是斯理無從而入，大者由我而小，遠者由我而近，廣者由我而狹，此可咎乎理哉？試舉其粗者言之：耳以虚，而後天下之聲入，聵者雖雷霆不能聞矣；目以虚，而後天下之色入，瞽者雖黼黻不能視矣。以至於鼻、於口，莫不皆然。而況於心之危而微者乎？吾友南昌太守張侯汝振，嘗讀《易》至《咸》之象曰："山上有澤，咸。君子以虚受人。"深有契於其指，因以虛菴自號，而屬余爲記。余非知《易》者，然竊觀於理與心而得之，澤譬則理，山譬則心也。澤之所鍾者水，山之所聚者土。水性潤而下，土性燥而納。土之燥也，水以之而入；心之虛也，理以之而入。此君子之受於人者，用此道也。汝振少登甲科，爲六卿屬，輒以清慎舉其職，聲名盛矣。然其自視欿然，及爲南昌，凡所設施，皆出乎流俗。郡中論國朝賢守，以汝振居一二。而汝振所以欿然者益甚，簿書之餘，方日夜求治道，察民情，欲與古循吏並列，有樂正子好善遺意。夫有千里之寄，而位乎千萬人之上。此地上有山之象，於此而好善不足。此山上有澤之象，善矣。汝振取於《易》之虛也，然而虛者，於理有所得而不自滿之謂。使其中無所得而曰虛焉者，此鄙夫之空空其心，茫然而無所主，莊子所謂虛舟也。惟其有所得而不自以爲得，則受於人者，充然而有餘裕。然後施於人者，瞭然而無所窒礙。又莊子所謂虛室也，此亦虛菴之一説也。

冷菴記

天地之氣以時而變。春溫而後爲夏，夏燠矣，極則變而爲秋；秋涼而後爲冬，冬寒矣，極則又變而爲春。四氣循環，蓋未有溫而不燠，燠而不涼，涼而不寒，寒而不溫者也。然有當其時而不變者，《洪範》所謂"恒燠若，恒寒若"是也；亦有變非其時者，《月令》所謂"寒氣總至，凍閉不密"是也。則氣雖出於天，必有人事以感召之，二書皆爲治道而作，夫豈誣人者哉？陳君粹之，僉江西提刑按察司事，治聲既著，而獨有取於冷之説，至以名其菴。觀其意，豈政欲尚急而事不好謀乎？且粹之，刑官也。凡所謂省囹圄、去桎梏、毋肆掠、止獄訟，皆其職之當然者。豈欲先時而有爲，後時而不爲乎？不然，豈以其官之冷如杜子美贈鄭虔之云乎？虔在當時，徒以三絶見稱於人，禄山之叛，與王維輩同受僞署，强顏苟活。其爲人亦厭寒而喜燠者，曾謂粹之慕之乎？而況粹之以名進士拜廷尉屬，出佐臬司，憲節所至，前迎而後擁，其勢力足以造命，其號令足以使人，官且不冷乎？求之治道而不得，參之官秩而不合，然則有取於冷者，何哉？夫粹之官雖顯，其謙抑謹畏，泊然如寒士。視氣燄薰灼之徒，平生不忍一過其門。其自守如清冰嚴霜，凛凛乎人不可犯，此其所以爲冷菴也乎？其求記於余也久，至是，始復之，必有知粹之者以余言爲然。

蔗菴記

蔗，草類也。或謂之柘，漢《郊祀歌》"泰尊柘漿"是也。蓋其甘美芳潔，可羞於神明，不獨解酲止渴，如神農氏之書所載而已。至晉顧長康，每食必自末至本，有"漸入佳境"之語，後世遂以人晚節儗之。抑愷之善謔，孰知一時之戲，遂爲千古之談耶。今山西參政致仕祝公乃以蔗菴號吾里錢翁叔謙，且爲賦其事。翁喜而再拜以受，復來屬余記之。錢氏世居吳郡樂橋之北，與余家東西相距不五十武。翁兄弟五人，家庭間斑白相映，比歲四人者皆已謝世，而翁獨巋然存也。然翁不獨爲一家之老而已，余又見里之老者數輩。閭巷間斑白相映，比歲皆已謝世，而翁獨巋然存也。蔗菴之號，於翁寔宜。且老者自古爲貴，當虞夏商周之世，養國老、庶老，莫不有學。至於巡守、諸侯，養老有慶，遺老有讓，猶惓惓焉。降及春秋，世道衰矣。葵丘之會，亦以敬老爲命。夫老之所以取貴者，豈徒以其年之高哉？其於世故也純熟，於理道也明達，固將乞言以裨益於治耳。而老者亦曰：吾年不可以徒高也。思益邵其德，若畢公，

"弼亮四世",而"克勤小物"。衛武公年九十而作《抑戒》之詩,乃所謂老也。使若黃髮兒齒、黎面鮐背而曰:吾老矣。考其德,曾孺子之不若,槩可以列豆籩,進几杖,養而敬之乎?是故朽株斷梗而人不之食者,以無甘美芳潔之味。園公田叟而人不之敬者,以無純熟明達之德也。今夫翁之爲人,靜厚而端重,和易而詳雅,鄉人之所師事,郡大夫之所賓禮,不可謂徒老者。其生餘七十年矣,狀貌充然如壯夫,方日從公卿才士,與夫高僧逸人,徜徉山林泉石間,其中必有得也。

卷第三十三
記一十二首

蕭山縣建龕山牐記

浙河之東多可耕之田，而常苦水旱。然亦莫甚於紹興，蓋其地界於江海之間，潮至則海沙漸壅而水不通，故雨淫則江流暴漲而田皆没。其患豈無自而致者？嘗考之郡有小江，有漁浦。浦舊有磧堰，凡水自山陰之天樂、慈姑、麻溪而來，與金華、義烏、諸暨之水合流於江者足以障之，不使分殺其勢，則沙固不能當其湍悍矣。夫水道無阻則澇易洩而旱有濟，其爲利也可知。自堰之廢，農人始以爲病。既久，莫有爲民慮者。浮梁戴侯廷節由監察御史出知紹興之三年，政既有成，益留意水利，既相山陰境内，置五牐以洩江南、江北之水矣。他日，行縣至蕭山，問民所苦，縣令陳君瑶亦以苦水對。侯遂與之行水，指龕山斷處曰：是獨不可置牐乎？乃以委陳君，君召父老沈珪輩經度材用，而命司税淩禎、宣義郎汪雷督功。功訖，因名曰龕山牐，仍設卒守之，相時旱澇以爲啓閉。自是水有節宣，田無汙萊，農人復以爲利。於是陳君念侯之功不可無紀述，爲書授儒士沈鍔，求記於予。予未暇作，會陳君以憂制去，而宜興吴君淑來代，修治益謹，曰不可使侯之功終泯泯也，乃復以書來促之。蓋事未有不由人力而成者。雖天地之大，凡可以養人者必其人輔相而致其可，以病者尤甚，爲民牧者首宜施之力治之。然人莫不曰治水,惟得其要者難爾。治得其要,雖洪水能導之於禹;治失其要,雖淮水不能堰之於梁。則人力亦未可以概施之也。今夫蕭山爲縣,東南有小江,既漲塞以阻水之行矣。西北有錢塘江,顧其廣足以有容。而龕山當其涯,適有斷處,此猶兵家井陘之阨、馬陵之險也。使治水者不於此而他圖,又猶兵之四出漫戰於野,舍其吭而不之扼也。是豈可哉?今也爲牐於此,雖尋丈之間,凡木石之具足爲當關之一夫,抑何水患之不能捍者?此戴侯之功,書以告後之人也。寔宜是牐也,久而必敝,後之人修之而復敝,而復修之,雖至於千百世可也,雖與龕山相爲存亡可也,則其利豈止今日而已?牐之制:爲門二,中施橫木,深若干尺,廣若干尺。傍立石柱,上架石梁各四。其材用木爲椿三百,石爲丈六百,灰爲斤三萬五千,其工四千五百六十。起於成化乙未之四月,訖於是年之十二月。又三年,戊戌七月戊子記。

南野記

去歲之冬,予以事出城之東北,扁舟行三十里許,見積水渺然,捕魚擉鼈之徒往來於其間。民際水而屋,泛泛若野航。問之民:此江耶,湖耶?則以田對。予因驚曰:"方冬水宜涸,而其勢如此,彼春夏之時,民之妨於耕耘也信哉!"於是折南又行二十餘里,其田稍高,隱然有疆畎。視其田間,稻本固在。予方喜此地嘗有秋矣,及視其民,皆有飢色。復就問之。對曰:"田之所入不足以供賦稅,且稱貸於人,足之,尚何暇爲口腹計耶?"因益念曰:"此有秋者,且不能自給。如江如湖者,當何如?"蓋自長洲以達於海虞之境,皆可推而知也。無錫與二邑爲隣壤,其地獨高,土獨厚。高而厚,宜有旱乾之憂,然其間有溝有渠,足以潴水,澇則能容納,旱則能灌輸，故稻麥恒熟。且其農功甚勤，終歲竭力於壠上者不息。又其賦視吳中輕什伍，自非有螟螣風霜之變，民不至飢也。邑有趙氏，從長洲而遷，世有積德，以力田爲業。宅之南有田，不知頃畝，其彥曰廣淵，因以南野爲號，求予文記之。予聞趙氏居鴻山之麓，去山數里又有若鵝蕩者，有田可收也，而又有山可登，有水可浮也。於己已足，於人無求，讀吾書，循吾理，安吾分，樂君上之賜而不遺父母兄弟之羞。他鄉之民，何敢望廣淵也？是爲南野記。

寶訓堂記

宋人有好書以名齋者，米芾之寶晉是也；有好畫以名堂者，王詵之寶繪是也。書與畫皆吾長洲魏氏之所有，不之寶，而寶訓焉，君子與之。所謂寶訓者，蓋魏之先有曰景純翁，年八十五時，手書百餘言以示其子本成，本成謹受之。所以守身而承家者，惟其訓是賴。至其孫公美，曾孫芳，藏其手蹟益謹。他日作堂以居，遂名之曰寶訓，復走予請一言記之。詩人之言曰："維桑與梓，必恭敬止。"夫人之於人，且有賤惡之者。桑梓，二木耳，而曰恭敬，豈人不如木哉？説詩者曰：古者樹二木牆下以遺子孫，給蠶食、具器用者，以其爲父母所植而恭敬之，此孝子之心也。然孝子於木猶加恭敬，況其形之於言、筆之成章而諄諄以訓我者，其敢慢易也乎？維昔趙簡子將置後，不知所立，乃書訓戒之詞於二簡以授二子。三年而問之，伯魯不能舉其詞，求之，已失之矣。問無恤，誦其詞甚習，求其簡，出諸袖中而奏之。於是簡子以無恤爲賢，立以爲後。二簡甚微，古之人固有以此觀其子孫之賢否者矣。今景純之没已久，其訓詞，予嘗一讀之，不待識其人而知其賢於是。本成亦以即世，公美且老，而芳尚壯，於寶訓之有堂也。觀魏氏三世之賢者，於是乎在。

玉澗記

吴之集祥里,自唐以來有廟,祀周之康王,久而廟將壓。天順初,先修譔公倡里人重建之,復自購廟中故地嘗所侵於民家者,得什二三,作小屋於後,以俟守廟者居。更二十年,莫能得其人。有道家者流沈復中始自城西福濟觀遷入之。復中,吴之虎溪人也。謹厚質樸,里人曰:宜。顧嘗自號玉澗,丐予爲記。《爾雅》謂"山夾水曰澗",則澗者,水之行於地中者也。復中所居,城市之所環繞,廬井之所貫絡,求諸山水無所得,安有所謂澗者?豈其少家虎溪,既壯,去其父母而猶思其地耶?夫虎溪,山水則有之,亦安有所謂玉澗者?必欲求其實,則玉出於西域,去中國餘萬里,如於闐之三河可以當之。然人蹟罕至,又何有於斯耶?雖然,復中,老氏之徒也。老氏之言曰:不出户,知天下。當其晏坐一室,神游八表,視析津、咸池皆吾目前之一沼耳,何三河之遠之有?以是而記玉澗,庶幾得之。然此亦外也,非內也。學道者,守一身而忘萬物,凡口鼻耳目之屬,皆有所託喻,若《黄庭經》所謂玉池者,安知非復中所謂玉澗類耶?嚌嗽之際,汪然而盈,谷然而鳴,渫然而行,孰謂玉澗在乎兩山之間,萬里之外,而不在乎吾之一身耶?

周孝子廟記

姑蘇城東南隅有周孝子廟,廟始建於常熟。在宋乾道間,邑人周容奉母朱氏有至行,人稱周孝子。且其平生好義,見罹患難者,拯救之恒恐後。既没,一日降於其家,以己爲神,告其母且曰:容願爲國効力,以保護鄉閭。後果如其言,終歲民無菑患。邑人遂相與廟事之。其後，淮南大疫，云有往施紫蘇湯者，全活甚衆。淮人渡江酬之，偶見廟貌，始知爲神。事傳邑中，凡病者禱訖，汲井投紫蘇，煎飲即瘥。既七十餘年，進士趙必鏵等因具其事，又以除蝗、驅虎、救水旱、捍寇盜顯蹟數條上於官，朝廷特賜廟額曰靈惠，實淳祐十二年二月也。歷元至國朝，秩於祀典，縣長吏率僚屬歲一祭之不廢。若蘇城有廟，歲月已遠，莫能考其創建之由。豈常熟爲蘇屬邑，蘇人亦冀其神靈波及郡中以事之與？而近自景泰甲戌歲，吳中大雪，民饑而疫作，相枕藉死。禱者取水煎飲如法，亦多獲生，民益神之。自是凡有所求，爭走廟下。每旦，庭廡如市。顧其廟既卑隘，禱者益多，至無所容足。傍有王英者，自其父謙以來，再世守廟，以精勤稱。謀欲改建，而不敢專其事，則與里正陳忠、周玘輩言於縣、於府。既如所請，且下帖文，俾英專守勿懈。於是募財於衆，一時施予者踵接，而蘇衛千户陳俊更割地以廣其址。乃以成化七年某月興功，又明年廟成。廟故西向，始易以南。爽塏端整，有堂有室，有垣有門，覆井有亭，焚楮有爐，以至象設器用，亦無不備。他日郡人嘗德於神者，相率言其事可記，英遂礱石，丐予書之。自昔吳越多淫祀，唐狄梁公按行江南，悉斥去之。所不去者，夏禹、泰伯、季札、伍員四廟而已。君子蓋深與之，然《祭法》謂"法施於民，以死勤事，以勞定國，能禦大菑，能捍大患"者，則有祀。今孝子爲人，雖非若古人之法施於民也，然使里之悖逆者，聞其風則愧而改行。雖非若古人之能禦大菑、捍大患也，然使里之疾疹者，感其靈則安而獲福。廟而事之，豈不宜哉？噫！梁公既遠，吳俗益甚，其尤可歎者，家自爲廟，祝非其鬼。人小有疾，則指以爲祟，往往殺羊豕以大饗之，其歌謳歡笑，俯仰跪起，類乎生人之宴。而卜筮巫祝之徒，假以獲利者皆是。曾謂孝子肯饗其祀乎，而人亦敢以其祀祀孝子乎？予嘉孝子有補於世教也，有益於民人也，有合於祀典也，於廟之成，不能已於記。

歸菴記

齊景公登牛山，臨其國城，泫然流涕曰："美哉國乎！何爲去此而死？"至桓魋死，爲石槨，三年而不成，君子同以爲愚。夫景公，有馬千駟之人也，所以重去其國固宜。孔子，大聖也，而魋欲殺之，尚何望其能明乎死生之際哉？若夫漢之楊王孫，戒其子以裸葬，達則達矣，然觀墨子之儉且不及，於儒者之道何有？承事郎海虞錢君允言，年六十，即治葬穴於虞山之下，曰寶嚴灣。而屋其旁以爲歲時游宴之所，題曰歸菴，乞予文記之。歸之爲言，蓋取樂正子春之答其門人者。允言有取於此，其賢於人也可見。夫雲歸於山，水歸於壑，鳥歸於林，獸歸於壙，凡物必有所歸也，而況於人乎？蓋求貨物者，朝適於市，及暮則歸於家者，歸之近者也。豈若歸於穴者之久？自世之庸人以是爲諱，雖附於身者不豫爲備，況附於棺者乎！附於棺者不豫爲備，又況深檐高棟，而大書以表之乎？王逸少云：死生亦大矣，豈不痛哉！逸少，晉人也，而猶爲此言。此君所以爲賢也與？錢氏在邑中稱故家，其先世有孝義，行甚著，子孫貴顯。至君持身益謹，尤善教子。子承德且登進士第，出爲縣令，行當召還，有封典下其家矣。游宴之樂，蓋自今始。

光福山游記

成化十四年五月，光福徐翁用莊邀予爲西山之游。予諾之，然不忍獨游也，則爲書招史明古。乙酉，明古來自吳江。丙戌，舟發胥門，西過橫塘，由木瀆斜橋折而北，行經靈巖，讀宋韓蘄王墓碑，前望穹窿，晚乃至光福，首過徐氏用莊。喜客至，見其子玭、其孫天穎，更召其里隱士徐孟祥同導予步虎山橋，橋南登擅勝亭，還飲其家，夜宿來青堂。丁亥，緣玉遮入蒸山，謁徐武功墓，循北麓觀眠松，遂泛下崦，入銅坑，還泊虎山橋。戊午，游鄧尉山，飲七寶泉，入玄墓寺，憩奉慈菴，登鳳岡而還。己巳，過海雲院，觀連理山茶，讀虞道園百丈泉遺墨，已乃別去。晡時至胥門，明古還吳江，予入城。是游也，歷四日，舟行六十里，輿行四十里，總得詩三十首，悉錄歸用莊，備山中故事。

慧林房記

慧林房舊名菴，在蘇城東南王判司巷。元大德庚子，有吳十四公者捨其居以建，而初主之者曰明慶也。慶傳崇傑，傑傳某珪，珪傳某賢，賢傳與齊，齊傳永默，默傳宏漸。當國初，有詔天下佛寺大可領其徒者，餘悉撤而遷入之，於是慧林入壽寧禪寺，更以房名，時洪武辛未也。漸傳道舒，既皆化去。舒傳文靖，靖傳智勤，則歲久而室廬益敝矣。乃成化己亥，其師徒遂相與修葺之，且謂慧林自併於此，宜得文字，使後人可考而知，因數請於予。惟昔孫吳國，於江左蘇之有寺，蓋自此始。至於蕭梁，踵其故都，好佛愈甚。一時穹廬廣殿，徧於國中。今試詢其肇建之代，無非赤烏、天監而已。延及後世，其君所好，雖不若前代之甚，然亦有興無廢。至其徒又倣其制而致力於斯，金碧丹艧，往往而是，而寺益盛矣。皇明有天下，政令一新，乃以為過而裁抑之。百餘年來，頹垣壞礎間，墾畮秩秩，使人得耕種以為食者，皆昔所謂蘭若也。京都不暇論，凡今四方私創者著於律，求一寺之肇建者不可得，此固聖政所當紀者，豈特使慧林後人考其始遷歲月而已。漸偉然緇流中，與先君友善，予幼猶及識之。舒能讀儒書,靖與勤皆清介謹愿,不妄交游。蓋予家故居在東城下,比歲與吾弟原輝往,理之道中,數訪其廬,久而益知其行可敬也。勤有徒曰惠侃,孫曰善秀,皆能保其業者云。

興福寺記

吳地多水,其最鉅者曰太湖。湖中多山,其最鉅者曰洞庭。洞庭爲山,周可百五十里,中有穴,相傳禹藏治水符於此,因名。其東十里又山,相距而差小,其勝略等,人稱東洞庭以別之。當波濤浩渺間,兩山對峙,鬱然蒼翠,儼如畫圖,殆道家所謂蓬萊、方丈者。民環山而居,善植果木,世擅其利,而屋宇閭巷,聯絡映帶,忽不知其爲山林也。其尤勝處,往往有佛寺據之。成化十五年二月既望,予與李兵部應禎爲東洞庭之游,自岱心吳氏肩輿,行十里許,入俞隝,得寺,曰興福。主僧恩復出迓客,延登其後小閣,是時梅華方盛開,彌望如白雲,崖谷莫辯。山有九隝,九隝之水合流,循寺門而行,松根石罅,水聲瀧瀧,意甚樂之。予既留詩而去,未幾,北來京師,車馬塵埃間,未嘗不想東洞庭之游之樂也。一日,有僧扣門來謁,予熟其貌,則昔者復公之徒也。其言曰:"興福寺久矣,甚恨無文字刻石可考往者,幸辱游覽,惟終界之。此智勤所以來者。"予嘗愛其寺據山水深遠處,殊爲幽僻,宜學佛者居。其徒歲食田園所入,可以自足。而予所接如復如勤輩,又皆恭謹,能守戒律,稱學佛者。予何愛一言,不爲記之?寺建於梁天監二年,傳有于將軍者所捨宅,故在山之東麓,始居者曰清禪師。至唐遷於此,歲久,興廢皆莫能知。可知者,廢於國初,而深谷邃公復興之,二傳仍廢,而僧亦絕矣。景泰間,今復公始自其山法海寺,從里人之請而來,凡建門堂殿閣數十楹,而佛像咸具,蓋智勤實相其事而成之。是爲記。

崔巡撫辯誣記

國家屯軍旅爲防姦禦侮計，自京師達於邊徼，曰衞，曰所，建置殆徧。而所謂軍旅，多以罪謫發之人。於法，子孫絕則以同籍者補充，惟別籍於謫發之先者，不豫其人，書於版册甚詳。里有正、有胥、有耆老，版册一出其手，歲久弊起，或脫漏、或隱匿，其罪著於律令甚重。每歲部符下府州縣，俾專官理之。旁稽窮訊，若治獄然。又數歲特遣御史理之，所以稽且訊者益密，謂之軍政。其法載於條例甚備，蓋使凡名在尺籍者不得幸免，然亦不欲誣平民以充什伍之數。而吏不察，往往失法意以爲民患。若某衞軍王阿隆者，故崐山縣太倉二十九保人也。既没，而户且絕。其族子凱一旦赴御史郭觀自首，爲隆之裔，匿他里。蓋凱固王氏別籍子，特利隆所遺田産爲是耳。觀謂民無自誣，以軍者信之。二里連坐如律者，凡二十四人，悉配蘇州衞。今職方郎中陸君文量時尚游鄉校，以其父某爲里正，在連坐中，即狀其事求白於觀。觀以成案爲詞，衆爭稱冤。適今南京吏部尚書致仕崔公以都察院右副都御史巡撫畿内，走訴之。公覽狀曰：「是固可辯。」檄觀辯之，觀不理。衆乃復訴於公，公委所屬衞若府官集二里父老輩核實，而凱之兄且自外歸，白其事，竟坐凱以罪，悉復二十四人者爲農，實天順四年之八月也。時文量爲雪冤，頌以獻公。其父曰：「公有恩德於吾人及吾子孫，是未足以報。」乃與其弟祐圖於衆，欲建公生祠，歲時祝之，顧有禁不可。既數年，衆益思公，文量乃具始末請記，曰：「此吾先職方公與里人之意也，幸書之。」予因述此以復。公名恭，字克讓，世家順德之廣宗。登正統元年進士第，歷仕内外四十年。政尚忠厚而剛明善斷，其出巡撫，尤號識大體。恩德被人者尚多，此其一事耳。在公固不足書,然在崑山之民,不可不書也。且世之健吏爲民患也久,固有與其事類可書以示人者。聞昔宣德初,所謂軍政條例始行於天下,御史李立往理蘇、常等府。立既刻薄,濟以蘇倅張徽之凶暴,專欲括民。爲軍民有與辯者,徽輒怒曰:"汝欲爲鬼耶?抑爲軍耶?"一時被誣與死杖下者多不可勝數。蘇人恨入骨髓,然畏其威,莫敢與抗也。並時常倅則有張宗璉,獨不阿御史意,數被辱。宗璉痛民無辜,竟忿鬱以死。死之日,民相率犇走哭奠。及喪出,白衣冠送者數千人。至立廟,祀於江陰之君山。廬陵楊文貞公實記其事。而徽後犯法,死刑部獄中,鼠食其肉。其子貧困,寄食吳下,道路見者猶嘩罵之。此善惡之報也。夫觀之刻不至立與徽之甚,而宗璉之遺愛可仿佛於公,因附記之,以爲當官者之勸懲云。

東湖記

東湖本陳湖也,在長洲邑東南。周可六七十里,其涯多良田,居民資之。予凡再游焉而再樂,皆以訪陳氏故,而有汝器、玉汝昆仲爲之主也。當成化己丑歲,予與玉汝同試禮部歸,及秋,過其家。午飲畢,汝器亟命舟泛湖,入夜始還,則月色如畫,水波若空,尊俎之間,歌聲相發,有杜子美渼陂之樂。後十年,爲戊戌之秋,予復過其家,則玉汝初登進士第,居京師。汝器見客至,益喜,顧患末疾,使僮奴舁行庭中,相從以爲樂,而引滿劇飲如前日歡,仍命舟泛湖,則憊而不能從矣。予由姚城過蕭墟,登磧沙,入瑞雲觀,吊古訪俗,悉著於詩,有蘇子瞻西湖之樂。及暮還,而汝器笑迎於門,更具酒飲客,且曰:"吾生長於是,於是而農,於是而漁,久矣。中間雖一出長鄉賦,輒謝去。今既老矣,有子若孫矣,世俗事無預矣,而吾益得與林僧野叟棹扁舟、舉杯酒、出没於渚雲沙月之間,浩然而歌,悠然而醉，其樂不可以語人者，吾將終身焉。湖在吾家之東，因以東湖自號，其亦可記乎？"予曰唯唯。既來京師，數以書抵其弟，促予記。所謂東湖者，蓋予於東湖再樂特再游耳，使屢游之，亦恐厭也。然憶汝器疇昔之言，如是必有真可樂者，予獨未足以窺其趣也。異時與玉汝南還，汝器之疾當瘳，相與益窮其樂，酒酣興發，尚爲執筆賦之。

蘇州府重建文廟記

蘇有學於城南，實創於魏國范文正公。更五百年來，所以修葺而開拓者，惟賢守是賴。至於今日，規模益壯，天下之言學者莫能過之。故四方賢士大夫之道郡中，以一游其地爲快，然猶病文廟與學之弗稱也。蓋其制非特視學爲陋，歲久且敝爾。乃成化八年，鄱陽丘侯霽來知府事，政既克舉，境內悉安，歎曰："事神，吾職也。有如文廟敝陋，孰任其過？然吾不敢專也。"乃請於巡撫左副都御史洛陽畢公，公從之。則計財度工，擇日而從事。始改作大成殿於舊址之北，而侵於西者二丈有奇。次作欞星門，南與殿直。以十年三月興功，功垂完而侯報政於京，遂去任矣。其年蠡吾劉侯瑀自監察御史超擢來代，政治益善，視此舉非得已，而前功所當繼也。未幾，殿與門竟成。既而，若兩廡、若戟門、若神廚，皆以次改作。崇卑廣狹，悉合程度，言言潭潭，迥異舊觀，而廟與學始稱矣。他日，知長洲縣劉君輝、知吳縣文君貴，暨教授林君智輩合言於寬，以二侯之功不可泯者，願記之以示後人。嗟夫！孔子之道，大如天地，與之相參，高如日月，無得而踰。萬世之下，被其膏澤者，區區土木所能報其功耶？而復爲此，無亦盡所以尊崇之者，以免有司之過耳。蓋比歲儒臣建請有欲加以籩豆佾舞之數者，下群臣議。議者亦謂此不足爲孔子重輕。而朝廷不然，竟從其請，行於天下。惟所以尊崇之者，無所不致其極也。詔下，爲十二年九月，廟適以功完告。明年春祭，籩豆既陳，佾舞就列，而棟宇深廣足以有容，觀禮者美之。雖然，二侯之意，豈徒爲是勞費以充郡中美觀者耶？禮行於斯，樂奏於斯，致尊崇於斯，固所以伸報本之私。若夫瞻拜之頃，廟貌尊嚴，洋洋乎如在其上，如在其左右，豈無油然興其希賢希聖之心者乎？《易》曰："觀：盥而不薦，有孚顒若。"二侯之深意，安知不出於此？且是廟之作，凡以事神也。惟夫前後之相濟，彼此之無嫌，而一出於公，其功遂不至廢。推此道以治民，此民所以同歸於治也與？寬，故學之諸生也。於二侯無能爲役，因諸君之請，敢忘其淺陋而書之。初，學門在廟街之東，凡出入於學者，必涉街以行。丘侯以神人之分當嚴也，顧旁近多居民。民既喻其意，皆樂徙去。乃徙其門於廟門之西，更爲門於泮池之北以達於廟。然後廟左學右，截然以正。後有賢守以廟學爲事者，其尚修之葺之，以無隳其成功也哉。

卷第三十四

記十一首

胡忠簡公祠記

有宋資政殿學士贈通奉大夫忠簡胡公吉之,廬陵人也。公薨後,鄉人祠之學官,以配歐陽文忠公。其子孫之祠於家者,則宋元之季兩燬於兵。至國朝宣德乙卯,其九世孫伯儉始復率其族人搆之。今其祠在所居香城里者是也。夫君子之澤,五世而斬,斬則服窮,則法不得祀。今去公三百餘年矣,子孫何故而祠之?子孫可也,鄉人又何故而祠之?噫!公之功,雖祠之他郡亦宜,況其鄉人哉!又況其子孫哉!何也?義莫大於綱常,公思扶之;譬莫重於君父,公思報之;力莫強於夷狄,公思禦之;計莫深於權奸,公思折之。此公之功也。蓋當汴宋之季,靖康之初,金虜一旦長驅而南,遂陷京城。已而乘輿北狩,宗社南遷,軍民困於追逐,府庫竭於徵求,中國之禍莫甚於此。原其始,之所以啓此禍者,固由閹人喜功之過;按其終,之所以成此禍者,則由朝士主和之罪也。而其爲罪之魁者,則莫若一秦檜。檜之凶悖,挾虜勢以爲要君之計,竊主柄以遂罔人之謀。從違在人,禍福惟己。然當其時,朝士林立,昧於永圖。檜言一出,從者如響。其違之者,不過微言其失於利害之間。有能明目張膽而極論之者,不過公與李綱、張闡二三人而已。若公之位尚卑,而言尤切,實有不與虜共戴天、檜同朝之誓。奏疏所上,炳炳焉,赫赫焉,讀之足以痛快人意,真所謂與日月争光者也。用是,檜深惡之,竟遭貶斥。幸而檜死,而公獲保,其生至於再用,益守前説。每進對之際,惓惓必以恢復爲言。且陳和議成否,有十可吊、十可賀之策。及薨,遺表猶有"願爲厲鬼殺賊"之語。則公之忠誠堅定,豈賣直於一時者比哉？嗚呼！公乎其宋之砥柱乎！當時舊物雖舍,公之言不能盡復,而斯世公道卒因公之言未至盡亡,遂使天下之人,綱常之義知所當扶,君父之讐知所當報,夷狄知所當禦,權奸知所當折,其功所以爲盛也。此固雖他郡祠之亦宜,況其鄉人哉,又況其子孫哉！於是祠成而伯儉卒,其子若環益修葺之。至其孫緝,又述其祖父之意,請寬記其事。寬少讀公奏疏,已得公之爲人而敬慕之,後獲與緝同年,既以識其子孫爲幸,又以無文之言記公之祠,不尤幸乎！祠凡三楹,中奉公遺像,而其子江東運判澥、其孫户部尚書槻、少師兵部尚書枘以及運判之子杙並從祀於旁。其諸顯者尚多,以世數疏遠不預也。杙嘗仕於朝,忤史丞相彌遠出,主管華州雲臺觀,終德慶守,綽有祖風,於緝爲九世祖。緝以名進士拜行人,奉使所至,以清介稱,亦不失其家法者。因併書之,以見胡氏之盛云。

休寧縣兖山二堨記

休寧爲縣多山,山中多田,田之勢既因山以高,而雨水不常得也。故民每有旱暵之憂,幸而兩崖之間有渠焉,其水可以溉田,然源上而流下,不啻若高屋之建瓴,其勢特瀉而去也。乃有障之之法,而堨以築。堨,即堰也,縣人之語然爾。此法既善,而其利且多。及夫春夏之月,上源溢溢,下流湍悍。所謂堨者,或薄與狹,且衝激以壞,則屢有築之之勞,而人亦困。蓋縣之東南曰兖山,有水自遂安白霽嶺而來，歷百餘里，入淛河而去，至此，其流甚下，其水甚急，而其渠甚闊。堨之築，始難為功。故有齊、程二堨成而壞者，不知其幾矣。里人汪志德世寧，讀書好義，而多才識。嘗以改築堨事言於縣，縣令信之，委為堨長。乃率其眾籍於官，計田畝，出財力，先事齊堨。堨成，長四十丈，廣二丈，用工八百，起於正統戊辰，畢於是歲之冬。既乃及程堨。至此，則其流益下，其水益急，其渠益闊，而功尤難。始伐石築之，又以其家田多比近，諸凡所費，不敢及其里人也。堨成，長五十丈，廣三丈，用工二千，起於天順壬午之秋，畢於甲申之冬。二堨凡溉田五十頃，其渠長及四里，補缺塞漏，不遺餘力。於是水道既修，天時無患，田率有秋，而其直倍常，里人德之。世寧以程堨堅而可久，獨謂齊堨久亦壞也。乃復什其人，歲出財力修之，徐圖易以石焉。因其弟新昌令世行至京師，請記其事，以示諸後人，俾勿壞。嗟夫！人豈必仕而後能成事哉？亦隨其身之所處而施其力之可行者耳。處天下，有天下之事；處一國，有一國之事；以至於處一鄉一里，有一鄉一里之事。使處天下與國，而事無所建，不若處鄉里而能建事者。如世寧，新安一隱士耳，其水利所及，下焉飽其家族，中焉惠其鄉里，上焉給其國用。使其出而用世，則鄭國、白公、王延世之所行，可推而行之天下與國也。吾故與其人而記之。

觀泉亭記

自國家遷都於燕，太倉益實，長府益充，皆以漕運而致。其食貨之入，孰非舟楫之所載乎？由京師而南，舳艫相啣，維纜相結，凡數千里不絕其舟楫之來，孰非河渠之所浮乎？地勢隆洿，望若堦級，置牐蓄水，洩復盈焉。其河渠之通，孰非源泉之所濟乎？泉多見於齊魯之地，其發甚微，其流甚迂。微則易堙，迂則易竭。夫使其滔滔汩汩出而無窮者，又孰非人力所以濬而導之乎？工部所掌，水利其一。朝廷特設主事一人分治之，三歲始代去。成化十六年，予同年洛陽喬君廷儀奉命以往。當歲之春，泉脉初動，廷儀輒率官吏，召卒徒，出而從事，畚鍤所施，濬導如法，勤敏之稱，徹於中朝。顧所至露坐，無以爲風日之庇，乃使人伐山木次第築亭泉上，曰："吾將於是督役，而觀夫泉之行也。"因以觀泉名之。書來，求文以記其成。惟古人之樂多託於山水之間，略舉泉言之。若柳子之於愚泉，歐陽公之於釀泉，可以概見。獨惜其人皆放斥於外，而不得盡其用於時，徒啜其清，漱其甘，以爲自娛之資而已。今廷儀，則以泉爲職者也。方其從事於斯，歷曠野，入重山，險遠幽邃，皆有足蹟，可謂天下之至勞，而何有於樂？雖然，及功之將畢，視其溢然而出，沛然而行，濟乎河渠而浮乎舟楫，載乎食貨以給乎國用。當是時，有志於世務者，亦可謂天下之至樂，而遂忘其勞矣。故泉，一也。渟潴而無爲，覯之者樂其適乎己；發洩而有用，覯之者樂其利乎世。適乎己者小，利乎世者大。然則泉也，人也，寧爲此乎，爲彼乎？初，廷儀受代爲吾友徐君仲山，其勤敏，予尤知之。仲山嘗著《泉志》，凡泉之形狀，與其出之正側，匯之深廣，流之向背，具載於編。予皆識之。計散見於州邑間者百二十餘，而無關於漕渠者不預，其用心可謂密矣。今廷儀且滿任，而閩黃君世用將往代之。世用久仕於外，練達詳慎。天官卿特推擇爲此，舉其職殆無難者。《書》曰："惟周公先慎厥始，惟君陳克和厥中，惟畢公克成厥終。"夫亭不足書，而泉則重事也。以三君之相繼，敢叙其功而望其成焉。

博平縣遷學記

博平爲縣屬東昌,故有學。有學則亦已矣,何以遷爲?蓋置器者必得其所,然後器不壞而人有用。學,器之大者也。置非其所,欲其不壞而有用,得乎?此博平之遷學固有不可已者,而非後人之所好爲改更也。初,學建於縣治之東,歲久而廢。國初,文治肇修,有詔天下復廢學,而博平始克重建。然其地舊爲汙池,實土以築,僅克成功。終其卑濕,未幾而壞,壞輒修之,而卒壞焉者,重以夏秋雨潦,不勝浸淫之爲患也。比歲齋廬門廡,壞且不存。其存者,殿堂數楹,巋然頹垣中,亦欹傾將壓,甚非朝廷所以建學之制。成化十八年,長洲文君林來爲縣,始入學,顧而歎曰:"學之敝其甚矣!"進諸生問之,得其故,則問:"常所游於學者其數有幾?"曰:"餘百人。""學重建以來出而取科第者其數有幾?"曰:"僅六人。"且曰:"茲事寥寥,六十年無繼之者矣。"君復歎曰:"學之敝若是,師於何而教,弟子於何而學?固宜人材之不振也。其必有以改更之。"乃行視地,得布政分司於城之東北。其地勢高燥而可居,其屋宇粗略而可因。則具其事,移於巡按御史,於司,於府,報皆曰宜。明年功興,而君則不忍以財力困其民也。顧得錢之没入於官者若干緡,穀之勸分在官者若干石,而委主簿雷義,發而爲用。凡學之故材復撤而改之,民故無所困,而功卒完。六月堂成,七月齋廬成,已而廟成。至於師生私居之舍,亦以次成矣。於是游於斯者,講授有所,祀饗有地,欣欣然皆有及時進修之意。是歲秋,舉於鄉者,遂得一人。父老驚歎,以爲吾賢令之所致也。他日,師生走書京師,特求予文,記其所以遷學者。惟古人有所營建,其大者如衞文公之於楚丘,召穆公之於謝邑,莫不相度其地之宜。見於《詩》者可考也。

若夫宮室之美，則尤詳於《斯干》之篇，而況天子之有辟廱，諸侯之有泮宮，皆行禮之地，不得其宜與美，何於樂思樂之云之有？夫廱與泮，其制皆取於水，未聞置於水者也。而博平爲學若此，始謀者亦既不謹，後之人又特補漏支傾，因循苟且而爲居逸遺勞之計。且其人率皆久任，可以有爲而不爲，何其怠也！今夫文君由甲科而出補任於茲，未及改歲而召命且下，其事未暇以爲而復爲之，又何其勤也！君廉敏多惠政，數奏疏於朝，乞蠲除民間所尤疾苦者，非特遷學一事可書也。而遷學又事之可久，政之至重者，故特書之。亦俾後之游於斯者，以無忘君之功云爾。

武學設廟像記

京師有武學，所以教諸衛武臣之子孫將世其官者。其始建於正統癸亥，制尚弗稱。後朝廷以城東舊第賜故太平侯張公，已而公辭焉。有詔改爲學，而以國子監丞閻禹錫掌學事。學既宏麗，師生安焉。顧學無廟，其制弗備。成化己丑，禹錫爲奏請，乃得建廟。蓋特改明倫堂爲大成殿，而以其後室爲堂。今太師兼太子太師英國張公嘗與諸同列入學校藝，且則謁廟，歎曰：「聖世承平，文教旁達。雖州邑必有學，學必有廟，廟必有聖賢像，繄此獨用木主，於廟制亦弗備。聞故陸侍郎家有孔子并四配像，盍往請之？」於是侍郎之子郎中華等相與喜而言曰：「先人爲此，豈欲私於家者？誠得備廟制，有補於學官，甚幸！吾何敢愛？」一時好義者，更出貲以相木石之費，師生益喜，以學事督於兵部也，白之，若尚書淶水張公而下皆欣然曰宜。以乙巳二月之吉，興置殿中，而奉安之，祭告如禮。教授朱暕以嘗任其事也，謁予請記。予諾之，而未暇以爲。既久，今尚書華容劉公兵務之餘，益重學事。以英公之意美而不可負也，復請於予。夫聚數百人於學，訓之以師儒，督之以文武大臣，其業進士以明乎孔子之所刪述者，什一二耳！其餘所誦而習之者，非兵書乎？所試而策之者，非方略乎？所操而爲業者，非馳射之間乎？較其勤惰，第其工拙，月有課，歲有賞，國家安不忘危，作興材藝以爲緩急之用者，至矣。然衛靈公問陳於孔子，以未學軍旅爲對，其肯爲之師以饗其祀乎？或者不能無疑於此。噫！孔子，大聖也，豈以軍旅而不知者？盍不觀於夾谷之會，其言曰："有文事者，必有武備；有武事者，必有文備。"因請具左右司馬以從，及齊使萊人以兵劫定公，折之以言，諭之以理，齊卒以汶陽之田歸之，所謂不戰而屈人之兵者也。軍旅之事，莫大於此，則知孔子所以不對者，以靈公失道，而復以此問爲不當耳。故曰："孔子焉不學，而亦何常師之有？"惟其無常師，此所以爲文武之師，而通天下宜祀之也與。雖然，廟之有主，古之制也。易主爲象，後世之制也。不從乎古而從後世，豈不以升降於斯、俯仰於斯者，釋弓矢而執籩豆，離士卒而親工祝，睹道德之容，洋洋乎其盛，足以作其禮義之勇，消其悍戾之氣，而君子猶有取乎？故爲書之。

聽烏軒記

距吳城東三里，蓴谿之上有封若堂焉者，故長洲朱處士叔明之墓也。墓之側有屋，若丹焉者，處士之子顥廬於其墓者也。處士既没，顥居喪盡禮，鄉人以爲孝。且葬日，哭於墓，墓有木百株，烏數十，旦暮鳴其上不去。顥聽之，哭益哀。或者因題其屋，曰聽烏軒云。吳寬曰：父子之恩，人與鳥同也。父子之性，人之所通，鳥之所塞也。而世言烏生子輒反哺，則鳥之通於父子之性者，烏而已。然而鳥有口必鳴者也，初何與於人？人有耳必聽者也，亦何止於烏？

其鳴也，若獨爲人而鳴，其聽也，若獨爲烏而聽者，蓋亦有所相感焉耳。夫惟有所相感也，故鳴者不鳴之以口，而鳴之以意；聽者不聽之以耳，而聽之以心。聽之以心，則凡鳴乎其前者，皆足以動乎其中。況烏，固鳥之孝者哉。是故旦而鳴焉，吾聽之戚然而不寧，感吾省於親之時也；暮而鳴焉，吾聽之慘然而不樂，感吾定於親之時也。其鳴益悲，其哀益切，則是其啞啞者足以致吾之皇皇，其攫攫者足以益吾之望望。鳴之者弗止，哀之者弗輟，孰謂烏不爲人而鳴，人不爲烏而聽也哉？作《聽烏軒記》。

金鄉縣學修建記

孔子生於魯，仕於魯，而設教於魯，故一時弟子所從游者，雖至自四方，而魯人爲多。夫德行、言語、政事、文學四者，人才之難得者也。其人則具於孔氏，而司馬遷叙其徒，亦謂身通六藝者七十餘人，皆異能之士，何其盛哉！故曰："魯無君子者，斯焉取斯？"所謂君子者，其出於七十餘人之儔乎？當是時，人各以其所得轉相傳授，雖去之百年，莫非其徒。孟子所謂："予未得爲孔子徒也，予私淑諸人也。"自孟子來，又二千年，所在學者紆侈袂，曳方履，誾誾秩秩，視唐尤盛。至考其所自來，必自魯孔子，而況爲魯之人耶？然學者之事甚博，非索居孤陋而能通者。必由講而明，由教而入，此學校所由設，而爲親師取友之地。舍是，雖魯人亦難爲賢也。今之兗州府，故魯地。府之西南百八十里有縣曰金鄉，故有學，旁岱岳祠。金大定間，始遷於縣治之東。既壞，國朝洪武元年重建，復壞，而修則正統十一年也。比歲水溢爲患，而學益壞，諸生莫安其居，業廢不講。學官至僦居於外，而教亦弛。盛君德，汝人也，以進士來知縣事，敏而有爲，謂興學養士，尤不可緩，則白其事於府，從之。初，市材營作，以居學官。屬時小康，乃益計度材用，爲陶匠之需。以成化十六年四月三日興功，因在官者役之，更擇良吏董其役，而躬爲之指授，以建以修，物不費而民不勞，明年二月十有一日而功迄完。凡堂埕齋舍，殿廡門牆，以及倉庫庖廚，其制一新。至所謂壝書臺，講文亭，射圃之類，廢輒修舉，不遺餘力。蓋自有學以來，莫有盛於斯者。於是教諭古吳金君銑具書其事，抵予求記。夫魯之學，見於詩人之所詠歌，如《泮水》之篇是已。金鄉去此不遠，而今之縣令，有民人社稷之寄，與古諸侯略等。《詩》曰："穆穆魯侯，敬明其德。"盛君其有之。又曰："濟濟多士，克廣德心。"士之游於斯者，其尚無負賢令之意，而不失爲魯之人哉。

無錫錢氏改建祠堂記

禮之祭其先也，自天子至於士皆有廟，庶人特祭於寢，天子尊矣。後世貴而顯，如古諸侯大夫之官，亦可以爲廟。若夫士，於制既不得爲，而寢者亦生人之常居，非所以專意於先世之地。此朱子祠堂之名所由立，其制所由定，而爲天下之通禮也。按其書曰："君子將營宮室，先立祠堂於正寢之東，爲四龕以奉先世神主。"夫正寢之東，陽位也，蓋法古左祖之義。曰先立見治家者，急於事先而追遠報本之道所當舉也。則祠堂之制，人可以得爲而又不可不爲如此。然而流俗日卑，徇末而貴近，高其宮，大其室，以爲賓客之樂、妻妾之奉、子孫之計者皆是。語及先世，則漠乎不以爲意，往往即私居之偏庋置神主，其苟簡至是，雖諸侯大夫或然，況乎爲士若庶人者哉！錢氏在江南爲名族，其世代遷徙，考於前人之述作可見。蓋自吳越忠懿王俶納國於宋，至於今餘五百年。子孫業儒而爲士，務農而爲庶，如無錫甌橋之族尤盛者，若將仕府君惟常，既用朱子之説以祀其先，至如晨必謁，出入必告，正至朔望必參，時節必薦新，且惟其説是遵，若忌日不飲酒食肉，哀慕終日，又其孝也。府君既没，其子孟瀋奉承先志惟謹，乃天順壬午之秋，家被火厄，祠堂燬焉。孟瀋以爲懼，既重建如制，顧其地隘不可拓，而族人日益衆，堂成殆無所容，乃即其地改建重屋，奉安神主於上，其下因爲藏器物，若遺書衣物之庫。而孟瀋以爲非制，其心不安也。他日，述其事詒於予，遂請爲之記。夫禮，固有變者。麻冕，禮也，純儉而孔子從之。杜氏之葬在西階下，至欲合葬也，季武子許之。錢氏之爲此舉，其亦禮之變者與？蓋爽塏而不污，深廣而有容，周旋於斯，著存於斯，洞洞屬屬，如將見之。與世之苟簡者異甚，雖以爲祠也亦宜，乃書以復，孟瀋其尚安焉。孟瀋之先曰元永嘉書院山長彥春，生文林處士伯剛，伯剛生梅堂處士公達，公達生惟常，此其四世所得祠者。惟常有弟二人，曰惟孝、惟義，父没而異居。諸子曰孟津、孟溥輩，又各爲小宗之祠云。

三辰堂記

維皇明以經術取士。士之明於經者，或專於一邑，若莆田之《書》、常熟之《詩》、安福之《春秋》、餘姚之《禮記》，皆著稱天下者。《易》則吾蘇而已。蘇之《易》始於顧順中先生，一時游其門者，出則取科第，以其經轉相傳授。歲久，師弟子益衆，延及他郡，莫非出顧氏，人方先生爲漢楊何云。先生諱異，順中其字。嘗登永樂甲辰進士第，後十二年，爲正統丙辰，而其子今贛州守疇字德明者繼之，又三十六年，爲成化壬辰，而其孫今工部郎中餘慶字崇善者復繼之。三世榮顯，歲適皆在辰，人以爲異，贛州公乃以三辰名其堂。而工部以予有鄉黨之好，且同年也，請爲之記。予因歎曰：

顧氏則異矣，而其盛豈獨蓋於蘇人哉。粵自國初，詔行科舉，每三歲一行，其後或不行，迨永樂甲申，至於今日，行之皆如制，殆三十科，於此可謂久且數矣。然方州所擢，其少者科止一二人，若陋邦僻邑，至未嘗有薦於鄉之士。文教之行，經術之明，其難也如此。而顧氏上下五十年，前後三世，皆有其人，此其盛豈獨蓋於蘇人哉？夫今固有兄弟同升者，然其盛止於一時，不若父子相繼之遠，況又繼之以孫者乎，豈有不偶然者乎？蓋事之來也有自，德之發也有時。先生之學固良，然聞其先有隱德，始於其身發之，而又不及授政以没。後僅以贛州公嘗任御史，獲贈如其官，宜其復發之後人也。惟公昔有聲憲臺，及出守大郡，惠政在人。今工部以明敏勤慎為朝廷任用，方奉詔行水淮濟間，且有利益於國。後世之登第者，不必以辰而異也，將有蒙其澤繼之而益盛者乎。

承天寺重建大雄殿記

蕭梁氏好佛，其下化之，一時佛寺，江左為盛。然尤莫盛於吳中，若承天，又吳中之特盛者。相傳寺為衛尉卿陸僧瓚宅而捨以建者，自梁以後，廢輒興之。至元至正間，主僧南楚極力改作，而其制之壯偉精巧絕矣。金華黃文獻公實為記其事。入國朝，殆歷八十年，當正統癸亥之十月，寺一夕大火，蕩然無存。又明年，適朝廷頒《大藏經》至，僧綱司都綱永端時兼住持，特建堂九間以尊奉之。其後，僧徒相視，莫敢復措手者，蓋三十年於此。今住持道澤謂寺不可終廢也，然功宜自大雄殿始，乃謀建之。蓋承天，固郡人之所瞻仰者也，於時聞有是舉，爭出錢粟來助。其徒戒昌更刺指血書《法華經》，誓成其事，而助者益衆矣。竟以成化甲午七月丙辰起功，凡六年而功始完。高廣深澗，一如舊制。凡所像設，亦無不備。

於是澤公領郡薦來受都綱之命，乞予書之。其言曰："寺之功甚鉅，此未及其半，吾當次第成之，而未可必也。幸先畀之文以記。"嗟夫！大雄之建，非以奉佛也乎？佛之道，吾不能知。然嘗觀於其書，務爲宏博廣大之説，故學其道者，每務爲宏博廣大之事。亦惟好於上者，極其護持而不拘以法禁；化於下者，致其崇奉而不惜乎財力：此其事之所以成也。今夫官府學校所以出政令而資風化，是固有益於上下者。或病其敝且陋而有所爲焉，費於公而罪戾至，勞乎民而怨謗生。繼之者視以爲戒，故有終其任不易一木、增一瓦者，此其事之所以廢也。則澤公之爲此舉，固其才之長、力之專，以出乎其徒，亦惟其爲彼而不爲此。此其費若勞雖不可以數計，卒能隨其用，使致其才力，以成乎所謂宏博廣大者，而還郡中之舊觀也。予故記之，以示其後之人。

得月亭記

吴縣西五十里有巨浸，《禹貢》所謂震澤是也。《周·職方》又曰具區。今吴人皆舍之不稱，稱必曰太湖。嘗觀昌黎韓子有"避風太湖，七日鹿角"之語，則指楚之洞庭而言。今湖中多山，其最大者亦以洞庭號之，又山上有地，曰甪頭。土人謂漢甪里先生嘗居此。其説固無據，豈吴楚二水其大相敵，故其名相倣耶？且山有洞因名，不知湖何以名？郭景純謂巴陵有地道潛通此山，然則楚以名水，吴以名山，蓋以此與？予生未嘗游楚，徒得其偉觀於傳記詩歌之内。而吴固吾鄉也，往嘗過友人王翰林濟之，水行出胥口，適煙雨滿湖，初焉山兀兀壓水面，已而雲氣瀰漫，忽失所在，扁舟茫茫，莫知所之。予心甚恐，然其景則奇而可玩矣。竊意使當良夜，月出其間，雁鶩驚飛，魚龍戲游，清風來而白露下，金波渺然，一望萬頃，其奇當如何,而恨未之值也。洞庭之東,有山對峙,其勢若分其脉,則屬而競秀於空明之際,若不相讓。濟之之先,託以隱居者累世矣。其大父惟道府君嘗即所居韓港南尤勝處作亭,曰得月。府君既下世,其父光化令解組而歸,受封就養。歲修葺之,與宗族賓客登覽以樂。濟之因屬予記。夫月,天下所共有也,而必於此曰得者,蓋以惟此可以盡月之奇,他雖有之,不足爲得耳。然其奇,惟居於此者知之,游於此者知之,他人不知也。光化父子固所知者,雖欲告予亦不能也,而予又安能言之?

卷第三十五
記十一首

塗嶺南窩記

莆陽之野有鳳山，山之北里許爲象峰，峰之東又里許爲寶澗，澗之南二百步則爲塗嶺，皆勝處也。監察御史林君貴實既即象峰葬其先進士府君，鳳山葬其先太孺人，則又遷其先大父兵部府君改葬於寶澗，乃曰：「吾於先世之藏，亦既盡心矣。惟吾奉遺體將六十年，於此不豫治所以藏焉之地，其何以爲子孫耶？」於是又即塗嶺而經營之。既成，坡壠聯屬於前，水泉瀠洄於外，其左則峰巒北峙而昂然以高，其右則嶺岫南趨而偃然以下。以其拱護之周密也，因名曰塗嶺南窩，而屬予記之。蓋既久始克以復。君初以名進士拜御史之職，自以遭遇清時，感激奮發，凡事可言，不知則已。蓋嘗上疏論大臣在景泰時事，上命鞫於朝堂，其罪叵測。已而大臣且爲救解，言林某所以不可罪者。上亦察其意在朝廷，無他圖也，遂釋之。當是時，天子仁明，大臣忠厚，君剛直，一舉而三得之。中外相傳，以爲盛事。君既出提畿內學校，建白益不已。自度與時不合，則移疾還家。踰十年，吏部復強起之，至則都臺遂以兩浙鹽法奏公往理。出國門未遠，復即條數事馳奏，人益爲公危，之不自卹也。蓋公至是，剛直之氣雖凜然如故，然心益勞、貌益衰。居數月，實以病求去，而不可留矣。或謂君以孤童自樹立，不思保其身以延其世，徒以有言責，乃累累獻納，以蹈危險之地。向非上保全之，則無此身已久，是固意在朝廷矣。奈家門何及此！顧區區爲塗嶺之藏，竊疑其所以爲孝也。孔子曰："志士仁人，無求生以害仁，有殺身以成仁。"蓋人未有不死者，死固爲得其死。況公固有言責，而非犯出位之譏者乎。故得其死，雖其身委之溝壑，君子且榮之。豈徒榮其人，且榮其父祖，以爲有子也、有孫也。孝固莫大於此，然此豈爲人臣、爲人子孫者之所願哉？今公既幸其身之能保，乃爲此南窩者，百歲之後，斂手足形體，附先人之側，又合夫古人全而歸之之道，其所願無不得矣。吾是以記之而不終辭。南窩之前有田若干畝，歲所入可充祭祀，其外雜植名果若干株、嘉木又若干株，其實可食而材可用，又公所以遺子孫者，因併載之以傳示於後世云。

承慶堂記

無錫有大族曰鄒氏，鄒氏有良士曰佑之。佑之之先在宋忠公，以直諫聞天下。其兄子朴，則佑之所從出也。自是數世居田間，皆有厚德。至佑之，而家益大。佑之念其來之有自也，即所居之堂名曰承慶，而謁予以記。請既久，始克爲之。夫所謂家國天下，其勢相去大小遠甚。至論其所立，則無不同者。故周秦有國，皆數傳而有天下。及其後，或三十世而止，或一二世而止，則固係其仁厚強暴之不同耳。今夫民庶之處鄉曲，武斷豪奪以立其家者，倏起而忽滅，已不足論。若夫其家之碩大蕃昌，顯榮久遠，魁然爲郡邑之望者，豈無自而致？嘗考其先，鮮有不以仁厚立家者。夫以仁厚立家，初非欲爲子孫地，然天道自不容釋之，觀於鄒氏是已。佑之以是名堂，其知所自者哉。然吾聞佑之已承前人之慶，方且不自安享，復欲遺其慶於後人。故其壯時濟貧拯困已汲汲如不及，及年且老，深居一室，足蹟不至城府，悉以田業委其子，俾勿替其所以爲仁厚之事，則鄒氏之慶，殆無終窮者。是故農夫之治田也，勞於耕耨，至穫而食，則安且樂矣。然食焉而不知儲其穀種，以爲來年耕耨之計，則食未有能繼者。佑之善治田，其必知此，聊以是譬之。

榮感堂記

今世以進士爲榮，榮之者何？蓋進士，天子之所親策問而擢之者也。及授之官秩，勞績已著，則又進之階，頒之綸音以褒嘉之。而於其上有父母，又必有恩典及之，人尤以爲榮。雖然，其人幸而父母存焉，所以榮之者，固可喜也；不幸而父母亡焉，則所以榮之者，適可悲耳。中順大夫知金華府盱眙陳公德修作堂於其邑之私第，題曰榮感，意蓋在此。公嘗以書來，曰：“某生數歲，而先母見背。賴先君之教，遂領鄉薦，登甲科。時先君亦棄諸孤，不及見矣。既而某擢文選主事，久之調南京刑部，尋陞員外郎。每三歲考最，輒蒙恩贈。先君如某官，先母由安人至宜人，一皆如制。及某再陞郎中，調武選，遂出守名郡，得厚禄。而吾父母去世久，誠有如先正范魏公之歎者，此吾堂之所以名也，願有以記之。”予視其言戚然。夫父母之恩，人皆知之，然未有如《蓼莪》之詩言之詳且切者。蓋孝子不得終養，故其情至此。顧其人，豈必有名位然後有所感傷哉？而公所以卒感焉者，夫亦因得於其外，而益動於其中，至其哀思無所發洩，而姑以名其堂也與？蓋予嘗讀歐陽文忠公《什邡陳氏榮鄉亭記》，竊歎其文則美矣，然陳氏徒以預進士之選，遂築亭以爲其鄉之榮而誇之，其意則陋也。今公以名進士，內居郎署而爲六卿之屬，外守疆土而受千里之寄，其榮加於什邡之人數倍，不以爲誇而反以爲恨，於是賢於人遠矣。公爲政清簡靜重，多及民之惠。有子曰大章，益好文，繼取甲科。鄉人相傳以爲盛事，而公終不以爲誇也。

魯兩先生祠記

魯兩先生者，爲宋泰山先生孫公明復、徂徠先生石公守道也。祠始建於今泰安州治之西，而鄰於岳廟，金源時遂爲廟併。元改建於岳麓，已而復爲浮屠氏據。入國朝，乃附祠於州學，而規制狹隘，祀禮簡率，無以慰魯人之思。至是，州守前進士德清胡君瑄白於巡撫山東左副都御史無錫盛公，公謂其事係於風化甚重，慨然奏請於朝。事下禮部議，從之。仍俾有司，每歲春仲，祀以羊一豕一，秩爲常典。於是胡君復請於藩臬，諸公擇地，得於州治之東南，以成化二十二年八月建祠焉。工未畢，盛公以請老去，而眉山吳公來代，益重其事，趣成之。既成，胡君乃以書來請記於石。大賢君子所以能使人久而尊崇者，非區區末學所知。顧請之之意堅，不可已也。惟兩先生生宋盛時，泰山來自平陽而寓於魯，其學長於《春秋》，著《尊王發微》，簡易公平，多得經之本義。一時名公賢士，高其學行，至妻以女，或就見之。後范魏公、富鄭公交薦其賢，始授官，官止殿中丞。徂徠則生於魯，當孫公退居泰山之時，實執弟子禮事之。其爲人好善嫉惡，嘗著《怪說》《中國論》及《唐鑑》以爲世戒，而《慶曆聖德詩》尤爲人所傳播。常以經術教授於鄉，在太學益以師道自居，太學自此而興。初舉進士甲科，官止太子中允。蓋兩先生平生見於歐陽文忠公墓誌，而國史取以爲傳者，其大略如此。按其言，論其世，信其爲大賢君子，卓然出乎流俗，而表然爲一方之望者也。故在當時，並爲人所尊仰，至即其所居山稱之，以配其德，可謂至矣。然泰山雖嘗被薦，而人亦嫉之，不得盡其用。若徂徠之剛直,既没而禍患作,幾不能保其遺骸而庇其妻子。小人之不相容,亦勢之所必至者。今去之六百年,雖天下皆知有兩先生,而魯為所寓所產之鄉,道德之風藹然猶存,宜人尤尊仰之。祠象煥然,而不至於卒廢,人心之公,不能自已如此。又歐陽公所謂發先生之光者,今則愈久而愈光矣。兩先生葬處,守臣又推朝廷尊崇之意,既加封,護惟謹。且二氏幸皆有後,而石差繁,復選其人入學充弟子員。魯人之思,庶幾慰之。因併載其事,刻之祠下云。

華氏粹墨軒記

無錫華氏有《傳芳集》,予嘗閱之,歎曰:渢渢乎,何一家文詞之盛如此!然必有可以紀述者。否則,士大夫不暇於此矣。蓋於貞節堂知華氏之有婦,於春草軒知華氏之有子。有婦而貞,有子而孝,人道之大端盡矣。於此而無紀述,於文詞乎何貴?貞婦為元功德使司都事子舉之妻陳氏,孝子為陳氏之孤幼武。而當時為之紀述者,則禮部尚書干公文傳、翰林學士黃公溍、參知政事危公素、翰林承旨張公翥、太常博士胡公助、江浙儒學提舉楊公維禎,其尤著者也。幼武四傳為思濟,益念先德,思所以表揚之。而當時為之紀述者,則禮部尚書王公英、大理少卿沈公粲、太常少卿鄭公雍言、國子祭酒陳公詢、武功伯徐公有貞,其尤著者也。歷歲既久,遺墨宛然,實與華氏並傳於大江之南。思濟之子守方既盡取他作併刻之,以成所謂《傳芳集》矣。顧其間貞節、春草嘗失之他氏而復為者,於是守芳之孫璧字允章者為之懼,特作屋貯之,而題曰粹墨軒,使來求予記其事。蓋予亦見人家之藏墨妙者矣,客至每出而誇之,以為奇玩,然於其家世漠乎不相涉也。有如華氏今日之所藏者乎?借有之,或其事不足重,亦惟為人一賞之資而已。有如華氏先世之可傳者乎？則凡登是堂，發其遺墨而覽之者，不惟見允章之賢，而貞婦孝子之爲人亦若見之。將必正襟肅容，罔敢褻易，有不泚然其顙，惕然其心而感發者乎？吾是以書之。

東村記

吳江莫氏嘗顯於宋。入國朝，有諱禮者事太祖高皇帝，爲戶部侍郎。當洪武之末，不幸坐累，没於京師，舉族謫戍邊徼。第宅蕩然，過者傷之。及庚辰改元詔下，其兄子轅始自戍所釋歸，漸理舊業。世既承平，轅子震字廷威者更奮於學，遂登進士第，再入仕籍，竟以清介寡合，涉歷郡縣，歸老於家。子旦能讀其書，繼舉於鄉，而莫氏之名復振。旦字景周，好古，有文，追念先世，不忘於懷。蓋侍郎公嘗即所居綺川之後築室藝圃，號曰東村，同時詹中書孟舉寔爲題扁。景周自新昌訓導秩滿而歸，歎曰：“東村，先侍郎所治也。歲久蕪廢，予當葺之。”乃悉以其尊人所置田廬讓其弟昊，將於此終身焉。他日，謁選吏部，過予敘故舊已，乃以記請。予既許諾，而其子墭趙員外栗夫始來促之。於是吳中盛族稱於國初者零落已盡，豈意百餘年後再見其子孫如莫氏者乎？然子孫能復富貴皆不足道，惟有禮義乃可貴耳，而景周於此寔有之。夫綺川爲山水之會，其勝處過於東村者無限，必於此而葺焉，非知有其祖者乎？且兄弟之間，均分其產猶相争訟者比比，能悉讓之而使父母之心安焉，非知有其弟者乎？知祖者孝，知弟者友，孝友具而人道已得，他尚何爲哉？景周自爲《東村記》，其意已備。其將赴南京國學之擢也，念無以贈者，乃終書此。東村去吾家二十里而近，宋范文穆公石湖故居正相望，湖上多名山。予將卜居，與景周爲東西鄰，異時扁舟及門，當取文穆《田園雜興詩》細和之，以爲東村故事。

礪菴記

世之誇者，待其身甚美，自以爲人不可及，卒之，終身無一德名世以及乎人者。惟賢者不然，往往以樸陋頑劣自處。蓋非甘爲庸人之伍，其心誠不滿假。惟見人之美、己之惡，欿然如無能之人，此德所以日進而人所以賢也與？礪爲悍石，則眞樸陋頑劣之物。昔之好石者不以爲貴，君子獨取之以自況焉。毛君貞甫，自爲諸生，已有賢名，及登甲科，表然進士之列，人尤材之。顧其意未嘗一日足也，乃以礪名其菴居而以爲號。及是拜給事中，將之南京，來請予記。夫石以堅爲材，彼之奇巧秀潤者，非不可愛，然多不適於用。礪固悍石，其質雖粗，而性則堅。惟其粗且堅也，物之欲成器者反以資之。《詩》所謂"他山之石，可以攻玉"是也。玉，物之至美者，猶資於礪，非礪則不能以成器。礪之爲用亦切矣，是可與他物之不材者並論耶？然則貞甫之去而入官也，豈惟使朋友寮寀資其德而已？朝廷以留務見屬，其責任不小，將上有益於君，下有利於世。又如《書》所謂"若金，用汝作礪"者乎？蓋以礪自處，貞甫不以材美爲誇，若可缺者。孰知人方以材美資之，有不可缺者乎！吾於貞甫斯文之契至厚者，敢以是告之。

華守方義事記

國家財賦倚江南而給。郡縣有官，都保有長，皆特設以治其事。連數郡有巡撫，大臣其職，雖無所不治，其實以治財賦爲急也。蓋其事甚重如此。江南田賦在高等，農既受困，至輸於公者，視常額大率又出什四五以備蓄積之損，轉運之費，用是民困益甚。禾始登,里胥徵歛,日走於門,所收僅輸於公。即不幸有水旱風霜之變,則家無宿儲,惟屋廬子女之鬻以償。夫水旱風霜,一歲之災也,其賦或可以例免。如瀕湖之田,日淪於水,田亡而賦獨存,又誰爲之免者？故民指爲子孫無窮之害曰:吾寧遇災也。蓋其害自蘇、松、湖州皆然。若常之無錫,地勢較三郡爲高,然其東距邑六十里曰延祥鄉,有鵝湖焉。周可三十里,湖之北有蕩田三,其曰清蕩。故嘗築塘捍水,自永樂乙酉大雨,塘壞而湖決,田之爲巨浸者凡五百畝有奇,顧皆國初没入於官者,其賦視他爲重。民破產償,不足則均於里之人,久之,亦不能償也。鄉有華氏曰守方甫,敦樸謹厚人也。數爲代償,嘗自計曰:"此法其可久乎？昔者周文襄公行縣至固,憂及乎此,具疏言於朝,始許民墾草田以收其入。時民力已疲,且以乏食而止。吾今使墾之。"於是視上福、梅李、懷仁三鄉,得地如清蕩之數。乃發粟二千斛,使民從事。民曰:此舉利我也。爭欣然而趨,已而其地皆成良田,而賦自此足,向之所謂害者始息。嗟夫！守方真善爲義者哉！夫餒者,人持斗粟與之,未必不喜,然僅給數日之食而已。及粟盡,而復與之,而復盡,復能與之乎？故其爲惠也,有時而窮。是以孟子謂鄭子產"以乘輿濟人","惠而不知爲政",而謂徒杠、輿梁成者,"民未病涉也"。守方惟知此意,故能爲此舉。惜其老於田間,隱而不仕,其澤止及於一鄉之人,是可歎也。夫予不識守方,獨數聞錫人談其義事,而其義之大者莫甚於此,因記之以遺其諸子炯、燧、烑,俾視之,庶幾兄弟間以義相勸,傳之子孫,以爲家法云。

貴溪縣重建儒學記

貴溪爲廣信屬縣,象山奇偉,薌水深長,相與映帶乎遠近者,可望而可游也。故其人亦多秀雅而有用於世，然人才之生，非必皆學於家，必有聚而教之之地。則自宋慶曆以來，而學已建，元季毀於兵。當國初，肇興文治，始復其舊。歷三十餘年，爲永樂丙申，以圮於大水。乃自縣治之東而西徙之，有病其陿隘者，仍徙於故址。終焉逼瞰江流，每春水暴漲，齧其隄而垣墉輒壞，修補之力，視舊益多，而人復以爲病。故都察院右僉都御史高公，邑人也。方致仕家居，謂學可拓而新之，不宜以改作自諉。以右布政使三山陳公行縣，且至託教諭陳玉振等白其事。陳公固有意於斯文者，即命署縣事推官蔡君弘遠經度之。顧財物無所出，爰召境內富民，諭以意指。衆亦好義，各出所有來助，乃使訓術李祥輩協力董其事。然料財用僅足以完一堂而已，乃成化十八年之冬始作堂五間於舊廟之右，爲師生講業之所。當是時，梁木方架，而東陽盧君適奉命來知縣事。至日，君謁廟已，延見師生，爭以建學故告。君曰："功其成於我乎？"視其址，誠陿隘，而旁有故驛舍地，惜卑甚，欲取客土增築廣之，其役甚重。曰："吾始至，猝勞吾民乎？"於是民方以訟求直者，閴然於庭，乃悉使先就役，而以情詞重輕爲差。凡築之深廣各十二丈，高八尺許，既平且堅，數月而就。至是，木石之材，工匠之力，皆以規畫而備。越明年秋，齋廬舍館，門庭廨宇，以次作之而學成。又明年春，復作禮殿兩廡而廟成。爽塏宏麗，煥然爲江右學宮之首。蓋其材良，其力勤，故其功大而美。然君之謀慮亦精而盡矣。昔時廟學庳陋，凡所謂象山、薌水之勝爲民居障蔽，不得效其奇偉深長之觀，及是真如踊躍奮迅而出，則凡游於是者，又皆安而樂焉。君既規畫有方，以其餘力復伐巨石，即學宮之前築堤捍水，曰：毋使圮而壞如昔時也。功畢之，又明年，師生以高公之經始，盧君之成終，非特使吾輩安居而美觀者，其功不可忘，而其意亦可會也，使人走京師求記於予。夫高公之清德雅操，邑人皆知之，不俟予言。予獨恨於公不之識耳。如盧君,則嘗識之於場屋,而道誼之契已久。今其令於茲且數年,德政之聲,藹然流播,朝廷行將召而用之,不久於外。然念君一旦去任,民雖思之,恐久而莫能考也。遂因建學之舉,書而俾刻之。君名格,字正夫,出東陽宦族,以名進士授今官云。

許州儒學修建記

許在河南,距河甚遠,墊溺之患之所不及。地宜稻,多木實,舊有潩水、西湖之勝,其餘波匯城四周,猶多魚鼈蓮茨之利。自昔人才之生既盛,而為牧守者率多名臣,故許,天下稱大州焉。成化癸卯以來,陝洛大侵,延及數郡,許之人懍懍然甚危。適無錫邵君國賢以名進士來知州事,極力撫之,而濟以同知州事長洲施君煥伯之賢,民始有生意,而州竟無事,猶昔日之許也。踰年,田既屢熟,農商交慶,於是子弟之請入學者益眾。邵君謂學可以興矣,且謂諸生朝挹於堂受業,而退必有肄習之舍,蓋終日之所居而不可離者也。顧其舍在堂之左,為東西相向,規制狹隘,人蹟冗雜,且歲久頹圮,殆不可居。乃謂功宜自此始,視其旁近民居多隙地,購而拓之。凡建屋八聯,聯為四間,步道相通,戶皆南向。既而門堂齋廬,以及廟廡,漸次修飭,復得故材建尊經閣。自是,其學完美鉅麗,始與州稱。蓋邵君規畫之謀,而亦施君濟而成之。學正某等以二君興學之功當記也,使來請文。夫士不求安居,此其自處然爾,非人所以處乎士也。曾子曰:"籩豆之事,則有司存。"籩豆,禮器之小者,猶存乎有司,況學校乎?今夫許之為州既大,其簿書寔煩,其賦役獄訟寔重,他人方汲汲為務,而何暇以學校為意?然二君必此之急,數年來,凡所謂簿書亦無不清,賦役獄訟亦無不平,豈其才固自優裕耶？蓋吾聞二君屬時平康，公暇輒以文事相娛。諸生旦暮從而講業，藹然風教之行，儒者爲政異於流俗乃如此。顧其意望於諸生者未已也，蓋又以士讀書止於科第之計，故其學多拘滯不通，乃復置群經諸史若干卷，以資觀覽，必欲造就人才如昔之盛。且於鄉鎮並建社學，禮聘師儒而勸諭其民，遣子弟之俊秀者肄習其中，遇州學生徒之缺，選以充之。其於牧守之道，可謂至矣。因併載之，俾許之人久而有所考焉。功興於成化丙午某月，畢於弘治己酉某月，明年九月上日記。

主一齋記

昔者程子之釋"敬"曰"主一"，又從而釋"一"曰"無適"，其義已盡。至朱子，則合而釋之曰"主一無適之謂敬"。其銘敬齋所謂"勿貳以二，勿參以三"，則"主一"之説也。所謂"不東以西，不南以北"，則"無適"之説也。"敬"之爲義，至是益明。然"無適"即"主一"之謂，非"主一"之外又別有所謂"無適"，猶之"誠"曰"真實無妄"云爾。世之學者，莫不知敬，而不知所以爲敬，得程朱之言而從事焉，則知所依據，而無所瞀惑，豈非持敬者之要哉？蓋人處其身於萬事萬物之中，膠膠擾擾，酬應不暇，使吾之心所守不專，鮮不爲事物之所搖奪，而歸於利欲之途者。況仕而有民社之寄，居高以治人，處繁以制政。或所守之不專，其能得行簡臨民之道，而免泚事惟煩之病乎？河南左布政使海虞徐公以主一名齋，而因以爲號，請予記之。公清謹剛正，偉然今之賢臣也。以一身當方岳重任，爲天子宣化於外。人但見其數千里之內民事輯，而不知公之所守者專也。故《易·坤之六二》曰："敬以直內，義以方外。"所以以敬義並言者，蓋義以爲用，必敬以爲體，非敬則義有不能行者矣。

孔子曰："執事敬。"至他日，既曰"修己以敬"，又曰"修己以安人"，又曰"修己以安百姓"。言安人、安百姓之道，皆不出乎敬也，敬之功用如此。而"主一"者，"敬"之義也。儒先非有所自得不能爲此言，則公非有所自得其能爲此名乎？予固無所得者，於其義豈復有所發明？姑爲公記之。雖然，"居無越思，事靡他及，涵泳於中，匪徐匪亟"，南軒張氏之箴備矣。奚俟予言？

卷第三十六
記十一首

陽山白龍神廟重修記

　　陽山在吳城西北二十里而近,視他山特高且大,蓋吳之鎮也。相傳昔有白龍產其下,其說載於郡志,甚異。其神秩於祀典,廟而事之,亦甚久矣。夫山之高大者能出雲雨,必有神司之。而龍之爲物,用雲雨以爲靈者也。使依得其地,則足以致其用、昭其靈。而山得龍以依,其澤亦博,其勢亦尊,而他山固不足以儗之矣。陝右孟公以監察御史擢守蘇州,明年,爲弘治庚戌,入夏不雨,公以農事爲憂,曰：“國家糧餉多仰給是郡,使禾槁不收,非惟民無以爲食,其何以免徵斂之苦乎？”乃七月朔,齋沐已,率僚屬行禱廟中,未至而雨,遠近沾足,民皆歡然頌公。公曰：“此神之賜也。其何以爲報哉？”顧其廟傾圮弗修者六十年,於此若舊有獻殿,特存其址而已。乃具材用,徵工役,擇人董治。未及數月而功告成,適長洲丞魯聰以公事上京師,俾持書來請文爲記。夫《洪範‧庶徵》曰：“肅,時雨若。”無所謂禱者。《春秋》始書“大雩”。《公羊傳》曰：“大雩者,旱祭也。”至漢世,令“郡國上雨澤”,旱則公卿官長以次行雩禮,則有所謂禱矣。世之長民者,視民之說,其身之修本也；《春秋》之說,其事之舉末也。不修其身而徒舉其事,雖禱於神,神將不降其居,不歆其祀,尚何有雨之應哉。故於廟之成,因書公之所以感乎神者必有其道。則後之禱於此者，其亦知所謹哉。

葉文莊公祠記

　　故吏部左侍郎諡文莊葉公事英宗爲兵科給事中，當己巳之變，京師戒嚴。公忠憤激發，數日奏疏七八上，區處兵事，悉中機宜，自是有名於時。後出參政山西，遂擢都御史，南北巡撫，制禦蠻夷，功績益著。憲宗之世，召爲禮部侍郎，改吏部而終。公，蘇之崑山人也。既没幾二十年，慈溪楊君名父由進士來知縣事，廉慎有爲，自以少知公名，今獲令兹土，無以慰仰慕之意。適今天子初即位，用臣下言，撤天下佛廬之私建者。君承詔而喜曰："吾志可成矣。"蓋謂公之爲人，天下皆知其賢，況鄉人哉！没而祀於其鄉，此禮也。顧佛廬有當撤者，乃特毁棄其象，以改公祠，設位於中，歲時率僚屬、師生拜而祀之。他日，託公之子壻兵部郎中虞君元凱來道其事，而以記請。夫世之仕者，孰不急於政事？有政事矣，然無文學以資其識，則所行者不免爲俗吏之事。又孰不重乎文學？有文學矣，然無氣節以立其德，則所能者不免有文人之譏。故三者每患人不能兼，而公之政事，載於國史者甚備，已不必論。其書册滿家，篤學考古，至忘寢食，所著述專以歐陽子爲法，純雅明白，其詞藹然。平生尤慕鄉先哲范文正公，身雖已貴，蕭然猶寒士也。詔佞之徒有所倚而起者，惡之，不忍與接，其所自處可謂重矣。是以其名起於當時，傳於天下，而士大夫置公於國朝名臣之列，此豈無自而得者？特公以中歲而没，使天假之以年，其見於世者當又不止於此。嗚呼，惜哉！寬初入翰林，雖及接公而受其誨言，然不久公已去世，竊以爲恨。而名父嘗有斯文之契者，況其爲此又當乎人心，故雖無文，猶强書而復之。祠成於弘治三年二月，明年正月戊戌記。

慈幼堂記

吳中業醫者百餘家，其間以良名者數人耳，陳君公尚以小兒醫預焉。予嘗以吳特一郡，故陳氏得專其良，使居京師，未可知也。於是公尚以醫士徵至，則京師業醫者數倍於吳中，其間以良名者亦數倍，而公尚復以小兒醫預焉。夫術業所聚，多則難爲名，非特醫家爲然，而醫家之等第尤有甚焉者。今公尚之醫於一郡、於京師無不以良名，吾固知其術業矣。國朝設太醫院以處衆醫，御藥房則在禁密中深密之地，每選醫之尤良者處之。公尚既在選中，屢入用藥，輒奏其效。初授御醫，尋擢院判。今上即位，以例仍初官。然其名固不以官得者，是以以病求治者自若也。公尚之先曰良炳，在元即以醫仕。其孫本道爲同縣孟景暘贅壻，景暘善小兒醫，而没於國初之法，既而本道亦卒。有子彥斌，受其醫於母。蓋嘗得文信公舊書"慈幼堂"三大字揭於藥室，而金華王文忠公記之。彥斌生仲和，能世其業，而廬山陳檢討先生復爲之記。公尚則仲和之子也，既世其業益盛，而飭其堂益完，於是感其醫者多爲之詩。公尚乃續舊所得楊文貞公而下數首，請予序其前。夫所謂慈幼者，前輩之言備矣，顧予何以加之？蓋人之生子，爲之保護以免於水火，此特慈於家、慈之小者也，亦父母之道當然也。惟醫之於病，莫不視之猶子，其慈之所及者則廣，而每患乎業之不良，或反致乎短折之禍，而何慈幼之有？公尚既非其人，宜大爲之詠歌也。予晚得子，而公尚之慈吾幼者尤至心，竊感之，書此果足以爲報也乎？公尚名公賢，爲人謙謹，人皆重之，非特以醫而已。

長垣縣重修學堂岡孔子廟記

天下有郡縣則有學，有學則有廟以祀孔子，著於朝廷令典，而有司之所守者於此。既有廟學矣，或復即墟里之間而祀之，豈其私於孔子耶？蓋孔子之功在天下萬世，雖家祀之，於禮亦宜，而況墟里之間。其遺蹟所在，廟而祀之，亦惟致吾尊崇思慕之誠，此後人所以不敢墜也。考之《史記》，孔子去魯適衛，又去而適陳，過匡與蒲_{今大名，古衛地也}，而屬縣長垣有匡城、蒲鄉，與史所載合。若其北十里有土隆然以高，曰學堂岡，居人相傳以孔子與門弟子嘗講學於此，故名。其語若近俗，然《家語》載子路治蒲，孔子入其境，教之爲政，其事當不誣也。岡旁有廟，建自前代而廢。至國朝天順癸未，知縣劉弘始克重建，而自爲之記。歷歲漸久，傾圮不稱。今天子即位之歲，屢詔有司凡古陵墓壇廟許加修治。後四年，監察御史河内吳君巡按畿内，憲體既振，益喜咨詢，間因行縣過所謂學堂岡者，歎曰："廟壞至此，獨非有司之事乎？"言於知府臨汾李侯，侯欣然曰："某之意也。"遂委知縣古吳杜啓治其事。啓承命不敢緩，乃發公帑，得錢若干緡，以爲可用，即市材物，召工匠，以弘治辛亥九月興功，越月而畢。若殿，若戟門，若講堂，若杏壇，若問志、詠歸二亭，以次完美，以其餘力復建東西齋房及欞星門。其寢殿舊設孔子象，而以子路、曾晳、冉有、公西華侍坐，以四賢於此問志，雖無所考，不敢遽廢。若子畏於匡，顏淵後至蒲，子貢執轡，二賢固可考者，而遺之不可，乃增設其象爲六。初，其地隘，用耆老言，復地之侵於民者，東西凡八畝，其南北更置三畝，而規制始大。又縣故有官地六十餘畝，亦侵於民，仍復之，以充祭田。歲收其入爲修治之費，而計慮更遠矣。廟成，以其地幽僻，學者宜居，因聚里中子弟，延致仕教諭陝人袁佑教之於是,兹岡之勝,殆與古書院等。啓以爲宜有記也,遣人至京師以請。夫憲臣出按於外,以簿書獄訟爲急者多矣。視古聖賢事,孰以爲意?彼著於令典者尚多忽之,況其餘乎?然不知憲臣之職果止於簿書獄訟乎,抑亦在乎風教之所繫者乎?吳君惟知其然而爲此舉,亦惟有若爲守如李侯者而能成其美意也。然又非啓之爲令,經營措置,不惜心力,安能致成功之速?自是而後,人知聖人過化施教之地,油然興思。其君子相慕以文,相尚以禮,皆化而爲良士。其小人雖所謂强而勇,困而奸者,皆化而爲良民。所以變其俗,革其心,果不難治者,有不在此乎?故記之以示後之爲政者。

敬義堂記

昔者聖人以其存於心、見於事者發之於言,莫過於釋《易·坤》六二之爻兩言之備者也。夫敬義,德之大者。有其一已足,而聖人猶以爲偏,必並舉而言之。蓋主敬以直其内則體立,守義以方其外則用行。内外兼全,體用具盡,此所謂德不孤也。爲學之道,無出於此,世之人莫不能誦其言,有能用其言者乎?太子太保吏部尚書三原王公以進士起家,歷官四十餘年,出撫萬民,入統百官,凡所以見諸事業者,率用兩言。至於切劘治道,啓沃君心,往往見於章疏。天下人皆傳誦之,亦自兩言而推之也。然此皆見於事者,故人知公以義方外,而不知直其内者之有敬也。公以平生之所得者在此,期於終身行之,乃題其私居之堂以自警,不鄙寬,使文選主事李君贊來徵爲記。寬謝不敏,而李君道公之意不舍也。蓋此兩言,儒先發其意也已盡,而公之蹈其言已久,何俟區區之文哉?惟公爲世名臣,聲望表然與古人等。今上即位之初,知公之賢,特起於致政之餘而信用之。二歲間，公雖以求去者數，上固留不聽，然天下有識者亦惟恐公之去也。惟昔武王踐阼三日，欲聞"藏之約、行之行，萬世爲子孫恒者"之道，召師尚父問之，師尚父舉丹書以告曰："敬勝怠者吉，怠勝敬者滅，義勝欲者從，欲勝義者凶。"是已，武王受其言，至銘諸器物以示不忘。所謂敬義，蓋已啟乎《易》之説。然必以怠欲吉凶從滅爲言者，武王雖聖，訓戒之道，當如是也。公事先帝，既必出此，及是起用，猶惓惓焉以是爲説，則公平日之所得者豈止於《易》，所以名堂者，豈止於身？必欲武王其君，萬世爲聖子神孫恒者，乃公之志也與？因書以諗於公，不知以爲何如？

春和堂記

周月窗先生以名醫起，至京師，僑居城南一室，甚陋。然公卿貴人而下以病求治者，日遣僕馬迎立於庭，殆無所容。其名既著，則未嘗以醫求進，故雖老，翛然猶布衣也。是以人不獨良其術，又皆賢其爲人，非流俗所及。月窗嘗爲予言："世之病者，多不知醫，故託之醫者以治，蓋以生死之命寄之也。其必死者不論，若可生者而死焉，是其過在醫。而其人比比見之，則其術可不謹哉？自吾少時，好讀岐黄書，求大方脉之師而學之徧，既通其説，則習瘍醫，求其師而學之亦徧，復通其説，乃稍出以治病，亦不敢以人之命輕試之也。必勤候而謹察之，久之，覺無所失，乃數出以治病，蓋謹之如此。始，吾視病者呻吟不寧，慘然如在吾身，必致其生而心始樂，因竊念安得天下之人無病可治，而無術可施舉，康强恬愉，熙熙焉、陶陶焉登於上壽，而吾與之並生於天地之間。若春氣既至，太和薰蒸，有生之類，無不發育，則吾心豈不益樂也哉。吾家無錫之野，舊以春和名堂以見志，幸爲我記之。"予曰："是志也，古人之所嘗言者也。惟昔曾點欲以暮春與童冠輩浴沂、舞雩，詠而歸焉，獨爲孔子之所與。"夫春，天地發育萬物之時，而仁之蹟也。仁者對時育物，使天下無一物不得其所，亦天地之心而已。是心在人，所謂不忍人之心，而人皆有之者也。孟子特引孺子入井以證其事，豈若醫之爲術直以不忍人爲務，其事尤專且切，而以是名堂，則其心益廣且大也。蓋方寸之間，生意盎然，與天地相流通，世之仁術，孰加於此？予感月窗治病甚深，特記其所以習醫之難，而終不欲以醫名，以見其存心之仁，未可以醫淺視之也。

錫榮堂記

光禄寺良醖署正蕭君光甫前知江西寧縣時，有卓異之政，爲部使者條奏。朝廷命所司核實，乃進其階文林郎。制詞略曰："既廉且慎，能先正其身，惟公則明而後服乎？"衆褒美之言，可謂至矣。其末又曰："循吏特書，相望於今古；小民難保，當慎乎始終。"則致飭勉之意，而望其終惠乎元元也。於是復贈其父樂昌教諭如其官，母林氏曰孺人，及封妻戴氏如之。恩典所及，顯揚一門。君感激無已，曰："光甫將何如以報上耶？"乃名其堂曰錫榮，以示不忘。謂予相好久，來乞文記之。蕭，莆田故族也。出宋清節公子荆之後，自君之上二世皆儒官。君少舉於鄉，初授潼川州學正，教法已善，作成人才，修建學宮，勤勞甚著。知其才者，遂薦知安縣。安爲蜀中窮處，高山深箐，與番夷接壤。縣無城郭，民不時出沒鬬狠，撫治爲難。君至，適寇亂，焚劫之餘，掃瓦礫以治。兼以豪猾吞并，廬井空虛，而賦役未免。君知其弊，力扶抑之，凡寇往來要路，悉立城堡，爲守禦計。已而流移漸復，乃建縣治及諸公廨，更立社學以教子弟。三載，境內無警，士民感化。俄以內艱去任，老稚相率悲號攀留。既去，賊仍犯境，民爭走訴闕下，願復得君爲縣。不報，乃數以書問訊安否，蓋望君服滿來治也。後改寧縣，寧俗喜爭。先有熊、何大姓，訟田至數年不決。憲司始委君勘問，君閱其詞，即得曲直，召諭於庭，遂皆帖服。既久，民益信君公平，爭者漸息。一旦，有盜五十餘人突至市中，欲入縣劫庫藏。君遣人諭之，即輸謝而退，去犯他縣，殺略數家，縣令及典史皆被害，而寧獨無事。君不忘備，移文行臺，得調官軍守禦，建營舍百餘間居之，而寧終君去任，晏然也。去之日，民泣留如安縣時，且各持金帛來贐，悉却去。上吏部考最，始有光禄之擢。知君者，以光禄雖京秩，未足以展君治才。而君處之怡然，其所以自持者益嚴也。比僚吏及庖夫數百人詣吏部言君廉慎有爲，宜擢用事，雖不果行，然君之賢名，至是愈顯矣。名堂之意，不待予文。特述君平居官者數事，書以爲記。蓋以見制詞之襃乎君者非溢美，而君之得乎上者非冒寵渥以誇人，必將陟崇階，全晚節，而無所負乎平生也。

都御史盛公所受敕書碑陰記

都察院左副都御史盛公以成化癸巳自延平知府擢廣西右參政，又十一年癸卯至都御史。命下，皆有敕書重其行。公既致仕而没，有副本謹藏於家。其弟頤與其子唐龍相與刻石，立於公之墓前，所以表著綸音，以見公爲上委任之意；而其姪虞更請寬書其碑陰。蓋公既登進士第，初授監察御史，與同列論事，補外徊翔郡縣者十五六年，政蹟卓異，有古循吏風。及擢參政，專督糧儲，益盡心其事。於時倉廩充足，邊務脩舉，實稱敕旨，乃進布政使。遂召爲刑部右侍郎。俄調南京，未行，始以都御史巡撫山東。時適歲荒，餓莩滿道，公賑濟有法，病者得食，流移盡歸，六郡熙然，皆有更生之望。循行所至，不立威嚴，下情赴愬，悉得自達，於是廣儲偫、均徭役，諸事以次舉行，必使民得實惠，期至久遠而不苟於一時。朝廷方無東顧之憂，而公引身去矣。寬嘗竊論刑官之設莫大於司寇，其尤良者，如《書》所稱蘇公之敬刑，一歲中不過能平反冤獄數人而已，況爲其亞而不得專者乎？公固守正不阿，刑無枉抑，然與賑飢民數十萬口以免其死徙，其功孰多？雖盡瘝匪懈，事不廢弛，然與積粟至數百萬石，以免民他日之死徙，其事孰大？必有能辨之者。則朝廷所以輟公東行，豈知公長於撫民而有以成其政也與？不然，何敕旨之委任於公者重如此也？且今世之人，以入朝爲榮，一旦遠去，輒怏怏不樂。事多以怠，甚者厲民以洩其忿。公之去也，方怡然自得，至則勤勞益甚，計慮咨訪，不異疇昔爲郡縣時。彼固有出於強爲以需再召者，而公請老之疏，其詞懇切，誓必得命乃已，其賢於人何遠哉！故因記敕書後，以著公之大節。若其平生之詳，則墓碑具焉。

心耕記

吳郡陸氏隱於田間而業農者累世矣。世修禮義，表然爲郡之望。至處士宗博益振其業，鄉人尤賴之。宗博嘗自號心耕，或者則以陸氏居松江陳湖之上，田連阡陌，上而賦稅，下而衣食，皆取給於是。宗博及其壯歲，當勤生力本之不暇，雖未能躬耕以食力，亦必往來相視，衝風日，履泥塗，與傭奴同其勞苦。而曰心耕何耶？或者又以昔許行欲滕君與民並耕而食，孟子引古人"勞心""勞力"之語以曉之。宗博少嘗爲郡縣推擇長田賦，有治人之責，豈以其心亦若耕者之勞耶？或以其說似矣，而未得其意。夫孟子以農爲喻者，尚有之揠苗助長，心不忘乎集義之戒也；舍己芸人，心不廢乎自修之訓也。故農夫能耕，則田不荒而穀可成。君子亦惟自治其心，使不至於荒而已。蓋心苟荒，則惡乘之以入，故曰："見惡，如農夫之務去草焉，芟夷蘊崇之，絕其本根，勿使能殖。"蓋言惡不可長如此。夫惡不長則心無私欲之累，而德亦成。日用之間，俯仰自得，豈徒其身之安，其澤之流於子孫者，亦將享其利於無窮。於是宗博之下世數年矣，三子完宜某皆善承家，完更以名進士授監察御史。一日，告予曰："先君無恙時，欲得記所謂心耕久矣。茲敢成其志而終惠以一言，幸甚！"嗟夫，三吳之野，終歲勤動為上農者，不知其幾千萬人也。晏然處於家庭之間，而矻矻然經營乎方寸之地，其勞尤甚焉者，此宗博之所獨知而未可與不知者道也。

古田縣重建文廟記

自佛老之說行於天下，人爭信而趨之。昔之大賢君子以斯道自任者，極力以闢而卒不能去。其教愈昌，其徒愈盛，偏州下邑，其宮室常數十區。而吾儒學校之設，雖通都大郡，其制特一二，而美麗宏壯不能仿佛其制者，常然也。古田為福州屬邑，學有廟，建自前元甲午，至今二百餘年矣。殿宇傾圮，視學宮特甚。歲時師生行禮於是，懍然有覆壓之危。乃弘治元年，今提刑按察司副使天台楊公行縣至，訓導張瑄知公之重文教也，即以其事白。他日，公謁廟，顧而歎曰："佛老之徒，特以禍福誘人，有所興作，不勞而成。今是廟為吾夫子神靈所止，其功在生民，其道在萬世，固師生朝夕瞻仰以盡報本之地。而壞若是，獨不有愧於其徒乎？且朝廷崇重斯道，惓惓於是，而不仰體德意，又獨非有司之責乎？"邑之人傳公之言，莫不感悟。一時，以金來助者得數十斤。方入山伐鉅木，而水涸莫致。俄天大雨，遂抵學旁，又若有神相之者。於是良匠遠至，卜日既得，主簿孟項偕瑄董其役，乃以是年七月庚寅興功，其冬十二月甲寅功訖。規制高廣，迥異舊觀，然象設未備，門廡未易，而丹艧之功，尚未施也。教諭周真方圖謀之，適知縣屠容持檄初至，曰："此固吾爲令者之事也。"遂次第成之。且期學宮修葺，當與廟稱，其於文教能知所重復如此。初，邑中乏進士之選餘六十年，廟成之又明年，庚戌貢士羅榮遂擢廷試高等，人以爲奇，相率有遣子弟入學之願。於是屠君以是役當記，且憲副公之功當載也，乃具始末來請。惟閩去中州萬里，在《禹貢》荒服之外。歷三代至漢，其民既庶，復徙之江淮間，蓋久而生息復盛，然未知以文學爲事也。在唐，常袞爲觀察使，始設學校教之爲文，又能屈己以倡率之。於時士子更相慕效，而文學大興，其人遂與中州等。學校之設，其有益於天下如此。今國家承平歲久，閩中人才固已過於前代，獨古田視他邑爲不及，豈非其地僻遠，無倡率如袞者之在上乎？乃今得憲副公，而令佐師儒又謹承於下，宜邑人之尚義好文者之勃然也。予與憲副公爲同年進士，知其治獄明慎，能持憲體。乃復留意於此，非識治道之本者乎？故書以記之。

宜興縣重建先賢祠記

宜興爲縣久矣，人物之生，相望不絕。宋寶慶間，縣令趙與哲嘗建先賢祠。歲久，祠廢，至莫知其遺址所在。其可考者，真文忠公所爲記而已。弘治二年，武陵陳君策以進士出宰其縣，數舉善政，士民安之。他日，問知所謂先賢祠之已廢也，悵然興歎，以爲己責，乃即學宮東偏隙地謀重建焉。士大夫皆以君之是舉能慰後人景仰之意，然謂吾鄉先賢之盛，不止故祠之所列者。因相與考之史傳，參之志書，自漢至宋得數人，而視舊已多，自宋至國朝又得數人，而凡游寓於兹，及守郡而卒葬其地者，則仍其故而不敢廢。若晉孝侯周公、唐將軍衛公，皆有專祠，固不必與於斯也。祠成，託某求文記之。蓋昔之賢者去我已久，其聲音容貌邈乎不可得而接也。獨其道德、政事、氣節、文學見於紀載者，炳炳如在。顧予淺陋，又不能深求其所至，竊獨愛其人散見於二千餘年之間，一旦列於一堂之上，鄉人駿奔，歲修祀事，若子孫之於祖考然者，此無他，世不同也，其爲人之賢同耳。賢則他邦之人皆可祀之，而況其邑之賢者乎？然是賢者，以道德、政事、氣節、文學自立於世，惟盡其在我者，其心尚不求當時之知，乃求後世之祀乎？而後世之祀之者，又豈有所覬於諸賢哉！亦惟申其景仰之意，以盡其在我者焉耳。且曰：後有賢如斯人者，將俎豆於斯，一如故事。所以感發乎人而起其思齊之心者，又有在也。宜興在江南爲奧區，山秀而水清。予將往游焉，當拜於祠下，因從其鄉人子孫訪諸賢之遺事而尚論之，兹特記其祠之成爾。

卷第三十七
記十首

朝城縣重修儒學記

東昌有州曰濮,濮有縣曰朝城。朝城有學建於前代,至於國朝,凡數百年,於此爲令者,因其壞輒修之,然不過補罅支傾,以苟一時之完而已。弘治戊申,今天子即位改元之歲也,隆慶劉君章以進士來知縣事,下車之三日,入學謁先聖於廟已,乃登堂以臨諸生,顧而歎曰:"學其陋矣,惜吾政未信於民,而遽興是役不可。然此寔治道之先務,不可緩者。"已而政之所及,皆以爲善。凡所號召,爭趨赴之。君知其民之可使也,乃以修學事白於州、於府、於司,皆曰宜。越明年二月,材用既具,始建諸生肄業之舍,爲間三十,若堂、若齋、若會饌之所,以次而成。又以群賢從祀,宜建兩廡,以翼文廟,復爲間三十六,若戟門、若欞星門、若神廚、若庫亦以次而成。至於殿廡之内,易以塑象,儼然聖賢之臨於上也。繚以周垣,植以名木,學之規制無乎不備。至癸丑之冬,督工吏張本以功訖告。蓋是役甚大,經營措置之間,惟以其民不堪爲慮,故歷五年始克成之,可謂難矣。爲令者之心,可謂盡矣。教諭盛佐、訓導黃貢、林靳忠以令之功宜有文以記,於是君之同年友吏部員外郎東阿劉君約率其學弟子張釗來請,予謝無暇,則其請不已,乃書以遺之。夫濮爲衛地,而朝城實其境内。孔子至於是邦,嘗有轍蹟焉。其人既庶而富,幸辱教之之語。然欲教之,未有外於學校之設者,故曰:"設爲庠、序、學校以教之,皆所以明人倫也。"人倫明於上,小民親於下。民既親矣,則風俗自厚,法令必行,而刑罰可省,爲令者且無事矣。治道先務,誠在於此。雖然,學校,士之肆也。其毀譽所在,而上之得失見焉。子產不毀鄉校,卒爲賢大夫而有遺愛之稱。然則今日令之所以經營相度以盡其心者,豈徒資以教民?亦惟察其言、謹其身、平其政,以終惠乎百里之內,其亦有意於此乎?

嘉興府儒學明倫堂重建記

天下皆有學,學必有堂,堂必以明倫名。孟子曰:"夏曰校,商曰序,周曰庠;學則三代共之,皆所以明人倫也。"其義實本於此。然自三代以前,舜命契爲司徒,教人之道,已不外此,則三代之所以明乎此者,亦因乎舊而已,而非創爲之也。顧其時風俗既厚,人心不亡,爲君師者猶有近於禽獸之憂。世道既降,其立法爲教又當何如?此學之名堂所以不能忘乎此也。然古人之明人倫,未嘗爲此名也。惟能盡其實,而教化自行。後世之明人倫,未必有其實也。惟其爲此名,而教化有不行焉。孟子不又曰:"人倫明於上,小民親於下。"存古之名,行古之實;還風俗之厚,復人心之正,奉朝廷之美意,施郡縣之善教。此固今日爲守令者之事,而亦安能舍學校而他圖哉?蓋學校者,行禮講業,固明人倫之地,乃師生之所聚而士庶人觀法之所在,其可以不加意,視與他公署等哉?嘉興在浙江爲大府,凡公署之設,無所不備,況於學乎?況於師生之所聚,如明倫堂之尤不可缺者乎?其學始建於唐,拓於宋元,而修葺於國朝者,見於紀載已詳。堂故在文廟後,正統間,知府黃侯懋始得隙地遷於學之東北,其制宏敞,人皆美之。後五十年,爲弘治癸丑,學不戒於火，堂若後室一旦盡燬。時同知林君茂堅適署府事，方圖重建，已而知府佟侯珍至，諗知其故，曰："財出於公，力出於下，吾爲天子初守兹土，豈不知所惜哉？使是堂而改作也，是可已也。惟不可已，此吾所以不能已也。且僚佐嘗有意於此，其責不在於我，而終諉之乎？"乃掄材鳩工，屬吏董役。明年，堂成，已而其後室亦以次成矣。視舊高踰數尺，其制爽塏，人益美之。落成之日，卿大夫致仕而家居者，自兵部尚書項公而下畢集堂上，頌侯之功。他日，教授蕭子鵬等則來吳中，請文記其事。予辭之。然侯自吏部屬出佐蘇州，予固知其人。及爲守，去蘇甚邇，又聞人稱其美政不置，則於是舉，安能吝一言而不與之哉？於是後數月，訓導范祐及諸生姚玉輩相繼來促，乃卒書之。是舉也，經始於甲寅之春，訖工於乙卯之秋，凡用木石瓦甓之類，其數載於籍，可考也。

廉石記

石之產於吳者，奇形怪狀，不可盡述。良工采之，好事者賞之，君子則藐之。於此有石焉，頑然數尺，重而不奇，蠢而不怪，盡山中皆是物也。良工弃之，好事者藐之，君子則賞之。豈徒賞之？又從而貴之、敬之，視其物殆與魯璜、秦璧等。非物也，人也。蓋當漢末，吳郡陸公績仕於孫氏，爲鬱林太守，相傳泛海歸吳，舟輕恐覆，取巨石爲裝，蓋其廉如此。公家婁門之內，臨頓里之北，石留民家，至今猶存，而埋没土中，僅露其背，過者猶能指而稱之曰："此漢陸公鬱林石也。"然未有表識之者。今監察御史胙城樊君祉巡按吳中，聞而美之，謂知府史侯簡曰："先哲遺物，固宜表識，且有可以風厲乎人者在。顧其石僻在東城，非官吏朝夕屬目之所，其爲埋没等耳，吾將有以置而立之。"侯以爲然。於是吳縣知縣酈璠、長洲縣丞王綸相與督役夫，曳置察院之側，作亭覆之，而樊君爲名之曰廉石。石始僻而通，久湮而顯。觀者閴然，足蹟不絕，皆曰："古之才御史，必以揚清爲事。樊君此舉，雖去之千四百年之人，猶且揚之，況其近者乎？且御史之職在乎舉賢，舉賢者可以激勸乎一時。石之不朽，雖至於千萬年可也，其有功於風紀甚大且久。"惟昔南中有貪泉焉，飲之者見寶貨以兩手攫而懷之。物之能移人心如此。今之廉石正與此戾，自茲以往，凡過而視之者，其廉士固欣然摩挲、愛玩以益勵其操。若夫貪者，將俯首赧顏，趦而過之，有不動心而改行者，尚得爲人類也乎？石之立爲弘治丙辰四月，越月而亭成。樊君既題其楣曰"漢鬱林太守陸公廉石"，復別琢石，請予爲記。予美其事，故諾而助成之。

滸墅重造普思橋記

滸墅在蘇州西北境上，其民際水而居，農賈雜處，爲吳中一大鎮。自景泰間，朝廷置分司於此，舟楫益集，居民益繁，貿易往來以限於官河，皆稱不便。成化初，雖嘗作橋以免濟渡，而南北遼絕，人蹟折旋，猶以爲不便也。居民相傳故有橋在周孝侯廟傍，訪求之，果得石，刻題曰"普思橋"。視其時，宋慶元三年也。乃圖重造而不敢專。以户部主事藁城劉君焕方奉命分司於此，敏而有爲，始合言以請，君曰："是民功也，吾何敢沮？"且從而獎勵之。他日，工部主事貴溪姚君文灝行水至，聞其事，亦從而勸相之。然民亦未敢專也，則言於知府史侯，侯曰宜。又言於巡撫都御史朱公，公亦曰宜。於是里父老沈浩等更相告言，出財以助，凡得白金若干兩，擇弘治九年某月興工，是年某月工畢。劉君喜其事之果成也，曰："是橋財費甚鉅，勞力甚多，其利益甚廣，不可使後之人無所考也。"介鄉貢進士浦君應祥來請文以記。夫事之成未有不由於人和者，周之作洛，四方民大和會。橋梁之役，雖非是之比，然民不欲爲，則上之人雖驅而使之不能成也。至於民既欲爲，上之人或咈之而不從，則其事亦豈能成哉？惟夫民欲爲之，人能從之，故雖財費鉅而勞力多，不待踰歲而穹然堅厚，不易爲之役遂以告完。雖然，人則和矣，亦惟得其時耳。蓋吳自古爲澤國，數被水患，今歲則大熟，粒米狼戾，民既有秋成之利，視義所在，慨然施予亦不之吝，此所以易成也歟！橋之脩一十二丈，其廣二丈三尺，崇如廣而減二尺，董其役者曰倪某。凡出財者，其姓名悉刻於碑陰云。

常州府新修譙樓記

江浙之間多名郡若常州其一也。據城之中，偉然而壯者爲郡治。直郡治之南，巍然而高者爲譙樓。樓之建，既久而燬。宣德末，重建於郡守桂林莫侯。歷六十年於此，風雨震凌，朽爛剝落，前人之功，日就廢壞。今郡守泰和曾侯以刑部郎中治獄有聲，朝廷推擇而來，廉明有爲，庶事畢舉。有言譙樓當修者，侯曰："天子念江南凋敝，俾出守養民，今惠政未洽而遽使之，非所謂未信而厲已者乎？"民聞之曰："侯之愛我甚矣！自侯之來，歲則大熟。侯不厚歛而有餘粟，吾輩吝以自私，使不出升斗以助盛舉，是不知義也。"倡而繼之，如出一口。相與具材用，召匠役，將卜日興事，而侯亦未之許也。於是同知方君岳等贊之曰："此民之情也，咈之不可。"乃從之。未幾，朽爛者堅，剝落者完，甄石竝用，丹艧錯施，郡中美觀於是爲最。工訖，侯以暇日與僚佐賓客登而落之。方君等以宜有記也，具書來，道侯之愛乎民與民之所以感乎上者，其意甚備。予固知侯者，乃不辭而書之。蓋古之人固勤於政，然居高明遠，眺望所以游目騁懷者，不之廢也。故後世譙樓，亦古臺榭之制耳。況更鼓、刻漏以警乎民者在是，豈特爲郡中美觀而已？常州自昔爲守義之邦，上之人於工役之所當興者猶重勞乎民，民感其意，卒成其所當興者，豈非使民也義而民易使也歟？記之固宜。工始於弘治九年某月某日，訖於是年某月某日。

鎮江府重修儒學記

鎮江爲府，距江瀕海，地險且固。自國初用武，多所資給。當時恩詔下頒，惓惓焉優岬之，故其府賦稅薄而田里不困。百餘年來，朝廷以江南要地，自牧守以至參佐莫不慎擇其人。敦厚之政，既洽於下，故其民衣食足而俗不奢。夫不困則其中自樂，不奢則其外無慕。於是士皆可教，長材美質之人誦詩讀書，以儒爲業而游乎學校者蔚然可視，及其出而與四方之士較藝乎場屋之間，往往有首冠乎科第者，此非其明驗乎？居上者以其人果不負乎教也，益惟以學校而加之意。蓋府之有學，自宋歷元，在府治之南。國朝景泰間，知府張侯嵩以其勢卑隘，始東遷之，至今五十年矣，而頽壞已甚，未有能修之者。今知府鄭侯傑自大理寺正來，又得前兵部主事高君鑑等爲參佐，好文重士，始相協謀以修學事移於巡撫都御史四明朱公。公曰：「吾奉天子命以養民，財力固所當惜，然以學校概視之，是不知務者。」即報使舉行。侯又以董其事者當擇也，得承事郎曹貴委之。貴勤敏而公，財不妄費。工成，規制宏美，觀者稱歎。於是教授董宗道具修學始末，使諸生達冕蕭杲來請文刻石。蓋學校之設，古制也。自三代以至今日，上下數千年，其間雖有失道之主，未有能廢者，以聖賢之道不可廢而道明於此也。然以明於此者非明於學校之地，明於游學校之人則其人之寄亦重矣哉。孟子曰："君子不下帶而道存焉。"故廟而祀之，洋洋乎如在其上與？在其左右者，非夫人也，聖賢也。聖賢者，道之所在也。誦其言，求其道，居於鄉，使習俗丕變，於一時用於世，使德業大行於百世，然後稱乎游於此者，此固朝廷崇儒之美意，而有司之所奉行而不敢廢者也。彼科第云者，特假之以致吾身之階耳！果足以為士子望哉？故因記學之成，而及之學之制。自堂齋以下為間百五十，廟自殿廡以下為間四十八，周垣為堵四百十。經始於弘治乙卯八月，明年九月而功訖云。

南禪集雲寺重建大雄殿記

吳有佛寺曰南禪集雲者，國初所賜額也。寺之始建不可考，自唐宋以來多名僧居之。入皇明，又有若寶曇和尚者，高皇帝知其名，召赴闕下，俾往蜀之峨嵋，化行其地，久之而還，因奏先所居吳門集雲傍有妙隱、大雲二寺，乞合而一之為是。上從之，始賜今額，實洪武二十四年也。事見左善世弘道所制寶曇塔銘。乃成化十二年十月十三日，寺燼於火，主僧德本以為己事，欲重建之，而力未能也。於是徧扣富室，求施積材蓄料。蓋越十寒暑，爰以二十二年五月十一日興功，始克建所謂大雄殿者。像設既完，供養益盛，乃復建方丈以為宴息之所。觀者稱歎，以本公之勞其心力，疲其精神，不負乎其教，有可嘉者。然其意猶以寺之規制未備，欲悉建之，而力亦未能也。特求予記其功之成者，至於數四而不已。惟茲寺在城之南，有山林幽絕之勝，自昔賢士大夫嘗辱愛之。蓋唐開成初，寺僧法弘、惠滿等作千佛堂、經藏，刺史白樂天既為之記，又嘗以文集七帙置於寺中，非以寺之有人而有所託乎？及宋蘇子美謫湖州長史，流寓吳中，作滄浪池以樂，今寺後積水猶汪汪然。子美嘗遺洛中故人書云："吳多佛寺可游,茲寺非其首歟？"夫前賢之遺事其可考如此,予獨愛一言而不爲本公復哉？本公字一源,俗出陽湖馬氏,而受業於半塘壽聖寺曰顯祖庭爲徒。今年老,退歸舊隱而惓惓於茲寺,如此真所謂不負其教者乎！

吳縣修學記

蘇多屬縣,惟吳之建最古。縣皆有學,惟吳學之遷爲近。蓋學初偪於西城,甚陋。宣德乙卯,周文襄公巡撫吳中,與知府況侯始遷於今昇平橋東,可謂美矣。然人復以爲有可改作者,門偏而不直爾,前令仍舊,皆未暇及。會監察御史海陽吳君一貫巡按至,諸生言之,君以爲宜。於是任丘鄺君璠以進士來爲縣,政令既行,歲適大熟,曰："此費不甚,固無難者。"未幾,規制端整,徑亦不迂,而學益美矣。君又以校官宅舍填塞門內,而藏書閣後有菜圃,復築而遷之。學前舊有隙地,獨缺其西南,又購民居以廣之。至於跨池以作梁,臨衢以樹表,凡所傾壞,無不修治。弘治丁巳春,功既訖,教諭李某、訓導某某率諸生來言曰："願有記也。"自予家居二年,見鄺君爲政精敏,若修學特其一事耳。然人又以改作爲勞民,而以仍舊爲省事者,蓋出於魯人爲長府之說也。夫長府之制,釋者以爲藏貨財之所,當時改作,或病其卑隘而欲新之未可知者。若然,則以利爲意,而刻剥攘奪之患必不能免,此曾子所以止之,而孔子所以是之也。如學校之設,聚人才於斯,明人倫於斯,惟患居上者不之務耳。蓋鼓舞振作,使游息之士感動其心,自有不能已於學者,此正教養之機也。吳君克持憲體,固不妄舉事者。否則,鄺君亦肯爲哉？故記之以示後人。

瑞賢亭記

　　世所謂瑞者，或昭於天，或發於地，往往有奇驗於人，載於傳記，其事甚異，然特一見而已。至於屢見而屢驗，人爭信之，不以爲異，而以爲常，則其事益不可致詰矣。宋韓魏公登進士第，唱名至，太史奏五色雲見，人以爲公瑞。吾嘗疑其事之適，然惟魏公其人足以當之，故其事傳耳，然亦所謂一見而已者。吉邑有水曰瀟瀧，自永豐歐鄉以下諸水皆合於此，束以兩山，奔流噴激亂石間，聲如迅雷。其上有淵，深不可測，靈物潛焉。其西崖有巨石二，矻起數丈，俯瞰深碧，狀若人負而立者。父老以爲每夏秋之交，石上采色爛然，如虹如霞，照映水面，則鄉士必有掇高科者。郡志載之，蓋其驗久矣。宋天聖間獨不驗，衆方疑怪，既而歐陽文忠公流寓隨州，連魁三試，則公固鄉士也。歷元至皇朝屢見之，正統壬戌若劉文介公儼，天順甲申若彭侍講教，竝以狀元及第，此其尤驗者也。其異如此。初，石名不雅，或易以瑞賢，仍作亭，其傍名瑞賢亭。而里人王全璧者實董役事，功畢亦久矣。又考自宋以來百里之內由科第而出者，得若干人，悉刻其名氏以著其驗。於是彭公既没，其兄之子傑、桓同登甲科，皆驗於此。他日，來道其從父疇昔之意，求記於予。予爲公門下士，恐辱公命，久未敢復也。蓋石之爲物，天下多有之，而世之掇高科者亦多，於天下其瑞不驗於彼而獨驗於此，其亦有說乎，抑科第未足以當其瑞乎？試以歐陽公言之，氣節振乎頹風，文章變乎陋習。天下後世，仰其人品，以爲不可及，其瑞果係於科第乎？若劉、彭二公，先後特起，平生氣節文章亦欲希乎文忠者，其瑞又係於科第乎？蓋其事甚異，非賢者不足以當之，彼以科第云者亦淺之乎？知石矣，易以今名，於是爲稱此鄉之士。或以予言爲然,其亦相與以先正爲法,則瑞當見之,敢刻石以俟。

韓氏立後記

人之初,本乎一祖而已,其後子孫益繁,族屬始分,分則有續有絕,其勢必然。於是君子制爲人後之禮,而絕者續矣。後世宗法廢而不傳,人各宗其近者,至於近者絕焉,則奉祀無主,承家無統,而其法益廢。爲其族人者,能無懼乎?吳中韓氏自宋魏國忠獻王以來,自汴徙杭。有爲馬步軍副總管性卿者,又自杭徙蘇,而居城中樂橋之南。性卿生轉運使某,三傳爲復陽,復陽生奕字公望、詒字公達,公望生存字伯承,伯承生充字克美,克美生永祺,永祺生宗祀。宗祀年十八而卒,不幸無子,而韓氏之宗子遂絕,至於故居蕩然。過者傷之,於是公達之孫襄字克贊者以爲懼曰:"韓氏宗子,其遂已乎?今吾且老,不及此圖之,他日何以見祖先於地下?"蓋克贊有子金,金有子宗福,宗福有二子,其仲曰熹,序其昭穆,實宜爲宗祀後。乃弘治丁巳某月,卜得吉日,克贊率族人告於祠堂而立焉。既又恐後人之不知也,以書來請記其事於石以示。惟韓氏出故相家,自入國朝,公望以隱節文學高於一時,而公達與其從兄公茂竝以醫術顯於永樂間。被寵眷甚渥,而韓氏之名益著。按其家乘,公望初無子,復陽以公達始生,命育以爲後,而名曰詒。公達既仕,一日,太宗文皇帝問知命名之故,以昭穆之紊也,即命改之,賜字公達,俾以字行。公望聞之,喜曰:"昔先人恐無以爲後者,特權一時之宜耳。今既蒙恩改正,此韓氏之幸也。"其事蓋百年於此,而公望之後,不意竟絕,克贊於此汲汲圖之,以合先世之志,是豈偶然之故哉?《禮》曰:"親親故尊祖,尊祖故敬宗,敬宗故收族。"君子謂克贊此舉,其知禮者乎,其知本而孝者乎!《詩》曰:"以嗣以續,續古之人。"熹也,長而好學,以無忝其家世也哉。

瞻竹堂記

吳中高氏,世家飲馬橋之北。物貨車馬,紛然於門,固廛居也。其先廷用府君性愛竹,嘗植竹於庭,翛然有園之氣。蓋嘗扁其軒曰可竹,故賀感樓先生爲記之。府君既下世,而竹固在,其仲子策字德良者,以爲先人所好也。歲時壅灌,愛護甚至,意不自已,乃作瞻竹堂以寓孝思,介感樓之子其厚謁予請記。詩人之言曰:"惟桑與梓,必恭敬止。"以桑梓爲父母所植,故恭敬之而不敢慢也。然草木之生,其類甚多。人子必於桑梓而恭敬者,以桑可以飼蠶,梓可以成器,而父母種植之美也。故唐李德裕《平泉莊記》曰:"壞吾一草一木者,非佳子孫。"蓋德裕所植皆珍奇之產,特以資玩好者,世故不之取也。今夫竹有君子之德,白太傅故有"似賢"之稱,人之貴之久矣。前人植之意,蓋在此。則德良所以瞻對之者,固出於孝思,亦欲資其德以爲鄉里之賢人耳。《詩》又不曰:"瞻彼淇澳,菉竹猗猗。有斐君子,如切如磋,如琢如磨。"敢爲德良賦之。

卷第三十八
記一十六首

敕祀鶴山先生魏文靖公記

　　弘治十一年四月，蘇州府長洲縣民魏芳奏：宋魏了翁登慶元五年進士，累官至資政殿大學士、參知政事，贈太師、秦國公，謚文靖公。嘗講學於臨邛白鶴山下，及謫居靖州，建鶴山書院以居學者。後在政府，理宗親書書院扁，仍賜居第於蘇州，以疾命就醫郡中。及卒，遂葬城西高景山下。後以居第爲書院，而墳墓至今有碑在焉。惟公立朝大節及講明道學之功，當時與真文忠公相上下，故人以真、魏並稱。國朝既以文忠公從祀孔子廟庭，而范文正公，蘇人也，亦有文正書院。又以公有功於宋，亦命守臣即書院歲時致祭。顧獨遺公，徒使書院巋然，神位虛設，實爲缺典。茲幸遭際聖明，崇儒重道，屢降明詔，表章先賢，修舉廢墜。如念公之功，特賜秩之祀典，豈惟爲魏氏之榮而已，所以慰吳中士大夫之望者在是。蓋芳之自陳如此。事下禮部議，以公平生具載史傳，考論其功，於法得祀，宜命守臣春秋舉行，如范文正公故事。覆奏從之，芳感激，乃謁予告曰：“聖朝盛典，一旦光賁於斯文，至矣。幸載之文詞，以示後世。”寬謝不能，而其意益懇。蓋公居第，實在蘇城之南。元至順初，公之孫起欲以其地規爲書院，言於侍臣，以達於上。命以舊扁揭於堂楣，復敕學士虞公爲之記，公之功，至是始顯。觀記之所云，一時尊崇之意,雖若甚盛,亦不過令其子孫世奉祀事而已。豈若今日由於禮官之所議,出於君上之所從,陳其牲醴,奉其幣帛,内出祝詞,俾有司奠讀如儀,有國朝之盛者哉!公之功至是益顯,豈前代之可擬哉?抑公之仕宋,當寇亂擾攘,蹙於偏安之地;忠言沮塞,尼於權奸之人。其事業既不得大行於時,獨其講學之蹟,見於所著如《九經要義》《周易集說》等書,有不可泯者,故雖百世之下,學者猶有賴焉。則夫論其功者,祀之於一郡,果足以報之乎?蓋國初王忠文公子充嘗著《從祀孔子廟庭議》,其謂歷代儒先有功於聖道者,至宋有周元公,而程氏兄弟承之,迨朱子集其大成,中更學禁,獨真、魏二公不背其學,力爲己任。其所著述,皆黜異端、崇正理,質諸聖人而不謬,足以續朱子之緒,以爲當列於從祀。其言合於公道,君子取之。久之,詔文忠公從祀,既如其議,然則公固不得而遺之也。夫報功之典,夫人當言之。非一人所能私者,則寬之記此,亦豈以私於公哉?君子其必有以取之。

朱孝子旌門記

言天下戶口,莫庶於蘇郡者。夫十室之邑,必有忠信,而況於郡之大者乎!今朝廷頒恩詔,輒令有司具節孝者來上。然自建國以來,凡百餘年,蘇郡節婦歲有之,何孝子之寥寥耶?豈其行爲難,人莫能舉耶?其見於公牘者,洪武初,有張孝子一人,可謂少矣。至成化間,始又得朱孝子一人。乃乙未歲旌門之典既下,士大夫爲文辭以表揚之者,不一而足,於是朱孝子之名播在人口。予因疑郡中孝子固多,彼窮居僻處者,特無爲表揚之耳。如張孝子,非託之公牘,其名亦已亡矣。此可見文詞之有用也。朱孝子爲人與其名字里居,見山西參政祝公傳已詳。其年今將八十,康健不衰,比歲又以恩詔錫仕服榮身。當其父没，嘗廬墓上。予既爲作《聽烏軒記》，今其子存理以旌門銘頌賦數十篇持至都下見示，又欲得予一言記之。蓋知文詞之有用，惟恐其父之名不傳，亦其孝也。

緑野書院記

關中有大儒，曰横渠張先生。當宋之盛，以道鳴於時，君子以其德尊與孟子比。夫自堯舜至於孔子，率五百歲，而道一傳。孔子没而道無所屬，此孟子之自叙，而其自任之意亦可見也。至昌黎韓氏，以軻之死不得其傳，則直歸之孟子矣。然至其時已千歲，所謂以其數則過矣者。而秦漢以下，儒者亦多，而曰不得其傳，則孟子豈易比哉！自唐至於宋，又五百歲，始得濂溪周子、河南程子先生，實竝時而出，而君子獨以先生比之孟子，雖程子亦推稱之，則其人品之高，豈非振古豪傑之士哉！故當是時，西方學者爭師宗之。人至於今，過其地，仰其人，肅然起敬，不能自已。武功爲西安屬縣，城南有緑野亭，先生之遺跡也。蓋先生少時，學尚未醇，及至洛中見程子，論《易》，自以爲弗及，乃遂西還，以與學者講究。後，既出仕於朝。他日，適外治獄而還，即移疾屏居南山下，以事著述。蓋史之所紀，大略如此。緑野之蹟，豈其西還與屏居之時乎？陝西提刑按察司副使楊君應寧由近臣出領學政，公勤善教，士子經指授者輒取科第。君曰："此非所以教學者也。"嘗行縣，顧瞻山水，明麗可愛。所謂緑野亭者，歲久既毀，而遺蹟猶存，先賢風旨，宛然如見。始謀即其地搆屋以祠先生，別爲屋俾士子講習其中，庶幾仰止景行之意。諸生聞之，相與感激，言於巡按御史。乃下其事於君，君以縣令宋學通嘗復古廢祠，亦急於風教者，復以其事委之。學通方經度材用，而邦人士咸樂相助，數月而功畢，名之曰緑野書院。

擇士子充其中，而以縣學訓導趙文傑爲之師，俾日講性理之學。凡縣學諸生，則五日一至，聽講其規約，大率與白鹿、睢陽類。未幾，若西安、鳳翔諸生聞風就學者踵至。君時坐堂上，躬督勸之，渢渢乎道學之流行也。君既喜其志之成，間以書請記。夫養士於學校，取士於科第，此固朝廷今日之法。然學校之所講習者，皆經傳之精微，欲用其人，特以科第取之耳。爲士者昧其意，以聖賢之言止用以資爲利祿之計，而不知道與法之不相背也。今幸賢憲臣有見於此，革其故習，特爲此舉以作興之，學政之大，無踰於此，其用心可謂至矣。使今之領學政者皆如君之用心，風教其丕變也乎？雖然，聖賢之言，學者無弗當講者，而橫渠先生尤吾今日皋比之師也。其書則《正蒙》《西銘》具在，因其言，求其心，反之於躬，見之於事，而又謹其節文，循其以禮，爲教之規，拔於流俗，爲世醇儒，此固賢憲臣所望於士子者也。於是取科第出爲世用，以行其所學。賢憲臣之意，亦豈爲士子禁哉？書院建於弘治某年某月，工畢於某年某月，明年十月癸未記。

陽山大石巖雲泉菴記

吳雖號澤國，其西有山，亦連延不絕。陽山在稍北，視諸山雄偉特甚。其陰，石巉然起，如人負奇骨而僂者。當嶔崟磈硊間，有僧居在焉，號雲泉菴。成化間，予與太僕少卿李貞伯、吳興張子靜、松陵史明古往游，自漁墅北轉入小溪，舍舟從平田行，仰見石勢欲墮，舉足甚恐。入門，竹樹幽茂，薜荔滿牆。僧緣崖架木，有小屋在石下，益奇。客喜而就宿，聯爲長句。明日，太僕大書屋壁，復題名石上而去。後二十年，予再還吳中，則太僕以下相繼而逝，自歎不能獨游，而徒得沈啓南所作巨圖，時取而玩之耳。一日，有僧來謁，問其名，曰智韜，則菴之主人也。曰："山居辱公題詠後，游者接踵而至，大石之名暴著於時。此皆詩人和篇也。"予既爲書其末，智韜復請曰："菴未有爲記者，更乞書之。"蓋山之有菴，相傳爲宋珍護禪師所創，其扁則銀青光禄大夫齊國公德剛所題，然莫能考其爲何人也。石之大且奇者，散列不一。當時與客議此可亭、此可堂且軒者尚多。今歲久，其地如夢中事，不能了了。況予且老，未知他日歸休，再能游否？所幸主僧有開拓志，來游者或能成之，當再爲書之刻崖石上。

冬日賞菊圖記

弘治二年十月二十八日，翰林諸公會予園居爲賞菊之集。既各有詩，寬以爲宜又有圖置其首，乃請鄉人杜謹寫之。蓋據案停筆而搆思者，今南京國子祭酒致仕方石謝鳴治也。竝方石坐，濡筆伸紙，欲作字者，太子少保禮部尚書兼文淵閣大學士西涯李賓之也。持杯而旁坐者，南京都察院左僉都御史成齋陳玉汝也。舉茗椀而回顧者，掌國子祭酒事禮部右侍郎泉山林亨大也。背立而觀飛鶴者，太常寺少卿兼翰林院侍讀學士石城李世賢也。循除而采菊者，故詹事府詹事兼翰林院侍讀學士冶齋陸廉伯也。後至而褫衣者，今詹事府少詹事兼翰林院侍讀學士守溪王濟之也。坐泉山之次，呼童子進饌者爲寬。而小兒奭捧卷而進，亦預焉。大率寫其意，不求甚似。至於衣冠古雅，亦不必似今人，而況草木之産乎？夫古今人雅集多有圖傳於世，以寬所見，如宋王晉卿之西園，元顧仲瑛之桃源，國朝楊文敏公之杏園，皆模寫一時人物，各極其思而又必有記之者，後世得以按而識之。寬故述其人於圖後，付奭藏之，覽者庶識其爲某某也。後十年己未四月二十四日。

鳳陽府重修儒學記

鳳陽古稱濠梁，爲我太祖高皇帝龍興之地也。山川雄秀，王氣鬱然，望而知爲帝王之宅。一時謀勇之臣，從高皇帝而興者，皆在百里之內，征伐四出，日事武功。仰惟聖心惓惓，戎馬間，獨以詩書爲事，故當洪武建元之三年，既以其地爲中都，即立中都國子監，教育人才，以修文教爲久安長治之計。七年，改中都爲鳳陽府，始以監爲學，而其制始定。當是時，天下學舍多遭兵革而廢，詔有司興修如故。而鳳陽有學，自洪武至今上改元弘治，又歷一紀，蓋百三十年於此。中間爲守者，如章侯銳而上，視其頹壞，亦嘗修治，然不若今孟侯此舉之大也。侯名俊，陝右人。始以才御史出知蘇州，剛明廉慎，稱爲賢守，及以家艱去，改守於此。宿弊盡除，廢事畢舉，則益優於治而力且有餘也。初至，顧其學復就頹壞，且規制多闕，曰：「吾其復遺勞於後人也乎？」然猶不敢自專，乃移於提學，御史方君及巡撫大臣而下皆獲報可，始爲此舉。踰年而功畢，僚佐稱羨，師生安適，以及郡之人士來觀者，相與歎曰：「茲學之修，起頹爲壯，易壞爲美，補闕爲完，民不知勞，財不知費，何侯之才之長而功之美也。」侯聞之曰：「此公役也。固吾爲守之責也。吾惟以不能其責是懼，而何才何功之有？雖然，吾豈避其名而使後人無所考哉！」適醫學正科顧鏞以公事上京，俾持書請記。夫自古莫不有學，而國朝有學自鳳陽始。論者以鳳陽擬漢祖之豐沛，夫漢祖過魯，以一太牢祀孔子，書之史冊，以爲美談。及歸故鄉，宴父老不過使童子歌三侯之章而已。其於建學之事，固無暇者。惟昔武王伐殷之後，即偃武修文，而以立五教爲首。於是建學講禮，天下化而服之，故其詩曰：「鎬京辟雍，自西自東，自南自北，無思不服。」此之謂也。其後成康繼世，而文益盛。孔子曰："周監於二代，郁郁乎文哉！吾從周。"蓋周之文實自武王啓之。然則鳳陽有學鎬京辟雍，可謂異世而同貫者歟！今世論以武功輔成帝業，一時受爵土之封者，莫盛於此。及乎學舍肇建，文教大行，天下向風，以收"無思不服"之效，亦莫先於此。所謂文武淵藪，非此孰當之？賢有司之意惟知其然，故輟簿書刑獄之勞，而行詩書俎豆之事。所以仰體聖心，以爲此舉，凡來游於此者所當知而不負者也，乃疏其功役於後。學之修，自文廟大成殿始，次兩廡，廡之南北各增建三十間。又南修戟門，門之外爲泮池，池之上爲石梁。又南建欞星門。殿之北修明倫堂，東西四齋相向，其南又各增建六間，堂之北修尊經閣，東爲神廚，西爲神庫，各三間。其西爲饌堂、爲廚，東爲倉，亦各三間。至於諸生肄業之舍，會講之堂，習射之所，以及校官之宅，無所不備。此其功之大者，餘不能悉書也。功始於弘治丁巳三月，畢於戊午九月。己未五月記。

青州府重修儒學記

青在《禹貢》九州之一，其地介海岱之間，蓋今濟南、登、萊皆其境也。後世建置不常，至國朝，其制始定。而州縣所隸，凡十有四，信爲東方大郡。比歲天子命建藩國於茲，繇役大興，供億莫計。而守適缺人，吏部推擇勝其任者，得昌黎杜侯源。侯出世家，早登甲科，爲大理屬。初，出治萊，有聲，蓋於東方土俗稔知之故。其治青，裕如也。然當多事之餘，財力既竭，民將不堪，使他守居此，僅治簿書而已，而侯能躬節儉，率衆方興學校如平時。曰："此吾爲守者先務也。使緩之，不有愧於古之良吏乎？"其僚佐若同知鄒儒、通判張壇員甯、推官陳天祥皆以爲然，而力贊之。遂擇以弘治己未某月興功。學建於國朝洪武初,屢敝屢修,前守之功,因舊爲多,至侯始大其役。凡堂殿皆易以巨木堅甓,丹碧煥然,與舊殊觀。下至庖庫之類,使亦完美。初,諸生肄業,悉散處於外。至是,即學之隙地建屋四十間,間四爲聯,使之聚居,以便講學。及將建雙表於門外,求其材,特有石柱一,歲久卧道旁,一日發地,俄得其一,適稱。郡人相傳,以爲異事。功完,教授楊和等合諸生孟霽以下感侯之德有足書者,以使來請。夫有郡寄者,雖切於民事,終不能免工役之舉。然有可已者,有不可已者。"魯人爲長府。閔子騫曰:仍舊貫,如之何?何必改作!"此可已者也。孟子曰:"歲十一月徒扛成,十二月輿梁成,民未病涉也。"此不可已者也。然於不可已之中,又有所當急者。又孟子所謂"設爲庠序學校以教之"是也。蓋民病涉無甚害者,苟不教則近於禽獸。而禮義不興,莫知所以尊君親上之理,將至於不可治,其害甚矣!侯惟知此,故當鞅掌無暇之際,而首事乎此,凡以爲教民計耳。不然,勞其心,復勞其民,傷其財,侯豈爲是哉?青,古齊地。嘗辱曹參以治,"治道貴清静"之言猶在也。自是,侯高居,一堂東望。蓋公如將見之,當避席以舍。侯用公之言,民從侯之教,青之治行,當爲天下最也。

沙湖隄記

《周禮·職方氏》:東南曰揚州,其澤藪曰具區,浸曰五湖。今蘇郡在古揚州境内,而具區即太湖也,又在今吴縣境内。獨所謂五湖者,莫考其蹟。然水所瀦,輒數千頃,以湖名者,不知有幾。豈即《周禮》之五湖耶?或曰:太湖中分爲五,故名。夫既曰具區,不應複言五湖,是必不然。凡田之近湖者,既藉灌溉之利,而風波衝激,田塍輒崩,則有浸淫之苦。至於舟楫往來,固擅乘載之利。然而風波猝興,港渚無避,亦有覆溺之憂,蓋利害之相倚伏如此。湖之在偏隅者不必論,若距郡城東二十里曰沙湖,凡太倉、崑山、嘉定、崇明之人之所必經者,其廣袤各數十里,橫絶道上。其北多腴田,其中多舟楫,人以爲患者尤甚。旁有盜藪,以行劫爲業。客舟爲風波所阻,集於岸下,多不能免,人益患之。昔人欲築隄以捍水者久矣,皆以土石所施,無所附麗,其功難成,遂置之。乃弘治丙辰,工部主事姚君文灝奉敕來督水利,始白於巡撫右副都御史朱公,謂隄可築。公往視之,亦曰可築。且曰:"是宜用卷埽法,蓋吾治河決時,所已試者也。"謀既協,姚君乃專任其事。先時,君從工部侍郎徐公浚常熟江口,獲葦利之占於民者,以爲公用。及是,遂賴其濟。一時夫卒盡力,材用畢具。功垂成,而君移疾去矣。今郎中傅君潮來代,周行田野,水利大興。他日,行至沙湖,歎曰:"是隄之功,其可已乎!"至是,巡撫爲左副都御史彭公,復勸相之,而隄竟以完告。其濶爲丈三,長爲丈三百六十,隱然如城,堅壯可久。而水勢汪汪,安流成渠,人皆稱便。惟古土功之興,《春秋》謹之,大抵因民之所利而利之,則易爲功,違之則難。然又有難易焉者,孟子曰:"爲高必因丘陵,爲下必因川澤。"蓋言因其勢者則易也。故世之捍水者,未有不因於土之勢,然非知乎水之性,亦終於壞而已。今夫沙湖爲隄,既無所因,可謂難矣。顧其水,湍悍特殺而抑之,其漩洄演漾固無所滯,此其所以竟成也。彼梁作淮堰成而即壞,惟障而塞之,不知其性爾!水利之不行已久,行則有利焉。然能去其患,則利在其中,如是隄然。蓋耕者無浸淫之苦,則安於田畝;行者無覆溺之憂,則樂於道路;賈者無掠奪之恐,則保其貨財。利何博於此?是役也,前守爲史侯簡,今爲曹侯鳳,皆經畫其事者。若通判陳瑋,知縣劉珂、鄺瑶,縣丞竇胤,主簿喻秉,則勞績並著,皆可書者。於是傅君使來,請文刻石。予,郡人也。喜水患之能去,且知君之才操與姚君並美，無忝於上命也，遂爲之記。後之人尚謹視之，以無墮其功云。

蘇州府新立義塚記

上世之人，親死，有舉而委之於壑者，葬埋之制未有也。中古始有之，葬於中野，厚衣之以薪，不封不樹，其制猶未備也。後世作爲棺槨，其制始備，而焚屍之説亦起。夫上世荒遠，人穴居野處，茹毛飲血，故親死不葬，可謂薄其親矣。然卒無所謂焚屍者，人情之所不忍也。其所以不葬者，養生送死，庶事草略，其道皆然。後世宫室飲食皆極其厚，則葬埋之制亦厚。而卒有焚其屍者，豈人情獨有所忍哉？蓋西域之法，謂之茶毘。自佛入中國，中國之人習見其事，不以爲怪而從之。愚者惑其言之妄，貧者樂其法之省。不忍之心，頑然與木石相類。噫！何惡俗之不可變也？在國朝，洪武三年下詔禁之令，天下皆立義塚。其後，又詔立漏澤園。至特載之律令，犯者其法甚重。聖政推仁，可謂澤及枯骨矣。蘇爲郡，自國初兵荒之後，户口見於版册者，其數已甲於天下。承平以來，生齒益繁，殆倍其數。死者卜吉安厝，固遵禮制。至於小民焚屍，日亦不絶，造飾其語，謂之火葬。或拾其骨於煻爐之餘而埋之，甚者直投之水而已。愚而貧者，固不足論。其有知識而力足以葬者，亦從而效之。噫！何俗之惡久而不能變也？弘治十年新蔡曹侯以監察御史出知蘇州，正身率下，令行禁止，甫及三年，俗則大變。獨視其民不以禮葬，痛切於己，曰：「此徒禁之而無以處之，不可也。」慨然有義塚之舉。他日，移於巡撫，都御史彭公，巡按御史王君，皆曰：「盛舉也。」報使行之。侯始與僚屬擇地之高亢者營之，城有六門，各立一塚。其廣皆百畝有奇，周植木爲限，而大書門楣，以表識之。

令初下，民感於義，或出地以獻。其購於民者，則勸富家及益以官錢平酬其直。若地之賦税，則歲以餘粮代補。其餘事，悉有區處。塚成，侯復下令，各里有願立者，亦從其便。始侯爲此詢謀於衆，皆曰："此固盛舉也。奈地有限而人無窮何？"雖侯亦疑之，既曰："古之有仁心者必有仁政。使已之，何以守兹土，以居民上？亦惟盡吾心，行吾政，終吾任而已。吾何暇計？且後之繼吾者獨無吾心吾政乎？當復有以處之。"夫禮緣人情，謂人情之可緣者，焚屍可以言人情乎？雖然，民不可以家諭也，非載之文詞，不可會。僚友倪林二同知以公事上京師，託以爲請。予聞，歎曰：此前人所不能行者，何意行之於今日哉？子產曰：爲善者，不改其度，故能有濟也。侯之爲善，恐無以助，敢不書乎？乃悉侯之意以諭其民曰：爾有父母，有人損其一指，爾怒乎？爾有妻子，有人殘其一目，爾怒乎？爾必怒，而訟於官，以報其讎。今爾父母妻子之死，不以土掩覆之，乃親置烈火中，使其肢體糜爛、腸胃斷裂，非特毁其一指一目而已。旁觀者猶蹙額泚顙不忍，爾固人也，非木石也，何獨忍乎？今爾幸遇賢守，爲爾治葬地。爾有喪，其安厝於是。及爾有力，能自擇地，則遷葬於外，不禁。使死者得保其骸骨，生者得識其墳墓，爲爾之慮遠矣，其功大矣。爾民其知之無惑。自是敢復有違其制者，朝廷法律具在，將加爾身無悔。凡義塚，在某都某圩，與頃畝之數，及好義之士出地若財者姓名，具刻之碑陰。

膠州重建儒學大成殿記

天下有府若州縣即有學，皆以爲風化設也。夫縣之置甚廣，而附於府者，學亦不廢。況州不附於府，亦無縣以附其學有必設者。凡學皆有廟，以祀孔子及配享從祀諸賢。當廟學初建，工必完，物必堅，固美好而不敝。久之，完者缺，堅者壞，甚則傾頹而敝矣。夫一器之用，必求其新，廟學豈特一器而已，其棟宇垣牆，與夫階庭之類，風雨之所侵凌，霜雪之所摧壓，人蹟之所踐踏，蟲鼠之所藏匿，有不敝者乎？人見其敝，必指爲守令事，曰：曷不葺而新之？爲守令者有獄訟之剖決，糧餉之征輸，徭役之調發，畜產之蓻牧，其事盈乎前，固無暇以及。雖然，此固政事也，於風化有所繫乎！苟其人泛然不以爲意，此世所謂俗吏。而不知急先務者，則守令固難得其人也。幸而得其人矣，視廟學如其家，有必葺之意。然而旱潦之相仍，螟螣之或作，盜賊之竊發，飢饉之荐臻，歲有不虞，實無暇而爲之。則爲守令者，又難得其時，而非其人之罪也。膠屬萊州，有學創於金承安間，增修於元至元末，重修於國朝洪武初，至今百三十年，可謂久矣。其廟制不徒敝，更卑陋不足觀，凡春秋奠獻，至不能容足。弘治丁巳，州守曹君昺以名進士爲撫州推官，多著政績，擢守於茲，始至入學謁廟。睹其制不稱，慨然歎曰：前守不必論，今其責在我矣。他日即審地勢，計財用，將有所改作。適歲不登，餓莩流移，賑卹不暇。明年戊午，民稍康。又明年己未，歲益熟。君曰：吾事濟矣。乃與同知梁山等議，皆曰善。又白於知府李侯，侯亦曰善。君首捐己俸爲倡，衆相勸以助，始購諸隣地，廣袤數丈，以大其規。顧財物所出，即境內牢、艾二山，伐木鄱石，輦載並至，更市巨木於江淮間，以充梁棟之用。召精工，擇良日，而役興焉。殿舊爲三間，乃左右增置爲五間。凡門廡齋廚，亦增於舊，合五十餘間，深廣爽潔，巍然改觀。至於祭器咸備，陶冶必精，以及廣庭，徧植嘉樹。辛酉八月工告完。初，君興是役，屢往臨視，經營指畫，勞心爲多。落成之日，釋奠以告，牲醴畢陳，周旋有地，僚吏咸集，士庶聚觀，師生欣欣，莫不頌州守之功曰：此盛事也。寥寥之餘，獲見此舉，宜有紀述，以示後來。於是，學政朱斌具述其事來請。予於君爲鄉人，越自早歲重君之賢。茲其爲政，又知所先務。如此，可無一言以相其役乎？蓋自君爲州，既新廟學，踰歲再熟，政治益行，廢墜悉起。部使者至，若巡撫都御史徐公而下，率加稱獎，可謂賢守矣。因附及之。若夫施教於斯，講學於斯，仰瞻於斯，興起其志，以成人材，爲朝廷之用，州郡之光，不徒爲是美觀者，此固君之深意。在師生，嘿喻而已。

正覺寺記

吳城中分四隅，惟東南居民鮮少。自巷術外，彌望皆隙地，大率與郊野類。訪其遺蹟，先朝廢宅，及故佛老之宮爲多。今正覺寺者，相傳其先爲宋楊和王別墅，後爲元人陸志寧寓館，既而捨爲僧院，號大林菴。國朝洪武二十五年，詔清理釋教菴，併入萬壽寺，遂廢。久之，一内侍有公事於吳，得其地。適有僧自滇南來，曰弘此宗者，才智人也。寓於吳，多所興修。内侍遂以其地遺之。於是，此宗上京師，奏乞爲寺。朝廷特從之，因賜寺額曰正覺。而爲住持，實自此宗始，時宣德乙卯歲也。其事見翰林學士金公問所贈序文。此宗没，傳其徒福暄，暄傳其徒祖鎮，再世有戒行，能守其業。予昔家居，與故山西參政祝公往游，坐談竟日，留詩而還，蓋二十餘年矣。一日，鎮公以書來，言寺創於前人，已久未有記之者，願書之。夫吳自六朝來，佛老之宮相望於郡中，穹門廣殿，長廊傑閣，土木之功，窮極侈麗，所以成此者，豈皆其徒之身之所出哉？出之人而從其説，以爲福田利益者也。予嘗獨愛正覺爲寺，其地殆百畝，非不能爲彼侈麗之觀者，顧其屋纔數楹，於奉佛居僧，僅足而已。其外悉用以樹藝，其徒特食其所入以自足，不鼓其説以求於人，其亦賢於其類者哉，故爲記之。志寧故大家，在當時園亭最勝，尤好植竹，至今美種蔓延不絕，人猶以竹堂稱之。地既幽僻，入其寺，竹樹茂密，禽聲上下，如在山林中，不知其爲城市也。又幸其去予家更邇，徒步可至。予將歸老，良時策杖，與故舊子姪同游於此，即事賦詠，其樂有日也。

溫州府新建鹿城書院記

浙水之東，推溫爲上郡，非以其物產之美、山水之秀也。特以其地人才之多耳。人才之多者，或以事業聞，或以文章顯，在他郡固有之。若其人以義理自守，名教自樂，求乎其内而無待於外，此則所謂道學之士而非人所能及也。蓋自宋濂溪、周子默契道體，繼孔孟之學於千載之上。一傳而爲河南程子，四傳而爲新安朱子，竝朱子而生者，爲廣漢張子，皆衍濂溪之學於百歲之下者。道學既傳，海内風動，士相慕悅，莫不奮迅而起，往往負笈摳衣，不遠千里而來，以得登門爲幸。講明道誼，羞稱功利，可喜之事。辯質性命，不惑於佛老似是之言，所謂事業文章乃其餘事。久而轉相傳授，或私淑諸人，其多不論也。當是時，溫之士於四先生之門皆有足跡，以其數計之，合二十有三人。噫，可謂盛矣！自宋歷元，至於國朝，二百餘年，凡事業文章之焜燿者，郡中尚能道之。顧於此諸賢，若不知有其人，幸其名氏言論散見於諸書者，昭然猶在，有終不得而泯者。弘治辛酉，郡守吉水鄧侯受命而來，凡所以惠乎民者，既無不至，間考諸書，竦然興歎曰："此邦先哲之盛如此，而吾守兹土，居士民之上，於一夫有善尚當表揚之，況多賢如魯者乎！且祭法勤事，捍患者亦祀之，況有關於世教者乎！此其責不在我而誰？"知永嘉縣新安汪君循好賢方切，乃奉侯之意擇地於郡之鹿城，躬自計度，創爲書院。作堂若干間，中奉四先生，旁則諸賢列侍。像設既完,版位斯置。其氣貌若相接,其聲欬若相聞,儼乎函丈之間,師弟子之相授受也。又闢館舍若干間,使士之學於斯者居之。其規約大率倣白鹿洞,而行其所以勵乎人又無不至者。適侯與汪君以公事至京,事畢,偕來請記。竊嘗觀孔子設教於洙泗之間,一時弟子,莫非齊魯之產。惟子游一人,自吳而來。若夫孟子之時,北學於中國者,亦唯陳良一人,自楚而至。惟溫去閩頗邇,其人學於朱子亦宜,若去洛則遠矣。何程門諸賢之多,不減於閩耶?吾是以益歎其盛,非獨當時所不能及而已。侯爲此舉,固出於尊崇先哲之意,然所以望於後學者尤多。蓋四先生,世不常有,而其書則常存。學於斯者,出而升堂,則仰而挹其清夷之容,入而讀書,則俯而探其清微之旨。以守義理,以樂名教,以無愧於鄉之諸賢,安知後世無賢守令者,爲俎豆其間哉?侯名淮,字安濟,舉進士,爲吾所取士,雅知其賢。其爲此,吾固嘉其非俗所能及也,敢不書?書院既成,汪君以家艱去,而東昌劉君來代,復使人守視惟謹,期不至於廢墜,亦可嘉者,因併書之。

新安縣學文廟重修記

保定爲畿內大府,屬縣十七,新安在府東,民鮮而地僻,驛舍不設,終歲殆無過客。縣令周君以進士選至,乃得優於爲治。歲餘,徭役既均,賦稅自足,刑罰必中,獄訟益清,治績遂爲諸縣最。知府董侯察其賢,以新安不足爲也,欲練其才,俾攝州事。州亦治,數月代者至,始還任。民皆歡動,如見父母,令下惟行,事舉輒立。君固知民之可使也。初,君來爲縣,三日例入學謁文廟,視規制狹隘,配享諸賢坐列促迫,上漏旁穿,不蔽風日,歎曰:"廟之陋至此。"及丁祭,陳設無地,禮容莫展,思有以興修之者久矣。君嘗行野,見有木若干章可用。又城上多蔓草,刈而積之,人莫喻其故。一旦,召陶工治爲瓦甓,計材物已具,始與學之師生議所以興修者,且曰:"今提學御史陳公方以此督責有司,我其可慢?"皆應曰:然。乃擇弘治庚申八月朔旦興功,俾縣丞劉朝、典史徐銘分董其事。然欲役乎民,顧民方阻飢,不忍勞之。適行賑岬之令,諭之曰:來受役者,日給米三升。民爭趨赴如流,不四月而功成。殿之前建屋三楹,廣與殿稱,築臺護之。殿及兩廡合二十五楹,自梁柱外,悉易其故材而一新之。以及祭器嘗假於人,至是亦無不備。縣有學,見於國志者,特載建於前元,修於本朝永樂六年,不著修建者主名。宣德以來,題於屋梁者,有縣令李俊、焦祥、譚綬三人,亦莫考其修葺之始末。於是教諭韓文珍、訓導蕭韶相與謀曰:"賢令此舉,無亦使後人之茫然也。"乃具事實,遣諸生蔡環、張睿走京師求文刻石。予爲君之鄉人,知君之修於家者已久,既又聞施於政者出於流俗,每喜爲道之。及此舉,官不傷費,民不告勞,經營量度之間,未嘗不寓乎仁愛之意,尤事之可喜者。故特書之,以示後之人,而他故不暇及云。君名倫,字伯明,蘇之崑山人。

新安縣重建靜修書院記

孟子曰:"五百年必有王者興,其間必有名世者。"至叙禹、皋陶、伊尹、萊朱、太公望、散宜生於七篇之末,所謂名世者歷歷可數。自周而降,哲人賢相亦或庶幾乎此,莫不因其盛時,有興於上者從而出焉,皆足以名世。若有不偶然者,此豈非天意乎?抑又有不盡然者,管寧生於魏、武攸緒生於周是也。夫二子雖生於亂世,而不爲亂世之用。當綱常既淪,而節義獨立。天其於一人之身,明斯理之未亡,以示乎萬世,雖謂之有意可也。夷狄亂華,世固有之。或俶擾乎一時,或偏據乎一方,未有歷百年、合九州、偃然南面,使生民盡變而爲左衽如胡元之盛者。當是時,乃有大賢君子生於河北,曰劉靜修先生。隱居力學,觀變待時,俯視一世,藐焉不滿,其風節孤峻,真有鳳凰翔於千仞之意。顧其自守甚嚴而處世則善,蓋將合伯夷、柳下惠而一之。是以名聞中朝,徵書再至,始一就之,而即歸終,竟辭之而不起。觀其與時宰書,詞氣雍容,若不爲異,至於出處之際,介然不苟者固在也。先生卒葬容城,祠墓固在。今新城西二十里有土蠹起者三,人號其地曰三臺鄉,先生講學之地也。故有靜修書院,爲當時所賜額,而臨川危公素爲之記。元季兵荒,書院竟廢。百餘年來,草棘中遺址猶存,過者尚能指而道之。弘治十四年,前進士崑山周君倫來爲縣,以先生爲百世之師也,在他邑宜表之,況新安有先生之遺跡,忍睹其廢而遂已乎？君臨事無私,而才具更優。民信其德,樂於成事,不數月而書院告完。其制特三楹,中設先生象而俎豆之。初,三臺中有孔子廟,東有學,西有書院。廟亦廢久,而學改爲神祠。君毀之,而廟亦不復建,曰:"邑中有廟,著於令典。此不已瀆乎？"乃改建書院。於是,知禮者以爲宜。臺下有地數畝,可樹藝,委居民李彥行收其入。歲時,縣令率僚屬師生往祀,俾供費焉。他日,君以考績至京,爲予道其故。予聞之,悚然曰:"寬少居鄉,則慕先生之爲人。今書院之役,即欲爲文以記。惜言不文,恐爲先生辱。"君起謝曰:"固所願也。"乃諾之,而亦未能爲也。會君以政績著聞,有召命將去任,卒強書之。蓋先生之高,時之人固有識其志者,惟爲國之諱,不敢顯言耳。予則何慮於此？雖然,先生之所爲,亦自盡其志焉耳,他何庸計？先生既晦蹟不仕,功業無聞,惟事著述,以追程朱之學,所號《四書精義》《易繫辭説》皆不傳。今所傳者,特遺文數册而已。同時有藁城安默菴先生,嘗有私淑之益,其爲人庶可謂同道者。君復得其遺文刻之，將竝傳於世。因記書院之成，故及之以見君之尚德好文，非俗吏之所可及也。

兩山樓記

謝方石先生往歲以南京國子祭酒退處於家，作兩山之樓，日登眺其上。及召起爲禮部侍郎，仍掌祭酒事，兩山之樓猶在念不置。或曰：浙東多名山，天台、雁蕩爲尤勝，先生生長其地，宜其不能忘也。其知者曰：先生所謂兩山者，非此之謂也。蓋先生所居，左有山曰緫，右有山曰大夢，而樓適居其間，故名爾。其知之深者曰：先生所謂兩山，又非此之謂也。蓋緫山，先生之高祖孝子府君與曾祖處士之墓在焉；大夢山，其祖侍郎府君祖母節婦及其父侍郎府君母淑人之墓在焉。顧盼之頃，不啻與先世相接者。蓋悠然而白雲生，若睹容貌於巖谷之下；泠然而悲風發，若聆聲欬於林木之表。思慕之懷，庶以自舒耳。然則緫、夢二山之至近者，意且不在彼。天台、雁蕩雖勝，又何暇論哉。於是先生居國學者三年，夢寐故居，春雨秋霜，未嘗不南望而流涕也。上疏乞歸，至於再三。天子知先生爲賢師，重其去，不即允從。先生以私情未遂也，謂寬曰：兩山樓未有記，願書之以解吾之思。寬與先生生同年而加衰，繫官於朝，歸亦未得，孤露餘生，不勝邱壠之感也，乃强書以復之。

順慶府修建廟學記

今之郡縣猶古之列國也。國有學，學則三代共之。《春秋》凡築囿築臺作門作廄，悉書之，若建學，未有書者，豈無學乎？蓋築與作者，以不宜故書；學，其宜者，不必書也。觀於子產不毀鄉校，則列國有學，特於不毀見之。皇朝之興百四十年，文教播於天下，雖邊徼之地，武衛有學，況郡縣乎？惟學之建，其始規制多草略弗備。後之爲治者，復因其簡陋，任其傾頹，待其身如寓客，漫不之省。其有意於此者，或侵乎公帑、勞乎民力，往往取戾而去。人以是懲不復爲意，可歎也。順慶爲四川屬府，知府沈侯以南京刑部郎中簡任而至。侯爲人清約簡重，藹然君子人也。日坐堂上，臨民治事，不動聲色，而施號令皆有條序，尤惓惓於風化。以學校爲風化所關也，初至，視其學不稱，已有改作意。久之，政通教行，可以舉事，乃具材物，發徒夫，擇日興工，戒不欲速，以期堅完。蓋歷四年，而工始畢，財不費乎官，力不勞乎民，規制備而美，人心和而悅。侯之經營相度，其心亦勞矣。於是僚友師生，皆以其事當刻石以示久遠。侯因考績至，則來請予。予於侯爲鄉人，重侯之賢久矣。睹其爲政出於俗吏，可喜，敢不書？蓋其學，前爲明倫堂，次會饌堂，次號房，皆偪而卑隘。顧其後有隙地，可展爲基，乃悉撤去，故屋特明倫堂如故。直其北增立會講堂，其後仍立會饌堂，各三間。會講前，當甬道之半，立御書樓，東西兩偏各立號房四聯，聯爲屋六間，皆南向。其兩端有垣，垣有門，東西相向，以通出入。會饌東，立廚房三間，西立倉屋五間。此學之制也。若廟之南，有欞星門，故以木爲之，及故無致齋之所，又神廚、神庫與宰牲堂，故在明倫之東北，於供祀不便。乃伐石爲門，而於明倫兩翼各立齋廬二間，及遷廚庫於東廡後之東北。此廟之制也。或仍舊而修改，或鼎新而建造，餘皆葺而新之。棟宇秩秩，緋繪煥然，樹以綽楔，郡人聳觀。工始於弘治十二年之六月，畢工則十六年之六月也。又附郭南充縣學傾頹尤甚，侯復以其餘力及之，亦無弗備。至於壇廟之互遷，以合於禮，道塗之改築，以便於行，作書院於郊外，以爲憩息之地，造公館於路次，以爲止宿之所，餘不能盡紀，後之人其尚知侯之勞其心以無斁其功也哉。侯名林，字材美，蘇之長洲人，成化辛丑進士。

卷第三十九
序一十四首

送陳翰林先生序

　　成化改元之歲,翰林陳先生居太夫人之喪於家。時朝廷方修英宗皇帝實録,詔起先生於衰絰中,俾與編摩之列。先生受詔,乃言曰:"君命當不俟駕,然喪三年,中制也,敢不及?況日月有時,舍是無以用吾心,敢有後悔?"遂上章以終制請,言甚懇切,不報。章再上,懇切益甚,卒獲可。君子謂:上可謂不奪人之親,而先生亦可謂不可奪親者也,何其盛哉!於是三年之喪畢矣。先生曰:"嚮也有吾母之喪,可止也,不可不止。今既復常矣,況嘗被君命,可行也,不可不行。行止中乎禮而已。"即治裝,將北轅疾驅。凡爲親若友謀所以送之者,以寬嘗汎掃門下也,屬書其事。寬聞,子生三年,然後免於父母之懷,故先王定爲三年之喪者,非以此爲足以報其親也,特爲之限,而無過不及耳。然自世之人以奔走承順爲忠者,率先短之,自以爲當然而不疑。此豈或有一道邪?蓋嘗觀諸子夏問於孔子曰:"金革之事無辟焉者,非歟?"孔子曰:"昔者魯公伯禽有爲爲之也。今以三年之喪從其利者,非也。"噫!使孔子非知禮者邪,不必從其言也;孔子知禮者也,言其可以不從乎?況夫親喪,固所自盡,而夫人既不能行,既使行之,亦不過强焉耳。欲求其哀之真發於中,得乎固有,若三易衰如魯昭者焉,食蒸肫如晉阮籍者焉,沐浴佩玉如石駘仲之庶子者焉。若此者,雖謂之不能行,可也。今先生獨斷然行之,一主於哀,不愆於度,豈有意於行古之道,矯今之弊哉？亦曰發於中之不能自已耳。則先生不可謂之孝乎？夫孝,非細行也。不特觀子道,將臣道亦於是乎出。故寬於先生之行也,因始終言之。若夫一時親友之在祖道者,其名氏則列於左方。成化二年閏月既望序。

送琬上人序

古之人幼而學於家；學成矣,於是出而仕,以行所學,而沛其功業於時；及功業既就,則奉其身以退。其出處進退,蓋各有時如此。後之人,固有能然者矣,其不然者,亦不可勝數。學未成則求仕,既仕矣,惟富貴利達之所究心,又不知所退；幸而有一二退焉者,非其民迫而逐之,必其上之人厭而棄之,又非其志之素也。何也？古之人所以知仕而知退者,非其既仕而後潔身也,由其學於前,故於出處之際瞭然也。後之人所以知仕而不知退者,非其既仕而後貪位也,由其無所學於前,故於出處之際冥然也。是固不足怪也,然亦未嘗不爲之深嘅焉。上人文琬爲人介而通,和而莊,嗣其師璽公住郡城之寶積寺。修舉廢墜,不遺餘力。且月必一執麈尾爲里人講佛氏法,有不善而革化者,亦多矣。蓋二十年於此,一日,語其徒宗文曰:"吾老矣。城西洪範院,吾少受業所也,將即此歸隱焉。若夫講席,汝其嗣之。"其徒與父老留之不得,乃來乞言送之。予聞昔宋有懷璉者,居黃州安國寺,爲僧首久之。當賜號,欲謝去,有留之者,璉笑曰:"知足不辱,知止不殆。"卒謝去。蓋嘗取重於眉山蘇長公矣。若上人者,其亦璉之徒歟？佛之法,非吾之所知。豈其於吾道,亦嘗知所學者非歟？是何其出處之善也？士大夫固有愧其人者矣。夫出處之善，吾黨之事也。求於吾黨之士而不得，而反得於彼，此予之所尤深慨者歟！成化丙戌八月二十四日序。

贈盛用美序

今年秋，予妻之兄陳汝中嘗病，求治於用美。用美一見，即得其疾曰：如此治可生，如彼治可死；如此治可以少生，如彼治可以速死。既治之，而汝中遲其效，竟飲浮屠藥，不及四日死。予固咎汝中不善擇醫，而亦竊歎用美之醫之良也。他日，有王時彥者來曰：「日者吾妻有疾，謂不可治者幾醫矣。獨盛先生至，以爲可治。治之而愈，而吾無以爲報也。念昔方技士，其名氏焯焯在人者，由有史傳可以考見，則文章能永人之傳信矣。敢有請於執事。」予既喜時彥之於醫善擇，而益歎用美之良於醫也，遂諾之。蓋吾吳中之醫無慮數百家，其術吾能言之大略，依古方、專己見而已。然古方有窮盡，人之病則夥；己見多淺薄，病之理則邃。宜其治人之病，什不得其三四也。其最知名者，處方立見，可謂超於數百家者矣。然或能聽而形色不可辯，或能視而聲音不可察，則於古人所謂望聞者已不能兼之矣。宜其治病，什亦失其二三也。今夫用美年甚壯，視明而聽，尤喜問學於古聖賢。載籍固已旁披而博覽，其意欲決科第，取資級，以起天下之廢疾久矣。不幸而不遇，因稍出其家學，而時出以試之。未久，名隱然起吳下。然醫之理奧深，非一日可學而知者。而用美固通儒，宜其決死生、論遲速，若辯黑白然，有得而無失也。予序其事，既以贈用美，亦吊汝中之失，而賀時彥之得也。

游陽山詩序

　　吳城西北，山之可望而見者，曰武邱，曰陽山。武邱近而小，陽山遠而大。近則易至，小則易窮，遠大者則皆病之。故吳人於武邱歲率屢游，而陽山未嘗有足蹟焉。成化丁亥夏四月十八日，鄢陵周京元基始約諸友游焉。翌旦，至者七人，不至者三人。水行至日昃乃登陸，步三里許始至，至則攀援以上，歷嶮巇，躋阻隘，及山之半，而力已疲矣。山之勝處，至是已得其大略，而游興方發不可已。遂連步再進，得巨石，離坐其背，相與指顧之，則見夫群木之杪、大澤之濱，錯青疊碧，隆然卧，屹然立，衝然起者，蓋莫非吳之山也。噫！兹山之遠大，始以爲至矣。惟身履其地，則遠者大者猶自若，而向之所謂遠大者，一旦皆廢。豈非以向之所見者近，故近者可以爲遠；處者小，故小者可以爲大乎？予於是而悟夫學焉。測之而益深，索之而愈廣者，學也。彼方及於近小，而遂以爲已至者，非妄乎？知其未至而不至者，又非畫乎？此皆吾輩之所當知也。苟知之，則兹山豈徒游哉？同游者既各爲一詩以紀歲月，俾予序其首。予故借書其說如此。抑吳之山可游矣，求其名天下者如岱、華諸山，其遠且大猶有甚於今日所見者。予將從此而去，徧探歷覽，以窮其力之所至，不知亦有從予游者否乎？雖然，豈徒游哉？

贈周元基序

　　古者以巫醫並稱，醫果賤術乎哉？然而辨五色、審六氣，本之以七情，兩之以九竅，要非儒者不能通醫，非賤術也明矣。故世之能通乎此者，命之曰良醫。曰良醫，雖與儒並稱可也。不能通乎此者,命之曰庸醫。曰庸醫,雖與巫竝稱亦可也。夫儒與巫,高卑固懸絕矣。醫者,高或可以竝乎儒,卑或不可以竝乎巫,亦係乎學不學之故歟?元基之醫,上師其父菊處先生,而於儒家言亦無所不窺,謂之良也固宜。雖然,爲儒而兼乎醫,斯謂之通儒。爲儒而止用以資乎醫,謂之良醫可也,謂之通儒不可也。元基,其亦使人不謂之良醫而謂之通儒可乎?元基之醫,數有奇驗,若治周君性之之疾,其一也。因性之求言爲贈,吾故有是説云。

送秦府教授湯君詩序

國朝之制,郡必建學,學設官五人,其一人握印,謂之教授。教授坐一堂,諸生百數人,皆郡之俊秀,且莫以次受業,進退俯仰唯謹,士而得爲教授亦榮矣。然教授秩九品,亦未有初授而至者,縣必由教諭,州必由學正。然又不徒限以歲月,其諸生登貢亦必有定數焉。九載而無一人,或有之而其數不盈,皆貶秩,故往往有終身不遷者,士而至爲教授亦難矣。若夫官不由乎州縣,勞不限以歲月,績不考乎貢士之多寡,一授遂至是職。而其爲職旦暮受業者,又皆帝室之懿親,藩府之華裔,非若郡之俊秀所可比倫。其得之既不難,爲之而益榮,惟吾蘇湯君以修爲然。君少以明經踐場屋,不中,去之秦。久之,藩府知其名,方岳敬其行,相與薦於朝,因有是命,其拜官且踰年矣。去年,偶以事過家,留數月,將復之官。友人夏德輝率能言者賦詩贈之,而屬寬爲之序。寬聞昔之稱醇儒者,在漢曰董仲舒一人而已矣。觀其對江都王之言曰:"仁人者,正其誼不謀其利,明其道不計其功。"旨哉斯言,實萬世之至論,非特有國者之所當知也。今賢王子孫,睿智夙成,過漢宗室遠甚,涵養匡輔之功,固不假乎人,而君則不可不以仲舒自處。以仲舒自處,豈在他求哉？道誼功利之間，公私之所由判也。朝以道誼而勸講，勉其所以正、所以明；夕以功利而入諫，戒其所以謀、所以計。夫然後能舉其職矣。若曰：是職也，得之既不難，爲之而益榮，褒衣危冠，出入王門，以自詫於人，此庸衆人之所爲也，曾謂君爲之乎？夫以言相規者，朋友之情也。寬辱在朋友之後，故敢以此言爲君規。成化四年三月二十七日序。

送周仲瞻應舉詩序

今之世號爲時文者，拘之以格律，限之以對偶，率腐爛淺陋可厭之言。甚者指擿一字一句以立説，謂之主意。其説穿鑿牽綴若隱語，然使人殆不可測識。苟不出此，則群笑以爲不工。蓋學者之所習如此，宜爲人所弃也。而司其文者，其目之所屬，意之所注，亦唯曰主意者而已。故得其意，雖甚可厭之言一不問；其失意，雖工輒弃不省。其言曰：吾知操吾法以便吾之取而已，惡暇計其他。蓋有司之所取又如此。夫國家今日之用人，莫急於科第，其事可謂至重矣。重之至則宜慎之至，慎之至則宜精之至。然而上下之所爲如此，吾不知其何説也。夫既以科第爲重，則士不欲用世則已，如欲用世，雖有豪傑出群之才，不得不此之習，顧其所以習之者，無若前之所云則可矣。上之人不欲薦揚人才則已，如欲薦揚人才，雖有休休有容之量，不得不此之取，顧其所以取之者，無若前之所云則可矣。所以若前之云者，豈下之人所習在是，而上之人姑取之耶？抑亦上之所倡在是，而下靡然從之也？嗚呼！文之敝既極，極必變，變必自上之人始。吾安知今日無若宋之歐陽永叔者而一振其陋習哉？吾又安知無若蘇、曾輩出於其下而還其文於古哉？太原周君仲瞻，侍其尊人大司寇游於南都有年矣，其爲人清慎而雅，明爽而達,蓋予所謂出群之才也。平居脫去驕貴氣習,獨喜與太學畸寒之士相講學。其學長於《春秋》,而尤好古文詞。以予之同其好也,相好日厚,會今年當大比,告於司寇公將就試於其鄉。諸友者惜其去而不可留也,則相率作詩贈之。詩成,其所厚胡彥超、葉昌伯輩過予,俾序諸首簡。噫!仲瞻之行決矣。以其學之長而少徇乎流俗,其取科第也必矣。然或使其確守所學,不從風而隨波焉,世亦未必無歐陽子者取之。蓋文之體有不定也,而學之志有定。所以有不定者,時之尚;所以有定者,吾之守。時之尚自尚,而吾之守自守。此真所謂特立之士,非流俗之所知,而惟仲瞻為可以語此也。仲瞻之兄伯常先生官於翰林,固嘗有意於歐陽子者。仲瞻道經北都,試即而驗焉。予之年先於仲瞻,而學視仲瞻為後,蓋天下之困於場屋而拙於科第之尤者,以是頗知其説而以為告。若夫由科第以登仕版,所以致君澤民之道,仲瞻之得於家庭者有素矣,予奚言為?成化七年三月望日。

蘭舟詩序

古者大夫乘車,漢太守車特駕五馬,無所謂舟也。然又曰大夫方舟,則又無所謂車者。豈非陸行必車,水行必舟,隨其地而然歟?吳故號水國,城中曲港繚繞如帶,其外則長江重湖,望之渺漫,不知其際,故出者必假舟以行。番陽邱侯來為郡守,瀏達爽朗,大見設施。士識其心,民賴其政。間出郭省耕,歛問疾苦,乃造為舟。舟之制,其外如軒,其中如堂,其後如樓,有牖可以瞻望,有席可以偃休。圖書筆研外,有蘭一本,盎於座間,蓋侯之所好也。故號其舟曰蘭舟。侯既自為之記,士大夫為詩以詠之者數十。成化甲午,侯述職上京,實乘所謂蘭舟者。未至,使人持所為記視某,且請為之詩序。某郡人也,繫官於朝,嘗恨不得承侯下風,雖每得其政而道之,然特其蹟耳。今幸得其文以讀,則侯之心於是可識矣。蓋蘭,草類也,《易》以喻同心之言,《離騷》以擬孤臣之節,《禮》以述佩服之用,《本草》以著起疾之功,故孔子曰:"與善人居,如入芝蘭之室。"以蘭之有德有用,爲善人之類也。侯之心,其可識矣。夫蘭,非善人也,似善人者也。以其似善人而猶好之,況真爲善人者好之當何如耶?侯之心益可識矣。侯既惟善是好,則是蘭植之廳事可也,齋廬可也,而復植之舟中,吾又知侯好善之心無處而不在也。昔者孟子聞樂正子爲政,喜而不寐,門人以其"强"與"有知慮、多聞識"爲問,而答以"好善",且曰:"好善優於天下,而況魯國乎?"吾又知侯不足於一郡之治也,不終於一郡之治。《書》曰:"若濟巨川,用汝作舟楫。"其在蘭舟哉,其在蘭舟哉!

送章廷佐還金華序

由金華至金陵水行千餘里,順風揚帆,不數宿可至。非必供職、役服、商賈而有事於茲者,皆可游也。九州之地不能兼美,文物之盛者或不足於山水,山水之奇者或不足於文物。而金陵,固天子之都也,海内文物於是乎聚,而鍾山、石城、長江、秦淮流峙而被帶之,蓋古所謂佳麗地也。其地美,雖遠不可不游,況不遠乎?章君廷佐,金華之宦家也。少入郡學讀書,既長,慨然有四方之志。今年冬,來游於茲,適其鄉之知友一時皆在太學,相見叙契潤外,取六藝之文、百家之言,與之校讐問難,以考其學。暇則又相與上下山水間,尋古人遺跡,以慨想其事。蓋留連款曲者,既閱月,而廷佐東歸之興作矣。諸君以予有同學之好,且嘗識君,乞爲文送之。莊周有云:"去國數日,見其所知而喜。"夫以見所知而喜,則遠游者,其中固有所不樂耶？蓋樂以游，不樂亦以游。窮登覽，廣見聞，則游固可樂；遠親戚，離朋友，則游亦可以不樂。今廷佐之游，可謂樂矣。欲求其不樂，則鄉之知友一旦皆集於吾前，而忘其身之去國者，何嘗有不樂耶？然予聞金華雅多賢，凡今日之在太學者，皆拔其尤者也。拔其尤者於太學，金華賢士之野，不幾於郡之空耶？則廷佐之去國也，無不樂其歸也。顧有所不樂耶？雖然，朋友所用，講學以資道者。道不在人，則在乎書。書之所載，皆古人之遺言也。取友者鄉國天下不足，又尚友古之人。誦其詩，讀其書，論其世而已。予聞廷佐之先有山堂先生，著述甚富。其曰《群書考索》者，倘無恙，廷佐試歸而讀之，將有餘友矣，亦將有餘樂矣。

送陳起東教諭寧德詩序

自予入鄉校爲諸生，一時所與游者百數人，起東最善。自予爲諸生，即知取友，至於今日所善十數人，起東最故。予既獲友起東，以相講習，以相辨論，以相責望，而箴規出焉入焉，無處而不同，朝焉夕焉，無時而不同，未始有離群之歎。一旦起東領鄉薦，分教濟陽，於是別去。迨浙省校文之便，始獲一見，蓋十年於此矣。明年，起東有寧德學諭之遷，南行過家，而予已入南雍。於是不相見者，又當十年。噫！十年後，其果見耶？蓋起東今已食禄遠方，而予亦爲朝家之所儲養以待任使者，宦途四達，惟所命之。今年燕，明年越，吾不得而知。今年秦，明年楚，吾亦不得而知。事之近者且不知，況欲知其事於十年後耶？則吾於起東之別，安得不爲之深哦？雖然，人情爾。士君子之交，道與義，二者非以留連、徵逐爲也。吾與起東，昔日之所講習而辨論者，尚能記憶乎？所責望而箴規者，尚能持守乎？能記憶則於道義也不昧，能持守則於道義也不廢。

若然，則起東雖在萬里外，吾猶見也。苟昔之所已明者，今或昧之；昔之所已行者，今或廢之。則吾與起東雖同在一堂之上，猶不見也。蓋世固有友，天下善士不足，又尚論古之人者。夫古人去我已遠，吾猶能友之，以道義同也，況於與之同時者哉？況於與之同里而同門者哉？起東將之任，以吳中士友贈行之作寄予曰："子宜爲序。"予觀諸詩，皆發乎情，止乎禮義，庶幾古詩人意也。予於起東最故且善者，情不能已矣，敢不以禮義終其篇。

送陳寺副序

南京大理寺副陳君粹之，官大理者三年矣。今年夏，將考績於天官卿。於是太學之士交於君者，咸餞之於太平門之私第。酒初行，有舉觴以屬君者曰："樂哉！君之茲行矣乎。君以名進士爲廷尉，屬持廉守，公明法意，諳獄情，將書善最，獲超遷，可樂；君之父母，皆康強無恙，兄弟具在，而家於京師，因得拜其父母、接其兄弟，可樂；國朝之制，凡官於兩京者，三年獲贈封其親，君之父母例受封，爲宗族光、閭里榮，可樂。以一行而三樂具焉，敢以此酒爲君賀。"君曰："子之稱我者則過矣，愛我者則厚矣。雖然，知我之樂耳，不樂則固不知也。願以復於子聞之：古人食人之食者，憂人之事；受人之託者，盡人之職。吾雖守一官，秩六品，然食人之食不可謂不豐，受人之託不可謂不重，則夫憂人之事，盡人之職，可不自勉乎？乃今歲之春，大風拔木，雨土彌旬，重以旱暘。自京師達於齊魯，野無麥苗，民之流移甚矣。天子惻然靡寧，思所以弭之者。乃者詔兩京慮囚，有司亦奔走欽承於下，而天意未回，民氣未復。則吾爲法吏者，何以自處？豈獄之淹者尚未舒耶？冤者尚未伸耶？抑或失之姑息，而要囚亦與之開釋耶？不然，豈以是爲弭災之故事而不足行耶？抑天意不在是，而事固有大於是者耶？抑以文不以實而應之者，非其道耶？吾一不知其故，竊惑之。然則吾心之樂耶、憂耶，必有知之者矣。"衆未有以應。寬時亦在坐，乃起而言曰："衆之所以賀君者，樂乎一己；君之所以自處者，憂乎天下。一己之樂，私也，其事小；天下之憂，公也，其事大。是不可以不書。雖然，君之憂，君之自知也，非衆人所以贈君也，不書可也。而食人之食，受人之託，世固有豐且重於君者。其憂，宜又何如？則不可不書以諗諸。"於是乎書。

周紳字叔謹序

大司寇太原周公有叔子曰紳，且冠。其兄仲瞻奉公之命使爲紳制字，且欲繹其義以爲紳朝夕勉。寬謝不敢，文且下，無能發揮於紳。而仲瞻則不之舍也，乃以叔謹字之，而爲之序曰：古人之制服，所以文其身也，亦所以謹其身也。故首爲之冠，足爲之屨，腰爲之帶，皆所以檢束其身，而不使之曠蕩焉耳。是故戴冠於首，孰與乎脫冠之簡？然而君子必戴冠者，惡其首之不謹也。納屨於足，孰與乎解屨之便？然而君子必納屨者，惡其足之不謹也。束帶於腰，孰與乎襚帶之放？然而君子必束帶者，惡其腰之不謹也。夫以三者之不可不謹如此，使人苦於檢束，樂於曠蕩，而不冠、不帶、不屨，以爲禮焉，則是牛馬而已矣，尚復有人道乎？今夫紳帶之垂者也，《禮》曰："參分帶下，紳居二焉。"則紳之爲制，其長可知。長則作事不便，便或至於失容，失容反陷於不謹矣。故《禮》又曰："勤者有事則收之，走則擁之。"是知腰之有帶，帶之有紳，固所以謹其身，而於紳收之擁之，亦所以謹其身也。以是而推其餘，朝則結佩者，以佩之長也恐事君之容不謹也；摳衣趨隅者，以衣之長也恐事長之容不謹也；皆收之、擁之之類也。夫古人之制服也既各有法，而其被服也亦各有意，則所以謹其身也可謂至矣。紳之爲義，庶盡於此，而寬猶有説焉。蓋君子觀乎物則能悟乎理，知其粗則能喻乎精。故觀紳之收也，則輼匵而藏之之理在是矣；觀紳之擁也，則卷而懷之之理在是矣；觀紳之有事，則收走、則擁也，則深厲淺揭而因時制宜之理又在是矣。夫然後道之隱顯行藏、事之輕重緩急，無一有不謹者。引而伸之，觸類而長之，不徒以物謹其身，而必以理謹其身，斯於字也稱矣。寬聞叔謹力學，好德行，將出爲邦國之用，以接司寇公之武，而於王事有所勤也。故進以是説云。

郁處士挽詩序

元之季，刑政大弛，天下日入於亂。庸奴盜販之徒一旦竝起，假名字，據土壤，日尋干戈以相攻擊。民生其時，既失所依附，往往踐荆棘，履塗泥，相率四出。以苟旦莫活，少須臾死，蓋季世之執固然也。於時紅巾盜起於汝潁間，聲執搖浙西，甚盛。處士之先乃自吳東來，居金陵之虎口城以假息焉。及太祖受命以興，削群雄，逐元氏，天下復定於一，而漸趁於治，乃都金陵以建無窮之業。既又邑緣江以北之地，徙其民實之，而處士之先適在徙中，故今遂爲江浦人。予不及識處士，獨識其子太平學諭珍於王允達所。珍字君聘，始仕，爲義烏司訓。允達嘗師事之，而誠服焉者。他日，允達從君聘，持詩一編過我於太學，請予書其首。於是處士既卒，而士大夫所爲挽之之詩也。嗚呼！方天下之亂，斯民殘於兵革，父母妻子不相聯屬，如氄毛之在烈風中，隨所飄蕩，莫知至止，其禍何可勝言。而予亦吳人也，先世幸處圍城中，得保園廬以居。安知百年後，鄉人之去國也已遠，乃復識其子孫而與之爲斯文之交乎？乃復考論其平生，而序其所謂挽詩者乎？執筆之際，不覺爲之三歎。抑是編之作，所以稱處士之賢，而哀處士之死者備矣。予其鄉人也，獨序其所以感歎者，而他故不暇數數云。

錢伯啓挽詩序

翁之没數年矣。其子腴嘗得士大夫所作挽詩數十篇求爲之序，予未暇以爲。及予居京師，復以書來請，予未暇以爲。則意予未信其父之爲人也，乃復以其友人濮君譽所爲事狀，顧貳守陳司訓二先生所爲墓銘若表示予。嗟夫！翁之爲人已足徵於其詩，豈待此而後信耶？蓋士居鄉閭間，一旦遇變故，爲卓絕奇偉之行以驚動人之耳目，人固能道其事而傳之。至於平居無事，孝弟行於家，仁禮存於心，泯然無所見於施爲，視之常人耳。至其終老以死，里之人始相與追念之曰：是人亡矣。其平生亦嘗忮害我乎？固無也。亦嘗讒譖我乎？固無也。然則非所謂善人乎？其貧者則曰：是人嘗有以周我也。否則，有意於此而力未之能耳。其弱者則曰：是人嘗有意以植我也。否則，有意於此而力未之能耳。其不善者又曰：是人嘗有以導我，而我未得爲善士者，自不能用其言耳。然則非所謂善人乎？於是能言者始出辭章以哀之，今世所謂挽詩是也。夫稱述乎人於其身存之前者，或迫於人情，於其身没之後者，每得乎公論。故曰百年後公論始定，是也。是編之作，雖數十篇，而實公論之所在，吾故終序之，使後之人有考焉。

卷第四十

序一十三首

送陳編修師召南歸展墓序

凡有官聯於京者，三年許歸省其親。親没，許展墓。其始，求省與展者具疏以奏。天子下吏部核，得實則許，許則給道里費，仍限之日月而來，蓋朝廷故事也。凡官於翰林者，其人或省親，或展墓，自閣老院長而下，咸作詩以贈其行。至序所以作者之意，則以次而爲，其年之先後、秩之崇卑皆不之計，蓋翰林故事也。陳君師召由明經登進士高第，入翰林編修國史者有年矣。今年秋，得展墓之請，所以贈其行者，亦既成什。顧其序文，當屬之寬。寬以後且卑，辭既不可得，乃獨於師召之行竊有留之之意。蓋師召，長於經術者也。今天子且御經筵，近儒臣，於《易》《詩》《書》《春秋》《禮》《樂》之文，其間可勸、可阻、可因、可革，凡可以爲治道助者，師召宜執經以勸講其上，不可一日輟也；後生小子游於師召之門者常至數百十人，於《易》《詩》《書》《春秋》《禮》《樂》之文，其間可辨、可解、可是、可正，凡可以爲學術助者，師召宜橫經以開導其下，不可一日輟也。是師召一身兼有安富、尊榮、孝弟、忠信之責者，而去之，如上下何？雖然，師召則去矣。去，則速其來而已矣。來，且吾有望焉。師召莆田人也，莆田爲邑，業儒而攻文者比屋而是，故其科第視他處爲特盛。其舉於鄉者常三之一，舉於禮部者常三十之一。吾意其邑之長材秀民如前代歐陽詹者,固已畢出效用而盡之於科第矣。然而三人同居,出處或殊,況一邑之人哉?吾又意夫長山密林之間,士之積學好古、深藏不市如近代陳衆仲者,尚亦有若人乎?有之,幸與俱來。得若人而用,上可以經術輔天子,下可以經術教學者。爲天子輔,則師召之責分矣。夫古者人臣之見君也,必有所執之贄,孰謂師召之來,獨無以藉手者乎?寬故序以望之,成化八年八月。

送同年知州縣序

國不能以自給也,皆仰乎州縣,而州縣之事無不一出於民。其大者,田野非民不闢,以其能耕植也;府庫非民不充,以其能供輸也;甲兵非民不威,以其能戰鬥也;學校非民不修,以其能游習也。民之係於國也,不既重矣乎!然所以親乎民而治焉者,則州縣之吏耳。故事又無一不制於守令,蓋民能耕植矣,其水旱則自我而備;民能供輸矣,其賦稅則自我而歛;民能戰鬥矣,其盜賊則自我而弭;民能游習也,其禮義則自我而率。守令之係於民也,不尤重矣乎!則守令固可謂重任矣,而後世乃有不屑爲之者,何哉?夫孔門弟子,如子游、子賤賢矣,未聞辭武城、單父之命。國君尊矣,滕之爲國,截補之,僅五十里。今人得如子游、子賤已不易,得而跨數百里之地而爲州縣,岸然位乎千萬人之上,與古王公等,而復不屑爲之,弗思甚矣。上御天下,得濟南尹公爲天官卿,而其亞得崑山葉公、莆田陳公。三公者,相與同心輔政,思慎選法。謂天子宵旰留意斯民,而進士者,又天子之所親擢而留意者也,未可煩以他事。其以民託之治,治有蹟,當請於上而拔用之。先是,壬辰歲所擢進士二百五十人者,具有司觀政,乃簡其人悉授以大州上縣,諭以意而遣之。衆皆感激奮迅，無復幾微不平之意。其行也，同年友謀所以贈者，推寬爲之序。寬以國之仰給乎州縣，而州縣之民處乎田里，或以其可虐而虐之，則不知其係於國者之重。守令之奔走乎州縣，或以其可易而易之，則不知其係於民者之重。遂序其所以重者，人書一通爲贈，而其人其州縣則旁書以別之。蓋凡上之人統乎守令者，於是亦宜重之矣。雖然，非所以爲諸君贈也。彼之重我、易我，何與我？事特患吾之不能自重而自易耳。諸君之游於庠序，於入官之法，固已飫聞。然而同年之情，有不能已者。試舉古人之成言爲諸君更一誦之：惟正惟清，可以處己；惟公惟明，可以接人；惟慎惟勤，可以臨事。必兼此數者，而後爲自重也。然則上之重我者固在於是，而我亦不失其所係者之重之實矣。夫臺省廊廟，其地甚高，諸君既善自爲階，吾見其升而上也。壬辰之擢，寬偶以名數先諸君承史官，乏諸君第行。俟德政成，寬雖不文，尚當執筆傳循吏以爲諸君役也。

贈王惟用序

王，故儒家，其醫則出其先光菴隱君。光菴當洪武永樂間，以奧學篤行沈晦於時。時金華戴元禮以醫高天下。元禮，丹溪朱彥修門人也。光菴與之友善，得聞其師之説，間出以治病，遂造神妙。然尤喜治貧困及方外之士病，固其尤仁也。光菴三傳，是爲時勉先生。時勉讀儒書，能繼其醫，存其仁名，益起吳下而延及於兩京。惟用則先生長子也，其醫之繼，其仁之存，其名之起而延及者如其父。蓋先生年既老，求以治病者益衆，因使惟用代之。惟用察病之精，論病之當，人固謂其稱時勉子。而時勉亦曰："是真吾子也。"益使代之。家君東莊先生素強，今年春偶失調攝而病作焉。寬既竊禄於朝，人自吳來者，秘不道其實。久之，家君始書以來曰："吾嘗病矣，得惟用治之而愈矣。顧吾病非惟用治不愈，汝宜爲文以報。"寬始聞之，大驚。驚定而喜，喜極而感乎惟用者，自意不腆之文不足以爲報也，而重違嚴命，則書以爲惟用贈。雖然，文果止於是乎哉？若昔光菴之醫故姚恭靖公廣孝，嘗爲之傳。今惟用父子，無愧其家學者，其奏功之妙，吳下人能談之。寬雖不文，幸職國史，凡技術之良者得書之。異時執筆傳其事，使千載之下，知有其人，其亦庶乎爲報也。韓文公云："無亦使其無傳焉。"嗟夫！有如惟用父子，使之無傳，可乎？

贈行人楊君擢監察御史序

昔者東漢之世，安陽魏桓被徵，其鄉人勸之行。桓曰："干祿求進，所以行其志也。今後宮千數，其可損乎？厩馬萬匹，其可減乎？左右權豪，其可去乎？"皆對曰：不可。遂隱身不出。當時，莫不高其爲人。予嘗竊論之，桓之爲人則高矣，然特未仕者之言也。若夫已仕者，饗其祿，受其爵，而又以言爲職，則人君之事皆吾之事，未宜諉之以不可、坐視其患而不出一言以救之也。蓋後宮千數，不言也，言之安知其不可損？厩馬萬匹，不言也，言之安知其不可減？左右權豪，不言也，言之安知其不可去？如是而不從，再言之可也。如是而又不從，則吾之責既盡，雖去之可也。否則，如孟子所謂"吾君不能者"，此豈事君之法乎？抑在東漢，天下之事亦多矣。桓雖不用，而讀其言，吾獨以其知所本也而尤取之。楊君舜美，河南人也。通經學古，以名進士拜大行人，有專對之才，不辱君命之節。三載考最，擢監察御史。其舊所同官，自司正林君而下將往賀之，而予同年友張司副來請文於予。予以舜美，已仕者也，其奉使而出，能知四方之事，特其末耳。嘗觀漢宣帝以蕭望之出補郡國。望之謂："上哀憫百姓，出諫官以補御史。然朝無諍臣，且不知過，所謂憂其末而忘其本也。"遂徵入之。夫御史，今之諫官也。以舜美之才之節而使爲之，不可謂之忘本。因舉漢事爲言，蓋不特賀舜美，且爲朝廷賀也。

樊山集序

前三年，縉雲樊時登與予會試禮部，告予曰："皐嘗輯《樊山集》成矣，願有以序。"予以未見斯集爲辭。既而時登下第去，復貽書以請。予答之如前日。今年春，時登再試禮部，則挾所謂《樊山集》者而來。予閱之，集有内外篇，蓋其一家之書也。内篇載樊氏之述作，其遠自漢光祿勳準始；外篇載樊氏之事行，其遠自漢壽張敬侯重始。按時登自序，樊氏系出南陽之湖陽，始遷河東，再遷長安，三遷池州，四遷真州，五遷浙東而分常山、縉雲二族。以爲斯集本其家乘而作，而家乘又本於史傳而録。若新野之曄、魯陽之英、猗氏之遜、廬州之子，蓋冠州之楫史，雖有傳，以不載家乘，故不得而及。則如準、如重之遠，其爲樊氏之先，殆無可疑。然予觀之，集中縉雲之樊，自宋翰林應奉江浙儒學提舉萬葬處之城南。萬之子杞孫始定居縉雲，三傳而爲太中大夫江西右參政敬。其間雖隱顯不同，皆以德行文學爲鄉人所宗，則其遠代雖無重若準，已自名家，況其有之乎？若夫時登以鄉校之秀，登於春官，其學行之美，度越流輩，方將率其昆仲子姓出爲時用，則其近代雖無萬若敬，亦自名家，況其有之乎？夫古者人臣功德之大，於是賜姓命氏，使之別於後世。後世無不姓不氏之人，則先世無無功無德之祖。此理之易明者也。然而歷世既遠，宗法不立，而又遭值變故，至於譜牒散亡，雖欲祖其人，有不可得而祖者，欲次第推而上之，其亦強焉補緝而已。則理雖易明，而其事有難行者矣。今樊之爲氏，實本於樊侯仲山甫。集中不之祖者，時登之意蓋出諸此。抑亦無史傳可據，家乘可稽之故耶？樊氏依山而居，鄉人號其山曰樊山，時登因復號其集曰《樊山集》云。

銀爵聯句序

　　成化十八年春正月壬午，天子有事於南郊。明日，慶成有宴。又明日，出内帑白金遣中貴人持賜執事之臣，而林君朝信以御史監祀預焉。朝信既拜受，曰："是上恩也，其可以褻？"召工攻爲之爵，而銘其尾曰"郊賜"，示不忘也。他日，出以酌客，客亦曰："是上恩也，其可以褻？"乃爲詩以侈其事，有首倡以句者，衆次第續之。予既在列，及章成，朝信復強予序之。蓋君之使臣也有常事，臣之在官也有常職。惟其事與職皆有常也，故其祿亦有常。上非過與而下非過受，其道當然爾。今朝廷歲一郊祀，亦常事也，而其事則大。御史歲一監祀，亦常職也，而其職則重。惟其事與職之大且重也，由是有所特予者，非私於臣也，推敬神之心也。夫既由此心而推之，則下之受者又豈敢易其物哉？而朝信於此，尤致其意，不爲他器，而必爲禮器焉，其又知所以敬君者歟？今朝信既秩滿，以才望超擢廣西憲副，於是行矣，便道得以會其宗族，出此爵酌之，宗族不敢褻也。又得以會其鄉黨，出此爵酌之，鄉黨不敢褻也。及去而履任，得以會其僚友，出此爵酌之，僚友不敢褻也。則凡几席之上，樽俎之間，不必立之監佐之史，自無號呶屢舞之人，信所謂一爵而色灑如，二爵而言言，三爵而油油，儼如立於殿陛之下，終其飲而不敢亂也。夫爵，器之小者，而禮攸生，敬攸起，其係於人則大也。是宜序其詩而播之。是歲六月己未序。

愚樂菴詩後序

新喻傅曰川先生以其先檢討公所得士大夫愚樂菴詩示予,俾書一言於後。愚樂菴者,檢討公名其居室而因以爲號者也。詩凡若干首,故少詹事莆田柯公既序之矣,予復何言?孔子曰:"知者樂。"愚,知之反也。以知者之樂,則愚者之不樂可知。然知與愚,述其人者云爾,而非所以自述。有人曰吾知人也,則未必知,徒爲誇大之虛言耳。有人曰吾愚人也,則未必愚,適爲謙抑之美德耳。公之爲號,所謂自述者,則吾見其知而不見其不知,見其樂而不見其不樂也。名菴之意,有可信乎,其亦有不可信乎。抑公之厚德,吾嘗聞之,凶歲買田高其直,而後取貧人貸粟,負其本而復。予凡平生所爲,皆較計毫末之徒之所笑者,而公爲之終身,雖謂之愚亦信。蓋世之人刻薄,慧察一身之外,惟恐有遺利者,其心每戚戚而不安。至於重厚質樸,渾然若無心計者,顧多坦坦而自得,豈惟其中之樂而已。其澤之流及於後人者,尤多可驗。公有二子,曰瀚,曰潮。瀚即曰川,天順甲申進士,初仕爲翰林檢討,而以其官贈之。今陞修撰,兼司經局校書。潮,成化辛丑進士,爲中書舍人。竝以甲科進,文行表然爲士林之望。諸孫亦秀雅不群,傅氏之盛,蓋自公蓄之,此所以爲可驗也。因序其詩之後而及之。

尚古會詩序

浙河之西,人稠而力勤,地沃而物衆,所在聚而爲市。布縷菽粟以相貿易,權衡度量以相較計,喧呶上下之聲晝夜不絕,欺詐所必至，争訟所由興，其勢宜然。於此而欲敦禮讓，重信義，規過失，恤患難，以復乎先王之世，亦難能也哉。有能之者，自非好古特立、不爲流俗所移之人，烏能倡而成此？孟子曰："待文王而興者，凡民也。若夫豪傑之士，雖無文王猶興。"其人庶幾所謂豪傑者耶？海寧之野有市曰長安鎮，里人杜文昭輩十有一人當成化壬寅正月初吉始立鄉約，行於里中。其條凡七，大抵倣藍田呂氏之法，名之曰尚古會。同里盛君，居於京師，嘉此舉之善也，走士大夫告之，欲詠歌其事以傳。士大夫聞而亦嘉之，輒爲詠歌之不辭。既成編，復走予求序其首。夫謂之古者，非成周而上也乎？嬴秦去周甚近，宜其俗有先王之遺風，然訑訑德色之説已見於賈誼之告漢文帝者，則自秦而下，皆不足以當古也。且古者化行於上，民俗皆美，其立法之詳，已不可考。今獨載於《孟子》者，曰："死徙無出鄉，鄉田同井，出入相友，守望相助，疾病相扶持。"數語尚可見之。則當時所以爲井田者，豈徒使其出賦税以給公上之需而已？誠欲其相親睦，以保其恒心，不至於放僻邪侈而陷於惡也。此法既立，民既不待自爲約而已，約於上矣。惟約於上，則凡受田之家，其俗無不同者。自井田之制不行，約於上者已廢，此民所以自爲約也歟？惟自爲約，其俗又安得而同哉？昔橫渠張氏欲買田行之而未就，呂氏之約，則又不待乎田者，顧其法廢亦久，何意文昭輩復舉而行之？苟使人皆倣其法，俗有不美而世有不治者乎？夫此十一人者，爲會於一鄉，其事若小，然實風化之所在，故爲序之，且以堅其約，使不至於遂廢也。

贈周原己院判詩序

自予官於朝，買宅於崇文街之東，地既幽僻，不類城市，頗於疎懶爲宜。比歲更闢園，號曰亦樂，復治一二亭館，與吾鄉諸君子數游其間。而李世賢亦有祿隱之園，陳玉汝有半舫之齋，王濟之有共月之菴，周原己有傳菊之堂，皆爽潔可愛。而吾數人者又多清暇，數日輒會，舉杯相屬，間以吟詠，往往入夜始散去。方倡和酬酢、嘯歌談辯之際，可謂至樂矣。獨原己或時慘然有不豫色，衆怪之而予獨知之者，蓋原己之父菊處先生與其母閻邱孺人皆年近七十，無兄弟侍養於家，宜其不樂，非區區杯酒所能解者。今年適南京太醫院乏人握印，而原己以醫出入禁中且十年，上識其爲人儒者，遂以御醫擢判院事。原己拜命，喜不能自制，蓋非喜於得官也。南京去吳甚邇，至是便道得過其家，而迎其二親養之無難耳。方原己念其親，欲暫謀一歸省不可得，豈意得此？固宜其樂。於是原己將行，吾數人惜其去而不可留也。玉汝遂斂諸詩贈之，凡與原己厚者，亦皆在焉。予於原己有親交之好，因即嘗所同游樂者書其上以授。噫！原己則行矣，其亦樂矣。異時一讀此，其亦不能忘吾數人也乎？

贈施煥伯同知許州詩序

今之舉進士而得者，或相與驚曰：彼亦與是選耶？其有不得者，或又相與驚曰：彼亦不與是選耶？夫合數千人於場屋，三試之，什一取之，其法可謂嚴且精矣。其人得與不得，宜厭乎衆。而復有驚歎之者，私議之所在，公道之所出，此固有司所不能及者也。然則前之所謂與選者，有其名而無其實，所得特外耳，何有於內，其人果榮乎？後之所謂不與選者，有其實而無其名，所得在內矣，何必於外，其人果辱乎？余昔兩忝校文之列，自謂能得士，至所失亦不少焉，嘗以是愧於心。若吾友施君煥伯，乃有司之所深愧、衆人之所尤驚者乎。煥伯少游郡學，遂領鄉薦，自是試於春官，輒不偶，凡二十年於此。今歲始從吏部選，得同知許州。噫，即煥伯觀之，謂每試不失天下士，其可信乎？謂盡得天下士，其亦可信乎？且場屋所試，特文藝耳。故眾之所驚歎者，亦惟在乎工拙之間，若古之賓興，以德行爲先，則未必於紙上數千言之間而知之者，此又有司之所不能及者也。自予爲童子，與煥伯游，知煥伯之深者莫如予。其爲人簡易謙和，雖不爲奇絕可怪之行，然其中實廉介有守，欲求其過，不可得也。許之人尚勿易視之，名實之相違，文行之相負，士之難論也久矣。煥伯行，得贈詩十二篇，予爲序其首歸之。

中園四興詩集序

古詩人之作，凡以寫其志之所之者耳。或有所感遇，或有所觸發，或有所懷思，或有所憂喜，或有所美刺，類此始作之。故《詩大序》曰：「詩者，志之所之，在心爲志，發言爲詩。」後世固有擬古作者，然往往以應人之求而已。嗟夫！詩可以求而作哉？吾志未嘗有所之也，何有於言？吾言未嘗有所發也，何有於詩？於是其詩之出，一如醫家所謂狂感譫語，莫知其所之、所發者也。予自官於京師，承乏太史氏，四方之人以京師爲士林，而又以館閣爲詞林，爭有所求，然率不過慶賀哀挽之作而已。幸其或爲貞孝節義事，正吾所當詠歌者，又無從核其事之有無，漫出數語應之。至於中之所欲言者，反爲所妨，而未暇於作。常欲峻絕求者，以力追古人而未能也。費君昭霽，家貧好學，博聞强記，而尤工於詩。平居凡有所感遇，有所觸發，有所懷思，有所憂喜，有所美刺，一於詩發之。詩成不復篇，爲之題總名曰中園四興。四興者，蓋做杜子美之《秋興》推而廣之；而曰中園，則系以其號也。手抄成編，請予評而序之。予讀未及數篇，已得其心志之大略。蓋昭霽惟隱居不仕，得不亂其所學然耳。若其造語，雖若近師乎宋，然方之今人空疎卑弱、熟軟枯淡，輒以盛唐自詫者殊科，此又不暇論也。昭霽少時嘗習程文，欲取科第以見於世，已而棄去，賣藥城東，一意古學。其學之所至，獨予與閶門周庚知之。庚既校正其詩，非予，誰爲之序者？

永感詩後序

今禮部有《登科錄》者，所以錄登進士之科之人，而著其姓名以傳於世也。其下則詳係其年、貫、字、行，而上及於三代。於其人曰具慶，則衆必以爲喜。至曰重慶，又喜之甚也。於其人曰嚴侍、慈侍，則衆必以爲恨。至曰永感，又恨之甚也。夫今之士，争以得甲科爲榮，其所出之存没，他人猶喜之恨之，況其子孫所以喜之恨之者，當何如耶？成化壬辰科，凡二百五十人，具慶者視嚴侍、慈侍固多，然重慶僅十五人而已。若永感者，至三十人，而江寧吴君憲之其一也。憲之平生既甚恨於此，而士大夫知其恨者，因作《永感》之詩慰之。吏部右侍郎晉陵王公既序之矣，憲之以予舊好，且同年也，俾序其後。於是憲之以南京山東道監察御史考最，得贈其父教諭府君如其官。母錢氏孺人天章爛然，賁及閭里，所以慰之者甚至。蓋彼固有具慶者，不辱而危之已幸，何有於此？若君之父母雖没，而被兹恩典，且瞑於地下矣，君可無恨。然《白華》之詩，爲美孝子而作者，則不可以無序也。顧王公已爲之，予可略。

賢科世繼圖序

成化辛丑，予同考天下士，得莆田林沂居魯。閩之人皆曰：是固積學者。已而，居魯登進士第，出爲金華推官，讞獄明審，民不告枉。抑予方喜其學之見於行事也。又三四年，吏部知其名，竟召爲工部主事。適天子新即位，上疏言事者再，皆切要語。予又喜其學之見於論議也。自是居魯名益起，凡中朝之士，無不知有其人者，而予亦以昔者取士之得自幸也。居魯在閩中爲世家，其先叔祖諱庭芳，嘗登永樂戊戌進士第。至天順丁丑，其父榮繼之。及成化丙戌，其叔父敷繼之。蓋今又繼以居魯。莆田科第固盛，而林氏一門，其可見者如此，人誰不榮之？庭芳終新會令，榮按察僉事，敷韶州守，二世三人，循良謇諤之名，至今播在鄉里，而居魯之賢，實似其前人。則人所以榮之者，非榮其科第也，榮其賢耳。然而復有爲《賢科世繼圖》者，居魯乃以求序於予。噫！言科第於莆田，譬如較斤削於宋魯之地，所產皆良，無足貴者。若其累世仕宦之美，不可以不書，而居魯則予所親見者，乃頗詳之。居魯今將分司浙江，仕路方進，尚其慎之，以爲科第增重，俾後人得以嗣承於無窮，則所以可書者又自今始也。

卷第四十一

序一十二首

丁未會試錄後序

皇明有天下百二十年，於茲文教所及，無閒遐邇。士懷負才美以幸際盛世，益自磨濯以興於是。舉於鄉而來會試禮部者，翕然咸集。上命文學重臣充考試官，而濫及臣寬，既竭其駑鈍以從事，則卷册浩穰，動盈几案，不可勝校。竊歎士之操筆能爲文者，若是其多，信乎世之久治也。然昔嘗怪宋蘇洵以文妙天下，顧於當時之文，若不足其日盛者。夫文載乎道，道因文而凝，不因文而散。而洵之言若此，豈不以世之所尚者文，則所立有大於此者，將分其力、奪其志，及其弊也，不幾爲浮華之言乎？夫浮華之言，蕩然無益於世。其體裁類俳，足以惑人，是以君子患之。今日所取士，豈亦有是乎？蓋言與理俱勝取之，理勝於言取之，若夫言勝於理，固所謂浮華者，不能取也。然世亦有善於爲言，疑若近於理者，一時亦可以欺有司，要之終身不可掩焉。今天子仁明剛健，圖治方切，頃因群吏述職，特敕銓曹嚴黜陟之，典以治行，責成其下甚至。聖意所向，昭然可識。蓋以文取士，其立法然耳，其終以是望於天下乎？是科得士三百五十人，擇其文得二十篇刻之。蓋自知貢舉而下諸執事之名氏皆在，爲《會試錄》，將獻諸朝臣，愧無以塞責，敢謹序其事於後。

贈工部員外郎胡公致仕序

昔漢文帝登虎圈，善嗇夫代尉對禽獸簿甚悉，欲超遷之。張釋之謂："周勃、張相如，皆稱長者。此兩人言事，曾不能出口，豈效此嗇夫喋喋利口捷給耶？"文帝乃止。夫文帝爲漢賢君，猶以口辯爲能，他尚何望哉？然當是時，嗇夫亦幸不用耳。用則或至於僨事如主父偃、江充、賈捐之、楊興之流，概可見已。若勃、相如爲漢名臣，已不必論。他如周昌、石建，亦似其爲人，其忠直孝謹，足以補乎朝廷，而風乎郡國，是豈嗇夫所能及者？噫！惟嗇夫之見賢於人，此後世不以才智外見者爭指爲迂濶遲鈍而不能用，用必多浮薄喜事之人，而國家忠厚敦樸之風衰矣。予同年胡公彥超，少而明經，淹滯場屋者二十餘年。既登進士第，徊翔郎署者又十餘年。今歲始得從大夫之列。命下數日，即上章以老疾請，所以求去者甚切。大臣特知公文學而留之，而公不顧也。既得請，數日即治裝歸其鄉，且曰："吾惟不能見幾，至於今日。來者可追，吾已悟之矣。"噫！公何進之遲而退之速也如此？方今朝廷清明，天下平治，公卿大夫以仕惟其時，由弱冠至於白首，偃然不以歸老爲意。公何獨求異於人而去耶？以其心爲有愧耶？則公之督治於事，皆集而能知其弊。以其心爲有畏耶？則公之操持於法，已守而能免其過。所不能者，其亦在乎言語步趨之間、應對奔走之末而已矣。故能者進，而不能者退，亦勢之所必至者。此予雖愛公之深，而亦不敢留公也。公出浙東大族，所居曰青陽，其地甚勝，山溪環合可以登臨，中有良田可以耕穫，而族之子弟又多好學可以教育，其樂且不可一二計，與世之罷則無所於歸者不類，此又不必留公者。凡同年致其事而去者，僅見公一人。予固欲去而未能者，因公之別也，能無一言贈之？

崑山葉氏族譜序

族譜之作，謂不忍忘其祖耶，則推而至於百世之遠可也。然或無所據，則茫昧而不可信，其亦從其近者泝而上之，至於不可信乃已。孔子曰："夏禮，吾能言之，杞不足徵也。殷禮，吾能言之，宋不足徵也。文獻不足故也。足，則吾能徵之矣。"此豈特故國爲然？有家者，使文獻不足，其亦有所據乎？周之末，沈諸梁封於葉，因以爲氏。後凡氏葉者，必祖之。若吾崑山之葉，獨不知出於此耶？自漢唐以來，葉之顯者亦多，又獨不知出於此耶？故贈吏部左侍郎春之作譜，則斷自五世祖秀實府君始，其上固不知也，則缺之。數年，其子文莊公蒐輯遺蹟，復推至於宋刑部侍郎逵，其上亦不知也，則缺之。又數年，公之弟與謙訪於松江之族，得石本焉。蓋始於光禄少卿参，自以爲出於刑部之上也。至考之舊譜，則光禄爲刑部之少子。自刑部而下，世系尤明，遺像咸具，且秀實府君舊亡其名，今始得之，而與謙甚恨其兄之不及見也。既輯成三巨編，而葉氏族譜於是始備，乃來京師持示予請序。予受而閲之，歎曰："何其有據而可信也！"此豈非文獻之足乎？蓋嘗論，譜之作，固在乎世系之明，而尤待於子孫之賢。賢則不忘本，雖遠猶知重之；不賢，雖父母兄弟且不知重，況其遠者乎？故雖有可據，亦往往棄而不省。葉氏之先賢者固多，若夫文莊公之賢，則近代之所少者。其好古博雅，於故家舊族猶惓惓焉，又況其先世耶？然公無恙時，每以譜之未備不能承其先志爲恨。至是，猶幸其弟之賢竟克成此。此葉氏之後人宜寶而傳之，以無忘其功者也。昔予初在翰林，公嘗以秀實府君事實見示，欲予題之，自愧淺陋，不敢執筆。豈意公没後，乃序是編？蓋雖與謙之請，而亦公之遺意也。故卒書之，而不敢辭。

南安傅氏族譜序

　　户部主事傅君時舉既仕於朝,去其家數年,以其族大且遠,甚懼後人無以知其所出之原、所別之派也,寓書於其叔父孔亮、伯兄耀宗,請譜之。譜既成,則奉以請予序之。蓋傅之先爲光州固始人。在唐,有諱實者仕至威武軍節度使尚書左僕射兼御史大夫。廣明間,避亂入閩,家於泉之東郊,而閩始有傅氏。僕射生八子,析居仙游、連江、長泰,而南安則長子左侍禁之所居也。其後當宋,子孫最盛,凡擢科第登仕宦者不間一再世。至故元,稍晦。入國朝,復有以文行從有司薦起者。至時舉,遂登甲科,爲司徒屬以振其族人,而其族復盛矣。自僕射至時舉,得十七世,悉列於譜中。凡行第名諱,與夫娶某氏、仕某官、葬某地,知則載之,否則缺之。若其行實,見於家傳、著於墓銘、修於郡志者,亦皆附於後。其法視歐、蘇氏雖不合,然一展閱,則數世以來,父子兄弟,前俯後仰,左提右挈,藹然如聚於一堂之上。所以使其嗣續興孝友之心,不以塗人相視者,非此編之助也乎？時舉又言:吾傅氏雖派別不同范文正公云,然吾祖宗視之,則均是子孫,固無親疎也。蓋仙游之派特盛,其譜可考。惟吾南安已有散居他里,如坎井、倉前者,況其遠者乎？固有知肇慶不還,如侍禁公六世孫,倘之後吾既訪而得之。若連江、長泰不相通者已久,今幸以公事得便道過之而躬訪焉。他日又將合諸派以爲譜,而吾之願始畢矣。予厚其意,嘉其事,遂書爲序,以贊其成云。

贈都憲孔公詩序

後世以文武分而爲二久矣,故逢掖之士,業詩書、習禮樂,茫乎不知兵事者皆是。然所謂兵事,亦非張弓馳馬,以賈勇角技於戰陳之際。夫亦運籌建策,足以制勝而禦侮耳。士既不事乎此,及一旦有事,顏色萎薾,往往爲介胄者之所嗤笑。或者以衛靈公問陳於孔子,子有"軍旅未學"之對。不知孔子此言蓋有爲而發,獨不見其爲魯司寇時却萊人以兵曰"有文事者,必有武備",其嘗學軍旅足可證矣。世之爲通儒者,莫不以孔子爲法,而況爲其後裔者乎?今巡撫貴州都察院右副都御史孔公,實出闕里,其先在元季有游學江南者,遭亂止於姑蘇,遂爲蘇人。公自爲諸生,以文稱里中。及登甲科,爲守令,皆在嶺南。適其地當寇盜殘破之餘,公能以威制服群蠻,而以信義結之,卒使其黨俯首聽從,不敢違令。遂完其城郭,聚其人民,而復其郡縣如故。公名既起,自是擢居藩臬,凡其地用兵,公輒往赴,而亂者即定。朝廷浸知公才可大用,乃有都御史之命。蓋公至是,所統益廣,任益重,而名益盛。如都勻黑苗方叛,以知公在,即相解散。已而群蠻愈向化,而朝廷遂無西南之憂。公於是禁戢官吏,休養士卒,政治既優,乃務興文教。先時,士人每三年大比,輒附試雲南。公因建請特設科場如他省例,事雖未及施行,而論者知邊徼之無警而武備之有暇矣。公初拜都憲時,鄉人之仕於朝者,喜公之大用也,多爲詩贈之。予與公爲同里,而相知實深,不可無言以序,乃爲書其首。方今聖天子在位,臣下有勞於外者皆得召還,然未有如公勞之甚而久者。則公豈久居於外,其將益展布以毗於一人,而施及於四夷乎?吾特書此俟之。

潛齋詩集序

　　昔在永樂間，文治既興，人才振迅，爭欲出爲世用。文學吏事，蔚然可觀。至於書藝醫術，亦極一時之選。蓋文皇帝在位，造就作興，以遺後聖無窮之用者也。當是時，吾吳中則有沈以潛先生，以文學之良，傳醫術之妙。初，居京師稱人中，已有儒醫稱，然上未甚知名也。一日，太醫院判蔣用文病，上遣使問之，曰："卿即死，孰可代者？"用文以以潛對。即日自醫士擢御醫。時朝廷方慎名器，俄以潛得此，人以爲榮遇。後没，楊文貞公誌其墓，實載其事。以潛有四子，曰寅、賓、宇、宙，能世其醫不絕。宙有子，復以儒顯。其伯仲曰杰、曰燾，相繼登甲科。杰守歸德，有善政，召授京秩。而燾且續學翰林，爲庶吉士。嘗相與謀刻其大父著述以傳，顧徒得其詩數十首而已。蓋以潛爲學長於詩，初有稿號《潛齋集》，後忽散逸，而此數十篇則録之人家者，其平生得意之作尚多有也。沈氏兄弟既以爲恨，視此益重之曰："吾大父之言可以少而不傳乎？使更訪求之，安知其不積累而多乎？"乃終刻之，而請予序其首以俟云。

舊文稿序

　　寬年十一入鄉校，習科舉業。稍長，有知識，竊疑場屋之文排比牽合，格律篇同之，使人筆勢拘縶，不得馳騖以肆其所欲言，私心不喜。時幸先君好購書，始得《文選》讀之，知古人乃自有文。及讀《史記》《漢書》與唐宋諸家集，益知古文乃自有人，意頗屬之。適與諸生一再試郡中，偶皆前列，輒自滿曰："吾足以取科第矣。"益屬意古作。然既業爲舉子，勢不得脱然棄去。坐是牽制學，皆不成，故累舉於鄉，即與有司意忤。雖平生知友，未免咎予之迂。予則自信益固，方取向之《文選》及《史》、《漢》、唐宋之文益讀之，研究其立言之意、修詞之法，不復與年少者爭進取於場屋間。未幾，當大比之歲，提學憲臣有知予者，乃強遣之，不意名在鄉解。又四年，試春官，皆不見黜，尋登進士第。又四年，不幸遭先君之喪而歸。既免喪，理舊篋，得亂稿三四編，蓋自壬辰歲以前二十年間所為文也。當時自愧其詞之拙陋而毀棄者甚多，此特偶存者耳。欲悉焚之不忍，因重錄而類序之。嗟乎！予之好，黃子厚之好，而朱子之所不好者也。錄此不覺赧然。

恩榮圖詩序

古者天子之使群臣，自治民、行師以至修土功、交鄰國之類，皆勞事也。惟念其勞，有宴以相聚會，於以樂其心而通其情，今見於《鹿鳴》諸詩是已。後世賓興之舉既非古，若至隋唐以來，士之出於進士科者，徒以制策奉對，得通於天子。天子固未嘗識其人也，而其人亦未嘗有一事之勞也，輒有宴焉，蓋重其科如此。然未有如皇朝之尤重者也，乃傳臚之明日，即賜宴於禮部。仍命武臣之尊者一人主其席，而廷試執事之臣自讀卷以下皆預。大官供饌，教坊作樂以侑，號其宴曰恩榮，蓋重其事又如此。雖然，豈故為是繁縟之禮哉？必有意焉。無錫陳君文美自為舉子時，已有聲鄉邑。成化辛丑，試於春闈，既捷，及廷試，遂登名第二甲，獲賜進士出身。既偕同年飲宴如制。他日，復請善繪事者寫宴歸之圖，時自觀覽。圖成，乞予序其上。夫市人以一飯與人，必有所望焉，非徒與也；而受一飯者亦必有所報焉，非徒受也。況宴，重事，而況朝廷之宴之重者乎？故重其事，則望於人亦重。蓋所以警動其心，使之自盡焉耳。今文美爲地官屬已三年，惓惓焉惟恐一日之曠其職，乃復作此圖，以示不忘。其知所重者歟？其知所以報上者歟？其亦可謂有意者歟？若曰：是宴之賜也，常事也。醉飽嬉游，漠然不加之意，雖市人之所不爲，而謂文美爲之乎？其或知所以重止於誇耀，閭里之人以爲一時之光榮，而謂文美又爲之乎？此予皆知其必不然者，故序之。

贈孟御史序

凡天下不問邊徼荒遠之地，雖庸夫孺子語及朝廷之官，莫不知有御史者，御史之名可謂著矣。朝廷設六部，以分掌庶事，不相侵越。惟御史按行天下，自官吏、鹽課、學校、軍政、刑獄、水利，皆得以治。或非所治者，亦得以論其得失，陳其利病，御史之職可謂重矣。是以古之能舉其職者，人主多褒獎之。雖以言觸犯，亦優容之，以其有益於國者多故耳。咸寧孟君世傑，早從其叔父成都同知良璧受學。學成，取科第，始仕爲桐鄉令，循良之政嘗見於旌異之典。已而吏部知其才可居内臺也，奏請於上，召爲御史。初奉命巡按畿内，風聲凜然，盜賊歛蹟。及出按蘇松等府，憲體益振，官吏畏服，蓋不數月，獄訟無稱冤者。今年君以考績書最，蒙賜敕進階，榮及其父母妻室如制。於是其同官文君天爵來請言爲贈，予未暇復。及文君出按河南，而馬君良玉申請不已。噫！區區不文之言，何忍爲君吝哉？蓋予蘇人，實知君往歲所以振憲體者，大率詳明平恕，以盡下情，不倚勢作威而已。自後如君之賢者固多，否則，直以鞭扑嚴峻之法以臨田里脆奭之民，使之無訟，亦何難者？是可嘅也。君既非其人，推此以治他事，必無不治者。彼天下知有其官，而不知有其人者何限？如君，雖使後世知有其人，豈特今日而已耶？故書以贈之。

西涯遠意錄序

西涯學士遺方石侍講詩十三首、書六通爲一卷，而詩則與蕭文明、李士常、潘時用聯句爲多。總題曰《西涯遠意錄》者，蓋其意倡於西涯且出其筆也。初，成化間，方石以内艱去，服滿不起，即所居總山之下結屋讀書，有終焉林壑之志，故西涯所遺書自道契濶外，惓惓焉趣之出。及方石志不可回，言不即復，其後遂有果哉之歎。蓋以義處人如此。自是凡十年，爲弘治改元，國史既嚴，有司奉詔旨入總山，敦勸上道，方石始來。蓋其計慮之審，動以其時，卒能以義自處，君子益重之。夫市朝之上，争名競勢之徒相擠相陷，惟恐不及，固不足爲二公語。然其得罪於二公者，可勝言哉？凡西涯筆札之妙，人多得之。而方石以同年故，相契尤厚，所得殊多，不下數百紙，此特家居時出於浮沉之餘者耳。寬從二公後已久，竊觀是卷有出處之義在，非常時贈遺者比，乃書而識之。

後同聲集序

館閣日長，史事多暇，方石、西涯二公凡所會晤、游賞與夫感歎、懷憶、餽遺，悉發之詩。今見卷中者，西涯特錄已作，而方石則有聯句在焉，總五十首，號《後同聲集》。蓋往時二公同在翰林，詩已成卷，陳愧齋太常嘗以《同聲集》號之。此則二公竝以家艱先後終制，從修實錄之命，復聚於翰林相與倡和者，故以"後"云。予嘗觀古詩人，莫盛於唐，其間如元、白、韓、孟、皮、陸，生同其時，各相爲偶，固其人才之敵，亦惟其心之合耳。合則其言同，同則其聲自有不得不同者。然君子小人，莫不有聲，其聲之同，亦各以其類。二公平生以道義相重，志節相高，非特以詞章相勝者，故發之於詩，和平深遠，覽之可誦，誦之可聽。譬之樂，則如鳧氏之鐘，薄厚適宜，侈弇中度，自然無石播柞鬱之病。其爲聲也，真同所謂金聲乎。予之鄙陋固不足以識其妙，然以是論之，亦可謂聞樂知德者乎！方石以翰林侍講初擢南京國子祭酒，欲別去，持此示予曰：願有序。則漫應之，竟不予舍也。

贈王刑部歸省詩序

黃巖王君存敬官於刑部者數年，其父和州公與其母安人皆老於家，而大父南耕翁則益老矣。其叔父某因作詩寄之，有"若得來看百歲祖，何妨遲作十年官"之句。存敬捧而歎曰："此彌夙昔之願也。彌豈棄兩世之老而戀一官之榮者？顧例未得歸耳。"乃去歲之夏，俄有詔下，凡朝臣去家六年，許省其親。衆方爲存敬喜，而存敬適奉旨往治齊獄，及是事畢還朝，始克遂願。詩老王古直，其鄉人也，與陳一夔副郎乃即其叔父詩分十四韻斂詩贈之。其間或一韻疊至二三首者，蓋存敬之才操非特見於治獄而已，其詩名在士林籍甚，人爭願爲文字交。且其一家重慶，世所難得，而承詔榮歸，用以寓乎歎羨者亦有在焉。王在宋已多顯官，今居黃巖山中，一姓凡千餘家，皆隱於農。而所居險阻，人蹟罕通，大抵類武陵桃源。自存敬之先四世徙居邑中，子孫復出而仕，存敬之歸也，又將訪之，而兼盡乎睦族之義，吾聞之古直云。

卷第四十二
序一十二首

賀監察御史徐君序

　　福建道監察御史徐君時中之官於朝也，謹重廉正，名聲卓然，皆曰：徐君真古所謂才御史者。於是任滿三年，都察院自院長而下考其績惟稱，至吏部亦然，皆有詞以襃美之。其同官相與舉酒賀君，復走予請文序其事。予與君爲同年進士，不可謂不知君者，既許諾，蓋既久始克爲之，然君爲人之賢亦以久而益信。夫自今天子嗣登寶位，聖政日新，固不可勝紀。然其大而要者，在聽言而已。故天下之遠，雖草茅賤士，莫不有章疏以達於九重之上，其可采者，雖苛細之事，未嘗不下群臣議而行之，而況爲言官者乎？夫進言補闕，固愛君者之心，而盡言招過，亦非事君者之體。故古之人尤致謹於此，而不敢易者。若唐陽城爲諫議大夫，七年始論裴延齡誣陷陸贄事。城固奇士，亦必待久而後言者，蓋不欲易其言而瀆告之也。其後延齡卒不至相位，人謂城之力居多。是以言不易出，出則上之人必曰：彼未嘗言也，今言之，必其言之當行也。無弗聽者。雖然，其人不能平心以處事，正己以格物，而徒嘵嘵然以強聒於下，欲上之聽亦難者，何也？其身不誠，自不能感動乎人也。吾嘗觀君於事之大者，既與同列取而論之，天子信用，無不施行。曰："彼苛細之事，人能言之，吾固可免也。"蓋具老成持重如此。自是君惟不言,言則欲弗聽不可得也。若君嘗按行畿內,清軍政而人不稱冤,治文案而吏不敢欺,遇事即爲,不任智數,又不必書者。君之先爲浙東人,今居貴州。其既考最,蒙恩進階,而贈其先府君如其官,母陳氏號孺人,而封其配夏氏如其母云。

雨菴宗譜序

言禪者必祖達磨,自達磨至於秀、於能,而其支已分。又自能而後爲曹洞、雲門、法眼、潙仰、臨濟諸宗,而其名遂立,蓋聞之其徒云爾。夫人,一也,則心亦一也。禪學者,明吾心而已。今分支立名以自別如此,豈所謂殊途而同歸者耶?雖然,南北相訾,反戾鬥狠,其道遂隱。如昔人所論者,其流弊亦不少也。諸宗遠者至十八傳而絕,近者六七傳而絕,惟臨濟久而獨傳於天下。在國朝宣德、正統間,有高僧曰祖淵,江西人也。自閩之雪峰寺召至,授官至僧錄司右善世。一時恩寵既加,四方之人因其嘗所居地稱之曰雪峰禪師而不名,裹糧相從,爭願出門下。其徒既盛,於是師製二十字,使世爲名,復自別其派。既化去,後人世居僧錄,其尤能擴其教者曰故善世道堅古心。古心之徒益盛,其尤知名者曰今善世戒璇大章。大章住隆福寺有年矣。朝廷屢遣中貴人即其廬修佛事,而勳戚卿士又多與之往還,承奉應酬之勞,殆無虛日。章疏書札,裁治精捷,則又出其徒定徵手也。徵喜讀儒書,而詞翰俱妙,有前人風。當其少暇,閉戶焚香,筆墨左右,矻矻不休。久之,成巨編,則奉其師之命所修《雨菴宗譜》也。雨菴爲雪峰禪師別號。其譜自雨菴而上泝焉,爲總圖,遠者略也,如族之有祖也;自雨菴而下沿焉,爲譜圖,近者詳也,如族之有父子兄弟也。一展閱間,上下數十世,分合傳受,粲然無遺。譜成,乞予序其首。蓋自諸宗既絕,今所傳者同出於臨濟。所不同者,特有講與教而已。門户判然,又不可混。大章師徒何慮而必爲此？噫！諸宗不同出於達磨乎？其爲此者,亦慮夫合而復分,如所謂相訾者乎？相訾而道復隱,此譜之所以作也乎？抑又有説焉,今祝髮受度,出於雨菴者不可勝數。其人散在四方,久而不知,有相視爲塗人者,其亦使考而同,同而不散乎？然則後人有能續而修之,雖百世可考也,而況今日哉！是譜也,自朝廷恩典至於詩文書札,皆系而書,其所題曰《雨菴宗譜》,吾知此而已,故特序之。

伊氏重修族譜序

伊氏自沭陽徙吳中,歲久遂爲著姓。其居城西之通波坊,吾幼猶及見其盛也。家喜藏書,多延接郡中儒流。正統初,有曰侃字士剛者,更擢甲科,給事禁中,一時賓客登其門者不絶。未幾,士剛卒,而家遂落。吾嘗疑伊氏何遽至此,已而其族在南京者曰乘字德載再擢甲科,爲司寇屬,出僉四川按察司事,吾始信伊氏復有人也。德載之高祖子文府君嘗修族譜,上及七世而止。至於今日,殆餘百年,族人益繁而散處益遠,德載乃奉其尊人紹方之命推考諸派,各爲世次而重修焉。其法以居吳中及遷臨濠者爲姑蘇鳳陽派,以遷兩京者爲金陵金臺派,又以居南京而被旌表者爲金陵旌表派。派各有圖,而總列小傳於後。紹方父子爲此,其亦有深意也乎？夫自國初倣漢徙閻右之制,謫發天下之人,又用以填實京師。至永樂間,復多從駕北遷。當是時,蘇人以富庶被謫發者蓋數倍於他郡。久之,惟無譜可考,子孫漠然不知其所從出。子文,伊氏始遷之祖也,故爲是懼而汲汲焉創之。幸而有若紹方父子之賢,復汲汲焉續之。於是其族始合終分,源委不紊,覽之,雖數世以前、千里之外,若同居一堂之上,昭穆以序,親疏以明,此豈非伊氏之幸哉?抑是譜非得子文創之於前,竊恐今日亦不知所從出。然則後人有欲復修是譜者,則紹方父子獨不爲異日之子文哉?紹方年老受封,不忘本始,數來吳中買田築室,將復振起其族,非特修譜而已。德載爲人廉謹有文,重念鄉里之舊,與予相好特甚。間以考績至,持其譜請序,故書以還之。

賀監察御史陳君考最序

弘治三年,監察御史陳君瑞卿奉命巡按山東,憲節既至,一道肅然。自藩臬而下,咸相戒奉法,不敢怠忽。君乃獎循吏、除奸民,至於平冤扶弱,悉見奏疏。及歲滿將代,復建白六事:曰重守令以固國本,曰申律例以飭武臣,曰慎刑獄以全民命,曰禁刁訟以厚人倫,曰專委任以便稽考,曰散儲蓄以濟缺乏。凡數千言,所以裨益治道者甚切。上悉嘉納,令所司施行。士大夫皆曰:陳君真識政體者,即超遷而用之可也。聞者謂然。初,君爲御史,三年考最,蒙恩進階及贈封其父母若妻,制敕下頒,光賁閭里。諸僚友若今王大理邦鎮而下嘗請文爲賀,會予有史事,且君有山東之行,不果。及是還朝,其僚友復以爲請,予能已於言耶?蓋今之有言責者必曰御史,故有所不知,知無不言,有所不言,言無不盡,此其職也。古之所謂才御史者,不外乎此。夫論事易,識事難。事有本有末,得其本則其末自舉。而民惟邦本,又本之大者也。然民亦豈能自治?必得守令治之,則守令又民之本也。雖然,守令豈夫人能爲之哉?今之制:御史代還,必察其人書而上於當道。及三載述職,當道者多據以黜陟之。噫,是法也,唐虞之世必待九載而行者也。當是時,人才之盛,固有所謂九德者矣,亦有六德三德者焉,有六德則是三德未備也，有三德則是六德未備也。人才之生，其難如此，必至於其德一不可取，然後黜之，亦必至於九載，如鯀之績用弗成，其明驗也，而何後世之率易耶？此君所以首及之必言取人之法，而不以遂棄其人爲言，蓋曰：往者已無及，亦惟謹之於始而已。此所謂知政體者。若夫禁刁訟一説，尤切時弊。蓋非特爲小民言者，所以還忠厚之風、革浮薄之俗，以助今日清明之治者，其在於此乎？陳氏之先爲揚之高郵人，以武功官太原者累世。至君始業儒，登成化壬辰進士第。去歲庚戌，其子澍復繼之，而陳氏遂以儒顯。君初知嘉興、武邑二縣，廉明剛果，多惠政，可之。召爲御史，兩巡畿内，輒著才名，非特山東而已。予忝與君同年，相知實深，故於賀禮之舉也終不能已於言云。

新安吴氏累世遺象序

新安多大族，若吴氏，其一也。吴之先出泰伯，以國爲氏。氏吴者，固莫盛於吴。而新安亦吴地，其盛爲宜。有名常以世經字者，見予於京師，曰：“常之先出於吴，而家於新安之南溪。自有家以來，譜牒具存，若自宋運幹府君而下至吾先人斯榮處士凡九世，則世數不遠，畫象亦存。常之兄弟恐其久而或失也，裝爲巨册藏之。又恐後人之閲之者徒得其形似，無以知其事行之略，復各爲小傳於後。惟其前未有序之者。”已而出其族人雲南參議文盛手書以示。文盛，予之同年，蓋託以請序之説也。夫畫象之作，記禮者所不及，昔之大儒所不取。然予竊以爲孝子之情無所不至，故其親没而祭之也無所不思，與其思之，孰若取其象閲之，宛然如見之乎？夫此亦生而識其父者耳。世固有幼失怙恃而不識者，必問其形似於所識之人，又孰若取其象閲之，宛然如見之乎？故此雖不出於禮,不取於人,而無害於爲孝,亦可以爲思成追遠之一助也。今世經藏此,與其兄弟及其群從不獨見其一世,上而三世,又上而九世,皆得見之,能不慰其無窮之思也乎?因書以酬其意,俾與譜牒謹藏之勿失。

周氏立後序

惟周之得氏久矣。其先本出周平王子,別封於汝,以國爲氏。或以爲赧王之後黜於民間,因氏焉。歷漢魏晉唐以來,子孫散處天下,代有名人。若吳中,周氏尤多。有自鄢陵從宋南渡,仕爲拱衛司兵馬鈐轄使守嘉定者,因家於吳。鈐轄生一子,曰副尉某。副尉生一子,曰元平江路醫學錄子華。學錄生五子,其長曰江陰醫學教授觀光。教授生四子,其長曰平江路醫學正繼周。學正生四子,其長曰國朝光澤縣儒學訓導瑾。訓導生四子,其長曰太醫院醫士文威。醫士生四子,其長曰處士宗器。處士生二子,其長曰封南京太醫院判菊處先生尚正。菊處生一子,曰南京太醫院判庚。庚字原己,賢而有文,用醫而仕,顯於先世。娶安人陳氏,生一女,繼安人顧氏,皆無子。蓋自副尉至原己凡九世,世爲長房。而原己獨鮮兄弟,且以無子爲憂。初,爲御醫時,其從父尚義以吉府良醫致仕,與其二子良、方同居京師。良娶王氏,生三子,其季始周歲。原己殊愛之,曰:"吾無子,此獨非吾子乎?"乃弘治己酉二月,原己病卧官舍,其子壻陳鍵自吳中往視,顧謂之曰:"吾即不起,必以良之子爲後。"口授以書,俾謹識之不忘。原己既没,鍵扶柩還,以治命咨於菊處與其配閻丘安人。菊處曰:"吾與尚義爲同祖兄弟,以其子之子爲吾子後,於昭穆實宜。"會族弟行人秉臣出使還朝,乃以其事託焉。尚義父子初未即從。秉臣曰:"此禮也,亦制也,且原己之意也。其何可違？"竟從之。秉臣遂即私第設醴，祀告先世。祀畢，集族人及素與原己厚者，若予與今李祭酒世賢、陳大理玉汝、徐武選仲山、王諭德濟之同飲，因命其子曰繹，蓋取相續不絕之義。酒半，秉臣起，告予曰："茲事繫吾周氏甚重，既勞長者愛助，敢請序以文。使繹長而有知，庶知所重，以承宗祀、濟世德，至於永久。"予曰："諾。"於是繹生六歲矣，菊處使家僮春來迎之，曰："吾夫婦既老，幸及見吾孫也。"歲二月，尚義之配丁孺人乃保抱之行，而秉臣以前說申請。予故書其事以歸周氏，而必述世系於前者，見原己爲周氏宗子，理不可絕。絕而思繼之，雖他人皆宜盡力，況其同族如秉臣者乎！蓋自後世風教不行，有諱爲人後而忘其所出者，或非所當後而強後之以利其所有者，是皆紊禮背制，取譏於世。若繹，當爲人後而無所強，於禮無紊也，於制無背也，於家法不廢，於世系可明也。君子必有取於斯也，故序之。

容溪詩集序

成化間，稱才御史有貴溪姚君仲遠，後僉陝西按察司事而沒。沒之日，家具蕭然。所以遺其子者，獨有書數百卷并所作詩數十篇而已。蓋君少好吟詠，自舉進士，京師有《金臺藁》。爲御史時，有《柏臺藁》。出巡於外，有《行臺藁》。及在陝西，有《外臺藁》。皆藏於家。至是，其子文灝會粹成編，總名之曰《容溪詩集》。容溪者，君所自號也。間以刻本相示，而乞予序之。君嘗巡吳中，其廉介高亢，予時頗知之，然不知君能詩也。觀於此編，既得詩人之體，且其詞氣嚴厲，而憤世感事之意，時復發見。若利劍出匣，鋒鋩差差，見之凜然，不敢狎視，正如其爲人。故曰："在心爲志，發言爲詩。"謂詩非心聲也哉？顧君蚤世，其爲言止於此而不及究其所至，且其才不盡見於用，而所傳者亦止於此，知君者蓋深惜之。君初游太學，與故諭德劉景元善。景元爲人亦所謂廉介高亢者也，故特相契合，而敘君平生於墓石者甚詳，今附於集後，其亦詩之案乎。君有七子，而文灝獨仕，其字秀夫，嘗試禮部，予得其文，奇之。今以刑部主事調判常州，益賢且文，有光其家世者也。

抱璞南歸詩序

左諭德四明楊君惟立初以成化乙酉浙省冠鄉解，再試禮部，不偶。居都下，日與四方名士講業，號麗澤會。期必取進士乃已，衆亦推讓君，以爲惟立豈久在人後者？及壬辰之試，所得多麗澤之士，而君顧復不偶。衆皆愧焉，餘不在榜中者，亦藉君以自解。是秋八月，君念太安人在堂，束裝即還，於是社友以詩贈之者十四人，聯爲巨卷，題曰《抱璞南歸詩》。時欲求予序其首，不果。後六年戊戌，禮部及廷試，君竟在高等，遂入翰林，轉春坊。文行老成，與其兄故文懿公頡頏館閣間。而予獲與相好甚慰，久而益篤。君間出詩卷示予，道疇昔之意，予不能違也。竊惟世之人與其等輩小有得失，以爲形蹟不同，往往失其初好。其死生貴賤，交情反覆，非特如翟公署其門者。至於場屋，爭名之地，殆有甚焉。得者自以爲足，而生驕矜之心；失者自以不足，而出忌疾之語。風俗淺薄，使人感傷。觀於此卷，投贈諄切，至於累篇，豈特見諸君之賢得免乎議？而君受而藏之，若護奇物，則君之賢不尤見乎？然則所謂麗澤者，獨在於文藝之間乎？自壬辰至今二十三年，十四人者存没顯晦已不能同，乃疏其名字、官邑，使楊氏子孫他日有所考，以敦世契云。任彦常吉甫，南京人，福建僉事致仕。簡顯齊道，新喻人，終進士。張祥思履，吉水人，終南寧知府。周軫公載，莆田人，今山東鹽運使。潘璋栗夫，金華人，終陝西副使。李孟暘時雍，睢州人，今廣西布政使。楊榮時秀，餘姚人，終工部員外郎。達毅士弘，丹徒人，終南京刑部郎中。司馬垔通伯，山陰人，福建副使。邵賢用之，宜興人，今雲南僉事。陳洵匯之，錢塘人，終曹州知州。劉傳師正，嘉定人，終泉州知府。徐洪公溥，蕭山人，終刑部員外郎。白鉞秉德，南宮人，今翰林編修。弘治癸丑六月丁亥序。

贈進士秦君序

弘治七年十二月八日，寬聞先太宜人之喪，將歸守制。上念寬爲春宮舊學之臣，特敕有司治喪，以榮其親。事下工部，於是尚書劉公等遵奉惟謹，而擇其屬往督之，得臨海秦君從簡。蓋從簡以省元初登進士第，觀政部中，士大夫皆曰秦君賢士，此行必有可觀者。及至吳，以部符下府，知府史侯等遵奉益謹。乃吳城西二十里南橫山之麓先塋在焉，太宜人當祔葬於是。遂即其地，以八年四月八日興工，則木石既具，工役畢集。君躬督其事，調度有法，人不知勞，凡所搆造，無不如制。工成一旦，山水秀發，林墟改觀，恩光赫然，下賁泉壤。啓殯之日，觀者萬計。蓋朝廷優卹之典，而君調度之功有不可誣者。君爲人既有才幹，而清謹謙約，執禮如諸生。吳中士大夫稱其賢者益多，而歎伏之以爲不可及，皆曰：君之來也，承上恩旨，其事固重，然特小試其才耳。自茲還朝，任用之地，無不宜者。相率爲詩以贈，而禮部主事楊君君謙既序其首矣。斬然衰絰之人，非惟不當言，亦不必言也。顧朝廷之恩不敢忽，而君之勞不敢忘，故敢以不文之言，卒犯非禮之議，亦情之所不能自已者也。

吳冢遺文序

吳中人物之盛,在漢唐已前遠矣。自宋以來,其人歷歷可數。若其冢墓所在,過者猶能指而道之。其銘誌埋沒土中者,固不可見。至顯刻於外者,多斷裂磨滅,不可覽誦。雖近世猶然,況百年之上而益遠者乎。是以鄉邦後學,欲尚論前輩者,茫無所據。嘗竊病焉。夫人之德學功業,務盡其所當爲者,固不汲汲爲傳遠之名。然學士大夫之所撰述則必期其傳,而至於埋沒斷裂,使其人德學功業晦而不章,且并其出處生卒亦不可考,是不獨其子孫之恨而已。幸其榻本或鈔錄之副藏於人家者,猶可搜訪一二,於是鄉貢進士都君元敬得數十篇,將刻之,曰:"託於石者有時而亡,惟刻於木而摹印焉,庶可久也。"蓋凡其文見於學士大夫集中而行於世者皆不在,故題曰《吳冢遺文》,而請於予曰:願有序也。故書之。

樵樂存藁序

湖州自昔稱山水清遠,人之產其地者,多以文雅相尚,其亦鍾山水之秀而然乎?豈所謂清遠者,亦有所助乎?蓋言詩之盛者,必以唐爲首。若輞川之有王右丞、香山之有白太傅、浣溪之有杜子美、樊川之有杜牧之,其尤著者也。是故市廛之塵埃,孰比乎煙霞之勝;閭巷之人蹟,不若乎泉石之佳。發乎興致,蕩乎胸懷,景美而意自奇,蹟爽而輒自妙。不期乎詩而詩隨之,吾固嘗覯之矣。長興吳氏,世居呂蒙山之下,號衣冠舊族。四方之人以其所居之得其地也,稱其氏者必以山配之。然所以稱之者,他固不必論,亦惟以其科第仕宦之世繼耳。雖然,此亦足以盡吳氏之美乎?蓋自青霞處士以詩鳴於國初，今浙中所傳《林霏集》是也。其季遺夫隱君，早承詩學，以其兄遺芳既仕於外，退然家庭間，奉親之際，口輒吟哦，以此樂而終身。發於篇章，和平閒雅，皆可諷誦。顧其平生爲詩頗多，藁率棄去，今所存者特數十篇。隱君既以壽終，諸子保藏手澤不敢失墜，蓋五十年於此，而諸子者亦皆下世矣。至是，其孫瓊與其弟珍、琓等謀刻諸木，期與所謂《林霏》者並行於世。扁舟入吳，奉以請序。惟隱君之葬，楊文定公實表其墓，其發揚潛德至矣。末獨謂其"望弁山，盼霅川"，耳目所及，形之歌詠，熙然自得，人莫能窺其際也。君子以爲知言，予故取而書之。隱君諱疇，遺夫，字也，以號樵樂，故題其集曰《樵樂存藁》。自隱君既沒，山水如故，而子孫益繁，隱顯雖異，皆能爲詩。蓋有所受也，亦有所助也，此吳氏之所以稱於人也。

公餘韻語序

士大夫以政事爲職者，率早作入朝，奏對畢，或特有事則聚議於庭，退即諸署，率其屬以治公務，胥史左右，持章疏、抱簿書以次進，雖寒暑風雨不爽。當其紛冗，往往不知佳晨令節之已過也。蓋勤於政事如此，又何暇於文詞之習哉？予自翰林承乏吏部，以舊習未忘，欲復事此而興致索然，執筆輒廢。或終日不能成章，每以自笑。他日，同官鄆城佀公示予一巨帙，題曰《公餘韻語》，則皆士大夫投贈之作，而以政事爲職者居多。豈諸公之優於其職，能肆其餘力以及此耶？抑亦公之雅嗜吟詠，尤篤於交游而能致此也？覽之，復以自愧。夫詩以言志，志之所至，必形於言。古人於此未有弃之者，故雖衰周之人從役於外，而詩猶可誦，況生於今之盛世者乎？蓋退食自公，宜其抑鬱，寫其勤苦，達其志之所至，亦人情之所必然者。至於紀朝廷宴賜之盛儀,志國家祀戎之大事,燦然卷中,亦無不備,後有讀之者,信其爲治世之音也。公俾序其首,敢忘其謇陋,爲强書之。

卷第四十三

序一十二首

送少師徐公致仕還鄉序

　　少師兼太子太師吏部尚書華蓋殿大學士宜興徐公今歲以老疾上休致之請，天子難其去，諭留者再。其後請益懇，始允之。仍賜之敕，以序公之賢，而君臣之義於是爲盡。噫，公之去，可謂榮矣！近世大臣之去，有如公之去者乎？當公得旨之日，公卿大夫相與追論公之平生，咨嗟之聲相聞而不絕，雖間巷小民亦然，蓋爲天下惜而非爲乎私也。既不能留，則自館閣臺省與夫門生鄉里，爭走文章鉅公家求言贈公以張其事。至於郎署庶官則爲歌詩，所以稱頌乎公者，連卷累册至數十篇。噫，公之去，可謂榮矣！近世大臣之去，有如公之去者乎？豈惟近世爲然，古亦有如公之去者乎？蓋嘗觀於昌黎韓子《送楊少尹序》，以漢二疏年老辭位去，供張，祖道都門外，送者車數百，兩道旁觀者歎息其賢。班《史》既載其事，後世復圖其蹟，以楊侯之去，丞相愛惜，白以爲郡少尹，不絕其禄，又爲歌詩以勸之，長於詩者亦屬而和之。謂二疏未必有是事，蓋所以誇楊侯之盛也。噫，使昌黎生於今日，見公之事，又當作何語耶？且楊侯爲少尹，特不絕其禄耳！今天子念公，既詔馳驛以行，而俾官屬護送之。且令有司厚給月廩，而歲有隸人以供役焉。聖眷未已，又官其一子，俾世其禄焉。然猶未已，復遣中官持白金寶鏹與夫襲衣往賜於其第，蓋其盛如此。古亦有如公之去者乎？於是諸勳戚若太師兼太子太師英國張公而下，以與公同朝，久享公之德，亦皆惜公去而不能留者。具圖與詩以贈，則又兼疏楊之事而有之。顧來請予一言，予言何足爲公重哉？聊序公所以盛者而歸之。

盛氏重修族譜序

惟盛氏在吳中爲大族，子孫散居郡邑，多以醫爲業。當皇明永樂間見用於朝，若太醫院御醫啓東、叔大二先生尤著者，其次亦多爲郡邑醫官。至於業儒而出，往往爲名進士，仕於內外者不絕，故人指爲衣冠家。予少則交其族人，獲聞其家世之略。以爲出宋參知政事文肅公度，文肅顯於當時，功業在史傳，世稱名臣，豈所謂本深而末茂者歟？盛氏之彥曰用陽，嘗以手修族譜，請序於予，而自序其家世以示，則益得其詳焉。蓋其先唐末有諱瑺者，初居虞城，後仕吳越，爲餘杭令，始家於浙。歷四世曰京，登宋真宗朝進士，官至工部侍郎，文肅公則其從弟也。文肅生集賢校理中甫，中甫生知宿州仲南，仲南卒，葬於汴，子孫又家焉。仲南生中和，中和生瑄，再世爲司諫。瑄生岫，授宣義郎，當靖康之難，與其父扈蹕南渡，通判平江府，退居吳江儒林里，而盛氏始爲吳人。後四世曰益，乃遷居郡中。益生忠元，爲江浙醫學提舉司提領，五世而絕。季子宗仁生寓翁，而醫復傳。寓翁生景華，在國初就賢良辟，獲參大議，不仕而歸。啓東則其長子也，其家世之可考者蓋如此。夫人莫不有所出，而知其所出者則少。固其子孫漸微，無所於考，亦其人不爲之考故耳。夫不爲之考，則其所出不過得於傳聞。傳聞之言，止於三五世可也，能至於數世皆能歷歷道其名字乎？況能道其事行者乎？此譜之所當作，不可緩者。用陽爲此懼，而矻矻乎忘其紀載之勞，自本而支，衍而別之，如序昭穆於宗廟之間，秩然不亂，其盛氏之良史哉。蓋其譜初修於其先曰錢塘縣尉存誠，其先君子汝德繼修之，既四十年而族人益繁。用陽於此焉置之，豈惟使後人莫考其先而已，將使家乘斷缺而繼志之道衰矣。然則用陽其盛氏之賢子孫哉！用陽業儒而精於醫，居市中而隱德甚著。其名暄，號師省，於餘杭府君爲十九世云。

容菴集序

鄉校間士人以舉子業爲事，或爲古文詞，衆輒非笑之，曰：是妨其業矣。噫，彼蓋不知其資於場屋者多也。故爲古文詞而不治經學，於理也必闇；爲舉子業而不習古作，於文也不揚。二者適相爲用者也。鄉貢進士謝君少游郡學即好古文詞，既取鄉貢，不幸未仕而卒。幸其子昞及其二孫雍、睦能承其家，嘗痛其父祖早世而無所傳，搜篋中得遺文數篇，將刻之以自慰。蓋君沒於景泰初，至今已五十年，吳中舉子何啻數百人？其間登高科、躋貴仕，以功名顯者固有之，餘子皆寂然無聞，而謝君爲當時所不好者，獨傳於人。不知君者，讀之猶知有其人而若不死者，則古文詞之爲用，豈特資於場屋而已？睦方爲邑學弟子，介其友陳維祐持君遺文來請一言。予不及識君，竊歎君所傳者止此，使更活數十年，其成就當如何哉？聊書以還之。君諱會，字惟貞，吾長洲人，以號容菴，故名其集云。

經筵侍班倡和詩序

國朝經筵之設，實自英宗皇帝之初，其制以儒臣二人進講，必以給事中、監察御史各二人侍班。今天子之八年爲弘治乙卯，又三年戊午，吾鄉朱憲副天昭實以御史嘗預其事。天昭以其先曾大父三畏公在洪武中事高皇帝，給事戶科，侍奉天門說書，有詩，乃以舊韻追次二首，以紀其榮。士林傳和成什，渢渢乎其盛也。惟朱氏出自睢陽，自宋歷元，累世業儒而仕。入國朝，得三畏公，三傳爲天昭，並以文行列於侍從，獲觀聖學於視朝之餘，信可謂榮矣。是宜詠歌相續，而傳和之盛也。夫講學之事，在臺諫得預爲榮，若在翰林，特常事耳。今天昭之子希周弱冠登高科，遂入翰林，執經講學，在上左右，有不必紀其事者。夫惟以常事不紀，吾見朱氏之榮所以爲不可及也歟。予不及識三畏公，而與天昭父子厚善。喜朱氏三世之有人也，敬羨而書之。

越溪盧氏族譜序

族譜之當作，固也。若世次之遠審而可信，族人之蕃混而或遺，必作之。使近且少焉，雖士大夫不以爲意，蓋以爲其族易知，不必作爾。孰知數世之後，近者遠，少者蕃，後人欲作之，則已無及矣。此君子之所深慮，而必惓惓於斯者。吾郡有盧氏，世居越來溪之上。有諱士誠者，欲作族譜，未果而卒。其子綱居鄉，業醫，恐墜先志，竟成之。顧其譜自其身泝而上之，特五世曰青州通判吉始，自青州而上有爲臨安令者，雖見於家乘，以其父早孤，不知世次，遂不敢載，其慎重如此，可謂不失之誣矣。綱有子曰雍，修謹好學，往年予家居，持所業來見，已嘉之。及是，具書以其父所修族譜，請題其首。由今日觀之，盧氏世次之近，族人之少，此譜不作，可也。由雍以後，子孫日蕃，支分派別，欲考而知，此譜非其權輿歟？盧氏在唐爲望族，名位有極顯者，使他人必祖之。而伯常於近世不可考，尚闕而不書，況遠者乎？所謂其事核者，豈特作史也哉？吾是以題之。弘治己未八月望日。

送南京吏部尚書秦公詩序

自昔有國者多備兩京之制,然非鑾輿所在,特設留守而已,未有如當代之盛者。蓋自永樂間鼎遷於兹,諸署在南京者,視國初竝設如故。至官有多寡,則繫於事之繁簡,非以南北之分有所輕重之也。彼安於除命與乞便其私者固多,其人或自以爲輕重者,其中往往不憚,若置之外郡。然豈以違遠闕庭,不得近天子之光耶？或以遷擢不同爲言,竊恐知其人之淺,而賢者固不如是也。蓋仕而能盡吾職、展吾才,雖四裔之遠,莫非可居之鄉。況周之豐、鎬,漢之灞、滻,地美物衆,如古所稱佳麗地者乎？不然,豈若汲長孺之薄淮陽乎？則今之南京,又非淮陽一郡可比,人豈當薄哉？或曰:蕭望之亦名臣也,俾守外郡則不願,人亦效望之耳。夫望之不願守郡,以欲立朝,居諫諍之職也。今南京諫諍之職固在,且當不諱之朝。言路大闢,凡食祿者皆得以建白,而不拘於有言責者乎。竊恐知其人之淺,而賢者固不如是也。吏部右侍郎秦公出舒城故族,以天順丁丑登甲科,至今四十餘年,涉歷中外,政績茂著,而清恪恭謹,有前輩風。今歲南京吏部尚書倪公奉旨遷兵部,有參贊機務之寄,大臣合詞舉公擬代。天子知公賢,可當斯任,即可。其秦公感激,擇日以行。寮長宮傅屠公重其去,賦詩贈之,諸公皆和之。屠公謂寬當有序。夫南京,高皇帝建國之地也。吏部尚書,高皇帝建官之制也。誥詞具在,昭如日星。惟欲鑒別人才,公於推舉以充任用耳。蓋視其事之繁簡而序其官秩者,今日銓曹之常例也;因其人之賢能而無拘於資格者,又今日詔旨之殊恩也。有若人焉,凡爲官長者,皆得以奏薦其屬,況掌銓曹之事者乎？南京去此雖三千里而遠,一疏疾馳，越旬可至。天子方側席以待屠公，得如詔旨，斟酌舉用，公可不留意乎？寬幸承乏，忝佐其事，於公之行也，以事無大於此者，故一言之。

啓事餘情序

　　吏部所掌不一，而以銓選爲重，其制見於高皇帝。所定職掌，傳之累朝，遵行不廢。然選有急選，有常選。急選多止數十人，不過具疏奏請而已。常選率二月一舉行，則至數百人。其儀，天子視朝畢，退就便坐，尚書偕左右侍郎及吏科都給事中升階進奏。奏已，天子特命光禄供酒饌，仍命中貴一人視疏所具。疏入，尚書以下及文選官屬出，次闕左旁舍候，得旨乃啓疏填榜，揭示於衆。其大略如此，其事可謂重矣。顧此數百人者，雖出於先時之所論定，然品秩司署，繁冗紛雜，而欲取具於半日之間。或稽校稍不審，未有不舛謬者。今四明屠公以都察院左都御史進拜尚書，自弘治丙辰二月掌選，臨事優裕，事無弗治。且以餘力，每選檢韻書，次第拈三字爲韻，賦絶句一首，與同事者更倡迭和，積成巨卷，取晉山公語，題曰《啓事餘情》，間俾予序。予從公後，凡二歲餘，見公才長而思敏，精力尤過人，忽遽中往往得句如常，時自愧疲努遲鈍，章多不成，竊嘗歎服不已，而又何序之有？比予蒙恩再入翰林，公務清簡，念公之意不可久違也，乃卒序之。昔在春秋之世，列卿宴會，必命賦詩以觀志。君子即其所向而斷其所就，無少爽者。況銓選，固所謂重事乎。聖主側席有招徠之心，群士彈冠有登庸之望，使無一語以寫之，得不爲趙文韓宣子輩之所譏乎？閲是卷者，毋曰寂寥乎短章，不足以備詠歌之數。即其言，察其志，將必有所得者。詩凡若干首，自丙辰訖己未之作皆在。後有所得，當別爲卷藏之。公名溥，字朝宗，以尚書加太子太傅。曰鐘爲侶公大器，曰民悅爲秦公崇化，曰瀚爲林公亨大，皆侍郎。侶公今擢右都御史，秦公南京吏部尚書。曰源爲季君本清，曰砡爲魏君秉德，皆都給事中。本清終太常寺少卿。予爲吳寬原博，以侍郎今兼翰林院學士云。弘治十二年冬十二月上日序。

石田藁序

詩以窮而工，歐陽子之言，世以爲至矣。予則以爲窮者其身陁，必其言悲，則所謂工者，特工於悲耳。故嘗竊以爲窮而工者，不若隱而工者之爲工也。蓋隱者忘情於朝市之上，甘心於山林之下，日以耕釣爲生，琴書爲務，陶然以醉，脩然以游，不知冠冕爲何制，鐘鼎爲何物，且有浮雲富貴之意，又何窮云？是以發於吟詠，不清婉而和平，則高亢而超絕。求之唐人，若陸魯望是已。今其詩具在，予嘗讀而愛之。魯望，吳人也。吳之詩自魯望首倡，盛於宋，尤莫盛於元。然其人多生於季世，身雖隱，其時則窮，則其詩亦悲而已。予嘗讀而傷之。入皇朝來，偃兵息民，天下向治，及承平日久，人情熙熙，士之求仕者爭治經義，取科第而出。若相城有沈氏，顧獨好隱。蓋自絸菴徵士已有詩名於江南，二子貞吉、恒吉繼之。至吾友啓南，資更秀穎，雖得於父祖之教，自能接乎宋元之派，以上遡乎魯望。且其宅居江湖間，不減甫里之勝。賓客滿坐，尊俎常設，談笑之際，落筆成篇。隨物賦形，緣情叙事，古今諸體，各臻其妙。溪風渚月，谷靄岫雲，形蹟若空，姿態倏變，玩之而愈佳，攬之而無盡。所謂清婉和平、高亢超絕者兼有之，故其名大播，不特江南而已。予少居鄉，亦喜爲詩，辱相倡和，方自愧於松陵之襲美，而其子雲鴻乃欲得予序其《石田藁》者，予何以爲序也？噫！聖俞既仕而得乎窮名，啓南不出而全乎隱節。其詩之工一也，而悲樂則殊，覽者當自得之。啓南詩餘發爲圖繪，妙逼古人。或謂掩其詩名，而卒不能掩也。今年七十餘，詩思益發，數日輒成什。予雖不能窺其際，又安得而盡讀之耶？

使東贈別詩序

弘治十二年七月，闕里灾，守臣遣人馳奏。天子惻然，思所以慰安先師孔子者，内出祝詞，擇儒臣往祭，而太常寺少卿兼翰林院侍讀學士海虞李公世賢實承命以行。士大夫争賦詩送之，而鄉人之仕於朝者則自成什，於是太常馬公宗勉委予序其首。予讀其詩，所以致疑於天人之際者深矣。惟昔孔子過宋，令弟子習禮於大樹之下，桓魋惡而伐之。孔子曰："天生德於予，桓魋其如予何？"蓋天之厚於聖人如此。及漢魯共王欲壞孔子宅以爲宫室，上堂聞金石絲竹之音乃止，人之尊乎聖人又如此。然則今者召灾之故，天耶？人耶？吾何從而致詰耶？公博學多識，明乎劉向之説，獨不能識此耶？雖然，是不必致疑，亦不必致詰。天子追崇正道，宸衷靡寧。公惟將使指修祀事以達九重之誠而已，惡庸知其他。

尚書嚴公流芳録序

漢承秦後，高帝與民約法三章，既除其苛政。及所用人皆重厚長者，以革其澆風。蓋天下不能户曉，惟示以意向，則人自化之。考之當時，如周勃、曹參、張相如數輩，及其後石慶父子，皆在顯位。而嗇夫喋喋利口者，竟不得用。漢之所以治安者，非更化用人之力乎？自漢以後興者，必乘極敝之後，尚論其治質而近古，皆莫漢若。

蓋歷二千年而皇明興，則元政之苟雖不及秦，至於彝倫攸敘，所謂夷狄有君，特明於此。及其季世，強臣跋扈，弒逆禍作，亦亡之甚矣。我太祖受天明命，肇修人紀，思有以變污俗。一時列於庶位者，其間智巧而喜事者初或見容，旋復斥去。其憸佞奸頑之徒，必殄絕之，不使妨吾政令。故一時信任，莫非所謂重厚長者，往往拔於田野之間，置之廟堂之上，尊寵峻擢，不論資序，其人設有過誤，又必委曲保全而下及其家人。皆知上意而翕然改行，淳風既回而天下大治矣。求其人，若兵部尚書唐公鐸、國子祭酒宋公訥、春坊庶子鄭公濟、光祿卿徐公興祖可數者，自後則又若工部尚書嚴公震直，尤所信任，特被恩眷者也。公，湖之烏程人。世力田，爲舊族。洪武初，設糧長，郡縣推擇得公。每歲率先輸糧，鄉民素感公德，恐後期累公，無逋負者。時方徵富民出仕，號稅户人材。上察公樸直勤事，召至，授布政司參議，而留治通政司事。累遷工部尚書，俄以公過，降監察御史，欲歷試以練其才。遠使者再，事皆稱旨，及所建白，皆見施行。遂擢都察院右都御史，其屬復犯公過，引以自責，復降御史。未幾，仍拜工部尚書。凡公貶秩，則恩眷愈重，而公奉職益謹。卒能全其身，完其家，蕃其子孫，以至於今。蓋歷百餘年，鄉里稱仕宦家必以嚴氏爲冠。公之平生大略載於國史、郡志，其詳見於鄭庶子、王教授所爲記可考。至是，公之曾孫思南府推官續慮公事行湮晦，奉家錄二帙入京，謀於今太子太保、刑部尚書閔公，將刻木以傳。蓋太保公，嚴氏外孫也。爲編次爲六卷，名《流芳錄》乃率之來請序。寬生與公鄰郡，幼則聞鄉人多談公事，至稱其家必曰嚴府，蓋重之也。顧惟後生寡學，恐爲公辱，而何以爲言哉？是編凡公居官、屢蒙恩旨，直述於前，不敢潤色，恐失實也。次則公象贊及記序碑銘等文，而以《南游集》終焉。集則錄公奉使安南時敕旨并與其國往復書於前，而紀行詩則使廣西者俱在。公喜爲詩，稿多不存。存者特此，又以見公有德有文，而漢吏亦有所不及云。

壬戌會試錄序

自國初來，見於著令，三歲一行，必於歲首者，曰朝覲，曰科舉而已。朝覲即古所謂述職，當其時，天下有司咸集於京師，察其政績而黜陟之，爲吏部事。科舉，今所謂會試，當其時，天下士子咸集於京師，考其文詞而取舍之，爲禮部事。皇上御天下之十五年，爲弘治壬戌之春，朝覲事畢，次及科舉，禮部尚書臣傅瀚等上疏言故事，會試當用知貢舉官。臣瀚與左侍郎臣張昇、右侍郎臣焦芳各以事不預，請簡其人以充。於是吏部右侍郎臣王鏊特奉命攝其事，臣寬適承乏翰林，則命偕侍讀學士臣劉機充考試官。其同考試官爲侍讀臣白鉞，修撰臣朱希周、臣倫文叙，編修臣羅欽順、臣陳瀾、臣葉德、臣豐熙、臣劉龍，檢討臣劉瑞，都給事中臣屈伸，給事中臣徐忱，員外郎臣張天爵，主事臣楊子器、臣冒鸞，監試爲御史臣張綸、臣余本實，餘自提調以下各執其事。於是士自舉於鄉合累科來試者，及先是從乙榜分教於外限年許復試者，總三千七百餘人。論經量地，取之必均，然亦未敢專也，則具數奏請聖裁已定，始按卷啓封，列其名氏而榜示之，又擇程文刻之。臣寬謹序其事。蓋臣觀於今日，士至數千，可謂多矣。及所取士，止於三百，其數不及什一，亦可謂精矣，精則皆其人而無不得者。春秋葵丘之會，四命曰：取士必得。彼所謂得，特伯者之佐耳。卓然天朝，稽古建官，惟賢惟能，始克任用，其盛與三代並稱，何五伯功利之徒之足云耶！然自古之賓興法廢，舍德與行，惟於藝而考之。文詞亦藝也，出於心思而著爲手蹟，猶夫言也。惟於言而取，乃可疑焉。蓋昔孔子嘗使門人言志矣，他日則曰："始吾於人也，聽其言而信其行。今吾於人也，聽其言而觀其行。"及觀其行矣，又曰："察其所安。"以孔子之聖，其於人也，既聽其言，必觀其行，既觀其行，又必察其所安乃已。今之取士，徒據紙上數千言能合乎理，通乎政務，而文采可誦以爲能盡其人，可乎？仰惟皇祖立法，萬世常行，而於科舉一事，悉罷前代詩賦諸科，必以明經爲本端，其習尚已爲近古。至廷試，復賜之策問，以觀其志。既第其人則授以官，授以官則試以事，試以事則考其績，其在外服而來朝者，又使各述所職以察之。是故取之於前者，雖據乎文詞，考之於後者，必本乎政績，實與古敷言試功之意同，則其人亦何所掩哉？惟今歲當述職之餘，上特詔吏部進退人才，必考驗其實以爲勸懲。繼自今凡入官有異等者，必蒙宴賚以榮之，且將超遷以顯用之，否則，黜絕之，殆無所容，又與古慶讓之意同。臣寬幸從史官後，敢特書聖政於《會試錄》首以示士子，且以播之天下也。

慈溪姚氏家乘序

浙東稱舊族有慈溪姚氏，其先爲越州人。在宋曰嗣宋者仕慶曆間，爲潯州守。再世曰溱，始遷慈溪。自宋歷元，至於國朝，族人益蕃。故廣東參政堂，其裔孫也。考其先可知者，上至十五世，爲族譜。譜成殆四十年於此，其從子廣西僉事鏌續修之，又下及三世，曰："譜則備矣。惟先世自元國子助教登孫而下，文詞多散失，幸見於板刻行世者，猶存一二。至自宋以來名公文詞，爲先世作者亦多存焉，別爲集，以次於譜之後。若近世所受累朝誥敕，尤有光於家世者，則謹錄其文以冠於集之首，總名之曰《家乘》。"以參政公守蘇時，予猶爲諸生，而其子鄉貢進士鈇舊嘗同學之，故來以序請。夫自魏晉以來，人重門地，延至於唐，山東諸族往往以婚姻相陵。或舍其鄉里而妄稱，或棄其祖宗而他附，其弊至此。夫古之得姓，必始於聖賢及諸侯大夫後，雖別而爲氏，自非若漢唐賜姓以亂之，特有盛衰嗣絶之分耳。故有得姓之家，必有受姓之祖，其理曉然。如姚之得姓，本出於舜，越中尚名其邑。其後子孫散處天下，而曰思廉、曰元崇，尤顯於唐，爲當時名臣。今皆不之祖，斷自潯州府君始，所謂據其可知者，其派的而正，其事核而明，足以傳信於家。雖其人不甚暴著，然處者有隱節而多行義，出者盡官守而多材能。其由科第爲儒官者，不但能立師道，又多擅文名於一時，若參政公，更登甲科，爲廉吏，吳人至今稱之。今僉事君繼起，又賢而有文，頃以禮部副郎推擢憲臣提學，將以經學指授一方，爲朝廷作成人材，後之人自足以祖之。夫家乘，一家之史也。僉事君作而成編，其有功於姚氏甚大，是宜序而及之。

卷第四十四

序一十四首

劉文恭公集序

文章之士，世固有之。山林之間，賤而在下者，其文既多晦而不傳，至於貴顯之人，或放而無行，讀其文者且嗤之，況欲其傳哉？夫人自少至老，矻矻然執筆纘言，能造其妙者幾人？幸其文之妙矣，貴而鄙其行，賤而掩其名，欲其傳，又難如此。寬故於鄉先達文恭劉公之集讀之，所以深歎也。劉爲吳中世家，自宋以來，以儒宦相承。入國朝，值家中衰，而公居貧力學，未嘗降志。永樂間，竟取科第，入翰林，益篤於學，纂修講讀，皆稱其任。文名既著，有求者輒酬應之，若不辭拒然。平生慎許可，少假借。言之所施，未嘗徇俗以悦人，人亦未敢易而求之也。蓋公爲人儉質無華而少玩好，靜退不競而絕奔趨，故形於著作者不以險怪侈靡爲工，往往於和平簡澹之中而有温純典雅之意，知公者以爲似其爲人焉。公既没，藏於篋中，率多亂稿。其子瀚從仕中外，皆以刑獄爲職，未暇編次。及是以陝西按察副使致仕，始以其暇爲之。以寬居同里，及仕又嘗同朝，契好甚久，乃奉其遺稿以示，俾序其首。寬生也後，不獲承公之教，特從諸生中一嘗望見其顔色而已。今幸得其遺稿而讀之，亦何異蒙公之指授者？顧淺陋之學，雖按察君繆加委重，其非公之望乎！既辭不獲，他日君則以書俾其子今直閣尚寶卿榮來言曰："某老矣。先子之文將板刻行世，願序文之及見之也。"蓋公在翰林最久，後自國子祭酒擢少詹事，官亦顯矣。而公所以儉質靜退者自持愈至，猶夫山林人也。故其行已鄉人知之，同時之人知之，遠方後輩或有不知者，將無疑其文乎！孔子曰："有德者必有言。"敢書曰：此有德者之言也。學者宜相與傳之。公歿後數年，天子念公爲春宮舊學之臣，特贈禮部左侍郎，謚曰文恭。而有司復祠公於學官，知德者以爲合於公議云。

同年三友會詩序

成化壬辰登進士第者二百五十人，可謂多矣。自壬辰至弘治癸亥三十二年，亦可謂久矣。前乎二三科，其年益久則宜其人益少，然未有少於壬辰者。蓋仕者僅三十人，仕於朝者僅三人：寬與工部左侍郎湯陰李公鏜時器、右侍郎德興張公憲廷式。而廷式又分司於外，歲惟一至而已。今歲廷式既至，三人者相語曰："聖天子方膺萬福，又幸四方無虞，三邊少警，且朝廷舉燈假故事與臣民皆樂。吾三人更不接杯酒以爲一日歡，所謂同年會者不幾於廢乎？"乃正月九日初會於時器宅，酒半，時器出松竹梅三物於盆，致席間以爲玩，曰："此昔人所謂歲寒三友者，今日殆似之。"相與一笑。十四日，再會於家。二十日，三會於廷式公館。館爲建安楊文敏公朝房，即所謂聚奎堂也。凡爲會，三人者性皆不飲，終席醒然，清言不窮，善謔間發，歡洽累日，契好益深。退輒賦詩以紀其事，又以齒爲序，即三物各占其一，更倡迭和，不覺成什。噫！往歲爲會，座客滿堂，起坐諠譁，勸酬淋漓，若以爲樂，惟夫人之衆也。情話不交，雅音不作，闐然而集，闃然而散，不啻市人之於朝暮者。孰有旬日之內爲三會之頻，三會之餘得諸詩之富者乎？況禮不忘恭，樂不失正。以道義相期，必託於言；以節操相勵，善取諸物。豈以酒肉爲事，求一飽之樂，如聚蠅蚊，爲昔人之所譏者乎？乃錄其詩，請國子典籍陳啓陽繪圖以冠，而寬復序之。入藏一卷，傳之子孫，以講世契，亦足以有徵也。

五同會序

自有人類以來，其世茫然而無窮。人生其間，大率百年。生乎吾前者，瞻之不可得而接；生乎吾後者，顧之不可得而待。乃於無窮之世，相值而同時，其亦難得也哉！夫既生同其時矣，或居有南北之隔。居同其鄉矣，或仕有內外之分。使又居同其鄉，仕同其朝，不益難得也哉！雖然，三者既同，或不同志而同道，猶夫古今南北內外而已，亦何難得之有？吳人出而仕者，率盛於天下。今之顯於時者，僅得五人。曰都御史長洲陳玉汝、禮部侍郎常熟李世賢、太僕寺卿吳江吳禹疇、吏部侍郎古吳王濟之及予，爲五人。去歲，五人者公暇，人輒具酒饌爲會，坐以齒定，談以音諧，以正道相責望，以疑義相辨析，興之所至，即形於詠歌，事之所感，每發於議論。庶幾古所謂莫逆者，同時也、同鄉也、同朝也，而又同志也、同道也，因名之曰五同會，亦曰同會者五人耳。禹疇以越人丁君綵妙繪事，俾寫爲圖飾，爲長卷，推予序其首。圖中坐於左者爲予，並坐者世賢，前行者爲玉汝，次濟之，又次禹疇，皆容貌惟肖，氣韻奕奕。獨予白髮蒼顏，頹然以老，可歎也。五人者初期相續爲會不已，未幾，玉汝擢副都御史，赴南京，濟之以外艱去。自是會者惟三人。予年既高，又將引退。雖後之來者當復盛，予固不可得而待也。

送太子太保户部尚書周公致仕詩序

　　古者四十始仕，七十致仕，大率仕三十年耳。後世入仕不限以年，若致仕則與古同，不特三十年矣。因其仕途之優，近制：凡年六十上下，俾不得仕。其退之之易至此，非以後來選人積滯，爲此一時疏通之計乎？然固有進之之難，年踰五十，遷延銓部而不得仕者。及入仕，有未及三五年而遂去者矣。仕途之窮，又至於此。蓋以年論者，待群吏然耳。若大臣，則不拘乎此而久任之。自漢以災異策免三公，於是大臣去位，恩禮衰薄，至身不能容，書之史册，爲千古之恨。夫三公論道經邦、燮理陰陽，其遇災異也心不自安，固難立位乎？其自處之道固宜，然豈上之處其人哉？蓋當擇其人於將用之時，不當黜其人於方用之日。擇而後用，用之必久，待之自與群吏異等。故曰：官不必備惟其人。既惟其人，其退自有不得而易者。頃者大臣上章請去者五人，上重其去，降温旨慰諭之，已而且許之。五人者，其一爲太子少保户部尚書周公。公出太原世家，早登甲科，徊翔翰林春坊者幾三十年。史局編摩，貢闈考校，皆舉其職。上在青宫，公爲講官，尤多啓沃之功。然人皆知公文士而已，一旦朝廷畀以政務，凡禮儀銓選皆若素習，通儒之名，翕然以起。及掌户部，以身任事，不顧利害而爲之，有古大臣風。顧公夙夜在公，籌度國計，而其勞亦甚，上所以終憫其情而許其去也歟？彼以適有星變而疑舉漢故事者，世道方升，監於三代，一時敝政，果足取法耶？五人之去，皆被恩典，公得加太子太保，尚書如故。且令有司行優老之制，仍賜之敕，所以襃美者甚至，曾謂漢世有是哉？公卿大夫於公之去，羨而惜之者不能已，於情亦不能已，於言也相率作詩送之。鄆城侶公以都御史代，謂予與公僚契最久也，請序其首，不敢辭。

送南京兵部尚書韓公詩序

　　頃予奉詔修《大明會典》，凡令甲所載諸司送上者得以編覽。仰見高皇帝立國之初，經營締造，日不暇給，而右武之時，於兵戎一事尤勞聖慮。蓋府衛統成、什五團結、營屯聊比、城隍環護，至於庇牧器械之類，亦無弗備。所以安內攘外，居重馭輕，以成萬世之治者，其事皆掌於兵部，可謂任之重者矣。自永樂間定都於北，而兵部所掌如故。蓋王蹟肇基，所以建不拔之業、垂無窮之統者在此，於是其地稱南京。朝廷特敕勳臣一人專總機務，即周之保釐、唐之留守之意。而兵部尚書獨得參贊其間，可謂任之益重者矣。故南京並設六部而兵部為要者，其官等，其任重也。今歲兵部有尚書之缺，命吏部集大臣推舉，得本部左侍郎洪洞韓公。縉紳交賀，皆以為得人。蓋南京倚江帶山，地大物衆，遠距三千餘里。然朝廷視如三輔，無東南之憂者，特以一二大臣坐鎮之耳！夫法不務乎紛更，威不尚乎姑息，復世俗於淳厚，識事變於幾微，使人相生相養而不知其功者，惟簡重清恪，有雅量者能之。而公實其人，此今日以為得人也。或以公有是德器，且達於政事，勤於問學，宜留以近天子助治化，顧輟之於外，可乎？夫南京，不宜以外視，固舊都也。有機務、有兵戎之事，所謂任之重而益重者。他日天子念公久勞於外，直以御墨數行召公還朝，亦何難之有？於是少師馬公及侍郎梁公與公有同僚之誼，既得諸公贈行之作，乃以序文委予。予與公相好，惜公之去，亦不能留也，聊書以俟。

衢州府志序

衢州府舊有志，自元以來亦既屢修之矣。今太守姑蘇沈侯復修之者何？蓋歷歲既遠，雖山川如故，而疆域或分。況田疇益闢，而戶口或衍。與夫人物之盛衰、公署之興廢、賦稅之厚薄、物產之多寡，古今有不同者，其能已於復修乎？且舊志府與縣分載，其事若無統屬，侯復以為不可。於是致仕教諭開化吾君尋始承侯之意，檢閱故籍，搜訪近事以終之。而教諭西安吳君夔復助之而成此編，得若干卷。侯以考績至京，來告云：凡衢之人之游於斯者數輩，皆以序文請。夫衢，入國朝隸浙江，為南境，土沃民勤，號稱善地。若名臣賢士之出尤盛，固不暇論。惟宣聖正宗，越自魯地，從宋南遷，賜居郡城，巍然廟祀。故衢雖列為一郡，實與闕里南北相望，天下言故家舊族者莫能先之，其地增重，非特所謂善而已。侯少與其仲連登甲科，並通朝籍。及出守於茲，嚴於持身，而勤事愛民，治行甚著。顧郡事繁冗而路要衝，獄訟驛使紛然盈前，鞅掌之餘，方為此志，其高於俗吏數等矣。而彼之為俗吏者，自以簿書為能，必皆以為不急之務，抑孰知其所以為急哉？孔子以夏殷之禮能言之，而歎杞宋之不足徵者，以文獻之不足。蓋文獻之所繫如此，然則今日衢之文獻足矣，後世其亦有所徵哉。

山東泉志序

《山東泉志》六卷，今都察院右副都御史、吾友徐公仲山官水部時治泉而修者也。首載諸泉，而以泉圖冠之。次河道，泉所入之地也。次堰壩，泉所行以障之者也。次牐，泉所入以節宣之者也。

次題名，其官皆爲泉而設者也。次碑記，其文皆爲泉而作者也。總名曰《山東泉志》。山東者，後世之所稱古齊魯之地是也。公以志宜有序，間以書來請。夫泉，或出於山，或發於地，天下有之，不特齊魯之地。而齊魯諸泉浚之，獨爲有用者，以漕河近其地。惟浚之則收其利，可以運載以足乎食也。若孟子，謂禹治水，掘地而注之海，惟掘之則去其害，可以樹藝以得乎食也。夫水之與泉，其大小不同，其利害可得而言也。公自蚤歲讀書，已識治道。及登甲科，分司於外，究心泉事，竟成治績。自是出入勤勞，賢名益起，遂從方岳，進擢內臺，奉命巡撫，復臨山東，則責任日重，非治泉比。既於民事益加容心，其流惠澤以利乎人者，亦豈泉之比哉？憶在成化間，公方治泉，而予適上京，相遇於濟寧，同謁孔林，行經泉上，已歎其督治之有方。及公受代而還，則出所謂泉志者相示，今計其時已踰二紀，而此書猶存，豈意復爲序其首耶？執筆之際而感慨係之。

贈衍聖孔公襲封還闕里詩序

弘治十六年六月，巡撫山東都御史徐源等上言：宣聖孔子之後自漢以來累加封典，至國朝，以其嫡裔一人定封衍聖公，專奉廟祀，所以褒崇之者益重。今六十二代孫曰聞韶，次當襲封，謹奏。上若曰：崇儒重道，莫先於孔氏，其亟行之。事下吏部，遣官詣闕里，傳召命。乃是歲九月，公乘傳至，入覲已，有詔聞韶其襲封衍聖公如制。公感恩，擇日上表，陳謝如儀。他日，上益思所以褒崇之者，特遣中貴人持玉帶一、麒麟文綺一以賜，仍畀之璽書，以侈其事。一時，文武廷臣下暨宿衛將校，至都人士，見者莫不稱歎，曰：朝廷待宣聖之後其盛如此，吾等何幸，身親見之？越月，公卜日將還，館閣自少師劉公而下，以皆誦法孔子，獲見其後，際盛時，被盛典，相率爲詩篇以贈。詩成，以其序屬之寬。寬愧而謝焉，不獲，則亦何説之有？蓋自有載籍以來，莫古於六經。其次爲《論語》，爲《中庸》，又其次爲《家語》，其書皆出孔氏，乃天下萬世之所傳者也。是雖非孔氏之所得專，則固出於孔氏者也。惟其書出於孔氏，爲孔氏之後者必先傳焉。夫其先傳者爲六經，爲《論語》，爲《中庸》，爲《家語》，舉諸子百家之言，雖廢之，可也。他尚何以加之？今觀諸詩之義，亦惟稱歎其盛而已，未敢有助於公意蓋出此。然公於是試一讀之，必思所以仰答乎上，自不能已。雖謂詩之有助於公，亦可也。若如其先僖對漢章帝之言，此乃崇禮先師，尊崇聖德，非臣一家之私榮，則亦誤矣。蓋章帝作樂以祀孔子，是固爲孔子也。推其世澤而榮其後人，爲後人者，其復以僖之言自處乎？聞韶爲公名，其字知德，生二十二年矣。爲前衍聖公以敬之子，今太子太保長沙先生之壻，莊重靜默，動止有儀，人以爲得内外之教云。

送陳都憲玉汝赴南京詩序

頃予與鄉人之仕於朝者姚城陳玉汝、海虞李世賢、松陵吴禹疇、震澤王濟之爲五同會，蓋襲睢陽之意而循洛社之例。職務之餘，期月一聚飲以釋其勞，相樂也。未幾，玉汝擢左副都御史於南京，因歎良會之不常，感樂事之難久，有不勝其慨然者。於是玉汝行，予作詩贈之，世賢而下和之，凡與玉汝厚而能言者復和之。詩既成什，有謂玉汝之去一人耳，而留者四人，四人猶足以樂，而一人離群索居，其必不樂可知，此殆未知玉汝者。夫南京，玉汝疇昔游宦之地也。公署所在，左山右湖，極其勝概，聖祖之所肇建，以爲法官引觴之助，見於奎章可考，謂玉汝爲不樂，可乎？玉汝且多雅懷，善吟詠，清時佳景，觸目皆詩。至若春水方生，涼風或發，率甲士，泛戈船，練兵於龍江鷺洲之間，如漢昆明故事。先聲所至，盜賊屏跡，上下千里，居民行旅，晏然無警，以盡職務，以揚聲名，謂爲不樂，又可乎？文事武備，兼於一身，且爲玉汝壯之，豈特樂而已？詩宜有序，予於五人中年最高，故書之。

重慶劉氏族譜序

　　族之有譜，非特觀其族之盛，亦繫乎世之盛而後作也。凡譜皆藏於家，惟歐、蘇氏之譜見於集中，遂傳於世。今以蘇氏論之，自唐爲蜀人，既有文如老泉者，而老泉復有子如軾、轍者。考之當時，宋興，平蜀已百六十年，居民樂業，文治大行，地雖險遠，而蘇氏之文章已盛於天下，譜之所作，宜其時矣。蓋人處亂世，父子兄弟且不相保，況宗族乎？及世已定，始得全其生，保其家。久之，族人益蕃，而又得有文者出，譜之有作，固族之盛而然，亦世之盛然也。自元季之亂，湖湘之人往往相隨入蜀，爲避兵之計。皇朝應運，以次削除群雄，而王蜀者自若。乃洪武四年，天兵始平之。蜀固樂土也，當是時，劉氏有自興國而來曰珉一府君者，遂定居重慶之巴縣，蓋百五十年於此矣。傳六世，有登成化己丑進士第者曰規，仕於朝，爲才御史。御史君生三子：曰春，曰台，並首冠鄉解。春登成化丁未進士第，今爲翰林侍讀學士；台登弘治丙辰進士第，爲禮部主事，皆以文行稱於士林。若族人成材者尚多。劉氏故有譜，遭亂散失，莫能究其先世，特里巷呼爲大袖劉氏。蓋以其先業儒而服逢掖也。至是，御史君始復作譜，近自珉一府君始，可謂不失之誣矣。其法以古人五世爲一圖者未可用，而獨用長寧周氏九世之制，其說自見於譜例。譜成，學士君請序於予。噫，劉氏其盛矣，皇朝之盛不於此而驗乎！

名賢確論序

　　《名賢確論》一百卷，皆唐宋人所著也。其説散見於文集中，或病其不歸於一輯，成此編以便觀覽。其所論遠自三皇，近至五季，或論其世，或論其人，或論其事，或專論，或通論，上下數千百年皆具於此。夫人生乎千百年之下而欲論乎千百年之上，其世遠，其人亡，其事隱，考其治忽，辨其賢否，求其得失，以爲定論，其亦難矣。蓋人生同時者每有愛憎之心，其居異代者必無好惡之念，此人之常情，而名世之賢又不必以此語之也。惟世之立論者，逞異以爲高，出奇以相勝，人自爲説，不肯附和。如法家之斷獄，得其情者固多，或失於慘刻、流於姑息者，其刑未必皆平也。故雖文章大家，君如武王以爲非聖，臣如馮道猶以爲賢，史筆操縱，一至於此，他尚何望哉？錫山錢孟潛出江南大族，好爲義舉，以此編不能家有，因刻以傳世，來請序於予。自顧區區末學，何足以知此？既久始克，書而歸之。惟此編特出於唐宋之人，予猶恨其不上及於漢，如賈誼《過秦》之類，豈漢以來別自有編耶？

完菴詩集序

　　夫詩自魏晉以下，莫盛於唐。唐之詩，如李、杜二家，不可及已。其餘誦其詞，亦莫不清婉和暢，蕭然有出塵之意。其體裁不越乎當時，而世似相隔，其情景皆在乎目前，而人不能道。是以家傳其集，論詩者必曰唐人、唐人云，抑唐人何以能此？由其蓄於胸中者有高趣，故寫之筆下往往出於自然，無雕琢之病，如韋、柳又其首稱也。世傳應物所至，焚香掃地，而子厚雖在遷謫中，能窮山水之樂，其高趣如此，詩其有不妙者乎？完菴先生劉公，少爲刑部屬，出僉山西按察司事，居三載，即棄官歸吳中，年始五十耳。公神情蕭散，無冠裳之累，其家長洲之野、江湖之上，日玩雲水不足，引水爲池，累石爲山，號小洞庭。與客登眺以樂，興至輒瞪目爲吟哦聲，其詩專法唐人，語多與合。當時所與倡和者，武功徐公、參政祝公及隱士沈石田數人而已。自公之没，而徐、祝二公相繼下世，吳中風流文雅不可復見矣。予於公爲後輩，而託交久。成化辛卯，予北上，與公别。明年，公遂不起，竊恨之。於是公之曾孫布登進士第，既喜公之有後，而布嘗輯公詩名《完菴集》者請序，則又喜其詩之不亡也。完菴者，公歸田時號也。自以保其身名，幸而無虧，如玉返璞，以全其真，觀公晚節之善如此。又唐人王右丞輩有不可及者，其詩僅百篇，所遺者尚多，讀者如得其爲人，則又奚以多爲哉？

西潭詩稿序

故黄州守華亭陳君一夔性喜爲詩，自爲刑部屬，吟詠不以公務廢，退歸私第，不問家事，意惟在詩。或朋游聚飲，衆方舉盞誼譁，獨凝然注目，其意亦在詩也。一夔爲人清儉静厚，治獄不苛，鄉人服其量，隣家感其德，藹然君子人也。嘗以年勞擢湖廣按察司副使，未行，俄與同官數輩坐事，概降外任，去爲瑞州同知。居三年，有惜其困者，遷高州守。高州在嶺南，爲蠻夷瘴疫之鄉，官雖稍遷，意更不樂。復有惜其困者，移守黄州。及聞命，則已病矣，竟卒。嗟夫！詩人例多窮，其言果可信耶？一夔在刑部時，所與倡和者有餘姚陳匯之、崑山秦廷贊、黄巖王存敬、吳江趙栗夫。其後匯之調官死，廷贊、存敬皆擢官遠方，亦死。今獨栗夫在，尚留滯浙江提學，多窮之言，於是益信。一夔與予相好，公暇過城東，必造予園，居徙倚樹石間，輒留詩而去。其號西潭，用以名其稿，嘗持稿數冊委予序。後聞訃，竊悲其不幸，至此不忍發而視也。顧其子悅屢以書來促，曰：「先人傳家無他物，惟書數百卷、詩稿數冊而已。幸哀其窮而卒書之。」夫窮而後工，又歐陽子之言，自一夔赴瑞州及入嶺南，悅復輯其詩爲二册。夫其窮益甚，則其詩當益工，予又安忍視之？特書此以慰一夔於地下，且以爲悅孝思之慰云爾。

弘治壬戌進士同年會錄序

今之登進士第者，多爲同年會。然莫盛於初會之時，蓋其人皆聚於京師，方釋場屋之累，而觀朝廷之尊，且被冠裳之華，而無簿書之冗，一旦張筵合樂，舉觴勸酬，其情豈不暢且適哉？弘治壬戌登進士第者三百人，乃八月廿二日會於城東武學，循故例也。夫國朝令典，進士傳臚之明日必賜宴於禮部，其會尤盛。然出於天子之命，公卿百執事之臣皆在，又有勳戚大臣一人奉命主宴於上，終宴無敢誼譁者，故其會也以法。若夫斯會，則坐以齒序，初無甲第之拘，飲以量釂，不必監史之佐，熙熙然意氣相得，契好相敦，故其會也以情。情之暢所以濟乎法之嚴，惟法之嚴所以益見乎情之暢也歟？是會也，衆推張龍汝言爲醵首，他日偕會中數輩來告曰：「凡爲會，必書其人大略與所授官，刻之爲小錄，亦近例也。幸忝門下士，敢以序請。」予未暇及。又二年，復來告曰：「同年授官且徧矣，爭欲得一編以藏，願卒書之。」蓋進士之制，有登科錄以傳於天下，有題名碑以樹於太學，所以重其事者，豈爲其人誇詡之資哉？亦欲覽之者警動於心耳。孔子曰：「三人行，必有我師焉。」夫三人至少而猶有師，況三百人之多乎？其人善不善，固吾所以爲勸懲者也。今三百人一爲會之間即成此錄，而必繫其官。官有內外，皆爲天子分治政事，出入迭爲，不終其職。然而卒有内外之分，以美不美爲言者，此流俗之見也。故覽是録，曰某也官美，不必羨也，不若論其人之善，善，吾效焉。曰某也官不美，不必厭也，不若論其人之不善，不善，吾不效焉。使其人官美而不善，非惟不羨也，且厭而不效矣。使其人官不美而善，非惟不厭也，且羨而效之矣。蓋官之美不美，在外者也；人之善不善，在内者也。君子將重其内乎，抑重其外乎？亦不惟其官，惟其人可也。然則是録雖若簡略，然資於吾者多矣。昔司馬文正公序諫院題名，有忠詐直回之語，今是録亦題名類耳。乃特發文正公意以告諸君，惟勿以詞之費而少省之，則幸矣。

卷第四十五
序一十三首

趙隱君叔敏五十壽序

蘭溪吴令濟告予曰："經之内兄趙叔敏氏，宋清獻公後也。其六世祖諱景文者，寔公之七世孫。自太末來主蘭溪簿，因家焉。母吴氏，經之姑而先禮部府君之曾孫女也。吾姑蚤失所天，而能教叔敏以下三子至於成立。今叔敏生五十年矣，隱居於家，樂善好脩，鄉稱長者。而有子庠爲邑庠生，學且有成。吾將因叔敏始生之日慶之，或者拘以三壽之說，謂其年數未及乎此而慶之無謂，子以爲何如？"予曰：令濟曷不觀諸記禮者之言乎？人壽以百年爲期，故《禮》："百年曰期。"五十者，百之半也。以一日譬之，五十以前日之晝也，五十以後日之夜也；以一歲譬之，五十以前歲之春夏也，五十以後歲之秋冬也。此其天時之遠近長短雖不同，而其理無不同者。然吾遂得以人事譬之，則莫若治田爲切。夫治田者，凡所以履塗泥、冒風日，以勤動其四體者，皆晝之所爲也；至於夜，則休息而安矣。凡所以反土而耕，去草而耘，以培殖乎百穀者，皆春夏之所爲也；至於秋冬，則穫而食矣。今叔敏之播德於家，種德於躬，至於五十年之久，猶治田者之勞於晝、於春夏者也。自是而往，逍遥乎杖屨、飽煖乎肉帛，以備享諸福，至於百年，亦猶治田者之逸於夜、於秋冬者也。夫然後月可慶也，時可慶也，歲可慶也，奚必下壽、中壽、上壽而後可慶哉？則是慶也，非慶之始歟？且吾聞之，清獻公之爲人也，以寬厚仁恕爲宋名臣，並時若眉山蘇長公稱其以惠術擾民如鄭子產，而至今間巷小民皆能道其名字，其德之厚可知。趙氏之田可謂美而腴矣，又況有若叔敏者竭力鉏耰於其上乎！吾見公之所遺者，不惟可以飽叔敏而且及其子孫，百世而有餘也。則是慶也，又將爲後世之慶之始歟！令濟曰："諾。吾其慶也。"

偕壽堂詩序

偕壽堂者，林君朝信與其弟廷孚奉其父守軒先生、其母夫人夏氏之堂也。堂之作久矣。今年朝信考大行人最，擢監察御史。其父母之年適皆六十，其生之朝適皆冬月，心竊幸二親之俱存而錫命之封來且有日，此偕壽所由題其堂也。於是京師諸縉紳相語以爲此林氏之盛事，不可不聲諸詩。一時，大篇短章，鏗然並作，總得若干篇，朝信來請予序之。予憶家食時，常過林氏之居。居邇邑治，胥徒號呶間聞書聲琅然，竊異之，入其門，升其堂，弟子數十人列誦左右甚恭，一人方冠古衣而中坐者，守軒先生也。揖予入坐，顧堂之前楣揭"守軒"二大字。予因指而問曰："先生之所守者，何哉？"曰："守，吾職而已。"予又向曰："先生之職若何以守之？"曰："布吾衣，廬吾居，犁吾田，讀吾書而已矣。雖然，豈惟吾之職哉？推而言之：天子有天子之職，諸侯有諸侯之職，卿大夫有卿大夫之職。天子守其職則天下安，諸侯守其職則國安，卿大夫守其職則家安，士庶人守其職則身安。身安則可以保手足、完髮膚，而天年全矣。"蓋予昔之所聞於先生者如此。今者朝信之請其言，固於是乎驗。然先生之所以全天年者，固驗於所守之內。而他日之受天恩，又有得於所守之外者，則孟子所謂"耕也，餒在其中；學也，祿在其中"

之言，不於是乎又驗哉？彼夏夫人之行不出閨門，吾固不得而知，然以先生之爲人，知其必有妻也。諸縉紳之詩所以發揚偕壽者，至矣。吾固即守軒之説以著其偕壽之自云。

壽賀感樓先生序

先生長於予，能忘予年而辱與爲友，其於文事相我、導我者多矣。及予官翰林，與先生別者三四年，又不忍疏予，數貽以書，所以相我、導我者又不止於文事。予愧乎其言也。今年，其仲子恩以京闈解元來試禮部，予問："先生起居何如？"曰："猶前日也。""談笑何如？"曰："猶前日也。""飲食步履何如？"曰："猶前日也。"則既爲之喜，及問先生之年，曰："六十矣。""其生之日？"曰："二月廿又一日也。"予念無以謝先生者，欲爲文以祝願其壽，則莫若稱述其爲人也。蓋先生之先有曰公宜者，仕國初，爲大理評事，居官廉平，能以貧乏遺其後人。生復菴府君，復菴生先生，其貧乏自若。少乃教授里中，講説義理，輒旁引曲譬以開諸生，非世所謂句讀師也。操筆爲文章，一法廬陵、南豐，簡約而理足，平易而味長，知言者與其文。平生不信浮屠，不尚巫祝，凡邪妄不經之事，一切屏去，曰：吾知盡人事而已。其治家，歲計月量，卒致饒裕。厚於御下，故童僕之職益修；儉於自用，故賓客之奉不絶。常慕鄉先正范公爲人，欲爲施貧活族之舉。若待其弟常之曲盡恩意，尤人所難及者。教養諸姪與其子等，里中薄俗爲之一振，知德者又與其行。夫大理公位不酬德，弗究厥施，先生以文行承之，能不愧爲其孫孝也。解元君方將擢甲科、登貴仕，以大究厥施，先生以文行啓之，能不愧爲其父慈也。《詩》曰："樂只君子，遐不眉壽。"先生殆《詩》所謂君子耶！則壽至於期頤，皆自致者，而亦何俟於祝願哉？予故特稱述其爲人。

壽陳未菴序

陳未菴先生少與其兄醒菴先生同侍其先太史公，居京師，一時館閣諸大老皆及識之。故其聞見博而學問多，翹然爲吳中士林之望。其生永樂壬辰，至今成化乙未，年六十四矣。寬少未菴餘二十年，辱有斯文之契。而瀾別以來，思所以壽之者。蓋嘗讀醫經曰："八八則齒髮去。"夫齒髮去者，衰之極也。未菴之生，適惟其時矣。然予聞其狀貌若不相符者，豈岐伯之欺我耶？不然，其所稟之異於人耶？不然，其所養之有道也。蓋岐伯又曰："上古之人，其知道者，法於陰陽，和於術數，食飲有節，起居有常，不委作勞，形與神俱。"此攝生者之論所以養乎血氣者也。孔子曰："血氣既衰，戒之在得。"乃獨置血氣而不理，方以貪得爲戒，則專事乎理義者也。以理義爲事，非養其心者乎？故孟子曰："仁義禮知根於心，其生色也，睟然見於面，盎於背，施於四體，四體不言而喻。"若然，則形與神俱有不足言者，此儒者之效也，非攝生者所知也。夫未菴，儒者，敢以儒者之言爲壽。且以明其所養者有道，乃在此而不在彼也。

慶都憲盛公七十壽詩序

成化丙午秋，都察院左副都御史無錫盛公方巡撫山東，遣人馳奏於朝曰："臣明年年七十矣。於法宜得致仕，謹具疏以請。"上念公久勞於外，詔允之。且俾乘傳還鄉，人以爲榮。公既抵家，與其弟時正處，益相友愛。鄉之士大夫從公游者杖屨不絕。而公既解政務，心神益閒，適往來山水田園間，飲酒賦詩甚樂也。蓋與昔人所謂罷則無所於歸者不類。公生以四月二十日，先是時正以其子虞官於京師也，俾請諸詞林先生作詩爲慶，而以序文屬之予。予幸託交於公，實知公平生大節一二，因試述之。公溫厚君子也，當其立朝，然能言人所難言與爲人所不能爲者。蓋爲御史時，武臣有矜功者，則抗章極論而無所畏憚。爲刑部侍郎時，閹人有賕貨者，則閉門自守而無所詔阿。其特立之操，雖素號剛直者或不能及。是以與世多忤，其身朝置於臺省廊廟之上，暮已在於郡縣方岳之間，而徊翔於外，終老以歸也。然公之心雅不以內外爲輕重，所至盡力民事，如恐不及。固有去任之後逾數十歲，道經其地，民猶相率枕藉車下而遮留之者。及其出而巡撫，則公黜陟、均徭役，至活飢民數十萬口而不自以爲功，此公所以壽者歟？夫公之壽，亦未暇論。予獨愛公前日能全身而歸，榮被恩典，進退之際，無乎不善。彼爲富貴所累之人，不啻如陷泥塗中，仰望公於青霄之上而不可及，有不勝其歎羨者矣。詩凡若干首，因序其上，以及予之有感於公者並書之。

少傅徐公壽詩序

弘治十年，少傅兼太子太傅吏部尚書謹身殿大學士宜興徐公以年七十具疏請休致，大略謂：臣居官四十餘年，夙夜驅策，苟免過愆。今既衰老，若復貪戀寵榮，不自引退，恐犯不知止足之戒。疏入，上不允。若曰：卿先帝舊人以遺朕用者，何遽引退？且有"德望老成，輔導年久"之褒，仍令風雨寒暑免朝以優禮之。公聞命感激，不敢再言，遂强起視事。初，公之請老也，士大夫相與歎曰："今之人，名列仕版，雖末秩微祿，不忍舍去。公位三公之尊，享萬鐘之富，顧以盈滿爲懼，欲退居田里以全晚節，一何高哉！"及命下,又相與歎曰:"昔之大臣不厭公議,固有使致其事者。今則勉留懇至,視之真如左右手,惟恐一旦失去,其恩禮所施,又何厚哉!"然則公之所以自處與上之所以待公者,可謂兩得之矣。乃七月二十一日爲公始生之期,先時公率不受賀。有言於公者曰:"耆俊之重於世,見於詩書傳記所載久矣。公年七十,爲國元老,獨不宜賀乎?且所以賀之者,非特爲公一身而已。《書》曰:皇建其有極,斂時五福,用敷錫厥庶民。天子尊居於上者也,非大臣納誨輔德,無以成斂福之功;庶民卑處於下者也,非大臣宣化播德,無以獲賜福之利。公居廟堂之上,雍容自如,校其勞,若與百司日進章疏、陳政事者有所不及。然一言之入,所以潛沃上心,默相治道,而天下之人陰受其賜者蓋不可以數計,則公之壽豈不爲上下賀哉?其賀不已大乎?自茲公其贊襄密勿,康强期頤,天子仰成,永綏乎邦國,庶民樂業,長保乎室家。其賀不已遠乎?"既已言於公,寬輩幸有鄉邦之雅,辱公之愛,不敢以私自遠也,倣古詩人之義,致祝頌之詞而勉爲之序。

竹園壽集序

太子太傅吏部尚書鄞屠公、太子少保户部尚書曲陽周公、都察院右都御史鄆城倪公同生正統庚申,至今弘治己未同躋六十,倪公之生差先,屠公稍後,介其中爲周公,乃五月四日也。是日,諸僚友若户部尚書祥符王公、太子少保左都御史烏程閔公、吏部右侍郎舒城秦公、户部左侍郎靈寶許公、右侍郎睢州李公、右副都御史臨淮顧公及予七人,即周公私第之後園置酒合賀,籩豆既陳,冠裳輝映,勸酬交錯,俯仰有容。及就坐,清風習習,入窗檻來,若破新暑。酒政斯行,樂音具舉,談笑歡呼,起坐成旅,情好甚洽,賓主盡醉,皆以爲自有壽筵以來無若此盛者。予忝預玆集，乃首賦四韻爲倡，諸公咸和之。秦公別集古句，諸公又和之。周公復自有作，又咸和之。皆以爲自有壽章以來，亦無若此盛者。一時觀者，相與稱羨，以爲三公官爵尊顯，福履隆厚，豈非當朝人物之傑出者歟？予曰："是固然。然三公所以致此者，亦豈易哉？當其蚤歲，刻厲學業，始登甲科。及既入官，朝廷歷試以事，累建勞績，始列大僚。然位益高則責益重，故夙夜在公，鞠躬盡瘁，惴惴然以恐。掄擇人才，以任庶事，恐瘝厥官；劑量儲蓄，以資國用，恐厲厥民；振揚風紀，以率群吏，恐斁厥法。仰思未得，真有古人終夜不安寢之意。是以人見其今之壽耳，不知其平生履歷之多；見其今之樂耳，不知其中心憂畏之至。彼僥倖之是圖，逸豫之是耽，如世小夫之所爲，欲享其壽且樂，不可得者。則所以致此者，果易乎哉？夫三公所以有今日者，固出於自致，亦惟其身之遭際耳。蓋生全盛之世，立重熙之朝，賴聖天子在上優禮之，愈加信任之不貳，得以成其壽且樂者。不然，亦豈可得哉？"眾以爲然。乃更舉觴以祝三公，曰："願自今躋於上壽，黃髮在位，益竭謀猷，以副聖天子倚毗之心。"三公亦舉觴以酬，曰："願諸公同心以輔聖政，流無窮之聞爲邦家光。"祝已，眾授簡請載之。予曰："賓主之意見於今日之所倡和者已盡，此可略曰：'意之篤者詞必複，其何略之有？'乃載之是集也。"坐有善繪事者，爲錦衣二呂君。屠公援宣德初館閣諸老杏園雅集故事，曰："昔有圖，此獨不可圖乎？"二君遂欣然模寫，各極其態，因按其次第繫於卷中。其始並湖石坐者，左爲倡公，右爲許公。一童子拍手導，鶴舞以娛之，爲周公。坐稍遠，使其二子共具，伯曰太學生孟，捧杯前行，仲曰刑部主事曾。方拱立聽命，並立竹間者，左爲李公，右爲顧公，皆凝然有思，若索句狀。屠公則章已成，一童子捧硯從竹下書。據石案而題卷者爲予。共案坐而持箋者爲王公，執麈尾者爲閔公。亦若有所思者，獨坐而握卷則爲秦公，其集句已就之時歟？若二君左爲紀，右爲文英，展畫並觀，而圖終焉。園中草木非一種，而竹多且茂，故以《竹園壽集》題卷首。卷成，轉寫各得一卷藏於家，又出屠公之意云。是歲六月二十八日，吏部左侍郎長洲吳寬序。

太子少保左都御史閔公七十壽詩序

國家定都於北，又及百年，比來都下生齒益繁，物貨益滿，坊市人蹟，殆無所容。自畿甸以達於外，年穀屢登，人畜厭食，舟車轉漕，數千里不絕，可謂盛矣。予嘗觀漢史，稱文景之世，京師之錢貫朽而不可校，太倉之粟腐爛而不可食，衆庶街巷有馬乘字牝者擯而不得聚會，守閭閻者食粱肉，爲吏者長子孫，居官者以爲姓號，竊歎其盛至此，不圖於今日復見之，何其幸哉！夫漢之所以至此者，豈世道之自爾？良由文景在上，清靜恭儉，有以致之耳。考之當時爲大臣者，又皆質樸重厚，以喋喋利口爲恥。若執法之吏，則有御史大夫直不疑之爲人人稱長者，此所以助成一代之治化也。蓋孔子曰：「禮樂不興，則刑罰不中。刑罰不中，則民無所措手足。」夫民至於無所措手足，又何休養生息之有？此法吏之得人，民命之所以生全，而國脉之所以延長也。仰惟今天子在位一紀，於茲聖德好生，尤重刑辟，治化流行，固非文景之可儗。至所以執法者，則爲烏程閔公。公少起科甲，初授監察御史，已有廉謹名。自是出入中外，並爲法吏，名益振於時，遂以右都御史總督廣東、西戎務。自公愈持重，不邀異功，民夷感化，嶺海晏然。天子嘉之，召拜南京刑部尚書。居二年，始改左都御史，俾握臺印，再加太子少保。公居位更持大體，憲度既肅，獄訟尤清，長者之風，無忝漢吏。於是公年七十上疏求致仕,天子固留之,且有"端慎老成"之襃,士大夫以爲榮。冬十二月十七日爲公始生之期,其僚友右都御史倡公幸公之留而喜公之壽也。告於法署諸公及與公素所厚者,乃皆作詩賀之。倡公以予與公有鄉邦之契,來以序請。蓋予又嘗觀諸史,凡刻薄之徒,深文巧詆,號爲酷吏,未有不反中其身者。惟厚德之人,往往富貴壽考,不少差爽,固天道之自然也。今天下如漢盛時,非特殷富而已。黃髮鮐背之老,嬉游閭里,所在而是。問其壽,非期即艾,彼亦蚩蚩,安知所以至此者,則夫天道顧獨於公遺之乎?自是公壽當加,秩當增,尚安於位,助天子養育元元,以成太平之治,又將有序其事者。然則七十之詩,其殆首倡乎?弘治十二年歲次己未十二月望日。

山西參政祝公夫人錢氏慶壽圖序

吳中以儒名家者,錢氏居其一,夫人則同知靖安州用昭之子,而少育於其伯父樂琴先生孟書,以歸於今山西參政祝公。公以文章擢高科,以功業歷貴仕,夫人所以享其富盛安榮者三十年於茲。今公既致政家居,夫人年且六十,心安體舒,視明聽聰,怡然不知其老之至也。其生八月三日,子璸既託畫史爲愛日之圖,而求太史天全先生爲文書其上矣。其子塇湯瑄曰:"吾半夫人子也。今爲夫人壽,獨無以寓其祝願之意,可乎?"則圖所謂麻姑赴宴者,諉予書之。予曰:"夫人之壽,有太史爲之文。太史之言至矣,予尚何言?即予有言,豈能仿佛於太史之萬一也?"瑄曰:"不然。圖各有意,意各有在,幸子無終辭。"因爲之言,曰:夫麻姑,非世所謂有道而仙者乎?昔之記其與蔡經、王方平遇者,其言荒唐怪誕,不可盡信。要之人少思寡欲,以全其天年,此事理之所固有。若夫熊經鳥申,吐故納新,而六千二百歲吾形未嘗衰者,此則所無也。何以言之？古之人若秦始、若漢武,天下之事,其謀無所不致,其智無所不得,其力無所不取,而於仙之一事,終不可致、不可得、不可取者,豈秦漢之謀、之智、之力不若人也？蓋以求於事理之所無者故爾。夫人莫強如秦皇,莫富如漢武,而於仙猶若此,況下秦漢之萬萬者哉！此世之君子所以無仙也。今夫夫人生長儒族而來嬪君子,以養其心,以檢其身,以和其家者,既無所不至,可謂求於理之所有者矣。是以康強悅豫,獲享大年,豈非亦事之所必有也哉？而況膺封典,被寵渥,有君上之恩,娛心志,享甘旨,有子女之養,其所以爲仙者,蓋多矣。彼世之所謂仙者,果足爲夫人慕乎？然則斯圖也可以無作而復作之者,其亦假是以寓夫祝願之意也夫！丁亥八月朔日序。

壽王孺人序

成化十二年,監察御史王君克深奉上命出按浙西蘇、松、常、鎮四郡,歲滿將代,還朝。君廣平威人也,母汪氏,蒙恩封孺人,既壽且康,以享祿養於家。君欲便道登堂爲孺人壽,來乞予一言。予以君有可以壽其母者,應曰：唯唯。蓋常、鎮間有大渠,凡兩浙漕粟率由此以達於江。或以其水淺隘宜浚鑿者言於巡撫大臣。大臣適務納群策,欲興利東南,遂以其説可用也,發四郡民夫萬餘往赴其役,然不知渠實於漕舟無妨也。時農方務收穫,日夜供賦税事,譁然畏行,君聞之曰："農既無暇,又時向寒,人將皸瘃,此豈施畚鍤時耶？"即移郡縣止之。未幾,天大雪,寒甚,江湖皆凍合,人履冰而渡,寒人僵卧,不能出户,向之役者於是舉手加額曰："我輩微王御史凍死水濱矣。"迨明年春,雪益甚,平地三尺餘,菜麥皆不熟。入夏,淫雨連月下,田成巨浸,穀價踴貴,民飢甚。大臣遂下令勸分,一時健吏奉行恐後，料人貲産，使出以助。有司往往不得其實，或盡出所有，不足則伐木撤屋以給貧者，貧者無實惠，富者廢恒産，人情兀兀，相率有流離之勢。君廉知其弊，復移責郡縣，大臣尋亦悟，事寢而人始安，争益感君。君之行事，他皆不暇書，獨此二者有及人之惠，故書之。夫君之惠及人既多，孺人之壽，吾不能量也，所謂有可以壽其母者以此。孺人以洪武己卯生，今年八十矣。有四男子，其季御史君。一女適大理評事廣宗陳觀。觀，予同年進士云。成化戊戌歲春正月八日序。

丘母太安人壽詩序

當子産之初治鄭也，輿人歌之有"孰殺子産，吾其與之"之語。及三年，又從而頌之。予嘗歎春秋之世，去古未遠，爲國者以禮法繩其下，下輒興謗如此。及其久也，政澤既洽，公論始定，而頌亦興焉。則又見人心之古，猶自若者。向使子産之治鄭也，未三年而止，吾見其終負謗而去，安能自明於後世哉？雖然，謗者，凡民之無知者耳。君子之察衆惡，必不因凡民之言而無遺愛之許也。鄱陽丘侯時雍來守蘇郡，郡甚大，而侯之才則長簿書獄訟，談笑而辦治。既有餘力，將興文事，舉禮儀，而先之以館舍學校之修建。當是時，民固未信也，相與譁然。蓋陽受其役者，雖若不堪，而陰被其賜者，亦不知也。侯既以濶略自信爲之，益力於是，以例報政於朝，概以不謹去職。一時，士之有志於國家儲人才者，相與深惜之。然侯爲人不獨長於治郡而已，性且孝，公務稍暇，退事其母太安人者甚至。凡吳中水陸珍品悉致之以爲朝夕養，及是將歸其家，告予曰："霽嘗恨吾母老，不得專意養之，今雖不及共臣職，得共子職，足矣。"且曰："蘇之士大夫嘗設二十題，繪圖賦詩爲吾母壽，而序文尚缺，願爲我書之。"予應曰：諾。久之始克酬其請。蓋昔之爲賢子者養其親也以道，其爲母之賢者享其子之養也亦以道。以道，雖處窮陋之鄉，終日啜菽飲水，其中樂；不以道，雖處崇高之位，終日烹鮮擊肥，其中不樂也。惟宋歐陽文忠公之貶夷陵，其母言笑自若，謂其子曰："汝能安之，吾亦安矣。"人至今稱賢母子。今侯之去職也，亦三年矣。子產之謗，雖不能止於當時，而公論亦已定於今日。其爲之子者，既坦然而無愧，則爲之母者，宜釋然而無憂。而況人情安乎故鄉，非若文忠之遭貶乎？又有子專意以養，不爲官守之所紛擾乎？樂其可勝言者，凡侯平日之爲養必以禄俸，吾恐鄱陽之人疑太安人之或有所不樂也，故推侯之以道養者書以爲序。予又聞侯之將歸其鄉也，道由吳中，奉太安人以歸，屬縣持白金爲贐者凡千兩。侯悉揮去不顧，若然，則侯之賢過於今人遠矣。因書之以見其所爲養者益以道云。太安人某氏，爲贈刑部主事某之配，其生爲正月三日，明年壽八十矣。

靳母太孺人范氏壽詩序

太孺人范氏，出京口名族，爲溫州經歷靳君某之配，今翰林編修賁之母也。少得婦道，事溫州有賢名。溫州以廉能爲上下稱重，去郡二十餘年，人猶思之，道京口者必問安否，人以爲必有妻以相之也。初，太孺人屢孕不育，欲爲溫州置妾，溫州不可而止。既而生編修君，則太孺人年幾五十矣。編修君志向既高，力學不怠，遂首冠鄉舉，及禮部、廷試，並在高等，一日文名殆徧天下，人又以爲必有母以教之也。其既授秩翰林，乃迎養其母於京師。居二年，偶以私事乞歸，於是太孺人當受封典有日，顧不少留以待，復從其子而行。行有日，編修君走予，告曰："吾母老矣，以某禄仕之故，往來道上，不獲安居。自愧無以樂其志者，奈何？"予曰："樂哉。蓋男子生而有志於四方，及壯而去之遠，亦莫不以鄉井爲念，況年老者哉？況若太孺人之處閨閫者哉？暑雨初至，河流暴溢，順流而南行，不必至其鄉而樂矣。及夫長江既達，金山在望，舟行而將艤，則不必至其家而樂矣。於斯時，賓客親戚以及郡縣聞子之有壽母而歸也，相率造門稱賀，而子冠帶儼然，侍立左右，舉觴酬酢，太孺人有不樂者乎？"曰："樂。吾所得同朝士大夫詩數篇，將及其時歌以爲壽，願書其說於上。"遂書之。

皇甫母壽序

今世以慶壽爲事者，歲不知幾人，豈今之人獨好乎事哉？天下承平既久，人得全其天年，喜而有慶，人情固然。然慶者在人，受其慶者在我，能思吾身也孰從而生，吾壽也孰從而致，則世之不敢受慶者多矣。吾邑皇甫君彥明以永樂己丑生，至今成化戊戌年既七十，其配吳氏年亦六十有五，親友將往慶之如常禮。彥明瞿然不敢受，然慶者亦閴然不可遏。則曰："吾幸有老母在堂，明年壽且九十，願移所以慶吾者爲吾母慶，何如？"其子信，郡學生也，使來質之予。予曰："若翁可謂善處壽者矣。知所以有其身而不遺其親，知所以及其親而不違乎人，厚乎人倫，近乎人情，其誰曰不可行？"於是歲四月十有四日，其母之生朝也，客皆登其堂，再拜其母畢，然後向彥明夫婦亦再拜。君子謂皇甫氏之有慶也可以觀孝，亦可以觀禮，遂載之文而傳之。

卷第四十六
引七首

述祖德詩引

　　述祖德之作，宋謝康樂有之。自謝以後，寥寥焉。夫世之詩人竭歲月，疲精神，簸弄風雲，刻畫泉石，以至一草木、一禽魚之微，皆蒙題品，獨於先世吝不吐一詞及之。其曰：往事也，惡庸知，又惡庸傳？嗟夫，有美弗知，知而弗傳，古人之所深誚其不明不仁者也。彼風雲泉石、草木禽魚，人知之，人傳之，雖不題品，何害？顧乃役志於此，忘情於彼，其亦識輕重者乎？縉雲趙侯來自荊州，示予詩一篇，所以述其祖德者甚備。凡氏族之分析、家居之轉徙、官爵之封拜、學術之傳授，無不附見。蓋不必閱譜牒、讀傳志，而其數世以來具著篇中。予受而讀之，愛而取之，而忘其詞之於康樂何如也。乃復為之引之，一時讀此詩者別有題識於後。侯名璉，字士英，以監察御史出知荊州，多惠政，號賢大夫云。

送劉武陵詩引

　　劉君與清以名進士初出為武陵令，其友陳吉士玉汝取桃源八景率諸同志詠歌而投贈之，屬予引其首。蓋古桃源實在武陵境內，今則別自名縣矣。然八景亦惟仙景者著稱於世，是固所謂桃源，乃晋漁者逢避秦時人處也，其事見陶靖節記甚悉。予嘗愛其説曰："黃髮垂髫，並怡然自樂。"噫，何藹如太古之風也！世代既遠，人蹟益通，而與清適宰其地，志鋭而才長，循吏之效，當復見於今日。吾知武陵一聚一落之間，皆化而爲桃源之人也。京師去彼雖遠，政聲流傳如東西州，吾將側耳以俟。

贈邵汝學守楚雄詩引

户部員外郎湘陰邵君汝學出守楚雄，其僚友趙良玉與諸同年賦詩贈之，推予引其首。汝學少有孝行，及爲吏，治錢穀展其長材，遇事無難易輒辦。楚雄在雲南，大郡也，其爲守也固宜然。吾聞命下之後，大司徒獨惜其去者，何哉？蓋今關東西仍歲大旱，飢民相食，天子不忍使其民至此。邇者詔發粟百萬，俾大臣擇其屬往賑之。使汝學尚爲部官，其在行無疑，救荒之術，必有可觀者，宜大司徒之惜之也。夫以汝學之賢能如此，關陝之人失之，楚雄之人獨得之，是行也，其不可爲楚雄之人賀也乎？

送劉世熙僉事詩引

蜀之成都有二江，爲秦李冰所鑿，民堰之，可溉田數千頃。比歲大旱，蜀人苦飢，以堰壞而水無所障然耳。巡撫大臣因奏請立監司官，專領其事。朝廷從之，然治水所在，必有獄訟，於是擇其人，得刑部員外郎劉君世熙。蓋君嘗爲工部屬，治漕渠有績，及遷刑官，其職益舉，遂擢僉四川按察司事以往。而或者則以世熙長於法律，當留爲司寇助，不當輟之西南數千里外，所職殆與古稻人等。是不然。夫蜀人以旱故爲餓莩者不可勝計，使水利成，必不至此。

今之刑官固多能平反冤獄,然一歲所活,有若是之多乎？況君聽獄,固自不廢乎？士大夫相率送之以詩,予爲世熙里人,相好久,則序其事而復以詩繫於後云。

柯詹事游西湖詩引

故少詹事莆田柯公游西湖詩十首,大興隆寺無相宗師之所藏也。蓋公與寮友同游而宗師實從,因以所得詩書而歸之。予不及識公,獨聞宗師談公高致,以公不妄謁人,居閒輒過其廬,飲茗清坐,往往至日暮始去。他人或具酒肴邀之,有不赴者。因思公不可復見,至於歔欷不已。他日,乃出此十首請予書其前。予心重公,而因循未果,則宗師亦已去世矣。及是,其徒德瑾始復道其師之意,曰："此吾家故物,幸卒書之。"公平生簡重清雅,與俗寡諧。一時同朝有善謔者,見公亦不敢狎侮,而方外士何爲獨得於公？即此則宗師之賢亦可知矣。昔宋惠勤從歐陽文忠公游,感公之德,終身不忘。蘇長公稱之,以爲士大夫或不能及。宗師,其勤之流歟？瑾有戒行,類其師,師沒而能寶此,亦可重者歟！其詩後有和者,予未暇及。獨亦嘗游其地,有詩數首,聊復書於其後而歸之。

乾乾齋稿引

楊惟立先生以精勤之學發而爲文,不爲駕空浮浪之語,而有據事切實之意。予竊愛之。往歲自翰林擢南京吏部,幸留務清簡,益得肆力於文。蓋雖應人之求,亦未嘗泛然苟作也。故自弘治己未至辛酉,歷三載,僅得此數十篇。頃以考績至,內閣大臣以纂修會典事嚴奏留之。予每與共食,見惟立食已,輒操筆屬草,其精勤如此。惟立少予一歲,而强力不衰。今書成南還,其著述當益富,予安得盡觀之乎?

游吴中西山詩引

弘治丁巳三月十七日,石城先生將北上,過吴中諸友告别。予與文宗儒邀爲西山之游,乃約馬宗勉、林朝信及予姪奕同行。舟泊閶門,雨忽作,客有言僅可登虎丘者,宗儒作色言曰:"游必西山,有言虎丘者,浮以太白。"蓋虎丘非不佳,以熟游故爾。舟至楓橋,雨漸止,自支硎輿行至天平而返,凡行四十餘里,歷數山,或陰或微雨,其景益奇。緣山游者多晴時,未有見雨景者。是日入天池,有老僧三人,皆垂素髮數寸,見客相視睥睨。明旦,詣予索詩,自言不入城者久矣。予憐其意,爲書途中所得二絶句與之。後八年,石城檢沈石田畫卷,俾書其上,茫然不記一字,但别有四韻存稿中,亦記天池事者,遂書之。及己未三月,適是日復雨,與石城讀進士廷試卷,偶憶前事,復得四韻,併書於後。

説五首

徐氏兄弟字説

舜命九官,其二爲夔、龍。夔典樂,龍作納言。終舜之世,不聞有再命者。蓋惟任之專故,二人得久於其官、其職,皆修而能助舜之治也。然後世亦有專於任人者,其人或反敗事,此可見舜於二人擇之於先者之慎也。故曰:舜有天下,選於衆,舉皋陶,不仁者遠矣。因皋陶而於夔、龍有可知者。徐氏兄弟曰夔、曰龍。夔既長,好文，以其父可泉府君遺命，不遠數千里來京師請字於予。蓋予與可泉有外族之好，故夔有以請耳。顧予無以爲字者，特本舜之命，字夔曰舜樂，龍曰舜言。夫"直而溫，寬而栗，剛而無虐，簡而無傲"，舜之所欲而夔之所當教者也；"讒説，殄行，震驚朕師"，舜之所惡而龍之所當察者也。今去舜已遠，其言載於書者昭然具存，讀其言如生其時，以夔所當教者變其氣質之偏，以龍所當察者去其言語之失，所以成中和之德、絕讒慝之行，而爲君子之歸。此二子所當知，固而父之所望而予之所字者之意乎！

黄氏二子字説

黄和仲有子二人：曰鶴，曰鵠。予嘗字鶴頎之、鵠頑之，和仲復請予説其意。予曰：此《詩·邶風》之云也，然詩特言燕之飛而上下耳。若夫鶴鵠又鳥之大者，其飛則上薄雲霄，一舉千里，豈燕之比哉？雖然，鶴、鵠固同爲鳥，其所出猶殊。兄弟者，同氣而生之人也，友愛急難之情，詩人嘗以鶺鴒喻之矣。至於天秩之禮，則不以恩而廢者。故其上也，如行之當先，非欲陵其弟，爲兄之道然也；其下也，如行之當後，非欲遠其兄，爲弟之道然也。閨門之内，各止其所，而長幼之序得又若鴻雁然。夫得其序則和矣，和則樂矣。《詩》又不云："兄弟既翕，和樂且湛。"二子當終身誦之。

陳鎡字説

陳世業農，玉汝獨以其先處士君之命從儒者游，續學攻文，遂登鄉貢，且將取甲科入官矣。然嘗念先業，不忍棄，則以農事授其長子，而名之曰鎡。鎡既冠，使來求予字而教之。蓋孟子述齊人之言曰："雖有鎡基，不如待時。"爲字曰以時。鎡也思而父命名之意，無惰其身，無違其候，以無荒其田，則汝能子而父汝嘉矣。《豳風》曰："三之日於耜，四之日舉趾。"汝其於而舉之。《周頌》曰："庤乃錢鎛，奄觀銍艾。"吾將從汝觀矣。

張進士兄弟字說

張進士瑋謁予，告曰："瑋與弟璨辱先生字久矣，以其說請亦屢矣。幸終以一言教之，此豈特瑋兄弟之意，實吾父之意，亦吾先大父之意也。"蓋吾游南廱時，瑋尚幼，侍其大父助教公讀書官舍中。公嘗遣之來學，因求予字而教之。今十八年矣，公手書尚存，而瑋復惓惓於此，予忍負之哉？夫瑋、璨皆以玉言。玉，物之可貴者也。然其所以可貴，以玉韞於石而與石異故耳。則若所謂燕石，與玉似者亦可貴乎？蓋琘玞之類，可以惑衆人而不可以惑良工，必使良工曰"是玉也"，乃其可貴者也。雖然，温潤而澤，縝密而栗，玉亦非寡也，必其質之大、光之著如瑋、璨之謂，使良工曰"是嘉玉也，是美玉也"，乃其真可貴乎？人之所以異於草木鳥獸者，其爲狀，非特玉石之可混也。有人於此，其名人，其實草木鳥獸，則何以立於世？必能盡所以爲人之實，而與草木鳥獸異焉。及其德之所就，不徒曰人，必曰"是吉人也，是賢人也"，則其真爲可貴，非嘉玉、美玉之謂乎？故字瑋嘉玉、璨美玉者如此。瑋方登甲科，爲世用，如玉之薦於宗廟，以禮乎神，合於記禮者之稱矣。而璨亦好學有文，蓄而未發，其待賈而沽者歟？

鐵柯說

　　松柏之生與衆木等耳。惟松柏多託根崖谷間，不爲石所扼，且其枝葉鬱茂，歷歲寒而後凋，又不爲霜雪所摧，則非衆木可及者。因其操之堅，人故以鐵擬之，可謂錚錚乎出乎其類矣。予友劉君與清早登進士第，兩爲縣令，皆有遺愛聲。及召爲監察御史，立朝侃侃，聲益起內臺。已而出按於閩、於廣，憲度大舉，挫豪强，抑勢要，兩道肅然，不忝古直指使者。君嘗行於野，見松柏挺挺，堅不可屈，若有契於心，曰："士大夫所守當如是。"因以鐵柯自號。交游間，知其善取乎物也，稱之不以字，必曰劉鐵柯。後君超遷太僕少卿，人猶以未足展其才也。居三年，會四川缺巡撫大臣，吏部以君名上，詔即擢右僉都御史以行。君乃走予，告曰："往以鐵柯自號，蓋欲厲乎己耳。然未有著於文者，敢以是瀆。"予素知君不獨其操類乎松柏也，而材實類焉。今夫君奉天子令出以撫治者非蜀乎？按其地東連陝洛，西控蕃夷，陸有棧道，水有峽江，天下言地之險者莫過於此，而民之易動者亦莫過於此。夫地險而民易動，若與內地異也。顧昔多辱名臣治之，其尤著者，若李冰之水利，文翁之風教，諸葛孔明之政績，皆不暇論。其近而卓卓者有張益公，蓋其以鎮靜爲功，恩威爲德，所以御易動之民於將亂之日，晏然如平時者，非其材之大，能含蓄於蠶叢之國於胸中，何以得此？彼松柏在山上，干雲霄，其幹連抱，大匠伐之以建清廟、明堂，宏壯可容萬人，材大故也。與清適類乎此，一鐵柯果足爲君道哉？雖然，材大而操無可取，與樗櫟何異？故終爲此說以復之。弘治庚申夏六月己酉。

表六首

禮部試擬宋以范仲淹爲樞密副使謝表

臣某伏以西府崇嚴，位遇均於將相，貳樞贊畫，責任重於朝廷，政論與聞，本兵是寄。蓋欲折衝萬里之外，於以坐論一堂之中。苟瘝厥官，適重其咎。伏念臣遭遇聖明，久塵任使。屢前而却，知不足而心有餘；既仆而興，威未加而恩已至。非惟蒙保全之大造，何以被特達之深知？起自南官，委之西事。固嘗受鉞，未成充國之功；將以息民，竟出魏絳之策。方國門之待罪，遽樞筦以承恩。懇避莫諧，貪榮是愧。茲蓋伏遇皇帝陛下知出無爲，仁而有勇。肇位四海而機柄獨操，咸和萬民而衡石不設。大以事小，恒施仁於小邦；安不忘危，每念戰爲危事。用人如用藥，不遺馬勃牛溲；取士若取材，肯棄竹頭木屑。故茲迂拙，亦在甄收。臣敢不勉竭庸虛，上承知遇，感激難逢之會，奮勵無能之資。後樂先憂，期不負於素學；外攘内治，以無玷於清班。載看群策之兼收，坐致三邊之愒息。

賜進士及第後率諸同年謝恩表

伏以稽古右文，喜值豐亨之運；設科取士，欲求疎遠之才。自前代以來，逮我朝而盛。布帛菽粟，渾然猶三代之言；月露風雲，陋矣非六朝之體。辭達而已，文在於茲。蓋必先擇於有司，夫然後獻之天子。是惟聖祖敷求之意，至於文孫恪守而行。禮意加隆，人文益著。如臣等性殊樸魯，學本空疎。呻吟呫畢之間以歲以月，游息範圍之内如天如淵。久蒙作養之恩，並預甄收之數。食芹而美，雖懷一獻之素心；采葑不遺，遽辱九重之清問。榮隨寵至，感與愧并。茲蓋伏遇皇帝陛下稟上知之資，居大君之位。唐堯之德化不識而不知,虞舜之聰明好問而好察。惟末學幸遇乎大有作爲之主,故直言得行於無所忌諱之時。爰題金榜之名,載錫瓊林之宴。維其偕矣,方正席以捫心;何以予之,忽在筍而被體。禮儀稠疊,顏面忸怩。其何德以當?皆不求而至。臣等受兹寵遇,相與告言。一飯不忘,豈獨報以國士;寸心自誓,庶無忝於賢科。再期聖德之益崇,永保天休之滋至。

擬頒賜重刊貞觀政要謝表

具官臣某欽蒙聖恩,頒賜重刊《貞觀政要》者,虛叨厚禄,已玷清班,寵賜新編,尤過素望。領受之際,感激何如?臣誠歡誠忭,稽首頓首。伏以居上克明成湯,見稱仲虺爲臣。不易孔子,嘗告定公。欲監成憲以無愆,必學古訓乃有獲。布在方册,昭如日星。惟兹一卷之書,實有三代之意。蓋後六國而爲秦漢,又越八朝而得李唐。在太宗爲君,始也用魏徵之言躬行仁義;故貞觀之治,終焉視姬周之世庶幾成康。凡其紀錄之祥,無非治理之要。用忠良而來諫諍,遠聲色而杜讒諛。土木之功不興,效夏禹之卑宮室;禱祀之事既絶,陋秦皇之慕神仙。戒敕儲貳之守成,尊崇師傅以輔德。經書禮樂,討論無遺。貢賦兵刑,審處必當。此其大較,未易盡言。其爲説心乎四十篇,而垂統至於三百載。厥後張九齡金鏡之録,兹維權輿;又如李德裕丹扆之箴,得其梗概。董史不作,兢書可追。兹蓋伏遇皇帝陛下,聖治日親,化工天運。終始典於學,厥德自修;左右惟其人,求賢不及。慨然有詔,美矣是書。欲日聞嘉言,既俾詞臣之進講;謂世乏善本,特令工匠之翻刊。校正精而無魯魚亥豕之譌,賜予重有若鐘鼎琬琰之貴。千年視爲糟粕,一旦發其英華。竊惟唐之盛時,顧獨兢有先見。書名貞觀,意在開元。惜不用之當時，幸獲遇於今日。臣既被茲殊渥，豈敢視爲虛文？由魏徵之語而師皋夔，期終身取法乎上；推太宗之心而祖堯舜，願一人允執厥中。

文武百官請太皇太后立皇太子第二表

伏以慈宮地迥，修五福於昌辰；温室日高，敷重光於昭代。所以承萬年之統，於是繫四海之心。事重協從，理宜申籲。恭惟太皇太后殿下坤儀久著，王化攸資。保育聖孫，彰地道成功之大；誕生元子，衍天潢流澤之長。恭惟保國之謀，特有建儲之議。鴻名當正，大本亦安。長樂遥瞻，既合詞而上請；俞音未獲，徒深切於下懷。據先朝之舊章，詎宜遲緩？爲今日之盛事，再盡懇誠。候金册之渙頒，仰紫宸而顒望。

第三表

伏以太極無爲，妙化工之發育；前星有耀，宜象緯之光華。天道應而昭彰，人謀從而僉集。未勞謙讓，必仰贊成。恭惟太皇太后殿下德竝虞嬪，功同周姒。慈仁性厚，元爲中壼之表儀；顧復恩深，長享一人之奉養。衍本支之彌茂，致宗社之益安。臣工鼓舞於龍墀，已洽朝廷之慶；使者渙頒乎鳳詔，復增海寓之歡。是宜正位於東宮，相率陳詞於北闕。懇忱交積，煩言遂至於再三；懿旨尚稽，渴望寔同乎億兆。仰祈慈訓，深啓宸衷。國之大猷，成湯不忘乎遵守；事有先務，堯舜斯急於推行。況舊章可考而具存，惟大本相傳而豫建。斷乎不惑，策當定於禁中；勿以未遑，禮必舉於歲首。冀成盛典，誓獲俞音。傳萬世而奉宗祧，皇圖鞏固；處重闈而膺福祉，壽域崇高。

擬功臣子孫襲封謝恩表

伏以雲龍風虎,前人收汗馬之功;鐵券金書,當代舉剖符之典。恩光揚於介胄,慶澤被於子孫。聞命驚心,受言愧汗。茲蓋伏遇皇帝陛下聖神文武,博厚高明。功加於時,知祖宗創業之不易;賞延於世,念臣下與國而同休。爰施天地雨露之仁,再謹河山帶礪之誓,遂令枯朽,亦被沾涵。錫以舊封,在周室五等之列;給之常禄,勝漢家萬户之名。凡所遭逢,將何報稱?衝沙漠天山之霜雪,敢惜捐軀;挹雲臺麟閣之丹青,尚期接武。雖駑駘徒費乎芻粟,而海岳聊補乎涓埃。載輯載櫜,示干戈弓矢之弗用;來王來享,致珪璧琮璜之並陳。欣睹四方之無虞,敬祝一人之有慶。

頌二首

豐年頌并序

臣嘗讀《詩·周頌》至《豐年》之章,見周家以仁厚立國,安養斯民,致茲天貺,以昭其德。若夫《春秋·桓公三年》亦書"有年",君子則以桓之德不足以致,而書之所以著其異,且以著餘年之不有耳。故《詩》以其常而詠,《春秋》以其異而書,其説各有在者。恭惟我太祖高皇帝受天明命,以有天下。敬天勤民,一念以之。傳之列聖,以至今上皇帝。益守益承,罔敢怠忽。乃成化紀元之十年,天下極安,歲則大熟。寔有周家之慶,當爲周人之詩。臣因竊取詩人之意,撰爲頌一篇。非敢言詩,亦惟詠其常云爾。其詞曰:

聖人在位,立天下中。位不惟大,德惟其崇。聖德伊何?廣淵篤恭。何有外朝，何有深宮？何有出入，何德不逢？以茲對越，一祖四宗。祖宗在天，精神與通。惟聖勤恤，和我受民。不殖貨利，不好游田。謂民雖微，獨於我親。爾飢爾寒，爾勞爾勤。孰爾惠鮮？屬我一身。天監厥德，保佑且申。曷以昭之？降茲豐年。豐年如何？多黍多稌。亦有稻粱，盈彼廩庾。亦有秉穗，遺彼場圃。始於京都，延及三輔，以及吳越，以及齊魯。道不拾遺，家不閉戶。爲裳爲襦，女有餘布。以祀以享，男有厚醑。鼓腹而歌，垂髫而舞。彼白者叟，此黃者孺。皥皥熙熙，莫知其故。人曰聖人，聖則無爲。儼然南面，有垂裳衣。操其柄觀，攬其綱維。左擇一相，是訓有司。聖之所爲，則止於斯。若昔堯舜，萬幾兢業。未治皇皇，既治惄惄。聖心符之，求治益切。益懋大德，肅乂謀哲。雨暘適時，寒燠應節。豐年之慶，四海一轍。小臣不文，載紀聖烈。

平胡頌 并序

胡元主中國九十餘年，侵越我疆土，潰亂我彝倫，改易我制度，腥風污俗，民化於夷，蓋三代以來所無之大變也。我太祖高皇帝受命自天，起於南服，提一旅之師，平四方之亂，追兵至元都，皇威煊赫，逐犇元君而走之。於是疆土以復，彝倫以明，制度以立，海宇廓清，乾坤再造，蓋三代以來所無之大功也。太宗高皇帝入繼大統，克篤前烈，制禦既嚴，攘却尤遠。列聖傳序，端拱於上。邊徼晏然，至於今日。武事再修，深襲輒捷。皇上慨然以古黷武爲戒，將銷兵歸馬，專事文教，期與臣民同享嘉靖之樂。臣生逢其時，承乏史氏，宜有紀述，以傳示天下後世，因撰成《平胡頌》一篇。然必述高皇帝者，蓋周之成王嘗成伐奄、伐淮之功，周公作詩不以爲誇，而《大明》之什特舉武王肆伐大商之事爲言，其義蓋有在也。臣敢竊取其義，而爲之詞。其詞曰：

皇天徧覆，以莫不容。惟其截然，此華彼戎。禹蹟茫茫，戎何敢越？越而猾夏，天則有伐。伐不自爲，實託之君。君奮其威，應天順人。赫赫太祖，維湯維武。天戈所揮，孰敢予侮？胡起朔漠，瞰我中原。長驅入之，竊稱有元。厥罪未悛，興師往問。城社寥寥，虜則宵遁。虜既遁矣，假息冰天。駑馬悲鳴，斡難之壖。是曰平胡，何有漢祖？平城之厄，以報千古。皇成其旅，縱彼勿追。彼順天命，敢拒王師？是曰平胡，湯武冥讓？輯寧永清，以伐以放。風俗百年，淪胥於夷。仗旄秉鉞，汛之掃之。兆民有主，安其家室。以及冠裳，以及飲食。罔不得所，克長萬夫。內修外攘，是曰平胡。徧師巡行，肅清沙漠。馬牛其空，匪示以弱。大孽克除，大功克成。是曰平胡，遂開太平。挫逆以威，撫順以德。接蹱來降，數累千百。歲時朝貢，稽首闕庭。孰繫其首，而請長纓？聖子神孫，繩繩繼繼。平胡之功，垂裕萬世。

致語七首

上元節皇太后宴致語

臣聞天心正而璣衡平，斗杓初轉；夜氣清而宮禁密，褘服既成。華燈綴明月之珠，廣樂張洞庭之野。燭龍啣火，放高焰於天門；川后靜波，扇微和於靈沼。仰坤儀之可象，瞻壽域以無疆。瑞雪飛揚，綠樹碧簪休報曉；曖烟浮動，瓊樓玉宇不知寒。俯視人間，風斯下矣。深居天上，夜如何其。恭惟皇太后陛下恩育聖神，化行慈儉。配地有載物之德，博厚能容；補天成煉石之功，勤勞多助。俯膺達孝，坐閱昌辰。初進千觴，挹金莖之清露；載陳四韻，採黃竹之遺風。詩曰：

仰望慈顔一笑開，九華燈影接蓬萊。盡教霧閣雲窗啓，未遣香車寶馬回。樹杪天潢垂島嶼，空中海市結樓臺。柘袍侍宴良宵永，不是尋常問寢來。

上元節皇上宴致語

臣聞四時之序，《春秋》於正月必書；三代以來，禮樂自天子而出。歲首載臨乎嘉節，天心允愜乎群情。朗月光重，華星色正。況逢百年無事，試看四夷咸賓。西被威聲，胡賈涉流沙而貢異獸；東漸德教，倭奴浮巨海以獻名香。虜馬遁而不敢南窺，蠻烟消而相將北附，萬機斯暇，良夜未央。恭惟皇帝陛下賓日授時，繼天出治。居左右而行慶賜，萬物咸新；登圓丘而致精誠，百神竝享。虞舜有天下而不與，文王當日昃而未遑。合禹貢而奉一人，廣陳玉食；衍箕疇而錫五福，成造春臺。臣等幸遇治朝，叨居樂部，謹呈口號，用寫心聲。詩曰：

鳳閣遥瞻七寶牀，龍輿初下五雲鄉。綵花競剪春偏早，金炬齊燒白晝長。真見海中浮閬苑，不從馬上奏霓裳。君心化作光明燭，採得民謡愛末章。

聖節皇上宴致語

伏以夏曆載頒，共喜天時之正；魯臺遥望，將書雲物之祥。陽氣先回於朔方，瑞星特起於南極。一人有慶，四海無虞。恭惟皇帝陛下懋德建中，對時育物。御聖人之大寶，居王者之明堂。垂衣裳以受朝，山呼殿陛；執玉帛而來貢，雲湧蠻夷。惟周文克厥宅心，宜虞舜必得其壽。醴泉甘露，却雲表之金莖；芝草嘉禾，陋曲中之黃竹。開八方之壽域，登一世於春臺。臣等咸造金門，近瞻丹扆。建皇極，斂五福，用推箕子《九疇》之言；綏萬邦，屢豐年，願上周公《七月》之詠。八音竝作，四韻先呈。詩曰：

　　海上蓬萊日月長，仙家又進紫霞觴。載歌白雪從金母，遙見紅雲捧玉皇。率土歸誠真有道，自天申福正無疆。新詩製得當筵獻，此是康衢第二章。

端午節皇上宴致語

　　伏以一人富有乎大業，盛德常新；四夷咸賓於治朝，方物畢獻。游豫斯同乎夏諺，樂豈已見於周詩。幸預榮觀，共誇盛事。恭惟皇帝陛下丕承列聖，宏覆兆民。惟措世於無虞，乃乘時以爲樂。適臨重五，暫輟萬幾。講筵久重乎修文，禁苑不忘於較武。震雷霆而跳躍勇士，來虎賁三千；躡雲霧而騰驤名馬，出天閑十二。張弓挾矢，爭脫轡以如飛；伐鼓摐金，兼擊毬以爲戲。呼聲動地，角藝入神。翠華既駐於仙山，清蹕俄移於靈沼。魚龍並躍，鵝鸛齊鳴。錦纜牙檣，光動洛川之上；繡旗羽蓋，影浮瀛海之間。廣便蕃醉飽之恩，及於臣下；無馳騁流連之樂，監於先王。載託新篇，用娛高宴。詩曰：

　　欣逢佳節睹宸游，萬歲山前御氣浮。赤驃追風過上苑，黃龍戲水在中流。旌旗盡繞軍容盛，臺榭高登月令修。周囿要知行幸少，草深麋鹿自呦呦。

中秋節皇太后宴致語

　　伏以日馭載驅，夸父遠追於南陸；斗柄橫指，蓐收正位於西方。

秋光喜遇平分,夜景願言均施。騰歡聲於四海,樂莫大焉;行達孝於一人,養之至也。地大物衆,天高氣清。酌壽酒以齊傾,望慈宮而上獻。涼風生玉宇,織女早進褌衣;清露溢金莖,嫦娥自和靈藥。乃寵拔河之戲,仍爲玩月之游。泛水先臨,太液池舟牽錦纜;乘雲試入,清虛府曲舞霓裳。萬物生輝,六宮同慶。恭惟皇太后陛下坤儀靜厚,履德柔嘉。誕育聖躬,久著虹流之瑞;維持王化,允爲風教之端。有開必先,宜享其盛。惟稱頌之不足,豈歌詠之可無?詩曰:

瑤池開宴瑞雲紅,秋到人間喜正中。水落銀河如噴雪,天高琪樹總含風。佳期不與三山隔,樂事須教四海同。萬里仙橋真可度,素娥争候廣寒宮。

重陽節皇上宴致語

伏以四時行而百物生,當素秋之令節,一人慶而兆民賴,得華夏之歡心。既省斂以重農功,仍習戎而班馬政。事因時舉,樂與民偕。恭惟皇帝陛下乾健長旋,離明畢照。念祖宗之創業,常見羹墻;欲黎庶之安生,每爲宵旰。尊居五位,獨斷萬幾;嘉與四方,均臨重九。宮中稱壽,先仰奉乎慈顏;闕下賜酺,載俯推乎大賚。黄扉爰啓,玉食斯陳。雲表露華,挹金盤而屢獻;海東霞彩,裁錦障以旁施。可以登萬歲之山,升高自邇;於焉望九州之野,視遠惟明。故事既修,新聲宜播。詩曰:

百穀豐登海宇寧,乘時游豫駕初停。雲開漢殿翔雙鳳,風轉堯階動九莖。涼氣已隨卿士月,祥光先見老人星。玉杯酌取黄華酒,願奉明君享萬齡。

元宵節皇上宴致語

伏以和風拂拂，輕冰初泮九龍池；皓月團團，薄霧全消雙鳳闕。念良宵之易度，睹佳節以重臨。既授人時，宜從世俗。恭惟皇帝陛下祿位名壽，備於聖躬。睿知聰明，出乎庶物。有周文王之德，無淫於游觀；如韓昭侯之言，每愛乎噸笑。長承景運，屢致豐年。巍巍乎居上不驕，皥皥如與民偕樂。華燈齊放，光輝照耀於千門；玉醴畢陳，和氣薰蒸於六合。乃罷曼衍之戲，爰歌麗則之音。載助清歡，少娛高宴。詩曰：

金屋沉沉奏管絃，紅雲高擁柘袍鮮。邊城屢報全無事，史筆重書大有年。燈火滿空垂列宿，樓臺平地貯群仙。天門北望清光近，賜得黃柑次第傳。

卷第四十七
箋二首

謹疾箴_{爲賀其槃作}

人或贈物,則謹置之,而況此身,父母之所遺?家有用物,則謹掌之,而況此身,妻子之所仰?身之脆耎,非木與石。傷之七情,報以百疾。疾之既來,有術奚施?疾之未來,有術不知。我明告子,子尚聽之:色之悦目,惟男女之欲,思所以遠之,如脱桎梏。味之爽口,惟飲食之欲,思所以禁之,如畏鴆毒。多言則傷氣,欲養氣者言不費;多思則損血,欲養血者思不越。憂不可積,樂不可縱。形不可太勞,神不可太用。凡此數言,終身宜誦。孔子謹疾,與齊、戰同。匪疾是謹,惟德之崇。謹疾之術,謹德之功。

成齋箴_{有序}

陳玉汝本其字,以成齋自號,字實予所制,蓋取張子《西銘》語。乃爲作《成齋箴》,以終其義云:

有璞玉於此,既磨既琢。惟見其玉,莫知其璞。相古聖哲,增益不能。況也吾人,孰是安行?履險思危,處困思亨。不有警惕,我德孰成?德既成矣,或止於畫。曷觀其初,貧賤憂戚。玉成乎器,人可不德?庶幾於是,終日乾乾。仰視俯思,以無忘張子之言。

銘二十三首

逢恩堂銘 有序

寬嘗觀於農夫之治田矣，有耰有耕，有播有芸，有溉有穫，天下之言勞者莫過之。若是而又有水旱、風霜、螟螣之憂，蓋歷三時之久而收一歲之功，可謂難哉。然其爲食也，得之則飽，飽則安，安則樂，斯民賴之，至擬之於天。夫其安也，有勞者致之也；其樂也，有憂者出之也。知其勞且憂而成食之難，則人臨一飯自有不得而易視者，此可以爲費氏論也。費爲京口名家，世有積德，鬱而不發，至叔高甫益以介直聞里中，而又没，不及壽，知德者惜之。蓋既久，其季子闇始以第一人薦於禮部，廷試復在高等，由翰林庶吉士授編修，遂擢國子司業，費氏世德，至是始驗矣。叔高甫生子五人，皆有父風，讓既早世，詳、詮、諄相與築堂以爲歲時享宴之所。堂成，而其弟適以編修考最，朝廷進其階而封贈其父母妻室如制，命書煌煌，下賁其廬。闇曰：“上恩如此，吾其可忽？敢即斯堂，以彰寵賜。乃以逢恩名之。”以寬嘗善其兄弟間也，俾爲銘。銘曰：

言言高堂，費氏作之。吉日既成，爲酒落之。門有璽書，自天而來。父老歎嗟，豈偶然哉？蓄此孔德，暨其先人。報不於身，於其子孫。忠厚且文，偉矣惟闇。乃擢高科，爲時儒臣。出入翱翔，史館成均。汝惟有勞，恩尚多有。勉之敬之，爲朕左右。天子有命，闇拜稽首。江流湯湯，潤及門牆。過者必式，璽書在堂。

衍慶堂銘 有序

句容王氏作衍慶之堂，有曰可學者，求銘於翰林修撰長洲吴寬。其銘曰：

有高者堂，維人肯搆。豈堂之高？亦基之厚。相彼初基，築之登登。乃積乃累，有功有程。我聞吉人，爲善不足。如築基然，覆此夏屋。有施斯報，有往斯來。必有餘慶，豈欺我哉？慶源既深，澤流必遠。後復浚之，其慶益衍。昔之德符，眉山銘章。顧我何人？亦銘斯堂。

家藏研銘

他山之石，金聲玉理。斲以資予，扣之諗爾："'知其白，守其黑'，將爲老氏；'磨不磷，涅不緇'，抑爲孔子。"石也臆對："吾職文字，書善書惡，記言記事，以成子信史而已。爾材亦良，職止於是。"欲與辯之，嗒然隱几。

英石銘

有物硜硜，産南服九疑。其顛小，有腹。天將作雨，雲氣疾。攬之，匪雲。拊之，玉。淮南小山在吾目。

思貽堂銘

有萬其物，我惟爲人。揆人之生，匪墜自天。有父有母，爰有此身。身之克修，曰義與仁。身之不修，曰頑與嚚。惟孼自作，惟德自新。人之議之，必及其親。親既沒矣，不沒者存。儵然有見，僾然有聞。旦朝而起，有善可循。日中而昃，有惡可悛。中心思之，力可弗振？乃如去疾，乃如飲醇。親之榮辱，於焉而分。翼翼高堂,深於寢門。仰焉而思,如省於晨。俯焉而思,如定於昏。貽厥父母,亦詔子孫。庶其視玆,勿怠而勤。

滋德堂銘

苗在於田,耕之深,種之斯深,雖有旱乾,孰得而侵?雖然,一月不雨,苗且能之?一時不雨,亦從而萎。有秋之功欲成,而老農之力則疲。有子弟於此,爰作桔槔。以灌以溉,以代其勞。苗秀而實,其廩斯高。渠渠新堂,錢氏所作。悠悠先人,去我已邈。仰焉思之,尚有所託。樹德務滋,其利也博哉。

婁菴銘 有序

賀君其榮,於物少容。其父感樓引婁師德事誨之,其榮因以婁菴自號。爲之銘曰:

孰不知醫?藥惟參蓍。我有隱疾,孰克治之?人亦有言,不如惡石。遐思古人,曰婁師德。我疾既瘳,我德斯全。如豹有韋,如董有弦。韋弦可朽,名菴則壽。有忍乃濟,終身無咎。

海月菴銘 有序

一鶴園西偏作小屋,入夜月升,海實據其勝,乃題曰海月菴。爲之銘曰:

至遠維海月所出,至高維月海所溢。至小維菴真蟣虱,強收二物合而一。晦冥風雨抱吾膝,吴子悄然如有失,庶幾無愧此暗室。

節菴銘

松柏在山,童子可折。其葉蕤蕤,不以霜雪。人之爲人,匪松柏然？至靈於物,降衷於天。委質爲人,適人爲婦。爲義不終,於理則負。相此屋廬,君子攸居。以節題銘,今之砭愚。我澹於水,我介於石。風雨震凌,矢心無失。

鼎硯銘_{有序}

都憲盛公得端溪石,琢而爲硯,如鼎形。以遺其姪虞,使永保用,爲之銘曰：

菌蠢燮珊,於几格間。它山既鑿,隱然如環。彼惟覆餗折其足,我惟含垢坦其腹。斯文有傳言可復。原泉混混,尚日沃之。

晁無咎硯銘_{有序}

莫曰良職方得宋晁無咎墓中硯示予,爲之銘曰：

歸來於幽,文氣抑鬱。有發其藏,從九原出。絳人濕膚,濟水莫袚。視之黯然,古雅而質。嗟豈有脛？倏焉入室。將託後人,以續其七述乎？無咎,號歸來子,鉅野人,少游杭,曾作《七述》。

鐘硯銘

惟凫氏遺此式,金之形,玉之德。勿擊撼,宜洗拭。中有容,外無隙。處儒林,惟墨食。尚寶用,無時泐。

邃菴銘有序

同年楊太常應寧作屋於居之後,以窈然而深遠也,名曰邃菴,而因以爲號,請予銘之。銘曰:

楊子所居,有屋渠渠。有堂有室,乃有菴廬。於時偃息,於時啓處。於時探索,有圖有書。謂爲邃者,形蹟所拘。杳焉茫焉,莫測其隅。禮樂爲轡,道德爲輿。窮其所之,載馳載驅。察知幽潛,洞見古初。維邃之義,乃心之虛。谷可量焉,淵可藏魚。毋曰方寸,其形區區。萬理包涵,谷如淵如。有疑邃者,執此以祛。

益菴銘有序

表弟吳子高,名謙,因以益菴自號,爲銘曰:

惟謙受益,天道則然。自益贊禹,前聞斯言。謙之爲卦,六爻皆吉。周孔發揮,出於受益。益之爲訓,以饒以添。有欲求益,其惟守謙。美哉菴居,玩以卑牧。庶乎有終,鬼神是福。

方竹杖銘有序

舊藏方竹一莖,老病將歸,製以爲杖,銘其上而刻之。銘曰:

執之稜如,擊之鏗如。孰謂中虛,而外無隅。抱節不渝,尚克相予。予老將歸,行則與俱。

桃竹壓尺銘有序

桃竹杖見杜集,或製壓尺遺予,爲之銘曰:
桃名而竹,質外直而中實。不以爲杖,而以爲尺。尺則不枉,以資吾佔畢。

書廚銘有序

匠氏作此藏書,簡便可舁,爲銘其門扇:
虛其胸,維書可叢。窽其足,維繩可束。是爲行秘書,吾安能知之?

畫廚銘有序

廚製如藏書而加廣。
禮後之悟,繪事後素。觀古事蹟,爲德之助。晉有長康,此尚有之。物何所靈?勿學其癡。

匏研銘有序

予作菴名匏,間得佳石,燕人陳杲爲製匏研,銘其背曰:
詩詠苦葉,良工爾礱。我有匏居,爾以類從。肉食無墨,爾則不食。終身從吾,久而勿渺。

古匏研銘有序

上刻"元豐二年"及"晉齋學士"四字，知其造於宋，而元李溉之所藏者。沈石田以此遺予，其上有刻字，知爲古物也。銘曰：

自宋歷元，墨蝕而斑。維形之樸，維質之頑。維墨尚同，歸於匏翁。

文宗儒得宋匏研借觀累日輒爲之銘

學士之研，太僕藏之。以示吳子，其敢當之？上有苦葉，下有瓜瓞。匏繫於斯，殆爲吾設。元豐題字，幾五百年。匪古可玩，有象宛然。留意於物，古人所戒。櫝而還之，尚俾勿壞。

桂巖書院銘有序

婺源戴氏之先作桂巖書院，蓋因其所居里而名。後病其隘，改徙里之翁村，而仍以舊名，不忘本也。其諸孫兵科給事中寶之來請予銘，爲之銘曰：

有美者居，戴氏所作。堂序秩如，莫匪是學。聚書延師，以覺後覺。子弟詵詵，咸蹈矩矱。出用於時，里士奮躍。石鼓岳麓，千載是若。爰作先祠，享祀以時。凡我宗族，亦聚於斯。有田有廩，有義以施。游歌之人，匪但是資。南望婺源，山川秀美。篤生文公，茲惟闕里。桂巖種德，舊扁在此。講座有銘，敢效遺軌。

靳充道大研銘

山骨斲成黝而密,外雖有文不勝質。文字發祥光采出,墨瀋有容滿不溢。用之宜歸大手筆,轉圜即非晁氏物。_{宋晁補之有大圓研,自爲銘。}

贊二十五首

元朱澤民先生遺像贊

誦其詩,讀其文,而不識何如其人?觀其畫,玩其書,而不識其人何如?古貌長身,今既獲識。元之澤民,漢之陸績。_{母夢績而生。}

王訥齋像贊

是維王訥齋先生,考其世家,在程門爲正學;論其術業,於周禮爲上工。謹於行而默然終日之間,惟其口之訥;居於家而瞭然四方之事,惟其心之聰。遺書浩穰而能讀也孝,委巷陿隘而爲禮也中。衣巾古雅,氣貌肅恭。就而挹之,儒者之風。

耕學徐翁像贊

口不食君之禄,而惟惠則能使人足。雖至偃之室,而其事不爲謀身。故或隱而去,將遠追乎南州之徐穉;其既耕且學,又夷視乎谷口之鄭真。虎山之麓,太湖之濱,蓋予嘗扁舟及門而與之爲主賓者也。

張汝弼象贊

霜髯斑斑,而貌則澤,其閱世也,當如青松之倚石。霧目濛濛,而心則瞭,其鑒物也,又若秋水之在沼。豪氣比陳元龍,而翦翦者無所容;高論擬孔文舉,而錄錄者不足數。其人品如此,則其學術政事之出於流俗可知也已。然則世方謂其草聖,爲東吳之精,豈能窺其戶庭?詩律敵西江之派,適以拾其秭稗。況所謂樂燕游、善戲謔,又愈失其大略。此殆弃滴之語於瓠子,而徒見笑於東海若者也。

新野王教授陳以道畫象贊_{僉憲祚之子}

知其德者,信其貌之必莊。考其學者,惜其名之未揚。既有而推於人,其教也不困。將老而致其事,其器也終藏。是惟先生爲人之大略,不然又何以嗣續乎?先朝之直臣,而模範乎宗室之賢王也耶。

武略將軍李君象贊

元季爲樞密院判,入國朝,爲今官,鎮階州,庶吉士士常之曾祖也。

惟臨淮李氏保此畫象,百年於茲,其似與否,吾何從知?不知者貌,可知者德。蓋其率鄉兵歸王國,全一城之民,垂累世之澤,其德乃爾。則形似在乎不論,而況其平生官簿之履歷也哉?

李指揮象贊 士常祖父

壯哉王師，安華攘夷。桓桓此公，功在西陲。有赫世官，嗣而大之。爲時勇將，可按而知。若其靜厚不伐，廉介有爲，勇而且賢，知者其誰？而吾獨誦其警身訓子之詞矣。

故蔣樂亭象贊

摳衣鄉校，業精於勤。汪汪其量，熠熠其文。入對大廷，出宰上縣。有志方行，溘焉不見。其壽幾何，其勞則多。其惠則深，邑人之歌。邑人之歌，後人之澤。呱呱者兒，驗此世德。

王舍人允達象贊

介而通，其中也有容；儉則固，其外也無慕。清且和，不揚其波；剛無虐，獨完其鄂。泊然惟躬，而克舉此。我求其人，世濟其美。文忠之孫，孝莊之子。方仕路之争鶩，忽攬轡而回車。振清風於斯世，非富貴之可拘。吳江之濱，越山之麓。歲晚之期，吾言可復。

江西布政使朱公象贊 并序

公名勝，字仲高，金華人。正統間爲刑部郎中，出知蘇州。居官廉平公恕，賦足訟息。六七年間，府中殆無事。既超擢江西，未至而没。蘇人至今論近世賢守，必首及公。其子鉞貢來禮部，持公

畫象見示。寬幼猶及識公,對之感歎不已。爲之贊曰:

愷悌之資,清静之治。民惟期安,政不好異。嗚呼公乎,真古循吏,而今不可復致矣。

丁易洞象贊_{鎮江人,中書璣之父}

江山回合,中有斯人。清修苦節,博雅多聞。將老受封,不改其素。飲水中泠,看雲北固。

錢院判象贊

越人之醫,秦人之愛。千載有傳,其術斯在。名揚治朝,手沐徵書。及幼之念,不忘其初。荷恩則多,保身惟智。曰有後人,宦業可嗣。今而已矣,孰起其人?我視遺象,宛得其真。

太卿劉公修史象贊_宣

黄閣高居,清風穆如。望之若仙,朱襮瓊琚。肆吾直筆,略無趑趄,而惡不隱,而美不虛。如司馬遷,成一代書,藏之金匱,登之石渠。其才之稱爲良史者,所謂他人不足、己常有餘者乎!

費司業野服象贊

前史所載,列仙之儒。其服則是,其貌不如。豈心逸而休,抑義勝而腴。求之形似,蓋亦區區。惟陽城能教人而考其師道之既立,故陸贄善議論而望其相位之必居。其尚智周道濟,沛然有餘而垂紳正笏以躋乎臺閣之長。及夫功成名遂，泊然若無而戴笠策杖以從乎山澤之癯。則出處之際，又孰得以爲迂哉？

王光菴先生遺象贊

吁嗟先生，吳之隱淪。謂其拙於用，而文足以敘事。謂其絕乎俗，而術足以濟人。謂其生而迂，其智能全於世。謂其死而怪，其孝不忘乎親。蓋古所謂通儒，而又謂之獨民。吾於先生亦云。

閣學徐公象贊

允矣康濟之才，卓然弼亮之志。清階屢陟，固爲儒者之榮。黃閣高躋，斯盡衆人之慰。豈負貴而驕盈，惟君寵而祗畏。觀夫退食委蛇，忘其勢位。蹢躅循行，沈沈默識。試即其容，或得其意。憂治世而危明主，念小民而思寒士。鞠躬盡節，務竭其才之所施；正己格心，期充其志之所至。故泰山喬岳，雖不見其運動之勞，而長江大河，自能成其漸漬之利也。

姚栗菴象贊并序

栗菴自京師歸隱吳城東故居，絕意仕宦，專以授徒爲業。今年已七十餘矣，沈石田爲寫其象，且贊之。予與栗菴交甚久，而別踰十年，想其抵掌談笑，風度宛然在目，獨能無一言乎？贊曰：

優游城市之間，蕭散園池之上。其蹟雖混，夫孰識其心之清？其氣惟豪，不自知其言之放。笑無諂容，走非俗狀。浮雲乎宦情，堅石乎壽相。吾嘗熟其人，蓋城東姚栗菴之象也。

處士呂愚隱象贊

愚隱,新昌人,生宋末,歷元至國初,年百歲而没。其六世孫刑科右給事中獻奉遺象求贊。贊曰:

蹟之隱,寧當乎不智之名。心之仁,自發於必恭之貌。里居東越,傾廩每應乎求。世值前元,束帛不得而召。視榮啓期,如弟而有樂可歌;得庾黔婁,爲子而行孝以報。須眉皓然,厥象惟肖,蓋無忝乎百歲老人之號者也。

孝子呂德升象贊并序

德升爲愚隱處士之子,今給事獻之五世祖也。國初,應召不仕,養親以孝聞。給事奉遺象求贊,而述其平生尤詳。贊曰:

宛斯人之如在,擬古人而庶幾。方治世之躬遇,惟養志以無違。起於丘園,雖龍顏之屢覲。避乎矰繳,竟鴻羽之高飛。蓋不爲危言激論之張范,能自託於雅才清思之陶韋。歙以布衣,白首全歸。餘澤所被,百世是依。

孫欽齋先生象贊鼎,并序

欽齋先生昔以監察御史提學至吳中,寬時尚幼,幸嘗受教。既久,不能忘也。今年先生之季子瑩貢上禮部,奉先生遺象見示。德容宛然,甚慰懷仰,謹爲之贊,以述先生爲人之大略。贊曰:

惟敬惟和,不慢不暴。先生之身,實載斯道。惟優惟嚴,不徐不躁。先生於人,實以身教。幽暗不欺,造次允蹈。名慮乎彰聞,志期乎深造。言不忘乎君上,而爲至忠;行可通於神明,而爲純孝。故直以先生擬諸古人,而後生小子亦庶乎知德之奧者也。

陳憲副象贊琦

金石不渝之心,松柏後凋之操。處世不趍時以模稜,遇事不違道以執拗。一舉甲科而名譽即揚,兩典臬事而刑獄不澆。追洛社之高躅,望其杖屨而益尊;發吳門之雅音,諷其篇章而甚妙。癯然如不勝衣,淡然而無所好。宛然眉目之可親,又見厥象之惟肖也。

韓克敬象贊

依隱而智,濟物而仁。好古而雅,任情而真。考其世,固出韓伯休之後;觀其號,能慕蘧伯玉之爲人者歟?

施修撰遺象贊并序

故翰林修撰施宗銘先生家藏遺象,其嗣子鳳奉以求贊。贊曰:具區之清,毓此國英。矯然孤鳳,以鳴太平。何翔於甸,遽匿其形。維昔海內,盛播其名。幸哉遺象,以慰平生。孰尼其行,孰毀其成?命也在天,嗚呼宗銘。

沈啓南象贊台人鐘希哲寫

金石其聲,玉雪其膚。身處乎一邑,名揚乎兩都。設几乞言,有敬老之郡縣;款門求見,有好賢之士夫。辨博傾坐人而守之以訥,通明識時務而處之若愚。塞胸中之丘壑,洩指下之江湖。演而爲詩,溢而爲書。豈特王摩詰之輩,抑亦文與可之徒？妙哉鐘老,寫此酷如。清冰玉壺之瑩徹,碧梧翠竹之扶疎。吾又見石巖裏之謝幼輿也。

劉戶部時雍象贊

此戶部侍郎華容劉公象也。觀其貌,無毫髮之不差,予未敢知;論其心,得底裏之皆實,則予庶幾。蓋正而不迂,和而有辨。簡樸而好文,勤瘁而忘倦。功在朝廷而口不自言,名滿寰區而身欲無見。其平生可謂自信不疑,孤立無援者也。惟引去之勇決,見晚節之益高。慨吾徒之莫從,望雲霄之羽毛。

卷第四十八
題跋二十九首

跋所錄方先生書後

　　右方希直先生遺其友國子博士王君仲縉書五通,遭時多故,其手蹟之毀弃者七十年於此矣。顧其書幸爲王氏家乘之所收載,博士之孫汶間以示寬,因俾錄而列之先世師友尺牘中。寬既以不善書,恐爲先生言語文字之累,辭而汶强之,卒爲錄之。於乎!先生之言語文字妙矣,固不在乎區區筆墨之間。而況所以爲先生者,又不在乎言語文字間者耶!臨紙之頃,不覺使人出涕。

題吳貞母傳後

　　國初文章萃於金華,凡當時忠孝貞烈之事,其人雖處遐僻,皆賴其筆傳之至今。況爲金華之人,其爲紀錄也固宜。劉養浩爲宋潛溪、胡長山門人,文章甚得二公法度,嘗作《吳貞母傳》,則貞母固賴其傳矣。然事行賴文章而傳,文章亦賴事行而顯,則又安知養浩不賴於貞母耶?貞母之玄孫福字吉甫者,初登進士第,來請予題,因書此數語歸之。

跋謝山人詩藁

嗚呼，山人已矣！予得其遺藁於其從子翰林編修鳴治而讀之，惜其無年無位無子而獨有此詩也。悲夫！雖然，山人之所無者，乃衆人之所常有，其所有者，乃衆人之所常無。則予於山人，亦何惜其不得爲衆人也哉？

恭題楊文貞公所書宣宗御製詩後

宣宗章皇帝之在位也，天下晏然，號稱至治，亦惟有若少師楊文貞公寔左右之，今四十年矣。一時君臣既不可見，而獨見文貞手書御製詩，慨想當時明良相逢之盛，一德一心，雍容和樂，幾事之餘，發於聲畫，蓋與虞舜作歌、皋陶賡歌同一意也。嗚呼，休哉！是詩今爲都御史錫山楊公所藏，翰林修撰臣寬獲觀而謹識之。時成化九年夏四月辛未也。

書今人畫册後

此册皆今日供奉内廷諸良工所作者。古者人君好畫，立之院，設之官，著之譜，於時畫士如馬、夏、梁、蘇輩皆落筆精巧，妙絶一時。然卒之爲喪志之累，徒遺後世之笑而已。觀於此册，則吾君萬幾之暇，玩道而不玩物之心，固於是乎見，而彼供奉者，蓋亦不獲盡所長於縑素間矣。

題勿齋藁後

　　故福建布政使臨海陳公所著《勿齋藁》一編藏於家久矣。其子今河南憲副遣人自治所持以示寬，使序其首傳之。寬以不敏辭，且辭以前輩制作非區區末學所敢序者。既自顧迂拙之才，平日辱憲副先生知愛最深，終不可無一言以復，則爲題其後歸之。憶爲童子游鄉校中，竊知公之名。既長，凡公爲御史時剛正之氣、謇諤之節溢於彈劾匡救間者，頗能得其語而道之。至其出爲方岳，美政良法大見設施，又能紀其一二，蓋不徒知其名而已。他日，憲副先生以御史提學南方，略去條約，專以身教。一時學者翕然丕變，有慕德恥惡之心，人曰：此勿齋公子也。寬時猶在諸生中，自幸識公之子，因其子之賢，而公之德學所以薰陶其後人者又從可見。既益得其爲人愈欲推求之，意其發於文章必有可讀者，而恨未之得也。乃今得而讀之，然後先生之爲人完然於我矣。抑是編之作，朴茂平實，初非與世誇奇弄巧之徒爭勝負於筆墨間者也。而彼奇巧者，其能事止此，孰知事之有大於此者乎？後之人於先生，當考其氣節、考其政事、考其德學而讀其文章可也。

書壬辰科進士題名後

　　今上之八年擢進士二百五十人，此其太學題名碑也。是科寬寔以下材誤在高等，待罪史館，忽焉三年。彼之居省寺、任州縣者咸奮厥志，美政向成，寬將何爲以報恩寵？然則題名之舉，固所以爲榮，亦所以爲愧也歟！工部主事潘璋，同年進士也，出示搨本，謹書其後而還之。

跋王允達藏宋仲珩草書

宋舍人草書，予游南都時屢觀之。今復觀於此，披玩數四，殊不厭也。

跋項文祥刑部愛日齋藁

文祥，篤於倫理者也。今其詩百餘篇，歸於此者什六七，蓋與世所謂詩人異矣。讀是編者，不必論其工於爲詩，當論其工於爲人可也。

跋世儒堂記

世儒堂在郡城之南、學之西，紹菴俞隱君之所作也。予游學宮時，暇則與一二友生過之。紹菴輒野服出見客，梅邊竹下，相與嘯歌以爲樂，往往至日落始去。故予於他勝處，累歲或不一至，獨喜至俞氏者，亦惟以紹菴之真率可愛也。俞氏之先有諱倚者自汴徙吳，至紹菴凡十二世，世以易學鳴其間，尤知名者，石澗、貞木二先生焉。堂之作，紹菴既自爲記。今年冬，予將北行，蓋有感於舊游之樂也，爲書此於後云。

題杜東原絶筆

此圖杜東原先生絶筆也。蓋予友賀解元其榮當成化甲午之秋將上春官，之東原別，東原作此爲贈，未畢而病。既没，始得之其子貢士啓。水微石瘦,林木疎豁,雖乏點染之蹟,而別情行色隱然可見,東原可謂妙於畫矣。東原,先儒林府君之執友也。其以誨言及予甚多,而尤以予嗣續爲念。予居京師,嘗作松子圖見祝。久之,復以書來,曰:"圖有驗否?"其意之勤厚如此。寬之得請而歸也,既痛不及見吾父,而東原亦已即世矣。歎前輩之凋謝,傷古道之寂寥,區區筆墨之間而感慨係之。東原沒時,年七十有九。

題蕭鳳儀生朝詩

海虞蕭冬官漢文以其先鳳儀府君生朝詩遺墨示予。府君作此詩,年纔二十二耳,蓋又十年而卒。其詩有曰:"惟人萬物靈,可與天地參。四端本完具,衆理咸包含。不知學踐形,反類蠹書蟫。"既見其年少志大,所就有不止乎文藝者。至卒章曰:"虛形寓兩間,藐焉同吳蠶。乘化暫流轉,安用希彭聃。"其言雖若類乎死之識,而達生委運之意又自可見。使其不死,真足以立德於世,未可知也。然君雖不壽,而有子如冬官者方以政事、文學有光科第,足以不死其親。不然,則此盈尺之紙且將索之鼠穴中,安得有此金聲玉振流響於士林間耶?

題賀大理與張用齋手帖

賀大理諱賢,後更諱言,字公宣。其先自蜀徙吳中,國初仕爲江陰縣學訓導,擢大理評事,未幾,竟死工役。一時遺書盡廢,獨所著詩有藁藏於家。既及百年,孫甫字美之者始得此帖於采蓮涇之俞氏,蓋賀昔嘗與俞鄰也。其曾孫解元恩請予題之。觀大理公自序艱苦,至乞米等語,與顏魯公事類,則其清貧亦甚矣。而卒與貪夫同死，然在當時不可謂不得其死也，此其可爲太息者。予因述其出處大略，庶後之覽者知其爲人，必有同予一嘅者矣。用齋姓張氏，吳江人，嘗與大理同官江陰，有詩藁，亦藏於賀云。

跋黃山谷草書李白贈懷素長歌

山谷寫此歌，所謂"飄風驟雨，落花飛雪"等語，雖自謂可也。

跋李龍眠女孝經圖

昔人論文章不關世教，雖工無益，予以爲圖畫亦然。此卷寫《女孝經》四章，而其事蹟則每章圖之。初不知作於何人，獨其上有喬氏半印可辨。啓南得之，定以爲李龍眠筆。及觀元周公謹《志雅堂雜鈔》云："己丑六月二十一日，同伯機訪喬仲山運判觀畫。"而列其目有"伯時《女孝經》"，且曰："伯時自書不全。"則知爲龍眠無疑，啓南真知畫者哉！圖中爲女婦輩所以共職進戒者，皆閫門之法，家國之利。而其容氣端莊詳雅，覽之使人竦然起敬，足以消其淫媟戲嫚之心，非特女子之有家者當爲監戒也，所謂關世教者，此類是已。

跋宋中興名臣手帖

宋至靖康，禍亂極矣！此豈皆天命哉？亦必有人事也。蓋啓之者王，述之者蔡，而成之者童、秦，其事皆有本末可考。然以當時人品論之，雖小人之多，不能多於君子。又以當時人力較之，則君子之強，不能強於小人。此無他，國勢既卑，君心既怯，譬猶下坂挽之者難爲力，推之者則易爲功也。嗚呼，可勝恨哉！其號君子者，當以李忠定爲首，張忠獻、趙忠簡次之，而李參政光、呂太保頤浩輩又次之。之數公者，名愈高則位愈不固，故忠定擯斥特多而甚。夫耕者必有耦，占者必有三，以力之合而謀之衆也。向使數公一日同坐於廟堂之上，得促膝以論國計，必能合群策以抗一虜，其禍亂必不至於此極。而離坐之席未煖，又有人以參之，甚者撤其席而擠去之，乃真以廟堂爲傳舍，邊徼爲家室，其出没往來不啻參商鴻燕。然徒使百世之下，手蹟數行乃獨聚於一卷之間，人心之公於是而見。嗚呼，其可恨也夫，其可悲也夫！

跋所錄楊參謀誄後

右元張文蔚撰楊參謀誄。予得之陳玉汝，玉汝得之吳江虞氏。嗚呼，元政不綱，群雄竝起，使人得據全吳之地，富貴者十餘年，此守臣不職之罪，有愧於椿者也。予每思得故老談吳中舊事，而天下承平百餘年來，無一存者。椿之事，雖載郡志，知者尚鮮。予幸此篇出於破簏故紙中，將假此請於儒林諸公題識其後，以暴白椿之死事，因別錄一通還之玉汝。椿之爲參謀也，此云守齊門，郡志云婁門，然謂其妻得尸於張香橋，要以婁門爲是。椿能文，予又從玉汝得其作。吳人金伯祥《瞻雲軒記》附於後，且以見文士之能死義，誄所謂"通經執義，奮不顧身"者也。其字子壽，先世蜀之眉山人，爲少師棟之裔，後徙居吳。文蔚字懋實，吳興人。

跋啓南所藏黄山谷墨蹟

山谷論書云："凡書要拙多於巧。近世少年作字，如新婦子粧梳，百種點綴，無列婦態。"觀此老杜二詩，乃其所自作，信哉。其爲列婦也與？歐陽公謂蘇子美論書而用筆不逮，其所論者異矣。沈氏子孫宜世藏之。

題王右軍東方朔贊大令洛神賦石本後

二王真蹟，宋御府所藏，合三百餘紙，靖康之難，一廢於金人之手矣。今或遺逸於好事家者，去晉益遠，墨闇楮朽，真贗莫辨。而卒壽其書，流傳人間，則幸有石本在耳。模刻者之切，於是乎可賞，若此二帖，又羲、獻之名書也。然較之世所傳法帖，體格殊異。蓋彼皆短牘小簡，信筆數行。如《樂毅論》《黃庭經》與此贊則全篇成章，宜其嚴整不苟，異於他書。而《禊飲序》出於觸詠游騁，物感興發之際，筆意飄逸，又不可以執一論。若《洛神》，爲獻之平生所好寫，亦用意之書也。然自昔人所見，惟自"嬉"至"飛"十三行耳。此獨得其全文，何耶？陳味芝先生挾此示于城東別業，因悟古人書如雲行太虛，態度不定。觀書者又如魯僖登臺以望，使每歲分、至、啓、閉皆八表同昏之雲，雖不望，可也。

書續編懷古錄後

顧元公自吳歸晉，晚節爲討賊之舉，事功偉然，世皆壯之。以予觀此，適所以爲晉耳，於吳何預？夫其才終能平陳敏而免爲晉之逆賊，不若始之討司馬氏而遂爲吳之純臣。使當時事勢有不可爲則從張悌之死可也，從諸葛靚之逃亦可也。而曰："采南山蕨，飲三江水。"非空言乎？不然，惑於張季鷹之言也。夫以爲有四海之名者，求退良難，則靚獨非名士乎？吾恐季鷹不爲此言也。靚没後百年得陶靖節，家世勳舊，與元公略同，而一彭澤令，視黃門侍郎則有間矣。然二人皆嘗託之酒以自晦者，使元公得遇靖節，必知濁醪妙理，其酣暢忘憂不在入洛之後矣。嗚呼，惜哉！因觀吾鄉朱性甫續編元謝子蘭《懷古錄》爲書此說，蓋竊取《春秋》備責之義，而不敢爲世俗附和之論也。

跋米海岳臨顔魯公坐位帖

米海岳自序於古名家書學之幾徧，故其臨模之際，往往逼真。此顔魯公《坐位帖》，元袁文清公定爲海岳所臨者。夫魯公平日運筆圓活清潤，能兼古人之長；米則猛厲奇偉，終墮一偏之失。以孔門方之，其氣象真有回、路二子之別。故此書則如既見孔子後，欲效陋巷自樂，而行三軍當一隊之故態，時復一發於詞氣間也。

跋山谷書後漢人陰長生三詩

陰長生此詩，非山谷書之，幾没於世。然此卷卒爲世所重者，豈以其詩哉？抑之刑曹好藏古法帖，能識其妙。此又其先博士公時已藏，又其家之故物云。

跋元諸家墨蹟

近歲號能鑒賞書畫者，吾蘇有劉僉憲廷美、華亭有徐正郎尚賓。二公既皆以博雅見稱於人，而又力足以致奇玩，故人家斷縑殘墨率歸之。其得之既多而益不足，爲之廢寢食，汲汲走東西購求不已。歲久，大江之南稱收蓄之富者莫敢爭雄焉。二公既没，士大夫愛其雅才清韻，無復見斯人也，相與歎惋。然二三年來，吳人所得書畫固有出於他姓者，而爲二公嘗所得者亦不少也。於乎！死者之骨未朽而手澤尚新，人復得而持去之，予每自以爲玩物者之戒，亦未嘗不引之以戒乎人也。若相城沈氏，自蘭坡府君生蠆菴徵士，蠆菴生同齋，同齋生石田，世游藝苑，繼繼不絶，家藏故物，殆及百年，益完益盛，至於維時，篤好又復過之。蓋予所聞見於沈氏者五世於茲，其亦難得於今日也哉。夫物之聚散，勢也。然不有以散，其何以聚？聚所以伏乎散者也。世之人欲聚其散者固惑，而予因其聚散置悲喜其間，亦惑也。惟以爲故物不可失墜，此則子孫之爲孝者一端，而不可不加之意耳。維時持元人書翰一巨卷求予題識。因即鄉里之近事、家世之美德告之，爲惑爲孝，是在維時而已。元人以書名家不在此卷者無幾，若其一代書法之妙，則善鑒賞者自得之。

跋宋虞忠肅公手帖

虞忠肅公采石之戰，日星晦蒙，江水震蕩，功烈赫然於時，足以讋伏强虜，愧死名將。疑其平日爲人有喑嗚叱咤、千人皆廢之狀，及觀其手帖，詞語詳雅，氣象雍容，乃眞一書生耳。公之子孫居吳中者世藏此帖，今爲葑門朱性甫得之。夫性甫雖好文事，藏此，吾固知其意不在筆墨間也。

書舊題王駙馬草書千文後

成化元年八月，予在南京寓報恩寺之悟師房，題此《千文》。今一紀餘矣，師既化去，其徒大章持來吳門復一示。予覽之茫然，如誦他人語。因憶所寓時，誦習既輟，禽聲樹影間，焚香危坐，使行童屬竹萌、烹苦茗啜之，一時清寂之樂莫可言喻。蓋報恩者，昔人之明招也。閉目了然，何異蘇長公之想龍井？而綠陰四合，又如虞邵菴之憶開元。因一展卷間，有不勝其感歎者矣。顧予方牽於吏役，未能脫然世俗，何時得復偕大章一共此境，其樂當不減於前日也。聊書卷尾俟之。

書胡訓導小錄後

初，胡君選授蘇學訓導，即以當世可施行者數事建白於朝。予得其章，讀之已多，其通於世務，非腐儒比。及予不幸居憂於家，士大夫過者往往道君之行，而陳味芝先生至爲《小錄》以傳。他日，君亦有母之喪，將乞予銘墓，而先之以門人。予曰："胡先生則賢矣，其母之賢亦可知矣。如吾憂制何？"敬辭。其門人曰："先生甚慕執事，欲託以表著其母。執事獨不移所愛其親者及之乎？"予不能答。明日，君襄服拜請庭下，其容甚戚。予感焉，曰：諾。既踰期、祥，始克執筆爲之，終篇及君曰"廉介善教人"，蓋據《小錄》而書也。王浩義生以郡學弟子從游有年，竊觀密察，誠服其師。及取所謂《小錄》者別書一通，朝夕自覽，其意蓋曰："先生既以憂去，不獲左右侍，覽此庶幾如見其人，或有益也。"復來請予一言，蓋義生可謂善學矣。誦其詩，讀其書，而論其世。雖去我千載猶有益，況嘗親炙之者乎？即是以想其爲人，吾見盈丈之卷數百之字，皆義生之函丈夏楚也。《小錄》稱及李司訓某者，字居定，號訒菴，台之黃巖人，本林氏，爲考功郎中茂弘之子，而寬之師也。爲人之賢誠無愧於胡君，没已二十餘年。其兄之子刑部侍郎一鶚嘗謂寬宜爲作傳，寬懶嫚未能，有愧於味芝多矣。

題陳清全先生小象

　　寬嘗聞前輩稱陳清全先生爲前元吳中名流，每恨生晚，不及識其爲人。今其五世孫驄奉趙仲穆所寫先生小象相示，杖屨翛然，真神仙中人也。拜瞻之餘，敬題其後。先生諱深，字子微，清全其號也，年八十五而終。所著有讀《易》《詩》《春秋》等編。永樂間，曾孫紀善曰紹先者獻朝矣。

書隱者邢用理遺文後

　　用理，吳之狷士也。隱居葑門之東，以醫卜自給。足蹟不出閭里，葑門人有不識其面者。故僉閩憲事陳公永錫與用理同里居，素剛介少容，獨加敬重。且則挾冊就質疑難，往往至昏莫乃返，然用理終歲不一至其廬也。有翁、董二帥作鎮於吳，以用理名隸尺籍，欲邀致爲子弟師，輒辭謝。其後，郡守丘侯知其名，請預鄉飲，亦不赴，人益高之。所居陋巷中，敝屋三四間，青苔滿壁，而折鐺敗席，蕭然貧家。長日或不舉火，客至相與清坐而已。用理體清瘦如削，既壯，不娶，家止一僮，淡泊如野僧。室多藏書，手自校定，至前說譌謬多能是正。其學自經史外，凡釋老方技之說無所不通。平生嬾述作，故其文止數首，亦不留稿。朱存理性甫與爲東西鄰，少從問學，爲收訪而錄之。用理諱量，號蠢齋，卒時年六十二，葬所居北原麋字圍，預自誌墓，略見其家世矣。若其爲人，固所謂狷士也。予與用理交久，往予出東郭過周氏女兒，次必扣其門訪之，與論甚合，歸未嘗不歎其清苦廉介類古隱者。嘗欲傳其平生，不果。適性甫以其遺文示予，聊附書其後。嗚呼，用理已矣！惜予筆力弱，且言不足信,後安得如歐陽子者置之《獨行傳》之列,使其名永存耶?雖然,此非用理之所計也。

題懷素自敘真蹟

素師《自敘》初爲南唐李氏物,歷蘇、邵、吕三氏流傳轉徙,又不知幾家,今爲荆門守徐君得之。寬聞昔黄山谷作字,蘇長公從旁稱贊。錢穆父云:"惜不見懷素《自敘》。"二公不以爲然。後山谷獲見之,始深歎服。今卷後云:藏於蜀中石揚休家,以魚牋臨數本者是也。潁濱題字時,尚恨其兄不及見此。顧寬何人,乃得預此奇觀。賞玩之際,豈勝欣幸?及觀序内"擔笈杖錫,西游上國"等語,知書雖學之一節,欲造微處,其精勤若此,則學之大於此者,可以小得而自足乎?然則予之欣幸,又不獨在此驚蛇走虺、驟雨旋風間而已也。

卷第四十九
題跋三十一首

跋宋理宗御書賜鄭丞相詩後

　　右宋御書律詩一首，小序曰："朕誕節載臨，集英錫燕。"其後題曰"賜鄭丞相"。識以二璽，其一文曰"庚戌"。庚戌，淳祐十年也。然宋自南遷後，凡三歷庚戌，此何以知之？蓋建炎四年、紹熙元年，皆無鄭丞相。有之者，淳祐也。按《宋史》，鄭清之以端平乙未拜右丞相，丙申，享明堂，以災異免。淳祐甲辰，爲少保，奉朝請。丁未，復右丞相。乙酉，轉左。賜詩在明年春。又明年，封齊國公，致仕，越六日而卒，此其證也。或者不考，指爲徽宗詩。夫當時雖有鄭居中爲省長，然不名丞相。至孝宗朝，始改尚書左右僕射同中書門下平章事爲左右丞相。況詩有"青陽閶動"之語，徽宗則以十月生，且在位二十五年，亦無庚戌歲，此又易辨者。若夫宋君多能書，其字畫識者自能鑒之，又不暇論也。故此詩知爲理宗賜清之無疑。夫清之以舊學故致位宰輔，既免倏起，眷遇益加。翰墨之賜，史家嘗載，其顯德謨、明閣扁，至於詩篇，微末不勝紀錄，此特流落人間者耳。然片紙揮灑，官而不名，即此足以見當時寵異之恩矣。世之覽者，必將慨然於斯。

跋解學士筆舫銘

筆之用於世，久矣。自韓文公作《毛穎傳》，其名始起文字間。吳興張文寶在國初業擅製造，因名其舟。當時士大夫多爲詩文遺之，而學士解公縉紳特爲作銘。蓋公之書妙，固資其用而賞之也。文寶之孫士行僑居吳中，能傳其業，持公銘文求予題識。予以文字爲職，而亦資其用者，惜書不若解，莫能賞其妙，而文不若韓，可以增重其名。然念毛穎之功不可負，而士行之意不可拂也，聊題數語歸之。

題宋大慧禪師手帖

當宋被金虜之難，一日，虜忽議和。刑部侍郎張九成謂金寔厭兵，特張虛聲以撼我耳。因陳十事，云："彼能從吾言，則許之。必使權在朝廷。"時秦檜力主和議，以言誘九成，終不能奪，遂深惡之。顧九成素好佛學，他日問法於徑山杲公。適方議神臂弓禦敵，杲遂借以爲喻。檜聞之，即指爲謗訕。貶九成南安軍，至竄杲衡州。久之，移梅州。尋反，初服主阿育王寺，帖中云"罪廢十七載"及"續蒙再賜爲僧"，又"出作粥飯主人"等語是也。吳城東獨聞上人久藏此帖，今傳其徒志勤，予觀之，竊有可慨者。夫當檜在相位，屈己和戎，甘心事雠，凡異己者一切屛去。如九成，固不能逃矣。而杲，緇流也，亦波及之。則當時志士賢人遭其毒手者，可勝計哉？杲在宋南渡後爲禪宗稱首，孝宗朝賜號大慧。然晦菴朱子謂其作事少點檢，喜怒不中節，觀帖中"憾藏穀家發誓願"等語，蓋亦可見。而姚榮公廣孝特以忠孝許之，謂其嬉笑怒罵無非佛事。榮公，佛者，豈亦黨同之論耶？

跋虞氏遺墨

吳江虞堪勝伯一字克用，宋相忠肅公之八世孫也。貧而好古，藏書甚富，所與往還皆四方名士。一時以詩文簡牘相贈遺者，動盈篋笥。勝伯既以雲南府學教授沒於官，其子鏞且能讀父書，授徒里中。至其孫湜始去儒業，先世故物，時賣以供衣食費。湜有子權，家益貧，物益賣不已。崑山葉文莊公嘗作書止之，力加提挈，竟得一官。未幾而卒，自是家愈落。初，虞氏所藏詞翰無慮數篋，權卒後，妻子僅以一魚罾裹置屋梁，今則併其罾亡矣。予每見其家遺墨，未嘗不把玩興歎。蓋物聚而散，此其常理，無足怪。然未有不聚於賢而散於愚者，此可以歎虞氏之世也。友人陳玉汝之子鎡得此數幅，乞予題之。虞與陳姻家也，且居隔一水，鎡之藏此，其為鑒亦何遠之有？則此雖盈丈之紙，出於蠹傷鼠嚙之餘，所以助吾之德者固在。不然，玩物喪志，適足為德之累，吾何取於鎡耶？

題沈雲鴻藏其父所寫古木慈烏圖

石田作此，蓋偶寫其西莊景物耳。其子雲鴻遂藏護謹甚，以予父之執也，奉以乞言。夫其啞啞而鳴，翩翩而集，相覆以羽，相哺以食者，雲鴻固有感於烏之孝矣。若夫扶疎糾結，輪囷離奇，上聳旁撐，其大數圍者，非木耶？世之故家，莫不有此木，子孫不能保其先業，伐而薪之，而烏止於他人之屋者多有之。雲鴻視此而有感焉，詎非孝之深者乎？

題伊尹耕莘圖

　　古圖畫多聖賢與貞妃、烈婦事蹟，可以補世道者。後世始流爲山水、禽魚、草木之類，而古意蕩然。然此數者，人所嘗見，雖乏圖畫，何損於世？乃疲精極思，必欲得其肖似。如古人事蹟，足以益人，人既不得而見，宜表著之，反棄不省，吾不知其故也。此爲《伊尹耕莘圖》，圖之工拙，予不能辨，若其工於造意，有不待辨者。尚賢蓄此，想其人，論其世，志其志，而樂其樂，以尚友於三代之間，其爲助不既多乎？

跋鮮于困學草書後赤壁賦

　　鮮于困學書名在當時，與趙吳興、鄧巴西各雄長一方。困學多爲草書，其書從真行來，故落筆不苟，而點畫所至，皆有意態，使人觀之不厭。不若今人，未識歐、虞，徑造顛、素，其散漫連延之勢，終爲飛蓬蔓草而已。錫山鄒永章蓄此《後赤壁賦》，觀之數行後，益可把玩，然自愧非書家，不能深知其妙處耳。

跋陳秘書遺墨

　　宋朝奉大夫秘書監知台州四明陳公著《題松江圖古篆》詩一首，藏於吾鄉古敬脩氏。古篆之妙，一工人所能耳，不足論。獨公寫此詩時年八十矣，觀其用筆沉着端徑，而行復勻整不苟，足以占知其爲有德君子也。蓋公登寶祐丙辰科文信公榜進士，初歷州縣，時宰欲致之門下，弗附。及國亡，遂隱不仕，其爲人已無愧於信公，故其方剛之氣，溢而爲書如此。凡公事行家世之詳，已見其子泌、外孫胡世佐與今陳味芝先生跋語矣。泌之子樫仕國初，死於起居注，有史才，即嘗著《通鑑續編》者。

跋趙吳興臨王右軍十七帖

學書者師晉王氏乃爲善學，若近代吳興趙公又其高第弟子也。公於右軍書，尤喜臨《十七帖》。此則馬抑之刑曹所藏。一日持示，適客有自錫山來者，亦出一本，觀之筆畫肥瘦稍異，然皆出公手無疑。客又言吾族人尚藏其一，亦真蹟也。於一日之間，所聞見者已得三本，乃知此帖蓋爲公平日書課。所謂弊精疲力，以學書爲事業，用此終老而窮年，不免如歐陽子之所譏者。然歐陽子又謂："古人作書，初非用意，逸筆餘興，淋漓揮灑，使人驟見驚絕，徐而察之，愈無窮盡。"夫其書之妙如此，豈一舉筆而遂能哉？蓋其功已用於平日久矣。故世傳右軍臨池學書，池水盡黑，因有墨池之名。事之有無，固不足辨，然果欲其書法之妙，雖由天資人品，而學力所至，亦不可誣。觀於吳興公，足以驗之矣。

跋米南宮龍井記石本

天水尹希賓嘗蓄米老所書《秦太虛龍井記》石本，字畫雄放，但其文惜多缺處。其子寬因錄全文於前以便讀者，託吾友史明古求予題之。尹君之意，雖爲故物重，然亦重乎米書，而又不無不重乎太虛之文也。君如重其文，則太虛又嘗有《龍井題名記》及東坡跋語，更錄以附於後，則不獨全龍井之文，且併龍井之事全矣。予方與明古約同游杭，預期日月，而龍井者，杭之勝處也，至則當按記文所載次第登覽。亦將爲數語以續古人,歸其爲君再書以附之。

題袁靜春寄鮮于太常詩後

予少喜考論吳中前輩,嘗閱元《黃文獻公文集・袁靜春先生墓誌》,知其爲吳人,而尤以不得見其子孫爲恨。他日,社學師袁以昭氏過予,談及其家世,則靜春乃其五世祖也。又明日,挾靜春所寄鮮于太常《游錢塘雜詩》來示,於是靜春之子孫既得見之,又得見其手蹟。而詩有《懷吳中錢德鈞以下諸友》之作,又因得見前輩數人於一日間,爲欣幸久之。

跋元諸名公所書靜春堂詩集序等作後

元儒袁通甫先生著《靜春堂詩集》,諸名公若龔子敬、陸文圭、楊仲弘、湯師言、陳繹曾之有序,虞邵庵、郭祥卿之有跋,錢仲鼎之有詩,所以交贊而互評之者,殆無遺意。詩既刻板,後燬於兵火。此卷爲當時諸公手書,幸哉獨存。而黃晉卿爲作墓誌,亦在卷中。蓋嘗論及其詩,因附之也。然藉此篇則通甫之學行可以考見,而不徒爲能言之士矣。靜春與子敬、祥卿尤善,趙文敏公稱爲吳中三君子,又嘗圖漢司徒安臥雪事遺之,以擬其高節,其見重如此。是圖數年前予在南都寔見之,今不知流落何處,惜乎不得與此卷竝藏袁氏也。海虞吳都憲舊爲通甫五世孫,都察院檢校以寧題此卷,以寧卒無子,今歸其從弟以昭。以昭教授社學,不墜儒業,保護故物,他尚數種,通甫於是乎有後矣。

題袁養福所書郭有道碑文

前輩下筆便有典刑，雖行草不苟，況正書乎？此吾徒所當愧者。袁君養福，元石洞山長，靜春先生之孫也，而郡學教授仲長之子。所書《郭有道碑文》，端勁清峭，深得歐陽率更筆意。以其字畫之妙如此，宜有書名於時，然吳人固不知有袁養福也。使予不見此幅，亦幾失之。乃知前輩能書者尚多，而失之者不少矣。其曾孫昶字以昭者持示予，請題一言。以昭之意，在乎先世手蹟耳，初不計其書之何如也。養福字能伯，仕國初爲福建憲史。高太史季迪有詩贈行，而陳檢討嗣初稱其行潔，負才氣，有詩聲，蓋不特能書而已。其書碑文外，又有《九歌》藏於家。

題東坡遺張平陽詩真蹟

東坡遺張平陽村醪詩真蹟，舊藏光福徐良夫家。據東陽黃晉卿題識，詩凡六首，今耕學翁得之，已亡其半，可惜也。然吾聞良夫所藏高編大冊甚富，今則一字不存矣。則此卷雖脫落，爲幸已甚。且徐皆出偃王，春秋時，徐子章羽被執，子孫散處揚、徐間。今耕學與良夫同姓同里，此卷之在耕學，猶在良夫也，爲幸益甚。嗚呼！楚人得失，孔子鄙之。吾恐故家子孫得以藉口也，故拘拘於徐云。若夫坡老聲畫之妙，前輩論之詳矣。區區末學，何足以知此？

題重刻缶鳴集後

洪武史官高啓季迪有詩千篇，號《缶鳴集》。其夫人之兄子周立公禮嘗板刻於所居之甫里，正統末，燬於火。郡人徐用禮復取刻之，增多倍於舊，而《姑蘇雜詠》在焉。按《缶鳴》公自爲序云：「自戊戌至丁未之作得七百三十二篇。」及公歸田後，又益以戊申至庚戌之作，蓋得二百二十八篇，乃合十三年之詩而成此編。序又云：「自此而後著者當別自爲集。」蓋明年辛亥作《雜詠》，甲寅，公死於法矣。今考《雜詠》統百二十二篇，而用理所增僅三年之詩也，幾九百篇，一何多哉！嘗觀謝翰林元懿序，謂公初爲四集，刪改會粹，始成《缶鳴》。則今所增入，豈多昔所棄去者猶存於世，錯置其間歟？不然，作於三年者悉取而未及刪歟？讀者頗以爲病，則欲侈其詩，適所以累其才歟？周鎧仲英者，甫里人也。老而好文，謂《缶鳴》爲里中故物，而公之手選也。慨然重刻，又以舊板缺公自序，更補之，汲汲走予請一言。予憶爲童子，公之詩往往成誦。稍長，棄去，遂忘其詞。仲英雖有請，安能知太史之所至哉？惟蘇文忠公有言：「詩至於杜子美。」故近代學詩者多以杜爲師，而尤得其三尺者，虞、楊、范三家而已。然文忠又謂：「子美以英偉絕世之資，凌跨百代，古今詩人盡廢。然魏晉以來高風絕塵亦少衰矣。」世以爲確論。若季迪，生值元季，非不知有子美者，獨其胸中蕭散簡遠，得山林江湖之趣，發之於言，雖雄不敢當乎子美，高不敢望乎魏晉，然能變其格調以仿佛乎韋、柳、王、岑於數百載之上，以成皇明一代之音，亦詩人之豪者哉！所恨蚤死，未見其所止何如，君子爲之慨歎。故廬陵楊文貞公評諸詩，獨誇其樂府、擬古及五言律爲勝，其意亦可識矣。是集又聞嘗刻於建寧郡齋，未見行世。若《雜詠》，備有諸體，知詩者以爲工，則有板在郡中云。

跋褚遂良書唐文皇哀册文

褚公初以善書見知文皇，後數直諫，補益國事殊多，遂受顧命，以大節著爲唐名臣卒之。書爲餘事，此其書《文皇哀册文》，藏於吳江史明古。明古喜讀史，能陽秋古人，不獨貴其書也。然於古人所愛，則得其模刻之語亦深味之，況其手蹟哉！則雖謂貴其書亦可也。此卷於"大行"與"崩"字皆加塗改，蓋嘗有獻入前代御府者，爲上諱耳。

跋天全翁賞燈聯句

天全翁自南詔歸，適大參祝公、僉憲劉公皆致仕家居，三公有斯文知契，凡登臨游賞之樂必共之。酒酣興發，更倡迭和，落紙人爭傳之，以爲奇玩。此燈夕於魏公美所聯句也，公美持以示予。於是，翁與僉憲謝世數年，獨大參公在耳。當此夕，覽此詩，尤深慨然。予又聞之，聯句時，初，人爲三韻，至劉當結尾，翁嫌其語意蹙，爲益二句。以今觀之，則如樂止以圉，爲一成又以柷奏，有禪續不絕之意，因併及之，以示世之知詩者。

題王清獻公遺墨

元清獻王公以父積翁蔭，幼即受官，得賜田宅於吳，後更治郡，仕至行省參政，而歸老吳中以没。故公書蹟，吳人多得之。此卷皆公平日所作韻語親書者也，藏於光福徐用莊氏。按史稱公所至政績暴著，又其清白之操得於家傳。幼及拜許文正公於京師，即知所趨向，中年尤致力於根本之學，故自號本齋。然則尚論公者，勿徒求之區區詩章字畫間以淺其爲人，可也。

跋和靖處士小簡

去林處士殆五百年，區區遺墨數行，後世保護完然如新。彼人品庸劣者，雖伐山石，大書而深刻之，固有踣之者矣。成化戊戌歲二月十六日，因觀沈啓南所藏二小簡題。

題唐趙模摹集晉人千文

晉人之書見於今日者，大抵石刻耳。如趙公去晉未遠，其所摹集多予平生所未見者固宜。蓋褒、鄂已沒，庶幾見其英姿颯爽於縑素間者，曹將軍之功也。明古其謹藏之。

題宋四家書

朱文公論當時名書，獨推君謨書有典刑，而謂黃、米出有欹傾狂怪之勢。故世俗甲乙曰蘇、黃、米、蔡者，非公論也。沈啓南得此四家書列之，深合文公之意，遂定曰蔡、蘇、黃、米。

跋山谷書發願文

啓南所藏黃書數種，予嘗獲徧覽，當以此卷爲最。

題樓節婦詩卷

樓節婦之事，見於洪武、永樂諸名公紀載，而詠歌之者詳矣。其曾孫仲彝嘗納諸天全徐先生求題識，而藏置不謹，紙爛而字脱，其尤不可讀者，潛溪宋學士傳文也。顧其事已錄於郡志，不必假此而後傳。而仲彝尤深惜者，家之故物也。他日，持是請予題其故，遂書之。

題樓氏全清堂詩卷

今人家子孫往往斥賣舊物以供衣食，甚者爲博弈歌舞之費，殊可歎也。如樓氏此卷既失，而人復歸之。其事甚小，然欲觀仲彝之賢者，當在於是。

題楊鐵崖遺墨

大將班師，三軍奏凱，破斧缺斨，倒載而歸，此書或似之。清癯筆翰好奇，宜其珍重。若予之淺陋，則未能學也。

題王右軍此事帖真蹟

右王右軍《此事帖》，凡二十字，蓋嘗爲金源氏物，章宗數印猶爛然楮墨間，簽題亦其手書，信可寶也。成化戊戌歲五月壬午吳寬觀於徐太守維亨爲題。

題張汝弼南行詩後

右張駕部出守南安紀行詩若干首，雖皆一時率爾之作，然而天時、人事之變，家人、朋友之情，皆可考見，亦張氏詩史也。至送其子弘宜會試，有權門利路之戒，則有見於近日喪名檢而害身家之人，最入仕者之所當知也。歲丁酉仲冬十一日，扁舟道吳，過宿脩竹書館。明日，示以此册，讀之一過，書其後而還之。

跋陳廷璧模嘯堂集古錄後

古器物今世不可多見，其銘文題字賴有刻板如《嘯堂集古錄》之類。歲久，板亦毀，則印本在人間，又賴有臨模之者耳。然臨模惟私於一家，印刻可公於四方。世之好事者，能捐十金以成此舉，則三代秦漢以來之制作，人家有之，當與孔壁科斗書竝傳於世，而老而嗜古如陳君廷璧亦免矻矻之勞矣。

跋天全翁詞翰後

長短句莫盛於宋人，若吾鄉天全翁，其庶幾者也。翁自賜還後，放情山水，有所感歎不平之意，悉於詞發之。既没，而前輩風流文采寥寥乎不可見已。明古舊爲翁所知愛，得此數篇，示予光福舟中，酒酣耳熱，相與歌一二闋，水風山月間，有不勝其嘅然者矣。

題趙松雪水村圖

戊戌八月三日，予過獨樹湖，泊舟葦間，出此閱之，景物宛然，益歎松雪翁畫手之妙。此圖今藏射瀆徐氏，後十七日，雨中再閱題。

跋東坡與蜀僧二帖

吴城西治平寺足菴房舊藏蘇長公墨蹟，戊戌歲九月十二日，冒雨往觀之。寺僧亮欣然出示，蓋公二帖皆與其先塋隣僧者也。帖尾惓惓焉有懷歸之意，然公竟死葬於外，其言卒不克酬，亦可以發游宦者之歎。

卷第五十
題跋三十九首

跋文信公過小青口詩遺墨

宋以祥興元年八月加文天祥少保，封信國公。閏十一月，公屯潮陽，與鄒㵯、劉子浚合兵討賊，不克，被執於張弘範。蓋明年二月，宋亡，弘範卒不能屈公，乃送至燕京，此其在道中所作詩也。夫古人死國，多出於一時之慷慨。公何獨迤邐於途，宿留於館，日猶賦詩，不即就死，豈尚有地覬耶？蓋不知公之死已久，仰藥而死，不死，絕粒而死，不死。死而不死，忠義之氣鬱塞於胸中，聊假之詩以洩之。故使公即死，無此詩矣。詩之有無，固不足爲公之輕重，然玩其言，想其人，亦足以示於世，此天所以緩公之死也歟？公所著有《指南》等集，寬嘗讀而悲之。今兵部員外郎李君應禎出示此紙手蹟，宛然如新，蓋自己卯至今戊戌二百十年矣。

跋宋孝宗賜虞雍公手詔

右宋孝宗賜虞雍公手詔也。按《宋史》，公嘗兩出宣撫四川，詳此詔，乃罷相後所賜，當在乾元九年。蓋明年改元淳熙，公薨於蜀矣。初，公在相位，孝宗命選諫官，名既上，顧用他所薦者，遂力求去，因有宣撫之命。及入辭，上方以金虜爲事，諭以決策親征，使治兵竢報。詔所謂"整軍經武，彌難消萌"，此意猶在也。即此見孝宗復讎之志未嘗少替，所以倚重於公者惓惓如此。使天助宋，假公數年，豈特成采石一戰之功而已？嗚呼，惜哉！

題宋吳中三大老詩石刻

自昔吳多名園，在宋則有朱伯原先生樂圃，其名載郡志可考。今吳縣北一里，廢地數十畝，臺池窪隆，猶有當時遺意也。葑門朱性甫自云出於先生，遂好求樂圃事蹟。他日，得殘石焉，題曰"吳中三大老詩"，蓋太子少保元公絳游樂圃而作，而和之者集賢修撰程公師孟、太子賓客盧公革也。間持墨本謁予求言。惟先生遂於性理之學，著述浩穰，爲時儒師。圃之所闢，固將講學以睦族，求志以俟時者，而一時賓客題詠，亦豈徒爲嬉游放浪之言而已？蓋予嘗讀先生之子發與其家人書，歎故廬燬於兵，人而謂圃中所存有朋雲齋，齋中有數石刻，皆賢太守、部使者、鄉邦舊德、宿望耆英之詩，磨滅於墻壁間，尚可觀考，此石豈其一歟？今考三詩刻於元祐戊辰，至今成化戊戌適四百年，埋沒人家，忽復發露，人不敢以石易之。蓋非重石也，重其人也，然則人可以不自反而力於德乎？

題歐陽文忠公遺象

此宋歐陽文忠公遺象也。蓋公守滁時寫，舊本在無錫施氏，旁有題識。吾友李兵部應禎使畫史模而藏之，間以示寬，容貌秀偉，真天人風致。拜瞻之頃，何異見公於釀泉幽谷之間，操几杖而從之游也。

跋朱氏所復睢陽五老圖

朱氏自子榮得此卷，後二百餘年，偶入崑山夏太卿家，其裔孫曰南使其子鄉貢進士文贖於太卿之子德威。德威諾焉而却其金，俄而病卒，後家人竟歸於朱，一則求其所當有，一則與其所不必有，其孝其義，皆可書也。惟五老之會，杜祈公首倡以詩，王侍郎而下和之，至歐陽文忠訖范忠宣十八人亦和之，今皆不在卷中。鄉貢君方益求先世遺物，必能錄而補亡也。

跋李龍眠所畫前代君臣事實

龍眠此卷實與史筆相發明，可謂畫家之良史，非但工於藝而已。蓋古所謂圖畫者如此，卷中自漢高帝訖唐明皇，事凡八，未暇悉論，獨於女禍不能無感焉耳。夫剪髮啓寵，適成唐室之亂；當熊見妒，反兆漢業之衰。後之有天下者，尚監之哉。

跋米南宮書宋宗室崇國公恬墓誌銘

米南宮此卷，元袁清容而下五人有跋，皆不著所藏主名。今在廣省參政劉公家，公博學好古，宜此卷之歸之也。

跋李西臺墨蹟

此書深厚溫醇，有盛德若愚氣象，稱西臺所作。長洲吳寬觀於無錫鄒氏，因題。

跋子昂臨羲之十七帖

書家有羲、獻，猶詩家之有韋、柳也。朱子云："作詩不從韋、柳門中來，終無以發蕭散沖澹之趣。"則書不從羲、獻，可乎？松雪翁每臨此帖，蓋其平生書課，其書之獨步當世也，宜哉。

跋王氏文集

予家藏書一編，曰《麟角集》，曰《過庭集》，總題曰《王氏文集》，蓋古寫本也。既雜亂不可讀，置之篋笥已久。他日，偶閱同里醫師王訥齋家乘，見列先世所著書目，而二集在焉，因以歸之。王氏在宋自閩徙吳，稱文獻家。國初多故，遺書盡失，不獨此編也。《麟角》爲唐水部郎中榮所著，《過庭》則宋戶部郎中伯虎著也。皆不完，王氏子孫尚訪而補之。

跋黃氏祖德錄

黃巖多君子，以予所聞見，皆出而仕者，意其山林之下，必有清節厚德，如昔史氏傳隱逸之類，而恨未之見也。乃今觀於《黃氏祖德錄》，讀侍講謝先生所作《松塢府君傳》，然後知果有其人矣。侍講與黃同邑，相知最深，而其於人尤少許可，傳之所述必不妄，人故信之。其曰《祖德錄》，則本府君之孫吏部郎中世顯而名。吏部固予所謂君子者，又知其賢有自。其爲此錄，蓋與李習之撰《皇祖實錄》之意同云。

跋孔氏所藏先代文移

孔、顏、孟三氏子孫游學於外，所至儒學書院，人給米石，蓋前元所著令。此則宣聖五十五世孫克剛、克信至正間游江南時，平江、嘉興二屬邑文移也。其間有"行供宿頓、優加禮待"等語，於以見當時遇三氏者之厚，何其盛哉！克剛既北還，獨克信留居平江，已而兵阻，遂占籍長洲。生希安，希安生雙流知縣友諒，友諒生廣東副使公鏞，再世甲科，爲時名宦，保守故紙，不敢遺失。蓋此雖殘墨數行，足以信吳中百年有闕里一派，其爲孔氏子孫左驗而與譜牒相參考者，庶其在此。予獲與副使公同邑里，知其賢能，無忝家世，所以友之事之，何異宓子賤之在魯也，嘗竊自幸。他日，其弟公鐸持此見示，三歎之餘，敬書其後。

題僧朋雲墨梅

朋雲墨梅，特感松雪翁知己而贈之，可謂自重者矣。維穎藏此，不遠數百里持以求題於予，其亦知所以重之者歟？

再題所摹懷素自叙帖

蘇黃門題此帖時，尚恨不令其兄一見。後坡翁得見之，則曾公卷所謂馮當世家本也。偶得其跋語，而山谷觀於石揚休家者，又得其說於《名臣言行錄》。因具錄於後，見蘇、黃爲一代書宗，所以評《自叙》者如此，以爲博雅者之助云。

跋沈氏寫山樓詩文後

予少頗好畫，知朧樵翁之善畫也，數過其雅趣堂。翁出見客，衣冠雅而言貌古，宛有前輩風致，非今世所謂畫史也。公嘗知予所好，輒出手寫得意者遺予，予至今寶藏之。翁既以高壽終，其子如美偶示予《寫山樓詩文》一卷。蓋吾鄉立菴俞先生文靖、青城王公、學士錫山王公、廬陵解公、曾公諸名人之作具在，皆爲翁寓金陵時作者也。披覽之餘，綴此數語，以識疇昔之意。翁諱遇，字公濟，朧樵其號也。如美能傳其業，子元且有文行，今年登進士第，惜翁不及見之。

題虹橋別業詩卷

吳中多名園，而陳氏之綠水尤著者，非以當時亭館樹石之佳，亦惟主人之賢，而諸名士題詠之富也。今世本又爲別業於虹橋，前臨通衢，後接廣圃，兼有城郭山林之勝。題詠渢渢，仿佛綠水之作，陳氏累世之賢於是可考。惜予不能序其詩如高太史季迪耳，聊因世本之命書其後以識之。

跋東坡楚頌帖

予舊藏坡翁《楚頌帖》石刻，而缺其後三行，頗以爲恨。蓋其石已亡也。李兵部貞伯一日得其真蹟來示，豈勝快然！蓋嘉祐初，公登進士第，與同年蔣之奇聯宴席。蔣，陽羨人也，談及其鄉山水之勝，遂有終老此地之約。公既謫居，此帖則元豐七年量移汝海，過陽羨時作者。其後,公歸自海外而薨。周益公題其後,以種橘之約竟墮渺茫,若獨爲公深惜。嗚呼,公之志大矣!所欲爲於天下者特區區一園一亭、三百木奴而已乎?

題李營丘畫後

成化十四年八月十七日,李應禎、吳寬同觀海虞周氏所藏營丘山水於石湖舟中。

題高房山畫後

高尚書《夜山圖》并趙松雪以下詩跋,吳寬嘗閱於射瀆徐氏。戊戌歲九日。

跋王允達廷試策

今之取士,惟廷試最爲近古。清問下詢,莫非國家安危大計,它固未暇屑屑及之。士生斯時,盡言不諱,有拔擢而無斥逐,真一時進言之機也。皇上即位以來,凡五試士。此則戊戌歲進士,今中書舍人王汶所對制策也。寬莊誦一過,其氣充,其理直,其言偉而順矣。以汶之學,當在高等,然抑置三甲,僅得賜同進士出身,於以知是科得士之盛,而冀北之野,果難爲馬也耶!寬於是乎有愧。

跋蘇東坡書醉翁操

予嘗得坡翁此紙,紙尾八印爛然,莫知爲何人藏也。一日,偶閱《虞邵菴先生文集》至《李梅亭續類稿序》，謂梅亭爲宋中書舍人、直學士院、寶章閣待制臨川李公劉，字公甫，而備述其入蜀歷守榮、眉，進總漕事，并總蜀帥成都，守本路，憲四川都大賣茶買馬等司，凡八印，謂公平日所得圖書輒以八印識之。予因出此紙，視其印文皆合，乃知其嘗爲李公所藏無疑。邵菴又云：「公所藏近時或散失民間，猶及見什伯於一二。」安知此紙非及見者耶？然《類稿序》，邵菴爲其孫積而作，去公尚未遠，已有散失之語，顧予乃欲聚而得之，豈非愚哉？坡翁翰墨，知書者必能品評，未暇論。予獨喜知其所自出而尤有可歎息者在，故題之。

題陳起東詩稿後

近時學詩者以唐人格卑氣弱，不屑模倣，輒以蘇、黃自負者比比，卒之不能成徒，爲陽秋家一笑之資而已。吾友陳起東少喜吟詠，專以唐人爲法，故其出語清圓和暢，有王、岑、高、劉之風。予與之別十年矣，昨來京師，得見此稿，皆其官閩中時所作，知其學不少變，而語益不雜，自是而柳、而韋、而謝、而陶，若升階耳。予雖不足窺其所至，它日相與歸老吳下，尚當爲數語評之。

題謝氏貞則堂記後

黃巖謝氏世德之盛，亦幸爲其子孫如鳴治侍講者汲汲傳美焉耳。故雖以予之淺陋，嘗繆爲之執筆而不敢多讓。蓋於溫良府君之孝行見其母子之道隆，於寶慶太守之會總見其宗族之情洽，至此又有貞則堂之作，則閨門之內復有其人，而其家之所以爲盛者於是乎有本矣。

題李賓之侍講北上録後

覽賓之此録，其間在南都時登臨題詠，凡崇臺長榭、古廟幽亭，與夫仙宮佛廬之映帶乎江山者，皆予舊所經游而徘徊者也。閉目了然，殊深東坡龍井之歎。

跋宋王盧溪先生遺墨

古人去我已遠，誦其言可以想見其人，況得其手蹟而觀之，其風度宛然在目中矣。安成彭氏家藏宋王盧溪先生十簡，寬幸預觀，雖紙敝墨渝，而此老正氣勃勃可挹，蓋餘三百年於此，豈亦贈胡忠簡之語所謂"江山護持"者耶？彭之遠祖母出於盧溪，凡書問所及，其間可以爲訓者，世守不失。故自將仕公十傳至浙江僉憲，生四子，其三登甲科，竝顯於朝，蓋讀書種子自外族而來者深且遠矣。簡後題識數十家，其說已悉。職方主事禮字彥恭者，僉憲之季子也，以寬有同年之好，俾復書之。

跋宋仲温墨蹟

國初書家稱三宋，謂璲、克、廣也。克字仲温，號南宮生，其書出魏晉，深得鐘、王之法。故筆墨精妙而風度翩翩可愛，或者反以纖巧病之，可謂知書者乎？仲温爲吳人，其墨蹟在吳中者顧少。開化徐君惇夫乃有此巨册而真、行草、章草皆具，信可寶也。

跋夏太常墨竹卷

畫家惟墨竹頗寓書法，近時得其妙者莫過於毘陵王孟端舍人。而夏太常仲昭嘗師之，早歲類其筆意，其後稍變。而崑山之人師之者更數輩，獨屈衍處誠頗類之，而今人家所得，往往出其手也。然真贗固自能辨，如此卷，閱之即知其爲夏公所作無疑。

題歐陽文忠公遺墨

此歐陽公修《唐書》紀表時二小帖也。黔陽令陳君堅遠持以示予，片紙數字，於史事無大關係，而後世獨加愛護，終不落蛛絲煤尾中。非物也，人也。

跋范文正公書伯夷頌石刻

右范文正公楷書韓文公《伯夷頌》石刻，其後獨有純仁、純粹二子跋語，而文潞公以下諸賢之語不在，蓋初刻本也。在吾鄉范莊，其真蹟嘗獲見於公裔孫從規，尚多元人題識，未之刻也。此頌嘗入秦檜、賈似道家，二人者固未足以爲公汙，然檜獨繫之詩曰："韓范不時有，此心誰與論？"則讀者未嘗不發笑也。

跋錢謙齋與林逢吉書

謙齋當國，初嘗應詔言事，今見存稿中。其言簡而直，不爲阿佞之態，宜其盡言於朋友之際不難也。

跋秦二世泰山石刻

此秦二世時泰山石刻也。蓋始皇東封有頌，至是李斯等奏請刻之。其文見《史記》，曰："丞相臣斯、臣去疾、御史大夫臣德昧死言：'臣請具刻詔書刻石，因明白矣。臣昧死請。'""具刻詔書刻石"此作"金石刻"。又"夫"上缺"大"字，不同其餘。滅"丞相臣"三字。蓋石有四面，此其一耳。按《集古錄》本云"得之江鄰幾"，謂鄰嘗自至泰山頂上，見其石頑不可刻。又謂旁無草木，而野火不及，故能久。然風雨所剝，其存者纔此數十字。及觀《金石錄》云："劉跂亦嘗親見碑，四面有字，乃摹得之。文雖殘缺，然首尾完具，不可識者無幾，而秦篆完本復傳世間。"則所得字不如趙之多，而二説且不同矣。吾友徐仲山以工部主事治泉齊魯間，因登泰山，摹此遺予。蓋去歐、趙時又數百年，其所得止此，亦其宜也。又後數百年，磨滅當益多，斯之真刻傳於世者當益少，好古之士宜相與惜之。

跋後漢尉氏故吏處士人名

此後漢尉氏故吏處士人名也。按《金石錄》載《尉氏令鄭君碑》：君字季宣，聘君之孫，年五十有七，卒於中平二年。餘皆斷裂不成文理。亦不知其爲尉氏令，特以碑陰人名知之。其碑至今益殘缺，視此尤甚，故不模此刻。近歲葉文莊公《碑目》亦不載，《集古錄》且無，而予獨得之，蓋非仲山好古，不能爲予致之也。

跋後漢廬江太守范府君碑額

此後漢廬江太守范府君碑額也。按《漢書》："范式,字巨卿,山陽金鄉人。"以獨行聞於時,所謂與張劭爲"死友"者。式少游太學,後舉州茂才,四遷荆州刺史,卒於廬江太守。其碑相傳爲蔡邕書,《金石錄》載其立於魏青龍三年,知其非出邕手。碑已殘缺,故不模。獨得其額甚完,亦可愛也。

書岑嘉州詩集後

《岑嘉州詩集》一册,故刑部右侍郎黄巖林公爲江西按察使時遺予者。公好藏書,裝池必精,蓋其平日處事不苟之一端也。壬寅歲七月十二日雨霽曝書,因書其後。

跋四烈圖

人之所不欲者,莫如死。死非人之難事也乎？若四烈婦之事,沈水,死矣;斷臂,幾死者也;當熊、殺虎,則以死自分而不死者耳。故載之史傳,而人皆知之。然史傳所載不特此四婦人,而人或不知者,則以其事不奇故也。然其死則一而已,況世之死而不載者何限？是以君子恨之。尚寶沈君以此卷示予,於是四烈婦之事又有取而爲圖者,宜其事益爲人所知也。

跋所摹東坡楚頌帖

邵文敬太守世家陽羨，其先作天遠堂，蓋取東坡至陽羨詞語，見於周益公跋。文敬感其事，因俾予臨一過。而請李賓之盡錄益公之說以見其家舊事，其意不在帖也。然此帖亦陽羨嘉話，文敬所宜得者。惜予不善用墨，遂使坡翁風韻衰颯，乃復摹一過而歸之，庶終得其形似耳。文敬之官思南，便道過家，將揭舊扁於堂，倘能礱片石刻之堂中，亦一奇也。

題九歌圖後

朱子之註《離騷》，可謂無遺憾矣。後人既無容贅詞，則有爲《九歌圖》者，其初蓋出李龍眠，人從倣之。此本則崑山許君鴻高所藏也。圖後各繫其歌，許君謂爲其鄉先輩朱季寧中書之筆。予觀之，信其書之妙猶有晉唐人遺意也。歌名九，其爲章實十有一，《楚詞辨證》亦以爲不可曉。至於《禮魂》，則畫家所不能及者，故其圖缺云。

跋度尚碑

此漢荆州刺史度侯碑也，在沛縣湖陵城堋下。僚友董尚矩過其地，見而爲予道之。適顧崇善工部出理漕渠，予因託之加愛護焉。崇善欣然，既徙置徐州官廨。他日，乃揭此本見寄。觀之，則殘缺已甚，獨其額完，而首尾有"君諱尚，字博平"與"永康元年"數字可識耳，其餘隱隱，皆不成文。以其殘缺，宋人遂磨而題識其間，然亦難識矣。若謂此碑初在北陵東郊，缺裂仆地，有欲徙之者，不果。既而大水至，衝入於河，或集善水者挽出之，始徙於使星亭，而嵌其西壁，蓋叙其徙置之難如此。所謂使星亭不暇訪，獨不知此碑何時復在今牐下，豈其地即亭之遺址耶？夫度侯事具載《漢書》，不假此而傳。獨惜古刻之存於世者少，若此碑，使更歲久，將益爲風雨所壞，其與頑然片石何異？此尚矩、崇善之力足爲好古之助，而予所欲書者也。

題陳僉憲傳後

大江之西，其人尚氣而健訟。近世名臣有出於其鄉者，獨謂其俗可重而非他郡可及，豈其時俗尚美歟？然薄義喜爭，見於曾南豐之文，則其來亦久。不然，所謂可重者皆士大夫，而不及市井之人歟？比歲俗益敝，往往搆黨造詞，赴闕投訴，其詞有至數萬言者。或其人相仇，一旦殺同產數十人，吏畏禍，至不敢以聞。朝廷廉知其故，率用重典處之，幸其俗之少變，而未可必也。吾鄉陳君粹之僉江西按察司事，有爲傳其政蹟者，而於治獄尤詳。予得而閱之，信其訟之深險闇昧，猝難與辨，非粹之之公之明未能破其姦而使之服其罪也。而或者不察，顧謂粹之疾惡已甚。夫刑，凡以爲惡者設。於惡者不姑息而必致之刑，所以伸人之冤而洩人之憤也。自非及於平人，何有於甚？獨惜粹之歲巡一道，不得久且專，而今復以秩滿去耳。使終得粹之於此，彼將無所用其訟而終變其俗矣乎。

卷第五十一
題跋三十二首

跋夏憲副所藏褚河南書兒寬贊墨蹟

書家謂作真字能寓篆隸法則高古，今觀褚公所書，益信。

跋東坡墨蹟

予嘗見東坡所書《九歌》於吳中，今復從憲副夏公見此，筆意尤覺老硬。然東坡所爲惓惓於正則者，疑皆在黃、惠、瓊、儋時書，觀者必能會此意於紙墨間也。而其後歲月，氏名皆不著，豈常所謂多難畏人者耶？

書邵通判決防詩後

吳人得圍田之利久矣。比歲大水冒隄上田，至與江湖相連，歲屢不收而民益困，此可獨咎乎天時哉？蓋田之利修於人力，而亦未嘗不壞於人力。其所以壞之者，專其利於己而不恤乎人耳。今長洲、崑山、常熟三縣皆在郡東，彌望皆昔之良田也。田傍故有渠，豪民爭堰之以爲己利，每夏秋雨作，水不得洩，凡田之居上流者始病，至於舟楫阻而不通，其爲害亦久矣。壬寅之夏，今通守沔陽邵侯受巡撫王公之命往決之，計六十餘堰。先是，欲爲此役者，民往往持梃相擊，逐其婦子爭臥堰上，至不得施畚鍤。惟督役者闒茸，且苟小利而不知大惠，其事遂已。侯獨不顧，奮然爲之，而害始除，更立條約，以爲後禁。《春秋》葵丘之命曰："無曲防。"而孟子譏白圭以鄰國爲壑。若侯，非知爲政者乎？近有攜鄉人歌詩數篇至京師，所以頌侯之惠甚悉。凡仕於朝者遂從而和之，於是吳田皆登歲則大熟。予適讀其詩，竊喜吾人之有生意也。爲之三復不已，而因有說焉。蓋常熟東北有白茅港，水所從入海，而海潮亦從而入者也。潮日再至，皆濁泥，既退而泥留，歲久，海口漸堙，水不得盡洩。自有吳以來，蓋不知幾濬矣。予聞父老云：元末偽吳張士誠嘗發卒數萬事此，而功竟成。今十紀於此，濬之實維其時。王公蓋嘗有意而未暇及，使復委其事於侯，吾知其必濟也。

跋沈啓南畫卷

吳中多湖山之勝，予數與沈君啓南往游其間尤勝處，輒有詩紀之，然不若啓南紀之於畫之似也。大理楊公方嚮用於時，顧有山水之好，得此卷，愛之，而以示予。予去吳中數年矣，山水勝處雖嘗往來於懷，然其景象，特如夢寐中，不復了了。閱此何異短輿孤棹，穿雲涉澗，徜徉終日，而凡市橋田舍，林亭溪閣，與夫漁樵所集，仙佛所居，魚鳥之閒暇，烟霞之晻靄，几案間一覽殆徧，而且免夫登頓之勞，何其樂哉！

題朱文公請祠治姦二劄

寬伏讀文公與時宰二手劄，大儒君子恬靜剛直之氣，數百載之下,猶充溢紙墨間。其門人序公事行,所謂"謹難進之禮,厲易退之節,不貶道以求售,不狥俗以苟安"者,亦略可以窺見矣。二劄今爲盱眙陳明之所藏。明之初登進士第,將有官守,其不徒玩此,必有所以嚮慕之者在矣。

跋張即之墨蹟

昔人謂八音與政通,而文章以時高下。豈惟文章哉?字畫亦然。故因時可以知書,因書可以驗時,有不可逃者。張即之生宋南渡後,書名在當時甚盛,此所書杜詩已不完,開化徐敦夫得以示予。蓋書之變至此已極,當時所以重之,則世變亦可知矣。夫即之欲自成家,故其書法如此。若以虞道園之說斷之,則亦太甚矣乎。

跋朱存復錄范文穆公田園雜興詩後

士起里巷,登廟朝,往往溺於富貴,雖爲人劾而逐之,不知退即退焉。長歎無聊,日夜跂望召命之至。視田園蕭散,漠然不知所以爲樂者何限?范文穆公仕南宋至參知政事,而爲吳人築老圃堂於石湖之濱,種梅萬株,歌詠自樂。此其所賦《四時田園雜興》詩也,其詩六十首,凡村居景物摹寫殆盡,雖老於犁鋤間者或不能及。而感歎民隱之意,時復寓焉。公嘗使金,與虜主面定受書之禮,庭中紛然共怒,至欲殺之。公不爲動,竟完節而歸。今讀其詩,特一田父野翁耳,安知前日毅然不屈於疆場之外者乃其人耶?於是可以見公之所養矣。公詩自序作於淳熙丙午,此則錄寄其同年者,謂幸且老健,所作將不止此,抑不知後來果有作否?惜不得其全集閱之。元征東儒學提舉朱存復先生手錄其詩成卷,其玄孫今進士天昭持示予。先生以文學知名於吳，懷抱高潔，實有文穆之風，錄此可以見其好尚。而天昭向用伊始，未暇及此。顧予老且至，他日乞身而歸，訪公遺蹟，取其詩歌之，以與田父野翁相倡和於隴畝之上，亦足以樂也。

跋元人顧玉山小像

玉山小像五。觀浴馬與摘阮皆壯歲事，豪俠之氣可掬，何其偉也。補釋典寫道經，則游心虛寂之地，其氣已衰。至於既老，方狀曲几，與一老翁對語，癯然病狀，宛若維摩詰，又何其憊也。然是時，玉山方避徵辟，為全身遠害之計。與夫屑屑於得失，以犯孔子血氣之戒者，豈不猶賢乎？五象今特有石刻一存，吳中所謂補釋典者。予從其五世孫鏞觀此，展玩之餘，不能無蒙莊氏三患之歎。

跋桃源雅集記

元之季，吳中多富室，爭以奢侈相高。然好文而喜客者，皆莫若顧玉山。百餘年來，吳人尚能道其盛。而予又嘗閱《玉山名勝集》，則當時所與名士登臨宴賞之文辭皆在，信乎其盛也！玉山在國初以其子元臣為元故官，從詔旨徙居中都。於是一時富室，或徙或死，聲銷景滅，蕩然無存。獨玉山之後仕宦不絕，再世為御醫。其玄孫士通以醫學正術致仕，好文如先世，今以其官傳子鏞。鏞以公事來京師，謂予為鄉人也，攜示此卷。蓋桃源為玉山隱居諸景之冠，而此集，楊鐵崖又所謂諸集之冠者也。風流文采，儼然有晉宋人遺意。豈其世已亂，託此而逃焉者耶？其事已不必論，惟此集至今已百三十五年，而顧氏之孫不失衣冠之族，藏其故物，宛然如新，其亦可謂賢矣。

跋元人與朱澤民提學手簡

有元名公奇士與夫方外高流其手蹟大略見於卷中，即此可見提學公文雅之盛，足以致人之愛慕也。衛幕許君鴻高得於朱氏，以鄉先達故，藏之甚謹。朱氏雖欲復之，忍弗能舍。蓋其好古如此。卷中獨虞邵菴一札非出親書，特注名其後，乃病目中所法也。許君所得又有當時與提學公韻語數十篇，別爲卷藏於家。

跋屈可菴墨竹卷

屈可菴作此四紙遺吳惟謙刑部，盡其所長者矣。惟謙外舅爲太常夏公，公以墨竹名世。惟謙得之既多，然復有取於可菴，豈非欲兼收而竝蓄者耶？

題韓都憲手札

成化元年，廣蠻反，朝廷命今武靖趙公往征，而起都憲韓公於浙省贊之。方二公行師檄書所至，人爭用命，固已震懾蠻方矣。此則都憲一時遺武靖書札，而一二韻語亦附其間。武靖既戒其子謹藏之，俾以示予。夫此雖皆片紙，而予因得窺見二公之所以成功者。蓋人共事，未有不成於和而敗於乖，況行師又國之大事乎？今觀二公之深謀密議，纖悉不遺，其相推相信，宛然若兄弟朋友之相告語者，宜其一舉平蠻，武功赫然。與狄青崑崙關之捷相望，是豈僥倖者哉？他日，都憲歸休吳下，寬以里人，辱不鄙得數接言論時，既病矣，激烈之氣猶溢眉睫間。而今則已矣，世之偉然如公者不可復得矣。所幸充國雖老，征蠻籌策，朝廷猶將訪之，殘寇不足滅也。

題岳蒙泉與其子婿李士常御史手帖

觀蒙泉翁手帖，其間因士常有"兄之喪，不肯應舉，而力勸之"之語，益歎士常之賢遠於人，而非今世所能及也。卷內雜以葉文莊公遺蒙泉一帖，蓋與翁論士常學業，因以附之耳。

跋宋王伯虎受官敕四道

右宋王伯虎初登進士第，授建州司理參軍時所受敕也。按，許文定公將誌公墓。公爲司理，州有疑獄，久不決，乃命撤械休於庭，帷其廳而潛聽之，囚互相咎質其是非。明日訊之，衆相顧而驚以服，出其濫死者三四人。然則公可謂能其官，不負於敕詞矣。公字炳之，閩之福清人，仕至户部郎中。從子伯起後家吳中，是生著作先生信伯，爲河南程氏門人，子孫累世業儒。又十世爲訒齋隱君時勉，且以醫名，保其先世敕牒凡數軸，手授其子觀，使謹藏之。噫！吳多故家，求能保其故物而不失者，吾見王氏而已。觀字惟顒，方以名醫徵赴京師，以予交其父子間也，盡攜其所藏者示予。以歲月考之，此軸最久，蓋嘉祐四年，至今幾六百年矣。

按墓誌，公以流内銓主簿改太子中允，檢詳樞密院禮房吏房文字，一時建白數事，議者以爲知大體。而刪定例册，自宋初以來爲件得八千七百有奇。又以泰山、汾陰、籍田、朝陵、行幸之類非常禮，摭其行於時者爲件得一千五百。又以高麗入貢，修成宴勞式，皆奏上之觀。此則宋之彌文，亦可見矣。此敕，按家乘所録，首缺

"敕王伯虎等樞密本兵"九字。

公以館閣校勘，坐事謫監鉛山縣鹽酒税，敕詞所謂"小疵去職"者也。哲宗初，遷朝奉郎，再遷秘書省校書郎，獲被此敕。其後亦缺數行，其詞載家乘可考也。按王氏録本，公凡五被制敕，今真蹟之存者四，然多缺而不完。此則權饒州軍所受者，亦缺其前數行，幸當時三省官所署名皆在，若吕申公、汲公、孔舍人在中書，劉忠肅公、顧龍圖在門下，王右丞在尚書，而吏部則蘇公子容、孫公莘老，元祐人才，信乎極一時之盛矣。

跋宋高宗獎諭著作郎王蘋敕

宋著作王先生在紹興初以布衣被薦，得召見行在。當戎馬間，陳說數百言，正而不迂，高宗重之，因有通儒之目，遂除秘書省正字。未幾，兼史館檢勘。會敕范沖重修神宗、哲宗實録，以辨宣仁太后之誣。先生適預其事，書成，此其獎諭之詞也。已而有著作郎之命，一時因論昔訛誣之罪，追貶章惇、蔡卞，公論翕然始行。然先生之學實出於伊川程氏，以躬行實踐、致君澤民爲事。初不專於著述，世雖知所重，而用之未當其任，爲可惜耳。先生爲人見《伊洛淵源録》，讀者當自知之。

跋王氏紹興敕牒

紹興三十二年，高宗禪位之歲也。考之《宋史·宰輔志》，是歲左右僕射同平章事爲陳康伯、朱倬。六月，倬罷，以觀文殿學士提舉太平興國宮，故牒尾特具銜而無押字。楊椿自兵部尚書權翰林學士除參知政事，以省貳故特書姓，蓋當時之制如此。然王氏此牒不知所受主名，族譜獨有諱晉之者，官終登仕郎，或其人也。

跋真西山與王周卿手帖

周卿諱德文，吾鄉王氏之先也。仕宋雖不甚顯，然其學實出於其曾伯祖信伯先生，帖中所謂先著作是也。故西山真先生特與之善，他如魏參政了翁、游丞相似、杜丞相範、王待制遂亦嘗舉薦，陵陽李侍郎心傳因謂其所交皆天下正人。然則此帖豈非其一證左也哉？惟顒其善藏之。

跋王德文公據

按，德文墓誌云：海陵趙守善湘以逆全毀破城壁，委請經理，以功奏補承信郎。考之《宋史》，紹定三年以善湘爲江淮制置使，趙范知揚州，已而李全反。明年，善湘、范及范弟葵率兵追全，全往海陵，竟走死新塘。今公據爲端平元年所給，時葵、范收復三京，已去淮東，紙尾有趙姓，蓋善湘也。但所謂汪不知爲誰，且其間復署泰州軍事判官，泰州即海陵，其爲奏補時公據，益可信。德文即真西山所與手帖者，賢而有文，卒葬吳縣橫山。

跋王光菴遺墨

光翁固高士，其遺墨斷爛，非後人之賢，孰爲收拾而存之？

跋劉參政與楊君謙手簡

故廣東參政劉公欽謨博學多聞，所蓄書殆與崑山葉文莊公等觀。此小簡與楊儀曹君謙託以購書者，意甚懇懇，蓋可見矣。然君謙於公爲甥，平日所得於公者止此，宜其愛護而不忍棄也。

題李職方藏山谷草書

昔東坡見山谷草書，從旁稱歎，錢穆父獨惜，以爲未見懷素真蹟。後山谷見《自叙帖》書法，頓覺大進。不審此卷作時是嘗見耶，抑或未見耶？職方公深於書者，藏此其必能辨之。

跋文信公研銘

自楊鐵崖藏文信公研銘後百餘年，傳吾崑山葉文莊公，公又傳其子鄉貢進士晨。銘云："壽吾文之傳。"今研之存亡未可知，孰知此銘反有賴於公而傳耶？展玩之餘，爲之敬歎。

跋方寸鐵志後

予嘗見故元時吳人印章，刻畫古雅，疑其多出於吾子行之手，而不知有朱伯盛者，今觀楊鐵厓、顧玉山輩《方寸鐵志》并詩始知之。伯盛名珪，玉山稱其爲西郊草堂之鄰，蓋崑山人。葉君廷光與爲同縣，宜其獲此而藏之也。

讀顏孝子傳

太史陳先生所作《顏孝子季栗傳》，予讀之，不知今世之有斯人也。他日，則以季栗孝行問諸其族屬，曰然。問諸其鄰里，曰然。又問諸季栗所識之人，莫不曰然。嗟乎，太史之傳，於是乎不誣矣。然傳所載季栗孝行不一，而事生視事死頗略，予因問得之，以補傳之所未及。蓋季栗侍其父自鳳翔還，且必躬爲其父滌溺器。家人止之，曰：「此臧獲輩事耳，何以自爲？」季栗曰：「非爾所知。」蓋其心恒恐其親之有疾，每視其溺之清濁而異其烹調之味，其父固亦不知也，如是者終其父之没。昔人載庾黔婁侍父病，不載其嘗藥而載其嘗糞者，以嘗藥人所易，嘗糞人所難，其難者爲之，則其易者可知矣。今季栗躬滌溺器，亦黔婁嘗糞類耳。但黔婁於其親之既病而嘗之，不若季栗謹之於未病也。世之事親者又當以季栗爲法。

跋楊文貞公題贈泰和吳令墨梅詩後

楊文貞公居館閣時，寔秉相權，其言之出足以進退天下士。若泰和，公之父母邦也，邑令爲其所自推擇可知。予嘗見公手書兩封，託其令吳野景春治其子者。其後景春爲令，既多善政。用公之言，不悅於其子，考績來京，顧使罷去。夫公之賢固非莫知其子之惡者，而景春爲人亦公所知也。公既不能薦之同升諸公，又不能留之以幸其邑之人。而卒聽其去者，豈一時特欲遂其懸車之高耶？不然，則越石父之求絶於晏子也。此卷爲景春之孫諸暨訓導英所藏，蓋文貞因其去題墨梅以贈者，固邑人之事也。聞當時冢宰王公別有贈行序文，見所以去之之意，惜不得一覽之，姑爲書其後如此。

題江處士傳後

旋德江處士，當正統間行薦舉法，郡守上其名，辭不起。後復有薦之者，既就道，卒引疾而歸。李太史賓之爲作傳，特稱其賢。噫，處士則賢矣！至概以中庸之道，其亦賢者過之者乎？豈當其時處士於心必有所不合，不然，特欲矯一時倖進之弊而故爲是高致耶？然此吾何以識之？蓋其子漢登進士第，爲司徒屬，慨然常有濟時澤物之心，固處士之教也。不然，賢其身而遺其子以不賢，他人且不爲，而謂處士爲之乎？

跋息菴書訓

鴻臚寺主簿范君以升生數歲時，其父葦齋求訓於其外祖禮部郎中息菴蔣公。公時已老居鄉，手書嘉言數條寄之。君乃日誦習，長益惟訓是行。今且老，猶能舉其詞不忘，而爲人清修詳雅，見稱士大夫間，蓋其得之者有自矣。息菴以善書事先朝，年及七十即致仕，綽有高致，後年及百歲而終。葦齋則善畫，尤剛介寡求，竟以布衣終身。此二公者，世徒以藝士目之，則君之所得者又豈徒紙上之陳言而已耶？

跋黃樓賦

此蘇子由所作《黃樓賦》，而其兄子瞻所書也。石刻在徐州，爲方柱，周遭書之。其後磨滅一面，其首相接處復失其半行，遂不全，相傳爲雷所擊耳。

題元人墨蹟

浙右文雅,莫盛於元季。若徐幼文、倪元鎮、馬孝常、周履道諸公,既皆有名當時。至衲僧、羽人亦或弄筆墨而追逐於文場詩社間,閱此卷可以概見矣。然百餘年來,清詞妙墨,蠹損塵昏,零落無幾。挹前輩之風流,保先世之手澤,非時暘亞參之賢,烏足以有此?

跋林居魯所藏鄧文肅公二帖

趙、鄧在當時以文翰齊名,而鄧公二帖言必及趙氏。今人略能弄筆墨,遂有相輕之意,有愧於前輩多矣。居魯篤學好古,藏此豈亦有取於斯耶?

跋祝生文稿

祝生允明年七八歲時,其大父參政公一日適爲文成,請客書之。予時亦在坐,見生侍案旁,嘿然竟日,竊異之。因指文中難字以問,無弗識者,益奇之。且料其他日必能事此也,然亦安知其能至此哉?昔歐陽文忠公著《鳴蟬賦》,其子棐侍側不去,公謂其後必能爲此賦,棐竟以文名。蓋人於事,惟無所好,好必成。如生幼已知好,加以靜嘿不露,宜其成之至此也。生嘗具書以雜詩文一卷投予,予既歎賞。今日其婦翁職方李公復示此册,於是閱之,則生之進於文,其勢殆不可禦,而予將避之矣。

跋韓文公廟碑

此東坡撰《韓文公廟碑》也。板本云"不隨死而亡",此作"不隨生而亡",語若不通。然爲公親書,不應有誤。又"手扶雲漢"作"手決張企翺"。僉憲提學廣東寄予此本,因志之。

卷第五十二
題跋三十一首

題臨川兩先生小象後

吳中別有兩先生象，視此差小。草廬類矣，獨邵菴作黃冠、短氅服，其後亦附此詩，然是目眚前所書，故其貌稍壯。寬既嘗模得之，今再見葉廷光所藏，聊記其後。

題虞邵菴趙子昂鄧文原諸家書後

邵菴先生於書固自能，然非趙、鄧書家者類。後人概而評之，不可也。丁未五月十三日偶觀崑山葉氏所藏，題而還之。

跋東坡三刻

吏部左侍郎宜興徐公多藏古人墨蹟，此三帖以皆邑中故事，特刻之石。而爲摹之者則蔡桂芳德馨，其先崑山人，今居京師，爲衢守士弘之子，攻書翰，其所摹三刻并諸題識用意精到，與真蹟不差毫髮，可謂勞且能矣。予既喜坡公書得傳於世，而德馨之勞且能者亦不欲泯其姓名而無傳，因即墨本題之，以爲展玩者告。若德馨之意，則不圖乎此也。

跋三楊遺墨

今世稱名臣必曰三楊，葉文莊公因取其手墨聯屬爲卷，蓋重其人也。廬陵之書，寬嘗閱其一二。若建安、南郡者，乃始見之耳。

跋林尚書葉侍郎尹尚書楊尚寶聯句

卷中聯句，林、葉、楊三公皆已下世。今獨尹公在，然其去位亦歲餘矣。覽之可歎。

題全沖堂記并詩後

永樂間，吾郡劉康民以醫徵至京師，得從館閣諸老游，一時文詞大略其此卷中。而其名字、邑里與夫官位、出處，又得學士曾公、武功徐公疏其後，可按而知也。康民生六子，其季爲季誠，官崇明醫學。季誠生四子，其仲爲延齡，官太醫院，能世其醫而保此卷不失。徐公云：“後二十年，欲求諸老一字不可得。”公於諸老爲後輩，而没亦久，其一字又可得耶？因延齡示此，既傷人物之益謝，而其從弟兵部郎中師正復爲予談其大父醫術之妙，而甘以士服終身，又感世道之難，復爲歎息而書之。

跋趙文敏公手帖

天台楊氏之先仕杭宋甚顯，至叔和，猶宋之民也。趙文敏公在當時以諸王孫避兵其地，館而庇之，其義士也已。自宋亡，而楊氏亦晦。既百年，再顯於國初者數人，而不幸概以法免。蓋又百年，至吾同年商霖竟以名進士爲良法吏，而楊氏復振。天之報叔和者，其終不爽如此。此則文敏公與叔和手帖，而商霖檢諸故書而得之者。予讀之，竊歎宋之屢迫於虜，宗室四散，蒼黃奔走，如杜子美《哀王孫》之云。猶幸有叔和者，而隆準之屬得以容身焉。不然，其不至於"泣路岐"而"竄荊棘"也乎？此叔和之義所爲可尚，而文敏公久而不忘其情，猶欲榮以一官，可謂知報德者，他固不暇論也。

跋八一軒詩後

太常卿瑞安任公以八一名軒，蓋倣歐陽子六一云者。然歐陽子所好者五物，而以身老其間爲六一。公則所好者八物，而以意寓其間爲八一。故六一者，無物我之間；八則皆物，而我時取其一耳。此其名若同而意則不同者。噫，琴、弈、壺、酒之類，物之微者也。歐陽子渾然與之爲一，其自待亦薄矣。寓意於物而不留意於物，如蘇長公之言，公其非玩物喪志歟？公所得致仕之請，將歸其鄉，益以道自樂，超然物外，於八者且無一取，而況所謂六一云者耶？

跋方正學壽樸堂文

吳江莫景周嘗從它處得正學方先生所記其家壽樸堂文，而或者疑非出於正學之手，雖景周亦不能無疑也。去歲，予偶從金華王允達獲觀正學文抄，而此作在焉。允達之先忠文公與正學爲契舊，所抄當得其真，因以告諸景周。景周之疑一旦冰釋，遂請予識於後，其意蓋欲予爲左證耳。然彼云記，而此云跋，以文體觀之，當以跋爲是。

跋所臨東坡二帖後

歐陽文忠公《誌老蘇先生墓》云："葬於彭山之安鎮鄉可龍里。"今坡公二帖云：石頭、塰頭墳塋。豈"可龍"別名先世葬處乎？丹稜令陳名遠爲予言：眉守許君數訪蘇氏遺蹟而不可得。因以舊所臨二帖遺之，俾執而往訪焉，其或得之也。

跋李提舉遺墨

崑山許氏藏元人墨蹟數紙，中有茶陵李公一初題朱澤民《山水詩》一首。予識公爲賓之學士之族高祖也，爲乞而歸之。賓之既得，甚喜，遂加裝飾，復俾予書其所自來。蓋公在元嘗登高科，自翰林出爲州倅，後副江浙儒學提舉，故吳中人家往往得其詞翰。觀於此紙，可謂妙矣。雖非其後人，亦知愛之，況爲其後人者乎？

題山行雜錄後

山水在天下，如方巖之奇而名不著者蓋多有之。雁蕩則著矣，往年文宗儒爲永嘉令，得一游，每誇於予，予固不能無所羨也。謝方石先生家居時，嘗從其叔父寶慶公與其族人鄉友數輩兼游兩山，窮極幽邃，往返倡和，詩遂成帙。予讀之，益羨無已，竊有他日必游之誓。然方石自言山多險絕處，臨之使人甚恐，衰年筋力，度不能再到矣。予家去山殊遠，且與先生生同歲而加衰，聞之興致索然。又有西涯"無復是夢"之歎。雖然，吳江風利，扁舟如飛，決策一行，夫誰我尼？其相比近如天台、武夷之勝，將併游之，其亦未可知也。

題總山雜詠後

　　方石先生讀書總山之下，凡一水石、一蟲鳥，以至器物人事之類皆設爲題，而成雜詠五十篇。蓋其起居偃息，無時而不在乎總山也。總山，初名杜，而更之自先生始。則以其地爲其先孝子府君葬處，而歲時聚宗族於斯，因"會總亭"名而名之者也。讀其詩、玩其意，以爲在乎區區水石蟲鳥事物之間者，所知亦淺矣。

跋魏元裕遺墨

　　宋魏文靖公有賜第在吳中，後改建鶴山書院，其詳見邵菴虞先生爲公曾孫起所著記。書院東有讀易亭，則公之次子靜齋嘗取公謫居渠陽時舊扁而名。久之，亭圮，其後人曰元裕者乃復搆治之，此紙則其所求詩文事實也。其稱"先生念焉"，不知何人。而元裕自稱玄孫，殆起之子也。百餘年來，書院巋然猶存，凡巡撫大臣行部，至輒舍於是。而亭則復圮，獨有老屋數間而已。比歲刑官從大臣於是治獄，遂爲縲紲鞭笞之所，吳人茫乎不知所謂讀易亭矣。猶幸此紙爲魏文實氏家藏，得以考見其地，蓋文獻足徵如此。夫文實與元裕同出畢萬之後，其得失所係，可拘拘於楚人之說也乎？觀者當自知之。

跋金氏所藏詩畫

　　送行詩六首，其人爲陳敬、陸玘、黃鉞、唐鶴、謝倫、葉林，上有小序，不著姓名，蓋六人之一也。鉥復爲圖，皆以贈金彥樞者。彥樞，崑山太倉人。其曾孫祺、祜竝游京師，携以請題於予。按詩序作於洪武辛未，是時朝廷方用重典，予意人畏法不暇，而序以爲與彥樞會於京師，有詩酒之樂，豈以敬等皆非知名之士，得以隱於都市而事此耶？然當是時，雖耆老、胥史皆以人材徵用，況文藝之士如六人者耶？夫六人者，予既不知其終何如。所知者，獨彥樞傳其後，今已三世。祺善治生，祜入太學，更好學，將出而仕矣。蓋此雖微物，而金氏文獻之足徵者在此，後之人其尚永保之，勿壞。

跋趙松雪書紈扇賦

右趙松雪書《紈扇賦》，當暑誦之，凉思颯然。此卷觀楊文貞公題識，初爲莘君所藏，今歸吾鄉陳湖陸氏。

跋碧落碑

趙明誠《金石錄》：舊說謂李陽冰酷愛此碑，自恨不如，推擊之而缺。以其言爲不然，極是。蓋因碑有缺處，故流俗附會之如此。今吾子行所補，豈正缺處耶？此碑有別本，見《廣川書跋》。此本精妙，爲初刻無疑。刑部主事陳明之好古帖，得此示予。予於古文奇字不能識，況此多變體，非藉其旁釋文讀之，幾不成句也。

跋何翠谷藥案

仕者或與世齟齬，志不得行，而民不得被其惠，往往隱於醫，曰："是亦足以行吾志，惠吾民也。"雲間何翠谷先生故業儒，嘗登鄉舉,將仕矣,竟以醫老於里中,其殆有見於此。其子以仁能傳其術,出其先人藥案一卷相示,蓋其手筆也。予不知醫,獨愛其書之妙,率易中深得晉唐人意態,是可玩也。

跋東坡和人夢游桂林西峰詩刻

此東坡《和人夢游桂林西峰》詩也。石刻在桂林府學,字畫纖細,頗不類他刻。蓋其石嵌壁間,歲久,為人手摸而平,故文淺而然。顧工部以公事至廣西,知予所欲得也,揭而見贈,惜乎紙墨不甚精耳。

跋彌明詩刻

此衡山道士軒轅彌明謁桂林堯君廟詩也,與東坡夢游西峰詩共一石,顧列其後。或言石鼎聯句,韓昌黎以軒轅彌明自寓其姓名。觀此詩作於開元二年,距聯句時蓋百年,則昌黎且未生,是真有其人矣。昌黎以彌明年九十餘,南軒張子考其歲,以為失實,固是。又謂其詩比聯句格力未老,以為少作,亦以年歲推之也乎?若好事者託為彌明詩以神異其人,則不可得而知也。

跋漢晉逸士圖

此圖筆法之妙,誠如石田所評。然漢晉人物亦多矣。若孟敏墮甑、陶侃運甓之類,使寫之,豈不尤妙也乎?

書陳氏復義莊記後

昔范文正公置義田於吳中，宋至元，族人歲食其入。國初，有犯法者，田悉没於官。今所存義田，皆非舊物，特續置者耳。成化間，其族有舉進士京師者，上疏乞復其田。所司謝曰："待子異日居當道，自復之未晚，吾不能也。"竟格不行。今觀東陽路西陳平仲復義莊事，竊歎平仲之賢，然亦幸其田不没於官，其勢爲易復也。

題東行紀勝圖後

成化間，仲山官工部，治泉山東，徧歷齊魯之郊。公餘，得覽觀古聖賢遺蹟，而山水佳處亦皆有足蹟焉。事竣，歸見沈啓南隱君，爲談其勝。啓南遂寫成十圖，其經營位置，仲山之所指授也。圖成示予，因憶往歲自吳門上京師，仲山候我於任城，相與恭謁孔林，途間度泗水，望嶧山，悉見題詠，如岱岳、麟臺、靈巖、蒙嶺諸景皆在，杳靄空曠間，甚恨不得一至。今觀此圖，則皆得卧游矣。而仲山今爲司馬屬，雖坐治文書，不出臺省，然不若曩時驅馳，登頓上下，林壑雖勞而實樂。觀此，能無嘅然於中乎？

跋馬氏遺文卷

東陽馬氏族譜，序之者撫州守馬文壁，跋其後則自宋承旨以下凡十一人，皆國初名筆也。歲久斷裂，其裔孫逢原貢來京師，始加裝飾，而求李西涯學士題其首，曰"馬氏家寶"。世之爲寶者多矣，而逢原所寶者在此，逢原其馬氏之賢子孫哉！

跋山谷草書

　　故太常卿崑山夏公所蓄書畫燬於火者數種，此山谷草書詩卷蓋出煨燼中者，故其下竝缺一字。公之子今大理寺副德聲以此爲先世物，手補完之，與眞蹟無異。自是爲夏氏後人者尤宜寶藏，不特爲古法書矣。

恭題進士王奎所藏制策題

　　弘治庚戌，今上即位之三年也。乃春三月朔，率循舊典，策士於廷。又明日，傳臚揭榜，而安福臣王奎得賜同進士出身。國朝重進士科，奎出安福，安福在大江之西，士以治《春秋》名天下，出是科者尤盛。奎從後起，其業益精，一試禮部而名遂成，可謂時之俊傑也已。故事廷對，人賜策問，及對畢，得自藏以爲榮。奎於是仍加表飾而藏之愈謹，意不自足，復奉以示寬，請識其下方。敬諾之，歎曰：「朝廷待賢之禮，有盛於進士科者乎？」夫士服韋布，起草茅，一旦立於殿陛之下，得近清光，奉大對，何幸及此！苟非其人，固有過闕門瞻望徘徊，不可得而入者矣。然士當恩寵之下，其初亦未有不感激者，久則忘之者皆是。奎爲是，豈欲誇於里之人以爲榮且幸耶？懸之堂壁，顧諟不忘，儼然如在當時，凜然如處其地，恍然如渥恩之方被也，則豈肯負其君而不思報，享其名而不圖稱者乎？奎年甚富，仕宦伊始，其所樹立，有不賴乎此，弗信。

跋文信公墨蹟

　　文信公之死，偉矣！其流離之際，亦惟其能以詩發之，故信公之有詩，如屈原之有《騷》，皆善明其死者也。錢君世恒以家藏三詩示予，蓋出公親書以寄其妹氏者，此又原之女嬃也乎？其詩今載《指南錄》中，而此則係以與其妻妾子女決絕之言。嗚呼！淚下如雨，讀者尚然，而西臺慟哭如公門下客者，未必其涕之無從也。過淮、亂離歌六首、邳州哭母小祥。其前曰："收柳女信，痛割腸胃。人誰無妻兒骨肉之情？但今日事到這裏，於義當死，乃是命也。奈何，奈何！途中有三詩，今錄去。言至於此，淚下如雨。"其後曰："一，讀此三詩，便見老兄悲痛真切之情，事至於此，為之奈何？凡事只待千二哥至，造物自有安排。一，可將此詩呈嫂氏，歸之天命，仍語靚粧、瓊瑛，不曾周全得，毋怨毋怨。徐妳以下皆可道吾此意。當此天翻地亂，人人流落，天數，奈何，奈何！一，可令柳女、環女好做人，爹爹管不得。淚下，哽咽哽咽。一，此詩本仍可納之千二哥。兄天祥家書達百五賢妹。"

　　此卷初為王清獻公家物，公已沒，家人理筐篋，書翰叢積，見此紙損爛，將裂以拭酒卮。公之子季境適見之，識為信公手書，驚歎存之。後歸常熟陳原錫家。久之，為錢允言所得，今傳其子世恒。庚戌十月二十三日記。

恭題糧長敕諭

　　昔在高皇帝初定天下，以蘇、松等府糧餉所資，擇產厚之民，俾理其事，號以糧長。每歲將征斂，例赴闕下，面聽宣諭而還。自鼎遷於北，累朝恪遵其制，率下敕詞於南京户部，人給一道，此則長洲徐淵成化十三年所給者。淵家世力田，及為郡縣所推擇，能奉法無過，事皆先集而民晏然不擾。衆方賴之，不幸下世。其弟今兵部郎中源藏是敕惟謹，寬伏讀一過，大哉王言！其意懇切，固湯武之誥天下者，其詞易直，則欲民之皆曉而不及文耳。蓋高皇帝之典則，所以導民爲善者凜然猶存。《書》曰："天佑下民，作之君，作之師。"君師之道，治教之理，於此數百言者已具。世餘十紀，民安居田里，供賦稅以食人者，惟恐或後。而國用饒足，倉粟紅腐如漢盛時，孰非吾君訓戒之力也哉？

跋沈石田畫册

石田翁爲王府博作此小册，山水竹木，花果蟲鳥，無乎不具，其亦能矣。近時畫家可以及此者，惟錢塘戴文進一人。然文進之能止於畫耳。若夫吮墨之餘，綴以短句，隨物賦形，各極其趣，則翁當獨步於今日也。

書嘉魚縣湖西義學記後

宋慶曆間，范文正公置義田於吳中，以贍宗族，其惠止於一家。同時，嘉魚李宗儒、宗儀兄弟即所居湖西特建義學，則其惠不止及於一家，且延於鄰邑矣。李氏自宋至元，仕宦不絕。入國朝，又大發於都御史田。數年來，承芳、承恩、承箕又竝以科第顯，爲義之報，其遠如此。今承芳官大理，以義學爲先世事，恨其久廢，與諸弟有志興復而力未足也。過予談其事，予甚嘉之，因謾書以記。他日事成，則學者之受惠，而後人之食報，其有窮已耶？弘治辛亥六月一日書。

題陸鼎儀訓子帖後

　　鼎儀太常平日訓其子爰無所不至，此又特書以授之者。爰既能受訓，且保其先人手筆不忘，可謂賢子矣。於是鼎儀之没三年，慨想哲人不可復見，閲此爲之泫然。

卷第五十三
題跋三十九首

跋清明上河圖

金燕山張著以此圖爲張擇端筆，必有所據，至後人乃以擇端作於宋宣政間。今畫譜具在，當時有如斯人斯藝，而獨遺其名氏，何耶？大卿朱公藏此已久，予始得展閱，恍然如入汴京，置身流水游龍間，但少香塵撲面耳。朱公云，此圖有稿本，在張英公家。蓋其經營布置，各極其態，信非率易所能成也。

跋蘇子美草書老杜絕句

全卿侍御得此卷，示予。予初閱之，以爲山谷書，不知其出於滄浪翁也。蓋翁晚寓蘇州，其手蹟絶少。雖予蘇人，亦未嘗見其書也。山谷與翁生同時，蓋嘗師之，故其書相類，後特加工耳。然翁之妙處，未可輕論，所謂"惟觀其深者"知之。

題倪雲林畫

雲林子當元末，不與陳敬初輩食張氏禄，避地雲間，以全其身。蓋鴻飛冥冥，不麗於魚網者也。此《竹石圖》作於亂定之後，乃國朝建元洪武之歲。而雲林爲書甲子，其意欲效陶靖節耶？然不知雲林出處，與靖節同否。范齋先生俾予題識，因以質之。

跋周寅之八哀詩後

崑山周寅之作《八哀詩》，蓋擬杜子美以哀其鄉八賢者也。八賢中，予所識者：憲副張公侍郎、葉公及朱評事三人。若憲使王公，今秀水教諭成憲之祖，予嘗表其墓者。而盧太守、殷教諭及孫刑部，亦素聞其文行氣節者也。所不知者，呂沁水而已，然列於諸公之間，其爲人亦不待論矣。即此可見崑山之多賢，而況或有所遺乎！予於寅之亦未之識，成憲攜其詩來示，并得其自序，讀之，知其向慕之高，已超乎流俗，豈特取其詞而已哉？

跋楊文貞公并楊晞顏尚書遺墨後

寬幼則聞兩楊先生寓武昌時，所與共貧賤之事。今觀文貞公手帖，益信所傳之不妄。若晞顏尚書，則詩文數首，亦出手書，藹然有德者之言也。噫，世豈有文行若兩先生而長貧賤者乎？玉女於成，是豈虛語？吾黨安居厚奉而嬉游不學，其終爲常人也宜哉！寬生也後，不及識文貞公。昔居鄉里，猶幸遇尚書於道。時尚總角，尚書年已八十餘，猶下馬與揖，其謙厚如此。卷首有小象，故獨知其似。閱之，不覺竦然起敬也。吾鄉湯原靜舊藏此，今傳其子曰忠。忠以太學生游京師，重其先人遺物，出入必偕，非但名賢詞翰可重而已。

跋唐賢夜宴圖

唐賢夜宴,不見載記。畫者特意當時必有其事,想象爲之耳。此固不必深論。獨太宗方在秦邸,羅致人物,極一時之盛。至於王魏楚材,後來復收用之,其終成貞觀之治,宜哉。論者獨以敬宗何人,亦從房、杜之列?夫開館置屬,始皆以文學進,彼能爲帝丘之對者,徒以該博見取耳。唐史序十八人者,特殿其名,意亦有在。吾固有感乎世以文學進者不能皆賢,其利口辨給,能免乎邦家之禍也耶?此卷爲翰林編修黄子敬所藏,子敬志識甚正,其亦有感於茲乎?

跋徐仲山紀行詩

使,勞事也。古詩有"豈不懷歸"之語,蓋使臣之意,而其君能道之如此。至曰"大夫不均,我從事獨賢",則直形於言矣。仲山,武選有册封鄭藩之行,往返餘三千里,有所感遇,嘿然成詩,驛舍止宿,輒索紙筆錄之。當窮冬遠行,衝犯霜雪,勞亦甚矣。而其意和平閒静,略無怨懟,又將出於《四牡》《北山》之上也乎!

跋張氏尺牘

故元時,宜興張氏自鶴溪而下,累世好文雅,多所交游,其往還尺牘,散落人家。克温以邑人故,能聚成此卷,亦愛慕前輩之意也。張氏以爲吳縣尹者。予嘗過吳中治平寺,見小屏上刻其詩一首,當時爲人所重如此。壬子六月九日,病中無聊,爲書此於後。

書拙脩菴記後

右《拙脩菴記》一篇,故中書舍人王君允達爲亡弟原暉作者。菴在東莊續古堂後西偏。拙脩云者,蓋取東坡先生和陶詩"下士晚聞道,聊以拙自脩"之語也。記成於原暉亡後之一年,又五年,而允達亦不可作矣。偶檢書篋得之,益增悲痛。蓋原暉平日謙抑好德之心於此可見,而允達篤於孝友,推以及我,其情亦可識也。因裱飾成卷,冠以二李先生題字,并舊圖一紙。姪奕既長,知求其父遺事,乃歸而俾藏之。

題王荆公詩後

陳君堅遠舊嘗爲予言,其先艾菴先生藏王荆公墨蹟,亟欲見之而不可得。頃其弟明遠始持來示,覽之,不類公書,特其詩耳。其詩今載集中,題曰《天童山溪作》。蓋天童,浙東勝處,公爲鄞令時所游行地也。陳之先出宋相升之,升之與公善,復嘗共事。後人自建寧徙鄞,再徙南京。至堅、明兄弟竝以科第發身,通守湖湘間,清才雅操,有光祖德爲多。夫先友不作而詞語若新,故鄉雖離而景物猶在,是詩非秀國子孫藏之而誰耶?

題米原暉邐釣圖

吳淞秋晚,群漁集小舟捕魚淵中,謂之起叢。今觀史文鑒戶曹藏小米此圖,覽之,景物宛然其間,漁具數種,予不能識。安得陸魯望者爲一一賦之?

跋米原暉寓大姚村所書三詩

大姚在吳東，四望皆水，而有土隆然。上有佛寺據之，其旁多居民，隱然聚落，蓋江湖間一佳處也，而陳氏實居其地，爲望族。昔米元暉嘗過此，手寫三詩，而爲沈石田所藏。以玉汝大理里中故物也，因以歸之。自宋紹興至今幾四百年，不知流傳幾家，而復歸其里人，眞奇事也。予憶舊訪玉汝宅，扁舟出没巨浪間，竟日始至。自以其地幽僻，過者殆少。乃今得米氏，則所以使前人姓名不遂湮没。而吾無羊叔子峴山之歎者，非此詩也耶？

跋原暉雲山圖

玉汝既得原暉三詩。他日，過趙給事良度，見壁間《雲山圖》，題曰：“作於大姚妹家”。顧而歎曰：“此又吾里中故物也。”良度乃亦歸之。玉汝因令其子鏚與詩蹟並藏，仍乞予題其後。此圖自吳中轉徙京師，今復歸其里人，其事又益奇也。

題朱陸二先生遺墨後

朱、陸二先生道學之妙，皆傑出於百世之下者也。世之論者，謂其學不同，此特因其議論之不合耳。夫惟不合，故各得發其所蘊，而理愈明，豈非後學之幸哉？二先生並稱於世，其遺墨乃亦聯焉。朱子《書與黃商伯》作於提舉鴻慶宮時，正韓侂冑用事，故有“時論日變”等語。若陸子書則殘缺不完，莫知所與主名，獨其語及晦翁者猶存。寧波通守王君必充家藏二帖已久，與其弟宜都令必戀謁選都下,攜以相示。大賢君子之書,豈區區所當題識?亦可謂不知量者也。

跋陳閎人馬圖

世以韓幹馬爲第一,然明皇猶怪其無閎筆力,令師之。今觀此卷,雖破爛,而人馬精神猶存,信出幹之上也。

跋韓幹馬圖

韓幹畫馬之妙,見於杜少陵之歌,備矣。所謂畫肉不畫骨,觀於此圖,尤信。

跋石勒問道圖

《畫譜》載隋展子虔有《石勒問道圖》,此幅殆倣之者。劉後村以爲鄭夾漈家物,今謙齋宮傅先生得之。觀澄之禪定,勒之作禮,意態各極其妙。自是畫家絕品,正不必究其事也。

題馬遠柳塘聚禽圖

柳塘水漫,群鳥翔集。只尺中,似來親人。晉簡文帝云:"會心處,不在遠。"其言妙矣。

題劉松年三生圖

右《三生圖》,趙松雪鑒爲劉松年筆。其後題詠者二十人,皆近代名僧,蓋亦有慕於澤者歟?

跋顏魯公祭文稿

禄山之變,魯公與其從兄杲卿同心抗賊。杲卿竟不屈而死,而爲楊國忠所蔽,無褒贈之典。後朝廷用魯公訴,始贈太子太保,謚忠節。此公將赴饒州刺史,至東京,拜掃先墓,告於杲卿之父濠州府君元孫之文也。其間歷叙一門俱得蒙恩,蓋公道終不可泯如此。公之書疏,直清勁略,無一毫傾側之態,其爲人實似之。蓋不待使李希烈知,其遇難必死,而不愧其兄也。

跋孫過庭書譜

孫過庭《書譜》曾爲宣和御府所收,有上、下卷,今下卷已亡,上卷亦不完。然得其數字,亦足以見古人用筆之妙,況此爛然累幅哉。過庭書傳世者蓋止此,當永爲洑溪書堂之寶玩也。

跋高閑草書千文

唐僧多能書,如高閑其一人也。閑又得韓昌黎文,其名益顯。蓋縑素易壞,不必傳世,惟載之名人之文,則傳也久。觀懷素《自叙》多援士大夫語,可見閑之書。予特見此,知書者必能鑒之。

跋蔡忠惠公謝賜御書詩真蹟

蔡忠惠公書名重當時，上嘗令寫碑誌，則以例有資利。辭曰："此待詔職也。與待詔爭利，可乎？"力不從，竟已。其人品如此。其書之莊重，凡落筆皆然。豈以御前表疏，始不苟耶？宮傅謙齋先生得此，甚加珍惜。蓋非特重其書，重其人爾。

跋黃山谷書南山懶殘和尚歌

山谷好佛，故書此歌，亦甚着意。然其平生固未嘗一筆率易也。

跋趙松雪補唐人臨王右軍三帖

唐人臨右軍三帖，固不若張翼之亂真。然松雪所補，視唐人則如張芝之雁行矣。

跋趙松雪書王右軍四事

松雪翁平生學書以羲、獻爲師，故喜書其事。其風度，蓋亦類之。

書分韻送文太僕詩首簡

文君宗儒以名進士歷宰永嘉、博平，政績暴著，數爲巡按憲臣奏請旌異。有旨竟召入，時同召者多得御史，君政績出同輩上，顧以南京太僕丞去。士大夫爲不平者閧然，而君談笑自如，曰："吾固宜爾也。"於是衆相與餞之，有誦晉謝氏詩四句以似爲宗儒今日發者，乃分韻爲詩贈之，既成什矣。後數年，宗儒稱疾歸，而予以制服家居。適閱舊册，歎宗儒滯於僕丞，蓄其才猷，不獲展布，必有任其咎者，固吾黨之愧也。

題史氏宜樂堂詩序後

史氏在溧陽，舊族且大。永樂間，仲川、仲和兄弟作宜樂之堂，一時人多題詠，而梁用之先生寔爲之序。後七十餘年，仲和之孫户部主事文鑑求其詩不可得，幸序文在梁先生集中，乃録於卷而請士大夫補亡，蓋文鑑之賢而史氏爲有後也。予又聞文鑑云："序中名常者，嘗預修《永樂大典》，時事竣，當得太學生，乃不屑就，竟登進士第，仕至郡守。"蓋其族之多賢久矣。

跋顔魯公干禄字石刻

此顔魯公干禄字也。按成都句詠跋：公嘗刺湖州，此刻初在其宅東廳後，翻刻蜀中。予所得乃全幅，然缺平聲字，雖上聲亦不完。豈是二石，或一石而兩面書之，予所得者乃其半耶？或所謂刓缺而不可推究者耶？然不應缺之之多也。書盛於晉，顧多破壞其體。魯公此本，特正其繆誤以惠學者，則其書名，豈特妙於筆墨而已？詠所書與公書頗類，豈嘗師公而得其仿佛者耶？

跋秦氏科第錄

　　故舒城秦公子儀《科第錄》三冊,其孫戶部侍郎崇化之所藏也。公以洪武己卯應天府鄉試中式,明年會試禮部,再中,遂登進士第。凡試必有錄,公家所藏者歲久皆不存。及是戶部公以科第繼起,游仕於外,從人訪得而謄寫之,始復完具。方公登第後,初授興山知縣。在太宗朝滿考,命從給事中治事,再署應天府事。時仁宗監國,已知其名,後公既擢刑部郎中,尋以事調衛輝。適洪熙改元,上輔政策二十五條,悉見納。已而有旨召用,俄卒於道。知公者蓋深惜之,於是侍郎公以清才雅望佐掌邦計,固其賢足以自致,亦先世之所鬱而未發者有以遺之歟?

書大雅堂卷後

　　元季,盜起蘄、黃間,陳友諒來寇饒州,州人胡振卿集義旅以助官軍。鄉里方倚之,俄有他寇至,竟死於難。其妻趙氏又能守志不移,崎嶇避兵卒,保其孤,節義之美可謂萃於一門矣。其鄉周伯琦嘗爲其孤節題所居之堂曰大雅,而金華宋太史而下皆書其事以傳。振卿之死,至今殆百四十年。其六世孫刑部員外郎韶寶藏遺墨惟謹,而刑部尚書旴江何公而下尚爲書其事不已,豈非其事足以感動乎人,欲爲暴白於世也乎?予因憶當時固有與其事類者,蓋元季倡亂,以陳友諒、張士誠爲首。士誠自泰州猝入姑蘇,守將脫寅不能禦,遁去。其參謀楊椿獨挺身前向,誓挫其鋒,盜刃其胸,瞋目怒罵而死。明日,其妻覓其尸,既得,遂自經死於是。楊廉夫輩亦傳其事,而吳興張文蔚實爲誄辭。其節義若此,雖吾鄉之人有不知者,蓋惟無後人如員外君之賢故耳！此可歎當時尚有類此者，惟無後人，或未嘗託之文辭，而人之不知者多矣。此又以見文辭之有用也。予嘗得所謂誄詞者，故於椿獨知之。乃因讀振卿事，敢附書於後。椿字子壽，故蜀之眉山人，流寓吳中，爲宋少師棟之後，平生多著述，蓋文士也。

跋鉅鹿耿氏公牘後

寬嘗閱耿氏家乘，知其世序甚遠。蓋自金歷元，累葉仕宦，雖不甚顯，而未嘗棄儒爲業。及皇明有天下，始定戶版，耿氏猶以儒繫籍。至科舉詔下，而盧氏教諭汝明先生遂登鄉試。先生有四子，其季事英宗，爲南京刑部尚書，卒諡清惠。清惠有三子，其仲事憲宗及今上，爲吏部尚書。再世甲科，顯庸於時，清德雅望，濟美不絕，而耿氏遂爲海內仕宦家之冠。噫，盛矣！於是吏部公檢諸故篋，得其大父當時所給戶帖及鄉試公據，曰：「此吾家故物，不可棄也。」飾成鉅卷而謹藏之。以寬在寮末，公暇出以相示。夫所謂戶帖，國初人家有之，而公據則凡預鄉試者，未必無也。惟夫子孫賢，雖世踰十紀而斷爛故物猶相傳如新。否則，煌煌寶墨、玉軸、牙籤往往有落於他人之家者。然則此盈尺之紙，豈獨考見耿氏之先，而其後世之有人，不於是而見乎？耿氏初爲鉅鹿大族，後有諱昉者仕平定，爲宣武指揮，因家焉。及汝明先生官盧氏，愛其風土，而諸生感其德教，且留居之，故今又爲盧氏人云。

跋趙彝齋畫蕙

趙彝齋爲宋宗室，畫名在前元雖不若松雪翁之盛，然胸中自有九畹百畝,幽姿秀色,溢出腕指間,亦無聲之楚騷也。容軒隱君積學不仕,蓋同宗之賢者。其藏此卷,固吾家舊物之可惜,亦氣味相投而相好也耶。

跋豳風圖

國初,林子奐作《豳風圖》,每圖篆書其詩於後。學士解公又各疏其大略而總題之。觀之者如生於周,處於豳,而古風宛然,必如是而後為圖畫也。

跋下蜀江山圖

此宋范寬畫《下蜀江山圖》也。蓋川峽之間,戈船雲梯,捷渡仰攻,旌旗若林,飛鳥莫度,所以模寫王全斌輩一時武功之盛,大略可見。噫！劍門天險,古有是言,然終不可恃,而人得以取之。所謂固國不以山谿之險也歟！

題白雲親墓圖

故贈太子太保都察院左都御史陳公孟玉在永樂間以太醫院醫士居京師,悲父母早亡,南望吳門,輒潸然流涕。求得翰林王公汝嘉作《白雲親墓圖記》以自慰。一時,名公卿多為之詩,今八十餘年矣。其曾孫鄉貢進士汴謹藏之,而以示予。蓋記所稱太保公鎰時為監察御史,後長憲臺,卒諡僖敏,偉然為時名臣。聲望在中朝,功業在西土,為吳中仕宦之冠。然不知太保之孝實有以基之,觀於此卷,可以見矣。後有著《寶諫議錄》,誌程太師墓者,其必有取於斯。

跋林酒仙詩

　　酒仙名遇賢，俗姓林，在宋爲蘇城東禪寺僧人。傳其事甚異，至號聖僧。以其嗜酒故，又號酒仙。此卷皆其所作詩也。詩意有高絶處，蓋寒山子之流。當時張即之特書以刻石，其石已亡。寺之東林房獨藏此本。夫寒山子之詩，雖晦菴朱夫子亦賞之。此酒仙之言，所以不可廢也。

跋宋仲溫草書

　　右索靖《草書勢》，宋仲溫書，蓋得其妙而無愧於靖者也。今人或肆妄議，則以學之者之過而未見其真蹟耳！

跋原己松軒賦

　　予舊見原己製此賦，自以爲未及古作者。不即持出，其慎重蓋如此。夫今之文士、才豪者固有之，若詳密典重如原己者，吾未多見也。

蘇州文獻叢書第五輯

王衛平　主編

匏翁家藏集

下

（明）吳　寬　撰
王海男　點校

天津出版傳媒集團
天津古籍出版社

卷第五十四
題跋三十四首

跋趙魏公臨智永真草千文

古今人書《千文》甚多,如趙魏公此卷尤秀潤可貴者。按方正學跋語:宋舍人仲珩嘗評此,以爲公中年得意書。仲珩爲國初書家第一手,其言如此,豈待他人言哉?此卷初爲臨海葉夷仲惠仲之物,今文太僕宗儒得之。太僕之子璧好文而能書,必有以識其妙矣。

跋楊眉菴春懷八詠

予過西山,道經王氏,主人叔儀出楊眉菴《春懷八詠》示客。蓋眉菴與叔儀之先世曰允原在國初同官并州,書以遺之者也。其詳見郡人馮之嚴序文。於是歎允原之後有人,雖區區故物,猶保守不墜,而先世因以考見於斯。則此紙有益於王氏且多,豈可以吟弄風月之蹟少哉?

題鍾繇真蹟

史載鍾太傅事魏,殊有偉績。此薦焦季直表,又見其爲國不蔽賢之美。其書平生所見，特石刻耳，若真蹟之存於世者僅此。啓南所藏法書甚多，吾固知其不能出此上也。

跋大石聯句後

予與故李少卿諸公夜宿西山雲泉菴，爲大石聯句，偶寄一時之興耳！二十年來，不意和者之多如此。主僧智韜持以來見，爲之愧歎。韜云："自公留題後，菴名盛傳於時，而游者不絶，雖韜亦爲士大夫所禮。"噫，韜言過矣！大石，吳中奇物也，安能終晦？使米南宫在，且將束帶拜之。若之見禮於人，乃石之所波及也，予安能爲若輕重哉？韜請書其語於後，遂書之。

跋滕用衡貞符頌

惟太宗文皇帝入繼大統之初，一新鴻業，文物焕然。四方以祥瑞來奏者不絶，一時臣工頌聲交作，所以述朝廷之盛，以傳播天下而聳動之也。此則翰林待詔吳人滕用衡所獻貞符之詩三篇：首騶虞、次神龜、次河清。每篇八章，章四句，乃其手寫副本，而正書、篆、隸皆具。蓋用衡以能書薦起，篆、隸尤其所長。時未授職，故欲以此自見也。然吳中人特知其能書而已，向非此卷，其多藝之美，幾没之矣。予友文太僕宗儒藏此，使其子璧持以相示。昔漢武之世，招延天下文學之士，如司馬相如、枚皋之徒，勃然而起，於是麟馬、寶鼎、芝草之類，渢渢乎形於歌詠。千載之下，乃復見於皇朝。嗚呼，其盛矣哉！

題鄭氏所藏文移

元政既非，群雄角逐。我太祖高皇帝起而削平群雄，以寧禍亂。若浙東數郡，先入版圖。於是李曹公以王室懿親，尚冒國姓，特授同僉樞密院，分守其地。當是時，兵戈擾攘，日惟攻伐之不暇，而詔書下播，即以表揚孝義爲先務，蓋與武王式閭封墓之事同也。此二紙爲浦江義門鄭氏蠲免徭役，文移下之郡縣者，其族長允敬藏之甚謹，使其諸孫鎰奉以見示。夫蠲免之典所以旌異鄭氏，自宋元已然，文移蓋嘗及之。然天下多事，廢政已多，於此獨能舉而行之，又與武王政由舊之事同也。百三十年來，有司遵奉朝廷之美意，所以待乎鄭氏者愈久不替，使其族人得於承平之世，粒食安居，以享先世義聚之利，可不知所感激乎？苟知之，其亦益務爲義，以圖報於下而已矣。敬觀之餘，爲書其後。

跋司馬氏家藏宋誥

宋刑部侍郎司馬公伋出溫國文正公後，此其遇郊祀恩獲贈其父禎誥也。其裔孫福建副使垔保藏不失，使其子公輊持以示寬。寬聞宋之南遷，公實從行，越之有司馬氏自公始。蓋四百年於此，而此誥與其子孫並存，固溫國之德厚，亦公有以保其族而延其嗣也歟！

跋陸翁所藏石田畫後

人言石田翁好異聞，有欲得其圖畫者，輒談鬼怪之事以動之。

事窮,或湊合而成,故失之誣者頗多。閶門陸汝器以所得圖畫示予,不啻百十幅,凡山水、草木、禽獸、果蓏、蔬菜,無所不備。然汝器,淳實人也,於鬼怪事,非惟不能談,亦不欲談,而得畫之多如此,則人言其可盡信也哉?

跋陳憲副所藏文移

天順八年,有詔天下,凡致仕官廉貧不能自存者,有司每歲給米五石,以資養贍,蓋曠世之恩典也。今貴州按察副使陳君粹之自弘治初即退居於蘇,太守史侯以君爲人適與詔旨合,特上其事於巡按御史吳君,報使舉行,此其當時文移。於是朝廷之厚恩,有司之美意,具於尺紙之間。其事甚盛,傳之陳氏子孫,則前人之清節,雖百世之遠,因以見之。然予竊有感歎者:蓋君初自臬司歸,考其年法,不應致仕。夫不使之食禄於官,顧使之給米於家,將必有任其咎者矣。

跋華棲碧手帖

此無錫華棲碧先生與吾鄉陳叔方先生手帖也。叔方名植,號慎獨,在元季與棲碧俱以隱節、文藝相契合,故叙其過從之情。然其意特在旌表事,蓋棲碧有母陳氏守節,欲援例舉行耳。此帖百餘年流落人家,其七世孫蒙購得之。故家文獻,此又其足徵者乎!

跋尤牧菴遺墨

右尤牧菴先生雜詩文并簡札共一册。先生生元末,仕於國初,爲湖廣布政司經歷。少則師事陳敬初内史，妙於詞翰而文名在吳中尚晦，非其子孫之賢保護此册，傳之至今，安能使人知其名哉？先生之曾孫曰公厚，以鉛山知縣致仕家居，使其子樾持此相示。歎吳中前輩文學如先生者亦幾失之，則無遺蹟可考者失之多矣。此又可見鄉邦文士之盛也。

跋楊文貞公與尤參議詩札

故江西參議尤公從其父牧菴先生宦游武昌時，適廬陵楊文貞公流寓其地，相好甚厚也。及文貞既貴，而尤公亦從鄉校起爲部官，至佐藩省，所得文貞手墨最多，其存者僅止此耳。夫二公以貧賤之交，相輔以道義，相資以文學，自少壯至於白首，交好不改，視今世反覆小人何如哉！展觀之餘，爲之敬歎。

跋宋人哀徐徽言詩後

當宋被金虜之迫，士大夫多死於難者。此則龍游徐徽言之死而人哀之之詩也。其後又有吳正傳先生跋語，益可寶重。徽言在南渡後，賜諡忠壯。其死事載《宋史·忠義傳》，未暇考也。

跋倪雲林詩

雲林徵君以雅潔爲人所慕，片紙流落，亦多藏弆，況與其人之先世者乎！此《中秋夜》一詩及《廁鼠》古體，皆寫遺其鄉鄒惟高者。其裔孫元饒以其家故物，保之尤謹。予嘗愛雲林詩能脫去元人穠麗之氣，而得乎陶、柳之法。然世之知之者尚少，特以其隱處山林之下耳。

跋溧陽史氏家藏公劄

右溧陽史氏家藏公劄八紙。其一曰修者，宋建炎初轉保義郎所給。其七曰仁遂、文德、仁壽，元至元間充安撫司提領及權縣尹與隨軍議事所給也。史之先當漢世祖中興，有曰崇者，佐命有功，封於溧陽，既卒，廟食其地。至今千五百年，子孫散居邑中，不可勝數。其出而仕者，既皆見於譜牒，此特近代公劄之僅存者。及入國朝，益以科第發身。予所知者，戶部主事學、進士後二人。後觀政戶部，以公事過吳中，持此八紙見示。竊歎漢之功臣如鄧禹之不妄殺，子孫雖顯於當時，然今亦無聞焉。崇之功固不若禹之盛，必其有德於人者不淺。不然，何其嗣續之繁、仕宦之多至於久而不絕哉！故因題此，以推本其先世，俾史氏子孫無忘其祖德而益紹之云。

題陳僖敏公印象

故少保僖敏陳公在正統、景泰間以都憲巡撫陝西，惠政甚著。西人感之，稱爲黑鬍爺爺，至刻印其象，家事之，飲食必祝。蓋予少聞其事如此，有傳其象至吳中者，公之姪孫貢士汴得之以示予，始信其然。感歎不已，爲題其下以識。

跋趙集賢書鄒將仕墓誌銘

元故將仕鄒公墓誌銘，實趙集賢子昂撰，又其親書於石者也。聞之此石嘗沉於水，後始出之，復樹於墓，固將仕之潛德當顯，亦集賢之書不可泯没耳。將仕裔孫永章重其家故物，以搨本見示。蓋鄒氏文獻有足徵者，其在於此。集賢平日石刻甚多，然爲人書碑碣亦少，非將仕爲人之賢，何以得之？

跋錢氏所藏群公手簡

錢氏以小兒醫稱於吳中久矣。往時伯常先生被召入太醫院，典御藥，其術既數有驗，遂授御醫，進院判。當其退自内直，士大夫迎治嬰孺疾者，户外僕馬不絶。先生不問遠近，皆赴，往往入夜始歸。此卷皆當時所與手帖也，自劉文安公而下凡數十紙，大率言醫事者，此可以觀錢氏之醫也。於是先生下世幾二十年，其子汝礪親傳術業益妙，保守此卷不敢失墜。他日，踵門見示，爲書其後以識。

跋范文正公道服贊

右范文正公爲同年許書記作《道服贊》真蹟。道服之制不可考，許公爲此，其意蕭然物外，非不臧之服也。不然，文正公豈率易爲人下筆者哉？此卷今藏范氏義莊，贊後又有文與可諸賢跋語，亦不可得者也。

跋范文正公與尹師魯手帖

宋盛時，有西夏之擾。范公與尹師魯合謀戮力以抗之，相得甚深，蓋以道義事功爲友者也。此二帖，公與師魯者，其一已刻於文正尺牘中，寬嘗閱之，何幸今日復獲見此真蹟哉！然二帖不藏於尹氏，復歸於文正子孫，則其後世之盛衰亦可知矣。

跋范忠宣公誥

在宋父子顯於朝者，稱韓、呂二家，然豈若范氏之盛哉。此誥乃忠宣公拜僕射時所受，其詞又出蘇次公，足以達"爰立"之意。圓吉主奉出示，敬書其後。

跋范氏所藏唐誥

文正公云："祖宗積德百餘年，始發於吾。"今觀柱國隋此誥，在唐咸通二年所受，至文正公時蓋二百年矣，其本原深厚如此。後復四百六十餘年，而此誥藏於范氏無恙。文獻足徵，豈特有國者爲然哉？

書俞烈婦事

吳學生顧春以好學成疾，疾亟，與其父惟寅決別。其妻俞氏悲痛，誓不二志。及春未死，以指抉其目睛，不得脱，則引刀刺之，其姑適見之，急奪其刀而一目已傷，無所見也。春既死，縣令鄺君聞而嘉之，遣人遺之布粟以慰之。文宗儒太僕，俞之舅氏也。悲春早世，賦詩哀之，因以著俞氏之節。俞氏之父濟伯和之，士林爭和之，蓋人心之不能自已者也。今之制，婦人前三十歲守節，至後五十始獲旌表，以其志久而不渝，其節乃堅故也。如俞氏之節，以死自誓，顧未可死耳。當其勇決於頃刻之時，已有百年之志。彼渝與堅，豈足爲俞氏論哉？俞氏有二男女，纔數歲，遺腹一男，亦數月矣。因覽是卷，爲書此於首。人心之不能自已，予獨不然乎？

題雪洲卷後

江陰夏叔度先生自號雪洲，隱居田里，行義好文，所與交皆一時名士。予所知者，若倪雲林、王光菴輩是也。其生當國初用重典之日，雲林、光菴皆爲自全之計，而雪洲處之自若，亦以壽終。今其子孫益久而盛，江南人所稱習禮夏氏也。予方北上，其玄孫從壽以都水主事分司徐州，持雪洲卷求題。卷中有說、有詩、有賦，而篆其首者爲翰林待詔滕用衡，圖之者爲中書舍人王孟端也。二公亦所謂一時名士，而與雪洲交者也。都水以先世遺墨甚多，後悉散失，以所藏僅此爲恨。然後人能繼儒業，且登甲科，官郎署，有光於先世已多，豈以遺墨爲哉？顧其孝思惓惓在此，其亦益訪求之，予何時得盡覽之耶？

跋甲秀堂帖

此甲秀堂帖也。舊刻於廬山陳氏，内有周石鼓文譜、秦泰山詔譜并權銘、量銘、漢鄧隲討羌竹簡、隋煬帝序曹子建帖、晉王右軍荀侯帖、唐歐陽率更顔魯公倣右軍帖、魯公祭稿、懷素帖、李太白醉稿、白文公詩、宋司馬文正公銘、蘇東坡手簡、黄山谷詩諸刻。予少時藏此。一日，劉廷美僉憲過予家，見之借去。後劉公没，從其家索之，不可得。蓋其三子異居，裂而分之矣。弘治丙辰，予居家，三子始各持還，仍合於一。其刻舊亦不完，而石亡且久，予故尤惜之耳。

跋張朱二先生手帖

右張南軒、朱晦菴二先生手帖。南軒所與蓋曾裘父,而晦菴所稱曾君,恐亦裘父耳!二先生生同時,學同道,其筆翰在天下後世人皆重之,亦以類相從也固宜。義烏王氏藏此已久,亡友允達舊嘗示予。今傳其子俯,俯尚謹藏之哉。

跋水東日記抄本後

右《水東日記》三十八卷,故吏部侍郎葉文莊公所著也。議者以其間頗有臧否之論,其子孫固在,不當傳出。於是公之子始秘之,則已爲湖廣刻木,而都下家有之矣。顧其本模寫無法,提行過多,讀者厭之。近世紀載家幾絕,幸文莊爲此,足以考見時事。因錄本稍便觀覽,不忍棄去。惟多譌字,雖加校正,不能免耳。

跋李氏宋敕

右宋吏部侍郎李公琳爲左朝請郎大夫、台州崇道觀時轉於朝奉大夫敕一道,蓋以年勞受也。又敕一道,則公自左中大夫充敷文閣待制,以病謝事,特授左中大夫,令致仕而去者。噫,宋之待士,於是爲至矣!公既沒,孫柯復以遺表恩澤授官,其告身具在,有足徵者。公之十一世孫庶,字舜明,業儒不仕,爲無錫士林之望,保藏故物,歲久益謹。蓋四百餘年而書種不斷,可謂難得者也。

題奐兒所藏王守溪詩墨後

陶淵明《責子》詩曰："雖有五男兒，總不好紙筆。"黃山谷謂：陶氏諸子豈真不好紙筆者？淵明特戲言耳！奐兒得王守溪學士詩墨，飾爲卷，藏之惟謹。噫，奐兒豈真好紙筆者耶！戊午季冬二十一日，承天門聽恩詔還，喜而識之。

書重刻寶光寺碑後

漢鬱林太守吳郡陸公績故居在郡城婁門內，即今寶光寺是也。寺興廢不可考，國朝永樂間重建。學士廬陵曾公從住持大馨之請，爲紀其事，碑既刻而燬。往歲予家居，今住持文奎檢篋中得真蹟見示，則出程中書南雲隸書，固無恙也。予以陸公清節，既可崇重，而其文其書亦不可泯没者。奎公欣然買石，遂復刻之，乃以書來，仍請書其故於後。夫吳之佛寺無慮數百區，往往富貴之人求福田利益捨宅爲之，未有出於前賢故居如寶光者。如記中謂陸公亦有捨宅之説，豈公没後，子孫爲之耶？否則，吳人慕其德，相與尸而祝之於此，以成之耶？奎公以謹慤爲衆推主兹寺，方務修葺，豈惟闡佛之教，亦惟慕公之德而爲此舉，其爲人亦可嘉已。初，公自海外歸，以巨石壓舟。後寺稍徙而西，石委棄民家，殆百餘年。今移置城中察院之側，名之曰廉石，因併書於此，使後人有所考云。弘治十二年七月四日。

跋葉文莊公手簡

故浙江參政崐山陸君文量端雅好學，尤善吏事，最爲葉文莊公知愛，非特鄉里之故而已。右手簡十紙，乃公平日遺文量者。其子伸藏之甚謹，頃來試禮部畢，奉以示予。噫，今仕宦之孫於先世遺墨，委棄塵埃中，往往用以裹物、拭案，略不知惜。予所見者亦多，觀於此，其爲人之賢否何如耶？四月五日。

恭題院使王玉被賜藥方後

欽惟皇上當聖政之暇，游心文藝，嘗徧閱聖祖太宗文皇命儒臣所修《永樂大典》，擇醫方之良者，以太醫院使臣王玉精於其術，親御翰墨，特俾左右持賜之。玉既拜受，不勝榮幸，裝潢成册，將傳之子孫，永爲家寶。以臣寬在侍從之列，謹奉以示，期以蕪詞表揚寵遇之萬一。臣寬仰而歎曰："仁哉！聖心乃天地生物之心也。"《易》曰："天地之大德曰生，聖人之大寶曰位。可以守位曰仁。"蓋仁之爲道，愛人而已矣。愛人者，視天下之人癢疴疾痛皆切於身，惟欲去其所苦以竝生於世焉耳。故世之爲術者亦多，惟醫稱爲仁術。其良方載之《大典》實多，顧《大典》爲書卷帙浩繁，藏之中秘，天下人既不得而見。其分門別類，包羅古今，無所不備。皇上不以他所載者書，而獨書乎此，以爲醫家之賜，豈非欲廣仁術於天下，而欲人皆躋於壽域，以竝生於世也歟？臣寬愚昧寡學，竊窺聖心之所在，謹識於後，豈特表揚玉之寵遇而已？若夫宸翰珠圓玉潔，動合規矩，深得天縱之妙，此又不暇贊述者。玉被賜在弘治丁巳八月，後二年己未六月十二日，通議大夫吏部左侍郎吳寬拜手稽首謹識。

恭題醫士陳寵被賜藥方後

　　太醫院之設，其下有醫士常數百人，而得入御藥房供事者纔數人而已。蓋居禁中，典御藥，必其人藝術精良、性行醇謹者始預冠帶。醫士臣陳寵既在選中，乃弘治己未五月，皇上出用藥二奇方，識以御寶而賜之，此又數人者之所少有，而寵之所獨得者也。寵感激無已，飾爲巨卷，奉以見示。惟寵之先專門小兒醫，擅名吳中者累世矣。至其父公賢始獲召用於朝，後任御醫秩滿，懇以老疾請，蒙擢院判，致仕還家。寵早承醫業，深得其妙，且暮出入，小心恭謹。皇上念其勤勞，錄其功績，又重其世醫之子，乃有此賜。是雖出於特恩，而非有所私於寵也。寵於二方既珍藏之，以圖報榮遇之不偶，其亦廣傳之，以推播恩澤於無窮云。

恭題尚書屠公被賜朝覲官敕文後

　　弘治十二年，天下藩臬及郡縣長吏，下至裔夷胥史，例朝於京師。乃正月朔旦，天子御奉天殿，受朝畢。明日諸司咸集吏部，太子太傅臣滽、侍郎臣寬、臣民悦偕都察院大臣公行考察，而黜其不職者什一二，皆所以遵奉舊章也已。而其人得不黜者，刑官若臺諫復露章劾奏，天子以既去其泰甚，悉宥，使圖後効，比其還任，仍賜之敕，以戒諭之。其人既皆拜受，而臣滽等三人，人亦被賜一通焉。蓋凡敕詞所以爲戒諭者，諄切簡要，其人遵行即良，違即否。居銓曹者，他日特執此明試而省成耳。大哉王言，治道攸繫。如臣至愚，亦知所以從事矣。於是臣滽以璽書當謹藏，綴以素楮，俾識其由。臣寬幸從銓曹，後獲躬逢其盛，顧所被賜者，亦爛然在室。時出而拜觀之，尚相與欽承於下，以無忘天子惓惓進賢圖治之意云。是歲二月十八日，通議大夫、吏部左侍郎臣寬拜手稽首敬書。

卷第五十五
題跋三十六首

跋南園俞氏文册

南園俞氏在蘇學之西，予少數過之，主人嗣之輒出其家遺墨款客。時嗣之甚貧，已斥賣供衣食費。久之，吳下人家多得之。此册則其先墓誌銘、傳，并雜文及錄本，而進士都元敬所得者。元敬重儒家故物，裝飾保藏，可謂託得其人矣。惟俞氏自宋以來，仕不甚顯。至石澗先生，益著書樂道。再世爲立菴先生，開門授徒，尤有學行，國初嘗爲都昌令。予嘗聞嗣之言：先祖以憂制還，惟一弊篋。家人啓之，得布裹物甚重，意其俸貲也。視之，乃官上一斫柴斧耳。其清操如此，故其所遺圖書之外，絕無他物。子孫貧乏，亦其勢然。往歲，予再經南園，則其居已屬他姓，悉犂爲菜圃矣。嗣之有子曰元育，無妻子，且入存岬院。嗚呼！世儒之家，乃至此哉！斯理之不可曉者。因覽此册，聊書之以識感歎。

題解學士墨蹟

永樂時人多能書，當以學士解公爲首。此册真、行、草、小楷皆具，而紙墨竝佳，故其下筆圓滑純熟，尤爲得意，乃公傳家物也。觀公前後題識，所以示其族人者可見。今爲吾鄉薛朝英得之，朝英保愛甚，其亦識公之意者歟？

跋舊所書白樂天詩

予昔過凌鴻臚季行爲書此卷。季行既没，無子，書畫散失。後二十年，有持此卷過市中求售者，東巷葉惟立見而購之。蓋惟立爲童子時，嘗師事季行。今六十年矣，猶念其師故物，藏弄惟謹，其意可謂厚矣。以予手書，持來相示。予憶過季行時，季行出家釀飲予，予性不能飲，飲少輒醉，故握筆狂放，不復成字，覽之可笑。又憶是日陳玉汝、周原己皆在，從旁助勢，不覺滿卷。今玉汝僉都南臺，原已下世亦久，而予且老，巋然尚存，是可慨也。季行諱遠，號近菴，海虞人。清懶窩則寓居都下之軒名也。

恭題累朝恩命錄後

吏部左侍郎林公輯其家自正統以來五十餘年所受敕六、誥十一總爲一編，名《累朝恩命錄》。以寬辱有契義，奉刻本見示，俾題其後。惟林爲閩中著姓，歷世既遠，族屬滋盛。其尤盛者，則莫若公之派也。蓋聞其先數世以長厚之德洽於鄉里，始發於瑞州府君，府君以循良之政被於郡縣。再發於公，是以恩命渙頒，既及其身，又及其先世君子。以朝廷與之爲非濫，而林氏受之爲非倖，可謂上下交得者也。若公爲人德學純懿，士論推先，達於宸衷，遂由師儒之長特擢銓衡之佐。寵用之秩方加未已，其恩命所及，豈止一世、二世，將上及於三世乃已，則此錄殆其權輿也乎？公有數子，其伯庭桂登鄉貢進士，不幸早世。其仲庭梫繼擢甲科，能濟世美，列官庫部，修謹舉職。恩命所受，當續刻之，併爲林氏盛事云。

題紹興瑞應圖後

嗚呼，宋至中世，其遭外侮甚矣！幸而垂亡之際，高宗嗣位，以少延國祚，不然，被髮左袵，中國皆其人矣。蓋召禍出於人，其終不至於絕者，天也。謂高宗無功於宋，人誰信之？然而國土日蹙，偏安一隅，卒不能復祖宗舊物，謂高宗有功於宋，又誰信之？吾嘗竊論其事：高宗爲諸王時，豈有意於神器？一旦禍變忽生，爲羣臣推奉，得非所有出於望外？故和議易成而忠言難進，中興之功，卒視漢世祖愧焉。陸全卿侍御以家藏《瑞應圖》見示，覽之，信其事之出於天也。蓋自古帝王受命必有禎祥，固不必怪。此必高宗禪位後，畫史追述其事寫此，所謂出於天者。若其出於人者，則見於史傳，人其肯寫之乎？圖有十二，各有贊詞，不知作於何人，獨其畫手精妙，非俗工可到，知畫者必能辨之。

恭題尚書秦公所受制策題後

舒城秦公爲戶部侍郎時，以先大父郎中府君在洪武末《科第錄》三册見示，既爲題其後。今復見公天順初繼登進士所受制策題并所對策一卷，而以《錫宴歸第圖》繫焉。噫！百年來祖孫二世以甲科相承，仕宦不絕。而公又以清名雅操，際遇明時，比歲改吏部，再拜南京吏部尚書，有光於前人多矣。

跋沈石田游張公洞詩後

石田嘗兩至宜興，與克溫翰林謀游張公洞，輒爲雨阻，歎曰：

"名山之游，信亦有命也。"去歲，乃始與大本隱君游，而願始遂。因作圖而繫詩於後，更爲序引述其勝殊，備他日傳至都下。予獲讀之，蓋雖未及游，而茲洞已在吾目中矣。

題周氏崇本堂記後

周氏居吳城東委巷中，予少嘗過之，門徑清雅，竹樹幽茂如山林間。主人導予登堂，蓋其家先祠也。其扁曰崇本，則以其先出道國元公，祀以爲始祖而名也。堂有記刻石，讀之，則故吏部尚書王文端公所作也。惟宋道學之盛實自元公始，然自營道望吳中不啻數千里，何意大賢君子乃獨傳其一派於東南，豈非吳中之幸哉？自武功以來，子孫世以儒宦相承。予嘗識其一二，頃以堂記錄本寄示，再爲讀之，慨然有感。噫，此吳中文獻之可徵者也，其敢不書？

跋宋賢四帖

右手帖四：首富文忠公弼、次李莊簡公光、次樓宣獻公鑰，而大慧杲禪師亦以宋人附焉。文忠相業盛矣，而元劉仁本已有跋語。莊簡、宣獻皆南渡以後人望也。大慧雖緇流，然嘗忤秦檜被謫，亦僧中之英乎！毛憲清修撰持其鄉人所藏此卷見示，聊記之。

跋宋賢五帖

宋名賢杜祁公、唐質肅公、張文定公、韓獻肅公兄弟手帖五通，皆真蹟也。太宰林公俾寬鑒之，謹記其後。

跋宋賢三帖

宋儒王德文嘗註《魏鶴山先生渠陽詩》。鶴山因致手帖以謝，又嘗以所註示杜尚書範、李侍郎心傳二公。因亦答以手帖。所謂《渠陽詩》，其裔孫觀字惟顒者，既取刻本翻刻傳世矣，他日復得此三帖，裝池寄示。噫，惟顒於先世，亦可謂盡心矣！

跋王氏所藏宋敕二通

惟顒家藏先世宋敕四通。予嘗悉題其後，顧其文多殘缺，蓋歲久之理當然也。此敕為淳熙九年其先曰大本者充兩浙參議贈其父中大夫者，而殘缺益甚。然寸縑一字，他人視之不足重，在王氏為至寶矣。此敕前曰董克忠等五人擬官，後曰仰充兩浙西路安撫司參議，蓋大本府君所受敕也。或以其旁有妻安人陸氏語，遂以為陸氏所受，誤矣。陸氏下有"狀"字，豈大本以公事出，因其妻告求，據而行者耶？

跋戶部尚書周公加官移文

今年夏，大臣一日致仕者四人，而太子少保、戶部尚書周公亦與焉。命下之後，仍加公太子太保以榮之，此則中貴人傳旨而本部移公之文也。公既歸太原，其子兵部主事曾謹錄移文，飾為軸，懸之以侈上恩。謂予與其父久有僚契，特奉以示。蓋公之去，上不特加之官而已。陛辭之日，復賜之敕以行，凡所以為恩典者，皆與他同，可謂盛矣。然自公致仕，一時留公者奏疏交上，殆數十人，至今口語猶籍籍未已。上念公久勞，竟不忍留，則所以爲物議者獨不與他同，其亦可謂盛矣。予既無力留公，敢因曾之請敬書於下，特識感歎、羨慕之意以復之。

跋吏部舉薦祭酒謝公咨文

台南謝方石先生在弘治初以翰林侍講擢南京國子祭酒，一時以爲得人。未幾，先生移疾去，屏蹟總山中，著書自樂，絕仕進意。而言者以先生學行純正，宜表率當世，薦章交上。上深納之，然不欲煩以吏事也。前三年，會祭酒缺，吏部遂以先生擬上。而先生具疏再辭，不獲命，始勉就道。既至，諸生皆以爲得師，而士大夫則賀朝廷之得賢也。方先生起用時，吏部有咨文三通，其弟業從之來，取其詞剪貼成卷，持以相示。寬覽之，非特見先生之賢，又以見下之見賢能舉，上之得賢能用，而式克欽承之意又於大臣見之。嗚呼，何其盛哉！其謂之咨文者，文移之體云爾。初通有寬押字，蓋寬時佐吏部也。

跋王右軍真蹟

趙光祿家藏二王真蹟，予欲借觀已久。壬戌四月九日，濟之攜過園居，時急雨初霽，新暑翛然，相與閱之，真一快也！

跋王獻之真蹟

《米姓晉唐法書真蹟秘玩目》有獻之《中秋帖》，趙松雪以爲寶晉刻石即此。余因出石刻校之，間有不類處。夫形似且失，況其精神氣韻，欲得之難矣。此真蹟所以可貴，而恨世不多見也。

跋李貞伯手帖

故太僕少卿李貞伯最喜交游，然非其人，輒怒見顏色，不與接一言。此手帖一卷，皆遺令孫太常志同者，蓋非志同契合之厚，何以得此？而志同重其爲人，雖貞伯沒久，片紙數字及瑣細事者亦不忍棄。又所謂一死一生，乃見交情者歟？

題東莊記石刻後

先侍郎府君治東莊時，吾弟原輝實往助之。府君既不幸即世，而原輝繼亡，亦幸有子奕稍長，能守舊業。以今宮保長沙李公所作記書屏間，歲久漫滅，請其友文徵明爲隸古刻石，以傳永久。其於先志，可謂能繼矣。蓋府君之治茲莊，固思續古之人，然陶靖節不求自安之意，至老不衰。若原輝所以結屋種樹，勤力於此，又豈李衛公愛惜草木，以供玩好者耶？凡爲吳氏子孫，皆當知之。石刻成，書其後以示。壬戌五月十六日。

跋鮮于困學詩墨

書家例能文詞，不能，則望而知其筆畫之俗，特一書工而已。困學翁平生以善書掩其詩名，余每讀其詩，輒歎其妙。若此篇，概亦可見。蓋世之學書者如未能詩，吾未見其能榅也。都憲顧公示此，因以諗之。

跋盧彥昭遺墨

右《紈扇》絕句一首，海虞盧彥昭題贈其鄉顧立中者。彥昭在元季嘗從楊鐵崖游，故其詞翰皆清雅可愛。然生值兵亂，更其家後遭多難，遺墨散落，幸立中家藏此。因歸其曾孫用才，用才傳其子志。盧氏世業醫，至志業益精。志字宗尹，以醫士選入御藥房供事。讀書好文，不獨以醫名，蓋其先世所從來者遠矣。予老多病，藉宗尹旦夕療治，既感之。他日，宗尹携此見示，裝池甚謹。又見其於舊物知所保重，尤賢之。遂爲題此以識，豈惟使盧氏子孫知有先世而已，且使邑人知有前輩。其詩後題曰絲桐老人者，蓋彥昭自號也。

題石勒問道圖

石勒嘗以漢世祖自許，其英傑可想。彼佛圖澄一胡僧耳，見之爲禮如此，何其卑抑之甚也。豈澄之術真足以動之歟？然澄能起其子之死，不能救其國之亡，其術果可貴乎？此圖寫勒問道，能盡其態，知繪事者當以爲工，雖勿論其事，可也。

跋館閣諸老與沈民則學士小簡

論書者謂"欲人品高"，嘗以是驗之，可信。故翰林學士沈公民則，松江人也。在永樂初即以善書際遇文皇，歷事累朝，寵眷益盛。一時館閣諸老，若三楊公，文簡黃公，文靖金公，學士曾公、苗公，皆世所謂名臣，無不忘勢位與之交好。公之書法固妙，非其人之賢，何以得此？公有弟曰民望，亦以書至大理少卿。子藻爲中書舍人。至是，公沒既久，今皇上愛慕公書，詢其家，得公玄孫世隆，特授以官如藻，俾司制敕如公。蓋古今以書被寵眷者，莫有盛於沈氏者也。世隆去公四世，能保守舊物，嘗以諸老手帖數幅裝池見示。竊歎區區片紙，不滿數字，而前人清風藹然猶存。然則世隆欲傳家學，其亦謹於人品之間，益思繼其祖德也哉。

跋趙松雪乞藥手帖

華亭陸悅道以醫名於前元，松雪趙公嘗有手帖乞藥。觀宋潛溪先生跋其後，以醫爲不受官，蒙賜號處士而歸，蓋其高致如此，非特以醫名者。自其孫景深以來，能世其業至於今。又得文質以醫學教授太醫院，成就後學爲多。家藏舊物，雖斷爛數行，保守不墜，處士可謂有後矣。

跋張東海雜書

東海張公守南安時，雜書數紙，郡掾劉遑得之成卷。公之子時行黃門，持以示予，中有公與予詩一首，蓋公寫而未發者。予欲取之，因感楚弓得失之語，書其後而還之。

跋芸窗父師集

張溝南先生有詩名於元末，其詩恨未見之。徒得高太史季迪跋語，謂其詩格律深穩，不尚篆刻，有會理切事之語。季迪爲當時詩宗，觀其評品如此，則其詩可知矣。吾友王守溪吏部今藏其詩二册，而其子瑄之作皆在，題曰《芸窗父師集》。芸窗，蓋瑄之號。獨所謂師者，不知所指，豈集中附載者皆其人歟？癸亥二月郊祀，齋居，爲讀一過，因記其後。溝南，名端，字希尹，江陰人。瑄，字藻仲，尤以書名云。

跋宋潛溪書所著鄭濂名解

太史宋先生所著《義門鄭濂名解》，嘗見於《潛溪集》中，此則太史手筆也。太史之學，其該博不必論，其書亦清古有法。若其後跋語數篇與所附名説，皆諸賢親書，亦未嘗一筆放恣。覽之，益增吾黨之愧。

跋宋方二公墨蹟

宋仲珩舍人、方希直侍講同生。國初，其書與詩皆世所貴重者也。惟立吏部得其手蹟，而聯爲卷藏之，豈非哀其先後以死，有慨於中耶？希直尤爲人取諱言，故其名氏遂被剜去。然甫百年，則其長篇鉅什已題刻於世而家有之矣。

跋趙仲穆馬圖

予嘗觀唐陳閎馬圖，歎其精絕。今見仲穆臨李伯時之作，真能繼之。至於胡人牽馬，尤極其態，所謂心合意會，又不止於雲滿身者。此圖仲穆寫寄其弟奕者，後入崑山顧仲瑛家，今爲文侍御宗嚴得之。蓋自古千里之足骨朽無遺，而二百餘年颯爽之氣猶宛然尺素間，又何天閒十二之足誇哉！

跋江貫道江山長圖

予方病齒臥，陳太僕明之使小僮持畫卷入，迫觀之，就枕展尺許，即知爲宋人筆。不覺蹶然起，稱賞至圖窮未已。蓋宋江貫道所作，曾入元御府，柯博士敬仲所鑒定者也。貫道之筆少見，況其後有葉石林、陳簡齋、林希逸諸公題識，益可貴重。明之好古博雅，此卷得所歸矣。

書韋齋先生集後

朱子受學，實出其父韋齋先生之命。嘗歎韋齋臨絶之時，知所以教子如此，然無以考韋齋之學何如也？前吳令鄺君既刻此編寄予，始知朱子之所以爲大儒者，得於家學爲多。蓋遺書沾溉，既足以成乎內；而延平諸先生之教，特助乎外耳。然則欲知朱學之源流者，此編當與《晦菴集》竝傳於世可也。癸亥十二月七日書。

跋朱文公三帖

朱文公先生以淳熙初提舉浙東，力論台守唐仲友不職，朝廷雖從其言，寔忤時宰陰庇仲友之意。自是先生遂歸，且乞奉祠，偽學之論遂起，而先生棄於時者數年。此三帖蓋皆與越中陸放翁者。首在官時所發，其二則既歸後發者，爲宮諭靳君充道所藏。惟先生書札在集中者最多，無非論治道、講理學之語，若此類固不得而備載也。然所謂"杜門讀書，畢此數年爲上策，自餘真可付一大笑"等語，讀之亦可以觀世道矣。

跋明皇講易圖

錢舜舉舊作《明皇講易圖》爲建安楊文敏公家物。公與廬陵、南郡二楊公俱有詩，此則臨本也。蓋公之曾孫今考功郎中旦追念故物不可見，使繪士爲之者，而其詩仍録於後。於先世一物之微能不忘如此，考功所以卓然有美譽於時，而無忝於前人也歟？

跋顔氏家廟碑

此唐《顔氏家廟碑》爲魯公真卿撰并書。按跋尾，此碑遭兵亂，仆於野。宋太平興國七年，都院孔目孔延襲始移置府城孔廟中，而碑幸完。予知碑名久矣，恨不可得。同年周公瑞都憲巡撫陝西，始寄至，猶恨缺其額耳。蓋以碑額爲無用，多不搨，或碑穹，工人艱於搨而置之。不知碑無額，如物無首，爲完物乎？況此額爲李陽冰篆書，可謂二絶，何可缺耶？

跋元人墨蹟

元人自趙魏公而下書簡并詩凡若干幅，皆真蹟，而魏公夫人管氏一簡在焉。自古婦人之書少見，獨石刻有衛夫人者。此幅雖不逮，然亦可謂難得也已。

跋劉寵一錢圖

周公曰："平易近民，民必親之。"劉寵之受一錢，其平易之政可以想見。若時苗留犢,則清而激矣。然今仕者寧有留犢之心,雖一錢不受可也。吏部郎中東河劉君博之出爲河南參政,以所藏趙千里此圖相示。博之向慕前賢,其爲政必知所慎矣。

跋張樗寮墨蹟

樗寮在宋,書名甚盛。然好用禿筆作大字,遂爲後來醜怪惡札之祖。噫!不得其意而強效之,其弊至於縛草如帚,以燥爲工,是真所謂醜怪者也。

卷第五十六
祭文二十六首

祭陳祭酒先生文

　　維成化九年,歲次癸巳,正月初三日甲午,門生翰林修撰吳寬謹以清酌庶羞之奠,昭告於前國子祭酒方菴先生陳公之靈。嗚呼!先生而止於斯,文章足以傳來世,議論足以動當時,節行足以爲流俗之表,學術足以爲後生之資,凡先生之所以自立者固無容議,而爲一小人之中傷不待終日而足以去之。蓋論先生者,天下之公,而去先生者,一人之私。嗚呼!先生自信太過,自負太奇。寧墮乎人之計,不愧乎天之知。豈同舍亡金之難辨,將遠附乎漢之不疑。徒使學士大夫、門生故友稱先生之冤者扼腕歎息,至於泣下之漣洏。寬昔童年登門求師,孺子可教,以扑以麾。逮赴試於禮部,擬卒業於經帷。夫何寬之不幸,而先生殃禍之是罹。俄除名於仕版,旋託體於靈輀。既驚而定,有哭以悲。幸舊學之未忘,偶不棄於有司。及大廷之對策,何天子之寵綏?原寬之所以致此,非先生之教而爲誰?卧龍之山,上葬有期。考平生之事行,在墓道之當碑,將乞文於知者,維劉太常直筆之可垂。亦有文藁,其光陸離,行刻木以傳世,維丘刺史精擇而無遺。夫先生之爲人固不待二者而顯,然非是無以慰吾黨之思,其餘不可以多及。視寬之力所能者,而即爲緘詞遠奠,薦此一卮。嗚呼,哀哉!

祭葉侍郎文

　　維成化十年，歲次甲午，六月二十五日戊寅，翰林修撰吳寬謹以清酌庶羞之奠，致祭於近故通議大夫吏部左侍郎鄉先生文莊葉公之靈而言曰：嗚呼！公乎國之名臣、鄉之老師。今則云亡，還葬有期。我有哀誅，假此陳詞。惟公畜歲，聰明内閟。坦坦施施，莫測其際。人或無知，謂公不慧。既入鄉校，乃登賢科。操筆爲文，勢如懸河。出其端緒，所蓄則多。歲在己巳，龍輿北狩。給事禁中，公也留後。事宜可行，章疏即奏。凡所建白，人謂何驟？公曰國事，臣子之疚。卒却强虜，都城如舊。軍興告病，出參陝政。克贍邊儲，士卒用命。朝議偉之，尋徵入之。中臺有法，付公執之。猺獞跳梁，輟公南行。挾我藥物，救彼殺傷。自掩功能，潜走獗狂。嶺外單車，漢之祝良。猺獞既懷，惟此獯狁。逐北之餘，伺我蠢蠢。有城有堡，有庾有囷。上谷之郊，制禦斯盡。北門鎖鑰，宋之寇準。公雖勞矣，未可丐閒。六卿之亞，召公而還。以典三禮，以統百官。在帝左右，大袍高冠。議論從容，有闕彌逢。國有外事，亦復勞公。黜陟南甸，相視西戎。嗚呼，公乎！貴顯莫逾，臞然一儒。如齊晏子，不見有餘。門無過謁，家無蓄儲。惟其好義，振窮恤孤。癉瘵鄉賢，希文爲徒。公之文章，宜在館閣。典雅渾成，不露芒角。南豐之純，臨川之約。而復劬書，矻矻窮年。手不停披，以考以研。碑文鼎銘，竹簡韋編。鄭侯之富，歐公之全。嗚呼，公乎！學識之長，才德餘事。有如不亡，未見其止。累朝眷顧，寵遇寔隆。没也訃聞，震悼宸衷。賜謚易名，以示優崇。生榮死哀，恩被始終。凡民有喪，匍匐酸辛。有如我公，豈曰凡民？鄉之老師，國之名臣。一觴踉進，鑒於斯文。

祭褚御史文

維成化十七年,歲次辛丑,八月癸卯朔越二十七日己巳,友人翰林修撰吳寬謹以清酌庶羞之奠,祭於監察御史褚君昌溿之靈曰:嗟嗟昌溿,昔登賢科,名顯於世矣,而出宰大邑,遽當乎長民之寄。及擢憲臺,身顯於位矣,而巡歷數州,適兼乎校人之事。安不足以酬勞,樂不足以償畏。此固盡瘁事國者不以爲意也。今則一病浹旬,醫莫爲技。舍館方遷,溘焉永棄。氣將絕而復噓,目不瞑而若視,則亦以言爲責者未得遂其志也。客囊蕭條,歛含無備。僮僕扶棺,哭殯於次。雖行道者惻然,況乎鄉里知舊,不爲之灑淚哉?所幸不亡,君尚多嗣。樹立而興,其後可冀。具薄奠而寫哀,託微詞以爲誄。

祭蔣元用文

維成化十八年,歲次壬寅,六月十日丁未,翰林修撰吳寬謹以清酌庶羞之奠,祭於亡友樂亭令蔣君元用之靈。嗟嗟元用,器局淵宏,渺乎其際。群居嬉嬉,莫見明叡。然而伸紙疾書,滔滔不滯。出其緒餘,遂取科第,場屋之間,固已服其文藝。至於小試治才,寬而有制,事既克集,民不告厲,則田野之內,又皆沾其德惠也。嗟嗟元用,有胡質之清,夫既常畏人知;有陽城之勞,而獨不爲身計。致一疾之久纏,踰十年而長逝;慨禄養之不終,況恩封之如例。故雖死而不瞑,豈戀戀於斯世。嗟嗟元用,遺腹有子。甚秀而慧,母氏鞠之。後尚可繼親老,而能慰者在斯。想其方長號而忽收淚也。返葬於鄉,冒暑迢遞。何以寓哀?致此薄奠。

祭賀其榮文

　　維成化二十年,歲次甲辰,二月三十日丁亥,翰林院修撰吳寬謹以清酌庶羞,祭於亡友解元賀君曰:吳下之別,忽經五年。春試有期,君來必先。謂當一見,握手驪然。豈意解裝,病已久纏。館我半月,寡笑與言。言及此來,利名所牽。吾父且老,可緩一官。今既病甚,命也在天。奉身還家,俟病稍痊。終隱不出,薄置田園。吾時語君,君尚南旋。仕路信勞,拙性不便。後當相從,南陌東阡。顧此數語,天胡天憐。人願竟乖,遂隔九泉。嗟君待我,師友之間。死於我殯,中情乃安。或者不察,驚歎而傳。維昨禮闈,吾濫預焉。拆卷填名,實多省元。使君不死,孰後孰先?袍笏滿街,簫鼓喧闐。乃有喪車,蕭然道邊。孤懷感傷,出涕漣漣。扶護維兄,步有吳船。還葬於吳,水道可沿。剛正而文,直亮而賢。其人如存,有棺未遷。今也則亡,舍館實捐。觴豆在案,往矣勿遄。

祭李士英文

　　維成化二十年,三月二十日丁未,友人安福劉震、長洲吳寬致奠於翰林編修李君之靈。昨者柩遷城南,吾二人適入試院,不獲一送,甚戀戀也。今既事畢而出,佛寺蕭然,猶及奔走而遣奠也。夫送死有奠,送生有餞。餞者有時而還,奠者無時而見也。嗚呼,悲哉!凡君之葬,有志有表,庶幾平生可以爲傳也。然則區區觴豆之意,特寓乎知死之哀,而不必其言之羨也。嗚呼,悲哉!

祭亡弟原輝文

維成化二十一年,歲次乙巳,十一月二十六日癸酉,兄右春坊右諭德寬遣姪奎具清酌庶羞,祭於亡弟原輝之靈曰:去歲九月,送子於郊。孰謂此別,永不相見。聞訃以來,悲痛無已。親友勸説,豈能釋然?子有厚德,鄉黨所知。知之尤深,宜莫如我。當壽而夭,則莫知焉。我仕於朝,一紀餘矣。不墜家業,以有子在。今復何恃?實懸我心。子幸有男,秀而可教。議婚於朱,其事已成。日用之計,周甥是倚。撫教之恩,諒不肯負。因此薄奠,略陳數言。中懷萬端,豈能盡述?惟昔長兄,不及中壽。豈意至子,又損數年?顧影孑然,我獨尚在。勢孤力寡,生世幾時?雖欲不悲,亦不可得。抱病來省,子情已盡。我繫於官,獨何爲情?子病在身,勸子少飲。今則已矣,盡此一酌。嗚呼,哀哉!

祭周原己文

維弘治二年,歲次己酉,七月二十日丙子,左春坊左庶子兼翰林院侍讀吳寬具清酌庶羞,遣姪奎、奕奠於故原己院判之靈曰:自子別去,屢得手札。每言瘦軀,二豎爲孽。其後一緘,置此不説。我意子病,勢當漸脱。孰知訃聞,纔距兩月。墨蹟宛然,尚可展閱。昔者之來,豈遂訣別?中心感傷,其痛如抉。當寢或夢,對飯或噎。追思往時,雅會不缺。月夕花朝,詩卷有跋。幽憂之懷,藉此慰悦。子既南官,尊俎且輟。謂當還鄉,此興終發。今則已矣,顧先我没。子年不衰,而位方達。子名維揚,而志尚鬱。士行既修,世澤未竭。子於人間,亦尚可活。所爲至此,理不可詰。維子與我,交親甚切。

凡子平生，略具墓碣。亦有哀章，和者更迭。馳此叙哀，千古契潤。

祭邵文敬文

維弘治三年，歲次庚戌，正月二十日癸酉，詹事府少詹事兼翰林院侍讀費誾，太常寺少卿兼翰林院侍讀傅瀚，左春坊左庶子兼翰林院侍講學士李傑，左春坊左庶子兼翰林院侍讀學士李東陽，左春坊左庶子兼翰林院侍讀謝遷、吳寬，左春坊左諭德林瀚、掌國子監司業事右春坊右諭德劉震，翰林院侍講謝鐸，謹以清酌庶羞之儀，馳祭於亡友中順大夫嚴州府知府邵君文敬曰：嗚呼文敬，生何所好？世亦有之，莫與君竝。君之於詩，其視唐人，則如賈孟，冥搜極討，思苦而清，皆可以詠。君之於書，其視晉人，不必大令，博倣旁摹，蹟麗而奇，偏工草聖。君初善弈，坐客滿堂，縮手敢競，後始謂此，非仕所宜，益務為政。中心自許，劇郡可居，不惟簡静。彼不知者，投之窮荒，幾負才性。後更東浙，衆曰宜哉，方為君慶。到郡未幾，矻矻設施，民安吏聽。詩書且置，尚以弈為？期必報稱。惟志初立，惟名方揚，而身已病。豈其心勞，如昔陽城，力不能勝？凡人所遭，脩短盛衰，莫不有命。而君於此，獨預其短，復違其盛。豈非命耶，尚復何言？惟順其正。君喜交游，聞訃以來，遠莫賻贈。眉目了然，如見其人，嗚呼文敬！

翰林祭楊文懿公文

維弘治三年，歲次庚戌，二月癸未朔十九日辛丑，左春坊左庶子兼翰林院侍讀吳寬謹以柔毛剛鬣之奠，致祭於吏部右侍郎兼詹事府丞謚文懿楊公之靈曰：公以易直之資、高明之志、美麗之才、清雅之思，心有所獨得，每訂定乎經書；口有所欲宣，悉發揮於文字。信賢科之有人，置詞林而得地。今上之初，進賢以類。識公老成，侈以禄位。輟之宫僚，擢之吏侍。固俾展其才猷，實欲試之政事。四海之内，方共仰其功能；數月之間，已屢避乎名勢。疏封竟獲乎陳請，館閣遂專乎載記。何信史之垂成，俄哲人之長逝。惟蓋棺之後而士論始公，況易簀之時而今命亦治。此可見其身之歸全，庶不憂乎人之責備。今則卹典既加，復賜之謚。出朝廷之殊恩，爲儒者之極致。猶惜乎當代之燕許，頓亡其手筆；尚候乎後世之子雲，或識其腹笥。春雲在空，黯然魂氣。拜送柩車，斯文情義，而回視乎一門之盛，群鳳聯翩，莫不在乎喪次，則公亦可以無憾，乃復爲公一慟而收淚也。

祭吴參議文

維弘治四年，歲次辛亥，五月丙子朔越二十三日戊戌，同年友吴寬謹以清酌庶羞，祭於故雲南參議吴君文盛之靈曰：君以廉慎之操，精敏之才，官事滿前，談笑而裁。昔自工曹，遷於遠省，俄遭内艱，驥足未騁。及茲服闋，復來京師，卧病族舍，骨立形衰。僮僕遑遑，溘焉就木，有客入門，莫吊而哭。同年廿載，下世已多，如君之賢，其人幾何？自昔有喪，匍匐往救，曷以寫哀？薦此觴豆。

祭徐文靖公文

維弘治十三年，歲次庚申，八月癸未朔越二十七日己酉，諸生吏部左侍郎兼翰林院學士吴寬謹以清酌庶羞，馳祭於少師文靖徐公之靈曰：寬昔居鄉，稔聞公名。及既入仕，識公於京。蒙不鄙棄，歡如平生。詞林多暇，語輒僕更。公位益高，不自驕盈。引進後輩，藹如父兄。道義之語，至今服膺。公之立朝，惟恃忠誠。巍巍黃閣，高不聞聲。百官盡職，萬姓安生。默相之力，天子仰成。寵任之重，不替而增。公曰可矣，豈乏賢能？引退未已，有疾忽嬰。終獲所請，勢位已輕。公卿餞送，殆空一城。道旁嗟歎，亦有黎氓。公之厚德，於茲可徵。曷不留公？長存典刑。何奪之速？天豈瞢瞢。殯於高堂，南望宜興。未能一慟，中心怦怦。聊此叙述，以洩私情。

翰林祭徐文靖公文

公自少年，已擢高第。徧歷清階，不以吏事。及壯遭逢，憲皇在位。受知特深，舊學有自。欲付大任，吏事卒試。拔之詞林，用不以次。今上之初，以公是遺。何以處之？深嚴之地。乃職論思，乃典內制。乃預機務，寵用日異。公所禀受，清明之氣。公能承載，深厚之器。大事在前，從容暇豫。身任其難，事竟克濟。謂公才優，實則蜜緻。謂公量宏，實則謹畏。忠言上摩，厚澤下被。輔德以成，從欲以治。補益則多，而力亦瘁。曰病在躬，疏乞休致。恩旨慰留，莫奪其志。歸榮幾時？有訃忽至。宸衷惻然，老成見棄。特輟視朝，爰及贈諡。卹典加等，以報勞勳。嗟今之人，有望莫致。謂位不得，謂時不值。考公平生，無所不遂。朝士念公，自相吊慰。況也相從，館閣契義。撫棺無從，徒發永喟。薄奠遙馳，惟寓哀思。

祭文溫州文

維弘治十二年，歲次己未，十一月丁巳朔越二十四日庚辰，吏部左侍郎兼翰林院學士吳寬謹遣姪奕以清酌庶羞之奠，致祭於故溫州太守文君宗儒之靈曰：官制之分，必有內外。外與民親，守令為最。君兩為縣，永嘉、博平。竝有異政，卓爾騰聲。孰不召用？君當稱首。讒言阻之，而君顧後。太僕有丞，丞實負予。歛其施設，困翼不舒。君曰何哉，莫非命吏。馬政必修，以復故例。列郡相顧，惟循其常。例卒不復，吾其故鄉。稱病七年，田園自足。大臣薦揚，有詔以促。君曰何哉，吾心已安。況也古溫，郡寄益難。未至百里，父老爭候。舊令載瞻，如獲慈母。興利除弊，扶弱抑強。或怨或詈，吾身自當。奏疏迭陳，莫匪民事。或格或行，吾力已至。終欲引去，自刻無能。民則固留，身不可興。嗟哉君子，何命不淑！季夏七日，一逝不復。郡失賢守，泣聲相聞。何以繫思？子孫氏文。屬縣奔趨，競以財賻。衰服纍然，泣血以拒。曰父在官，無取於人，於此取之，上累吾親。君雖云亡，幸有賢子，治可移官，信乎家理。聞訃數月，時一戚然。顧獨後死，長君十年。脩短死生，必有定命。聞有夢徵，特假以病。未及臨穴，聊以寫哀。復有墓文，以慰泉臺。

祭李時泰憲使文

維弘治十五年，歲次壬戌，六月辛丑朔越八日戊申，吏部左侍郎兼翰林院學士吳寬謹以清酌庶羞之奠，馳祭於同年友故陝西提刑按察使李公之靈曰：緯矣維公，早勤所務。學於仲兄，義同師傅。

竝登甲科，二鳳同鴦。公時方少，奮翼莫禦。乃駕使軺，官簿初注。
乃入內臺，曰爲侍御。出巡淮南，外嚴內恕。憲體凜然，勢要是懼。
爭避遠之，不俟言拒。竟遭其讒，從此而去。去國數年，萬里旅寓。
居炎荒中，德業益樹。終焉讒言，莫勝清譽。臬司屢遷，聞望愈著。
下無冤民，如豁雲霧。維陝以西，古號天府。控制戎夷，得專一路。
救敝扶衰，日坐公署。力則已窮，才則甚裕。起則何淹，逝則何遽？
何天不遺，何人不遇？抱負大才，將安所赴？仲兄在朝，過時悲慕。
南遷司空，欲臨其墓。凡我同年，哀莫能助。遙具薄筵，便道亦附。
公其有知，幽夢當寤。爲舉一觴，以盡平素。

祭少詹事王公文

維弘治十六年，三月二十八日乙未，吏部左侍郎兼翰林院學士長洲吳寬謹以清酌庶羞之奠，致祭於故封詹事府少詹事兼翰林院侍讀學士前光化知縣王公之靈曰：公當壯歲，仕與民親。惠政所及，深得乎民。三載告歸，未盡其志。宦業已傳，而子無恙。高蓋橫金，安此祿養。封典未已，子佐文銓。壽終於寢，有訃忽傳。帝念近臣，何以爲慰？諭祭有文，塋域是治。凡此褒卹，他人敢希？子侍經幄，匪以其私。考公終身，備享諸福。人莫不虧，我無不足。忝同鄉郡，久託親交。無由執紼，繫官於朝。微言可緘，薄奠斯致。遙望靈筵，寫此契義。

祭侍郎徐公文

維弘治十六年癸亥，十一月二十九日壬辰，禮部尚書兼翰林院學士吳寬謹以清酌庶羞之奠，馳祭於南京工部右侍郎徐公曰：南望海虞，壯哉爲縣。豈曰富强，實稱文獻。縣多故族，徐有鉅人。教以義方，公德維淳。少登甲科，諫垣就列。奏疏屢陳，衮職補闕。試以民事，出牧大藩。南北所至，不求自安。付以大任，益盡其責。都憲我官，司空我職。民終受惠，國不傷財。志行所學，德副其才。嬰疾尚微，引去何速！高節有餘，衆望不足。尚期召起，以慰蒼生。溘焉長逝，惜哉老成。遺言自卑，德薄能鮮。戒其子孫，勿求卹典。有臣如公，天子忍忘？何以上聞？憲臣有章。質直勤勞，世豈多有？鄉賢凋謝，相吊而走。吳山伐石，宜刻襃賢。無由臨穴，致此惓惓。

祭陳大玉文

維弘治十四年，歲次辛酉，三月初二日庚戌，同年友吳寬謹以清酌庶羞之奠，致祭於都察院右副都御史陳公大玉之靈曰：公寓西陲，早受家學。抱藝入京，多士與角。遂登甲榜，乃列戶曹。簿書錢穀，身任其勞。公有美才，亦不即見。追擢大藩，而事益練。江右民俗，治之尤難。以靜治劇，以簡治繁。工役大興，惟時建國。我勞其心，民省其力。謂民頑梗，父之母之。居則易使，去則有思。去之一方，稱者一口。名徹於朝，三任莫久。内臺之副，爲古中丞。畀以留務，置之舊京。倉廩豐盈，不爽外儲。韓滉在唐，國計有託。夙夜籌畫，尚恥索飡。報國不足，公亦有言。生居邊方，習見戎虜。每誓捐軀，欲得死所。推公之志，論公之才。俄止於此，知公者哀。朝廷念公，卹典不薄。祭葬以禮，有司奉若。重惟故里，在於中州。居斯葬斯，不忘首丘。忠信可交，廉謹不取。既見其人，亦聞其語。今則已矣，不見其人。死生永別，曷得而親？嗚呼，哀哉！

祭外母朱孺人文

維年月日,季女壻翰林修撰吳寬謹以柔毛庶羞之奠,致祭於外母朱孺人之靈曰:寬昔委禽,今踰廿年。高堂登拜,數聆訓言。白髮垂垂,德容儼然。去之京師,濶阻山川。起居何如?封書問安。使者未及,訃音忽傳。嗟嗟孺人,持行寔賢。內助成家,有赫門闌。子孫森森,美矣田園。人匪富視,惟義之全。歲月幾何?喪事連連。悲傷既甚,疾疹莫痊。凡此情事,墓石已鐫。孺人於寬,母道存焉。啓殯有期,薄奠几筵。

祭亡妻陳宜人文

維弘治四年,歲次辛亥,八月初七日,左春坊左庶子兼翰林院侍讀吳寬以柔毛之奠,告於亡妻宜人陳氏之靈:與子相處,三十餘年。我因而亨,子實偕焉。復來京師,又踰一紀。促我早歸,無貪名位。我聞子言,中心然之。豈料子病,纏身益危。言不即從,子亦莫救。所恨諸親,不在左右。送子歸葬,斯言不忘。繫於史事,願復不償。生不同歸,死實可憫。言及於茲,悲痛何忍!子尚行矣,我終乞身。臨穴而葬,當共諸親。子行無恐,亦無我戀。酒肴在筵,非謂遣奠。嗚呼,痛哉!

祭韓夫人文

於維夫人,幼有女德。來嬪於韓,寔爲佳匹。維都憲公,有武有文。宣力四方,爲國樹勳。閫內非人,公能不顧?顧則縈心,有勳曷樹？公累進秩，夫人與同。龍誥在函，遂沐高封。富盛顯榮，孰不歆豔？竊視其身，自奉何儉！公既不禄，儉德益加。閨門悄然，人孰敢譁？嗟未亡人，俄以亡報。告哀於朝，維子之孝。昔都憲公，賜葬有墳。有詔合藏，以從良人。仍命有司，諭祭維腆。卹典所頒，爰視都憲。靜專勤慎，婦德可評。宜躋於壽，宜享其榮。都憲在鄉，偉哉先達。薄奠遥馳，忝居鄉末。

焚黃告先考妣文

維成化十三年，歲次丁酉，十月乙未朔越二十二日甲寅，孤子翰林修撰寬謹以潔牲醴，齊昭告於顯考府君顯妣張氏曰：壬辰之春，寬忝史職。三載考最，仰荷推恩。封贈之典，施及存没。惟我顯考，拖疾拜命。既易冠服，奄棄人間。璽書繼頒，不及親捧。孤懷感傷，未即奉告。惟兹恩典，豈寬自致？追慕尊慈，極其勞瘁。以鞠以教，克長克成。昊天不弔，先後棄捐。禄養靡從，痛恨無已。兹謹録黃，焚於墓所。伏惟尊靈，祇奉休命。音容茫茫，悲慕不絶。嗚呼，痛哉！

東莊奉安先考畫象祝文

維成化十三年，歲次丁酉，十二月某日，孤子寬謹以牲醴之儀，敢昭告於顯考修撰府君：東城之下，先世所基。嗟嗟府君，寔生於斯。迨長西徙，門户獨持。每念舊業，東望興悲。乃修乃復，有年於兹。樹有桑柳，屋有茅茨。有庭有阤，有園有池。本原之地，有大其規。東莊自號，用表孝思。今者不幸，溘焉棄遺。靈爽長存，没且有知。眷戀兹地，魂氣必之。乃奉遺象，張之堂楣。著存於心,如睹容儀。凡此舊業,不廢不隳。曰維季弟,肯搆肯菑。一觴陳告,聊寫吾私。載瞻載拜,涕淚交頤。嗚呼,痛哉!

上京告祠堂文

維成化十四年三月六日,玄孫翰林修撰寬謹以牲醴,敢昭告於四代考妣:寬憂制既終,例宜起復。丙寅日吉,已卜啓行。維是遠違,不勝攀慕。

告二代贈官祝文

維弘治十一年,歲次戊午,十二月壬辰朔越六日丁酉,孫吏部右侍郎寬敢昭告於二代考妣曰:寬無所能,忝竊官祿。實賴先德,始克致茲。乃今年十一月二十九日,三載考滿。十二月四日,荷蒙恩例,推及其先。顯祖考處士贈吏部右侍郎,顯祖妣韓氏贈淑人;顯考諭德府君加贈吏部右侍郎,顯妣宜人張氏、顯妣太宜人王氏竝加贈淑人;及妻宜人陳氏亦加贈淑人。感激之餘,悲喜交集。謹具酒饌,用申虔告。

受誥祭告二代文

維弘治十二年,歲次己未,八月戊子朔十二日己亥,孫吏部左侍郎寬敢昭告於二代考妣:不肖遠藉先德,垂休於身。叨佐銓曹,倏經三載。伏蒙恩例,推及惟均。乃於今晨,獲受誥命。祖處士府君贈通議大夫吏部右侍郎,祖妣韓氏贈淑人。考諭德府君加贈通議大夫吏部右侍郎,妣宜人張氏、太宜人王氏俱加贈淑人。誥詞煌煌,竝蒙褒美。追惟先德,實克承當。謹錄一通,先備焚燎。家祠塋墓,自當轉行。故妻宜人陳氏亦加贈淑人,謹以酒饌同用告。

卷第五十七
雜文二十四首

吳越吊古賦

嗟予生兮好游,泛扁舟兮夷猶。渺江湖兮萬里,翛然往兮不可留。繄世紛之混濁兮,惟山水諧其夙心。覽九州之博大兮,吳越僻在乎東南。尋故都之遺蹟兮,逝去此而披宿莽。江山依然其高深兮,聊登臨以上下。清暉娛人以忘歸兮,亦惟懷賢以吊古。念姬周之衰世兮,二國始霸而圖王。隣壤之不相能兮,數勤兵以相當。吳啓釁以召禍兮,不暇計夫死生與存亡。謂雖雪恥於夫椒兮,卒致夫種之行成。貪美餌而不悟兮,羌自以爲得計。孰知鷙鳥之匿形兮,將以肆其擊噬。後四十年之有吳兮,果符史墨之得歲。噫嘻!直臣踈兮佞人見親,自古而然兮匪獨嚭之與員。國滅亡而不救兮,詎全委之於天?殷鑒之不遠兮,何無疆之違其祖武?見毫毛而不見睫兮,欲興師以攘取。求附庸而不可得兮,屈爲楚之臣虜。雖覆亡之有先後兮,亦奚異乎吳之末路?悲夫!花落兮故宮,草生兮荒臺。社稷兮墟棘,鷦鴣飛兮麋鹿來。恃強力兮爲國,雖蹔興兮輒衰。唯有德之不可忘兮,歷千載其猶赫赫。揆吳越之鼻祖兮,實夏禹與泰伯。逃荆蠻以讓國兮,任泮水以爲己責。高風邈其不可及兮,萬世猶沐浴其膏澤。瞻清廟兮下車,奠椒漿兮進趨。適於越兮之句吳,歸來吾鄉兮遵先哲之坦途。

咎鬚文 并序

姬仲子始冠,有問以年數者,對之,未嘗不以爲詐。一日,覽鏡,始悉其狀,蓋其過在鬚也,爲文以咎之。

噫!吾語汝鬚:人之一身,五藏是俱。惟腎之餘,乃爲汝鬚。汝鬚之生,種類亦殊。兩頰曰髯,口上曰髭叶。汝居口下,其垂如胡。然汝於人,出必有候。不少不老,不先不後。而獨何故?即爲我有。初焉萋萋,勃然滿口。綢繆連延,紛紜雜揉。其密如林,其豐若蔀。其直如戟,其蓬若尋。既非清眉之暎目,豈若鬢髮之在首。不取人悦,徒增我醜。見者稱呼,率加以叟。即告以年,罔不曰否。既駭生客,亦惑故友。陷我於詐,舍汝安咎?彼其耳目口鼻,各有所司。天君有命,奉職無虧。汝鬚之生,則異於斯。泰然而垂,百無一爲。且今猶可,逮寒暑幾易,日月載馳。汝將變黑爲白,如抽繭絲。感光景之迅速,適足以增老大之悲。我不汝咎,咎將安施?

言已,忽見有人緇衣玄裳,頎然長身,率眾而前,自稱鬚神,曰:我屬躁進,敢爾有犯。適辱切責,度不可赦。脱容盡言,九死何憾。當夫張筵設几,賓客交互。讓汝左席,職我之故。我何負於汝?五達二岐,步履從游。讓汝一武,繫我之由。我何負於汝?宜叔而伯,而弟宜兄。以有我在,孰輕汝稱。我何負於汝?汝今顧以區區老少之故咎我,我負汝耶?汝負我耶!且耳聽目視,鼻嗅口食。雖爲汝役,實爲汝賊。嗜彼臭味,眩於聲色。蠱惑心志,曾無紀極。亦有人生,不免襁褓。得見垂白,歡欣絕倒。凡我有言,豈自斧藻?和藥剪我,而君臣義篤;煮粥燎我,而兄弟情真。燃我於持燭之頃者,可窺人之量;拂我於會食之際者,即受人之嗔。怒之輒張,足以壯將帥之勇氣；摐之而斷，足以役詩人之吟魂。種以數莖而拜上相，垂焉至帶而位元臣。染我以藥，既見詠於唐士；纏我以帛，尤足重於晉人。閹寺薰腐之除，我即與之絕；沙門寂滅之教，我不與之親。具此群行，汝豈弗知？況我雖微，亦汝親枝。不敢毀傷，古訓是遺。我不汝咎，反我咎爲！能削即削，奚費說詞？

少焉，隱然不見，仲子驚誤。靜言思之，深自悔惧。掀鬚一笑，歡好如故。

湯媼傳

媼之先金姓，少昊之苗裔也。夏禹治水功成，別錫之氏。世有從革之德，載《周書·洪範》篇。穆王時，有金母，寔生媼。媼少遇爲燧人氏之言者，授以水火相濟之術，善養氣，能吐故納新，延年不死。人異之，晝竊觀其所爲，塊處室中，一腹枵然。及暮，惟飲湯數升而已。人因扣之曰："媼何以壽？"對曰："汝獨不聞冬日則飲湯之說乎？吾術止此，他無以告子者。"因號曰湯媼。媼爲人有器量，能容物。其中無鈎距，而緘默不泄，非世俗長舌婦人比。性更恬淡，貴富家未嘗有足蹟。獨喜孤寒士，有召即往。藜牀紙帳，相與抵足寢，和氣藹然可掬。唐有廣文先生，知其名，召之。媼至，謙抑居下坐，廣文揖而進，媼曰："足下雖冷官，妾則婦人，豈可與公比肩哉！"廣文多其讓，與語。至夜半，頹然就睡。偶以足加其腹，媼亦不怒。天明，更與語，傾倒殆盡。自是廣文非媼，寢不安席。嘗曰："和而不流，清而不激，卑以自牧，即之也溫。惟媼能兼之。"以爲知言。媼復知醫，思以濟世，人謂其滿腔子，皆春意也。有貴介公子，犯寒疾，獨臥別室，迎致之。媼初不欲往，或曰："此正媼行仁之秋也，何以拒爲？"不得已一行，視其疾，已在骨髓。循其經絡起足厥陰，曰：「是非鐵石可加，法宜用湯液。」從其言，體温，温自下起，若飲薑桂、附子然。及視其劑，則其平日所飲者也。公子奇其效，欲留侍終身。諸姬患之，相與譖於公子曰：「媼雖知醫，然晝伏夜見，蹤蹟叵測，其殆鬼物邪？公子尚慎之。」媼聞而慍見，曰：「吾平生號能容物，至是不覺使人熟中。」卒罵曰：「家世非寒族，幸自温飽，無求於世。若輩粉白黛綠，專以色媚人，鬼物真自謂。吾見若輩之殺公子也。」竟去，及接他人，終不失和氣。公子亦遂疏之，諸姬更進御。未幾，疾復作，竟死如媼言。媼同時有夫人竹氏，與媼每春秋時，輒為人棄置。相會嘿然無怨言，歎曰：「人生出處各有時耳！」媼自周歷漢、唐至宋，已二千餘歲，人謂其猶處子也。閱人雖多，無可以當意者。聞涑水司馬公有清德，欲依之。公得媼恨晚，家有侍妾，不一顧。其夫人亦賢，乃盛飾之以進，卒揮去。既而公拜相，夜則思天下事，往往達旦不寢。媼進曰：「公幸不棄，處我布衾之下，愧無以報德，惟公盡瘁事國，貌日加瘠，幸為天下自愛。」公驚曰：「吾久不聞媼言，媼言甚愛我，願卒聞媼之所以處世者。」媼曰：「昔在周末，猶及見老子，教予曰：汝惟知足，知足不辱。予謹受教，以至今日。」公悟曰：「媼殆謂我也。」即謝事，退居於洛。後薨，朝廷因有温國之封。媼後壽益高，雖云得異術，要其先世從革之德所致，不可誣也。

端友傳

端友，蓋春秋時衛人端木叔之裔。端木叔好游，莊周稱其「維山川險阻，無所不之者也」。嘗南游過五嶺，至端州，曰：「此吾姓也。」止之，遂去「木」稱「端」。端州，即今肇慶是也。歲久，子孫分三族，而巖居者差盛。其人緣溪而漁，多津而黑。又其目或紺碧，識者輒能辨之，曰："此端氏之良也。"歲時有司常選其族人貢獻上方，其遺才自負甚重，往往老死溪山間。頃有人攜其昆仲四輩北游都下，句吳有成皿君者，好古之士也。方宦隱南宮，一見契合，延之上坐，以為吾取友天下，未見其比，遂定為文字交。它日，東阜曰木生遇之曰："是固端氏之良也。吾識其資性已久，特不知所以裁之耳！"因與之處，加琢磨之功。未幾，皆有用。北方知名士如燕碩者，未能或之先也。生笑曰："此所謂成皿者，其為人外若峭厲而中實溫潤，且不磷不緇，有堅白之德。君愛之與手足等，曰：吾之有是四端也，猶其有是四體也。昔尹公之他，端人也，取友必端。吾志於尹者，願終身結交。"因呼之曰端友而不名，特作漆室貯之。居閒無事，數相與語。其昆仲皆善應對，覺主人意勌，輒更端焉。一日，主人將有文事，召致之。俄避席曰："此非僕所獨能。僕嘗識絳人陳玄，因玄識中山毛穎、會稽楮先生，三人皆才士，請與之俱。"其無所忌克如此。主人好為此君傳神，或時率三人供事左右，無不如意。有以櫝材進者，楮輒引退。獨端友舉止自如，玄、穎皆倚重焉。初，三人善弘農陶泓，及見端友，始知泓之粗疎也，遂棄之。後三人相繼衰謝而逝，端友巋然獨存。蓋其平日靜厚有容，而穎性銳，楮質薄，故壽不及。玄雖知守黑之說，顧好面攻人過，竟亦短折。幸端友能念舊，故每求三人者之後而提挈之，以故其功著於儒林不絕。素患渴疾，醫有井華者，治之輒愈。蓋知主人故鄉惠山有名泉，嘗念曰："吾安能往飲，以解吾渴耶？"井華疑其侍人金注，間之曰："古謂以金注者殙，願公勿行。浸潤之譖，可也。"乃用其治法如故。其量固有容，能含垢納污，然日必浴而去之。有言其不及婁師德者，曰："吾既使其自乾矣。不去，人不謂我為貪墨乎？"其廉潔又如此。論者謂韓昌黎為穎立傳，如泓何人，得牽聯書，乃獨遺端友，何耶？或曰：昌黎時，端氏尚未顯，故不知。或曰：端氏所居去潮陽甚邇,昌黎嘗謫其地,無不知之理。或曰:知之,蓋端氏非其人不交,交則文雅士,彼胥史駔儈之流,何敢望其面? 如韓云"官府簿書、市井錢貨",必不屑記注。此其遺而不錄歟? 其族人阮有才具,多出用於世,莫知其名。今寓於成皿君,曰鐘,曰鼎,曰鷸,曰斠。匏翁曰:歐陽子序端氏譜,於端氏若有所不足,而獨誇深溪歙氏為尤良。夫韓、歐為古今文章大家,與端氏交最久,猶不相知,它尚何望哉? 惟眉山蘇長公以端氏出而歙之名文者始廢不用,其人品高下,至是若定。雖然,吾恐起韓、歐之爭端也,故嘗竊評之曰:端氏比德於玉,有君子之道,上也。語曰:"硜硜然小人哉! 抑亦可以為次矣。"其歙氏之謂乎!

鶴臞解

人與鳥皆物也,然人貴而鳥賤,今人以鳥名人,人必咈然而怒者,惡其以賤加貴也。司馬徽謂龐士元曰:"鳳,靈鳥也。"士元有隱德,差可儗之,而非餘人之所可及,則人豈皆貴而鳥豈皆賤也哉! 為鳳之匹者,鶴而已。《易》以載,《詩》以詠,《春秋左氏》以錄,其匹鳳也固然。而浮丘伯相之有曰:"聖人在位,則與鳳皇翔於甸。"其匹鳳也益然矣。故世亦有以鶴儗人者,若晉人謂嵇紹如獨鶴之在雞群。當紹時,賤名檢而狹節信,君子、小人無以別白於世,宜其有雞鶴之說也。今吾師陳先生何乃亦以鶴臞自號耶? 蓋先生生今之世,可謂聖人在上矣,官於京師,可謂翔於甸矣。而復有取於鶴者,豈真以鶴之形類我之臞耶? 夫饑則臞,飽則腴,凡有血氣者,莫不皆然。先生居翰林有年矣,俸有太倉之粟,食有太官之膳,何自而不飽,則亦何自而不腴哉? 其必有說也。蓋事苟有樂於心,則啜菽可以飽。否則,雖八珍雜陳於前,將不下咽矣。是故先生之臞,寬能言之：朝廷清明，百揆時叙，先生一樂也。不然，不樂也。學者皆賢，斯文有託，先生一樂也。不然，不樂也。不樂則不飽，不飽則不腴，此鶴臞所以自號也歟？若夫肉食而無墨，素飡而伴食。其狀魁梧，其腹瓠壺。猶自嚶嚶若鶯，泛泛若鳧。附人若鞲，上鷹攫食，若道旁烏，豈先生所謂鶴臞也哉？己丑閏月十七日。

己亥上京錄

成化十五年己亥，三月十日丙寅，予服闋上京，諸親友送至無錫者，是夜宿錫山驛河下。丁卯，與李應禎、夏德乾訪陳考功朝用、盛布政時望、秦太守廷韶暨李舜明、施以清諸君。午飲時望宅，遂同游惠山，朝用置酒漪瀾堂。飲已，廷韶復邀過聽松菴，觀竹茶爐。爐有瓦杓，亦舊物也。予出新茶，使主僧煮之，火始然而湯已沸。又爐內圬土甚薄而外不燥，可異。予有詩，是日熱如五月。戊辰，至常州，時應禎別往宜興矣。以風逆，復來會。同德乾訪陸諭德廉伯，飲其家。己巳，應禎往宜興，德乾別於犇牛。庚午，至鎮江，時行李舟自白塔河出，約至瓜洲，俟於江口。辛未，雨。癸酉，與儒士唐惟敬將游釜山，適顏澄之主事自北來，遂同往游。子約表弟、爾姪侍行，入山，主僧導飲第二泉，歸坐其堂。堂直長山僧請堂名，因以翠几名之。予與澄之皆有詩。甲戌，渡江，寓瓜洲曹氏。乙亥，雨。丁丑，至揚州，晚飲沈時暘參議舟中。己卯，宿灣頭，白塔舟始至。夜至高郵，暴風阻舟。庚申，會李僉都綱於盂城驛。辛巳，過寶應。壬午，至淮安，會平江伯陳銳、干都參將勝私第。午後，二公具酒，送至移風牐。晚，至清江浦，邵文敬員外、吳文盛主事來訪。晚過文敬公署，登寄寄亭，止宿西軒。是夜大風雨，文敬有詩，予次韻答之。癸未，留軒中，題高彥敬山水卷。卷長丈許，奇蹟也。夜始返舟。乙酉,渡淮,宿崔鎮。丙戌,宿宿遷。四月朔,丁亥,宿沙方淺。戊子,宿乾溝。己丑,過呂梁洪,有詩。庚寅,至徐州。辛卯,大風,晚始過洪,有詩。壬辰,宿黃家牐。癸巳,宿下沽頭。甲午,宿上沽頭。乙未,宿沛縣。丙申,雨,大風,宿沙河。丁酉,宿谷亭。戊戌,宿師家莊。己亥,至濟寧,徐仲山方治泉山東,出候於公館。庚子,飯洪天章主事畢,與仲山同行,謁闕里。午憩昌平驛,道中有《望嶧山》《觀泗河》二詩。昏至曲阜,宿。辛丑,入孔林,祇拜先聖墓,次泗水侯墓,次沂國公墓,退息於駐蹕亭,題名壁間而出。南行經顏廟,入謁已,始至闕里。謁先聖廟,殿爲金章宗建。禮畢,衍聖公孔弘泰導觀先聖手植檜,云：“檜嘗被焚,此其蘖爾。”大可三四圍,旋文如繩。廟中石刻自漢魏而下多,不可徧讀。乃升延賓堂,見三氏學諸生。衍聖公邀飲其府。自孔林至此,予與仲山皆有詩。晚抵寧陽,宿仲山分司。壬寅,經汶上,宿東平。癸卯,至安山,時舟已行至此,遂登舟。仲山復送至上七級牐。甲辰,與仲山別,宿魏家灣。乙巳,宿臨清。丙午,經甲馬營,林朝信御史以巡河至,會於舟中。宿鄭家口。丁未,宿德州。戊申,宿連窩。己酉,宿興濟。庚戌,宿沙河。辛亥,宿直沽。壬子,宿蔡村。癸丑,宿葉村店。甲寅、乙卯,大風,黃沙蔽天,泊和合驛河下。五月朔,丙辰,至張家灣。戊午,入京城。

爲孟浩啓殯斂金疏

長洲孟浩宗遠出自名家,遷居敝里。歲在戊戌季夏二十日,不意以一疾而卒。家貧無子,雖殯斂之費亦假貸於人。茲欲舉葬先塋,而妻女累然,計無所出。維昔宗遠數造高門,輒蒙厚惠。使仁心無間於存沒,見義事能全其始終,幸哉！槨周於棺,必也金重於羽，聊持短疏，兼致訃音。賢人君子，當有不俟予言而慨然者矣。

爲何令歛金疏

蓋聞惻隱之心，發於入井之孺子；感激之事，見於結草之老人。豈因要譽，而引手以援；惟其報德，而捐軀以亢。斯言信矣，於傳有之。前樂會令何耕希尹久淹璧水，年五十而得官；再涉鯨波，歷萬里而赴任。三年守俸，一旦除名。衆方惜其無辜，身尚罹乎餘禍。在縲絏而非罪，事類冶長；有兄弟而若無，憂如司馬。弱僕叩圜扉，而飲食或絕；貧妻寄南海，而音書不通。既乏緹縈，孰爲赴訴其事？適同令伯，兼無强近之親。使無回生之仁人，徒有庾死之惡日。爰求實惠，聊假空言。枉尺而直尋，宜若可爲也；辭十而受萬，是爲欲富乎？謹疏。

張氏建樓上梁文

伏以叔孫必葺去舍，如始至之時；公子苟完居室，無盡美之意。逮數間之不足，而重屋之肇興。工省價廉，或伐千竿之竹；窮奢極侈，可建五丈之旗。風雨無憂，星辰可摘。惟勾吳故郡，有張氏名家。蓄詩書以教後昆，藝黍稷以給公上。隱惟求志，居必擇鄰。胥口當門，慨吳相伍員於百世；角頭接壤，懷漢家四皓之一人。猶嫌爲陸地行仙，直欲作風塵表物。厥既得卜，方鳩僝功。木既無脛，而梓人得魯公輪；瓦豈有足，而污者爲王承福。度量於崇卑之際，斟酌乎奢儉之間。非方寸之木可高，翼然百尺；與萬間之廈絕異，聊爾三楹。燕雀高飛，雲山不礙。升天擬夫子之猶可及，近市陋小人之得所求。爰上虹梁，輒陳藻句：

抛梁東,碧瓦鱗鱗旭日紅。千載吳王歌舞地,休將高閣詫涵空。抛梁西,人倚危闌望欲迷。湖水一杯春更綠,眼前惟覺洞庭低。抛梁南,窗户薰風細細含。隔水分明開畫障,高峰山色染晴嵐。抛梁北,萬里君門瞻上國。杜陵野老句偏工,雲近蓬萊常五色。抛梁上,舉首浮雲真可抗。始知韋杜詠長安,去天尺五言非妄。抛梁下,使者臨門空勸駕。下方塵土怕沾衣,不是山人索高價。伏願上梁之後,脱蹟凡近,游心高明。蟬蜕汙濁之中,鳳覽德輝而下。登高作賦,幸仲宣之少留;懷古題詩,服崔顥之寡和。賞心樂事,游目騁懷。

哀流民辭并序

成化十六年九月,不雨,至於今年五月。北方高亢,旱乾尤甚,野無麥苗,赤地亘數千里,流民就食者相枕藉死道上,聞之可哀,乃作《哀流民辭》。其辭曰:

嗟爾流民,何去其土而不顧也?莫不有室家,亦莫不有墳墓也。民曰有之。豈不知居此而安兮,適彼而無所附。奈遭歲之不易兮,迫死期於旦暮。幸吳楚之小康兮,將呋口而待哺。聊假息於涸轍兮,冀升水之活鮒。慨千百以爲群兮,相携持而南下。朝攬采乎鳧茨兮,夕竄伏乎宿莽。彷徨於河濟之壖兮,又乏舟楫之可渡。對洪波而長號兮,殆餓死而交仆。嗟爾流民兮,一至此哉。爾其何辜兮,遘此天災。納之溝中兮,孰手而推?召此旱暵兮,其有自來。將徵斂之無藝兮,奪私家之蓄積。將貢獻之爭尚兮,擬正供而誅責。豈騋牝之蓄養兮,爲軍興之未息。抑瓴甋之搏埴兮,緣土功而重役。維有司之奔走兮,曾赤子之不皇。恤肆箠楚之强魗兮,兼敗官而貪墨。有一於此兮,灾實召之。嗟爾流民兮,愚尚有知。明聖如天兮,居高聽卑。舉弊事而悉改兮,行愼擇乎有司。闢言路而無塞兮,來鰥寡之有辭。今且蠲租兮已責,勸分兮賑饑。寧汲黯之矯制兮,遣富弼而拯危。爾尚少須臾死兮,被漢詔之恩私。

擬漢高帝求賢詔

詔曰:賢人,國之利器,舍之,非所以爲國也。盛世君臣,遺後事上,率用此道。若敷求哲人,旁招俊乂是已。屬者海內禍亂,朕率豪傑平之,藉天之靈,卒成厥功。然天下平之武勇,非得賢者安利之,奚由傳之無窮?朕早夜思得其人,而士大夫懲艾秦暴,莫肯效用。不我求之,彼亦安肯即我耶?其令郡國,博訪草野,苟有其人,禮遣上道,以稱朕惓惓之意。

擬宋仁宗令天下州縣建學詔

朕惟古者政事修而治化隆,人才用而風俗美,所以致此者,豈徒然哉。粵稽庠序學校之制,建於虞夏商周之日。蓋欲聚學者,誦詩書,習禮樂,養其德性,明於倫理,業成而用,世道係之。朕寤寐先王,思繼厥美,而志勤道遠,有年於兹。乃者開天章閣,召執政大臣給以筆札,俾條陳當世急務可施行者,僉以建學育才爲言。朕嘉納之。夫百工居肆以成其事,士不於學校養之,則雖有純明樸茂之資,學何由成?然養得其地而教之非其人,教之得其人而取之非其法,亦有司者之過也。其令天下州縣故無學者皆建學,務舉通經有道之士以教授之。至於試士,勿拘聲病以爲進退,使學者得以騁其説焉。夫建學立師以養人才於用之之先,更制革弊以求人才於用之之際。朕待學者之道,亦至矣。子大夫其何以副之?布告天下,明知朕意。

丁未歲作同年會請帖

茲擇正月二十日作同年會者，佳節再臨，畢官假於中旬之末；清朝共立，罄私情於一日之間。僉謂故事之當修，維其時矣；強以薄勞而是效，非曰能之。掃門已自乎前朝，燃燭尚宜乎此夜。坐以叙齒而定，固無所爭；飲必盡量而休，更須相勸。詩歌既醉，喜賓主之不分；盟在久要，期子孫之亦講。敢云可坐而致，尚冀不速而來。聊代口陳，餘期面教。

記常熟曾氏

常熟曾汝翼自南雍來就教職，作詩投予求見。詩序有"定靖後裔"之語，詢之，蓋出宋公亮之後。南渡後，公亮四世孫懷事孝宗，爲丞相，賜地常熟，子孫因家焉。汝翼云："公亮告身雖缺，猶在吳思菴有跋語甚詳。懷無一字存者，家譜爲族人藏甕中，埋於地，久而發之，上毀爛矣。"公亮與韓魏公同在政府，其名已著。懷位至丞相，《通鑑續編》屢書之，而《宋史》無傳，不知何説也。汝翼之父嘗任知縣，家貧甚。而汝翼且老，今得桐廬訓導。六月二日。

記　夢

癸亥歲，以會典進呈，將有恩命。二月二十夜，夢一人竝立堂上，一內臣從堂後出，與揖，若懷一帖子云："查例何必多，只一條足矣。"言畢，即入。時王濟之對立，云："已定乙丑日矣。"遂覺，起視曆頭,乙丑爲二十八日,大吉,頗異之。二十二日,濟之邀飲,爲談其事。至期,早朝畢,果召吏部,與手敕,行寬有禮部尚書之命,始知凡事前定,非人所能爲也。

先世事略

先祖諱某,生元末,性醇謹謙厚,口未嘗出惡言,里中稱爲善士。平生畏法,不入府縣門。每戒家人閉門,勿預外事,故歷洪武之世,鄉人多被謫徙,或死於刑,隣里殆空,獨能保全無事。至永樂間,無疾而卒,年六十有四。

先祖母韓氏,出宋蘄王世忠之後。王所居在蘇城南,號韓家巷,先祖母少時猶自故居出嫁。性慈順,當先祖沒時,年已五十餘,既除喪,猶痛哭不已,兩目遂盲。撫教先父及鞠養長孫,皆至成立。

先父少孤,且鮮兄弟。遭家衰謝,能自卓立。以故居荒落,稍徙而西,遂拓其家以大。凡親戚舊有恩及他貧窶者,率購屋俾居其旁,更給以衣食。其嘗被侵虐者,亦以德報之不計。蓋平生惟務損己,尤不能作僞。故吳儒杜東原先生嘗作文贈之,直書曰"贈有德之士"。吳某序尤稱好禮,如立祠堂、置祭器,必依古制。及開家塾、收書籍以教子姓等事,里人視以爲法而尊敬之者無間。年七十七,以寬忝甲科、入翰林受封,甫及二月,不幸下世。

先母張氏,少歸先父。以姑目盲,奉事益謹。撫前室之子,尤有恩意。勤勞内助,開拓產業。僮奴千指,衣食必均,且贊成異事甚多,親鄉賴之,人稱女丈夫。不幸早世,凡受恩之家,哭之如失慈母,其賢行至今人能道之。

先繼母王氏,静嘿安重。内事悉倚諸婦,怡然終日而已。歸先父時,父母既沒,而家且在百里外,歷四十年未嘗一歸。年七十四而終。以寬受封及以恩例蒙葬祭之典，人以爲賢德之報也。

亡妻陳氏爲吴中大家女，家在閶門西，號馬鋪。陳氏少則端重，諸姊妹不敢狎侮。及歸寬，和順明惠，益守内則。以生子屢失，特爲置妾，竟得二子，而撫愛如己出，至待其母尤厚。嘗勸寬仕宦宜知止足，至今憶其言而愧之。

與潘典籍時用簡

昨奉雅意，略述先德，非敢望采入制詞，但仗褒美，以光泉壤，庶知不失之誣耳！亡妻事略，敢亦附上，蓋大賢如考亭朱子與陳君舉書且復及此，不訝幸甚！李、謝二先生處不再塵瀆，乞知之。草率不恭，惟亮察不具。

與謝祭酒鳴治簡

寬年既壯，始獲登仕。歷職三年，以先人年高，即乞歸省。中道聞訃，痛恨不勝。惟先人以孤童自樹立，純心厚德爲鄉間所信服者無間。當治葬時，欲求名筆以發揚幽潛。自念孤露餘生，設若進秩，恩典尚有可冀。乃敢忍死略述數語，納之壙中。去歲，忝以吏部秩滿，遂蒙推及。平生志願，至是始遂。今日益衰疲，分當引去，更無他圖。惟南望先塋，碑石未樹，此心惻然。倘一旦溘先朝露，則先人之心之德無以垂示後人，不孝之罪大矣。伏惟執事抱道退閒，言出足以傳信，而寬久辱知愛，幸不斥絕。如獲矜察，慨然允賜，豈惟揚先人之美，亦可以釋寬之罪也。往歲，王存敬太守將以此託，正以有待之故，不果。兹黄文選便，敢終仰瀆。情事迫切，不暇他叙。所有先人行錄具在别褚，惟是率易，負譴莫逃，切望覽擇，下慰私懇不宣。

論西北備邊事宜狀

中國之與夷狄，其貴賤之勢不敵，審矣。自漢、唐、宋之君，苟求安利，身自降屈，或和親，或結盟，或納幣。其始也，待彼愈厚；其終也，侮我愈多。蓋失其所以自貴而忘其所以爲賤也。絶是數者，使人知中外之勢截然如人畜之異其等者，此則我祖宗之威也，此則所以爲國朝也。具漢、唐、宋之立國，適當夷狄强盛之秋。雖爲是降屈，亦嘗有斬單于、獲頡利、擒鬼章之捷矣。方今夷狄極衰，中國全盛，以盛遇衰，宜其有强無弱。即不舉兵，舉則直取之可也。何彼稍入剽掠，當邊寄者出師之計未行，濟師之請已至？宵旰憂慮，遂勞聖心。則知能使中外之截然者，果出於祖宗之威；其卒不能使邊徼之晏然者，乃由於將帥之過。然又安知彼今日之衰，不爲他日之盛？此謀國者宜長顧却慮而求一將之得也。蓋洪武、永樂之初，武臣皆起自行伍，身經百戰，功名富貴，自我取之，故其名實相副。後世子孫，承襲舊勳，坐享高爵，固有不能彎弓跨馬者矣，此其名實相戾，無怪其不能將也。故將不難於擇而難於無其人以擇，是果無其人哉？特在於養之而已。兹欲令公侯伯年二十以上、五十以下者，間歲分番，留其半以備宿衛，其半遣之邊方。悉隸大將麾下，練習陣法，覽觀地形，察軍士之勇怯，究虜人之虛實。邊事既熟，人望既歸，一旦有事，使之當虜，必能戰勝攻取，而所謂備邊之事，足以付之矣。故臣之論邊事，必先及此。然後乃敢爲之説：夫立國必有土，守土必有疆。不當有者不可取，所當有者不可棄。是以漢武悔輪臺而終下哀痛之詔，漢元罷珠崖而不失强大之國，蓋古人之不勤遠略如此。國家建都於燕，邊方之險，北則如人之有背，東西則如人之有臂，是皆要害之地，雖尺寸不可以棄者，固當設城堡、置烽堠以嚴備之。若夫西北一隅，當黃河之曲，沙漠以南，獨無屏蔽。東起榆林，西至靈武，曠然遼隔，幾至千里。寇來則爲苑囿，居則爲營窟，勢不能制。至勞三面城守，地分力弱，嘗有不測之慮。臣嘗考其地，自漢、唐之時皆爲中國所有，河北則唐之三受降城，河南則漢之朔方郡。方張仁愿之築受降也，唐休璟以爲"兩漢以來皆北守河，今築城虜腹中，終爲所有"。仁愿不從，六旬而城竟成。斥地三百里，而遠置烽候千三百所。自是突厥不敢踰山牧馬，朔方益無寇，歲省億計。夫休璟非不知兵事者，使仁愿奪於其議，則大功幾於無成。後世無仁愿之將，遂爲仁愿之舉，是驅其人以飼虜也，將遂棄其地以與之乎？則恐瓶罍相闞，脣齒相附，虜騎驅馳，日蹙我地，有不拘拘一河曲者，其爲勞費益有甚焉。聞之緣邊多可耕之地，屯田之法雖已舉行，然而地力則未盡，地利則未收，是人功之未至也。宜益謫發有罪之徒，召募無業之人往耕之。專設農官數人，經度其事，待其歲入有餘，官爲糴貯，庶分饋運之勞，以免罷敝之苦。三四年後，委積既充，兵力既足，有將才者既出，來則可戰，居則可攻。候其空虛之時，遂興版築之役，縱不能如受降之城河北，必當如朔方城河南，亦可以扼虜之衝，省三面城守之費也。夫種世衡、范仲淹當西夏猖獗之日，應敵不暇，而青澗、大順諸城倏然而就，此皆前代之可考者，豈有今日而不可爲者乎？雖然，趙充國有云："兵難隃度，願至金城，圖上方略。"以充國猶爲此言，區區臆說，誠非至計。特以國家之事皆臣子所當盡心者，故一言之。

奏請東宮講學疏

詹事府掌府事、吏部左侍郎、翰林院學士臣吳寬等謹奏：爲東宮講學事。臣等竝以菲才誤充講讀等官，夙夜憂愧，期少副皇上簡任之意。而職業不修，禀祿虛費，是臣等之罪也。竊惟東宮講學，除大寒、大暑之外，止於春、秋之時，則是一歲之內，不過數月。況當其時，自清晨至於午前即止，則是一日之內，不過數刻。其間且有朔望、節令及風雨又免。祖宗立法甚簡，蓋欲聖子神孫可守而易行也。臣等仰見東宮殿下年漸長成，必益務學，私心共喜，以爲皇朝之慶。然自兩年以來，間歇既多，及今秋月已深，寒氣又逼，恭候日久，未臨講筵。蓋《禮》："人生十歲，出就外傅，居宿於外，誠欲離近習而親正人也。"此雖古之庶民亦然，況爲天子之元子而有天下之責者？故雖習讀於中闈，不若出就於外傅。居儲副之位，遵祖宗之法，親近儒臣，講明治道，不尤愈乎！伏望皇上特諭殿下，早臨講筵。非但習讀經書，知治道而有益，亦惟接見臣下，養睿性以無斁。臣等不勝惓惓顒望之至，爲此具本親賫，謹具奏聞。

問安疏

弘治十五年十二月十三日，上以疾免朝。是日晚，太監陳寬傳旨：因風寒感成咳嗽，欲要調理一二日，暫免視朝。明日早，文武大臣俱詣左順門問安。司禮監太監竝出，告上漸安。又明日，諸司各具疏再問。

詹事府等衙門掌府事、吏部左侍郎、兼翰林院學士等官臣吳寬等謹題：爲問安事。臣等恭聞聖體偶爾違和，暫免視朝。及今漸就平復，未睹天顏，實切瞻戀。伏望皇上倍加調理，愈見痊安，以慰臣下惓惓之情。臣等不勝至願，爲此具本親賫問安，伏候敕旨。

乞恩致仕疏

　　詹事府掌府事、禮部尚書兼翰林院學士臣吳寬謹奏：爲老病乞恩致仕事。臣惟士大夫年七十而致仕，此古今之定制也。臣今年已七十，未敢遽有引退之意，以取知止之名者，自以身荷厚恩，尚圖報於萬一也。但臣病痛在身，不能勉強支持，此雖年五十、六十亦當求退，況七十爲致仕之時乎？是以不免煩瀆聖聰，誠出於不得已之故耳。緣臣素患下血之疾，數日輒發，精力久耗。近交閏四月以來，自腰以下軟弱無力，不能舒伸，已成痿病。且兩足浮腫，作痛難忍，不能動履。又爲濕病，服藥無效，終日僵臥在牀，呻吟不絕。蓋由血氣既衰，百病自作，是以平日眼昏頭眩，手顫氣喘，事多遺忘，言多蹇澀，一切老態未易悉數。衰朽如此，人皆見憐。臣於前年兩次具本告老，荷蒙恩旨勉留，不勝感激。今復二年，年既益高，病復益重，苦楚萬狀，實難度日。伏望皇上俯察下情，非出矯詐，准令致仕，以盡餘年。使臣得生還故鄉，没葬先塋。臣之感激，又當何如！爲此具本，令家人吳復投進。謹具奏聞，伏候敕旨。

　　閏四月十日進。十二日奉聖旨：卿學行端謹，譽望素著，委任方隆。豈宜引年，遽求休致？不允所辭。

第二疏

　　謹奏：爲老病陳情懇求致仕事。臣因年及七十，凡眼昏、頭眩、手顫、氣喘等項老病日增。近者又患腰軟，不能舒伸，足痛，不能動履。調治日久，未得痊可。自知衰朽，難以支持。於本月初十日已曾具本，陳乞致仕，非敢循引年之例，實爲養病之謀也。伏蒙皇上不忍棄絕，特見優容，過爲褒獎之辭，曲盡勉留之意。臣雖愚昧，敢忘厚恩？正當竭其駑鈍，再效驅馳。如古人所謂"鞠躬盡瘁，死而後已"可也。然人於天下之事，隨其才力大小，皆可以強爲。惟血氣既衰，精力既耗，加以病痛在身，雖欲強爲，自不可得。如臣老病如此，豈但不堪委任，即如趨朝之勞，亦自不堪。是以敢冒違命之罪，再陳籲天之情，誠出於不得已之故耳。況值此荒歉之歲，留此衰朽之人，既妨賢路，又費厚祿，有損於時，深爲可惜。伏望皇上改頒恩旨，特遂私情，賜臣致仕，早得還鄉。臣不勝懇切願望之至，爲此具本，再令家人吳復投進，謹具奏聞，伏候敕旨。

閏四月廿六日進。廿九日奉聖旨：卿學行聞望，輿論攸歸，方切委任。有疾宜善加調理，豈可固求休致？所辭不允。

第三疏

謹奏：爲老病懇求致仕以彌灾異事。臣因年老有病，不能支持，二次進本求退。荷蒙聖旨褒獎勉留，感激無已。再蒙欽遣太醫院官到家診視，累用良藥。又蒙遣內臣賜以酒、米等物。自念菲才，當此寵眷，雖嘗力疾望闕叩頭，私心以爲倘得一旦痊可，即當趨朝陳謝，再竭駑鈍，以備驅策於萬一。但臣伏念老病如此，固宜求退。即今天意示儆，尤宜退避，不容自已。蓋自去歲淮揚等府久旱，饑民流亡，已不忍言。今歲延及京師并河間等府，亦皆不雨，尤爲可慮。仰惟皇上朝夕憂勤，以爲灾由人興，特詔諸司革去弊政，不事虛文。聖心及此，即大舜所謂"洚水，儆予之心也"。在廷之臣，聞命恐懼，以爲政由人舉，用非其人，則弊端不去，莫不引咎自陳。悉蒙聖旨勉留修省，不肯棄絕。臣竊思之：凡求退者，多年壯而志氣方銳，或年老而精力未衰，尚能奮發以圖後效。如臣既年老，加以病痛在身，譬如朽木，已無可用，猶乃居位食禄，全不知止，弊政之本，實在於兹。所謂上干和氣，誠有如聖諭者。伏望皇上俯察愚悃，不以一概容留，特許致仕還鄉。非惟下遂私情，必然上回天意，自可以召和氣而消灾異也。爲此具本，再令家人吳復投進。顒望懇切，不勝恐懼之至。謹具奏聞，伏候敕旨。

　　五月十六日進。十八日奉聖旨：灾異示變，正宜同加修省。卿屢引疾，已有旨不允。其勉起供職，不必固辭。

卷第五十八
行狀述四首

四川等處提刑按察司僉事陳君行狀

曾祖均錫贈太子太保、都察院左都御史，妣某氏贈正一品夫人。祖孟玉贈太子太保、都察院左都御史，妣高氏、繼翁氏皆贈正一品夫人。父鑄封河南道監察御史，母顧氏封孺人。貫蘇州府吳縣鳳凰鄉集祥里陳僎年四十五狀。

君諱僎，字汝翼。其先汴人，後徙家於吳。自太保而上，代有隱德。入國朝，有建昌丞者，君之叔祖天瑞也。天瑞仕猶未顯，至君之伯父少保僖敏公鎰始極貴。僖敏方握臺印時，門户赫奕，爲吳中仕宦家第一。其子姓尤盛，君生長貴族，居諸子中，獨以問學爲事。從里師鄭鏐受《周易》，晝夜講誦弗怠。學既就緒，郡邑將援例薦於上。適監察御史廬陵孫先生以提學至，聞之，曰：“是子秀異，當自取科第，以世其家。奈何憑藉氣力去作官耶？”寢其事，而從臾之學。君感激奮勵，益探索於經史諸書。景泰元年，應應天府鄉試，以第十四人薦。司文衡者，且錄其程文一通以傳四方。二年，中禮部試，遂登進士第，觀政禮部。五年，拜南京河南道監察御史，階文林郎。天順四年，遷四川按察司僉事。爲御史時，數斷疑獄。嘗有墜馬死者，家人指爲一人所殺。其人被掠不勝，將自誣服。君覆訊之，察其有冤色，廉得死者故與之有怨，其家緣此欲中傷之。閱其尸,果得墜死狀,即日罷其獄。行殿火,民有盜其一木者。吏比例禁中物,以法當斬。君曰:"此固行殿也,豈禁中乎?況所盜者,煨燼之餘耳!"竟以減死論。蓋君治獄,必使人法竝行,故屈抑者多所平反。然至於怙終者,則亦未嘗少貸也。南京龍江設提舉司,掌鹽課,官守商賈往往賕賄上官,幸縱其姦弊不問。君實巡鹽,一商從他人得君家書一紙,轉致之,冀識君。君曰:"吾家書顧令汝輩持來耶?"笞其人,投書火中。因痛繩其下以法,無幾,姦人斂手不敢犯。他日,謁都御史軒公,公曰:"君非焚家書御史乎?"爲之稱歎。四川僻在西南地,雜蠻獠,溪藏峒伏,爲患無時。朝廷亦既設備,歲久,人懈備弛,賊日肆虐,寇鈔城郭,殺縣長吏。君至成都,聞有警,率民兵二千直抵長寧戎縣勦滅,而因以鎮撫之。至,則賊方聚衆數萬,據嶮阻,勢熾甚,殆不可當。君曰:"賊勢如此,而吾提孤軍入不測之地,非計之得也。"乞師於朝,上命同知都督府許貴將兵五萬擊之,既破其寨。君獨挺身入巢穴,追擒餘黨百人,獲其馬牛器械無算,被虜男女悉出之。貴將移師,君爲前驅,列營大壩,不解甲者兩月。復破其寨四十餘,俘獲益衆。賊既平,君建言:蜀多小邑,國家止立令、典,然二人或以事去職,一旦緩急,顧使他官攝之,誰與致力哉?其內江南溪以下二十二縣宜置丞簿一人撫民,而烏蒙、烏撒、東川、芒部緣邊郡縣去京師尤遠,吏至稍習夷情,每三載輒考績去,往返萬里,動至累歲,夷人得以乘間竊發,宜通九載考之便。又長寧戎琪與蠻寨鄰境,而攻守缺人,宜免宜賓、南溪、江安、納溪民兵松潘征戍,及緣邊漢夷民夫鹽井遠運,使專攻守可也。他如欲補軍伍、設關堡、置器械諸事,皆處之有法而爲慮遠。事未及施行,明年,夾江之花溪賊再發,右僉都御史陳公以君練習,遣行。君至,激勵士卒,號令嚴明,賞罰必信,人人爲用命,遂大破其衆。既而漢州、德陽、彰明以次平,所至降者,君釋不殺，一以恩撫循之。御史上其功，未報。蜀既無事，君書守備策，會議貴州。還至敘南背岸峰，江水湍悍，舟觸石破，遂及溺焉，成化二年四月十三日也。年四十五，娶周氏，鄭府右長史璪之女，封孺人。子男四人，曰浙，曰汴，曰沆，曰沂。女二人，長許嫁朱穆，次尚幼。君爲人孝友慈愛，伯兄蚤喪，趣令其孤漢就學而常資給之。初無子，子仲兄之子浙。既得三子，而遇浙益厚。其居官，斤斤謹守，尤以廉潔稱。其行郡，雖筆硯亦自持。廩米稍餘，遇郵驛、衢路摧壞，輒斥以善修之。嘗督馬政江北，歲滿瀕回，同官或遺以墨三筯，辭不受，曰："墨，幸自足，無煩相遺也。"其人愧歉。君本貴富家子，位既通顯，以身許國。其巡行邊徼，出入行陳，躍馬被甲，毅然一介胄士，功業著矣。謂宜向大用而接武偓敏，而卒至於此，惜哉！然君之死，不可謂非正命也。當王事鞅掌時，見絲髮小害，縮首萎腰，不肯出一指力者皆是。君獨不顧前後，奮力爲之，雖至於死，死而盡其道者也。夫惟盡其道而死，謂之正命，豈不然哉？卜是年八月二十七日葬於吳山先墓之次。將謁當代文章鉅公以圖其不朽。寬，其里人也，謹爲之狀如此。

天全先生徐公行狀

曾祖文貞、祖子復、考孟聲并前贈推誠宣力守正文臣、特進光祿大夫、柱國、武功伯，曾祖妣某氏、祖妣某氏、妣丁氏，竝前贈武功伯夫人。貫直隸蘇州府吳縣鳳凰鄉集祥里徐有貞年六十六狀。

公諱珵，更諱有貞，字元玉。徐之先出伯翳，爲嬴姓。國於夏殷周世，周穆王時偃王誕，當國以仁義，得諸侯心，後死彭城。傳徐子章禹，章禹被執於吳，子孫散處徐、揚間。歷秦、漢、三國、晉、唐而下，代有聞人。公之先皆樹德，遭時沉晦，連世不仕。至孟聲甫生三子，以其仲有異質，始教從名師學，即公也。公年十二三入小學，已能古文詞，穎敏殊甚，卓然出諸生上。少長，再學於都憲思菴吳先生，學益進，文益奇。公時已有用世意，慨然欲經濟天下。其議論所發，往往出人意表。思菴曰："子欲求仕乎？"乃率之見國子祭酒頤菴胡先生，請授進士業。時頤菴以事稱病不出，坐卧一土牀，雖親故至，皆伏枕與語。初見公，頗以幼小易之，既而使面賦一詩，公援筆立就，皆老成句。頤菴爲之蹶然起而循牀行，極加稱賞，遂以其業授之。公學未幾月，即了其義。宣德七年，年二十三，中順天府鄉試。明年，登進士第。有詔簡進士續學翰林，爲庶吉士。數視列宿，公與其列，所以作養而期待之者甚至。久之，一日，宣宗御便殿，召所簡二十八人者，親命之題試之。上覽公文，粲然成章，擢居第一，即日授翰林編修。公之入翰林也，一時前輩若楊文貞、文敏諸公皆雅知公名而器重之。而公不屑以文名也，益欲爲有用之學，凡軍旅、刑獄、水利之類，無不講求其法而一欲通之。或曰："公職業在文字，事此奚爲？"公曰："此孰非儒者事？使朝廷一日有事用我輩，吾恐學之已無及矣。"聞者以公有遠大志。宣宗崩，預修實錄，纂述之際，多所補益。尋簡命修玉牒，再遷侍講。英宗之世，公思天下承平日久，宜先時爲外攘計，上疏言武備事凡數千言，所以制禦北虜者殆無遺策，上嘉納之。及己巳之變，京師戒嚴，朝議以文臣分守要害地，錫之璽書，使行監察御史事，而公得河南。公視詔旨，言於執政者，必得便宜行事，卒易書而行。至則作鎮彰德，民時聞變，相率竄匿山谷間。公馳騎往招之，而以郡縣吏素所得民者從行。旬日，還其家就業者數萬人。遂糾義旅，爲京師聲援，至者多太行群盜，公日親閱之，教以坐作、進退、擊刺之法。然使自相團結，不籍其名，以故其人雖難制，皆踴躍，願爲之用。既而胡寇遁，京師解嚴，而公亦召還矣。景泰二年，充經筵講官。明年，遷右春坊右諭德，仍兼侍講。會河決山東之沙灣，前此遣治者，率築其決，水大，至築輒壞。更七年，續用弗成，饟道既阻，而役卒疲甚。朝廷不知所爲，議舉可以治之者，大臣乃以公應詔，遂擢公左僉都御史以行。於時運河水涸，舟楫不通。公始至，適冬月，水忽暴發，舟人皆歡呼以爲神水。公乃謂其屬曰："是役甚大且難，非積歲不能成功。彼數萬疲卒，吾不能用也，宜散遣以休息之。吾與之期使來。"然又虞其遣於一日，衆且生亂，因量其地之遠近而日遣之，道路寂然，若無知者。卒既去，公乃乘小舟以究河之源流，遂踰濟、汶，沿衛及沘，循大河，道濮、范還。始度地行水，而前所遣卒亦依期而來矣。公因上疏言治水之策，大意謂：凡平水土，其要在知天時、地利、人事而已。天時既經，地利既緯，而人事於是乎盡。且水之爲性，可順焉以導，不可逆焉以堙。禹之行水，行所無事，用此道也。今或反是治，所以難。蓋河自雍而豫，出險固而之夷斥。其水之勢既肆，又由豫而兗，土益疏，水益肆。而沙灣之東，所謂大洪之口者，適當其衝，於是決焉以奪濟、汶入海之路而去，諸水從之而洩。隄以潰，渠以淤，澇則益，旱則涸，此漕運所爲阻者。然欲驟而堙焉則不可，故潰者益潰，淤者益淤，而莫之救也。今欲救之，請先疏其水。水勢平，乃治其決。決止，乃濬其淤。因爲之方，以時節宣，俾無溢涸之患，必如是，而後有成。制可之。公因作制水之牐，疏水之渠。渠起金隄、張秋之首，凡百餘里，而至於大瀦之潭。踰范、暨濮，又上數百里，經澶淵以接河沘，用平水勢。既平，命其渠曰廣濟，牐曰通源。渠有分合，而牐有上下。凡河流之旁出而不順者，則堰有九，長袤皆至萬丈。其水既不東衝沙灣，及更北出以濟漕渠之涸。治既有緒，乃作大堰。其上捷以水門，繚以虹隄。堰之崇三十有六尺，其厚什之。長伯之門之廣三十有六丈，厚倍之。隄之厚如門，崇如堰，而長倍之，用平水性。既平，乃濬漕渠，至數百里，復作牐於東昌之龍灣、魏灣者八，積水過丈則放而洩之，皆通古河以入於海。蓋及三年而功成。先是，有發京軍疏河之議。公又奏：蠲瀕河州縣之民牧馬、庸役，而專事河防以省軍費、紓民力。水患既治，國家至於今賴之。歸奏朝廷，嘉其功，陞左副都御史。及英宗之復位也，以公有迎復功，擢兵部尚書兼翰林院學士，與典內閣事。未幾，封推誠宣力守正文臣特進光祿大夫柱國武功伯，食祿一千一百石，兼華蓋殿大學士，典內閣事如故。追封三代如公，子孫世襲錦衣衛指揮使。公既感上知遇，即以身任天下之事。每奏對多至數百言，上亦才公，數開納。一時寵遇既隆，而曹、石輩舊所與同功者始忌而疾之矣。會監察御史楊瑄糾曹、石侵奪民田事，上既曲宥之，而曹、石以爲公所使也，遂以事中傷公，下之獄。賴上之明，出公參政廣東。公去數日，而曹、石恨不釋，必欲置之死地。復以事誣公，致之京獄，苦訊三日，竟無狀。適承天門災，上感悟，竟宥公爲民金齒。公至其地，闢一室，日惟玩《易》而已。時有奏守臣胡姓者，事詞連及公，上察其誣，不問。居三年，上益念公，特使還其家。公既還，杜門却掃，人罕見其面。及曹、石相繼敗死，始出游湖山間以自樂，買地林屋洞天，將爲終焉之圖，因自號天全居士。今上即位，覃恩海內，詔賜公章服閒居。又九年，以病不起，實成化八年七月十五日也，年六十六。公爲人精悍短小，目光炯然。其論古今事，纚纚終日不倦，而慷慨激烈，音吐清亮，聽者竦然。其奉命所至，多所建白。鎮彰德時，問諸父老得岳武穆父祖之墓於湯陰，因具牲醴祭之，以作義旅之氣。復奏請於朝，即其地建廟以祀武穆。治水之餘，行視鄒魯間，奏復前元賜顏、孟二氏田六十頃之没於官者，且增置二十頃，悉畀其嗣人，以供祀事。及既遭遇先帝，大見於用，方將盡展所蘊以行其志，未及半載而遭讒被逐矣。公之學，自經、傳、子、史、百家、小説以至天文、地理、醫卜、釋老之説，無所不通。其爲文，古雅雄奇，有唐宋大家風致。晚歲文筆益老，所著有《史斷》若干卷，《文集》若干卷。公娶蔡氏，宋忠惠公襄之裔孫，有賢行，前封武功伯夫人。子男一，曰世良，儒學生，側室蘇氏出也。女六人：長適祝瓛，次適王瑛，次適鄉貢進士蔣廷貴，次適朱琇，次二未行。葬卜卒之明年某月某日，墓在吳縣玉遮山之原。寬與公居同里而生後，於事行有未盡知，間得之學士大夫與公之故舊者數事，謹爲之狀，以備執筆者采而書焉。成化九年春正月戊申，翰林院修撰承務郎里生吳寬謹狀。

賀復菴行述

賀復菴先生諱承，字宗振，復菴其自號也。其先世次、邑里，譜亡，不可考。祖季昭始來自蜀，居吳城之采蓮里，遂爲吳人。季昭生公宜，有學行。洪武中任常之江陰儒學訓導，卒官大理評事。娶錢氏里儒文則之女，賢而知書，生先生。初，大理官江陰時，樂其風土，因占籍焉。既列官於朝以没，未幾，舉家相繼病死，時先生生八年矣，纍然無所歸官，以土籠舁歸江陰，依孫氏女兄。女兄之姑素悍少恩，敺奴僕之。先生年雖幼，即自知奮厲，乃復來吳中適舅氏。鄞縣教諭孟書開講里中，因留受業。迨年稍長，有司以力役趣還江陰，至則裸身，無一金之資，其困苦有人所不能堪者。邑有薛伯潤氏獨愛之，因妻以女而授以田廬。先生雖日伍農夫，而學業不廢。宣德初，朝廷方急軍伍，同知蘇州府張徽率以重法逼平民從軍。先生有怨家以某嫌名於大理公者，諷里胥誣之。先生不勝搒掠，卒誣服。既而盡鬻其田廬，兩詣京師，陳冤狀。事卒白，猶隸蘇州衛，終其身用是，貧益甚。時翰林檢討陳怡菴先生方致政家居，今參政祝公尚未仕，兩家以親故相與衣食之，稍獲濟。而衛有撫軍黃姓者知先生，闢館請教諸子及里之後生。久之，弟子行束脩以從游者日衆。自奉既有餘，而先生之子甫亦漸長，乃悉以家事付之，而專意於教授，如是者餘三十年。成化三年八月，謂家人曰："吾嘗以術推己生辰，歲在亥當死，今其時矣。"至是，疾作，其子煮藥以進，輒揮去。越兩月，竟卒，十二月二十七日也。先生爲人誠心不欺，亦不疑人欺己。嘗理田事，所入不問多寡，或爲家奴竊去，亦不窮訊。性介特，寡交游，雖婚姻家累歲不一至。以嘗遭困阨故，家且裕，猶以儉約自持。平生喜吟詠，屬句對偶精切，作字雖率然，亦不苟配。薛氏先七年卒。子男二：長即甫，娶處士王用充氏之女；次庸，娶祭酒劉文恭公之女。女一，嫁諸煥。孫男六：慈、恩、息、愈、意、應。恩補郡庠生。女六。曾孫男二：牧、收。葬以明年戊子三月二十二日，墓在吳縣胥臺鄉黃山之原。惟先生少則孤貧，壯尤顛躓，而能清修强學以立其身，亦可謂善處變者矣。至其晚節，雖獲康適，而卒老死行伍，則其善行亦何以自見於世？於是有賴於世之大賢君子，銘之，表之，誄之，以發其潛而永其傳焉。寬不文，謹因甫之屬，筆述其概以請。

亡兄原本行述

亡兄諱宗，字原本，姓吳氏。世爲蘇之長洲人，先修撰府君長子也。府君初娶同里居氏，生吾兄。居氏方免身而没，賴祖母韓氏保護備至，而繼母張安人更鞠之如己生，迄長以大。吾兄生而謹畏，未嘗出門與里中兒嬉戲。既入小學，誦習顓勤，不以風雨寒暑廢業。年十七八，先府君以少兄弟而家事方殷，使分掌之。吾兄於事輒能治，其治事，左右簿籍，雖一錢、尺帛必謹記注。久之，出入歲月，莫有能欺之者，人以"克家子"稱之。素寡交游，倦酬應，故或終歲不出里門，里人至有不識其面者。性復儉約，室無妾媵之奉。衣履敝，必更浣濯補綴以服之。尤好潔，所居汛掃拂拭，日數次不厭，而至於庋置器物，亦必有常處，蓋其爲人如此。寬既竊科第，仕於朝，鄉黨以爲貴顯矣。然吾兄自處如前日，絕無驕侈氣，人益賢之。成化乙未之秋，寬得歸省，而先府君不幸已棄諸孤。兄弟相見，抱持慟哭，孰意明年而吾兄亦以病不起。嗚呼，哀哉！蓋吾兄待人極和易，終其身未嘗以惡聲加人，故卒之日，自繼母王安人而下，哭之皆盡哀，而傭奴輩亦有泣下者。其生以永樂庚子八月五日，卒以成化丙申八月二十八日，享年五十有七。娶陸氏。子男二：曰奎，曰齋。齋習進士業。女曰淑真，適夏靖，先卒。孫女一。將以卒之明年十二月四日葬於吳縣五都太平鄉花園山先塋。謹述其事行，請銘於仁人君子，幸終哀而畀之。

傳七首

牧野子傳

牧野子名觀，字賓用，姓閭丘氏，所居在吳城西。少好文，吟詠不以事廢。家有田數頃，牛數角，奉二親。暇輒牧於野，或於牛背得詩，則折竹篸而度之，而叩角以自樂。往來田畝間，人見其所牧牛肥，不與他牧者類也。因問之法，曰："吾牧牛無他能也。渴則飲之，饑則飼之，勞則體之。寒，作宮以禦之；燥，鑿池以浮之。飼之、飲之、體之、禦之、浮之而不饑、不渴、不勞、不寒、不燥也。故欲左左，欲右右，唯吾是指，而鞭箠不足用。驅之耕則深而功倍，輟耕則或飲、或食、或臥、或立、或奔、或馴、或鳴、或舐，而各適其適，自不知其肥也。吾牧牛以此。"聞者曰："此善牧也。"因以"牧野子"

稱之,更以自號云。或曰:牧野子負才具,少出即有獲。其肯辭公卿大夫之榮名而甘受"牧野子"稱邪?殆有說也。蓋牧野子生四十年尚無子,而古有牧犢子者,七十無妻,無子與無妻等耳,牧野子者自傷與之同歟?或曰:牧野子與牧犢子不同也。牧犢子無妻,是自棄其子。牧野子固有妻,而年又不與之。若安知其終不有子?其不然也,審矣。殆將出而相君成業,如古百里奚者,牧野所以擬之歟?牧野子皆不聽,方驅牛於野,作歌曰:"朝登於崗兮,夕降於阿。我牧我牛兮,靡知其他。"載歌曰:"牛止吾居兮,牛行吾隨。我牧我牛兮,餘非所知。"歌竟而去。

贊曰:牧野子之為人不足疑也,觀其作歌之意,蓋安於牧而無外慕者也。又其言足為為民牧者法,使民牧者得若人而用之,則民庶幾其理,豈不誠然良民牧哉!顧今之牧民者反以厲民,曾牧野子之不如,此《牧野子傳》所由立也。

周義士傳

義士諱縉,字伯紳,湖廣武昌人也。曾祖壽,元翰林直學士。祖福五,餘杭縣尹。父仲彰,不仕。義士生五歲,喪母葉氏,賴繼母翟氏撫教。稍長,游縣學,累試於鄉,不偶。以歲貢入冑監,初試事,已有廉謹名。時戶部委勘天下錢穀,所遣幾千輩,歸報多失實,坐贓罪者什八九,義士獨免。初授永清縣典史,居官廉謹益甚。歲餘,攝縣事。方境內多盜,捕治有法,不濫及平民,一縣皆安。是歲旱,蝗不為災。俄而兵起藩府,一時守令相率迎降。永清地尤比近,義士極力為拒守計。顧其民寡弱,相率逃散,則自度不能有為,佩印南奔,將他圖焉。道聞繼母之喪,還家,以禮葬畢,乃糾義旅,為勤王舉。戰纘戎器,數日略具,則聞南師熠而天命去矣。遂去,匿編甿間。已而事露,有司即其家械赴京師。義士自分必死,慷慨就行。至,則朝廷終義其志,特下之獄。久之,謫戍興州,蓋從輕典也。居數年,以其子代還,屏蹟田園,怡然自得。後年八十而終。孫源以監察御史擢知揚州,賢而有惠政,著循吏稱,蓋義士之澤云。

　　論曰:史家有言,臣各爲其主用。漢高所以不殺季布,仁義之道,蓋兩得之。觀周義士事,其殆類此。夫王原采、周是修輩,賴名公述作,其事昭然在。人有如義士,誰知之者?於是揚州以其平生授予,則其大節在此,乃取以爲傳。既以表義士之志,且愧世之爲丁公而幸免者。

莫處士傳

　　處士諱轅,字遜仲,號順菴。其先爲湖州莫氏,後徙吳江之綺川。宋有諱子文者,登寶慶二年王會龍榜進士,知廣德軍。生若鼎,嘉興録事參軍。又五世諱湜,號芝翁,嘗以耆德召見高皇帝,參大臣議事。生三子:長禧;次禮,累官至户部侍郎;次祺。處士,禧之仲子也。生當國初,適朝廷方用重典御世,俄逮其父子,竝繫詔獄。處士時年十一耳,日夜悲痛,願以身代父死。理官試加脅誘,語無反覆,遂釋其父,而獨繫之。父更稱冤闕下,竟致瘐死。事始已時,莫氏以貲産甲邑中,所與通婚姻,皆極一時富家。處士竊獨憂之,每指同姓隸洱海衛者一人曰:"是吾族也。"人莫測其意。後黨禍起,芝翁與其子侍郎公相繼死於法,餘謫戍幽閉,一家無能免者。而處士卒以嘗附尺籍免,人始謂其智。其兄完伯與其妻亦前以家禍病死矣。有遺孤二,皆在襁褓間,所以保護者甚至。乃復變姓名,潜入都下,竊其父祖遺骸,歸葬於鄉。蓋冒法禁,幾死者數矣。迨己卯改元,家人竝蒙恩宥歸,而故居蕩然無遺。處士身任勞苦,再造其家,字孤卹寡,恩意備至。痛念先世,輒潸然淚下,仍却酒肉,不御者數年。處士爲人沉重,寡言笑,中有謀略,而寬厚能容,不見涯涘。里有葛琬者,勇而酗酒,嘗疻處士臂。諸子執之,將送於官。處士曰:"此其人,何足與較者?"釋其縛,遣去。琬惡益甚,鄉人患之,爭陳其殺人狀於郡。郡守況公下里中,使證其事。處士語人曰:"所言琬殺一家三人,蓋偶溺水死耳。奚足罪?"琬聞之於獄中,仰天號哭,曰:"吾負莫長者矣。"後琬竟論死,則聞諸子有力焉者,爲憮然不樂者累日。富人沈文度,莫之姻家也。有女許嫁陝右劉氏,已而文度坐事死,家謫戍邊。處士爲收養其女於家,或以劉道遠不復娶,更來聘之,不許。卒備資裝,適之劉,視若己女然。馬華者,與莫爲鄰,舉家死疫,遺一子,纔數歲。人畏其疾,弗之顧。處士亦收養之,至壯大。每遇節序,更給酒肉與之,使祭其先。其厚德多此類,不能盡錄也。處士少時嘗語芝翁曰:"昔范文正公置義田以贍族,歲入租僅八百斛耳。今吾家數倍於此,獨不能爲之乎?"翁深然之,而遭家故,願弗之遂,平生以爲恨。其治家嚴而有法,事必於古禮而行。凡世俗淫祀,一切屛絕。其尤所惡者,釋、道、巫、祝、尼、媼之類。少從鄉先生張子宜、易九成游,故聞見甚博,而尤好讀史,能歷論古今事。雖老,見格言大訓,猶手自抄錄。平生動息起居,悉有筆記,歲久,積成大册。下筆爲詞章語,多可誦。其年七十七而卒。前卒,精爽不亂,口占三詩,平生履歷亦略可見於是。親友追思其賢,援古易名例,私諡曰貞孝,而配以先生稱之。處士娶沈氏,袁州太守昌三之女,有賢行。子男曰震,登進士第,由嘉魚、海鹽二縣令陞建寧通判、延平同知,廉介端方,不能與時俯仰,凡秩滿始一遷官,今復歸老矣。女二人,長適雲南參議趙忠,次適士人沈滋。孫男二:旦由鄉貢進士授新昌訓導,有文學;次昊。曾孫男女各一。

史官吳寬曰：吳自唐以來號稱繁雄，延及五代錢氏，跨有浙東西之地。國俗奢靡，用度不足則益賦，於民不勝其困。宋興，錢氏納土，賴其臣湛其籍於水，更定賦法，休養生息。至於有元，極矣！民既習見故俗，而元政更弛，賦更薄，得以其利自私，服食宮室，僭擬踰制。卒之，徒足以資寇兵而已。皇明受命，政令一新。豪民巨族，剗削殆盡。蓋所以鑒往弊而矯之也。然聞之長老，言莫氏在當時尚謹禮法，而概及之。幸而得處士者，用智全身，以保有子孫。繼取科第，登仕宦，孰非處士一人啓之？追數當時同被黨禍者，其終何如？然則若處士者，子孫雖百世祀之可也。

徐南溪傳

南溪徐公諱訥，字敏叔，南溪，其自號也。世爲蘇之常熟人。高祖珵，元海道萬戶，佩金虎符。曾祖恢祖，豪邁不仕。至正間，傾貲集鄉兵禦亂，居民賴之。祖伯皋，父孟明，皆有隱操。母鄒氏。徐之先居邑之邵舍墅，至恢祖始遷漁梁，後復避亂於外。及孟明之世還，而田廬蕩然矣。於是公生亦壯，不自安逸，率其僮奴，服勞農事，家用再起。以治家非禮，衣食雖足，祗益爭爾。若江陰嚴志道、同邑計蒙正，皆聞於禮者，相與爲友，事多講而行之。閨門之內，嚴而有法，凡釋、道、巫、覡，一切屏絕。特采江州陳氏、臨川陸氏、浦江鄭氏家範之可行者，合百七十餘條爲一編。又取古之同居者爲集，都御史思菴吳公、修撰止菴張公序其首，以示子孫，俾世守之。又作堂曰崇禮。每旦夫婦同坐堂上，子孫及諸婦序立堂下。拜訖，公大聲曰：「毋聽婦言。」皆應曰諾。復令少者讀孝弟事實數章而後退，如是者蓋四十餘年。子孫受教，無敢違者。公以儉德聞於鄉，服止絁布。每曰：「一錦綺之費至米數石，省之可濟十餘家之饑,奈何弗惜!"今都御史恪,其季子也。幼嘗服綾,亦怒之,良久乃已。婦有歸寧者,或服纖金。曰:"服是勿入吾門,入則當火其衣於庭,如范文正公家也。"其儉如此。客至,無不延款,然行酒有節,人信其儉,不爲異或迂。議之者故薦公長鄉賦,以困之民更服其公正,而事率集。時大理少卿熊公概巡察江南,一時豪民,剪除殆盡,獨識公稠人中,詢以民事。公應對合宜,甚見稱奬。平生義舉,視力所及即爲之。當歲饑,鄉里告於公,顧所藏不足,遣人糴麥江北,得六百石,悉就舟次散給。他如發廩、假貸,不收其息者時有之,不足紀。至於貧家婚喪,及生產、急難,所以周給之者,不可悉數。量尤有容,豪猾或誣以重法者,事雖竟白,然人以爲深讎,公當不能忘也。思菴吳公特書唐婁文貞公贊,遺以諷之。公即刻諸齋壁,終身不復校。自少好學,迨老猶喜讀史,上下數千年事,與人評論,如指諸掌。正統己巳,享年七十四而終。初以恪仕,贈徵仕郎、工科給事中,後贈通議大夫、都察院右副都御史。配周氏及側室張氏,俱贈淑人。子男八:慎、愷、悌、懷、忱、懌、悛、恪。慎、愷、懷俱義官。忱由鄉貢,歷古田、長寧知縣。恪登進士第,歷工科給事中、湖廣左參議、河南右參政、左右布政使,至右副都御史。孫二十一人,曾孫四十二人,玄孫□人。

  論曰:世謂吳俗侈靡,觀於徐公之爲人,豈信然哉!蓋其持身以勤儉,實有魏唐遺民之流風;治家以禮義,又若齊魯諸儒之質行。其意蓋欲舉三代而還之。孔子曰:"十室之邑,必有忠信。"況壯哉海虞,將百倍於此,宜其有人如公也。惟其隱處不仕,其法止傳於子孫,其惠止及於鄉里,不能盡酬其志,是以君子惜之。然公有子,奉命巡撫,政澤所被,何啻千里?竟以直道自信,不容於時。賴天子保全之,而功名益顯,蓋公之教云。

許孝子傳

孝子名坪，字時正，姓許氏，婺之東陽名家也。孝子生則知孝，稍長，其父光令從師遠方，習舉子業。以母時方病癇，辭曰：「母病，兒可去左右耶？即去，方寸已亂，學果能成耶？」父嘉其意，乃已。凡母病發，孝子輒抱持流涕。見醫藥弗效，則籲天，願以身代。母疾竟減，及以壽終。居喪哀毀骨立，以父在，恐傷生，爲强進食飲。俄而其父一夕以中風卒，痛恨不及醫。禱號哭擗，踊絕而復蘇，爲不食者累日。及食，悉却滋味。既葬，廬於墓。墓林木茂密，周匝數里多猛獸穴其中。孝子攀木悲號，入夜不絕聲。親知勸之曰：「子固孝，其如遺體何？」始日一往哭之。至遇父母忌日，猶哀如初喪，故郡中皆稱孝子。孝子平生不獨爲孝，其義事尚多，不及載云。

史官吳寬曰：東陽許氏，予嘗知其家世。在晉有孜，既以孝稱。至宋有瓊，復以節著。元則有大有，業儒而隱。今復得孝子，何許氏之世有人也？孝子從弟故鄉貢進士塤，予昔識之，獨未識孝子，其友太學生馬逢原特爲予談其孝行，乃筆而爲傳。蓋予之職業在此，至於他日行旌表之令，則有司之事，非予所能及也。

僅齋居士傳

僅齋居士，長洲人。姓吳氏，名瑄，字元璧，僅齋其自號也。大父曰文質，永樂間爲浙之樂清令，循良篤厚，人稱古君子。居士少禀高資，超軼不群。從師講業，未畢其説而意已解。爲文初習場屋體，及讀漢、唐人制作，曰：「文當如是落筆，語即不俗。」游郡學，有聲。視前輩瞠若不顧，提學使者較藝，必居上第。顧數舉於鄉，不偶，歎曰："此非有司之過也。吾業高而不熟耳！"郡中歲當貢一人於禮部，居士強就例，曰："吾乃爲貢士耶？"入太學，名益起。成化初，順天府行鄉舉，竟中選。再從禮部試，復不偶。久之，謁選銓曹，得黃州通判。今南京工部侍郎海虞徐公參議湖廣，知其名，索其文數篇，置行囊中，遇好文者輒出示之。於是藩臬官皆待之加等。初授通判，人謂其職治田賦，非跅弛士所宜。至則益事事，民見其不苛刻，更感之，賦入率以時。居三年，言於上司曰："某不願仕矣。"飄然東歸。買宅閶門西市中，即其後築別業，日爲溪園之樂。客至，或不冠帶，曰："吾已棄官矣，幸恕我。"蓄古器物數種，時出以娛客。或扁舟出訪故舊，歲不一輕造郡縣，門人以是高之。居士爲人簡易直率，言無隱情，與人辨論必大叫。見拘拘剪剪者，不欲與語，曰："吾性不耐是也。"或有過，面斥之。衆知其無他，亦不怒也。在黃州時，遣人拾江中石子百枚遺予。予曰："此蘇長公故事也。"作長句謝之。往歲，予還吳中，居士與信陽守施君煥伯同過予，相見道舊事，皆皤然以老。居士曰："君知我者，能爲我傳其平生乎？"予曰："若能以古銅卣潤筆，當如命。"曰："吾寧無身後名？卣不可無。"蓋居士素惜此物，予故調之耳。及是，其子建亦取鄉舉，就試春闈，道其父意。噫！此吾故人也，安忍負之？

贊曰：孔子思魯之狂士，而謂鄉原爲德之賊。所謂狂士，孟子以琴張、曾皙、牧皮當之。三子，蓋孔子之所思。若鄉原，則原壞之流，乃所惡者也。居士其爲琴張、曾皙、牧皮歟，其原壞歟？必有能辯之者。夫年未六十，輕棄其官，如棄敝屣焉。即此賢於今之人遠甚，此固不待辯者，他尚何論哉？

蕭節婦傳

　　蕭節婦者,諱静專,越之會稽人也。其父曰胡季舟先生,母曰董氏。節婦生而端重婉嫕,敬共女事。父母愛之,嘗曰:"生子何必男？有如静專者,可使去左右耶？"乃爲擇贅壻,得里士蕭貴。貴,字用和,故蘇之長洲人。先世以仕宦居越,爲人賢而志學,與節婦處甚宜。居歲餘,季舟先生方分教松江,以公事如京師,未至百里,有盜掠其衣裝。用和適侍行,遘病未愈,加之驚悸,遂卒。節婦既得凶問,慟哭連日,夜意不欲生。其父母曰:"汝不識吾不汝遠行意耶？今汝縱爲良人死。獨不爲父母計耶？"節婦感其言而止。當是時,節婦年甫十八,生子纔六月耳。即誓曰:"吾當上奉父母,下爲蕭氏守此兒。"遂屏膏沐,躬布素,泊然閨中,人莫見其面。後季舟移教蘇學,滿任,謂蘇爲蕭氏故土也,携節婦與其子居之。及子既長,節婦日督之學,以成父志。遣入鄉校,爲弟子員。蓋久而成名,即今聊城教諭綬也。綬先爲靈寶訓導,節婦享其禄養者已十年。今年七十,康强無恙,人以爲天道之報其節云。

　　史官曰:節婦之失其夫,年則少矣,而其一節至於五十餘年之久,志則堅矣。然而朝廷屢下旌門之令,獨於節婦遺之,此豈非有司者之過耶？以是推之,吾知窮鄉僻壤,如節婦之爲人而遺之者多矣！雖然,旌門所以勸於一時,而傳其事可以垂之後世。吾恐人以有司者之責責史氏也,故特書之。

卷第五十九
傳四首

侍郎黃公傳

公諱孔昭，字世顯，姓黃氏。唐末有諱緒者，爲昭武鎮都監，避亂自閩中徙家台之黃巖，後其地割爲太平，故今爲太平人。所居洞山，更數世，族益大，人稱洞黃。曰與莊，有善行，生禮遜，號松塢，尤邃於學，以剛介好古聞鄉里。禮遜生瑜，兵部職方主事，賢名甚著。生公，二世竝以公貴，贈南京工部右侍郎。公年十四，遭職方公與母夫人金氏相繼下世，自京師扶柩返葬，哀毀骨立，人已謂黃氏有子。既長，執友建寧守賀浤知其賢，舉爲松溪訓導，不果。公歎曰："士之出仕乃藉人舉薦耶？"慨然誓取科第，以世其家。樓居讀書，刻苦特甚，至忘寢食。及入邑學，家貧，乏資給，而學益力，遂中鄉試。天順庚辰，登進士第。初授工部屯田主事，同官有貪污廢事者，與公不合，以計擠之，無所得，而公之名因起。其人既被黜，公獨署司事，事悉舉而宿弊盡革。時適議慈懿太后山陵，公憤其事曰："治葬，吾職也。"亟草奏疏，將上，而朝廷竟從衆議，乃已。尋擢都水員外郎。郎署無故例，不得改調吏部，以公賢而工官非宜，特奏改文選，命下，皆以爲宜。後擢郎中，公持選法最慎，汲汲以人才爲慮，嘗曰："國家之用才，猶富家之積粟。粟積於豐年，乃可以濟饑；才儲於平時，斯可以濟事。自頃人矯激沽名，以閉門謝客爲高。天下人才，何由知之？"故公退，客至，輒延見詢訪，有所得，必書於册。往往量其才、隨其地、參之輿論，薦於天官卿用之。務使用之各當其才，雖小官卑職亦不敢忽。或因勢家千請，欲私用其人，輒力言其不可。時既不能盡沮，後其人多自敗，衆始服公之正。凡在文選者十五年，擢通政司右通政，專清武職貼黃。又三年，始擢南京工部右侍郎。時工役不息，屢假私錢以給材用，歲久，多所逋負。公至，以提舉等司隙地皆爲豪强侵占，奏復之，以收其利。公署毁於火，且重建一新。方漸革諸弊，一如屯田時，而公俄以疾卒矣，享年六十四。公清介有守，自舉進士已有廉名。及授秩，以公事之江南，雖鄉人之仕其地者，以尺帛來餽，亦郤去。後同考會試，有勢家子暮夜持百金私謁，叱之，不容見，然終不言其人其處。公事必盡其力，非特無私而已。終身儉素，雖老且貴，如未仕時。至待宗族，獨不計惜，嘗以舊居悉讓其弟。以女弟貧乏，斥俸令養之。凡親友患難疾病，必扶植乃已。尤不妄交游，故布政使陳公士賢、今祭酒謝公鳴治，皆鄉人之卓然者，獨以道義相好。若刑部侍郎林公一鶚既没，念其子孱弱，爲經紀其喪，復輯其事行傳之。後奉詔得薦舉異才，以今應天府尹樊公廷璧、福建按察僉事致仕章公德懋奏，二人蓋公素所賢者，士論以爲得人。平生好學不倦，公暇輒手一册。日求古書，多自校正。更輯鄉里前輩文詞爲《赤城論諫録》，并《赤城詩集》，板刻行世。其所自著，質實而理勝，有《定軒集》若干卷。定軒者，公之别號也。娶淑人蔡氏，生子三：俌，工部營繕主事，居官有父風；次挺、佐，皆早卒。孫五：紹、繹、綰、約、紒。既卒，朝廷遣官祭葬如卹典，而綰以例爲國子生。寬幸交公營繕君，因以公平生爲託，乃撰次如右，而復論之曰：

　　《周禮》太宰之職，掌建邦之六典，蓋兼六卿之事，無所不掌者也。後世特以選舉爲務，其屬分任於下，爲部凡四，其職可謂專矣。

而文選尤爲要秩,使其人不賢,雖有賢太宰,不能獨治百官。由之不得其人,此其所以爲要也。昔毛玠仕魏爲東曹掾,所舉皆清正之事,能以儉率人,一時士皆以廉節自厲。今觀公之爲人,蓋亦近之。後雖超遷,惜其卒以工官而去。雖有知者薦爲己助,而竟不用,是可歎也。夫玠仕非其時,君子惜之。予聞正統間黃巖有李茂弘考功,靜退有守,君子人也。其名至今不衰,公嘗慕而稱之,以追其遺風。孔子曰:"魯無君子者,斯焉取斯?"其是之謂歟?然則公之子孫視此,其能嗣公也哉!

布政使陳公傳

公諱選,字士賢,姓陳氏,台之臨海人也。其先出東陽,爲宋國子司業左輔之後。元初,徙僊居,再徙臨海。曾祖濬圭,祖泰生,贈文林郎廣東道監察御史。父員韜,爲御史出巡福建,活沙寇脅從者數萬人,表然有名,卒官福建右布政使,後贈正奉大夫正治上卿。娶夫人金氏,以宣德四年十一月二十八日生公於台之文肅坊故第。公少則沉靜端愨,不妄言笑。稍長,從鄉先生陳僉憲璲游,日坐一室誦習,未嘗嬉戲,敝衣糲食,人不堪其清苦而處之自如。爲文平雅,若不以詞尚而理致深密,讀之有味,識者已知其爲德者之言也。景泰元年,以《禮經》中浙江鄉試。天順四年,會試第一人,遂登進士第。初授山西道監察御史,才識已著。凡大獄當議者,都御史必咨以取平。出巡江西,風紀大振。雖不以刑法立威,官吏相戒,自不敢犯。俄廣蠻流劫贛之龍南,督兵勦捕,遂平之。歲滿還朝,適憲宗嗣位,向用言官,益思獻納。時有詞臣二人,嘗被謫調者,將謀復用。公上疏言:"君子小人,進退治道,所係不可不慎。"言甚剴切,竟沮其謀。他所彈劾者尚多,其人自是直名聞天下,然亦爲人所忌矣。乃始出提學南畿，至則以學者不務實行，而競爲浮華之文以取科第，力欲變其故習。徧歷郡縣，居宿學宮，默然端坐，以身爲教，至竟日不施扑刑，第其文必以理勝爲主。且先令讀小學書，暇輒習冠祭禮，一時諸生翕然感化。或有過被責，一言深自愧報，若無所容。論者謂自廬陵孫先生之後，繼之者公而已。秩滿，擢河南按察司副使，初治軍政。朝廷以公提學之善也，復以命公。公爲教大率如前日，而充養益深。中州學者皆自以爲得師，其氣象加宏裕矣。凡八年，遷按察使。父老素知公賢，及是至自外郡，皆焚香迎拜道旁。曰："我輩有福矣。"公既視事，首釋繫囚，爲立約而去。諸宿弊一切罷革，專以簡易爲治。吏卒斂手，雖同官亦竦然謹畏。未幾，聞繼母沈夫人喪。士民爭泣送城外，去而益思之，有爲肖象立祠者。服除，赴吏部，特擢廣東右布政使。踰年，轉左。公念廣民疲困，爲除徭役，罷和買，備賑濟，皆爲惠養計。數辨冤獄，閩人賴克壽等三十九人漁於海，舟爲風漂至潮州。守者獲之，坐以通番罪，其人以苦訊誣服。又，邑民劉馬住及黃福等十九人被誣爲盜。公察其冤，悉釋之。尤不畏貴倖，中官有弟冒爲武職者，逼娶寡婦，爲奪還之。於是又有提督市舶司者，倚進貢爲奸利，役戶苦於供需，特爲奏減三十人。其後番人馬力麻與海商私通販易，詭稱蘇門答剌國使臣。市舶利其貨，不問。公發其偽，謂如不得已，姑納其方物，留其人，即此賞勞，庶免緣途供饋，亦絕其後私通之弊。時又有撒馬兒罕使臣怕六灣自甘州以獅子入貢，將取廣南浮海還國云：欲從滿剌加更市獅子。公言：此獸何用於世？彼西域賈胡爲圖利耳。使墮其謀，必貽安南諸夷之笑。國體所關，甚非細故。中官既蓄減役戶之怨，且素利進貢。及是，每爲沮抑，怨益深。乃誣奏公他事，勘問者求事實不得，必欲文致以罪，竟逮公赴京。廣人數萬號泣擁留之。公行至南昌，以病卒，成化二十三年五月二十一日也。年五十八。故人張翰林廷祥爲治斂具而歸其喪於家，士大夫聞而悲之。公立志以古聖賢自期，潛修默識，不求人知。其學以克己求仁爲要，因以克菴自號。讀書不資於文詞，遇格言即手錄於册，以爲力行之助。而瘝瘝儒先，特取《宋史·道學傳》刻印，以傳學者平生。言若不出諸口，視所當爲者勇於爲之，不顧利害。其處事緩而詳，御下嚴而恕。至於言動端莊，雖家人見其終身然也。身既貴顯，燕會惟服先人故衣帶，客至瓦器疏食，懽然無愧色。自河南聞喪還，行裝蕭然，牛車一兩而已。及之官廣東，騎驢出都門而去，其儉約有寒士所不及者。元配王氏，贈孺人，繼張氏，皆有婦德。子男四：曰藩，曰翼，皆早卒；曰戴，曰慮。二女。孫男一，女一。戴賢而有父風。初，公倣范文正公，置田百四十畝以充祀先周族之用，號思遠莊。及卒後，族人以公無遺貲，舉田還戴。戴不可，曰：「先人置此，凡以行義也。戴取而私之，獨無愧乎？況治命又嘗俾勿廢此乎！」人謂公有子。公没之明年，今天子改元弘治，庶政一新。工部主事莆田林沂爲公理前事，上言陳某清介正直，有古人之節，居官力爲朝廷布宣德澤，惟恐不至，天下想望其風采，冀其大用，乃爲小人誣陷以死，當爲昭雪。下大臣議，咸以沂言是，宜復其官，俾其家禮葬之，爲人臣激勸。賴天子明聖，即詔有司如所議行。公之葬，其知友祭酒謝公既爲銘，而工部侍郎黃公復爲行述，足以傳世矣。寬念自爲諸生，辱公知愛，今幸承乏史氏，可無紀載？乃謹爲公傳，以歸於戴，藏於家云。

贊曰：昔之大儒，以道學名者，其學必適於用。如晦菴朱子尤可考見，觀其撫民之方、摩上之道、攻邪之論、處變之才，確然可法。蓋必如是而後謂之道學也。然當其時，小人猶以偽學指目，況後世乎！夫後世迂腐矯誕之徒，乃真其人，顧以道學自處，其誰許之？如陳公之學，適於用者如此。顧其所立有過人者，雖不以道學名，而君子則自許之。若其罹讒謗，遭禍患，古之聖賢所不能免，於公乎何損？然則有感於世道者，雖爲公釋然可也。

倪文毅公家傳

公諱岳，字舜咨，姓倪氏。其先從宋南渡，家於錢塘。國初，詔徙江浙諸省民實京師。公之高祖啓在徙中，故今爲上元人。自啓以下三世，皆未顯。至公之父謙，在英宗之世始以進士及第，入翰林，仕至南京禮部尚書，卒贈太子少保，謚文僖。文僖嘗奉命祀北岳，其配姚夫人夜夢緋袍神人入室，寤而生子，文僖以爲岳神所感也。因名其子曰岳，即公。公生而瓌碩，迥異常兒。性更孝，姚夫人没時，年甫七歲，居喪哀而盡禮，吊客歎異。幼即知向學，業文之餘，兼通吏事。偶有群吏將赴吏部試，戲出獄詞爲題，令剖斷，旁觀者曰：「此老吏筆也。」識者已知公他日非特以文名者。文僖以翰林學士主順天府試，爲怨家中傷，謫戍宣府。公從行，患難中學業益勤。既長，文僖擇日筮賓爲行冠禮，邊人環觀歎羨，自是習行之。天順壬午，以宣府學生鄉試中式。甲申，登進士第。年二十一，選爲庶吉士。續學翰林，預修《英宗實錄》。成化乙酉，始授編修，《實錄》成，加俸一級。先是，文僖用詔恩復學士，一時父子同在翰林，人以爲榮。後，文僖擢南京禮部侍郎，致仕家居。公乞歸省，因過錢塘展墓，還任。乙未，秩滿，進侍讀。明年，選充經筵講官。於是文僖再起爲尚書，仍以疾致仕。公再乞歸侍，竟遭喪。服除，還任。適今上爲皇太子，講學春宫。詔輯《文華大訓》，內閣大臣首以公名上。壬寅，書成，進學士。甲辰，充春宫講讀官。丙午，擢禮部右侍郎，仍命經筵進講。弘治戊申，爲今上即位改元之歲，進左侍郎。癸丑，拜尚書。丙辰，俄加太子少保，改南京吏部尚書。已未,再改兵部,賜敕參贊機務。明年,始召爲吏部尚書,兼太子少保如故。公狀魁岸,目光炯炯,袍笏偉然,望之如神。天資明睿,爲文敏捷,若不經意。初在翰林,凡考校纂修,綽有餘力。每進講,上前以古義附時事爲勸,其言剴切,而音吐洪暢,人擬之范祖禹。上屢屬目,始有大用意。及在禮部,遇事如素習,無難易即治。累遇行大禮,凡載於儀注者,既多贊相合禮。若國朝自德祖以下九廟已備,及憲宗山陵禮畢,神主將升祔,於制當祧廟。下禮部,集廷臣議,或以德祖以下四廟以次當祧,至太祖爲百世不遷之祖。公以此說固所以尊太祖,然豈太祖崇本尊親之意哉?故周既追王太王、王季,又上祀先公以天子之禮,其意蓋出於此。國家自德祖以上,莫推其世,則德祖乃周之後稷也,不可祧。懿、僖、仁三祖,以次當祧。至太祖、太宗,爲周之文、武,百世不遷。今憲宗升祔,當祧懿祖一廟,宜於太廟寢殿後別建藏祧主之所,如古夾室之制。每歲暮,則奉祧主合享,亦應古祫祭之制。時又有言孝穆太后當祔廟者,復詔議之。公言:"周之姜嫄爲帝嚳次妃,後稷之母,故《周禮》有享先妣樂舞,蓋指姜嫄。而《魯頌·閟宮》之詩,特見其名,此別廟之明證也。且唐宋以來,皆有故事可考,如奉慈殿是已。今孝穆神主,宜於奉先殿旁別立廟,歲時祭享,悉如奉先殿之儀。"知禮者皆以其言爲然,奏上,詔悉從之。二疏蓋皆出公手云。時今上初元,慨然欲新庶政。公與同官協心輔政,首革淫祠,正神號,將舉宿弊盡除之。建言者因及孔廟從祀諸賢亦宜改正,公言:"漢儒專門六經,轉相傳授,煨燼之餘,賴以不墜。其間諸儒立身,不無可議,能傳經之功,自不可泯。故自唐以來列於從祀,彼七十子名字載於遷《史》已久,又何必以區區臆見追論於千百年之後哉?"遂格不行。未幾,尚書耿公自南京召至,適以災異求言,公偕上七事,又以八事繼之,大率勸上躬節儉以先天下,言:"今天下奢靡成俗,財匱民窮,惟從所好而已。且天下之土地有限,而宗室之分封益增,百年後,又將何以處之？宜以時減殺。又近歲額外設官頗濫,凡所供給,皆出於民,民安得不困？宜以時裁革。"公嘗以所當言者尚多,不能專主爲恨。及拜尚書,適京師有大雨雹之變,即上言：天之告陛下至矣。蓋變不虛生,宜深求其故以回天意可也。又勸上勤講學、開言路、黜奸貪、進忠直、止無功之賞、停不急之役；番僧惑世,以異術售,不宜復召而來；賈胡邀利,以夷獸進,宜却而去。故事四方,奏報灾異多不能數,奏惟歲終一上。至公次其日月先後,援引經史爲證,言甚懇至,欲上下同加修省,不事虛文,上嘉納之。尤嚴度僧道之禁,以爲近世弊事,莫甚於此,有言及者,輒闢之。既以政事爲己任,士大夫争推重其才,然所以取怨於人者,亦多矣。在南京吏部奉詔考核諸司,人服其公明,無異議者。以灾異疊見,率諸公卿條奏二十事,如法祖宗、謹好尚、恤軍民、選將帥、積邊儲等事,皆切於時。後復以清寧宮災,再以二十八事上,詔皆下諸司看詳,行之。公既有才具,部事益簡,人以爲不足爲,竟改任。自永樂間遷都於北,每以武臣一人有重望者留後,而以兵部尚書共事。故其責任視他部爲重,人以公爲宜。一時武備修舉,軍民倚重,相戒不敢犯法,留都肅然。於是上知公果可大用,始有吏部之命。公居常則能鑒別人物,一旦當銓選,抑揚、進退各當其才。或言别白太過,終當召怨。公不卹曰："吾知冢宰之職當如是。若諸末務,不喜紛更。"日昃退歸私第,若無事者。當廷議,凡軍民利病,能究知其故,正色侃侃言之。衆亦惟公一言而定,天下想望其風采,方以吏部得人賀,而公以疾不起矣。年五十八,疾革,昏憒,口喃喃猶及禦虜事,蓋時邊報方急也。索筆作書,惟及朝政,其徇國之心至死不已。自幼事其父與繼母郭夫人,能盡子道。友愛諸弟,不以異母間其恩意,諸弟亦謹事之。至於親戚故舊,所以周卹之者尤至。平生馭下雖嚴,然未嘗妄笞辱一人。故人望其外若不可親,其中心實厚也。卒之日,人莫不痛惜之。上聞訃震悼,特贈榮禄大夫、少保,謚文毅。公娶盧氏,生一子,夭。繼娶袁氏,無子,以弟皋之子霦爲後。霦蒙恩授中書舍人。三弟皋登進士第,今爲工部郎中山□澤中書舍人。寬與公同朝三十年,同在翰林,同侍春官,頗知公,乃因皋等之請,爲傳其平生,藏於家。

　　論曰:國朝罷中書省,專任六部治政事。聖謨深遠,超出前古,當時尤慎簡六部之長,欲其練習庶務,俾三歲更迭爲之。後既不行,有缺止於轉遷而已。百餘年來,政事舉息則存乎其人,若其間或稍自振迅,衆輒相顧而驚,以爲立異。故東漢時在位者多清確、謹畏、循常、襲故之人,其弊必至取媚於時,如胡伯始而後已。如文毅公,爲人挺然任事,不少還忌,其亦有大臣之風者哉!

白康敏公家傳

　　公諱昂,字廷儀,姓白氏,常之武進人也。少入縣學,學業精敏出同輩。景泰丙子,中鄉試。明年,天順丁丑,遂登進士第,年始二十三耳。時英宗初復位,更新庶政,重言官之選。明年,擢公南京禮科給事中。南京六科官不備設,其選尤重。公初受職,已有才名。俄丁家艱,甲申服滿,改刑科。成化戊子,轉左給事中。辛卯,進都給事中,皆刑科。公以言責自任,南京戶部尚書張鳳不法,公劾奏:"鳳爲大臣,不加之罪,何以示戒?"有旨械至京,已而釋之。鳳雖幸免,而一時多公直。憲宗初即位,值北虜犯邊,經筵輟講。公上言:"帝堯不以洪水之灾而不明峻德,太王不以昆夷之侵而自殞厥問。今日正皇上講學以爲修德之助之時,不宜厭安以隳聖德。"他日,有黃霧之異,又上言六事,皆當世要務,其尤切者曰:謹命令以全大信。謂陛下即位，嘗詔罷貢獻矣，而貢獻者不絕；嘗罷織造矣，而織造者自如；嘗禁權豪不得中鹽矣，勢要不得求地矣，京城內外不得創造寺觀矣，而皆不爲衰止。願守大信，勿以親倖而易其度可也。監察御史謝文祥以言事得罪，不可測。公率同列救之，謂文祥所言雖狂妄，然爲御史，非出位而言，且其心無他，宜含容之，以開言路。疏入，文祥得降用。其餘獻納者尚多。然公務持重，不屑屑以小事論。至於事干刑獄者得以參駁，亦不瑣瑣摘抉人小疵。故人皆稱公知大體，而名益起。壬辰，擢應天府丞。京民苦差徭繁重，多破家。公至，適署掌府事，爲定役法，人稱均平，至今用其法不變。乙未，擢南京大理寺少卿。辛丑，進南京都察院左僉都御史。奉敕兼管操江，仍巡捕沿江盜賊。時有劉通者，與其黨操舟販鹽，并行劫奪，出沒江海間，勢熾甚。公調士卒追捕，至太倉，分兵截其要路，知通窘迫，示以威信，諭以禍福，謂如自首服，許以不死。通知公長者，遂挺身來歸，叩頭感泣。公戒諭已，仍縱之歸。通即率其黨以降，特械通至京，凡脅從者，悉釋不問。事平，公復奏沿江要害守備等官，遇有警，當互相應援。又請降關防印記以便行事，皆從之。未幾，陞本院右副都御史，尋掌院事。丁未，陞南京兵部左侍郎。奉敕修鳳陽皇陵，并白塔壽春諸墳，時當荒歉，眾以興大役不堪，公均工節用，勞心調度，越二年，功遂畢。與初計省其半，以其餘財仍行賑卹，民反獲濟。今上之二年，爲弘治己酉，河決金龍口，漕運多阻，召公往治，改戶部左侍郎。公奏南京兵部郎中婁性從行，始至河南，相度水勢，慮水復趨張秋。發卒數萬，自陽武、封邱、祥符、蘭陽、儀封數縣築長堤捍之，遂導河自中牟決口至尉氏，下穎州，經塗山，合淮水入海。又修汴堤，令高廣如一，上樹萬柳，使不崩頹。又浚宿洲古睢河入運道，以分徐州之勢。又築蕭縣、徐集等口，以殺汴、徐之勢。又自魚臺歷德州，至吳橋修古河隄。又自東平至興濟鑿小河十二道，引水入大清河及古黄河以入海。河口各作石堰，相水盈縮，以時啓閉，於是河竟不爲害而漕運獲濟。公又見高郵之甓社湖，風浪倏作，多覆舟，或舟觸岸輒壞。議即其東一二里開複湖，以避其患。河成，舟安行無險，名其河曰康濟，人思公惠，別名白公隄。治水事竣，改刑部侍郎。辛亥，署掌都察院事，遂陞右都御史。嘗言風憲官爲朝廷耳目，凡巡行一道，當詢屬吏賢否之狀，上於吏部及本院。部、院據其詞以行黜陟，且以所上之虛實爲御史之黜陟，庶幾各得其實而人有所勸懲也。又天下軍衛士卒消耗宜預核尺籍之數，畀清軍御史，使按籍搜考，以絶埋没諸弊。又天下奏報災傷、荒稔、反戾，上不知國計之當儲，下不知民隱之當卹，由有司以其地濶遠，可以欺謾之故。宜令御史預遣人踏勘田土高下之則，造爲圖册。設有水旱，可據此以蠲稅糧，而里胥無所容其奸也。御史李興巡按陝西，以酷刑處死，無敢爲言者。公曰：「興爲吾屬，豈可避嫌而不爲一言乎？」乃率衆大臣上言：「興之暴固可罪，然非殺無罪者。今以死處興，設有故勘故殺者，又將何以加之？」奏上，興得免死。癸亥，陞刑部尚書。公心素厚，斷獄不苟。嘗曰：「秋霜之肅，何如春陽之和乎？」數諭屬吏，以人命至重，尤當謹重獄。故冤抑者既多平反，其可矜疑者亦多從末減。每以律爲萬世之法，條例爲一時之宜，今吏得爲奸，皆條例繁冗之故。因詳定爲若干條奏上，頒行内外，而奸弊始少。甲寅，尚書一考，加太子少保。戊午，東宮出閣，進太子太保，積階至光禄大夫，勳至柱國。以其官贈曾祖均禮、祖思恭、父珂竝光禄大夫、柱國、太子太保、刑部尚書。曾祖妣錢氏，祖妣蔣氏，妣鄭氏、王氏竝贈一品夫人；配蔣氏封一品夫人。公居官四十年，勤勞不倦，濟以精力，事至輒辦。及決大事，往往以從容數言裁定，多不失正。其待人氣溫色愉，言出如恐傷之。下至輿皂，有過未嘗輕加笞辱。屬吏以公事獲罪，必爲掩覆營救，得免乃已。人以急難來告，如切於身，所以排解之者尤盡其力。故感其恩者，不特鄉里親友而已。公官三品時，其弟昇早世，以其遺孤垣奏爲太學生。嘗置義田，立義學，凡族人之貧而幼稚者以養以教，皆得其所，其厚於宗族又如此。今上知公德，寵遇甚厚，屢有金織文綺之賜。或病在告，輒遣御醫診視，并遣中貴人賜以酒饌等物。庚申，以星變再上疏，引咎避位，情甚懇切。上不得已，允之。特進太子太傅致仕，馳驛而歸。令有司舉優老之典，仍賜璽書，所以褒美之者尤重。及行，士大夫傾朝祖送，人以爲榮。公三子，埈、圻、坊，皆孝，預作園池以待公歸。公至家，日與親友極登臨游泛之樂。入夜，飲宴略無衰憊之態。於是，蔣夫人年亦高矣，與公偕老堂上，且夕子孫率諸婦羅列階下，稱觴爲壽。大江之南，論福履之厚，無踰公者。公卒年六十八。上聞訃悼惜，爲輟視朝一日，贈太保，謚康敏，遣有司諭祭者九，仍命治葬於某處新塋。惟白氏之先爲河南人，從宋南渡，占籍武進。歲久，爲大族。近代自公伯父瑜爲禮科給事中，父珂爲大冶教諭，漸顯於時。及公官益顯，子弟宗族奮起，連取科第，至數人皆爲顯官。諸孫又皆秀而可望，故鄉里論仕宦之盛，又無踰白氏者。

　　論曰：世之登科第而進者累數百人，莫不英偉踔厲，言論風生，自以爲一世不足爲。考其平生，往往蹢蠽顛蹶而止。求其後，以功名富貴而終者，特一二耳。而此一二人者，觀其在位，多寬綽厚重，含垢納污，不皦皦以自高，不沾沾而自喜，渾然若無能之人，曾不爲新進少年之所與。孰知他日任重道遠以建國家大事者，則此所謂無能之人耳！故嘗論常之先達，若胡忠安公，其一人也。白公繼起其後，功名富貴，考終於家，與之略等，可不謂鉅人長者乎？《書》曰："必有忍，乃其有濟；有容，德乃大。"公其人矣。

卷第六十
墓誌銘八首、生壙誌一首

閭丘賓用墓誌銘

天順六年夏五,賓用遘疾。藥而愈,愈而復作,如是者數四。勢浸劇,君知不可爲,即却藥俟絶,言談如平時,數日死。君嘗力疾築堂,他日欲奉親讀書其中。至是,其父撫楹大慟,曰:"堂,兒所築者,曾不得一日居,悲夫!其殯於此。"寬與君相好,非直以表兄弟也。亟往哭之,且爲之説。曰:仁者不必壽,世有是言。君年四十三耳,豈非信歟?而又言仁者必有後。君娶妻,更二三妾,然生男輒夭死,徒有三女子,在此又何邪?失之此者,幸得之彼。奈何君獨兩失之邪?豈所謂仁者,君非其人邪?君事父母甚力,於其有憂,必致之樂乃已。女兄贅於家,生女復贅,與之處歡然,人不知其家之三姓。友人陳公輔死,而家貧甚,爲之斂且葬,歲必一持酒肴祭墓下。其行多此類。謂君非仁者疇,諸哉?然則君之致此,吾無從考也。前葬其甥周京,爲狀乞銘。予既爲説以信其死,而深疑其無後以傳,乃復叙次其事而銘之。賓用,字也,諱觀,姓閭丘氏。蘇之長洲人。其先有諱孝終者,宋元豐間仕至朝議大夫、黄州守。曾祖叔莊、祖公望、父廷端皆不仕。娶同縣徐氏,生女皆幼,仲許適張裸君。爲人修謹好義,是非取舍不肯苟隨人。尤慎交,交則不變。身雖混居市廛,其高曠静約,榮利漠然,處山林者,未必如也。少好學，長益喜習書攻詩。詩平實有理致，所著有《井蛙藁》若干卷。書得晉人筆意。君眇一目，人謂其以疾故不仕，非也。年未四十，髮已種種，嘗自怪其蚤衰，然不意即死矣。死之日爲天順七年閏月某日，又以明年某月日從母顧氏柩葬天平山之原，於是其母先卒六月矣。銘曰：

生不壽，死不後。人之自取邪？數之不偶也。晉陸士衡，唐孟東野，君兼其人於千載下。我爲之銘，豈曰知者？

南京福建道監察御史張君墓誌銘

於乎！人惟無志與材以見於世，而槁死林下，死者固無憾，生者亦不之惜也。或有志鬱而獲信，材閟而及試，於是而死，則死者、生者亦何足憾且惜乎？乃若吾友惟善之死，志方信而倏鬱，材將試而卒閟，此不惟惟善之目不瞑，凡爲其姻戚僚友，莫不爲之扼腕太息而流涕也。君諱俌，字惟善，姓張氏。其先爲汴人，隨宋南渡，家於蘇，遂爲蘇之長洲人。曾祖祐之、祖士達、父明遠，皆不仕。君弱冠入郡學，即知黜華向實，卓然出諸生，治《尚書》。景泰四年，中應天府鄉試，三舉進士，輒中乙榜。得學官，輒辭不就。居太學，掃一室讀書，朝暮韰鹽，蕭然一寒士，而君益自刻厲。久之，從夏官卿掌奏疏。居一歲，謁選吏部，考君才可用，奏理南京都察院。刑六閱月，刑無頗類。都御史高公才之，以其名上。成化二年三月，即拜南京福建道監察御史。浹辰將取道還家，爲母吳夫人壽。一夕暴卒，閏月乙亥也。年四十一。友人鄉貢進士查君文、外兄太常典簿李君浩相與殮之，官爲給舟，載其柩還。其兄佐與其二子以四月庚子葬君於吳山先塋之次。君爲人謹謹不少放，剛簡端慤而有廉隅。善事親，與人交篤而不泛。配錢氏，故大寧都司斷事某之女。

子男曰謨,曰訓。女長適朱存理,次許適徐季華,次尚幼。自君初登貴仕即死,不識者亦有噫嘻聲。夫禄位,庸者所待以爲榮者也。君之志固不在是,予之所以惜君者,亦果在是乎?系之以銘,曰:

木產於地封之艱,溉之不易,尋斧縱焉。垂成器,飄風拔之,匪材自棄。嗟嗟張君無乃類,人不勝天奚足異?

陳府君墓誌銘

陳氏故河南人,宋南遷,從之家於蘇,遂爲吳縣人。世業醫,其陰有德於人,蓋已久矣。至君之兄少保僖敏公,既以重望曠度爲天子寵任,而君之弟鑄復以子貴,封河南道監察御史。一時陳氏貴顯,遂爲吳中仕宦家之冠。君時處伯仲間,略不以門地驕人,縮首斂足,語出恂恂,其抑畏反居寒士下。故鄉里稱厚德者,必曰陳君、陳君云。君諱錡,字有容。叔父季玉無子,以父命爲之後。母朱氏老而無依,曾迎養於家。君以其事父者事叔父,而季玉之祀不絕;以其事母者事外母,而朱氏之意甚適也。永樂初,父被召爲太醫院醫士。君懼其老,弗勝勞,請以己代。久之,父没,居憂制,以疾遂不上。成化元年六月二十七日,年六十七終。曾祖德卿、祖均錫、父孟玉皆贈太子太保、都察院左都御史。曾祖妣某氏、祖妣某氏、妣高氏、繼孫氏皆贈一品夫人。娶夏氏,繼劉氏。子男五人:倬、俌、佾、佖、佩。女二人:長適莊信,次許適傅奎。孫男十二人,女四人。以二年十二月二十二日葬吳山之先塋。前葬其弟御史君,率倬等哭,再拜,持狀乞銘。予於君爲里人,頗知君,不可辭無銘。銘曰:

於維陳氏,世有潛德。自汴徂吳,久晦其蹟。維僖敏公,爲時名臣。寵禄之來,萃於一門。小人施施,孰不憑藉。君方退然,自持愈下。維葬有銘，可考不誣。以愧小人，以慰諸孤。

山陰田處士墓誌銘

　　成化庚寅六月一日，山陰田處士卒，享年八十有三。以明年當卒之月日，葬於邑亭山先塋之次。初，處士之疾病也，屬其子敬曰："吾即死，唯吾所輯喪儀是行。百凡葬具，寧薄毋厚。唯刻石誌墓，古人所不廢者，汝其圖之。"至是，敬使其甥吳瓛走南京，持狀謁予，再拜以請。予以不知處士辭，而監丞徐先生懇懇道處士之賢於予。先生，處士之邑人也。予信其言，且嘉處士之能不亂其命，而其子之能從之也，卒諾之。按狀：田之先，蜀人也。宋有諱奕者仕爲右正言，從高宗避金虜之難，徙家臨安。四世孫起居郎昭再徙會稽。昭生榮，榮生茂義，茂義生忠，始籍山陰而娶於朱，生處士。諱亨，字時泰，別號勿菴。少失侍，奉其母，得子道甚。母沒，哀毀踰禮，人多稱之。其治家尚嚴肅，而尤以信義服其鄉。鄉人有爭辯者，待處士一言而定。至於憸人、悍夫，望見處士於道，皆爲之趨避不暇，或者比之王烈焉。平居坐一室，端然終日，如對大賓，則有"修敬"之扁。富而能貧，服用貶損如小家，謂奢之有害也，則有貧富相因之圖。雅好禮，歲祀先，必宿齋戒而儀物兩備，患流俗之瀆其先也，則有闢紙錢之說。其治喪，斥去浮屠氏法，而一惟儒者，又以繁文末節之不足行也，則有簡易喪儀之書。他言行之可書者尤多，不能載。故邑中推數好古而知禮者，必及處士。處士初歲績學，期以表見於世。既不果，則一意治家正俗，欲追古善士而及之。逮其晚節，益有高致。作翠拱之樓以居，彈琴賦詩，若無與於世者。常偕里中遺老十人，結清閒之會，月爲一集，蓋有洛社之遺風云。處士元配楊氏，繼王氏。子男一人，即敬。女二人，適吳麟、錢侃。

孫男三人：曰阜，曰寅，曰宣。宣爲郡庠生。銘曰：

　　有以神乎世，奚庸推而仕也；有以傳於人，奚庸愧乎死也。夷考其行於今之世而見，古之士也。嗚呼！若人而今，則亡徒見亭山之下有封若堂也。而采蕺之麓，秦望之峰，翩然白雲，泠然清風，仿佛乎魂氣之之乎其中也。

正義處士墓誌

　　己丑歲，予舉進士不第，識烏傷王允達於國學。予問允達嘗所友者，則首以浦江鄭仕信對，且曰："仕信以國子家居，且來矣。"其年冬，予與允達偶出，步真珠溪之滸，見有騎而從兩僕來者。允達遙指而笑曰："此非吾所謂鄭仕信耶？"趨而迎之，果然。仕信亦止騎從，拂黃埃須眉間，執允達手語道上。予亦願見仕信者，見之一如平生歡。自是，予三人者交好甚。誦習暇，輒相過從，坐如鼎足然。他日，仕信獨過予。予迓之門，視其色若有隱憂者，私怪之，而難乎問。有頃，始起而言曰："璽之父之棄諸孤，歲星八周矣。當下窆時，墓石且礱，而求其執筆者不得。吾兄弟私計之，以爲寧緩勿苟，恐爲吾父羞。茲璽獲投分於子，能忘情於璽乎？"則應曰："君之欲銘其先人，意蓋在文筆也。予念束髮時，即嘗讀《麟溪集》，集間他文辭之載弗暇論，如沖素府君之葬，晏朝請銘；藍山府君之葬，方承事銘；青田府君之葬，黃文獻銘；奉議君貞孝處士，則歐陽文公、宋太史亦皆有銘。顧予何人，而使與於斯，恐不獨羞先人，且恐爲諸先哲羞。"予方苦辭，仕信耳若無聞，而首已至地矣。予曰："無已。取事狀視。"遂出諸袖中，蓋允達所製也。予疾讀一過，曰：君家家規百餘條，先君子動率與之合，可謂賢子弟矣。然在鄭氏，則常日事也，奚庸書？至飯饑、殯死、娶貧，凡數十事，可謂長者矣。然亦鄭氏常事也,又奚庸書？其非常事者,惟曰正統間,有寇難,寇退,能修復舊業,完其家者,可書。又曰天順初,火起於家,以家廟籲天而熄。及火復作,廟卒無恙,可書。以二者可書,惜予文筆疎陋,不能昭之闡之也。若夫鄭自沖素以下,世德焯然。史於國、誌於郡、乘於家者甚備,又不假書。雖然,君必欲書之,敢弗書？乃書曰:明故正義處士諱旭,字允初。曰正義者,鄉之易名。鄭本出滎陽,累遷至浦江之白麟溪,天下所謂義門者也。曾祖銘,祖得金華稅令,父棟。嫡母張,母姚。處士娶陳,生四男:瓛、珊、琥、璽。一女,適國子生戴廷用。男孫七:胄、慶、鑾、鎬、鎧、錞、鉞。女孫三,其二適李鑌、戴瑤,其一尚幼。處士卒於天順甲申三月七日,春秋七十有四。以歲之十二月六日葬其邑松林先塋之右。

解元賀君墓誌銘

始,君自吳中來,就試京師,其狀貌羸然,望之可驚。予掃一室使治其病,數日病轉劇,則爲書報其家。其兄慈冀得一見也,不一月疾馳四千里而來,則君已死矣。且死,神思愈清,謂予曰:"吾不可以執筆,爲我書所以告吾父者。"予諾之。抵夜促書已具,顧其子放、姪收,曰:"其善藏之。"頃之,翛然而逝。嗚呼,惜哉！君諱恩,字其榮,姓賀氏。其先蜀人也,後徙於吳。曾祖公宣大理寺評事,祖宗振,父美之,皆業儒不仕。母曰王氏。自君爲童子時,用其父教,力學不少懈。既游郡校,治《易》得其義而止,未嘗曲爲之說。下筆平易謹密,皆可誦也。成化四年,舉於鄉第一。明年,例試禮部,以病不果。後凡三試,輒屈。然其業益精,名益完。嘗入太學,祭酒、司業期待者甚至。與同舍生講業,皆推讓之,以爲不可及。家居,學者爭集其門,終日懇懇,不厭指教。去而取科第者凡若干人,遂以《易》師稱吳中。爲人喜辯説是非,無所徇於人。人以其中無它也,亦無怨惡之者。至其事父兄孝友,教子弟嚴而有法,其可稱者多矣。君初以兄之子放爲子。後得子,曰改。女一人,皆幼。其娶吳氏也。生於正統己未七月十二日,卒於成化癸卯十月三日,年四十五。其兄慈載其柩,將以明年十月三日還葬於吳縣胥臺鄉黄山之先塋。予固與君厚者,不能無一言以相其役也。竊觀君之死,公卿大夫雖不識君者皆惜之,其識者尤悲悼之。所以得此於人者,非以君宜有爵位而不及致故邪?然彼徒有之者,而人方幸其死,則人寧得乎名邪,得乎爵位邪?況彼亦終死,而同歸於盡邪?因書此以慰其父兄子弟之哀,亦以自慰云爾。爲之銘曰:

抱美玉兮來售,歷長路兮止息。方握手兮勞苦,倏舍予兮誰即?形慘慘兮魂茫茫,藐二稚兮在吾側。豈乘風而反斾,戀吳山以爲宅。嗟死者之紛紛,奚名譽之藉藉?維好修而有文,宛其人兮如存。才可用兮自致,命在天兮嘗聞。君維安此兮無怨,見臨絶之云云。竊獨怪其不瞑,豈平生乖願乎榮親。命無往而不在,安斯壙兮尚永閟乎千載。

湖廣荆門州知州徐君墓誌銘

徐世家江陰之梧塍,君之曾大父曰均平,有隱德。大父曰本中,嘗以人材徵,未仕而没,後朝廷追旌其墓曰義民。父曰景南,疎財尚義,獲受官服。其娶孔氏,而君所生母馬氏也。君諱泰,字士亨,以避先諱,更字大同。幼與其兄惟正受父訓,學業不少縱。惟正嘗一出爲中書舍人,而君從鄉校貢入太學,文名在六館間藉甚。既乃應順天府鄉試,時主試則學士劉公儼也。居君首選,人以爲宜。或有以私故獨謂所取士非公者,請覆試於上,不可。乃即禁中特試前列五人，文成，皆稱所第名。而君尤以富嫌於人，其事益白，於是士論翕然歸劉公。至沒，而得諡文介，亦以此。其後，再試禮部，輒中式。有司嫌君，輒棄去，人爭惜之。久而歷政憲臺，以能明法律例，有御史之擢，復以嫌不果，竟授黃之羅田令。初至官，謂爲政當先足食，否則教未可施，乃數訓民務農，凡貧無牛種者，輒給與之。更立義倉，以爲儲蓄之計。已而歲大侵，遂發粟賑民。不足，則下勸分之令，且作饘粥以食羸弱不能行者。一時惠及鄰邑，所全活不可勝計。先時，民多論財嫁娶，君禁之。使必以時，民有其後，將絶以貧，故出繼他姓者爲贖還其家。富民買田，或不納稅，稅遺貧戶，至六百石有奇者，徵迫殆死，爲發其弊得免。君居官尤廉，每斥所當得公錢市粟以備饑歲。其服食百需，一取給於家而已。時有"但飲羅田水"之稱，於是黃人爭欲得君守郡。兩司爲具疏聞於朝，遂擢知荆門，然非黃人所望也。去任之日，爭送之郊，悽然不忍舍。荆門號難治，君治有餘力，州幾無事，部使者才之。會夷陵有疑獄數年矣，乃檄君往讞，讞之即決，其明敏如此。三年，有鳩來巢於廳事之梁，人以爲善政所致，相與歌之。俄遭孔孺人喪，歸。再遭父喪，以生不能榮及其親爲痛，與其兄竭力治葬。人憐其孝，服除，荆門父老數輩詣闕奏：願復得徐知州。疏下吏部，從之。君在任歷五月，矻矻理弊政，疾作，即不可治。卒之日，成化十五年十月丙午也，年五十一。君襟度瀾達，遇義事敢爲，綽有父風。與其兄處，相友愛甚篤。家產故厚，能身率族人以儉教子姪。學必勤苦，已而遂有取科第者，實自君啓之。性善吟詠，有《生白生詩藁》藏於家。生白者，其所自號也。君初娶同邑趙氏處士時顯之女，再娶海虞章氏國子助教儀之女。男二：曰元穀，曰元菽，出側室王氏、顧氏。女五，其壻曰華穎、陸節、周祥熊、夏黻、夏玞。至是，君之喪歸自荆門，卜卒後之三年正月壬申，葬於所居東三里許馬鎮村福昌里

之原。其兄惟正以予嘗交君,前葬,具書以下戶部之狀來請銘。爲之銘曰:

才莫不宜,而止於斯。古亦有言,止或尼之。嗟世之人,多以祿仕。仕不以祿,君也盡瘁。簿書錢穀,莫匪爲民。寧身之詘,而民之信。豈徒詘焉,又奪之年。惟此銘文,庶永其傳。

宿田翁生壙誌

成化丙午,翁年六十有六,曰:"吾老矣。一旦即病不起,何如盍豫備所以藏吾身者?"於是治棺。棺成,又曰:"盍豫備所以藏吾棺者?"於是治壙。壙成,又曰:"他日,子孫必求誌吾墓者,其或失之誣乎!"則以書來京師,請於予,曰:"吾故韓氏孤童也。昔先祖院判府君遺命祖妣倪安人,俾爲伯父府君後。時既幼,無知識,賴先母張孺人撫育之如己生,而叔父府君更憐之。稍長,則爲擇配。以家世業醫也,命從從兄梅窗先生學。早夜肄習,亦既勤矣。蓋吾之於醫,雖不能過人,然於治病,未嘗不盡吾心。或不可治,雖有厚利,直謝却之,使更他醫而已。惟吾性禀介直,與世多忤,故兩以醫薦,皆沮於人。且愚不逆詐,至於囊橐枵然。此皆區區置之,不足道也。獨念吾母張孺人守節歲久,嘗言於有司,蒙恩旌表,以少酬所以撫育吾者。他如修祠堂必謹祀事以奉先世,置墓田必立條約以示後人,此則不敢不勉焉者。今而且老,惟上下山水,與名人勝士杯酒嘯詠,以韋布終其身焉。吾有子曰金,曩嘗侍外舅張御醫先生於京師。先生高於醫者,得盡傳其秘。爲知者薦,授崇王府良醫,而吾晚年卒賴其祿養。比又爲吾入粟賑饑,有章服之榮。此固非吾所望,然念其孝,不忍違也。吾娶張氏,能守婦道,不幸先卒。有子四人,長即金、次鋆、次鎏、次鏊,鏊庶出也。女六人。孫男若干人,女若干人。張氏卒時,以先墓在城西者隘,始卜葬雅宜山鳳字號,而虛其右以俟吾。今所治壙,即其地也。吾平生大略如此,惟託斯文之雅及吾生存以一言記之,幸甚。"予與翁別又數年矣。嘗見其年壯氣盛時,好面折人過,論事侃侃,無所畏忌。及漸老,癯然一醫,更謹厚,靜默可親。今得其書,其言真率不妄如此。視彼好自誇詡而考其行無一副者,豈不賢甚矣哉!於是誌之。韓之先出安陽,爲宋魏國忠獻王之裔,世有顯者。至國初有曰復陽先生,始精於醫。傳其子曰公望,隱居不仕。曰公茂、公達,竝以醫事太宗文皇帝,最見寵遇。公達生三子,曰伯濟、伯廣、伯尚。伯廣娶喻氏,生翁,而爲伯濟後,伯尚實教而成立之。其名襄,字克贊。宿田,其別號也。以永樂辛丑十月九日生,壙成於丙午某月某日。明年七月十日誌。

進士卞君墓誌銘

今年夏,有傳寅之死者,予不之信。或曰:"子何以不信寅之死?"予曰:"寅之,淳謹人也。無暴氣,無刻行,如是而又當盛年,固無死理。"曰:"無死理,不有死命乎?"居數日,有自南來者,曰:"寅之殞矣,殯矣,吾且臨其喪矣。"則歎曰:"噫嘻!寅之其果死於命耶?"方謀與諸同年爲文祭之,以寫其哀。而寅之之兄退之適遣使來京師,持鄉進士翟舜民之狀乞予銘墓,且自爲書遺予。予既進使者,問寅之之所以病且死故。既乃發其書、考其狀,而叙之曰:寅之,諱諲,姓卞氏,常之武進人。父曰庭蘭。生六子,寅之其次子也。爲人蘭其清、玉其潔,而衣冠楚楚,眉目如畫。出入家庭、庠序間,於父兄師友之情最深也。父嘗以誣被拘,寅之憂甚,日則躬操飲食,進之獄中。僮僕請代其勞,不聽。異母兄諒蚤世,家人少之,謂喪禮宜殺,寅之執益盡。此皆其幼時事,爲宗黨所稱道者。既長,益好學,從良師受三禮。探索辨難,專門《禮經》者不能屈。至爲程文,務抑其詞,使與理稱。成化七年以邑學生舉應天府秋試,主司今楊學士、徐侍講爭奇其文,擢魁其經。八年春,遂中禮部試,廷試復在高等,天子賜之進士出身。故事:進士不即授政,第使從有司觀之。寅之得兵部,謹飭如諸生,名益起。部中會有大臣死者,朝命董葬事。南行經齊、魯時,適東方大旱,民饑疫者相枕藉,寅之感焉。行次房村,疾大作,兼程抵家,見其母若兄弟,疾少愈。一日,密召其弟詮、譯等,謂曰:"爲我治棺衾。"皆怪之。翼日,竟不起,九年五月五日也。年甫二十九。死之後,發其篋,得奏章一通。言東方事宜,所以區畫其荒政、水利者甚備,見者益悲其用世之志云。以明年二月十七日葬其先塋。寅之娶徐氏,生一男二女。卞爲浙右名族,予嘗爲寅之誌其弟誠之墓,頗著其家世矣。兹故不復載。銘曰:

膏其軸,適於陸。折其輹,車則覆。嗟哉寅之,命何鞠?

卷第六十一
墓誌銘一十首、壽藏銘一首

前朝列大夫國子祭酒陳公墓誌銘

今上之五年,擢國子祭酒邢公爲禮部侍郎,而以翰林侍讀學士陳公代之。公上疏辭,不獲,則就職,一時僚屬生徒皆自以爲得人。公爲人師,莊重簡默。於教條,重改更,特持成規。御人度使,可守而已。至簿書錢穀之事,一付主者。務攬大綱,不瑣瑣問出入,曰:"吾職不在是也。"故事:國子師生月給錢若干,爲飲食費。然以事去不及給者,則貯爲公錢用之,蓋更數祭酒皆然。至邢公繼之,頗以法繩人,人始有怨言。及既擢去,或欲誣其以公錢入己者,且及公。公置之,殊不以爲意。事遂上聞,詔大臣雜治。邢公對簿力辨,公歎曰:"吾官至國子師,尊嚴矣。安能對刀筆吏掉口舌乎?"不吐一詞,竟服。時適有從中醖釀之者,獄詞上,備皆坐除名。於是諸生數百人詣闕上章,爲公訴誣枉,不報。士論冤之,其有志世道者,則以朝廷一旦辱二大臣,去之如反覆手,又爲國體惜之也。公既免官家居,言笑如昨日。將治裝南還,不幸而疾作矣。遂以七年九月乙酉卒於崇文街里第,年五十七。夫人錢氏護柩歸葬吳縣伏龍山之先塋,實九年二月壬申也。公諱鑑,字緝熙。世本嘉興商氏,元季之亂,曾大父賓避地長洲之周莊,冒氏陳。大父諱某。父諱潤,贈翰林編修。公生,方幼稚,編修君謫戍蓋州。道京師,遺公故人范叔瓚家。稍長去，從王太卿一居爲老氏學，非其志也。然公少有高資，竊好儒家言，能通其説，下筆爲文章，輒有奇氣。他日，以事如浙東，市書盈篋而歸。晝夜誦習，卒棄其學而歸於儒，以其餘力，治進士業。正統九年，中順天府鄉試第二人。明年，禮部中乙榜，不就，入國子，爲李忠文公弟子。文名益起，忠文奇之。十三年，中會試十八人。廷試，擢第一甲第二人，授翰林編修。景泰元年，代祀北鎮醫巫閭山，還充經筵講官。七年，遷修撰。英宗復位，奉使朝鮮。天順四年，同考試禮部。明年，預修《大明一統志》。尋選充東宫講官。六年，主順天府鄉試。丁母太孺人沈氏憂，服除，遷侍讀。修《英宗實録》成，進侍讀學士。成化四年，主應天府鄉試。明年，奉詔教庶吉士翰林。未幾，國子之命下矣。公爲人容貌岸然，望之若不可親，及就而聆其言論，藹如也。人有善，喜爲之稱道，其不善者，亦疾之如仇。故卒以此得禍。少罹患難，家室蕩然，能以孱弱自樹立。及登第得官，而編修君没成所久矣。間因東使代祀，便道函其父骨歸，而逆母太孺人養之於官。既而得旨賜歸，葬其父於鄉。母子同入里門，卒完其家室而加光大之，人以爲難。公事太孺人孝而盡禮。太孺人卒，居喪三年，不食肉，不内處，不酬應文事。時朝廷方修實録，嚴有詔起公。公上章求終制，不允。章再上懇求，允之。平居無聲色之好，好止藏書并古書畫器物而已。朝鮮嘗因公來使，以妓女侍，公詩却之。夷人敬歎，至版刻其投贈諸詩行於國中。其爲文才贍而氣完，所著號《方菴集》，凡若干卷。善筆札，至臨模古人真蹟，殆不可辨。配錢氏，封孺人，賢而有内助功。公無子，子弟之子涑，先卒。三女，長適湯璧，次適范輪，次許適丘某。而夭孫男一人，曰柢。公之葬，蘇守鄱陽丘侯時雍實經紀之。而墓銘顧未之刻，寬則有罪焉。蓋寬少游於公之門，公不以其不肖，每與進之。今幸竊科第、入翰林，而公既不見。則聞公之葬，獨無一言以下慰於九泉乎？爲之銘曰：

得喪糾紛，有萬其狀。自我得之，或以人喪。我力可爲，人不可知。終焉面目，求無靦而。公則其人，進退甚適。公議未亡，則我藉藉。此冤可置，彼惜孔多。歸全一丘，其如公何。

先考封儒林郎翰林院修撰府君墓誌

府君諱融，字孟融，姓吳氏，蘇之長洲東吳上鄉人。自高、曾以來，代有隱德。父曰壽宗，尤以淳篤稱。生値元季，逮國初，能晦匿自全。娶同邑韓氏，年五十始生府君，時洪武己卯二月甲寅也。府君幼則端確，兼多智識如鉅，人性至孝。父嘗有疾，以童子徒步入西山，汲澗泉煮藥以進。稍長，即善治生。父曰：「吾晚得子，而子能自立如此，固先世之德之致也。」喜而特祀告之。府君既孤，年甫十四，自顧無他兄弟，卓然以門戶自任。當是時，所居城東遭世多故，隣之死徙者殆盡。既荒落不可居，乃徙今集祥里，依從母之夫顧執中氏。顧方以貲雄里中，久而家漸衰。執中且病，呼府君，告曰：「吾視諸子，鮮克承家者。吾即死，惟是舍宇勿爲他人有也。」府君泣而諾之。及執中没，府君厚與之直，而仍居其子，不使他適，迄今蓋五十餘年。府君既以勤儉謹畏拓其家以大，而城東舊業，然未嘗一日敢忘而不經理之。晚歲，益種樹結屋，爲終老之圖，因自號東莊翁。及孤寬忝科第、入翰林、爲修撰，獲以其官封府君階儒林郎，然不幸命下則既遘病矣。卒以成化乙未八月戊子，年七十有七。娶居氏，繼張氏，繼王氏，皆封安人。子男三：曰宗，曰寬，曰宣。女四，適沈鏓、周諤、沈綏、王節。周氏女先卒。孫男四：曰奎，曰齋，曰奕，曰福。孫女二：長適夏靖，先卒；次許適徐美中。曾孫：男一，曰俊章；女一。以卒之年十二月甲申葬於吳縣五都太平鄉花園山之先塋。初，寬居京師，聞府君病，凡再上章，始賜歸省。未至家之七日，而凶問至。寬哀號悲恨，痛徹心骨。聲容如存，聞見無及。日月有時，敢次叙平生大略，刻石納之幽堂。若夫府君之德所以積於躬、見於事、庇於子孫、推及於親戚鄉鄰者，當求諸名筆表於墓道。寬悲哀昏憒，不能悉書也。嗚呼，痛哉！孤寬謹誌。

奉議大夫宗人府經歷龐君墓誌銘

宗人府所設官，有令、有正，皆極品。然未嘗授其人，常以駙馬都尉一人之尊貴者署其事。其屬有經歷，亦必有清望之士乃授，蓋慎之也。龐君朝儀以沔陽守滿考，特擢爲之。君靜厚人也，言動不躁，且負才具，足以有爲。始至府中，睹廨宇傾圮，葺之如新，人莫知其費之所出。顧所掌自皇族譜牒册籍之外，更無所事。又府署深遠，終日寂然如山林間。吏卒闔户晝寢，而君益閒散，無以施其才。歲餘，病作，竟卒。實成化二十二年十一月十九日，享年若干。君諱理，字朝儀。其先山西大同人，曾祖福忠謫戍北平，又徙太倉，故今爲太倉人。祖景仁。考仲禮。仲禮娶某氏，生君，始遣君入衛學，爲儒生。君能自奮勵，以天順某年遂登應天府鄉試。既而試禮部，輒不中，始仕爲沔陽。沔陽，大州，號難治。惡少年往往白晝肆剽掠，莫敢何問。君始至，擒其首惡者一二治之，餘皆斂蹟。屬縣景陵有巨奸相聚，陰持吏短長，起滅詞訟。其黨有"一太歲、十虎、三彪"之號，亦皆就擒，死獄中。他日，盗聚竹林灣，勢張甚，捕者皆空還。君出其不意，以小舟直抵其巢穴。盜相顧驚曰："太守來矣。"遂奔散，獲二十餘人，置之法，州境遂寧。巡撫都御史劉公敷特旌其功以勵衆。州既稱治，君乃料户口以均徭役，作溝渠以備旱澇，行之悉有法，至今人思之。蓋君爲州如此，可不謂負才具足以有爲者耶？君娶陸氏。子男一人：鎧。女三人。孫男一人。鎧將扶櫬南還，卜卒之明年某月某日，葬於太倉殷岡門外。以予嘗知君，奉王翰林濟之之狀謁拜，乞銘。予以知君晚爲辭，而鎧不舍也。銘曰：

位則不卑，才無所施。尚有遺愛，與沔水東馳。嗟君子兮藏於斯。

甌寧童府君墓誌銘

童爲閩世家，其先蓋出晉車騎將軍牧之。至唐有避亂由廣陵來者，始居甌寧之西鄉，遂稱西鄉童氏。在宋曰䇲卿，朱文公門人也，著述甚富。自是子孫以儒業相承，而族益大。元末曰瑛者，率鄉兵拒僞漢陳氏。入國朝，論功授官。瑛生文貞，文貞生衡。衡娶楊文敏公女弟，生府君。少則醇良，既長，寡言慎行，與物無忤。事父祖與繼母吳盡孝，父没，事叔父而孝不替。至與兄弟及諸子處，友愛慈厚，家庭間盎然也。童既大族，君待其族人凡親疎賢愚一以恩意。其居鄉謙謹，人皆愛重之。或有忿爭，以一言諭之，輒服。歲饑，出粟賑貸，不責其必償。其後，朝廷令有司行勸分之令，君首奉詔，始授承事郎，非君所望也。君少好學，而舅氏又貴顯於朝，力足以薦人。君時雖尚少，然不肯依附以取仕宦。教其子宜以科第出用，子欽竟登鄉貢，而君則不及見矣。既七年，欽赴試禮部，始持其友縢行人祐之狀來乞銘，且出其家乘一編相示，則自唐宋以來至於國朝，名人之文詞皆在。予愧乎其請也，顧欽之意懇懇，乃爲書其事行之槩，畀之刻於墓上。君諱詡，字士敏，號恬齋。以永樂丙申十月二十五日生，成化辛丑四月二日卒，享年六十。娶吳氏，先十二年卒。子男六人：曰俞，曰欽，曰佐，曰中，曰康，曰鉞。

女五人：長適朱爌，次適朱燿，皆文公十世孫；次適建寧左衛指揮張淵；次適江楫。孫男十人：曰輔，曰輗，曰軌，曰轍，曰軾，曰輖，曰晏，曰誠，曰策。女九人。以卒之年十一月二十六日葬於其鄉泰山之原，而銘之則丁未之三月十二日也。銘曰：

閩有名族，初則以儒。視其篋中，穰穰遺書。問孰保茲，惟士敏甫。其在里居，亦不怍俯。視其後人，振振何多！況也有人，已掇鄉科。有施必報，尚在他日。藏茲山丘，其固其密。

鴻臚寺主簿何君墓誌銘

鴻臚寺主簿何君去其家十年，以例乞歸省。既得旨，行至半道，聞母孫氏喪。哀痛不食者纍日，及抵家而疾作，竟卒，成化二十年十月十五日也。享年五十七。其子樟自太學亟歸，將以明年十一月十三日葬君於泰興縣永豐之原。謁予請銘，予辭焉。其請益至，蓋既久，始克爲之。君諱嵩，字與瞻，姓何氏。世爲泰興人，其先有諱某者，以好義聞鄉里，君之高祖也。曾祖彥清，祖伯舟，父頣。頣娶呂氏，生君兄弟三人。君最幼，以父命爲伯父顆子。爲人美風儀，而繢文學道，汲汲如不及。初不欲仕，日之田間，課農勤苦甚，粟輒倍收。然農事暇，未嘗廢學也。嘗至京師，高文懿公以鄉里故與語，奇之。文懿時在館閣，欲薦君可用，力辭乃已。既歸，愈益敦行。時都御史王公竑巡撫淮揚，今南京兵部尚書王公恕爲揚守。二公，世所謂偉人，相與論郡內士，必及君。他日，兵部行縣，遂造君之廬，其見敬禮如此。後君以事再入京師，竟用知者薦，授鴻臚寺序班，秩滿，陞主簿，居官默默，非所樂也。君性孝友，事所後父若母，一如所生。二兄相繼没，以痛哭故致疾。其學務博覽，尤熟於史，上下數千載事，能記憶不遺。若佛、老之教，非特不信，亦不一窺其説也。然君平生惟不爲奇絶可駭之行，故其名譽不出於鄉，而予亦不知君。及觀當世二三名臣所以待君者，則其爲人可知也。且狀爲進士儲君巏作，儲固其鄉人也，知君尤詳。予特節而書之。君娶張氏。子男三人：曰杰；曰樟，樟，鄉貢進士；曰楫，楫後兄岳，先七月卒；曰楷，出妾楊氏。女二人，李貴宗、劉時，其壻也。孫男一，女二。銘曰：

仕而食焉，已升諸朝。没而殯焉，不在於郊。嗟哉！何君名永昭。

韓府儀賓曹公墓銘

維太祖高皇帝有子，曰韓憲王。王有子，曰襄陵莊穆王。王有女，曰清澗縣主。主長而甚賢，王奇愛之，爲擇佳配。公時年十六，以從母之夫陳公傑爲平涼守，自吳中往視之。他日，王適見公，察其可妻也。使人言於陳，其夫婦重違王意，卒諾之。已而資遣之入京，誥授儀賓，階亞中大夫，仍賜章服、鞍馬而歸，鄉人以爲榮。公諱琪，字仲璜，姓曹氏，世家蘇之吳縣。爲人俊偉豪爽，無齷齪態，人多樂與之交。然或不當其意，雖顯要者亦蔑視之。好面斥人過，尤能分辨曲直，言出，人亦無不服者。身雖處富貴，未嘗一日忘其故土。見吳人，與語輒流涕，而所以接遇之必厚。以父母早世，嘗迎其兄瑒，事之甚謹。兄没，撫其遺孤若己子然。其平生蓋如此。以成化十八年十二月十三日卒。享年五十有七。子男四人：長銘，爲縣主出，以軍功授官服；次鉞；次錡；次銓。女三人，長適平涼衞千户張英，餘未行。孫男二人：長澄，郡庠生；次瀾。女四人。於是銘來告哀，朝廷爲遣官賜祭，將以卒之又明年甲辰十一月壬寅日葬於平涼縣由延里之原。以予其郡人也，奉御醫周原己之狀，泣拜，請銘。銘曰：

孰謂吳產，而爲韓人？迨其中身，生子長孫。坐上雄豪，灑然襟度。維不驕盈，足以銘墓。

亡弟原輝墓誌銘

嗚呼，原輝果棄我而逝耶？悲夫！初，原輝病少愈，欲來京師視予。或止之，不顧，曰："吾必一視吾兄。"竟來，予見之，驚喜甚，然竊憂焉。留四月，還，相與痛哭而別。至家，僅五月而病劇，遂不可救。蓋昔者不遠數千里而來，其與我訣別也。悲夫！原輝諱宣，姓吳氏，世家長洲。爲先修撰府君之季子，而吾之母弟也。年十三，母張安人不幸下世。一旦能自謹飭，居家塾依予以學。凡嬉游博弈之事，皆無所好也。稍長，每早作之城東，經理舊業，種樹成列，鑿池環之。更築屋田間，爲農隱計，題其旁室曰拙脩，因號拙脩居士。而時舉杯歌晉唐人田園詩以自樂，嘗曰："吾有憂慮，惟入園林、臨水石，不知其脫然以去也。"性孝友，能順適父兄意。先府君嘗館親黨之無依者數人，至原輝，館之不替。而長女兄寡居無子，則迎養於家。其仲早喪，生女纔數月，亟取鞠之如己出。一男曰遂，尚幼，更撫教之，至於長而成立。其心之厚如此。平生奉己，食不求豐，衣不求華，惟取足而已。尤不自愛，往往親爲勞苦之事。與人處，平和謙抑。尊俎間，相與勸酬，飲輒盡醉，醉則默然不亂。故人皆愛而親之。其娶沈氏，先卒。有子一人，曰奕，出側室顧氏。女一人，適徐美中。其生正統三年十二月十一日，卒成化二十一年三月二十日，年止四十八。以是年十二月十三日葬於吳縣太平鄉花園山先塋之次。予嘗與原輝約：他日歸老，必於東城。而原輝亦曰："吾當益經理其地，與吾兄樂也。"悲夫！今尚何望哉？葬既有

日,吾何忍銘！然亦不忍終無銘以暴白吾弟之爲人也。銘曰:

父兮母兮,子於是依兮。尚俟其後兮,吾與子同歸兮。

明故昭信校尉泰州守禦千戶所百戶胡君墓誌銘

胡之先,清江人也。在元有仕爲萬户者,曰煥章。煥章生德淵。國初戍守盱眙、儀眞等處,爲隊長,後徙泰州,生志學。志學娶劉氏,生君。君諱倫,字大經,爲人重厚明敏,且好學,略通陰陽、醫卜之說,而於九數尤精。少則在行伍,人皆爲不樂,而君殊不以爲意,曰:"此吾世籍也。"舊制:凡戍江北者,歲更至京師操備。及君,即擐甲出門,衝冒霜雪,不以行役爲難辭,如是者凡三十年。其小心守法,自裨將而上皆信之。景泰初,北虜既遁,京師猶戒嚴。方務儲粟塞下,爲守禦計,慨然納粟六百石,以例授試百户。當是時,君益欲以功名自奮,遂從武平伯陳友往征迆西,得選置帳下,以資謀畫。師還,實授百户。武平以君有贊助勞,擬再論奏,不果。人又爲公不平,而公亦不以爲意也。既還泰州,謂天下承平,教其子必以文顯。其子玉竟登進士第,列官於朝,卒如其志。君性孝,侍父疾,久而不倦。母孀居二十五年,奉養備至。及父母終,居喪哀毀而有禮。其爲人如此,則所以稱於人者,豈特才諝而已?以永樂甲午五月十日生,成化乙巳十一月十七日卒,享年七十有二。以明年某月某日葬於州西九里溝之原。娶薛氏,懷慶知府廣之女,先卒。子男五:長即玉,禮部儀制清吏司主事;次璉,襲百户;次瑄;次珍;次珙。女二:長適許瑞,先卒;次適州學生李鑨。孫男九,曰:嵩,岳,巖,餘未名。女九:長適韓源,餘尚幼。儀制君將歸治葬,自爲狀來請於予,且曰:"玉忝以明經致用,適與先人同品秩。幸嘗考最,例不得封典,甚恨。願畀之銘以慰也。"予重違其情,乃諾而銘之。曰：

胡在故元，實爲武官。厥既失之，家幸以完。公以才諝，稍自振拔。賞不酬勞，功簿孰閱？未復於武，卒顯於文。甲科儀曹，畀其後昆。維此幽堂，百世無改。追榮其先，亦尚有待。

裕菴湯府君墓誌銘

湯府君以成化十七年正月廿二日卒，既卜明年十月廿五日葬於先塋矣。其子瑄持御醫周原己之狀始來乞銘其墓。君諱潝，字宗本，自號裕菴翁。其先常之江陰人也，後徙於蘇，遂爲吳縣人。世勤生殖家，至府君之世，而家始益大。府君有兄弟八人，其仕者曰渭，他皆行貨於外。府君亦嘗一至京師，竟歸而治生於內，蓋府君善殖產，所以居積棄取，得古人遺法。然凡錢帛之出入，估直之上下，必公必平。而其爲人又剛直重厚，素爲人所信服。當衆言交競，徐出一言，無不帖然以去。其家既益大，而居者甚衆，衣食所資，婚喪所需，以及賦稅所出，一惟府君所區畫。當是時，其家出者率僅奴能協力化居而收倍蓰之息，仕者有民社能守法奉公而有善最之名，而府君於是乎有力於湯氏矣。然府君至此，自持益謹，自奉益約。兄弟子姪得於見聞者，更相飭厲，不敢爲驕奢之習，所謂禮生於有者。及其既沒，而族人始悲思之。夫爲市交易見於《易》，牽車服賈著於《書》，至司馬遷作《史記》，特爲白圭、猗頓立傳。蓋貨殖，人生日用所不能已者。推而言之，其大者，不可以爲國？使國之財賦得其人而理之，不惟可以足用，而其效至於使民知禮節而俗厚矣。府君曾祖曰潤卿，祖曰均澤，父曰善。善以渭貴，封大興縣知縣。母曰楊氏，封安人。其配周氏，繼徐氏、王氏。周出男二人：曰琪，曰瑄。瑄以書藝進授鴻臚寺主簿。女一人，嫁浦文泰。庶出女一人，許嫁某。孫男三人：曰僎，曰傅，曰倫。女二人：一嫁朱延，一在室。府君享年六十有八，其葬在吳縣太平鄉薦福山，合周氏兆。銘曰：

鬱然高丘，是惟裕翁之墳。嗟翁百年，匪裕其身。以殖其家，以垂其子孫。何以爲用？惟其義。何以爲本？惟其仁。何以知此？吾其里人。

醫師錢橘隱壽藏銘并序

吳縣西三十里有雅宜山，錢氏始葬山下者曰良玉。府君橘隱則府君之仲子也，其名愷，字伯康，自號橘隱。錢氏世業小兒醫，其先爲江都人。在元有曰益者，任常州醫學教諭，因家焉。益生元善，國初以名醫徵，奉詔往治晉王子疾，愈。王奏留之，卒葬太原。元善生宗道，晉府良醫正。宗道生良玉，太醫院醫士。良玉娶高氏，蘇州人也，再家於蘇，故今爲長洲人。橘隱以永樂丙申十二月十二日生，自其童歲已傳醫業，然其氣豪爽，不欲以醫名。居都下者數歲，所交多名公奇士。議論間發，輒傾其坐人。歲己巳，適有胡虜之驚，慨然歎曰："吾生不能立功名於時，至於吝惜財物，視軍興缺乏，不少助之，可乎？"乃市馬若干匹上之，以例被恩典之榮。已而歸吳，復歎曰："吾生無德澤及人。惟醫，吾家故業也，盍終假是以施吾仁乎！"始出治病，治輒驗。每旦啓門，迎致者闐然而入，其多殆不能酬應。而宴家子，輒抱攜而來，纍纍於路不絕。一與診視，而不責其必報。其爲醫，善究病源，而議論娓娓，足以發之。所處方，大率持重，嘗曰："壯夫尚欲固本，況嬰孺氣體脆弱，可以峻急求乎？"至所治藥，雖奇材貴品，不卹購求。往往躬自修治，不付他手。蓋其精如此，故其醫益驗，遂與其兄伯常院判齊名。數十年來,大江之南言小兒醫者,必曰錢氏。其名浸聞中朝,然橘隱既老,不願仕矣。橘隱翛然長身而禮度雍容,藹然有和氣。少從故禮部尚書楊公游,已嘗親其德學。中歲日與歸田諸老登臨宴賞,以極其樂。蓋其好文尚禮,則不以老而倦也。配王氏,太原人。世以武顯,柔順温裕,稱賢宗族間。子男三人:曰鋼,先卒;曰銳;曰鈇。女二人,適陳儆、莫益榮。孫男四人:曰同文,曰同倫,曰同德,曰同理。女四人。曾孫女一人。於是橘隱生七十年,即雅宜先塋之次治壽藏,爲二穴,異日將并王氏葬焉。工畢,具書及廬山陳孟英先生所述事狀來請,曰:"幸及吾無恙時爲之銘,庶平生有所託而傳也。"予謂橘隱:"既不諱乎彼,而復事乎此,豈其猶不忘情乎死生之際耶?"竊惑之。雖然,曾子之啟手足,亦欲門人知其平生,而況即先人之旁,異時奉其遺體而歸於是,行不虧,名不壞,以見於地下,豈特無毀傷而已?是宜序而銘之。銘曰:

惟伯康父,作此玄室。鑿而築之,既堅既密。峰巒嶔崟,泉水清漪。自我先人,已藏於斯。世之熙熙,人之怡怡。尚百歲後,從而歸之。

新淦縣丞顏君墓誌銘

成化丙戌春,予憶赴君山游之招。君迓之門甚恭,命其孫涇趣治具,指山而游之。君年老矣,導客顧甚輕健。始登峚嶧峰,晚過何山,飲僧舍,歸宿其家。詰朝飯畢,與客由支硎過禪關,度西嶺萬松間,遂入天平,謁忠烈廟。既乃飲白雲泉,扣大小石屋,望龍門而歸,仍宿其家。益設酒肴樂客,予憊甚,欲卧未得。而君貌益恭,氣益爽。當是時,予竊窺見君之德,而其壽考亦足以占之。蓋歷十年爲乙未歲十月十二日,而君終於正寢,春秋七十有五。於是涇登進士第,以嫡長而孤居憂於家,咨其叔父所以葬大父者。累然衰服拜於門,出其同年徐仲山所爲狀以墓銘請。君諱璋,字廷用,姓顏氏。其先傳自北徙吳,莫知其世。曾祖均仕元,爲廉州知州。祖仁,平江路達魯花赤。父希誠,母吕氏。君娶卜氏,繼顧氏。子男三人:曰鎡,早卒;曰錤;曰鎰。女四人,適湯銘、陳瑾、顧榮,其一在室。孫男三人:曰淫,曰渭,曰深。女四人。曾孫男女各一人。以卒之明年十二月二十一日葬君於吳縣何山之原。君少以宦家子知學問,稍長,推擇爲縣吏,已能立名。行縣中,人稱之。及上吏曹,給事如例授安福縣丞。再歲,丁外艱,服除,改上饒。俄又丁內艱,服除,改新淦。在安福時,縣有豪猾,數持吏短長及發民陰私以射利。君始至,知之,召置庭下,數其罪遣去。其人懼而止,縣遂以寧。新淦爲江西劇縣,素號難治,縣官率不久罷。君有幹局,愈以勤慎自持,仕竟滿考。常掌二稅,見民有鬻兒償官者,歎曰:"此豈得已者乎?吾爲民父母而使民至此,奚以我爲?"遂以俸代償之。自是益留意民隱,其心之厚如此。故所至去任,民輒挽留之。既去,輒思之。君縣丞既九載,例得遷官,曰:"吾獨不知止乎?"即具疏請致其事,歸時年始六十云。君歸日,以教子孫爲事。或時循壠晦,課農業,與耕夫伍無嫌也,因自稱稼軒老人。性尤喜山水,勝日尋佳處,登臨游泛,竟日忘返。其樂有人所不及知者。君偉儀觀,美鬚髯,而莊重詳雅,能起人敬。才既不盡用世,然晚見其孫取科第,貴顯於時,論者謂其德澤之及後人者深且長矣。銘曰:

　　維古發身,不拘一隅。在漢名臣,刀筆簿書。顏君之才,與崔子俱。予不負丞,而丞負予。相彼小人,有出無處。以官爲家,疇曰歸歟。車攻維工,孰始匪興。樂奏維磬,孰終匪圉。凡物且然,而人弗如。師峰之下,有舊田廬。奉身而退,庶保令譽。昔所抱孫,焜耀朝裾。翛然考終,世等敝帑。孰訃縣氓,來挽喪車。百世尸祝,桐鄉之墟。

卷第六十二
墓誌銘一十一首

吳府君墓誌銘

民日滋繁，俗日滋降，雖平日號士大夫者，矜誇矯詐，相習以非，相尚以利，曾不爲怪，何望乎閭里之民哉？吳府君，寬之從母之夫也。少失問學，不求聲聞，以故不得列於士大夫，而爲閭里之民。然而考其平生，士大夫或有愧者。性直率，略無緣飾。見有作僞者，駭歎曰："彼何爲然？"中少容，言出輒衝人。人以其無他，亦不之憾。其論事必自本之末，纏纏不已。然遇非所知者，雖同席，終日嘿然，無一言。亦嘗與人貿易，物無二價，而一錢尺帛，取予必當。至於治家，屋廬儉而必完，什器樸而必整。不然，曰："吾心不安也。"其爲人蓋《魯論》所謂"直諒而信"，《漢書》所謂"悃愊無華"者歟？府君諱能，字景賢，長洲人。世有善譽，父文華，亦謹慤人也。母鄒氏，繼母陳氏。府君生二歲喪母，長於祖母宣氏與其姑之力。既壯，與先君修撰公同娶於張。先君之德厚矣，然必慎所與，故平日非府君莫與計事，一觴一豆，必相對乃樂，嘗曰："吾二人雖友壻而姓同，殆兄弟也。"府君亦曰："吾生與居同巷，死當葬同原。"後不幸先君下世，府君哭之慟。又二年，爲成化十三年二月壬午，而府君亦卒，年六十五。素不諱死，既病，凡送死之具，悉自區畫。及病甚，精爽不亂，曰："吾其逝矣。"遂卒。娶張氏，有賢德。二男子：曰謙，曰詳。孫男一：曰會。女一。府君處世雖寡合，而獨厚於倫理。念祖母嘗保護己，祖母没，哭之幾喪生。親戚貧而病者，尤加問遺，而與家人處歡如也。卒之歲，寬以先君之喪例赴京師，歸哭之。將葬，謙等謂宜有銘。寬以府君之德不甚表著，宜刻之墓上，乃碣而書之。雖然，寬何忍執筆哉？以卒之歲九月癸酉葬於吳縣太平鄉花園山之原，東距先君之墓百步。銘曰：

三代已遠，孰爲古人？一廛獨受，孰匪凡民？有位弗得，有德弗泯。蓋墮甑之孟敏，必郭泰而後學；如耕谷之子真，微楊雄而無聞。則知委巷之中，衡門之下，遺逸之者，未可一二；而云死者不作，有封維墳，暴潛發隱，可無刻文？

陸宗博墓誌銘

長洲陸宗博以成化十三年十一月己丑卒，年四十二。初，其病也，里之人相率走神祠，祝曰："幸活陸君，以終惠我。"及卒，皆彷徨無依，至有泣下者。曰："公家徵需甚亟，吾等疲矣，安得庇我如陸君者？及歲漕粟，緣輸納以破產者比比，安得貸我往役，免我出息如陸君者？且吾等水澤之民也，歲若澇荒，有司不盡以爲灾，安得出粟貸償不幸，灾自利如陸君者？"其言流聞城市，知其事者信之。以又明年正月壬午，將葬君於邑西福壽山之原。其子完奉南昌太守張君汝振之狀來乞銘。南昌，與君中表兄弟也，其言宜實，則視其狀適與所聞者合。予乃歎曰："宗博，一布衣耳！徒爲郡縣推長田賦，能施惠於里人，遂致人悲慕如此。彼有祿位、操生養之具者，民反欲推之去，甚者以死祝之，其有愧於君也哉！凡君平日於人危急率救卹之，不係於賦役者尚多。故言出能使人信服，公事易完，而私争易決。其卒也，宜人悲慕之如此也。"陸爲郡中著姓，系出吴大司馬抗。在宋有曰千九朝議者,始居陳湖之上。四傳爲仲祥,以力田大其家。仲祥生文伯,文伯生守道,守道生起敬,累世事行,具載家乘。起敬娶周氏,年踰四十,以無子憂。一夕,夢其先人抱一兒遺之,曰:"以此嗣汝,亢吾宗者必此兒也。"已而得君。其諱溥,字宗博,別號心耕。少則謹厚温雅,有鉅人度。稍長,其父母與其所生母夏相繼而没,治喪能黜浮屠氏法,一用古禮,鄉黨已賢之。他日,乃約其弟宗涵,恊力治家,而躬儉樸以率其下,家益振起,如前人規模。於是宗涵亦壯矣,錢帛無私藏,飲食必共享。其怡然相愛,有崔孝芬、孝暐遺風。至其推孝友以待族人者,恩意尤厚,嘗曰:"人惟以祖宗之心爲心,則族人何疏戚之有?"故衣食居室待君而具者數人。其年始四十,即邑中治別第,將謝家事,日從賢士大夫開尊俎、閲書畫以爲樂,然不幸卒矣。娶華氏,處士惟德之女。男子三人:曰完,郡學生,娶郭氏;曰宜,聘惠氏;曰宇,尚幼。女子三人:長適范璋,次適孔彦慶,次在室。銘曰:

君子之澤,或流於國,或被於鄉。身有崇庳,澤有短長。有如陸君,惜無位矣,而復蚤亡。雖然,其志則行,其名則揚,其遺於後人者,尤不可量。顯者一時,壽者一世,惟可稱述,雖死不逝。

鄉貢進士徐君墓誌銘

蘇之嘉定有以兄弟同登鄉貢者,徐德充、德宏也。已而德宏擢進士第,拜監察御史。德充獨不偶,乃益發憤讀書,以必取甲科爲期。他日,四方名士相與講《易》京師,號麗澤會。君在會中,陳經傳,指摘隱奧,幾無遺義,爲文章,輒能得所謂主意者。士後多中高第,爲顯官,而君竟以貢士卒於家,年止四十五。君諱忭,其字德充。先世爲汴人,從宋高宗南遷至嘉定之黄渡,家焉。族屬蕃盛,遂爲東吳大姓。有諱俊傑者，生子英，以高年受章服之錫。子英生承事郎述。娶陳氏，生君兄弟三人，其仲即君也。少秀敏，善記誦，學書有法，出諸生中。既長，爲同邑朱近仁贅壻。朱遭代縣，一辱庸吏，慨然與其弟謀爲舉子。初學於范僉憲誠夫，習程文，志專而功密。邑大夫才之，將薦之京，辭不肯就。業成，當天順壬午歲，卒以明經登鄉貢云。君爲人有氣岸，議論侃侃，其色毅然，若不可近。然平生交游之士，亦多海内。其治家嚴整，每謂推之天下事不足爲，而事業可坐建，蓋其自許也可謂重矣。使其不死，得當一官，守一職，不知其所就何如也。君卒以成化十一年十二月二十三日，將以又明年二月十五日葬於嶧城西項涇之陽。時德宏以御史出知樂陵，以書來曰：「吾兄不幸夭死，非執事銘無以慰吾之悲。敢爲之事狀以請於是。」君之子琨奉書若狀，再拜泣告，予辭之。復再拜，予不得而辭也。蓋德宏之愛其兄，琨之愛其父，拂之不可。而況予與德宏有鄉里斯文之好者乎？君之配曰朱氏。生一子瑜。側室胡氏生一子，即琨。女一，適陸堂。銘曰：

馬不可以守閒，亦不及以駕車。望千里而至，衹曾跋䠱之弗如。水曲兮交衢，御者兮踟躇。抱吾才兮安吾命，幸不失其馳驅。

李君信墓誌銘

予少與居同里而學同師者，施君焕伯一人而已。焕伯今歲來試禮部，每遇予，坐輒談及里中事。至於存没盛衰之際，未嘗不歎息也。蓋數十年來，若李氏，其尤可歎者。君信，李氏之佳子弟也。名瑞，其字君信，別號志隱。其先本京口人，宋南遷，避兵入吳中，遂留家焉。家故饒於貨，廛肆聯比，人蹟闐然。其叔祖惟中亦嘗仕爲工部郎中，一時號稱盛族。君信既生，豢養且少，姿容端厚，舉止安舒。出入閭巷間,人多指目之。嘗選入鄉校,居一二歲,謝去,專以養親治家爲事。時君信年尚少,見族人或不能自立者,慨然有遠游服賈之志。南抵甌閩,北至京師,凡行數千里,未嘗以勞苦。客居纍歲,亦未嘗有過舉。既歸,益督僮奴治生業,入則量物貨,出則置田畝,家卒賴以不墜,人尤稱羨之。君信既有力於李氏,嘗曰:"吾豈顓顓爲一家温飽計者?惟學而致用,乃吾先世之事,而早歲之志也。"因遣其二子,皆入郡學。方日夜程課之,以冀其成,而君信以疾卒矣,年止四十七。君信爲人寬厚有容,惡聲暴怒不見於口面。人或犯之,反引咎自責,其人後亦多悔。至於宗族親戚,施之恩意尤多。好讀史,於古人賢否得失,輒從其弟子道之,以爲勸戒。曾祖孟輝,封工部主事。祖惟孝、父公紀皆不仕。母馮氏。其娶王氏,大理評事世英之女,先卒。子男二人:曰鵬,曰鷗。女一人,許嫁張杞。孫男一人。其卒以成化十九年正月三日,以明年某月某日葬於吳縣十三都黄山先塋之次。於是焕伯致二子之意,出其狀請銘其墓。予固君信里人也,乃以其可歎者書而爲銘曰:

孰保其存而不没,孰還其盛而不衰?此可以力致,彼可以數推。君能致之,人能推之。可以無憾,庶安於斯。

陳汝中墓誌銘

君諱綸,字汝中。世爲吳人,自高、曾而下咸有隱操。父仲禮府君,尤負謹厚稱。母沛國朱氏,生男女五人,君最長。爲人容貌俊偉,襟度灑然,喜飲酒。仲禮早以家事委之,事雜然於前,君區處有餘力,而飲酒不廢。客至,相與嘯歌投壺,盡歡乃已。然其治下頗嚴,家多傭保臧獲輩,聞君謦欬聲,雖素惰者亦起趨事。仲禮卒,而產業弗墜者,以有君也。好舉義,其飯飢槥死,一歲中不知幾人。

嘗大雪見產婦水濱，流血被岸，君就問之，其夫曰："我泉之晉江人也，從戍東魯南還。同舟者以婦免身爲不利也，棄諸此。"君惻然，呼歸其家，爇薪作糜活之。凡月餘，其夫泣拜於君，曰："微長者，吾夫妻子母三人幾不免。"及辭去，復贈之金錢若干作道里費。逾年，使人持一通文來謝，稱之曰恩人云。君所爲蓋如此。娶葉氏，生子男三人，連一月死。女二人，嫁袁綸、唐鼎。其卒以成化二年九月二十七日，年四十三。遺言以弟紀之子塗爲後。始，君抱疾，更數醫治之，不效，然其勢未劇也。有以浮屠善醫薦者，君惑其説，求速愈而已，取其藥飲之，嘔血一升，遂死。嗚呼，惜哉！醫之過也，藥之罪也，而尚何咎哉？夫醫以用藥，藥以攻疾。疾不能去，而反以致死，則亦何以醫藥爲哉。彼浮屠者，庸妄人也。目不知醫經，口不辨藥性，指不察脉候。人之虛實，病之久新，一切置不問，而惟其藥攻擊之，其殺人蓋亦多矣，而君不知，復罹其毒。嗚呼，惜哉！醫之過也，藥之罪也，而尚何咎哉？自君之死，世之服藥者可以戒矣。弟紀將以某年月日葬君於吳縣至德鄉雞籠山之原。寬，其女弟之夫也，刻石於其墓而係之以銘，曰：

維天福善，於古有聞。不在其身，必在其子孫。嗟嗟汝中，曾不獲下壽，孰謂於其身？亦既無一子，孰謂於其子孫？豈古之人不信，而今之天不仁？不然，"人之君子，天之小人"，其莊周之云也乎？

周以節墓誌

以節諱諤，吳蔲門周氏。祖曰文昱，父曰叔能，皆以謹約稱里中。母毛氏，三子，以節行二，生有父祖風，無子弟過。郡嘗繇役其家於鎮遠，鎮遠爲荆楚之裔，路嶮而遠，人皆難之。汝節重煩其兄弟，慨然請行。水陸往返幾二萬里，事雖畢，而身亦勞。加以炎瘴得疾，竟不可治。成化十三年七月十五日卒，年四十八。配吳氏，先修撰府君之女也。生男一，曰遂，娶王氏。女一，適朱存敬。繼室楊氏，生一男，曰遇。女二，皆幼。將葬以卒之年九月九日。遂，予之甥也，若欲得予一言。嗚呼！吾姊之葬，嘗誌其墓而悲其夭。今十七年矣，而悲未能釋，孰意又誌吾姊之夫之墓耶。墓在吳縣花園山之原，夫婦合兆，是爲誌。

周原凱墓誌銘

君諱南，字原凱，姓周氏，崑山石浦人也。曾祖桂一，祖子明，父仁，代以力田致饒裕。當國初，初選長鄉賦者，周氏在選中。至原凱，蓋百年於此。原凱尤鄉人所謂賢者，每與季父用和、兄原道更出入治租事，率先公後私。其催科之善，縣役之均，民不擾而事亦濟，下皆賴之。景泰乙亥夏，不雨，耕者告病。原凱以旱言於部使者，曰："苗槁矣。非除田租，豈惟民無所於償，將去其土，辟徵歛之苦矣。"部使者竟從其說。既曰："田租雖除，如目前饑民何？"即發私藏，出粟若干斛賑民。民益全活，所以賴之者又不惟催科縣役間也。原凱幼失怙恃，居喪哀毀，無童狀。弱冠奮於問學，卓然能自樹立，人不知其爲孤兒也。家居尤篤倫理，閨門之内情意藹然，外而接賓朋，待師儒，必加敬。嘗患末疾者久，不良於行，已而失明。然聞客至，輒蹶然以起，使子弟夾持之出迓，盡歡乃罷。及病革，命遷之正寢俟絕，所以處後事、諭諸子者，訖終語皆不亂。其終以成化甲午三月廿六日，享年六十。配吳氏，子男三人：曰順，曰澤，曰泰。孫男二人：曰恩，曰孝思。女三人。卜明年某月某日葬於邑泖川鄉之先塋。前葬，澤以邑庠生居憂，會其友張君時學赴試春官，以進士吳君德徵之狀拜授之，俾乞銘於予。銘曰：

崑山崔崔，石浦湜湜。原凱之生，有美其德。石浦湜湜，崑山崔崔。原凱之亡，鄉人之悲。

周叔能甫墓誌銘

頃予誌從母之夫吳翁之墓，歎當世閭巷之民有士大夫之行，不獲見知於人，遂泯然以死者每有之。若今周叔能甫，又一人也。叔能，長洲人，世居莇溪之上。其父文昱，母毛氏，生二子：叔能，諱傑；叔賢，諱儶。兩人者，自少至壯相友愛。既久，叔賢出居溪南，與其妻相繼卒。已而其子婦之卒，遺幼子一人，十二歲，孫二人，長八歲，次六歲，纍纍然垂涕積垢，啼號仆卧，日惟待餔於人。叔能竊念曰："吾弟在，吾弟之妻在，子若婦在，三子者有祖、有父、有母字矣。今而皆亡，吾尚可以顧吾家乎？其遂爲之父、之祖乎！"即往其居治生，爲其衣食謀。早夜與同卧起，至櫛縱洮漱，皆身任之，且鞠且教，凡七年。三子者迄嶄然以長，而叔能亦既衰老，始還。卒於家，成化十三年四月七日也，享年七十有五。將以其年九月葬於陳公鄉受字圩之先塋。諸孤拜請銘文，蓋予之仲姊，叔能之介婦也，諗知其事，則應曰："若翁有可書者，吾又奚辭？"然念叔能賴與予家連姻，予頗能文辭，不然，又泯然以死，失一賢士矣。此予所爲歎者。叔能之配曰毛氏，三男：曰謙，娶稅氏；曰謂，後三月卒，娶吳氏，繼娶楊氏；曰誠，娶范氏。一女，曰淑貞，適吳海。孫男六：曰迪、遂、述、遵、選、遇。女七。曾孫男三。叔能貌癯然，言呦呦，常恐傷人。生惟不爲奇偉事，然即其所以處兄弟如此，其賢於人者遠矣。銘曰：

鬩牆之詠，昔見於《詩》。況也兄弟，子之孫之。肆伐其根，顧柯與枝。有賢周君，善推所爲。鞠而教之，乃母乃師。小夫好奇，去本遠而。本之謂何？天顯民彝。周君克舉，家人而離。嗟此商俗，終然靡靡。匪爲葬銘，毋曰費辭。

宋助教先生墓誌銘

宋之先自唐主客員外郎騈爲閩觀察判官始寓莆田，再世而漳州推官銑復由晉江還而定居，遂爲閩南著姓。其後仕而尤顯者，曰邦光，宋元符庚辰進士，官至知漣水軍，先生之十二世祖也。曾祖孟、祖寓皆以儒術教授於鄉。父勸，沭陽訓導。其配林氏，生子六人，其長先生也。先生既出儒宦家，而舅氏爲翰林院學士文，至所從游如方行人源深，又一時名師，故其學有所受。天順壬午，遂以明經舉於鄉。明年，試禮部，中副榜，例授教官，以舉人署安州學正。尋遇恩詔，實授。丁沭陽府君憂。服除，改濮州。再丁林氏憂。服除，始擢國子監助教，階迪功佐郎。三年，進階修職佐郎。又五年而卒，成化甲辰二月甲申也，享年五十有七。先生諱農，字汝勤，以字行，別號拙軒。爲人清儉少欲，言笑有時，稱爲師者。初，在安州率蚤作，坐堂上以臨諸生。規約嚴甚，受業者開諭敷析，必盡其説乃已，衆皆悦服。更以餘力督治學舍而一新之，數爲提學者之所稱重。歲大比，藩省交聘校文，嘗赴江西，所得多知名之士。至改任，教法益善。士往往自旁郡來學，蓋出而取科第者，前後凡若干人。及陞國子祭酒，司業知其賢，禮之尤至。嘗以次當爲王府長史，時其子端儀已登進士第，仕於朝矣，曰：「吾爲國子監師，且有子以養，尚何慕耶？」竟不就。故户部尚書翁公深歎羡之。今南京太常寺少卿陳公贊其畫像，有「惟安恬以履乎素分，不巧營以騖乎進趨」之語。蓋二公皆邑人，知先生尤深云。先生平居謙恕和易,接之藹然君子人也。治家不嚴而肅,既病甚,子婦在側,不忘訓教。將絕,會僚友來,視其子憂戚中倉卒以便服出見,顧語之,曰:"此豈所以見長者禮乎?"其恭慎如此。娶吳氏,安福訓導封戶部員外郎時望之女。子男五人:長即端儀,禮部精膳司主事;次僑;次偫,郡學生;次儒;次俌。女四人:長適黃棠,次以疾在室,次許適林某,次尚幼。孫男二人:長嵩,次峨。先生没後一月,端儀將歸其喪。卜得其年某月某日葬於某山之原,乃自爲狀謁予請銘。予嘗往來亡友李翰林士英家,李與宋,鄉鄰也,因以知先生之賢。而禮部君賢如其父,尤知之,予安忍卒辭?銘曰:

閩有故家,宛然餘韻。何以見之?執禮而慎。少而自學,惟潤乎身。及其施教,亦成乎人。豈惟成人?而又有子。以養其生,以送其死,以歸於兹丘,尚千百祀。

鄉貢進士陳君墓誌銘

君諱璲,字孟規,蘇之吳縣人。陳氏故業醫,後更業賈。至孟規,奮然讀書,從儒者游,遂業儒。成化四年以府學生中應天府鄉試,再試禮部,不中,歸而得疾。孟規長不滿六尺,然容貌豐碩。當其疾作,少間,過予。予初見之,不知其爲孟規也,頗怪其羸瘦至此。久而疾復甚,竟以成化十三年十二月十三日卒,年止三十六。以十五年正月三日葬於吳山陳灣村。將葬,其父涕泣請銘。而其弟子繆頤、楊循吉數輩且謁予,曰:"已買石琢爲碣矣,謹俟。"予許諾,然不忍即銘也。他日,其從兄僉江西按察司事粹之復以書來,謝曰:"亡弟得執事銘,吾悲少塞。"乃銘之。予嘗與君同游學宫,應天之試又與之同榜相好,蓋知其平生大率無遺行可議也。君家居爲《易》師,弟子亦有取科第者。然其學不專治進士業,兼能古文詞。其與人論事，多不暢達，至下筆，衮衮數百言，叙述輒有條序，勝口舌遠甚。曾大父曰孚敏，太醫院醫士。大父曰有常。父曰振。其配曰姚氏。無子，以弟珩之子田爲後。銘曰：

嗚呼孟規！以文爲業，以學爲師。何有作慝？而止於斯。此明短折，彼昏耄期。事不可詰，理不可推。嗚呼，升斗之望，垂橐而歸。穀也豐下，相術可非。惟老在堂，孰養與持？家人之悲，學者之思。讀此銘詩，庶其慰而。

大理寺右寺正彭君墓誌銘

寺正彭君以成化十六年六月二十五日卒於官舍，年止四十二。卜葬以卒之年某月某日。其妻李孺人挈其諸孤子女纍然扶其柩，將涉江湖數千里以歸。其同官陳尚賓憐之，來告曰："彭君且葬，宜得銘文。念其孤皆幼，莫能請也。"予聞之惻然，則應曰諾。君諱銓，字大用，世爲襄陽人。弱冠入鄉校，從博士受《詩》，善辨質疑義。爲程文，燦然可誦。以天順三年中湖廣鄉試。明年，試禮部，名在副榜，例得教官，不就。入太學，歸省，遭父喪。服除，凡四試，始登成化八年進士第。觀政都察院，初授大理寺右寺評事。三年，遷寺副。又二年，再遷寺正。君重厚有才具，狀貌偉然。爲太學生時，客居者數年，妻子嗷嗷待君而食，其貧困甚矣，然未嘗降志於人。及爲大理屬，所操持益固，而讞獄詳明，得法吏體。嘗奉詔賑灾齊魯間，當缺食之際，區畫有法，民賴以不餒死。既而流移者皆復業，有司遂欲徵宿逋。君不可，曰："是重灾之也。"具其事奏請於朝，竟獲蠲除。民感其惠，至有泣下者。君世不仕，父英以君評事考最，贈如其官。母韓氏，號孺人。子男三人：曰縉，曰紳，曰經。女三人。予與尚賓皆君同年進士也，故尚賓以銘請，而予宜爲之銘。銘曰：

成之不易,毀之若棄,庶幾發之在其嗣。

卷第六十三
墓誌銘一十二首、壽藏銘一首

鄉貢進士徐君墓誌銘

是爲鄉貢進士徐君元獻之墓。元獻，名也，其字尚賢，常之江陰人。世隱於農，爲大族，歲出田賦以供國用，多至數千石。其大父尤好義，朝廷爲旌其門，江浙間字稱曰景南是也。父惟正，嘗任中書舍人，娶同縣顏參政澤女，生君。君資特穎慧，甫十歲，已能賦詩。坐客歎賞，皆以爲徐氏有子矣。稍長，習舉業，勤劬刻厲，終日矻矻不自休。其父爲人更嚴毅，數延良師教之。暮則躬造學舍，督責其業，往往至夜分始去。然君所習不但如今世舉子而已，凡它經、諸子及漢唐以來古文詞悉務記覽。故其下筆沛然，若不可禦。成化十六年，以縣學生員舉於鄉，今羅洗馬明仲、李學士賓之爲試官，得其卷，奇之，擢魁其經，衆以爲當。明年，赴禮部，人慕君，爭欲一識面者。及入試，竟落第，公議皆爲君不平。君則歎曰："吾行於衆未孚，行升冑監，益務學以盡吾之事而已。它何足計？"歸且踰年，猶不忍去其父也，俄而疾作。臨絕，顧其父泣告："惟以不能榮親爲恨。"及語所以保家之道甚至，人謂其孝而識且遠也。年止二十有九。君性謙謹，見人如不能言。其所自處，泊然寒士也，與世之驕侈者絕不類。少學於張翰林亨父，亨父没，妻子無以爲生，所以周給之者一出於君。士大夫稱之，故卒也，皆惜之。卒以成化十九年三月癸丑，以又明年某月甲子葬於江陰縣觀莊村，從其母兆。予昔家居，君以文事來辨質者數矣。予所望於君者，則不止此，雖君亦不以此自望也，而年竟不及壯，所學不得一施，豈不惜哉！於是君没後數月，其父亦下世。其子經使人以潛縣令吳君之狀來乞銘，予不得辭也。君娶薛氏，生一子，即經。經尚幼，美而好學。銘曰：

將永其年乎，或有其位乎，抑皆致之？蔑德與藝，瑣瑣庸庸，奚壽奚貴？嗚呼，徐君！知保其家，不知立身。惟篤於義，而顯於文。所不可致者，尚在其後之人也乎？

山西道監察御史陸君墓誌銘

成化丁未，監察御史陸君奉命出巡四川。明年，為弘治戊申八月二十六日，以疾卒於成都察院，年五十。於是返柩至家，葬且有日。其子悅持鄉貢進士周澤之狀上京師，以墓銘請。予昔過江都，始識君於舟中。江都，君所為縣也，則聞君論政事，多憂民之言。及詢之縣人，皆曰：君真愛我者也！以是知其賢。後君將考績吏部，未至，朝廷已召君為御史。初試職，俄以父喪去。服除，實授，復以母喪去。服除，還任甫三月，有四川之命，已而卒矣。蓋君官雖且顯，然兩罹家艱，志不獲暢。及是方有所為，竟抱其才以没，其可惜也乎。君諱愈，字抑之，姓陸氏。相傳出唐相宣公之後，自曾祖昌四而上皆居嘉興海鹽之東，人以其姓姓塘。祖成始遷馬廄里，後割其地為平湖，故今為平湖人。父桂，娶朱氏，生君。君少游縣學，刻意誦習。歲壬午中浙江鄉試。會試不偶，入太學，與四方文士講業，號麗澤會。乙未，竟登進士第。初知江都，至則每鄉月召有齒德者一人，使陳民隱，以是民間利病知之無遺，吏胥無能欺者。

田瀕江湖，不時息宿，而稅有定額，能均之，貧民始安。以民遭旱潦不知所備，教之鑿港，以時蓄洩。邵伯鎮隄每爲水嚙而崩，以石甃之，歲省修築之費。當歲饑，極力賑濟，民多鬻子女於江南，爲贖還其家。流民復業，則勸富人出牛、種貸之，秋成，遂皆沾利。其後，有官銀數萬兩將輸户部，言於巡撫大臣，得留爲備荒之計，而縣始有蓄積。尤稱剛果。御史理軍政，嘗誣平民戍邊者百數家。抗之，纍月不從，竟得免。有屯軍暴於一鄉，人多畏之，即躬往擒置於法。以其地曠，恐生變，特奏立巡檢司，蓋其見於爲縣者如此。及擢御史，巡視京倉，使出納必平，人莫敢違其法。至出巡，以蜀在萬里外，官吏多縱弛也，宜以嚴治。屬郡以至宣慰司而下，皆竦然相戒。其人或犯法，雖倚中貴人勢，必按之不少假借。倚勢者率其下編竹絕流取魚，人誤觸，輒遭其虐，更痛治之。其所至，多釋繫囚，平反冤獄。或修建養濟院以惠孤貧，慨然有盡舉弊政之意。平生親賢好士，而性尤仁厚。有姊早寡，迎養於家。弟遺一子，育之如己出。至於朋友親戚，所以周恤之者亦多，又可謂賢矣。配吳氏。子男五：曰愷，曰悌、先卒，曰悦，俱吳出；曰恂，曰忱，側室曹氏出。女一，尚幼。孫男一，曰堂。女二。以卒之明年某月某日葬於里中。銘曰：

有爲者才，止於其身。宜食者禄，遺其子孫。何以遺之？惠澤在人。欲知其然，考於刻文。

賀感樓先生墓誌銘

弘治己酉，賀感樓先生病且劇，年七十有六。其冬，顧謂其子慈等曰："我死，汝必買石誌吾墓，其往即吳原博以請，然能及我之見乎？"慈等泣而從之，則使家僮踐冰雪，不遠數千里至京師，以書來告。予讀未竟，泣曰："先生果不可起耶？"雖然，先生爲人非求後世名者，今以是託我，必有意也。先生諱甫，字美之，姓賀氏。其先自蜀徙吳，家世業儒而貧。大父公宣，仕國初，爲大理評事。父宗振，僑居江陰，娶薛氏，生先生。躬教之學，忍貧刻厲，志不少變。學業既成，始還吳中，出爲塾師，以共養其親。人以其善教，爭相招延。居數年，則以親老不欲出。弟子往往從學於家，久之，亦倦教，悉謝却焉。因謂："衣食不足，雖古人不能爲仰事俯畜之計，況欲爲義事乎？"乃事廢舉，使子弟分治之。下至僮僕，皆爲盡力，而家業復成。其治家有法，事不論鉅細，處之井然有條。率劑量所入以爲用度，儉而不陋，豐而不華。及家益裕，子孫益繁，數舉貧乏時事爲戒，或以故物示之，使無妄費。然視事所當爲者，則直爲之不吝，先生真確人也。與人言論，無所詭隨，而剖析事理、臧否人物必當。善造就後進，仲子恩授徒於家，今毛給事理、陸御史完、王進士俸輩多起而成名，然所以開發其學者，先生之力居多。雅不信佛老、巫覡、陰陽、術數之説，至斥絶其人，里人有化之者。篤於倫理，待弟庸及其二子意、愈無所不至。族人有寓湖南監利者，特使其子訪之，而挈其少者俱來，教以儒業。恩以明經首鄉解，未嘗誇於人。顧誨之益力，後恩舉進士，卒於京師。初，甚悲痛，已而歎曰："此固命也，吾其安之耳！"遂怡然以老。然益遣諸孫進學宮，期繼取科名，所以誨之者，則不懈也。先生儀觀修古，衣冠整潔。對客舉觴，談謔間發，綽有古人風度。爲文章，疏通簡質，善於叙事。凡郡中有所纂述，必禮請以預其後，則以老辭，不復出。重其名者輒造其廬拜之。初，正統間詔有司舉士，無錫遂以先生名上。吏部以所舉非本邑，爲不合例，罷歸。竟以隱終其身，論者尤惜其才云。先生初號恥軒，後更號感樓，人因稱感樓先生。娶王氏，有賢行，先卒。子男四人：長即慈，次即恩，次息，次應。應亦先卒。女一人，適沈堂。孫男五人，曰牧，收，放，改，敢。女一人。曾孫男一人。先生卒以其年某月某日，以某月某日葬於吳縣胥臺鄉之原。銘曰：

　　死生之際，古人之所慎也。夫豈有所覬？惟示其得正，死而無悶也。然疾病則亂於此，是圖其人之賢，不必問也。起而從之，不可復得，吾獨抱夫私恨也。黯然在堂，待此以瞑，無怪吾言之不盡也。後世茫茫，欲知其人，亦可考而信也。

明故奉訓大夫工部營繕清吏司員外郎吳君墓誌銘

　　成化二十三年，工部員外郎吳君以公事自蕪湖還朝，舍於崇文門外。四月十七日，與鄉人數輩會飲予家，盡歡而散。入夜，疾暴作。且有告君死者，予弗信，已而果然。鄉人相與驚曰：「昨者之會，勸酬談笑，宛然君之聲容也，而何爲至於此？」則相與爲文祭之。於是其子金將扶柩返葬，泣拜請銘。既許諾，而去其葬有日矣，始遣人奉吾友史明古之狀來。君諱璠，字朝用。蘇之吳江人也。幼入縣學，以勤敏稱。景泰七年，中應天府鄉試。凡再試禮部，輒中副榜。會修《英宗皇帝實錄》，選工書者，君在選中，出入館閣者三年。復當會試，君與今汝汀州行敏期必以進士舉，白於李文達公，公不許。竟以實錄成，授中書舍人。當是時，君之父政與母楊氏皆在堂，且老矣。君歎曰：「中書近臣，顧不可以榮吾親耶？」三年考最，父竟封如其官，而母號孺人。間嘗奉恩詔使山東，將還，守臣厚贐君，悉却不受。又嘗副駙馬都尉周公往平涼册封韓王，所以贐君者益厚，却之如前日，其廉潔如此。秩滿，連丁父母憂。起復，始擢工部，專董神木廠。君素剛，有才幹，共事者與諸工皆惴惴不敢違法。已而陝西大饑，人相食。廷議以京儲足支數年，可省歲漕之未過淮者八十萬斛，令陝人赴河南受之便。顧河流淺淤,且漕卒非熟路,不習水性,恐敗事。宜先得人往治其役,使無險阻之害。是固水利,工部舉其屬,以爲無如君者,乃以君名上,遂被璽書以行。君至其地,往來相度,經營調度,延見父老。皆以爲河不運漕久矣,勢難猝通,爲悉陳其利病,君得其説行之,公私俱濟,遠近稱便。先是,户部侍郎李衍奏漢唐建都關中,自河入渭,竝通舟楫,今宜舉行之。有旨仍命君往視,君行至三門析津,見水勢險惡,歎曰:"豈有水如此而可以運漕者乎?"爲奏所以不可行之狀甚備,詔從其説。河南之民得免茲役而不重困者,君之力也。蓋還而有蕪湖抽分竹木之命。其卒年六十,以弘治元年某月某日葬於邑之亢字原。配同邑范氏,封孺人。繼東安郝氏。子男四人:曰金,曰鑾,俱太學生;曰鎮;曰鋭。女五人,適某某。君貌毅然,議論侃侃,不阿狥人意,及與人交際,歡如也。居家待子弟嚴厲,下至僮僕輩,聞其聲畏之。然量力授事用能,不廢先業而推之以治官事,故無不舉也。其自蕪湖而還,以年勞將再擢官,而君堅欲休致,曰:"吾老矣。有田在吴江之上,種秫作酒,足以自樂。雖使黄金横帶,尚能僕僕然從人奔走乎?"或留之,笑而不應。蓋不及陳請而卒,然其志則可尚已。明古狀君之事詳而有法,予特取其概序而爲銘曰:

才足以居位,勞足以濟事。不究厥施,惟繫其志。有禄不饗,其志則高。命如之何?安此丘阿。

鄉貢進士陳君墓誌銘

士自少時,必有志向。其所向高者已不暇論,其次亦將擇術業、流聲名,以出乎凡民之上。或不獲遂,則棲棲彷徨,若無所容。有至於終身而不遂者,則其氣抑鬱憤懣,死而不瞑,不亦可悲也哉。

以予觀於場屋之士，往往與命争勝負，至於無如之何乃已。陳君初居廛市中，稍長，慨然有志於學。家貧，無以資給，人頗沮之。君不顧，方從師習爲程文，刻苦特甚。已而入縣學，與諸生講業。諸生多富家子，君處其間自若。竟以《易經》中成化甲午應天府鄉試，凡上禮部，得校官，輒不受。乃益教其子言讀書，言亦中鄉試，於是父子同在禮部。有勸之者曰：校官可受矣。君不應，敝衣破履，徒步京師，其志必欲得進士。至是，凡五舉不能得。南歸數月，竟卒於家，年六十四。君初名斅，字德明，更名洪謨，後復更元謨，則以爲國學生避祭酒周公名也。君世家長洲，祖聞道，考仲王，母楊氏。君娶宋氏，生男即言，女二，適歸愷、徐紹宗。妾生男某。孫男一，女一。其生宣德己酉六月二十七日，卒弘治辛亥三月十七日。將以明年某月某日葬於某山。言介其友數輩，泣拜請銘。君質樸少外慕，家素無厚産，能自力於學。凡葬母、婚弟，皆竭所有營辦。家本戍籍，能脱族人於轉徙徭役中，皆其力也。銘曰：

既成其己，復成其子。志則得矣，而止於是。其孰所使？

廣西等處承宣布政使司右參議贈右參政馬君墓誌銘

邕、容間，群蠻跳梁，民被殘虐，不得耕作，殆無寧歲。朝廷命守臣分道出兵勦之，副帥馬俊當自古田入。俊負勇自雄，衆推參議馬君偕行，君不復疑，慨然就道。行且百里，初與寇遇，殺獲頗利。俊易之，明日，入益深，數阻塹。君慮寇有備，戒勿進。俊謂："前軍度者殆盡，此何足慮？"復行，路屈曲而隘，僅容一騎。士卒隔絶，不相顧。俄伏發叢薄間，君知事急，即下馬諭寇。寇固識君，曰："此非馬參議乎，奈何從俊至此？"遂併遇害。麾下死者數十人，時弘治五年正月二十三日也。報至，上爲憫然。詔贈君右參政，仍令其子效才爲太學生，且命有司諭祭，皆出特恩云。君諱鉉，字孔任。成化八年進士，初授工部虞衡司主事，專督薊州鐵冶。始至，知冶事多奸弊，去首惡一人，衆懼而守法。既乃日務施設，工役減而歲課倍增。三年，當代。巡撫大臣知其才，奏留之。又三年，遷員外郎，滿考，還本司。再遷郎中，方乞歸省親，遣造吉王墳，工訖，還掌司事，已而有廣西之擢矣。君居官精勤，事無巨細，經君裁酌者後即可行。與人處和而有守，視義所當爲，非人言所感。貌雖寢而雙目閃爍有光，對客楚語而理致了然可聽。其事父母孝，交朋友信，而待宗族甚厚。嘗制義田百畝以賙給之，又別置田五十畝供祭祀、家塾之費。性好學，多通，而尤深於《易》。公暇，輒與諸生講業。所著述皆成卷帙，人多傳之。家世吉之永新，業儒爲宦族。君之曾祖成安、祖性愚俱不仕。父體和，封奉直大夫、工部虞衡司員外郎。母尹氏，封宜人。配甘氏，亦封宜人。子男二：長即效才，次效良。女一，許嫁安福劉騰。騰之父，今掌國子司業事春坊諭德道亨也。道亨與予皆君同年進士，聞君之死，相與傷痛不已，於是效才乃奉道亨狀來乞予墓銘。予聞君嘗分守古田，能以恩信服群蠻。及議用兵，延數月始發，彼固知備矣。而況出不以律，如宋任福者，事安得不敗哉？雖然，人孰無死，君獨死於國，而朝廷褒卹之厚且如此，亦可謂得其死矣。君死時年五十，以明年某月某日葬於某山之原。銘曰：

嗟孔任兮藏於斯，魂氣鬱結兮將何之？百粵迢迢兮桂嶺嶮，蠣藏蚖虺兮伏豺貔。肆毒齒兮傷人肌，化厲鬼兮逐滅而無遺。吾身雖亡兮民樂且嬉，酌潯之水兮俎豆有祠。目光炯然兮象而置之，嗟孔任兮其安於斯。

明故中順大夫江西南安府知府汝君墓誌銘

弘治六年，南安府知府汝君述職於朝，以老例得致仕。命下，君即日馳歸。未幾，病作，以其年七月七日卒，享年六十一。其孤舟等卜明年十二月某日葬於吳江縣某都某地，託兵部主事吳鎣奉其先友史明古之狀來乞銘。鎣爲君之子壻，初訃於予。予方爲之悼惜，曰："君勞於仕宦久矣，始就閒適，何遽至此？今之葬，予能忘情乎？且明古與君知契尤深，自以叙君平生甚悉，則予又能已於言乎？"君諱訥，字行敏，汝氏，蘇州吳江人。其先蓋出商之汝鳩、汝方。至春秋時，晉有大夫叔齊及寬。漢有魯相鬱。自魏晉以降，未有顯者。今其族獨盛於吳江，居黎里者，十室而五，多不相通，蓋同所出也。君之曾祖曰琪，祖曰璣，父曰思遠，世掌田賦於鄉。思遠蚤喪，君賴祖母呂氏撫育以長。少從故進士奚昌授《尚書》。景泰四年，以縣學弟子鄉試中式。屢試禮部，不中。君素善書，會修《英宗皇帝實錄》，選入史館。歲餘，將再從禮部試，期必取甲科。時李文達公爲總裁官，沮之。實錄成，竟授中書舍人。一時朝臣當受誥敕者，率欲得君書蹟，來請於門者不絕。君不以勞辭，或以金幣酬謝，輒却去，曰："此職業也。"秩滿，擢南京兵部武選司員外郎，再遷郎中，精勤明敏，益舉其職。今冢宰致仕三原公爲司馬，最器許君。公退，輒召與語。凡掌武選十年，擢知汀州。俄丁生母憂，服除，改知南安。南安距庾嶺，爲海南貨物所入之道。其細民仰負荷爲生，大姓則居積致富。商賈雜處，往往爭利搆訟，官吏受賕，多不得平。君視犯者一斷以法，迄無所上下，至於細民，尤加意撫卹之，必不得已，始施鞭撻，人以爲得牧守體。自君入官，行履完潔，交游所與，能遠貴勢。且爲人坦易，表裏一致。平居善談笑，脫去富貴氣習。其於財利漠然，未嘗枉己苟一介之取。尤不與人較，有粥田者，既受直，後輒倍約。或勸君訟，君曰：「與小人較，自失多矣。」卒讓與之。故仕宦三十年，田廬無所增益。卒之日，家無遺財，其廉介可知也。君喜爲詩，格韻平暢，所著有《學鳴集》若干卷。書法清勁，得晉人筆意。父思遠，以君貴，贈南京兵部武選司員外郎。母黃氏爲宜人，生母計氏封太宜人。妻陸氏封宜人，先卒。三男子：曰舟，曰礦，皆業進士；曰霖，尚幼。五女子：長即適主事吳鎣；次適金澤；餘皆在室。男孫一，曰世恩。銘曰：

嗟嗟汝君，美而有文。我識其人，白而長身。孰不出仕，仕而不反。游樂於鄉，君則不晚。南安之政，視民恐夷。峴山之淚，橫浦之碑。曷不百年？以慰民思。乃斂以殯，子孫環視。亦有知友，事行以次。後知其藏，我銘在是。

江西提刑按察司僉事楊君墓誌銘

江西提刑按察司僉事鄞都楊君致仕餘二十年，以弘治七年八月十八日卒，享年七十三。君諱大榮，字崇仁。天順元年登進士第，初授大理右寺評事，已善折獄，有名法司間。廬陵王恭毅公時長大理，藐視其屬，顧獨見器許。會憲宗命大臣各舉所知擢用，恭毅特舉君，始有江西僉事之擢。江西俗喜訟，詞相牽引，輒數十百人，挾私報復，反覆深巧，猝未易辨。君至，稍加訊鞫，即見情僞。南昌有勢要人被盜，其子堷誣仇家。君察其誣狀，釋去。衆爲君危，毅然不顧，曰：「某不能以民命附勢也。」後真盜出，始皆愧服。建昌豪民楊洪三以盜誣朱槐等二十八人，瘐死且半，亦辨其誣，而抵豪於法，閭邑稱快。九江指揮李貴與百户田春不相能知，巡按御史金忠刻欲陷之，嗾盜引春，春不勝搒掠，誣服。君獨疑之，時多憚金,無敢争者,曰:"案成矣。"君争之甚力,立釋春及同案者十六人。故都御史貴溪高公實傳其事。然君非特折獄而已,嘗分巡九江,盜猝起,設策掩捕之,獲其首舒原一等三十五人。未幾,盜復起寧縣,殺官吏,衆相愕眙,計無所出。君不爲動,曰:"是惡能爲?"徐諭兵士,躬督捕之,獲羅萬珪等七十人。鄰邑爲萬珪餘孽所苦,復遣人潛捕獲之,凡五十二人。自是所部帖然,無敢爲梗者。君既以才具自負,恥隨俗上下,大忤當道者。秩將滿,竟乞致仕去。部民數千人争走上司,請還君。君不顧而行,士大夫歎其高致,多賦詩送之,今張學士廷祥爲序其首。君既家居,非公事不至縣門。然事有不平者,亦言之,令不能嘿嘿也。家故饒裕,更斥所有爲義事不一。至所感遇,往往發之於詩,歲久成編,號《静軒集》云。君之先爲麻城人,五世祖德元仕元爲萬户,統軍於蜀,始家鄚都。曾祖繼祖、祖文興俱不仕。父弘道,陰陽學訓術,贈文林郎、大理右寺評事。母戴氏,封孺人。娶吴氏,封如其母,先卒。子男六人:曰孟琦,華陰縣丞;曰孟瑛,刑部主事;曰孟琳,陰陽訓術;曰孟瓊;曰孟瑶;曰孟瑜。女十人:長適蘄水縣主簿文學,次適承事郎夏邦政,次適貢士張閱巖,次適千户羅璋,次適貢士牟正大,次適縣學生黄吉,次適國子生易象,次適縣學生王寅,餘尚幼。孫男五:曰乾,曰蒙,曰頤,曰晉,曰巽。女六。曾孫男二。於是孟瑛將歸葬其父,既卜得卒之明年某月某日,以其父平生宜有銘,自爲狀來請於予。予曰:"子之母之葬,嘗書其墓矣。此宜他圖。"則固請不已,及叙而銘之。銘曰:

楊在巴蜀,自楚而分。有家爰起,以武統軍。既歷四世,爲僉憲君。邑故樸野,科第無聞。君游鄉校,褎然出群。遂取甲科,始顯以文。孰不入官?人亦有云。凡治刑獄,頗類放紛。君在臬司,强抑冤伸。群盜歛蹟,況敢信信。直道自信,掩其功勤。雖不獲上，卒信於民。投劾而歸，早奉其身。扣船其留，毫倪蔽津。高位不酬，大臺漸臻。乃以其餘，遺其後人。過庭受教，儒服振振。仲也刑曹，復繼清芬。樂哉鄉社，几席前陳。邑令乞言，禮爲上賓。何命之遄，歲行在寅。奄忽即世，莫知其因。龍停之原，若堂者墳。琢石叙述，永闋幽窀。

山東德州同知韓君墓誌銘

　　成化丙午，山東德州同知韓君以病乞致仕，白於巡撫都御史無錫盛公。公以君可用，不許。君請益堅，則許之。因嘉其恬退，以爲屬吏勸也。乃給官舟，遣人護送還鄉，所以禮待之者甚至。仍畀以"符有履歷年深，操持潔白仁厚，牧民人皆稱頌"之語，所以褒獎之者尤切也。君既還，日與親戚故舊游宴閭里間，以樂時復爲詩章，與知友相倡和，因自號樂閒以見志。他日，過予，握手叙少壯時事，相與感歎。乃曰："某蒙朝廷之恩，當州郡之寄，愧則多矣，而勞亦甚焉。今獲奉身而退，以尋晚歲之樂，回視同輩，存者幾人？則勞雖甚而幸亦多。然人豈有久幸於世者哉？蓋數年前，嘗即某鄉預爲葬穴，而黃州通判吳君元璧既爲壽藏之銘。今弘治丙辰，年且七十四，而實病矣。願更爲誌銘，以及我之見也。"予曰："公雖病而狀貌加壯，年雖高而食飲則豐。何遽爲是？"則不以爲然。數具書來促，繼之以詩。曰："某實病甚矣，恐不及見矣。"爲之惻然。君名熙，字彦哲，姓韓氏，世爲吳人。少入郡學，習《尚書》，翹然諸生中。累舉於鄉，不偶。循例入國學，居數年，始選授德州同知。德州距京師不遠，舟車上下，號爲要衝。君日夜酬應不倦，州守倚之。上官知其才，數委以事，亦惟君廉公，人故信之，而事皆濟。若清軍伍、運糧餉、訊冤獄、賑饑民及造浮橋數事，州人皆能言之。君和厚人也，接人歡然，人有急難，亦善排解。性疏通，然重名檢，不肯爲無恥事，見士大夫之賢者，則樂親之。治家不紊，子孫能奉其教，而僮僕亦爲盡力，故君得白首安享其樂焉。大父文誠、父永昌，皆以隱終。母某氏，以永樂癸卯某月某日生君。君娶張氏，先卒。子男二：曰玢，娶高氏；曰瑾，娶顧氏。女一，曰秀卿，適袁鼐。皆蔣氏出也。孫男二，女二，皆幼。銘曰：

吳城之西地惟吉，陬日召工作幽室。有禄不饗守官律，埶厚其藏惟此物。欲掩其幽俟百襃，吾言不欺尚可質。

明故福州府知府張君墓誌銘

弘治八年冬，福州府知府張君述職於朝。明年，既畢事，將還任，便道過家，俄以疾卒，實閏三月三十日也，享年六十四。其孤瑶方治葬具，趨吳中，以南京兵部郎中華山之狀來乞文表於墓上。予念君北上時，嘗過謁予，今幾月耳，遂至於此，爲之慘然。君諱遜，字時敏，號鈍軒，姓張氏，無錫人也。曾大父均佑，元萬户。大父定，考文簡，皆不仕。君少入縣學，爲弟子。年二十四中鄉舉，後五舉進士輒不中，始授福建同安知縣，至即以廉潔自勵。大書座隅曰：“不如是，神其殛之。”早夜施政，勤敏不懈，修舉廢弛，賑濟窮民不擾而食足。有內侍家故居邑中，恃勢豪横，侵占田園，一切奪還之民。豪户有丁三百餘，稅糧不時納，追徵輒及族長，往往瘐死獄中，驗其人而均派之，始無逋負者。治爲諸縣最，部使者每舉君以爲縣令法。因奏請旌異，遂擢福寧知州。州治頻海，盜賊出没爲害，遣人捕之，即皆散去。其爲政一如同安時，以丁母錢氏憂去。服滿，適涿州缺守，州事劇難治，乃以授君。涿邇邇京師，路當要衝，公使人往來如織。君量民出車，籍記姓名，使旋相受役，始無往時不均之歎。州有滯獄，至則決之，人服其明，訟始息。已而天旱，蝗生，捕之殆盡，是秋穀倍收。明年，蝗益甚，積地尺餘。君焚香祝天，悉西北飛去。部使者復奏其績，獲給誥命，進階奉直大夫協正庶尹。贈其父如其官階，母爲宜人。室邵氏贈宜人，繼王氏封宜人。又明年，始有福州之擢。初至，事方冗積，未幾，裁決無遺，及事有不便於民者，竝罷之。乃平徭役，公用度，使吏無所用其奸。又禁凶惡不得自逞，其徒畏法，爭斂跡以避。每旦上堂，吏左右立，燃燭治文書不休。藩臬二司在上，督責稟承，不遑暇食，而君處之裕如。君爲守令，多慕古循吏，其所施設，大率以養民爲務。故去任之日，民輒留之。在同安時，立石道旁，稱頌德政。持金餽賕有追至數百里之外者，君既拒却，民亦立石頌之。及去涿州，爭脫其鞾，懸於坊市，以示不忘。事雖不古，亦足以觀民情也。蓋官不必崇，惟其行乎志；政不必異，惟其得乎民。屢仕州縣，莫非親民之官。志之所至，無所不遂。惠澤下被，民多懷之。彼列清貫、居要地者，非無其人，考其平生，亦足讓乎！故載其治行一二以慰君於九原，且以爲其子孫之慰耳。君二子：長即瑤，次琇，俱縣學生。女三：長適華麟祥，次適盛奭，次許談一駿。孫男四：曰伯徽，伯純，伯馴，伯師。

亡兄處士墓誌

亡兄諱宗，字原本，姓吳氏，世爲蘇之長洲人，先修撰東庄府君長子也。先君初娶居氏，生吾兄。居氏既免身而没，賴祖母韓氏保護備至，而繼母張安人更鞠之如己生，迄長以大。吾兄生而謹畏，未嘗出門與里中兒嬉戲。既入小學，誦習顒勤，不以風雨寒暑廢業。年十七八，先君以少兄弟而家事方殷，使分掌之。吾兄於事輒能治,其治事,左右簿籍,雖一錢、尺帛必謹記注。久之,出入歲月,莫有能欺之者,人以"克家子"稱之。素寡交游,倦酬應,故或終歲不出里門,里人至有不識其面者。性復儉約,室無妾媵之奉。衣履敝,必更浣濯補綴服之。尤好潔,所居汛掃拂拭,日數次不厭,至於庋置器物,亦必有常處,蓋其爲人如此。寬既竊科第,仕於朝,鄉鄙以爲貴顯矣。然吾兄自處如前日,絕無驕佟氣,人益賢之。成化乙未之秋,寬得旨歸省,而先君不幸已棄諸孤。兄弟相見,抱持慟哭,孰意明年而吾兄亦以病不起。嗚呼,哀哉!蓋吾兄待人極和易,終其身未嘗以惡聲加人,故卒之日,自繼母王安人而下,哭之皆盡哀,而傭奴輩亦有泣下者。其生永樂庚子八月五日,卒以成化丙申八月二十八日,享年五十有七。娶同里陸氏。子男二:曰奎,曰𤩴。𤩴習進士業。女一,曰淑真,適夏靖,先卒。孫女一。以卒之明年十二月四日葬於吳縣五都太平鄉花園山之先塋。將葬,寬既請少司成費廷言先生銘墓上之石矣。復取嘗所述事行刻之,納於墓中以爲誌云。

陸秉誠墓誌銘

陸自晉以來,爲吳郡著姓,更千百年,陸姓者,里有之。若其家之盛衰,族之聚散,則係其人之賢否耳。距秉誠二世,尚有仕爲縣佐者。自時浸亦無聞,若秉誠,在子孫中其殆可稱者乎!秉誠諱忠,爲則新之孫、以高之子。母曰李氏,氏没時,秉誠年甫十四。又二年,而以高没。一旦遂管家政,人爲其素不習事慮,而秉誠輒能貿易以爲衣食謀,妻子訖賴其溫飽,視群從家,幸不與俱墜。性孝友,常痛不及養親。遇時物,必薦生鮮。兄弟一,女兄既嫁,事當行止,朝暮咨之如母,此其可稱者。秉誠娶王氏,無子。再娶何氏,生一男，曰鼎。一女，曰素清，適張釗。側室生一男，曰節。孫男二，女一。秉誠生於宣德丁未四月八日，卒於成化丙申二月十二日，享年五十。以歲戊戌三月十一日始葬於吳縣五都太平鄉花園山之原。予兄原本，其女兄之夫也。故二子來求予銘。銘曰：

太平之鄉，山水深長。中有幽室，斯人斯藏。百年爲期，而止於此。慰以一言，息我以死。

逸晚翁壽藏記

《禮》曰：百年曰期。故予嘗論人之生，以一日譬之：五十以前，日之晝也；五十以後，日之夜也。以四時譬之：五十以前，時之春夏也；五十以後，時之秋冬也。明乎是說，則能達乎委順之道。達乎是道，則能治乎豫備之具。是故鳥宿於林，獸藏於山，知乎夜者也。魚潛於淵，蟲蟄於室，知乎秋冬者也。惟物尚然，人不如物，可乎？見世之將老者，或爲人衣衾，或爲之棺槨，或又爲人之葬穴，蓋知斯理之必然而豫備者，是以君子與之。若吾里逸晚翁，其所謂知斯理而能豫備者乎？或以翁家素饒裕，故爲此。彼貧者，雖故爲而力有所不能，蓋無財不可以爲悅者也。是殆不然。夫貧者，勞苦困迫，求無所得，欲無所遂，不能以自存。往往呼天以祈死，然人終不與之者，蓋非發於中心之真也。富者則異於是，安康欣樂，求無不得，欲無不遂，故常以死爲諱，有不忍言及之者。於此而及之，則發於中心之真而知斯理之必然者也。弘治壬子，翁年六十有六，乃八月之吉，即吳城西横山先塋之側命工作葬穴。土厚而燥，材良而堅，深廣僅容，不侈不儉。功畢，以其子塗居京師，俾請文以爲記。予與翁居甚邇，且有交親之好，欲辭之不可。會塗將歸省，請不已，則書此授之。翁名瀚，字宗大，自號逸晚，姓湯氏。其先家江陰，後徙於蘇，爲吳縣人。曾祖曰潤卿，祖曰均澤。父曰彥祥，贈大興縣知縣。母安人楊氏。湯爲吳中大族，聚居凡百人。翁於同母兄弟最少，少即敏恪，善治事，事難決者，諸兄顧咨於翁。翁更服勞不倦，數賈於外，以資給其家之用度。久之，積更厚。及其兄渭起太學，知大興縣，雖有禄入，凡用度愈資給之，渭竟以廉吏稱。至遇人謙和，士大夫多喜與交。若郡太守行鄉飲禮，翁得預賓席。比歲郡中饑，有勸分之令，翁出米若干斛，授承事郎。時有司急於賑岬，多濫及里人，謂翁獨宜，而翁亦不以爲榮也。配徐氏。子男五人：曰瑤，曰璋，曰璽，曰塗，曰珙。璋、珙俱早卒。璽爲伯兄後。塗，鴻臚寺序班。女一人，適袁泰。孫男二人：曰似，曰俶。是爲記。

卷第六十四

墓誌銘一十首、埋銘一首

明故承務郎湖廣桂陽州同知楊君墓誌銘

君諱士儆,字敬甫,姓楊氏,福建建安人也。曾祖伯成,贈少傅、工部尚書兼謹身殿大學士。祖榮,少師、工部尚書兼謹身殿大學士,贈特進光禄大夫、左柱國、太師,謚文敏。父錫,不仕,鄉人私謚貞素先生。母詹氏,繼母劉氏。世有厚德,發於文敏公,功業在朝廷,儗古名相而門户顯榮,當世無比。君生長盛族,好學如寒士。當其幼稚,文敏公方賜告歸,諸子孫環侍左右,視君氣貌,獨心奇之。稍長,游郡學,遂登鄉貢。上禮部試,不偶。入國學,時邢公遜爲祭酒,抗顏待士,閲君試卷,甚加稱賞,厚禮遇之。兩遭家艱,以不得取甲科、繼先世爲恨。竟授中書舍人,俄坐從子,累調惠州衞經歷。人謂君被挫,當自弛放。至則益治政務,宿弊漸除。有軍帥素橫,已罷官,猶私役士卒數輩。君立俾復伍,軍吏振肅,相戒毋犯法。於是郡守以下有事皆就咨訪,士子更多執經從學,舉於鄉者遂盛。凡六年,以考績過家,乃留不上。今上即位,有詔京官註誤外補者,量加擢用,始得桂陽州同知。君歎曰:"吾病矣。安能復奔趨郡縣間耶?"竟乞致仕。又十年,益病。俄中夜起浴,更衣。平明,肩輿造郡學,徘徊而歸。又明日,卒,兩僮挾坐,神爽不亂。實弘治丙辰六月十九日也,年六十四。君偉狀貌,美鬚髯,望之知爲奇士。雖目眚，手一卷不釋。性無他好，見奇書輒重購之，或從人假借。下至僮僕，亦善謄寫，故藏書甚富。至於古書畫，尤能品鑒不差。所與交皆當世名人，若文莊丘公、惠安胡公、太僕少卿李公，其尤善者。考訂文義，多見書札。君母早世，鞠於繼祖母劉夫人，言及輒流涕。士儀有遺腹子旦，特撫教之，至登進士第，今爲吏部員外郎。至於里人，多加恩意。然素直少容，往往面斥人過，曰："吾不能阿意取容也。"因自號直菴，亦取直道事人之意。娶江氏，參政鏌之女。子男二：長易，鄉貢進士，次遷，俱庶出。孫男一，女一，俱幼。將以卒之明年某月某日葬於登仙里之原。予適上京師，君之從子亘以順天通判候我於河上，曰："世父不幸没矣。"爲之驚悼，蓋不意良友之遽失也。亘因述治命，以墓銘請，且自爲狀授予，意甚懇至。乃爲書之，銘曰：

唐有姚宋，相業不誣。後世有人，望爲魏謨。仕路徊翔，吾實以病。豈義之忘？亦惟有命。儲書充棟，遺其子孫。無忝先世，以酬國恩。偉然其人，嗟不可作。最其平生，於此焉託。

明故山西等處承宣布政使司右參政前兵部左侍郎致仕張公墓誌銘

山西右參政、前兵部左侍郎張公以疾乞致仕，凡再上疏，詞益懇切，始得旨。將行，竟卒於官舍。實弘治戊午二月十六日也，享年六十三。初，公在兵部，會土魯番侵擾哈密，累歲未已。朝議謂哈密爲通西域要路，自文皇帝時，王其酋長，給以金印，俾屏蔽一方，今微弱不振，宜得文武大臣有才望者往治其事。時公方佐兵部，上乃命公，錫之璽書，所以責成之者甚切。公至，謂："比來夷狄肆侮，邊將不能備禦，此威令不行所致也。"始奏調分守副帥一人，罪鎮守以下官三人，爲誤事者之戒，且謂："禦戎之道，當先固我疆場。如永昌鎮夷比近甘肅，今永昌既被殺掠，而鎮夷人戶牛羊茁壯，虜尤垂涎，兩路孤懸，實難防守。宜擇有謀勇者三人，各率游兵二千，互相策應，内既無虞，徐圖其外，則番族小醜不足治也。"既乃詢謀群策，籌畫計慮，且暮不遺。久之，乃合衆議，條上六事：一、定酋帥。謂哈密寄居邊城，歲久，供費不貲，殊非長策。今其地殘破，旁有苦峪城，合給與耕具、種糧，遣回居住。特設酋帥一人、副帥三人，各給冠帶，以統攝之。二、除亂本。謂哈密既弱，下人數叛其主，投順土番，願爲郷導，至殺虜其王，占據其地。今其人家族寄居於此，必來省視，或充貢使而入密，識其人即擒捕之，以正其罪。三、訪夷情。土番西距哈密七百里，譯知其國城堡傾頹，兵馬稀鮮，特恃嶮遠，有急則易於北走耳。當先用間諜以離壞其黨，然後出其不意以掩擊之。四、遏亂略。土番累受朝廷金繒之賜，其志益驕。今所賜物宜追還之，仍閉關却絶，勿與交通，且拘其貢使，特縱其一二歸，語其主，俾自審去就。彼既計窮，必來款塞，再議處之。五、固封守。肅州臨邊設鎮以來，臺堡相接，僅爲守望之計。雖有嘉峪一關，卑隘不稱，宜加修築，務極堅完。更展城垣、建樓櫓，以爲貢道偉觀。六、預調度。夫虜騎犯邊，每以冬月，宜以其時於緣邊要地預屯重兵若干，以便應援。又須預練游兵若干，以俟調用，仍儲芻粟若干，可給五年之需，則庶乎有備而外患可免也。他所建請者尚多。事下兵部，集議於朝，尚書馬公以公籌畫深遠、計慮精詳，非苟簡於一時者比，輒覆奏行之。於是土番始相畏服，而哈密漸得以自立矣。乃復修土功以廣戍守，飾兵器以便戰伐，皆爲經久之計。西方既無事，公乃還朝。將陛見，或謂宜疏經略事目以上，公曰："吾昔已具奏矣。"已而言官劾公不俟召而還者，遂落職，有山西之命。衆以公久勞於外，今不發一矢坐制黠虜之亂，當蒙顯擢，顧以微眚去，意公不平，而公即已赴任矣。至則益事事不懈，蓋踰年遂致仕，及卒，人尤惜之。公諱海，字文淵，姓張氏。少游鄉學，爲弟子。性敏而勤，才名特著。天順己卯，山東鄉試第一人。成化丙戌，登進士第，授戶科給事中。進左給事中，再進都給事中，遂擢順天府丞，再擢太僕寺卿。丁內艱，服除，適吏部尚書尹公以怨謗去位，一時鄉人皆遭貶斥，公得雲南鶴慶府知府。弘治戊申，今上嗣位，召還爲順天府尹。明年，拜兵部右侍郎，進左侍郎，已乃降授參政。平生履歷如此。公素剛直，居諫垣，一時同官建言章疏多出公手。數因災異陳時政得失，劾兩京大臣之不職者。爲府丞時，一中要方用事，勢張甚。尹以公事偕公往見，先屈膝。公獨立庭下，人爲公危，而公自如。及爲尹，公事填委，裁決無滯。性更廉潔，位既通顯，猶僦屋而居。喜文事，發於論議，燁然可觀也。張世爲濟南德州人，公之祖忠、父鵬擧俱以公貴，贈通議大夫、兵部右侍郎。祖妣孫氏、妣李氏俱贈淑人。配潘氏封淑人。子男二：曰弘謨，曰弘文。女六：長適舉人馮一中，次適吳江知縣前進士郭郛，次適生員李璇，次適舉人楊籠，次適生員趙子儀，次許生員鄒頤賢。孫男四：曰儻，國子生；曰佳；曰佃；曰佩。將以卒之歲某月某日葬於州城東三里。弘謨遣其子儻奉公之門人前春坊庶子王世賞狀來乞銘，而吾僚友侶公，公之同年友也，哀公之志行，爲之請曰："願有述以慰公於地下。"予辭不獲，乃叙而銘之。銘曰：

九河東導，古有平原。孰築而藏？張公之阡。公起甲科，始居諫垣。侃侃正色，我責在言。纍列清貴，戾飛於天。倏退終起，如鵝與鳶。公抱儒術，以修吏事。豈惟能官？夷險一致。乃佐司馬，邦政攸司。醜虜何爲？跳舞西陲。寇養未殄，彼驕且疑。天子曰咨，汝往正之。幕府運籌，將士禀命。却使閉關，練師補乘。坐伐其謀，我道自勝。強摧弱植，詡詡以定。公曰旋哉，將士且休。歸報天子，以釋西憂。功未及酬，而底於罰。自古則然，拘以成法。聖明燭隱，遐棄畢還。況也論功，終宜賜環。美疢在躬，公不可待。西望金城，方略具在。託以銘詩，良史當采。

承事郎鄒府君墓誌銘

無錫之士出而仕者多矣。然其野亦多隱君子，其尤以介直稱者，靜修鄒府君也。君諱賢，字佑之，自號靜修。世爲無錫人，其族在江南，唐有都官霖，宋有忠公浩，世次可考。曾祖曰伯惟，祖曰洪昭，父曰以善，皆居田里，有隱德。以善娶同邑處士華思濟女，生子四人。府君，其長子也。少失父，能執喪如禮。稍長，以嗣守先業爲難，惓惓焉。語諸弟，諸弟顯之等既奉其教，而府君經畫尤勤勞。家益裕，鄉人賴之。或空乏，輒造門稱貸，府君一弗拒。惟其取息甚廉，且暮稱貸者益多。後其人不能償，在他人，必逼取之，府君即戒其下曰："彼貧耳，非負我者。"遂折其券，不復校，人以爲長者。當荒歲，米價踊貴，他人多加息，府君不可，曰："乘時射利，吾不忍爲也。且吾先世以義起家，又何忍違之？"及佃人輸租，遂減其額，荒甚則盡除之以爲常。人感其惠，不特無所怨而已，異日輸租，皆爭先而至，無敢負者。於是他召怨者紛然陳於官府，若府君，終身名不挂訟牒，人又以爲難。其治家嚴肅，晨起謁先祠畢，退御家衆，俾分治公私事，必隨其材授之。凡錢穀出入、吉凶百需，以及分給上下衣食，皆有常數而籍記之。里族以空乏告者，視其親疏而量助之。以嘗出粟助官府賑饑，例授承事郎，強之，始受。後更出財爲工役之助者不一，或勸其行賂以結納者，則痛拒之，曰："吾未嘗爲不法事，顧先於法耶？"勢家有求婚姻者，必謝絕之，曰："吾不敢以男女之好憑藉其氣力也。"弟遂之先卒，撫其孤甚至。族姪有早世者,婦孀居無子,乞其孫爲後,曰:"彼自有兄弟,後當生子可繼。吾苟從之,是利其所有也。"其婦至訴於官,竟不從。故事有非義,往往違乎流俗,咈乎人情,無暇恤者。於是鄉族有爲非義者,惟恐府君知之,固有化而爲義者矣。府君性喜讀書,嘗有感於諸葛武侯之語,名其齋曰靜修,因以爲號。晚歲益自謹畏,作堂曰戒得,可以見其爲人矣。弘治十一年,府君年六十八,四月二十二日,其生辰也。俄以疾卒,遠近傷歎,有泣下者。娶華氏,出其母族,賢而克配,先卒。子男三:曰愚,承事郎;曰魯,先卒;曰鈍,邑學生。女四,適華鐸、華奎、錢仁、徐元穀。孫男五:益、旦、尚、甫、申。女四。予與府君別數月耳,挺然之色,猶在目睫間,則已長逝矣。因歎賢者宜享高壽,何遽至此?然聞其承家有人,無愧先德,則府君之澤,當未竭也。卜卒之明年某月某日,葬泰伯鄉寧山先塋之側,合其配兆。愚等託禮部主事錢君恩奉、福建布政使致仕陳公狀來乞銘。府君平生好文事,每以相屬,今既不復見,忍無以慰之乎?爲之銘曰:

有縣惟壯,延陵故疆。有士惟美,德蓋於鄉。問其鄉人,德如之何?口不能言,惠我則多。惟彼宵人,好行不義。義不可行,發其內愧。仁厚之事,介直之聲。施於有政,止於家庭。彼有政者,竊位與祿。孰使鄉人,相向而哭。惟古隱逸,風旨猶存。後有過者,式茲墓門。

姪孫健埋銘

惟吾兄本齋府君有子曰裔。裔有子曰健,生有美質,自爲兒童,不好嬉戲,凝重如成人。稍長,習舉子業,日從經師游。既冠且娶,俄得疾,家人見其素壯,尤善飯,易之。其妻之父,名醫也,診其脈，驚曰："是不可救！"越三日，果死。弘治十二年六月二十一日也，年甫二十一。其父與母張氏痛健早世，不忍即葬，以又明年十一月二十八日始葬於南橫山之北祖墓之旁。健娶王氏，遺腹生一女。往予居家，見健向學不懈，及視其所業可進，謂他日必能繼取科第，而何負吾望耶？齋以書來，欲得一言爲埋銘。銘曰：

物之成毀，皆有數存。汝質雖美，能永其身。其藏其瞑，以無傷其親。

黃和仲墓誌銘

弘治己未冬，和仲以太學生謁選吏部，館予家。明年夏，得疾，逾月加劇，醫不能治。或勸之曰："銓法：不願任職者，例授一官榮身。君當得州佐，於君意何如？"和仲謝曰："吾自束髮，蒙朝廷造就，至今曾不效一日驅馳之力以報厚恩。又徒叨命服之榮以嬉游鄉里間耶？"會其友柳貢士子學將南還，則勸之還家就醫藥，竟從之。予視其病勢，爲治棺納舟中。行至德州，以庚申十月六日卒。子學爲斂如禮，返柩於家。以辛酉九月九日葬於吳縣薦福山先塋之次。和仲諱篋，字和仲，自號夷齋，姓黃氏，世爲吳人。父克禮，母徐氏。生二子：長曰塤，早卒；其次爲和仲。幼入郡校，從予學，與故解元賀君其榮、今僉都御史陳君玉汝同講習。累應鄉舉，不偶，乃貢入南雍。久之，歷試留務，俟選家居者又數年。常自歎其衰，不得久仕。豈意遂不仕耶？然使和仲仕，其才未可知。若其清愨謹畏，稱爲良吏可知也。其平生擇言而發，擇事而行，又人必擇而交。雖杯酒相歡，坦然忘形，其中介然者固在。往時，郡守李公聞其賢，延爲塾師，僚佐皆遣子弟來學。和仲出入官署，深自晦匿，人不知爲太守客也。治家秩秩有條，雖一飲食不苟。家臨市中，遠商與鄰往往以白金相託,率不封識,蓋人服其信義如此。娶同里王氏,有内助功。子男三人:曰鶴,娶盛氏,宋文肅公度十七世孫;曰鵠,娶孔氏宣聖五十九世孫;曰京,尚幼。女一人,許適劉轂。孫男三人:曰堂,曰閱,曰某。女五人。先葬,鶴、鵠具書來乞銘。自予聞和仲卒,惜其志鬱弗少伸,又恨其死於道路,不於我殯,爲之流涕。今其孤寡煢然在室,忍無一言以助其喪乎?和仲卒,年五十九,此所以自歎其衰者。銘曰:

身不即仕,傷哉即死。仕不徒名,死而猶榮。

兵部武選清吏司郎中陳君墓誌銘

兵部武選清吏司郎中陳君一夕病作,暴卒。士大夫相與痛惜之,其尤厚者,則往哭之。若武弁軍校,亦多有嗟歎聲。噫!君居官不以聲勢臨下,直沉静耳,何以得於人者如此?蓋君爲人清而不激,公而且恕。勤勞而不以爲功,誠恪而不以爲德。惟其久任,而人信之。文武選對設,自前代已然。至國初右武,尤重其事。百餘年來,武以世官傳歷。既置所謂黄簿者藏於天府,專官清理,然其人升降、改調、罷革、宥復與新舊、繼絶,例紛然如毛,率難於事選者。且其人往往附勢冒功,勢家多爲請託。君輒遜謝之,曰:"法如是耳!"有言武官冗食,坐敝天下,當盡革旁支承襲者。君白於尚書馬公曰:"此非律例意。合稽其本支,凡出立功授職之人後者,仍得承襲。餘當如所言。"他日,又有旁支乞請者,君復謂:"此輩久隸官籍,若援近例一旦斥絶,彼安所歸乎?況今行伍缺乏,尚欲募人補充。若授其人以一隊長,令本衛食糧操練,庶兩便。"又一武官子某甲未及承襲,犯强盗而死。其弟乙年幼,告優給於例。犯强盗者,子孫不得承襲。君以爲:甲爲盗,且未授官,乙固非爲盗者子孫，不得援舊例，然亦其弟也，不稍抑之，則無以示戒，宜視其父職降一級，食優給，俟其長，襲所降官。馬公韙其議，悉奏行之，遂著爲令。他所議定者尚多。會詔大臣各舉其屬才行可超擢者，公遂以君名上。然尤重其去留，以爲助者久之，不意其竟止此也，公以是尤惜之。君諱愷，字企元，姓陳氏。世爲蘇之崑山人，居邑之東。太倉有衛學，君少游其間，從《易》師習舉業。成化戊子，登應天府鄉舉。纍試禮部，不偶，益力學自奮。甲辰，竟擢進士第。弘治戊申，初授主事。癸丑，陞署員外郎。是冬，實授。乙卯，陞署郎中。丙辰，實授進階奉政大夫。蓋任武選者十四年，卒年六十，時辛酉二月七日也。曾祖福一、祖穎俱不仕。考傑以公貴，纍贈武選郎中。妣龔氏，纍贈宜人。君娶許氏，封宜人。二女：長適學生魏瓛，次許贅查玄復，故孟津教諭若庸之子，俱庶出。以從弟胤子苣爲後，從治命也。於是胤聞訃來，扶柩歸，將以卒之年某月某日葬於城西姚涇先塋之次，持狀來乞銘。予與君同舉於鄉，相知三十餘年，銘實宜爲。狀爲君同官劉君挺所著，而翰林修撰毛君澄，君之鄉姻也，復以書來，所以互述君之賢者甚備。夫居鄉有行，鄉人知之，惟其居官，容有不知者，故略及其一二事云。銘曰：

貌之黯然，若有憂思。人所知者，匪以其私。不見其人，亦已踰時。哀此孤寡，蕭然總帷。家有嗣續，禮亦宜身。爲正郎官，不卑賢哉。有響其永垂。

劉美存墓誌銘

劉儆美存，資端謹，幼即不好嬉戲。有餽以鴿，令畜以弄者，固却之。獨好書册，長游吳學，居諸生中治進士業，輒合程度。舉於鄉，屢不偶，然無嗟怨聲。事其父都憲公、其母李恭人，甚得子道。

都憲公仕於外，代理家事，事紛至於前，處之裕如也。某有喪，不能舉，或爲持券假貸，意其恥也，陽辭之。他日，袖白金潛往爲助，且戒無令人知。其人感德，竟不能隱，人知其心之厚也。其年三十三，俄以疾卒。稍相知者，皆痛惜之，曰：「美存爲人，不宜致夭。而何以得此？」於是都憲公巡撫蜀中，得凶問，憯絶投牀下，即日引疾歸。歸而撫其棺，大慟曰：「兒果逝耶？吾不可不暴吾兒之行。」乃自叙述來請。蓋予與都憲公相知久，因知其子之賢，痛惜尤甚，忍無一言以慰之耶？劉氏之先出清江，宋名臣原父之後。七世祖持矩仕元爲行省都事，始徙新淦。高祖雲芳，國初編戍於蘇。雲芳生迪吉，迪吉生謙海，謙海生宗正，宗正生三子，其季曰纓，即都憲公。公既貴，纍贈其父太僕寺少卿，母張氏纍贈恭人。娶恭人李氏，生一子，即美存。美存娶諸氏，爲曹州同知祥之女。生一子，曰過，聘彭氏。二女：長許嫁張某，次許嫁林某，皆仕族。其生以成化某年某月某日，卒以弘治十四年閏七月十九日，以明年十二月某日葬於吳縣上金灣之新阡。銘曰：

才也則成，不成乎名。不成何由？委命勿争。有身則傾，有志不行。亦幸有子，尚待其成。以慰平生，孰非兹銘。

沈府君墓誌銘

邑人沈綱聞其父翠雲府君之訃，走予告曰：「綱客居都下久矣。吾父病，曾不得一日侍，此終身痛恨者。今將歸治葬，如獲一言爲銘，則綱於臨穴之際尚可以逭罪也。」蓋綱之妻，寔予亡妻陳淑人之姪女，故有是請焉。府君諱孜，字文慶，別號翠雲。世爲長洲人，而家比虎丘，爲著姓。大父友之在永樂、宣德間，巡撫大臣以吳中賦厚，方重糧長之設，友之於時已爲郡縣所推擇。父行，娶王氏，生府君。少爲縣學弟子，治《易》勤苦。後以父没而母更老，度不可遠仕，遂謝歸。以農隱，而或業賈以養生。性篤實，不事華靡，與流俗相違。治家尚節儉，故能保其業。待人以謙恭，故能處乎衆。至其奉身之全，畏法之至，故姓名不挂於訟牒，里人以善士目之。其生永樂甲辰仲冬廿六日，其卒弘治丁巳季冬廿四日，以卒之又明年己未孟冬廿八日葬於武丘鄉袁家浜先塋之次。娶魏氏，宋文靖公九世孫。子男二人：長即綱，娶陳氏；次曰紀，娶姚氏，繼吉氏。女一人，適張瓛。孫男三人：元吉，元利，元貞。女二人。銘曰：

際太平之時，望中壽之域。身既克全，志何所鬱？歸於兹丘，其永無陻。

封詹事府少詹事兼翰林院侍讀學士前光化縣知縣王公墓誌銘

弘治十六年二月三日，封詹事府少詹事兼翰林院侍讀學士、前光化縣知縣王公卒。其子吏部右侍郎鏊聞喪去位。上曰："兹朕經筵日講官也，宜有以慰其哀。"乃命有司諭祭公及造墳安葬，皆視三品禮。鏊感激謝恩已，將歸治葬，奉僚友今南京兵部尚書河東韓公狀授其友吳寬，以墓銘請。寬於王氏有契義，敢不諾？公諱琬，字朝用，以字行，姓王氏，蘇之吳縣人。在宋建炎初居東洞庭山，蓋三百餘年於此，族人衆，至以王名其所居巷。公之曾祖曰廷實，祖曰彥祥，考曰惟道。惟道偉然有大度，讀書尚禮義。生三子，公其季也，幼則羸而多疾。正統間，有司選縣學生員，里中子弟皆走匿，公獨請入學，時年二十一矣。自以學後，時恥不及流輩，感憤奮發，其刻苦有人所不能及者。屢舉於鄉，不偶，遂貢入太學。久之，試事畢，授知湖廣光化縣。光化隣荆襄，至則值寇亂初定，居民未蘇，極力安輯。而貴客往來，有事於所謂太岳者，猶徵求無虛日。公不忍重困其民，靳不多與，皆不滿意而去。又山谷流民萬計，大臣盡驅出境，至焚其廬舍以絶之。公獨招徠其人，上官已不悦。後朝廷知驅民非計，遣都御史原公巡撫。公承意指，肩輿入山，諭民所以安輯之意。民相率而至，乃悉編其里社，仍緩其賦役以生養之，皆帖然從令。縣既無事，即興學校，更募民習射，定賞格，以爲防守計。上官以爲迂，滋不悦。在任三年，適其子以進士及第，入翰林，曰："吾有子已仕矣。"遂乞休致，歸築別業於郡城西。自號靜樂居士。公質似魯而識甚明，力似懦而行則果。其與人或忤，亦惟其性之直而不詭隨也。少時讀書有法，每見子弟，語之至於養生有道，則獨得者爲多，亦不自秘也。嘗考其先世可信者修爲族譜，若父祖没久，猶欲以死相從，人尤稱其孝者。蓋其配葉氏卒，以先塋隘，別卜地而葬，且數年矣。後見其子官吏部，以生或被封，没當得恩典，不忍與其妻獨受，無以光於前人也。乃還葬其配於先塋，至是以公合而祔焉，竟如其志。公初以其子貴進階文林郎，再封右春坊右諭德，復至今封。配葉氏，累贈恭人。子男四：長銘；次即鏊；次銓，府學生；次鏐。女三，適某某。孫男八，曰某某。女四。曾孫男二。女一。公老益彊，一日，忽盥櫛更衣，夜半翛然而逝，享年八十四。以卒之年某月某日葬蔣塢，蓋先塋云。銘曰：

　　震澤西望，有山鬱然。王氏居之，歲久而蕃。世有隱德，其德則厚。不食其報，以貽其後。公畜奮志，冀取科名。終焉入仕，以惠黎氓。言與時違，事與志戾。顧其後人，已顯於世。吾德未容，亦有所貽。植槐於庭，世德可追。爰受其名，復享其禄。考終而藏，吉日惟卜。惟此塋域，列於左昭。吾親在兹，其樂陶陶。豈惟樂焉，亦既榮矣。敕葬有光，百世無浹。

蘇州府儒學教授劉先生墓誌銘

蘇州府儒學教授劉先生以天順三年致學事而歸,歸二十年而卒,既葬亦二十三年矣。其孫柰始遣其弟蔣不遠六千里步至京師,以書授其學故諸生吳寬曰:"先大父臨終命諸子以墓銘爲屬,不幸諸子相繼没,其責在柰等,又皆孱弱不振,因循至今,罪甚大也。兹敢奉治命以告。"寬聞之,惻然感歎曰:"先生,吾郡賢師也。寬幼受教益,其何敢忘?"按臨安知府王公佐狀曰:劉出漢長沙定王發之後,代有顯者。其後子孫居泰和株林,再徙吉水夏朗,爲邑中名族。五世祖天聲登宋咸淳乙丑進士第,終桂陽軍教授。天聲生益厚,益厚生維德,世治《尚書》,在前元竝隱不仕。維德生禮,當國初,行科舉,一試有司,不偶,居家教其子纘,竟登鄉舉。纘娶曾氏,是生先生。諱諭,字體信,自號信菴。少與從弟故翰林學士文介公儼同學於家,勤苦特甚。永樂丁酉,與文介聯登江西鄉舉。宣德癸丑,中乙榜,授山東樂安縣學教諭。連遭親喪,服闋,改浙江蕭山。秩滿,始擢教授於蘇,秩再滿,請老,得致仕。成化初,遇詔恩進階登仕郎。先生深於經學,所至教人孜孜不倦。樂安蕭山士,初未好學,自經先生指授,科第始盛。故大學士劉文和公實出其門,且有首冠鄉舉者。於是湖廣秋試禮聘校文,鑒別既精,士皆歎服。蘇爲大郡,缺教授,吏部以先生擬奏,人以爲稱。至則知其學爲范文正公所建,而胡安定、朱樂圃兩先生嘗居師席,曰:"吾敢有愧於先哲哉?"於是先生亦老矣,爲教愈篤。日必坐堂上爲諸生校課業,往往手自改削,而擇其尤秀異者列侍考校,不使暇逸。夜則令宿齋舍,猶爲講解疑義不輟。其語人必以禮義廉恥爲先,以吳俗少儉質,見有服飾華美者輒戒之。人知先生得師道,一時有自外郡遣子弟來學者。郡守重之，入學與爲賓主禮。暇則以詩篇相倡和，而提學憲臣亦不以官屬遇之。先生孝友人也。初仕樂安，親尚在，得一美衣食，必遣人緘奉。弟體實爲安肅訓導，没於官，徒行護喪還鄉。嘗以其族大，親修譜牒，刻印畢，家給一册，即毀其板，曰："毋爲他人得之，以亂吾家世也。"經學之外，爲古文詞，典雅得法，有曾、王遺意，所著有《南園集》《歸田錄》若干卷。其好學，至老手不釋卷。迨致仕家居，猶爲子孫授業云。先生以成化丁酉十二月三日卒，享年八十五。後五年壬寅，葬於里中桂源東坑。初娶張氏，鄉貢進士持永之女。繼娶蕭氏，進士應昂之後，皆有賢德。子男四人，曰范、配、紀、綸。范、紀竝縣學生。女一人，適張耆德。孫男十人，曰蓬、杰、奈、廣、本、府、蔣、廩、蘭、度。女六人，俱適仕族。曾孫男若干人。女若干人。銘曰：

　　古有經師，在漢爲盛。口授其詞，《書》維伏勝。劉之傳經，自宋天聲。五世不絶，曰爲先生。幼處於家，克傳其學。出以所傳，覺彼後覺。先生爲教，先之以身。不戲而恭，不慢而寅。講授有條，亦維善誘。諸生得師，賴以成就。蘇學在昔，有胡有朱。後五百年，合其範模。曷不久留？終惠學者。吾老將休，往投鄉社。諸生之後，寬忝在焉。年稚而愚，實聞斯言。自伏以來，多躋壽考。天厚其躬，見此一老。壽終於寢，哀動其鄉。桂源卜吉，以固其藏。春雨秋霜，墓木拱矣。家仍多故，孰傳其美？先人之責，諸孫是圖。琢石宜書，寬維其徒。

明故通議大夫資治尹太常寺卿任公墓誌銘

　　公諱道遜，字克誠，姓任氏。其先鄞人也。曾祖觀貴，國初長鄉賦，輸賦後期，謫戍温州，遂爲瑞安人。觀貴生傑，傑生公。穎悟不群，七歲能賦詩，作字徑數尺，有法。宣德甲寅，有司以神童薦於朝，年甫十二耳。宣宗皇帝聞而奇之，面試其書，嘉歎，俾即文華殿續學，供給甚厚。未幾，命爲國子生。景泰庚午，初授順天府照磨，仍以書藝供奉。公不圖倖進，每九年考最輒進一秩，故自中書舍人五轉至太常寺卿，仍考最，食從二品俸。凡歷任四十年，供奉勤慎，未嘗有過。弘治戊申，年六十六，上疏請老甚懇，蒙賜致仕而歸。蓋家居十六年，以癸亥八月十七日卒，享年八十二。公爲人清心寡欲，於世味泊如也。公退静處，門無雜賓，室無長物，翛然如衲僧。興至弄筆翰，輒作書畫以自適。或時吟詠，發舒情思，皆山林語，若不知身在禁近者。因自號坦然居士，又號八一道人，亦可見其平生矣。嘗著書一編，推性命之原，窺造化之妙，有邵康節觀物遺意，名集《雲山樵語錄集》。雲山者，公所居之處也。自秘其書，不妄示人。公既歸，貧而能守，愈自高潔。惟日登樓以雲山自娛，未嘗一造郡縣門。前郡守文侯林、鄧侯淮重其風節，數遣縣令、高賓存問周卹以尊禮之。公臨卒，無一言及後事。發其篋，幾無以爲歛。祖、父竝贈嘉議大夫、太常寺卿。祖妣吳氏、妣沈氏竝贈淑人。配孫氏，封淑人。孫氏出同邑名族，爲徽州守某之女，賢惠多材藝。與公處，至老相敬如初，先公三年卒，年七十七。生女一，適孫某。又庶女一，適鮑某。公官三品，例有卹典，於是公所養子永春、永和走告於朝，蒙遣今郡守李侯端諭祭及造墳安葬。卜以明年某月某日，與孫淑人合葬於其山之原。公居京師時，與予特相好，屢過予，焚香清坐，竟日忘返。及公得請去，數致書問訊，山川遼絶，恨不復一見也。知公葬有日，乃爲書此刻石，然公亦豈圖是哉？特盡予之情，且以爲後世告爾。銘曰：

　　望東南之邐迤兮，鬱蒼翠之群山。懷高賢之宅其下兮，渺雲海之回環。把清暉以瞻眺兮，忘冠裳爲何物。謂不能遺世而脱俗兮，終乘雲而倏忽。嗟儒仙之高舉兮,帝念之而莫屈。顧金門之儔侶兮,孰終被乎厚岬。白石粲兮青松長,鑿黃壤兮築幽堂。後世無毀傷兮,庶知斯人之藏。

卷第六十五
墓誌銘九首、壽藏銘一首

陳處士墓誌銘

成化己丑春,寬與處士之子瓊同試禮部,不偶。將南歸,半道而處士之訃至。瓊痛哭不自勝,即日易輕舸,兼程而行。既抵家,哭盡哀,遂圖所以葬其親者,乃泣告寬曰:"瓊有大罪三:少遠游鄉校,不得朝夕居家以事吾親,吾罪一也;游學又不能奮發,早取科第以光顯吾親,吾罪二也;以科第故,去數千里外,親病不及嘗藥,親没不及臨棺,吾罪三也。負此三大罪,吾何以名人子哉?嗚呼!往矣,不可追矣。雖然,親有善而人不知,知之而傳不遠,亦罪也。然欲其傳之遠,非假文詞不可。惟吾親之葬某縣某鄉某圍,既卜其地矣。其年某月某日,又卜其日矣。其事行,又有吾友王抑夫論撰而為狀矣。子知我深者,願畀一言以追我罪。"予悲其言,不能以他辭拒也。處士諱某,字某,姓陳氏。家長洲之陳湖,世以善士稱於鄉。處士之父某贅於邑大姓吾氏。國初,吾既遠徙而陳亦衰落。處士極力田畝間以贍其家,其妻錢氏躬紡織以助之。兩税既充,至身之衣食有不暇顧,蓋其勤苦有如此者。久之,家乃裕。所買田宅,予人直寧厚。里之無行者,以處士仁而可欺也,取其田欲更售之,處士再予之直不校。他售田者,以處士真可欺也,輒欲更售處士,輒再予之,既而里人亦感愧。蓋其醇慤有如此者。遭歲惡,富室貸民粟,取息倍他日。處士曰:"此正吾行惠之秋也,反藉是以自利乎?"卒少取之。後人負其粟至八百餘斛,歎曰:"此非其家之果不足耶? 不然,寧肯負我哉!"皆爲之折券。蓋其長厚有如此者。郡有納粟補官之例,所司以處士名上。處士不欲,部使者固強之。處士亦固辭之,曰:"吾寧出粟,不願官也。"其後郡邑佴董區賦,處士辭之。不獲,則使其子珪代之。蓋其高潔有如此者。處士年既老,母氏尚無恙,依依其旁若孺子。然每旦問安否,莫必設酒肴於中堂,使子孫以次奉觴,歡呼歌嘯,以極其樂。及親以天年終,居喪盡禮,不以老故廢。蓋其孝敬有如此者。嗚呼! 處士之善行,此其大凡也。是不可使人知耶,是不可傳之遠耶? 予交於陳氏既久,視珪、瓊猶兄弟,視處士叔父行也。南歸之日,將拜處士於堂上而乞言焉,然不意不可見矣。惜哉! 處士生於癸未十一月之哉生魄,没於己丑閏二月之旁死魄。子男二:長即珪,次即瓊。女三,皆有歸。孫男六。曾孫男一。女一。銘曰:

陳湖之濱,有此德人。其德伊何? 曰義曰仁。仁不忮物,義不失身。問其名居,古可比倫。漢有太丘,魯有收門。德人已矣,流澤未止。浩浩洋洋,如湖之水。經史滿牀,禾稼滿場。遺厥子孫,如韋如龐。彼美仲氏,登貢於鄉。尚有禄仕,爲家之光。尚有龍章,賁於幽堂。

封文林郎河南道監察御史陳公壽藏銘并序

成化某年某月某日,封文林郎、河南道監察御史陳公作壽藏於其祖墓之側。既成,求寬爲銘。寬,公之里人也,宜知公宜銘。銘曰:

陳本媯姓,虞舜之蘖。滿封於陳,後爲楚滅。完也奔齊,以國爲氏。歷秦漢唐，聞人益起。吳之有陳，自洛而遷。蕩析離居，有德以延。根柢完固，枝葉華鮮。迨至有明，逾三百年。曰鎰有戒，偉然深中。長憲內臺，事我三宗。出釐西土，入保東宮。以亢其家，自卑而崇。厥五兄弟，公也其季。在洪武末，壬午之歲。四月七日，誕生於第。鑄以命名，有成其字。公生嶷然，越自童稺。一似其兄，美鬚鉅鼻。匪貌似之，行實擬之。流澤淺深，隱顯使之。赫赫門墻，驚動小夫。公處其門，視之如無。豈無錦綺，爲衣爲裳。大布厚繒，我服則光。豈無肥甘？爲肴爲酒。盂蔬勺水，我奉則厚。不惟其身，及其子孫。以儉居侈，以謙居尊。昔在同氣，求異其居。公讓不取，如遠而疎。匪家爲謀，唯子之教。僎也秀異，置之鄉校。遂登甲科，監察一道。分司南都，不墨不虣。究厥自來，惟教之效。帝曰汝僎，予爲汝報。錫之封章，爛然堂奧。豸冠峨峨，繡服煌煌。南街北里，逍遥徜徉。匪誇鄉人，君賜惟彰。以頳以頯，以接其兄。公年七十，宛然壯夫。獻酬百拜，從者不扶。達人大觀，萬年須臾。臨淵履冰，幸全髮膚。成必有壞，惕焉預圖。石湖之濱，吳山之麓。纍纍若堂，鬱鬱拱木。鑿窆於茲，我所自卜。從我先人，歛我手足。厥既訖功，既堅既實。載其初終，磨此山石。公之先代，有乘有譜。有諱德卿，是曰曾祖。均錫孟玉，曰祖曰父。以子孫貴，誥贈三老。贈之何如？都憲宮保。母高繼翁，贈皆夫人。公娶顧氏，封孺人焉。生三男子，曰俊、儀、僎。僎終僉憲，卒與俊先。女子惟一，周紀是姻。孫：淮、漢、潮、浙、汴、沆、涇。維漢暨汴，將有科名。有三女孫，其一未行。男一女四，是維孫曾。陳德未衰，後當繩繩。論撰執筆，著之茲銘。

封奉直大夫戶部員外郎林公墓誌銘

林爲閩著姓,考其初多遷自固始。公之先則始遷者,曰唐左朝奉大夫穆。數傳至禹臣,宋中神童科。長子津爲尚幹官,而家益大。津三傳曰天錫。天錫生必方,必方生昌茂,世有隱德。昌茂娶宋氏,生子四人。其季,公也。公諱樵,字汝談,以字行,別號梅竹翁。爲人孝其父母,而友愛其諸兄甚至,居鄉里間,惇尚禮義,至老不倦,人皆能道之。蓋謂其孝曰:公侍母疾,必躬奉湯藥,不以委人,夜必獨處,而嘿禱於神以祈佑。母沒,事父益謹。他日,父疾更作,適鄰郡盜起,人爭爲避匿計。公獨抱持其父,無使驚動。及父沒,日惟守喪次,不以事變中少違於禮。謂其友愛曰:兄有患勞瘵疾者,俗忌傳染。或謂公宜遠之,則侍奉益親,兄竟沒於其手。其奉先,忌日必祭,月朔必薦,以至出告反面,一遵古禮而行。雅好客,所以款接而餽遺者,禮意甚洽。嘗築別墅以與客游,置琴弈,樽俎其中,相與歡然也。家故饒裕,至鄰里有急難,輒周卹之,無所吝。嘗曰:"吾父歲散穀三百石,行之七年而沒。今吾以食口衆費去,所散穀安得如吾父之數?終身行之乎!"蓋謂其尚禮義又如此。公有子,尤善訓誨,幼即諭以先世事,使知立家之難。稍長,延良師於塾教之,而時親校其所業,不少縱也。後二子塈、墍相繼擢進士第,列官於朝,人爲公榮之。於是公用塈貴,初封工部主事,加封今官。歲丙午年,已七十餘,二子竝以公事過家,捧觴稱壽,人益爲公榮,而公亦自以爲樂也。已而公戒其子曰:"吾幸康強,汝輩宜勿以私情顧戀。"及皆還京師,而公以明年正月五日卒矣,享年七十有三。二子既聞訃,予往弔之,則悲慟不勝,且以墓銘跽而固請。明日,乃奉其友周戶部公載之狀來。公爲人,予昔聞之故翰林編修李士英。蓋士英嘗教其家塾，知之為深。予既信其狀之不誣，而壆又與予為同年相好，其何忍違之？公娶葉氏，封宜人。子男四：曰壆，今為吏部郎中；曰墅，工部員外郎；曰址；曰坴，鄉貢進士。女二：長適黃剛，次適府學生陳鏗。孫男四：曰鑛，曰釴，曰鑰，曰鋼。女二。以戊申某月某日葬於閩某山之原。銘曰：

閩越有民居海壖，漢世徙實江淮間。異時或從固始遷，爰自五季歷宋元。其間林族久更繁，仕版不絕世屢傳。賢哉若人處丘園，善誨厥子嗣厥先。甲科繼登兩曹聯，推恩錫封屬高年。五福嚮用亦已全，振振後來者益蕃。世濟其美美且專，鄉人論德無間言。後欲考之石斯鑴，閩山歸全在高原。

明故承德郎刑部主事趙公墓誌銘

承德郎、刑部主事涇陽趙公就其子太守蘭之養，居兗州者數年。他日，有歸志，其子不忍與別。公諭所以涖官者曰："汝第行此，以終惠斯民，過養吾多矣。"蘭泣而志之。公歸，既抵家，闢園林，日與賓友為樂。又踰年，以病卒，實弘治三年三月二十五日也，享年七十五。後二十三日，太守聞訃，哀慟不自勝，即日解印奔喪。使人走京師，乞墓銘於予。而濟寧學正盧君，其邑人也，為之狀。趙世家涇陽。公之曾祖均玉、祖仲良、父秉才皆有隱德。秉才娶王氏，生子四人，曰肅、寬、謐、整。後用謐貴，贈至奉訓大夫、南京兵部員外郎。而王氏初封安人，再贈宜人。整即公也，其字子齊，以永樂十四年十一月二十五日生，生數歲，喪兵部。公既長，奉王宜人孝，而事諸兄更恭。兄謐初游邑庠，頗以家業為慮。公挺然請身任其勞，有所得輒資給之。謐遂得顓意問學，竟首冠鄉舉，繼登進士第，仕至江西左參政，有聲於時。嘗曰："吾所以有今日者，吾弟之力居多。其何忍負之？"當之官南京，乃攜其子去，躬督教之不倦。其子竟亦登進士第以仕，即太守蘭也。蘭以初官刑部，亦獲封公，人以爲公友恭之效云。公爲人介而有容，恭而有禮，樂善好施，恩意藹然。一族人少孤貧無依，特加撫養。及長，仍爲備禮以娶。鄉人遭歲歉，將鬻田，諭以不可，而助遣之就食於外。後歸，復助之耕，其人竟保產業。餘凡以婚喪缺乏來告，往往斥所有以助，略無責報意。公既好義，人益信服。有爭訟者，多往決於門，得一言即止。而尤見禮於邑大夫，比歲行鄉飲，必延致爲大賓，更數及門存問。公雖貴，自持益謙謹，人以是賢之。初，公年五十，嘗病昏，不知人事者數日。俄醒而言曰："吾病其愈矣。"諸子驚喜，問故。曰："適見一老人。謂我平生力善，未宜死。俾隨行，約數步，指以歸路，遂醒。"人皆異之，已而病果愈。蓋至是又二十五年，始卒。公娶陳氏，有賢行，封安人。子男三人：長萱，不仕；次即蘭；次芝，吏部聽選官。女一人，適邑庠生孫璟。孫男八人：曰細，蚤卒；曰繂；曰綱；曰緯；餘尚幼。女十一人。曾孫女一人。以卒之年某月某日葬於邑安吉鄉東原先塋之次。予與太守以同年相好，知其有賢父亦久，序而銘之，豈獨爲孝子之慰而已？銘曰：

涇水洋洋，屬於渭汭，溉彼田疇，其利不可計。嗟嗟德人，與水而逝，其澤則存，尚被乎後裔。松柏在原，爰識幽竁。封而崇之，永矣百世。

莫君善慶墓誌銘

君諱慶，字善慶，別號南溪，常之無錫人也。無錫在江南爲上邑，最稱富饒，而君雅有特操，凡衣服、飲食所以奉其身者，未嘗因時俗好尚爲少變也。家有僮奴數人，各授以事，門庭終日寂無人聲，常暮扃門，不再啓。俄夜有扣而呼者甚亟，君曰："吾家固無事也。豈有赴吾乞藥者乎？"蓋君嘗得奇方，每以濟暴疾者。問之，果然。平生於佛老、巫覡之謬妄，一切屏絕。讀史至奸佞事，輒忿然作色，謂子弟曰："是宜爲戒。"然爲人雖嚴勵若不可犯，至所合者更款洽。兵部郎中秦公修敬以齒德高一鄉，不妄交際，每過君，必留坐，竟日而返。家有重屋數楹，雅潔可居，更即溪上開別墅，與同里有隱德者四五輩往游其間，賦詩飲酒，蕭然林泉之風，庸俗人莫得而預也。惟其中少容，卒爲人所不樂，而君亦卒不少變，是真有特操者矣。君有子驥與兄子驄，愛而教之，必等二子用，其教竟成，而驄遂登甲科，爲名進士。時君已没，驄數感泣，曰："吾何以報吾叔父也？"會以例暫還其鄉，因得葬君。乃來乞銘，意懇懇不休，曰："吾兄弟欲藉此以自慰耳。"予感其孝，卒諾之。君生於宣德庚戌五月十日，卒於成化癸卯五月十九日。葬以卒之又明年某月某日，墓在青山之原。娶龔氏，有賢行。子男二人：長曰駿，早卒；次即驥。女一人，適龔復。莫之先爲汴人，從宋南渡，遂家無錫。君之曾大父曰能興，大父曰順昌，父曰文盛，皆有隱德。至君雖益好隱，然能教驄仕。自是莫之顯，實君啓之。銘曰：

　　流俗靡靡，未見其涘。孰爲障之？有隱君子。介而不近乎名，清而莫浼乎己。考其平生，是亦賢已。其亡者身，其歸於是。

明故封監察御史李公墓誌銘

　　成化二十三年四月，天子恭上母后徽號，推恩臣庶，凡京官七品以上，父母存而未及封者，悉與封之。於是閩縣李公中美，用其子江西道監察御史燁之貴，封如其官，鄉邦榮之。蓋公至是年已高，明年改元，弘治正月十日，遂以疾終，壽八十二。越三月，訃至，御史君方按行畿内，即入朝納上璽書，將歸守制。以葬其父宜有銘，乃奉其鄉林廣州之狀來請。廣州於李有姻友之好，固知公之爲人。而予與君爲同年，昔者君爲秀水、錢塘二縣，其地皆與吾蘇密邇，則知其爲政廉平清謹，使民愛慕。及君居内臺，益得憲體，予竊敬之。乃今知君之所以賢，繫有公之教也。公諱得嘉，字仲美，別號安素。世居懷安之焦溪，大父琚始遷福城，其地曰興賢者居焉。琚生遂明。娶孫氏，生公。甫成童，失恃，執喪如成人。比長，奉母，母安其養，而規畫家政，悉有條理。更能持勤儉，遂裕其家，母心益樂。性坦直和易，待人無良賤，皆盡禮意。尤樂施予，每斥其子所分禄以濟貧乏，自奉雖薄，不計也。郡嘗大疫，里俗惑於巫。公家亦多病者，日惟飲藥而已。平居喜讀史，見古人賢否得失可爲法戒者，輒書置座隅以自儆。其教諸子必業儒，數延良師於家塾，而躬率之學。諸子或少懈，必督責之，後多有成云。娶陳氏，贈孺人，先十年卒。子男四人：烜，鄉貢進士，未仕而卒，娶陳氏，以守節旌表；次炤，亦早世，娶林氏；次即燁，娶藍氏；次炫，縣學生，娶謝氏。女二人，適朱灼、黃世孚。孫男六人：賓、實、寬、寰、宥、憲。以卒之年某月某日葬於邑長興山之原。銘曰：

惟德之崇，惟吉之逢。遺其子孫，復還其躬。貴而考終，尚閟兹幽宫。

封文林郎江西道監察御史王公墓誌銘

吴江王氏，故邑之梅里大家也。其先有諱壽之者，當元末，自度兵亂當蹂踐其地，避之邑中，竟全其家，是爲公之高祖也。曾祖良輔，祖彦澂，父守仁，世有隱德。守仁娶吴氏，生公。諱崇吉，字天祐。甫三歲，父母相繼下世，賴庶母浦氏撫育以長。又里有吴善者，與守仁故厚，更力教公，視如己子。而公亦奮志，以學業自課。家有遺書，日取而讀之，務求通其義，至忘寢食。里父老見其謹厚而勤，可以爲師也，爭延致家塾。公年雖少，偃然據函席，教法嚴厲，一時以老宿目之。既而歎曰："學固爲士也。然吾家故業農，舍之不可。"則置田，使僮奴耕以養生。久之，困有餘粟。貧者稱貸，不肯過取其息。於是貸者益多，或負其粟不償，他日貸之如故，人謂其長者。成化乙酉，歲饑，悉取逋券焚之。辛丑，饑甚，更出粟六百斛助縣官賑施，以例授承事郎，非其志也。他所爲義事，如寒者予衣、病者予藥、死者予棺，平生不可勝計。至於造梁以濟涉者七，鑿井以救渴者四，亦其事也。公貌修長，而詞氣溫恭。雖私居無戲言，久坐無惰容，接之儼然德人也。處衆誠而恕，慮事遠而周，厚人而約己，孝先而慈下。喜誦"漢人爲善最樂"語，題所居堂曰樂善，因以爲號。其教諸子有法，命伯、季理家政，仲、叔習舉業，各當其材。其仲竟登進士第，授監察御史，有聲憲臺。比歲，公從受封如其官，階文林郎。吳江自昔有臞菴，王氏以隱蹟遺邑中。公即所居東開圃，種橘千株、竹萬竿，築亭館其間。又創月湖連陂於松江太湖之上，爲別墅。數與賓友往游，賦詩飲酒，樂而忘歸，人以爲思致不減雪灘也。其年七十有三，以弘治十年十月四日卒。娶于氏，先卒。繼娶沈氏，有賢行，封孺人。子男四：伯曰賢，承事郎，娶龐氏；仲曰哲，即御史君，娶申氏，亦封孺人；叔曰明，國子生，娶賀氏；季曰敏，娶申氏。女三：長適郁縉，次適徐質，俱縣學生；次適朱佩。孫男五：曰恩，縣學生；曰戀；曰京；曰東；曰惠。女七。曾孫男一，曰檜。公嘗擇葬地，得於吳縣王山之陽，爲山水勝處，心甚樂之，遂依古制，預治棺歛之具。至是卒，諸子卜卒之又明年三月一日安厝。哲既聞訃，以巡按廣東還，例造闕下，復命已，乃謁予泣拜，奉事行之狀，以墓銘請。予與公同鄉，嘗再接公，信乎所謂德人者，乃按狀書以序之。而又得公平生訓戒子孫之語，曰："處世勿急急於謀利，薄田數頃，足以具饘粥。與其過取以賈怨致禍，孰若省費以安己濟人。"又曰："凡百成敗，皆有天命。吾老矣，平生經歷雖小事，未有不由天成者。慎勿患得失而喪名節也。"謂哲與明曰："汝輩他日倘遇時致用，慎勿以刑立威、以偏斷事、以利喪守、以死易節。蓋理訟以虛心仁恕求之，尚不得民之情，況任情偏執以肆殘刻乎？且盜賊以貧窮傷人劫財，自罹刑殺。士君子食人之食，反藉其勢殺人以利己，天其祐乎？吾雖不仕，然見郡邑仕宦以輜重歸者，不數年遭不肖子孫蕩廢無遺，以清白歸者，其子孫必賢，蓋天理也。"其言皆有補於世教，因備書之，以爲王氏家訓云。銘曰：

作邑於吳，太湖湯湯。匯而支分，於彼松江。昔自梅里，徙家在茲。爰歷四世，維公受之。考公之初，而亦不易。克自勤渠，以長家世。匪直長之，古亦有言。爲善最樂，公其有焉。既有於躬，亦垂於訓。闥門秩秩，見此後胤。繡衣直指，榮過里閭。帝命褒封，公承璽書。有美園池，游詠以樂。我思古人，臞菴載作。樂不可久，孰從我游？我有真宅，山陽一丘。德人雖亡，風旨固在。傳隱逸者，庶乎可采。

封奉議大夫戶部郎中史公墓誌銘

公諱塤，字元諧，號直菴，姓史氏，世爲溧陽人。生五歲而孤，既長，卓然自奮，與其弟篪同心治家，務持勤儉。家僅立，輒好施予。當景泰間，歲薦饑，里人求貸，悉發所有給之。後或不能償，遂已。其厚德傳聞邑中，然性伉直，不畏強暴。里有匿群盜而分財者，一日面攻之。其人愧恨，則使盜刺諸潛處。盜知公，不忍加害而去。族人推其行，惟其言是遵。有違其教者，與衆共責之，不少恕。念從兄驍騎千户源没於王事，從父以辰孝行，及祖姑貞烈，竝祠之，以勵其族。族人感化，率向於善，鮮有犯法者。其儀觀修偉，外嚴内夷，接之可敬。治家有法，巨細整整，至如諸子秩秩也。子學用其訓，登進士第，居官有賢名。公蒙恩受封，初爲承德郎、户部主事，進奉議大夫、户部郎中。享年七十一，其卒爲弘治十二年四月二十一日也。配沈氏，纍封宜人。子男三人：長即學，户部郎中，娶王氏，封宜人；次摯，娶倪氏；次孚，娶秦氏。女一人，適蔣德威，先卒。孫男三人：曰北生，曰南生，曰里生。女二人。卜卒之明年某月某日，葬湖埭村先塋之次。學持其友吳翰林克温之狀造予請銘。惟史氏之先，顯於西漢，以恩澤封侯者數世。至光武興復，崇以功始封溧陽。崇没，廟食其地。歷晉、唐以來，仕宦不絶。入國朝，更多取甲科，近歲則若學與給事後是也。蓋自崇至今，千五百年，子孫環廟而居，不可勝數。南土論族舊且大，當以史氏爲首。其詳見傳記譜牒，的然可考，此不復著。姑叙公爲人大略，以見其隱於田里，亦無忝其家世云爾。銘曰：

奕奕寢廟，溧河之陽。廟不廢祀，子孫在旁。詵詵衣冠，莫非孫子。嗟奉議公，克振而起。隱節既善，義方亦多。視其後人，再取甲科。生也榮封，没也安厝。百世其承，鬱鬱其墓。

封文林郎翰林院編修吳府君墓誌銘

翰林編修吳君奉詔修《大明會典》，精勤盡職。書且成，俄聞其父可晚府君病，即日束書曰："方寸亂矣，安能卒事？"乃謀歸省。疏將上，而其父凶問至矣。予往弔之，君泣曰："一鵬前日之請已不敢望，顧復有所瀆，未敢請耳。"蓋君謀歸時，來乞文記其父號所謂可晚者，冀持歸以慰悦其心，幸其病之瘳也，故云。然後數日，持其友楊給事起同狀來乞墓銘，曰：「一鵬不得慰吾父於生前，亦得慰於地下。然此豈一鵬之意哉？幸憐之。」予感其言。又數日，君將歸治葬，促文甚亟，曰：「葬具，吾父自治已久。顧無以致吾力者，幸憐之。」予益感焉。府君諱行，字仲恒，姓吳氏，蘇之長洲人。其先有隱德，至其父宗，遭外患而卒，家業衰謝。府君時尚幼，奮志植家。蓋歷勤苦者三十年，而家始振。當衣食初足，即好爲義事，遇貧困者，周卹不計。或有所假貸，傾囊與之。有小官，嘗負債，客死吳中。其子方爲他所負者追索不已，府君顧爲之請免，仍贈以道里費，俾得還家，其心之仁厚如此。愛接賢士大夫，有過門者，延欵恐後。今工部侍郎海虞徐公至吳中，輒主其家。公擇交者，府君之爲人可知也。素不較人侵侮，一旦爲里胥以私憾故竄名尺籍中，謂：「此如隱忍，將不爲祖先之羞、子孫之害乎？」白於官，卒置其人於法。有一奴橫，或來告，聞之盛怒，即笞而斥之。仍詣告者，謝曰：「微君言，幾爲吾纍。」其氣之剛厲又如此。家居武丘塘上，商舟賈舍，上下相比，不使其子治生業，日督之問學。其子竟登進士第，授國史官，即一鵬也。嘗因其子居京師，乘輿北來，覽觀衣冠文物之盛。既而登西山，飲玉泉，樂之。留一月而歸。未幾，蒙恩授封如子官，感激於中，數北望拜賜。遺書其子，俾圖報，稱以無忘上恩，甚懇懇也。弘治庚申，年七十有二，十二月七日以疾卒。卒前一月，忽挐舟，徧訪鄉邑諸親友。次至工部徐公，對酒談笑竟日。蓋歸而卧病不起，臨卒，索酒飲，飲訖，沐浴更衣而坐。長孫在旁，顧曰：「其語而父，慎勿過哀，第記吾宿昔之言可也。」其明達又如此。府君娶司氏，再娶趙氏，贈封竝孺人。子男一，即一鵬。孫男三，曰子忠、子孝、子文。女一人。以卒之明年某月某日葬於吳縣天平山之陰。銘曰：

　　武丘之塘，流水溶溶。秀眉豐頰，乃有此翁。善不近名，里有直躬。其人不亡，在吾目中。惟德之修，惟吉之逢。以振其家，以榮其封。尚閟乎幽宫。

封承德郎户部主事秦公墓誌銘

常之無錫有秦氏，其先蓋高郵人。在宋有從蘇文忠公游，以文章名世者曰觀。子湛，通判常州，留武進不還。其後曰瑞五，再徙無錫。季子叔謙生彦起，彦起生物初，物初生景薰，景薰娶某氏，而公爲繼室楊氏出也。諱霖，字潤乎，號卑牧子。自其先祖以儒業教授鄉里，愛公秀穎，置諸生中教之。既長，學成，邑中子弟争願得公爲師，居家塾，嚴教條，甚得師道。人敬之，稱必曰卑牧先生。授業之餘，手一編，終日不釋，雙目爲昏。學既該洽，尤精於史，能歷記往事。喜爲歌詩，有唐人風致。爲文尤長於啓劄，往往爲人所傳誦，所著述多成卷帙。至於作書有法，又其餘事也。平生自處静默，有能而不揚，待人坦夷，有犯而不計，清修苦節，至於終身。若其友愛之情，兄震早亡，能撫其遺孤，弟雷無子，復召與同處，皆非人所能及者。公中歲始得子，曰金。謂家世以儒業相承，無顯者，令習場屋文，圖出仕。金竟登進士第。及爲户部屬，每貽書，戒以居官之法。所以成其子之賢名者，又得父道也。以金三載考最，蒙恩封承德郎、户部主事。制詞有"林泉高蹈，郡邑遺才。經學淑人，化行鄉里"之褒，人以爲無愧。蓋受封者數年，康强無恙，與里中名士結碧山吟社，賦詩飲酒爲樂。一日，金乞歸省。公見其子，歡甚。數月，疾忽作而卒，享年七十七。娶余氏，繼王氏，贈安人，亦先卒。子男二：長即金，有文行，纍官户部郎中，娶鈕氏，封安人；次曰銘，庶出，娶張氏，繼徐氏。女一，適楊能。孫男二：曰泮，曰湜。女三：許嫁王儼、張文惠、華天福。公生於宣德二年七月五日，卒於弘治十六年正月九日。以卒之年某月某日葬於歸山新阡。金居家遭喪,既得躬治殮具,乃以例上吏部,給符守制。自爲狀謁予,曰:"葬有日,敢以墓銘請。"蓋金嘗分司臨清,迎養其父。予憶過其地見之,公被服儒雅,翛然有隱君子之風,可敬也。況金之情懇,可無以慰之乎?銘曰:

士未必仕也,學有以及乎。人不獨成乎己也,而況顯於郎署。賢哉有子,足以行其志也。有綸音以錫封,有廩禄以供養。望八十而考終,當瞑焉於吉壤。

卷第六十六
墓誌銘九首、墓記一首

故劉弘遠妻徐氏墓誌銘

婦人之於夫,其猶臣子之於君乎?君有不幸,其臣能仗節不再仕,是謂忠臣。夫有不幸,其婦能守義不再嫁,是謂貞婦。此萬世之論也。然而臣則忠矣,君有遺孤焉,不能立而傳之,如國何?婦則貞矣,夫有遺孤焉,不能字而教之,如家何?何也?蓋臣每患乎不忠,忠而有益於人之國,忠之大者也。婦每患乎不貞,貞而有益於人之家,貞之大者也。臣之忠者未暇論,嘗得今之爲婦者曰徐氏,是爲吳處士季遠之女。母曰李氏,生徐氏,嫁爲里人劉弘遠妻。嫁未幾,弘遠一疾遂卒。當是時,徐氏哭之欲死,曰:"夫,吾託以身者,今夫既死,身安所託乎?"所親勸止之。時徐氏年裁二十四,生子毓甫一月。又適丁劉氏中衰,衆謂徐氏雖忍死,終當再嫁以全生。或問之,徐氏指其孤,仰天誓曰:"吾所爲不即死者,以有此孤耳。孤存,與存;孤亡,與亡。吾終不食言也。"君子謂徐氏於是乎從一矣。《詩》曰:"我心匪石,不可轉也。"其是之謂乎?迨毓稍長,徐氏竊念曰:"是子何以教之,其農耶?賈耶?雖然,農、賈非所以爲教也。聞之醫可養生,可以濟人,盍教之學?"既曰:"學必有師。"因遣其子從御醫盛啓東游數年,大通醫家言,遂爲吳中上醫。君子謂:"徐氏之於子也,擇可教而教之,於是乎慈。"《詩》曰:

"教誨爾子,式穀似之。"其是之謂乎？徐氏蓋嫁而從夫者五年,夫死而從子者五十年。年七十有四,以成化二年五月二十二日卒。有男一人,即毓。有男孫三人：曰慈,曰節,曰奉。女孫一人,適張鎰。葬以卒之又明年十一月十六日,合其夫之兆,墓在吳城西三里雁蕩村。將葬,毓以內弟職方主事起巖之狀請銘。狀所載事行不一,予獨撮其大者書之。銘曰：

　　世道之降,人鮮完德。雖有公卿,家爾忘國。屢然婦人,其質霏霏。至性獨存,良心不死。以保其孤,以植其家。我不內疚,庶無愧其夫。嗚呼,徐氏死亦不朽！求之古人,孰與爲偶？若衛共伯妻,鄒孟軻母,其殆兼而有之者乎？

賢婦賀氏墓誌銘有序

　　吳有賀美之先生,性度夷曠,對客談笑甚樂。他日過予,視其色,獨戚然。予曰："公亦有憂耶？"對曰："吾少娶王氏,生四男子,其一女曰順貞,爲人賢明可愛,今則病矣。誠不忍見其死,以是憂之。"月餘,美之復過予,其色益戚。曰："吾女且死,適與家人訣別,其賢明益可信。吾慰以言：父無以爲汝力者,汝死而葬,當求吳翰林作墓銘以暴汝平生耳。吾女頷之。"既而其女死,成化十三年六月十五日也。於是卜葬地,得吳縣薦福山之東麓,將以明年九月二十四日葬焉。而美之果來索銘,且自爲之狀曰："賀,故蜀人也。元末兵亂,始遷吳中。先大父評事府君初居江陰,留居之。至先人復菴府君復歸於吳,適死徙之餘,而吾更多病,貧無以爲家,僦屋以居,授徒以食,以苟旦暮而已。當是時,吾女日處一室,內無姆師之訓,外無親戚往來相開導。然其於女紅,爲之皆極精巧,至如書史,亦曉大義。此固吾妻所不能教,而吾所不暇教也。及年十八,歸長洲沈堂字拱南者。其舅汝禎爲故御醫以潛先生之孫,姑陳氏則翰林檢討怡菴先生之孫也。吾女自歸沈氏,所以正救其夫,承順其舅姑者皆以道。夫倚之,卒不失爲儒醫家子孫。舅姑乃喜,蓋久而知其解事也。舉門以內事,悉畀之治。治輒有條理,家賴以振。舅姑益喜,其族人亦曰:此吾家賢婦也。爲婦近二十年,凡生二男:曰顏,曰頎。一女,曰德靜。顏稍長,教之甚嚴。其家當通衢,未嘗使入廛中習賈人生業。業必儒者,每夜程督之,不少縱。當病革,諭之曰:'吾即死,汝必北學於而舅氏。舅氏者,吾兒解元恩也。'時方卒業胄監,故遣從之學。言已,遂出衣裝付之,辭色甚厲,略不爲可憐狀。且謂舅姑與吾夫婦曰:'我死,慎勿悲悼,恐爲老年纍。'又勸吾爲其夫擇配以相家。少焉而逝,無一言亂者,此固所謂其賢明益可信者也。惟昔有意於子,幸卒銘之,以無遺生死者之恨。"予久善賀氏父兄,知其女與弟之賢也有素。然其賢皆見於平時者,孰知其臨絕識見如此,足以爲銘矣。銘曰:

　　將死之言,常人乃善。既病之命,古人或亂。善也人窮,亂也神散。纊息未定,賢否斯判。有如賀氏,不以此移。於其死時,其生可知。閨閫相弔,痛失女師。庶幾不死,假此銘詩。

故張廷端妻楊氏墓誌銘

　　楊氏諱真,字真澄。其先台之臨海人,宋慈湖先生仲簡之後。高祖仲禮,元江浙儒學提舉。曾祖子銘始來占籍蘇之常熟,冒姓倪氏,祖師顏復氏楊。父彥立,娶繆氏,富而好施予,豪一縣中。生女溫淑明慧,奇愛之,不忍嫁財虜,得廷端爲贅壻。廷端初補邑庠生,數試於鄉,不利,壯游京師,久之,楊氏去從之逆旅。廷端美姿容,多才藝,性尤喜飲酒。酒中寫竹石最得夏玉峰筆法,一時若孫太傅、袁錦衣，貴冠中朝，爭遣僕馬迎致之。盤礴揮灑，酣歌淋漓，往往入夜醉歸。或謂之："子終日游貴戚間，亦一顧念家乎？"則對曰："吾幸有妻。"或時廷端家居不出，士大夫輒相過從門外，日止馬數騎。廷端好客，不問有無，輒呼酒出飲。楊氏居中，治具精潔，能適其意。廷端性既曠達，橐中不肯留一錢。諸公貴人相與謀曰："張君久客，猶故吾也。妻子不無觖望，幸今有補官例，盍歛歲所以潤筆者榮其晚節乎？"廷端亦不拒，然不知楊氏實亦無怨也。其後子懲給事禮曹，得鑄印局副使。夫婦就養南都，居一載而卒。楊氏悲思之，未幾，亦卒，成化十二年七月廿六日也。以明年二月十五日葬邑之積善鄉郁澤里，合廷端兆。子男三，曰：憲、懲、心。女四：蘭，贅鄧雷；蕙，適鄉貢進士王銳；金，適鄒鶴；玉，適王棠。孫男四，曰：循、環、健、登。女四。銘曰：

　　從其困，安而無悶，惟婦德之順。就養於彼，歸藏於此，是謂有子。

周氏墓誌銘

　　寬之表姊閭丘氏適同里周尚正甫。尚正，吳之名醫也。生子庚，修潔儒雅，能世其業。然不欲以醫名，益覽典籍，以廣問學，有文名吳下。其配陳氏，性明淑，內行可則，以知書解事不類常婦人，稱周氏配。生一女而病，病凡十年，以成化丙申六月三日卒，年止三十。初，庚以醫被召，給事御府。數過予，憂父母老，無兄弟以養，語必及其妻，曰："陳氏賢，而病則痼矣，其必無相見日。"庚甚恨之。至是，竟卒。將以明年九月十八日葬於吳縣至德鄉沙涇村祖墓之次。予適家居，尚正來告曰："吾家失此孝婦，視左右藐焉一女孫氏耳。吾夫婦悲之，吾子之悲可知已。幸爲銘其葬，以慰吾

三人者。"予曰唯唯。陳氏諱淑莊,長洲著姓。父曰宗祥。母曰徐氏。庚初名京,更今名,其字未定也。銘曰:

葬而有銘已非古,婦人特銘失之愈。事不害義有所祖,獵較雖小乃從魯。紛紛反唇肆譏侮,有賢如陳亦堪數。勿云短章纔數語,彼婦之銘吾不與。

顧恭人鄒氏墓記

顧恭人鄒氏,爲故進士贈監察御史巽之婦,今致仕贛州知府雎之妻,而工部都水司郎中餘慶之母也。都水奉敕巡理漕渠,恭人實從之養。以成化二十年二月二十四日卒於楊州,享年七十有五。將以其年十二月二十九日葬於長洲縣梅林鄉之先塋。而都水來京,例受命居憂,乃奉徐武庫仲山之狀,泣拜以墓文請。寬少居鄉里,則聞恭人之賢。及與都水同游太學,同登甲科,又同官於朝。恭人皆從其子,獲數拜之,久而益知其賢可信,表於其墓亦宜。恭人之先爲毘陵名家,元末避兵蘇州,遂爲長洲人。父曰公敏,娶金氏,生監察御史亮、辰州知府順與恭人。亮以文學知名於時。恭人自幼得聞書史大義,其孝敬友愛則天性。然既歸於顧,適贛州初登進士第,由翰林庶吉士授行人,家業蕭然,猶故儒生也。當是時,恭人惡衣菲食,能安其貧,至親操井臼,以供食飲。每旦,公入朝,輒先起理盥櫛具俟之以爲常。公數奉使於外,獨抱其子以居,一室悄悄。他日,公歸,見少女侍,問之,曰:"吾嘗請於公,欲置妾以冀多子,此其人也。"後公爲御史,出巡山東,摘奸擊貪,聲聞烈烈。恭人恐爲怨家中傷,終日鑰門,不通人蹟。而公卒保無事,人莫不賢智之。恭人素不妬,與其妾處,服用必與己等,而待其子女皆若己出。方公出巡時,莆田有林魯祥者以太學生教授京師。恭人察知其學行,遣其子從之游。他日,魯祥之妻自閩中來,得惡疾,客居無爲治湯藥者。恭人乃延入其家,朝夕躬事之甚至。及疾危,更爲治棺斂,遂卒於其室。一時,魯祥之友如林、柯兩學士聞之稱歎,皆欲爲文傳其事。恭人平生勤儉,既老猶治家。旦暮於家人必先起而後寢,雖貴且富,未嘗忘其初,蓋澹薄布素以終其身。其待親戚有禮,馭奴僕有恩。尤謹於教子,往往隨事規正之。嘗語之曰:"吾所以恒從汝於外者,豈特資奉養而已,誠不欲汝陷於過也。"其子居官,竟舉其職。而其妻劉氏本出儒宦家,亦化其德,稱賢於宗族間云。恭人初從贛州公封孺人,以子嘗任主事,進今封,則復從公秩也。子即餘慶。女一,適鄉貢進士杜啓。其一子,曰餘祥。女二:長適劉奉,次許適劉嘉綃,皆妾段氏出。孫女五:長適錢同文,次許適錢富春,餘皆幼。蓋今世稱女婦之能者,不過烹調縫紉之間而已。至其忌疾殘忍之行,則反以其能蓋之,略而不問。有如恭人,其果有是乎?況世俗所謂能者,恭人有不能之乎?雖然,能之,不足爲恭人稱者。故特取其一二事之可重者書之,蓋予述女婦亦多,未有如恭人之知者也。

陳母王安人墓誌銘

陳母王安人,爲太原左衞百户璠、江西道監察御史璧之母也。安人以璠貴受封,以成化二十年八月二日無疾而終。璧聞訃號哭,痛恨不得一日迎養其母於官也。以予同年相好,乃自爲狀,請予銘墓,欲以自慰者。安人諱善,字淑懿。世爲高平人,號稱著姓。父曰龍門衛指揮同知貴,母曰淑人閻氏。年及笄,嫁爲故昭信校尉敬之婦。初入門,已得婦道。歲時祀先禮賓,凡内外事,於昭信意皆能順適。姑李氏孀居久,性甚嚴重,家人莫敢犯者,安人佐昭信事之彌謹。姑年踰九十，未嘗一日不得其歡心，其爲婦如此。至其柔順謹厚，平生人不聞其叱咤聲。而於諸女婦，尤重長舌嗜酒之戒，曰："有違吾訓者，非吾女、吾婦也。"其教子孫，必於儒業。故璠雖以兵事得官，尤謹而好文。璧竟登進士第，爲賢縣令、才御史。而諸孫取科第者相繼不絕，其爲母又如此。安人卒後昭信六年，年八十二，壽考顯榮，享有諸福，人不以爲過也。子男二人，即璠、璧。女二人，適羅通、王宣。孫男五人：漢、澍，皆鄉貢進士；潏，百戶；法、況皆幼。葬以卒之年十月二十五日。墓在陽曲縣辛村，合昭信兆。銘曰：

文與武於其門，壽與貴於其身，致以內行由乎人。有欲知者，考於斯文。

故國子生諸景通妻張氏墓誌銘 并序

張氏諱妙微，蘇之吳縣人。故僉河南按察司事存誠之女，翰林編修叔義婦，而國子生景通之妻也。初，僉事公之任南京國子助教，道遇寇，掠其舟中，露刃擬之。張氏方八歲，即以身蔽父。寇不忍加害，因獲免。當是時，叔義以編修掌監丞事，與存誠同官且同鄉相好也，得聞張氏孝行，遂使其子景通聘之。既娶，景通以力學致疾，不起。張氏時年僅二十有四耳，生一子祥，甫四歲，即自誓不嫁，曰："吾當如祝夫人。"祝夫人者，編修之母，而張氏之祖姑也。嘗蚤寡守節，朝廷旌其門，吳人稱諸節婦家。後張氏卒，酬其言，完然一節，幾四十年，克稱其家婦云。其生永樂十七年二月八日，卒以成化十二年四月十六日，年五十八。子男即祥，以郡學弟子應歲貢，入國學。孫男二人，女二人。祥將以十三年十月二十六日葬其母於長洲縣武丘鄉。既請貢士施君煥伯爲事狀，乃奉以求予爲銘。

曰："祥所以克長立，不墜儒業者，寔維吾母之力。顧吾母持身無愧於祝夫人，祥則無似，曾不足以致有司表著於世，罪甚大也。葬宜有銘，使不更圖之，其何以名人子？敢固有請。"予與祥同游學宮，知其母之賢也久。況叙節義，爲世道勸，史氏責也，乃敬諾而銘之。銘曰：

維婦事夫，必敬必戒。能持此言，於其夫生存者有之，及其死之後，鮮有不懈者。嗚呼！靡然世俗，今見其人。屬纊之餘，凜凜此身。歸於其室，往送之門。

曠孺人墓誌銘

成化八年，寬與安福劉震道亨、莆田李仁傑士英同舉進士及第。一時，賀客之集門者甚夥，而寬之中獨戚然不樂者，悲吾母之下世而禄不逮養耳。蓋寬之無母，士英之無父，其悲同。獨劉君之父母具在，固可賀也。既越月，君之父以書來，曰："汝母不幸以去歲病死矣。"且曰："汝母之葬有日，葬而法不得特銘。然其生而爲婦、爲妻者，雖可銘，亦可略也。凡汝之所以成立者，汝母之功居多。不銘，恐無以慰汝之心。汝其圖之。"君執書噭然哭失聲，曰："夢耶？非真耶？何宛然吾父之手蹟耶？"他日，乃以其事來告，曰："震生未齔之二年，家君遣從學於季父德音。去家二十里而遠，吾母每送之門，怡然如平時。既去，輒涕泣終日。曰：'吾見其方孺，恐以我之愛而思歸耳。'後十年，震補邑庠生。又十二年，而領鄉薦。入而教誨之，出而資給之。吾母之心，何如其勞也！蓋又十年，始獲登第，授翰林編修之職，而吾母已不及見矣。吾之心，何如其悲也！"則又噭然哭失聲。既乃告以其父之命，曰："震於子幸有同年好，銘非子，孰宜爲者？"寬苦辭不獲，則敬問其母之歲，曰六十有一。其氏曰曠。其里居曰邑之滄洲。其父母，曰如轍，曰王。其子，曰：男，長即震，次善；女四，適某某。其孫，曰：男三，喬、楚、軒；女一。其卒之日，曰辛卯歲十二月某甲子。其葬之日，曰卒之明年某月某甲子。其葬之地，曰某鄉某山之原。銘曰：

是維曠孺人之墓，壞之樹之。尚有恩光，自天而來，以慰其子之悲。

華守方妻顧孺人墓銘 并序

無錫華守方將葬其妻顧孺人，請予銘墓上之石。爲之銘曰：

維顧得氏，遠有世序。昆吾支流，爲厥初祖。商周而秦，而漢而晉。有榮元公，望於吳郡。吳郡之顧，咸祖於榮。更千百年，乃雲乃仍。趙宋之世，有號百七。爲時郎官，將仕其秩。始愛錫山，卜居云吉。將仕四傳，是曰重九。登一繼之，植德致富。庇乎其鄉，啓乎其後。以至仲實，以至廷秀。其在孺人，曰祖曰考。廷秀娶魏，寔生孺人。翼翼其孝，婉婉其仁。維孝維仁，聞於宗姻。生十六年，於華來嬪。華之先寶，南齊孝子。後玹仕元，功德都事。樓碧貞固，樂勤處士。學有詩書，耕有耒耜。以揚其芬，以濟其美。爰有山桂，克大克裕。是生守方，而娶於顧。守方甚修，以義自負。雖父之教，亦婦之助。義之未行，則克先之。義之已行，則克全之。時祭月宴，歲衣日食。門以内事，於我乎職。祭豐宴盛，衣完食精。舅姑不勞，娣姒無爭。良人三妹，將適他氏。豈無資裝？我篋我笥。亦有諸兒，嶄然庭庀。鄉賦出司，家事入理。我提我攜，爲賢子弟。我積雖厚，服用則涼。節縮口體，救彼病亡。我力雖餘，紡績不置。勤動手足，率彼滕婢。家人化之，延及比鄰。不婦不母，愧畏孺人。孺人慈惠，出於幼成。有盜事覺，而欲自經。密代償物，盜死獲生。即此類推，賢益可稱。孺人生年，六十有七。壬辰臘月，十一日卒。子男三人，爲孺人出。長烱補官，次燧與燉。二鄒一錢，三女是匹。孫男維八，女六在室。有三曾孫，女二男一。卒之明年，肇卜玄堂。山曰西壽，鄉曰延祥。季秋壬子，葬日惟良。先是守方，哀妻無時。謂其人賢，我則知之。我後子孫，孰克而知。知而不傳，我責安辭。維山有石，可伐可移。不朽之託，曰有文詞。乃述事行，而以狀來。太史考據，作此銘詩。

黃母太宜人張氏墓誌銘

武弁之士，承藉前人餘烈得世其官，久而益逸，遂成驕惰之習。其賢者，有志於用矣，然知四方平治，武備可弛，則欲以文藝自奮於稠人中，往往儒衣冠，游鄉校，出而取科第者屢有其人。若吳門黃氏兄弟，初皆從師問學，其伯仲既以次世官，而卒以科第顯者，其季暐也。方暐之顯，有司如制以表其門。里之人相與指異之，曰："其季之所以成名者，嗟！乃母太宜人之賢也。"蓋暐之父正統間以蘇州衛鎮撫贊畫軍政，顧爲其子之逸之慮也，求師教之，得賀宗振先生。宗振故吳儒，適以嫌名誣入尺籍。公延致之，身率其子事之於塾。當是時，太宜人處閫內，惟恐其師之不安也，語公曰："賀先生罹患而來，家得無空乏乎？"輒斥所有，使人敬遺之，冀行專意以教其子。及公不幸沒於京師，門戶蕭索。其後，歲更大侵，食益不給，則率諸婢業鍼黹以贍衆口，至所以禮其師者，尚不闕。暐時幼，每曰："吾不從死者於地下，以此子稚耳！其必教之，以無忘先志。"乃日夜督責之尤亟。稍長，則遣入吳學，習舉子業。暐亦感激，竟以有成云。太宜人諱安，字妙安，張氏，故武德將軍蘇州衛左所正千户開源之女也。張之先在元以漢人隸遼陽省，居守將納哈咄部下。國初歸附，從戰有功授官。傳至開源，娶解氏，以永樂五年生太宜人。年十七，歸於黃。初入門，資裝甚盛，然無驕盈之色，而自奉愈儉約。姑陳氏喜曰：“吾婦能以有餘處不足，其賢過人矣。”陳氏治家嚴，嘗冬夜侍左右，不敢去。諸娣度更深寒甚，潛從其後熾炭炙之，其嚴如此，而太宜人所以事者益謹。鎮撫公初任百户，坐事，將赴逮京師。太宜人憂焉，歸而謀於父，用其計以捕得點盜數輩，免罪。俄遇赦，更錄前功，陞副千户。已而以才諝薦，改鎮撫。及長子曜例襲父初職，復調浙江之盤石衛。會閩寇起，朝廷遣大將討之。師次吳中，太宜人謂曜曰：“此非汝取功名之秋乎？”曜即毅然扣軍門請行。寇平，以功陞千户，尋得復衛，皆太宜人之賢也。太宜人初以鎮撫封宜人，晚以曜進今封。以成化十九年二月十三日卒，享年七十有九。子男三人：長即曜，次明，次即暐。曜壯即謝事，讓其官於明。暐以成化十八年中應天府鄉試，舉進士不偶，入太學，有聲。女三人：長適鎮海衛千户耿昇，先卒；次適廣州衛副千户阮寶柱；次適廣州衛副千户阮瑾，亦卒。孫男六人：曰宇，早卒；曰田；曰界；曰異；曰果；曰桂。孫女四人：長適蘇州衛指揮使張欽；次適鄒魯；次許皇甫錄；次尚幼。將以卒之年九月某日葬於吳縣梅灣萬池鄉，合鎮撫公兆。暐以予有舊好，走書京師，并自述其母平生，來請予銘。予因重其能自奮於文藝者，且感其母之賢也，爲叙而銘之。銘曰：

　　黃世官，居吳門。殆百年，武且文。繄母德，儉而勤。以其餘，爲子孫。歲不易，家多艱。克自守，存孤單。終振起，表宅里。孰致之？維有子。子若孫，儼成行。享壽祉，樂洋洋。嗟子孫，保承藉。母目瞑，茲丘下。

卷第六十七
墓誌銘一十首

亡姊吳氏墓誌銘

吾姊嫁爲周諤之妻者,吾仲姊也。年十九而嫁,嫁十三年而卒,年止三十有二。姓吳氏,諱妙善。世居長洲。父某,母張氏。吾姊生十歲時,從女師授書習女事,已不煩勤誨。稍長,親鍼黹刀尺,經手即可觀。性簡約靜頠,處一室,未嘗輕越户限。平居非答述,或終日無一語。他或謔笑,己獨端然,若弗聞者,故家人皆嚴重之。雖父母舅姑遇之,亦異他女婦。雅不喜靡麗,資於身者常不足,而推諸人者亦必以道也。其處上下、内外屬,皆能順適其意,而尼、媪之類,則不欲與之接。蓋其爲人如此。其既得疾也,家君往問焉。答曰:"幸少差。"他日復問,其答如初。及疾甚,或曰:"前言者,其紿父邪?"曰:"老人不堪憂。死,命也。何必纍老人哉。"由是吾姊之卒,家君痛惜之,而不自知其哭之慟也。其生宣德庚戌閏十二月二十五日,卒爲天順壬午三月某日。卜地於吳縣太平鄉花園山之原,乃以明年癸未八月十六日葬焉。生子一人,曰遂,甫六歲。女三人:曰素廉,許嫁朱存敬;曰素雲,五歲;曰素静,生始五月,今吾弟宣抱養於家。吾姊之疾,歲當大比,嘗語寬曰:"吾得起而見汝應試乎?"孰謂其竟卒,而不能如其言乎。嗚呼,其可哀也夫,其可哀也夫!銘曰:

行之完也，女婦之良。命之虧也，閨壼之傷。報弗稱施，孰是主張。吁嗟乎彼蒼！

周母蔣氏墓誌銘

周氏居江陰顧山之下，其以山配氏，稱江南久矣。蓋自伯源甫以力田造家，生子宗苑，至孫孟敬，家益大，田益廣，名稱益盛。蔣氏則其配也。孟敬爲人襟抱瀏達，嘗一日出粟六千石助縣官賑饑。事上朝廷，特賜璽書襃之，而旌其門曰孝義。孟敬曰："凡吾粟之出，先大父遺我後人者也。顧此恩寵，我何敢居？"於是伯源甫下世矣，遂復得旌其墓曰義民，仍取旌門者題其堂，以侈上賜，且以自勸。故廬陵楊文貞公爲之記，其略曰：國朝旌庶人墓，自孟敬始。蓋紀實也，時人以爲榮。然當孟敬出粟，粟多至弗勝載，雖他人視之，亦有吝惜意。蔣氏居中，方從臾之，不少沮一言，故卒就孟敬美事。用是，蔣氏之名，亦爲鄉黨知。蓋孟敬至此，名稱愈益盛矣。貴而矜名者，率嫌不與通。邑人因得疵而訟之，遂父子逮繫詔獄。事有無，卒莫能辨，竟死。戍其家三人，獨其季子以幼弱故，幸不及。蔣氏日與孟敬側室俞抱持而啼，一室孤寡，相視纍然也。當是時，周氏不絕如帶。天順改元，恩赦下，其仲始還自雲州戍。蔣氏教之，約用度，謹交際，復理田事。迨季亦漸長，則延良師教之，使業進士，冀再光門閭。數年間，卒植其孤，復其家，蔣氏力也。然其二子亦孝，知母之有隱憂也。朝夕相與娛之，歲時稱壽列長，延集宗族於所謂孝義堂。兄弟二人衣斑觴醴，起舞於前，蔣氏亦爲之破顏一笑云。其生以永樂甲申五月二十七日，卒以成化甲午九月十六日，壽七十一。子男三：振，先卒者；拱，承事郎；掖，邑庠生。女四：長適朱武，亦先卒；次適許池。孫男三：祥熊、祥驥、祥鼎。女二。以丁酉歲正月某日葬於邑之香山北麓,合其夫之兆。掖奉其兄之命,持海虞衛君之狀,踏予門,再拜請銘。蔣氏諱賢,字淑賢,出無錫湖塘,亦著姓。父曰昂夫,母曰郭氏。銘曰:

維婦從人,而人匪從。昔同其盛,有替則同。家難既多,邊恤我躬。銜橛之驚,幸途弗窮。扶孤舉墜,克昌其終。白髮種種,門楣復崇。問此何爲?維婦之功。山穴窈然,託體其中。龜筮協吉,子孫其逢。

胡母劉孺人墓誌銘

蘇郡儒學有賢師,曰訓導胡君。君有賢母,曰劉氏,年八十有九,以成化十二年正月七日終於家。訃至,訓導君將去任,卜其年某月某日,葬其母於安成某鄉某山之原。持從兄黃州推官性之狀,從以諸生朱文輩謁予乞銘。予既弔君,且謂君不得久專教法,造就學者,更爲諸生吊。既乃以禮辭銘,不獲,退則據其狀而書之。劉氏世爲安成櫟岡人,父曰志亨。年十七,歸同縣胡時憲甫。初入門,已能持婦道甚習。舅如庸翁,性頗嚴峻難事,事之偏適其意。及姑歐陽氏没,奉後姑王氏,旦夕曲意承順,有人所難及者,人以故稱之。居數年,胡不幸多故,訟興、疫作、死亡相仍,家之財物,或有乘間盡匿之者。當是時,劉氏適管内政,一置不問,方脱簪珥、鬻衣服以佐日費。卒之相其夫復產業如前日,人以是愈益稱之。及時憲既亡,痛哭如不欲生。諸女有欲爲佛事、資冥福者,則不許,曰:"吾知喪服葬祭之禮而已,彼佛何爲者?"其後仲子以明經中鄉舉,得教職,數遣人迎養,輒辭不往,曰:"吾爲未亡人,獨享禄養,非心所安也。"此予所謂賢母也。劉氏有男子二人:曰常,曰經。女子七人:一適姚氏,六適劉氏。孫男二人:曰振華,曰振儀。女五人。

曾孫男女各三人。經即訓導君，其爲人廉介，善教人。有吾鄉陳永之先生錄其事，此予所謂賢師也。然其賢孰非出於其母者？是宜銘。銘曰：

經傳攸存，閨門稱首。柔正維妻，聖善維母。婉婉孺人，德則多有。來嬪於胡，年則甚後。有酒有漿，有箕有帚。亦有詩書，教詔在口。奉我舅姑，事我夫子。成我諸兒，我心庶矣。家室和平，產業完美。歷變得常，婦功乃爾。九十其壽，既樂且康。報施則然，匪氣獨長。安成之野，魯國之防。豈效崇封，刻此銘章。

太宜人陳氏墓誌銘

吾友兵部職方郎中陸君有母，曰太宜人陳氏，蘇之崑山人也。職方有才操、文學，蔚然士林之望，太宜人所以安其祿養、榮其封命者，幾二十年。乃成化甲辰十二月甲子，俄以疾卒，享年七十有五。太宜人少歸於陸，與其夫惟敬處甚宜，而事其姑尤以孝稱。姑有子，幼病尪羸，苦於鞠養。太宜人爲之乳哺，以代其勞。子多夜啼，輒抱負行室中，往往至達旦不寐，竟長大之。又以姑念其二女之病與無子也，餽遺殷勤，每先其意。居常與家人會食，有一美味，必別儲之以奉其姑。姑病，親嘗湯藥。當暑，侍之久而不倦。後數歲，姑沒，眾爭取所遺物，獨憑尸號慟不顧，以哭泣故，目竟成疾。蓋其孝如此。其處諸婦中，雅善含容。若子孫有小過，必責誚之，不少貸也。蓋自惟敬沒，所以成立其子孫者，其力爲多。性儉樸，不喜華靡。然特精於女事，雖瀚濯之粗者，人莫能及。凡其賢能，已嘗見於學士大夫之所紀載。至是職方將以明年某月某日，葬其母於太倉陳門塘之先塋。手錄其事，衰服踏予門，告曰："願得墓銘。"太宜人早喪其父宗義，賴母姚氏鞠之。而伯父宗訓更讀書秉禮，故幼則不失教，多知古人賢孝事實，其所以施於家者，蓋有所受也。以其子嘗任稽勳主事，初封太安人，後進今封。子男二人：長容，即職方君；次宏。孫男四人，曰：儀、伸、偉、傅。女四人：長適太倉衛指揮使張漢；次適柴震、談章；次許適武勳。銘曰：

　　維養之豐，而封亦崇。人曰有子，不觀其躬。何以觀之？令妻賢母。況也平生，亦復孝婦。鼎食閫居，天與之壽。子心傷悲，謂獨不久。嗟此刻詞，維以慰之。

沈燾妻蔣氏墓誌銘

　　蔣氏名淑芳，吳人，蔣恒敬之長女也。恒敬之先居宜興，號儒宦。家後徙於吳，至曰惟明，始業賈以為生。惟明生恒敬，娶陳氏。初得女，賢而且能，其父甚愛之，不忍嫁也，乃得燾為贅婿。燾字良德，御醫以潛之孫，方游郡學，為諸生，才質偉然可望，與其妻處甚宜之。時其妻有一弟病久，所以視其起居既勞。及其弟死，未幾，一妹俄繼之，重悲傷哭泣而病亦作，遂不可救。死之日，成化十五年十二月十七日也，年二十六。以明年三月己亥葬於沈氏某山之先塋。予妻安人與其母兄弟也，聞其死，哀甚。適燾以書來請墓銘，吾妻曰："是女之為人有可書者。"乃序曰：蔣氏年數歲，時已善箴筬。稍長，益婉嫕，事其父母與待其父母之黨，孝愛甚篤。性不喜華靡，凡服飾之美者多斥去之。頗好佛，嘗念父母之恩欲報，遂蔬食數年，旦則焚香誦佛書以祈禱。至撫其弟妹，於飲食衣服之外，尤能以善言開之，宛如女師。然既與其夫處，聞誦說聖賢經傳，輒了其大義，始悟以佛氏為非，更勸其夫益勤學業。燾感之，讀書學宮，每月朔望始一歸其家，蓋有樂羊子之妻之風焉。及病革，囑其夫以數語，皆非流俗婦人所能及者。燾悲其言而從之，是果賢已。銘曰：

手足之情，男子或弛。於彼失之，乃得之此。眇然弱質，不出庭戺。古不傷生，我寧哭死。有家於家，父母所喜。葬則從夫，百歲以俟。喜者以悲，況乃夫子。託此慰之，且播厥美。

故雲南左布政使袁公妻盛安人墓誌銘

故雲南左布政使華亭袁公有賢配曰安人盛氏，南和縣學教諭忠之女也。初，公娶於張，賢而早卒。求繼室，難之，後得安人。安人貌端嚴而性明惠，持身肅然，言動不妄，姻族皆爲公賀。公居官廉潔，自禄俸外無一金之蓄。安人能以勤儉助之，又能撫育張氏所遺諸子，恩意甚至。故公不知其妻之嘗没，而諸子亦不知其母之嘗失也。公嘗僉廣西按察司事，時以蠻獠不靖，日督兵於外。亦惟安人之善治家，因得盡心軍旅間，卒成功名，超遷至按察使。其後有雲南之擢，則憂其父高年，留安人侍養於家。其父亦樂焉，不知其子之遠去也。未幾，公卒於道。柩至，安人迎哭，屢至頓絶。而其父明年亦亡。安人率諸子治兩喪，皆合乎禮，觀者稱之。蓋又數年，而安人以病不起，實成化丁未五月一日也，享年六十有二。有六男二女。男曰偉，曰儀，曰傊，曰倣，曰佩，曰億。女長適縣令陸翰，次適張天恩。自倣以下與張氏女，安人出也。孫男若干人，曰某某。女若干人。佩善書，以鴻臚寺序班直文華殿，將迎養其母，俄而訃至。他日，欲歸治喪，乃持中書舍人倪君之狀來請墓銘。曰："佩不及事吾母於生時，而爲此送死之具，何如其悲也！"予憐而許諾。安人葬以卒之年某月某日，墓在華亭某鄉，合布政公兆。其稱安人者，以公初任刑部主事所受封也。銘曰：

以順爲正，德之良。順而克相，家必昌。咄彼哲婦，反其常。

呶呶長舌,何可當？有賢安人,名允臧。夫子陳力,孰所襄？被以命服,終煌煌。獨不逮養,子所傷。何以慰之？此銘章。

青澗縣主墓誌銘

縣主既沒,其子銘自平涼馳告於朝。上若中宮聞之,皆遣內臣賜祭於其第,仍敕有司營葬如制。於是銘復念曰:"吾母甚賢,今且葬,墓宜得銘。"乃來請於予,予辭之。其請不已,則起而言曰:"吾母實太祖高皇帝之曾孫韓憲王之孫,而襄陵莊穆王之長女。母妃曰鍾氏,而吾母則夫人馮氏出也,以正統間賜封號曰青澗縣主。吾母幼則以孝稱,祖母妃季氏得疾,甚危,嘗籲天刲股作糜以進,竟愈之。已而馮夫人疾作,愈之如前日。事聞諸朝,特賜璽書獎諭,有'宗室之光'之語。蓋吾母雖生長富貴,無驕侈態。凡閫以內事,能以身任其勞,暇則閱女史以自鑒而已。與吾父儀賓府君處,尤能順適其意。吾父甚宜之,凡餘四十年,相敬如一日。至待諸子,不以親疏間其恩意。"蓋言其母之賢如此,是固宜銘也。縣主沒以成化十八年四月十二日,享年五十有五。後八月,儀賓公繼沒。乃以又明年甲辰十一月壬寅日,合葬於平涼縣由延里之原。縣主有子,即銘,以軍功授官服。其三子:鉞、錡、銓。女三:長適平涼衛千戶張英,餘未行。孫男二:曰澄,郡庠生;曰瀾。女四人。銘曰:

麟趾之化,及於宗族。維孝斯安,維敬斯睦。維此克舉,可考其餘。子孫百世,護此幽墟。

毛母何氏墓誌銘

鄉貢進士毛珵以成化十七年十月十七日喪其母何氏。明年四月二十九日,將葬於吳山之原。以書屬其友周原己爲狀,請予銘。往予聞珵葬其父得治壙法,以是送其親死如禮,所謂附於棺者,無悔足矣,何取於銘?原己則道珵之意甚懇,若不可已者,乃視其狀,得其母數事。蓋謂其勤,曰:珵之父叔行甫初贅於俞,及婦死而歸,故產已廢。時何氏入門爲繼室,圖所以養生者,悉脫簪珥貿絲,晝夜治爲縫縷鬻之,衣食竟足。謂其孝敬,曰:姑范年高,諸子已分爨,遂迎養之。何氏謀於叔行,曰:"吾家幸粗立,獨不能具盂飯,專爲老人奉,忍使之僕僕往來乎?"姑安焉,則益致甘旨不缺。謂其和且慈,曰:何氏既能養,有嫉之者,至出訛詈語,遂曲爲卑下,以悦其意,卒相驩然。叔行有前妻之子玉,嘗出於外。及叔行没,立召歸主喪,更日以善言導之。大率言其爲人如此,可謂賢矣!何氏之先無錫人。父復初爲長洲陳氏贅壻,始家於蘇。毛世爲蘇人,其先皆不仕,至珵以明經取科第,家益振。然凡珵所以從師向學者,多其母之教,其又賢矣!何氏卒時,年六十有二。男子三人,長即玉,次珵,次瓚。女子一人,適沈椿。女孫五人。銘曰:

葬而望望,庶有壽母。何以壽之?其藏不朽。吳山嶔崟,墓木森森。有待寵光,孝子之心。

林孺人墓誌銘

翰林編修李君與予爲同官,且有同年之契也,數爲予言:"吾母老。吾居京師久,吾所爲不即歸者,冀得科第,有官秩以慰之也。

今幸得而有之，又例不即歸，然歷三年，封典當下，歸亦可以榮之也。吾寧待焉。"居無何，君之弟仁貴以母亡書來告。君啓封，哭失聲。明日，予往弔之，又哭失聲，曰："吾不忍言吾情事也。"既而起拜，曰："吾母無恙時，諸凡葬具竊忍預圖。惟是葬宜得銘，敢以累子。"予視誼不可辭，則應曰諾。他日，君自爲狀授予，曰："吾母林氏，莆田人也。林出唐九牧葦公之後，葦公之弟蘊以忠見稱，而從子攢以孝致瑞，閩中謂忠孝林家。曾祖棄游洋訓導。祖應龍太學生。父琚，隱居不仕。母宋氏。吾母天性賢明，知書解事，平居嚴重，不苟言笑。畨歸於先訓導府君，柔順有禮，成内助功。歸未幾，遭舅孟芳先生喪，家適中衰，能盡斥簪珥以營葬具。而大姑鄭氏年高，左右承顔，俾忘喪子之憂。先府君後領鄉薦，分教雷州。於時姑宋氏年亦高，遂請留養。姑迫之行，乃行。雷在萬里外，有所得，歲時遣致，殷勤不以遠廢。其孝類如此。及先府君以母憂起復，改除寧縣，未行而卒，還葬，蕭然貧家也。吾母數抆淚，嚴戒諸孤曰：'貧，吾安之久矣。奚足憂？憂汝輩之墜家世耳。'嗚呼！不肖所以有今日者，其孰使之？已矣！不可得而報矣。"卒以成化十年四月乙丑，享年七十有四。子二人，即仁傑、仁貴。孫男一人，曰某。女四人。卜是年某月某日，葬邑太平山之原，合先府君兆。蓋狀云然。銘曰：

閩中氏族林居多，維孺人出忠孝家。唐諸王孫譜不磨，早年委閩仍伐柯。有姑孝敬家乃和，有夫柔順禮匪頗。有丈夫子登高科，以嚴爲慈日撫摩。誨言在耳去則俄，榮封未下如哀何？千秋同穴山之阿，子孫蟄蟄墳峨峨。

朱孺人墓誌銘

朱故淮南名家也，後徙於蘇，遂爲吳縣人。有曰福賢者，生孺人，笄年歸於故陳府君仲禮氏。陳亦吳之名家也，族大而產厚。孺人入門，能處其上下，而未嘗營私，卒能使府君兄弟老而歡然。府君家濱大河，嘗天雨雪，見挽官舟者凍餓不能前，輒作糜盎中，徧食其人。鄰有客死者，人莫之視，爲具棺斂之而歸其喪。事多此類。府君既没，生子綸，好義益甚，綽有父風。寬嘗誌其墓，所謂活產婦水濱者也。仍世積德，吳下稱之。然里之人則曰：陳氏父子之爲義，孺人與有力者。孺人爲人仁恕恭勤，和其親戚，惠其婢僕。至如烹調、縫紉之事，皆可爲女婦師，然此不必論。獨所以贊其夫、導其子者，心則厚矣，宜若得厚報。數年前，一月夭其孫男女七人。明年，而府君没。又四年，而亡其長子。又四年，而仲子死焉。孺人連哭數喪，悲痛無聊。又四年，是爲成化十年二月十五日，亦卒於疾矣，年七十有二。子男二：長即綸，娶葉氏；仲曰紀，娶江氏。女三：長適吳恭，次適蔣禮，次適翰林修撰吳寬。孫男二：曰壑曰塗。女六：適袁綸、沈綱、唐鼎、湯璋，其二尚幼。以十二年三月十七日，葬於吳縣至德鄉金山之原，祔其夫之兆。夫孺人之德，禮肅仁裕，類苗夫人，惜無婿如韓退之者銘其墓而傳之。銘曰：

陳氏之德，世繼其厚。有贊有導，有賢婦母。孰惠其迪？而逢其咎。孰種之勤？而穫則否。潭潭高堂，犖犖白首。償德幾何？其殂中壽。諸女弱孫，爰及孀婦。哭號於野，扶送其柩。壼彝既全，天道莫究。我尚有待，遠在其後。

卷第六十八

墓誌銘一十三首、壙誌二首

太宜人董氏墓誌銘

太宜人董氏，太原人，爲故太醫院判錢公伯常之妻，今御醫鈍之母也。錢世家江都，後徙晉陵，以小兒醫名。院判少侍其大父晉府良醫宗道居太原，而太宜人之父亦爲府中典仗，故娶之。後良醫卒，其子良玉挈院判南還，占籍長洲。未及立家，復以醫薦入太醫院，而留其配於吳。當是時，太宜人爲冢婦，勤苦特甚。凡可以奉其姑者，必極力致之。於是院判益妙於醫，病家日迎之去，家事悉委太宜人以治。又其弟三人漸長，凡一門衣服、飲食率取給焉，亦惟其平日不妄費一物，家竟立。中歲，從院判仕於京師，内助之力益多。年且高，其子鈍繼仕，復從之榮養已至。然每教子婦，必舉少時勤苦事爲言，不能忘也。鈍初仕爲院使，得以其官贈其父，太宜人因亦受封焉。命下半載，俄以疾卒，享年七十有九。鈍將歸葬，持其友周行人秉臣之狀，泣拜請銘。予交御醫父子間，知太宜人之賢甚熟。蓋其嚴毅端莊而儉樸者皆可稱道，是固可銘也。子男四，曰鉉、鈍、鏞、銘。女二，適馮釗、張經，竝先卒。孫男七，女八。其生永樂十年九月十二日，其卒弘治三年五月十三日。以卒之年某月某日葬於吳縣雅宜山之原，合院判兆。銘曰：

遥遥晉墟，昔產於是。徙家吳中，從我夫子。家之克立，獨任勞事。終老京師，貴不驕侈。子孫繁昌，南北巘巘。厚養高封，尚以醫仕。榮則已多，亦多壽祉。合葬丘原，夫子是竢。百世之餘，其謹以視。

彭母劉氏墓誌銘

彭世吳人，以貲雄里中。有曰至朴者，益以謹敏承家，家故久而不替，而至朴亦惟有其配劉氏以勤儉助之耳。劉氏諱素能，爲仲顯之女，母曰項氏。爲人凝重，涉知古女婦事。既歸至朴，其舅姑春秋已高，左右奉養，得其歡心。舅姑以得賢婦，私相慶幸，乃悉以家政委之治。劉氏恒謙抑，不敢先諸婦，久之，然亦無出怨言者。教諸子，必以禮義。仲昉爲吳庠生，程其學業，更以女工率之使勤。下至僮奴輩，待之亦多恩意。嘗有竊其金首飾者，後雖知其人，卒隱而不言。其寬厚如此。家嘗值火，至朴囊重貲投井中。他日，使人下取之，弗得，頗不樂。劉氏慰解之，曰："財固不可以非其道而得，至非其道而失，亦付之數而已。"至朴爲之釋然。其明達又如此。至朴既卒，又明年，爲弘治庚戌閏九月十四日，亦以疾不起。以明年某月某日，合至朴葬於長洲縣習義鄉先塋。子男三：曰時，娶徐氏；曰昉，娶胡氏；曰暐，聘丘氏。女一，適陳鳳。孫男一。將葬，諸子相向泣曰："吾母之賢，人孰知之？亦惟圖所以銘其墓者耳。"於是昉請其師鄉貢進士陸君爲狀，託吾姪奕以書來索銘。予重其孝，不忍違也。銘曰：

婦人之行，不出閨門。孰謂其家，而繫其人。閨門之傷，其人不存。書所存者，慰其子孫。

崔母墓誌銘

吳江崔澂以太學生居母喪於家，哀而盡禮。將葬，以願得銘文請於其父。其父文友，賢士也，曰："婦人法不得特銘，然如爾孝，私情何？"會其邑汝太守行敏上京師，授以狀來即予求。予嘗聞崔氏有年少好學、喜從士大夫游者，蓋澂也。已而其所從游士大夫多以書至，稱澂之母賢而澂甚孝，宜有銘以慰之。乃按鄉貢進士汝其通狀，爲著崔母墓誌銘而序之曰：崔母，姓黃氏。其先爲閩人，宋祥符間，有諱應龍者仕於吳而家焉。後徙湖之烏程，曰棲梧黃氏者，因其里名也。其後曰衍，以好文雅著名郡中。又後三世曰儼，兄弟五人。伯俊，國初仕爲廣東參政。季份，嘗入史舘，出爲嶧縣教諭。而儼亦兩被召，却，竟以隱終。儼生璘，璘生蘭，俱不仕。黃既爲衣冠家，而崔之先曰刑部主事齡與俊官同朝，及份更占籍吳江，適與崔比近，故蘭以女歸文友而生澂。其諱某，少有淑德，誇於族人。及爲婦，事舅姑孝敬備至。每得珍味，必先獻於堂上而後食。家業素厚，數勸文友散所積以周貧乏，文友從其言，多成義事。其教澂必守禮法，謹交游。而尤以儉樸爲言，見服飾稍華，輒令去之。澂用其訓，亦成賢名。故自入崔之門，誇之者如其族人。及其卒也，内外皆曰：何賢者之不壽也？其卒以弘治五年九月四日，得年四十有九。以卒之明年某月某日，葬於其邑某鄉。子二人：長即澂；次清，先卒。孫二人，曰俊卿、偉卿。銘曰：

黃在吳江，舊稱名門。少擇所歸，於崔來嬪。淑德何多？止於中身。胤祚既延，生子長孫。子也悲傷，忍死其親。何足慰之？託此銘文。

顧惟誠妻吳孺人墓誌銘

崑山顧惟誠卜葬其妻吳孺人有日矣。以其孫潛赴試禮部，俾奉兵部郎中虞君元凱之狀來乞銘，而大理寺副夏君克聲且爲之請曰：「此敘州守惟謙女兄也，其賢宜知之。」乃視其狀，曰：顧與吳，皆邑中名家。其先禮部主事凱娶安人沈氏，實生孺人。少處閨閫，貞淑端重，夫婦並愛之，爲字曰馨。禮部公蚤喪其父，公式方仕京師，母太安人陳氏老，不能就養，留其配侍奉於家，而俾孺人助之，乃擇贅壻得惟誠，而凡家事亦以屬焉。孺人爲人既孝，其母不勞，其祖母安且樂，不知其子之去家也。至奉舅姑，時節往省，或遣人致甘旨不絕。其舅姑安且樂，亦若其子之家居者。禮部公晚得三子，孺人保愛以長，不以異母弟間其恩意。於是其祖母若父母相繼而没，及見仲弟惟謙且取科第，爲顯官，始從惟誠歸養舅姑，孝謹益至。惟誠嘗與鄉里諸耆碩月必爲會，以詩酒相娛樂，孺人共具豐腆，雖老不弛。自少知書，見子孫勤於學業者輒喜。一日，令幼者背誦《大學》，或一字遺脱猶知之。及喜諸小說，凡載孝義事者，曰：「惟其言俚，世俗可勸也。」蓋雖病，亦不廢云。以弘治四年十一月某日卒，享年七十五。子男三：式，貢士；左，義官；仝，邑學生。孫男四：培、直、潛、澡。培、直，亦邑學生。潛，鄉貢進士。女五：長嫁邑學生沈信；次許嫁杜積；次許嫁夏景洪；其二俱幼。曾孫男一：文徵。女四。以卒之又明年某月某日葬於某山之原。銘曰：

吳東高門倚崑阜，順正無違善爲婦。良人相視同白首，造家以盛期可久。子孫振振信非偶，亦有成名起文藪。不鑿斯坎中能受，我銘其藏石不朽。

顧孺人墓誌銘

同邑朱堯民隱居葑門，讀書好古，然素稟孱弱，未嘗遠游。一旦，扁舟上京師，行三千餘里見予。予曰："天暑甚，君何爲至此？"則顰蹙曰："凱蓋有不得已之故耳。惟凱幼多病，六歲幾死，賴吾祖母顧孺人日夜抱持，含藥飲之，始有生意。以撫以教，得至於今日。今吾祖母不幸見棄，而吾祖父及吾父皆已即世，凱於諸孫爲長，法當承重服，不宜去几筵爲不孝事。然葬有日，必得一言銘墓，非躬請不可。蓋凱自顧無可報吾祖母者，亦惟致其力於奔走勞苦之間，而不忍自安耳。幸念之。"於是出其所爲狀，而周紀善希正實爲之塡諱者。予與堯民別久，接之，驚喜而又感其孝，不可無言以慰也，乃序而銘之。孺人諱蘭，字似蘭，姓顧氏。爲諱思賢者之女，其母范氏。生而貞淑，父母不忍出嫁，得里人朱某爲贅壻。某字某，後稱怡晚翁是也。翁少有志，期自立產業。孺人能以勤苦佐之，及翁卒，能教其一子。子復卒，再鞠其三孫，皆至成立。凡三十年於此，而產業不墜，終其力也。子曰賓。孫：長即凱，次文，次稷。曾孫五。其既老，病風痿，卧於牀者六年。其婦欽氏率諸孫婦奉侍甚謹，竟不起。其生永樂甲午十一月六日，卒於弘治壬子十二月三十日。以明年九月三十日葬於長洲縣子字圩之原，合其夫之兆。銘曰：

歲之將新，曷不少延？爲八十年，亦既多壽。不稱其賢，人尚有言。惟完其家，内事可專。孫曾滿前，哀哀鞠我。匪獨母然，謹送於阡。

李宜人徐氏墓誌銘

　　宜人徐氏爲封奉訓大夫翰林院侍讀學士李公希潤之配,而南京國子監祭酒傑之母也。當成化初,以其子任翰林編修獲封孺人。後十八年,其子擢侍讀學士,始進今封。蓋又五年,爲弘治壬子八月甲子,以疾卒,享年七十五。及是,其子趍赴闕下,以母喪奏乞守制。天子念其爲舊學之臣,特越常制,賜其母祭葬。事下有司,奉詔惟謹。乃擇明年九月甲子,葬於常熟虞山之陰,而以銘墓之文託之予。予嘗歎宜人自中歲受封,與其夫白首同堂,安受禄養,及茲壽終,復被恩典,人間之福,嚮用略備。爲之子者,亦可以無憾矣。尚何假於銘文哉?豈宜人平生必此而後著乎?乃據其邑人監察御史賈君之狀書之。徐爲常熟大族,在元以貲産中邑中,人稱徐半州。宜人爲繼宗之女,母曰季氏。繼宗寬厚長者,讀書守禮,有故家儀範,於諸子女中,獨奇愛宜人。始歸於李,蓋李族亦大而學士公尤賢也。當是時,宜人處尊卑間,上承旁接,皆盡其道,人已謂其能婦。及爲主母,總内事,學士公益得自逸。其閨閫防範必嚴密,賓祭供用必周至,親戚往來之禮必厚,嫡庶撫育之恩必均,人又謂其能母也。既貴,尤不自侈大,衣服惟布素。雖老,絲枲未嘗去手,其勤儉蓋天性然。故卒之日,内外親族哭之皆盡哀,所以道其賢者不絶云。子男三人:長即傑,娶章氏,封宜人;次值,娶陳氏;次儆,娶吕氏。女四,謝山、吴洵、趙炘、吴舜臣其壻也。其季與女皆庶出。孫男五人:如達、愛祖、敬祖、應鳳、應鸞。女六。銘曰:

　　海虞城北峨高門,自我笄年始來嬪。五十餘禩長子孫,至老相敬婦道存,子也抗顏師道尊。中堂禄養鼎釜陳,始終榮耀蒙天恩。歸於斯丘刻斯文,内行幽閟揚其芬。

姪婦朱氏壙誌

朱氏,蘇之吳縣人,吾姪奕之婦也。生成化六年正月初九日,後十八年而嫁。嫁三年而卒,卒時爲弘治六年二月十三日。葬以其年十二月十二日,墓在吳縣五都花園山之下。朱氏少爲其父以慎、母鄧氏所鍾愛。及嫁,其舅拙脩翁與其姑沈氏皆没,而事奕所生母顧氏無違禮。性和厚,奕與之處甚宜。予在京師,知其賢,喜之。及聞其病而死,惜之。其葬也,書其略以誌。

亡妻陳宜人壙誌

宜人陳氏,世爲蘇之吳縣人。父曰謹,以厚德稱鄉里,母朱氏。正統丙辰十一月十日生宜人,年二十一嫁予。自予游太學,官翰林,南北所至,宜人皆從。弘治戊申,得疾,疾少止復作,竟以庚戌二月十二日卒於京師寓舍。會予有史事,先返柩於家,冀他日乞歸,躬視葬地。今歲癸丑,疏上於朝,俄有吏部之擢,願弗克。遂乃擇其年十二月十二日,權葬於吳縣五都太平鄉先塋之左。宜人事先諭德府君孝敬。嘗有男女數人,男長者曰康壽,女曰順正,皆夭死。後爲予圖嗣,續得二男:曰奭,曰奂。宜人撫之,皆如己出,而待其母陳氏尤厚。若其明惠之資、端重之行,至傳聞士大夫間,予未暇述也。予初爲修撰,獲封安人,及爲諭德,始進今封。宜人每感恩以爲過,而勸予曰:"仕可止矣。"予未能從其言即歸,於是乎有愧。吏部右侍郎、前詹事府少詹事兼翰林院侍講學士吳寬誌。

先妣太宜人王氏墓誌

先妣太宜人王氏，世家郡之常熟。在景泰初，寬母張宜人不幸見棄。先諭德府君求繼室，得太宜人。當是時，閫內外事，府君已悉付子婦，太宜人得以自安，凝然終日而已。平居撫子孫以慈，待姻戚以和，沈靜重厚，寡笑與言。惟父母早世，自歸府君，歷四十餘年未嘗一省其族。及年益高，身益健，俄而疾作，遂不可救。嗚呼，痛哉！生於永樂庚子某月某日，終於弘治甲寅十月二十三日，享年七十五。子男曰宗，曰寬，曰宣。宗、宣皆先卒。曰宇，亦夭。女四。宇與女適王節者，出太宜人。孫男曰奎，曰鬴，曰奕，曰奭，曰奐。女二。曾孫男曰健，曰俸，曰某。女三。太宜人初以寬爲翰林修撰，蒙恩封安人。及寬進春坊諭德，而府君亦已見棄，乃加太宜人之封。榮顯雖至，而侍養則違，寬竊以爲恨。前歲上疏乞歸省，會誤擢吏部，不果。詎意今日遂至大故，恨當何如耶？於是天子念青宮舊學，以寬有講讀之勞，特命有司諭祭，并造塋域以葬。乃擇卒之又明年正月三日葬於吳縣五都南橫山之西，合府君兆。寬忍哀略識歲月，納諸壙中，亦惟叙恩典之盛，以示子孫圖報焉爾。

虞母鄒宜人墓誌銘

宜人鄒氏爲封兵部車駕司王事虞君震之母。曰宜人者，則以車駕之父侍郎府君嘗任通政司參議所受封號也。宜人壽八十，以成化五年十一月十八日卒。以明年十一月二十八日，既葬於邑之金潼，合府君之兆。後二十年，車駕以葬未有銘爲恨，俾其子臣來請，而自爲之狀曰：虞與鄒俱崑山人，宜人之父長卿與虞之先在國初俱以富民徙實南京，兩家以鄉里故相往來。府君初分教金華。知其賢，娶之。乃奉其母顧宜人以行，而宜人之母陳氏老而無依，亦從宜人，孝養備至。既而府君丁母憂，還崑山，僦屋以居，猶寒士也。宜人安之，晝夜紡織，力爲衣食計。及府君服闋，初選爲禮科給事中，再擢參議，祿俸稍厚。然宜人自奉不異爲教官時。子女之生，不求乳母，必親乳之，曰："飢人之子，吾不忍也。"震有妹早喪，育其孤女於家，爲擇良族嫁之。震之妻周宜人勤於女事，必指以教其女。而教震尤嚴，切切焉以勿墜儒業爲訓。及府君以兵部右侍郎而卒，扶柩歸葬，空囊蕭然，尚無田廬。宜人安之，復如爲教官時。蓋宜人持身有淑慎之德，無妒忌之心；處家有勤儉之功，無邪妄之見。其賢不能盡書也。子男三：長即震，次謙，次鼎。女二：長適錦衣衛百戶張敬，次適陝西按察司僉事陳詠。孫男四：長即臣，登進士第，爲兵部職方司郎中；次民；次煒；次秀。女七人。曾孫男五人。玄孫男一人。虞相傳出宋雍公允文後，本蜀人。宜人嘗謂震曰："汝父聞族人有居吳江者，宜訪之，以成其志。"至則果得五世祖元統間親書復田公牘，適與譜合，於是虞之家世始知所出，蓋宜人之力也。府君諱祥，字仲禎，歷事先朝，爲時賢臣，宜人實克配之。予不及見侍郎公，而與其孫郎中相好，知其居官所以不愧其先者，蓋有所自也，乃不辭而爲之銘。銘曰：

身有其貴，家無所資。能安其常，於夫則宜。墓木拱矣，刻石有詞。既暴賢德，亦慰孝思。再世復顯，慈訓是遺。凡今之婦，盍觀於茲。

故四川僉事陳君妻周孺人墓誌銘

吳中仕宦家，自國朝來，以陳氏爲冠。蓋僖敏公功在西土，爲時名臣。其後繼登甲科,世列憲職。又有若公季弟之子四川僉事曰僎字汝翼者,孺人則其配也。其諱妙清,姓周氏,出崑山名家。爲鄭府長史璘之女,母曰夏宜人。長史公嘗爲監察御史,有名中朝,治家整肅。孺人資秀慧,且得家教。既笄而嫁,處貴族,受榮封,絕無矜侈態,其舅故封監察御史有成與其姑顧孺人皆賢之。僉事君初在南京,或巡行於外,孺人輒閉戶獨處,雖三尺童子不許踰閾。及從至蜀中,適寇難方熾,僉事君數出備禦,孺人所以居家者益謹。一日,僉事没,挈携諸孤遠道歸葬。念舅姑皆高年,左右承順,能慰釋其意。教其子汴業儒,汴竟登鄉舉。初,僉事君未有子,以兄汝韶之子浙爲子。後孺人得汴,諸妾更生二子沇、涇。孺人待之皆與己子等,可謂賢矣。汴以其母老,恐違侍養,屢不應春選。孺人年七十五,卒之日,弘治八年二月某日也。明年正月某日,葬於吳山先塋之次。子男四:浙,娶錢氏;汴,娶楊氏;沇,娶顧氏;涇,早卒。女二:長適鄉貢進士朱木,次適吳恪。孫男四:東、同、寀、林。女三:適劉燦、夏卿,其一尚幼。諸子將治葬,奉監察御史夏公狀來請銘。蓋夏公與孺人爲中表兄弟,知其賢甚深。而予與陳氏同里居,有世契,亦竊知之。故不復辭,爲之銘。曰:

　少則有家,同享其貴。匪貴之享,縫冪中饋。憲臺凛凛,一道肅然。何以相之?有婦之賢。載耀高門,袞然而秀。何以教之?亦有賢母。從子而養,從夫而藏。吳山鬱鬱,蔭此幽堂。

張安人王氏墓誌銘

　王,故閩人,爲唐水部郎中輔之之後。在宋多顯者,後徙吳中,曰著作郎蘋,河南程氏弟子也,尤以道學聞。子孫以儒業相傳。國初有仲光處士,兼通醫術。又三世,曰時勉,醫名益著,娶嚴氏,生安人，爲季女。名珍，字秀珍。少歸名族，爲工部員外郎張瑋嘉玉之配，而爲贈工部主事靜源之婦，南京國子監助教鋼之孫婦也。嘉玉幼則好學，既長，登進士第。居官清約，以考最獲封其妻。至是，安人以疾卒於京師，年止四十，適嘉玉以公事之便，載其柩還葬，率其子來請銘，曰：「少婦之亡，不足以勞長者。惟瑋幸嘗游門下，而亡者有足銘，亦欲慰其子之哀耳。」乃出安人之兄太學生惟安所爲狀以拜。狀曰：「吾妹婉和柔懿，自能言宗黨，稱呼不誤。而與同輩相嬉戲，未始有争。年六歲，吾母教以女工。及授以《女誡》諸書，即通解。稍長，率之祭奠、饋食，若浣濯諸事，即能服勞。尤能以禮自持，居一室，人未嘗識其面也。其賢如此，此吾之所知者。及爲婦，婦道益修，嘉玉得盡力於學。姑太安人陳氏嘗有疾，以安人爲冢婦，委以家事，治之甚習。而事其姑，凡湯藥食飲必親奉，蓋不以事廢。其待族親甚厚，及教其子則嚴，未嘗縱之使惰也，此又嘉玉之所稱者，今則不可見矣。故聞其卒，内外親族哭之皆哀，足以知其爲人矣。」其生正統乙亥三月八日，卒以弘治甲寅六月二十五日。以又明年丙辰七月十六日，葬於吴縣奇禾山善人橋先塋之次。有子二人：伯曰希范，聘顧氏，爲湖廣按察司副使源之女；仲曰希程。銘曰：

惟出與歸，其胄實華。内德克舉，無忝其家。既與其榮，而奪其壽。家人是傷，其獲亦厚。

張景春妻胡氏墓誌銘

吴城東有甫橋，橋之北有張氏居之。世積善，濟以勤生，家致殷厚。至景春，在里中尤稱善士，而勤生如先世，能益振其家。景春固賢，其配胡氏更以賢濟之，此家所以益振者。胡氏諱素安，性端簡凝重,資尤明慧。景春父子多游京師服賈,閫內事惟胡氏是賴。凡錢帛出入之記注、米薪儲積之劑量、親戚慶吊之往來、傭奴衣食之分給,處之秩然也。其治家更身率以儉,不好華侈。至於里巷女媼所信邪妄不經之事,尤不能惑也。故人皆稱景春有賢婦。素無疾,俄疾作,遂卒。其生正統丁巳八月二十八日,卒以弘治己未三月二十六日,享年六十三。張與胡皆長洲人。胡氏之父曰德清,母曰袁氏。當胡氏居室時,已能行孝。及歸於張,姑以年高在堂,奉事與母同。姑卒,哭必盡哀,人益稱其孝云。有男子二人:長曰雍,娶梁氏;次曰準,娶李氏。女子二人:長適吳齋,次適劉梲。孫男六人,曰溥、濂、瀚、滂、濤。孫女四人。曾孫女一人。將葬,得地於吳縣十二都白華山之原,卜卒之又明年二月三日葬焉。於是準來道其父兄之意,求予爲銘。蓋齋,予兄之子也。惟以姻婭故,特知胡氏之賢,故銘之。銘曰:

《詩》詠宜家,於茲可信。豈人之宜,而家亦振。女婦之德,實繫於家。閫內之事,今何賴邪?顧而不見,泣然欷嗟。尚閟於茲,壞地不汙。

戴母莊氏墓誌銘

長洲戴冠有母病,走百里外求醫治之。疾痼,不可治,其母竟卒。冠自咎爲不知醫藥,或妄投,痛哭不已。將葬,則咨其父文昱甫,願其墓銘,庶以自慰者,乃來請於予,而自爲之狀,曰:"吾母莊氏也,諱妙清。父曰思恭,嘗長鄉賦,以庇其民破產,而家遂落。娶卜氏,生吾母。在諸女中最幼,然不妄嬉笑。曰:環坐而緝,坐必下,起必先。麻枲輒先滿筐,更精好可織,蓋其用心之專也。歲理蠶事,蠶未眠而桑或不給食,對之甚悲。家人曰:何重利至是?應曰：'吾不忍蠅蠅而死，豈爲利哉？'蓋其存心之仁也。此皆吾母幼時事，既笄而歸吾父已四十年，勤儉慈順如一日，吾父甚宜之。平生食不邪味，工不奇巧，畏聽惡言、言惡事，非特有娠時。然事姑孝，夜寒必再起問衣衾厚薄。姑之舊衣垢，以嘗得乎自浣濯爲幸。雖嘗茹素禮佛，然不肯以一錢施浮屠氏。至親戚及隣里女婦之貧者，則隨所有週給之不吝。冠家市中，幼獨喜習儒業。親戚咸曰：'業儒固善，然猝不得成名，不若業賈可朝夕養生。'母聞而謂冠曰：'即不成名，亦不失爲士人，其必事此。他日吾食貧無悔也。'吾父亦然之。冠故卒業儒，既而入鄉學爲弟子。雖屢躓場屋，而吾母怡然自若也。此其爲人大略如此。吾母之卒，以成化十三年十一月十二日，享年五十九。子男二：長即冠，娶夏氏；次冕，娶韋氏。孫男三人：恩、愚、憲。女一，曰貞德。葬以卒之又明年某月某日，墓在何山之原。冠不肖，既壯未仕，未能顯榮吾親，甚愧恨也。茲敢以狀上，惟憐而畁之銘，幸甚。"蓋其狀云。然寬屬以憂制，歸自京師，則聞有戴冠者好學而文，願一見之。乃今以銘文見託，所以叙述其母者，讀之可悲。因知其篤於孝，非世所謂文士比也，乃按其言而叙，爲之銘。銘曰：

溪流洋洋，母氏在堂。有過於庭，儒其衣裳。紛紛小夫，日中爲市。孰從而儒？惟母之使。母之云亡，子也其悉。藹然其文，凜然其德。葬也有銘，何加於詞？爰刻之石，惟慰其悲。

郭母徐氏墓誌銘

鄉貢進士郭君忱待試禮部，聞其母徐氏喪，疾馳還家，慟哭曰："吾生不及仕以榮吾母，今而吾母將葬，何以盡吾心乎？"則告其父曰："惟葬地之當擇也。"乃行西山，衝冒跋履，無所不至。凡數月，始得於至德鄉博士塢之原,則又告其父曰:"葬既得地矣。吾母之賢,不當有銘乎?"乃自爲狀來請於予,至於數四而不已。徐氏諱靜端,世家長洲,爲嘉定縣醫學訓科惟德之女。及嫁郭氏,爲承事郎汝文之妻。郭,大家也。其舅宜軒府君,偉然族人之望。生汝文,克肖,爲其婦寔難。徐氏入門,事宜軒與其姑成氏皆得其意。及舅姑下世,相汝文治喪,則斂葬必厚,治家則耕織必勤,以至祖先之享祀、親戚之餽遺必豐,子女之婚嫁、婢僕之衣食必均。若其舉止之必端、用度之必儉,則持其身又無不至者,汝文甚宜之。比歲疾作,重以愛女及殤孫之戚,悲痛之餘,遂不可救,享年五十有七。其生正統己未八月六日,卒以弘治乙卯十一月一日,以卒之又明年二月四日葬焉。子男三:長即忱,娶雲南按察使張公汝振女;次悦,娶無錫鄒氏;次懌,娶同邑蔣氏。女一,適監察御史陸完,贈孺人。孫男四人:受福、受益、受采、受學。女九人。予重忱之孝,且以汝文之失良配,不可無銘以慰之也。銘曰:

內言不出,如無其人。匪出其子,曷知其親?曰厚而勤,曰豐而均。曰端而儉,以持其身。有家以盛,有子以顯。視彼哲婦,內助何鮮。乃卜吉壤,西山之垂。欲知其賢,刻石有詞。

卷第六十九

墓誌銘一十一首

錢夫人莊氏墓誌銘

故南京吏部尚書、贈太子少保錢文通公之配夫人莊氏，世爲松江華亭人。父曰克勤，母某氏。夫人未生，有術者指其廬言曰："此地當出貴人。"已而夫人生。既笄，克勤與錢雅相好，遂以夫人歸文通公。公時爲諸生，游鄉學，勤苦特甚。夫人晝夜紡織以資給之，公得專意問學，遂取高科，入翰林，以文名於世。及姑趙夫人没，夫人居喪兼治家事。公得廬墓行孝，至於服除乃歸。後公官益高，禄益厚。夫人自封孺人，進宜人，至今封，可謂富貴顯榮矣。居常猶親女事，衣布素，人不知其爲命婦也。及公年七十，以尚書致仕而歸，夫人年相若，髮不變白，聰明強健。歲時設宴，子孫以次奉觴爲壽，終日端坐，不少欹側，人又不知其年之高也。夫人少則孝敬其舅姑，皆嚴毅事之，得其歡心。平生遇妾媵，無妬忌之行。訓子孫，有勤勵之言，至待族姻、御僮奴，皆有恩意。居家處事，尤善含容，有人所不能及者，而閒靜和婉。雖老，不輕出中門，私居，雖子孫亦未嘗聞其笑語聲也。弘治八年八月十六日，夫人卒，享年八十六。子男七人：曰崗，承事郎；曰岐，府學生；曰嶧，俱蚤卒；夫人出曰峘，國子生；曰山，金山衛指揮僉事；曰岌，國子生；曰巖。女二人，中牟縣學訓導張璵、金山衛指揮使翁熊其壻也。孫男七人：曰啓宏，進士，某部觀政；曰啓賓，國子生；曰啓容，府學生；曰啓某；曰啓春；曰啓賢；曰啓明。女七人，國子生陳概、承事郎陳福、國子生沈高、士人江隆其壻也，餘尚幼。曾孫男六人：曰文綬，曰文曄，曰文曜，曰文暐，曰文誥，曰文纓。女三人。先數年，文通公没，上敕工部營葬於邑佘山之原。至是，有司以夫人之喪聞，復蒙諭祭如制。於是啓宏以嫡孫持服，卜明年十月某日，以夫人合葬。乃自爲狀，使其弟啓容介先友馬太常來求墓銘。銘曰：

孰不爲婦，貴者幾何？亦孰不貴？其壽不多。貴不自侈，布素儉勤。老復自檢，止於中門。赫赫文譽，馳於遠夷。文通有婦，於內相之。富貴匪共，共此一丘。視其松檟，寵光未收。視其喪次，衰絰則盈。再世復發，甲科成名。爰求其故，曰由誨言。奉而嗣之，何但曾玄。敘其淑行，著兹銘章。庶幾閫內，其人不亡。

史母太淑人鄧氏墓誌銘

史與鄧，皆洛陽名家也。太淑人諱德恒，爲陽穀縣丞瑄之女。少歸於史，爲朝城知縣、贈山西道監察御史某之配，而爲今蘇州知府蘭之母也。御史君初喪其配陳氏，求繼室，得太淑人。端莊婉順，撫陳氏遺女更慈。及御史君以鄉貢士入太學，居都下者四年，親汲爨以供之，燈火共事，虀鹽並食，有人所不能堪者。已而從其夫官朝城，爲縣令妻，亦貴矣，其自處勤儉猶前日也。於是君以善政清節爲朝廷旌褒，所以成其賢名者，太淑人有助焉。天順癸未，君卒於官，太淑人年三十三耳。一子生甫十一年，纍然携以歸，不以幼孤弛教。喪始畢，即遣入郡學，脱簪珥，買書以資誦習。其子竟登進士第，以才御史出守蘇州，遂其養。蘇州自古稱繁雄之地，其子旦起治文書，至日中未已。上稟承而下裁決，不得一視家事，事惟太淑人任。蓋至此爲郡守母,益貴矣,其自處勤儉猶前日也。自爲婦,非歸寧不出。至是居蘇州,數年未嘗一越公廨門。其子退食,亦不一問公事。惟以嚴刑暴怒,公取予爲戒。其子遵奉慈訓,書之座隅,卒之善政清節,無愧其父。至屢受旌褒,以成賢名,太淑人之助益多。若其延款賓客,施予貧困,既老無所厭倦,又其可稱者。太淑人初用其子貴封孺人,再進今封。恩典益盛,每以不獲與其夫同受爲恨。其年六十八,俄以疾卒。生於宣德庚戌五月十四日,卒則弘治丁巳正月二十八日也。子男一人,即蔄,娶紀氏,前太常博士文達之女。女二人:長適河南守備都指揮李端,即陳氏出;次河南衛右所正千户姚惠。孫男一人,曰迎舉,聘畢氏,户部郎中孝之女。女五人:長適畢玉,次許適路平、侯正、劉成恩,一尚幼。其子將返柩於洛,卜卒之年某月某日,葬於北邙山先隴之次,以通守李君狀來請銘。予郡人也,守有喪,方無以爲助,其何敢辭?銘曰:

有郡古開浙河右,祿俸既豐養則厚。口體致樂樂則否,刑罰取予在不苟。我言如從民可阜,卓哉高堂此賢母。曷不食報享眉壽,哀哀號擗今何有?母則可惜惜尚有,以憂去任子爲守。北邙山中深且呦,從我良人百世久,刻石以藏同不朽。

故封孺人高氏墓誌銘

監察御史王君爲予言其先孺人之賢,葬既十二年矣,未有銘之者,敢以父命請。予知君已久,及是出按吳中,風裁凜然,類古才御史,固知其家教之有自也,則諾之。孺人諱偉,字俊卿,姓高氏。其先光州固始人也。唐末遷閩,遂爲閩縣人。宋有諱騰茂者,隱居著書,卒贈通議大夫。子惟月以中奉大夫致仕,封懷安縣開國男。自後多顯人。大父諱昊，國朝永樂間以春坊清紀郎改知常山縣。妣尤氏，封安人。父諱環，不仕。妣林氏，孺人。少歸於王，是爲鄒平縣學教諭佐之配。王，故濠之定遠人。國初以軍功授武階，守閩中，而好儒業。教諭君初游鄉校，家適中衰，孺人以柔順事其夫，養其姑益謹。及姑没，斥簪珥備喪具以葬之，人稱其孝。教諭君既登鄉貢，初授桐廬訓導。孺人從之官，以内事自持。教諭君得專意教人，孺人力也。擢鄒平，始留居於家。婚姻以時，慶吊以禮，家政秩然，人又稱其能。初，其姑没，遺子女皆幼弱，爲撫育之如母。及孺人生子，稍長，即教之業儒，所以訓戒者甚嚴。其子竟登進士第，自知上饒，召爲御史，人尤稱其賢也。惟其平生恩意在人，故卒之日，親族皆哭之哀，雖隣嫗亦有泣下者。卒以成化乙巳七月十四日，享年五十三。以明年十二月二十五日，葬於侯官縣草市都茶園山先塋之次。後九年，爲弘治乙卯，其子以御史考最，蒙恩封孺人云。子男四人：長鼎，即御史；次鼐；其次炅，庶出也。女三人，適洪文輔、張逵、黃文陞。孫男一人，曰鍾。女二人。方教諭君致仕歸，而孺人已先數月没矣，故哀痛特甚，自爲文記其墓。予故據而序之。銘曰：

　　行不出乎外，而教能成於内。柔順嚴明，刻石已載也。惟不與之壽，而獨與之貴。銘以昭之，蓋亦有待也。

徐母朱孺人墓誌銘

　　孺人諱某，出吳縣孫溪朱氏。父曰孟淵，母陸氏。少歸於徐，爲諱曄字仲輝者之配。徐之先在宋從南渡至吳，而居光福者數世矣。國初，儀禮司序班曰魯生可儀，爲范氏贅壻。范氏世居天平山之下，魏國文正公後也。可儀生某，某生仲輝。仲輝以出粟助有司賑饑，授承事郎，雖隱於鄉，而名聞吳中。其族人以孺人爲仲輝婦，無慚德者。孺人儀容修偉，而慈惠孝敬，閨門取則。性更勤儉，手治衣食，不以老廢。仲輝立家，賴其助爲多。有子圻，繼其父長田賦。孺人教之，務爲長厚。圻能舉義事，出粟賑饑如其父。有司奉詔更旌其門，人謂圻之承家，賴其母者益多也。於是仲輝既没十有三年，孺人以壽終，蓋年七十有八矣。其生永樂庚子六月十九日，卒以弘治丁巳二月三十日。以明年某月某日，葬於馬鞍山之原，合仲輝兆。子男二人：長即圻，娶陳氏；次奎，側室李氏出，娶顧氏。女一人，適陳興。孫男一人，曰瑛。女三人，其二已嫁。曾孫男二人：曰讚，曰謐。女二人。圻嘗乞墓銘於予，及予北來，其甥陳霽方登進士第，續學翰林，爲狀來促，曰：“外祖母賢行甚備，此其概也，願取而銘之。”銘曰：

山有巨石，地深且幽。門有喬木，可蔭以休。有家於兹内行脩，慈孝勤儉正且柔。老從良人地下游，欲考其賢此焉求？

韓夫人墓誌銘

都察院右都御史韓公以成化戊戌卒於家，朝廷嘗遣官治墳於吳縣雅宜山之原。後二十年，其配夫人金氏没，其子敦具疏告哀。天子識公生時多著勞績，而夫人實其配也，特下禮、工二部議。蓋大臣妻受封而卒者，例賜祭而治墳。後凡合葬者，近時顧特令其家啓壙而有司無預也。至是，工部覆奏，以爲非卹典意，遂從之。敦歸，將與其兄文圖葬事，乃乞予銘。惟都憲公爲國朝名臣，其擇配必得其人之稱者。當其未貴時，其先府君以富民徙居京師，生公。初娶夫人王氏，蚤亡，遺一子，即文。繼娶得夫人。夫人之先世爲宛平人，有曰大和者，豪俠不群，娶魯氏，生夫人。其弟某方爲工部員外郎，與公有仕宦之好，知夫人賢而可配，始娶之。未幾，公以監察御史出巡江西。夫人謂公曰：「長洲，故鄉也。無第宅可居，他日，公何所歸乎？」公以爲然。明年，還過吳中，始卜居東城下，而公竟歸老於此。歷仕中外，至居憲臺，功業赫然。夫人亦從受封，可謂富貴矣，然處之自如，未嘗有矜喜色。中間公以直道忤人，三被降黜。夫人亦不憂，且時慰公，曰：「公心無愧造物者，豈令公終在人下耶？」已而皆驗。夫人居家則奉舅姑以孝，從行則事公以順。公性邁爽，少暇，輒具酒饌與賓佐樂飲。夫人治具畢，獨以粗淡自奉。平居衣服亦無紈綺之麗，人不知爲命婦也。及公致仕後，儉德益甚。迨至寡居，尤嚴於治家，僮奴輩帖帖無敢縱者。當病，亟子婦請醫，禱輒戒以有命，則使啓篋視之，凡殮具咸備，可謂明達矣。蓋年六十九而卒。其生宣德戊申八月二日，卒於弘治丙辰閏三月二十六日，葬以戊午某月某日。子男三：文，光祿寺典簿，娶吉安知府張某女；敦，工部司務，娶浙江布政司參議甯某女；敞，側室王氏出，娶安吉主簿朱某女。女一，適蘇州衛指揮使謝瑛，夫人出也。孫男三：勳、勤、勛。勳，府學生。女三。曾孫男四：某某。女三。銘曰：

憲臺赫赫維韓公，江嶺植立功尤崇。夫人來嬪婉德容，受恩錫號榮則同。閨閫内助嗟成功，倏歸於兹全厥躬。帝命守臣爰啓封，雅宜山氣俄鬱葱。女婦執克榮始終，子孫來視當無窮。

王母陳孺人墓誌銘

崑山王成憲初任訓導，寓京師，而奉其母陳孺人以居。禄雖薄，母樂其養，意甚安也。予以鄉里故，常往來其家，知其母既老，能治内事。故成憲官雖小，賴其母之賢，意亦安也。於是成憲去爲秀水教諭，復養其母於官。秀水距崑山不二百里，其母或歸，則假公事以省，不見其母者蓋無幾日耳。俄其母以疾終，成憲痛哭不自勝。予適亦以憂制居家，特趨吳中，持狀請銘。及予北來，又以書促，曰："葬且迫期矣，非得此不敢掩壙。"念其言懇至，乃爲作王母陳孺人墓銘，而序之曰：陳氏諱某，字某，與王氏爲同縣人。父曰歸安主簿某，母曰夏氏。父母初未有子，不欲嫁其女，始擇贅壻，得王君寧。寧之父英，國初爲陝西按察使，時號廉吏。陳氏爲其婦，居貧節儉，人謂爲無愧。及寧卒，獨處室中，躬紡織以自給。教其子讀書，夜必與共燈火。稍暇，即取弊衣補綴，不自逸也。其待親族必以禮，御婢僕必以恩。事其母尤孝，母年八十餘，老而無齒，日必作肉糜以進，或含哺之。當是時，其姑閻氏亦老矣，恨不得侍左右，數迎至家，所以奉之者如其母，可謂孝矣。其生永樂己亥某月某日，卒以弘治丙辰十二月二十六日，享年七十八。子男二人：長即成憲，娶張氏，繼劉氏；次成章，娶朱氏。女二人，適益經、周夏。孫男二人：曰某，曰某。女五人。以丁巳某月某日，葬於本縣馬鞍山之原，合其夫之兆。銘曰：

　　生從其子，有禄以養。死從其夫，有地以葬。惟孝與慈，其人則賢。庶慰其子，託此以傳。

太孺人貞節俞氏墓誌銘

　　俞氏以名家女少歸於顧。顧與俞，其先皆常熟人，後其地分隸太倉州，故今又爲太倉人。其曰太孺人者，因其子守元任中書舍人，三載考最，而朝廷封之也。曰貞節，則以守元之父贈中書舍人，文安早世，太孺人能守志無玷，有司上其事於朝廷而請旌之者也。太孺人諱如瓊，爲景明之女。景明贅於陳，其配又名士原，錫之女也。當其少時，內外族人皆稱其賢，議非其人不嫁。始擇文安歸之，和順孝敬，動守內則，舅姑以爲得賢婦。方竊相慶，居二年，文安忽遘疾而沒，娠守元，甫四月耳。當文安病劇，祝之曰："汝善自保，即生男，庶延我後，以爲父母慰。"已而得守元，質弱多病，幾死者數。太孺人屢欲自經，曰："吾所爲不死者，有此兒耳！"仰天大慟，見者感泣。後守元竟無事。既長，母子相依，煢然閨閫間，亦惟守元性醇謹，尤賴其大父希增、從父某教而成之。既長，補縣學生，遂登進士第，爲近臣。論者謂其至此，可謂難矣。他日守元念其母，迎養於官，遂被恩典，顯榮表著，有光其家。其所以至此者，又可謂幸矣。於是守元生一子而夭，太孺人悲傷過甚，疾作而沒。守元痛其母，哭之欲絕，曰："不肖幼累吾母，今復以兒女累之，吾何以爲情哉？"將還葬於鄉，其友毛翰林憲清爲狀以授，適其從大父河間通判希邃以公事至，率之請銘。予以鄉里故，知其母之賢，乃諾而書之。太孺人沒時，年六十二。其生正統戊午十一月十八日，卒以弘治己未二月六日。以其年某月某日，葬於雙鳳鄉，合其夫兆。銘曰：

孰謂有家，而寡其居。孰謂無子，得禄以娛。內行則備，莫不可書。惟其大者，志節不渝。恩典下頒，有耀門閭。報德不爽，鄉里驚呼。生從其子，沒從其夫。地下見之，無愧其初。女婦之事，或疑有無。持此刻石，匪失之誣。

吳叙州妻安人夏氏墓誌銘

叙州太守吳君惟謙有賢配曰安人夏氏，故太常寺卿仲昭之女，禮部主事某之婦也。夏、吳皆蘇之崑山人。太常公以文雅名當世，而生多女，其尤賢者爲安人。公嘗曰："是女嫁必其人。"而惟謙爲子弟，性敏且嗜學。禮部亦曰："娶婦必其人乃稱。"他日，婚禮竟成，兩家以得人賀。安人歸於吳者幾四十年，以惟謙嘗任南京刑部主事受今封。既而惟謙自郎中擢守叙州，安人留居於家，治內政。俄以疾卒，弘治九年二月二十八日也，享年五十八。於是惟謙以考績過家，始擇地於邑之某都，將以十二年某月某日葬焉。謂安人賢，不可遂没。他日上京，乃自爲狀求予銘。其言曰：安人出富貴家，性獨勤。愈少游學宮，歸必夜讀，安人每以紡績共燈火。及雞將鳴，必趣愈起入書舍以爲常。後愈登鄉舉，將赴禮部試，屬安人病，不能行。安人曰："君之父母老，且日望君顯榮，乃以我故輒留乎？"愈始行。他日，又以愈未得子爲憂，言於舅姑，所以當置妾之意。舅姑稱賞不置口，曰："婦人妬忌常情，吾新婦識慮之遠乃爾，過於人多矣，當成其美意。"乃置妾姚氏，竟得四子。其二安人所及見者，撫育皆如己出。長子東幼患驚搐，安人適亦病卧於牀，聞之，遽起抱置於懷。家人請自愛，曰："兒爲重，吾身不足惜也。"其賢如此。四子：長即東，縣學生；次曰南，爲惟謙兄後；次曰西，曰北。女五人：長適承事郎王銘，次適鄉貢進士陸伸，次適長洲縣學生文璧，皆安人出；次許適陸某，次許適朱某。孫男一，曰某。予與惟謙同舉於鄉，相好久。其居南京，有聲刑官間。大臣有奉詔嘗特薦長臬司者，會擢叙州，不果。及守郡聲益起，爲蜀守之最，鄉人皆以爲安人有勸相之助焉。是宜銘。銘曰：

　　仕學所資，非師即友。孰謂閨中，而人亦有。老安其養，幼賴其慈。俯仰事畜，一身係之。何爲中年，遭貴與富。錫號彝章，不以没廢。纍纍衰服，諸子在喪。欲知婦德，尚升其堂。

劉母太宜人蘇氏墓誌銘

劉母太宜人蘇氏以其子約仕於朝，來就禄養者數年。約初爲南京吏部稽勳主事，後改吏部考功。既封其母曰太安人，及約進驗封郎中，適恩詔下，遂加今封。後二年，爲弘治庚申八月一日卒，享年八十五。太宜人嘗以年高，思歸故鄉，約勸留之，至是痛恨，慟哭不已。將扶柩歸葬，奉其友毛修撰維之狀造予請銘。蓋約試禮部時，爲予所取士。及予佐吏部，又爲屬官，不能違也。蘇爲東阿儒族，太宜人幼則警敏莊重，鍾愛於其父敏與其母郭氏。鄉人知其有賢女也，爭欲聘之。既笄，竟歸於故贈吏部驗封郎中某。入門，善修婦道，時其舅教諭府君已没，姑吳氏孀居，家範嚴整。太宜人事之孝謹，食必侍立，食未已，不敢退也。姑或怒，益下氣，跪而謝過，不命之起，不敢起也。其爲婦如此。太宜人生男子一人，即約，及女子一人。餘男女九人，皆諸妾出。待之衣食均平，一如己子，人稱其有恩也。居常語之曰：「爾祖父仁厚，陰有德於人，當發於其後。爾業宜力學向用，以光先世。」以約資美，訓督更嚴。夜恐其怠，必躬自紡織，課其讀誦。約竟登甲科，以顯於時，人又稱其善教也。及約官吏部，常以勤於職業爲戒。夜必先起，趣使趨朝，出門乃復寢以爲常。其爲母又如此。劉爲名家，宗族甚盛。太宜人與諸子邑居，或時過舊業，族人不問長幼，聞其至，迎拜於道不絶。雖素所剛嚴者，亦盡禮不慢，可以知其賢矣。子男長紓，次純，次即約，次綺，次綰。女長適陳某，寡居；次早卒；次適蘇紳、賈綸、趙鍊、邢璋。孫男四人：長田，鄉貢進士；次谷；次苑；次嚴。卜卒之年某月某日，葬於邑西苦山之原，合其夫兆。銘曰：

封之既榮，養之既厚。曰惟有子，而亦有壽。無憾於世，世亦何有？喪車在野，迎哭争先。凡此族人，久服其賢。歸從所天，尚永閟於兹阡。

徐宜人朱氏墓誌銘

都察院右副都御史徐公仲山自湖省受簡命巡撫山東，奉敕東行，便道將過家。其配宜人朱氏道中疾作即劇，其子㮮迓之百里外，扶侍抵家。明日，竟卒，弘治庚申十月二十七日也，享年六十。宜人世爲吳人，居盤門南，爲善族。父曰景椿，母曹氏。宜人幼爲女子，已敦厚寡言笑，女德著鄰里。既歸於徐，事其舅故贈兵部郎中公信、姑任宜人以孝，處妯娌以和。若其儉質，不好華侈，未嘗修飾容儀，爲時俗態。至鍼黹絲枲無一日去手，又其勤也。仲山少游郡學，有賢名，人謂宜人德實與合。自是，仲山登進士第，授工部主事，分司齊魯，後改擢兵部，官至郎中，考最，蒙恩進階。宜人輒從受封，初封安人，加封宜人，可謂貴矣，然勤儉之德如故。及仲山出官方岳，秩至二品，禄入益厚，且歷三省，皆富饒地。宜人未嘗資爲服飾之需，其勤儉之德亦不改也。仲山因念宜人爲婦四十年，今年且老，當共享富貴。一旦遽至此，爲哭之慟。其子㮮則念其母鞠育成立，曾不獲奉養之報，慟哭不欲生。於是仲山不遑治葬，往涖東土。居數月，㮮不遠二千里馳白其父，曰：“葬既得卜，不得銘文，不敢葬也。”其父曰：“是固吾意。”乃遣使持書及賀憲副澤民之狀來請。蓋澤民與仲山少同學相好，實知宜人。然予與仲山通家已久，若宜人之行，亦豈待狀而後信者？因憶十餘年前，予妻陳淑人卒，宜人痛惜不已，曰：“安得以婦德相警勵如淑人者？”今宜人卒，吾知有痛惜之者矣。宜人生子男一，即㮮，蘇州衛中所副千户，娶吳氏，太僕卿禹疇之女。庶子一，曰棠，出某氏，聘沈氏，故太醫院御醫以潛曾孫女。女二人：長許適雷環，先卒；次許適郡學生周玉。孫男一，曰勳，聘王氏，監察御史思德女。女一，許聘嫁刑部郎中黃日昇孫魯。以卒之明年十一月二十八日，葬於吳縣反陂鄉堯峰之西，從先兆也。銘曰：

妻没而思，母没而悲。人情則爾，莫不哭死。姻戚傷焉，以及鄰里。謂否德者，何以至此？刻文幽堂，未慰夫子。煌煌誥詞，褒贈厥美。足以慰之，亦尚可俟。

太恭人石母趙氏墓誌銘

石與趙，皆藁城名族。趙在國初有爲四輔官兼太子賓客曰民望者，孫曰準，爲趙王府紀善，是生太恭人。嫁於石，爲臨晉縣學教諭贈監察御史麟之婦，山西按察使玉之妻，今河南道監察御史玠、翰林院檢討瑶之母也。初教諭以事謫居韶州而没，其配徐孺人挈諸孤海嶠萬里跋涉返葬。紀善聞而稱歎曰：「有婦如此，吾女宜事之。」遂以太恭人許歸按察公。及入門，公爲諸生，尚貧。凡春汲紡績之勞，皆身任之。旦暮爲衣食計，不使其姑有不足之意。後公既貴，自内臺擢臬長，日則出治公務，若閫以内事，亦皆身任之。迨公歸老於家，禄俸絶矣。所以助於内者益勤，尤不使其夫有無聊之歎也。公有子五人。其二爲玠、瑶，同年舉進士，皆出太恭人。其三庶出，太恭人遇其母既善，所以愛而教之者與己出等，曰：「吾夫嘗羡竇氏五桂，今不幸棄諸孤，忍負其志而不力教乎？」其賢如此。若其平日謙而不驕，忍而能容，仁而好施，尚多可稱，而親戚鄰里以爲女師焉。太恭人初從夫御史之貴被敕封孺人，及瑶以檢討考最復進，今封號，則從其夫按察使之秩也。五子：玠，娶劉氏；瑶，娶王氏，繼翟氏；次瑾；次珮；次瑱，皆幼。女四：長適周尚賢，出太恭人；

次許適米秩；餘尚幼。珌居史局，纂修會典垂完，俄聞其母喪，更以其兄玠出巡陝西未還，益痛不得侍母疾，則持其友傅編修邦瑞狀來乞墓銘，曰："幸忝門下，願有以慰吾兄弟之哀。"予爲之戚然。太恭人享年六十七，以弘治十五年十月二十八日卒。明年三月十五日，葬於邑南徐村，合其夫兆。銘曰：

《召南》之化，及於大夫之妻。惟妻之賢，可見家之齊也。少同其貧，老同其貴。及稱未亡人，而二子已顯於位也。有禄以養，而疾不及扶持，則亦瞑焉而逝，知不能顧乎私也。吉壤既鑿，從其夫於此。墓木鬱然，子孫百世而謹視也。

卷第七十
墓表八首

翰林院編修李君墓表

君諱仁傑，初字唐英，後更字士英，興化府莆田人也。曾祖纘，歷城縣主簿。祖馨，業儒，不仕。父煥，雷州府學訓導。當訓導公宦游嶺海間，君留侍其祖母宋氏於家，時尚幼，已能盡孝養而自力於學。出則從師友質問，歸則與其弟仁貴相講授。學既成，竟以《書經》魁天順三年鄉試。成化八年，會試禮部，復在高等。廷試，得賜進士及第，遂入翰林爲編修，階承事郎。未幾，丁母林孺人憂。服除，還任。三年考最，賜敕進階文林郎，而封贈其父、母、妻如制。秩將滿而病卒矣，年五十二。初，君被病，每旦猶朝，或勸之少休，其朝如故，迨其劇乃已，其謹畏如此。君治經得其説，從學者常數十人。病且劇，猶矻矻坐堂上爲諸生講解，其精勤如此。年逾四十，即治葬穴，曰："死者，人之常。他日不欲以後事累吾家也。"及是，謂家人曰："吾父不幸，時客囊蕭然，殆不能殮，痛恨至今未忘。吾即死，殮無獨厚。"其明達而孝又如此。嗚呼，可謂賢已！君性卞急少容，亦惟其中介直，不能矯飾以阿人意。然至遇知友，杯酒相屬，談謔間發，歡如也。自居京師，未嘗一走要地請謁。日則汛掃室廬，彈琴投壺，種花養魚，以雅潔自適而已。平居既以經學爲業，及門蒙指教者輒取科第。嘗一同考禮部，士得人爲多。其見於及人者,僅如此。配孺人陳氏,今户部郎中蕭之姊,有賢行。男一人,曰義方,尚幼。女二人,林待育、林宜篤其壻也。其卒以成化十九年十二月廿四日,以明年某月某日葬於某山之原。寬於君爲同年而相知,深哀君之没而不可復得也。爲表其墓而復論其母,曰:李氏之先出於唐宗室,有封之蔡者,八傳曰丹,以祠部郎中遷莆田令,改刺金州,未行而卒。子孫遂家莆田,歷宋及元,與邑中方、宋、鄭號四大姓,仕宦纍數世。自教諭府君而下,官益小,族益衰,其世幾絶。至君奮然起甲科,列史職,且顯於朝。而禄位、壽考又止於此,不能酬其爲人。所以復興者,其在後人乎?夫望其後人以濟其世美,死者之志,庶乎在是。

清遠史府君墓表

史之先,嘉興思賢鄉大族也。元季有黄翁居吴江穆溪之上,與史甚邇。翁善處士諱榮者,得其子居仁爲贅壻,而穆溪有史氏自此始。居仁生府君,其諱彬,字文質,清遠,其自號也。幼跌宕不羈,喜趨人之急。國初法制方嚴,郡縣吏仍故習,貪縱自若。府君因民所疾惡,與諸少年縛其魁,獻闕下處死,一縣稱快。而府君得賜食與鈔,給驛舟還家。其父顧憂之,曰:"吾家世醇厚,汝所爲若是,非史氏福也。"府君謝曰:"兒幼,尚氣耳。"居無幾,悉謝遣故所與游者,改行自勵,務爲恭謹。每出入,遇人無貴賤下之。尤以儉約自持,視義所不當費,吝不用一錢,竟以力田拓其產業。時朝廷重糧儲,設長税者,其後歲比水旱,加以軍興調發,民不堪,相率竄去。田多荒,税既不給,長往往被罪。府君適代爲之,知其弊所始,務先愛養民力。乃約束管内,自里胥以下不得取民毫毛利。民感悦,流亡復歸。當春輒出循阡陌間,勞來不倦,爲相視土地所宜,指授種樹之法，糞治之方，而隨所不足爲補助之。既乃使田甲檢視耕墾，五日輒具報。有惰慢者，召其人，誚之，甚則杖而徇於衆。由是稅入居最，縣官以爲能。每治水，諸使行縣，則推使前對，至民生利害，必反覆辨論之，無所畏，事多罷行。洪熙年初，詔天下民有戶絕而田廢者除其額，許民自墾而薄稅之。然法重失實者，官與長連坐，吏胥輩要求百端，奸民往往持短長以快其私，人搖手觸禁，莫敢籍報。府君慨然，曰："此朝廷德意也，懼禍不可。"遂條上，得減稅若干石，家無私焉。里人謝曰："微公，吾屬不沾上賜矣。"其見於居鄉者蓋如此。府君爲人孝友而沉厚寡言，人不見其喜慍。重然諾，自少至老，未嘗食言。遇事可行，不計利害，故人多德之，而小人亦不喜。然府君雖至死，守之不悔也。其沒以宣德二年三月十日，享年六十二。配同縣沈氏，少府君一歲，勤儉孝敬，助府君成家。後三歲，卒，合葬小旬原。子五人：晟、旻、昊、昌、昂。孫十一人。曾孫若干人。玄孫若干人。府君嘗曰："禮：嫡庶異禮秩。吾當推行於家。"其析產，令諸子不得與長子齒，且曰："後世子孫可守此法無廢也。"其見於治家者又如此。府君葬既六十年，未有表其墓者，其曾孫鑑始爲狀請。予與鑑相知久矣，蓋嘗觀其家世，隱居力本，輔以禮義，文雅表然，爲江南之望。意其積之者必深且長，不然，何其盛至此。乃今得府君之爲人，而益信焉。惟唐李翺汲汲於得昌黎韓子銘其祖之墓，合於禮所謂知而能傳之意，是以君子與之，況由其祖而及其上者？鑑其孝也哉。

朱隱士墓表

崑山有隱士曰朱日南甫，其諱夏，別號勉齋。系出唐孝友先生仁軌，初爲亳人，後遷於睢，數傳爲宋兵部郎中貫，以耆德與杜祁公等會於鄉，世所謂"睢陽五老"是也。其後有曰子榮，仕至直閣，幼值金兵之亂，始來吳中。歷世儒宦，其尤以文學知名者：元儒學提舉德潤，國朝中書舍人吉。隱士則提舉之曾孫，而中書之孫也。父曰永安，早卒。隱士幼故未知學，甫成童，忽慨然自奮，遂以儒業世其家。初未娶，其母郁孺人病，請治於醫師鄭有林。有林固儒者，察其事母狀，竊歎其賢，因以女歸之。及年漸長，人自百里外延致於塾。而隱士亦曰："吾既不仕，使子弟賴我而有益，亦不爲獨善矣。"遂以授徒爲業。其教人有法，學者敬服，至終身不更他師。蓋隱士既老，始謝去。時從大夫士之家居者爲雅集，邑令尤賓禮之不衰，而隱士固無所求也。鄉里稱必朱先生而不敢字，蓋重其操云。其家既故，所藏先世手澤與名人遺墨無慮數十函，後多散失，乃數訪求於人，積成《家乘》十卷。提舉所著有《存復齋集》，毀於火，復手自編錄，卒賴以傳。以直閣葬常熟，歲必往視。且懼其終廢也，請於葉文莊公表其上。然不獨厚其先世而已。鄉先達刑部尚書顧公没，既久而無後，倡好義者治其墓，亦得不廢。平生既業儒，不營生産，特有數金。一夕，爲人盜去，已而察知其人，則所識者，即隱其事不發，橐中遂空，不計也。其心之仁厚如此。爲詩文，語皆平澹如其人。尤精於書，甚得楷法。成化二十一年四月二十七日，以疾終，享年七十一。配鄭氏，有賢行。子男四人：曰器，早卒；曰文，吏部觀政進士；曰質；曰彬，太學生。女一人，適沈傳。孫男一人，曰希周。女一人。卜葬以卒之明年十一月十九日。於是文將歸治葬，自爲狀請予表墓，其言甚悲。予於隱士爲郡人，相距六十里而近，而與其子相好二十餘年。然未嘗一識其面，蓋其足蹟少至城府，已可見其高矣。且朱自直閣之子修撰大有以下皆葬吳縣陽山，其後族人或葬崑山，隱士獨不忍去其先世，仍命葬必陽山。至是，其子從之，其孝又可見者。夫人不出而仕爲隱，然比比而是，無足稱數，故皆不得"隱"之名，如曰南甫，可以無愧者。故題其墓以表之。

河南陽武縣儒學訓導陳先生墓表

先生姓陳氏，其先來自永嘉。在宋有諱文驥者，仕蘇州茶鹽常平幹辦公事，始留居長洲。文驥生子榮，元汾水縣儒學教諭。子榮生天佑，天佑生元善，俱平江路醫學正。元善生希武，希武生孟敷，孟敷生良紹，俱不仕，而業醫不絕。良紹娶韓氏，太醫院判公達之女，再娶王氏，翰林侍講汝嘉之女。先生則韓出也，諱頎，字永之。少孤，鞠於繼母，而學於舅氏福州教授王應良，通《春秋》。景泰元年，以邑學生中應天府鄉試。明年，會試中副榜，授湖州府學訓導。丁母憂，服闋，改荊州。祖母喪，承重服闋，改陽武。先生精於經義，用以教人，日必坐齋舍，懇懇講說，及爲程文，指授有法，而持行清純，雖不必嚴立教條，人多感化之者。每各省鄉試，爭聘校文。嘗獨赴江西，得士爲多。在陽武時，巡按御史會兩司考察校官，推先生爲列郡之最，因留署開封學事，以先生宜遂教授也。章三上，舉之，不報，然亦非先生所望也。先生狀貌癯然早衰，年僅五十五，即懇請致仕。兩司知其志堅，不可奪，咸作詩送之。而諸生留之不得，尤以爲恨，蓋自湖州去任已然。先生爲人外若和易，中實剛介有守，事小有非義，毅然不肯爲。尤號廉潔，湖州發地得奇石，或謂："可載歸爲玩。"先生曰："此固非吾家物也。"卒棄不取。初至荊州，太守錢公，先生故人也。知先生貧，贈一官馬以便出入。他日，納還之，公言其可受故。先生曰："受則傷廉，且亦爲公污。"竟謝却。舉子有懷金以希幸進者，斥逐不容見。或賺其幣去，家人覺之，則曰："吾固使取之也。"其德之厚又如此。性孝友，推之以待宗族，歡然也。能擇交而篤於信義，久而不變。其爲文章，平實溫雅，詩亦清切，無浮浪語。所著述有《閩中今古》等錄若干卷，其曰《味芝居士集》者，則從其別號而名之也。陳既醫家，先生少則通其業，治病多驗。及老而家居，亦資以自給，然不若世俗之醫之計利也。其娶湯氏，繼周氏、朱氏。子男二：長廉甫；次欽甫，先卒。孫男二：夢得、桂。孫女六。先生以成化十九年八月二十五日卒，享年七十。明年四月十七日，葬於吳縣高景山之原。後三年，廉甫使人持其叔父顓所撰行實請予表墓。予獲交於先生，聞先生之没，方悼惜無已，豈敢以不文之言辭？惟先生學行卓然，吳人皆知之，何待於表而後著？將以是爲廉甫復，然念今雖知之，久而人或不知，故卒書之。後有修郡志者按而列於人物之類，庶先生之名傳之愈遠，又非區區金石所能及也。

陳僉憲墓表

宣宗章皇帝之臨御也，知人善任，小大之臣，各當其才，庶事既康，四海益治。時則有若監察御史陳公祚出巡江西，乃獨爲聖學之慮，具疏馳奏，大略謂：帝王之學，先於明理。明理在於讀書，蓋聖賢嘉言、善行，載在典籍，皆足以爲後世師法。若非素加講習，則於理未盡明。雖有生知之質、高世之見，欲其行事之悉合於道者，鮮矣。陛下備有聖德，惜經筵之典未甚興舉，講學之功少有程度。故所講者雖得於此，或未得於彼；雖知其一，或未知其二。而於聖賢精微之蘊，古今治亂之由，豈能周知而洞察乎？而所謂學，尤貴乎知要。知要則治功易成，而效可得。惟宋儒真德秀《大學》一書，其言明白懇切，凡聖賢之格言、古今之實蹟，無所不載。陛下欲致太平，舍此書不可。願於聽朝之暇，命儒臣講説，非有大故不可間歇。使知孰爲邪佞之可遠、孰爲民利之可興、孰爲民害之可革，古今若何而治、若何而亂，政事若何而得、若何而失，必能開廣聰明，增光德業。而忠賢以道義輔德者愈見於信任，邪佞以奇巧蕩心者自見於疎遠，天下之民受福無窮矣。上覽公奏已，有以"嗜欲邪佞"等語若有所指者疑焉。他日，以問侍臣。或叩首爲婉詞以對，且謂祚緣於忠愛，所發無他。上意稍解。先是有旨械公赴京，并籍其家。比至，竟不忍加刑，特繫之獄。英宗即位，察公忠直，復其官，盡還其家屬云。公諱祚，字永錫，世家於吳。曾祖翠山，祖正，父子敬，母顧氏。公幼即不群，弱冠補郡庠生。永樂初，詔修《大典》，以善書預選，非其志也。明年，遂以《春秋》領鄉薦。又二年，登進士第，入翰林，爲庶吉士。時方重進士科，即拜河南右參議。爲政持大體，惠愛在民。嘗與臬司官交章言事，謫均州太和山佃戶。至則躬自耕作，其勞苦有人所不堪者，而處之裕如。同謫士大夫遣子弟從受經，一爲講解不倦，凡十年。仁宗即位，念謫者才多可用，詔吏部選起之，公在選中。會上晏駕，不果用。宣宗初年，仍命憲臣即均州，群試之，公策第一。吏部覆試，復第一，特擢山西道監察御史。公在言路，愈自激厲。一時，彈劾貴幸，爲之歛蹟。出巡福建，糾貪黜庸，自方岳而下不少假借。所至尤恤民隱。福州屬縣民苦上官和買，破産不足供。公廉知其弊，即日禁止之，民大稱快。歲滿還朝，奏開白塔河漕粟事宜，悉見施行。未久，河就湮塞，劾督工役者，上雖曲宥其人，而在廷多公直。既乃有江西之行，而繫獄者幾五年，始獲復官。再巡湖廣，風力愈勁，部下肅然。既而言遼王不法事，上怒甚，復械赴京，論死。未幾，事竟驗，卒直公，原之。因改南京雲南道，益務建明。戶部侍郎吳璽奏舉主事吳悦，悦有過，不得舉。璽被劾，鞫獄者因以私憾附致其罪。悦亦不勝考訊而死。公歎曰："獄，重事也，法司故爲深刻乃爾。今灾沴荐臻，職此之由,乞坐其人,以變亂成法罪,大理依阿,宜併罪之。"奏可。以犯在赦前,幸皆不坐,仍敕天下法司一遵律斷,當以徇私深文爲戒。秩滿,用大臣薦擢僉福建按察司事。閩人素知公,至是相戒,不敢犯法。諸軍衛屬民者,公痛繩之,民益安焉。分巡興、化、漳、泉等郡,郡舊多神祠,爲考其建置之由,諸不載祀典與非古節義繫名教者悉除毀之。其廟學、壇宇出官帑一新,士民感之,爲記刻於石。久之,寇起沙尤,諸郡騷然。公時移疾不出,刑部侍郎薛希璉巡撫閩中,知公賢,强起。公爲力疾視事者數月,閩既無警,辭曰:"某自蚤歲即涉仕途,雖庸陋無補,苟有所見,不敢不盡。今年幾七十,且病,無能爲矣。"因疏請致仕,時同官以寇起,皆貶斥去,乃獨得請而歸。閩人雖不忍去公,而亦爲公榮之。既歸,自號退翁,杜門却掃,日惟以訂經籍、立家法爲事。蓋年七十五而終,景泰七年二月癸丑也。以是年十二月庚申,葬於吳山桃花塢之原。配王氏。子男一,曰寧,新野王府教授。女二:長適辰州知府鄒順,次適太常寺少卿凌信。孫男二:曰懷;曰悦,悦,郡庠生。女一。公爲人風神整峻,音吐剛厲。平生雖疾惡少容,然居官遇賢能吏,輒薦舉之,尤號有識鑒。出巡時,兩值鄉舉,如湘陰魯文、莆陽柯潛,賴公監臨,得不枉抑,後皆知名於世。若其他事死之孝、治家之禮、臨財之義、爲學之勤,蓋終其身如一日者。其詳,國有志,家有傳,墓有銘,可以概見。寬獨循教授君之請,按中書舍人李君應禎之狀,節其出處之大略,表於墓道而復係之曰:嗚呼,公乎!古之遺直也。其忠誠激發與唐劉去華等,而考其前後,殆有甚難者。蓋方脱均州之謫,士之厭窮阨者,孰不縮首卷舌,退藏於後以自全?能復進言已難矣。況言之所指,隱然時弊,以取必死之禍,是固尤難也。幸其出一生於九死,雖古之好奇節者知所懲艾,而藩府之疏不旋踵而入,此不亦尤難矣乎。夫去華之言雖剴切,止於一落第不耦。公言若少緩,其禍則大。至其挫之而氣愈壯,摧之而節彌堅。此可見其中卓然有得,而非沽一時之名,僥倖苟且以塞責者之所為也。孔子曰:"邦有道,危言危行。"柳下惠曰:"直道而事人。"公其有之。

林先生墓表

先生諱謨,字君定,別號訒菴。其先本閩之林氏,有諱適者避亂徙黃巖之泉溪。歲久,族益大,連起仕宦,而林氏遂冠郡中。後泉溪割置太平縣,故今為太平人。高大父天麟以為舅,後冒李氏,至先生之子孟始復氏林,遵父命也。曾大父原紳,華亭知縣。大父長民,贈行部戶曹主事。父茂弘,吏部考功司員外郎。考功為人清節卓然,為浙東士夫稱首。先生幼承父教,刻意問學。正統辛酉,以縣學生登貢士省。明年,會試禮部,中副榜,授蘇州府學訓導。秩滿,丁考功憂,以疾卒於家,景泰三年九月二十四日也,年止四十三。配同里丘氏,孝子譚之孫女,有賢行。子男四人:曰嵩,曰穹,俱蚤世;曰孟;曰蘇。女二人,適趙珪、季存信。孫男一人,曰保琨。女二人。先生既卒之二十三年,為成化甲午十二月二十九日,始克葬於其鄉九嶼之原。先生端介清謹人也。當分教蘇學時,弟子初入學,必執贄以見。先生曰:"吾官雖卑,然亦奉朝命職教誨,有祿俸之入。彼雖循常禮,如法律何?"悉拒不納。則有以圖畫為贄者,亦拒之。故禮部尚書楊公仲舉寔為文序其事。先生自守既嚴,同官頗疾之,卒不變。其誨人,惟因其人願學,初不之強,故或終歲不施夏楚。然諸生視其詞貌稍厲,則跼蹐如被撻。一時感化,以行業自修者有其人。先生素多病,講授之餘,退坐一室,閉戶蕭然,不知世間有榮利事。蓋嘗侍考功,居京師,習程文於陳學士循。及滿考,上吏部,陳適當路,有氣勢,能榮辱天下士。或謂先生稍親附之，可得超遷爲朝官。先生至則一登其門，盡諸生禮，竟不再往，其自守如此。君子謂先生不愧於其父云。先生既葬之明年，孟等以書來，曰："先君之没，以擇地不即得葬，故緩，罪甚重也。葬而更無一言以□□□，人謂孟爲何如？且先君門人惟君子顯而有文，其必爲我圖之。"他日，先生之從子刑部侍郎鶚亦曰："吾叔父所以爲師儒者，不可以無述。"寬曰唯唯。蓋寬總角入學官，居講下，所以蒙指授者甚至，終身不能忘也。今賴以文詞爲業，他人有善且録，於吾師奚辭？惟惜當時既幼且愚，不能悉記先生事行爲可憾，乃姑以所知者一二涕泣而書之以復孟等。俾刻之墓上，庶林氏子孫有考焉。

許處士墓表

許氏在東陽有南、西二族，皆出晉孝子孜之裔。處士之先則自西族來，居邑之昭仁里。有諱瓊者，當宋宣和間，以捍睦寇功授秉義郎，竟死寇難。鄉人廟祀之，元柳文肅公寔爲紀其事，刻石廟中，處士之十五世祖也。曾祖大有，通儒術，人稱草菴先生。祖宣，父本，皆有隱操。本娶麟溪鄭氏，再娶南溪賈氏，而生處士。其諱煜，字允彰。生九月而孤。既長，事其母甚孝，與其伯兄光處更友愛。凡事獨任其勞，而不敢遺及之。性勤敏，自奉且薄，家卒賴以裕。顧於財不甚惜，遇貧乏者往往賑貸之。歎曰："小惠，不終窮乎？"乃授以理財之術，因其術獲温厚者十餘家。素剛直，好面斥人過。鄉族或相忿爭，聞處士至，皆惴惴避去。一邑令，固貪夫也，偶遇宿其家，處士輒數其事，曰："爲百里宰，當如是乎？"令大慚服。許既盛族，世率好禮。若方蛟峰、許白雲、李草閣、吳德基諸名儒，皆嘗爲塾師，及其久也，遺風猶存。至處士治家，動遵古禮。而於佛老、巫覡，尤加擯絕，不使亂其家法。其志蓋將舉禮制而盡行之。然不幸以疾卒，寔成化十三年三月二十六日也，享年五十有四。其配鄭氏，諱儒，字德仁，亦出麟溪，爲蜀府左長史楷之曾孫、處士燿之孫、璧之子。未嫁，母汪氏寢疾，左右扶持者三年，族人已稱其孝。及歸於許，恭敬和慈，安靜儉約，宛有義門軌范，人感而化爲賢婦者亦多。以免身而病者二十年，然凡遇祭祀，必強力而起，臨視牲醴惟謹。適喪處士，哀甚而病劇，以十三年十月二日卒，享年五十九。以卒之年十二月二十一日，合葬於里之胡山。子男三人，曰堪、垣、塤。孫男三人，曰佐、侁、俟。女二人。塤，予友王進士允達之子壻也。以邑庠生持服居憂，與其兄謀所以顯其親者，乃自爲狀，不遠千里來吳門，乞予書墓上之石。曰："不肖孤託婦翁之契，敢以先德累。"予感其孝，不忍違也。夫婺多君子，在昔爲盛，其顯者焯然在人耳目，隱者，亦多以詩書禮義重於鄉評。故近世楊文貞公有云：浙東尚文雅。予嘗愧乎其論，今觀處士爲人，亦可信矣。三子者皆賢而有父風，塤更好學，將取科第，入官所，以顯其親者，又當有在。

隆池阡表

惟沈氏之先皆葬其里相城，至處士恒吉之卒也，其子周視先塋卑隘，始擇地於吳縣西山。行數日不得，他日得隆池焉，葬之。初，其地名龍池，周以其土隆然而起也，更今名。沈氏故爲長洲邑中大家，中衰，有曰良琛者，始居相城，能闢田，復其家以大。是生孟淵。永樂初，以人才徵，引疾，歸臥江南，有詩名於時，而厚德雅量，福履最盛。配朱氏，生二子。其仲處士諱恒，以字恒吉行，別號同齋。自其少時與其兄貞吉同學於家塾，而塾師爲翰林檢討陳嗣初先生也。且其父徵士好客，一時名流相過從者日常滿坐。處士因盡得接見前輩而熏其德、漸其藝以成其名，人以有子爲徵士賀。徵士既老，奉養益厚。處士乃日以致樂爲事，恒使人走市中求甘旨之味供之。嘗夜有寇至，偶外寢，得脫去。既而念父母所在，還入其室，號呼之。寇揮刃及其袂，迫逐墮水中。水適淺，不溺，人以爲異，蓋孝也。其配唯亭張氏，有賢行。子男三人：長曰周；次曰召，先卒；次曰幽。女四人，皆嫁，其一蚤寡守節。孫男三人：曰雲鴻，曰應蟾，曰應奎。女四人。處士貌厚而神清，望之溫然美玉也。所居窗几明潔，器物古雅，而奇石嘉樹掩映庭氕，儼如畫中。風日清美，每被古冠服，登樓眺望，神情爽然。或時扁舟入城，留止必僧舍，焚香瀹茗，纍夕忘返。善繪事，妙處逼宋人，然自重，不苟作。亦善爲詩，落紙可誦。平生好客，綽有父風，日必具酒肴以須客，至則相與劇飲，雖甚醉，不亂，特使諸子歌古詩章以爲樂。其視市朝榮利事，真有漠然浮雲之意。以成化十三年正月晦卒，享年六十有九，葬以又明年正月三日。於是周泣告其友翰林修撰吳寬曰：“不肖奉先訓，獲列於士大夫間。自愧無以顯揚之者，惟幸得一言表於其阡耳。敢以狀請。”寬惟處士以風韻高逸爲吳人稱慕，豈其江湖之上足以自樂而忘斯人乎？聞昔正統間，周文襄公以工部尚書巡撫畿內，慨然以經理國用爲己任，戒郡縣慎選長田賦者。處士在選中，公知其賢，待之不以庶人禮。適歲饑，發廩賑貸。明年春，督償亟甚，民相視不堪。處士首率父老往訴於公，乞至秋乃償。公不可，則爲反覆辨其利害。公悟，從之，後用其言爲令。又民歲漕粟輸納，多不足。豪家利以金貸，比比破產。處士當其往役也，輒預貸之，而不取其息，民至今感其惠。若其忘怨釋讎，卹貧排難，爲惠不能盡書。蓋沈氏自徵士以高節自持，不樂仕進，子孫以爲家法。遂使處士之仁心及於一鄉，況又掩於文藝之美，人不盡知之乎？夫發潛闡幽，吾黨之事也。故因周之請書其事，爲《隆池阡表》，俾刻之。

卷第七十一

墓表十首

嘉議大夫陝西等處提刑按察司按察使王公墓表

元入中國據之，其末世，政益弛，俗益壞，天下悉變於夷，而澆薄奢僭，大抵與賈生之論秦者無異。我太祖高皇帝起而救之，用重典以治頑民，由舊政以修廢事。一時，口給心計，號多才能，雖多舉用，輒見翦除。其卒在位，所以輔世而長民者，莫非質直悃愊之人，而天下之俗遂還於厚。若故按察使王公，其一人也。公諱英，字俊伯，蘇之崑山人。初，從鄉校貢入太學，以諸生選授監察御史。久之，高皇帝察公可用，特命署都御史事，而大書"敦厚王英"四字，揭於殿柱，以勵百官。當時朝士以罪去者比比，而憲臣尤甚。公獨以秩滿，陞刑部郎中。俄出知寧海縣，蓋欲以民事試之也。及太宗文皇帝嗣位，知公名，召還，復郎中。尋擢陝西按察使，丁內艱。服除，改山西。秩滿，仍命治陝。已而得代還，行至泗州，疾作而沒，享年六十三。公立朝守正不阿，旦夕兢兢謹畏。每顧其妻子曰："吾以身許國，其勿以死生為意。但吾獲死於正，足矣。"乃絕不問家事，而時具疏，有所建白。上知其忠直也，多嘉納之。然疏入，輒毀其藁，人不得而知也。及長臬司，務以簡靜為治。獄至而決，雖不為強辯深文，而巨奸宿蠹恐懼首服，不能隱其罪。至待寮友，和而正，寬而有容。凡所設施，人皆取以為法。固有千里之外聞公之名而感慕者。公平生不立聲譽，居官凡四十年，得其事行蓋若此，然足以見公之爲人矣。王之先在宋有左朝請大夫葆，以忠純文雅稱於時，周益公實爲文誌其墓。子孫纍世以儒素相承，至公遭時，始復仕。公初娶何氏，崑山令平之女，繼娶閻氏。子男三人：曰寧，曰安，曰定。女三人，其一嫁同里朱輝。孫男三人：曰某，早卒；曰成憲；曰成章。曾孫男一人。女一人。公没於永樂二十年四月十九日，以其年十月六日葬於馬鞍山先塋。後六十餘年，成憲官京師，以予有鄉里斯文之好，持公墓銘，且別爲狀請予文表墓。予觀國初多鉅人長者，如漢之石建、周仁、張歐輩，豈惟有益於時用？能保其身、全其家、傳其子孫，其淳厚之風遠矣。公既其人，迨去世已久，凡與之處者，猶不能忘。故靖遠伯王公驥，剛毅少容，以與公舊寮也，追念之不置。嘗致手札問訊其妻子，所以周卹之者甚厚。葉文莊公於公爲鄉後輩，拜公遺象，贊之爲名賢。而至於今，邑人尚能談其居鄉里時一二事，曰：公一日行道傍，有負齹者，擠公墮水中，怡然攝衣而歸。他日，復遇於道，其人知爲公也，棄所負而走，公使人追還之。嘗微服入吳市門，時適有譁禁門者，執公爲庶民，宜有罰。公笑曰："吾官人也。"門者不信，取冠服示之，始釋其縛，公亦不怒。邑令盛設酒饌邀，公辭之，竟赴鄰翁飯。或怪之，公曰："鄰翁貧，治具不若邑令之易。且官府，吾可輕入其門耶？"蓋公平日未嘗有私謁，至人有以私事干者，輒遜謝之，曰："吾不能爾。"其他事大率類此。此益可以見公之爲人也，故書以繫之。

醫師王瞶齋墓表

吳中號多醫家，若王氏則出宋儒蘋之裔。初不以醫名，而名之實從仲光隱士始。仲光亦儒者，生當國初，垢污沉晦，不欲以醫聞。

蓋再世始發於矉齋，其諱敏，字時勉，初號訥齋，後更今號，仲光之從孫也。父寬，早世用母沈氏教，居貧力學，慨然思追其先世。及之顧欲資醫以養母，以先友韓伯承醫有所受也，遂游其父子間。已而再學於盛御醫啟東數年，盡通二家之説，卒爲醫師。名既日起，延及旁郡，抱病就治者不絕於門。凡病謂可治，治輒愈；不治，即無能治之者。皆藉記爲藥案，歲久，積至百餘冊。所活人蓋不勝計，然其奇不特因病而見也，往往觀色察脉，能預言其病當作，已而皆驗。其術既高，有憲臣行郡至吳中，延見之。一富人乘是懷千金求以解罪，力拒去。故郡縣皆重其爲人，不獨以醫也。其爲人容止端重，衣冠偉然，望之知其儒者。當其壯時，禮部屢移文郡縣欲致之用，竟以重聽辭不赴。至是爲成化乙巳年，七十有二而没，實五月一日也。其娶嚴氏，繼谷氏，亦先卒。子男四人，曰鼎、節、泰、觀。鼎先卒。泰，縣學生。節、觀俱太醫院醫士。女四人：長適練莊，次陳廉，次李珪，次進士張瑋。孫男八人，曰槐、朴、櫺、杰、穀、杲、慶、炳。女八人。曾孫女一人。王氏之先，閩之福清人也。自宋徙吳，四百年於此，世葬吳縣橫山。至是節等既祔葬其父，而觀以名醫徵，爲有司迫遣來京師，乃泣請於予，曰：「觀將乞歸守制，惟先君墓上未有刻詞，敢以是纍。」予歎曰：「子之先君，吾父兄不幸以疾累之多矣，惟無以助子之喪，是恨尚復何靳？」乃據其兄泰狀書而授之。若其平日治疾之奇蹟，則具載於所著藥案者，藏於家，後有傳方技者可考焉。

止菴吳府君墓表

吳氏世居吳江韭溪之上，其先有諱秋淵者從虞文靖公游，以文學稱里中，其後族益大且厚。蓋六世始得朝用，以明經登鄉舉，官中書舍人。其父母年皆八十餘，蒙恩褒封，康強逸樂。而嗣續甚盛，壯者克家，少者奮志學業，競入邑庠為弟子員，又有登鄉舉如朝用者矣。其為族如此。予忝與朝用同朝相好，間嘗詒其先德曰：「璠愚無所知，竊聞諸吾父曰：『凡吳氏所以有今日者，汝之大父母止菴府君與翁孺人之德也，汝其識之。』則又以其事語璠，曰：壬午之歲，文皇帝旄鉞渡江，天下同日響應。鄉人爭持鉏犂，四出剽掠，以殺人為嬉，而吳江尤甚。然特乘之以報私怨而已。里有戚、吳二氏，既焚死盜手殆盡。時吾兄方壯，長田賦，恐不能自保，請備之。府君曰：『吾平生所恃者，惟善耳，且吾未嘗以怨遺人，人奚以怨報我？』不為備。方出戶偵望，而盜已號呼擬之。府君不得已避去，翁孺人遂急呼家人登舟。盜至，無所得，益怒。出兩舟追十里許，及之，相拒纔尋丈，人人自分必死。翁孺人計無所出，惟默禱於神求救。俄而盜所搖槳驀然皆絕，因得脫去。潛於洞庭山中，迨事定始還。適有詔撫循郡縣，諸被殺傷者得赴有司言狀，所獲盜輒論死如法，不俟奏報。當是時，吳江群盜悉斬之。長橋血流涔涔，湖口盡赤。或謂府君曰：『公怨可報矣。』府君曰：『天幸全活我家，彼蠢蠢者固於我無他，特一時相從為亂耳，其置之勿言。』翁孺人亦深然之。其人乃得不死，至今里中某氏某氏固在，皆其人之子孫也。凡府君善行，以不幸早棄諸孤，不及多見。即有之，而吾時甚幼，又不克知。獨此吾躬嘗其患，猶能記憶也。」予既得聞其事，他日，朝用來，告曰：「府君之葬，無為銘者。及祔葬翁孺人，而故少詹事劉文恭公銘之，又逸其事。吾父每痛於心，茲願得文詞顯刻墓上，以自慰解。且使我後之人得以考見先德，相率以仁厚為法，而克肖之也。」予辭不獲，則為具書之，而係之以論曰：嗚呼，為善獲福，此常理也。世徒見善與福，或參差焉，遂謂善不可恃，而肆然為惡，無所忌憚。觀於吳府君，於是知善之真可為矣。蓋方群盜追及之際，而府君一家皆獲生全，固足以驗其平日。而事定之後，曾不爲憾，反含容以生全之。視彼睚眦必酬者，相去何如？至是，則種德益深而食報益厚，此吳氏所以有今日也歟！後之人果能克肖其先，則族之大且厚者，安能料其所至也哉？府君諱爲，字孟才，止菴，其別號也。少爲翁氏贅壻。以永樂辛卯十一月十三日卒，享年四十三。翁孺人之卒，則以正統己巳九月二日，享年八十七。子男四人，曰敏、致、效、政。政封中書舍人。二女：長適李琳，次適張琳。孫男五人，曰瓛、璲、瑾、璠、璩。璠即朝用也。曾孫男若干人。女若干人。

文林郎融縣知縣周君墓表

融縣知縣周君以天順六年三月二十二日卒於官舍，享年六十有三。後四年，爲成化改元三月二十五日，旣葬於吳縣星灣之先塋。又後十七年，其配孟氏卒，諸孤奎以融縣丞秩滿，上吏部。聞喪，將歸治葬，乃泣告予曰：“先人之葬已久，而墓上之石未有文以刻。今不幸再遭吾母之喪，願附書之。敢以狀請。”按狀：周之先，汝人，後徙營道，再徙潯陽。在宋有道國元公，所謂濂溪先生者，君之十一世祖也。道國二傳曰興裔，仕至和州觀察使，領侍衛馬軍都虞候，禦金兵於平江，以力戰死，賜葬常熟虞山，子孫遂爲吳人。和州四傳爲元松江監稅文英，文英生江浙行省照磨南。南生長洲縣儒學教諭敏。敏生浦，隱居教授，以高壽終。配錢氏，爲吳越武肅王之裔，生君。其諱綱，字文叙，號謹齋。少從《易》師游，卓然有志家學。旣長，將由科第出爲世用，不果。監察御史成規、程富以經明行修交薦，授融縣丞。融爲柳屬縣，民鄙而雜，以苗種素稱難治。君治能因其俗，而以靜厚不撓爲功，民安焉。初莅政，政事所當行，令簿或不從。君必委曲開說，而以誠意動之。既久，皆服事，必咨決於君。常有業舟者十八人，被誣以強盜，歷歲不能辯。柳守檄君辯之，一訊而白。後其人合錢五十萬來謝，却之而去，其廉明如此。九載，民爭挽留之。時河間王忠肅公鎮兩廣，疏其政蹟於朝，乞擢君知縣，以慰民望，從之。君在任，益修惠政，屬歲屢歉，苗寇作，民流亡者不可勝數。君保障有法，境内獨無事。民始不知陸耕，作詩諭之。每春夏間，躬行阡陌勸課，勞來不倦，於是食足。寇至，可守。縣學初在城外，倡謀遷之，以避寇難。更立條約，以教諸生，遂變士習，後多舉於鄉者。俗好淫祀，溺邪說，復力禁之。餘事之罷行者，其惠利尤多。巡撫都御史葉公特遣人持羊酒以旌其能，且將薦知大府，而君卒矣。卒之日，民悲思不已。後寇難復作，都御史韓公率兵士往勦，而子奎從行有功。公曰："是故周令之子也。"其諳融俗已熟，特奏授縣丞。奎亦有才具，民安焉，如君爲縣時。君性孝友，嘗迎養其父於官。公退，左右承顔無違禮。父年既益高，而君被留爲令，不獲從之還吳也，思及輒流涕。平生惓惓先世，建祠堂，置祭器，所以祀之者必於古禮是行。嘗以道州宗族疏遠，狀上禮部，得循例復其家。配孟氏，爲亞聖公五十六代孫，宋信安郡王忠厚其遠祖，而宗人府經歷宗嚴，其父也。賢而知書，至老而勤，從其夫若子居融者久，無恙。及還吳，適以疾卒，實成化十五年某月某日也，享年八十有九。葬以明年某月某日，祔其夫兆。男三人：長璧，庶出；次即奎；次參。女一人，適徐寬。孫男四人：曰欽，曰鉞，曰鑰，曰某。女三人。惟周氏爲吳儒族，其出而仕者雖不甚顯，而世繼不絕。如君爲縣，又能舉其職而與民相安者幾二十年。蓋儒而吏者，其政蹟固異於人也。昔漢世重久任爲吏者，長子孫。況君又有子世其官，父風綽然，皆可書者乎！因爲表於其墓，使其子孫有以考而繼之，則周氏之澤將衍於百世之遠矣。

沈教授先生墓表

　　成化十六年，蕭山沈先生以安肅教諭秩滿，上吏部。一時，學職數十人，天官考其績，居先生第一，遂陞南安教授。命下，不幸疾作，以其年三月八日卒於正陽門東寓舍，年六十有二。先生昔訓導吾蘇，寬時爲諸生，游學中，齋廬相屬，謂寬可教也。數召與講說文義，諄諄懇懇，輒移時不休。及來京師，寬往拜之，怪其貌加瘠，而言論則如昨可喜，方欲請益，然不意止此。嗚呼，惜哉！先生諱環，字時健，自號卑牧子。世爲越人，宋有諱某者，仕甚顯，階至銀青光禄大夫，先生其裔孫也。曾祖諱某，祖諱純，一皆不仕。父諱寅，監察御史。母某氏。先生少則勤學業，從張翰林士謙游，辨難質疑，不肯爲鹵莽之習。及入鄉校，手一卷，閉户終日，人罕見其面。景泰元年，中浙江鄉試。明年，試禮部，中乙榜，始授蘇州訓導。滿考，陞内黄教諭。丁御史公憂，服除，改安東。丁繼母某氏憂，服除，改安肅。所至教人，不以久倦諸生，以所業進，必親爲改削。爲文一主於理，而措詞精緻，尤號有法，然不顯顯爲舉子業也。經指授者，去而試於鄉，輒取高第。大藩知其名，歲大比，三以禮聘校文，得士爲多。先生爲學堅確而密切，書不泛讀，讀必成誦，而考古求義，必至通而後已。寢食之外，日惟以筆墨爲事。動息記注，訖於終身，皆可考也。平生自奉甚薄，凡世俗所尚，莫能動其意者。尤安静有守，宗伯鄒公少與同門相好，嘗欲引薦，固辭乃已。好論事，與人不苟合。如論從祀孔子群賢，謂閔損生，不願爲費宰，没而以其國封之爲不可。又公伯寮之愬子路、荀况之言性惡、王弼之宗莊老、賈逵之忽細行、杜預之建短喪、馬融之附仇家，皆得罪聖門，而靦然俎豆之間，與群賢齒，殊非朝廷崇儒重道之本意。具疏將上之，會疾作，不果。其持論正大率類此。先生娶魏氏，南京吏部尚書文靖公女也，有賢行。子男五人：曰金，早卒；曰鑒；曰鎏；曰鎣；曰金。鑒、鎣皆縣學生。孫男三：曰文滂，曰文濤，曰文湄。女二人。先生初卒，其鄉人汪禮部景昂既爲經紀其事。又四月，其子鎏聞訃來，迎其喪歸，將以明年某月某日葬於某山之原。屬其門人翰林庶吉士陳璚誌其墓矣。更以表墓之文屬之，寬義不能辭也。惟師道之繫於天下也重，獨怪無能重之者。當先生初得南安時，知郡守爲華亭張公汝弼也，賢而好文，可仗以立教法，成人材，爲之竊喜。既不克，遂志他日，則聞汝弼在郡中盡去淫祠，欲興學校，而求賢師不可得也。噫，使先生在而往教，必歡然相合。教法以立，人材以成，豈非南安士子之幸哉？然則先生之没，其可惜者大矣！因併識之，以著其志云。

樂亭知縣蔣君墓表

成化十八年正月二日，樂亭知縣蔣君卒於官署。其妻徐氏扶柩返葬，道經京師，凡與君交者，行數里逆其喪，而殯於城東之佛寺。徐氏即使其僕來告，曰："吾夫不幸至是，幸嘗託交執事，願爲文表於墓上。"他日，陳給事玉汝復持其父書若狀，道其事甚悲。予不忍視，尚忍爲之執筆耶？君諱廷貴，字元用，姓蔣氏。宋有春官侍郎堂爲蘇守，卒，葬城西之堯峰，子孫遂占籍焉。其後曰達卿，生叔昂，叔昂生宗韶，宗韶生惟清，世居吳松江之上，爲長洲大族。惟清娶趙氏，宋宗室周王元儼之裔孫，生君。初入鄉校，所業已與諸生不類。間爲古詩文，卒然滿紙，略不經意。善治《易》。成化辛卯舉於鄉，王司楊學士得君文卷，奇之，遂擢魁其經。戊戌，登進士第，觀政吏部。己亥，出知樂亭。辛丑，卒矣，年止四十一。君嘗失偶，故武功伯徐公方擇壻，得君，遂妻之。凡生女三人，其二皆許嫁名家，其一尚幼。君卒後四月，始生一男，人以爲君幸。君爲人和易寬綽，與人無校，其中汪汪，莫能窺其際。性甚孝，既卒，能致其繼母鄒氏之悲，可以觀其爲子也。至其處昆弟朋友，率過於厚，鄉人皆知之，不必書。惟樂亭去吳中甚遠，其政事有知之者乎？蓋君初視縣事，歲適歉，賦役更繁，民殊不堪。君具疏奏免者什六七，一時民已賴之。明年，朝廷有建州之役，所過郡縣，軍興浩穰。郡守謂君必能辦此，乃委督諸縣，調度有法，事集而民晏然。縣屬永平，前令以其地僻，治之率鹵莽。君知其弊，凡獄訟徵歛必躬勘其案牘，校其量衡，往往至夜分不休。暇則延見耆老，詢其人情，察其土俗。已而民間貧富、強弱戶知之，即有所賦役，輒當其人。至有爭辨者，剖析如見，不能欺君。持己更廉，亦常以此律人。先時郡遣吏卒至，餽遺甚豐，至是無所得，相與出謗訾語，君處之漠然。縣治後有門，人出入如市，得以交通僚吏行私，君塞之。貪者不便，會君以疾作，遂撼以堪輿家不利之說。君曰：「吾身可死，而門不可開也。且門嘗開，前令固有死者矣。」衆既失計，更造爲飛語達於京師，卒不爲動，病益作而治事益力。久之，皆服，曰：「此君所以愛我也。」君既爲縣有聲，吏部俟其考最，將召用，而君卒矣。及卒，郡自守佐以下皆惜之，其僚吏有哭之哀者。而其民尤悲，思之不忘。其爲縣蓋如此。夫今之登甲科者，以州縣非清貴，多不樂及。君領檄，所知者尤以君性度竊有不勝任之憂，君獨安於其職。至於精敏剛明，得乎上下者又如此。此所謂其中莫能窺者也。因書以示吾鄉里，且以爲其父兄宗族之慰云。

姜正術墓表

將仕佐郎、嘉興府陰陽學正術姜君諱雍，字堯民。其先郡之濮川人也，後徙漢溪。曾大父瓊，當元季之亂，傾貲産，募義兵以保鄉里，衆賴以安。大父齊，父忠，皆不仕。君幼嗜學，務汎覽載籍，尤喜爲詩。稍長，勤儉謹畏，才具充然。父嘗長鄉賦於官，出納勞甚。君憂之，即請曰："有事服勞，子職也。兒雖疲薾，敢以身任。"比年賦益完，以其餘力佐治家事，而事亦治也。里之長老皆以能子稱之，而尤爲郡守舒公所知。正統末，盜起於閩，朝廷命將往捕。浙東西諸郡皆率民壯以從，舒謂："衆可以議事者莫如君。"乃挈君同行。一時，軍中多所贊畫。盜平，欲酬以一官，即以正術薦，然非君所長也。君固長於治事，於是事，輒屬之。郡立海築堤捍水，功久弗成，至君督工，卒成之。平生更廉，不以官小自棄。郡嘗檄驗鹽貨，無敢以利污之者。今浙江按察使楊公繼宗方爲郡，剛明廉潔，最慎許可，獨知重君，則君之爲人亦可見矣。久之，君致其事，杜門以教子孫，凡數年而卒，享年七十有五。卒之日，成化十四年五月十一日也。以其年十月九日，葬於其邑林溪之原。君娶張氏。子一人，曰渭。孫三人：曰皋，曰學夔，曰龍。曾孫五人，曰震、霖、雯、霏、霽。於是學夔以明經登進士第，謁予告曰："學夔之有今日，皆先大父之教也。惟先大父即世五年，於此不明不仁，何所逃罪？惟是林溪之原宜得銘文，表於墓上。"因據其狀，錄其事授之，且以慰其後人之孝思云。

衛稽勳墓表

　　奉訓大夫、吏部稽勳清吏司員外郎衛君諱邦，字翰之，澤州周村里人，而予之同年友也。始予與君接，即知其爲醇謹確實人。久而接之屢，則其所以醇謹確實者，益可信。予嘗歎曰："使今之人皆如君，澆薄之俗可變。而予皆得如君者與之處，豈不坦然易直而何疑慮之有？"而君今則已矣，醇謹確實之人益衰矣。習孰與變，而吾孰與處？其亦重可歎矣。蓋數年前，君嘗中風而愈。及是疾再作，遂瘖。卒之日，其二子差，長者皆不在側，孤寡纍然，殆不能爲喪。其同官相與經紀其事，始克歛而殯之。月餘，其子冕至自其鄉，將扶柩歸葬。詣予，涕泣以表墓請。因出其所爲狀，跽而進，其言甚悲，予不忍視也。衛之先世業醫，無仕者。曾祖曰文瑞，祖曰景昭，父曰沖。沖娶梁氏，生君。君娶張氏，生男四人：長即冕，次晟，次顯，次昌。女二人。孫男二人。君年九歲喪父，居喪如成人，與其兄麟事其母孝敬甚至。母孀居，亦善教，遣君入州學，從人借書，讀輒不忘。竟領天順壬午鄉薦。成化壬辰，始登進士第，觀政刑部。丁母憂，服除，今吏部尚書尹公察君賢，留爲其屬。初授稽勳主事，三年考最，進階。以其官封其父，母與妻皆爲安人。又三年，遂陞員外郎。又一年而卒，實壬寅歲十月十四日也，年止四十六。以明年某月某日，葬其鄉某山之原。予固知君者，表其墓亦宜。乃書之曰：古之仕者，或有言也，言則極其所思；或有爲也，爲則究其所欲。後世蓋不能遂矣，有如衛君，議論不出諸口，功業不顯於時，群行獨處，匪求人知。雖然，不出諸口，其知識則瞭然而明；不顯於時，其操履則凜然而貞。彼譊譊睢睢，志乎進取之徒，夷考其平生，亦何足稱也哉。

封承德郎戶部江西司主事前濱州儒學訓導陳公墓表

成化十五年七月,前山東濱州儒學訓導陳公以其子戶部主事瑗三載考最,蒙恩封如其官階。公時年幾九十矣,既拜命,以其年閏十月二十七日卒。適戶部君有公事於陝右,則趨歸治葬,已乃來京師,援例居憂,而以墓表之文諉予。予與君有同年之好,不能辭。明日,因得閱公手修族譜,平生所叙述亦具於後,則陳氏之家世與其人皆可考見,乃按而書之。公諱敏,字志學,姓陳氏。其先居陳,蓋漢文範先生仲弓後也。自唐宋以來,代有顯者。公之大父彥良始自陳徙居太康。父景文遭元末大亂,再徙於汴。景文娶韓氏,河東廉訪司經歷克溫女。生三子,公其仲也。少孤,母夫人守節,鞠而教之。永樂丁酉,以開封府學生中鄉試。明年,試禮部,名在乙榜,授濱州儒學訓導。公爲教,勤而有法,士類以興。未幾,有妖婦唐賽兒者以邪術惑衆,濱之從者亦百餘人。約先焚州城,掠馬畜,往據青州爲反計。州適乏守倅,有密告於公者,公自謂己責,顧城無門可守,乃夜施綑,以闌出入。忽一人疾馳而來,爲綑所繫,獲之,訊知賊已至,使舉火爲内應。公急呼州人登城,倉猝無兵器,乃投瓦石擊退之。公謂賊失利,而城下有清河,必還而奪舟。頃之,果然,則舟已呼集南岸矣。賊知城中有人,遂引去,不復有窺伺意。公益畫守禦策,更四月不宿於家。然賊自是勢益熾,連陷數城。山東大擾,而濱獨完無事。州人感之,走詣上司,請公遂攝州事。適駕北巡,大興縣役。公出令召衆,千夫即集,雖勞無怨者。後朝廷遣中官行視有司,倉庫皆以虧折被罪,公以能謹出納獨免。州守代至,仍司學事,視廟學頹圮,大修葺之。又先時丁祭,祭器輒假之民家,至是始具。秩將滿,俄而漢府反,罪人既得,以濱比近,坐不告反者,師生數十人悉謫戍甘州。甘遠在西北,鄰夷地,人未知學。公至,從游者衆,教之如在東土時。久而察其子弟材多可用,諷部使者,奏請建儒學。已而諸生連起領鄉薦,皆公之門人。時岳翰林正忤旨謫居,更遣其子瑗往從之游,而邊人益知所向學矣。公素好禮,不以患難廢。凡冠婚喪祭,一遵古制而行。武胄化之,至治喪不用浮屠者數家,故公雖名在尺籍,自巡撫重臣而下,遇之必以賓師禮。有詢及邊事者,輒能言其利害,所以補益於籌畫者尤多也。公之才具蓋如此,凡居甘五十餘年,胸中浩然,不戚戚於廢弃。獨族屬、墳墓之思,未嘗一日而忘於懷。痛其母以憂患卒於濱,葬具簡略,不遠數千里至其地改葬之。以族人散處,爲之譜圖以示子孫,使知其所自出。其惇本爲孝又如此,則豈特其才具可稱而已?因竊論:公少居學職,若無所施爲於世。一旦遇變故,遂能完一州之民,其德亦厚矣。然卒被罷去,使人不能不疑乎報德之差。至其後也,身見其子登科第,列官於朝,而以高壽榮被封典,若天固延其年以待者,則報德之理固在,孰謂天道果不可信哉?公既卒,以道遠不能反葬於汴。乃以卒之某年某月二十一日,葬於甘城南原。子孫於是世守之,而甘之有陳,自公始也。公娶李氏,繼娶黃氏、金氏,而金氏以生瑗貴,贈安人。子男五人:曰玘,曰玹,曰珣,李所出也;曰琜,黃所出也;其季即瑗也。玘、玹皆卒。女二,適嚴震、劉玘。孫男六人:玘之子,曰宗,曰宇;琜之子,曰思永、思某、思敬;珣之子,曰思恭。孫女六人。曾孫男一人。是爲表。

樵隱翁墓表

吳江之東十里有龐山湖,湖之東龐氏居之。《誌》曰:"山以龐氏而名爾。"龐氏之先有曰千二公者,自河南從宋南渡至蘇州,遂爲吳江人。翁諱友諒，字彥孚。曾大父福一、大父壽之，俱以高年終。父子安，善士也。母朱氏。翁生，既壯，敦孝友之行。父歿，竭力事其母，務適志意。佐其兄友直治家，家益振。及掌鄉稅，稅無不給者。後其家以富民起實京師，即代其兄以往。已而念其母不置，具疏陳情，遂得歸。士大夫作《天錫歸養詩》以贈之，而翰林張公士謙寔序其首。歸十年，母歿，時翁年亦高矣。居喪致哀，人以爲難。性剛直而慈厚，鄉人有忿爭，多能分辨。其窮乏者，亦多周者，給之不吝。治家嚴肅，子孫遵行其訓，無敢違者。縣大夫歲行鄉飲禮，翁必預。景泰間，吳中大饑，朝廷初行勸分之令，翁出粟若干石，獲受仕者冠服以榮其身。既老，曰：“吾志不在是也。”乃自號樵隱以見志。其年八十有四，無疾而終。預相地於甘泉里，治生壙，搆屋於旁守之，仍置田百畝以供祀事。其明遠又如此。至是，葬其地焉。翁生於永樂己丑正月二十日，卒於弘治壬子三月十一日，葬以乙卯十二月二十四日。娶鈕氏，先卒。子男二人：曰鑑，曰鏞，皆義官。女二，適丁參、成讓。孫男五人：曰瀚，曰浤，曰濟，曰溦，曰漢。女八，適吳森、沈濬、凌溥、顧紳、范承憲、錢炎、吳洵、練元良。曾孫男四人：曰傳宗，曰繼祖，曰紹宗，曰紹裔。女三人。鑑、鏞既治葬事，來謁拜曰：“惟先大父之葬，辱故國子祭酒李忠文公表其墓。今不幸有先人之喪，敢介友人朱君性甫以請，期必得一言以刻墓上。”予重其意，乃據事狀叙之，係之以詞，曰：

　　湖之水兮漣漣，納衆流兮灌良田。繄斯人兮衍世澤，與湖水兮不涸以息。嘅鹿門之既遠兮出有後人，不遺以危兮子孫益振。享高年兮樂吾真，葬必於鄉兮在湖之濆。湖有山兮鬱數里之在望，表幽墟兮庶斯人之不忘。

卷第七十二
墓表一十首

杜東原先生墓表

先生諱瓊,字用嘉,姓杜氏,蘇之吳縣人。以成化十年十月二十六日卒。葬既十年,其里諸生吳寬始克表其墓曰:先生,今世之隱君子也。學不在於爲文而已,行修家庭,而倫理藹然以厚;教不止於授徒而已,化及鄉間,而風旨超然以高。色清而夷,凡賢愚不齊之人皆可與語;然爲塾師,以其僕一言之慢,即日歸家而不可留,其守道也甚介。行和而易,凡巉絕難繼之事有所不爲;然母病,醫藥弗愈,則刲股作糜以進,其爲孝也甚烈。姊老而敬事之不衰,有類於燎鬚;師没而哀慕之無替,必爲之制服。孩提不苟取,故囊無不義之物;白首猶慎交,故坐有必端之友。至於地侵於鄰而不争,金盜於僕而不問,又其事之瑣瑣者。蓋當宣德、正統間,天下承平,求賢詔下,士之有一行一藝者皆得薦於守令。先生顧以母老力辭,守令問知其所欲也,卒用旌其母之節而不敢强其仕,遂以隱終身。所謂隱不違親、貞不絕俗者,先生其近之。故東海徐太史以中行之士與之者以此,則先生不謂之君子哉?惟昔東漢之世,仕者固不暇論矣。若危言激論以貶人刺世者,每不得全其身;至深藏遠引而食力養親者,亦足以遂其志。故郭泰雖賢於范滂,不免近於俠;周燮若亞於黃憲,終不失於高。後之論先生者,其必有以識之矣。先生得宋朱長文樂圃而家其旁，自號東原，吳人因稱東原先生。卒年七十有九。三子能世其儒業，其登鄉貢者曰啓。寬辱先生愛，慨先生之没而不可作也，用表其墓，且以慰吳人之思云爾。

太醫院御醫劉公墓表

公諱毓，字德美，姓劉氏。其先金陵人也，高祖季德遷於蘇州，始爲長洲人。季德生翰卿，翰卿生公威，公威生弘遠，弘遠生公。公生甫一月而孤，母徐氏抱公鞠於外家以長，初從徐姓。徐故居藥爲業，凡《本草》所載，公少已習知。迨長，母擇業以授，獨謂醫可教也，遣之從學盛御醫啓東。盛之醫出王仲光、韓復陽，而二家又本朱丹溪。其醫所從來既正，公學之更勤，歲久，涵蓄精贍，出以治疾，率中。其法慎攻擊，以培養本原爲主。有言其奏功若緩者，不爲改，曰："吾之得於師者如此。"然人竟獲生。至不可生者，他醫見其勢未劇，方投藥，而公已憂形於色，曰："此則吾所不能治者也。"已而果然。公性和平謙厚，未嘗以危言恐人而規利，亦未嘗以奇見自負而邀名。故人皆服其德，以爲不可及。公自少恬淡，不慕仕進。一日，朝廷下吳中，悉起諸名醫。公當行，適歲且暮，有司趣上道，不得已，衝冒風雪。至京，衆不任勞苦，咸嗟歎。時公年已高，亦不戚戚也。既入太醫院，爲醫士，尋選入御藥房，時稱得人。憲宗純皇帝方在位，俄命諸醫用藥。公蔽於人，不得薦用。薦用者藥不效，始以公名上，乃得召見。已而聖躬獲安，自是上因識其狀貌，將官之，竟爲人蔽，不果。後其人以罪去，始授御醫。三年考最，賜敕進階。又六年，公自顧年益高，曰："布衣終身，吾志也。今既得官，且老矣，可以止足矣。況後輩林立，尚可與之爭進耶？"遂上疏乞休致，同列知其志不欲仕，故尼之。疏再上，堅卧不起。

卒得旨而歸。他日，上復思之，顧左右，問：「故白鬚老人安在耶？」其得乎上者如此。又二年，以疾卒，實弘治戊申六月二日也，享年七十有二。公氣貌清雅，語音琅然。治家儉而中度，論事正而近情，接人和而莊，詳而無僞。平生事母甚孝，以母少則守志，教之成立，作堂奉之，表曰慈節。至以名其子，以示不忘。好讀書，謂惟此爲有益也，因以益齋自號。士大夫重其爲人，皆以益齋先生稱之。嘗買田里中，築室曰景陶。杖屨往來，情興感發，往往託之賦詠云。配蘇氏。子男三人：曰慈，能傳其業，後一月卒；曰節，府學生；曰奉，先卒。女二人：長適張翼，次尚幼。孫男四人：曰祖徵，曰某，曰某，曰某。女二人。曾孫男一人。初，公以先世葬吳縣雁蕩村，頗隘，取客土築之，令僅容其棺，曰：「吾忍去此而他葬乎？」至是，節以卒之年某月某日葬公。既有誌其墓者，乃復請予表之。予與公有斯文之好，公之歸吳，每懷思之而賢智其人不已。蓋自今上改元，大舉黜陟之典，凡以醫仕者多見裁抑，人始羨公乞身之早，莫不高之。夫好進之徒，無所不至，然其後鮮有不敗者。惟公初以守己之堅，故進之則遲。及既進矣，其中實有不樂者，此其終見事之明而退之亦速也。老子曰：「知足不辱，知止不殆。」公既有焉，則以公爲醫師者，豈非知之淺者乎？夫出處大節，世多未善，吾是以取而表之。

南京太醫院判周君墓表

弘治二年二月辛亥，原己院判卒於南京。後二十日，訃至，士大夫凡識原己者，咨嗟之聲相屬，至有垂涕者。其不識者，問知原己爲人，亦曰：「是宜悼惜者之多也。」當其病甚，亟欲歸吳中一見父母，竟不及行而卒。於是其友李貞伯爲治殮具。後五日，子塤陳鍵扶柩至家。又七月，將葬於吳縣沙涇村。以宜有文表其墓也，陳玉汝則請於予。嗚呼！予與原己有交親之好非淺，其文豈待請耶？第有不忍爲者。然度原己望我者在此，乃卒書之。原己初名經，更名京，後又更名庚，號菊田。幼即穎異，從塾師學書，落筆有法，而詩則得於舅氏閭丘賓用之教爲多。迨長，益好學，每夜五鼓輒起誦習。居諸生中，如無能人，及見其述作，知其所蓄充然也。家本業醫，不欲以醫名，然醫亦無所不通。又閭巷之士爭爲舉子業，多取科第，顧獨向古學，殊無羨慕意，蓋將隱居養親以終其身。知其才者，則謂原己當自見於世，無可泯焉。一日，太醫院奏下吳中，徵醫士數輩，中有原己名，非所望也。時太守丘公方請修郡志，原己始乞入學就弟子列，冀免，不可得。被迫遣上京，人知其爲儒醫也，尤敬重之。未幾，選入禁中，典御藥。及數以醫驗，始獲授御醫。居數年，以父母益老，無兄弟侍養，悲思無已。適南京缺掌院事者，衆推之，乃擢院判以往。至則公署久壞，醫徒散逸，空廡數間而已。原己慨然欲復舊規，修葺一新，藥餌畢具。初，其下習爲縱弛，多怨言。既久，見其無私，始皆歡服，無敢弗執役者。原己爲人慎密清雅，狀貌癯然，視之如懦夫，中實剛介不隨。其擢居南京，官亦美矣，一旦意有不樂，即欲引去，人力勸之而止。平生動作不苟，雖簡札細事，未嘗草率。性喜爲詩，與知己者酒間賦詠，終夕不倦。其摘抉古事，敘述人情，平實深秀，語多絕俗，每爲詞林諸公稱賞。其自處歉然，不以爲能也。然與之交者則慕其賢，非但以詩，況醫乎哉！其醫既爲餘事，至視人疾，用藥必謹，不取奇效，故獲生者甚多，亦不自以爲能。周之先，鄢陵人也，從宋南遷，有爲鈐轄使守嘉定者，子孫遂爲吳人。自宋歷元，代爲醫官。高祖曰繼周，國初光澤縣學訓導。曾祖輔治《春秋》，能詩，不仕。祖鼎，尤深於醫。父南承其業，而名益著，以原己貴，封院判。母閭丘氏，封安人。原己初娶陳某女,再娶太常寺丞顧本女,贈封竝安人。一女陳出,壻即陳鍵,其卒也年甫四十七。嗚呼,世未有不死者,死而可悲,有如原已者乎?蓋非特以不壽,以無子乏嗣續耳!雖然,古之賢者或夭,亦或無子,若其父母皆老而衰,相視煢煢,則生者既無所託,然後知死者之可悲也。其可慰者,死而無所望於人,而致人爭惜之,其名彰彰於世,身没而若存,家斷而若續,他人何以及此?蓋繫乎天者,無如之何,亦惟求其得乎人者而已。百世之下,有知原已葬於是者,尚相與護其墓也哉。

素菴錢府君墓表

浙西有錢氏,莫盛於海虞,蓋多出吴越國王之裔。然其間以詩書孝義藹然聞望,久而不衰者,則莫盛於昆湖之族也。在宋既多顯人,至元有曰希祖,仕爲玉山縣學教諭。生諱甦者,爲人學博氣豪,當國初,以布衣上疏論星變,高皇帝嘉之,因命撰《祭元幼主文》,稱旨。欲留用,竟辭歸,以全其身,人稱謙齋先生。其仲子中得娶趙氏,宋宗室後,是爲府君考妣也。府君諱完,字汝周,別號素菴。少孤,能守先業,與弟公達協力治家,家益拓以大。事母,視其意所在,即承順無違。其外祖母既老,而舅氏時中更喪明,母竊憂之,遂迎養於家,以終天年。而時中有子,復爲買田,築室居之。每念世父迪少即代父死於法,而無後以傳。曰:"凡吾子孫所以有今日者,以大父之幸存也。"特買田百畝,俾後人祀之勿忘。其器局深濬果毅,多籌略。郡縣推長田賦,事既克舉,民不告勞。以地瀕湖,數遭水患,嘗募民築堤捍之,數年皆成腴田,坐享其利。故自守令而下,有事輒謀之府君,而名譽益起。里有爭訟者,往往就質,固有越竟而至者矣。好爲義事,故都憲思菴吳先生《小學集解》成,謂是書有補於世甚大，亟命工刻之。蘇守金華朱公方創社學郡中，歲出米三十斛以助子弟之費。其餘鄰里親戚之家貧窶患難，所以周給之者尤多。蓋又嘗輸財助邊，得賜仕者冠服以榮其身云。府君娶王氏。子男五人：曰昌，封監察御史；曰曄，浙江都司經歷；曰昉；曰昇；曰昆，鄉貢進士。女四人，適王震、秦檟、張汝嘉、夏偉。孫男十一人：曰承德，監察御史；曰承芳；曰承恩；曰承美；曰承源；曰承惠；曰承憲；曰承意；曰承緒；曰承智；曰承顏。曾孫男二人：曰稑，曰秷。府君卒以景泰庚午十月二十三日，享年五十有九。以明年三月三日，葬於虞山先塋。時既有銘其墓者矣。後三十六年，爲成化丙午，御史君奉父命請予表於墓上。嗟夫！十室之邑，必有忠信，而況海虞繁雄之地乎！如府君之爲人，行義足以庇乎里閭而無不懷，才諝足以動乎郡縣而無不信，雖謂一鄉之善士可也。蓋其先世孝義之澤如此，獨惜其終於田間，不少見用於世。而後人科第仕宦方顯於時，卓然爲昆湖之族，非府君有以遺之乎？吾是以表之。

耕隱翁墓表

翁姓徐氏，其先長洲人也。國初，徙實南京。永樂間，從駕再徙，久而還鄉，故今又爲吳縣人。翁初諱某，更諱有賢，字元僅。少值父母俱喪，與其伯兄松菴府君、其仲天全先生相友愛。以天全起甲科，爲儒臣，曰："吾可不求仕也。"遂以家業自任，方還鄉，盡力築室。以居既完而隘，悉讓其兄，乃即其後隙地別築焉。當是時，翁衣食尚未足，始往來湖湘間服賈。久之，不復出，則買田課耕，日與農夫同其勞苦，不恤也，因自稱耕隱翁。及所蓄既厚，然未嘗侈用以改其初。而時出所有以周給人，後更應詔輸粟助邊，得授承事郎以榮終身。翁貌清癯，雙目炯然。性多能，尤善鑒古器物。與人處，和易可親。晚節益脫略世事，頗好散誕。居田野間，或經月不冠。賓客至，輒陳尊俎，歌古調以樂之，翛然物外人也。其生永樂庚寅二月二十七日，卒於弘治己酉十一月十九日，享年八十。曾祖文禎、祖子復、父孟聲俱以仲兄貴，前贈武功伯。曾祖妣某氏、祖妣某氏、妣丁氏俱贈夫人。翁配高氏，有內助功。子男二人：曰世英，娶王氏；曰世傑，先卒，娶張氏。女一人，適楊黼。孫男五人：曰美中；曰美德，府學生；曰美輝；曰美恩；曰美質。女四人，適湯傅、柳介、蔣煒，其一未行。曾孫男一人，曰亨衢。女六人。初，翁預治葬穴於吳城西珍珠塢，書來請記，予未暇作。及是翁卒，其子世英復以書來，曰："不幸先人至此，奈今葬有日，惟表墓宜有文，願述之以終先志。"予與徐有姻好，知翁爲人之賢。他事雖不書可也，獨得其一可書者：方天全仕於朝，以天順初功至封伯爵，貴顯已極。一時，所與同功者率乘勢引拔，人雖厮役，倚以得官。翁時侍其兄居京師，何所不得？顧閉門退縮，竊以爲憂。而天全竟爲同功者所誣陷，已而其人事敗而死，則天全自謫所賜歸矣。彼冒功得官者皆從之被黜，而翁則無事也。蓋兄弟徜徉鄉里，相聚而樂者數年，識者竝賢智之。此固翁之所爲可表者，而事狀之所不及者歟！

江西安仁縣知縣致仕謝君墓表

江西安仁縣致仕謝君卒以弘治元年正月四日，已而其配金孺人亦卒，則三月十九日也。其孤麒等既擇明年八月二十六日合葬於長洲縣陳公鄉奉字圍之原，使人北來，奉狀求表其墓，蓋以予與君交久故爾。君姓謝氏，諱縉，字朝用，別號履菴。世爲長洲人。曾祖子華，祖貴宗，父思信。思信娶同里茹氏，生君。君少從里師學，在諸生中穎異不群。稍長，出游江湖間。或勸之曰："子尚可學也。"始悟而歸,謁見郡守况公,遂補郡學弟子員。治《易》甚勤,顧屢舉於鄉不偶,始貢入胄監。居數年,授安仁知縣。至則先舉廢政數條,而尤以興學校爲事。士有文行者,輒優禮之。更作彌高亭,示人以向道之意。先哲李俟菴,邑人也。取其遺稿,板刻以行。一時文化流行,諸生感慕,多所成就。君爲政尚忠厚,不以聲色立威,然民亦不敢違令。邑有宿逋,召民諭之使輸,不施搒掠。未幾,相率擔負而至,國賦遂完。又嘗歲旱,齋沐禱於神祠。翼日,大雨沾足,邑人以君積誠所感,翕然形諸歌詠。蓋居官凡四年,民方愛之,而致仕歸矣。君素孝友,初之官,奉其母行。或以母老沮之,曰:"吾所爲欲得禄者,正爲養親計耳。今既得之,而棄其親,何以盡吾心哉?"卒奉以行,所以養之者甚厚。待選吏部時,適值歲侵,疏足食養民九事上於朝,多見施行。而客居頗久,舍館蕭然,略無慍色。袁錦衣彬知其賢,禮請爲塾師。袁雖貴傾一時,未嘗藉其聲勢以取利也。平生舉止端重,步趨不亂,而言詞清婉,如恐傷人。作書師歐陽率更,楷正有法,其運筆安閒,雖累千字不誤。卒時年六十九。金孺人爲同里諱得誠者之女,性婉娩,以勤慎儉約治内,卒年七十二。子男三人:曰麒,曰麟,曰黻。麟,長洲學生。黻,早卒。女四人,計鏞、王澳、滕澤、陳觀其壻也。孫男四人:曰同仁,曰同義,曰同禮,曰同智。女三人。惟古之長民者不以法制爲急,故曰:"平易近民,民必親之。"又曰:"愷悌君子,民之父母是也。"如鄭子産所謂猛者,竊恐其矯當時縱弛之弊,故爲是言。不然,猛豈平易愷悌之説乎?予聞君之治民,姁姁然視之猶子,甚得父母之道。使久任之,其政必有可觀。惜乎既去,不盡所施。至是,不幸且没矣。故因表墓之情,乃著君爲政如此,以爲暴戾者之愧云。

隱士徐靜菴墓表

徐之先爲婺之桐山人，後徙吳之洞庭山，遂爲邑著姓。自其先好延郡中儒者爲塾師以教子弟，惟其重文雅，凡四方名士游其門者不絕。靜菴自爲童子，得於薰染者既多，故其學識廣而甚遠。又洞庭在太湖上，巖壑奇麗，林木茂密，爲天下極勝處。靜菴上下登臨，殆無虛日。平生得於娛玩者既熟，故其思致美而甚清，發而爲詩，縟麗鮮新，語皆可誦。若西蜀晏鐸、海昌蘇平輩，一時所謂詩人也，靜菴與之倡和，偃然不相下。歲久，積成卷帙，故劉文恭公實序之。靜菴諱震，字德重，靜菴，其自號也。爲人不獨以詩名，其尊重不苟，自守介然。郡大夫歲行鄉飲禮，雖屢請，不赴也。與人交情誼周至，然非其人輒謝絕之。篤於教子，不令就生業以損其志。常曰：“金帛之豐愈於學問之積耶？”家故有厚產，不喜自奉，纍斥以周貧乏。有鬻田者，必過與之直。或以屋售，後念其露居，竟還之，其直不復索。蓋其德之厚如此。靜菴既老，掃一室，左圖右史，日靜坐頤神，不預世事，如是者幾二十年。以弘治三年閏九月初三日卒，享年七十九。配郭氏，繼顧氏。子男四人，曰淮、濚、濂、潮。孫男十人，曰輅、鳳、麟、軺、鶿、鷟、隼，餘未名。女五人。曾孫男五人。女三人。以卒之明年葬於某處。淮等既求王諭德濟之銘其墓，復求予文表之。蓋往歲予嘗訪濟之於湖上，登高以望所謂洞庭者，蒼翠深秀，宛然在目。且聞其中多隱君子，以吟詠自樂。謂異日往游其地，必將訪之。如靜菴，真其人已，而今何遽卒耶？豈其年已高，固不可得而待耶？若其詩或傳至京師，嘗略讀數篇，未暇深究。而徒想其風致於湖山之間，以表其隱操如此。知靜菴者，其亦以予言爲然乎。

明故奉議大夫順天府治中顧公墓表

順天府治中顧公以天順六年六月十三日卒於官。後三十年，其配亢宜人卒，其子大理寺右少卿佐居憂於家。適其子伯謙赴試禮部，俾來告曰：「先宜人之葬，既得今學士長沙李公銘其墓矣。顧治中府君，雖亦有銘之者，然無文刻於墓上以表揚先德，佐之不孝也。惟吾同年太常董公有狀，幸念鄉曲之好，卒書之。」予曰唯唯。顧之先爲吳著姓。當國初，以臨淮兵荒之餘，詔徙民實其地，而吳產爲多。故公之大父彥皋始自吳江徙居其地，故今爲臨淮人。公諱震，字啓元，少游邑學，治《易》有聲。舉於鄉，累黜，竟以貢入冑監。久之，授石屏知州。石屏隸雲南，民夷雜居，最號難治。公治以簡靜，又以恩信結之，其下化服。俄以艱去，服除，改湖廣之安陸，益以平恕，皆樂親附。境內患盜，掩捕所獲，不即用法，必諭遣之，已而無復犯者。居數年，學校以修，刑獄以清，至倉廩實而凶荒有備。巡撫大臣以公政績上於朝，請加旌異。遂蒙進階，并贈其父時傑奉直大夫、安陸州知州，母駱氏宜人。秩滿將去，民攀留號泣，作去思碑，其得乎民如此。於是吏部知公名，特擢順天府治中，食四品禄。時屬縣永清隄決奭兒渡，役夫至數萬，久不能塞。工部尚書趙公謂公可用，奏委之。公調度有法，不踰月而功成。又官租累歲爲豪猾侵匿，見役里胥不勝追徵之苦，公究其弊，租足而民亦安。蓋公居官臨事不避難，而尤以忠誠待人，故所至皆有政績可頌。故王忠肅公方在吏部，將超用公，而公未老已欲引去。未幾，遂以疾卒矣，享年五十七。公和易寬厚，與物無競，而自持不苟。凡歷官二十餘年，橐無遺貲，卒之日，僅足棺歛而已。初娶殷氏，早卒，繼即亢氏，並封宜人。方公之官雲南時，亢宜人以舅姑老而路遠，不能就養，請留侍於家。且暮孝敬備至，俾公得盡心官事。公性好施，所得禄俸屢用以賙宗族，宜人略無難色。及其子佐嘗自刑部郎中出知河間，就養於官。僚佐諸妾皆來爲壽，宜人正色斥之曰："汝爲少婦，安得至吾家耶！"皆愧服而去。其卒年八十六。子男一，即佐。孫男四：伯謙，鄉貢進士；次伯諧；次詣；次識。女一。曾孫女一。惟古之爲善者，恩德及於一鄉一里，其家必興，其子孫必盛，蓋報施之道當然耳。至於循吏，所以興且盛者尤甚。蓋其恩德之所及者尤廣，不止於鄉里故耳。予於治中公，不之識。獨觀大理君以清才雅操起爲法官，而伯謙益好學有文，行將取甲科而起。前人恩德，不於此而驗乎？故書以刻之。

明故江西廣信府儒學訓導贈奉直大夫南京兵部車駕清吏司員外郎孫公墓表

公諱瓛，字汝瓚，號抑齋，姓孫氏。其先杞人也。元季曾大父伯瑛官江浙録事司，兵亂不歸，遂家華亭。大父仲恭、父士達俱不仕。公早孤，事母沈氏盡孝。稍長，入郡學，時蕭山魏文靖公分教於松，愛公勤苦，親以書授。宣德乙卯，舉於鄉。明年，試禮部，中副榜，例授教職，以母老慨然不辭，遂授廣信訓導，而奉其母以行。時學政久廢，公至，嚴條約，勤訓誨，士類大興。當鄉飲酒，有貢士坐不以序，斥之使下。其人銜之，後爲考功郎，適公秩滿赴部，必欲修怨。而公以丁母憂免，服除不出。人勸之，曰："向吾所以仕者，爲養母計。今復何爲？"乃閉戶教其二子蕃、衍，鄉人有盡禮延爲塾師者，輒亦往赴，蓋專以授徒爲事者二十年。及衍擢進士第，守深州，公就養於官。數以善政戒飭，嘗大書其室，曰："勤以補拙，儉以養廉，慎以免過，惠以得民。"人以爲得居官之要。衍用其教，竟稱賢守。成化己酉九月二十日，公以疾卒，享年七十九。衍奉柩歸葬於鄉之蟠龍原，合其母任氏兆。公爲人坦夷簡亮，不立城府，於利尤無所好。平生作書有法，晚喜爲詩，有《可笑集》藏於家。任氏出儒宦家，爲福建參政勉之女，母曰姚宜人。性貞靜且孝，事姑不違其志，相夫治家能居貧守約，子女婚嫁皆不失時。尤通書史，數援引以教其子，亦善作書。卒以成化辛卯十月某日，享年六十九。子男二人，即蕃、衍。女二人，適張朋、焦簡。孫男四人：雍、睦、承德、承恩。女三。衍後以治行著，召爲南京兵部員外郎，三年以考績來，告予曰：「先父母之葬，衍忍哀自誌其墓矣。而墓上之文未刻，乞書之。」言已，其容甚戚。及出其志文以示，其詞尤悲，予不忍讀也。予謝曰：「子免喪久矣，能不忘乎哀如此，其將何以慰之？」於是衍考最，蒙恩贈其父奉直大夫、南京兵部車駕清吏司署郎中事員外郎，母爲宜人。乃略述其事行，而特書其恩典，報之曰：「此可以刻於墓矣，子之哀亦可以少釋矣。」

明故蘭州同知封儒林郎翰林院修撰錢君墓表

君諱和，字用之，姓錢氏。元季，高祖德以兵亂自桐鄉徙華亭，因家焉。曾祖實，尚義任俠。祖復，喜讀書而於《中庸》尤精，人稱"錢中庸"。父昌，娶同縣范氏，生君。少入郡學，爲諸生所推許，作文務雄麗，視進士第若不足取。成化戊子，登鄉舉。屢試春闈，不偶。其後，子福亦預試，歎曰："吾尚與兒子輩爭得失於場屋間耶？"即赴吏部，乞一官，始得蘭州同知。蘭隸雲南，在萬里外，人爲君不堪，慨然就行。居三年，子福春闈、廷試皆第一。君聞之，復歎曰："兒子輩得禄可以養我矣，尚復奔馳絕徼以從仕耶？"即乞一公幹，入京師，復赴吏部，乞致仕。竟歸，時年五十二耳。蓋又三年,受敕封如子官而卒。君初貧弱,喪其父,能極力營葬,事母尤孝。性剛直少容,出見里人爲不義事,輒忿形於色。及聞母召,急趨命,其容怡然也。方去蘭州,人謂夷方當不必拘文法以治。有羅知州者,與麗江木守以世官結婚,上下相倚,肆爲貪虐。君繩之急,羅不堪,乃啗以利。君正色曰:"天子務綏遠人,正念汝俗恬殺人,命我參佐州事,以鈐制汝,顧從汝欲耶?"羅知計不行,欲挾木傷之。君以詩投木,木感動,曰:"文士也,不可。"君嘗催課,自正供外不多取一毫,群夷德之。浸聞於藩臬,於是方參政憲、林副使俊爭委以他州事,及攝縣,賦足,獄平,事率以治。鄉人曹僉事時中慮君卒爲州長所陷,令署黑鹽井提舉司以避遠之,曰:"此亦以利啗耶?"君至,諭父老曰:"弊可除者,幸毋我隱。苟以賄及吾門者,必罪。"先是,井以潦乏鹽,自君莅事,歲課益盈。君之居官蓋如此。第不及久任,人多惜之。自君致仕,與鄉里諸老月一會,飲必至醉乃已,醉輒歌呼以樂,或規其放者,笑曰:"是非若所知。"他日,醉如故。蓋君以群聚或及里閈官府短長,故一託之酒以自全云。其處世又如此。君娶陸氏,封孺人。子男二:長即福,翰林院修撰;次祚,鄉貢進士。女二人:長適徐翱,次適太學生胡亨。孫男一:元。女一。予與君有斯文之契久矣,福於是以表墓之文來屬。蓋君居官有治績,然在遠州,知之者少。及其居鄉曠達,混於流俗,其意之所在,人亦知之者乎?至其平日能教其子取高科,列清貫,以文學知名於世,所以出於君之教者,其事甚顯,人則無不知者。夫惟知之故,其事可略;其所不知者,則不可不詳也。若其生卒歲月與夫葬地見於李學士賓之誌者,益略不著。

卷第七十三
墓表一十三首

劉氏新塋表

　　長洲劉氏世葬邑之武丘鄉，歲久，族人益繁，其地陿隘，殆不能容。於是承事君介之與其配汪氏相繼卒，距其一里曰袁巷，始爲新塋而合葬之。葬之日，寔弘治七年八月九日也。君諱潂，介之其字，號澹菴。其先蓋汴人，有爲黃州統領者從宋徙建康。至元，權茶提領鍾山再徙長洲，提領生處士元善，處士生國初沛縣儒學教諭德讓，教諭生贈中書舍人仲興，中書生詹事府少詹事、贈禮部左侍郎諡文恭鉉。文恭四子：伯曰澄，叔曰泳，皆早世；仲曰瀚，登進士第，歷仕大理寺丞，以陝西按察司副使致仕；其季即君。君以宣德四年八月二十四日生於京師私第，六歲喪母夫人某氏。稍長，向學，後以父兄俱仕於朝，獨任家事，已能服勞。其出入用度，善計量有無，人稱有幹蠱才。又能以勤儉自守，所積既厚，益不妄費。其容止俊爽，及居鄉里，遇長上尤知禮遜，人所以稱之者，不徒治家而已。平生雖事廢舉，然教其子必業儒以繼家世，竟有登鄉貢者。以嘗輸粟助有司賑饑，獲授仕服，故稱承事君者，其官階也。卒以弘治六年四月十四日，享年六十四。元配王氏。繼即汪氏，諱守貞。出唐越國公華後，爲翰林檢討某之孫、光祿署丞晉之女。少歸於劉，能執婦道，以勤儉助其夫，慈惠及其下，自舅姑以下皆賢之。先君一年，以九月二十四日卒，享年若干歲。子男五人：長曰橋，早喪；次曰梓；曰桐；曰榮；曰栩。桐，貢士。梓、栩以輸粟榮，以書藝俱授仕服。女三人，適韓勲、黄經、顧巖。孫男五人：庶、點、默、烋、某。女六人。劉氏在吳中爲衣冠舊族，至文恭公以奧學篤行爲天子近臣，憲副君復起自甲科，爲良法吏，族人仕者尚累累有之，家門之盛，亦鮮及矣。他人爲子弟而無過者有幾？如承事君，雖不出而仕，然能保其家業不墜而益盛，他人又有幾耶？《書》曰："世禄之家，鮮克由禮。"君其免乎此矣。於是梓等奉賀憲副澤民之狀請文刻於石，乃書以爲劉氏新塋表云。

怡隱處士墓表

處士姓華氏，世家無錫，爲江南望族。其先自宋元而上，見於前人之紀載者已備。曾祖幼武，有詩名。祖悰韓、考仲諄，皆有隱德，鄉稱長者。仲諄娶顧氏，生五丈夫子，其三爲處士。諱宗壽，字思源，怡隱，其號也。家故多田，富甲邑中。至國初，悉散所積以免禍。後仲諄再造其家，能不自逸，率其子若孫躬耕田間，家復裕。諸子既應酬於外，處士居家，更助其父爲義事。歲免私租若干斛，不惟水旱而已。又數推所入以周貧乏。景泰間，米價貴，里人爭仰食其家。顧所蓄不足，即發藏金糴以繼之。諸閉糶者感愧，遂無乘時以徼利者。先時，其父誤坐法，被繫刑曹。伯兄思濟偕走闕下，陳冤狀，適染疫病，卧寓舍，危甚。處士日籲天泣禱，思濟竟起，而父冤亦雪。後父以天年終，諸兄弟始異居。所以扶持孱弱，排解怨爭者，惟處士是賴。處士身履儉德，服食不求華美，中既慎密，尤有雅量，犯者輒能容之，其人往往愧服，亦以長者稱云。配鄒氏子。男二人，曰守吉、守慶，皆庶出。女五人，適惠洪、鄒翰、徐益、錢祚、蔡覯。孫男六人，曰燁、燠、燦、煇、炫、勳。燁、燦俱以輸粟授散官。女六人。曾孫男七人，曰謹、誥、謨，餘未名。玄孫一人。女一人。處士以天順六年九月十四日卒，享年六十三。是年之冬黑葬於其鄉椿桂山先塋之次，而故張憲副節之爲之銘矣。至是，守吉復恨未有表墓者，託其友夏御史德乾具行實來請。蓋自處士之卒，至今三十餘年矣。門閭盛而愈高，産業積而加厚，其所從來者雖遠，然非處士能繼其德，何以致此？今守吉兄弟既似其前人，其後可見者又及三世，使繼其德不已，華氏之澤其有窮乎？夫發揚先德，固孝子之意，而垂示後嗣，又其意之深者。故書以遺之。

盛雪溪墓表

弘治八年六月十二日，雪溪盛君卒，享年六十七。初，君嘗觸熱過吳中，予視其貌若瘁，然謂老者當爾。後數日訃至，爲之驚悼。於是其孤虞等卜葬，以是歲十二月十七日，乃來求予文刻於墓上。予素善虞，而識君亦久，知其所以爲子弟，及待宗族、處鄉黨之事。而福建布政使陳公朝用又君之知友也，狀其事尤詳，乃爲書之。君諱頤，字時正，姓盛氏，雪溪，自號也。世爲常之無錫人。當其少時，父文珪客游嶺南，盡以家事委君。君治之甚優，人不知其父之遠去也。後其兄時望登進士第，授監察御史。君即遣人迎其父歸，曰："奉養之具幸已粗給，可勿勞於外矣。"數治具速故舊，親侍杖屨於泉石間以樂之。已而其兄以言事忤旨，出知束鹿。君馳書慰之，曰："兄所爲者，古人直道之事。當益盡職爲天子牧民。"仍歲致米物以爲祿俸之助，其兄安之，治績卓異，以循吏稱於時，屢遷至陝西布政使，再擢刑部侍郎。君益思念，不遠數千里，兩往省視，且留其子虞旦暮承奉於旁。及其兄以都御史巡撫山東，得致仕之請，君即後圖作方塘書院，日奉以宴游其間。其所以爲子弟者蓋如此。平生待子姪輩恩意平均，女兒及其弟婦皆孀居，周卹備至。推及他人，爲義事不一。人有善，尤喜稱道，其不善而相犯者，亦能容忍，襟度暢達。客至，飲噱終日，有召之者即往，必盡歡乃已。其所以待宗族、處鄉黨者蓋如此。自君治家，田疇益廣，室廬益完，若與時之人不能忘情於殖產者。然其高情逸韻，與邑中文士登臨歌詠，不以富貴爲樂，則非人所能及也。君之祖子實與其父文珪俱以其兄貴贈都察院左副都御史，祖妣吳氏、妣馬氏俱贈淑人。娶馮氏，先卒。子男二：長即虞，禮部鑄印局冠帶儒士，娶張氏；次夔，國子生，娶卞氏。女二，適過鑑、楊乾。孫男一：銓。女四，許適楊旦、陳鷙、華泰，其一尚幼。在成化初，邑人饑，朝廷行勸分之令。君初輸粟，授承事郎以榮其身。比歲饑益甚，有詔輸粟千石者視軍功授官。君慨然發廪，得授蘇州衛指揮使，其亦可謂榮矣。然士大夫稱之，必曰盛雪溪，而不以官，蓋著其隱操也。故作《盛雪溪墓表》，以從鄉人之言，以順孝子之情云。

梅友處士墓表

成化丁未，恩詔下：凡民年八十以上者，錫以冠帶榮之。於是梅友處士新安程彥彬甫年八十二矣，即日拜賜於家。鄉里以處士善人，宜受殊典，不徒高年而已者，相與稱賀不絕。明年，改元弘治，乃六月十日，處士無疾而卒。則又相與哭之，皆曰：善人亡矣。諸孤穆宗等卜明年十二月十三日葬於休寧縣黃尖嶺之麓，既畢事，相向而泣曰："吾程氏世有名文以紀載先德，有如先府君之爲人，可使沒而不傳乎？"其季景宗乃自爲狀，圖其事，俄以疾繼卒。後八年，景宗之姪慶某與其子慶玩痛其先志之未遂，不遠千里趨吳中,謁予言之故,持狀泣拜,哀動坐客。予初辭之,竟諾之,然亦有所未暇也。居數月,則慶玩再趨而至以請。予感其孝,卒忍拂其情耶？程氏世爲新安人,出梁將軍忠壯公後。處士之族居富溪,在宋有曰卓者,爲本州學正。曰驤,中文武兩科,爲中書舍人。驤有風節,子孫以儒雅相繼,鄉里至今以舍人稱其門。其後曰存,生僖,僖生齊,齊娶商山吳文肅公孫女,生處士。其諱尚質,字彥彬,自號梅友,以純雅曠達重於鄉議。而志古好文,汲汲如不及,然未嘗爲矯俗要譽之事。蓋程氏嘗十世同居,處士力欲復之,經營會計,惓惓不忘。先世有葬他郡者,歲久已失,訪求得之,立石以識。宗人今太常卿克勤作《統宗譜》《貽範集》,率其昆仲所以助成之者甚力。一日,家人不戒於火,聞誥牒猶存,餘無所問。其於先世蓋如此。嘗扁其齋居曰崇本以自志。平居無他嗜好,惟以敦行孝友爲事,以禮正家。其容貌端莊,儼如賓祭,子孫侍立,肅如也。故雖鄉人,無敢慢易者。俗多尚氣而喜爭,每深鄙之,曰：“公門無一字,此吾家法也。”子孫好學者,則獎進之。既老,猶日課其學業不倦。平生手錄古人遺文至三百餘卷,所編次有《富溪程氏族譜》十五卷、《鄉約》一卷、《流芳集》十卷、《林泉風月亭集》一卷、《泉石齋集》三卷、《諸墓下頃》一卷,其所自著曰《崇本齋稿》者,又若干卷,藏於家。配吳氏,出同里故家,少處士一歲,孝而克相。子男七人：振宗早卒;播宗、熙宗爲伯父後,亦卒;穆宗;匡宗;碩宗;景宗。女四人,適汪康、吳若鴻、范顯護、黃智相。孫男十三人：慶璋;慶琪;慶璨,先卒;慶瑰;慶珠;慶琰;慶玩;慶璣;慶珩;慶琇;慶瑩;慶班。女十三人,適吳世珉、畢芸生、吳鑒、黃怡品、孫式、孫巖、汪太弘、黃瓊,餘未行。曾孫男六人：侃、侔、傑、倫、儼、佳。女一。狀所載處士事行甚夥,蓋景宗之孝,惟恐其父之美或遺耳。予既取而書之,而未敢必人之吾信也。然狀謂處士初從竹埜吳君游,稱其博雅謹厚,有前烈風。晚與參議方公、鈍齋蘇公相友善，方歎其學行如是，不沾一命而老鄉校。蘇贊其行高益謹，文老益工，有古君子風度。三人於處士有交親之契，其所許與必當，人其有不信也乎？故復取以表之，以慰其子孫之孝思云。

明故中書舍人王君墓表

　　成化五年，寬游南京，得友一人焉，曰王君允達。其諱汶，義烏人也。王氏自宋以來號爲儒家，五世祖炎澤得朱、呂道學之傳，婺人謂之南稜先生。曾祖禕在國初以文學事太祖高皇帝，爲翰林待制，使雲南，執節死義，追贈學士，諡忠文。祖紳，國子監博士。考稌，隱居授徒，門人私諡孝莊先生，後贈中書舍人。母李氏，贈孺人。允達生稟特異，志向甚端。少孤，思繼家學，極其勤苦。家素貧，能守道自樂，挺然無所降屈。好古執禮，篤行實踐，不欲以文士名。然操筆爲詞章，豐蔚可誦，亦無忝其家。既壯，從鄉校貢上禮部，卒以《春秋》登鄉舉，遂擢進士第。居京師，癯然靜退，猶寒士也。嘗上疏乞就郡教授，奉忠文公祀，不遂。乃授中書舍人，遇事持正，同官憚之。居三載，見有非其道進者，稱疾而歸。今上之初，用賢圖治，或薦允達可起而用。部符下，允達初不欲行，郡縣與鄉人迫強之道，病甚，曰：「吾決不能仕矣。然獲至京師，與故舊一見，以死無恨。」未至五十里，竟卒，年五十七。允達純孝人也，自忠文公之死，博士君痛恨，食不忍兼味。孝莊如之，至允達已三世，猶不忍改。以忠文公宜廟食死所，遺書巡撫大臣，爲奏請於朝，始秩於祀典。又忠文公有《續大事記》在蜀藩，得板刻行世，亦其志也。居家作祠堂，置祭田，凡所行禮，參酌其宜。其教人有法，出其門者輒有可觀。至所與交，皆一世名賢。於情意最篤也，其不賢者則疾之，往往面斥其過，使無所容。蓋其爲人若隘而才則通，處世若迂而行甚直，使其見於用，則功必加於人，澤必下於世。顧僅以行義屬乎一鄉一邑之間，知允達者，蓋深惜之。其娶俞氏，有賢行，封孺人。子男二：長俯，縣學生；次仰。女三：長適貢士許塡；次適龔澂，一尚幼。允達卒時爲弘治二年十月四日，葬以明年十二月六日。今祭酒謝公既爲之銘，寬宜表其墓上，以良友之不可復得也。蓋久而不能成文，抑允達之賢人知之，不必書？惟其有不可及者，則不可以不書也。嘗聞謝公言："往年自台州往訪允達，鄉人無少長、賢不肖，聞其名，皆唯而立。其學者即其所居皆稱之曰齊山先生，至不敢斥其姓。"又聞其友馬谷曰："允達没，門人迎柩於數百里之外。將至，親友又行數十里迎哭，皆盡哀。又各爲位而哭於家。蓋百數十人及其家長幼僮僕皆疏食，如喪父母。"嗚呼！允達之得此，於人者，其必有道矣。故書以表之。

明故江西上猶縣知縣鄭君墓表

君諱璽，字仕信，姓鄭氏。世爲浦江人。自其先沖素處士綺合族而居，至君爲十一世。曾大父得，金華府稅課使。大父棟，父旭，皆不仕。鄭氏世稱義門，家範甚整，然亦久矣。君少入縣學，爲弟子能不失禮度，稱義門子弟。累試於鄉，不偶。循歲貢例，入南京國學。祭酒而下知其所出，皆優待之。而君亦自重，凡諸生始入學，必相出錢餽遺，謂之班錢，君獨不受。歲餘，歷事大理寺。又數歲，選授湖廣安化知縣。安化山深地瘠，民多負稅，君勸富家代納，而貧民始安。未幾，流移者多復業，乃更蠲其役，俾務墾闢。能辨疑獄，他縣有獄未決者，上官亦多委君。巡撫大臣才之，將奏調大縣。俄丁母陳氏憂而去，民留之未得，數致書問安否。服除，改江西上猶，俗尚狡猾，玩法侮吏。君先去其甚惡者，而法竟行。方欲設施，而君病作以没。實成化二十二年九月十日也，年五十二。以明年十一月二日，葬於本里松林山先塋之次。君勇於爲義，遇事所當爲者無畏縮態。人有患難輒仗之，往往傾貲以濟。親賢服善，情意周悉。與人言無所隱飾，然逆其意者，即見於言面，已而不復計，其峭直如此。其家自正統間遭火厄，堂宇蕩然，無以合族。君每愧恨，自安化歸，特出俸金，先葺門廡數楹，其志他日欲盡復舊規而行之，則君没矣。君初娶虞氏，繼陳氏。子男三人：曰鎡；曰鎵；曰銛。銛蚤卒。女一人，適東陽許儲。皆陳出。予游南京，始與故中書舍人王君允達交。允達數言同郡有鄭仕信者甚賢，已而君至，遂相好而信其賢不誣。君之葬，允達既爲之銘。其子鎡以予知其父，不遠數百里來請文表於墓上。於是允達亦卒矣，感念疇昔，爲之泫然。鎡亦賢如其父，鄭氏其將復興乎！

永定知縣陳君墓表

弘治八年，福建永定知縣陳君述職於朝，道出上杭，疾作而卒。其年八月二十一日也，年五十四。柩至，卜明年八月某日，葬於吳縣桃花塢先塋之北。其從兄俊與其弟怡率其子若孫來拜，請文表墓。其狀則君女弟之夫丘連州鎬所造也。予與君有舊好，聞君之喪，方爲之悼惜不已，其能已於言乎？君姓陳氏，諱悦，字宗理，別號同軒。世家蘇之吳縣，自其祖福建僉事祚以直節顯於先朝，祠於鄉賢，而陳氏遂聞吳下。父寧，仕終新野王府鎮國將軍教授，亦篤行士也。母徐氏，生君。長身脩髯，偉然如神。爲人嚴毅方正，是非好惡，無所詭隨，人謂其有祖父風。教授君歷任歙縣及武邑校官，君皆從侍，家庭薰染，所得既多。稍長，入鄉學，講議精博，同輩争推讓之。視科第若不足取,竟以歲貢例補國學生。居數年,始選授永定知縣。永定在萬山中,爲閩之窮處。自正統末,以寇亂增設。險阻寡民,寇不時發。君初至,即有警,謂:"急則延禍,故緩之。"而縣中卒無事。先時,無城郭可守,始經畫材力以築,民獲安居。善決獄,平恕不苟,獄無冤滯。於是他縣有疑獄,憲臣輒委之,無不允當者。君平生遇事必精審而行,至行吉凶諸禮,一惟僉憲公所定,久而不改。孝於父母,事其兄宗德甚敬,撫其幼弟怡尤有恩意。嫁女必作戒詞一帙送之,曰:"吾寒儒,無以爲裝。汝能守此,無忝家世,即孝矣。"其教人有法,多所造就,而爲文必以理勝,惟其困於場屋,不獲用也。娶徐氏,有賢行。子男二人:長烱,娶徐氏;次焕,尚幼。女二人:長適龔烯,次適查應臣。孫男二人:長麒,次麟。女一人。惟昔功名之士,抱其才猷欲見於世,然不得其地與時,未有能自見者。如君之才猷亦美矣,不知者一置之下邑,已無所施爲,然他日尚有所冀也。夫既仕晚,而其壽止於中身,則又將何所爲哉?昔僉憲公之墓,予嘗從君之請爲書其石。今君不幸至此,予故道其志之所以不獲信者表之。

明故工部營繕清吏司員外郎致仕胡君墓表

工部營繕清吏司員外郎胡君致仕數年,以疾卒於家。弘治某年八月二十日也,享年六十四。以明年某月某日,葬於湯溪縣白杜山之原。後二年,其孤榖來請書其墓上之石。其狀則君之友陳憲副粹之所造也。予念君生既相厚,則於其既没能忘情耶?遂曰諾。又數月,榖復來請,乃書以遺之。君諱超,字彥超,自號恥菴,姓胡氏。初爲衢之龍游人,今割其地置湯溪,又爲金華之湯溪人,族大而盛,號浙東名家。曾祖德仁,祖希華,父宗韶。希華隱居能詩。

宗韶有義俠風，以君仕贈承德郎、工部主事。母祝氏，贈安人。君兄弟九人，少獨嗜學，補縣學弟子員，有賢名。每鄉舉，皆擬爲舉首。顧屢不偶，遂貢入南京國學。成化戊子，試於應天府，竟登高薦。壬辰擢進士第，觀政工部。初授都水主事，丁祝安人憂。服除，改虞衡主事。凡二考，始擢營繕員外郎。未幾，即乞致仕歸。丁未，用恩詔例進階一級，給米四石，人以爲榮。君爲進士時，藩王及大臣有賜葬者，工部委董其事，事畢，能却餽遺，已有廉名。及授職分治通州，河道迤河隙地多爲勢家占據，言於尚書，卒歸之民。京饟分貯通州，歲修廩庾，費用甚鉅。稽究出入，能除故弊，工役畢舉，平生見於官政大略如此。君爲人樸厚，無外好，日閉一室，以書卷自娛。其學精於毛氏《詩》，既壯，猶從經師講議不倦。以其學授人，後多取科第，而宗族子弟賴其啓發出而仕宦者常有其人。性喜吟詠，持筆運思，頃刻滿紙。既老且病，不忘舊習，前卒數日，猶以杜少陵二句爲韻作《述懷》二十首，而時事所感，亦寓焉。當君居官，其年已踰五十，仰承俯接，重遲詳緩，若不與英妙者類。然老成練達，遇事自辦，其職固不曠也。惟君自重，不求知於當道，又不樂與新進少年爭進取，於是歸休於家，得以全其身、樂其志以没，此其可書者也。君娶方氏，有賢行，封安人。子男三人：曰順，蚤卒；曰穀；曰綏。綏，縣學生。女一人，適蘭溪縣學生郭時明。孫男五人。女五人。

明故奉訓大夫定州知州劉君墓表

定州知州劉君初知處之縉雲，秩滿，吏部以君有政績，將擢置憲職。或言君長於牧民者，遂授定州。踰年，以父喪去，而君亦以疾卒，弘治癸丑八月二十七日也，享年五十七。君諱竑，字以規，姓劉氏。其先汴人,從宋南遷,有諱亨者家於常熟,因家焉。亨生善甫,元常熟州判。善甫生仲昇,海道萬户。仲昇生伯彰,海道百户。伯彰生子謀,子謀生宗實,皆不仕。宗實娶顧氏,生君。幼穎敏,不好嬉戲。補縣學生,專治毛氏《詩》,刻厲堅忍,期必取進士第。成化乙酉,登鄉貢。屢試禮部,不偶,竟選授縉雲知縣。民恃險阻,往往以鬥殺爲嬉。或訟於官,輒逃匿,上司捕之急,幾欲生變,君始請緩之,犯者卒感悟就獄。特罪其首惡,而連坐者盡釋,人以爲平。有婦人殺其夫,獄久不決。君焚香告於神,是夜,夢一鬼散髮號泣言死狀。明日,坐廳事,忽有旋風揚沙繞案,引婦訊之,果得其實,人又以爲明。縣有銀課,中貴督取,民殊不堪。君屢犯其怒,所以捍衛乎民者甚力。當造户版,民多行賄,吏胥爲詭避計。君度田多寡,分户三等,自是賦役始均,而奸弊息。其惠政既多,歲旱,禱雨輒應,蝗不爲災,人争歌頌之。縣在萬山中,故多寇警。自君至,境内晏然。嘗有群盜聚處山谷間,君遣人諭使之去。盜曰:"我輩將往金嚴,假道於此。劉侯,仁人也。豈敢犯其境哉?"卒無事。故刑部尚書彭公韶以公事至浙,御史王弁暢亨巡按至,知君賢,交章薦之。及君去任,民挽留不得,號泣徧野,有奔送百里之外者。定州土俗勁悍,君革政以治。先時,戍卒每虐其民,君稍以法繩之,始皆知畏,而民獲安。其相訟者,顧多質於州。及武臣有自降虜起者,素狎侮州官,至是亦皆憎服。未久,政聲流聞,巡撫大臣遣人持羊酒獎勸之。君居官以身勤事,不求安逸,而強力顓志,令必期行。尤以清儉自持,所至不挈家累,惟二童豎隨侍而已。家故殷富,而自奉甚薄,禄俸有餘,別儲以備。公費或以遺窮士,有勸爲家計者,則引鄉里貪夫喪名者曰:"此可以爲戒也。"故事,守令蒙旌異者必受恩典。君既擢州守,遂格不行,蓋非制也。君終身所恨惟此耳。既卒之,又明年四月八日,其孤岕葬君於雙鳳鄉進賢涇之北原。謂宜有文表於墓上，踵門稽顙，以君之從弟鄉貢進士俶所爲狀請。予固知君之爲人者，乃按狀書之。縉雲之政，則郡人潘太守從民之請，有文載其事，立石縣中，可據也。獨惜君守定州不久，則可書者尚多，其不爲古之循吏乎？然即此亦足以傳矣，故表之。

故樂會知縣周君墓表

景泰甲戌四月六日，廣東樂會知縣周君卒於官，得年四十八。樂會之人相與奔走悲號曰："天何奪吾賢令之速也？"爭願買地葬君，而築室以居其婦子。其配樓孺人不可，曰："此非君之志也。且如吾父母舅姑之老於家何？"於是其民聚土爲冢，歲時祀之，以慰其思。明年柩歸，以十二月一日，葬於長洲縣武丘鄉半塘之原。後四十年，爲弘治乙卯六月四日，樓氏年八十九而終。將以明年十二月二十四日祔葬，其二子詔、訓始來乞文表墓。君爲吳中前輩，予雖不之識，然與詔相好久，知其父母之賢可書也。君諱泰，字景通，自號訥齋。少從邑人樓日宏先生學治《尚書》甚勤，而重遲和敏，與諸生異，非特能文詞而已。日宏察其佳士，遂以女歸之。既壯，受徒閭門，居市廛中，謹謹不放。時有師儒鄭德輝者，亦厚德君子也，人以君配稱之。其業既精，正統戊午，以儒士舉於鄉。再試禮部，不偶。授潮陽縣學教諭，訓迪勤勵，士子多所造就。秩滿，考最，始有樂會之擢。人謂其地險遠，爲君不樂，而君怡然之任。至則以其俗陋，專務教化，民皆從之。踰年，而君不幸卒矣。樓孺人諱嬚，字懿端。出宋太師楚公昇之後，六傳爲鄉貢進士可先，始自鄞遷長洲。至日宏，益業儒。娶嚴氏，生孺人，通書史，精女工，尤有孝行。當樂會之歸，抱其孤兒，跋涉嶺海，數遇寇難，誓不受辱，以死自分，竟完其家無事。歸教二子，詔亦舉於鄉，爲嘉祥教諭，復享其養以老。成化末，恩詔下，孺人年踰八十矣，更受肉帛之賜，人以爲榮。二子：長即詔，興王府紀善；次訓。一女，嫁吳佐。孫男五：璐、璧、琦、璞、琮。女八。曾孫男一。女二。夫君子之仕也，不必考其政，惟能得乎民，則其政之仁厚可知。君在海外未久，設施不甚見，一旦不禄而民至欲留葬其地，此豈以勢力使之哉？必有所以感之者也。至於婦人之行，不出閨門，亦不必究其行，惟能成其子，則其行之嚴肅可知。若樓孺人寡居時，二子皆在提抱間，使非其母教育之，則身且不可保，況望以科名禄仕進爲王傅而有光其先人哉！是宜書以表之。

思耘處士墓表

吳中稱儒家，曰陳氏。其先在宋忠文公堯叟之從父鄴始自蜀徙南康之都昌。七傳至篆，登宣和進士，累官明州通判，再徙星子。五傳至洽，咸淳鄉貢進士，生仝。仝生徵，受學臨川吳文正公之門。元末，避兵於吳，故今爲吳縣人。徵二子：汝秩、汝言，竝業儒。汝言在國初爲濟南府經歷，生繼，爲翰林檢討，儒行益尊，學者稱怡菴先生，後祀於郡學。四子，長曰宗，有文而早世，娶陸氏，三子。處士，其季也。諱佃，字世本，自號思耘。少孤，學詩於從父孟賢，得唐人法。稍長，出爲塾師，即善教。後念母老，居家治生資以爲養。故第在城西南，有園池甚勝。以族人衆，作別業於虹橋，日涉以樂。更買田陽城湖上，時往課耕，不以爲勞也。平生既業儒不失，旁通醫家言。至於通達世務，量度生業，有人所不能及者。善談論，娓娓不休。而衣冠整潔，動履肅恭，儼乎儒者之風也。凡郡中行鄉飲禮，及朝廷有纂修事，處士必預焉。其年七十，以弘治丙辰正月十六卒。明年某月某日，葬於吳縣薦福山先塋。娶滕氏，户部尚書德懋曾孫，有婦行，先卒。子男三：曰謨，娶張氏；曰訓，長洲縣學生，娶滕氏，繼唐氏；曰諫。女四：長嫁孫仁；次許嫁劉文毓而卒；次嫁施穎；次幼。孫男五：杲、昉、晳、煦、曠。女七。予與處士交久，比自京師歸，復接其言貌，未覺其衰也。終月不見，則聞處士以病不起，爲之悼歎。諸子將治葬，奉鄉貢進士都君元敬之狀來請表其墓，而處士有知友信陽太守施君煥伯曰：「處士可表也。」遂書之。

蔗菴翁墓表

翁姓錢氏，爲長洲名家，出武肅王裔。諸兄皆隱於市廛，不仕。其一爲大寧都司幕官，仕亦不顯。其季即翁，諱遜，字叔謙，蔗菴，其別號也。少游江湖間，中歲屛蹟里巷，至老益喜閒適，翛然逸士也。翁無子，以家事悉付贅壻。素與竹堂僧暄公爲方外交，即精舍傍鑿池開圃，數携親友往游，烹魚煮笋，日醉以樂。或避暑竹林下，脫帽啣杯，有「六逸」風致。平生奉養甚厚，市中新味，人爭售之。翁治以薦客，亦不自享也。故山西參政祝公與翁相好，取顧愷之語，特以蔗菴號之，翁喜而受，予昔爲文以記。然翁雖好逸樂，未嘗從侈靡習，至老其德固無悖其常者，里人故敬重之。郡縣知其賢，歲舉鄉飲必致翁三賓之列，不徒以高年也。翁生永樂戊子三月二十九日，卒於弘治甲寅十一月二十八日，享年八十七。以戊午三月六日，葬於長洲高景山之原。娶沈氏，太醫院醫士孟本女，先卒。女三，適李溶、朱穎，其一楊璘，即贅壻。璘有子釗，冒錢姓爲翁後，於是釗持鄉貢進士陳原會之狀來請表墓之文。予，翁同里巷，視之丈人行也。言何足愛？蓋自天下承平，偃兵既久，戴白之老，所在有之。其熙然自得，嬉游如孺子，宛然有康衢擊壤之意，翁非其人也乎？孟子曰：「王者之民，皞皞如也。」然則叙翁之爲人，亦可以觀世道也。

恥齋魏府君墓表

魏之先出畢萬，其後代爲晉卿。及分晉爲諸侯，以國爲氏，而散居南土。吳之有魏氏蓋久矣，在宋鶴山先生文靖公自蜀來，有賜第在吳中。府君以同出於萬，故宗之。曾祖文原，祖德，父茂。茂娶杜氏，生君。其諱昌，字公美，恥齋，其自號也。長身古貌，寡笑與言，布袍曳地，質樸可重。家當市廛中，闢其屋後，種樹鑿池，奇石間列，宛有佳致，作成趣之軒以自樂。故武功徐公、參政祝公、僉憲劉公時即其居爲雅集，屢有題詠，沈石田居士寫之圖畫間。亦惟君之雅淡，不汲汲以勢趨，故士大夫尤愛之也。君養親甚力，平時食飲必親進，又必問味可否。母臥病數年，侍奉不離左右。或出外暮歸，則急趨至前，喘息未定，必問安否。初，其祖有遺言百餘字，皆所以訓戒其子孫者。君能遵行之，仍作堂名寶訓，以示不忘。予嘗爲文以記，而故李少卿貞伯特爲書之壁間，又可見其孝也。弟公明任雲和訓導而卒，君以故居讓諸姪。至故物，則俾其子謹藏之，曰："此先世手澤也。"君素博古，凡三代以來至於宋元器物書畫，多能辨識，曰：此出某時某人，無差者。喜爲詩，則得於其舅氏東原先生之所指授爲多。其年八十四，以弘治乙卯七月某日卒。又明年丁巳某月某日，葬於長洲縣九都武丘鄉先塋。其内弟南京監察御史杜君子開既爲狀，而其子芳乃來乞文表於墓上，予諾之。蓋數年前，君遣芳至京師，有壽壙銘之託，欲執筆，不果，詎意延至君卒而爲此文。雖然，君好文詞者，雖不及見，亦足以慰於地下也。況芳之孝，而欲揚其父之美，有不可已乎！君娶陳氏，先卒。子男二人:長即芳,次蒙。女四人,其一以疾不嫁。孫男六人,曰某某。女五人。曾孫男、女四人。附書此,於後併刻之。

卷第七十四
墓表一十六首

明故中議大夫廣西南寧府知府蔡君墓表

惟蔡氏爲吳故族，居震澤山中。其先在宋有仕爲秘書郎、直煥章閣曰世洪者，從駕南遷，始居於吳。數傳至吉甫，吉甫生仲簡，國初以人材徵，稱疾不仕。仲簡生桂芳，桂芳生景東。景東娶於徐，爲處士庭柏女，生君，爲長子。其諱蒙，字時中，別號果育。年十一，舉爲縣學弟子。太守況公視其氣貌奇之，撫其首，曰："此子異時名位當如我。"稍長，治《春秋》，學業專勤。時臨川聶大年分教常州，往從之游。三試於鄉，不捷。年三十貢入太學，傑然諸生中。爲兵部尚書馬公昂所知，以曹務繁重，奏俾專司章疏。數月，以勞多，即入吏部選。選在優等，始授溫州府同知。溫於浙江爲大府，君才優適稱，府中有事，太守輒咨之以行。未久，惠義及民甚深，而名譽益起。成化戊子，屬邑泰順山中傳有銀鑛，閩括流寇群聚爭奪，殺傷遍野，邑里騷動。事聞於朝，命中使盧某來督官兵勦禦，賊聞兵且至，焚橋塞路，其勢愈盛。候吏馳報，時夜漏下二鼓，君驚起，遽帥健壯五百人往，撤石通道，伐木爲輿梁，官兵旦至，乃渡。會大雨雪，不可進，凍死甚衆。衆議募民壯補伍，擣賊巢穴，公曰："彼皆烏合之衆，苟益兵，制其死命，其勢蹙，祇益亂耳。無若遣一職往，諭以禍福爲便。"衆然之，遂推君行。君毅然深入賊宿落，反復諭之。賊感悟，立解散。兵休而還，公復建長久計，取民之強勇丁衆者立爲銀賦長，領坑夫若干，事採鑿，民始無争奪之患。樂清有田數千頃，爲山潦衝激，壞爲沮洳場。而公稅如故，破産者甚多。君往相地勢，浚渠築塍，時蓄洩，慎防護，田遂還爲膏腴，而民益有蓄洩之利。君治績既多，御史上於朝，獲封其父如其官階奉政大夫，母、妻皆宜人。已而浙東饑，大臣奉敕往綏撫之，兼陟黜官吏。未至，君豫儲粟至五萬餘石以備賑貸，若僚屬以下悉條其賢否上之，大臣以君可信，多從焉。秩滿，將赴吏部，而郡方闕守，民日擁上司，言蔡侯最宜。於是藩臬皆上疏道百姓意，未報。丁奉政府君憂，服除，陞湖廣辰州府知府。道間，丁母徐宜人憂，服除，改廣西之南寧。下車即集父老，察問民間利弊，民甚安之。三年，夷俗漸化如中邦。宣化縣民競渡，誤死，被誣，入故殺律，連七人訟繋。淹久，彙政不決，始得其情，得釋。已而大雨彌月，澤潦入城，居舍蕩没，民漂死以千數。君齋戒，帥僚屬禱於山川等祠，爲文引罪以祝，是日水即退。視被災者，悉賑岬之田。州守岑浦自恃土官，驕悖不法，與其族弄兵相攻殺。君以直詞曉諭，皆感服，釋仇，不復敢争。至於興文舉義，明獄足食，諸事盡瘁不懈，以勞致疾，乃上章乞歸。既得命，即日行。明年，今上即位，詔致仕四品以上進一階，得中議大夫。越七年，癸丑八月七日，以疾卒，春秋六十有八。配沈氏，生女一人，適馬璿。側室秦氏生男一人，習，聘徐氏。女二人：長贅勞麟，次適徐鵠。君之没，習始九齡。又四年丁巳，麟等率習以某月某日奉柩葬於綺里穀堆山陽奉政府君之側。先期，與其姪羽奉狀來請文。惟公少居鄉間，爲知名士，及入官，輒獲乎上，政績有聞於時。蓋其爲人通而不流，和而不泛，才足以治繁而濟之以勤，量足以容衆而守之以恕，此所以綽綽乎能舉其職也。君他行可稱者尚多，而尤有志於用世。惜未究其所至何如耳，乃書此表之，以慰君於地下云。

太醫院醫士盛君墓表

君姓盛氏，蘇之吳江人，世居吳中，爲名族。按其譜，出宋文肅公度後，數傳至寓翁，生景華，有隱操，人稱居密翁。景華生啓東，始業醫而精其術，仕爲太醫院御醫，受知先朝，累被寵渥。生數子，而儼最長。君，儼之子也，諱曈，字用美，號閏舟。初，其父從御醫公居京師，始壯而卒，君時生甫七年耳。與母許氏留吳中，賴其祖居密翁撫教之。既長，奮志於學，授徒養母。曰："吾其取科第以仕乎？"則習舉子業，顧屢試於鄉，不偶。復歎曰："仕，必有命也乎？醫，吾家學也，吾當繼之。"君既業儒而理明，於醫輒通。又其家多奇方奧旨，發而究之，附以己意，治疾輒驗。人曰：此得盛御醫秘傳者。爭往求之。君復不計利，遇貧賤者，率與之藥。於是求之者益衆，醫名暴起。傳至京師，遂徵爲醫士。久之，當得官，然非君所望也。方稱疾不出，適聞其母喪而歸，服除，竟不上，益以醫行於時。既老，得末疾，有疾者多就治之。弘治九年十二月二十八日卒，享年七十五。君初娶沈氏，繼潘氏、高氏。子男三人：曰乾，娶張氏；曰坤，府學生，娶柳氏；曰艮，娶夏氏。女一人，適某。孫男五人，曰某。女四人：長適府學生沈濟；次適袁表；次適國子生顧綸之；一未行。君爲人襟度爽闓，而言論明暢。對客飲酒，笑噱傾倒，曾無隱情。人有過，往往面加指斥。至人以非禮加者，亦能容受，不與校也。篤於交誼，或以急難告，輒周給之不吝。凡嫁娶喪葬有不能具者，多賴其助，亦可謂好義矣。去歲，予嘗過君家，君聞予至，使人扶掖而出，猶諵諵道説舊事。竊歎其病且痼，非復少壯時態。然年既高，子孫森然，孝養備至，可無憾也。至是，竟不起。乾等乃於明年某月某日，葬君於茅塢之原。其父之執德州同知韓君彥哲率之來，求予表墓之文。君嘗謂死生常事，當病未劇，自述志銘，其明達如此。予故書此表之，凡其平生見於自述者，不復書也。

隱士史明古墓表

吳江穆溪之上，有隱士曰史明古。其爲人，足跡不出百里之外，然江浙間人知其名。至於郡縣大夫，亦皆禮下之。而予取以爲友，蓋四十年於此矣。其志正而直，其言確而厲，其所爲無弗依於禮者。當其壯時，患閭里之人以巫覡惑衆，上書縣中，欲盡除之，曰：「此皆不容於先王之世者，不除則風俗不正，禮教何由而行耶？」與人論事，辯說超踔，坐客莫能屈。至有所感奮，詞氣益峻。雖達官貴人，衝突不顧。見依違徇情者，心輒鄙之。其治家，辨內外，定上下，嚴若官府。然謂長子承家，當世守其居，而析產特異於衆，曰：「此吾史氏家法，不敢不謹也。」凡吉凶之事，悉違世俗，而行必倣於古，知禮者取之。其學於書無所不讀，而尤熟於史論，千載事歷歷如見，而剖斷必公，蓋有宋劉道原之精。至於時事人言，得於聞見，往往筆之成編，則有洪容齋之博焉。若其才，如錢穀水利之類，皆知其故，使得郡縣而治之，恢恢乎無難者。爲文章，紀事有法，醇雅如漢人語。詩則不屑爲近體，興至吟聲呻呻，冥搜苦索，欲追魏晉而及之。家居甚勝，水竹幽茂，亭館相通，如入顧辟疆之園。客至，陳三代秦漢器物及唐宋以來書畫名品，相與鑒賞。好著古衣冠，曳履揮塵，望之者以爲列仙之儒也。間與親友吳鐵峰數人扁舟往來，月爲雅集，以觴詠相娛樂。又嘗與劉僉憲、沈石田諸公游武林，經月忘返，所至爲文記之，曰：「此未愜吾志也。會當絶大江，北游中原。覽岱、華，涉河、濟，循王屋、廬阜而歸。」其思致之高如此。晚歲，益務清曠，室無姬侍。築小雅之堂，方牀曲几，宴坐其中。或彌月不至城郭，至即止宿僧舍而已。前二年，予家居，一日，忽冒暑見過，飲冰數椀而去。又二旬，而疾作，家人進藥，俾持去，曰："吾治棺待盡久矣。且吾年六十三，又夭耶？"竟卒，弘治丙辰六月甲子也。明古狀貌奇偉，鬚髯奮張。平生喜交游，惟其持信義，四方之士過其門者不絕。於所厚者，有過尤好面折，故人尤以直諒稱之。少謁武功徐公，公與談史，即許其有識。遂數從議論，而識益進。今致仕三原王公巡撫江南時，聞其名，延見之，詢以政務，尤許其才。然未嘗言及私事，公益重之，且恨其老而不用於世也。其諱鑑，初字未定，後始字明古，自號西村，人稱西村先生。曾祖彬，祖晟，父珩。母某氏，繼母某氏。娶張氏。子男二人：曰永齡，太學生；曰永錫，縣學生。女一人，適鄉貢進士吳鎣。孫男三人：曰曾、同，曰某某。女一人。當明古卒之明年，予與文溫州宗儒往哭之。其二子哭拜，即以墓文請。予念失此良友，方竊悲傷，而何文之能爲耶？顧有終不得而已者，乃卒之。又明年戊午某月甲子，葬於穆溪小旬原之上。爲表之曰：嗚呼！世有信古執禮如斯人者乎，世有博洽好學如斯人者乎，有才之達論之正如斯人者乎，亦有剛直好義高曠絶俗如斯人者乎！有如斯人，當觀其終。達生順命，能保其躬。嗚呼，明古！庶無愧乎其中。

明故四川等處承宣布政使司右參議周公墓表

公諱賢，字用希，姓周氏。世爲蘇之長洲人。少游郡學，業舉子甚勤。正統戊午，應天府鄉試中式。明年己未，遂登進士第，觀政禮部。辛酉授南京工部主事。三載考最，封其父德如其官，階承德郎。母某氏，封安人。妻陳氏，封如其姑。丁卯，丁父憂。服除，復任。景泰壬申，擢浙江布政司右參議。未幾，復丁母憂。服除，改四川。出巡烏撒，道中得疾，還至公廨，竟卒。實天順己卯五月十六日也，享年五十三。於是其配陳安人挈其孤子女，沿峽江數千里扶柩歸吳。以明年庚辰正月二十八日，葬於本縣武丘鄉金字歟先塋之次。其同官左參政、前刑部侍郎劉公清既爲之銘，俾刻而埋之矣。後四十年，其子同人奉銘文拜授予，曰："先人墓木已拱，而石表未立，是同人之不能子也，願矜而書之。且自先人棄諸孤，非吾母陳安人與吾生母楊氏鞠育教誨，無以至今日，不幸三歲間相繼下世。今幾二十年，同人之哀痛未能釋也，幸附書之以慰。"惟參議公爲吳中前輩，予少猶及見之，偉然其貌，藹然其言，蓋厚德君子也。當其爲工部屬，已有才名，及兩佐大藩，才名益重。其忠厚嚴明，尤爲僚吏所服。然皆不得久於其位，平生所施，略見端緒而已。没之後，人故惜之。陳安人亦長洲人，年二十歸公，甚得婦道。以成化庚子五月六日卒，年七十四。生一女，適濱州同知仰璿，爲大理寺丞宗泰孫。楊氏，吳縣人，事公及陳安人有禮。後安人二年卒，爲壬寅閏八月二日，年五十二。生三男：長即同人；次大有，早世；次中孚。一女，適姚鉉，韶州府同知叔謙孫也。同人今爲泰安州儒學訓導，親没久而汲汲求文，揚其美不謂之孝乎？於是乎書。

蜀府教授管先生墓表

先生諱潾，字以澄，自號清軒，姓管氏。世爲蘇之長洲人，其先皆不仕。曰文通，生仲安。仲安娶陳氏，生先生，爲仲子。少入府學，資特靜厚，同輩皆敬之，不敢狎。坐一室，晝夜誦習不倦。爲文喜簡澹，而以浮艷爲恥。時提學御史爲廬陵孫公，每首第其文。然公重行檢，亦惟取其爲人耳。一時從學者滿門，往往去取科第。先生顧數不偶，處之自如，亦無尤主司語。年踰四十，始貢入太學，初授寶慶府學訓導。寶慶在萬山中，俗不尚文。自先生至，嚴教條，諸生被磨礲，始有取科第者。秩滿，擢蜀王府教授。王見其端雅，歲餘，益重之，累被寵賜，或以詩篇相倡和，每稱以先生而不名。居數年，先生數以老請，王輒留之，而禮遇愈至。其後，年益高，請不已。王知不可留，使畫工繪其象，藏府中，復命府寮賦詩送之，臨行，寵賜甚厚。及歸，又數遣書物致問，蓋先生之賢致之。先生世居蔚門，至是，依外氏卜築甫里。以弘治己酉八月二十五日卒，享年八十四。配徐氏，有賢行，先卒。子男五人：曰宗，娶謝氏；曰實，娶董氏；曰宜，娶陸氏；曰寬，娶徐氏，繼陳氏；曰完，先卒。女二人，歸儲積、周宗茂。孫男五人：曰縉，曰紳，曰慶瑞，曰慶齡。女二人，歸王恕、陸棠。曾孫男一人，曰積慶。女二人。先生卒後八年丁巳，始卜本縣二十都莊字圍西江擇地，以其年某月某日葬焉。諸子以予適還吳，持里人嚴翁狀來求文表墓。又三年，始克書之。蓋予少先生三十年而同游學宮，尚憶一時多豪士，獨先生居衆中不出聲氣，退然如無能。後其人得入仕者無幾，而先生仕雖不甚顯，然爲師儒者數十年，涉峽江，萬里全身而歸，子孫滿前，孝養不缺，竟以高壽終，此豈偶然也哉？必有所以致之者矣。乃爲書以表。

山西提刑按察司副使致仕朱公墓表

弘治十一年十月二十四日，山西提刑按察司副使致仕朱公年八十三而終。公有子恩仕於朝，爲刑部郎中，持制服將歸，欲得墓文以葬，其寮友顧君大寧輩偕來以請。予與恩以同鄉故相過從久，不能違也。恩既歸，始以江西布政使葉公所爲狀，託其友太僕少卿劉君來致其意，曰："公葬期迫矣，待此以刻。"乃視其狀叙之。朱，故通許人也。當宋中世之亂，從駕南渡，以松江地僻，可避兵難，始擇華亭之七寶鎮家焉。曾祖道華，祖士清，父慎恒。慎恒娶陸氏，生公。諱某，字某，別號鈍菴。幼有高資，總角能賦詩，有奇句。稍長，益善記覽。入府學，爲弟子。時廬陵孫先生掌教事，適周文襄公以巡撫至，而提學御史爲彭公，二公問弟子之穎敏者，孫先生首以公對，試之，果然。公初習《春秋》，孫先生深於《詩》者，更授以《詩》，甫三月即通其義。正統三年，遂登應天府鄉舉。及還，其父適自盧龍戍所歸，父子相見甚歡。未幾，公當赴禮部試，曰：“吾常以親寓遠方，不得日侍左右爲恨。今復忍違遠乎？”竟不赴。又十年，始登進士第。明年，授陝西道監察御史。時有北虜之變，京師戒嚴，朝廷命諸將悉兵往禦。公以御史入軍中紀功，臨行，語其妻王氏曰：“吾今不能顧家矣。汝亟歸，奉吾親。吾惟知有王事而已。”即日，戎服就道，諭諸將士以當奮勇死難之義，眾皆感激。三日，虜知有備而遁。有詔班師，蒙宴賚甚厚。京師既無事，公奉旨出巡應天等六郡。有知太平縣白玉者，連姻中貴，怙勢爲害。公廉得其事，即按以法。一時，奸貪歛蹟，屬吏肅然。於是周文襄公與公猶同行郡，稱歎不已。歲滿，代還。都御史陳公鎰知其才，俾掌三法司事。俄丁內艱，服除，擢山西僉事。屬吏有不法者，聞風而去。尤累平反冤獄，再清軍伍，明恕不苛，無隱没誣枉之弊，才名益起。凡分巡官缺，公輒兼領其事。一日，至大同，有中貴親幸者入其境，上下驚駭，莫知所爲。公出郊迎之，與語，其人竟歛威而去。值大雪，欲射獵爲樂。公曰：“軍士凍餒不堪，必有死者。況道滑，不便馳逐，獨不自愛乎？”遂止。一時，邊人不至驚擾者，公之力也。再丁外艱，服除，復任山西。人多爲公不樂，而公處之自如。成化五年，始擢副使。又二年，慨然上章請老，年五十五耳。人勸之，不顧。歸與親友徜徉園池間，賦詩飲酒相娛樂。每以善言訓戒子孫、宗族所以力學治家之道，延師儒於塾，鄰里子弟有願學者，皆來受業，後多有成材者。自少無兄弟，惟一姊與其夫俱蚤世，遺孤子女四人，悉爲嫁娶，且與治田宅，不使失所，他所周卹人者尤多。公自登甲科受官幾五十年，而致仕家居者幾三十年，中間用其子郎中秩滿，進階中議大夫贊治尹。其配王氏，初以公貴封孺人，後進封恭人。長公一歲，與公相處幾六十年，今尚無恙。有六男子：長即恩；次慈，先卒；次憲，府學生；次恕；次忞，豐城侯府教讀；次愈。二女子：長適義官姜佑，次適士人梅亨。孫男十二：言、詔、誥、謨、諫、訓、訪、諮、警、謂、詠、諷。女九。予觀公之生世，既躋高壽，可謂少矣；若夫婦偕老，尤少者；至於子孫之多，多而又貴，以繼其世，此又不少乎？故朱氏之盛，特爲鄉人之所稱慕，抑非公之德，曷足以致之，是豈偶然也哉？然予又有聞焉，當國初，其祖士清爲邑烏溪大姓趙惠卿贅壻。趙以富豪於一方，士清逆知其家必罹法禁，出居於外以避之，後竟保其家，人莫不賢智之。噫，此朱氏之所以有公，而公所以有今日也歟？因繫之，以告其後人。公之葬，在邑錦澳西先塋之次。葬之日，則卒之明年九月十三日也。

周月窗墓表

無錫周月窗以老病而卒，又明年，將葬於邑之上福鄉九里之原。其子敷等遣人奉先友李舜明之狀以表墓之文請，且以書告治命。月窗博學多通，而於醫尤精。予嘗德其治疾，況其臨終有所託耶！成化末，月窗以醫徵入太醫院爲醫士。一時，醫名起都下，貴戚大臣求治疾者常數騎集於門以候。其用藥多本師說，而間出奇以取驗。曰："此可用某藥矣。"其人即生。否則，不予藥，亦無能生之者。諸醫名爲之掩，當是時，諸醫藝出其下，往往得官職，意氣揚揚。月窗方巾布袍，出入翛然，視之如無人。已而諸醫多遭降黜，而月窗如故，人皆賢之。一日，歎曰："吾卜居邑之梅里久矣，誓以農隱。幸有田廬，衣食自足，復僕僕走塵土中耶？"即稱疾南還。鄉人見月窗至，皆曰："我輩不誤死矣。"其醫爲人倚重如此。月窗嘗爲予言："醫非吾家傳。吾見前輩非由家傳，即師傳，以其術不可輕用也。故吾平日雖究習《素》《難》諸書與諸家言，亦未嘗無師，居鄉孤陋，屢訪於外，遇諸科有專攻者，輒師之。自少至老，用心亦至矣。然吾非藉此以求利，特欲濟人焉耳。"予聞其言，竊歎曰："醫家如月窗之專勤，其術無弗成者。使凡學道者，皆如月窗之專勤，有弗成者乎？"月窗爲人簡直敦厚，言無矯飾，議論持正，不阿徇人。少時慕古義士，以氣自負，數爲人排難解紛。往時閩寇發，王師往征，小民困於供餉，月窗徑造主帥白事，曰："兵出勦寇，爲安民也。今寇未滅，而民先被害，朝廷出師之意固如是乎？"帥聞之悚然，即下令戒戢士卒，一縣晏然。至於孝友之行，信義之心，治家以儉樸，接人以真誠，平生可稱者尚多。或以醫師目之，非盡知月窗者也。周氏自宋以來爲邑中故族，雖世不顯，然多爲鄉里奇偉士。至月窗，始以醫名，而傳其子敷，遂爲世業。凡其族出，子孫與生卒若葬歲月，有戶部郎中邵君志銘在。予特書此。月窗，諱紘，字濟廣，鄉人識與不識者，皆稱周月窗，因其號也。故題曰《周月窗墓表》，俾刻之。

明故中順大夫陝西漢中府知府李公墓表

弘治庚申三月二十一日，中順大夫陝西漢中府知府李公卒，享年七十一。卜以其年六月十五日，葬於青縣城北原。其孤璧以初喪，不敢離次，遣人奉教諭俞君勁製事狀來乞文表墓。予不識公，顧嘗知其平生一二，不獲終辭，乃爲之書。公姓李氏，諱佐，字廷相，自號梅屋。其先滁人也，曾祖曰文，祖曰玉，父曰庸，累世晦蹟，後從尺籍，占彭城衛，居通州。宣德中，始徙青縣。庸娶沈氏，生子二人：長曰偉，次即公。公幼則穎敏，年十三，補邑庠弟子員，日從師問學。幸其兄偉亦好儒術，晝夜程督公，不少縱，期必取科第。公感奮，稍長，才氣頓發，下筆輒數千言，同輩讓之。景泰癸酉，舉順天府鄉試。試畢，俄聞父喪，即日奔還。已而中式，公痛恨其父不及見，哀毀益甚。服闋，爲天順丁丑，再中禮部試。廷試，蒙賜進士出身，觀政都察院。庚辰，授知徽州。時年尚少，決事剛明，人莫敢欺。以其地近邊徽，能因其俗以治。未幾，吏畏民懷，賢名籍甚。巡撫都御史項公忠察公可大任，奏薦於朝，即擢漢中府知府。公感驟進，益務勤政，廢事畢舉，其治績大率如徽州而過之。素持正，人不敢干以私，乃有搆誣以陷之者。會述職吏部，遂求退，年方三十八耳。既歸，母老，尚無恙，以獲侍養爲喜。曰："吾不愈於居官耶？"且曰："吾學業所以成者，實惟吾兄程督之力。"朝夕恭謹，事之如父，孝友之行，久而不衰。後母以天年終，哀毀如喪父時。明年，其兄亦下世，痛哭不勝。兄有一子，曰墾，撫愛如己出，及卹其諸孫，使皆得所，邑人稱之。家雖厚積，而輕財好施。念貧乏者，輒周卹之不計。或假貸，亦不多責其償。待人爽闓，而人皆樂與親。數從鄉里故舊野服游行，放情田野，酒酣樂府，落筆成詠，至老其氣猶豪也。其年七十，客皆趨賀。明年，疾作，遂不可起。配趙氏，彭城百户禮之女。子男二人：長堅，早卒；次即璧，邑庠生，娶孫氏，繼張氏。女一人，適朱鑄，大同經歷傑之子。孫男四人：曰潛，曰濡，曰沖，曰某。女一人。嗟夫！士大夫出而仕者，固義也。然往往難於退，則其始之所以進者，亦未必知義，不過爲利禄之謀耳。故有高年而進取彌銳，如昔唐休璟者。考公之出，殆不過數年，意有不樂，即引身而歸，歸且三十年始及致仕之期，亦可謂恬静者矣。公之進退,亦未暇論。獨其年七十時,有傳其自壽之詩二首至京師者,予嘗讀之。竊歎其樂天知命,視世事若無足計者,則其心之明達又豈不可見哉?故因璧之請,書此表之。

明故太醫院判陳君公尚墓表

太醫之職,自前代已設。至國朝,尤重其選,蓋既置院署以處衆醫,又特置御藥房於禁中,惟其人術業之精、行檢之謹者得預於兹,其亦可謂難矣。而吾蘇獨未嘗乏人,蓋今世言醫之盛者必及吾蘇,宜其有人而皆表然以見於時也。世遠者不及知,而未仕者不暇論。自永樂以來,若韓氏曰公達、公茂,盛氏曰叔大、啓東,劉氏曰原博、宗序,至沈以潛、張致和、錢伯常、劉德美、周原己相繼而出,多以儒醫稱,非尋常俗工可比,信乎其爲盛也。及公尚院判,又以小兒醫起於其後,其術業之精、行檢之謹得預其選,人謂其無愧於諸公者。公尚姓陳氏,初諱慶,字公賢,後以字行,別字公尚,自號存仁翁。先世臨淮人也,從宋南遷,居吳中。有諱良炳者,仕元知太醫院事。其後又有號新齋者,爲平江醫學正。生本道,爲郡人孟景暘贅壻,景暘攻小兒醫,本道兼通其説,生彥斌。彥斌生仲和,遂以小兒醫相傳。仲和生二子:伯曰公學,仲則公尚也。公尚生七歲而孤,母陸孺人寡居以教。甫成童,卓然自立,日夜矻矻讀醫家言,務繼其世。出治疾,多驗,名揚吳中。迎治者填門,或抱携而至,有至自百里外者。公尚自喜其術之濟人,初無仕進意。一日,朝廷召天下名醫,郡縣遂以公尚薦。當是時,陸孺人年近八十矣。公尚因乞終養不獲,被迫遣至京。至則念母不已,竟乞歸侍養,依依母側。母或有疾,輒憂懼,食不下咽。他日,母以天年終,哀毀不欲生,見者感動。既免喪,言及必流涕,其孝如此。後再召起,未幾,即選入御藥房，恭謹不怠。及用藥，屢奏奇效。成化乙巳，遂授御醫。明年，進院判。丁未，以例□初官。弘治壬子，三載考最，蒙賜敕命，階迪功郎。明年，復以功加俸一級。又二載，公尚自以衰病，不任勞苦，求去。院長以下皆留之，而其意堅，不可遏。乃上章懇請，上准其去，特擢院判以榮之。歸且三載，俄得疾不起。庚申五月十三日也，享年六十八。於是其子寵以冠帶醫士繼典御藥，聞訃痛哭，將歸守制。以其父當被卹典如例，具疏告哀。上即命守臣諭祭，蓋酬其功績，出特恩云。當公尚無恙時，躬擇葬地於吳縣橫山之原。至是，憲等卜卒之明年某月某日，將啓殯以葬。寵復以其父爲人當表於墓道，謂予久相好，泣請甚至。予何忍違之？惟公尚性質直無偽，與人處不喜謔浪，口未嘗侮人，或人侮之，亦不與校。嘗曰："吾惟受損，得有今日。"因爲詩以示其子，而名公取其言，至爲書石以刻之。若其爲醫，又嘗曰："父母愛子，當體其情；嬰孺難言，必察其狀。"故人有求治者，不論旦暮、寒暑，僕僕走視。用藥精審，常求全功。至於富貴、貧賤之家，不計酬報，概盡其心，其甚貧者，反以米粟濟之，以助調治，其德可謂厚矣。是以公卿大夫重之，皆曰："陳先生，醫中君子也。"蓋不特取其術耳！以是表之，庶亦見其爲人矣。其娶仰氏，大理寺丞瞻之孫女，早卒，無子。繼史氏，蘇州衛百戶浩之女，有賢行。子男三：長即憲，次即寵，次宥，竝傳醫業。女一，適查恂。孫男五：曰表，餘尚幼。敢繫於後，俾併刻之。

王葦菴處士墓表

長洲之野，有隱居讀書曰王葦菴處士。其諱錡，字元禹，葦菴，其自號也。家世力農，吳人因其所居稱荻扁王氏。處士自少軒然出群從中，長益好學，自經傳百氏務徧覽，尤熟於史。凡先代事，非特善記憶而已，考其得失善惡，以求其興衰之故，自謂不易其言。對客談辨，輒觸忤人，惟其性剛直，以爲言衝於口，不能茹，雖致人怒，亦不暇卹。平生有所見聞即筆之，不顧忌諱，號《寓圃雜記》。蓋處士好從先生長者游，又婦翁爲劉草窗。草窗，一代詩人也。居京師，博學多識，故處士得其議論尤多。宅臨湖□，彌望皆田園，而堂宇靜深，閒以嘉樹，窈如也。性不飲酒，客至，必款曲，時出謔語以爲樂。或放扁舟，出没汀烟渚月間，往往賦詩寄興。一日，詣毘陵，訪親友，顧上錫麓，入荆溪，遇山水佳處，輒盤桓逾時，已而徑歸，忘其所訪者，其高致如此。處士生六歲，喪其父廷用，賴母滕氏守節以教。滕氏固賢母，處士事之四十年，未嘗一日去左右，其孝足稱也。友其弟鉦，鉦卒，撫其諸子。家屢遭火厄，故居蕩然，卒盡力營置以復。王氏所以不墜者，處士力也。弘治十二年十月晦，處士以疾卒，享年六十八。葬有日，其二子淶、汶遣人乞表墓之詞，而以事行一編同至。予少識王氏昆仲，後皆物故。數年前，獨見處士與其從弟陳留令抑夫巋然存耳。淶復與予從子奕相好，因以此見委。夫惟有世契，則處士爲人豈待此一編而後知耶？噫！望蘇臺之白雲，瞻茂苑之喬木。故家舊族，猶有存者。獨清逸之士，所謂巋然者，今復不得見矣。因爲慨然傷歎，書此，既以著處士之隱節，且以識予之感云爾。

處菴徐府君墓表

吳縣有徐氏，族大且故。在宋曰三奇，自婺徙吳，始擇洞庭之勝家焉。歷十餘世，四分其族，曰庭蘭，居南偏，人稱南徐以别之。庭蘭好文禮士，爲山中鉅人，生某。某生德重，有祖風，四子，府君其季也。母曰某氏，而府君爲顧氏出。諱潮，字以同，號處菴。徐氏宗族既盛，府君處其間，偉然不群。稍長，莊重自持，不苟言笑。於是諸兄皆成立，父使析產治生，府君不忍去，獨依其父以居。事不專主，必稟而後行，且暮侍奉，內敬外愉，甚得子道。及居喪，執禮毀瘠，寢苫喪次，未嘗內處，有古孝子行。至待其兄，曲盡其道，有人所難處者。兄卒，撫其姪，恩意藹如。若其嗜學，以讀書爲第一義，自少矻矻研求不倦，攻詩學書，具有法度。生子緇，甫垂髫，教之即嚴，曰："無蹈他日失學之悔也。"緇締姻於今吏部侍郎王公，資遣入京，戒諭就學。緇竟登鄉舉，貽書訓之，勿遽自滿，當以古人學業自期。緇將取甲科以榮其親，而府君之訃至矣。府君娶沈氏，子男三人：長即緇，次紳，次纓。女三人：長適蔣龍，次許適朱某，次許適馬叔雍。其年五十二，以弘治十四年六月廿四日卒。卜某年某月某日，葬於洞庭某地。緇既請吏部公爲銘，復欲予表於墓上。予知徐氏已久，而與其父子且善，乃叙其事行遺之。蓋隱處之士，不得施爲於世，則所見者止此。然有可推而知之者：觀其孝友之行乎於家，可以知其治國之道；觀其勤勵之學積於己，可以知其居官之法。古以德行、文藝賓興乎人者，知其可移而用也，故書以表之。

明故迪功郎海鹽縣丞鄺府君墓表

迪功郎、海鹽丞鄺府君請老於家。數年，年八十，今弘治十六年六月七日卒。其子徽州同知璠聞訃而歸，卜明年二月二十八日，葬於任丘城東北二里。使其弟琚來，曰："不幸先人棄諸孤，勉襄大事，已礱石，將樹墓上，願得一言而刻之，以揚先德，且以爲諸孤之慰耳。謹以房郎中瑄所爲狀請。"蓋徽州君昔爲吳縣，有契舊，乃諾之。府君諱觀政，字從仕。其先爲嶺南高要著姓。永樂初，以畿內兵荒，多隙地，詔徙四方民實之。府君之父福亦在焉，故爲河間任丘人。福配陳氏，生四子，府君其季也。少入邑庠，穎敏好學，顧屢舉不偶。成化戊戌，由太學授浙之海鹽丞。海鹽素繁劇，府君以簡易佐治，民多德之。嘗督軍儲，有餽金百鎰者，欲飛售爲奸利，乃舉手加額曰：“吾不能爲欺天事。”甫三載，引疾告歸。遣諸子從經師游，日必自課。其二遂連起，登進士第，名能官，餘亦將起而繼之。鄺氏之盛，遂著聞焉。府君配尹氏，子男六人：曰珣，先卒；曰瑀；曰璠，自吳縣擢徽州同知；曰玠，登封知縣；曰琚，曰琮，俱縣學生。孫男十一人：曰深，曰濤，曰溶，曰淳，曰沂，曰潛，曰灝，曰澡，曰沱，曰汴，曰津。女九人：長適舉人張綸；次周淮；次張紹，紹爲縣學生；次張芝；餘俱幼。曾孫男一。府君有厚德，嘗遇同舟者遘疾，諸恐相染，欲内諸水。府君哀懇止之，復飲湯藥，竟得生。至家，脫妻子簪珥爲謝，曰：“活我者，此公也。”府君笑而卻之。此特其一二事也。噫！鄺氏之盛，豈獨府君之善教哉？必陰有德以默相於其間者。今夫居室，但見其棟宇之美、榱題之高，是直外觀耳，安知基之堅厚，築之者之有人乎？是宜表之，以示其後人。

承事郎錢伯寬甫墓表

承事郎錢伯寬甫以成化十四年六月十二日卒，年五十六。其年十二月二十六日，既葬於吳縣薦福山之感慈塢。其友今都御史陳君玉汝時在翰林，爲銘其墓矣。後二十年，其孫同愛兄弟復求予文爲墓表。予以史事未暇，又七年，始書之。伯寬甫諱愃，姓錢氏，自號杏園。其先揚之江都人，世業小兒醫，在元有爲醫學教諭曰益者，始以兵亂徙居吳中，遂占籍長洲。益生元善，國初太醫院醫士。

元善生宗道，晉府良醫正。宗道生良玉，仍醫士。良玉娶高氏，生子四人，伯寬甫其季也。少侍其父，居京師，習進士業，徧從經師問學，累舉於鄉，不利。歎曰："仕宦當有命，家世業醫濟人，豈必仕耶？"取其家藏書習之，遇疑難，質於諸兄，遂通其說。他日，歸吳，幼稚病爭請視之，或抱攜來就。視用藥，輒有驗，且不計利，人以是稱之。初，良玉有恩於邑人沈以宏氏。以宏爲尹山名家，無子，遂求其子爲贅壻，即伯寬甫。及以宏卒，伯寬甫以故廬爲沈氏物，悉歸其弟姪，別築室以居。中歲，更遷居城東，前臨長溪，後帶廣圃，圃中竹樹甚茂，而杏爲多，因以爲號。性喜客，客至，款飲爲樂。尤善談，或笑謔間發，意甚適也。俄一日，目失明，其談笑如故。子男三人：長金，次錫，次鐸。女二人，適唐祝、劉傳。孫男二人：同仁、同愛。女若干人。曾孫男若干人，女若干人。予憶與玉汝昔者屢游城東，時伯寬甫尚無恙，導游後圃，常愛其地甚勝。今四十年矣，歷歷不忘，而主人眉目猶宛然也。然伯寬甫享年雖少，其子孫則盛。而又有若同愛者，惓惓欲揚先美，可謂知而能傳者，豈特好學有文？將取科第以繼其志而已。故爲表之。

承事郎王應祥墓表

應祥諱鳳，姓王氏。其先以爲自河北從宋南遷籍於長洲者，累世矣。歲久，族人滿閭巷，應祥處其間，勤生勞力，竟拓其家，吳人皆知其名。然人所以知之者，不惟以其產業之盛，亦以其爲人之賢耳。蓋應祥事其父至善甫與其母許氏承順無違，兄麟爲縣學生，復資給不乏。及麟仕漢陽府幕，未幾，乞歸，與之處，雍雍如也。其待宗族鄉黨，禮意周悉。家有傭奴千指，或有過，不忍笞詈，其厚而有容如此。性好施予，貧困者多獲濟，至乞人往往候食於門。歲饑，郡縣勸分，嘗出貲以應，例受散官。應祥自陳不願，强之，始受。於是郡縣有工役，輒委之。又嘗遣之京師督賦，事皆克濟，更以才諝稱云。應祥娶高氏，子男二人：曰鼎，娶陸氏；曰鉞，娶楊氏。孫男三人：曰楠，曰松，曰模。女三。其生宣德十年二月丁卯，没於弘治七年八月辛巳。乃卜以又明年三月甲申，葬於吳縣馬鞍山之原。前葬，鼎與予姪有連姻之好，來求文表於墓上。惟鼎少能承家，綽有父風，及是居喪盡禮，人尤稱之。乃圖葬其父，既得吉壤，以弟幼，能身任營築之勞，其爲人亦可謂賢矣。應祥可謂有子矣！雖然，亦應祥之德厚所致也。故予書其平生而必及此者，以爲其德之驗耳。爲王氏子孫者，其尚考於斯而謹嗣之。

承事郎蘇君墓表

蘇君克成未冠時游郡學，爲弟子，與予有世契，特相厚。稍長，以其父兄當行役京師，即棄儒業，毅然代行，數往返不倦。然因事賈爲養親計，家更裕也。中歲，頗厭事，家居數年。以其子鼎爲太學生，習譯書四夷館，將有官秩，念其少不更事，曰："吾當面諭以居官之法。"復上京師。予以君故人也，宜於我乎館。時寒月，病足瘡，不能行，醫以爲皶也，易之。踰三月，南還，行至直沽，俄卒於舟中。時鼎見其父病，竊以爲憂，不忍舍去，尚隨侍。又賴其姻友今都御史徐公，以方伯述職還而護行，爲治斂具，竟返其柩。其長子泰聞訃，率婦子號哭迎其喪，殯於家。卜日將葬，遣人持狀來，乞一言刻石，予不能忘情也。蘇世爲長洲人，國初有諱禮者，以人材授玉田典史。禮生彥衡，彥衡生伯讓，伯讓生孟淵。孟淵娶張氏，生二子，君其仲也。諱鋼，字克成。克成亦娶張氏，亦生二子：長即泰，婦曰唐氏、沙氏；次即鼎，婦曰薛氏。女四，適錢釗、俞祥、王觀、錢應夒。孫男一，曰奎。女四。君年六十五而卒，卒之歲爲弘治己未二月癸巳也。以又明年庚申十二月壬寅，葬於本縣彭華鄉覺海山之原。惟蘇自孟淵拓其家以大，有名於郡中。孟淵喜交游，克成繼之，交道益廣，縉紳大夫多過其門。克成見人恭謹盡禮，性惟不飲酒，而相對歡然也。若其治生勤敏，善會計劑量，所以裕其家者，他人或不能及。當其厭事之日，顧習稼穡，結屋西山中，命家僮刺舟出城郭，或數日忘返。及北來，已不良於行，時使人扶掖出巷，一觀車馬市廛之盛，歎曰："吾老矣，豈意衣袂復染京塵耶？吾當亟歸敝廬，以守先人之業。"然不意遂卒於道路，亦可哀也。君嘗輸粟助有司賑饑，授散官如詔旨，故題曰承事郎蘇君墓以表之。

吳醫沈宗常甫墓表

吳中醫家之盛有沈氏，沈氏醫術之良有宗常甫。宗常諱廬，其字宗常，自號怡晚。少讀儒書，用以資於醫。且家故多良方，又庭闈中父兄相處，言必及醫事，宗常得於見聞者尤多。出而治病，遂數著奇效。舉其尤者，鄉人金汝聲患鼻衄，血湧出，神思昏亂，飲涼劑，不止。請宗常治，投人參、附子。人曰："血熱則行，附子大熱，奈何？"宗常曰："脉細弱，非此藥不可。"飲之，果愈。孔侍郎患體熱如燔，喘而聲重，飲食且絕。時夏月，人謂中熱。宗常曰："公高官，常居大廈，丹溪有說，乃中暑也。"以暑藥進而愈。劉太守小便閉，不可忍，用通利藥，其閉如故。宗常診其脉緊滑，曰："此痰結滯胸膈間也。"以吐藥投之，亦愈。崑山黃遜之年五十餘，飲食如常，神思忽異，每日晚歌笑不止，人莫知爲何疾。曰："此陰火助痰火也。動則痰升，晚屬陰，歌笑由之，宜用二陳湯及降火之劑。"如其言，亦愈。長洲吳丞妻產後受驚，他醫飲清心安神諸藥，寢息益不安。曰："驚從外入，蓋膽傷所致，俾服抱膽丸。"亦愈。許市人李清之忽腰膝痛甚，不良於行，皆以血衰治。診其脉洪大，曰："此火證，非虛疾也。後當疽發。"果然。又廬陵商人小腹脹痛，喘而不食，過三日矣。視其脉如常，詢其平日飲食，曰："近食羊脂。"曰："得之矣。小腸爲受盛之府，羊脂凝結，能無阻乎？宜以重湯溫之水行，痛止。"從其言，不藥而愈。又一婦，夏月患吐利，甚危。診其脉沉伏，以參附合煎而飲。婦家云："曾以是進，苦不能下咽耳。"曰："此寒疾，固宜熱劑之弗納也。當熱因寒用。"如其法飲之，即愈。其事載藥案者尚多，不能書。蓋宗常之醫雖得於家學，然能察標本、適權宜，往往出己見而不泥古方，其著效蓋如此。宗常尤善治生，家致優裕。故其治疾不望報，曰："吾衣食自有餘。醫，特寓吾濟人之心耳。"且因有餘，每斥以周卹貧困，又不止於醫之濟人也。沈之先爲汴人，從宋南遷，家吳中，今爲長洲人。自宋以醫仕，其先不可考。家有思陵御書良惠堂匾，至今人稱良惠沈氏。八世祖瑛，元官醫提領。瑛生彥才，平江路醫學錄。彥才生德輝，江浙行省官醫提舉。德輝生綱，業醫，不仕。綱生以潛，國朝太醫院御醫。以潛生寅。寅生熙。熙娶浦氏，生四子，其仲爲宗常。娶張氏，保定太守梲之女。繼陳氏，蘇州衛鎮撫熊之女，皆賢而無子，以季弟圭之子鍔爲後。鍔初娶顔氏，工部員外郎淫之女，繼周氏。女二人，許嫁吳繼美、徐棠，竝宦族。孫女一人。宗常享年六十五，其生正統丁巳十二月三日，卒於弘治辛酉七月十日。卜又明年十二月三日，葬吳縣隆池新阡。鍔請其内兄鄉貢進士張君文臣爲狀，其從大父翰林編修良德洒來道鍔意，請文表於墓上，曰："鍔有孝行，欲顯揚其父，甚切也。惟曲徇其情，幸甚。"固辭不獲，乃按狀書之。惟沈氏自御醫公醫益良，尤好儒業，有詩名。於是子孫業儒者繼繼不絕。至寅之弟宙，是生衢州知府、良臣及編修君，皆登進士第以顯於時,而游鄉校,穎異好學,可望以取科名者尚有之人,謂其家不特以醫名而已。故予表宗常之墓,而沈氏之盛亦因以見之。

卷第七十五
墓表一十三首

封承德郎工部都水清吏司主事徐公墓表

公諱諒，字公信，蘇之長洲人。其先爲嬴姓，後封於徐，因以國氏。在周有偃王，避難投會稽，再傳章禹，爲吳所執，公族子弟散之徐揚二州間，事載韓文公《偃王廟碑》。蘇於《禹貢》屬揚，於漢屬會稽，故多徐氏，代有聞人不絕。然自公近世皆隱於農，無顯者。其所居在邑東南，當震澤、吳淞二水匯爲瓜涇而田其上，相傳以爲業。公幼而端重如成人，資更穎敏。父曰文質，善士也。初教以學書，既通其意，再以九數之法授之，凡所謂方田、粟布之類人所未易通者，習之輒精，遂以其藝爲閭里所知。宣德末，朝廷遣中貴人浮海入島夷，取奇物，凡一藝之良者皆選以從。公在選中，竊以母老憂，幸而事寢，則時方以足食爲事。故工部尚書周文襄公初至吳中巡撫，求能濟其事者，訪於郡縣，得公，厚遇之。一時徵歛轉輸之法詢及田野而取於公者爲多，公感激，亦竭所能事之。世謂文襄善理財賦，如唐劉晏，公之贊助有焉。大臣繼是號能稱任必守其法者，以公嘗事文襄，率訪之。比歲，公益老，不任事，而亦辭矣。公年十三喪父，事其母陳，撫其弟瑄，孝友兩盡。平生質實無矯飾，尤以信義自持。至老好聞善，有所得必謹錄之。三子，曰淵、源、澄。教之有法，嘗恨少孤廢學，俾務其大者，無以一藝成名。其後，源以明經竟登進士第,爲兵部屬。澄游鄉校,且有聲,而公亦從受封曰承德郎、工部都水清吏司主事,用源初官也。當命下,公與其配任安人同拜於庭下,命服煌煌,鄉人方羨之。未幾,而公以疾卒矣。其卒爲成化十八年三月丁亥,享年七十有四。訃至兵部,君將歸,卜其年十一月壬寅,葬於吳縣阪陂鄉堯峰之原,乃來請其友吳寬文其墓上之石,而泣告曰:"自吾官於朝,吾父數遺書,教以忠謹清慎,其說不一。今手迹宛然,皆未能行也。而吾父溘焉棄世,非子誰慰吾之悲者?"寬敬諾。蓋公則没矣,至其老而貴,吳人皆曰:"公嘗有力於文襄,文襄嘗欲薦以一官,不果,宜其終得之也。"噫! 此殆知其淺者。夫吳中財賦甲天下,雖尋常之地、圭撮之粟悉籍於官,參錯填委之間而弊所由起者,倚是而營其身家之私,其人可數。公豈特惡此不爲? 其助文襄立法而陰有德於人蓋多矣。不然,彼之營私者身且不保,尚何貴之云? 而況澤及其後人矣乎! 此可以爲驗者。則予表於其墓,豈徒順其子孫之情哉? 所以勸乎人者意亦有在。

贈承德郎刑部江西清吏司主事陳公墓表

華亭陳一夔與予同官於朝,相好甚。公暇過予,談詩輒欣然忘歸。他日,與其友趙栗夫至,則其容戚然,言欲發且止。已而栗夫爲言曰:"一夔之父母不幸俱没,而葬久矣,未有表其墓者。今者自咎不早爲圖,使先德泯焉不顯,敢介僕以請。"於是一夔乃起而拜。予固重一夔者,而一夔乃復不忘其父母如此,不又可重乎,其何忍拂之? 狀曰:陳氏世爲華亭人,其先曰慶四者,居郡城之南,胥顧涇之陰。生鼎亨,生文德,生守仁,爲同里張氏贅壻。生以言,即一夔之父也。其諱綸,字以言,別號怡筠。少侍外舅伯玉宦游會稽，及長而歸。適父當就逮京師，徒步從之。時永樂間，朝廷營建未已，被罪者例發工作，即以身代，備歷艱苦，人不能堪，而處之自如，鄉里稱其孝。後父母繼亡，居喪盡哀。以陳氏舊業不可廢也，始還，自舅家葺而居之有矣。弟緝既沒，無子而多貲，又其居城西市中，或謂可據而有也。不聽，曰："吾豈利其死者？"鄉鄰或乏用度，嘗貸其米不償，則曰："歲方歉，非索逋時也。"後竟焚其券。初代父工作時，每露卧，因得喘疾。後非春秋時，即深居不出。日惟焚香賦詩以自適，其詩幼學於里儒沈師聖，已有妙句。及壯，猶以舊習未忘，時寫其興致而已。其讀書能通大義，至諸史所載事實，則多所記憶云。生於洪武乙亥某月某日，卒於天順壬午某月某日，以明年某月某日葬俞塘北原。配江氏，早卒。繼陶氏，能相其夫成家。每夜紡織，達旦不休。平生見寸帛亦拾而藏之，不忍棄。以其子向學，往往節縮日用以供其師友之費，其勤儉如此。生於永樂某年某月某日，卒於成化己亥某月某日，合葬俞塘，則卒之年某月某日也。子二人：長圭，善書藝，不仕；坎章，即一夔，以進士歷官刑部郎中。嘗以先任考最，獲賜勑，贈其父官，而陶氏爲安人，恩典盛矣。而復圖此，陳氏子孫，其尚有考於斯，以嗣其德也哉。

文林郎大庾縣知縣夏府君墓表

府君諱俊，字人傑，姓夏氏。世爲崑山人，而居吳閶門西久矣。家當市廛中，里鄉之人爭習爲賈。公視其子璿、璣有妙質，獨教之業儒，擇經師，徧令從學而資給之甚厚，曰："吾固不賢於世俗之厚於嫁女者耶？"他日，璣登進士第，歷知應城、新淦、大庾三縣，遂擢監察御史。而璿以太學生亦授州判，皆府君之教也。御史君初爲縣，有循吏稱。天子褒及其親，於是府君獲封文林郎、大庾縣知縣。

當是時，御史君方仕於朝，府君自吳中迎來，適遇恩命，偕其子拜受闕下，人莫不羨之。其御史君引疾家居，極侍養之樂者幾二十年。而府君年九十四而終，實弘治六年二月十二日也。府君質莊重，言笑有時，事父母孝。母榮氏性嚴，率其妻承順無違。母常病危，禱於神，願同茹素三年以延其生，母病果愈。尤有厚德，女兄之夫仕於外，以百金託之，歲久持還，封識如故。嘗買一商物，既而酬其直，商誤以爲酬矣，不納。府君曰："若何善忘耶？"卒強納之。其年既高，節序賓客滿門，子孫侍側，宴飲終日，歡然無倦容。至語及其親，然輒流涕不樂耳。雖重聽，入夜，猶能燈下觀書。而步履更健，人所以羨之者，不獨以貴也。府君之先俱不仕，曾大父貴一，大父文達，父季益，世有積德。其配沈氏，柔慈儉勤，稱賢里中，先三十九年卒，贈孺人。子男四：長即璿，娶李氏；次即璣，娶周氏，封孺人；次玉，娶吳氏；次衡，娶陳氏，繼吳氏。璿、衡俱先卒。孫男四：曰節，曰武，曰學，曰道。女六。曾孫女二。以卒之明年九月十二日，葬於吳縣橫山陳灣村先塋之次。御史君使人持狀來請文表於墓上。噫，其何以表之？惟御史君自入官以來，以清德見推於人，固其有以自立，亦府君有以成之也乎？聞之府君就養新淦時，邑多富室，無一人敢造其門請謁者。其子因得盡施其公平之政，而亦以此不悅於人，遂調任而去，然其名則益以起矣。向使府君有幾諫之失，且遺辱其子，能成其賢，完然一節，至於久而不渝耶？此人所以羨之者，徒得其外之可見者耳。夫發其潛，著其幽，使其德昭然於人，此表墓之文所當作也。

封文林郎廣東道監察御史林公墓表

惟林氏之先爲魯人，後避晉永嘉之亂，散居南土。有諱遹者，仕爲福清尉，始家於閩。遹生仲雅，仲雅六子，長曰高，宋屯田員外郎，再徙吳中，譜稱平江房。其季尚有子建，任大理寺丞。大理之子升兵部侍郎。兵部之子真卿，江陰司法。八傳至誠山，公之曾大父也。大父曰清隱，父曰貴和。貴和通《易》，善卜筮之説。國朝永樂間，五從中貴人泛西海，入諸夷邦，往返輒數年，竟無恙，考終於家。自誠山以來，皆不仕。至公，生二子。曰符，登進士第，仕至廣西按察使，而林氏復顯。公以符貴，被勅封監察御史者幾三十年，壽八十三，以弘治九年六月十七日卒。公諱昌，字士隆，號守軒。生未期，其父行役於外。祖母范氏，出魏國文正公之後，知書善教，公遵奉不懈。既冠，謀以養親，即出授徒。故工部侍郎吳公復時知吳縣，重其名，延教諸子。後永嘉葉錫以庶吉士來繼其任，廉潔無私。初建義學，禮請居師席，待之甚厚。而公亦自重，未嘗輕造縣門。諸生誠服，皆自以爲得師。公學不爲浮靡之習，朝廷有纂修事，遣官下吳中，郡守輒請公預焉。及公年益高，凡行鄉飲禮，輒居賓僎之位，起居拜揖，不失禮度。其與人處，不好謔浪，飲酒雖至醉，其貌愈謹。與弟士明相友愛。見宣聖裔孫鏞孤貧好學，察其器，識非終困者，以女弟妻之。後鏞仕至都御史，有賢名，轉工部侍郎而没。教其子，必業儒。符自御史再擢至按察使，官亦尊矣，公不自侈大。及符以公事降知南雄，公亦無慍色。終日怡然，賦詩飲酒如故，人無不歎服者。娶長洲夏氏，封孺人，賢行克配。以弘治八年正月二十四日卒，享年八十一。子男：長即符，娶范氏，亦出文正公後；次節，承事郎，娶王氏。女一，嫁儒士劉潮。孫男六：原震，原復，原益，原升，原泰，原鼎。女四。曾孫男一，女一。公前卒二年，自爲葬銘。及是，以卒之年十二月十一日，葬於高景山之原，合夏孺人兆。二子以予有交親之好，復請表於墓上。予讀公銘文，竊見其敘世系，述事行，詞質而核，乃據而書之。嗚呼！里中耆老，淳實如公者，不可得而復見矣。然受榮封，享高壽，子孫蕃盛如公者，亦豈得哉？是宜書之，以示永久。

施孝先墓表

施氏，長洲舊族也，家尹山之傍。在國初，科舉法未定，詔選富民入官，有初命爲方岳牧守者，號曰人材。施之先曰景仁，時在選中，遂知閩之建寧，孝先之曾祖也。祖尚義，繼被薦用從事户部，未仕而没。父思繼，娶薛氏，生孝先。其諱述，孝先字也。少游郡學，勤勵謹飭，力欲取科名。以素嬰俯疾，乞歸田間，而命其仲子悌代之，俾從師問學。入則誨之甚嚴，期無忝家世，悌竟登鄉舉。中歲，復以家事付長子愷，愷尤能服勞，家再裕。而孝先益晦蹟林下，自號遁菴。坐卧一室，藥茗左右，日以調攝爲事，雖親友亦不多接見也。弘治甲寅，年七十，以十二月二十一日終於正寢。配陳氏，先十六年卒。子男三人：長即愷，娶張氏；次即悌，娶吾氏；次曰忱，娶顔氏。女一人，先卒。孫男十一人：元吉、元祥、元祐、元祚、元振、元善、元享、元慶、元亮、元貞、元福。女六人。將以卒之又明年丙辰十二月十七日，葬於其里之先塋。悌以予與其先人舊識，持狀乞表於墓。狀稱其父重厚端愨，不好爲智巧，與人交，言則必信。凡聲利紛華，一切屏去。至於誠恪見於追遠，孝謹竭於事生，尤可道者。噫，是足以表矣！乃循孝子之意書之。夫自科舉法行，士之游於學校者，孰無干禄之志？及其出而仕也，然能保其名、全其身者，亦不概見也。以孝先之隱處較之，其得失何如哉？因併書之。

明故封南京太醫院判周公墓表

公諱南，字尚正，姓周氏，自號菊處。其先鄢陵人也，有爲兵馬鈐轄使者，從宋南渡，始家於吳。子孫累世皆以醫仕，曾祖曰光澤縣訓導瑾，祖曰太醫院醫士黼，考曰處士鼎，娶某氏，生公。初，其先專攻帶下醫，至公兼通諸家言。吳中論名醫，公必居其列。其用藥，不取奇效，然人賴以活者爲多。有疾者，雖百里之外，亦來迎治。亦惟其不計利，人尤感之。公爲人和厚，衣冠隨俗，不爲詭異。杯酒對客，酣笑藹然。平生不好爭競，以忍自喜，人卒服其德。少有孝行，母病瞽，旦暮躬自扶持，所以承順之者無所不至。有異母弟，撫愛不衰。子庚，喜業儒，不強以醫業。庚顧以醫被召，典御藥禁中，竟以其官封公爲南京太醫院判。初，庚無子，欲以從弟良之子繹爲子。及庚卒，公遣人入京師，抱繹歸家，而庚始有後。公年八十二，以弘治丙辰五月十六日卒。當疾甚，召家人，處後事，井井不亂，且言吾當以某日逝矣，已而果然。其明爽如此。配閭丘氏，封安人，生庚。庚娶陳氏，繼娶顧氏，贈封並安人。三女，嫁馮宇、高直、湯璠。孫男一，即繹。女一，贅陳鍵。於是卜卒之明年某月某日，葬公於吳縣沙涇村之先塋。鍵率繹來，乞表墓道。予以公之卒非特生者之悲而已，庚有文而孝，死必不瞑，不能無望於此，獨無以慰之乎？且公已衰病，嘗肩輿過予，以生壙之記爲託。予既許之，又二月，而公遂不起，又無以慰之乎？故書此於石，俾刻之。

仰府君墓表

長洲仰氏，吳中名家也。曰大理寺丞諱瞻者，仕於中朝，爲良法吏。府君則大理公之長子也，其諱嵩，字惟高，別號遜菴。幼好學，稍長，侍其父居京師，將以書藝薦用，以疾弗遂。則歸治家事，益樹產業，教諸弟，絶無仕進意。當是時，河東薛文清公爲大理卿，得罪中要。其父亦被誣，同下獄，遂謫戍雲中，凡六年。府君不憚勞苦，數往省之。道過京師，輒訴冤於當道者。當道者固知其父冤也，相與言於上，得召還，遂復其官。居三年，其父竟請休致。府君力奉養以娛其老，且遣其子璿入府學，圖嗣宦業。璿後得濱州同知，復分禄奉養之。作居第於葑門外，日享其樂。於是府君年益高，以書遺其子曰："吾旦莫人耳，汝其歸哉。"璿即日告歸。蓋明年，府君以壽終。實弘治九年十月二十二日也，春秋九十。以明年某月某日，葬於某處。娶卓氏，思南府同知某之女，先十二年卒。子男二：長琮，義官，娶崇明縣醫學訓科劉季成女；次即璿，娶四川參議周賢女。女二：長適太醫院判陳公賢；次適夏永。孫男四：曰瀚，曰溥，曰灝，曰濱。女二，適沈麟、王雲。雲，縣學生。曾孫男二，女一。府君平生讀書喜吟咏，既老，康强不衰。凡郡中行鄉飲禮，必預賓席。及年八十，以恩詔有冠帶之榮，有司復奉酒肉養老於家，況有子仕而能致其養，歸而能送其終，可謂難得者矣。銘曰：

　　葑溪之陽，曰有一老。壽樂而康，惟其行孝。逮其終身，亦獲其報。生際其時，死得其所。嚮用之福，尚蹢其數。嗟何憾哉，全歸兹土。

贈徵仕郎戶科給事中楊公墓表

公諱信，字仲實，别號樗老，姓楊氏，蘇之吳縣人。其先累世家崑山，自公爲常熟周氏贅壻，再徙吳城西。當濠上，居貨執藝，比屋而是。四方商人，輻輳其地，而蜀艫越舵，晝夜上下於門。其地既爲賈區,業貨殖者必精悍少年始,善籌算取息。而公處其間,謹愿無能人也,惟服勤持儉,如在田畝時。與人貿易,人亦無忍欺之者。久之,衣食自足,而里中所謂善籌算者,顧多不及。初,公孤且弱,依姻家謝氏。稍長,即思報之,代謝氏行役。既壯,去其家,益念舊恩,所以周卹其後人不絕,人稱其德厚。當其年老,郡縣延與鄉飲酒。公曰:"吾何德以堪?惟一赴而已。"人又稱其德靜也。於是公生二子,伯曰昂,仲曰昇。以仲生有異徵,資更秀穎,教之讀書,竟登進士第,給事禁中。昇數上章言弊政,人或告公:有子爲美官,當蒙顯榮,奈何蹈危機以爲家門憂?公謝曰:"子爲楊氏計誠厚,第吾兒有言責,使徒食君之禄而無所建明,得罪於公議尤多矣。"乃以書勉昇曰:"吾老,不必念。當盡爾職,以圖報稱可也。"人又謂公賢。彼以謹愿無能稱之者,特其外貌耳。公配即周氏,性嚴謹,治家以正,家人不敢違其意。然其心實慈,饑寒勞苦,未嘗不卹也。少時見故里多豪猾害人者,度必不爲所容,謀於公,爲自全計,公所爲徙居於吳。凡其家之立子孫之成,其力爲多。弘治丁巳六月九日,公年八十而卒。以又明年九月十五日,既葬於楞伽山紫薇村。又四年,其配以辛酉七月十五日卒,年七十六。昇方以公事奉敕往遼左,還,聞其母喪,哀慟不勝。他日,泣告予曰:"吾父棄諸孤,歲月幾何?而吾母不幸復至此,何痛如之?將以今年某月某日合葬。惟先君葬後,墓上無文以刻,遂乞書之。"予曰:何用此爲也?君之所以至此者,父母之教也。天子方推君欲報之德之意,敕詞褒嘉,頒以恩典,贈君之父徵仕郎、户科給事中,母封太孺人,此真足以爲楊氏光矣。不腆之言,何足以暴先德?其以是表之。

太安人張氏墓表

　　太安人張氏，世爲澧州人。有以軍功授九溪衛百户者，其大父也。父娶於孟，生太安人。少端重，精勤女事，父母愛之，爲擇配。州判楊公景，有妻劉氏，適喪，求得爲繼室。當是時，劉氏遺一女，甫周歲，啼饑而病。太安人入門，即抱置於懷，爲索乳媪活之。公自以爲得賢配。及公擢化州同知，州逼蠻峒，蠻聚黨攻城。公善捍禦，城幸不陷。當其勢危，僚屬妻孥爭謀出避，太安人獨謂不可，泰然治家事，衆倚之而安。州既無事，公始休致。有子曰一清，生有異質，欲教之，顧家甚貧，太安人乃脱簪珥資給之，而躬督勸之學。一清竟以奇童被薦，公與太安人携入京師，時年十二耳。京師人競觀之，歎曰："雖其子之異，亦惟有賢父母之教之也。"後用詔旨，績學翰林，益督勸之，遂登甲科，號名進士。歲餘，公没。太安人獨從，已而食其子中書舍人禄，奉養且厚，更被封典，人復歆羨之。太安人爲人寡言笑，至老不見喜怒。深居閫内，能以禮自持。性更仁厚，奴僕有過，容不忍責。然教其子獨嚴，當其子仕於朝，所交多知名士，太安人喜。客過從，輒治具相款，及聞其與客談笑失度，退即戒之。既其子出僉按察司事，提學山西，慨然欲振舉學政，適有無賴子侮諸生，杖之幾死。復戒曰："爲刑官當如是耶，獨不憶而父之訓乎？"蓋教之如此。以弘治戊申五月十五日卒於太原官舍，享年六十有二。葬且數月，提學君以予同年相好也，使其門人閻价、華巒兩吉士來求表墓之文。夫太安人之行固當顯書於石，若其爲楊氏立家之難，百世之下子孫宜亦有所考也。乃係之曰：楊氏本雲南安寧州人，中占籍巴陵。太安人以劉氏女嫁鎮江胡宗胤，始依之居，而葬化州於詐輪岡大山支之原，太安人實祔。提學君壯未有子，嘗奉母命奏請於朝，訪族雲南，而擇從子紹芳歸，嗣其後。而楊氏爲鎮江人，自此始。

王節婦墓表

長洲有名家曰王氏，葬於荻扁益地鄉者累世矣。距其北六百步作新阡以葬者，則節婦滕氏也。滕氏，常州無錫人，出宋龍圖閣待制元發之後。父曰季常。節婦年二十三歸王氏，爲廷用者之配。又六年，而廷用卒。生二子，長六歲，次始晬。日夜抱而痛哭，誓不再嫁。宗族見其志堅，亦無敢勸之者。二子漸長，教之更嚴。其姑以兒無父，稍惜之。曰：「惟無父，所以教也。」姑悟，二子竟立。節婦居處能以禮自防，不輕越中門，雖婚姻家不一至，聞父季常喪，惟向其家哀號而已，其嚴如此。家人化之，凡寡居，輒不嫁，爭以守節爲賢。然性好佛，臨終益精明，側卧而逝，人以爲有所得也。其卒以弘治甲寅九月丙申，享年八十七。曰錡、曰鉦，即其二子。鉦先卒。女二人，適周岳、張某。孫男六人：曰淶；曰漳；曰涇；曰汶；曰潛；曰澐。女五人。曾孫男六人：曰室；曰典；曰圖；曰籍；曰文虎；曰晉馬。女九人。予與節婦從姪陳留令銳交久，與錡及淶、汶皆相好。於是將葬以丁巳二月甲申，錡持塾師邢參之狀來求文表墓。惟婦人自少守節，迨年踰五十，有司例奏於朝，旌表其門。如節婦事，里父老亦上於縣矣。節婦以爲近名，力止之，乃已，君子以節婦爲益賢也。其後，恩詔下，凡高年者，有肉帛之賜，則曰：「此朝廷養老盛典也，敬受之。」節婦賢行甚夥，他皆不必書，書其大者，以慰其子孫之思云。

張淑人墓表

故山西按察使趙公之配淑人張氏，以弘治九年七月十五日卒。二子昌齡、遐齡將治葬，以予亦居憂於家，特趣吳中請銘其墓。予感其孝，既諾之，然未暇作也。又明年，予還任吏部，而遐齡亦免喪，以鄉貢進士來試禮部。他日謁予，言曰："先淑人葬二年矣。已有銘刻而埋諸壙中，痛惟懿德，後世子孫孰得而知之？願書其大略，顯刻墓上，幸甚。"惟趙公爲鄉先達，予雖未嘗與之接，然聞其居官風采卓然，意必有賢配以助之，況有狀之可據乎！蓋趙、張俱武進右族，淑人之父彝嘗爲掾，歲滿，謁選京師，將得官而卒，淑人與其母唐氏不能歸。適公喪元配朱淑人，求繼室未得，鄉人有知淑人之賢者，曰："公欲得賢配，無踰張氏女者。"察之，果然。遂禮聘而娶之，其年甫十七耳。入門，事公已能修婦道，而前室之子昌齡方九歲，撫之尤至。以舅姑皆不逮事，念其母獨居無子，請於公迎養於家，其母安焉。當是時，公數奉命出巡諸道，無一歲寧居，以淑人善治家，不復内顧。及公超擢山西，淑人居内贊相，夙夜無違，公益得盡心公事。久之，公致仕還家，一時賓客填門，治具延款，各適其宜。少暇，公謂淑人曰："亦可休矣。"顧方督諸婢僕樹藝紡績不已，凡日用衣食之費不至缺乏者，皆其力也。淑人用公恩，初封孺人，再進今封。卒之時，年五十三。子二人：長即昌齡，娶楊氏；次即遐齡，娶陳氏。女三人：長適鄉貢進士張廷璘；次適承事郎孫統；次適生員薛乾。遐齡與薛氏女爲淑人出。孫男四人，女五人。淑人合其夫葬邑張墅之原。葬之期爲卒之明年某月某日，後又明年三月晦表。

林母葉宜人墓表

宜人爲封奉直大夫、户部員外郎汝談之配。汝談没，從其子且享其禄，故母稱之。其姓葉氏，與林同出於閩，皆稱大族。宜人當爲婦時，事其舅樂稼翁、姑宋氏孝敬不怠，能得其心。尤善處姒娌，俾皆雍如也。奉直公性剛直少容，能以柔順濟之。公雅好賓客，至必宴飲，每宿共具以待，品物必備，若非遠城市而居者。佐公理家政，凡錢穀出入，稽數必精，家人數百指，衣食有餘。輒勸公賑施貧乏，至稱貸而去，或不責其償。憫人疾病及猝患湯火之厄，常貯良藥給之。其心之慈，雖僮奴有過，不忍笞辱。而尤恤其饑寒勞苦，若兒女然，故鄰里以佛稱之。至於教子則嚴，不少恕。子生稍長，即不使習里巷鄙語詈言，尤以揀擇飲食爲戒。迨長，遣從良師游學，業少懈，輒白其父責之，曰：“吾不能掩其過，使爲不肖子也。”諸子竟争取科第，成名人，謂其善教之力。宜人有四子，其叔出側室王氏，所以待其母子者恩意無間。先是，伯任户部郎中，仲工部員外郎，竝以公事歸，爲親壽。適其季復登鄉舉，二老人時已蒙恩加封，命服煌煌，同坐堂上，子婦率諸孫進觴酒，拜舞堂下，家慶之盛，鮮有及者，閩人羨之。弘治己未，宜人春秋八十有四，以其年四月五日卒。子男四：伯曰璧，廣西布政使；仲曰璽，貴州左參議；叔曰址，不仕；季曰垄，舉人。璽先卒。女二人：長嫁黄陽，次嫁福州學生陳舜鏗，俱先卒。孫男七：曰鑛，曰錢，曰鋼，曰鎮，曰鐹，曰鋼，曰銷。女六：長適葉顯，餘未行。將以明年某月某日，葬於閩縣清廉里輔翼山之原，合奉直公兆。璧具書狀，遣使上京師請於同年友吴寬，曰：“璧兄弟所以得至此者，吾母之力爲多。惟吾母内行甚備,宜有詞刻墓上。幸矜而畀之。"寬念契義之重,且聞宜人之賢已久,乃叙而書之。然宜人則賢矣,吾聞其子之孝,又可書者:方其子之擢廣西也,自嶺南而來,念其母老,使即之任,則例不得歸省。顧閩中迂遠,遂兼程以行,竟達其家。而宜人臥病適數日矣,亦念其子,欲一見不可得。家人慰解之,紿曰:"子將至矣。"已而果然,母子相見甚歡。蓋又數日,而宜人始不起。鄉人傳以為異。噫!古稱孝感,今復見之。敢附書於後,以為慈孝之勸云。

何母太淑人吕氏墓表

弘治壬戌,刑部左侍郎何公奉命賑饑東方。民既獲濟,公念其母太淑人居家年高,急馳至越中省之。居數日,太淑人趣公還朝,恐公不忍舍去,躬送之門,故示強力,曰:"汝惟夙夜盡臣節以報朝廷,無以我老為念也。"公至京,閱月,則聞太淑人訃音,慟哭痛恨不勝。將還治葬,來告曰:"吾母有賢行,非表於墓上,無以示久遠。敢奉寮友屠公之狀以請。"惟昔公以都御史巡撫南畿,一時德政被於吳中者甚多。蓋慈教所致,不可誣也。今公有請,敢不諾?太淑人諱䎃,姓吕氏。世為新昌人。宋有司農卿曰秉南者,子孫數傳益盛,遂為邑中右族。太淑人為處士文度之女,始笄,嫁於何,為故贈通議大夫、都察院右副都御史崇美之配。是生子,為侍郎鑑。太淑人未嫁時已稱賢女,蓋年十二失母楊氏,居喪哀毀有禮。見叔母吳氏有淑德,即母事之。事繼母曲盡孝敬,有人所難及者。及為婦,愈遵婦道,通議君甚宜之。時祖姑吕氏在堂,察其賢明,遇家事之大者必與議而後行,數稱之曰:"吾家得新婦,將由此而振乎?"其舅素菴翁與姑俞氏尤以家事倚治於內,太淑人不自為功。所以事之者益謹，日必躬具飲膳，見食則喜，或食不甘，則踧踖不自安，必再具而進。呂夫人晚年患風疾，起居飲食，左右扶持。至躬滌污穢，不煩侍婢，歷數年不倦。嘗夜，妾王氏生子，欲棄之，太淑人坐守至旦，竟撫育成立。平生性更不吝，嫁時有私田若干畝，歲悉以所入公用，至夫族有婚嫁事，往往斥簪珥衣服以助之。若鄉人貧乏，通議君欲加周卹，所以贊成之者尤多。故稱其賢者，內外無間。子鑑，始學，已善教。及登進士第，自爲邑令，至顯官。所以教之者尤以節儉爲言，蓋其自奉竟以布素終身。凡狀所述事行尚多，在他女婦爲難得，然在太淑人自謂當然，以爲此特常事耳。若其出於變故，得其二事之非常者，當特書之。在正統己巳，閩處寇難連起，流劫郡縣，通議君適旅寓南京。一夕，里中驚呼寇且至矣，相率奔竄山谷間，太淑人以二男女託其舅氏，曰："吾從舅姑生死以之，不暇顧此也。"已而知爲譌言，乃已。他日，鄰家失火，延及其居，家人爭取財帛避去，太淑人獨入祠堂，收先世神主及畫象抱持而坐，餘無所顧。此固事之猝起者，而能處之如此，其識見過男子多矣，是宜書而表之。太孺人卒年八十八。初，以其子爲監察御史，封孺人，後加今封。又通議君卒，蒙恩令，有司治塋域。至是，復遣官啓壙合葬，及賜祭皆如制，鄉邦榮之。子男三：長即鑑；次曰錄，承事郎；次曰某，庶出。女一，適劉兗。孫男四：長曰宇，國子生；次曰寰，縣學生；次曰寓，曰穷。女五，適呂經賢、王誼、俞極、俞嘉言，一尚幼。曾孫男二：曰紹，曰繼。女一。夫太淑人能以慈教成其子爲時賢臣，且孫曾詵詵，其盛未已。所謂由此以振其家者，呂夫人之言，不尤驗乎？因附書之。

卷第七十六

墓碑銘九首、墓碣銘三首

贈昭勇將軍都指揮僉事江公墓碑銘

英宗睿皇帝在位方十四年，海內富庶，號稱極治。獨北虜屢犯邊，爲鼠竊之計，上思所以攘却之者，乃下詔，躬率六師往征。師行，以失地利而潛，一時將校奮勇，爭護乘輿。而山西等處署都指揮僉事江公與其弟子四人，同日死之，時正統己巳八月十六日也。公諱洪，字朝宗。其先廬之合肥人。祖浩，從太祖高皇帝起兵取天下，纍功官至明威將軍、太原左衛指揮僉事，子孫世襲，并得贈其父大海如其官。既没，子澋嗣，而公則澋之子也。公在太原，既以才勇知名，宣德末，選總京營左翼。久之，陞署都指揮僉事，仍守山西。既而從駕北巡，遂死於難矣，年甫若干。公既死，朝廷即命其子湧嗣職，所以慰公於身後者甚至。公爲人偉軀幹，沉毅有謀，御下紀律嚴整，而推心任人，能與士卒同甘苦，蓋有古名將之風。尤善騎射，射輒命中，流輩莫與比者。性素儉約，食饌稍盛即撤去。而奉母劉氏必極其滋味，母疾，更割股肉作糜進之，疾獲愈，人以爲難。其配陳氏，贈都指揮僉事寶之女，寡居，能以禮自守。教子湧有法，湧亦有將才，嘗從征老軍營，功多，實授都指揮僉事，署都指揮使事。以其官復贈其父若祖，而贈祖母淑人，封母太淑人。次子渙，出側室尹氏。女二：長適太原前衛指揮僉事王賓，次適太原左衛指揮同知陳良。孫男四人：曰桓，先卒；曰朴；曰楫；曰楠。於是湧痛念其父，嘗憤然有滅虜之志。既奉公遺衣冠葬於先塋，他日託武陟令陳君瑞卿狀其父死事，求表於墓。嗚呼！睿皇帝之神武，所以爲宗廟社稷之慮至矣。蓋有周張皇六師之遺意，而非後世之爲游田者，故當時死於難者多。公之事，若同於人，不足書。獨惜平日號士大夫者棄君父，生還以取富貴，有愧於王孫賈之母者亦多。則公之事，固異，不書可乎？夫死者，衆所難；生者，衆所易。能爲其所難而不爲其所易，公之所以可取者在是。而予爲之表者，豈惟慰湧之孝思哉？亦惟愧乎人焉爾。

明故中順大夫南京太僕寺少卿致仕李公墓碑銘

南京太僕寺少卿李公致仕之二年，爲弘治癸丑七月九日，以疾卒於吳城通闠坊第。素與公厚者，若陳大理璚、文太僕林輩争走吊涕泣，又有至自百里之外如吳僉憲淑者，以其子幼，相與圖其後事。而蘇守史公特斥俸金助之，且謂公官四品，例移禮部以聞。於是天子命之諭祭，其文有"學優才贍，性直行方"之語，所以褒獎乎公者甚至。少傅徐公與公最故，既厚賻其家。沈啓南、史明古諸君爲議喪禮，且求葬地，得於吳縣九龍塢，乃葬以甲寅十月六日。而文君已爲之銘矣，其弟應祥謂寬宜銘其墓上之碑，以書及儲考功瓘狀至。初，公病甚，亟欲與寬一見訣別。及是悲恨，執筆輒止，蓋久而不能成文。嗚呼！吾忍終不暴吾友之爲人耶？公李氏，諱甡，一諱維熊，字應禎，以字行，晚更字貞伯。其先從宋南遷至吳中，遂占籍長洲，世醫家。曾祖仲純，不仕。祖士文，有文行，以醫士始居南京。考諱敞，贈南京兵部武選司員外郎。母賀氏，繼母陳氏，俱贈宜人。宣德辛亥八月某日，公與其弟應祥同生。少警朗力學，好古博雅，尤尚氣節。景泰癸酉，登鄉舉。舉進士，不偶。入太學，中貴人方用事，言於祭酒，欲致爲塾師，公避匿不赴。成化乙酉，選授中書舍人，見同官或由他途以進，恥與爲伍，乞改教官補外，以非例不許。他日，又有謀直文華殿者，故扳公同事以掩清議，公益不樂。適有旨寫佛經，上疏言："聞爲天下國家有九經，不聞所謂佛經也。"言甚剴切，人皆危之，賴上仁明，特答而不問。已而乞省繼母，還，竟罷殿直。秩滿，擢南京武選司員外郎。未赴，丁繼母憂。服除，改車駕司進職方司郎中，尋擢南京尚寶司卿。又三年，始有太僕之命。甫兩月，以公事詣闕下，遂請休致，曰："即上不許，已再具疏矣。"竟歸。素少容，至是性益卞急，醫以爲病徵，果不起，享年六十三。娶王氏，永樂初學士景之孫，教諭貫之女也，封宜人。生男曰系，先卒。側室某氏生紹，纔五歲。女二人，嫁貢士祝允明、張廷瓛。自公入官，數有建白。爲中書時，當郊祀畢，有宴。公奏：近時中書舍人坐給事中、御史後，非制。禮官重復舊，不從，知典故者則是之。荆襄流民相聚，朝議恐爲亂，欲逐散之。公言：民既墾田築室，爲定居計，逐之祇益亂耳，不若因而撫之便。後卒增置郡縣如公言。平時企仰先哲，見遺象并石刻必臨摹以藏。尤慕范文正公，題其居室曰范齋，因以爲號。嘗使湖湘，念吴尚書雲死節，國初葬於江夏，特訪求其子孫及其事蹟以傳。其氣貌嚴峻，若不可親，然喜交游及汲引後進。朋友死，往往經紀其喪，恤其妻子，於故舊之情最重也。季弟早世，歲分祿養其孤。好客不倦，家坐以空乏，故卒之日，囊無餘資，惟遺書千卷而已。平生書蹟清古，文詞簡雅有法，爲世所重。公生長南京，多游寓宜興。中歲，則以吴中故鄉，始購屋以居。後，宜興故人吴大本治田廬招之，公時一往，然曰："吾固吴人也，不可他徙。"故終於吴，而卒葬於是，以從公之志云。銘曰：

有美一人，宛其精悍。自我失之，中夜永歎。其人何如？有德有言。有才有藝，抑其末焉。昔仕於朝，翩如孤隼。與鳳共翔，其高千仞。衆目仰睹，在彼青冥。南飛不見，遽匿其形。暫息荆溪，終止吳苑。菟裘既營，逝矣何遠？朋游涕泣，有喪共治。九龍蜿蜒，卜葬於斯。茫茫下土，賢者不作。我有哀誄，石表是託。遺書滿篋，眇然嗣人。天報其德，不惟其身。

明故太中大夫浙江等處承宣布政使司右參政陸公墓碑銘

弘治七年七月戊申，浙江右參政致仕陸公以疾卒於家。明年十二月庚申，葬於太倉陳門塘先塋。初，公疾革，已不能言，若有所屬其子者，於是其子伸以治命泣請銘其墓上之碑。惟予與公同朝二十年，相知實深，每重公才操當大用於時，一旦顧以浮議而去，則公不平之氣亦宜假此而發，然此亦何足爲公重輕哉？是宜置之不足道也。公諱容，字文量，姓陸氏。先世冒徐氏，至公始復。未生，其母夢紫衣人以笏擊其首，曰：“當生貴子。”已而得公。弱歲穎敏篤學，游鄉校，不專治舉子業，日取諸經子史程誦不輟，同輩謂非所急，曰：“聊以抵諸君戲耳。”獨與故翰林修撰張亨父、太常少卿陸鼎儀友善，三人俱以文行聞於鄉，而公尤爲葉文莊公所知。天順三年，中應天府鄉試。成化二年，登進士第，授南京吏部驗封司主事。丁外艱，服除，改兵部職方司，擢武庫司員外郎，再擢職方郎中。丁內艱，服除，改武選司，遂陞右參政，致仕，卒年五十九。公在兵部，勤於公事，邊報或急，奏疏日三四上，動輒數千言，皆出公手而慮遠持正，士論歸之。西域賈胡進獅子至陝西嘉峪關，奏乞大臣率軍士往迎。公言於尚書：外夷以奇獸進朝廷，既不能却，若復往迎之，寧不貽笑天下後世耶？議上，遂已。又安南累歲侵擾鄰邦，有欲加兵者。公言:安南臣服中國已久,今事大之禮不虧,叛逆之形未見,一旦以兵加之,恐遺禍不細。其事亦已。錦衣百户韋瑛凶悍附勢,得罪調宣府,謀再用,指良民妖言爲功。公言於尚書,具疏請下法司鞫之。瑛竟坐誅,而被誣者十餘人皆獲釋,京師稱快。先時捕妖言者多陞官,例得世襲,愚民被誣死者無數。公請除其例,獄遂衰。都指揮昌佐求爲金齒騰衝參將,公執不可。俄中貴人召公至內諭旨,公言:"西南夷要地,必得堪爲將者守禦。佐非其人,若順成之,異日壞事,咎將誰執?"佐計竟沮。他日,復有中貴人舉都指揮二人爲都督、僉事者。命已下,公益不可,言:"都督大官,必積功始得,彼何人而欲亂法耶?舉者市恩專擅,尤宜置之於法,以爲後戒。"疏凡再上,言甚切直,上從之。一時雖曲宥其人,而自後犯者必罪,著爲令。他所建白,若論馬政四事,論儲養臺輔、教導勳戚、愛惜人才、久任巡撫、經理京衛、選練禁兵、均平鈔法、慎重會議又八事。及在浙江益究察民隱,振作士風,行縣至桐廬,且嘗發漁家兄弟殺於潛丐者夫婦事,人傳以爲神明之政焉。既乃條列浙中便宜十事,悉見施行。間因公務入京,又論漕渠利病語,斥權貴沮事,有人所不敢言者。蓋公少即有志天下,如兵刑水利之類,有所得,輒手書之册,後多見於用云。公事父母甚孝,父病,躬奉湯藥,不離左右者累月。嘗夜醉歸,母不樂,自是飲必半杯,不敢至醉。其居喪盡禮,三年不入私室,人未嘗見其嘻笑。治家嚴肅,動容凝重,若不可親狎,至與人處,歡然也。性喜聚書,政事之餘,手不釋卷。見於著述,率明切平實,爲詩文凡若干卷,外記錄諸書又若干卷。陸氏世爲蘇之崑山人,公之曾祖諱福,祖諱繼宗,皆不仕。父諱裕,以公貴,累贈奉直大夫、兵部武庫司員外郎。妣陳氏,累封太宜人。配張氏,河間府通判琛之女弟,封宜人。子男一人,即伸,鄉貢進士。女二人:長適太倉衛指揮使張漢,次適鎮海衛指揮使武勳,皆封淑人。孫男二人：復陽、洢陽。女一人。銘曰：

瞻彼崑山，韞兹良玉。玉匪可貴，人秀而毓。有美陸公，白皙而豐。少則有志，誓終其躬。統師籌邊，惟大司馬。我佐有勞，操縱用舍。朝有成憲，憸人妄干。以身障之，我力桓桓。力所可爲，夷險一視。何以爲之？國有弊事。手削章疏，觀者駭焉。我職在是，位卑亦言。彼愚不知，指爲沽直。知者與之，則爲盡職。爲上爲德，不寧惟斯。出參政事，惠澤益施。未究厥才，歸歟則速。逍遥海濱，進退不谷。白日自顧，吾身獨全。全而歸之，瞑於九泉。

明故江西贛州府知府致仕進階中憲大夫顧公墓碑銘 并序

公諱雎，字德明。世居吳中，爲著姓，自孫吳以來，代有顯者。曾祖祐、祖榮皆不仕。父巽，登永樂甲辰進士第，稱疾不仕。教授鄉里，以《易》師終身。後以公貴，贈監察御史。母余氏，贈孺人。公少孤而貧，篤志問學，刻苦特甚。宣德壬子，中應天府鄉試。正統丙辰，登進士第，選爲翰林庶吉士。凡四年，授行人。秩將滿，用大臣薦，擢福建道監察御史。久之，陞福建提刑按察司副使。俄爲姦民誣奏，事既白，猶調知贛州。居官五年，以老乞歸。年八十五而終，實弘治乙卯年月一日也。公爲御史，最有才名。嘗理山東長蘆兩運司鹽法，宿弊頓革，商人便之。踰年，再出巡山東，適值饑歲，或建議犯徒罪以下者，贖米宜加於舊。公言：今米價騰踊，民方不堪，使乘急多取，是益困之也，當如舊便。饑民奪富家粟，吏擬以強盜律。公言：荒政緩刑，殺人者宜以減死論。一時全活甚衆。至於吏或不職，則自布政使以下輒劾退之，不少假借。時太保王公文掌都察院事，以公得憲體，移於御史，凡出巡者，皆當以公爲法。歲滿，吏民奏留一年，天子特從之。及自閩臬調贛，人頗爲公不平。

而公至則方博詢民隱，專以安輯爲事。屬縣有長河洞，洞氓強悍，不時出没劫掠，屢招諭之，而勢益熾。公以爲是不示之以威，吾民終爲魚肉而已。偕守臣上疏，言所以勦絶事宜。朝廷用其策，兵至，則芻糧已具。士卒用命，捷奏，蒙賜金織文衣一襲，寶鈔二千貫，以旌其勞。公有治才，遇事裁決，從容不動聲氣。事無難易，無弗辦者。贛故多訟民，莫能欺。若豪猾吏胥，皆斂手以服，人至於今稱之。既致仕，躬治家政，益有條理，而節儉簡靜，人莫能及。雖老，猶善談論，每舉一事，纚纚然始末不遺，往往以居官之法爲後生輩道之，皆可持而行也。蓋公自入官以來，凡六十年，而家居半之。康強自適，福履加厚。有子餘慶，再登甲科，以司空屬考最，復蒙恩進階，人以爲公榮。於是餘慶卜公卒之明年十二月三日，葬於武丘鄉梅林先塋。以予爲同年，俾書墓上之石。予念平生數拜公堂上，辱誨言爲多，則於公之葬，固不能已於言也，乃不辭而書。公娶鄒氏，故贈監察御史某之女，有賢行，封恭人，先公數年卒。有子二人：長即餘慶，以河南布政司參議致仕，娶劉氏；次餘祥，長洲縣學生，娶俞氏。女三人：長適南京都察院理刑知縣杜啓，次適劉奉，次適劉嘉縉。餘祥與劉氏女皆妾段氏出。孫男一人：永齡。女五。爲之銘曰：

　　侃侃顧公，奮以文顯。英皇之初，甲科則踐。詞林宿留，才蓄不施。專對之美，惟小試之。乃陟憲臺，以繩以糾。直指一方，吏民奔走。民有失所，我其舉之。吏有不職，我其沮之。赫赫之名，聞於朝著。予之臬司，何奪之遽？章貢之間，郡事爲繁。公往治之，不見其艱。引身而歸，年未耆艾。有子繼之，我事已代。考公入仕，五紀於兹。孰不入禄，如公者誰？嗟哉吴中，實多壽耇。自公云亡，今復何有？梅林之墟，築此幽堂。有厚德者，百世無傷。

明故朝列大夫湖廣承宣布政使司左參議徐君墓碑銘

君姓徐氏，蘇之嘉定人也。曾祖公行、祖茂宗皆不仕。父瑄，以高科仕至都察院左僉都御史，以其官贈茂宗，其娶恭人王氏，生君，諱啤，字以質。少入縣學，與諸生處，能除去富貴家氣習，謹飭如寒士。數舉於鄉，不偶，從貢例入京。天順壬午，竟登順天府鄉試。成化己丑，擢進士第，觀政都察院。初授南京刑部某司主事，累陞本司郎中。丁母李恭人憂，服除，擢湖廣布政司左參議。君在刑部，最慎獄事，不肯以深文入人罪，冤抑者時有平反，尚書太原周公特稱許之。及在湖廣，益以簡靜自守，所至事有便於民者輒行之。嘗督運邊餉，出納之際能除宿弊，而事無後期。人方望君再進，而君述職於朝，事有不樂，遂陳於吏部求去矣，人皆惜之。既歸，日與賓友相娛樂。諸子更孝，極甘旨之奉。與其弟以德尤相友愛。良辰勝日，燕游歌詠，不復知有市朝事，其樂可謂至矣。然嘗曰：「吾藉君親之恩得至今日。使不知足，其犯老子之戒乎？」因自號足菴以見志。弘治丙辰五月二十七日，俄以疾不起，春秋六十七。以明年某月某日，葬於邑西先塋之次。君娶封氏，封宜人。子男四：湞，太學生；漳，縣學生；沛，儒士；灌，尚幼。女二：長適太學生楊楨，次在室。孫男五：俾、僑、侃、某、某。前葬，湞等縗服持邑儒浦東白之狀泣拜於門曰：「先人仕亦顯，然未能展其志，願得銘於墓碑以彰之。」予辭不獲，則諾而銘之。銘曰：

距吳之東，曰有壯縣。萬室聚居，有族惟衍。越自偃王，開國於徐。支分派別，疁城是居。惟都憲公，起於邑內。厥美濟之，再世克類。問其邑人，克類如何？發自鄉校，爰登甲科。乃啓刑書，為司寇屬。詳審求生，不易其獄。乃擢藩佐，以牧楚邦。疾苦在民，我其與攘。公事未終，獲我私願。故第大開，樂我賓宴。飲斯歌斯，子弟在斯。大君之賜，先人之遺。先人之遺，亦有身體。全而歸之，手足可啓。松柏鬱鬱，高墳巍然。從我先人，葬於茲阡。春雨秋霜，益樹益築。子孫方來，顯仕宜續。乃琢貞石，勒此銘文。以順孝思，告於幽窀。

明故嘉議大夫應天府尹高君墓碑銘

弘治戊午十一月八日，應天府尹高君以暴疾卒，年五十七。上聞訃，命官諭祭營葬悉如制。於是其子節上京，以葬當樹碑墓道，謂予與其父同郡又同年，持狀踣門，泣請造文以刻。予以無暇，固辭不獲，則諾之。君諱敞，字德廣，姓高氏，蘇之崑山人。累世晦蹟，無顯者，惟積德久，始發於君。初，其父祖見君資美，謂必振其家，擇經師，遣從之游。弱冠學且成，充縣學生。成化辛卯，鄉試中式。明年，會試復中。廷試，蒙賜進士出身。乙未，授禮部主客司主事。戊戌，陞精膳司署員外郎。辛丑，陞本司署郎中。數月，實授。丙午，擢順天府丞。弘治辛亥，丁外艱，服闋，改應天府丞。丙辰，再擢府尹。君在禮部時，數奉使於外。當今上初立爲儲副，命頒賞賚南京，承接上下，儀度雅飭，文武大臣咸器重之。再遣遼府，行册封禮還，復賚銀幣賞大同將士之有軍功者，南北跋履，未嘗寧居。會有府丞之缺，吏部以君有年勞，推擢陞任。時府事方殷，佐治不倦。及今上即位，耕籍田。君執事恭謹，禮成，賜宴，人以爲榮。畿內饑，具疏言民流亡狀，乞發內帑白金五萬兩賑濟。詔如其請，民賴以甦者甚衆。鄉試爲提調官，已而行考察法，黜陟屬吏惟公。及爲府尹，政務填委，以次裁決畢，即欲以簡靜治之。或勸以都下非外郡比，自古尹京者必嚴厲明察，始稱其官。君笑曰："任吾性而已。"公退，輒與賓客讌飲如平時。久之，吏樂其簡，民安其易，府中殆無事。君美儀觀，襟度疎潤，不立厓岸。與人處，杯酒談笑，歡如也。篤於孝友，母弟爲人贅壻而卒，養其孤寡於家。至宗鄰貧乏，輒有所濟。嘗以強恕自號，足以見其志矣。曾祖貴、祖達以高年授冠帶。父霄以君三載考最，移封順天府丞。母蔡氏，封恭人。君娶王氏，封宜人。生一男，即節，娶周氏。一女，適楊瑗。側室鄭氏、劉氏生二男：某、某。三女，適嚴厚、戴德、歸漢。女孫二：長適盛有循，次尚幼。君之卒，諸子奉母於家。於是鄉友今管參議琪時爲禮部郎中，及王御史倬與其弟主事秩相與治喪，發其篋，無以爲歛。其僚友呂府丞獻等咸賻之，始克歸其喪。以明年某月某日，葬於本縣某山之原。既葬，節以被卹典，詣闕謝已，來申前請。其狀則管君之所造也，乃按而序之，爲之銘曰：

偉矣高君，白晳而豐。匪豐其貌，惟量之容。凡人可親，亦惟樂易。持以治人，人亦以治。赫赫南甸，實古鎬京。官府參錯，民庶豐盈。文移旁午，曰多留務。京尹居中，仰承俯顧。爰以簡靜，馭其繁雄。治道所貴，吾師蓋公。曹參治齊，曾不事事。有言事者，直以酒醉。後世取法，庶事必躋。吏樂民安，齊國庶幾。古亦有人，發奸摘伏。身其遭凶，民不荷福。奄然逝矣，都人之傷。京尹何在？客來治喪。篋無遺財，幾不能歛。生不苟取，死亦可驗。有賻有贈，喪舟克還。朝廷念之，卹典斯頒。崑山之墟，乃鑿乃築。鬱鬱松楸，恩光下燭。學已行志，仕不近名。獨不終養，其目未瞑。作此銘詩，刻石墓道。後有過者，託此以告。

明故中順大夫浙江溫州府知府文君墓碑銘

溫州知府文君以弘治十二年六月己未卒於官。其年十二月丙申,歸葬於吳縣梅灣之原,君所自卜地也。將葬,其二子奎、壁具書并事狀來請墓道之文。予發書,歎曰:"君與予相好久,嘗約晚歲歸老吳中,當尋山水之樂以償平生之勞。今吾歸其時矣,而君先我以逝,則所與同樂者何人哉?且君與人處,雖笑謔中多直言而無隱情,則所以資益我者又何人哉?"以是,久不能執筆,而其弟監察御史森來告曰:"吾兄之所望在此。"嗚呼!豈吾忘情於良友者,終無以慰於地下哉?君諱林,字宗儒。文氏其先蜀人,五季自成都徙廬陵。宋有諱寶者,爲衡州教授,始家衡山。於信國公天祥爲叔父,與通譜。後兵亂,譜亡,莫能知其世次。在元曰俊卿,以武官起爲鎮遠大將軍,管軍都元帥,佩金虎符,鎮武昌。生五子。長定開,國初從高皇帝平僞漢,終荊州左護衛千户。次子定聰,選充散騎舍人,後爲湖廣都指揮。蔡本贅壻,從本守蘇州,不歸,而蘇之有文氏自此始。定聰生惠。惠生洪,淶水縣學教諭。洪生君,幼傳家學,成化戊子舉於鄉。壬辰,登進士第,初知永嘉。丁父憂,服除,改知博平。召爲南京太僕寺丞,稱病去。久之,始起爲溫州。君居官善察人情,遇事剖斷無滯。永嘉邑大,初至,日理訟牒千數,皆得其情。民知其明決也,雖家人細事悉來訴者,父老以勞神勸,曰:"縣令如家翁,細事不當親耶?"居數月,凡民間丁產,訪知已悉,差科輕重,皆手自編定,吏不得爲奸,而民帖然以服。負山居民,自恃險遠,終歲不服役。乃令父老好言諭之,民相語曰:"文公非舊令比。"自是率如期至。邑有奸民數輩,習訟喜訐,慣持官府短長。至殺人,無敢問捕之。悉置於法,其一尤奸者益附中官,聲勢可畏。君始至,廉得其狀,若無聞知者。其人謂君無能爲也,縱弛如故。俄白於憲司官,言所以當治其人者。憲司官以彼有所附,難之。君不顧,以計召其人至,出訟牒一篋示之,其人駭服。即縛去,再宿,竟死獄中,浙東列郡皆稱快。邑竝海,多盜,捕之,輒匿島中。一旦，召健卒，授以方略，悉獲之。上司論功當賞，辭曰："此令職也。且邑有盜而捕，何功之有？"鄰邑以銀課不足中官派償，督責甚急，曰："銀非土産，吾民何辜與償？且山澤之利，責其所有，使不足，則常課亦當免，況吾民乎？"竟已。先有爲郡者，民相訟，難決，使誓於神，民益惑，有事惟神之聽，乃籍諸神祠不在祀典者，悉毀之。里爲置厲壇，曰："此詔令也。"更取藍田呂氏鄉約，附以時宜，使父老立鄉社行之。月朔則躬往講禮，間詢民間利弊，人人得盡所言，其意蓋欲正風俗，興禮儀，以化導其民。在永嘉者幾四年，治行爲浙江諸邑最。博平事簡，事畢，輒入學官與諸生講業。以學官在郭外，隘而卑濕，始擇地而徙之。諸生欣欣，翕然向學。明年秋，遂有舉於鄉者，蓋寥寥然六十年矣。更考鄉賢孫直講奭而下，作祠學中祀之。嘗行視四境，見其外隆而中渟潴水，爲民患，乃浚河道凡四十里，水始洩去，民得安居。又民苦歲輸納王府糧，言於長史司，不聽。乃上疏極論其弊，仍乞治暴橫者罪。或謂宗室不宜論列，禍不測。笑曰："吾爲民，寧能顧利害哉？"後詔令有司自行徵收，如所奏。地產美梨，有持獻中官者，中官令民納以充貢。曰："梨，於民何濟？使歲爲例，其何以堪？"俾悉伐其樹，中官大怒。會吏部以公政績卓異，奏召，當擢憲職。適讒言至，竟授太僕寺丞於南京。曰："寺丞非官乎？"至則以馬政久弛，銳意舉行，抉剔蠹弊，奸吏始無所容。僚長有狠愎者，正色與辯，卒亦信服。奏按南京將官及有司養馬不遵舊制者數輩，於是人始知懼而事集。今上登極，君奉表入賀，陳言聖政十事，多見施行。間又條陳數事於朝，謂江南牧馬草場數千頃爲勢家所侵，而馬無所養。南方歲出馬二萬匹，徒勞解納，而邊境不獲用，皆當究其實。繼又上三策，極言利弊所當興革者，奏下，竟從其一。又以有司所祀馬神瀆禮不經，宜令改正，亦從之。嘗以公署在滁陽，而每歲印俵、馬駒、官吏、胥長悉集於此，殊爲勞費，請以寺丞分詣各府，人以爲便。故事馬數不得刷卷，曰："豈有無文書而能稽較者？"始令州縣治文書必精，而其數始莫能隱。他所舉行者尚多。大臣多韙之，然亦有嫉其喜事者，遂移疾去。及丁內艱，家居者七年。會溫州守缺，知者交薦於吏部，以君爲宜。命下，具疏懇辭，不果。於是去溫二十年，人思之未已，及復至，相率走百里外，迎拜於前。至則首省重役，疏滯獄，更增修鄉約，爲政大率如前時。復令各里立代書辭狀之人，以減獄訟，設互相覺察之法，以免盜賊；嚴育女蠲役之條，以重人命；建軍衛立學之制，以廣文風。至於迎春鄉飲之禮，悉正其失。一歲中，凡七上疏，皆言便民事。民方賴之，俄而疾作，遂卒。闔郡悲思，如失父母。君居官尚廉潔，尤善防閑，自爲令，事上官執禮必謹，至論事侃侃務盡。所言或忤其意，不顧。及臨民，惟恐傷之。苟有疾苦，必爲除去之乃已。平居與人言，開口輒見底裏。或人有過，面攻之。若故舊家，必周卹其孤寡，曲盡其意。而於後輩，接納獎勵，惟恐不及，其心之厚如此。更好交游，對友談笑盡歡，而於山水登覽不厭。爲詩文，明暢有新意，不蹈襲。所著述多成編，其學自堪輿、卜筮之類，其說皆通，可謂博矣。君之父淶水君以君貴，贈南京太僕寺丞。母陳氏贈安人，繼母顧氏、呂氏封太安人。娶祁氏，贈安人。繼娶吳氏，封安人。子男三人：曰奎，曰壁，俱縣學生；曰室，尚幼。孫男三人。女三人。銘曰：

　　文以武仕，顯於前元。虎符煌煌，出鎮雄藩。終顯以文，自淶水君。君爲之子，家益有聞。早登甲科，軒然不群。始仕於外，或易而侮。孰測其中？經畫毫縷。民有未安，以手摩撫。南北異宜，此家彼戶。豈不懷仁？皆曰文父。誦言百少，讒言一多。太僕南遷，意孰與阿？益勤厥事，馬政無頗。使就憲職，當如之何？終惠於民，寄以劇郡。文父復來，拯我窮困。爾痛爾瘠，家至爲問。昔時於温,恩澤已浚。今也温人,罔不沾潤。海山之陬,有異鳥來。我當其凶,勿爲民災。民曰公死,我寧與偕。莫救其身,闔郡同哀。斂金助喪,以授其子。稽顙辭之,無以爲此。吾父生廉,顧污其死。爰考遺事,尚究其志。將使勳名,流於百祀。胡車之行,輒折於軌。傷哉中道,重載是委。尚安於兹,有佳山水。樹碑於墳,以播厥美。

明故奉政大夫南京兵部武庫清吏司郎中金府君墓碑銘并序

弘治十二年二月二十八日,奉政大夫、南京兵部武庫清吏司郎中金府君以致仕終於家,享年八十二。府君,浙之鄞人也,諱亮,字克明。自其大父榮以上皆不顯,父邏以府君貴累封郎中,母曰宜人胡氏。府君爲童子時,非特以穎敏稱。里有學佛者,頗知書,府君嘗受業。他日,讀《孟子》至"墨者夷之"章,歎曰:"吾師其人也。吾學孔孟之道,顧爲其徒,可乎?"遂舍之去,更從儒者游,人已奇之。稍長,適郡中選子弟充生員,時多不願入選者。府君自言於郡守,守愛其有志,特給衣服費,遣入學。勤苦不舍,晝夜習毛氏《詩》。不三年,盡通其説。正統九年,登鄉舉。明年,擢進士第。試政工部,奉命湖南爲襄王府營葬事,竣,始授南京行人司司副。司事簡,府君得肆力於學,開門授徒,日爲諸生説《詩》,言必據理,文必合制。一時去而取高科者,若陸詹事簡、沈憲副庠而下凡數人。秩滿,擢武庫郎中。武庫兼掌諸司隸人,人歲例出白金若干兩,供官員柴薪,勢要不問有無,輒先索去。卑官貧乏所得,顧後府君裁之,俾皆以時得人,無敢議者。俄丁外艱去,再丁內艱,服除,遂不起。家居無事,日與諸耆碩爲會以樂。蓋歷三十年,以壽終於正寢。府君爲人有厚德,在兵部時,僚友當入朝行大慶禮,屬有瘵疾，難於行，府君慨然代之。其人竟卒，臨終歎曰："吾非金君，爲道路之鬼矣。"平生持己嚴而不迫，待物直而不絞。居官則盡心於公務，處家則遠蹟於公庭。人苟可交，雖遠必親，故賢者薰其德；財苟當用，雖疎亦予，故貧者獲其濟。尤好激引後進，至於族人之可教者，多躬自指授，如淮安通判淮、某學訓導浩，皆其姪也，相繼以科貢成名。府君娶張氏，贈宜人。繼陸氏，封宜人。傅氏以子洪貴，封太孺人。子男三：長即洪，監察御史；次潛；次瀾。女一，適寧波衛指揮僉事魏政，封恭人。孫男六：某某。女二：長適楊美琚，其一尚幼。洪奉命出巡，聞其父喪，入朝領檄，將歸守制。來告曰："洪不幸罹此大故，今當治葬。惟吾父官五品，謹按令典，得樹碑於墓。敢以狀上，願書其文畀之。"予嘗主試文場，洪爲所取士。及洪初知吳江，又爲鄰邑，知其善政爲多。今又以才御史稱於憲臺，人謂其固能自立，亦其父之教也，乃序其事而銘之。府君葬於鄞之上儒山，葬之日則卒之明年某月某日也。銘曰：

南有鎬京，實多留務。惟夏官卿，屬有庫部。孰從甲科，擢居司副？美矣金君，當此賢路。君在童年，其志已奇。執卷感悟，豈背其師？入仕則優，學惟其時。以我所得，弟子是資。庫部皆勞，獨有餘裕。吏退嗒然，莫展才具。吾食君禄，其禄則豐。吾居君位，其位亦崇。弗畏入畏，當保其終。鄉閭熙熙，黃髮諸老。相慰以言，公歸何早？琴弈是娛，酒食美好。目見佳兒，繡衣煌煌。託以宦業，誨言勿忘。八十餘年，曰考終命。彼貪仕者，糜滅已罄。或哀而誄，或挽而歌。鄞山有石，工則與磨。考事載書，潛德斯顯。爰塞孝思，不廢令典。

明故朝議大夫南京國子監祭酒劉公墓碑銘

　　南京國子監祭酒劉公卒，其子翹告哀於朝。公官四品，於法當得諭祭而已。天子知公居官得師道，特命工部，令有司造墳安葬，蓋異數也。翹以予爲先友，知公最故且深，來告曰："上之崇重師儒，至矣。不有文詞刻於墓上，何以表著先德，以副卹典之盛乎？幸念之。"在成化壬辰，擢進士第者二百五十人，蒙賜及第者三人：予與公及莆田李士英。後數年，士英沒，獨予與公在，然皆老矣。又南北相望，不得朝夕見。今公復至此，予將何以爲懷耶？公之葬，安敢無一言？特念同年凋謝殆盡，不獨公與士英，感歎之深，不能成文耳！雖然，予既後死，將誰委之？公諱震，字道亨，自號勵齋。世爲吉之安福人。曾祖迪忠，以季子安止貴，贈翰林院檢討。祖彝鼎，隱居不仕，博學工詩。考德望，以公貴，累贈右春坊右諭德。妣曠氏，贈宜人。公幼即知好學，生六歲，其父遣從叔父德育受業，出就數里外，躍躍然挾書以往，不以遠辭。凡其父遺書訓教，藏置唯謹。長，入縣學，爲弟子。天順壬午，登鄉舉。及會試，屢不偶，人爲公淹滯惜，則愈自奮發，志不少衰，竟擢甲科高等。初授翰林編修，秩滿，進侍講。弘治戊申，爲今上之初，會國子缺司業，吏部求其人不得，乃擢公右諭德，管司業事。秩將滿，始再擢南京祭酒。蓋又五年，以病卒。公爲人氣剛而色毅，言直而情真。與人處，不詭隨。遇事不合於理，咈然不從。人有善輒稱之，不善，必斥之不容。見朝士好進取者，尤薄其爲人。故公居官始終自守，竟老於監官而無援之者。其爲教以身率先，諸生不少縱逸，日課季試必嚴而公。至於歲遣歷事諸司，人無敢紊其序者。其居師席，望其容貌若不可親。然篤於恩義，見寒竇者多周濟之。南監廬舍，歲久甚敞,節縮公用,修治殆徧。諸生條其學政,相與作詩紀之。其放恣不率教者,則造爲謗言以騰於外。及公卒,猶有作詩以辨誣者,則公是有在,而君子始益信其爲人之賢矣。公在翰林,嘗會試,兩爲同考官。廷試掌卷,經筵展書,皆爲盛事。及初擢監官,適今上視學,蒙與祭酒,賜坐堂上。公次當講《易》,詞義明暢,上爲聳聽。翌日,被賜襲衣,仍敕宴於禮部,人以爲榮遇。平生文思敏贍,下筆數百字,不蹈襲陳言,所著有稿藏於家。娶歐陽氏,有賢行,封宜人。子男四,曰翹、楚、軒、騰。翹,縣學生。軒,先卒。女三人:長適千戶彭勉勳;次適學生王褒、彭玘。孫男八人,曰恩、憙、愈、惠、愿、感、憩、憨。女三人。公卒以弘治辛酉三月二十四日,享年六十八。以卒之明年某月某日,葬於某山之原。銘曰:

侃侃劉公,抗顏爲師。國學設官,淑匪人私。昔自翰林,往佐以教。勤勵率人,諸生是效。南雍再擢,師道益嚴。朝暮鼓鐘,步履相御。建此良規,有國之始。既歷十紀,舉而不弛。人材振作,匪徒效焉。心誠服之,樂公教焉。六館訢訢,方竊相慶。相向以哭,吾道有命。人與道亡,命如之何?惟其名存,所得已多。帝念師儒,畀以卹典。寵異於常,得之亦鮮。安成之野,築此幽堂。必有鬼神,呵護不祥。以賁其先,以裕其後。載述平生,刻詞不朽。

明故奉政大夫貴州等處提刑按察司僉事蕭公墓碣銘

成化辛丑,工部員外郎常熟蕭公擢提刑按察司僉事提學雲貴,將受璽書以行有日矣,適中人以私憾故譖公於上者,賴聖明保全,卒與僉事貴州,特罷提學。當是時,公已遘疾,便道行至家,僅數日而卒,是歲十月二十八日也,年五十三。公諱奎,字漢文,姓蕭氏。

其先有諱某者從宋南渡，來常熟家焉。三傳曰順之，爲公之曾祖。祖曰安道，業儒，尤精於地理家之説。父鳳儀，穎敏有文，早世。公生三歲而孤，母周氏守節，鞠之而卒。成立之者，仲父鳳鳴也。少入邑學，後以太學生中成化壬午順天府鄉試。壬辰，登進士第。初授工部都水司主事，督造運艦淮南。三年考最，獲贈父如其官，母號安人。追還京，復督修太倉，尋陞員外郎。公少喜問學，晝夜刻勵，人不能堪，而愈久不懈，竟以成名。及居官，尤稱勤敏，工役紛紛，未嘗以勞自弛。於是吏部以公困於俗務非宜，薦居外臺，委以文學之任。人方以爲稱，而公以剛直取怨，幾陷於罪矣。公平生事母甚孝，仲父嘗患癰，親爲拭膿進藥，左右扶持，不踐寢室者踰月。教其弟塾及其諸子嚴而有恩。與人交重信義，或其人雖死，猶爲致力以保護其家不已。妻龐氏，封安人，和柔貞惠，與公處甚宜，而撫其庶子綬、緗、維三人更慈。安人生女一，嫁趙金。後公七年，以某月某日卒，年五十，葬合公兆。初，公將卒，語其弟若子宜求吾銘墓，塾乃使人來請。及是，綬等復以書來，曰：“吾母不幸又没，將葬矣，惟憐而畁之。”予瞿然曰：“漢文，吾知友也。忍負其言，終無銘以慰於地下乎？”銘曰：

　　學優而仕，仕尼而止。孰爲之尼？我惟剛直。雖晦其才，實彰其德。驅車何遄？我疾則纏。欲知其然，命也在天。從我之先，歸全斯阡。

朝請大夫贊治少尹河東陝西都轉運鹽使司同知侯君墓碣銘

　　成化戊戌，河東陝西都轉運鹽使司同知華亭侯君得致仕之請，時年五十九。後十年，會朝廷上皇太后徽號，推恩臣庶，以其子直仕於朝，當受封典，獲進階朝請大夫贊治少尹。已而直復用詔旨歸省,而君先以疾卒,實丁未七月三十日也,享年六十有八。君諱蓋,字進忠,姓侯氏。其先汴人也,從宋南遷,始居松江,故今爲華亭人。高祖道元,當元季兵荒,好爲義事。曾祖彥才,祖世隆,考圭,並以隱德稱。母盛氏。君少游郡學,廬陵孫先生時爲教授,命作《無極太極論》。文成,理致粲然,甚見稱許。正統辛酉,中應天府鄉試。屢試禮部,不中。景泰乙亥,竟從吏部選。尚書泰和王公見其文,歎曰:"子何乃不得第進士耶?"擢寘第一,授襄陽府同知。君至,以屬吏不知爲政,取前元張文忠公《三事忠告》刻木傳之。痛抑豪民,爲襄王所知,厚加禮待。三年,俄丁父憂。服除,改處州。州號難治,屬邑龍泉、慶元,居民盜鑿銀鑛,恃險爲亂。鎮守中貴人欲請於朝盡勦絶之,君言:"此州民常態,願往諭之。"用其言,民皆散去,竟無事。秩滿,乃擢都轉運鹽使司同知。鹽池無垣,諸無賴相率持兵械入池恣取,往往爭奪殺傷,有司莫能禁。君上疏陳其弊,朝廷命御史一人巡視,而人乃知懼,仍用其説。築垣以闌人蹟,垣廣袤百二十餘里。外鑿濠,濠外復築堰以防水患,周垣建鋪舍二十四以居邏卒,復創分司二於池之東西,功畢,而鹽弊頓革。先時,池旁居民每藏私鹽窖中以牟大利。君諭以利害,民爭自首,悉歸所藏於官。自是鹽法大通,商賈益至,邊徼多儲蓄,歲省轉輸之勞。又歲嘗大雨,池水泛溢,鹽無所出。君率寮屬致齋七日,禱於池神。明日天霽,而其旁數里雨如故,人以爲誠感。蓋君居官二十餘年,盡心職業,未嘗有過。年未六十,即自引退,又可謂難得也已。君事父母盡孝,游太學時,值正統末,京師有警,知其親之念己,欲得歸省。請於祭酒蕭公,公不可,君力請而歸。及既貴,恒以禄不逮養爲恨。友其弟尊,能讓遺産與之。教諸子,誨諭諄切,鉅細不遺。至與人交,坦易不變。尤好面斥人過,人多敬服之。其爲學務博覽,亦多著述。配沈氏,有賢行,先卒。初以子方貴,封安人，後從君贈恭人。子男五：長正；次方，湖廣提刑按察司僉事；次平，郡學生；次即直，刑部主事；次朋。孫男九：僎、儀、儼、倬、份、偉、僖、佾、某。女四：長適戴恩，餘在室。君與山西副使朱公瑄、江西參政盛公綸爲中表兄弟，友恭甚至。盛公没，君哭之慟。及是君没，朱公尤哀悼之，乃爲狀授其子正等。於是直來給部符，將歸守制，以予有斯文之雅，泣告曰："不幸先君棄諸孤，卜葬有日矣。敢以墓上之文請，幸憐而畀之。"予曰唯唯。乃據其狀序而爲銘。銘曰：

維侯之先，從宋而遷。松水卜居，殆數百年。烏泥之涇，來自唐鎮。世濟隱德，發於後胤。維朝請公，仕以學優。惠政及人，兩佐大州。國計所資，民不煮海。相奪且傷，孰爲之宰？乃擢運司，有疏具陳。朝議韙之，直指出巡。隱然高垣，竝手以築。商賈集焉，邊餉斯足。曷不久任？遽引其身。俯視無憂，家有朝紳。昔時甲科，今遺其子。俄涉崇階，曰有詔旨。孰不富貴？考終則難。孰不壽考？嗣後則單。藏兹維深，刻石以表。百世之餘，識其宅兆。

明故兵部武庫清吏司郎中吴君墓碣銘

兵部武庫清吏司郎中吴君以疾乞歸，歸至德州南四十里，卒於舟中。適其弟鄉貢進士鑒護行，爲治斂具。其配汝宜人方來視疾，顧遇其喪，痛恨不及見，挈其遺孤同還，白於其舅，卜日以葬。謂當刻石墓上，於是其仲弟訓術鑒託公事上京，持鄉貢君之狀來請。蓋自君之訃至，朋舊有不忍聞者，而予尤悼惜不已。其父且老，一旦失此佳子，又何以爲懷耶？吾知君目不瞑，不以遺親之憂之故耶？而況藐焉一子，所以繫其心者，又何如耶？俯仰上下，有不可死者，君何以至此耶？君之爲人不宜至此，而卒至此者，又何耶？君性坦易，與人言即吐肝肺，無隱藏，凡矯飾欺世之事不能爲也。自爲諸生已有才名，游太學，故祭酒晉陵王公素待下嚴，獨愛君。他日，尚書三原王公巡撫江南，問士於晉陵，公即舉君以對。試與論議民事，喜曰：「吾友，奇才也。」及在兵部，尤爲今少傅鈞陽馬公所知，以君敏而能守，常有推薦意，而君不幸病矣。君諱鉁，字汝礪。出吳江名族。幼則好學，父母憂其質弱，不能止。稍長，徧從良師受經。與其弟鋆竝以文名於時，同輩推讓，以爲不可及。竟以縣學生舉於鄉。成化丁未，登進士第。觀政工部，遣爲大臣營葬。俄聞母喪，服除，初授兵部主事，分掌武選。陞員外郎，再陞郎中，始專掌武庫。治事如家，竟以勞得疾。蓋居官僅八九年，年止四十八。卒之日爲弘治己未某月某日也。以明年某月某日，葬於祖塋之側。曾祖曰爲，祖曰效，皆不仕。父曰璩，有文行，累封武庫司郎中。母李氏，累贈宜人。君娶汝氏，南安知府訥之女，累封宜人。子男一，妾顧氏出，三歲竟夭。汝宜人奉其舅命，以鋆之子某爲後。女一人，贅陶煒。君爲予所取士，念其止此，宜爲銘以慰之。銘曰：

　　身不自愛，而愛其官。嗟有守之，必盡求此，心之所安。惟心之安，惟名之完。君子之終，尚尋其端。凡生者之臨穴，其拭淚於斯言。

卷第七十七

神道碑銘七首

通議大夫刑部右侍郎林公神道碑銘

　　天順丁丑，英宗皇帝既復位，庶政更新，尤重守令之選。有詔吏部即廷臣中推擇其人，於是刑部右侍郎林公以監察御史得知鎮江。及行，特命陛辭，如方岳官禮。更召至文華殿，親加獎諭。復賜宴闕下，且給楮弊爲道里費，皆異數也。公感激奮勵，至則數舉善政，專以安民爲事。故吏部尚書崔公方巡撫其地，欲別鑿運河以避江行之險。公不可，曰："古運河固在，可即此浚之。非特省民力而已。"用其言，時皆稱便。公既不以簿書自懈，而尤謹於禮法。事上甚恭，不爲時俗趨諂態。文移偶誤，或令自劾免罪，卒不從，其自持如此。在郡五年，民晏然以樂。巡撫都御史劉公以鎮江不足勞公治，奏更蘇州。去之日，父老送之，爭願留公履懸於府門，公謝以非禮，乃已。蘇事劇，公精勤益甚，訟牒滿前，剖斷緩急，各有次第。有好訟者，故淹之獄中以困苦之。既而事簡，以其暇日入學宫，進文士講業若無事者。公既望重於時，久之，人皆信服，曰："公非俗吏也。"憲宗皇帝之初，以政績暴著，特擢江西按察使。江西訟益多，治之悉得其情。嘗有犯大辟賂達官求生者，公不爲動，執之愈堅。俄有廣寇踰嶺行劫，贛之龍南、信豐二縣勢熾甚，同官方欲爲避難計，公慨然約武臣調兵勦之，寇聞而遁。廣信人妄傳妖神，誣惑鄉里，公置其魁於法，仍榜諭其衆，傳者遂息。進右布政使，踰年，轉左布政使。政令所及，人益頌其賢。朝廷知公可大用，召爲南京刑部右侍郎。屬吏素知公名，争自修飭，雖寮長亦嚴憚之。丁內艱，去任。吏部計公服闋，數擬進用，竟改刑部右侍郎。持法平正，屢與同列忤，至權要請託不行，積怨已甚，亦不恤也。偶被疾，少間，猶夙興而朝退，而治公事如常，時其勞瘁已甚。竟以成化十二年十二月八日卒，享年五十四。公貌莊重，眉目秀偉，望之聳然。平居對妻子無惰容，見小吏必束帶。性更孝，母夫人嚴厲，聲色稍不和，輒跪以請罪。延接士大夫，禮度雍容。見後輩可教，必加獎進，後多顯於世。自少嗜學，公暇輒手一卷不釋。凡古人議語，往往成誦。作字雖率爾，亦楷正不苟。爲郡多正繆俗，鎮江祀漢隱士焦光爲冕服象，及左右侍衛如王者，公以爲非法，始易去。至蘇，且易從祀孔子諸賢塑象爲木主，及秩鄉賢祀典次第。先時，歲迎春於東郊，百戲前導，觀者塞途。公悉屏不用，識者以爲合禮。公諱鸍，字一鶚，其先爲莆陽林氏，出唐金州刺史嵩之後。五季徙台之黃巖，今黃巖析爲太平縣，故爲太平人。自宋歷元，業儒不顯。入國朝，子孫始出取科第，多爲名宦。公之曾祖諱養民，不仕。祖諱廷瓚。父諱純，江西湖口縣學訓導。祖、父竝贈通議大夫、刑部右侍郎。祖妣章氏、妣趙氏竝贈淑人。生母程氏，封太淑人。配王氏，封淑人。子男二人：長萊，先卒；次薇。女二人：長適鄉貢士趙崇賢，次適葉聰。公之卒，朝廷既遣官諭祭，治葬如制。後十六年，復命其子薇爲國子生。於是薇來告曰：「先人墓道未有銘文，敢請。」寬自爲諸生蒙公知愛，公之平生實知之，謹述其大略而爲之銘。銘曰：

惟林之先，世家於閩。曰刺史嵩，實爲唐臣。迨遷黃巖，隱久而發。乃多聞人，顯庸不乏。以至於公，力學自許。有光其先，甲科繼取。公在家庭，爲賢父兄。舉動有則，昆季是程。公在朝廷，爲才御史。忠言屢陳，不舉細事。公在州郡，爲賢牧守。自潤及蘇，譽者一口。乃長藩臬，乃佐秋臺。天子曰："噫，曷遲其來？"來則遲矣，其逝何速！孰讜而明？國有刑獄。人亦有言，公非法吏。儒雅有文，恭謹有禮。公則已逝，不逝者存。歲月愈邁，賢名在人。美謚不加，有司之失。何以發潛？史氏有述。

明故資善大夫南京工部尚書蕭公神道碑銘

弘治庚申，南京工部尚書蕭公以老疾上疏乞致仕。上知公賢，不允，所以慰留者甚至。閱二月，疏再上，其詞加切，始允之。特命乘傳還鄉，仍令有司供食役之用從厚，亦異數也。公望闕感激，曰："老臣死且至矣，恩典若此，將何以報之？"抵家之明年，疾復作，竟卒。實辛酉三月十六日也，享年七十。公諱禎，字彥祥，姓蕭氏。世家吉安之泰和，爲著姓，邑中稱仕族。入國朝，仕者不絕，然無甚顯者。公幼失怙，生有高資，能自奮於學，期必取科第。游學於外，族人有隸尺籍於蜀中者，往依之。學成，弟子多從受業，然益困，無所遇，翛然西歸。舟行峽江，偶墮深淵中，自分必死矣。忽若有物扶其足而起，適得漂櫓，負而登岸，人異其事，謂公後當顯。竟以儒士舉於鄉，天順甲申，遂登進士第。成化乙酉，授南京刑部貴州司主事。己丑，陞湖廣司員外郎。治獄明決，爭訟者一訊輒得其情，據律剖斷，庭無留獄，人皆稱之。壬辰，擢湖廣按察司僉事，分巡一道，明決如在刑部。時所至郡縣，興舉廢墜，尤好獎進人才，敦勸民俗，不專以簿書爲事。俄苗寇竊發，詔出兵勦之，文武大臣或不相能，公適以事在軍中，曰："自古未有大臣不和而能成事者，況用兵又事之大者乎！"爲反覆開解，大臣感悟。寇卒平，公當紀功，則有以婦女首級徼功者，辨其僞，斥之。及奏捷，加四品俸。吉王建國長沙，公復督工役，一時夫匠被人擾害者賴公以安。巡按御史累奏公治績，辛丑，擢本司副使。丙午，再擢按察使，於是莅湖廣者歲久，治績愈著，名益起。明年，遂遷河南左布政使。至則宣上德，究民隱，尤不肯以公錢曲奉權貴人，人以爲難。戊申，爲今上初年，會陝西缺大臣巡撫，朝廷即以公爲都察院右副都御史，賜敕得以便宜行事。陝西當凶荒之餘，民初復業，公加意安輯，流移者益至。乃內務蓄積，外爲備禦，兵民晏然，西方殆無事。歲當慮囚，得可矜疑者悉置輕典。奏上，囚多免枉死，公作《全命錄》以著朝廷欽恤之意。然是時一裨帥犯法，素有聲勢，爲請託者多，卒論如律。復以平寇功，蒙恩有文綺寶鈔之賜。辛亥，遷南京工部右侍郎。甲寅，改刑部。丁巳，始有工部尚書之命。南京爲舊都，凡壇廟、宮闕、城垣、橋道，歲久漸圮，修治無虛歲。公計夫匠量材物，役用必當，未嘗妄勞費。權貴人有乘時求利者，往往無所得。每土功告成，輒蒙恩賜，以酬其勞。上將久任公，甫三年，則公以老疾去而卒矣。曾祖廷翁，不仕。祖維翰、考楚紳，皆以公貴累贈資善大夫、南京工部尚書。祖母袁氏、母羅氏皆累贈夫人。公有兄二人，曰彥亨、彥清，俱出前母歐陽氏。及羅夫人生公，憐其幼弱，析與田產特厚。後夫人卒，公尚少，悉讓還二兄，取舊券焚之。親黨若故刑部尚書劉公廣衡而下率譽公，以爲不可及。公壯且貴，痛念父母不及祿養，過塋域輒慟哭如初喪。念叔祖志翁無後，塋域蕪廢，爲修飾而歲祀之。居家作敦本之堂，及置祭田以供合祀祖先之費。至於處宗族、待故舊，其心必歸於厚也。若其歷官四十年，田廬僅足服食，不侈於物，無所玩好。公稍暇，惟讀書賦詩而已。其德之儉又如此。娶同邑太原周氏，累封夫人，有賢行。爲公屢納妾，無子，公乃以兄彥清之子彌爲後，彌以公蔭爲國子生。孫男二：曰益，曰善。女一，許嫁曾某。公卒後，弼來告哀。上復念公，諭祭治葬，皆如卹典。將以壬戌某月某日，葬於里中杷塘。其地，公所自擇也。今都察院左都御史戴公、工部右侍郎張公皆爲公同年知友。弼往告曰："先人於法得樹碑神道，敢圖所以刻於石者。"張公乃爲狀授之，而戴公則率之來請。予謝無暇，而請之益力，爲序而銘之。銘曰：

　　吉有蕭氏，著稱於時。昔自瀘源，徙家龍陂。延歷數世，如木分支。載培以溉，始大發之。惟大司空，爲時偉器。孤童業儒，志向已異。宦學有成，豈假人致？登名賢科，起家即吏。法家者流，刻而少恩。哀矜勿誤，如切吾身。歷所至，濟以慎勤。凡吾所取，莫匪斯民。名與祿崇，德及位顯。留務則多，志克大展。疇咨若采，古難其才。工役屢成，山有餘材。西望大江，浩然去志。公身可扶，何隔斯世。帝念老臣，恩典嘗頒。不終享之，已蓋其棺。陳其牲醴，治其塋域。邦國之典，郡邑之職。嗣續有人，喪服纍然。以吊以哭，賓客連連。國無耆俊，鄉乏名賢。何以考之，刻石於阡。

明故太中大夫資治少尹山西等處承宣布政使司右參政致仕祝公神道碑銘

　　祝之先，蓋以太祝之官爲氏。或曰：出黃帝之後，以國氏。春秋時，稍見於鄭衛。漢有九江祝生，宋多名士，而江閩最著。逮元有曰碧山者，自松江來，爲海道都漕運萬户府經歷，陞平江路總管，英邁有文，卒葬吴中，子九鼎遂著籍長洲。九鼎生子潛，子潛生景章，皆不仕。景章生焕文，材敏行修。在國初，以瞶疾不在察舉，惟務樹德，是生公。公諱顥，字惟清。少有大志，以治《易》名郡學中，爲諸生師。然不喜躁進，有司屢勸駕，輒不行。宣德乙卯，領鄉薦，猶不赴省試。正統己未，乃登進士高等。時詔大璫察進士中有聲者四人,教內書堂小豎衍邀公入閣下。公初未知其故,比至,乃將試以詩而去,留之,公不應而出。既而選授行在刑科給事中,務持大體,雖多彈劾,不肯訐人閨門曖昧。嘗受旨密察在京寺觀無賜額者。有青龍寺,極弘麗,僧言某巨璫以密旨所建,詞色倨慢。公不聽,立請毀之。丁卯,副駙馬都尉石公璟封荊世子及都昌王二妃。無幾,丁內艱,歸。適有土木之變,景皇帝詔奪情,以都御史起復,不奉詔。服除,乃復前職。尋陞山西布政司左參議,專督糧儲。時大寇之後,倉府空竭,饑民流散,而兵輸方殷。公晝夜規畫,招亡拊存,因時立制。凡征歛出內,條法委曲,不加賦而公私皆給,由是廩庫充實。朝廷倚之,久不他遷。賜誥進階朝請大夫贊治少尹,未幾,陞本司右參政,仍專糧事如故。公以晉俗少文,思振以儒術,舉禮義,興學校,無所不至。臨汾、陽曲二文廟聖賢望像,印金元遺制左衽,乃更正之,為文釋奠,以謝不虔。皋陶祠墓在洪洞,其傍近地里傳舍,舊皆以神名名之,乃葺墓建祠,題曰有虞士師祠,而禁止觸犯。入作二賢祠於聞喜,以祀裴晉公度、趙忠簡公鼎。新明道先生祠於澤州,以伊川先生及郝左丞經配。廣選俊秀,以充生徒。下教周密,大意謂:"教人與治人不同,貴在隨材成就,必令條品資質以為程課。庸下者毋強以文辭,第使學書讀律,異時不失使任。"正冠服,飭威儀,勤察試,親為講授。諸生呼為祝夫子而不官,後多成名,為顯輔者。公吏學精甚,律令條例通練如指掌,疑情滯獄,立能剖決,而又明慎矜恤,每多平反。天順丁丑,汾州妖人作亂,僭稱"李天王",年號天福。公聞變,飛檄戒守禦嚴備毋輕動,自戎服馳赴之,既至,賊就禽,纔十六人,餘皆脅從,而所攀援逮千餘人,三司皆不敢簡別。公曰:"千人同謀,胡不待聚而遽發?且吾等既不能戢惡,而顧又戕善邪?"不可。衆曰:"然則祗應以盜聞耳?"公曰:"盜何事以年號為哉?罔上規免,尤不可也。"乃以十六人為謀反已行上奏。得旨一如公議。嘗監決崞縣囚七人,令先詣御史錄之,謂已允當。至公導諭諄複,中二人因歔泣,更鞫得其冤。以語御史,御史不從,更言公導囚脫死。公移疾以緩之,御史來問疾,公曰:"某不忍殺平人病心耳。"因陳其狀,御史悟,乃論囚減死。襄陵某甲贅壻,後生子,已而甲與妻子悉死,遺孫鞠於壻。追長,爭財交訟,二人皆囂悍,多歷年所,不決。公至,不施鞭撻,令各盡其辭。公曰:"吾知之矣。壻之專制足以當撫孤之義,然由孫之鎡基,乃始成善賈之功。若必欲直於官,徒廢業耳!吾今爲若翁定之。"因令籍其產,將程其事力而分歸之。先焚香,呼甲名,述壻孫曲直。壻遽前拜,曰:"公言是,某則非矣。"孫聞之,亦躍謂壻曰:"丈果非邪?"壻曰:"非也。"孫曰:"丈數年對官司,未嘗自謂其非。今既得明公而云然,然某唯欲得此一言耳!丈知其非,某獨不知邪?"因相顧乞罷訟,終身不校。公爲立帖籍畀之,皆感泣而去。絳有武斷於鄉者,誣一人,數不勝。公廉得之,會巡至,惡子又誣以死。公召屬吏、父老,謂曰:"斯人之冤不難雪,吾恐其雪冤之後,更受陰害耳!吾今爲處之。"因論徙民於他地,而置惡子於邊徼,莫不稱善。其他政類此,不可殫紀。凡周巡道里之間,往往駐車延問民瘼。封部多名山大川及古聖賢宅里祠墓,遇輒登臨謁眺,賞吊吟賦,風流粲然。居大參又七年,年甫六十,遂疏請歸田。一時耆俊勝集,若徐武功有貞、劉僉憲珏、杜東原瓊輩,日相過從游衍,高風雅韻,輝暎鄉邦。歷二十年而公最後乃卒,時爲成化癸卯十二月戊子,享年七十有九。公在給舍藩省,皆得推恩其親。父累贈朝請大夫、贊治少尹、山西布政司左參議。母王氏,後軍都督府都事士達之女,贈恭人。配錢氏,靖安州同知鑑之女、鄞縣儒學教諭紳之姪女,封恭人。子男一人,曰璸,即武功之子壻也。女三人,皆嫁宦室。孫男一人,曰允明。曾孫男一,曰續,縣學生。女一人。公平生篤於人倫。兄没嫂寡，買田養之。錢氏無嗣，命室祀之。閨無妾媵，庭無譁言。作爲詩文，體尚豐雅，而理致典厚，所著有《藏修》《登庸》《旬宣》《歸田》諸藁，別號侗軒，通爲《侗軒集》若干卷。尤善談論，援經據史，貫串今古，聽者竦服。與幼賤鄉人語，則莫非孝弟忠信、檢身利物之事。平居動止有常，所御器物雖微，不苟廢。瀕卒，遺念不忘朝廷。高朗令終，信邦國之大老也。既卒，允明奉葬於吳縣之橫山。後十年，而允明舉於鄉。屬者會試京師，謁寬請銘公墓道之碑。惟士百行，公多具之，而其所長，尤在知人，獎掖後進，素志亦以此自負。寬之在家食也，荷公之知特深，每過爲期待。比竊禄於朝，別公者逾十年，中間僅一歸，侍公教者，不過三四。見其體履康勝，耳目不衰，揮毫談飲，不殊曩日，而子孝孫秀，承侍左右，加爲公慶之，以爲其情適氣和，宜享上壽。追別去，每詢鄉人，無異語者，而今不可作矣。嗚呼，傷哉！允明且示侍御杜君子開之狀、少卿李君貞伯之誌，書既詳矣。緬懷今昔，不能自默，勉復書以歸之，俾刻諸石。嗟夫！天之報施，每信而贏。公之立心行己，輔世澤物，德學功名則既盛矣，享有諸福，亦不薄矣。稽之人，質之天，無所弗合。以是論公，亦有以達幽明而信久遠矣。至於餘慶所鍾，實在嗣續。今允明文名甚盛，他時有所建立，則公又有不待斯文而永者矣。銘曰：

　　有偉祝公，瑚璉之資。昔在先朝，奮起乘時。給事廷陛，分牧藩維。內宣耳目，外拊瘡痍。既庶既富，而復教之。廩有穀芻，家有書詩。禮典興行，義澤弘施。鬱鬱文風，鄒魯同歸。學既士先，材亦吏師。明刑慎獄，民不能欺。活爾垂死，殲厥渠魁。胡汝晉人，受賜維私。解組歸田，吳山與巍。遐壽令終，諸福無遺。人之云亡，縈我之思。匪獨我思，後進之懷。公玉汝成，心若調饑。有施而報，在此孫枝。載掖其立，世美永貽。令聞不已，式視豐碑。

明故亞中大夫太僕寺卿吳公神道碑銘

亞中大夫、太僕寺卿吳公以疾卒於官。上聞訃，遣官諭祭，命有司造墳安葬如制。兵部給舟載其柩，還其鄉。友大理寺丞吳君道夫以其子斯可等尚幼，爲經紀其喪。且謂公官三品，既荷朝廷卹典之厚，於制亦得樹碑神道，刻文以示久遠。他日，斯可乃奉禮科右給事中王君文哲之狀，從以兩僕來請。予曰："公，吾之同年也。昔者往臨其喪，念其孤寡累然，涉江湖數千里而還，方恨無以相其喪，況以是爲託乎！"即諾之。既數月，予以病在告，又念公葬當有日，乃發狀而叙之。公諱裕，字敬昆，潮之揭陽人。曾祖大訓，祖瑤，皆不仕。考胄，以鄉貢士授廣西武緣縣學訓導，後以公恩累贈至通政司右通政。妣袁氏，封太恭人。公幼穎悟，強學善記。十歲能屬文，稍長，入縣學，有名諸生中。成化戊子，舉廣東鄉貢。明年，試禮部，不偶。入太學，時吏部尚書耿公爲司業，每試，輒見稱許。名益起，四方舉子多錄其文以藏。壬辰，登進士第。甲午，授南京戶部貴州清吏司主事。旬餘，丁武緣君憂。服闋，改戶部廣西司，監督京倉、通州倉糧。踰年，再差徐州，皆敏而勤慎，出納無滯。丙午，陞本部山東司員外郎。於是，耿公在吏部，素知公，會文選司缺員外郎，即以公調補。明年，陞稽勳司署郎中，未幾，遇例實授。耿公既去任，當弘治戊申，今上御極，召三原王公代之，益加器重，復調公文選司。時王公負天下重望，力欲清選法，異時僥倖以進取者一切罷去。公夙夜盡職，能承其意。凡擢用人才，務合公議，而小人多不悅者。公亦思避怨謗，求去。庚戌，擢右通政，專督武官誥命。事既清簡，不勞而治，因念其母太恭人老於家，奏乞歸省。既至，侍養方樂，而太恭人俄下世，執喪盡哀。復入京，以例領勑守制。服闋,還任。己未,始有太僕寺卿之擢。公居官方以安靜自守,適胡虜數入雲中寇掠,邊將議出師,顧馬多病死,奏乞甚急。公日坐堂上選閱,至發數千匹。不足,更出庫銀數萬兩往市。當是時,公已嬰疾,復治馬政過勞,疾益作。凡再上疏,乞休致,朝廷率勉留之。已而疾劇,竟卒,辛酉四月十六日也,享年五十九。以卒之明年某月某日,葬邑之某處。公娶同邑許氏,贈恭人。繼娶東安許氏,贈刑部員外郎瑛之女,封恭人。男子四:長即斯可,次行可、際可、學可。女子五:長適謝天經,次適林嵩,俱縣學生;次許適姚明清;餘尚幼。公性度寬綽,與人處更和易,杯酒相對,醉輒忘形。素不尚奇詭之行,然兩冢宰皆一世名臣,公爲其屬,受知信任,亦足以知其爲人矣。蓋狀云然,爲之銘曰:

　　太僕古官,見周冏命。後聖攸資,曰僕臣正。厥後失職,惟以馬政。漢興設官,修馬復令。循至於唐,閑廄益盛。惟公早歲,出由甲科。南北郎署,歲月久磨。論其勤勞,銓曹爲多。和而不隨,平而不阿。冢宰倚之,黜陟無頗。翔集銀臺,起領太僕。北檄戒嚴,灾及馬畜。選閱日勞,罄彼監牧。師出雲中,萬騎馳逐。邊功則成,公病不祿。惟帝至仁,軫念僕臣。錫以卹典,賁其塋墳。公則亡矣,厚德未淪。衰服在喪,幼稚詵詵。祿位有餘,尚遺後人。

明故資德大夫都察院右都御史李公神道碑銘

　　都察院右都御史李公受敕總督漕運,兼巡撫淮、揚、廬、鳳四府,任甚重也。弘治戊午,漕事既成,乞歸展墓。明年至家,疾作,遂不可起,時二月廿五日也,享年六十二。守臣訃奏,上悼念,命官祭葬皆如制。他日,其子琪遣其弟珏走京師,奉公同年南京工部尚書董公狀來乞墓文。惟公才力精疆,朝廷方倚以重任,一旦遽失之，知公者方相與痛惜。予交公且久，又以文字爲職，忍無一言以述其平生乎？乃諾而叙之。公諱蕙，字德馨，姓李氏。世家當塗。祖順爲刑部主事，以事出爲南雄府經歷，得孫於公廨，即公。公生，再期，歸家。幼則穎異，知詩律，人號佳子。長入郡學受經，天順壬午，登鄉舉。成化己丑，會試列高等。廷試，蒙賜進士出身，觀政大理寺。明年，會給事中缺，吏部慎選其人以充，公得刑科。居數月，適京師米貴，詔發倉儲五十萬石，分官監糶，以平其價。民擁道，不時得米。公蒞通州倉，設法以給糶者，人皆稱便，才名始起。後再偕中官給賞軍士衣布等物，能革宿弊，仍條陳給賞新格以上。詔行其言。戊戌，丁母憂。服除，還任。壬寅，擢江西布政司右參議。時有中貴怙勢挾憸人，徧歷南方索寶玩。行至江西，公抵任適三日，方分守南昌道。以公偕行列郡，公言民窮困，激之恐生變。中貴聞之斂威，一時民不大擾者，公之力也。歲滿，分守嶺北，更守湖東，斷事皆如神，民益稱頌。在湖東時，上饒饑民數人乞米於富家，不得，遂強取之。郡捕其人，以強盜論。公曰：「此輩迫於饑，出於不得已耳！然悉薄其罪，恐長亂，不可。」特罪其爲首者，餘從末減，獄始平。後四年，南贛盜發，巡撫大臣議發兵勦除，以公舊有善政服其民，且熟知地形險易，檄公行。公至，令駐兵旁縣，白於大臣，曰：「前許諸盜自新，此舉非詔意。今宜招撫之，使不從，用兵未晚也。」用其言，賊黨相率散去。惟獲渠魁數人，戮以示戒而已。事聞，蒙厚賫。弘治戊申，擢本司左參政。有薦公才可大用者，遂擢山西右布政使。踰年，轉左布政使。初，司中公文出入，吏緣爲姦，莫能窮其故。至則痛治之，而姦弊始息。既乃因俗爲治，惠澤多及於民，有畫像以奉之者。癸丑，陞都察院右副都御史，總督南京糧儲。明年，朝廷以漕運事弛，當易其人。僉以公可用，遂轉左副都御史，兼巡撫四府。故事：天下巡撫官凡有利弊具疏奏上，歲八月，畢至京會議。後其地或有水旱盜賊等事，多不至，惟總督漕運者至如常。公前後所上二十餘疏，得與部院諸大臣面定可否，事多施行。軍士困於運輸者，方幸稍蘇。上知公果可大用，特拜右都御史以褒嘉之，而俾總督巡撫如故。公具疏辭。不允，更遣中使，賜以寶鈔羊酒以勞之，人以爲榮遇。蓋又二年，不意卒矣。公爲人疏達明敏，遇事能變通，用法務平恕。入仕三十年，尤以廉謹自持，人無可議者。居家事母孝，母病，必躬扶持，久而不倦。待二弟有恩，季父異爨已久，後公稍貴，復請同居養之。至人有德於己，雖在幼時，終身不忘，其心之厚如此。平生喜交游，好吟詠，與士大夫文翰往來，動盈卷帙，有《粹英集》藏於家。公之祖順、父翔並累贈通議大夫、都察院左副都御史。祖母某氏、母蔣氏、妻陳氏竝累贈淑人，繼配姚氏，封淑人。子男二人：長琪，郡學生；次珏，太學生。女二：長許嫁黃某，次許嫁劉某，皆武臣子。孫男二人。以卒之明年某月某日，葬於采石之馬鞍山下。今翰林學士南昌張公知公尤深者，既爲銘納於墓中矣。此復撮其事行爲神道碑銘，銘曰：

　　古燕建國，既越百年。國之供億，寔浩且繁。河渠再鑿，以浮以沿。漕舟畢集，開府督焉。有美李公，召自方岳。入總留務，京儲是度。帝知其才，漕事有託。兼付列郡，俾究民瘼。勤勞於外，公曰何功？行視太倉，粟陳而豐。撫循其衆，公曰何德？行視萬夫，人偃而息。奏疏屢上，匪爲其私。食足人安，臣志在斯。帝察其衷，益增其秩。公曰何能？惟下之力。恩苟徧施，臣則以懌。采石有墓，墓木已拱。乞歸燎黃，二世沾寵。孰知九原，公即繼踵。才不盡施，而志亦賷。士夫之論，小人之思。思公之惠，曷止萬口？自江之西，及山之右。昔在韓滉，有聲於唐。公盡其才，亦尚可方。惟其不亡，託此以揚。

明故通議大夫都察院右副都御史陳公神道碑銘

公諱瑗,字大玉,姓陳氏。其先陳州人也,後徙太康。元季兵亂,再徙祥符。至公之父官濱州,以漢藩註誤,發戍甘州左衛,生公。公幼以奇童稱,年十二弄筆為舉子文,已可觀。天順己卯,年十八,遂登鄉舉。成化壬辰,擢進士第。丙申,授户部江西司主事。丁父憂,服除,復授本司。丁未,陞廣西司員外郎。弘治戊申,署山東司郎中。庚戌,實授。辛亥,擢江西布政司左參政。丙辰,再陞福建右布政使。丁巳,轉江西左布政使。戊午,始擢都察院右副都御史,總督南京糧儲。用遇恩詔,得賜誥進階通議大夫。其履歷可考者如此。公始居户部,已稱清慎。方廷議以鹽法壞,部中舉公往治其事。搜摘弊端,一時權貴侵奪民利者始皆知畏。畿內大水,奉詔行賑卹令,饑民獲濟。已而上疏陳十事,其間言權貴役民之弊尤力,名始起部中。參政江西,不以其俗難治,施威於下。適建親藩,尤善規畫。工完,省財力鉅萬,官民感其惠者至今猶能言之。在福建時,事有利弊,與同官以漸興除,不肯專主。嘗以文移有亂真者,猝不能辨,他日廉得偽印十餘,皆出老軍吏手,擒其人,悉置於法。閩城中故有渠通潮汐,縱橫如井形,湮塞六十餘年。有司樂於因循,公始役民浚之,仍伐石甃隄,凡十餘里,舟楫通行,物貨易致,民以為便。及轉江西,民識公者皆喜曰:"是故陳參政耶?"始至,即除民疾苦數事。先時,有橫取於民者,為委曲裁處,上下無怨。且謂比歲盜賊不息,實緣民困於徵輸所致,為力均其租稅,民方感化,而公已召為都御史矣。蓋南京百司諸衛糧儲出納,月以數萬計,江、浙、湖、廣例有方面官總督,歲或不時至,公必移文促之,務使事集。自京衛烏龍潭至江北鳳穎諸倉,創置歲久,朝廷特設工部主事一人，專理修葺，然功不大施，仍就朽壞。公至，視如家事，旦夕規畫，凡重建若干間，皆堅固可久。其功績可紀者又如此。公居官不以威嚴臨下，至於待人和厚可親，故所至事不勞而治。自其父謫居後，懷念汴爲故里，公嗣其志，竟還居之。少承家訓，及故興化太守岳公在天順初從內閣謫居於甘，公嘗受學，蒙指教爲多，於宦學之道固有得也。曾祖曰彥良，不仕。祖曰景文，父曰敏，濱州學訓導，竝贈通議大夫、都察院右副都御史。祖妣韓氏、妣金氏，竝贈淑人。配巫氏，贈淑人。公無子，以其姪宋爲後。以弘治庚申八月二日卒於南京公館，享年五十九。側室孫氏與宋既扶柩還汴，宋來告哀於朝，蒙恩命，有司諭祭、營葬。乃擇卒之又明年某月某日，合巫淑人葬於祥符縣某鄉某里。而故祭酒劉道亨先生既誌其墓矣，宋復持狀來請銘於神道之碑。蓋道亨與予皆爲公同年，義皆不得而辭者。銘曰：

漢有德門，文範其人。公出後裔，始家於陳。後再徙家，去陳不遠。迨寓西陲，家益不顯。公生數歲，迥異群兒。覽書成誦，以文爲嬉。內訓外授，飫於宦學。抱藝入京，遂與衆角。既登甲榜，乃列户曹。簿書錢穀，身任其勞。公有美才，其緒已見。及擢大藩，而事益練。江右民俗，治之尤難。以靜治劇，以簡治繁。工役大興，維時建國。我勞其心，民省其力。謂民頑梗，父之母之。居則易使，去則有思。去之一方，稱者一口。名徹於朝，三任莫久。內臺之副，爲古中丞。畀以留務，置之舊京。倉廩豐盈，不爽升龠。韓滉在唐，國計有託。計工儲物，于斯一新。素餐無補，公猶有云。生居邊方，習見戎虜。尚誓捐軀，欲得死所。推公之志，論公之才。俄止於此，知者則哀。朝廷念勞，卹典不薄。有祭有葬，有司奉若。爰念故里，竟還中州。居斯葬斯，不忘首丘。忠信可交，廉慎不取。既見其人，亦聞其語。今則已矣，不見其人。可見者此，揭於高墳。

明故資德大夫都察院左都御史贈太子少保諡襄敏鄧公神道碑銘

　　國家有碩德偉度、勤勞於外大臣一人，曰都察院左都御史鄧公，其諱廷瓚，字宗器，岳之巴陵人也。公生有美質，穎異過人。稍長，游縣學，居諸生中，落落不喜爲齷齪行，人已奇之。景泰丁卯，年甫十八，登湖廣鄉舉。甲戌，擢進士第。明年，授知浙江淳安縣。抵任，訪民疾苦，專施惠政，不求赫赫名。終九載，人無知之者。故兵部尚書張公鵬時以都御史巡撫廣西，獨知公，薦知梧州。疏且上，會公丁嫡母楚氏憂，不果。服闋，爲成化己丑，遷太僕寺丞。貴州新設程藩府，府在萬山中，百具未舉，加以夷獠雜聚，猝難撫治。吏部求其人，得公，曰：是前薦知梧州者。公至，悉心規畫，凡城郭、街衢及廟宇、廨舍，以次興造。榜諭諸夷，使受約束，政令公平，莫不感化。墾田不踰，入市不擾，四境晏然，蔚如中州。上司以公治績異等，交章舉薦。吏部以民夷方安，公治宜久任以慰之。九載，始擢山東布政司左參政，提督農務，兼管水利。弘治戊申，再擢本司左布政使，特踰年耳。明年，貴州缺大臣巡撫，朝議以公諳其土俗爲宜。奏上，允之。即拜右副都御史，奉敕行。俄丁母戴氏憂。服闋，適貴州黑苗久叛益肆，守臣告急。上仍敕公往視，兼提督軍務，尋改巡撫，提督如故。公初至，遣人百計招撫，不從，始合衆謀，儲糧調兵，決策征勦。兵至其地，號令嚴明，將校用命，斬首幾六千級，生獲二千餘口，械首惡數輩赴京，悉斬於市。寇既盪平，公上奏："都勻、清平舊設二衛所，屬合九長官司，其人世祿驕縱，稔惡釀患，致夷人侵田奪貨，逞欲無厭，已四十餘年於此。軍疲於戍守，民困於轉輸，其害不可勝言。今幸黨惡削除，非大更張不能爲保境安邊之計。"凡所條陳十一事下兵部會議,悉見施行。始設都勻府一、獨山、麻哈州二,清平縣一,更擇流官、土官兼治,皆公所建白也。初,公遣養子夔之子乾馳入京報捷,朝廷既授乾以錦衣衛所鎮撫,即下詔褒公,有"首決用兵之謀,共成平賊之功"之語,遂進右都御史。貴州既無事,召公還,掌南京都察院事。兩廣自成化初故都御史韓公雍平寇之後,開府梧州,率以憲臣有才望及官高者總督軍務兼巡撫之。寄公掌院事數月,復輟之往。公性不瑣瑣細故,至是,益思以安靜為治。屬吏有賢勞者輒舉薦以勵,其餘或不職,特去其一二太甚者。若諸司濫設,悉奏除之,曰:"祿俸出於民,毋徒費也。"顧群蠻以劫掠為常,往往出沒閩楚諸郡。公以都御史金公澤巡撫偏方非宜,宜以江西一省全付之,使二司竝聽節制,庶軍馬錢糧可以調度。其湖廣衡州設兵備憲臣,合遷治所於郴州為便。又以廣東瀧水為賊巢,宜即其地設千戶所,調遣新軍守禦,仍宜給與隙地屯種,以為久計。奏上,悉從之。公於群蠻結以恩信,兵不輕出,出則成功。若鬱林川、雲墟、大桂諸種作亂,以次平之。其後四會等處乘饑竊發,其勢尤熾。未幾,首惡李景光、覃傑及其黨二百餘人悉被斬獲,兩廣竟亦無事。而公出入溪谷,衝冒瘴霧,則亦病矣,乃上章乞歸甚懇。賜詔勉留,特遣醫往視,仍進左都御史以酬其功。又三年,上知公久勞邊務,召還,復掌南京都察院事。未行,以疾卒,實庚申六月某日也,享年七十一。公少孤,事二母盡孝,待其弟廷璋、廷瑞友愛備至。自為州縣至大官,處事求濟,待人不疑,雅量廓如,莫窺其際。至所施設,動中機宜,其中明炳人亦莫能及也。曾祖諱成,祖諱華,皆不仕。父諱鼎,華亭縣丞。祖、父俱贈資政大夫、右都御史。祖母謝氏,母楚氏、戴氏俱贈夫人。配潘氏,崇仁知縣公源女,繼龍氏,平涼主簿添麟女,俱贈夫人。子男三人,俱早亡。於是公訃至,上悼惜。特贈太子少保,諡襄敏,仍命有司祭葬。乃以壬戌某月某日,葬於縣東南新城之岡。今兵部尚書劉公時雍,鄉人也,念公之没無後,具狀率夔來請銘於神道之碑。惟公爲一代偉人,嘗竊敬慕,而公亦不鄙,數致書問。予愧不能當也,既感公德,而劉公之義尤足重者,乃不辭而書之。銘曰:

　　岷山導江,匯爲洞庭。傑出鄧公,壯此巴陵。公起甲科,少展其志。爲令若守,政亦無異。去任無幾,民知有公。呼父與母,棄我孺童。擢居東藩,席尚未暖。來既不速,去則不緩。我力惟弱,我才豈優。加以顯秩,託以遐陬。公曰荒服,莫非王土。不有威德,以禦以撫。撫其柔善,禦其强梁。漢有其人,馬援祝良。瘴嶺霧江,移此以治。帝有深仁,仗公再施。佚此一老,切於宸衷。欲安遠人,無踰於公。南有留臺,終老有命。邊事久勞,而公則病。公卿比肩,林立於朝。上不識公,黄髮已凋。治裝在門,考終於位。訃至興嗟,上下莫慰。碩德偉度,其人豈多?世乏長者,孰障頹波?身之有傳,不惟有後。功在邊方,是謂不朽。

補遺

重修會通河記

水之利於天下國家也，甚博且久。蓋自禹治水功成，任土作貢，則壤成賦，而其書每謹於貢賦所自入，如於兗曰浮於濟漯、於揚曰沿於江海之類可見。然每州皆曰達於河者，以當時都冀，而冀三面距河也。夫曰浮曰沿，皆指舟行水而言，若夫車轉之法未著。至漢都關中，始穿渠引渭，以漕關東之粟。其後又引汾、引河以漕。又其後通褒斜道，其道自沔入褒，褒絕水至斜，間百餘里，以車轉，從斜下渭。司馬遷作《河渠書》，實載其說。然車之任載少，而其費倍蓰於舟。所不必計者，邊徼陬陧之地，當用兵戰守，人固負擔餱糧，豈特車轉而已？而國都供億，不可勝計，建萬世無窮之利者，雖穿渠引水，歷歲不休，亦佚道使民所當然者，況因前人之功以成事者乎！蓋今東南歲漕粟四百萬石達於通州，以其什四貯京城，而浙西數郡別漕入御府，以及供百司庶官所給者更數十萬石。城下古有運河，元太史郭守敬精水利，建請宜棄一畝泉舊源，別引北山白浮泉，經瓮山泊入城，環匯於積水潭，合入古運河。時用其說，就河置牐七，距牐里許上重置斗門，互爲提閼，以過舟行水，人以爲便，歲省車費若干萬。迨其季世，江南貢賦既絕，國朝且屋其社，無事於漕者更四十餘年，河廢不治益久。永樂間，太宗文皇帝仍都於此，已而命平江伯陳瑄主漕事。瑄以海運道險，初創淺舟，爲河運舟，至通州。所謂其粟什四與別漕數十萬石者率用車轉，運卒既困，及是或值霖雨，車直更踴，往往稱貸出息以完餉役，而困愈甚。於是瑄之曾孫銳襲爵，世漕事，疏請浚河以漕，如前元故事。上從之，乃增修廢牐，益爲積水，計功成而舟至城下矣。士女聚觀，夫役咸喜，其事若可久行者。未幾，雜然相傳，以爲不便，猝莫能考其故，竟廢不行。至是，或具河所便狀言於朝，請勿廢。上以爲然，詔加修治，仍命銳董其役，歷數月而畢。竊嘗觀之，元之漕由海道而來，海舟鉅甚，至直沽易以小舟，始達城下。今舟制差大而河益堙，其旋轉往來，勢必不利。且河之上流多稻田，耕者堰之，其流始微，水故難積，真若不便者。使比歲豐稔，國家閒暇，置其所不急之務專事此役，而復導其流，無若田蚡爲私計而委其數於天，實萬世無窮之利也。河初名通惠，後更名大通，今又名會通云，作《重修會通河記》。

重修京都城壕記

惟太宗文皇帝入繼大統之七年，肇建京都於朔方，所以臨御中國，控制四夷。其形勢雄，其規模大，其謀慮深，寔與商之遷殷、周之作洛匹，休於無窮者。都城周四十里，鑿壕迴環，廣若干尺，深若干尺，水自城□玉泉山而來，道出大内，穴城爲門，於壕委之。或時夏秋雨凉，溝渠漲溢，又爲水口於壕洩之，其流皆注大通河，東南入於海。既歷歲月，堙輒加修，於是不修者久矣。皇上有詔發軍夫四萬人，命襄城侯臣瑾、工部尚書臣復領其事，而以中侍之貴者監督之，以成化九年四月十六日，功自西北隅始。壩堰既築，畚鍤並至，人爲之伍，伍分之地，旁廣下深，一皆如制。緣壕之堤有缺壞者，則取客土築之惟堅。既又築垣堤上，以闌人畜之越入者，凡爲丈八千三百有奇。至於桻桷橋梁之類，廢則修治，不計財用。初，皇上重勞工役，間休息之。越明年，九月二日，功始告完。流泉清漣，曲堤整潔。樓櫓不飾，城郭若增而高；輪蹄交馳，道路若闢而廣。京師壯麗，不替有加。事聞，自督工之臣，下逮役夫，賞賚有差。蓋當功役之初興也，有議之者曰：壕之爲制，凡以設險是舉也，其守國之良策歟？臣聞之，竊以斯言是矣，而未必盡然。何也？今天下無虞，號稱極治。雖在要荒之外，皆吾衽席之上。方將舉四海以爲限，何事一壕哉？然而復爲是者，則以京都文皇帝建爲萬世不拔之丕基也。厥初經營，亦惟甚難，文孫繼世，時加修之，惟知其難故也。知其難，則推而及於舊章成憲，無不由之監之者，何止一壕哉？且姑即一壕以窺皇上之大德，於汙濁之滌而去也，則凡宵人惡類必知所惡而屛之不留矣；於壅滯之決而行也，則凡諍臣拂士必知所好而宣之使言矣；於堤之築而能捍也，則紀綱必張而廢弛之患無矣；於垣之築而能防也，則禮度必嚴而縱欲之事無矣；於財之有用，則不至妄費以傷其財；於力之可使，則不至輕役以損其力。土宇於是而恢拓，人民於是而保障，此豈非無形之險也乎？若夫漢水以爲池，長江以爲塹，視一壕之險大矣。然人終得而渡之，惡在其爲險者？臣故知神謀之不出此也。臣備員詞林，職在紀載，睹功之既完也，敢執筆以記。

曲阜重修夫子廟碑

　　上在位之十二年，今禮部尚書周洪謨爲國子祭酒，言夫子集群聖之大成，前代率有尊崇之制，顧國朝未遑舉行，非甚闕典。詔下廷臣議，特增籩豆、佾舞之數，行之太學以及郡縣。凡歲時有事於夫子廟者，其禮樂如制。又專遣儒臣詣曲阜祭告，朝野稱歟，以爲盛事。惟夫子廟自唐以來建於天下，而曲阜之西有曰闕里，夫子之故宅在焉。其廟則自漢已有，歷代修建，子孫世守，罔俾廢壞。至國朝洪武、永樂間，兩嘗修之。然特因金源氏所舊建，弗稱今日所以尊崇之者，衍聖公孔弘泰因請於上。從之，於是山東藩臬二司暨兗州守臣祗承德意，相與計財用，召工役董治惟謹。以某年月日興功，某年月日功畢。易腐補漏，拓隘增卑，規制煥然，殊異舊觀。疏聞，爰命臣某記其事於碑。臣竊聞道之大原出於天而備於人，其大要不外乎三綱五常而已。是道也，孰傳之？惟吾夫子傳之。其見於六經之所刪定贊修者是已。後世人主得其說而行者，皆足以維持世教而成允升大猷之治，此報本之禮所由舉也。肆我太祖高皇帝初定天下，武功既成，人紀以復，知道所由傳而本所當報也。蓋嘗正岳、鎮、海、瀆之號，於夫子，則謂其明先王之要道，為天下師以濟後世，非有功於一方一時者可比。大哉王言！非聰明聖知者，其孰能知之？是以封爵仍舊，而一歲再祀，秩於典禮甚盛。若夫闕里，則又三歲一遣人祀之，尤所加禮。至於今上，益加崇重，禮樂之制，行之未幾，即繼以此舉，其心惓惓為者，豈獨私於孔氏耶？昔漢章帝躬詣魯致祠，作六代之樂，大會其子孫，自以為孔氏榮善乎？孔僖之對曰："此乃崇禮先師，增輝聖德，非臣家之私榮也。"帝甚嘉之。臣不佞於廟之成謹紀其事，俾天下萬世欲觀聖德者於此有考焉。係之以詩，曰：

海岱曰南，維魯賜履。曰有尼丘，在魯之鄙。尼丘降神，屹然獨峙。百聖後先，道則一揆。若堯與舜，其尤盛矣。人亦有言，莫盛夫子。夫子之道，至高且美。流澤汪洋，萬世攸被。世主報功，益遠而侈。褒以鴻名，秩以豐祀。袞冕巍巍，群賢列侍。維魯有宅，共王莫毀。奕奕廟堂，於漢經始。歷魏唐宋，迨金源氏。式大其規，久殆有俟。於赫皇明，建國十紀。文教誕敷，及遠自邇。明聖得師，維道顧諟。尊之崇之，有樂有禮。紛其羽籥，錯其簠簋。謂此器數，罔惬仰企。乃詔有司，乃鳩役使。乃伐堅石，乃削文梓。並手偕作，咸獻厥技。長廡重門，崇簷厚阯。剥落以完，漫漶以玭。革故爲新，衆目改視。曲阜逶迤，帶以泗水。鄒嶧岱宗，前後岪崑。輪奐相望，終古莫阤。匪廟獨存，維道乃爾。聖德煌煌，長賁闕里。作此銘詩，以列國史。

重修都城隍廟之碑

凡天下郡邑皆有城隍，有則皆祀其神。雖蕞爾小邑，無所謂城隍者，官亦未敢廢祀。蓋以人民所止，必有神以司之也。而況京師爲天子所居，有宗廟朝廷，有府庫廩庾，有百司庶職，有六軍萬姓，其神當益尊，其祀當益豐，其廟不當益盛哉？廟在太宗文皇帝之初，號都城隍廟，正統戊辰嘗修之。今上之十年，時和歲豐，災沴不作。上推神之默助，而思所以報者，若曰："朕惜財力，非有益民之事弗用弗使。惟是都城隍神保衛我國家，厥功甚大。廟久弗修，何以報答神貺？"於是工官奉詔惟謹，爰擇吉日，命良工木石並用，丹堊錯施。凡堂殿寢室，廊廡門階，缺折者易完，朽腐者易堅，漫漶者易鮮。功既告訖，神靈洋洋，如降如陟。都人奔走，有禱益應。臣嘗觀前代，當海内晏安，國家無事，君心漸侈，罔知儆戒，則土木禱祠之事從之而起。若秦漢之君泰山之封、梁父之禪，泰一五帝之祠，金馬碧雞之祭，杳冥茫昧，求非其神，以徼福於一身，爲後世笑。肆我太祖高皇帝受天明命，肇定天下，即正岳鎮海瀆之號，以一洗前古繆妄不經之弊。皇上嗣統，監於成憲，非其神不祀，於其祀必敬。而城隍之神雖古經傳不著，然《書》曰："徧於群神。"神非群神乎？又曰："咸秩無文。"神非當秩者乎？又《祭法》曰："山林川谷丘陵，民所取財用也。非此族也，不在祀典。"神之功，豈獨山林川谷丘陵而已乎？所謂保衛我國家，誠有如詔旨者，祀之寔宜。夫既宜祀，則廟者神之所依也，修之亦宜。乃著其說於麗牲之碑，係之以詩，曰：

赫赫皇明，興於南服。鼎遷幽燕，如古郊鄘。董官綏衆，正位辨方。包而絡之，有城有隍。其城維何？廣矣百雉。其隍維何？泚矣一水。維此都會，民止於斯。相其高深，有神是司。神之爲德，聰明正直。以保以衛，以殫神職。維神有廟，爰止爰依。維皇有詔，爰修爰治。燦然煌煌，美哉輪奐。工巧材良，頓還舊觀。廟之奕奕，妥靈揭虔。神之來格，有風肅然。黍稷馨香，犧牲肥腯。神享惟誠，不享惟物。六沴不生，百穀用成。於千萬年，福我皇明。

南京朝天宫重修碑

《記》曰："萬物本乎天。"夫人，靈於萬物者也。物之欲報本者，或見於豺獺之微，而況於人乎？然古之制，自諸侯以下皆不得祀天，而獨人君得祀之者，以人君爲天之宗子，而萬物之至也。後世道家者流，乃獨創爲宮觀以極其尊崇之意。往往土木以肖其形，袞冕以制其服，櫝主以侈其號，表疏以達其詞。至於俯伏跪起，祀贊陳設，其科儀之繁、物品之富不可勝紀也。爲其教者，多據名山、臨福地，而其蔓延之盛，雖壤地遐僻，莫不有所謂道流者居之。國朝太祖高皇帝定鼎金陵，實有龍蟠虎踞之勝。所以奠四海之民，垂萬世之統者，端在於是，有非前代區區割據之國所得而擬者。方高皇帝之始創天下也，城郭以拓，宮室以造，祖社以建，民居以定，官舍以繕，倉廩府庫以完，衢路橋梁以修。數年之間，遂成大業。至如浮屠、老子之宮，則吝不出一毫爲之。《書》所謂"不作無益以害有益"者是也。然聖心惓惓,固未嘗一事不勤乎民,亦未嘗一念不敬乎天。故每歲首,有事於南郊,其精誠所感,風雨時若,民物繁阜,得以享其至治焉。一日,上意若曰:"朕敬惟天,今民事方殷,日不暇給。不得朝夕對越在廟,以答大貺。顧京城有故元之永壽宫在,規模鉅麗,鮮與爲比。其改名朝天宫,俾司道教者體朕至意,率其徒屬而虔奉之。"既賜名,樹綽楔通衢,大書三字以揭之,而宫益爲偉觀矣。凡四十餘年,而太宗文皇帝遷都於北,仍建朝天宫,而號舊都爲南京云。乃成化某年,南京朝天宫一夕燬於火,其不爲煨燼者無幾。守臣以聞,且有以修復言者。上初置之,既而慨舊物之就廢,念先志之當承。爰詔道録司某官臣某,往董其役。然復重勞民也,特使勸募爲之。一時命下,民庶欣然,咸願相助。富者施財,巧者效技,遂以某年某月某日起功,越幾年而功完。穹門洞開,曲路迂繞,殿廡樓閣,埶若增高,鉅麗之制,一還舊日。游其地者,以爲蓬萊、方丈當不是過。帝王之都,是宫維稱。宫在京城之西全節坊傍,附晉成陽公卞壺之廟,而其後林木茂密,岡阜隱然,有故所謂冶亭,此皆得不燬者也。功完,復以聞,有詔臣某宜記之碑。臣觀前代之君,致力神天以爲禱祠之舉者,比比而是,其於民事之所當爲者則略之。惟是朝天宫,高皇帝仍勝國之舊,而不改作者,固本於卹民。今皇帝繼皇祖之志而復修治者,亦在於卹民。民者,天予之君以治焉者,而卹之,非敬天之大者乎?是宜書之,以示來世。係之以詩,曰:

　　金陵佳麗秀所鍾,原城踞虎山蟠龍。真人渡江萬馬從,白旄黃鉞開鴻蒙。驅逐羯胡掃郡雄,厥既得卜勝土中。天人俯仰精神通,物繁民阜歲屢豐。報答曷以昭天工,睠兹城西有仙宫。錫之洪名致尊崇,廢興相尋理則同。畢方南飛一夕空,帝念舊物思成功。修廢舉墜當朕躬,羽衣使者下江東。有役不煩大司農,裹蹄鵝眼泉流潆。北山剪伐南山礨，搏埴設色並手攻。玉樓翠殿高巃嵷，亦有門廡塗青紅。美哉輪奂氣象雄，仙官祝釐禮數恭。劍列星斗冠芙蓉，或持琅玕奏金鏞。鸞笙雙吹白玉童，帷中颯爽來泠風。奚待西祀兼東封，聖皇無爲抱淵冲。萬壽高躐三皇蹤，斂福錫民慶奇逢。東瞻員嶠西崆峒，玆宮相望無終窮。

南京兵部尚書前廣平府知府秦公去思碑文

廣平爲畿内大府，直隸京師，非外省屬府比。惟其地重，勢尊知府，朝廷率慎選其人。成化十年，舒城秦公以工部員外郎奉命而至，以清約自持，濟以勤慎。每日未出，坐堂上，吏抱文書，以公事咨稟，必詳審可否而行之，吏畏其嚴，莫得容其私。凡争訟者立庭下，閱其情，輕與誣者諭使之去，餘則召其所被告之人，爲剖其是非，辨其曲直，參以情律而斷之，皆俯首心服，無一人稱冤者。若死刑，尤緩其期，往往平反，或從末減者尤多。民有賦税，以時徵收，或遭水旱、螟蝗之灾，即具實以奏，貧民既得蠲除，亦不使奸民乘時作僞以虧國用。民有徭役，則視户口多寡貧富預定其等第，載於册籍。及期而分派之，無弗均者。先時屢荒，民流移者衆，各縣多棄地，爲里胥隱占，所遺賦税，派人輸納。究知其弊，遣人四出相視，得地二千四百八十餘頃，悉給貧民耕種，由是賦税皆足。其流移者，加意招撫。至者五千八百余人，仍給與舊地耕種，免其雜役三年，民皆樂業，益自遠而至。先時屬縣孤貧者無所養，始各令立養濟院，人月給米四斗。其死者又立漏澤園，給棺葬之。至於倉廩空虚，積粟有措置之法；驛傳疲敝，市馬免侵刻之害。施藥餌而疾病者得生，勸資助而婚喪者有濟。尤重文教，學校必葺而完，生徒學業，躬自考校，别其勤惰，莫不奮勵，人材遂興，科第始盛。自春秋以來,郡中多聖賢墓,悉加封護,使人守視惟謹。公之善政,大略如此。公在任,憲臣行部至,輒録其政績,奏於朝。及公秩滿將去,民攀留者塞道,至不得行。公既擢江西布政司參政,累遷至南京兵部尚書,參贊機務,蓋三十餘年於此。父老論前守,必首及公,曰:"安得有如公者耶?"弘治十四年,又得陳侯以刑部郎中至,其爲政大率如公。民愛之,曰:"何我侯一似秦公耶?"侯因詢公舊政如何,父老猶能一一道之,其色慘然,有泣下者。侯曰:"吾其求文刻石,以慰爾之思,可乎?"皆曰幸甚。於是侯述其事來請。予昔佐吏部,獲與公爲寮友,見公之謹厚端重,心竊敬之。然公未嘗一談及爲郡時事,至是始得其大略,敢不書?噫,公則賢矣!惟世之仕者,多矜己之長,而惡稱前人之善者比比,有如侯之有容者乎?《書》曰:"有容德乃大。"他日侯之善政,又當有紀之者矣。公名民悦,字崇化,舒城人,天順丁丑進士。侯名欽,字亮之,會稽人,成化丁未進士,爲予所取士云。係之詩曰:

惟昔任人,莫善於漢。循吏屢書,見於史傳。其人何如,其政何書?赫赫無求,默默自居。不使斯民,一朝驪虞。史亦有言,不失之誣。月計不足,歲計有餘。如龔如黃,世豈終少?古訓不忘,子民有道。民親平易,政尚體要。率是而行,漢人克紹。曰我父母,曰我師保。去之遥遥,傳之父老。燕山北峙,壯哉神京。分畫甸服,曰有廣平。天子擇守,惠此黎氓。秦公昔來,父老前迎。公戒僕夫,六轡緩行。吾官雖尊,斯民勿驚。惟此大郡,吾治何能?不撓獄市,惟静惟清。治之踰年,政績何有?獄無赭衣,家有南畝。豈不徭役?赴者恐後。豈不徵科?輸者恐負。孰褫衣冠,孰所箕帚?里俗自淳,士風自厚。問何能爲?曰有賢守。古之遺愛,民不忍忘。陳侯避舍,秦公在堂。勒石示遠,同垂耿光。

徐源後序

詩以詠性情，文以貫道德。立言之純疵，世道隆污之所係也。古《詩》三百篇，風雅頌具載國政民風之異。唐虞三代，典謨訓誥則直言帝王治天下大經大法。故誦其《詩》，讀其《書》，而其時其人概可想見也。降自漢唐，其文其詩雖各有表見，回視風雅典謨之制，迥然不倫，何怪乎！風頹俗降，氣化之機使然也。五季不足道。有宋真儒輩出，則曰詩曰文，一以闡明義理，而視古作自闢一途矣。於乎時之變遷，文之造詣，而其人之品格，殆與世相須而莫之能違也。如是哉！吾故友吳文定公幼游學校，禀賦清純，志趣超卓，涵養端正，筆力雄健，賦詩屬文，即能鄙遠塵俗、追蹤古人。予也叨陪研席，同舍橋門，出入相友。每見一詩一文，心竊歎異，館閣之具也。已而禮闈廷對，果皆首冠。自是入官翰林，登樞內相，日惟文字啓沃爲職，位望日益高，製作日益盛。凡友朋宴會、離合之私，君臣吁咈治化之大，形之諷詠，著之紀述，若雅音畢敷，山泉宿潭，必底其極者，不止千篇而已也。方將憤樂忘老，而无妄疾作，遂殞矣。既葬之，又明年，其子中書舍人奭與其從兄奎、齋、弈蒐閱笥稿，得公手筆，存錄諸體詩凡三十卷，序記誌說之類凡四十七卷，自題曰家藏集。蓋將以遺其後人，知精力之有在也。奭懼或散失，既壽之於梓，以公平生知厚莫予先也，請序於帙。於乎！公之名編，蓋亦示謙耳。若其詩其文，予既知之。上而朝廷政治，下而父子兄弟朋友，載之金石碑板，散見於四方者，其去《孝經》、小學，人知傳讀者爲不遠，是皆發乎人情、止乎理義，渾然治世之音也。非我國家當天運之隆,臻治化之美,安得有是人而有是言耶！是集也,固藏之天下,藏之人人者也,豈特家藏乎哉！異時史官采輯當代文章,求之珠淵玉海,以鳴聖世之盛,獲見三代之人,有不在於是集也耶？予不能辭,僭爲之序。

正德三年歲次戊辰二月朔旦,賜進士出身、通議大夫、都察院右副都御史、致仕友人瓜涇徐源書。